Zu diesem Buch

Ruth Rendells erster Kriminalroman erschien 1964. Inzwischen hat sie mehr als zwei Dutzend Romane und mehrere Kurzgeschichtenbände veröffentlicht und alle wichtigen Preise erhalten, die an Kriminalromanautoren vergeben werden. So gewann sie zum Beispiel dreimal den *Edgar* der amerikanischen Kriminalromanautoren und dreimal den *Gold Dagger* der British Crime Writers' Association, und kürzlich wurde ihr in Würdigung ihres gesamten schriftstellerischen Werks der *Diamond Dagger* verliehen.

Übersetzungen ihrer Bücher erschienen in vielen Ländern, und mehrere ihrer Romane dienten als Vorlage für Filme. Die Fernsehserie um Chief Inspector Wexford erreichte in England hohe Einschaltquoten.

«Ruth Rendell ist ohne Frage eine der besten Krimi-Autorinnen der Welt. Eine Meisterin im Aufdecken der Abgründe unter der Decke einer scheinbar kleinbürgerlichen Wohlanständigkeit.»

Frankfurter Rundschau

In der Reihe rororo thriller liegen vor:
Dämon hinter Spitzenstores (Nr. 2677), Alles Liebe vom Tod (Nr. 2731), Die Verblendeten (Nr. 2763), Durch Gewalt und List (Nr. 2989), Flucht ist kein Entkommen (Nr. 2712), Das geheime Haus des Todes (Nr. 2814), Der Herr des Moores (Nr. 3047), In blinder Panik (Nr. 2798), Der Kuß der Schlange (Nr. 2934), Leben mit doppeltem Boden (Nr. 2898), Der Liebe böser Engel (Nr. 2830), Mancher Traum hat kein Erwachen (Nr. 2879), Die Masken der Mütter (Nr. 2723), Mord am Polterabend (Nr. 2848), Mord ist des Rätsels Lösung (Nr. 2899), Mord ist ein schweres Erbe (Nr. 2789), Phantom in Rot (Nr. 2875), Schuld verjährt nicht (Nr. 2878), See der Dunkelheit (Nr. 2974), Sprich nicht mit Fremden (Nr. 2869), Der Tod fällt aus dem Rahmen (Nr. 2754), Die Tote im falschen Grab (Nr. 2874), Urteil in Stein (Nr. 3042), Die Verschleierte (Nr. 3092), Den Wolf auf die Schlachtbank (Nr. 2996) sowie die Kurzgeschichtenbände Der Fieberbaum (Nr. 3004), Der gefallene Vorhang (Nr. 3009), Die neue Freundin (Nr. 2778) und Die Wege des Bösen (Nr. 2984).

Ruth Rendell

Der Pakt

Durch das Tor zum Himmlischen Frieden

Die Grausamkeit der Raben

rororo

Rowohlt

rororo thriller
Herausgegeben von Bernd Jost

Veröffentlicht im Rowohlt Taschenbuch Verlag GmbH,
Reinbek bei Hamburg, September 1994

Die Originalausgaben erschienen bei
Hutchinson Publishing Group, London, unter den Titeln
«The Killing Doll»

«The Speaker of Mandarin»

«The Unkindness of Ravens»

Umschlaggestaltung Peter Wippermann / Susanne Müller
Gesamtherstellung Clausen & Bosse, Leck
Printed in Germany
1200-ISBN 3 499 43147 5

Der Pakt

Deutsch von Edith Walter

Mit einem Nachwort
von Helga Riedel

Zu diesem Buch

Peter, genannt Pup, ist fast sechzehn und hat einen großen Kummer: Er ist der Kleinste in der Klasse. Im Unterricht wird gerade «Doktor Faustus» besprochen, da hat er eine glänzende Idee: Er wird dem Teufel seine Seele verkaufen, wenn der ihn dafür wachsen läßt. Pup führt die notwendige Zeremonie durch, und tatsächlich ist er einen Monat später anderthalb Zentimeter größer. Und er wächst weiter.

Damit ist Pups Interesse für die Magie geweckt. Er richtet sich ein leerstehendes Zimmer ein, streicht es schwarz, malt magische Zeichen an die Wände und fängt an, Zauberrituale zu praktizieren.

Seine ältere Schwester Dolly ist davon sehr beeindruckt und unterstützt ihn voller Begeisterung. Insgeheim hegt sie die Hoffnung, daß ihr Bruder sie mit seinen magischen Kräften von ihrem großen Muttermal auf der rechten Wange befreien kann und sie dann endlich eine normale Frau ist.

Bald darauf stirbt nach langer Krankheit die Mutter. Harold Yearman, der so daran gewöhnt ist, daß ihn eine Frau umsorgt, damit er in aller Ruhe seine historischen Romane lesen kann, heiratet einfach Myra Brewer aus dem Nachbarhaus. Doch von Anfang an besteht zwischen Dolly und Myra offene Feindschaft. Nur noch ein Gedanke beherrscht Dolly: Pup muß die böse Stiefmutter aus dem Weg räumen. Und damit wird aus dem Spiel mit der Schwarzen Magie tödlicher Ernst...

Die Hauptpersonen

Peter (genannt ‹Pup›) Yearman	verkauft seine Seele dem Teufel, weil er endlich wachsen will.
Dolly Yearman	bemuttert und bewundert ihren Bruder.
Edith Yearman	stirbt zwar, gibt aber trotzdem keine Ruhe.
Harold Yearman	liest historische Romane und braucht der guten Ordnung halber immer eine Ehefrau.
Myra Brewer	heiratet aus Verzweiflung und wird damit zur bösen Stiefmutter.
George Colefax	ist Zahnarzt und Myras Arbeitgeber.
Yvonne Colefax	ist so schön, daß alle anderen Frauen neben ihr wie Aschenputtel wirken.
Ashley Clare	ein schöner Mann mit schwächlicher Konstitution.
Diarmit Bawne	hält sich für unsichtbar.
Conal Moore	bleibt unsichtbar.

I

Im Winter vor seinem sechzehnten Geburtstag verkaufte Pup seine Seele dem Teufel. Es war Anfang Dezember und schon vor fünf Uhr dunkel. Ungefähr zwei Stunden später suchte sich Pup alles zusammen, was er brauchte und ging zur alten Eisenbahnlinie hinunter. Dolly war ins Krankenhaus gefahren – zwischen sieben und acht war Besuchszeit –, und Harold irgendwo unterwegs. Möglicherweise auch im Krankenhaus. Manchmal raffte er sich dazu auf.

In der Hand trug Pup eine Fahrradlampe. Er verließ den Garten durch die hintere Pforte und kletterte durch Bäume und Gesträuch den Abhang hinunter. Hier lief die alte Eisenbahnlinie durch ein Tal, so daß die Gärten auf sie herabsahen. An anderer Stelle wiederum führte der grasbewachsene Pfad, der früher das Bett für Schwellen und Schienen gewesen war, einen aufgeschütteten Damm entlang, etwa fünf Meilen weit über Brücken hinweg und unter Brücken durch. Im Sommer war er so dicht überwuchert, daß er aus der Luft wie ein Waldstreifen aussehen mußte. Jetzt, im Winter, waren die Birken und Schmetterlingssträucher kahl, das Gras dünn und feucht, mit Unrat, durchweichtem Papier und rostigen Büchsen besät. Zwischen den Wolken schimmerte fahl der Mond, ein Schwamm, der in seifigem Wasser trieb.

Linker Hand erhob sich der steinerne Bogen, den die Mistley Avenue querte. Er war breiter als eine Brücke und nicht so tief wie ein Tunnel, ein feuchtes, dunkles Loch, durch das man undeutlich ein paar Lichter flimmern sah. In der Mitte hatte jemand irgendwann einmal eine Federmatratze weggeworfen, aus der noch immer Daunen rieselten. Im Mistley-Tunnel waren überall Federn zu finden: sie klebten an den Mauern oder auf dem Boden oder schwebten wie weiße Insekten durch das Dunkel. Pup schwenkte seine Lampe, und ihr Strahl zeigte ihm die grünlichen Wände, die vor Nässe trieften. Er hockte sich inmitten der Federn auf den Boden und zündete die Kerze an, die er mitgebracht hatte. Außerdem hatte er ein kleines Küchenmesser und eine Tasse mitgenommen. Er war der Meinung, daß seine Seele eine sichtbare und greifbare Form annehmen mußte, damit er sie übergeben konnte. Das Messer war sehr scharf, und er mußte nur einmal ganz leicht mit der

Klinge gegen den Daumenballen drücken, um das Blut sprudeln zu lassen. Ein paar Tropfen Blut fielen in die Tasse, und Pup betrachtete sie nachdenklich im Kerzenlicht. Jetzt, da er so weit gegangen war, wußte er kaum, was er für Worte sprechen sollte.

In einem der Gärten schrie in einer hohen Kastanie eine Eule. Es klang nicht melodisch, sondern kalt und unheimlich. Pup lauschte und wartete, bis der schrille, geisterhafte Schrei sich wiederholte. Und dann sah er die Eule, einen großen, flatternden Körper, der sich am Tunneleingang vom tintig roten Himmel abhob. Pup merkte plötzlich, daß er fror. Sein Blut tropfte langsam in die glänzende weiße Tasse. Er stand auf, streckte die Hände mit der Tasse aus und sagte:

«Satan, o Satan, das ist meine Seele. Wenn du mir alles gibst, was ich haben will, darfst du meine Seele nehmen und für immer behalten. Nimm sie jetzt. Als Gegenleistung mußt du mich glücklich machen.» Pup unterbrach sich und horchte in die vollkommene Stille hinein. Eine Feder schwebte von der Tunnelwölbung herunter, geriet in die Kerzenflamme und verbrannte darin. Ob das wohl das Zeichen dafür war, daß Satan seine Seele angenommen hatte? Er beschloß, diesen Umstand sofort auszunützen. «Laß mich wachsen», sagte er.

Dolly erzählte er erst zwei Wochen später davon, und auch da sagte er ihr nicht alles.

«Du hast was?» fragte sie.

Er las gerade Marlowes *Faustus* für die Prüfungen zur mittleren Reife. «Das kommt in einem Theaterstück vor, das wir in der Schule lesen. Ich dachte mir, daß es zumindest einen Versuch wert ist. Schließlich nützt mir meine Seele nichts, oder? Man sieht sie nicht, und man kann nichts damit anfangen. Da kann man sie doch genausogut dem Teufel verkaufen.»

«Und was bekommst du dafür?»

«Na ja», antwortete Pup vage, «einfach Sachen, die ich gern haben möchte. Alles, was ich will. Ich habe ihn schon um ein paar Sachen gebeten.»

«Du hättest ihm sagen müssen, er soll dafür sorgen, daß Mutter nicht stirbt», entgegnete Dolly, als rede sie mit jemandem, der sich erboten hatte, für die Kranke zu beten.

«Ich glaube nicht, daß er solche Sachen macht», meinte Pup nachdenklich und nahm sich ein zweites Schokoladenéclair.

Schon hatte Dolly – wenn auch verfrüht – begonnen, an Pup Mutterstelle zu vertreten, fütterte ihn mit Kuchen und nötigte ihn, viel Zucker in den Tee zu nehmen. Seine Gesundheit stärken, nannte sie es.

Harold, vor dem man ungestraft auch das intimste Gespräch führen konnte, weil er nie ein Wort hörte, wenn er las, hatte sein Buch an das Glas mit Ananasmarmelade gelehnt. Er aß Tomatenscheiben zu einem Ei-Schinken-Omelett auf amerikanische Art, indem er die Gabel aus der Hand legte, um die Teetasse aufzunehmen und zu trinken. Die linke Hand mußte er immer frei haben, damit er umblättern konnte. Dolly trank nie Tee. Wenn sie aus dem Krankenhaus zurückkam, würde sie oben in ihrem Zimmer zwei Glas Wein trinken – wie jeden Abend.

«Kommst du mit, Vater?» fragte sie. Da er sie nicht gehört zu haben schien, tippte sie auf den Umschlag von *Die Königin, die nie eine wurde*, eine Biographie der Sophia Dorothea von Celle. «Ich habe gefragt, ob du mitkommst?»

«Es ist schmerzlich für mich, in dieses Krankenhaus zu gehen», antwortete Harold.

«Sie freut sich aber, dich zu sehen.»

«Na, ich weiß nicht so recht», sagte er, eine seiner Lieblingsphrasen benutzend. «Es würde ihr keine Freude machen, wenn sie ahnte, wie schmerzlich es für mich ist.»

Nein, er begleitete sie nicht. Sie mußte allein gehen, wie gewöhnlich. Als sie weg war und Harold sich in den Raum zurückgezogen hatte, den er das «Frühstückszimmer» nannte – obwohl seines Wissens nie jemand dort frühstückte –, um den Abend mit Sophia Dorothea zu verbringen, stieg Pup in den ersten Stock hinauf, in dem sein Zimmer lag. Das Haus hatte zwei Stockwerke, doch das oberste wurde kaum benutzt. Pups Zimmer lag nach hinten hinaus, mit Blick auf die alte Eisenbahnlinie, die Rückfronten der grauen Stuckhäuser in der Wrayfield Road, den Nachbargarten auf der einen Seite, der Mrs. Brewer gehörte, und Mrs. Buxtons Garten auf der anderen. Pup schloß die Vorhänge aus sehr altem rosafarbenem und rehbraunem handgewebtem Leinen. Sie stammten noch von Harolds Mutter, der das Haus früher gehört hatte. An der Wand hatte Pup mit Dollys Maßband einen über einsachtzig langen senkrechten Strich gezogen, ihn auf einer Seite in Zentimeter unterteilt – weil er in der Schule das metrische System gelernt hatte. Auf der anderen Seite war eine Zoll-Skala, denn Zoll und Fuß waren ihm immer noch die vertrauteren Bezeichnungen, wenn er von der Größe eines Menschen sprach.

Er zog die Schuhe aus. Es war jetzt einen Monat her, daß er sich am 18. November zum letztenmal gemessen hatte, und damals war er noch einsneunundvierzigeinhalb gewesen. Monatelang hatte er einsneunundvierzigeinhalb gemessen, und als er sich jetzt wieder straff an den Meßstrich lehnte, krampfte sich ihm vor Spannung der Magen zusammen. Er schloß die Augen. Was sollte er nur tun, wenn er sein Leben lang einsneunundvierzigeinhalb blieb?

«Satan, o Satan!» flehte er.

Er machte über seinem Scheitel einen Strich, drehte sich um und sah nach. Einseinundfünfzig. Täuschte er sich? Nein, das glaubte er nicht. Wenn überhaupt, dann hatte er die Knie nicht so durchgestreckt wie sonst, und sein Haar war flacher, weil es erst frisch geschnitten war. Der neue Strich war zweifellos anderthalb Zentimeter höher als der letzte. Einseinundfünfzig. Jemand, der labil und eitel genug gewesen wäre, sich ein bißchen zu strecken, hätte leicht einszweiundfünfzig daraus machen können. Hatte das der Teufel für ihn getan? Eigentlich hielt Pup das für unwahrscheinlich – es war reiner Zufall.

Alle Yearmans waren ziemlich kurzgeraten. Harold war klein und mager, mit zweiundfünfzig so dünn wie ein Junge, und maß nicht sehr eindrucksvolle Einssiebenundsechzig. Laß mich wenigstens einssiebenundsechzig werden! flehte Pup und betrachtete sich in Großmutter Yearmans fleckigem Spiegel. Noch sechzehn Zentimeter, Satan, bitte! Faustus hatte nicht um körperliche Schönheit gebeten, und sie war ihm auch nicht versprochen worden. Vielleicht hatte er schon gut ausgesehen und war auch groß genug gewesen. Pup hatte das lange Yearman-Gesicht, die gewölbte Stirn, die lange, gerade Nase, den breiten Mund, das gelbbraune Yearman-Haar und die gelben Yearman-Augen, die von freundlich gesinnten Menschen hellbraun genannt wurden. Weder er noch Dolly hatten Ediths rotes Haar, ihre glänzenden lichtblauen Augen und die rosige, sommersprossige, zarte Haut der Rothaarigen geerbt. Mit meinem Aussehen wäre ich schon zufrieden, dachte er, wenn ich nur noch sechzehn Zentimeter wachsen würde.

Dolly konnte mit ihrem Aussehen nie glücklich werden. Ihr Aussehen war etwas ganz anderes, obwohl sie nie mit jemandem darüber sprach, und niemand wußte, was sie empfand. Pup nicht und nicht einmal Edith. Dolly hatte den Brief an die Zeitschrift nicht geschrieben, obwohl er von ihr hätte sein können: «Verunstaltet, Stockport, England» – so hieß das Kennwort, unter dem der Brief veröffentlicht worden war – schien an derselben Entstellung zu leiden. Die rechte Wange dem dunklen Fenster zugewandt, las sie die

Zeitschrift im Bus auf der Rückfahrt vom Krankenhaus, wo man ihr gesagt hatte, ihre Mutter werde das neue Jahr kaum erleben. Dolly saß im Bus immer auf einem rechten Fensterplatz, und wenn keiner frei war, wartete sie auf den nächsten Bus. Natürlich fuhr sie nur sehr selten mit öffentlichen Verkehrsmitteln. Sie war ja auch nie zur Arbeit gegangen.

«Die Anziehungskraft auf das andere Geschlecht hängt nicht davon ab, daß man körperlich hübsch ist, wissen Sie? Überlegen Sie mal, wie viele ziemlich häßliche Frauen einen ganzen Schwarm von Verehrern haben. Ihr Geheimnis ist Selbstsicherheit. Werden Sie eine Persönlichkeit, werden Sie zu einem interessanten Menschen, mit dem es Spaß macht, zusammenzusein. Versuchen Sie auszugehen, lernen Sie so viele Leute wie möglich kennen, und Sie werden entdecken, wie spannend es ist, neue Freunde zu finden. So spannend, daß Sie ihr Geburtsmal bald vergessen haben werden.» – Soweit die Antwort auf den Brief von «Verunstaltet, Stockport, England.»

Dolly hatte keine Freunde. Edith hatte sie gehegt und behütet, und sie fragte sich jetzt, was sie ohne Edith anfangen sollte. Als sie sechzehn war, hatte Edith sie überredet, von der Schule abzugehen. Daß sie sich eine Stellung suchte, kam nicht in Frage. Sie blieb zu Hause und half ihrer Mutter wie die Mädchen, die zur Zeit von Großmutter Yearman jung gewesen waren. Sie gingen miteinander einkaufen, und Edith brachte Dolly dazu, sich immer bei ihr einzuhaken.

«Sie helfen dem Mädchen nicht, indem Sie es behandeln wie eine Kranke, Edith», hatte Mrs. Buxton aus dem Nebenhaus gesagt. «Es gibt Mädchen, die schlimmer entstellt sind und ein normales Leben führen. Wenn ich meine Tochter in Finsbury Park besuche, sehe ich oft ein Mädchen, das auf der ganzen unteren Gesichtshälfte ein Feuermal hat, nicht nur auf der Wange wie Dolly, und dieses Mädchen fährt sein Baby im Kinderwagen spazieren. Ein bildhübsches Baby mit einer ganz reinen Haut.»

«Wir sind von einem Spezialisten zum anderen gelaufen», sagte Edith. «Keiner konnte helfen. Harold hat ein Vermögen ausgegeben.»

Dolly sagte nie ein Wort dazu. Sie saß an ihrer Nähmaschine und lernte unter Ediths Anleitung schneidern. Sie gingen nie irgendwohin, waren aber immer so angezogen, als seien sie zum Essen in ein Restaurant eingeladen. Sie trugen schicke, selbstgeschneiderte Kleider, hauchdünne Strumpfhosen, auf Hochglanz polierte

Schuhe, und ihr Haar war immer frisch gewaschen und gelegt. Dollys Haar war natürlich so sorgfältig frisiert, daß es wie ein Vorhang ihre Wange bedeckte. Der Höhepunkt ihres Tages war, wenn Pup zum Tee nach Hause kam.

Sieben Jahre war es so gegangen. Dolly war jetzt dreiundzwanzig.

«Nur gut, daß ich nie arbeiten gegangen bin», sagte sie zu Pup. «Da habe ich wenigstens gelernt, mich um dich zu kümmern und den Haushalt zu versorgen.»

Das Haus war groß und fast noch genauso möbliert wie zu Großmutter Yearmans Zeiten. Die meisten gleichartigen in der Manningtree Grove waren in Mietwohnungen unterteilt worden. Das Haus der Yearmans war schäbig und ziemlich dunkel. Auf den Fußböden, riesigen Linoleumflächen oder fleckigen Dielenbrettern, lagen ein paar alte Teppiche wie viereckige Inseln in einem Ozean. Die Installation war fast schon antik zu nennen, die elektrischen Leitungen bestenfalls unzuverlässig. Harold, Dolly und Pup waren an einem gemütlichen Heim und Hausarbeit nicht interessiert. Kaum, daß sie Weihnachten feierten. Pup hängte im Eßzimmer ein paar Papiergirlanden auf, aber da sie niemand abnahm, waren sie im März, als Edith starb, auch noch da. Es war Schnee gefallen, und er lag unberührt, jungfräulich, eine schimmernde Straße, auf der alten Eisenbahnlinie. Dolly fütterte die Vögel mit Kuchenkrümeln, die sie auf ein altes Bücherregal vor dem Küchenfenster streute, und warf einen Stein nach Mrs. Brewers Katze, die den Vögeln nachstellte. Sie traf die Katze nicht, würde es aber eines Tages tun. Sie haßte diese Katze, haßte alle Katzen, und dieser einen wollte sie es eines Tages heimzahlen.

Mrs. Buxton kam herein. Sie trug Gummistiefel, deren Schäfte abgeschnitten waren, weil sie zu dicke Waden hatte.

«Ich wollte dir nur sagen, wie leid es mir um deine Mutter tut, meine Liebe. Ich weiß, was sie dir bedeutet hat, sie war mehr als eine Mutter, wenn das überhaupt möglich ist. Und ich fühle so mit deinem armen kleinen Bruder. Wie merkwürdig, daß ihr im März noch Papiergirlanden hängen habt.»

Pup war im Februar sechzehn geworden, doch man hatte immer das Gefühl, er sei jünger, weil er so klein war. Er war ruhig, freundlich und höflich, und er machte keine Einwendungen, wenn Dolly verlangte, daß er sie küßte, bevor er in die Schule ging und wenn er wieder nach Hause kam. Der Mantel von Ediths Mütterlichkeit lag jetzt um Dollys Schultern, und sie war plötzlich mütterlicher als

Edith es je gewesen war. Sie machte sich seinetwegen Sorgen und fragte sich, warum er so beherrscht und zurückhaltend war.

Er hatte sich am 18. Januar und am 18. Februar gemessen, und immer war er ein bißchen gewachsen. Am 18. März maß er einsvierundfünfzigeinhalb. Er kaufte sich an einem Bücherstand ein Taschenbuch über Zauberei. Faustus konnte Gold machen, Geister beschwören und wußte durch die unglaublichsten Zaubertricks zu verblüffen. Immer mehr identifizierte sich Pup in dieser Zeit mit Faustus, obwohl eine gesunde Skepsis ihm sagte, daß dieser Wachstumsschub reiner Zufall war.

«Ich werde nie darüber hinwegkommen», sagte Harold nach Ediths Beerdigung in Golders Green. «Sie war die ganze Welt für mich. Ich komme nie darüber hinweg.»

Dolly holte ihm aus der Bücherei eine neue Biographie über die letzte Zarin, doch es dauerte einen ganzen Tag, bevor er imstande war, mit dem Lesen anzufangen. Er weigerte sich, in dem Zimmer zu schlafen, das er mit Edith geteilt hatte, und zog in das andere im ersten Stock mit Blick auf die Straße. Er erklärte, in Ediths Zimmer dürfe nicht das geringste verändert werden. Das hatte Königin Victoria auch für Prinz Albert getan, nachdem er gestorben war. Dolly mußte das Bett machen, das Laken zurückschlagen und eins von Ediths Nachthemden darauf zurechtlegen, obwohl Edith das nie getan, sondern ihr Nachthemd zusammengerollt unter das Kopfkissen geschoben und oft das Bett überhaupt nicht gemacht hatte.

Mrs. Collins, für die Dolly ein Kleid fertignähte, das Edith angefangen hatte, bevor sie ins Krankenhaus ging, sagte, Harold anzusehen, treibe einem die Tränen in die Augen. Als sie das Haus betrat, hatte sie ihn dabei überrascht, wie er mit einem Buch über die *Gothaischen Genealogischen Handbücher* die Treppe hinaufging. Sie hatte geglaubt, es sei die Bibel und sein Ziel das Zimmer seiner verstorbenen Frau. Mrs. Collins war auf eine merkwürdige Art religiös und Mitglied, ja, sogar ein leitendes Licht der «Adonaikirche der Guten Spiritisten» in Mount Pleasant Green.

«Er sollte sich uns anschließen», sagte sie. «Sie wird von der anderen Seite zu ihm durchdringen wollen.»

«Wahrscheinlich hätte sie lieber mich», entgegnete Dolly, mit einer Reihe von Stecknadeln zwischen den Lippen, und steckte, auf den Knien rutschend, den Saum an Mrs. Collins' Kleid ab. «Sie sollten mich auffordern.»

«Wir fordern Sie auf, meine Liebe», sagte Mrs. Collins. «Wir nehmen alle menschlichen Seelen bei uns auf.» Das klang, als sei Dolly eine Mißgeburt, die eben noch Anspruch auf diese Bezeichnung erheben konnte.

Pup stieg an der U-Bahnstation Highgate aus dem Bus und ging entlang der alten Eisenbahnlinie nach Hause. In einer Hand trug er die Schultasche, in der anderen eine Plastiktüte mit Zeichenpapier, Farben, blauer Haftmasse und Reißzwecken, die er in Muswell Hill gekauft hatte. Es war der 18. Juli, ein schöner Sommertag. Pup trug saubere Jeans, ein sauberes weißes Hemd und eine leichte graue Reißverschlußjacke. Dolly hätte ihn gern in grauen Flanellhosen gesehen, doch Pup, der sich in den meisten Dingen leicht lenken ließ, bestand auf Jeans. Er erlaubte auch nicht, daß sie sie für ihn nähte. Levi's mußten es sein, wie die anderen sie trugen, Wrangler oder irgendeine andere bekannte Marke, die «in» war. Pup war diesen Weg gegangen, weil er die alte Eisenbahnlinie mochte und außerdem seinem Freund Dilip Raj und noch einigen anderen ausweichen wollte, die in seine Schule gingen und auch in der Manningtree Grove oder der näheren Umgebung wohnten.

An diesem Nachmittag waren viele Leute auf der alten Strecke, hauptsächlich Kinder, die auf den Brückengeländern saßen, aber auch Erwachsene: ein junger Mann, der im Gehen eine Büchse vor sich herkickte, die er schließlich an der Northwood Road über das Geländer auf die unter der Brücke verlaufende Straße schoß, und Frauen, die mit ihren Hunden spazierengingen. Pup blieb stehen und streichelte den edlen Kopf eines Pyrenäischen Berghundes, der vom Milton Park zur Stanhope Road und zurück geführt wurde. Die Sonne schien in einem dunstigen Himmel, und alle Schmetterlingssträucher standen in voller Blüte, prangten mit einer Überfülle langer purpurner Trauben, auf denen sich ab und zu ein Pfauenauge oder ein Kleiner Fuchs niederließ. Die Schmetterlinge waren rar geworden, doch wenn die Sträucher an der alten Bahnlinie blühten, bekam man sie noch manchmal zu sehen.

Kurz vor dem Mistley Tunnel kletterte Pup durch Weißdornschößlinge, durch gelbblühendes Jakobskreuzkraut, rote Lichtnelken und Cola-Pappbehälter die Böschung hinauf und betrat den Garten durch die hintere Pforte. Dolly wartete auf ihn wie eine Mutter oder eine Ehefrau und hielt ihm die nicht entstellte linke Wange zum Kuß hin. Er küßte sie. Er hätte auch die andere Wange geküßt, denn er fühlte sich nicht davon abgestoßen. Dolly nahm einen Stein vom Fensterbrett – sie bewahrte dort immer einen kleinen Vorrat auf – und warf ihn nach Mrs. Brewers Katze.

«Du solltest mit Erdklumpen nach ihr werfen», sagte Pup. «Mit einem Stein kannst du ihr weh tun.»

«Sie läuft mir über alle Pflanzen», sagte Dolly, obwohl es im ganzen Garten keine Pflanze gab, die erwähnenswert gewesen wäre, nur die vielblütige Weißwurz und den schwarzen Nachtschatten und in der entsprechenden Jahreszeit ein paar anämische Heidekrautastern. «Was habt ihr heute in der Schule gemacht?» Dolly fragte ihn das oft, weil sie es für die Pflicht einer Mutter hielt zu fragen und vergaß, daß er schon sechzehn war.

«Differentialrechnungen», antwortete Pup ernst. Er hatte kaum eine Ahnung, was das eigentlich war, aber es machte Dolly glücklich, wenn er so etwas sagte. Halb bewußt und halb unbewußt hatte er vor einiger Zeit einen Kurs eingeschlagen, von dem er glaubte, daß er Dolly glücklich machen würde.

«Das klingt schwierig. Ist das deine Hausaufgabe?»

«Das und die finnisch-ugrischen Sprachen», sagte Pup und häufte sich Salami, Cornwall-Fleischpastete, Mixed Pickles, Kohlsalat und Battenburg-Kuchen auf den Teller.

Schultasche und Plastiktüte in der Hand, ging er durch die höhlenartige Halle – die Wände waren wie in einem altmodischen Krankenhaus oder einer alten Fabrik bis zur halben Höhe dunkelgrün und dann bis zur Decke hellgrün gestrichen, der Fußboden mit roten und schwarzen Fliesen ausgelegt –, als der Vater die Eingangstür aufschloß und das Haus betrat. Seit er verheiratet war, hatte Harold, wenn er heimkam, immer als erstes gesagt, er sei völlig erledigt. Pup begrüßte ihn höflich und freundlich wie immer.

«Hallo, Vater. Hast du einen schönen Tag gehabt?»

«Daß er schön war, könnte ich nicht gerade behaupten», sagte Harold. «Ich bin völlig erledigt.»

Pup ging in sein Zimmer hinauf. Es war heiß und stickig, und er öffnete das Fenster. Er zog die Schuhe aus. Heute fühlte er keine so große zitternde Erregung wie sonst, denn die Jeans, die ihm zu kurz geworden waren, sagten ihm, daß er gewachsen war, doch auf einsneunundfünfzigeinhalb hätte er nie zu hoffen gewagt. Einsneunundfünfzigeinhalb. Er wuchs tatsächlich und war nicht mehr der Kleinste in der Klasse. Dilip Raj und Christopher Theofanou waren kleiner als er.

Er zog die Schuhe wieder an und nahm das Zeichenmaterial aus der Tüte. Das Zauberbuch bei einer Seite mit Diagrammen aufgeschlagen, begann er auf einem Bogen Kartonpapier ein halbmondförmiges Gebilde zu zeichnen. Er hatte vier Bogen Papier, einen für jedes der vier Elemente. Die Zeichnungen waren für die vier Wände des Zimmers im obersten Stockwerk bestimmt, das er zu seinem Tempel ausersehen hatte.

Er wollte ein Magier werden.

2

«Nähst du mir einen langen Mantel?» fragte Pup.

«Meinst du einen Bademantel?»

Er schüttelte den Kopf. «Komm hinauf. Ich möchte dir etwas zeigen.»

«Ich verstehe», sagte Dolly wie eine gekränkte Mutter. «Wahrscheinlich hat es was mit dem Zimmer zu tun, in das du mich nicht hineinläßt. Ich weiß, daß du es abgesperrt und den Schlüssel weggenommen hast. Jetzt hält der hohe Herr es wohl für richtig, die Geheimkammer zu öffnen, ja?» Sie warf den Kopf zurück. «Ich weiß nicht, ob ich die Zeit erübrigen kann.»

Pup sah sie mit seinem unwiderstehlichen Lächeln an. «O doch, du hast Zeit, Liebes.» Manchmal nannte er sie «Liebes», und dann war sie so hingerissen, daß sie immer weich wurde. «Du kommst bestimmt mit. Es wird dir gefallen.»

«Na, schon gut.»

Sie gingen selten in den zweiten Stock hinauf. Oder, korrigierte sich Dolly, als sie die letzte Treppe hinaufstiegen, besser gesagt, ich gehe selten herauf. Früher waren die obersten Räume die Dienstbotenzimmer gewesen, hatte Edith ihr erzählt. Aber hatte in Crouch End jemand tatsächlich je Dienstboten gehabt? Das konnte, Dollys Meinung nach, nicht später als im frühen Mittelalter gewesen sein. Es waren fünf Zimmer mit niedrigen Decken, die Wände mit merkwürdigen ausgeblaßten Mustern tapeziert – Sträußchen aus bleichen, stockfleckigen malvenfarbenen Wicken oder mit blauen Bändern gebundene Gänseblümchen auf gelblichen Streifen. Das Linoleum auf dem Boden war rötlich, rehbraun oder blau, ein paar Möbel standen herum – ein Bett, ein Trumeauspiegel, ein Schrank, der auf vier Beinen stand und einen ovalen Spiegel hatte. Zweimal im Jahr fuhr Dolly hier mit dem Mop über den Boden und wischte Staub. Daher wußte sie auch, daß Pup die Tür eines der nach hinten hinausgehenden Zimmer abgeschlossen hatte. Es war merkwürdig, diese leeren, kaum bekannten Zimmer im eigenen Haus zu haben. Es war so, als gehöre es einem gar nicht. Ein Schatten flog Dolly über die Seele. Sie hatte manchmal Vorahnungen.

Pup schloß die Tür auf. Dolly schnappte hörbar nach Luft. Die Gänseblümchen auf den gelben Streifen waren verschwunden. Pup hatte mit matter schwarzer Farbe darübergestrichen. Die Decke war rot. Unter dem Fenster erkannte Dolly an seiner Form den alten Kartentisch aus Bambus, der im Zimmer mit den Wicken gestanden hatte, aber Pup hatte ihn mit einem schwarzen Tuch zugedeckt. An jeder der vier schwarzen Wände hing eine Art Poster mit einem sonderbaren Zeichen darauf. An der Nordwand das gelbe Quadrat für Erde, an der Ostwand der blaue Kreis für Luft, im Süden ein gleichseitiges, mit der Spitze nach oben zeigendes rotes Dreieck für Feuer und im Westen ein silberner Halbmond für Wasser.

«Es sind *tattwas*», sagte Pup, «die Symbole der vier Elemente. Ich werde zaubern.» Er sah ihrem Gesicht an, was sie dachte. «Nein, nicht so, keine Tricks, ich will keine Kaninchen aus Hüten zaubern.» Ein Buch nach dem anderen nahm er vom Tisch und zeigte es ihr: Eliphas Levi, A. E. Waite, Crowley. «Es ist so etwas wie eine Wissenschaft», sagte er, weil er wußte, daß er sie damit ködern konnte. «Man muß jahrelang studieren. Ich glaube, ich habe Talent dazu.»

Dolly sagte nichts. Sie hatte eines der Bücher aufgeschlagen und las die Worte einer Zauberformel, so esoterisch und schwer verständlich, so lang und so verworren, daß sie das Gefühl hatte, der Mensch, der das begreifen wolle, müsse ein Riese an Geisteskraft sein.

«Du kannst es vergessen, wenn du nichts davon wissen willst», sagte Pup. «Du mußt nicht mitmachen.»

«Oh, aber ich will mitmachen», antwortete Dolly hastig. «Wenn man es jahrelang studieren muß, mußt du wohl auch auf ein College gehen?» Sie war ehrgeizig für ihn und wollte nicht, daß er in Harolds Geschäft eintrat. Das war vielleicht die Lösung. «Was kannst du werden, wenn du fertig bist?»

Pup hätte fast laut aufgelacht. «Es geht nicht darum, was man werden, sondern darum, was man tun kann. Du kannst dir alles verschaffen, was du willst. Einfach alles.» Zweifel und Hoffnung malten sich auf Dollys Gesicht. «Machst du mir also den Mantel? Ich möchte einen goldenen Mantel mit einer schwarzen Sonne, einem schwarzen Mond und schwarzen Sternen drauf.»

«Die kann man aufsticken», sagte Dolly. Plötzlich merkte sie, daß er ihr über den Kopf gewachsen war. Das mußte erst vor kurzem passiert sein. Zärtlicher Stolz auf ihn regte sich in ihr. «Gehen wir hinunter, dann sehe ich gleich nach, was ich habe. O ja, der goldene Polyester müßte gehen, den ich bei John Lewis im Ausverkauf so günstig bekommen habe.»

Dolly saß am Fenster des Vorderzimmers an ihrer Nähmaschine und steppte die Seitennähte des goldenen Mantels, als sie auf der anderen Seite der Ligusterhecke Myra Brewer vorübergehen sah. Myra besuchte ihre Mutter, wie an jedem Donnerstagabend. Unter den überhängenden Zweigen der beiden Gingkobäume, die im Garten der Yearmans wuchsen, streckte sie die Hand nach oben und riß ein paar der zarten, gefiederten Blätter ab. Myra gehörte zu den Leuten, die nicht imstande sind, unter überhängenden Zweigen durchzugehen, ohne wahllos und achtlos Blätter abzurupfen. Diese Brewers, dachte Dolly, und zu «diesen Brewers» gehörte auch die Katze, hatten es darauf abgesehen zu beschädigen, was ihr gehörte. Sie schlug mit der Faust gegen die Fensterscheibe, aber Myra war schon vorbei. Niemand hatte so rotes Haar – nicht einmal Ediths Haar war so rot gewesen. Myra mußte es mit Henna färben. Im Nachbarhaus knallte Myra die Eingangstür hinter sich zu, und dann herrschte wieder Stille.

«Ich dachte schon, du kommst nicht mehr», sagte Mrs. Brewer, während ihre Tochter den Tee zubereitete – eine Mühe, die sie sich selbst nie gemacht hätte.

«Das sagst du immer. Du sagst immer: ‹Bist du nicht spät dran?› oder: ‹Ich dachte schon, du kommst nicht mehr.›»

«Wenn ich das sage, dann deshalb, weil es die Wahrheit ist. Du kommst immer zu spät, außer er bringt dich mit dem Wagen her. Wo ist er heute abend? Daheim beim lieben Frauchen, nehme ich an.»

Myra hätte weinen können, wenn die Mutter so mit ihr sprach. Es stimmte ja alles. Er war bei seinem Frauchen zu Hause, und sie war siebenunddreißig, und ihr Haar sah furchtbar aus, wenn sie es nicht mit Henna färbte. Sie war auf dem Weg hierher in West End Green auf der Damentoilette gewesen, und dort hatte jemand an die Wand geschrieben: «Das Leiseste, was es auf dieser Erde gibt, ist das Geräusch von Haar, das grau wird.»

«Es hat keinen Sinn, ein solches Gesicht zu machen», sagte Mrs. Brewer und tat Sahne in ihren Tee wie seinerzeit als junges Mädchen in Devonshire. «Und es hat keinen Sinn, jetzt niedergeschlagen zu sein. Du kannst mir noch so oft erzählen, daß wir in der zweiten Hälfte des zwanzigsten Jahrhunderts leben und diesen ganzen Humbug, aber ich sage dir, daß die menschliche Natur sich nicht ändert. Du hättest das Menetekel an der Wand sehen müssen, als seine Söhne ins Internat kamen, und er sich damals nicht von ihr scheiden ließ.»

Myra sagte nichts dazu. Für heute hatte sie genug von Menetekeln an der Wand.

«Dieses kleine Miststück mit dem Feuermal wirft schon wieder mit Steinen nach Fluffy», sagte Mrs. Brewer.

Fluffy war ein langhaariger Tigerkater, den Mrs. Brewer einen Perser nannte. Manchmal saß er auf dem Pfosten des Zaunes, der das Grundstück der Yearmans von dem des Nebenhauses trennte. Mrs. Brewer bewohnte die Erdgeschoßwohnung, und die Leute im ersten und zweiten Stock hatten ebenfalls Katzen. Aber nur Fluffy thronte auf dem Pfosten. Dolly behauptete, in Crouch End gebe es mehr Katzen als im ganzen übrigen London.

«Es gibt in London auch mehr Mäuse als Menschen», wandte Pup ein, der in solchen Dingen Bescheid wußte.

Edith hatte den Garten im Herbst immer in Ordnung gebracht, die Heideastern zurückgeschnitten, die schwarzen Nachtschatten mit den Wurzeln ausgerissen und das Laub zusammengekehrt. Dolly war überzeugt, daß sie das in Zukunft tun mußte. Die Baumwollhandschuhe anzuziehen, die ihrer Mutter gehört hatten, ihre Baumschere und den kleinen rot und silbern lackierten Spaten zu benutzen, ließ die Erinnerung an Edith unerhört stark wieder aufleben. Wenn Dolly die Augen schloß, sah sie Edith fast leibhaftig vor sich: das magere, spitze Gesicht, das feurige rote Haar, und sie glaubte auch, das nach Verbenen duftende Toilettenwasser zu riechen. Tränen schossen ihr in die Augen. Mit wütendem Eifer stürzte sie sich in die Arbeit und begann Unkraut auszustechen.

Fluffy kam wie ein Seiltänzer den Zaun entlangstolziert, kratzte am Pfosten und schwang sich dann hinauf. Dolly beobachtete ihn, während er kratzte, und dann wieder, als er sich setzte. Die Manningtree Grove war lang und schnurgerade und trotz der am Straßenrand Stoßstange an Stoßstange parkenden Wagen ziemlich breit. Die Autofahrer benutzten sie als Durchgangsstraße zwischen Crouch End Hill und Stroud Green. Die Wagen fuhren sehr schnell, besonders jene, die von siebzehn- oder achtzehnjährigen Jungen gesteuert wurden. Dolly hörte ein Auto kommen, als es dort, wo die

Mistley Avenue kreuzte, über den Buckel holperte. Sie wußte, was sie tat, und wußte es doch nicht genau. Ihre Absicht war zur Hälfte Phantasie. Sie richtete sich auf, klatschte in die Hände und schrie. Fluffy sprang vom Pfosten herunter und flüchtete auf die Straße.

Dolly hörte den Wagen vorüberrasen, ohne Pause, ohne zu bremsen. Er war sehr schnell gefahren. Keiner dachte sich etwas dabei, wenn er mit über achtzig Stundenkilometern hier durchjagte. Dolly wartete darauf, daß Fluffy zurückkam, am Pfosten kratzte und sich dann oben hinsetzte. Sie suchte sogar einen Stein aus, den sie nach ihm werfen wollte. Nach einer Weile legte sie den Spaten weg, ging den Pfad hinunter, trat auf die Straße und sah nach. Fluffy lag auf der gegenüberliegenden Seite in der Nähe des Kanalgitters zwischen der vorderen Stoßstange eines roten Datsun und der hinteren Stoßstange eines grünen Volvo. Dolly überquerte die Straße. Fluffy war tot, schlaff, wenn auch noch sehr warm. Aus einem Mundwinkel floß ein bißchen Blut, äußere Verletzungen hatte er keine. Die Wucht des Aufpralls hatte ihn getötet und zur Seite geschleudert. Dolly wurde übel. Sie ging ins Haus zurück und wusch sich die Hände.

Mrs. Brewer war um diese Zeit nicht zu Hause gewesen. Sie fand den toten Fluffy am Abend, setzte sich hin und weinte. Sie versuchte Myra anzurufen, doch Myra war mit dem verheirateten Mann ausgegangen. Dolly, die vor dem Abend nur selten etwas trank, und auf keinen Fall vor halb sechs, mußte sich nach dem Zwischenfall mit Fluffy ein Glas Wein einschenken – und dann noch ein zweites. Eine Inderin, Mrs. Das, die über Mrs. Buxton wohnte, hatte Dolly schreien gehört und gesehen, wie Fluffy flüchtete. Sie erzählte es Mrs. Brewer. Nicht, weil sie Katzen liebte – dort, wo sie herkam, waren Katzen geächtet, weil man glaubte, sie seien von bösen Geistern besessen –, sondern weil, von anderen Indern abgesehen, Mrs. Brewer zu den wenigen Leuten im Viertel gehörte, die sich herabließen, mit Mrs. Das zu sprechen. Dolly sprach nicht mit ihr, und Mrs. Das konnte ja nicht wissen, daß Dolly mit fast niemandem redete.

Es gab jedoch keine Beweise und keinen offenen Tatbestand, so daß Mrs. Brewer nichts unternehmen konnte. Aber sie erzählte es allen, die sie kannte.

«Ihre Mutter war eine der nettesten Frauen, die man sich vorstellen kann», sagte Mrs. Buxton. «Ihre Myra erinnert mich in gewisser Weise an Edith Yearman.»

Myra hatte Dollys Mutter nie gesehen, die schon krank gewesen war, als Mrs. Brewer ins Nebenhaus zog. «Wieso denn das?»

«Das Haar, zum Beispiel. Die Augen. Natürlich ist Myra ein bißchen zu wuchtig, sie müßte schlanker werden.»

«Reizend», sagte Myra zu ihrer Mutter. «Das nenne ich im Glashaus sitzen und mit Steinen werfen.»

Mrs. Brewer achtete nicht auf das, was ihre Tochter sagte. «Diese Dolly kann nicht richtig im Kopf sein. Bringt ganz einfach ein Kätzchen um.»

Pup hatte den Eindruck, daß er endgültig aufgehört hatte zu wachsen. Im Februar war er siebzehn und knapp einssiebzig gewesen, und knapp einssiebzig war er auch jetzt noch. Soviel er wußte, hatte jedoch bisher kein Yearman diese Größe erreicht, und er war zufrieden. In dem goldenen Gewand mit den darauf applizierten Gestirnen war er eine recht imponierende Gestalt.

Laut Eliphas Levi, dem Autor von *Die Doktrin und das Ritual der transzendentalen Magie*, kann ein Magier ein Messer erstehen, um es als Dolch zu benutzen, vorausgesetzt, er benutzt dieses Messer auch zur Herstellung seiner anderen elementaren Waffen. In der großen Eisenwarenhandlung in Muswell Hill kaufte Pup sich ein Messer, malte den Namen «Luzifer» mit Farbe auf den Griff und auf die andere Seite den alttestamentarischen Namen für Feuer. Er konnte mit dem Messer seinen Zauberstab und sein Pentagramm schnitzen, bezweifelte jedoch, daß ihm eine Tasse gelingen würde.

An der alten Eisenbahnlinie waren die Büsche und die Zweige der Bäume noch kahl. Es war ein kalter Frühling gewesen. Harold hatte die Grippe gehabt und Dolly ebenfalls, wenn auch nur leicht; der Virus hatte in Pups Schule gewütet, und jetzt war Mrs. Brewer erkrankt. Mrs. Brewer war fett und schon älter, und ihre Grippe wurde zur Bronchitis. Myra zog zu ihr, behielt aber ihre Stellung als Halbtagssprechstundenhilfe bei einem Zahnarzt in Camden Town. Doch abends und nachts war sie immer da. Seit Jahren arbeitete sie nicht mehr ganztags, da sich der verheiratete Mann am Nachmittag am ehesten mit ihr treffen konnte.

«Er wird dich nicht vermissen», sagte Mrs. Brewer und nieste. «Jetzt kann er sich wieder mehr dem kleinen Frauchen widmen.»

«Ich weiß nicht, warum du so grausam zu mir bist, obwohl ich alles für dich tue», erwiderte Myra.

«Es steht geschrieben, daß es eine Grausamkeit gibt, die eigentlich Güte ist. Du hast nichts, ist dir das überhaupt klar? Nicht einmal ein Dach über dem Kopf. Das kleine Miststück mit dem Feuermal, das Fluffy ermordet hat, besitzt mehr als du und ist nur halb so alt. Auf jeden Fall gehört das Haus ihrem Vater.»

«Dieses große Haus gehört ihm? Ihm allein?»

«Ihm allein, Miss. Und außerdem hat er noch ein hübsches, kleines Geschäft am Broadway in der Nähe der Victoria Street. Hodge und Yearman, Schreibmaschinen und Sofortdruck. Ich bin erstaunt, daß du es nicht gesehen hast, wenn du in *seinem* Wagen vorbeigefahren bist.»

«Schon gut, Mutter, um Himmels willen! Und jetzt fängst du wieder zu husten an.»

Sehr früh am Morgen stiegen Pup und Dolly zur alten Eisenbahnlinie hinunter und suchten einen Zweig für Pups Zauberstab. Eliphas Levi, sagte Pup, habe in seinem Buch angeregt, daß es ein ganz gerader Zweig von einem Mandelbaum oder Haselstrauch sein müsse, mit einem einzigen Schnitt des magischen Messers oder der goldenen Sichel, vor Sonnenaufgang und unmittelbar vor der Blüte, vom Stamm getrennt. Pup hatte seinen Dolch mit dem bemalten Griff mitgenommen und war ganz für das feierliche Ritual bereit.

Es war ein kühler, klarer Londoner Morgen und die alte Bahnlinie grün wie ein ländlicher Feldweg. Das Gras und die knospenden Bäume waren mit kaltem, hell funkelndem Tau bedeckt. Dolly hatte kaum einmal den Morgen heraufdämmern sehen, doch sie vermutete, daß der Himmel dann wie nach Sonnenuntergang mit Gold übergossen war. Zwischen dunklen Wolkenbänken war der Himmel bläulich fahl. Die Vögel hatten, schon lange bevor sie und Pup die Böschung hinuntergeklettert waren, lauthals und unmusikalisch zu zwitschern begonnen.

Pup wußte, wann die Sonne aufgehen würde, er hatte ein Gespür für solche Dinge. Beide waren sich zwar nicht so sicher, ob sie einen Mandelbaum oder Haselstrauch erkennen würden, doch Pup sagte, Glaube und Liebe zählten mehr als Genauigkeit. Sie gingen durch den Mistley Tunnel und den Graben zwischen den von Unkraut überwucherten Bahnsteigen entlang, die als einziges noch an den Bahnhof erinnerten, den es hier einmal gegeben hatte – Mount Pleasant Green. Sie hatten viel Zeit und gingen fast bis zur Tollington Road, über Brücken, durch Tunnel, über taufeuchten Rasen, und dann endlich entdeckten sie einen Strauch, den Pup für einen Haselstrauch hielt. Von diesem Strauch schnitt er, als das Gelb des

Himmels heller zu werden begann, mit einem kühnen Schwung seines Armes eine schlanke Rute ab, an der goldene Kätzchen hingen.

Sie kehrten auf demselben Weg nach Hause zurück. Die Luft war noch nicht mit Abgasen verpestet, den Ausdünstungen des Verkehrs, der unter den Brücken durch- und über die Brücken hinwegrollte. An der alten Eisenbahnlinie konnte man die Baumblüte, das grüne Gras und den Wiesenkerbel riechen, der überall in die Höhe schoß und die stinkenden, nassen Zeitungen, die leeren Büchsen, zerbrochenen Flaschen, Federn und Zigarettenstummel zudeckte. Die Luft war frisch, die Sonne strahlte vom Himmel, aber es war kalt wie mitten im Winter.

Dolly hatte ihre Löwenmähne so frisiert, daß sie das halbe Gesicht verdeckte. Sie trug ein Tweedkostüm und einen roten Pullover – von denen kaum jemand vermutet hätte, daß sie in Heimarbeit entstanden waren – und bequeme braune Lederschuhe mit vernünftigen Absätzen. Von Zeit zu Zeit sah sie Pup an, der seinen Zauberstab liebevoll, stolz und voller Hoffnung wie ein Zepter schwenkte. Er hatte eine Löwenmähne wie sie, ihm aber reichte sie nur bis zu den Ohrläppchen, was ihm einen Ausdruck ernsthafter Unschuld verlieh. Sein Gesicht war schmal und oval, die Nase lang und gerade, und er hatte die vollen Lippen eines Heiligen oder Zuschauers auf gewissen mittelalterlichen Gemälden. Er war sehr dünn und hatte einen leichten Gang. Obwohl er Jeans, Pullover und Jacke trug, machte er in seiner Adrettheit irgendwie den Eindruck, viel förmlicher angezogen zu sein.

Kurz nach halb sieben bogen sie um die Ecke der Manningtree Grove. Dolly hatte ihre Strumpfhose auf der Böschung nicht noch einmal in Gefahr bringen wollen, daher hatten sie in Mount Pleasant Gardens die Treppe genommen.

Harold mußte herausgekommen sein, um die Milch ins Haus zu holen, denn er stand, eine Milchflasche wie ein Kind in jedem Arm haltend, als seien es Zwillingsbabys, auf dem Gartenweg und unterhielt sich über den Zaun mit Myra Brewer.

Mit einer instinktiven Geste, die fast ein Reflex war, zog Dolly den Haarvorhang über die Wange. Myra Brewer trug eine leuchtend grüne Bluse und einen grün und marineblau karierten Rock, eine goldene Uhr und ein paar Goldketten, und sie prangte im vollen Schmuck ihrer Kriegsbemalung, die für eine Fernsehtalkshow bei stärkstem Scheinwerferlicht ausgereicht hätte.

«Guten Morgen, Myra», sagte Pup, der ihr zwar nie vorgestellt worden war, aber zufällig wußte, wie sie mit Vornamen hieß.

Myra sagte «hallo». Pup lächelte liebevoll seinen Vater an, gab Dolly den Haselzweig und nahm Harold die beiden Milchflaschen ab, als seien sie eine zu schwere Last für ihn oder hinderten ihn irgendwie an der Fortsetzung der Unterhaltung. Am selben Tag, nach der Schule, streifte Pup die Kätzchen und Blattknospen von seinem Zauberstab und strich ihn gelb an. Dann malte er eine schwarze Spirale darüber, auf die er den Namen «Luzifer» schrieb. Dolly gab ihm ein Wasserglas, das letzte, das von einem Kristallsatz übrig war, und er benutzte es als Tasse, nachdem er ebenfalls den Namen «Luzifer» und das Zeichen für das Element des Wassers aufgemalt hatte. Das Pentagramm war schon schwieriger zu bekommen. Schließlich entdeckte er in Hornsey einen Laden, wo man ihm eine runde Sperrholzscheibe zurechtschnitt. Pup sagte, er brauche sie als Rückwand für einen Spiegel.

Dolly wurde eingeladen, bei der Zeremonie anwesend zu sein, bei der die den vier Elementen zugeordneten Waffen geweiht werden sollten. Pup hatte sie gebeten, ein Glas Rotwein, eine Scheibe Brot und eine Untertasse voll Salz mitzubringen. Er brauchte auch eine Rose, doch sie hatten keine im Garten. Dolly wartete, bis es dunkel war, steckte dann die Hand durch den Zaun und pflückte eine Knospe von Mrs. Buxtons *Gaujard*-Rosen, die eben am Aufblühen waren. Pup bereitete sich sein heiliges Wasser selbst. Mit dem Gesicht nach Norden an der Südseite seines Altars stehend, streckte er die Hand über die Untertasse mit dem Salz und sang eintönig:

«Möge Weisheit in diesem Salz Wohnung nehmen, und möge sie meinen Geist und meinen Körper vor Fäulnis, Verfall und Verderbtheit bewahren. Mögen alle Phantome daraus entweichen, auf daß es zu himmlischem Salz werde, Salz der Erde und Erde aus Salz. Möge es den Ochsen nähren, der da drischt, und meine Hoffnung mit den Hörnern des beflügelten Stiers stärken. So sei es.»

Er hatte den Text aus einem Buch auswendig gelernt. Wenn man das Salz und etwas Asche von den Räucherstäbchen mit dem Wasser vermischte, wurde es heilig. Dolly saß auf dem Boden auf einem Kissen, beobachtete ihn aufmerksam und fühlte tiefe, prickelnde Erregung. Pup ging mit dem Glas heiligen Wassers im Kreis herum und besprengte die vier Bereiche des Tempels damit. Er zündete ein Räucherstäbchen an, ging wieder im Kreis und sagte:

«Und wenn du, nachdem alle Phantome verschwunden sind,

das heilige formlose Feuer siehst, das Feuer, das durch die verborgenen Tiefen des Universums züngelt und lodert, dann höre, du *Stimme des Feuers*!»

Es kam noch viel mehr. Die Zeremonie dauerte zwei Stunden, und Dolly genoß jede Minute. Als Pup die Arme hob und die weiten goldenen Ärmel wie Wimpel herunterhingen, erschien auf seinem Gesicht ein Ausdruck der Verzückung, und aus seinen Augen leuchtete priesterliche Leidenschaft. Er war von der Magie besessen, das gab er selbst zu. Er las nur noch Bücher über Magie, und das mochte schuld daran sein, daß er seine mittlere Reife nur mit Mühe und Not bestand. Es schien mehr als zweifelhaft, daß er die Schule bis zum Abitur schaffen würde. Da das Wort «Magier» irgendwie frivol, ja, fast nach Scharlatanerie klang, bezeichnete Pup sich als «Geomant».

«Kannst du denn Geomant sein, wenn du kein Abitur hast?» fragte Dolly, die zu denken schien, daß es sich um einen Beruf handelte, der dem eines Computerfachmanns oder eines Physikers gleichzusetzen war.

Pup nahm ihr nicht ihre Illusion. Er fing an zu begreifen, daß er durch Ediths Tod eine Köchin und Haushälterin verloren und eine Mutter bekommen hatte. Es schien schon sehr lange her zu sein, daß er sich in den Daumen geschnitten und seine Seele dem Teufel verkauft hatte. Und seit langem hatte er um nichts mehr gebeten. In seine Robe gehüllt, den Dolch in der Hand, stand er vor seinem Altar und bat um die ihm angemessene Version all der Dinge, die Faustus ersehnt hatte: eine erfolgreiche berufliche Laufbahn, magische Kräfte, Reichtum, die schöne Helena – aber eine Helena in vielfacher Ausführung und eine, die er haben konnte, die nicht verschwand, wenn er nach ihr die Hände ausstreckte.

3

In einem Haus am Stroud Green-Ende von Mount Pleasant Gardens, mit Blick auf das, was vom alten Anger noch übrig war, und dem Versammlungssaal der Adonaikirche der Guten Spiritisten gegenüber, saß Diarmit Bawne in seinem Zimmer im obersten Stock.

Es war ein sogenanntes Doppelzimmer, weil zwei Betten darin standen, obwohl es nicht ganze vierzehn Quadratmeter maß. Das andere Bett hatte Conal Moore, ein angeheirateter Verwandter von

Diarmits Familie, innegehabt. Conal war nicht mehr da, und niemand wußte, wann er zurückkam. Inzwischen waren drei Wochen verstrichen, und Diarmit wartete ängstlich und besorgt auf ihn. Diarmit hatte keine Arbeit und kein Zuhause außer diesem Zimmer, und er kannte keine Menschenseele in London. Zum Glück gab es das Amt für Gesundheits- und Sozialwesen, das ihn erhielt und die Zimmermiete bezahlte.

In diesen Tagen verbrachte Diarmit viel Zeit damit, am Fenster zu sitzen, auf die Straße und auf Mount Pleasant Green hinauszusehen, weil in dieser Richtung die Crouch Hill-Station lag und Conal Moore diesen Weg nehmen mußte, wenn er wiederkam. Der alte Anger lag verlassen da, bis auf die Tauben, die dort herumhüpften, und den Dalmatiner und den Colliemischling, die halbherzig hinter den Tauben herjagten und die Mülltonnen durchstöberten. Mit einem Teebeutel und Milchpulver brühte sich Diarmit eine Tasse Tee auf. Conal hatte zwei große Büchsen Milchpulver und drei große Packungen Teebeutel, ein paar Nudeln und Curry-Fertiggerichte dagelassen, die man mit heißem Wasser aufgießen mußte, um eine Mahlzeit zu bekommen. Sonst aber war nichts mehr von ihm da, nicht einmal ein paar Kleidungsstücke. Diarmit wünschte sich ihn zurück, weil er sich vor dem Alleinsein immer mehr fürchtete. Er kannte niemanden im Haus, und es war schon ein paar Tage her, seit er mit jemandem gesprochen hatte. Er saß am Fenster, trank Tee, beobachtete den Dalmatiner und den Collie und beobachtete die Kastanienblätter, die auf das nasse grüne Gras fielen.

Er war vierundzwanzig, das jüngste von zwölf Kindern und kam aus dem Distrikt Armagh in Nordirland. Als er neun war, hatte eine für ein britisches Parlamentsmitglied bestimmte Bombe seine Mutter getötet. Diarmit war dabeigewesen, als die Bombe explodierte, und er hatte gesehen, was sie aus seiner Mutter gemacht hatte. Er selbst war unverletzt – oder scheinbar unverletzt geblieben. Sein Vater war lange Zeit vorher nach Amerika gegangen, um sich dort «umzuschauen». Er hatte sich umgeschaut und war nie zurückgekommen. Diarmits Brüder und Schwestern waren über die britischen Inseln verstreut. Zuerst ging er zu seiner ältesten Schwester nach Dublin, doch sie hatte selbst sieben Kinder, und noch eins mehr war zuviel für sie. Also wurde Diarmit an seine beiden in Liverpool lebenden Schwestern weitergereicht, bei denen er abwechselnd wohnte.

Er hatte einen Bruder in Belfast, einen Metzger mit einem eigenen Laden. Er war der erfolgreichste und wohlhabendste aller

Bawnes. Mit sechzehn wurde Diarmit zu seinem Bruder geschickt, um das Metzgerhandwerk zu lernen. Dort blieb er zwei Jahre. Dann wurde eines Tages die ganze Straße bombardiert und von der dem Laden gegenüberliegenden Seite blieb nur ein Trümmerhaufen übrig. Weder der Metzger noch Diarmit wurden verletzt, aber Diarmit verschwand und wurde ein paar Tage später etwa zwanzig Meilen von Belfast entfernt aufgegriffen. Er strich ziellos umher und hatte Sprache und Gedächtnis verloren.

Er verbrachte ein Jahr in einer Nervenheilanstalt, obwohl er nie für geisteskrank erklärt worden war. Nach seiner Entlassung ging er nach Liverpool zurück und wohnte wieder abwechselnd bei seinen beiden Schwestern. Keine wollte ihn. Familienkonferenzen wurden abgehalten, bei denen es um die große Frage ging, was man mit Diarmit machen, was für einen Job man ihm verschaffen und wo man ihn für dauernd unterbringen konnte. Die Armee wäre eine Möglichkeit gewesen, Landarbeiter, Busfahrer, Werkschutzmann, Parkuhr-Kontrolleur. Seine Krankengeschichte war gegen ihn: der Gedächtnisschwund, das Jahr in der Nervenheilanstalt, der Verlust der Sprache, der hin und wieder auch noch später vorübergehend auftrat. Er lebte mehr oder weniger immer von Sozialhilfe. Manchmal bezweifelte er, daß er tatsächlich existierte, und diese Zweifel waren besonders stark, wenn seine Sprache ihn im Stich ließ oder seine Schwestern gereizt seine Anwesenheit ignorierten und ihre Kinder sich so benahmen, als sei ein Raum, in dem er sich aufhielt, leer.

Conal Moore war der Schwager seiner Schwester Mary. Er wohnte in London und arbeitete in der Delikatessenabteilung von Budgen's Supermarkt. Jedes einzelne Familienmitglied, und alle, die der Familie irgendwie verbunden waren, suchten nach einer Möglichkeit für Diarmit, damit Mary endlich von ihm befreit würde. Daher war es allen höchst willkommen, wenn auch nicht sonderlich überraschend, von Conal zu hören. Conal sagte, er könne Diarmit einen Job in der Fleischabteilung besorgen, denn schließlich habe er die Metzgerei erlernt, und wenn er nach London kommen wolle, könne er auch bei ihm wohnen, bis er etwas Eigenes gefunden habe.

Diarmit war in die Mount Pleasant Gardens gekommen und hatte dort einen Zettel und den Zimmerschlüssel vorgefunden. Zettel und Schlüssel lagen auf einem Tisch in der Eingangshalle, zusammen mit der Post für die anderen Mieter. Diarmit konnte seinen Namen auf dem Zettel lesen, aber nichts sonst. Mit Druckbuchstaben kannte er sich besser aus und brachte eine Menge von dem heraus, was in den Zeitungen stand. Vor Handschriften mußte er jedoch kapitulieren. Er war in das Zimmer hineingegangen, wartete seither geduldig auf Conal und fragte sich, was auf dem Zettel stehen mochte.

Der Zettel steckte in seiner Tasche. Er trug ihn immer bei sich. Eine seiner Schwestern lebte in London. Sie hieß Kathleen, war verheiratet und wohnte in Kilburn. Jeden Tag nahm Diarmit sich vor, Kathleen zu besuchen, damit sie ihm Conals Nachricht vorlas und er mit jemandem sprechen, mit jemandem zusammensein konnte. Doch mit jedem Tag fiel es ihm schwerer, es zu tun, und war inzwischen zu einer nicht zu bewältigenden Anstrengung geworden. Er war in Kilburn gewesen, es war nicht schwierig, von Mount Pleasant Green hinzukommen: man nahm den Zug von Crouch Hill nach Brondesbury, das war keine Kunst. Diarmit hatte auch die Straße gefunden, in der Kathleen wohnte, doch er hatte es nicht fertiggebracht, zum Haus zu gehen und an die Tür zu klopfen. Er fürchtete sich zu sehr. Manchmal dachte er, es wäre vielleicht besser, den ganzen Weg zu Fuß zu gehen, dann wäre er nicht so schnell und so plötzlich am Ziel wie mit dem Zug.

Als er den Tee ausgetrunken hatte, zog er die Jacke an, ging hinunter und verließ das Haus. Er ging über den alten Anger auf Crouch End zu. Es gab eine Filiale von Budgen's Supermarkt in Crouch End und eine in Muswell Hill, aber keine hatte eine Fleischabteilung. Vielleicht gab es noch andere, die er nicht kannte, doch fragen konnte er nicht, er wußte nicht, wie er fragen oder die Frage formulieren sollte.

Es war ein ziemlich kalter, schläfriger und irgendwie lustloser Herbsttag. Diarmit ging zu Budgen's und kaufte einen Laib Brot, nichts sonst. Er war verblüfft, daß es keine Fleischabteilung gab, nur eine Theke, an der schon verpackte Fleischstücke zum Verkauf auslagen. Er sagte zu dem Mädchen an der Kasse «danke», aber es antwortete nicht. Er fragte sich, ob es ihn überhaupt sah oder hörte, und dachte daran, plötzlich laut aufzuschreien, wagte es aber nicht. Noch nie war er so allein gewesen wie jetzt, immer hatte er, ob in guten oder in bösen Tagen, mit seiner Familie eng in Verbindung gestanden.

Er trat wieder in den unfreundlichen grauen Nachmittag hinaus. Der Crouch End Broadway war sehr belebt, die Leute schlenderten, huschten oder marschierten schnell und energisch vorbei und achteten nicht auf die Kleinen und Schüchternen, die ihren Weg kreuzten. Ihre Gesichter waren mürrisch und feindselig oder gleichgültig. Nachdem Diarmit das Brot gekauft hatte, wollte er nicht mehr zu Kathleen, sondern in die Mount Pleasant Gardens zurückkehren und auf Conal Moore warten.

Eine Frau im Pelzmantel, die vor ihm herging, ließ eine Plastiktüte in einen an einem Laternenpfahl befestigten Papierkorb fallen. Diarmit sah sich nach allen Seiten um, ob jemand zu ihm herschaute, nahm dann die Tüte heraus und legte das Brot hinein. Es war eine glänzende olivgrüne Tüte mit der Aufschrift «Harrods» in Goldbuchstaben. Einen kleinen, aufgeschnittenen, verpackten Laib Brot in einer Tüte von Harrods in der Hand tragend, überquerte Diarmit den alten Anger, und die Tauben flüchteten hüpfend und flügelschlagend vor ihm.

4

Am Ende des Sommersemesters ging Pup von der Schule ab. Der letzte Schultag war Donnerstag, und am Montagmorgen brach er mit Harold auf, um bei Hodge und Yearman zu arbeiten. Jimmy Hodge, der dreißig Jahre lang Harolds Partner gewesen war, hatte sich vor kurzem aus dem Geschäft zurückgezogen.

Dolly war verärgert und enttäuscht. Sie hatte sich gewünscht, daß Pup das Abitur machte und an die Universität ging. Er hatte so viele Bücher gelesen, so viel gelernt und so viel Zeit im Tempel verbracht, und jetzt war alles sinnlos gewesen.

«Es war nicht sinnlos», sagte Pup. «Ich werde in meiner Freizeit weiterstudieren, werde es am Abend tun.»

Während er in der Arbeit war, lieh Dolly sich ein paar seiner Bücher aus und versuchte, sie zu lesen. Das Thema war ungeheuer umfangreich, und in ihrem Kopf drehte sich alles. Der Stein der Weisen, die Uralten Mysterien, die Kabbala. Dr. Dee und Helena Blawatzky, Magnetismus und die Goldene Blume – von all diesen Dingen begriff sie nur, daß der Eingeweihte, der Magier, sobald er all das gelernt hatte, alles erreichen und alles bekommen konnte, was er sich wünschte. Es ist eine richtige Wissenschaft, dachte Dolly, für die «Wissenschaft» etwas war, das man ernsthaft und konzentriert studieren mußte und das sich aus tausenden von Fakten zusammensetzte. Und man mußte sie alle kennen. Welche andere Wissenschaft konnte so kompliziert sein und so hohe Ansprüche an den Verstand stellen? Dolly las über den magischen Orden der Goldenen Morgendämmerung, eine Gruppe oder einen Kreis von Magiern, der 1888 gegründet worden war und dem, wie es schien, all die großen Namen angehört hatten, die in den Büchern auftauchten. Sie stellte sich vor, daß Pup eines Tages ein zweiter Waite oder Regardie sein würde und weltberühmt als Autor eines wissenschaftlichen Buches, das ebenso gewichtig war wie jene, die er so heißhungrig verschlang.

Pup war lerneifrig wie ein Student, als er seine lange berufliche Ausbildung begann. Er und Harold kamen gemeinsam von der Arbeit nach Hause. Manchmal hielten sie sich unterwegs in der Zentral-Bibliothek auf, um Harolds Bücher umzutauschen. Sie tranken Tee, und sobald Harold sich mit den Memoiren einer Prinzessin von Thurn und Taxis ins Frühstückszimmer zurückgezogen hatte oder einen seiner geheimnisvollen Spaziergänge unternahm – die wahrscheinlich in einer Kneipe ihr Ende fanden –, stieg Pup in seinen Tempel hinauf. Magie war für ihn genauso zur Besessenheit geworden wie das Fußballspiel für viele seiner Altersgenossen. Der Okkultismus hatte ihn gepackt. Er konnte es kaum erwarten, in sein goldenes Gewand zu schlüpfen und eine Zauberformel zu sprechen, sich die Tarotkarten zu legen oder die Astralprojektion zu studieren.

Er erstellte Horoskope und fertigte Glücksbringer an. Er ging wieder in den Laden, in dem der Mann ihm die Sperrholzscheibe für den Drudenfuß ausgesägt hatte, und überredete ihn, ihm zwei metallene Vielecke auszuschneiden und in jedes ein Loch einzustanzen. Dolly war der Venus untertan, daher war ihr Talisman ein siebenseitiger Anhänger, den er grün anstrich und, wie es korrekt war, rot beschriftete. Dazu mußte er «jungfräuliche» Geräte benutzen, die völlig neu und eigens zu diesem Zweck gekauft worden waren: Pinsel, Farbe und die Lederschnur, an der der Talisman hing.

«Und ich bin Jungfrau», sagte Pup.

Dolly nickte nachdrücklich mit dem Kopf. So sollte es auch sein. Jungfräulichkeit stärkte die magischen Kräfte. Immer wieder konnte man in den Büchern lesen, das Ritual einer Geisterbeschwörung oder -austreibung solle möglichst von einem Magier zelebriert werden, der sich seine Keuschheit bewahrt hatte. Es machte Dolly glücklich, daß Pup nie ein Mädchen ansah. Er hatte Freunde, die er manchmal besuchte, und hin und wieder ging er mit Chris Theofanou etwas trinken, aber für Mädchen hatte er keinen Blick. Sorgfältig, beinahe ehrfürchtig, hängte sie sich den Talisman um den Hals, den er ihr gemacht hatte. Er werde sie vor Leid bewahren und vor bösen Mächten schützen, sagte Pup.

Oft lud er sie in den Tempel ein und erlaubte ihr, bei einem ganz besonderen Ritual zuzusehen. Sie hatte ein paar Kissen mit scharlachrotem und goldenem Stoff überzogen, auf ihnen saß sie und beobachtete ihn mit Ehrfurcht und Bewunderung. Er wollte sie aber nicht immer bei sich haben, und sie kam nie unaufgefordert, drängte sich ihm nicht auf. Ihr genügte es zu wissen, daß er Fortschritte machte, daß er nicht so war wie viele andere Jungen seines Alters, sondern dort oben saß und sich still seinen Studien widmete.

Wenn sie im Vorderzimmer dabei war, ein Schnittmuster aufzuheften, oder wenn sie an der Nähmaschine saß, dachte Dolly oft, wie stolz ihre Mutter auf ihn gewesen wäre, hätte sie ihn jetzt sehen können und gewußt, was er tat. Vielleicht konnte sie ihn ja sehen, vielleicht wußte sie ... Und weil Dolly die Mutter so vermißte, ging sie eines Tages in die Adonaikirche der Guten Spiritisten.

Mrs. Brewer hatte eine neue Katze, ein rötlich und weiß getigertes junges Tier, das zu klug war, um in die Nähe der Straße oder auch nur in den Vorgarten zu gehen. Es blieb hinten, stolzierte über die Glasdächer der Treibhäuser und jagte an der alten Eisenbahnlinie. Dolly bewahrte auch jetzt auf dem alten Bücherregal vor dem Küchenfenster ein paar Steine auf, um sie nach dem Kätzchen zu werfen, wenn es im Garten auftauchte – wie früher nach Fluffy.

Sie trug den Talisman bei ihrem ersten Besuch in der Mount Pleasant Hall. Obwohl sie viele Leute vom Sehen kannte und wußte, daß sie keinen Wert auf elegante oder schicke Kleidung legten, zog sie sich mit großer Sorgfalt an. Sie hatte das Gefühl, daß die Menschen ihr Geburtsmal eines Tages nicht mehr bemerken würden, wenn sie sich nur gut genug kleidete und immer frisch frisiert war. Sie trug das Kleid und den Mantel, die sie sich eben genäht hatte, Tweed in einem modischen olivgrünen und graubraunen Farbton. Um den Hals band sie sich ein kleines zinnoberrotes Seidentuch und legte den Talisman darüber, so daß er zwischen den Mantelrevers zu sehen war. Sie hatte den Tweed und den Schal passend zu dem Talisman ausgesucht.

Niemand in der Manningtree Grove und ihrer Umgebung zog sich so geschmackvoll an, außer einigen jungen schwarzen Mädchen, die jeden Morgen zu den Zügen hasteten. Doch da Dolly nur selten ausging, wurde diese ganze Eleganz an Einkaufsgänge auf dem Crouch End Broadway oder der Holloway Road verschwendet. Das war seit einer Ewigkeit das erste Mal, daß sie abends ausging.

Bevor sie das Haus verließ, hatte sie ein Glas Wein getrunken, um sich Mut zu machen, und trotzdem erfüllte es sie mit Unbehagen, um diese Zeit allein auf der Straße zu sein. Sie hatte Anfälle von Platzangst, was bei Menschen, die sehr zurückgezogen leben und kaum außer Haus gehen, nicht ungewöhnlich ist. Sie fühlte sich preisgegeben, verletzlich und bedroht. Die Leute, die am Abend die Straßen bevölkerten, waren ganz anders als jene, denen sie am Vormittag beim Einkaufen begegnete, und sie schienen neugierige Augen zu haben und weniger zurückhaltend zu sein. Dolly hatte keine Freunde. Pup zählte nicht, er war ihr Kind. Ihre Mutter war ihre Freundin gewesen, und ihre Mutter war tot. Sie fragte sich, was sie empfinden würde, wenn sie irgendwann in der nächsten Stunde die Stimme ihrer Mutter hören würde.

Tatsächlich war alles ganz anders, als Dolly erwartet hatte. Es kamen nicht mehr als ein Dutzend Leute zu der Séance, Mrs. Collins, ihre Tochter Wendy und das Medium eingeschlossen. Die «Halle» war ein nicht besonders großer Raum mit einer hinter einem Vorhang verborgenen kleinen Bühne an einem Ende. Vor den Fenstern hingen grüne Rollos, und auf dem Boden lagen Kokosmatten. Mrs. Collins trug das marineblaue Kostüm, das Dolly genäht hatte. Sie lächelte auf eine ganz besondere Weise, und Dolly begriff, daß es als Kompliment für sie gemeint war, wenn Mrs. Collins das Kostüm heute angezogen hatte. Wendy war fett und über dreißig und hatte ein langes Kinn, aber sie hatte kein Feuermal auf der rechten Wange. Sie setzten sich alle in einer Reihe auf Klappsessel mit aus Binsen geflochtenen Sitzen. Mrs. Collins schaltete die unbarmherzige, grelle Deckenleuchte aus und knipste die Tischlampe an, die sie mitgebracht hatte. Das Medium war eine alte Frau und sogar noch fetter als Wendy. Ihr Sessel war ein bißchen bequemer als die Stühle der anderen, und sobald alle ihren Platz gefunden hatten, fiel sie sofort in Trance.

Nach einer Weile meldeten sich Menschen aus dem Jenseits mit Botschaften: eine alte Freundin für Wendy Collins, eine Tante für eine gewisse Miss Finlay. Sie sprachen durch den Mund des Mediums, und es klang, als flüstere jemand, der gleichzeitig erwürgt wurde. Es war nicht beängstigend, es war nicht aufregend, es war nicht einmal glaubhaft. Ediths Stimme klang ganz und gar nicht nach Edith. Sie war zu leise und zu kummervoll.

«Liebe Tochter, ich bin dir immer nahe. Ich sehe dir zu, wie du dich um Peter und um meinen geliebten Mann kümmerst...»

So hatte Edith nie geredet. Dolly war empört, weil das Medium eine solche Betrügerin war, die Leute so unverschämt irreführte, doch noch während sie das dachte, stieg ihr der Hauch eines Parfumdufts in die Nase – ein Hauch von Limonen und Verbenen. Fast hätte sie aufgeschrien, so überwältigend war für einen Moment der Duft ihrer toten Mutter.

Er war sofort wieder verweht, das Medium wachte auf, und die Adonai-Spiritisten schickten sich an zu gehen. Dolly zitterte, so groß war der Schock gewesen, den das Parfum ihr versetzt hatte. Es schien ein Beweis für die Wahrheit all der Dinge, die sie in Pups Büchern gelesen hatte.

Während der Séance war es draußen dunkel geworden. Die gelben und die weißen Straßenlaternen brannten, und in der Mitte des Mount Pleasant Green leuchtete eine einzelne weiße Lampe. Ihr wäre nicht eingefallen, sich zu fürchten, weil sie im Dunkeln allein nach Hause gehen mußte. Aber in dem kleinen Vestibül, wo zwischen der inneren Glastür und der Eingangstür die Schwarzen Bretter hingen, berührte eine Frau Dollys Arm, stellte sich als Miss Finlay vor und fragte, ob sie zusammen nach Hause gehen könnten. Dolly nickte und folgte ihr ins Freie. Als Miss Finlay sie berührte, war ihr wieder der Duft von Limonen und Verbenen in die Nase gestiegen. Es war Miss Finlays Parfum, mehr steckte nicht dahinter, sie benutzte dasselbe Limonenparfum wie früher Edith, und Dolly hatte sich davon täuschen lassen.

Miss Finlay rannte, als fühle sie sich verfolgt, und Dolly mußte lange Schritte machen, um nicht zurückzubleiben. Sie dachte über den Duft und die leise, getragene Stimme ihrer Mutter nach, während Miss Finlay begeistert erklärte, wie herrlich die Séance gewesen war und wie erstaunlich und bewundernswert das Medium.

«Es muß phantastisch sein, mediale Kräfte zu haben!» sagte sie.

Dolly war gekränkt. «Mein Bruder hat echte mediale Kräfte. Er beschäftigt sich mit Magie.»

«Was denn? Steckt er vielleicht Nadeln in Wachspuppen?»

«Natürlich nicht, nichts dergleichen. Er ist Magier, es ist eine Wissenschaft.»

Miss Finlay kicherte. Dolly war ernsthaft beleidigt, und als Miss Finlay sagte, sie suche eine Schneiderin, sie wolle sich einen Samtrock nähen lassen, zuckte Dolly nur mit den Schultern und antwortete, sie stehe im Telefonbuch. Sie waren vor dem Haus der Yearmans angelangt, und Dolly öffnete die Gartentür. Die nervöse Miss Finlay mußte noch etwa eine halbe Meile ganz allein zur Crescent Road hinaufgehen. Dolly sagte zerstreut gute Nacht. Das war nicht die Gefährtin, die sie suchte, die Freundin, die es fertigbringen würde, sie ihr Feuermal vergessen zu lassen.

Pup mußte im Tempel sein. Das Flurlicht im obersten Stockwerk brannte. Dolly schloß die Haustür auf und ging, ohne den Mantel auszuziehen, in die Küche. Im Speiseschrank stand eine offene Flasche Rotwein, und sie brauchte jetzt ein Glas. Den zweiten Schock dieses Abends erlebte sie, als sie die Küchentür öffnete: Das Licht brannte, und am Tisch saßen, zwei Büchsen Bier und zwei Beutel mit Chips vor sich, Harold und Myra Brewer.

Harold grinste Dolly einfältig an.

«Erzähl ihr die große Neuigkeit, Hal», sagte Myra.

Er tat es. Dolly hörte sich die stockend, verlegen und mit beschämtem Gesicht gegebene Erklärung schweigend an. Sie wollte sagen, sie glaube es nicht, aber das wäre nicht die Wahrheit gewesen. Sie stellte fest, daß es ihr überhaupt keine Mühe machte, es zu glauben. Noch immer ohne ein Wort zu sagen, verließ sie die Küche und schloß die Tür hinter sich.

In der Halle blieb sie einen Moment stehen, holte tief Atem, ballte die Hände und rannte dann hinauf, um es Pup zu erzählen.

5

«Das oberste Stockwerk wäre eine ideale Wohnung für Peter und Doreen», sagte Myra.

Harold war es nicht gewohnt, daß jemand seine Kinder bei ihren Taufnamen nannte, so daß er fast überlegen mußte, wer gemeint war. Sie gingen durch das Haus und überlegten, welche Veränderungen notwendig werden würden, wenn sie heirateten. Das heißt, eigentlich dachte nur Myra über diese Dinge nach. Harold hatte geglaubt, sie würden einfach zum nächsten Standesamt gehen, wahrscheinlich zu dem in Green Wood, und die wenigen notwendigen Worte sprechen, die ihn wieder zum verheirateten Mann machten. Er war daran gewöhnt, verheiratet zu sein, es fiel ihm schwer einzuschlafen, wenn keine Frau bei ihm im Bett lag, und er hatte gehofft, die alte Ordnung mit einem Minimum an Aufwand wieder herstellen zu können. Er dachte über das nach, was Myra gesagt hatte, und es schien ihm ein ungeheurer Schritt zu sein, nur mit einem Berufswechsel oder Emigration vergleichbar.

«Ich weiß nicht so recht», sagte er. Wenn er diese Wendung benutzte, hieß das nicht, daß ihm an der Sache etwas unklar war. Er wußte nur nicht so recht, ob sie klug war und sich überhaupt durchführen ließ.

«Es ist irgendwie ungewöhnlich, daß ein erwachsener Sohn und eine sogar noch ältere Tochter zu Hause wohnen.»

«Ich habe bis zu meiner Heirat zu Hause gewohnt.» Und hinterher auch noch, hätte er hinzufügen können.

«Na ja, damals ...» Harold war fünfzehn Jahre älter als sie, und sie betrachtete sich noch als junges Mädchen. «Er ist Witwer und hat Kinder, die praktisch im selben Alter sind wie ich», pflegte sie zu sagen, wenn sie von ihrem zukünftigen Mann sprach. «Sie könnten jeder ein eigenes Schlafzimmer haben und sich das Vorderzimmer als gemeinsames Wohnzimmer einrichten. Warum sollte es nicht möglich sein, ihnen auch noch eine Küche einzubauen. Viel mehr als ein paar Möbel, eine Wasserleitung und ein Boiler ist dazu nicht nötig. Ich bezahle den Umbau gern, wozu habe ich meine Sparverträge?»

«Dann mußt du es den Kindern aber sagen. Ich kann es nicht.»

Harold ging allen unangenehmen Dingen aus dem Weg, auf dieses negative Ziel richtete er seine ganze Energie. Eine halbe Meile zu Fuß zur Arbeit zu gehen, den ganzen Tag im Geschäft zu stehen – er verstand sehr viel von Schreibmaschinen – und dann wieder nach Hause zu marschieren, dagegen hatte er nichts einzuwenden. Es gefiel ihm, ein großes Haus zu haben, in dem er viel Bewegungsfreiheit hatte, obwohl er sie nicht nutzte und sich immer nur zwischen Küche, Frühstücks- und dem einst geheiligten Schlafzimmer herumdrückte. Er lebte gern in dem Haus, in dem er geboren worden war, dem einzigen, in dem er je gewohnt hatte. Seine Freizeit verbrachte er damit, sogenannte «geschichtliche Bücher» zu lesen, Biographien der farbigeren unter den historischen Persönlichkeiten, zum Beispiel von Maria Stuart, Nell Gwynn und dem Prinzregenten (nie die Biographien von Cromwell, Robespierre oder Palmerston) und die Memoiren kleiner Prinzchen und Prinzeßchen aus unbedeutenden europäischen Königshäusern des 19. Jahrhunderts. Dadurch war er tatsächlich zu einer Autorität geworden, zwar nicht in Geschichte, wie er glaubte, sondern in den Mythen und Legenden der Geschichte.

Am Ende mußte er es den Kindern aber doch selbst sagen. Myra war nicht da, um es zu tun. Sie packte in West Hampstead ihre Koffer und sagte ihrem verheirateten Freund, sie habe ein besseres Angebot bekommen, vielen Dank. Und als er gegangen war, weinte sie sich in den Schlaf.

Harold fürchtete sich davor, verabscheute schon die Vorstellung, es tun zu müssen, und steigerte sich in einen übertriebenen Zustand der Angst und der Scham hinein, in den er immer geriet, wenn er sich anstrengen oder aufrichtig sein mußte. Stockend erklärte er seiner Tochter, Myra habe vorgeschlagen, sie und Pup sollten in das oberste Stockwerk ziehen. Wie es in solchen Fällen meistens geschieht, nahm Dolly es viel besser auf als erwartet. Sie schrie nicht, weinte nicht und ging auch nicht auf ihn los – sie war einfach nur hochmütig und herablassend.

«Ich möchte ohnehin nicht mit ihr in derselben Wohnung leben», sagte sie. «Ich gehe viel lieber hinauf. Dort werden wir wenigstens allein und unabhängig sein. Mit ihr möchte ich nicht mehr zu tun haben, als unbedingt nötig.»

«Sei doch nicht so», wandte Harold schwach ein.

«Und ob ich ‹so› sein werde. Du hast gesagt, du kommst über Mutters Tod nie hinweg. Genau das hast du gesagt.»

«Uns wird es gutgehen, wenn wir allein sind», sagte Pup, als er aus der Arbeit kam. «Es wird schön bei uns.»

«Ja, das wird es. Wunderschön, nur du und ich. Es wird uns gutgehen, nicht wahr, Pup? Wir werden glücklich sein, nur wir beide.»

«Natürlich werden wir das, Liebes», sagte Pup.

Dolly verlor keine Zeit. Am nächsten Morgen schleppte sie alles, was sie wollte, in den obersten Stock hinauf – Stühle, Sessel, Tische, Spiegel, einen Schrank, einen Schreibtisch, Tisch- und Bettwäsche, Porzellan und Gläser und Ediths Nähmaschine. Harold merkte es kaum. Er verlangte nie mehr als einen Sessel, in dem er sitzen, und ein Bett, in dem er liegen konnte. Myra war es egal, sie wollte ohnehin neue Sachen kaufen. Mrs. Brewer war nicht ganz korrekt gewesen, als sie sagte, Myra habe nichts. Sie besaß Sparverträge, die mit den Jahren auf fünfzehnhundert Pfund angewachsen waren.

Sie heirateten im März. Als Harold von der Hochzeitsreise in Newquay zurückkam, stellte er fest, daß Dolly und Pup in den zweiten Stock gezogen waren. Im ganzen Haus war es so still, daß man den falschen Eindruck bekommen konnte, er und seine Frau bewohnten es allein. Myra machte echten Kaffee in der Filterkanne, die sie in St. Ives gekauft hatte, und belegte Weißbrot mit hartgekochten Eiern und Thunfisch. Harold hätte Schweinefleischpastete mit Tomaten und eine Kanne Tee vorgezogen, doch er war kein Mann, der sich beklagte. Still saß er da und las zum dritten- oder viertenmal die Memoiren der Prinzessin Marie-Louise.

Als er am nächsten Tag kurz vor halb zehn seinen Sohn im Geschäft wiedersah, war Pup so freundlich und höflich wie immer. Er hatte während der Abwesenheit seines Vaters das Geschäft geführt und seine Sache sehr gut gemacht und sogar die Mehrwertsteuer-Erklärung abgeschickt. Harold bildete ihn zum Schreibmaschinenmechaniker aus, und Pup wollte, sobald er mit der Lehre fertig war, in den Außendienst gehen, Büros und Privatleute besuchen, um die Schreibmaschinen an Ort und Stelle zu reparieren. Keine andere Firma in der Umgebung fand sich zu einer solchen Dienstleistung bereit, hier herrschte eine echte Marktlücke, und sie bot eine gute Möglichkeit, in dieser Zeit der Rezession die Umsätze anzuheben.

Sie gingen zusammen nach Hause. Unterwegs suchten sie die Bibliothek auf, und Pup trug Harolds Bücher unter seiner Jacke heim, weil es angefangen hatte zu regnen. Myra kam Harold aus der Küche entgegengelaufen und küßte ihn, wie junge Ehefrauen ihre zurückkehrenden Ehemänner küssen. Es duftete würzig nach grünem Paprika und Curry, Düfte, die in diesem Haus ebenso neu waren wie Myra selbst. Da sie noch Urlaub hatte, hatte sie den ganzen Tag Zeit gehabt zu kochen, zu putzen und sich schön zu machen: Sofort nachdem Harold am Morgen das Haus verlassen hatte, hatte sie begonnen, ihr Haar mit Henna frisch zu tönen.

Während ihres langen Verhältnisses hatte Myra von ihrem verheirateten Freund eine Menge ziemlich guten Schmucks geschenkt bekommen. Sie behängte sich großzügig, und wenn sie zum Ausgehen angezogen war, geradezu hemmungslos damit. Sie trug eine marineblaue Acrylbluse und einen smaragdgrün, marineblau und weiß karierten Rock, die zu dem gehörten, was sie ihre «Brautaussteuer» nannte. Um den Hals hatte sie ein halbes Dutzend Goldketten, an denen ein kleiner Wunschknochen, ein goldenes vierblättriges Kleeblatt, ein goldener und ein Elfenbeinwürfel und noch anderes ähnliches Spielzeug hingen. Am Handgelenk schimmerten ihre beste goldene Uhr und ihr Bettelarmband. Der breite Ring mit dem Feueropal, der auch von ihrem ehemaligen Geliebten stammte, verdeckte beinahe Harolds Ehering.

Pup stand vor ihr und lächelte zuerst seinen Vater und dann sie an, als gebe er ihnen seinen väterlichen Segen. Myra fragte sich, ob er ganz richtig im Kopf sei. Er streckte die Hand aus und hob die goldenen Ketten, die über den großen, gut abgestützten Vorbau von Myras Busen herunterhingen. Sie zuckte zusammen, als Pup sie berührte. Sie konnte nicht anders. Pup lächelte ihr noch einmal zu, aufmunternd diesmal. Er untersuchte den Wunschknochen, das vierblättrige Kleeblatt und die Würfel, als seien sie für ihn von größtem Interesse. Dann hob er Myras Hand und sah sich die kleinen Anhänger an ihrem Armband genau an. Myra wurde nervös und begann sich unbehaglich zu fühlen, und fast hätte sie ihn scharf zurechtgewiesen, hätten die Handwerker, die die Treppe herunterkamen, nicht für Ablenkung gesorgt. Es waren die Installateure, die im kleinsten der fünf oberen Zimmer eine Wasserleitung und einen Boiler montiert hatten. Myra entriß Pup die Hand, und die Goldketten klirrten und klingelten.

«Wir sind fertig», sagte einer der Männer. «Ich komme morgen früh wieder und überprüfe Ihr Leitungssystem.»

«Ich habe mir überlegt», sagte Myra mit dem schrillen Tonfall, den ihre Stimme bekam, wenn sie unsicher war, «wir könnten doch, wenn Sie schon einmal hier sind, für Peter und Doreen ein Badezimmer einrichten lassen.»

«Ich weiß nicht so recht», entgegnete Harold.

«Ohne Bad ist es doch recht unzivilisiert, nicht wahr? Es ist nicht gerade ideal, in einem so großen Haus nur ein Badezimmer zu haben.»

«Dazu braucht man eine Bewilligung und muß Baupläne einreichen», sagte der Installateur. «Dasselbe gilt auch für die Einrichtung Ihres Wasserklosetts.»

«In Ordnung. Warum nicht? Wie bekommt man die Bewilligung?»

Der einzige Raum, der noch zur Verfügung gestanden hätte, war Pups Tempel. In seiner sanften Art und mit seiner leisen, weichen Stimme sagte er: «Dolly und ich brauchen kein eigenes Bad, vielen Dank. Für die kurze Zeit» – er lächelte Myra wieder an – «wäre es hinausgeworfenes Geld.» Zu den Handwerkern sagte er: «Entschuldigen Sie» und ging an ihnen vorbei die Treppe hinauf.

«Was hat Peter deiner Ansicht nach gemeint, als er sagte ‹für die kurze Zeit›, Hal?» fragte Myra und legte ihm gefüllte grüne Paprika auf den Teller. Sie nannte ihren Mann «Hal», weil ihn bisher noch niemand so genannt hatte und es schick klang – zu Harolds äußerer Erscheinung jedoch ganz und gar nicht paßte. Pups Bemerkung hatte sie nachdenklich gemacht. Tatsächlich hatte er nur gemeint, daß er nicht länger als unbedingt nötig mit ihr im selben Haus wohnen und ausziehen wollte, sobald sich ihm eine Gelegenheit bot.

«Frag mich was Leichteres», antwortete Harold.

«Glaubst du, daß er daran denkt, selbst zu heiraten?»

«Daß ich nicht lache! Er ist erst achtzehn.»

«Es wäre natürlich das beste für uns alle, obwohl die arme Doreen kaum je die Chance haben wird.»

Harold antwortete nicht sofort. Er war noch immer überwältigt, weil sie es fertiggebracht hatte, das gräßliche, dunkle, schmutzige alte Speisezimmer in einen freundlichen Raum zu verwandeln. Die in reichen Falten fallenden weinroten Vorhänge, mit langen roten Bändern verziert und die blauen Szyllas in einem Honigtopf aus Keramik, die auf die meisten Menschen kitschig gewirkt hätten, erschienen ihm bewundernswert. Er hatte noch nie grüne Paprika gegessen, und sie schmeckten ihm auch nicht besonders. Neben dem Teller lag eine Serviette mit einem Spitzeneinsatz in einer Ecke, doch er hatte das Gefühl, sich wirklich die Lippen damit abzuwischen, hieße zu weit gehen.

«Dolly?» sagte er. «Also ich weiß nicht so recht.» Er wollte seine Frau durch seine Schlagfertigkeit beeindrucken, brachte jedoch nur entweder Kalauer oder derbe Anzüglichkeiten zustande. Aus einem alten Vorrat derartiger Phrasen holte er eine Metapher hervor: «Wenn man das Feuer schürt, schaut man sich ja auch nicht den Kaminsims an.»

«Wie kann man nur etwas so Gräßliches sagen!» entgegnete Myra kalt. «Gilt das vielleicht auch für dein eigenes Eheleben?»

Harold antwortete beinahe, er wüßte nicht so recht, brachte dann jedoch hastig heraus, sie sei viel zu jung und zu hübsch für ihn, und die Leute würden ihn wahrscheinlich heimlich eine männliche Potiphar nennen, weil er einem so jungen Ding nachgestellt hatte. Die Wahrheit war, daß ihre scheinbare Ähnlichkeit mit seiner verstorbenen Frau, die er zuerst so anziehend gefunden hatte, ihn nervös machte, als er mit Myra zum erstenmal im Ehebett des geheiligten Schlafzimmers geschlafen hatte. Im Zimmer war es dunkel, aber nicht völlig dunkel gewesen, denn das Licht einer gelben Straßenlaterne war durch die olivgrünen Vorhänge gedrungen und hatte eine blaßgrüne Helligkeit verbreitet. Myras Gesicht hatte bläulich grün und eingefallen gewirkt, und ihr rotes Haar war auf dem Kissen ausgebreitet gewesen – genau wie früher Ediths Haar. Ein gewisses Schuldbewußtsein hatte sich in ihm geregt – kein besonders großes, aber immerhin ein Schuldbewußtsein –, weil er seine sterbende Frau während ihrer letzten Lebenstage nie besucht hatte. Er konnte sich jedoch vorstellen, wie sie wohl ausgesehen hatte. Bei Myra war er unklug genug gewesen, den Kaminsims anzusehen, während er das Feuer schürte, und er hatte das entsetzliche Gefühl gehabt, eine Leiche zu lieben. Wenn diese Empfindung sich noch steigerte, würde er überhaupt nicht mehr mit ihr schlafen können.

«Darf ich dir jetzt *mousse au chocolat* bringen?» fragte Myra.

Dolly hatte wegen des Umzugs in den zweiten Stock keine Schwierigkeiten gemacht, weil einem Zusammenleben mit Myra alles andere vorzuziehen war. Zuerst war sie von dem, was geschehen – und so schnell geschehen war, wie betäubt. Trotz all der aufmunternden Worte, die sie für Pup gefunden hatte – Worte, wie eine Mutter sie sagte, die man aus ihrem Haus verjagte –, hatte sie sich hilflos gefühlt. Sie war sich verloren vorgekommen, als habe man ihr den sicheren Boden unter den Füßen weggerissen, und sie treibe jetzt einer unbekannten Gefahr und der Not entgegen. Jetzt hätte sie eine Freundin gebraucht, der sie sich anvertrauen, die sie um Rat fragen konnte. Wendy Collins hätte diese Freundin sein können, und ein paar Tage lang glaubte Dolly, sie könne es tatsächlich werden. Doch seltsam, immer wenn Dolly den Mund aufmachte, um mit Wendy über Myra zu sprechen, ihr zu erklären, wie es war, wenn man gewissermaßen verstoßen und hinausgedrängt wurde, was es bedeutete, Myra im Haus zu haben – immer dann blieben ihr die Worte in der Kehle stecken, und was herauskam, war unverbindliches Geplauder über das Wetter und die Lebensmittelpreise.

Sie versuchte mit ihrer Arbeit weiterzukommen, aber sie schien ihr hier oben nicht so leicht von der Hand zu gehen und machte ihr auch weniger Freude. Mrs. Collins, ihre beste Kundin, hatte Krampfadern und weigerte sich, die vielen Treppen heraufzusteigen, wenn sie zur Anprobe bestellt war. Wenn Dolly das Haus verlassen wollte, mußte sie durch die Halle gehen. Sie fand heraus, wann Myra arbeitete – am Montag, Mittwoch und Freitag vormittags und Donnerstag den ganzen Tag – und bemühte sich, die Halle nur dann zu betreten, wenn Myra außer Haus war. Den Donnerstag sehnte sie immer herbei, nur um sich zu Hause wieder allein und frei fühlen zu können. An den übrigen Tagen gewöhnte sie es sich an, immer mehr Zeit im Tempel zu verbringen und einfach still dazusitzen. Oder sie zündete ein Räucherstäbchen an und las Pups Bücher. Anders als ihr Vater, hatte Dolly nie Romane gelesen. Romane handelten von schönen Frauen und ihren gutaussehenden Liebhabern, von Abenteuern und der großen Welt, die Dolly nicht kannte und die sie fürchtete. Sie handelten von Menschen, die Freunde hatten.

Wenn Pup aus der Arbeit kam, standen die Bücher stets ordentlich an Ort und Stelle. Wie eine Ehefrau setzte sie ihm dann vor, was er am liebsten aß: kaltes gegrilltes Huhn, Schweinefleischpasteten, Putenrouladen, Tomaten, Kartoffelflocken, Büchsenpfirsiche und Kondensmilch, mit echter Sahne gefüllte Sandtorte, Schokoladeplätzchen und gebrannte Erdnüsse. Sie bot ihm regelmäßig auch ein Glas Wein an, doch er lehnte fast immer ab. Nach dem Essen ging er in den Tempel. Er verbrachte den ganzen Abend dort und forderte sie meistens auf, ihm Gesellschaft zu leisten. Doch wie eine kluge Mutter hatte sie nicht vor, sich ihm regelmäßig aufzudrängen. Sie wußte, wann sie nein sagen mußte.

«Heute abend nicht, Pup», antwortete sie ihm dann und setzte sich, die linke Wange der Straße zukehrend, ans Erkerfenster. Auf dem Sims ihres nach hinten hinausgehenden Schlafzimmerfensters lagen immer ein paar Steine, die sie nach Gingie werfen konnte. Doch er setzte sich nie auf den Pfosten wie Fluffy, und er unternahm auch keine Entdeckungsreisen in den Hintergarten der Yearmans. An solchen Abenden trank Dolly manchmal eine ganze Flasche Wein.

«Das Mädchen ist praktisch Alkoholikerin», sagte Myra zu ihrer Mutter. «Du solltest einmal die Flaschen sehen. Ich muß mir eine zweite Mülltonne anschaffen. Und du müßtest das Haus sehen. Ich hatte keine Ahnung. Um ehrlich zu sein – man müßte Tausende hineinstecken, um es wieder hinzukriegen. Sie hat nie saubergemacht, und seine erste Frau war nicht viel besser, glaube ich. Es wird ein paar Jahre dauern, bis alles so ist, wie ich es haben will.»

«In einer Ehe ist man nun mal nicht auf Rosen gebettet», antwortete Mrs. Brewer. «Du hast einen Ehemann, und das ist eben der Preis, den du dafür bezahlen mußt.»

«Um Himmels willen, Mutter, kann man dir nie etwas rechtmachen?»

«Ach, dann hast du wohl geheiratet, um mir eine Freude zu machen, ja? Richte bitte dem kleinen Miststück, deiner Stieftochter, aus, daß ich ihr die Leute vom Tierschutzverein auf den Hals hetze, wenn sie meinem Gingie auch nur ein Haar krümmt.»

Myra hatte hauptsächlich geheiratet, um ein eigenes Heim zu haben. Sie sah eine Zukunft vor sich, in der sie kleine Dinnerpartys oder sogar große Cocktailpartys gab, das höhlenartige Wohnzimmer mit Kiefernholz- und koreanischen Rohrmöbeln, mit Eckcouches und Glastischen todschick ausgestattet. So stellte sie sich das Haus in Hampstead Garden vor, in dem ihr Chef, der Zahnarzt, mit seiner Frau wohnte. Es war ein kleiner Traum von ihr, George und Yvonne Colefax eines Tages in Manningtree Grove einladen zu können, in ein Heim, für das sie sich nicht schämen mußte.

Schon hatte sie das Haus mit ein paar eigenen Sachen aus West Hampstead freundlicher gestaltet – den Van Gogh-Kopien, den Punktstrahlern aus Chrom, der Nachbildung eines Refektoriumtisches. Auf ihrer Küchenschürze aus Plastik prangte das Liniennetz der Londoner Untergrundbahn. Wenn Peter und Doreen kein eigenes Badezimmer brauchten, konnte sie das Geld dazu verwenden, sich eine Superküche einbauen zu lassen. Sie rief nach ihrem Mann.

Das noch aufgeschlagene Exemplar von *Die Fürstin von Amalfi* von Grenville West in der Hand, kam Harold in die Küche. Er las das Buch, um sich nach der Lebensgeschichte der Prinzessin Friedrich, Mutter des Kaisers, ein wenig zu erholen und zu entspannen. Myra reichte ihm ein U-Bahnnetz-Geschirrtuch. Vor seiner zweiten Heirat und während seiner ersten Ehe hatte er nie Geschirr abtrocknen müssen, sondern Tassen und Teller unter der Wasserleitung abgespült und sie dann trocknen lassen. Die Teller waren nie klebrig oder fettig gewesen, weil er es zufrieden war, von Cornwall-Fleischpasteten, schottischen Eiern, Äpfeln, Tomaten und Eiskrem zu leben, Speisen, zu denen man kaum Teller brauchte, weil man sie aus der Originalverpackung essen konnte.

Dolly, die am Fenster saß, sah die beiden die Straße hinuntergehen, wahrscheinlich in das Pub mit dem romantischen Namen «The Woman in White» – Die Frau in Weiß –, wo sie entweder etwas tranken oder vielleicht auch Bingo spielten. Harold hatte früher nie Bingo gespielt, aber Myra und Mrs. Brewer taten es häufig. Pup war im Tempel und zelebrierte ein «kleines Pentagramm-Ritual» als Vorbereitung für eine praktische Arbeit. Er hatte Dolly nicht gesagt, was diese praktische Arbeit war, sie vermutete jedoch, daß es etwas mit den Veränderungen zu tun hatte, die er bei Hodge und Yearman anregte und durchsetzte. Schon hatte er die Firmentafel über dem Laden in «Yearman und Hodge» abgeändert, wobei das «Hodge» nur noch sehr klein und unauffällig dastand. Der Firmenname sei geändert worden, erzählte er Dolly, doch sie ging nicht darauf ein, es interessierte sie nicht.

Sie blickte auf Myra hinunter, die wie gewöhnlich ihr Lieblingsgrün trug: eine smaragdgrüne Bluse mit den vielen Goldketten, eine schwarze Baumwollsatinhose und schwarze Sandalen. Dolly selbst hatte einen sehr guten Geschmack und ein feines Gefühl für Farben. Sie wußte daher, daß rothaarige und hellhäutige Menschen wie Myra nie leuchtendes Grün oder Blau tragen sollten, sondern lieber Steingrau, Braun und sogar Pink oder dasselbe Rot wie es ihre Haare hatten. Sie ärgerte sich über Myras Aufzug, doch kein Passant, der zufällig zu ihr hinaufblickte, hätte ihr diesen Ärger angemerkt. Schon vor langer Zeit hatte sie gelernt, ihren Gesichtsausdruck zu kontrollieren, um nicht die Aufmerksamkeit zufälliger Beobachter darauf zu lenken. Wie Diane de Poitiers – so hätte ihr Vater ihr sagen können – lächelte sie nie und runzelte sie nie die Stirn.

Sie umklammerte den Talisman so fest, daß die scharfen Kanten des Siebenecks rote Male auf ihrem Handteller hinterließen. Durch die Wand hörte sie Pups eintönigen Sing-Sang. Er rief die Erzengel an. Dolly schenkte sich Wein nach, ging zur Wand und drückte das Ohr daran, um Pup besser zu hören.

«Ateh malkuth ve-geburah ve-gedulah le-olam ...»

Er bat um Kraft für sich, um etwas vollbringen zu können. Was, schien unwichtig zu sein. Gab es eine Grenze für das Erreichbare? Sie hob die Hand und berührte das Feuermal ...

«Vor mir, Raphael,
Hinter mir, Gabriel,
Zu meiner Rechten, Michael,
Zu meiner Linken Uriel ...»

Die Wände waren in diesen großen Häusern sehr dünn.

Mit dem Weinglas in der Hand, ging sie wieder ans Fenster. Auf Wänden und Decke waren jetzt Kleckse und Streifen orangeroten Lichts, und der Sonnenuntergang färbte den Himmel scharlachrot und grau wie einen Papagei. Hier oben kam Dolly sich wie abgeschnitten vor, von Einsamkeit umgeben wie von einem Ozean. Der Raum war stickig und eng, und hinter der Wand murmelte monoton Pups Stimme. Dolly hätte gern etwas zerbrochen, ein Fenster zertrümmert und hinausgeschrien. Auf der Straße marschierte Miss Finlay rasch dem Hornsey Rise entgegen, sie bewegte sich wie an jenem Winterabend, als fliehe sie, ohne tatsächlich zu laufen, vor einer Gefahr, die sie verfolgte. Dolly hatte nichts mehr über den Samtrock gehört, wollte mit Miss Finlay auch nichts zu tun haben, doch als sie sie jetzt vorbeihuschen sah, empfand sie Erbitterung und Eifersucht – Eifersucht? Worauf eigentlich? –, weil Miss Finlay ebensowenig den Wunsch hatte, sich mit ihr anzufreunden, wie sie sich gewünscht hatte, Miss Finlay besser kennenzulernen?

Hatte sie vielleicht etwas Kränkendes zu ihr gesagt? Dolly dachte nach. Sie erinnerte sich genau an ihr Gespräch, vom ersten – vielmehr zweiten Parfümhauch bis zum Abschied vor der Gartentür.

Und dann: ihr Vater und Myra in der Küche ... Dolly hatte Miss Finlay von Pups magischer Wissenschaft erzählt und seine Kräfte erwähnt, worauf Miss Finlay eine alberne Bemerkung über Wachspuppen gemacht hatte, in die man Nadeln stach. Damals war das Dolly jedenfalls albern vorgekommen. Sie erinnerte sich noch an jede Einzelheit des Gesprächs. Heute dachte sie anders darüber, denn die Umstände verändern die Dinge, und die Zeit verändert die Umstände.

Dolly hatte kein Wachs und hätte damit auch nicht umzugehen gewußt. Sie besaß jedoch Material, mit dem sie vertraut war und kramte in dem alten Vulkanfiberkoffer und dem Pappkarton, in denen sie Stoffreste und -flicken aufhob. Aus dem Schlafzimmer holte sie sich eine sehr helle Strumpfhose, die ohnehin eine Laufmasche hatte. Die Arbeit, das sah sie schon jetzt, würde langwieriger werden als gedacht. Vor allem deshalb, weil sie so etwas noch nie gemacht hatte. Sie brauchte Kapok, was bedeutete, daß sie morgen einkaufen gehen mußte. Nachdem sie einen Schluck Wein getrunken hatte, zeichnete sie mit Schneiderkreide einen Umriß auf die Strumpfhose und begann zu schneiden.

Als Pup am nächsten Abend nach Hause kam, zeigte sie ihm die Puppe. Sie war ungefähr fünfunddreißig Zentimeter groß, eine Stoffpuppe mit Nylonhaut, rostfarbenem Wollhaar und einem Gesicht, das aus lippenstiftrotem, pinkfarbenem und lidschattengrünem Garn gestickt war. Der Busen der Puppe war das Auffallendste an ihr. Sie trug eine leuchtend grüne Bluse und einen marineblau, grün und weiß karierten Rock. Um den Hals hatte sie mehrere goldene Ketten, die weit über den gewaltigen Busen hinunterhingen. Dolly hatte sie in der Eisenwarenhandlung in Muswell Hill entdeckt – Ketten, wie Installateure sie verwenden: kleine Kügelchen aus einem eher golden als silbrig glänzendem Metall, durch winzige Kettenglieder miteinander verbunden.

Pup lachte. «Unsere böse Stiefmutter», sagte er.

«Man sieht, daß sie es ist, nicht wahr?»

«Sie sieht ihr unglaublich ähnlich.» Er gab die Puppe zurück. «Wozu hast du sie gemacht?»

Dolly sagte es ihm. Er machte ein ernstes Gesicht.

«Ich übe weiße Magie aus, mit schwarzer will ich nichts zu tun haben.»

Sogar ein versteckter Tadel machte Dolly ärgerlich, auch wenn er von Pup kam. Besonders wenn er von ihm kam.

«Du hast deine Seele dem Teufel verkauft.»

«Aber Dolly», sagte Pup, «damals war ich noch ein halbes Kind.»

Er verließ das Zimmer, ging in den Tempel und schloß die Tür hinter sich. Dort zog er die orangefarbene Robe an und begann eines der Rituale des Pentagramms zu zelebrieren, den Kleinen Exorzismus. Er diente vor allem dazu, beunruhigende und quälende Gedanken auszutreiben. Pup wurde in letzter Zeit immer häufiger von solchen Gedanken heimgesucht, und sie hatten nichts mit Myra oder ihren Nachbildungen zu tun.

Dolly waren Tränen in die Augen geschossen. Sie ballte die Hände, holte ein paarmal tief Atem und griff dann nach ihrer Stecknadelschachtel. Blindlings begann sie, Nadeln in die Puppe zu stechen, in ihre Beine, in den Körper, den Busen und in das gestickte Gesicht. Sie hatte einen ganzen Tag daran gearbeitet, gestern den ganzen Abend und heute den ganzen Tag, ungefähr zehn Stunden lang. Jetzt packte sie die Puppe und schleuderte sie gegen die Wand.

6

Als Conal Moore etwa drei Monate fort war, kam eine Ansichtskarte für Diarmit. Auf dem Bild waren die Klippen von Moher im Westen Irlands zu sehen. Conal hatte Diarmits Namen und die Adresse in Druckbuchstaben geschrieben. Von wem die Karte war, wußte Diarmit nur, weil eine Mieterin sie aufnahm und sagte: «Sie ist von Conal.» Aber ob sie mit ihm gesprochen hatte, wußte Diarmit nicht genau, denn sie hatte ihn beim Sprechen nicht angesehen. Vielleicht hatte sie nur laut gedacht.

Was Conal auf der Karte schrieb, erfuhr Diarmit nie. Vielleicht etwas darüber, daß er die Miete bezahlen sollte, denn am nächsten Tag sprach ihn der Hauswirt an und sagte, Mr. Moore schulde ihm eine Monatsmiete. Diesmal gab es für Diarmit keinen Zweifel, daß er gemeint war. Aber der Hauswirt schien so nervös und drückte sich so vage aus, daß Diarmit trotzdem nicht das Gefühl hatte, wie ein Mensch aus Fleisch und Blut angesprochen zu werden, sondern eher wie eine Gestalt, deren Umrisse man am anderen Ende eines Zimmers mehr ahnte als sah. Er beglich die rückständige Miete und zahlte zusätzlich noch für ein paar Wochen voraus, denn das Geld, das er von der Sozialhilfe bekam, hatte sich bei ihm angesammelt. Er verfügte über eine ganze Menge. Wofür hätte er es auch ausgeben sollen?

Conals Ansichtskarte leistete dem von ihm geschriebenen Zettel in Diarmits Tasche Gesellschaft. Er war völlig verwirrt, weil er nicht wußte, wie Conal es gemeint hatte, als er ihm die Stellung in der Metzgerei anbot. Es war gewiß ein festes Angebot gewesen, doch alles war nur mündlich abgemacht worden, und jetzt wußte Diarmit nicht einmal mehr sicher, ob Conal Budgen's Supermarkt tatsächlich erwähnt hatte. Vielleicht hatte Mary nur «Budgen's» gesagt wie man «Hoover» sagte, wenn man ganz allgemein einen Staubsauger meinte. Es war durchaus möglich, daß es ein anderer Supermarkt gewesen war – Tesco, Finefar, Sainsbury's, Spar, International, Safeway. Diarmit kannte die Namen so gut, weil er sich angewöhnt hatte, in ganz Nord-London umherzulaufen und den Supermarkt zu suchen, in dem der Job auf ihn wartete. Es machte ihm Sorgen, daß man dort vielleicht ärgerlich auf ihn war, weil er sich nie gemeldet hatte. Er suchte Supermärkte in Holloway, Crouch End, Muswell Hill und Wood Green auf und überlegte, welcher es wohl gewesen sein mochte. Er fragte jedoch nie und hoffte, daß er es irgendwie erkennen würde, wenn er den richtigen fand.

Er war ein unauffälliger Mensch, weder sehr groß noch sehr klein, mit dunkelbraunem, staubig wirkendem Haar, Zügen, die lieblos aus Lehm modelliert zu sein schienen, und erstaunten grauen Augen. Was er an Kleidung besaß, hatte er nach London mitgebracht: Jeans und Hemden aus Hongkong, einen dicken grauen Duffelcoat, eine gesteppte Nylonjacke. In einem Second Hand-Shop in der Archway Road hatte er sich eine weinrote Cordhose gekauft. Er trug sie die meiste Zeit über mit einem dunkelroten Hemd, auf dem man den Schmutz nicht so sah. Die olivgrüne Plastiktüte mit dem goldenen Aufdruck «Harrods» trug er in der anderen Tasche bei sich – in der Tasche, in der nicht die Ansichtskarte und der Zettel steckten –, für den Fall, daß er etwas kaufte.

Nachdem er zum dritten- oder viertenmal in Muswell Hill bei Sainsbury's gewesen war und vergeblich nach einer Fleischabteilung Ausschau gehalten hatte, als könne sie sich in einer Ecke des Supermarkts versteckt haben, in die er noch nicht vorgedrungen war – hinter dem Zigarettenkiosk, zum Beispiel, oder zwischen den Gemüsen und den Puten –, ging er in die große Eisenwarenhandlung auf der anderen Straßenseite, in der Pup sein Zaubermesser und Dolly die «goldenen» Ketten gekauft hatten. Dort suchte sich

Diarmit, soweit das in einem Laden für Haushaltswaren eben möglich war, das für den Metzgerberuf notwendige Werkzeug aus: ein Hackmesser und zwei lange Messer. Das Mädchen an der Kasse unterhielt sich mit einer Freundin, es sah Diarmit nicht an und sprach nicht mit ihm, es sagte nur: «Siebzehn Pfund fünfundvierzig.»

Von der Woodside Road legte er den ganzen Heimweg an der alten Eisenbahnlinie entlang zu Fuß zurück. Hackmesser und Messer trug er in der Tüte von Harrods. Es war warm und sonnig, und auf den purpurnen Trauben der Schmetterlingssträucher zwischen Highgate und der alten Mount Pleasant Green-Station saßen rote und schwarze Falter. Seit Diarmit sich sein Handwerkszeug gekauft hatte, fühlte er sich ein bißchen wohler. Jetzt war er bereit, falls der Job sich ihm plötzlich präsentierte. Wie sich das abspielen sollte, ahnte er zwar nicht. Er hatte jedoch die unklare Vorstellung, daß jemand an seine Tür in den Mount Pleasant Gardens klopfen und nach ihm fragen oder daß Conal zurückkommen würde.

Als er wieder zu Hause war, benutzte er zum erstenmal das Münztelefon im Flur. Es war für ihn eine ungeheure Anstrengung, ein Willensakt, nur dem eines Menschen vergleichbar, der sich nackt in die eisigen Fluten eines Flusses wirft oder einem wütenden Hund entgegentritt, denn Diarmit hatte sich inzwischen von der Realität weit entfernt. Es war, als hänge eines seiner Messer in der Luft und warte darauf, mit einem Hieb eine tiefe Kluft zwischen ihn – was immer dieses «ihn» bedeuten mochte, das ihm schon sehr schnell verlorenging – und die natürliche, normale, reale Welt zu schlagen, in der die anderen ihr natürliches, normales, reales Leben lebten. Aber er benutzte das Telefon. Er rief seine Schwester Kathleen in Kilburn an, nachdem er ihre Nummer monatelang im Kopf behalten hatte. Als das Freizeichen kam, zitterte er, und er zitterte, als das akustische Signal für den Geldeinwurf ertönte. Denn angenommen, er warf sein Geld ein und sprach, und Kathleen hörte ihn nicht.

Sein Fünfpencestück fiel in den Schlitz, Diarmit holte tief Luft und sagte: «Ich bin's, Kathleen, dein Bruder Diarmit. Und ich bin hier, in deiner Nähe. Ich wohne bei Conal Moore.»

Die Stimme eines Mannes. Diarmit hatte Kathleen seit Jahren nicht mehr gesehen, und sie hatte inzwischen geheiratet. «Sie hat viele Brüder.»

«Das ist wahr. Ich bin Diarmit, der jüngste. Leider kann ich mich an Ihren Namen nicht erinnern. Wie heißen Sie?» Diarmit redete verzweifelt weiter, weil keine Antwort kam. «Sind Sie noch da? Kommt Kathleen auch?»

«Sie ist in der Arbeit.»

«Da kann sie aber froh sein – froh sein, daß sie Arbeit hat, meine ich.» Diarmit versuchte es mit einem freundlichen Lachen. «Arbeit könnte ich auch brauchen. Wann kommt sie zurück? Hier spricht ihr Bruder, verstehen Sie? Ihr kleiner Bruder Diarmit. Wo ist sie jetzt? Könnte ich sie an ihrer Arbeitsstelle anrufen?»

«Sie kommt um halb fünf nach Hause.»

Der andere legte auf. Aber wenigstens hat er meine Stimme gehört, dachte Diarmit, und er weiß, wer ich bin. Und Kathleen wohnte wirklich dort, sie wohnte in Kilburn unter dieser Telefonnummer, es war in Ordnung, es war wirklich war. Statt in sein Zimmer zurückzugehen, verließ Diarmit wieder das Haus, den Zettel und die Ansichtskarte in der Tasche, die Tüte von Harrods in der Hand. Er stieg die Stufen zur alten Station hinunter. Die Oleander und die weißen Lichtnelken blühten. Im grünen Gras wucherte, zwischen rostigen Büchsen und vom Wind hierhergewehten Bettfedern, rosa, gelbes und weißes Unkraut. Es war warm und sonnig und roch nach Wiesenkerbel und Dieselabgasen. Diarmit ging am Rand des Bahnsteigs entlang, sprang dann hinunter und ging in der grasigen Mulde weiter, in der früher die Gleise gewesen waren.

Eine Frau mit einem weißen Pyrenäischen Berghund an der Leine kam ihm entgegen. Groß und schwerfällig wie ein Eisbär, musterte das Tier Diarmit aufmerksam.

«Guten Tag», sagte Diarmit höflich zu der Frau. «Ein schöner Nachmittag.»

Sie reagierte nicht, ihre Augen waren starr geradeaus gerichtet. «Schöner Sonnenschein», fuhr Diarmit fort, und diesmal beugte sich die Frau zu dem Hund hinunter, sagte etwas zu ihm und streichelte ihm den Kopf, als wolle sie mit allem Nachdruck darauf hinweisen, daß sie Diarmit weder sah noch hörte. Er blieb stehen und schaute ihr nach. Sie ging rasch die Stufen hinauf und zog den Hund hinter sich her. Diarmit ging weiter, schwenkte die Harrodstüte und sang vor sich hin wie einer, der allen zeigen möchte, daß er sich nicht fürchtet. Diarmit hätte gern irische Lieder gesungen, doch er konnte sich an keins erinnern, also sang er «God Save the Queen» – wiederholte unaufhörlich die eine Strophe, die er kannte, damit die anderen merkten, daß er sich nicht fürchtete, und er sang auch für sich, damit er wußte, daß die Töne einen Ursprung hatten und dieser Ursprung er selbst war.

An der Stapleton Hall Road verließ er die aufgelassene Strecke und ging zur Crouch Hill-Station. Dort gab es eine richtige Eisenbahnlinie, und eine richtige Eisenbahn würde ihn nach Brondesbury in die Nähe der Wohnung von Kathleen bringen. Gegen sechs war er am Ziel. Er ging den zementierten Weg entlang, zwei Betonstufen hinauf und klingelte.

Kathleen war eben aus der Arbeit gekommen und ihr Mann zur Arbeit gegangen. Vorher hatte er ihr aber noch gesagt, ihr Bruder Diarmit habe angerufen und scheine bei ihnen schmarotzen zu wollen. Er sei arbeitslos, lebe von der Unterstützung, und hätten sie nicht wirklich genug von ihrer Familie, um Himmels willen? Kathleen wußte nicht, was sie tun sollte. Sie war müde, sie war schwanger, und sie hatten ohnehin kein Gästezimmer. Und wie Diarmit war, wußte man schließlich – er war für vierzehn Tage zu Mary gekommen und drei Jahre geblieben. Seit der Sache mit der Bombe war er nicht ganz bei Trost.

Trotzdem wollte sie ihn jedoch hereinbitten, mit ihm sprechen und ihm alles erklären. Sein Anblick und der Gestank, den er verbreitete, machten sie völlig fertig. Er sah aus, als habe er sich seit einem Monat nicht mehr gewaschen, und er roch nach fauligem Gemüse. Er trug schmutzige dunkelrote Sachen, und sein Gesicht war so blaß, als sei es aus Lehm. Eine Plastiktüte über dem Arm, in der anderen Hand ein Papier, das er ihr entgegenstreckte, wirkte er so bedrohlich, daß sie einen Augenblick stumm und zitternd vor ihm stand und ihn nur anstarrte. Sein Geruch stieg ihr in die Nase, und sie bekam sofort ein so starkes Sodbrennen, daß sie zu ersticken glaubte. Wortlos schlug sie die Tür wieder zu und lehnte sich schweratmend dagegen.

Diarmit wußte, daß sie ihn nicht gesehen hatte, weil er nicht mehr existierte. Dieses Gefühl, nicht mehr zu existieren, hatte er schon einmal gehabt, in Belfast, nach dem Bombenanschlag. Seither hatte er sich jedoch mehr oder weniger wiedergefunden und nur gelegentlich daran gezweifelt, daß er vorhanden war. Jetzt jedoch wußte er, daß er unsichtbar und unhörbar geworden war – wußte es mit Bestimmtheit. Niemand konnte ihn sehen oder hören, und es hatte an dem Morgen angefangen, an dem er bei Sainsbury die Fleischabteilung nicht fand. Sie hatten versucht ihm seine Existenz zu nehmen, damit sie ihm keinen Job geben mußten, und wenn Kathleen ihn nicht gesehen, wenn seine eigene Schwester ihn nicht erkannt hatte, dann war es ihnen auch gelungen.

Und wie schon einmal, merkte er jetzt, wie groß alles auf der

Welt war. Er fühlte sich sehr klein. Die meisten Leute, sogar Kinder, waren größer als er, Busse und Autos waren riesig und wollten ihn umstoßen, als er die Kilburn High Road überquerte, schossen donnernd auf ihn zu. Mit dem Zug zurückzufahren, wollte er gar nicht erst versuchen. Der Mann, bei dem man die Fahrkarten kaufte, würde ihn nicht hören, selbst, wenn er groß genug wäre, um zum Schalterfenster hinaufzureichen. Er wollte zu Fuß gehen. Obwohl es ein weiter Weg war, zehn oder elf Kilometer, wollte er an diesem schönen, sonnigen Abend zu Fuß gehen. Er fühlte die scharfen Schneiden seiner Messer durch das grüne Plastik, und das war für ihn ein Trost. Mit ihnen konnte er sich verteidigen, wenn die großen Leute, die ihn nicht sahen oder hörten, ihn mit ihren Riesenfüßen zertrampeln wollten.

Oben in seinem Zimmer, in Conal Moores Zimmer, fühlte er sich geborgen. Er glich einem Insekt, das in seiner Mauerspalte sicher war, aber sofort in Gefahr geriet, wenn es über den Fußboden laufen mußte. Ein Insekt konnte Füße, die es zu zertreten drohten, mit den Messern stechen, die es im Bauch hatte. Als Diarmit die Treppe hinaufstieg, preßte er die Tüte von Harrods fest an sich.

Vom obersten Stockwerk kamen zwei Leute heruntergelaufen, sie lachten und lärmten. Er drückte sich flach an die Wand, damit sie ihn nicht umrannten und die Treppe hinunterwarfen. Im Zimmer war es besser. Er machte sich eine Kanne Tee und ging schlafen. Danach begann er sich jedoch belagert und bedroht zu fühlen. Er wußte, daß sein Leben in Gefahr war. Das Ich, das er noch besaß, von dem er wußte, daß er es besaß, das die anderen, die Conal Moores und die Leute aus dem Supermarkt für lebensunwert hielten – dieses Ich war in Gefahr. Tagsüber leerte sich das Haus, das war ihm klar, doch abends glich es einem Bienenstock. Er ging hinunter und lauschte an den Türen auf ein Lebenszeichen von drinnen. Überall war es still, nur hinter einer Tür hörte er Musik.

Der Dalmatiner und der Colliemischling liefen über den alten Anger und durchstöberten Mülltonnen. Sogar aus dieser Entfernung kamen sie Diarmit sehr groß vor. In der Nähe der Mount Pleasant Hall wurde eine Reihe alter Häuser abgerissen, und in der Luft hing gelb und dick der Mörtelstaub. Als nächstes würden sie dieses Haus abreißen. Diarmit begriff, wie es vor sich gehen würde. Außer ihm war niemand im Haus, und er war so unsichtbar wie ein Insekt, also würden sie die Mauern um ihn herum einreißen, ohne zu ahnen, daß er hier war. Und es würde sie auch nicht interessieren. Ihnen bedeutete er nicht mehr als die Spinnen und die Silberfischchen, die auch im Haus wohnten. Er würde im Bauschutt zerquetscht werden, in einer Wolke gelben Staubs ersticken. Er setzte sich ans Fenster und zitterte.

Abends und nachts war er sicher. Nach fünf Uhr taten die Arbeiter nichts mehr, das hatte er beobachtet. Am Abend konnte er ins Haus zurückkommen und sich verstecken, aber tagsüber durfte er nicht bleiben. Und er mußte alles mitnehmen, was für ihn wertvoll war. Vielleicht kam er eines Abends zurück und stellte fest, daß das Haus verschwunden war, doch dieses Risiko mußte er auf sich nehmen.

Am nächsten Morgen, nachdem sie alle türenschlagend, lachend und die Treppen hinuntertrampelnd – sie machten wirklich einen Höllenlärm – aus dem Haus waren, schlich er sich mit den Messern in der Tüte von Harrods hinaus. Er trug sie wie eine Wespe ihren Stachel oder ein Wachtposten sein Gewehr. Wohin er wollte, hatte er sich genau überlegt. Die Stufen in den Mount Pleasant Gardens hinunter, dann weiter zu der alten Eisenbahnlinie, durch das weite grüne Tal zur aufgelassenen Mount Pleasant-Station und von dort in den Mistley Tunnel.

Im Tunnel war es so trocken wie überhaupt möglich. Es roch nach Öl, und überall lagen Federn herum. Die Matratze mußte eine Million kleiner weißer und grauer Federn enthalten haben, denn Tausende waren herausgequollen und weggeweht worden, hatten sich im Lehm eingebettet, hafteten an der gewölbten Tunneldecke oder lagen in zitternden Häufchen beisammen. Und doch war die alte zerrissene Matratze noch gepolstert, noch mit Daunen gefüllt. Diarmit setzte sich und nahm seine Messer aus der Tüte.

Von dort, wo er saß, konnte er beide Tunneleingänge überblikken. Er konnte die Gefahren abschätzen, die sich ihm näherten. Er brauchte sich natürlich nicht zu verstecken, da ihn ohnehin niemand sehen konnte. Doch nach einer Weile stellte er die Matratze hochkant, formte sie zu einer halbrunden Wand und befestigte sie mit einer Rolle aus rostigem Maschendraht und einer Öltonne. Sie diente ihm nicht als Versteck, sondern als Schutz. Er kauerte dahinter wie in einem Unterstand oder hinter einem Windschutz, und sie bewahrte ihn vor allem Übel. Drei oder vier Leute kamen durch den Tunnel – einer ging in Richtung Highgate, die anderen nach Mount Pleasant, und obwohl es riesenhafte, plumpe, feindselige Geschöpfe waren, deren Körper fast den ganzen Innenraum des Tunnels ausfüllten, streifte keiner von ihnen die Matratze, und er war in Sicherheit.

Da begriff Diarmit, daß er eine Möglichkeit gefunden hatte zu überleben. Jede Nacht konnte er in dem Zimmer schlafen, aber tagsüber mußte er hierherkommen, wachsam und bewaffnet, und sich hinter seine Barrikade zurückziehen.

7

Die Puppe, sagte Mrs. Collins, sei genau das, was Wendy wolle. Nein, sie denke nicht, daß zehn Pfund zuviel seien. Es sei ein vernünftiger Preis. Wendy wollte die Puppe ihrem kleinen Patenkind zum Geburtstag schenken. Die Puppe sei ganz offensichtlich auch ein kleines Mädchen mit einem rosigen, lächelnden Gesicht, blonden Zöpfen, einem roten Hemd und einem blaukarierten Schürzenkleid. Seit der Myrapuppe hatte Dolly schon mehrere Puppen gemacht, die alle voneinander verschieden waren, und sie hatte keine Mühe, sie zu verkaufen.

Mrs. Collins bezahlte die zehn Pfund, die Dolly gleich auf dem Heimweg von dem kleinen Reihenhaus in der Orchard Lane dafür ausgab, ihren Weinvorrat zu ergänzen. Fünf in Seidenpapier eingeschlagene Flaschen in zwei Tragtüten.

Es war ein schwülwarmer Sommertag mit einem weißlichen Himmel. Bei der Brücke in der Northwood Road stieg Dolly die Stufen zur alten Bahnlinie hinauf. Eine Frau mit einem weißen Pyrenäischen Berghund an der Leine ging vor ihr her. Dolly trug ein rosa-, gelb- und braungemustertes Baumwollkleid mit einem breiten braunen Gürtel, Strumpfhosen und Sandalen mit flachem Absatz. Die Strumpfhosen waren neu, sie hatte sie zum erstenmal an, und um sie zu schonen, beschloß sie, nicht den Damm hinaufzuklettern, sondern durch den Mistley Tunnel zur Station und dann die Treppen hinaufzugehen.

Der Boden war völlig trocken, es hatte seit vierzehn Tagen nicht mehr geregnet. Gewöhnlich war es im Tunnel ein bißchen morastig, aber nicht heute. Fuß- oder Fahrradreifenspuren waren in den harten, hellen, mit Federn bestreuten Lehm eingedrückt. In jeder Hand eine Tragtüte mit Weinflaschen, ging Dolly durch den Tunnel. Jemand hatte die alte Matratze aufgerichtet und mit einer Öltonne und irgendeinem Draht abgestützt. Vielleicht hatten die Leute von der Müllabfuhr oder von der Eisenbahn den alten Kram ein bißchen zusammengestellt, bevor er abgeholt wurde. Dolly ging fast zu der Matratze hinüber, um aus der Nähe zu sehen, ob hier tatsächlich aufgeräumt worden war, doch dann überlegte sie es sich anders. Die Tüten waren schwer, und der übelriechende alte Tunnel war kein besonders angenehmer Aufenthaltsort.

Sie stieg die Stufen hinauf. In der Manningtree Grove blieb sie einen Moment vor dem Haus stehen. Myra hatte keine Zeit verloren und den Garten völlig umgestaltet. Die Heideastern und Salomonsiegel hatte sie herausgerissen und statt dessen einjährige Blumen eingesetzt – Lobelien, Studentenblumen und Petunien, die jetzt alle blühten. Dolly gehörte nicht zu den Menschen, die alle Blumen schön finden, und ihr mißfiel das Durcheinander von Kobaltblau, Orange und grellem Pink ganz besonders. Gingie saß ausnahmsweise auf dem Pfosten.

«Verschwinde!» sagte Dolly und klatschte in die Hände, nachdem sie die Tüten auf den Boden gestellt hatte. Die Katze flüchtete.

Dolly betrat das Haus, jedoch nicht leise oder vorsichtig. Es war Montag, und Myra arbeitete bis Mittag.

«Doreen!»

Dolly erstarrte. Die Tür des Vorderzimmers wurde geöffnet, und Myra kam in einem jadegrünen Arbeitsanzug und einem marineblau und weiß gestreiften T-shirt heraus.

«Habe ich dich endlich erwischt», sagte sie nicht unfreundlich. Sonst schaffe ich es immer nur, dich verschwinden zu sehen. Wo ich dich endlich in die Finger gekriegt habe, möchte ich dich um einen Rat bitten.»

«Wieso arbeitest du nicht?»

Das waren praktisch die ersten Worte, die Dolly je an ihre Stiefmutter gerichtet hatte, doch Myra tat, als sei sie sich dessen nicht bewußt. «Ich habe mir vierzehn Tage Urlaub genommen, meine Liebe. Ich fange morgen mit dem Anstreichen an. Jetzt schau doch nicht so!» Dolly hatte weder so noch anders geschaut. Ihr Gesicht blieb ausdruckslos, wie immer. «Ja, ich meine, ich werde es eigenhändig tun», fuhr Myra fort. «Um ganz ehrlich zu sein, ich habe so viel für eure neue Küche ausgegeben, daß ich mir keine Handwerker mehr leisten kann.»

«Sie haben doch nur eine Wasserleitung installiert», erwiderte Dolly, «und wir wollten nicht einmal die.»

Myra lachte hell und klingend. «Das ist ein offenes Wort. Wir wollen deshalb nicht streiten. Ich habe dich nicht hereingebeten, um mit dir zu streiten. Du sollst mir sagen, welche Farbzusammenstellung ich nehmen sollte.»

So etwas brauchte man Dolly nicht zweimal zu fragen, sie hatte eine Unmenge Ideen. Für einen Augenblick vergaß sie ihren Haß auf Myra. «Das ist ein helles Zimmer, da kannst du eine kräftige Farbe nehmen. Eine weiße Decke, weiße Verzierungen und leuchtend rotbraune Wände. Sie würden zum Teppich und zu den Sesseln passen.»

Myra war erstaunt. Sie hatte Dolly nur angesprochen, weil sie aufrichtig der Meinung war, daß es besser wäre, wenn sie miteinander redeten. Aber auf ihre Frage hatte sie eine ganz andere Antwort erwartet: «Ich weiß nicht» oder «Mach, was du willst.»

«Glaubst du im Ernst, ich behalte den schmutzigen alten Teppich oder diese Sessel?» sagte sie verächtlich. «Ich habe Nadelfilz und Kiefernmöbel bestellt. Und ich denke, für die Wände wäre ein Naturbeige richtig – es gibt da einen Farbton, der ‹Papyrus› heißt.»

«Wie du willst.» Dolly zuckte mit den Schultern. Es war noch früh am Tag, aber sie hatte plötzlich das Gefühl, ganz dringend ein Glas Wein zu brauchen. Sie machte kehrt und ging zur Tür.

Myra hatte gehofft, Dolly werde ihr ihre Hilfe anbieten, und sah jetzt, daß sie nicht damit rechnen konnte. Sie erinnerte sich jedoch, daß sie eigentlich nur einen Grund gesucht hatte, um mit Dolly ins Gespräch zu kommen. «Willst du eine Tasse Kaffee? Ich wollte eben auch eine trinken.»

Kaffee war kein Ersatz für ein Glas spanischen Burgunders. «Nein, besten Dank.»

«Tja, fesseln und knebeln kann ich dich nicht, damit du bleibst. Aber wenn alles fertig ist, kommst du und siehst es dir an, ja? Ich hoffe, bis zum Freitag schon den größten Teil geschafft zu haben, dann sagst du mir, wie es dir gefällt, ja? Wir sollten Freundinnen sein, Doreen, zwei Mädchen, die im selben Haus wohnen.»

Anstatt Myra ins Gesicht zu sagen, daß sie sie für einen unverschämten Eindringling halte, der das ganze Haus auf den Kopf stelle und das Andenken ihrer Mutter entehre, wählte Dolly eine weniger offensichtliche Kränkung. Sie hatte nicht viel, auf das sie stolz sein konnte, doch sie war stolz auf ihre Jugend und hütete sie eifersüchtig. Solange sie jung war, konnten noch Wunder geschehen, ihr blinder Prinz konnte kommen oder ein Genie etwas entdecken, das sie von ihrem Geburtsmal befreite. «Du bist älter als ich», sagte sie.

«Ein bißchen», antwortete Myra und wurde rot.

«Ich bin sechsundzwanzig. Wie alt bist du?»

Myra wurde noch röter. «Wenn man mich das fragt, antworte ich gewöhnlich: Ich stehe irgendwo zwischen Dreißig und dem Tod. Aber zu dir will ich ganz ehrlich sein: Ich bin achtunddreißig.»

«Das dachte ich mir», sagte Dolly, nahm ihre Tüten auf und ging zur Treppe.

In ihrem Wohnzimmer schenkte sie sich ein großes Glas Wein ein und setzte sich. Auf dem Kaminsims standen vier Puppen: zwei kleine Mädchen mit blonden Zöpfen, Myra und ein indischer Junge mit einem seidenen Turban. Von den Puppen beobachtet, trank Dolly langsam ihren Wein.

Myra wählte für das Wohnzimmer einen Farbton, der sich «Sonnenstrand» nannte, einen Kompromiß zwischen ihrem Beige und Dollys Rostrot. Sie dachte, daß Dolly vielleicht herunterkommen und nachsehen würde, wie weit sie war. Doch Dolly erschien nicht. Myra arbeitete jeden Tag, und als sie mit dem Wohnzimmer fertig war, begann sie im Eßzimmer, kaufte billigen, aber schick aussehenden Nadelfilz für die Fußböden und eine dreiteilige Sitzgruppe aus heller Fichte mit braun und weiß karierter Polsterung. Pup schaute manchmal herein, um sie mit einem freundlichen Wort zu ermutigen, und Harold, der sich des ungeheuren Opfers durchaus bewußt war, das er auf dem Altar der Ehe darbrachte, kehrte hin und wieder der schäbigen und gemütlichen Abgeschiedenheit des Frühstückszimmers den Rücken und setzte sich mit seinem Buch in einen Sessel, der in der Nähe von Myras Leiter stand.

Nach dem ursprünglichen scheußlichen Gefühl, daß er der Nekrophilie huldige, hatte Harold nur noch zweimal mit seiner Frau geschlafen, und beide Male war es nicht besonders befriedigend gewesen. Eine Zeitlang fühlte er sich unbehaglich, weil er ihr versagte, was er für das Recht einer Ehefrau hielt. Er lag im Bett und wartete auf die Berührung oder die Frage, aber als keines von beiden kam und Myra nur fröhlich «gute Nacht, Hal» sagte, war er glücklich, weil er wieder für eine Nacht davongekommen war. Tatsache jedoch war, obwohl er natürlich nichts davon ahnte, daß Myra ihn nicht aus Liebe geheiratet hatte, und um Sex war es ihr noch weniger zu tun gewesen. Sie hatte allen Sex, alle Leidenschaft und alle Erfüllung in der Beziehung mit ihrem verheirateten Freund erlebt. Sie war eine hohle, oberflächliche und unaufrichtige Frau, aber sie hatte Glück und Unglück empfunden wie jeder andere Mensch, und für sie waren Liebe und Glück mit dem verheirateten

Mann aus ihrem Leben verschwunden. Bei einem Ehemann, bei Harold, suchte sie etwas anderes: einen Mann, mit dem sie ausgehen, mit dem sie gesehen werden konnte, jemanden mit einem großen Haus, der ihr gleichzeitig Sicherheit gab. Sie war nicht unzufrieden mit dem Handel, auf den sie sich eingelassen hatte, und um so besser, wenn sie ihren Teil des Vertrags mit hausfraulichen und handwerklichen Fähigkeiten und ihren Ersparnissen erfüllen konnte und keine sexuelle Leidenschaft heucheln mußte.

Am Tag war Harold stolz auf das Aussehen seiner Frau. Wenn sie zusammen ausgingen, freute es ihn, mit ihr Arm in Arm gesehen zu werden. Harold gehörte zu den Männern, die gern behaupten, Frauen nicht zu verstehen, Frauen seien ein Rätsel. Manchmal ließ er im Geist die lange Reihe unbegreiflicher, historischer weiblicher Persönlichkeiten an sich vorüberziehen – Messalina, Katharina von Medici, Anne Boleyn, Charlotte Corday –, und ihr unberechenbares Verhalten bestärkte ihn nur in seiner Überzeugung. Frauen waren ein Rätsel, und seine eigene Frau war da keine Ausnahme. Diese Gedankengänge verhalfen ihm zu einer fast selbstgefälligen Zufriedenheit. Sie sprachen ihn von der Notwendigkeit frei, sich zu überlegen, warum Myra seinen Mangel an Leidenschaft so gelassen hinnahm, warum sie bis zur Erschöpfung arbeitete und das Haus selbst renovierte und warum sie, anstatt sich ein bißchen Ruhe zu gönnen, als das Eßzimmer fertig war, Leute zum Essen einlud.

Da es Myra nicht gelang, Dolly noch einmal abzufangen, ging sie hinauf und klopfte bei ihr an. Dolly erriet, wer da zu ihr wollte, packte die Puppen und versteckte sie schnell in der Resteschachtel.

«Donnerstag in einer Woche haben wir ein paar Freunde zum Dinner hier», sagte Myra, perfekt in ihrer Rolle als Ehefrau aus dem Vorort einer Großstadt. «Ich hoffe, ihr macht uns auch die Freude – du und Peter.»

«Ich habe schon etwas anderes vor.» Die Adonai Spiritisten hielten wieder eine Séance ab, und Dolly war beinahe schon entschlossen gewesen, nicht hinzugehen. Jetzt überlegte sie es sich anders. «Was für Freunde überhaupt? Vater hat keine Freunde.»

«Also offen gesagt, Doreen, das kann ich wohl besser beurteilen als du. Selbstverständlich hat er Freunde. Wenn du's unbedingt wissen willst – es kommt mein Chef Mr. Colefax mit seiner Frau und außerdem noch ein sehr nettes Paar, das wir beim Bingo kennengelernt haben. Wenn du nicht kommst, dann kann ich wohl mit meiner Mutter rechnen.»

Das Eßzimmer hatte jetzt apfelgrüne Wände, beigefarbene Dralonvorhänge, einen Nadelfilzteppich, aluminiumgerahmte Drucke von Constable und auf dem Tisch Kristallglas, Edelstahlbesteck und Tischmatten mit britischem Federwild.

Pup lehnte die Einladung nicht ab. Er zelebrierte ein Elementares Ritual, ging aus und kaufte sich einen einfachen und eleganten grauen Flanellanzug und ein graues Hemd mit einem kleinen weiß-rosa Muster. Er hielt es nicht für nötig, Dolly davon zu erzählen, und er sagte ihr auch nicht, daß er das *I Ging* befragt und es geantwortet hatte, die Wünsche des überlegenen Mannes seien auf diese Weise nicht zu befriedigen.

Er kam in seiner Robe aus dem Tempel und küßte Dolly, die eben zu ihrer Séance aufbrach. Als sie die Haustür hinter sich schloß, kam Miss Finlay in ihrem üblichen Tempo anmarschiert. Überall wimmle es von Polizei, sagte sie. Wisse Dolly zufällig, was los sei? Als sie, Miss Finlay, versucht habe, in der Crescent Road die Stufen zur alten Eisenbahnlinie hinunterzugehen, habe ein Polizist sie zurückgeschickt. In der Abendzeitung habe nichts gestanden, und einen Fernseher habe sie nicht. Auch Dolly hatte keinen. Myra allerdings hatte erst vor kurzem ein Farbgerät gekauft. Sie gingen die Manningtree Grove in Richtung des Mount Pleasant Green entlang, und während der paar Minuten kamen ihnen zwei Polizeifahrzeuge mit blitzendem Blaulicht entgegen.

Myras Gäste hatten alle Fernseher, und sie hatten alle ihre Radioapparate eingeschaltet, während sie sich zum Ausgehen fertigmachten. Als sie dann in dem von Myra umgestalteten Wohnzimmer ihre Apéritifs tranken, sprachen sie über nichts anderes, obwohl es eine wahrhaft grauenerregende Sache war, die sich da ereignet hatte. Der Täter mußte ein Monster sein, eine wilde Bestie, nicht besser als ein Tier.

«Ich habe noch nie von Tieren gehört, die sich gegenseitig die Köpfe abhacken», sagte Mrs. Brewer.

Pup sagte gar nichts. Es tat ihm leid, daß es an der alten Eisenbahnlinie und genau in dem Tunnel geschehen war, wo er vor so langer Zeit seinen ersten Ritus vollzogen hatte. An einem so schönen Sommerabend war es furchtbar, an Mord zu denken und von Mord zu sprechen. Er sah Yvonne Colefax an, eine sehr hübsche Blondine, die ein weißes Kleid aus einem anschmiegsamen Material trug. Was konnte einen Mann dazu bringen, ein Mädchen töten zu wollen – von allen möglichen Opfern ausgerechnet ein Mädchen – und dann noch mit einem Hackmesser den Kopf vom Rumpf zu trennen?

«Aufgestaute Aggressionen», sagte George Colefax, als habe Pup laut gesprochen. «Ein Haß gegen Frauen, denen er sich nicht gewachsen fühlt.» Er sagte es mit einem ganz besonderen Nachdruck, und seine Frau warf ihm einen kurzen Blick zu. «Den Kopf abzuschneiden, könnte eine spöttische Zunge zum Schweigen bringen. Außerdem wäre dann dafür gesorgt, daß die Augen ihn nicht mehr sehen.»

Myra kam herein und verkündete, das Essen sei fertig. Gemeinsam zogen sie ins Eßzimmer. Harold hatte sich noch nie um halb neun Uhr abends zu einem aus drei Gängen bestehenden Essen niedergesetzt. Ihm war übel von dem fortdauernden Gerede über Enthauptungen, besonders, da er eben ein Buch las, in dem die Folterung der Madame Brinvilliers sehr genau und sehr anschaulich geschildert wurde. Er mußte zwischen Mrs. Brewer und Eileen Ridge, der Bingofreundin sitzen. Myra trug einen langen grünen Polyesterrock mit schwarzen Gänseblümchen und einen sehr engen, ärmellosen Rollkragenpullover. Dazu ihren gesamten Goldschmuck. Mrs. Brewer, in einem blauen Kräuselkreppkleid, stocherte in ihrem Essen herum und lehnte die Zucchini in Rahmsoße mit einem Naserümpfen verächtlich ab. Außer den Zucchini servierte Myra noch einige höchst ungewöhnliche Speisen – Hühnchen mit Walnüssen, Kartoffeln mit Eiern und Käse, Kohl, in dem kleine Schinkenstückchen und brauner Kümmel schwammen. George Colefax pickte die Kümmelkörner mit einem goldenen Zahnstocher aus seinen regelmäßigen weißen Zähnen. Er war nicht nur Zahnarzt, sondern auch Doktor der Medizin und hatte keine Bedenken – er kam nicht einmal auf die Idee, daß das, was er sagte, abstoßend sein könnte –, der Gesellschaft zu erklären, wie schwierig es war, einem Menschen den Kopf abzuschneiden und daß der Verbrecher nicht nur Messer und ein Hackmesser, sondern vielleicht auch eine Säge dazu gebraucht hatte. Myra brachte die Himbeertorte herein.

«Eine Frau mit einem Hund hat sie gefunden», sagte Mrs. Collins als die Séance vorüber war. «Sie wohnt in der Stanhope Road und hat diesen großen, weißen Hund, den großen, weißen Pyrenäenhund oder wie er heißt. Sie ging mit ihm an der alten Eisenbahnlinie spazieren, und er fing an, an etwas herumzuschnüffeln, und da sah sie das Mädchen ohne Kopf. Den Kopf hat sie dann auch gesehen, er lag ein Stück vom Rumpf entfernt. Man hat sie mit einem Schock ins Krankenhaus gebracht.»

«Was für ein furchtbares Erlebnis», sagte Miss Finlay. «So was wird man ja bis zum Tod nicht los.» Heute roch sie nur nach Seife, wie Dolly festgestellt hatte.

«Über so etwas kommt man nie hinweg. Wer tut denn so etwas? Der Mensch muß eine Bestie sein, die reinste Bestie.»

Dolly hatte es satt, noch mehr darüber zu hören. Sie stand am Tor, pflückte Blätter von einem Zitronenmelissenstrauch, zerrieb sie zwischen den Fingern und atmete den Duft ein. Ihre Mutter war während der Séance nicht erschienen, hatte kein Wort gesprochen. Die Blätter rochen stark nach Zitrone.

«Meine Mutter benutzte ein Parfüm, das so duftete», sagte Dolly und hielt Mrs. Collins ihren Finger unter die Nase.

«Das bringt sie wieder zurück, nicht wahr? Man kommt über den Verlust der Mutter nie hinweg. Mir ist es jedenfalls nicht gelungen. Sie beide wollen doch nicht etwa allein nach Hause gehen? Nicht nach dem, was heute passiert ist. Am besten warten Sie hier mit mir. Meine Tochter holt mich mit dem Wagen ab und kann Sie auch mitnehmen und zu Hause absetzen.» Es war noch ziemlich hell. Miss Finlay blickte ängstlich die Straße entlang und über den Anger. «Ich hoffe», fuhr Mrs. Collins fort, «wir dürfen Sie beide bei Mrs. Fitters Séance am Fünfzehnten nächsten Monats erwarten. Sie haben bestimmt schon von ihr gehört. Sie ist großartig. Die Karten gehen weg wie die warmen Semmeln. Sie kosten fünf Pfund, doch das ist preiswert, das dürfen Sie mir glauben. Die Frau hat unglaublich viel zu bieten. Dieser Zitronenduft ist aber sehr stark, nicht wahr, meine Liebe?»

Als Wendy Collins Dolly absetzte, ging es auf der Party noch sehr munter zu. Dolly ging direkt nach oben und schaffte es gerade noch, Yvonne Colefax auszuweichen, die im Bad gewesen war, um sich noch ein bißchen mehr mit «Ivoire» von Balmain zu betupfen. Wieder im Wohnzimmer, ließ sie sich auf Myras neuem zweisitzigen Sofa nieder. Pup zögerte, weil er sich an das *I Ging* und das Pentagrammische Austreibungsritual erinnerte, dann ging er zu ihr und setzte sich neben sie. Weil er nicht wußte, was er mit ihr sprechen sollte, bot er ihr an, ihr die Zukunft vorauszusagen. Er hatte gehört, wie Myra seinen Vater mit Einzelheiten aus dem Privatleben der Colefax' ergötzt hatte, und setzte Yvonne daher durch eine sehr genaue Schilderung ihrer Vergangenheit in Erstaunen. Sie fand ihn phantastisch und sagte es ihm auch, wobei sie ihm tief in die Augen sah.

«Woher können Sie wissen, daß ich mit einundzwanzig Jahren

meinen ersten Mann verlor?» fragte sie und hatte ganz vergessen, daß sie es erst vor einer Woche Myra anvertraut hatte.

«Ihre Augen haben es mir verraten», antwortete Pup gewandt.

«Nichts als gottloser Unfug ist das», mischte sich Mrs. Brewer ein.

«Entschuldigen Sie, aber alles, was er gesagt hat, stimmt bis aufs Haar.»

Mrs. Brewers Gesicht war so rot, als bekomme sie gleich irgendeinen Anfall. Yvonne ließ Pup kaum aus den Augen und himmelte ihn an, als sei er ein Prophet oder ein Guru, und Pup überkam eine große Schwäche. Er mußte sich unaufhörlich vorsagen, wie kostbar und wichtig Jungfräulichkeit für einen jungen Geomanten war. Yvonne duftete herrlich, und ihr weißseidener Oberschenkel preßte sich weich in seiner ganzen Länge an den seinen. Sie hatte eine leicht atemlos klingende staunende Kinderstimme. Und obwohl sie sieben oder acht Jahre älter sein mußte, schien sie jünger zu sein als er.

Es war jetzt eine halbe Stunde her, seit er Dolly nach Hause kommen gehört hatte. Er sollte gehen, es wäre klug zu gehen. Myra erzählte ihren Gästen, daß sie und Hal im Herbst einen Urlaub auf Zypern planten.

«Davon weiß ich ja gar nichts», sagte Harold. «Davon höre ich zum erstenmal.»

«O Liebling, du und dein Gedächtnis!»

«Ich muß jetzt gehen», sagte Pup. «Auf Wiedersehen. Besten Dank für das köstliche Abendessen.» Aus irgendeinem Impuls heraus, ging er auf Myra zu und küßte ihr die Hand.

Das war auch für alle anderen das Zeichen zum Aufbruch. Myra hätte ihn umbringen können. Mrs. Brewer wollte, daß Harold sie nach nebenan in ihre Wohnung begleitete und alle Räume durchsuchte, um sich zu überzeugen, daß während ihrer Abwesenheit niemand eingedrungen war. Zum Beispiel der Mann, der Frauen den Kopf abschnitt. Pup ging hinauf. Dolly saß im Wohnzimmer und trank Rosé. Sie saß im Halbdunkel, hatte eine einzige Kerze angezündet und blickte aus dem Fenster auf die Straße hinunter, wo Ronald und Eileen Ridge eben in ihren Wagen stiegen.

«Pup», sagte sie, «hast du von dem Mädchen an der alten Eisenbahnlinie gehört?»

Er nickte. «Wir müssen doch nicht darüber reden, oder? Wie war's bei deiner Versammlung?»

«Ganz interessant. Hör mal zu, in drei Wochen kommt ein besonderes Medium zu uns, das die Fähigkeit hat, Geister sichtbar werden zu lassen. Da gehen wir doch zusammen hin, nicht wahr? Ich muß bis morgen Bescheid sagen, weil die Karten weggehen wie die warmen Semmeln.»

«Hoffentlich verbrennt sich keiner den Mund daran.» Ihre verblüffte, leicht gekränkte Miene brachte ihn zum Lächeln. «Selbstverständlich begleite ich dich, Liebes», sagte er.

Nachdem Harold gegangen war, wurde Mrs. Brewer von einer heftigen Übelkeit befallen. Sie glaubte, sie habe Verdauungsstörungen von Myras fremdartigen Speisen. Die Übelkeit hatte schon drüben mit einem Sodbrennen begonnen, jetzt wurde sie zu einem starken Druckschmerz auf der linken Seite, lähmte ihren linken Arm und schien sie in ein eisernes Mieder einzuschnüren. Vielleicht wäre Mrs. Brewer der Gedanke gekommen, daß sie einen Herzanfall hatte, doch sie bildete sich ein, Frauen könnten keine Herzanfälle bekommen, und niemand hatte ihr gesagt, daß diese Immunität mit dem Klimakterium endet.

Gingie kam herein und legte sich zu ihr auf das Bett. Mrs. Brewer hatte eine schlechte Nacht und war so müde, daß sie am nächsten und übernächsten Tag im Bett blieb. Aber als Myra am Sonntag kam, war sie wieder aufgestanden und erwähnte ihre Krankheit mit keinem Wort.

8

Einhundertvier Menschen gingen durch den Tunnel, bevor der eine kam, der ihm zum Verhängnis wurde. Diarmit zählte sie. Jeden Tag waren es drei oder vier, manchmal ein paar mehr, und er hatte sich dreiundzwanzig Tage hinter seiner Barrikade verschanzt, bevor am vierundzwanzigsten der Angriff erfolgte.

Inzwischen wiegte er sich in einer falschen Sicherheit. So riesig sie auch waren, sie hielten sich in der Mitte des Tunnels, und er befand sich außer Reichweite ihrer mächtigen Füße und stampfenden Schritte. Aber das Mädchen am vierundzwanzigsten Tag verließ den ausgetretenen Pfad und näherte sich wie ein Schreckgespenst der Matratze. Sie sucht etwas, dachte er entsetzt, die Drahtrolle vielleicht. Oder die Holzkiste oder auch den alten Sessel, mit denen er im Lauf der Wochen seine Festung verstärkt hatte. Ihr Kopf reichte bis unter das Tunneldach, und ihre großen, um sich schlagenden Arme, die über der Matratze hin und her schwangen, verursachten einen starken Luftzug. In seiner Angst sprang Diarmit auf, obwohl er wußte, daß er zu klein war und zuwenig Substanz besaß, um gesehen zu werden, aber in einem Anfall von Mut sprang er auf – ein Messer in jeder winzigen, schwachen Hand – einen Stachel, um sich zu verteidigen.

Der Laut, den sie von sich gab, war ein schrilles Wutgebrüll. Fast wich er davor zurück, fast gab er auf. Er schaffte es nur mit größter Mühe, auf den Beinen zu bleiben und nicht ohnmächtig zu Boden zu sinken oder, auf allen Vieren kriechend zu flüchten. Denn dann würde sie ihn wohl unbarmherzig zertreten. Aber tapfer und ohne mit der Wimper zu zucken, hielt er aus, stach mit seinem Stachel nach ihr, mit seinem Zwillingsstachel, stach in die riesige, bedrohliche Masse, bis sie zusammensank und gegen ihn fiel, ein blutüberströmter Rumpf.

Er hatte es geschafft, er hatte gesiegt. Er befreite sich von der Last, trat schwer atmend zurück und betrachtete das Ding zu seinen Füßen wie ein Ritter vermutlich den Drachen, den er erschlagen hatte. Im Tod war seine Feindin rasch geschrumpft. Jetzt war ihr Körper nicht mehr größer als der eines ganz gewöhnlichen Mädchens, eines kleinen, jungen Mädchens. Diarmit staunte, daß so etwas geschehen konnte, daß Tapferkeit und Trotz einen mächtigen Angreifer in dieses kleine, tote Ding verwandeln konnten.

Vielleicht sollte er es noch kleiner machen. Schließlich hatte er gelernt, wie man tote Dinge zerstückelte. Er machte sich mit dem Hackmesser an die Arbeit, wünschte sich jedoch, er hätte eine Säge. Schließlich führte er jedoch nicht zu Ende, was er sich vorgenommen hatte, weil er müde wurde. Außerdem schlug irgendwo eine Kirchenuhr, es war fünf, und er konnte in sein Zimmer zurückkehren.

Die Sonne brannte noch so heiß wie am Mittag. Die Hitze schlug ihm wie ein Vorhang entgegen, als er den Tunnel verließ, Hackmesser und Messer sicher in der Tüte von Harrods verstaut. An den Schmetterlingssträuchern, dem Antonskraut und den Margeriten hingen ganze Bienenschwärme, ein weißer Schmetterling flatterte vorbei, und am Rand des alten Bahnsteigs balancierte eine lohfarbene Katze entlang, aber Diarmit begegnete niemandem und ging auch an niemandem vorbei. Menschen sah er erst wieder, nachdem er die Stufen zu den Mount Pleasant Gardens hinaufgestiegen war.

Obwohl er mit Blut besudelt war, sahen die Spritzer und großen, nassen Stellen auf dem dunkelroten Hemd und der roten Kordhose nicht wie Blutflecke aus. Außerdem blickte ihn ohnehin keiner an, er blieb unsichtbar. Das Abbruchgelände jenseits des Angers hatten die Arbeiter für heute verlassen, und der Staub hatte sich gesetzt. Von den Häusern war nicht mehr viel übrig, man sah nur noch Ziegel, Schutt und einen leeren Platz. Diarmit stieg nach oben, immer höher hinauf in sein oberstes Stockwerk. Hier oben gab es für alle Zimmer nur ein einziges Bad, das am Morgen und am Abend immer besetzt war. Jetzt jedoch war es leer. Diarmit nahm das Hackmesser und die Messer aus der Tüte von Harrods und wusch sie unter dem kalten Wasser. Als sie sauber waren, drehte er das Innere der Tüte nach außen und wusch auch sie.

In seinem Zimmer fühlte er sich sicherer und wohler als seit langem. Er machte sich eine Kanne Tee und trank ihn am offenen Fenster. Der Dalmatiner und der Collie lagen im Gras und schliefen in der Sonne. Wie schön wäre es, wenn Conal Moore jetzt käme. Diarmit hatte irgendwie das Gefühl, daß seine Existenz, sein Selbst langsam wieder zurückkehrten. Zuerst der Akt der Verteidigung im Tunnel, dann die Sonnenwärme und jetzt der Tee – all das wirkte zusammen, um ihn aus dem Niemandsland, aus dem Nichts zurückzuholen. Conal würde ihn sehen und erkennen, dessen war er sicher. Kathleen würde ihn erkennen, wenn er jetzt vor ihrer Tür stünde. Seine Tapferkeit und das vergossene Blut hatten ihn sichtbar gemacht, er war wieder ein fester Körper, war wieder ganz.

Ich töte, also bin ich.

Die Frau mit dem Pyrenäischen Berghund fand die Leiche des Mädchens erst am nächsten Tag, und wieder erst zwei Tage später erfuhr Diarmit, daß sie gefunden worden war. Er sah eine Zeitung, die jemand mit ein paar anderen auf eine Mülltonne im Seiteneingang gelegt hatte. Auf dem Foto war das Gesicht zu sehen, das ins Riesenhafte verzerrt und gräßlich verfärbt, im Tunnel drohend über ihm aufgetaucht war und schreckliche Laute von sich gegeben hatte. Er setzte sich auf dem Anger auf eine Bank, entzifferte die Schlagzeilen und dann den Text. Es ging sehr langsam und mühsam, und er fuhr mit dem Zeigefinger unter jeder Zeile entlang, damit ihm nicht Worte und Zeilen durcheinandergerieten. Auf einmal begriff er, daß man ihn für einen Mörder hielt. «Der Henker» nannten sie ihn.

Das war ja so, als wollte man einen Soldaten im Krieg einen Mörder nennen. Falls jemand zu ihm kommen und ihn fragen sollte, warum er es getan hatte, hatte er seine Erklärung bereit: «Wie würden Sie sich denn fühlen, wenn Sie aus Ihrem Haus geflüchtet wären, weil Sie dort jeden Augenblick unter Tonnen von Ziegeln und Schutt begraben werden könnten? Wenn Sie nur abends und nachts in dieses Heim zurückkehren dürften und gezwungen wären, sich irgendwo im Freien eine Zuflucht zu suchen und sich dort zu verbarrikadieren, damit die menschlichen Horden Sie nicht zertrampeln? Versuchen Sie das mal! Sie werden schnell merken, wie Ihnen zumute ist, wenn eine riesige Straßenreinigungsmaschine Sie zu zermalmen droht. Dann werden Sie sich doch auch mit Ihren armseligen, schwachen Kräften wehren, oder? Wenn Sie die Nerven dazu haben, wenn Sie tapfer genug sind.»

Am Tag vorher war auf der Abbruchstelle nicht gearbeitet worden, und auch heute erschienen die Männer nicht. Diarmit setzte sich auf die Bank, beobachtete den Schuttplatz und das Haus, in dem sein Zimmer war. Das Wetter war noch warm und sonnig, und die Flecke in seiner Kleidung begannen widerlich zu riechen. Der Dalmatiner kam und beschnupperte ihn. Eine Frau, die ihr Fahrrad vorüberschob, rümpfte die Nase, starrte Diarmit an und wandte sich ab. Er freute sich über diesen Beweis seiner Existenz, aber nach einer Weile fing er an, sich über die Hunde zu ärgern. Zu dem Dalmatiner und dem Collie hatte sich noch ein zottiger Bastard gesellt, und alle drei beschnüffelten ihn und liefen hinter ihm her. Sie folgten ihm bis vor den Laden, in dem er Brot, Milch und Teebeutel kaufte, und sie verfolgten ihn über den Anger und bis an die Schwelle seines Hauses.

Diarmit zog zum erstenmal nach vielen Wochen seine Sachen aus und wusch sie im Badezimmer mit Seife, da er nichts anderes hatte. Der nächste Tag war ein Sonntag, da konnte er zu Hause bleiben. Am Sonntag wurde auf der Abbruchstelle nicht gearbeitet. Als seine Sachen trocken waren – er hatte sie auf dem Fensterbrett ausgebreitet und sie mit dem auf- und niederschiebbaren Fenster festgeklemmt –, zog er sie an und hielt nach Conal Ausschau. Eine starke Vorahnung sagte ihm, daß Conal heute zurückkam, aber die Stunden vergingen, die Sonne ging langsam unter, eine lange, müde grau-violette Dämmerung senkte sich auf die Stadt, und noch immer war kein Conal gekommen. Als es dunkel geworden war, zerriß Diarmit den Zettel und die Ansichtskarte und spülte die Schnitzel die Toilette hinunter.

Als er am nächsten Morgen fertig angezogen war und eben weggehen wollte, klopfte es scharf an seine Zimmertür. Das waren bestimmt die Männer, die ihm mitteilen wollten, daß sie gleich anfingen, das Haus abzureißen. Sie konnten ihn jetzt sehen und mußten seine Anwesenheit zur Kenntnis nehmen, er existierte wieder. Ruhig öffnete er die Tür.

Im Flur standen zwei Polizeibeamte in Zivil.

Sie nannten ihm ihre Namen. Es waren ein Detective Sergeant und ein Constable. Diarmit ließ sie eintreten, sie blieben in der Nähe der Tür stehen und sahen sich im Zimmer um. Das längere und größere seiner beiden Messer lag auf dem Tisch. Er hatte es zum Brotschneiden benutzt.

«Wir möchten gern wissen, wo Conal Patrick Moore sich zur Zeit aufhält», sagte der Sergeant.

Diarmit lächelte ihnen zu. Er fand sie sehr nett und sympathisch und war ihnen dankbar, daß sie nichts über das Mädchen im Tunnel gesagt hatten. Ihre Blicke hatten das Messer auf dem Tisch nur gleichgültig gestreift.

«Das möchte ich auch», sagte er. «Wirklich, das möchte ich auch gern wissen. Ich habe keine Ahnung, wo er ist.»

«Und wer sind Sie, Sir?»

Diarmit sagte ihnen, wie er hieß. Er erzählte ihnen seine Geschichte – erzählte ihnen, daß er nach London gekommen war, weil Conal versprochen hatte, ihm einen Job zu verschaffen. Aber Conal war nicht mehr dagewesen, und den Job hatte er auch nicht bekommen. Es war ein Vergnügen zu sprechen und angesprochen zu werden, ein Vergnügen, zu existieren und gesehen zu werden. Er redete und redete, weil das etwas so Neues für ihn war. Der Sergeant mußte ihn unterbrechen.

«Wollen Sie nicht wissen, warum wir ihn suchen?»

Daran hatte Diarmit noch gar nicht gedacht. Es war ihm auch ziemlich gleichgültig. Er ergötzte sich nur an dem Entzücken, mit «Sie» angesprochen zu werden, sich zu verständigen und wie ein ganz normaler, gewöhnlicher Mensch behandelt zu werden.

«In dieser Gegend wurden mehrere Geschäfte beraubt», sagte der Sergeant. «Die Einbrüche hörten ungefähr um die Zeit auf, um die, wie Sie sagten, Mr. Moore von hier wegging. Jetzt werden uns ähnliche Raubüberfälle aus dem Bezirk Birmingham gemeldet. Ist es möglich, daß er sich dorthin gewandt hat?»

«Es ist möglich», sagte Diarmit. In Birmingham wohnte der Schwiegervater seiner Schwester Mary. Der alte Mann hatte mehrere Söhne, und einer davon war Conal. Das sagte Diarmit den Polizeibeamten. Er war entsetzt. Die Bawnes und ihre angeheirateten Verwandten waren immer gesetzestreue, respektable Leute gewesen. «Ich bitte Sie, mir Bescheid zu geben, wenn Sie ihn gefunden haben.»

«Und Sie geben uns Bescheid, wenn Sie etwas hören.»

Sie gingen. Diarmit dachte über das nach, was sie ihm gesagt hatten. Selbstverständlich würde kein Supermarkt dem Freund oder Verwandten eines Diebs einen Job geben, das konnte er verstehen. Es war auch ein Segen, daß Conal nicht mehr hiergewesen war, als er kam. Mit einem Kriminellen wollte er nichts zu tun haben. Das Zimmer gehörte jetzt also ganz ihm. Er war frei. Er fühlte sich kräftig und mutig, jung und frei und hüpfte, die Arme in die Höhe streckend im Zimmer umher, tanzte einen kleinen Freiheits- und Glückstanz. So vieles hatte sich in den letzten Tagen in seinem Leben geklärt, von so vielem war er befreit worden.

Aber heute war Montag, und sie würden vielleicht mit dem Abbruch des Hauses beginnen. Der Gedanke ernüchterte ihn. Er war zwar überzeugt, daß sie ihn warnen würden, weil er ja wieder sichtbar war und existierte, doch sicherer war es wohl, wenn er wegging. Außerdem war es ein schöner Morgen. Er nahm die Harrods-Tüte mit den Messern und lief die Treppe hinunter. Es wäre schade, etwas Wertvolles zurückzulassen, das dann unter dem Schutt begraben würde.

Als er auf der Straße stand, kam ihm ein ungeheuerlicher Gedanke. Warum sollte er nicht selbst versuchen, einen Job zu finden? Warum eigentlich nicht?

9

Wenn sie, von Kissen gestützt, in ihrem Bett lag, konnte Mrs. Brewer das grüne Tal überblicken, durch das einmal die alte Eisenbahnlinie geführt hatte. Früher, wenn sie krank gewesen war, hatte sie gern die Leute beobachtet, die den grünen Pfad als Abkürzung benutzt hatten – Schulkinder, Spaziergänger mit Hunden, junge Leute, die ihr Leben damit zu verbringen schienen, ziellos umherzuwandern. Seit dort der Mord geschehen war, benutzte niemand mehr den Pfad. Der einzige, den man noch dort sah, war Gingie, der auf der Suche nach einer nur in seiner Phantasie existierenden oder tatsächlich vorhandenen Beute durch das hohe Gras schlich.

Es war August, ein glühend heißer, drückend schwüler, knochentrockener August. Mrs. Brewer wollte gegen zwölf Uhr aufstehen, rechtzeitig genug, um sich zu überlegen, was sie zum Lunch essen wollte. Diese Gastritis, oder was es auch sein mochte, machte einen ganz fertig. Mrs. Brewer konnte sich nicht erinnern, sich schon einmal so müde gefühlt zu haben. Dabei war sie erst vierundsechzig, noch gar nicht alt und bestimmt noch für zwanzig Jahre gut.

Sie wollte in einer Minute aufstehen und das Fenster öffnen. Die Hitze im Zimmer wurde unerträglich, und der Schweiß begann ihr herunterzurinnen. Sie war immer sehr stolz darauf gewesen, daß sie nicht viel schwitzte, und hatte manchmal vor Myra damit geprahlt. Es war so unweiblich, wenn man schwitzte. Wenn Myra doch käme, dachte sie. Der Donnerstag war ihr freier Tag, und nichts hinderte sie, ihre Mutter zu besuchen. Außerdem war es ihre Pflicht, und sie wohnte ja auch nebenan.

Gingie tauchte vor dem Fenster auf und miaute lautlos – aber lautlos vermutlich nur deshalb, weil er durch das Glas von ihr getrennt war.

«Schon gut, ich komme», sagte Mrs. Brewer, warf die Bettdecke zurück, schwang die Beine über den Bettrand und stellte sie auf den Boden. Wieder schlug eine Hitzewelle über ihr zusammen, und der Schweiß brach ihr aus allen Poren.

Das Telefon war im Wohnzimmer. Sie mußte Myra anrufen. Aber sollte sie zuerst versuchen das Telefon zu erreichen oder Gingie das Fenster öffnen? Doch frische Luft war vielleicht genau das, was sie brauchte. Sie konnte gehen – nur sehr mühsam allerdings. Sehr langsam schlurfte sie zum Fenster. Gingie saß auf dem Sims und schrie lautlos.

«Ich komm ja schon, mein Junge», sagte Mrs. Brewer.

Plötzlich wurde sie von einer leidenschaftlichen und zärtlichen Liebe für die kleine Katze erfüllt, und es kam ihr so vor, als habe sie noch nie so viel für ein Wesen empfunden wie für dieses kleine, miauende orangefarbene Fellbündel – nicht für den seit langem verstorbenen John Brewer und auch nicht für das Kleinkind Myra. Das heftige Gefühl ließ sie keuchend nach Luft ringen. Sie wollte Gingie spüren, ihn an sich drücken. Sie kämpfte mit dem Fenster, mit dem schweren Riegel, während das Gesicht der Katze vor ihr ins Riesenhafte wuchs, ein riesiges, aufgerissenes Schnäuzchen des Jammers und der Enttäuschung. Die eiserne Klammer und die eisernen Klauen, die sie an jenem Abend nach der Party gepackt und ihr die Luft abgeschnürt hatten, schlugen wieder zu. Ihre Liebe explodierte in ihr wie ein Nadelschauer. Sie klammerte sich ans Fenster, doch dann gaben die Knie unter ihr nach, ihr ganzer Körper sackte zusammen, und sie fiel zu Boden, von einem Schmerz gefoltert, den niemand lange aushalten konnte.

Es dauerte auch nicht lange, und Mrs. Brewer wurde von diesem Schmerz erlöst.

Myra hatte ihre Mutter nicht gemocht, aber es war ein Schock für sie, sie dort liegen zu sehen – ein so großer Schock, daß sie glaubte, ohnmächtig zu werden. Sie mußte sich hinsetzen und den Kopf zwischen den Knien hinunterhängen lassen. Später, nachdem der Arzt und der Leichenbestatter dagewesen waren, nachdem die Tote in die Kapelle zum ewigen Frieden gebracht worden war, die dem Beerdigungsinstitut gehörte, nachdem Mrs. Buxton Gingie nach Hause mitgenommen hatte – als das alles geschehen war, setzte sich Myra mit einem Glas Sherry ins Wohnzimmer und begriff allmählich, daß ihre Mutter tot war.

Sie hatte geglaubt, ihre Mutter werde noch zwanzig Jahre leben, sie hatte immer einen so alterslosen, vitalen Eindruck gemacht. Jetzt würde Myra nie wieder zu hören bekommen, daß die Mutter gedacht habe, sie käme überhaupt nicht mehr, oder daß sie liegen müsse, wie sie sich gebettet habe; nie wieder würde die Mutter ihre Kleidung, ihr Benehmen oder ihre Kochkünste kritisieren. Harold war freundlich und liebevoll, beklagte sich nicht, daß er ein Fertiggericht aus der Tiefkühltruhe vorgesetzt bekam, und sagte immer wieder: «Das ist schlimm. Eine wirklich schlimme Geschichte.»

Dolly erinnerte sich, wie ihr zumute gewesen war, als ihre Mutter starb, und obwohl es ihr gegen den Strich ging, zwang sie sich, hinunterzugehen und steif zu Myra zu sagen: «Das mit deiner Mutter tut mir leid.»

Als Myra am nächsten Morgen aufwachte, war ihr erster Gedanke, daß ihre Mutter tot war, und der nächste – ein ganz neuer –, daß die Wohnung im Nebenhaus, für die ihre Mutter vor zwei Jahren dreißigtausend Pfund bezahlt hatte, jetzt vielleicht ihr gehörte.

Sie rief in der Wohnung ihres Chefs George Colefax an. Es meldete sich Yvonne.

«Ich kann erst am Montag wiederkommen», sagte Myra. «Meine Mutter ist gestern gestorben. Es war ein ziemlicher Schock für mich.»

«Ihre Mutter?» Yvonnes Kleinmädchenstimme wurde eine Oktave höher. «Aber ich habe doch erst letzte Woche mit ihr gesprochen!» Als sei das eine Garantie dafür, daß Mrs. Brewer nicht gestorben sein konnte und sich nur verstellte. «Aber das kann man ja kaum glauben, Myra, das ist wirklich schrecklich.»

«Sie hatte ein friedliches Ende», sagte Myra. «Es ging sehr schnell. Sie hat nicht gelitten. Sagen Sie bitte George Bescheid, Yvonne, ja?»

Yvonne sagte, das sei leider nicht möglich, da George am Abend vorher sehr lange gearbeitet und dann in der Wohnung über der Praxis geschlafen habe. Aber sie rufe in natürlich an, selbstverständlich rufe sie ihn an. Myra hatte von den Abenden, an denen George lange arbeitete, ihre eigene Vorstellung, und sie glaubte auch zu wissen, wo er dann die Nacht verbrachte, doch sie war jetzt zu geistesabwesend, um darüber nachzudenken.

Vor ein paar Monaten – Myra war damals noch nicht verheiratet gewesen – hatte Mrs. Brewer ihr bei einem Streit gedroht, sie wolle sich ein Testamentformular besorgen und ihren Besitz nicht Myra, ihrer gesetzlichen Erbin, sondern dem Schutzbund für Katzen hinterlassen. Sie war sogar soweit gegangen, sich die Adresse dieser Vereinigung aus dem Telefonbuch herauszusuchen. Wütend hatte Myra das Testamentformular selbst gekauft und bei ihrem nächsten Besuch ihrer Mutter auf den Tisch geworfen.

Hatte die Mutter das Formular ausgefüllt, unterschrieben und von Zeugen bestätigen lassen? Es war unwahrscheinlich, aber Myra mußte sich Gewißheit verschaffen. Die Mutter hatte sich natürlich beruhigt und ihr Unrecht eingesehen, und sie hatte sich über die Heirat sehr gefreut. Doch angenommen, sie hatte in ihrem ersten Zorn das Testament gemacht und nicht widerrufen? Zum Glück hatte Myra einen Schlüssel zu ihrer Wohnung. Sie ging aufs Standesamt, meldete das Ableben ihrer Mutter, suchte das Beerdigungsinstitut auf und vereinbarte den Termin für die Einäscherung, und als sie nach Hause kam, rief die Polizei an und teilte ihr mit, daß der Untersuchungsrichter entschieden habe, eine amtliche Totenschau sei nicht erforderlich. Pup und Dolly kamen nach Hause, und Myra war noch immer nicht in der Wohnung ihrer Mutter gewesen. Ihr war inzwischen übel vor Angst. Sie servierte Harold sein Beef Stroganoff und die Mousse au chocolat, und als er gegessen hatte, sagte sie, sie müsse jetzt wohl hinübergehen, um nachzusehen, ob auch richtig abgeschlossen sei und so weiter. Als sie den Schlüssel ins Schloß steckte, zitterte ihr die Hand.

Dolly und Pup aßen einen Imbiß aus Fertiggerichten, Ryvita und Sainsbury-Pasteten, Waldorfsalat und Büchsenpfirsiche mit Schlagsahne. Dann zog Pup seine besten Jeans, das rosa und grau gemusterte Hemd und ein neues Sweat-shirt aus schwarzem Velour an. Dolly trug ein Kleid, das sie sich eben genäht hatte, ein langärmeliges Hemdblusenkleid, dunkelgrün mit einem winzigen Erdbeermuster. Und auch diesmal hatte sie die Farben auf ihren Talisman abgestimmt. Es war ein sehr warmer Abend und in der Luft noch nichts von herbstlicher Kühle zu spüren. Der Himmel war von einem tiefen und klaren Blau, und die Sonne sank golden, als sie die Manningtree Grove hinunter zur Mount Pleasant Hall gingen. Dolly hatte die beiden Karten für die Séance von Mrs. Roberta Fitter – fünf Pfund pro Stück – in ihrer schwarzen Wildlederhandtasche. Sie trug schicke schwarze Pumps mit nicht allzu hohen Absätzen. Pup dozierte fast den ganzen Weg über Magie, Selbsteinweihung und spirituelle Übungen, durch die man neue Einsichten in die Seele gewann.

Um das Abbruchgelände war ein Wellblechzaun gezogen worden. Der Mörtelstaub hatte sich gesetzt, lag aber immer noch wie weißlicher Schimmel auf den Blättern der Sträucher im Garten der Hall, auf den Lorbeerblättern, dem Rosmarin und der Zitronenmelisse. Die Eingangstür des Gebäudes stand weit offen. Dolly gab die Eintrittskarten ab.

Das Medium verspätete sich. Die dreiundzwanzig Leute, die gekommen waren, um Roberta Fitter in Trance zu sehen, warteten geduldig auf den dreiundzwanzig unbequemen Stühlen mit den aus Binsen geflochtenen Sitzflächen, die Mrs. Collins für sie zusammengetragen hatte. An jedem Stuhl steckte eine Karte mit dem Namen desjenigen, für den er bestimmt war. Dolly und Pup saßen in der ersten Reihe.

Am Ende des Raumes war in einer Ecke ein Stückchen unterhalb der Decke diagonal eine Vorhangstange angebracht worden, an der zwei schwere schwarze Samtportieren befestigt waren. Zwischen ihnen stand ein Polstersessel mit hölzernen Armlehnen, und dahinter hingen an der Wand zwei Vorhänge. Sie waren dunkelgrün.

Neben Dolly saß Miss Finlay und neben Pup ein sehr alter Mann, der trotz der Hitze einen Regenmantel und eine Tuchmütze trug. Er kaute Tabak. Pup hatte bisher noch nie jemanden kennengelernt, der diese Gewohnheit hatte. Miss Finlay zeigte Dolly eine große, massige Frau mit einem Froschgesicht, die in der Reihe hinter ihnen auf der linken Seite saß.

«Das ist die Begleiterin und Betreuerin von Mrs. Fitter.»

«Eine Art Reisemarschall also», sagte Pup mit seinem liebenswürdigsten Lächeln.

«Sie heißt Mrs. Leebridge. Mrs. Fitters Kontaktmann im Jenseits heißt Hassan. Er war ein Sepoy, der beim Boxeraufstand fiel, als er einen britischen Offizier gegen einen fanatischen Subahdar verteidigte.»

Aus einem Zimmer hinter der Bühne tauchte Mrs. Collins mit einem Arm voller schwarzer Kleidungsstücke auf: einem losen Kleid, einem Schlüpfer, Strumpfhosen und chinesischen Knopfschuhen. Mrs. Collins ließ die Sachen Miss Finlay in den Schoß fallen.

«Wir müssen sie untersuchen und nachprüfen, daß nichts darin versteckt ist», sagte Miss Finlay. «Sonst heißt es am Ende noch, das Ganze sei Betrug. Wenn wir fertig sind, geben wir die Sachen weiter.»

Mit peinlicher Genauigkeit drehte Miss Finlay die Strumpfhosen um und steckte die Finger in die Zehen der Pantoffeln, bevor sie alles an Dolly weiterreichte. Die froschgesichtige Frau stand auf und schloß alle Fenster, und im Raum wurde es sofort stickig. Sie zog die starken dunkelgrünen Rollos herunter und schaltete das Deckenlicht ein. Die schwarzen Kleidungsstücke gingen von Hand zu Hand, und als sie in der letzten Reihe angelangt waren, betrat Mrs. Collins mit einer großen, zarten Frau die Bühne, die sie als Mrs. Fitter vorstellte. Sie bat drei Damen hinter die Bühne, die Mrs. Fitter beim Anziehen zuschauen sollten. Dolly wäre nie so kühn gewesen, sich freiwillig zu melden, aber Mrs. Collins wartete nicht darauf, daß sich Freiwillige meldeten. Sie rief Dolly, Miss Finlay und eine gewisse Mrs. Bullen.

In dem Raum hinter der Bühne sprach Roberta Fitter kein Wort, als sie sich umzog. Sie war eine viel zu wichtige Persönlichkeit und ihr Anliegen viel zu ernster Natur, unverbindliches Geplauder paßte nicht dazu. Dolly dachte, wie wunderbar es wäre, wenn man Pup eines Tages eine solche Ehrerbietung entgegenbrächte. Mrs. Fitter hatte einen mageren, braunen, verrunzelten Körper mit Brüsten wie Schweinslederbeutel und grauem Schamhaar. Während sie warteten, hatte Miss Finlay Dolly erzählt, daß bei einer der letzten Séancen jemand aus dem Publikum Mrs. Fitter zugerufen hatte, sie sei eine Betrügerin. Daraufhin war das Ektoplasma so rasch in ihren Körper zurückgeströmt, daß es auf ihrer Brust ein Brandmal hinterließ. Dolly, die sich instinktiv das Haar vor das Gesicht hielt, suchte nach dem Brandmal auf Mrs. Fitters Brust, konnte jedoch außer Schweißperlen und vereinzelten Härchen nichts entdecken.

Nachdem Mrs. Fitter ihre schwarzen Sachen angezogen hatte, trat sie vor das Publikum und nahm auf dem Sessel hinter den offenen schwarzen Vorhängen Platz. Auf einer Blumenbank, etwa einen Meter von der Nische entfernt, stand eine Tischlampe mit einer roten Glühbirne. Jemand schaltete die Deckenleuchte aus, so daß als einzige, sehr schwache Lichtquelle die rote Lampe übrigblieb. Es war gerade noch hell genug, daß man sehen konnte, wie Mrs. Fitter in Trance fiel. Dann zog Mrs. Leebridge an den Vorhangschnüren, die Vorhänge schlossen sich und verbargen Mrs. Fitter vor den Blikken der Zuschauer.

Beinahe ehrfürchtig ging Myra auf Zehenspitzen durch den Flur und betrat das Wohnzimmer. Sie hatte das Gefühl, sich verbotenerweise in der Wohnung aufzuhalten und damit gegen irgendein Gesetz zu verstoßen. Sie bildete sich ein, daß sie in ernsthafte Schwierigkeiten käme, wenn ein Polizeibeamter oder ein Anwalt sie hier ertappten. Voller Unbehagen sah sie sich um und schaute auch immer wieder über die Schulter zurück. Ihr Ziel war ein Zylinderschreibtisch, der ihrem Vater gehört hatte. Er war nicht versperrt. Myra öffnete ihn und nahm einen Stapel vergilbter Urlaubsfotos heraus, und darunter lag, noch unausgefüllt, das Testamentformular. Myra atmete gründlich aus und schloß kurz die Augen. Dann sah sie den Rest der Papiere durch, die ihre Mutter peinlich in Ordnung gehalten hatte. Sie fand National Sparbonds in Höhe von dreitausend Pfund und ein Sparbuch mit einer Einlage von zweitausend Pfund.

Wie lange würde sie wohl warten müssen, bis sie über das Geld verfügen konnte? Ein paar Monate, wie sie befürchtete. Sie erinnerte sich, daß ihre Mutter bei den Behörden um einen Erbschein ansuchen mußte, da nach dem Tod des Vaters kein Testament vorhanden gewesen war. Dann nahm sie den Mantel ihrer Mutter, einen sehr guten Zuchtnerz, wohl am besten gleich mit. Er war erst zwei Jahre alt. – Und es wäre doch ein Jammer, wenn ich ihn im nächsten Frühjahr nicht tragen könnte, dachte sie.

Harold saß im Frühstückszimmer. Er hatte in letzter Zeit mehrere sehr schwere Bücher gelesen – *Königin Mary* von James Pope Hennessy und *Die Wahrheit über den Zaren* –, daher hatte er sich jetzt zur Entspannung einen historischen Roman vorgenommen, in dem der Autor behauptete, Maria Stuart habe dem Earl of Bothwell Zwillingssöhne geboren. Er war eben bei der Stelle angelangt, an der einer der beiden Söhne seinen Vater aus den Verliesen von Elsinore rettete, als Myra in einem Pelzmantel hereinkam. Harold steckte einen Finger in das Buch, klappte es halb zu und musterte seine Frau erstaunt, weil es ein sehr heißer Tag gewesen war und das Thermometer noch immer über zwanzig Grad anzeigte.

Myra nahm den Mantel und warf ihn über eine Sessellehne.

«Nun, Hal, ich glaube, wir können damit rechnen, nächstes Jahr um fünfunddreißigtausend Pfund reicher zu sein. Wie hört sich das an?»

«Dann hat das liebe Altchen kein Testament gemacht?»

«Aber natürlich nicht. Ich hab's ja gewußt. Es war nur Gerede. Warum sollte sie sich auch die Mühe machen, wenn sowieso nur eine einzige erbberechtigte Tochter da ist? Ich denke, das sollten wir mit einer Flasche Champagner feiern. Man kommt nicht jeden Tag zu so viel Geld, das ist schon eine richtige Feier wert.»

«Also ich weiß nicht recht», sagte Harold. «Mir gefällt der Gedanke nicht, daß ich den Tod deiner Mutter feiern soll.»

«Wir feiern doch nicht ihren Tod, mach dich nicht lächerlich. Wir feiern, daß wir zu Geld kommen. Das ist schließlich nicht dasselbe. Oder ist das so schwer zu begreifen?»

«Gut. Gehen wir also in ‹The Woman in White›, ja?»

«Nein, nicht dorthin. Wie kann ich mich in einem Pub sehen lassen, solange Mutter noch nicht beerdigt ist! Wie kannst du nur so etwas vorschlagen? Nein, wir feiern natürlich zu Hause wie zivilisierte Menschen.»

Harold sagte nichts mehr. Er kehrte in die Burgwälle von Elsinore zurück, durch die heulend der Wind fegte. Myra schaute in die Eßzimmerkredenz und fand eine viertelvolle Flasche Sherry, die noch von der Party übrig war, und ungefähr genausoviel Dubonnet. Während sie überlegte, was da zu tun war, trank sie den Rest Sherry, direkt aus der Flasche. Es war Freitag, Zahltag, doch weil sie nicht in der Arbeit gewesen war, lag ihr Geld noch in der Praxis. Sie hatte etwa fünfundvierzig Cent in der Geldbörse.

«Du könntest in die Weinhandlung gehen und eine Flasche weißes Blubberwasser holen», sagte sie zu Harold.

Harold lachte zerstreut und ohne aufzublicken. «Nur gut, daß du mich vorhin nicht beim Wort genommen hast. Ich bin blank.» Er zog die Hosentasche heraus. «Absolute Leere.»

Inzwischen wollte Myra aber unbedingt feiern. Erregung und Rastlosigkeit hatten von ihr Besitz ergriffen. Sie war in jenem euphorischen Zustand, in dem man herumtanzen und singen möchte, und sie sehnte sich nach einem Gefährten, der ihre Stimmung teilte, mit ihr tanzte und sang. Harold Yearman war für diese Rolle keine Idealbesetzung, aber er war nun einmal der einzige, den sie hatte. Myra hatte in letzter Zeit nur selten an ihren früheren Freund, den verheirateten Mann, gedacht. Jetzt aber dachte sie an ihn und erinnerte sich, wie ausgelassen und wild er sein konnte.

Sie stand in der Diele, die zur Hälfte neu tapeziert war und in der es nach Tapetenleim roch, und sie fragte sich, ob sie es beim augenblicklichen Stand ihres Bankkontos wagen durfte, dem Mann in der Weinhandlung einen Scheck zu geben. Doch selbst wenn sie es wagte – das Geschäft schloß um acht Uhr, und jetzt war es fünf vor. Myra schaute durch das Treppenhaus nach oben. Doreen würde es kaum merken, wenn von ihrem Vorrat eine oder zwei Flaschen fehlten. Wahrscheinlich wußte sie gar nicht genau, wieviel sie hatte. Und außerdem konnte Myra sie ja am Montag sofort ersetzen, nachdem sie ihr Gehalt bekommen hatte. Sie wußte instinktiv, daß Hal nicht damit einverstanden wäre, und deshalb hatte sie auch nicht die Absicht, ihm etwas davon zu sagen. Sie stieg die Treppe hinauf.

Die Türen hatten zwar Schlösser, aber sie waren nicht abgesperrt. Myra öffnete die Wohnzimmertür und trat ein. Schon der erste Schrank, der unter ein paar Regalbrettern in einer flachen Nische stand, war voller Weinflaschen, und Myra nahm sich zwei Asti Spumante. Als sie sich umdrehte, ließ sie sie beinahe fallen vor Schreck. Vom Kaminsims blickten ihr vier Puppen entgegen: zwei kleine Mädchen mit blonden Zöpfen, ein Inderjunge und – sie selbst. Obwohl es kein schmeichelndes Ebenbild, sondern eher eine ins Groteske verzerrte Karikatur war, erkannte sie sich sofort an den Haaren, dem Busen, den Farben, den goldenen Ketten. Myra ärgerte sich und empfand gleichzeitig leichte Furcht. Sie war jetzt froh, daß sie den Wein genommen hatte, sie hatte überhaupt kein schlechtes Gewissen; sie war sogar froh, daß ihr diese Lösung eingefallen war.

Harold nahm ganz selbstverständlich an, daß seine Frau die paar hundert Meter über die Straße gegangen war, um den Wein zu kaufen. Er hätte sich deshalb auf keine Auseinandersetzung eingelassen und auch nicht gewollt, daß Myra den Wirt von «The Woman in White» mit einem Scheck bezahlte oder das Problem auf ähnliche Weise löste. Aber da sie den Wein hatte und es schließlich wirklich etwas zu feiern gab, legte er ein Lesezeichen in die *Zwillinge des Schicksals* und trottete hinter Myra her ins Eßzimmer.

Die Verandatüren standen offen. Der Garten war grün und dicht belaubt und voller Schatten, aber auch von dunkelgoldenen Sonnenstrahlen überglänzt. Es war friedlich und still und sehr warm, und im Birnbaum gurrte eine Taube. Myra fiel plötzlich wieder die Puppe ein, doch sie schob den Gedanken energisch beiseite und schenkte den Spumante ein.

«Auf uns! Es geht vorwärts, Hal.»

«Also ich weiß nicht recht», erwiderte Harold. «Zwischen Lipp' und Kelchesrand kann viel geschehen.»

«Wie denn, da sie kein Testament gemacht hat? Wir können jetzt für vierzehn Tage nach Zypern fahren. Und zuallererst kaufen wir uns einen Wagen.»

«Dann mußt aber du fahren.»

«Und die Küche aus Kiefernholz kaufe ich mir auch. Außerdem einen Spannteppich von Wand zu Wand für unser Schlafzimmer. Eine Bernsteinfarbe wäre hübsch.»

Sie redete eine Zeitlang darüber, was sie mit dem Geld machen würden. Die abendliche Wärme und der Alkohol erfüllten Harold mit einer köstlichen, trägen Ruhe. Er antwortete Myra freundlich, während er über das widrige Schicksal der Maria Stuart nachdachte. Ein wenig später stand Myra auf und schloß das Fenster.

«Wegen der Mücken», sagte sie. «Eine hat mich schon gestochen.» Sie rieb sich den Oberschenkel.

«Komm, laß mich mal sehen», meinte Harold im Scherz.

Sie hatte schon den Sherry getrunken, bevor sie mit dem Spumante begonnen hatten, und als sie jetzt aufstand und den Rock hob, taumelte sie leicht. Harold griff nach ihr und zog sie auf die Knie. Ihr Gesicht mit der immer rosigen Haut war jetzt feuerrot, und er fragte sich, wieso er eigentlich je geglaubt hatte, sie sehe wie Edith aus. Es bestand nicht die geringste Ähnlichkeit. Auf Harolds Knien sitzend, konnte sich Myra in dem Spiegelaufsatz des Büfetts sehen. Als sie noch mit dem verheirateten Mann zusammen gewesen war, hatte sie manchmal mit narzißtischem Wohlgefallen ihr Spiegelbild bewundert. Genau das tat sie jetzt auch und sah plötzlich, wie schön sie war mit ihrer glatten Haut, den großen, runden

Brüsten, der kastanienbraunen Mähne und den langen Beinen in schwarzen Strumpfhosen mit Pünktchen. Zum erstenmal dachte sie, daß Harold sich doch glücklich schätzen mußte, sie zur Frau bekommen zu haben – sie, ein schönes, junges Geschöpf und er ein mageres, kleines, graues Nichts von einem Mann. So an sie beide zu denken – zu denken, daß sie so viel zu geben hatte und er gierig nahm, was er nicht verdiente, erregte sie, und sie legte seine Hände auf ihre Brüste. Dann griff sie nach ihrem Weinglas.

«Hast du Lust auf 'ne Nummer?» fragte Harold.

Normalerweise hätte sie ihm Vorwürfe gemacht, weil er so vulgär war. Doch sie war zu träge und sexuell erregt wie seit fast einem Jahr nicht mehr. «Aber natürlich hab ich Lust», sagte sie.

«Dann gehen wir besser rauf», meinte Harold.

In der Mount Pleasant Hall war im Augenblick kein menschlicher Laut zu hören, und bis auf den schwachen rötlichen Lichtschein in der Nähe der Nische war es auch dunkel. Man sah gerade noch die Umrisse der Platznachbarn und desjenigen, der vor einem saß – mehr nicht. Es war ungefähr so dunkel wie in einem Theater, wenn die Lichter ausgegangen sind und der Vorhang sich noch nicht gehoben hat.

Mrs. Collins, die am Ende der ersten Reihe saß, schlug vor, sie sollten alle etwas singen. Hassans Lieblingslied sei «Bleiche Hände, die ich liebte», aber niemand kannte den Text, und so sangen sie statt dessen «Die Wolgaschiffer».

Als sie das dritte Mal «Lichtet den Anker, meine Brüder» sangen, teilte sich der Vorhang ein wenig, und eine kleine Gestalt mit Turban erschien. Man konnte gerade noch die Form des Turbans und ein langes weißes Gewand erkennen.

«Das ist Hassan», flüsterte Miss Finlay Dolly zu.

«Pst!» zischte Mrs. Leebridge.

Der Mann sprach mit einer Stimme, die der des Mannes ähnelte, dem der «Tandoori-Imbiß» mit Straßenverkauf in der Seven Sisters Road gehörte. «Guten Abend, Freunde.»

Aus dem Publikum kam ein Murmeln, und Mrs. Leebridge sagte laut und schulmeisterhaft: «Guten Abend, Hassan. Zeigst du uns heute abend ein paar deiner Geisterfreunde?»

Hassan antwortete nicht und verschwand hinter die Vorhänge. Ein paar Sekunden später hörte man ihn sagen, ohne daß er wieder auftauchte:

«Ich habe hier eine Dame, die an einer Kopfwunde starb – nach einem Autounfall oder so.»

Schweigen. Hinter Dolly flüsterte jemand. Dann sagte ein Mann aus der hinteren Reihe heiser:

«Bin ich gemeint?»

«Das ist die Stimme», antwortete Hassan, und die Vorhänge teilten sich. Eine zweite weiß gewandete, diesmal jedoch plumpere Gestalt mit einer Art Kopfverband wurde sichtbar. Dolly hörte, wie hinter ihr jemandem buchstäblich der Atem stockte. Die Gestalt sagte mit gedämpfter mädchenhafter Stimme:

«Es war nicht meine Schuld, Michael.»

Der Mann in der zweiten Reihe entgegnete: «Ich möchte dich aus der Nähe sehen.»

Jemand murmelte etwas, das wie «zu bald» klang, und die Gestalt glitt zwischen die Vorhänge zurück. «O du mein Gott!» stieß der Mann hinter Dolly mit bebender Stimme hervor.

«Seine Frau ist letztes Jahr tödlich verunglückt», sagte Miss Finlay. «Sie hat einem Laster die Vorfahrt genommen. Es waren Nachbarn von Mrs. Bullen. – Hören Sie, Hassan spricht wieder!»

«Ist hier jemand, der einen Herrn verloren hat, der vermutlich bei der Armee war? Er trug jedenfalls eine Uniform.»

Ein Mädchen in der hinteren Reihe rief: «Bist du es, Paps?»

«Das ist die Stimme.»

Hinter den Vorhängen kam eine weitere weiß gewandete Gestalt hervor. «Schauen Sie», sagte Mrs. Leebridge, «man sieht deutlich die Offiziersmütze.»

«Pst», zischte Miss Finlay.

Pup sah keine Offiziersmütze, nur jemanden, der lang und dünn und in ein Laken gewickelt war. Die Gestalt stand stramm und salutierte.

«Ist das nicht wunderbar?» sagte Mrs. Leebridge. «Und die ganze Zeit liegt Mrs. Fitter in der Nische in tiefer Trance, wie Sie sehen.»

Pup sah in der Nische überhaupt nichts. Es war zu dunkel. Er beobachtete jedoch alles sehr aufmerksam wie jemand, der ein professionelles Interesse an etwas nimmt, das von seinem eigenen Wissensgebiet nicht allzuweit entfernt ist. Im Hintergrund des Saales war es aber nicht ganz so finster, da ein Rollo ein Stückchen in die Höhe geschnellt war und etwas Zwielicht hereinließ. Es genügte, um Pup die Besitzerin der Stimme erkennen zu lassen, die von der Gestalt in der angeblich sichtbaren Offiziersmütze als Tochter angesprochen worden war. Sie mußte es sein, denn alle anderen waren –

wie Pup sich in Gedanken ausdrückte – so alt wie das Urgestein. Er sah das Profil eines runden, jungen Gesichts, die Wölbung einer vollen Wange, eine Stupsnase und eine Fülle dunkellockigen Haares. Während er sich bemühte, noch mehr zu sehen, stand Mrs. Leebridge auf und zog das Rollo herunter.

Die Vorhänge schlossen sich schnell. Hassans Stimme fragte, ob jemand hier sei, der einen vierbeinigen Gefährten verloren habe. Darauf kamen mehrere Antworten, und es blieb daher ungewiß, wessen Liebling das flackernde weiße Etwas war, das kurz zwischen den Vorhängen auftauchte. Unklar war auch, um was für ein Tier es sich handelte. Als nächstes materialisierte sich ein Vogel – wenigstens behauptete Mrs. Collins, es sei einer. Sie sagte, sie habe ihn zwischen den Vorhängen hervorkommen und sich auf der roten Lampe niederlassen sehen. Dolly sah zwar nichts, war jedoch überzeugt, sein Flügelschlag habe ihr Gesicht gestreift, als der Vogel durch den Mittelgang flog. Die Frau, die neben dem Mann namens Michael saß, behauptete, es sei ihr verstorbener Liebespapagei.

Zwar materialisierten sich keine Tiere mehr, aber es kamen noch mehrere weiße Gestalten heraus, die Gewänder vom Lampenlicht rötlich übergossen. Im Saal war es jetzt völlig dunkel, weil es auch draußen dunkel geworden war. Es folgte eine tiefe Stille, dann begannen die Zuschauer auf ihren Stühlen herumzurutschen, und es wurde so laut geflüstert, daß Dolly glaubte, die Séance sei vorüber. Hassans Stimme ließ sie zusammenzucken.

«Sitzt ein Geschwisterpaar in der ersten Reihe?»

Dolly brachte kein Wort heraus. Es war Pup, der antwortete.

«Das ist die Stimme.»

Dolly begann zu zittern, und Pup griff nach ihrer Hand und hielt sie ganz fest. Ein starker Zitronenduft kam von der Bühne und zog durch den ganzen Saal.

10

Die Gestalt war klein und dünn, gesichtslos, eine mit weißen Laken umwickelte Säule. In dem roten Licht sah das Laken aus wie ein Tuch, mit dem man Blut abgewischt hatte. Leicht schwankend kam die Gestalt mit gezierten Schritten über die Bühne auf Dolly und Pup zu.

«Bist du das, Mutter?» Dollys Stimme klang nicht sehr fest.

Heiser, als falle es ihm sehr schwer zu sprechen, sagte das Wesen: «Ich freue mich sehr, euch beide zusammen zu sehen.»

Dolly stöhnte leise auf. Sehnsüchtig streckte sie die Hand aus. Dann streckte auch Pup die Hand aus, und die Erscheinung, die vor ihnen hin und her schwankte, nahm seine und Dollys Hand in die ihren. Dolly fühlte knochige Finger und eine klamme, feuchte Handfläche. Sie bemühte sich, in der Dunkelheit einen Gesichtszug oder eine bestimmte Haltung von Schulter oder Hüfte zu erkennen, etwas zu fühlen, das unverwechselbar ihre Mutter war. Der Zitronenduft war überwältigend. Pup stand auf, um noch dichter heranzukommen, doch sofort wurden ihre Hände losgelassen, und die Gestalt zog sich zurück. Sie glitt von ihnen fort in das blutige Licht, in die rote Luft, und kurz bevor sie zwischen den Vorhängen untertauchte, färbte sich ihr Gewand für einen Augenblick scharlachrot. Die Vorhänge zitterten und schlossen sich. Dolly seufzte so schwer auf, daß Pup sich rasch zu ihr umwandte und sie ängstlich musterte. Aber sie sah heiter und glücklich aus.

Es gab keine weiteren Materialisationen. Hassan kam heraus und verkündete, das Medium habe seinen ganzen Vorrat an Ektoplasma verbraucht und sei außerdem erschöpft, und es sei genug für heute, Freunde, und vielen Dank. Dolly machte die Augen zu und atmete tief. Sie hatte das Gefühl, ihre Mutter sei noch bei ihr, sei noch im Saal gegenwärtig. Die Deckenleuchte flammte auf, und Dolly blinzelte und seufzte.

«Ist sie nicht wunderbar?» fragte Mrs. Leebridge. «So etwas haben Sie bestimmt noch nie gesehen.»

Mrs. Collins meinte, es grenze ans Geniale.

«Das bezweifelt wohl niemand.» Mrs. Leebridge ging auf die Nische zu, öffnete die Vorhänge und gab Mrs. Fitter eine Zigarette.

Stuhlbeine scharrten über den Fußboden, als die Leute aufstanden. Die Rollos wurden in die Höhe gezogen, und man sah die dunkelblaue Nacht und die Mondsichel, deren Leuchtkraft von den Straßenlaternen gedämpft wurde.

«Mrs. Collins Tochter bringt uns mit ihrem Wagen nach Hause», sagte Dolly mit träumerischer Stimme.

Im Gänsemarsch gingen sie durch den Flur hinaus. Die Doppeltür war zur Straße hin durch einen Windfang geschützt. In dem Windfang, direkt neben dem Schwarzen Brett, stand das Mädchen, dessen Vater erschienen war und salutiert hatte. In dem ziemlich hellen elektrischen Licht sah Pup, daß es ein sehr hübsches Mädchen war. Kein Mädchen, das man in dieser farblos grauen, ältlichen

Gesellschaft zu finden erwartete. Es war ungefähr zwanzig und trug ein sehr kurzes marineblaues Kleid mit weißen Punkten, weiße Strumpfhosen und hochhackige rote Sandalen. Als das Mädchen Pup sah, begann es nervös zu kichern.

«Ich weiß, ich bin ein Idiot, aber ich habe gräßliche Angst, im Dunkeln allein nach Hause zu gehen.»

Mrs. Collins war empört. «So ein Gerede macht mich wirklich böse», erklärte sie. «Als habe man von unseren Freunden aus dem Jenseits etwas zu befürchten, die sich danach sehnen, einen Blick auf die Menschen zu werfen, die sie lieben.»

«Ich kann nichts dafür, ich habe Angst.»

Pup faßte einen Entschluß. Die roten Lippen leicht geöffnet, sah sie ihn an. So unerfahren er auch war, was hier geschah, wußte er genau. Das Merkwürdige war, daß er nicht wußte, ob er der Versuchung nachgab oder ihr widerstand. Klar war nur, daß die Zeit gekommen war.

«Erlauben Sie mir, Sie nach Hause zu bringen», sagte er auf seine ernste, höfliche Art.

«Würden Sie das tun?»

«Selbstverständlich.»

Dolly war viel zu geistesabwesend, um sich sehr darüber zu ärgern. Außerdem würde sie ja nicht allein sein. Wendy Collins brachte sie mit dem Wagen nach Hause, also brauchte sie sich auch nicht wegen des «Henkers» zu fürchten, wie die Zeitungen den Mörder nannten. Vor ihrer Mutter empfand sie keine Furcht, und außerdem war das weiße Wesen ohnehin verschwunden.

Wendy Collins setzte Dolly vor ihrem Haus ab. Sie schloß die Haustür auf und trat ein. Das Haus war dunkel, und von hinten aus dem Eßzimmer kam starke Zugluft. Dolly zögerte, ging dann jedoch ins Eßzimmer und machte Licht. Die Verandatür stand weit offen, und der Wind hatte einen von Myras neuen Vorhängen um die Stehlampe herumgewickelt. Die andere hatte sich über die Lehne eines Sessels drapiert. Auf dem Kaffeetisch mit der Keramikplatte standen zwei leere Spumanteflaschen, die aus ihrem Vorrat stammten, wie Dolly sofort erkannte, ein leeres und ein halbvolles Glas. Auf dem Boden neben dem Fenster lagen eine Sandale von Myra und eine schwarze Strumpfhose mit einem Punktmuster.

Dolly schloß das Fenster. Sie begriff sehr gut, was vorgegangen war, und sie fröstelte. Die Erinnerung an ihre in Weiß gehüllte Mutter war ihr plötzlich wieder ganz nah, und sie schien wieder die feuchte, todeskalte Hand zu fühlen. Obwohl sie wußte, daß der

Vater nicht alt, Myra noch recht jung und außerdem in den Augen mancher Leute wohl auch sehr attraktiv war, hatte sie sich eingebildet, es handle sich um eine reine Vernunftehe, eine Kameradschaftsehe, die nie vollzogen worden war. Wieder schauderte sie vor Widerwillen. Um die beiden zu warnen und zu beleidigen, steckte sie die Sandalen mit dem Absatz in den Hals der einen Flasche und band der anderen die Strumpfhose um wie einem Schneemann einen Schal.

Als sie damit fertig war, atmete sie so schwer, als schluchze sie. Die Freude und der Trost des Abends waren dahin. Sie ging hinauf, machte eine Flasche Wein auf und schenkte sich ein großes Glas ein. Wenn nur Pup hier wäre, damit ich mit ihm reden könnte, dachte sie. Wenn er nur mit mir nach Hause gekommen wäre! Sie hatte noch nie über solche Dinge mit ihm gesprochen, er war ihr immer zu jung und unschuldig vorgekommen, doch jetzt wäre sie ganz einfach nicht imstande gewesen zu schweigen. Pup war sehr klug, obwohl er noch so jung war. Pup konnte wunderbar trösten. Unaufhörlich an das Paar denkend, das direkt unter ihr betrunken schlief, nachdem es seine Begierden befriedigt hatte, setzte Dolly sich mit ihrem Wein ans Fenster und wartete auf Pup.

Pup war in Hornsey. Langsam ging er durch den leicht windigen Spätsommerabend neben dem Mädchen her.

«Meine Freundin hat sich die Karte besorgt», sagte sie, «und dann war sie verhindert. Meiner Meinung nach hat sie nur kalte Füße gekriegt. Na ja, da bin ich eben gegangen, nur so aus Spaß. Es war ja auch zum Lachen, nicht wahr? Mein Vater ist noch putzmunter und lebt in Slough. Wie heißen Sie?»

«Peter.» Pup dachte über die Bedeutung ihrer letzten Bemerkung nach. «Dann wohnen Sie also nicht zu Hause?»

«Ich? Das soll wohl ein Witz sein? Ich wohne mit zwei Mädchen zusammen, aber sie sind nicht hier. Es sind Studentinnen, und sie haben noch Semesterferien.»

Als sie die Straße überquerten, nahm Pup ihren Arm und ließ ihn auch nicht los, als sie auf der anderen Seite angekommen waren. Sie sagte, sie heiße Suzanne. Ihr runder Arm mit der goldenen Haut war mit einem weichen Flaum bedeckt, der sich aus irgendeinem Grund aufgerichtet hatte.

«Wollen Sie auf einen Sprung hereinkommen?»

Sie waren vor einem Haus angelangt, das dem der Yearmans sehr ähnlich war, aber neben der Haustür eine Klingelleiste mit einem Dutzend Namen hatte. Suzannes Wohnung bestand aus einem sehr großen Zimmer, einem sehr kleinen Bad und einer winzigen Küche. Das Deckenlicht funktionierte nicht, als sie auf den Schalter drückte, und sie tastete sich zur Tischlampe vor. Pup berührte ihren Arm, schüttelte den Kopf und hielt ein Streichholz an die schon halb niedergebrannte Kerze, die in einer Weinflasche steckte.

Suzanne lachte leise. «Jetzt will ich Ihnen mal was verraten: ich habe absichtlich auf Sie gewartet. Eine alte Frau bot mir an, mich heimzufahren, aber ich sagte nein.»

«Ich habe Sie den ganzen Abend angesehen», entgegnete Pup. «Und ich dachte immerfort, wie schön Sie sind.»

«Haben Sie das wirklich getan?»

Pup legte den Arm um sie und küßte sie. Er hatte das Gefühl, sich nicht ungeschickt anzustellen, wenn man bedachte, daß er es noch nie getan hatte und es nur bei Pärchen auf der Straße oder bei Christopher Theofanu am Bildschirm gesehen hatte. Suzanne erwiderte den Kuß so hingebungsvoll, daß es Pup vor Erregung übel wurde. Am liebsten hätte er ihr die Kleider vom Leib gerissen und sie auf der Stelle vergewaltigt, und er fragte sich, ob alle Männer den gleichen Wunsch hatten. Aber das war natürlich unmöglich. Er sagte kühl und im Plauderton: «Ich habe eine Neuigkeit für dich. Ich bin eine unschuldige Jungfrau.»

Sie starrte ihn an. «Machst du Witze?»

«Nein, es ist die Wahrheit.» Er strich ihr das lockige dunkle Haar zurück und sah ihr in die Augen. Dann legte er ihr die Hände auf die Schultern, ließ sie tiefer gleiten und umfing ihre weichen, runden Brüste. Er hatte viele Bücher gelesen, darunter auch Romane. «Aber ich bin jung und stark. Du mußt mich alles lehren. Willst du?»

«Und ob!» sagte Suzanne. «Und ob ich will!»

Dolly wartete auf ihn. Sie füllte ihr Weinglas noch einmal. Anderthalb Stunden waren vergangen, seit Pup sich von ihr getrennt hatte, um das Mädchen nach Hause zu begleiten. Natürlich war es möglich, daß das Mädchen meilenweit entfernt wohnte, vielleicht hatten sie auf den Bus warten müssen, und vielleicht wartete Pup jetzt auf den Bus, um nach Hause zu fahren. Vielleicht wohnte sie in Wood Green oder Hackney oder sonst irgendwo im Norden von London.

Pup war so klein und zart. Von weitem konnte man ihn sehr leicht mit einem Mädchen verwechseln. Der «Henker» konnte ihn für ein Mädchen halten. Dolly begann auf und ab zu gehen, war aber nicht mehr sicher auf den Beinen, der Wein tat seine Wirkung. Mitternacht, halb eins, zehn vor eins. Angenommen, er hatte den letzten Bus verpaßt? Würde er zu Fuß gehen? Dolly schenkte sich noch ein Glas ein. Am liebsten hätte sie ihre Angst um Pup laut herausgeschrien. Wie, wenn ihm etwas passierte? Wenn er dem «Henker» begegnete oder der Rockerbande in den Weg lief, die sich in der Siedlung mit den Sozialbauten herumtrieb?

Sie sehnte sich nach ihm. Sie begann zu zählen: eins, zwei, drei... Wenn ich bei hundert bin, werde ich seine Schlüssel im Schloß hören. Neunundneunzig, hundert... Im Haus war es absolut still, die Welt war still, sogar der sonst unaufhörlich rollende Verkehr schien zu schweigen. Dolly fiel auf die Knie.

Die Yearmans waren keine religiöse Familie. Dollys Kindheit war nicht von Gott und Gottesfurcht geprägt worden. ER hatte ihr höchstens in der Religionsstunde flüchtig zugenickt und war weitergegangen. Sie betete zu dem Geist, der in der Mount Pleasant Hall über die Bühne geschwankt war.

«Mutter, beschütz du Pup, und führ ihn sicher zu mir nach Hause!»

Was hatte es für einen Sinn, ins Bett zu gehen? Sie würde ohnehin kein Auge zumachen. Sie leerte die Weinflasche und öffnete eine zweite. Es war zwei Uhr. Ein weiteres Glas machte sie fertig. Auf allen Vieren kroch sie durch den Flur in ihr Schlafzimmer und fiel betäubt auf das Bett.

Pup kam am Samstagmorgen um halb acht nach Hause. Es war ein wunderschöner Morgen, und ihm war nach Tanzen zumute, er fühlte sich ganz leicht und war voller Freude. Als er das Haus betrat, sagte er sich, daß es wohl besser war, wenn er sich seine Gefühle nicht anmerken ließ. Mit einer fertigen Ausrede in petto, mit dem geheimen Wissen, daß er am Abend um sechs eine Verabredung hatte – und was er Dolly dann erzählen wollte, wußte er auch schon –, stieg er beherrscht und fast ein wenig zögernd die Treppe hinauf. Er hätte sich keine Sorgen zu machen brauchen. Dolly schlief noch. Harold schlief noch. Myra war zwar schon aufgestanden, doch sie hielt sich im Badezimmer auf, um ein paar Aspirin zu nehmen, weil sie sich an das erinnert hatte, was geschehen war. Das Gefühl wollüstiger Freude darüber, daß sie ihre Schönheit dem alten grauen Harold opferte, war einem heftigen Widerwillen gewichen, und sie schämte sich sogar für ihr Verhalten vom Abend vorher. Sie schlüpfte in ihren leuchtend grünen Frotteebademantel und bemühte sich, dem Tag gelassen entgegenzusehen.

Dem Tag gelassen entgegensehen konnte auch Dolly, denn sie stellte fest, daß Pups Zimmertür, die offengestanden hatte, als sie ins Bett ging, jetzt geschlossen war. In ihrem Kopf hämmerte es, und sie hatte weiche Knie. Noch nie hatte sie auf einmal so viel Wein getrunken. Sie ging ins Bad hinunter und nahm sich zwei Aspirin aus der Flasche, die Myra immer auf dem Spülkasten der Toilette stehenließ. Ihr Haar war völlig zerzaust. Sie machte es feucht, kämmte sich und drapierte es so sorgfältig, daß es wie ein Vorhang ihre Wange verdeckte. Ein paar Tassen Instant-Kaffee würden wohl helfen, aber der Kaffee war ihnen ausgegangen. Sie holte Geldbörse und Schlüssel.

Myra war in der Diele, das Gesicht eingefallen, das Haar aufgesteckt. Das Grün, das sie trug, war für Dollys an diesem Morgen so lichtempfindliche Augen zu grell. Zornig stürzte sie sich auf Dolly.

«Es war doch sicherlich nicht nötig, das zu tun, oder? Ich meine, daß du hineingegangen bist und das Fenster zugemacht hast, war schon richtig, aber meine Sandale so in die Flasche zu stecken und meine ...» Myra brachte es nicht fertig, das Wort auszusprechen. Ihr Gesicht war feuerrot und zuckte. Sie konnte auch die Puppe nicht erwähnen. Sie hatte es gewollt, hatte es sich fest vorgenommen, aber sie konnte nicht.

«Es war mein Spumante», sagte Dolly.

«Zugegeben, natürlich war es deiner. Und wenn du zu Hause gewesen wärst, hätte ich nicht im Traum daran gedacht, ihn zu nehmen, ohne dich zu fragen. Ich wollte ihn zurückgeben. Gleich heute früh wollte ich ihn ersetzen, und wenn du dich nicht um das offene Fenster gekümmert hättest, das dich, um ehrlich zu sein, sowieso nichts anging, hättest du nie etwas davon erfahren.»

«Es gibt Menschen, die großen Wert auf ihre Privatsphäre legen.»

«Dann schließ deine verdammten Türen ab.» Myra hatte ganz vergessen, daß sie sich mit Dolly anfreunden wollte. Sie glaubte in Dollys Augen das Wissen um die Ereignisse des vergangenen Abends zu lesen. O ja, Dolly wußte und verachtete sie. Deshalb schlug Myra zurück und zielte, wie von Menschen ihrer Art nicht anders zu erwarten, auf die verwundbarste Stelle ihrer Gegnerin.

«Bildest du dir etwa ein, daß du mit dieser lächerlichen Frisur das Ding auf deiner Wange verdecken kannst? Du irrst dich, Doreen. Man wird erst recht darauf aufmerksam.»

Noch nie hatte jemand Dollys Feuermal auf eine Weise erwähnt, die dieser vergleichbar gewesen wäre. Sie konnte kaum glauben, was sie da zu hören bekommen hatte. Aber sie hatte es gehört und wußte schon jetzt, daß die ganze Wucht des Schmerzes sie erst später treffen würde. Tief errötend, wandte sie sich instinktiv ab. Gedemütigt, demütigte sie sich selbst noch tiefer, indem sie Myra ihre «gute» Wange zukehrte.

«Ein gut deckendes Make-up wäre wirksamer», schüttelte Myra noch Salz in die Wunde. Sie gab gern Ratschläge in kosmetischen und modischen Fragen, damit jeder «das Beste aus sich machte». Schon während sie Dolly den Rat gab, vergaß sie ihre ursprüngliche boshafte Absicht. «Oder vielleicht sogar Bühnenschminke, eventuell einen grünlichen Puder. Du müßtest mal zu einem Fachmann gehen, der weiß, wie man Narben und ähnliche Dinge abdeckt, das ist kein Problem, diese Leute gibt es wirklich.» Sie streckte die Hand aus und hob die lange Locke von Dollys Wange. Dolly war das Blut ins Gesicht geschossen, und das Mal brannte wie offenes Feuer.

Sie fuhr zurück, riß Myra die Haarsträhne aus der Hand und rannte zur Haustür hinaus. Der Morgen war kühler als die vorhergehenden, er war kühl und frisch, und die winddurchwehte Leere der Straße glich Dollys innerer Einsamkeit. Sie haßte Myra, und sie liebte Pup. Und doch hatte er sich in der vergangenen Nacht einfach dadurch, daß er nicht nach Hause gekommen, daß er nicht wie immer dagewesen war, einen Schritt von ihr entfernt. Dolly fror, ihr war viel kälter, als es der Temperatur angemessen gewesen wäre. Sie sehnte sich nach einer Freundin, mit der sie reden konnte. Warum nur war, statt einer Freundin, Myra ins Haus gekommen? Als sie den Laden an der Ecke erreichte, merkte sie, daß sie sich das Haar über die Wange gezogen hatte und es mit beiden Händen festhielt. Und ihre Schultern waren gekrümmt wie die einer uralten Frau.

Myra verlor nie ein Wort über die Puppe. Vielleicht hat sie sie gar nicht gesehen, als sie den Spumante holte, dachte Dolly. Oder vielleicht hatte sie sich, eitel wie sie war, auch gar nicht erkannt. An einem Nachmittag, an dem Dolly nichts zu tun hatte, nähte sie der Puppe eine smaragdgrüne Jacke aus einem Stoffrestchen, das vom

Kleid einer Kundin übriggeblieben war. Smaragdgrün war in diesem Sommer die große Modefarbe gewesen.

Die Puppe aber verlor sehr bald ihre Gefährten. Miss Finlay kaufte eines der kleinen Mädchen mit blonden Zöpfen, Wendy Collins' beste Freundin nahm den Inderjungen, und Mrs. Leebridge wollte das andere kleine Mädchen haben.

Dolly brachte die Puppe selbst zu Mrs. Leebridge, die in Camden Town wohnte, in einem Block in der Nähe der Untergrundbahn. Mrs. Leebridge, groß, dick und schwabbelig, mit einem Gesicht wie ein Frosch, war vielleicht der einzige Mensch, der beim Anblick von Dollys Feuermal nicht auf diese oder jene Weise reagiert hatte. Sie hatte es weder fasziniert angestarrt und dann rasch weggeschaut, noch hatte sie es auffällig vermieden, Dolly überhaupt anzusehen. Sie hatte sie auch nicht mit versteckten Blicken bombardiert. Mrs. Leebridge benahm sich Dolly gegenüber wie allen anderen Menschen: Für sie war auch dieses Mädchen nur ein Schwamm, dazu bestimmt, den Überfluß an Eigenliebe und Prahlerei aufzusaugen, der ihren dicken Lippen ebenso wortreich entströmte wie die fast ebenso überschwengliche, schmeichlerische Bewunderung für alles, was Roberte Fittr betraf.

Sie bezahlte die Puppe, warf einen kurzen Blick darauf, legte sie beiseite und beachtete sie nicht mehr. Dann berichtete sie Dolly, wie ihr – höchstpersönlich! – die hohe Ehre zuteil geworden sei, Mrs. Fitters Stirn die weißen Fahnen des Ektoplasmas entweichen zu sehen. Sie zeigte Dolly Fotografien von in Ektoplasma gehüllten Geistergesichtern, die in der Luft schwebten, und ein Foto von Mrs. Fitter in Trance. Aus der Brust wuchs ihr eine lange weiße Röhre, und an ihrem Ende sah man in einer Art Ballon das Gesicht eines Mannes.

«Ich hoffe, Sie kommen wieder einmal zu einer unserer Séancen, meine Liebe.»

Dolly sagte, sie wolle es sich überlegen.

«Hoffentlich tun Sie mehr als das, meine Liebe. Fünf Pfund sind heutzutage wirklich nicht viel Geld. Es ist weniger, als Sie für eine Show im West End bezahlen.»

Dolly fuhr nicht gern mit der Untergrundbahn. Man saß den anderen Passagieren gegenüber, und Leute in Zügen hatten nichts anderes zu tun, als andere Leute anzusehen. Aber Mrs. Leebridge wohnte so nahe bei der Station, daß es dumm gewesen wäre, auf einen Bus zu warten.

Es war kurz nach halb sechs. Dolly war noch etwa hundert Meter von der Station entfernt, als sie Myra vor sich entdeckte. Das buschige rote Haar hing ihr auf die Schultern, und sie trug die Sandalen, von denen Dolly einen mit dem Absatz in die Spumanteflasche gesteckt hatte. George Colefax' Praxis war in der Camden High Street, und Myra war vermutlich auf dem Heimweg.

Dolly glaubte zu wissen, daß Myra mit der Untergrundbahn von Camden Town nach Archway fuhr und dann einen Bus nahm, häufiger jedoch den knappen Kilometer in die Manningtree Grove zu Fuß zurücklegte. Der Gedanke, mit Myra nach Hause zu fahren, behagte ihr nicht, und sie blieb ein bißchen zurück, bis Myra in der Station verschwunden war.

Dolly fragte sich, was Myra wohl sagen würde, wenn sie ihr riete, dieses furchtbare Smaragdgrün nicht mehr zu tragen. Bestimmt durfte zwar Myra anderen Leuten unerwünschte Ratschläge geben, sie selbst aber war tödlich beleidigt, wenn jemand sie ihr gab. Als Dolly die U-Bahnstation betrat, war Myra nicht mehr zu sehen, und Dolly entdeckte sie erst wieder auf dem Bahnsteig, der ziemlich voll, aber nicht so überfüllt war, daß sich die Menschen drängten.

Wie immer hatten sich kleine Gruppen gebildet, die voneinander ein wenig Abstand hielten und ganz dicht an der Bahnsteigkante standen. Dolly hatte nie begriffen, woher sie wußten, wo sich jeweils eine Abteiltür öffnen würde – denn nur damit man sofort auf eine Tür zustürzen konnte, hatte sich diese Form des Wartens herausgebildet. Myra in ihrer smaragdgrünen Strickjacke stand in der Mitte einer dieser Gruppen. Seit Dolly sie vor ein paar Minuten vor der U-Bahnstation gesehen hatte, hatte sie sich das Haar aufgesteckt, wie sie es häufig tat. Diesmal zweifellos wegen der Hitze, die in dem U-Bahnschacht kaum auszuhalten war. Auf dem Hinterkopf wurde Myras Haar von einer großen, flachen Schildpattspange zusammengehalten, die Dolly noch nie an ihr gesehen hatte. Für jemanden, der Kleider und Farben liebte, war es interessant zu beobachten, wie eine Modefarbe, zum Beispiel dieses Grün, regelmäßig in jeder Gruppe auftauchte. Wenn man die Augen halb schloß, sah man Dutzende leuchtender Flecke vor einem einförmig graubraunen Hintergrund. Es war, wie sie sich erinnerte, vor etwa einem Jahr genauso gewesen. Damals galt in den Monaten, die Dolly den «gelben Sommer» nannte, Weinrot als der letzte Schrei. Dolly selbst trug einen sandfarbenen Mantel und Rock und ein sand, blau und rot kariertes Hemd. Pups Amulett hatte sie unter das Hemd geschoben, weil die Farben nicht harmonierten.

Dolly drängte sich durch die Menge zu Myra durch, bis sie ungefähr anderthalb Meter hinter ihr war. Links neben ihr stand ein hochgewachsener Geschäftsmann im Nadelstreifenanzug und zu ihrer Rechten eine plumpe ältere Frau. Sie verdeckten Myra, die ein Stückchen näher an der Bahnsteigkante stand, von beiden Seiten halb mit ihren Körpern. Von Myra sah man zwischen dem nüchterneren Grau und Hellbraun einen breiten Streifen grüner Wolljacke und ein kleines Stück des grün, weiß und marineblau karierten Rockes, und beides verschwand, als ein schlankes junges Mädchen in demselben modischen Grün mit schwarzen Punkten genau in der Mitte hinter dem Mann und der Frau stehenblieb. Dolly machte ein paar Schritte nach vorn. Die Leuchtschrift auf dem Schild, das die einfahrenden Züge ankündigte, besagte, daß der nächste nach Mill Hill East ging.

Dolly hatte den Eindruck, daß alle Leute starr vor sich hinschauten, vielleicht zum hundertstenmal die Plakate auf der gegenüberliegenden gewölbten Tunnelwand lasen oder sich, wie der Mann im grauen Nadelstreifenanzug, eine gefaltete Zeitung dicht vor die Augen hielten. Dolly hängte sich die Handtasche über die Schulter und sah auf ihre Hände hinunter. Sie drehte sie um, so daß die Handflächen nach oben zeigten, und betrachtete sie auch von dieser Seite. An ihrem geistigen Auge zog eine Reihe von Bildern vorüber: ihre Mutter, die in ein Laken gehüllt, über die Bühne glitt, die Zimmer, die Pup und sie jetzt bewohnten, eine gemusterte Strumpfhose unter einem offenen Fenster, ein formloses Grün und darauf feuriges Haar. Plötzlich glaubte Dolly, Zitronen zu riechen.

Das Mädchen in Grün mit schwarzen Punkten trat einen Schritt zur Seite. Dolly hatte es nicht gerade gestoßen, sie hatte sich nur so hinter den Mann gedrängt, daß das Mädchen entweder ausweichen oder protestieren mußte. Es warf Dolly einen feindseligen Blick zu und wandte den Kopf ab. Noch zwei Leute – vielleicht sogar mehr als zwei – stellten sich hinter Dolly und das Mädchen. Sie drückten sich an sie, stießen und drängten zwar nicht, standen jedoch auf Tuchfühlung. Dolly spürte ihren warmen Atem im Nacken. Es war wirklich sehr warm hier im Tunnel, und ihr trat Schweiß auf die Oberlippe.

Nur das Mädchen hätte sehen können, was Dolly mit den Händen tat, doch es hatte sich beleidigt abgewandt. Dolly hielt ihre jetzt heftig zitternden Hände in Taillenhöhe. Sie konnte das Gleis und die Stromschiene für den Triebwagen, die in der Mitte verlief, nicht sehen, aber sie wußte, daß sie da waren, in dem tiefen Bett zwischen der Bahnsteigkante und der konkav gewölbten Tunnelwand. Vergangene Woche, hatte Pup ihr erzählt, sei die Strecke zwischen Mornington Crescent und Euston zwei Stunden unterbrochen gewesen, weil jemand sich auf die Gleise geworfen hatte. Nicht vor einen Zug, sondern nur auf die Stromschiene, und er war sofort tot gewesen. Wenn man Selbstmord begehen wollte, war es jedoch sicherer, sich vor einen einfahrenden Zug zu werfen.

Das Einfahrtssignal am anderen Tunnelende war jetzt grün, der Zug nach Mill Hill East hatte also freie Fahrt. Schon hörte Dolly das dumpfe Dröhnen und fühlte den Wind, der vor dem Zug herwehte. Sie rührte sich nicht, und ihre Augen saugten sich an dem leuchtenden, grellen, giftigen Grün fest, das sich in ein großes grünes Feld verwandelt hatte und ihr die Sicht auf alles andere nahm. Ihre Kehle war strohtrocken und verkrampft. Sie löste ihre ineinander verschlungenen Hände und hob sie, die Handteller kaum einen Zentimeter von der grünen Jacke entfernt, so daß die flauschige Wolle ihre Fingerspitzen streifte. Der Zug donnerte aus dem dunklen Schlund, und Dolly straffte sich, um zuzustoßen.

Die ältere Frau in Braun fuhr herum. Eine Bewegung von Dolly mußte ihre Aufmerksamkeit erregt haben, und sie nahm Dollys Haltung und ihre erhobenen Hände einen Sekundenbruchteil früher war, als Dolly sie wegreißen konnte. Das Gesicht der Frau, mütterlich, hausbacken, eines jener unabänderlich heiteren Gesichter, verzerrte sich vor Unglauben und Entsetzen.

Der Zug hielt, und die Türen öffneten sich automatisch. Alles drängte vorwärts. Dolly machte kehrt und kämpfte sich verbissen in Gegenrichtung durch die Menge, die nur von dem Gedanken beherrscht war, den Zug zu stürmen. Dolly stieß mit den Händen, mit Armen und Schultern und sah sich auf ihrem panischen Rückzug plötzlich Myra gegenüber.

11

Sie brauchte frische Luft. Tief atmend saß sie auf einer Mauer, und ein feuchter Wind fächelte ihr das Gesicht. Es war furchtbar, an das zu denken, was sie beinah getan hätte: eine Fremde vor die Räder des Zuges gestoßen oder durch einen Stromstoß getötet. Myra hatte gar nicht vor ihr in der wartenden Menge gestanden, sondern ziemlich weit hinten. Vielleicht hatte sie Schwierigkeiten mit der

Fahrkarte gehabt oder jemanden getroffen, den sie kannte, und eine Weile mit ihm geschwatzt. Was immer sie aufgehalten hatte, die Frau in dem grünen Mantel, die Dolly fast auf die Schienen gestoßen hatte, war zwar nicht Myra gewesen, aber fast hatte die Kopie das Original übertroffen. Denn als Dolly ihr gegenüberstand, sie anstarrte und wortlos an ihr vorüberdrängte, hatte Myra einen gelbbraunen Rock getragen, und das struppige, krause Haar war ihr noch immer offen auf die Schultern gefallen.

Dolly dachte an das gutmütige, hausbackene Gesicht, auf dem sich für einen Sekundenbruchteil Entsetzen gemalt hatte. Angenommen, die Frau verfolgte sie, berichtete der Polizei, was sie beobachtet hatte? Versuchter Mord, dachte sie und legte die Hand auf das Feuermal, an dem jeder, der sie gesehen hatte, identifizieren konnte. Sie stand auf, und weil sie Angst hatte, sich noch einmal in der U-Bahnstation blicken zu lassen, begann sie rasch die Kentish Town Road hinaufzugehen.

Ein Taxi kam, sie hielt es an und stieg ein. Sie war bisher vielleicht einmal Taxi gefahren, hatte aber das Gefühl, jetzt kein öffentliches Verkehrsmittel benutzen zu können. Sie war außer sich vor Angst vor der Polizei und der Frau mit dem hausbackenen Gesicht, sie fürchtete sich davor, identifiziert zu werden und sich anhören zu müssen, wessen man sie beschuldigte. Zu Hause schenkte sie sich sofort ein großes Glas Rotwein ein, und der Wein beruhigte sie und richtete sie wieder auf. Das zweite Glas nahm sie in den Tempel mit. Sie dachte daran, sich hier zu verstecken, wenn sie kamen und nach ihr suchten. Bevor sie sich auf den Kissen niederließ, trat sie an den Altar, um sich die zu den vier Elementen gehörigen Waffen anzusehen. Das tat sie regelmäßig, wenn sie in den Tempel kam. Trotz ihrer Furcht fühlte sie ein bestimmtes Unbehagen, als sie sah, daß auf der Dolchklinge, die Pup früher immer blitzblank poliert hatte, eine dünne Staubschicht lag.

Als es an der Haustür klingelte, stürzte Dolly in den Flur. Ihr Vater öffnete, und sie erwartete, tiefe Männerstimmen und das Trampeln schwerer Stiefel zu hören. Aber es war nur Myra, die ihren Schlüssel vergessen hatte. Dolly füllte ihr Glas noch einmal.

«Ich bin in den ersten Zug nicht hineingegangen», sagte Myra übellaunig. «Dadurch habe ich mich um Stunden verspätet. Du wirst dich mit einem Omelett oder so zufriedengeben müssen.»

Harold hätte lieber Büchsenravioli oder eine Schweinefleischpastete gegessen, aber so etwas hatten sie nicht im Haus – wenigstens nicht hier unten. Er war gezwungen zu essen, was Myra ein Omelett «soufflé» nannte. Man mußte das Eiweiß dazu zu steifem weißem Schnee schlagen. Es schmeckt wie gesalzene und gepfefferte Baumwolle, dachte Harold, aber er nahm es nicht wichtig. Er aß mit der Gabel, die er in der rechten Hand hielt, während er die linke dazu benutzte, die Seiten seines Buches umzublättern – einer Rekonstruktion des Lebens von Rosamund Clifford, der Geliebten von Henry II –, das Harold an die Menage gelehnt hatte. Schwer atmend räumte Myra seinen Teller weg und setzte ihm eine Karamelkrem vor, die sie am Abend vorher gemacht hatte.

«Ich danke dir», sagte Harold und las weiter. Eben hatte der König die Dame im Irrgarten von Woodstock einschließen lassen.

Myra entriß Harold das Buch und warf es auf den Kaffeetisch.

«Aber, aber», sagte Harold, «Jetzt hast du mir die Seite verblättert.»

«Mußt du auch immer beim Essen lesen, um Himmels willen?»

Harold leckte den Löffel ab. «Ich bin jetzt fertig», antwortete er milde. «Hast du Lust ins Pub zu gehen?»

Myra zuckte mit den Schultern. Sie gingen. Ronald und Eileen Ridge waren da, doch sie hatten wenig zu sagen, und Harold redete ohnehin nie viel. Myra, die viel mehr trank als sonst, schwieg fast verbissen.

«Was ist los mit dir?» fragte Harold auf dem Heimweg. «Hast du deine Tage? Ist es das?»

Myra schüttelte den Kopf. Sie brachte es nicht über sich, ihm zu antworten, und machte ihm nicht einmal Vorwürfe, weil er sich so vulgär ausdrückte. Sie wünschte nur, sie hätte «ihre Tage». Neununddreißig war zwar noch ziemlich jung für das Klimakterium, aber wahrscheinlich war es nicht ausgeschlossen, daß es in diesem Alter schon eintrat. Vor nicht allzu langer Zeit hatte sie beim Friseur in einer Illustrierten gelesen, die Wechseljahre könnten jederzeit zwischen dem achtunddreißigsten und dem fünfundfünfzigsten Lebensjahr einsetzen. Aber sie war eine so junge Neununddreißigjährige! Sie war so hübsch und so unverbraucht wie ein junges Mädchen, sie konnte doch noch nicht im Wechsel sein, oder? Sie konnte doch nicht schon auf das öde, sexlose Gleis der mittleren Jahre abgeschoben werden. Haare wachsen einem im Gesicht, dachte sie, die Taille wird plump, man hat ständig Hitzewallungen und so weiter. Es gab zwar noch einen zweiten Grund, warum bei einer Neununddreißigjährigen die Periode ausblieb, doch an ihn auch nur zu denken, weigerte sie sich ganz entschieden.

Es war sinnlos, sich deshalb Sorgen zu machen. Mit großer Ungeduld wartete sie auf den Erbschein, damit sie an die Bankkonten ihrer Mutter herankonnte. Harold sagte, es sei nicht recht, daß sie immer wieder hinüberging und sich aus der Wohnung holte, was ihr gefiel. Sie müsse warten, bis die Behörden es ihr gestatteten. Myra achtete gar nicht auf ihn. Sie richtete sich überhaupt kaum noch nach seinen Wünschen. Sie strich die Diele fertig, und als die Farbe trocken war und der Teppichboden lag, holte sie aus dem Wohnzimmer ihrer Mutter zwei Brücken, ein Wandtischchen und eine gerahmte Reproduktion eines Bildes mit dem Titel *Der lachende Kavalier*.

Lautlos fiel gelbes Laub auf das vergilbende Gras der alten Eisenbahnlinie. Die sinkende Sonne schickte milde Strahlen durch den rauchigen herbstlichen Dunst. Pup und Suzanne gingen Hand in Hand. Sie waren in Muswell Hill im Kino gewesen, weil die beiden Studentinnen, Suzannes Mitbewohnerinnen, den Samstagnachmittag stets damit verbrachten, sich zu pflegen und schön zu machen, und erst am Abend ausgingen.

Von Zeit zu Zeit blieben Pup und Suzanne stehen und küßten oder umarmten sich oder sahen sich einfach tief in die Augen. Sie benahmen sich wie alle jungen Liebenden, die unter vorübergehender Frustration leiden, und brachten damit die wenigen Leute in Verlegenheit, die vorüberkamen und die vergessen hatten, wie es war, neunzehn und durch die Umstände gezwungen zu sein, ins Kino anstatt ins Bett zu gehen.

Um sechs verließ die Studentin die Wohnung, die ihre Mutter besuchte, und um sieben ging die andere, die sich mit ihrem Freund traf. Auf der Brücke an der Stanhope Road küßte Pup Suzanne und zog sie dann rasch die Treppe hinunter. Sie sahen Myra nicht, aber Myra sah sie. Sie hatte sich auf dem Crouch End Broadway eine Abendzeitung und eine Packung Rennie gegen ihre Magenverstimmung geholt und entdeckte die beiden auf dem Heimweg in die Manningtree Grove. Dolly kam die Treppe herunter, als Myra das Haus betrat, und wollte mit abgewandtem Blick an ihr vorübergehen.

«Es ist lächerlich, wie du dich benimmst», sagte Myra laut. «Ich wüßte wirklich gern, was ich getan habe? Helfen wollte ich dir, mehr nicht.»

Schweigend öffnete Dolly die Haustür.

«Laß dir eins von mir sagen», fuhr Myra fort und traf näher ins

Schwarze als sie glaubte, «eines schönes Tages wirst du nämlich Freunde brauchen. Wenn du ganz allein sein wirst, wirst du Freunde brauchen. Dein Bruder wird kaum sein Leben lang bei dir bleiben.»

Dolly schwieg noch immer, aber sie zögerte.

«Nein, dein Bruder wird nicht immer um dich herumtanzen. Er wird sein eigenes Leben führen, er wird heiraten, nicht wahr? Ich habe ihn nämlich eben mit einem Mädchen gesehen – die beiden hielten sogar Händchen. Ein ziemlich billig aussehendes kleines Ding, offen gestanden. Du hast nichts davon gewußt? Nein, du hast tatsächlich nichts gewußt, oder? Tut mir leid, wenn es ein Schock für dich ist, aber es ist doch immer besser, wenn man Bescheid weiß, nicht wahr? Ich kann noch nicht mal behaupten, es wäre nichts Ernstes, im Gegenteil, es sah sehr ernst aus.»

Wie schon einmal, verließ Dolly ruhig das Haus und schloß die Tür hinter sich. In Myra stieg Übelkeit auf, die jedoch nicht von der Szene zwischen Dolly und ihr herrührte, die sie aber seit ein paar Tagen jeden Abend auf dieselbe Weise überkam. Sie würgte, preßte die Hand auf den Mund und stürzte in die Küche zum Ausguß. Harold, der im Frühstückszimmer in einem der noch vorhandenen alten Lehnsessel saß, sah von Robert K. Massies *Nicholas und Alexandra* auf, als er hörte, daß Myra sich in der Küche übergab. Das Frühstückszimmer war die letzte ihm noch verbliebene Zuflucht, aber auch hier war die Tapete schon von einer Wand abgerissen, und Myras Farbtöpfe standen auf untergelegten Zeitungen auf dem Klapptisch. Harold erhob sich, steckte den Kopf durch die halboffene Tür und rief, das komme wahrscheinlich von der Farbe, möglicherweise sei Myra dagegen allergisch.

«Du willst mich nur davon abhalten, das Haus schöner und wohnlicher zu machen!» rief sie zurück.

Es kann nicht sein! schrie eine Stimme Dolly zu. Es kann nicht sein! Die Stimme kam aus ihrem Kopf, aber es war die Stimme ihrer Mutter. Dolly war ausgegangen, um Wein zu kaufen. Nicht in dem Laden in der Northwood Road – seit der «Henker» sein Unwesen trieb, ging sie nicht mehr dorthin –, sondern im Wein-Großmarkt auf dem Broadway, der viel näher lag. Doch sie hatte noch eine Flasche zu Hause und konnte sich den neuen Vorrat morgen besorgen. Sie ging einmal um den Block und wieder nach Hause, rannte die Treppe hinauf. Im obersten Flur glaubte sie, Zitronenduft zu riechen, doch nur einen Augenblick, dann war er wieder verweht.

«Es ist wahr!» sagte die Stimme ihrer Mutter klar und laut.

Konnte sie Pup fragen? Würde sie es wagen? Und wann sollte sie ihn überhaupt fragen, wenn sie ihn nie sah, wenn er nie da war? Es war die Wahrheit, und sie würde ihn verlieren. An die Möglichkeit, daß Pup sie wegen einer anderen Frau verlassen könnte, hatte sie noch nie gedacht. Irgendwie hatte sie sich – ohne es je auszusprechen – eingebildet, er und sie würden zusammenbleiben, in Keuschheit und abgesondert von den anderen Menschen, ihr Leben lang. Sie stellte sich die beiden vor, wie sie Hand in Hand durch die Oktoberdämmerung zur Wohnung des Mädchens schlenderten. Die Mutter öffnete ihnen, Tee mit der Familie, Pup als Bewerber um die Hand der Tochter willkommen. Wie weh das tat! Wie qualvoll das schmerzte!

Sie machte die letzte Weinflasche auf, schenkte sich ein und trank, wie ein Verdurstender Wasser trinkt. Wenn er nur heimkäme! Wenn er jetzt kommt, dachte sie, werde ich den Mut haben, ihn zu fragen. Aber er kam bestimmt nicht, kam nicht jetzt, sondern erst spät nachts. Sie bemühte sich, an andere Dinge zu denken. Oft hatte sie das Gefühl, daß sie das, was sie auf dem Bahnsteig der U-Bahnstation in Camden Town getan hatte oder tun wollte, viel stärker belasten müßte. Schließlich hatte sie nur die Frau mit dem hausbackenen Gesicht daran gehindert. Schweiß brach ihr aus allen Poren, als sie sich vorstellte, was beinah geschehen wäre.

Doch auch die Erinnerung an dieses Ereignis lenkte sie nicht für längere Zeit von Pup ab. Tränen liefen ihr die Wangen hinunter. Sie ging mit einem Staubtuch in den Tempel und wischte die Gegenstände auf dem Altar ab, und sie hörte, auch während sie arbeitete, nicht auf zu weinen. Pups goldenes Gewand hing vernachlässigt an der Tür, in einem Häufchen Asche von Räucherstäbchen lag eine halb heruntergebrannte, verbogene Kerze. Dolly blies den Staub weg, der auf den Büchern lag, den vier Bänden von *Die Goldene Dämmerung*, dem schweren Wälzer mit dem Titel *Die chaldäischen Orakel des Zoroaster* und dem weit weniger gewichtigen *Buch des Todes, der Schlüssel des Salomon*. Sie machte gründlich sauber, räumte alles auf, setzte sich dann auf den Boden und weinte weiter. Kurz vor acht Uhr ging sie doch noch einmal fort, um Wein zu kaufen, und als sie am Badezimmer vorbeikam, hörte sie, wie Myra sich darin erbrach.

Am Montagnachmittag las Myra beim Friseur in einer Illustrierten einen Artikel mit der Überschrift *Der unterschiedliche Verlauf von Schwangerschaften*. Der Verfasser schrieb, daß es Schwangere gab, die nicht am Morgen, sondern am Abend von Übelkeit befallen wurden, und eine dritte Gruppe litt sogar den ganzen Tag unter Erbrechen oder Unwohlsein. Myra saß unter der Trockenhaube. Ihr war ohnehin schon zu heiß gewesen, doch jetzt brach ihr der Schweiß aus und lief an ihr hinunter. Sie konnte doch nicht schwanger sein, oder? Vor sieben Wochen hatte sie die letzte Periode gehabt, und vor etwas mehr als fünf Wochen hatte sie mit Harold das Erbe gefeiert, das sie von ihrer Mutter zu erwarten hatte – und bei der Gelegenheit zuviel Asti Spumante getrunken. Trotzdem konnte sie doch von dem alten Harold nicht schwanger sein, es war einfach unmöglich!

Solange sie mit dem verheirateten Mann zusammengewesen war, hatte sie die Pille genommen, da es aber nicht empfehlenswert war, es über Jahre hinweg zu tun, hatte sie sie abgesetzt und nur von Fall zu Fall zu Verhütungsmitteln gegriffen. Manchmal hatte sie es auch ihrem Partner überlassen, und oft war sie ziemlich sorglos gewesen. Aus ihren Illustrierten wußte Myra, daß ein Psychiater ihr Verhalten als den unbewußten Wunsch nach einem Kind auslegen würde. Und vielleicht hatte sie diesen Wunsch tatsächlich gehabt, vielleicht hatte sie gedacht, durch ein Kind könnte sie ihn für immer an sich binden, obgleich er verheiratet war. Doch trotz aller Leidenschaft und obwohl sie so oft miteinander geschlafen hatten – manchmal zwei- oder dreimal an einem Nachmittag – hatte es nie einen falschen Alarm gegeben. Und damals war ich jung, dachte sie traurig, und er war jung und kräftig, ein großer, sehr männlicher Mann, der zwei Kinder gezeugt hatte. Es war doch unmöglich, daß sie, die in all den Jahren nicht empfangen hatte, jetzt von dem mikkerigen, alten Harold schwanger war?

Als sie von der U-Bahnstation über die Archway Brücke und durch die Hornsey Lane nach Hause ging, traf sie Harold und Pup, die nach einem kleinen Abstecher in der Bibliothek ebenfalls auf dem Heimweg waren. Pup trug die Bücher seines Vaters unter dem Arm. Das war etwas, das Myra verrückt machte – daß sie mit einem Mann verheiratet war, der sich alles von einem jüngeren Mann tragen ließ. Es war halb sechs, und ihr wurde allmählich wieder übel.

«Dann gehst du heute abend wohl nicht mit deinem Freund aus?» fragte Dolly, als Pup das Wohnzimmer betrat.

Er schüttelte den Kopf. Suzanne hatte eine Woche Urlaub und lange, bevor sie ihn kennengelernt hatte, mit einer Freundin – derselben, die damals nicht zu der Séance gekommen war – eine Reise nach Korfu geplant. Absagen konnte sie die Reise nicht, da sie hundert Pfund im voraus bezahlt hatte. Pup fragte sich, wie er die Zeit ohne sie überstehen sollte? Er setzte sich an den Tisch zu Corned Beef und einer Ratatouille von Marks & Spencer, einem Karton Saft aus tropischen Früchten und einem Stück Hefekuchen mit Rum.

Den ganzen Tag hatte Dolly sich auf diesen Augenblick vorbereitet und praktisch auswendig gelernt, was sie sagen wollte. Und dabei wurde sie von der ständigen Angst geplagt, daß er nicht nach Hause kam. Doch als sie jetzt sprach, merkte man ihr von ihren inneren Kämpfen nicht das geringste an.

«Dieser Freund, den du so oft triffst», sagte sie scheinbar unbekümmert, «dieser Freund ist ein Mädchen, nicht wahr?»

Pup zögerte. Er legte Messer und Gabel aus der Hand. Er wußte sehr gut – wußte sogar haargenau –, was Dolly für ihn empfand. Sie betrachtete ihn noch viel mehr als ihren Besitz als Dilip Rajs Mutter ihren Sohn. Und Dilip Rajs Mutter hatte kein Feuermal auf der Wange, das wie ein großer feuerroter Pfannkuchen aussah. Pup hatte großes Verständnis für seine Schwester. «Ja, es ist ein Mädchen», sagte er weich und dann: «Woher weißt du das?»

Dolly antwortete nicht. «Ist es etwas Ernstes, Pup? Du denkst doch nicht etwa daran zu heiraten, oder?»

«Selbstverständlich nicht», antwortete er absolut wahrheitsgemäß.

Dolly war kalkweiß geworden, doch jetzt kehrte die Farbe in ihr Gesicht zurück, obwohl sie noch immer atemlos war.

«‹Selbstverständlich nicht› was? Ist es nichts Ernstes, oder denkst du nicht ans Heiraten?»

«Es bezieht sich auf beides», erwiderte Pup. «Es ist weder ernst, noch will ich heiraten. Außerdem ist sie ohnehin nicht mehr hier, sie ist abgereist. Und jetzt kannst du mir sagen, woher du es weißt?»

Sie benutzte den Spitznamen, den er Myra gegeben hatte. Sie war glücklich und stieß einen Laut hervor, der fast wie ein Kichern klang. «Von unserer bösen Stiefmutter.»

Er zuckte nur mit den Schultern. Dolly sah ihm zu, wie er den Rumkuchen aß und den Fruchtsaft trank. Sie selbst trank Mosel und hatte eben die zweite Flasche geöffnet. Außerdem arbeitete sie an einer neuen Puppe, einem Ballettmädchen mit schwarzem Haar und Tutu.

Als er mit dem Essen fertig war, ging Pup in den Tempel. Er kam ihm plötzlich sehr klein vor. Jungfräulichkeit ist für einen Geomanten etwas sehr Nutzbringendes. Jungfräuliche Tugend hat gewisse Eigenschaften, die durch sexuelle Erfahrung verlorengehen. Pup hatte das gewußt, lange schon, bevor er der Versuchung nachgab – oder der Versuchung, rein und keusch zu bleiben, widerstand –, denn der Preis, den er für seine sexuelle Enthaltsamkeit bezahlte, war sehr hoch, und er mußte seine unklaren, aber heftigen Begierden ständig mit Beschwörungs- und Austreibungsritualen bekämpfen.

Doch die Tatsache, daß er nicht mehr unberührt war, hatte wahrhaft dramatische Folgen. Er konnte nicht mehr zaubern. Was in den Büchern stand, war buchstäblich wahr, die Gabe ging verloren, die Kraft war dahin.

Er stand im Tempel, schaute sich um und sah ein dumpfes Mansardenzimmer mit streifigen schwarzen Wänden und allem möglichen Kram, der auf einem alten Bambustischchen lag. Der Gedanke, heiliges Wasser zu machen oder Weihrauch zu verbrennen, schien ihm grotesk. Er konnte sich nicht vorstellen, noch einmal dieses ganze hebräische Kauderwelsch zu singen, jedenfalls nicht im Ernst. Er hatte seine Keuschheit und mit ihr seine magischen Kräfte verloren.

Oder war es möglich, daß sich etwas ereignet hatte, das leichter zu erklären war? Hier setzte sich Pups starker Hang zu Vernunft, sein gesunder Menschenverstand durch. War es möglich, daß ihm jetzt, nachdem er den Sex entdeckt hatte, alles Vorhergehende wie ein kindischer Ersatz vorkam? Das war sehr wahrscheinlich. Und vermutlich trugen beide Erklärungen zu dem Gefühl der Langweile bei, das der Tempel und alles, was er darin getan hatte, in ihm auslöste.

Bedauernd betrachtete er seine Büchersammlung. Er dachte an das umfangreiche Wissen, das er hier angesammelt hatte. Ein Jammer, wenn es verschwendet wäre. Doch vielleicht brauchte es nicht verschwendet zu werden. Wenn er überlegte, wie unendlich viel Dolly gelernt, wieviel er ihr beigebracht hatte, wäre es rücksichtslos und unklug, den Tempel aufzulösen. Er liebte Dolly. Aber, oh, wie sehr liebte er das herrlich Neue, das in sein Leben getreten war. Die beiden Lieben schienen unvereinbar, es sei denn, er fand einen Kompromiß und fand ihn mit Hilfe seiner verlorengegangenen magischen Kräfte.

Pup stand am Fenster des Tempels, nachdenklich, in der Hand das alberne Messer mit den unbeholfenden Zeichnungen auf dem Griff, und beobachtete die schwarzen Blätter, die sich von den Zweigen der Obstbäume lösten und in das nasse Gras hinunterschwebten. Ein gewagter und dennoch ganz einfacher Plan begann in seinem Kopf Gestalt anzunehmen.

12

Die meisten Frauen fühlten sich in Yvonne Colefax' Gegenwart unsicher und gehemmt. Wenn eine Frau wußte, daß sie mit Yvonne zusammentreffen würde, zog sie sich sorgfältig an und widmete ihrem Gesicht und ihrer Frisur besonders viel Aufmerksamkeit. Doch so sehr sie sich auch bemühte, am Ende mußte sie immer feststellen, daß sie noch immer nicht an Yvonne herankam, nicht mit ihr konkurrieren konnte. Yvonnes Anblick löste Bestürzung und Resignation aus. Man hatte wohl in Erinnerung, daß sie schön – aber nicht, wie schön sie wirklich war, so daß man jedesmal, wenn man sie sah, aufs neue geschockt wurde, weil sie viel schöner war als erwartet.

Zweierlei tröstete Myra an ihr: erstens war Yvonne nett, sie war, was die Leute «immer gleich» nennen; und dieses Immergleich bedeutete bei ihr Einfachheit, Kindlichkeit und Freundlichkeit – und zweitens sah derjenige, von dem Yvonne als einzigem Menschen auf der Welt geliebt und bewundert werden wollte, nichts Ungewöhnliches in seiner Frau. Mehr noch, er schien fast jedermanns Gesellschaft der ihren vorzuziehen, und wenn je ein Mann seine Frau wie einen Dienstboten behandelt und sein Heim mit einem Hotel verwechselt hatte, dann er. Myra hätte sich das keine Sekunde lang gefallen lassen, geschweige denn fünf Jahre – oder wie lange George und Yvonne eben verheiratet waren. Yvonne mochte einen Porsche und ein wunderschönes Haus in der Nähe der Bishop's Avenue haben, doch das, fand Myra, war kein Ersatz für Respekt und Rücksichtnahme. Und wieder einmal mußte Yvonne für George den Fußabstreifer abgeben oder zumindest das Botenmädchen spielen und etwas nach Camden Town bringen, das George vergessen hatte. Dabei hätte sie mit ihrer Zeit bestimmt etwas Besseres anzufangen gewußt.

Yvonne betrat das Vorzimmer der Praxis, in dem Myra saß, und kam auf ihren Schreibtisch zu. Myra hatte vergessen, wie hell und weich ihr Haar war – wie der Flaum abgeblühten Löwenzahns. Und wie schmal sie war – so schlank, daß es fast jeder Frau einen Stich geben mußte – und was für wunderbare aquamarinblaue Augen sie hatte. Sie war nie zu auffallend und nie unpassend gekleidet und zog sich dennoch nicht an wie andere Frauen, sondern wie eine Schauspielerin, deren Kostüme von Fachleuten sehr sorgfältig ausgesucht worden waren, mit genau auf die Kleidung abgestimmten Accessoires. Der «Modefachmann» war Yvonne natürlich selbst.

Heute morgen sah sie aus wie die junge Faye Dunaway in der Rolle einer Frau aus den East Seventies, die zu Saks in die Fifth Avenue einkaufen ging. Kamelfarbenes Kostüm mit schmalem braunem Gürtel, schmale, hohe, glänzende braune Stiefel und schicker weißer Filzhut mit braunem Band. Der Duft von Ivoire verdrängte den des nach Tanne riechenden Luftfrisch-Sprays, den Myra jeden Morgen im Wartezimmer zerstäubte.

«Sie sehen wirklich hinreißend aus», sagte Myra großmütig. «Haben Sie etwas besonders Aufregendes vor?»

«Nur ein bißchen einkaufen», antwortete Yvonne ganz wie erwartet. «George hat angerufen und mich gebeten, ihm eine Higginsonsche Spritze zu besorgen und herzubringen. Hier ist sie.»

«Eine was?» fragte Myra, hatte jedoch inzwischen die längliche Schachtel mit der Aufschrift «Higginsonsche Spritze» ausgepackt. «Wozu braucht er die denn?»

«Er hat doch da eine Patientin, die behauptet, sie habe Zahnschmerzen, und George sagt, es sei nicht ihr Zahn, es seien ihre Ohren. Deshalb will er ihr die Ohren ausspritzen.»

«Ich hätte das Ding doch wirklich rasch besorgen können», sagte Myra. «Wollen Sie einen Kaffee?»

«Von Herzen gern. Sie sind sehr lieb, Myra. Wahrscheinlich falle ich Ihnen schrecklich lästig, nicht wahr?» Yvonne sagte das mit der Miene eines Menschen, der es gewohnt ist, lästig und langweilig genannt zu werden, und ihre wunderschönen grünblauen Augen funkelten, als dränge sie nur mit Mühe die Tränen zurück. «Sie sehen ein bißchen blaß aus. Geht es Ihnen gut?»

Wie nett Yvonne doch ist, dachte Myra. Warum kann Doreen nicht auch so sein, freundlich und vernünftig, und warum kann sie mir nicht auf halbem Weg entgegenkommen? Wenn jemand das Recht gehabt hätte, hochmütig und herablassend zu sein, dann Yvonne, und doch war sie so natürlich wie ein Kind. Einen Augenblick lang dachte Myra daran, sich Yvonne anzuvertrauen, doch dann verwarf sie den Gedanken wieder. Es war mehr als wahrscheinlich, daß Yvonne sich ein Kind wünschte und deshalb für eine Frau, der ihre Schwangerschaft unerwünscht war, wohl kaum großes Verständnis aufbringen konnte. Also lächelte Myra nur und sagte, sie sei ein bißchen müde. Dann unterhielten sie sich bei einer Tasse Kaffee eine Weile über Mode, und Yvonne erzählte Myra, daß sie eigens nach Florenz gefahren sei, um die Stiefel, die Handtasche und den Gürtel zu kaufen. Das finde Myra doch bestimmt schrecklich, nicht wahr?

Eine halbe Stunde später, nach Arbeitsschluß, hatte Myra einen Termin bei ihrem Hausarzt. Sie hatte eine Urinprobe mitgenommen, wußte jedoch, daß es überflüssig war. Sie wußte, daß sie seit acht oder neun Wochen schwanger war, das mußte ihr niemand mehr bestätigen. Sie brauchte einen Rat, vielleicht auch Zustimmung und konnte – hoffentlich! – noch heute alles Nötige besprechen.

Als sie den windigen Hügel zur Camden Town Station hinaufging, dachte sie an den verheirateten Mann. In letzter Zeit dachte sie sehr oft an ihn. Es war Herbst gewesen, als sie sich kennengelernt hatten, und im Herbst hatten sie sich auch getrennt. Myra erinnerte sich, wie sie im Erkerfenster ihres möblierten Zimmers gestanden und darauf gewartet hatte, daß sein Wagen vorfuhr, daß er ausstieg und mit seinem geschmeidigen Gang und hoch erhobenem Kopf auf das Haus zukam. Er war schlank geblieben, hatte nie ein Gramm zugenommen, und daß sein Haar langsam ergraute, hatte ihn nur noch besser aussehen lassen. Jeden Mittwoch und Freitag und meist am Montagabend war er zu ihr gekommen, Jahr um Jahr, und dann hatte er ihr eines Tages erklärt, er könne seine Frau nicht verlassen, und sie hatte erwidert, sie habe ohnehin ein besseres Angebot. Wußte er, wo sie jetzt war? Dachte er noch an sie?

Obwohl sie angemeldet war, mußte sie fast eine halbe Stunde im Wartezimmer sitzen. Dann endlich wurde sie ins Sprechzimmer gerufen. Der Doktor untersuchte sie und bestätigte ihre Schwangerschaft. Er schimpfte mit ihr, weil sie nicht früher gekommen war, in ihrem Alter sei Schwangerschaftsfürsorge von Anfang an lebenswichtig, eine Untersuchung des Fruchtwassers dringend erforderlich. Myra unterbrach ihn. Sie wolle kein Baby, sie wolle eine Abtreibung. Der Doktor musterte sie streng, und Myra reagierte trotzig und zornig – war aber auch unglücklich, weil ängstliche Zweifel keine feste Überzeugung sind – und sagte aggressiv, sie habe geglaubt, in England habe jede Frau das Recht, eine Schwangerschaft abbrechen zu lassen, wenn sie kein Kind wolle.

«Bevor wir etwas unternehmen, möchte ich Sie und Ihren Mann gemeinsam sprechen», sagte der Doktor.

Obwohl Myra ihm nachdrücklich erklärte, es sei schließlich ihr Baby, ihr Körper und allein ihre Sache, ließ er sich nicht davon abbringen. Er wollte nichts für sie tun, solange er nicht auch mit Harold gesprochen hatte. Myra hatte mit Harold nie über gemeinsame Kinder gesprochen. Es war kein Thema für sie gewesen, ebensowenig hätte sie mit Dolly über Männer und mit der ständig in Pullover und Hosen herumlaufenden Eileen Ridge über Mode geredet. Doch als sie jetzt darüber nachdachte, war sie nicht mehr so sicher, daß Harold genauso bestürzt sein würde wie sie, weil sie ein Kind erwartete. Oft liebten gerade träge, langsame und apathische Menschen Kinder. Er schien auf seine halbherzige Weise auch die Kinder zu lieben, die er schon hatte. Angenommen, sie sagte es ihm, und er war begeistert? Angenommen, er war – wie er sich auszudrücken beliebte – «vor Freude ganz weg»? Plötzlich wußte Myra, daß es genauso kommen würde – Harold würde begeistert sein und sich geschmeichelt fühlen. Denn bewies dieses Kind nicht seine ungebrochene Manneskraft? Deshalb würde er sich im Gespräch mit dem Doktor einem Schwangerschaftsabbruch energisch widersetzen.

Myra ging über den Crouch Hill zu Fuß nach Hause. Trübsinnig dachte sie daran, daß eine Frau, so elend sie sich fühlen mochte, dennoch daran denken mußte, was es zum Abendessen geben sollte. Sie betrat den Laden, der zur Hälfte Metzgerei und zur anderen Hälfte Delikatessenhandlung war, und der Ire mit den merkwürdigen Augen und dem weichen Gesicht wog ihr zwei Schweinekoteletts ab. Er lächelte nie, er sagte nie viel, er schien immer nur zuzuhören. Neben der Metzgerei war ein Zeitungshändler. Myra kaufte eine Abendzeitung. Sie suchte ein Inserat, das sie vor einiger Zeit gelesen hatte und das sich an Frauen richtete, die eine Abtreibung wollten. Und da war es auch, ein Kästchen zwischen den Kleinanzeigen.

Als sie nach Hause kam, rief sie sofort die angegebene Telefonnummer an. Die Frau, die sich meldete, war freundlich und entgegenkommend und sagte Myra, sie müsse sie darauf aufmerksam machen, daß sie fünfhundert Pfund im voraus entrichten müsse, um überhaupt in die Klinik aufgenommen zu werden. Man wolle schließlich fair sein, die Patientinnen sollten wissen, wie hoch die Kosten wären, die auf sie zukämen. Myra legte auf. Sie hatte genau zwanzig Pfund auf ihrem Konto, und das waren ihre gesamten Rücklagen. Der Erbschein war noch nicht gekommen, es dauerte möglicherweise noch Wochen, bis sie ihn in Händen hatte, und vorher konnte sie nicht an das Geld ihrer Mutter heran. Solche Dinge brauchten immer unendlich lange. Ihre Mutter war jetzt schon länger als zwei Monate tot. Myra erinnerte sich sehr genau an das Datum des Todestags, denn am Tag darauf hatte sie dieses verhaßte, unerwünschte Kind empfangen.

Pup hatte Pläne für die Erweiterung von Yearman und Hodge. Sobald er die Führerscheinprüfung hinter sich hatte, wollten sie einen Kombi kaufen. Er hatte schon angefangen, Schreibmaschinen im Außendienst zu reparieren und zu warten, doch es würde alles noch viel besser laufen, wenn sie den Wagen hatten. Diese neuen elektronischen Maschinen seien «die Sache», erklärte Pup seinem Vater, groß und effizient, aber leicht wie eine Feder, denn die ganze «Mechanik» bestehe aus einem Mikrochip. Sie konnten immer noch sehr gut daran verdienen, wenn sie bei Barzahlung fünfundzwanzig Prozent vom Preis nachließen.

«Du hast Schwung und Energie», sagte Harold in einem Ton, den man gewöhnlich anschlägt, wenn man jemandem mitteilt, daß man eine scheußliche Erkältung hat.

«Wir müssen auch daran denken, in nächster Zeit Fotokopiergeräte hereinzunehmen», fuhr Pup fort. «Kopiergeräte sind der kommende Schlager.»

Obwohl es kein sehr schöner, sondern ein nasser und windiger Tag war, ging er zu Fuß zur Queen's Avenue in Muswell Hill hinauf. Er wollte, wenn er nach Hause kam, für Dolly ein bißchen «zaubern». Um sie glücklich zu machen. Wie in alten Zeiten wollte er ein großes Ritual zelebrieren, mit Weihrauch, Wein und Rosen. Das war er Dolly schuldig.

Das Mädchen, das ihm die Tür öffnete, erzählte ihm, daß es wissenschaftliche Arbeiten tippe. Im Augenblick sitze es an einer philosophischen Doktorarbeit, aber die Schreibmaschine bleibe beim «g» hängen, und – nun ja – auch die Rücktaste funktioniere nicht. Die Schreibmaschine sei jetzt drei Jahre alt und noch nie richtig gewartet worden.

Pup machte sich an die Arbeit. Die Maschine war eine «Adler», und das Fabrikat kannte er in- und auswendig. Das Mädchen sah ihm zu. Es war ein ziemlich unscheinbares Ding mit einem langen Gesicht und einer großen Nase, aber es hatte taillenlanges blondes Haar und eine sehr gute Figur, die es in Lycrastretch-Jeans und einem roten T-shirt auch entsprechend zur Schau stellte. Die Sachen sahen funkelnagelneu aus, und Pup fragte sich, ob die Kleine sich seinetwegen so fein gemacht hatte. Sie hatten sich schon einmal im Geschäft von Yearman und Hodges gesehen.

Nach einer Weile brachte sie eine Flasche Asti Cinzano und zwei Gläser. «Aber vielleicht trinken Sie nicht, wenn Sie im Dienst sind.»

«Ich bin doch kein Polizist», sagte Pup.

«Es ist», sagte das Mädchen, «eine der bekanntesten weiblichen

Phantasien – ein Tagtraum sozusagen –, sich vorzustellen, wie es mit dem Mann wäre, der den Fernseher reparieren kommt.»

«Oder die ‹Adler Gabrielle fünftausend›.»

«Tja, wenn Sie es sagen.» Sie schenkte großzügig sprudelnde rosa Drinks ein. «Wie heißen Sie? Ich meine, ich weiß natürlich, daß Ihr Familienname Yearman ist, aber ich wüßte gern Ihren Vornamen.»

«Ich heiße Peter. Und Sie?»

«Philippa. Wie lang haben Sie noch zu tun?»

«Ungefähr fünf Minuten, Philippa.»

«Wissen Sie, daß ich plötzlich Angst hatte, Ihr Vater könnte hier erscheinen? Ich meine, er ist für weibliche Phantasien wohl nicht das richtige Objekt, oder? Darf ich Ihnen nachschenken?»

«Nein, es sei denn, Sie wollen, daß ich diese hübsche, teure Schreibmaschine für immer und ewig kaputtmache.» Solange er noch unberührt gewesen war, war er mit solchen Situationen spielend fertig geworden. Es war ihm manchmal passiert, daß Frauen Annäherungsversuche machten, und er hatte dann so getan, als verstehe er nicht. Das waren noch Zeiten! Oder doch nicht? «So, das hätten wir. Ich glaube nicht, daß Ihnen das ‹g› noch Schwierigkeiten machen wird. Sind Sie mehrwertsteuerpflichtig?»

«Was, ich?»

«Man sollte nie etwas als selbstverständlich voraussetzen», sagte Pup, jetzt sehr nah bei ihr. Er nahm eine helle, seidige Haarsträhne in die Hand, die vorn auf Philippas T-shirt lag. Trotz Suzanne, fühlte er sich alles andere als sicher, daher ging er genauso vor wie bei Suzanne, nur daß es damals die Wahrheit und heute ein billiger Trick war. «Sie, zum Beispiel, tun das alles doch nur, weil Sie voraussetzen, daß ich ein Mann mit Erfahrung bin. Tatsache jedoch ist, daß ich noch nie mit einem Mädchen geschlafen habe.»

«Das kann ich nicht glauben!»

«Es gibt mehr Dinge zwischen Himmel und Erde, Philippa, als man sich träumen läßt – mehr sogar als in all den philosophischen Abhandlungen steht, die Sie tippen.»

«Na ja», meinte Philippa, «aber Sie wollen doch nicht etwa noch länger ‹jungfräulich› bleiben, oder? Ich meine, haben Sie keine Lust, einen Schlußstrich darunter zu ziehen?»

«Oh, große Lust sogar», erklärte Pup mit Hingabe.

Am Abend war er ein bißchen müde. Als er langsam nach Hause ging, dachte er über das Programm nach, das er sich für heute vorgenommen hatte, um Dolly glücklich zu machen und sich ein gewisses Maß an Freiheit zu erkaufen. Morgen abend hatte er eine Verabredung mit Philippa, und das Wochenende wollte er mit Suzanne verbringen. Dolly, deren Mißtrauen durch Myra geweckt worden war, würde ihm nie glauben, daß er einen halben Tag und die halbe Nacht mit Chris Theofanou verbringen wollte. Pup war im allgemeinen frei von rachsüchtigen Gefühlen, aber gegen die Frau seines Vaters wäre er in letzter Zeit gern gewalttätig geworden. Gegen absichtliche Bosheit hatte er eine besondere Abneigung.

Einen Abendkurs oder einen Club – besser noch eine Kombination aus beidem, das war es, was er brauchte. Und zwar einen Kurs und einen Club, die ihn auf dem einzigen Gebiet fördern konnten, das Dolly interessierte. Sie würde es nur begrüßen, wenn er versuchte sich weiter zu vervollkommnen. Pup hatte keine Gewissensbisse, Dolly die unverschämtesten Lügen aufzutischen, um sie zu schonen. Er war mit seinem Plan zufrieden, der ihm narrensicher schien.

Als er nach Hause kam, begann Dolly sofort zu nörgeln. «Ich finde es abscheulich, daß man uns zwingt, hier oben zu wohnen. Ich hasse dieses kleine, miese Zimmer und hasse es, immer die vielen Treppen hinunter- und wieder heraufsteigen zu müssen, wenn ich das Bad benutzen will. Das ist so unfair! Meine Kunden wollen auch nicht hier heraufklettern, und es lohnt sich nicht zu schneidern, wenn ich zu den Anproben zu ihnen fahren muß. Der Bus ist so teuer.»

«Ich habe eine Neuigkeit für dich», sagte Pup.

Sie stellte eben sein Abendessen auf den Tisch – kalte Würstchen, Kartoffelsalat, eine Schüssel mit Tomaten, doch sie hielt mitten in der Bewegung inne, und die Schüssel blieb in der Luft hängen.

«Es geht doch nicht um das Mädchen?» fragte sie.

«Selbstverständlich nicht. Hast du schon mal vom ‹Magischen Orden der Goldenen Dämmerung› gehört?»

Sie nickte erleichtert. «Ich habe in einem deiner Bücher etwas darüber gelesen.»

«Nun, ich gehöre jetzt dazu, ich bin beigetreten. In die Arbeitsgemeinschaft in Highgate. Ich dachte, das sei wichtig für mich. Es gibt da eine Menge zu tun, Treffen, Seminare und Sonderkurse, an mehreren Abenden in der Woche, nehme ich an. Und manchmal an den Wochenenden. Aber wenn ich es als Geomant wirklich zu etwas bringen will, bleibt mir kaum etwas anderes übrig.»

In dem einschlägigen Buch stand auch, wie Pup sich erinnerte, daß der «Orden der Goldenen Dämmerung», von Eliphas Levi, Crowley, Yeats und anderen geistesverwandten an Okkulten unteressierten Leuten im Jahr 1888 gegründet, unter seinem späteren Namen «Stella Matutina» in den dreißiger Jahren wieder aufgelöst wurde. Pup hielt es jedoch für unwahrscheinlich, daß Dolly sich durch die ellenlangen, langweiligen Kapitel des Buches bis zu dieser Stelle durchbeißen würde. Falls sie es doch tat, konnte er immer noch behaupten, «Stella Matutina» sei vor einigen Jahren neu gegründet worden.

Dollys Gesicht glühte vor Eifer. «Das finde ich wunderbar, ich bin so froh. Hat man dich gebeten, beizutreten.»

«Nun –», sagte Pup, der sich nicht festlegen wollte.

«Bestimmt hat man dich aufgefordert. Es wird dir bei deiner Karriere helfen, nicht wahr? Es bringt dich dem Erfolg näher.»

Wenn Pup an eine Karriere dachte, dann an die eines Direktors einer sich ständig vergrößernden Firma für Büromaschinen. Er begann, seine Würstchen zu essen. Wie eine Frau, die von einer patriarchalischen Gesellschaft konditioniert wurde, wie Dilip Rajs Mutter, zum Beispiel, aß Dolly nie mit ihm, sondern bediente ihn und sah ihm zu.

«Morgen abend», fuhr Pup fort, «werde ich als ordentliches Mitglied aufgenommen und eingeführt.»

Nach dem Abendessen erinnerte er sich an seinen Vorsatz, ging in den Tempel und winkte Dolly, ihm zu folgen. Sie kam mit Freuden, zündete die Kerzen an, setzte sich dann auf das Kissen unter dem Feuer-*tattwa* und richtete den Blick auf Pup. Er stand vor dem Altar, betrachtete die zu den Elementen gehörigen Waffen und hätte am liebsten vor Überdruß laut gestöhnt, so sehr langweilte ihn das alles. Warum hatte er nur damit angefangen? Warum war er nicht zum Fußballspielen gegangen, warum hatte er keinen fernöstlichen Kampfsport betrieben oder Briefmarken gesammelt?

«Nun, was möchtest du sehen?»

«Das fragst du mich?»

«Ich meine, ob dir etwas Besonderes am Herzen liegt. Irgendeine Arbeit? Oder etwas, das dich ungewöhnlich beunruhigt, dir Kummer macht? Soll ich etwas für dich beschwören? Ich habe kein heiliges Wasser, könnte aber welches machen.»

Sie zögerte. «Eines Tages», sagte sie dann, «wirst du ein Meister sein, nicht wahr? Dann wirst du alles tun können, auch Wunder wirken, ja?»

Zwar hatte sie die Hand nicht auf ihre Wange gelegt, doch er wußte, was sie meinte, und er war entsetzt. Panik stieg in ihm auf, Ungeduld mit ihr und dem ganzen verdammten Kram, Abscheu vor sich selbst. Es wäre besser gewesen, ihr zu sagen, daß das Ganze ein Ende hatte, besser, den Tempel zu zerstören und das goldene Gewand wegzuwerfen. Doch jetzt mußte er sich schnell etwas einfallen lassen, bevor sie die ungeheuerliche Frage direkt an ihn stellte ...

«Ich weiß, was wir machen», sagte er. «Wir nehmen uns mal die böse Stiefmutter vor.»

Dolly war sofort abgelenkt. Sie war überrascht, wahrscheinlich, weil er das seinerzeit mit so großem Widerwillen abgelehnt hatte. Als ob das wichtig wäre, dachte er. Weiße Magie, schwarze Magie, lauter Quacksalberei, lauter Unsinn. Pup zog sich die Robe über den Kopf und steckte die Arme durch die weiten Ärmel. Der Abend war finster und mondlos, und der Wind, der den ganzen Tag geweht hatte, war zum Sturm geworden, peitschte die Zweige der Bäume und jagte die Wolken wie eine schwarze Herde über einen Himmel, den die Lichter von London rot färbten. Es war fast neun Uhr, und Pup war müde, Dolly jedoch nicht. Sie ging in das andere Zimmer hinüber und kam mit der Myra-Puppe in der einen und einem vollen Rotweinglas in der anderen Hand zurück. Pup hätte um ein Haar laut aufgelacht. Ihm war eingefallen, wie entsetzt er früher gewesen wäre, hätte sie Tempel und Rituale durch Alkohol entweiht. Damals hatte er streng darauf geachtet, daß gerade nur soviel Alkohol im Tempel war, wie er zu den Zeremonien brauchte.

Er zog den Vorhang zu. Die vier flackernden Kerzenflammen sorgten für die richtige düstere Beleuchtung. Das Ganze ödete Pup furchtbar an, aber um Dollys willen mußte er mindesten eine Stunde lang seinen Hokuspokus treiben. Sein Vater und Myra waren schon zu Bett gegangen – möglicherweise auch nur der Vater. Pup hatte das Klicken eines Lichtschalters gehört, und aus dem Badezimmerfenster war gelbes Licht auf das nasse, dunkle Gras gefallen. Pup malte einen Kreidekreis auf den Fußboden und in den Kreis ein Pentagramm. Was die Sache für ihn weniger mühsam machte, war, daß er nicht mehr durch Regeln und Vorschriften behindert wurde. Er konnte tun, was ihm einfiel, und sagen, was ihm einfiel, er konnte alles durcheinanderbringen.

Dolly hielt die Puppe auf dem Schoß. Sie hatte die Beine gekreuzt, hielt den Kopf gesenkt, so daß ihr das Haar ins Gesicht fiel, und der metallene Talisman baumelte an ihrem Hals. Sie sah aus wie ein kleines Mädchen, und Pup empfand ein heftiges, jedoch gereiztes Mitleid mit ihr. Sie war wie ein Mühlstein an seinem Hals. Er streckte die Hand nach der Puppe aus und warf sie so zu Boden, daß sie inmitten des Pentagramms auf dem Rücken lag.

«Mach, daß sie Schmerzen bekommt», sagte Dolly bösartig. «Sie hat in letzter Zeit Schwierigkeiten mit dem Magen. Sie soll – sie soll Blinddarmentzündung bekommen.»

«Das ist ein bißchen stark», erwiderte Pup.

Er wandte sich nach Osten, schlug das Kabbalistische Kreuz und begann dann mit der Beschriftung des Pentagramms. Er zelebrierte einen kleinen Exorzismus, hatte jedoch den Text vergessen und spickte ihn schon bald mit Textstellen aus der Weiheformel, aus den Hexagrammischen Ritualen, den Beschwörungen und anderem sinnlosen Kauderwelsch.

Eine Zeitlang hatte er in der Schule Latein gelernt. Er zitierte die wenigen Deklinationen und Konjugationen, an die er sich noch erinnerte. Dann ließ er das, bereitete heiliges Wasser, verspritzte es im ganzen Raum und ging solange im Kreis herum, bis ihm schwindlig war. Als er den Zauberstab hob, fiel der weite Ärmel der Robe zurück, und er konnte einen verstohlenen Blick auf seine Armbanduhr werfen. Viertel nach zehn. Er konnte bald aufhören.

Nachdem er alle hebräischen Namen zitiert hatte, die ihm einfielen, und die Namen aller griechischen Götter und Göttinnen, die er kannte, nachdem er Gebete vorwärts und rückwärts gesprochen hatte, nahm er den Dolch vom Altar. Er hielt ihn hoch über seinen Kopf, eine große, achtunggebietende Gestalt, deren goldenes Gewand im Kerzenlicht schimmerte.

Dolly stöhnte leicht auf. Mit einem Streich, der in seiner geschmeidigen Anmut dem eines Samurai nicht nachstand, stieß Pup der Myra-Puppe die Spitze des Dolchs in den Bauch. Ein paar Sekunden blieb die Puppe aufgespießt hängen, und Pup mußte sie mit der anderen Hand von der Klinge herunterstreifen. Etwas von der Füllung quoll aus ihr heraus und ein dicker Strang Baumwolle, der wie Gedärm aussah. Dolly machte ein Gesicht, als wolle sie applaudieren, doch dann schien Applaus ihr hier doch fehl am Platz zu sein. Sie stand auf und ließ die verletzte Puppe liegen. Pup zog das goldene Gewand aus und löschte die Kerzen.

Im Wohnzimmer schenkte sich Dolly den letzten Rest Wein ins Glas. Der Wind pfiff um das Haus, und die alten Schiebefenster klapperten in den Rahmen. Als sie nach der Zeremonie das Zimmer betreten hatte, hatte ihre Mutter sehr klar und mit ihrer ganz normalen Stimme zu ihr gesagt:

«Das wird eine wilde Nacht.»

Edith hatte zum Wetter immer etwas zu sagen gehabt. «Na, ist es dir jetzt kalt genug?» Oder: «Der Regen vertreibt ganz bestimmt den Nebel» – oder etwas Ähnliches. Als Dolly mit ihrem Weinglas vor der Kamineinfassung stand, auf der die Ballettpuppe jetzt ganz allein saß, kam Edith in einer Wolke aus Zitronenduft ganz nah zu ihr und flüsterte: «Ich habe Wind nie gemocht. Mir war alles andere lieber. Wind ist gräßlich.»

Pup kam herein, und Dolly hoffte, die Mutter würde noch etwas sagen, damit auch er sie hörte. Aber Edith schwieg.

«Riechst du etwas?»

«Kerzen?» fragte Pup.

Dolly schüttelte den Kopf. «Komm, ich mach uns eine Tasse Kakao.»

Sie standen im dunklen Flur, und diesmal war er es, der fragte: «Hast du etwas gehört?»

«Das ist der Wind», antwortete Dolly und streckte die Hand nach dem Schalter aus, konnte ihn aber nicht finden.

«Es klang mehr wie ein Schrei», sagte Pup. Er knipste das Licht an, und sie gingen in die Küche.

Hier war das Fenster für Vorhänge zu klein, und die Scheiben ratterten und klapperten monoton. Dolly erhitzte Milch in einer Kasserolle und holte die Büchse mit der Trinkschokolade aus dem Schrank. Das Fenster klapperte, der Wind blies scharf durch die Schneise der alten Eisenbahnlinie, und einen Stock tiefer, direkt unter ihnen, polterte etwas dumpf zu Boden.

Dolly packte Pup am Arm. «Was war das? Glaubst du, es ist jemand ins Haus gekommen?»

«Das war im Bad. Dort brennt schon seit einer Ewigkeit Licht. Man sieht es unten auf dem Gras.» Er ging in den Flur und schaute durch den Treppenschacht hinunter. «Hoffentlich ist Vater nichts passiert.»

«Sehen wir lieber nach.»

Die Milch hob sich langsam und lief über. Pup drehte das Gas ab. Sie gingen hinunter und drückten auf die Klinke der Badezimmertür. Es war abgeschlossen. Die Tür von Harolds und Myras Schlafzimmer stand offen. Drinnen war es dunkel, aber Pup sah in der von der Tür weiter entfernten Hälfte des Doppelbetts unter einer Daunensteppdecke die Umrisse einer Gestalt. Leise ging er näher und erwartete, Myra zu sehen, doch es war der Vater, und er schlief fest.

Dolly rüttelte an der Badezimmertür. Harold rührte sich nicht. Pup ging hinauf, holte ein Stück Draht und stieß es so lange durch das Schlüsselloch der Badezimmertür, bis der Schlüssel auf der anderen Seite hinausfiel. Pup sah ihn liegen, machte eine Schlinge aus dem Draht und zog den Schlüssel unter der Tür durch.

Doch auch nachdem Pup aufgeschlossen hatte, gab die Tür höchstens vier oder fünf Zentimeter nach. Jemand stemmte sich dagegen. Pup stieß und schob, bis die Tür so weit offen war, daß er und nach ihm Dolly ins Badezimmer schlüpfen konnte. Sie stellten fest, daß es Myras Kopf und Schultern waren, die ein müheloses Öffnen der Tür verhinderten.

Nur mit einer grünen Schlafanzugjacke aus Nylon bekleidet, lag Myra auf dem Boden. In ihrer Nähe, auf den marmorierten Fliesen, stand eine wolkige Wasserpfütze, und in der Pfütze schwamm eine große Röhre mit einer Öffnung an dem einen und einem Glaskolben am anderen Ende. Myras Gesicht war starr und weiß wie Wachs, und Dolly, die am ganzen Körper zitterte und vor Schreck nach Atem ringen mußte, erinnerte sich an etwas, das Mrs. Collins ihr vor längerer Zeit gesagt hatte. Sie nahm den Wandspiegel vom Haken und hielt ihn Myra an die Lippen. Das Glas beschlug sich nicht.

«Sie ist tot», flüsterte Dolly.

«Das kann nicht sein! Es ist überhaupt kein Blut da. Oder siehst du etwas?»

Sie sah ihm in die Augen, und ihr Blick war voller Staunen, voll von einer tiefen, fast ungläubigen Bewunderung. «Natürlich ist sie tot», sagte sie. «Natürlich.» Sie holte schluchzend Atem. «Ich sollte jetzt wohl am besten Vater wecken.»

«Das tue ich», sagte Pup.

Dolly nahm das Ding, das wie ein Rohr aussah, und ließ es ins Waschbecken fallen. Als sie Myras Schlafanzughose aufhob, entdeckte sie darunter eine Schachtel mit dem Aufdruck «Higginsonsche Spritze». Irgend etwas trieb sie dazu, Myras Körper mit einem Badetuch zuzudecken. Sie wischte die Wasserpfütze auf und blickte dann stumm und zitternd auf das tote wie eine Mumie verhüllte Ding zu ihren Füßen.

13

Bei der amtlichen Leichenschau sagte der Arzt aus, Myra sei im dritten Monat schwanger gewesen. Sie hatte versucht, sich den Uterus mit einer Mischung aus Wasser und Shampoo auszuspülen und hatte weitergepumpt, als die Flüssigkeit verbraucht und in der Spritze nur noch Luft gewesen war. Die Folge sei eine Luftblase in ihrem Blutkreislauf gewesen, eine Luftempolie, die, als sie das Gehirn erreicht hatte, den Tod verursachte. Sie habe nichts gespürt, nichts gemerkt, sei einfach zusammengebrochen und gestorben.

Pup, der neben Harold saß, dachte: Es stimmt nicht, daß sie nichts gespürt hat. Ich habe den Schrei gehört. Es kam ihm seltsam vor, daß eine Frau sich dadurch töten konnte, daß sie Wasser und Luft in ihren Leib pumpte, obwohl der Arzt erklärte, daß das bei Frauen, die selbst eine Abtreibung versuchten, häufiger vorkam. Pup schien es noch immer fast unbegreiflich, daß das Leben in der großen, lebhaften und energischen Myra so zerbrechlich gewesen sein sollte. Es war, als sei sie nicht von einer kleinen Luftblase in ihrem Blut getötet worden, sondern von einer Kraft, die von außen gekommen war und keine Rücksicht auf Energie, Vitalität und Liebe zum Leben nahm.

Dolly nahm weder an der Leichenschau noch an der Einäscherung teil. Sie hatte öffentliche Orte und Menschenansammlungen seit jeher gemieden so gut es ging. Die Verbrennung fand – wie seinerzeit die von Edith – im Krematorium von Golders Green statt. George und Yvonne Colefax nahmen daran teil und eine Kusine von Myra, die ihre Trauzeugin gewesen war. Außer Pup und Harold war nur noch ein hochgewachsener, gutaussehender Mann mit ergrauendem schwarzem Haar und einem auffallend geschmeidigen Gang in der Kapelle des Krematoriums. Er kam leise herein und blieb in der letzten Bank sitzen, während die anderen sich mit dem Text des dreiundzwanzigsten Psalms abmühten. George Colefax wußte, wer er war, und nickte ihm zu. George hatte ihn auch angerufen und ihm gesagt, daß Myra gestorben war. Als sie alle wieder im Freien standen und die Blumen betrachteten, war der Mann verschwunden.

Harold fuhr in dem schwarzen Wagen des Beerdigungsinstituts nach Hause, in dem er und Pup gekommen waren. Pup jedoch nahm die Einladung der Colefax' an, mit ihnen zu fahren. George hatte einen großen silbrig-weißen Mercedes. Er sollte Yvonne in Muswell Hill beim Haus einer Freundin absetzen, und da Pup auch jemanden in Muswell Hill besuchen wollte, war er für das Angebot dankbar. George fuhr, in grimmiges Schweigen versunken. Yvonne, die neben ihm saß, weinte leise um Myra. Sie trug ein Kostüm aus sehr feiner schwarzer Wolle, eine Rüschenbluse aus schwarzem und weißem Crêpe de Chine und auf dem silberblonden Haar ein winziges schwarzes Hütchen mit Schleier. Pup, der im Fond saß, wünschte, er könnte noch ihre Beine sehen. Yvonnes Beine und schmale Füße waren in den hauchdünnen schwarzen Strümpfen und den schwarzen Schuhen ein Wunder an Vollkommenheit. Sie weinte leise, sagte ab und zu, es sei dumm von ihr zu weinen, doch sie habe Myra so gern gehabt. George schwieg weiterhin, nur seine Schultern schienen etwas weiter nach vorn zu sakken. Die Tränen schadeten Yvonnes lieblichem Gesicht nicht, lagen nur zitternd auf ihren Wangen wie Tautropfen. Pup hatte gehofft, mit ihr zugleich aussteigen zu können, doch die Queen's Avenue kam vor dem Cranmore Way, und er konnte sich nur noch höflich fürs Mitnehmen bedanken und verabschieden.

Ohne Myra war das Haus still und fremd. Es war ein verändertes Haus, neu und sauber, und die neuen, billigen Möbel sahen irgendwie kläglich aus. Als Dolly endlich wieder unumschränkt darin herrschen konnte, begann sie, als Harold und Pup in der Arbeit waren, die Möbel aus der Mansarde herunterzuschleppen. Sie brachte die Nähmaschine herunter und stellte sie in das Wohnzimmer, das Myras ganzer Stolz gewesen war. Dann holte sie die Truhe mit den Stoffresten, die Schachtel mit den Schnittmustern und die Ballettpuppe. Die andere, die Myra-Puppe mit dem von Pups Dolch zerfetzten Körper, hatte sie in jener furchtbaren Nacht irgendwann in den frühen Morgenstunden aus dem Tempel geholt. Als sie sie am nächsten Tag betrachtete, hatten merkwürdige Gefühle sie bewegt – Scheu, Staunen, Schuldbewußtsein, Reue und Triumph.

Am selben Tag noch hatte sie die Puppe vernichtet. Seit Harolds Mutter gestorben war, hatte man im Haus der Yearmans die offenen Kamine nie wieder benutzt, doch die Feuerstellen waren noch vorhanden. Dolly zündete in dem Raum, der Pups und ihr Wohnzimmer gewesen war, ein Feuer an. Rauch quoll aus dem Kamin und zog sich durch den ganzen zweiten Stock, da er nicht durch den verstopften Schornstein entweichen konnte. Am Ende verzehrten die Flammen aber doch die inmitten von Feueranzündern, zusammengeknüllten Zeitungen und ein paar Holzscheiten thronende Myra-Puppe. Dolly riß alle Fenster auf, damit der Rauch abziehen konnte.

Es war eine ungeheure Erleichterung, ja, fast ein Triumph, daß sie in ihr altes Schlafzimmer zurückkehren konnte, und sie brachte Pups Sachen in das seine. Am Abend aßen sie endlich wieder alle zusammen in der Küche: Büchsenspaghetti, Corned beef, Roggenbrötchen, Streichkäse und aufgetaute Schokoladenéclairs. Falls Harold die Rückkehr zu den alten Gewohnheiten merkte, falls ihm auffiel, daß nicht mehr gefüllte Paprika, Moussaka und Eier Florentine seinen Speisezettel beherrschten, nahm er es stillschweigend hin. Er las sein Buch, das wie sonst an der Menage lehnte, und als er mit dem Essen fertig war, schlurfte er ins Frühstückszimmer. Dolly fragte ihn, ob sie ein bißchen aufräumen, vor allem die vielen Farbtöpfe fortbringen solle, die noch herumstanden, doch er sagte nein, es müsse alles so bleiben wie Myra es verlassen hatte.

Ronald und Eileen Ridge, die auf Urlaub in Spanien gewesen waren, als Myra starb und beerdigt wurde, besuchten Harold und kondolierten ihm.

«Ich bin schuld», sagte Harold. «Ich habe sie getötet.»

«Sagen Sie das nicht!» widersprach Ron verlegen.

«Ich sage es aber», erklärte Harold mit kläglichem Stolz. «Denn wäre ich nicht gewesen, wäre sie noch am Leben. Wir Männer tragen auf dieser Welt für vieles die Verantwortung.»

«Das stimmt allerdings», sagte Ron.

Harold zeigte ihnen das Frühstückszimmer, in dem der Klapptisch noch immer mit Folie abgedeckt war und die Farbtöpfe noch auf den untergelegten Zeitungen standen. Daneben Myras Pinsel in einem Glaskrug.

«Wie ergreifend, am liebsten würde ich jetzt weinen», sagte Eileen.

«Es ist das wenigste, was ich noch für sie tun kann», erwiderte Harold, «nachdem ich es war, der sie getötet hat.»

«Er hat kein Recht, das zu behaupten», sagte Dolly zu Pup, und dann fügte sie hinzu, wovor er sich schon die ganze Zeit gefürchtet hatte: «Du warst es, der sie getötet hat.»

Pup hielt Dolly die Wohnzimmertür offen und ließ sie hineingehen. Dann folgte er ihr und zog energisch die Tür hinter sich ins Schloß. Er hatte das Gefühl, daß sein Gesicht kalkweiß war, es fühlte sich ganz starr und kalt an. Dolly war rot geworden. Das Mal an ihrer Wange brannte purpurn.

«Das darfst du nicht sagen!»

«Warum nicht? Du hast heiliges Wasser gemacht, du hast die Worte gesprochen, du hast die Puppe mit dem Dolch durchbohrt, und Myra ist gestorben. Du hast die Puppe in den Bauch gestochen, und ihr Bauch war schuld daran, daß Myra starb. Eine halbe Stunde später war sie tot.»

«Dolly», sagte er, «das war ein Zufall. Myra hat sich selbst getötet. Sie hat ihren Tod selbst verschuldet, weil sie etwas Verrücktes mit dieser Spritze anstellte. Ich habe dir doch erklärt, was der Arzt gesagt hat.»

«Ja, aber du hast auch gemeint, du könntest nicht glauben, daß eine Luftblase jemanden töten kann. Und warum auch nicht? Du hast studiert, du hast die Kraft in dir, ich glaube, du könntest alles tun. Du bist genausogut wie diese Mrs. Fitter. Du bist ihr gleichwertig, bist in derselben Klasse, und sie ist berühmt. Jetzt kannst du auch berühmt werden. Willst du das denn nicht?»

Pup zweifelte an so mancher Behauptung, die Dolly eben aufgestellt hatte. Was Mrs. Fitter anging, war er nahe daran, ihr die Wahrheit über Suzannes Vater zu sagen, überlegte es sich dann aber doch anders. Dolly hatte sich seit Myras Tod merkwürdig benommen – vielleicht sogar schon vorher, nur war es ihm nicht bewußt geworden. Aufs höchste angespannt, geistesabwesend, und manchmal schien sie zu horchen und auf einen bestimmten Punkt zu starren wie eine Katze, die völlig grundlos einen Buckel macht. Hätte Pup sich eingehender damit befaßt, hätte er wirklich darüber nachdenken wollen – er hätte sich gesagt, daß sie einen verwirrten Eindruck machte, und er wäre vielleicht noch weiter gegangen. Aber er wollte nicht darüber nachdenken. Er wollte nicht an Myras Tod, an Dollys verlorenes Gleichgewicht oder an irgend etwas denken, das irgendwie mit Magie, dem Okkultismus, dem Übersinnlichen, mit Ektoplasma, Ritualen, guten und bösen Geistern, Weihrauch, Erzengeln, Crowley und dem ganzen übrigen Unfug zusammenhing.

Am liebsten wäre er hinaufgegangen und hätte den Tempel zerstört, hätte den Dolch, den Zauberstab, die Tasse und das Pentagramm in die Mülltonne geworfen, das goldene Gewand zur Altkleidersammlung gegeben, die Bücher auf der Archway Road verkauft und das Schwarz mit Myras «Sonnenstrand» übermalt. Als er aus dem Geschäft nach Hause ging, beschloß er nach dem Abendessen wenigstens einiges davon zu tun. Doch als er Dolly sah, als sie auf ihn zulief und ihm das Gesicht zum Kuß entgegenhob, wußte er, daß er alles beim alten lassen mußte. Wenn er den Tempel zerstörte, seine magische Kraft leugnete, ließ sich auch sein Alibi nicht mehr aufrechterhalten, das ihm gestern abend so gute Dienste geleistet hatte, als er sich mit Philippa treffen wollte. Wahrscheinlich war er ohnehin schon zu weit gegangen, als er es ablehnte, die Verantwortung für Myras Tod auf sich zu nehmen. Es sei denn, er konnte etwas anderes erfinden. Einen Kurs für Autoreparatur und Wartung? Schach? Einen Film-Club? Sie wußte, daß er sich für diese Dinge nicht interessierte. Sie wußte, wofür er sich interessierte, was ihn interessiert hatte. Pup hätte um ein Haar laut aufgestöhnt.

Dolly war ihm so nah, fast konnte sie seine Gedanken lesen. Nein, nicht lesen, zum Glück, aber sie ahnte, in welche Richtung sie zielten.

«Morgen abend mußt du zu einer Versammlung der ‹Goldenen Dämmerung›, nicht wahr?»

Pup nickte. Er war mit Suzanne verabredet.

«Wirst du es ihnen sagen?»

Er sah sie an und überlegte, ob ein normaler Mensch so etwas fragen würde. «Was soll ich ihnen erzählen?» wich er aus.

«Daß du ein Todesritual zelebriert hast und Myra gestorben ist.»

Pup, in seiner gelassenen, praktischen Vernunft, war entsetzt. Jedes Wort, das sie gesagt hatte, war eine Beleidigung. Er sah plötzlich ganz klar vor sich, was er vom Leben wollte und auch bekommen würde: Vergnügen, Freude, Frieden, materielle Dinge, Geld, Erfolg, Frauen. Und als er Dolly hoffnungslos musterte, sah er auch etwas anderes. Es war seine Schuld, daß sie so geworden war. Hätte er nie seine Seele dem Teufel verkauft, hätte Dolly nie etwas von Okkultismus gehört, hätte er nicht «gezaubert», sich nicht den Tempel eingerichtet, wäre «Magie» für Dolly immer etwas geblieben, was Zauberer auf Kindergesellschaften taten. *Er* hatte angefangen, und um ihret- wie um seinetwillen durfte er sie jetzt nicht im Stich lassen. Er lächelte ihr zu.

«Wir – du – kannst den Leuten erzählen, daß ich über gewisse Kräfte verfüge. Daß ich, wenn du so willst, Dinge herbeiführen kann, aber du darfst niemandem etwas über Myra sagen. Siehst du das denn nicht ein, Liebes? Es ist verboten, Menschen zu töten, das weißt du, es ist ungesetzlich.»

Sie nickte. Als sie ein paar Sekunden später wieder etwas sagte, dachte er erleichtert, sie habe das Thema gewechselt.

«Du hast morgen deine Führerscheinprüfung?»

«Ja. Um zehn.»

Sie legte ihm die Hand auf den Arm. «Dann laß uns in den Tempel gehen und ein Pentagramm-Ritual für Erfolg zelebrieren.»

«Ich bestehe die Prüfung auch so.»

«Aber beschäftigst du dich nicht gerade deshalb mit Magie? Hast du denn nicht deshalb deine Seele verkauft? Um Erfolg zu haben und zu bekommen, was du willst?»

Wie gut sie alles behalten hatte! Sie wußte buchstäblich noch jede einzelne Lektion, die er sie gelehrt hatte. Die Räucherstäbchen waren ihm ausgegangen, doch das war keine Entschuldigung, denn sie hatte einen ganzen Vorrat für ihn angeschafft. Sie setzte sich mit ihrem Glas Wein auf das Kissen und sah ihm zu, wie er das kabbalistische Kreuz schlug und mit den vorgeschriebenen Worten um Erfolg bei einem kommenden Unternehmen bat.

Am nächsten Tag bestand er die Prüfung wie vorhergesehen.

«Jetzt willst du wohl, daß wir den Kombi kaufen», sagte Harold.

«Er wird heute nachmittag geliefert.»

Harold, der eben einen Bericht darüber las, wie sehr Prinz Leopold gelitten hatte, nachdem Prinzessin Charlotte im Kindbett gestorben war, eine Geschichte, seiner eigenen Situation nicht unähnlich, steckte einen Finger in das Buch, um die Seite nicht zu verblättern, und klappte es zu. «Du hast keine Zeit vergeudet.»

«Was willst du mit dem Geld anfangen, das du für Mrs. Brewers Wohnung bekommst?» fragte Pup.

«Jetzt warte einen Augenblick, und immer sachte mit den jungen Pferden, das dauert noch viele Monate.»

«Vielleicht. Aber wir müßten mit einer solchen Sicherheit im Rücken einen großen Bankkredit bekommen. Ich möchte, daß du alles ins Geschäft steckst. Wir könnten einen Laden in Crouch Hill mieten und Textverarbeitungssysteme hereinnehmen. Ich habe den Plan schon fix und fertig.»

«Also ich weiß nicht recht», antwortete Harold, der blaß geworden war. «Wir haben eine Rezession, oder hat sich das noch nicht bis zu dir herumgesprochen?»

«Das ist genau die richtige Zeit, um zu expandieren. Die Rezession wird nicht ewig dauern. Ich habe ein Auge auf den Hochhausblock geworfen, der an der Archway Road liegt.»

«Wir ziehen in keinen Hochhausblock.»

«Natürlich nicht. Mir schwebt etwas anderes vor.»

Harold warf ihm einen hoffnungslosen Blick zu und kehrte zu seinem Buch zurück. «Wo hast du nur deine Energie her?»

«Ich weiß nicht, wohin wir gehen sollen», sagte Suzanne, setzte sich auf ihr Bett und reichte Pup eine Tasse Kräutertee. «Die Mädchen sagen, sie verschwinden gern für eine halbe Stunde ins Bad, das möchte ich aber nicht.»

«Ich habe einen Wagen», antwortete Pup. «Nun ja, einen Kombi. Er hat kein Heckfenster, und ich habe ein Federbett gekauft.»

«Machst du Witze?»

«Komm, und schau es dir an. Ich dachte, wir könnten nach Hampstead Heater hinauffahren.»

«Also du bist wirklich erstaunlich», sagte Suzanne und schlang ihm die Arme um den Hals.

Wo man auf dem Mount Pleasant Green die Häuser abgerissen hatte, wurde ein Block mit Apartments für Senioren gebaut. Es war so kalt, daß auf den Ziegelstapeln und den Segeltuchplanen, mit denen die Maurer verschiedenes abgedeckt hatten, weiß der Reif glitzerte. Es war windstill, aber in der Luft lag beißende Schärfe, und am Himmel glitzerten Sterne, wie man sie in den Vorstädten von London nur selten sah. Sogar die Häuser schienen sich unter der grimmigen Kälte zu ducken, die plötzlich über sie hereingebrochen war.

«Mir ist es immer lieber, wenn die Wintersonnenwende hinter uns liegt», sagte Miss Finlay, die so rasch dahinwieselte, daß Dolly sich in Trab setzen mußte, um mit ihr Schritt halten zu können. «Man weiß dann, daß die Tage länger werden, auch wenn man es nicht merkt.»

Ein handgeschriebenes und gemaltes Plakat warb für die Séance von Mrs. Roberta Fitter. Dolly hatte ihre fünf Pfund bezahlt, und sie kam gern, aber über das Plakat ärgerte sie sich. «Hier müßte der Name meines Bruders stehen.»

«Aber er ist doch kein Medium, oder, meine Liebe?»

«Er könnte eins sein. Er hat erstaunliche Kräfte. Vorige Woche war ich erkältet, und er hat mich geheilt. Meine Erkältungen dauern gewöhnlich wochenlang, aber mein Bruder hat dieses besondere Bittgebet gesprochen, und am nächsten Tag war ich praktisch gesund.»

Als sie über Pup sprach, fiel ihr ein, daß er sich geweigert hatte, sie zu begleiten. Nun ja, nicht ausdrücklich geweigert. Er mußte zu einer Versammlung. Aber seine Gesellschaft fehlte ihr. Das letzte Mal war es so nett gewesen. Jetzt war er nie da, und sie war immer allein. Deshalb war sie heute wieder zu Mrs. Fitters Séance gekommen, sie wollte Edith sehen und, wenn das möglich war, mehr von ihr behalten und mitnehmen als eine Stimme, die hin und wieder zu ihr sprach. Als sie den Saal betrat, schnupperte sie, weil sie hoffte, schon jetzt einen Hauch von Zitronenduft in der Luft zu spüren, doch der Raum roch nur ganz schwach nach irgendeinem Reinigungsmittel, und Miss Finlay hatte heute abend nur Lavendelwasser benutzt.

Trotz der beiden Wandheizkörper mit den dünnen, glimmenden Heizschlangen war es kalt. Die Vorhänge des Kabinetts waren geöffnet. Auf Mrs. Fitters Sessel lag eine warme schwarz-grün karierte Decke. Diesmal wurde Dolly nicht gebeten, dem Medium beim Anziehen zu helfen. Mrs. Leebridge reichte ihr jedoch gnädig die schwarzen Kleidungsstücke, die sie an die anderen Zuschauer weitergeben sollte. Miss Finlay drehte die schwarze Strumpfhose wieder um, und ihr Gesicht wirkte dabei völlig verkrampft vor Konzentration. Roberta Fitter brauchte diesmal sehr lange, um sich fertigzumachen, und ein erleichtertes Murmeln lief durch die ungefähr zwanzig Zuschauer, als sie endlich in dem formlosen schwarzen Kleid und den chinesischen Pantoffeln erschien, mit gesenktem Kopf und gebeugten Schultern die Bühne überquerte, sich in den Sessel setzte und sich die Decke über die Knie zog.

«Es fällt ihr überhaupt nicht schwer, in Trance zu fallen, nicht wahr?» flüsterte Miss Finlay. «Ich wünschte, ich könnte es auch. Ich schlafe in letzter Zeit immer schwerer ein.»

«Pst!» machte Mrs. Leebridge.

Als das Licht gelöscht war, war es im Saal viel dunkler als damals im August. Es war so finster, so pechschwarz, daß Dolly zuerst dachte, sie würden überhaupt nichts sehen können. Dann knipste Mrs. Collins die rote Lampe neben der Nische an. Das war wie eine Befreiung. Die kurze absolute Finsternis, die eiskalte Schwärze, hatten sie einen Moment lang erschreckt, Panik war in ihr aufgestiegen, und sie hatte das Gefühl gehabt zu ersticken. Ihre Hände waren noch genauso kalt wie auf der Straße, obwohl sie pelzbesetzte Handschuhe trug. Sie bewegte sie und rieb die Fingerspitzen aneinander. Die rote Lampe glomm, verbreitete aber keine Wärme, ihre Glut glich nicht der eines offenen Kohleöfchens, sondern eher einem roten Warnlicht in der Dunkelheit einer einsamen Straße.

Die Vorhänge wurden geschlossen und das Medium den Blicken entzogen. Mrs. Collins trat an die Bühnenrampe und schlug vor, sie sollten den «Indischen Liebesruf» singen. Miss Finlay hob die Hand wie ein Kind in der Schule und sagte, sie glaube nicht, daß das sehr passend sei. Also sangen sie wieder den «Wolgaschiffer», ältliche, brüchige Stimmen hauptsächlich, die die Melodie nicht halten konnten, einzige Ausnahme Dollys klarer Sopran. Nach einer oder zwei Strophen teilten sich die Vorhänge, und Hassans dünne Gestalt trat heraus; sie schien unter der Last des großen Turbans fast zusammenzubrechen.

«Guten Abend, Freunde.»

Ein oder zwei Zuschauer erwiderten den Gruß. Die Vorhänge schienen zu flattern, und Hassan war verschwunden, obwohl es zu dunkel war, ihn gehen zu sehen. Die nervöse Unruhe im Publikum legte sich, und es gab nur noch Stille, Dunkelheit und Kälte. Jemand hatte die beiden Heizkörper ausgeschaltet, denn die Helligkeit, die von ihnen ausging, hätte nur abgelenkt. Die Luft schien sehr schnell immer eisiger zu werden. Miss Finlay, deren Hände in Wollhandschuhen steckten, zog sich das Vorderteil ihres Mantels über die Waden. Dolly warf einen Blick nach rechts. Ihre Augen hatten sich inzwischen an die Dunkelheit gewöhnt, und sie sah, daß die Frau neben ihr die Hand des Mannes hielt, der an ihrer anderen Seite saß. Die beiden sahen nicht gut aus, waren nicht mehr jung und ganz schlicht gekleidet – sie waren einfach ein durchschnittliches Ehepaar mittleren Alters, das zur Arbeiterklasse gehörte, aber sie hatten einander und konnten sich bei der Hand halten. Dolly zog die Schultern ein. In ihr war eine unerklärliche Angst, die mit jeder Minute wuchs, so daß sie sich immer mehr verkrampfte. Wenn nicht bald etwas passierte, hielt sie es nicht aus, dann mußte sie gehen. Jemand hüstelte leicht vor Nervosität.

Als man das Gefühl hatte, die kalte Luft vibriere vor Spannung und sei zum Schneiden dick, sagte Hassan aus der Nische heraus:

«Ist jemand hier, der einen Herrn mit einer Vorliebe für Pflanzen verloren hat? Einen Gärtner vielleicht? Einen Herrn mit grünen Fingern?»

Im Publikum blieb es still.

«Er wartet darauf, zu uns zu kommen», fuhr Hassan fort. «Ein Blumenhändler vielleicht?»

Hinter Dolly piepste eine Frau nervös: «Mein Mann hatte einen Gemüseladen.»

«Das ist die Stimme.»

Die Vorhänge zitterten. Eine Gestalt in etwas Weißlichem erschien, in dem sich der rötliche Schein der Lampe fing. Plötzlich begriff Dolly, begriff es zum allerersten mal ganz richtig, wie wunderbar es war und wie entscheidend es das ganze Leben und die eigene Weltanschauung veränderte, daß Geister aus den Gefilden der Toten zurückkehren konnten. Sie begann zu zittern und starrte auf die rötlich überhauchte Gestalt.

«Bist du das, Stan?» fragte die Frau. Der Stuhl hinter Dolly scharrte über den Boden, als die Witwe des Gemüsehändlers aufstand. «Du hast mir so gefehlt, Stan.» Ihre Stimme klang sehnsüchtig. «Reich mir die Hand. Willst du mir nicht die Hand reichen?»

Der Geist streckte eine lange, dünne, zitternde Hand aus. Der Arm, von dem die Hüllen zurückfielen, glitt in seinem Miasma aus Kälte dicht an Dollys Gesicht vorbei. Er war mager, sehnig und sehr dünn für den Arm eines Mannes. Die Frau beugte sich zwischen Dolly und ihrer Nachbarin nach vorn und streckte ebenfalls die Hand aus, als wolle sie die ausgestreckten Finger berühren, doch der Geist wich zurück und drehte sich gleichzeitig langsam um. Schwebend entfernte er sich, ohne das leiseste Rascheln seiner Hülle, die er wie eine Schleppe hinter sich herzog, und verschwand zwischen den Vorhängen.

Die Witwe stand noch immer halb über die Leute in der vordersten Reihe gebeugt. «Er hat nicht mit mir gesprochen, kein Wort hat er zu mir gesagt. Ob er wohl böse ist? Es heißt doch, daß sie ‹drüben› alles wissen, was wir hier tun. Ob er wohl weiß, daß ich das Geschäft aufgeben mußte? Ich habe versucht es weiterzuführen, aber es war mir zuviel. O Stan, warum hast du nicht mit mir gesprochen?»

«Ich muß um Ruhe bitten, meine Freunde», sagte Mrs. Collins. «Wir brauchen absolute Ruhe.»

Die Stimme der Frau sank zu einem Flüstern herab und verstummte dann ganz. Die Kälte brachte die Leute dazu, Ruhe zu halten, sie schien sie zu lähmen. Dolly fror so sehr, daß sie jetzt die Arme um sich selbst schlang, um sich zu wärmen. Doch es schien keine Wärme mehr vorhanden, und die Kälte war so groß wie dort, woher jene verhüllten Gestalten kamen und wohin sie zurückkehrten.

Hohl kam Hassans Stimme aus der Nische:

«Ich habe hier eine Dame, die darauf wartet, zu uns zu kommen. Sie ist lange vor ihrer Zeit gestorben. An einer Operation oder einer Verletzung am Unterleib.»

Dolly blieb ganz still. Ihre Mutter hatte vor ihrem Tod zwei Unterleibsoperationen über sich ergehen lassen müssen. Doch Dolly wartete auf den Zitronenduft, wenn er nicht kam, dann würde jemand anders die Frau für sich beanspruchen. Dolly fühlte, daß die Mutter ihr Kommen immer durch ihr Parfüm ankündigen würde. Es war nicht Edith, die dort an der Schwelle des Lebens darauf wartete, daß Hassan ihr über diese Schwelle half.

Und jetzt begann Dolly sich allmählich zu ängstigen. Gewiß würde sich doch jemand anders zu der Frau bekennen. Bitte, bitte, meldet euch! flehte sie lautlos.

«Eine junge Dame», sagte Hassan hartnäckig. «Es ist jemand hier, der eine junge Dame verloren haben muß, die im November dahinging.»

Nun wußte Dolly, daß niemand diese Frau für sich beanspruchen würde. Jetzt stand fest, wer sie war und daß sie zu Dolly wollte.

Sie nahm ihre ganze Kraft zusammen. Zwar klapperten ihr die Zähne, als sie den Mund öffnete, aber sie sprach. «Bin ich gemeint?»

«Das ist die Stimme.»

«Myra», sagte Dolly, «bist du es?»

Die Vorhänge teilten sich, und Myra kam heraus. Sie trug ein langes weißes Gewand wie alle Geister, aber das Licht schimmerte auf dem roten Haar, und als Dolly die Blutspritzer auf dem Rock sah, die flackernden roten Flecke, sprang sie auf und schrie laut. Es war ein unbeabsichtigter Schrei, und sie hörte nicht auf zu schreien, bis Mrs. Collins sie packte und ihr die Hand auf den Mund preßte.

Myra war schnell verschwunden. Die Nische war offen, und man sah Roberta Fitter in ihrem Sessel. Sie blickte wie eine Wahnsinnige wild um sich. Jemand im Publikum rief laut:

«Schaltet das Licht ein!»

«Nein, das dürfen Sie nicht», protestierte Mrs. Leebridge. «Es würde sie töten. Sehen Sie sie doch an! Sehen Sie doch, was das Mädchen getan hat.» Fast ängstlich ging sie zu Mrs. Fitter in die Nische und nahm ihre Hand. «Ein Wunder, daß sie nicht überall verbrannt ist, nachdem das Ektoplasma so heftig in sie zurückgeströmt ist.»

Dolly riß sich von Mrs. Collins los und rannte aus dem Saal. Sie wußte, daß es jetzt vor Myra kein Entrinnen mehr gab. Myra wartete in der Vorhalle auf sie, nicht sichtbar und nicht greifbar – es sei denn das Zucken, das Dolly im Gesicht spürte, war Myras kalte Hand, die sie berührte –, aber eine Stimme, die in Myras Tonfall sagte:

«Ich könnte eigentlich mit dir nach Hause gehen, Doreen.»

Dolly stieß die Tür auf und trat ins Freie. Es hatte leicht zu schneien begonnen, ein feines, eisiges Pulver. Mit Myra an der Seite, machte sie sich auf den Heimweg.

14

Das Hackmesser und die Messer – Diarmit Bawnes elementare Waffen – verstaubten allmählich. Sie lagen, noch immer in der Harrods-Tüte, in einer Zimmerecke auf dem Boden, und Diarmit sah sie nie an. Sie gehörten nicht ihm, sondern Conal Moore, dem Dieb und Mörder, der ins heimische Irland geflohen war, als die Polizei ihn verfolgte.

Conal Moore hatte eine Schwester und einen Bruder in Kilburn, die sich weigerten, mit ihm zu sprechen, und ihn wegen seiner kriminellen Veranlagung verleugneten. Aus demselben Grund wollte überhaupt niemand etwas mit ihm zu tun haben, wollte außer der Polizei niemand wahrhaben, daß es ihn gab. Das schlimmste seiner Verbrechen war das gewesen, sich in einem Tunnel der alten Eisenbahnlinie zu verstecken, ein Mädchen zu ermorden und ihm den Kopf abzuschneiden. Danach gab es für ihn keine Rettung mehr, er mußte in die Grafschaft Clare flüchten. Doch bevor er ging, war er vernünftig genug gewesen, sein Zimmer und ein paar von seinen Sachen der Obhut eines verantwortungsbewußten Bürgers namens Diarmit Bawne zu übergeben.

Nur Diarmit wußte, daß Conal in Irland war und daß er das Mädchen getötet hatte. Nur Diarmit wußte, wo die Waffen lagen, die er dazu benutzt hatte. Diarmit hatte die Absicht, vor der Polizei auszusagen, alle Fakten über Conal Moore auf den Tisch zu legen und die Harrods-Tüte mit den Messern abzuliefern, im Moment kam er aber nicht dazu, er hatte zuviel zu tun. Anders als Conal Moore, war er ein pflichtbewußter, hart arbeitender Mensch mit einem Job und konnte es sich nicht erlauben, mit Dingen seine Zeit zu vergeuden, die ihn nicht betrafen.

Conal war ein Nervenbündel gewesen und hatte sich vor allem möglichen gefürchtet. Zum Beispiel davor, daß man das Haus abreißen würde, während er sich darin aufhielt, und er unter dem Bauschutt begraben werden würde. Diarmit konnte nicht anders, er mußte bei der Vorstellung, daß jemand so etwas glauben konnte, hellauf lachen. Erstens hätten die Arbeiter Conal gesehen, wenn er den Kopf aus dem Fenster gesteckt und gerufen hätte. Diarmit erinnerte sich, daß Conal ein kleines, unbedeutendes Geschöpf gewesen war, aber so klein auch wieder nicht, daß man ihn nicht sah. Schließlich konnte Diarmit seine Kleider anziehen, und er trug sie jeden Tag. Der Gedanke, in die Sachen eines Mörders zu schlüpfen, behagte ihm zwar nicht. Ganz besonders verabscheute er die dunkelrote Hose und das gleichfarbene Hemd, die Conal angehabt hatte, weil man darauf die Blutflecke nicht sah. Aber es wäre eine schreckliche Verschwendung gewesen, sie verkommen zu lassen. «Wer nie verschwenderisch ist, leidet auch nie Not», wie seine Mutter zu sagen pflegte. Diarmit Bawne hatte keine Familie mehr, er stand ganz allein in der Welt, aber Conal Moore hatte ungefähr ein Dutzend Geschwister, die über ganz Irland verstreut waren. Ein paar lebten auch in London, Liverpool und Birmingham. Sie waren jetzt für ihn verantwortlich, sie mußten ihr Bestes für ihn tun, denn Diarmit hatte genug getan, hatte sich um sein Zimmer, seine Kleider und seine übrige Habe gekümmert. Nicht viele Menschen würden so viel tun.

Knapp zwei oder drei Wochen nachdem Conal geflohen war, hatte Diarmit den Job bei dem Griechen bekommen, der eine mit einer Delikatessenabteilung kombinierte Metzgerei hatte. Vom Mount Pleasant Green waren es nur ein paar Minuten zu Fuß. Der Grieche verstand sehr wenig von dem, was Diarmit sagte, und Diarmit ging es mit dem Griechen genauso, aber sie waren beide zufrieden. Früher hatte der Grieche immer Landsleute eingestellt, die den ganzen Tag mit ihm in seiner Muttersprache schwatzten. Er wollte jemanden haben, der ihn in Ruhe ließ, denn er liebte die Ruhe und das Alleinsein. Diarmit versuchte nie, viel mit ihm zu reden. Es gab keine Gemeinsamkeit zwischen ihnen, und er war mit seinen eigenen Gedanken beschäftigt. Er dachte in letzter Zeit sehr viel an Conal Moore.

Mit seiner Faulheit, den schlechten Nerven und der Wahnidee, daß die Leute ihn umrennen und zertrampeln würden, hätte Conal auf Georgiou einen sehr schlechten Eindruck gemacht. Er hätte den Job nie bekommen. Wahrscheinlich hatte er daheim in Irland auch keinen Job. Leute wie er waren ständig arbeitslos, lebten von Sozialhilfe und lagen, was noch schlimmer war, ihrer Familie auf der Tasche. Conal hatte das auch bei seinen Verwandten in Kilburn versucht, aber sein Schwager war eine zu harte Nuß gewesen. Von seiner Familie wollte ihn niemand mehr, sie hatten für immer und ewig genug von ihm. Es schien Diarmit durchaus wahrscheinlich, daß niemand Conal je wieder zu Gesicht bekommen würde. Entweder tauchte er heimlich in der Wildnis der Grafschaft Clare unter, und seine Verbrechen verschwanden mit ihm, oder er wurde erwischt und wanderte auf Lebenszeit ins Gefängnis. So oder so, sie wären ihn jedenfalls los. Manchmal dachte Diarmit, daß er vielleicht doch nicht zur Polizei gehen würde. Was hatte die Polizei je für ihn getan? Sie wußten dort ja nicht einmal, was sich gehörte, sonst wären die beiden wiedergekommen und hätten ihm gesagt, welche Fortschritte sie in Conals Fall machten. Außerdem müßte er ihnen dann alles erzählen, was er über Conal wußte, und das würde Stunden – ja, sogar den ganzen Tag – dauern, denn er kannte Conal so gut wie sich selbst, und offen gesagt, hatte er ihn reichlich satt. Er dachte oft daran, ihn ganz aus seiner Erinnerung zu verdrängen.

Früher hatte Georgiou zwei Verkäufer und dazu noch stundenweise ein Mädchen beschäftigt, doch das war jetzt nicht mehr so. Die Zeiten waren schlecht und die Gehälter hoch. Im Laden waren nur noch Georgiou selbst und Diarmit. Der Mietvertrag lief im Sommer ab, und Georgiou wußte, daß die Miete steigen würde, er wußte nur noch nicht um wieviel. «Himmelhoch», behaupteten die anderen Geschäftsleute in der Straße. Georgiou wollte sich nicht dagegen wehren, wie er zu seiner Frau gesagt hatte. Er wollte den Hauswirten ein vernünftiges Angebot machen, und wenn sie nicht darauf eingingen, war das eben Pech. Die Leute redeten von einer Verdoppelung der Mieten. Nun, doppelte Miete konnte er nicht bezahlen, dann gab er das Geschäft eben auf. Er war sowieso schon über sechzig. Mit Diarmit sprach jedoch niemand darüber. Was ging es ihn auch an? Er war ein Angestellter, und wenn er seinen Job verlor, weil Georgiou in Rente ging, war das eben Pech.

An den Abenden saß Diarmit an seinem Fenster und blickte über den Anger zu dem Wohnblock hinüber, der neben der Mount Pleasant Hall in die Höhe wuchs. Der Bau hatte nur langsame Fortschritte gemacht, doch jetzt war er fast fertig. Das Dach war schon gedeckt. Diarmits Mutter war tot, Gott sei ihrer Seele gnädig, aber Conals Mutter lebte noch. Wäre eine dieser Wohnungen nicht genau das richtige für sie? Doch ein solcher Gedanke käme Conal wahrscheinlich nie, er war zu leichtsinnig, hatte kein Verantwortungsgefühl.

Hin und wieder putzte Diamit das Zimmer gründlich. Als er es das erste Mal tat, war er entsetzt über den Schweinestall, den Conal hinterlassen hatte. Verschimmelte Speisereste, vertrocknete und ebenfalls schimmelige Teebeutel auf einer Zeitung unter dem Bett, haufenweise schmutzige Kleidung, eine Schublade, in der Biskuits gelegen hatten, die jetzt aber voller Mäusedreck war.

Nachdem er Conals unappetitliche Unordnung aufgeräumt

hatte, fühlte er sich selbst sauberer, und er fühlte sich frei. Das Zimmer und sich in Ordnung zu halten, war für ihn sehr wichtig geworden. Doch so sehr er es auch versuchte, Conal aus seinen Gedanken zu verdrängen, sie gewissermaßen von ihm zu reinigen, es gelang ihm nicht. Es war viel schwerer als ein Zimmer in Ordnung zu bringen. Immer wieder mußte er über Conal nachgrübeln, bevor er einschlief, wenn er zur Arbeit oder aus der Arbeit nach Hause ging; wenn er am Fenster saß, den Anger, den Neubau und die Mount Pleasant Hall beobachtete, in der sich diese verschrobenen Leute trafen. Diarmit dachte über Conals Vergangenheit und seine Gegenwart nach, stellte sich ihn im grünen Westen vor und wob lange, phantastische Geschichten um ihn.

Nachts träumte er oft von Conal, und in diesen Träumen erschien der andere oft gefesselt und geknebelt, und jemand führte ihn an einem Strick. Noch häufiger aber sah Diarmit ihn mit einem schweren Sack auf dem Rücken mühsam einen Berg hinaufsteigen.

15

Von den Erinnerungsstücken an Myra umgeben, saß Harold im Frühstückszimmer und schrieb an seinem Roman. Vor ein paar Monaten, kurz vor oder nach Pups zwanzigstem Geburtstag, war ihm der Gedanke gekommen, daß es gewiß keine schlechte Idee wäre, wenn er mit seinen einzigartigen Geschichtskenntnissen versuchen wollte, einen historischen Roman zu schreiben. Er schrieb mit Langschrift auf hellbauem Papier. Sein Sujet war das anstößige Leben des kaum beispielhaften Sohnes von George III., Ernest, Herzog von Cumberland, dem man nachsagt, mit seiner Schwester in Blutschande gelebt und seinen Kammerdiener ermordet zu haben. Harold behandelte diese nicht erwiesenen Behauptungen wie Tatsachen. Er schrieb jetzt das fünfte Kapitel, in dem der junge Prinz und Prinzessin Amelia ihre schuldbeladene Liaison eingingen.

Er las jetzt ausschließlich Werke und Romane, die sich mit den Kindern von George III. beschäftigten. Er las sie zu Hause und las sie im Geschäft und überließ es dem neuen Angestellten, sich um die Kunden zu kümmern. Aber nur, wenn Pup nicht da war. Pup war in diesen Tagen häufig abwesend. Er kümmerte sich um die neue Filiale in Crouch Hill. In einem Lehnsessel, der demjenigen zu Hause sehr ähnlich war, saß Harold im Lagerraum, der jetzt überfüllt war mit all den neuen Büromaschinen, die Yearman und Hodge jetzt dank Pups Initiative führten, und las Bücher über den englischen Hof im späten 18. Jahrhundert. Die Schriftstellerei – was er als nächstes schreiben und wie er die Handlung weiterführen sollte – beschäftigte ihn ausschließlich, so daß er noch stiller und dem Anschein nach sauertöpfisch wurde. Dieses Zurückziehen in sich selbst hing mit dem Verlust Myras zusammen, und es gab Leute, die behaupteten, der arme Harold drehe langsam durch.

Er hatte niemandem gesagt, was er tat. Als er noch kein Schriftsteller und nur Leser gewesen war, hatte er nie über das gesprochen, was er las. Er erwartete nicht, daß andere sich für das interessierten, was er tat. Er interessierte sich ja auch nicht für andere. Seine Kinder waren in den letzten Monaten für ihn zu Schattengestalten geworden. Er merkte, daß Dolly im Haus war, daß das Essen pünktlich auf den Tisch kam und die Hausarbeit getan wurde, aber er sagte kaum etwas zu ihr. Wenn er sich überhaupt einmal mit ihr beschäftigte, dachte er, daß sie ihre eigenen Freunde habe.

Ron und Eileen Ridge besuchten ihn und fragten, ob er nicht wieder Bingo spielen wolle. Sie kämen ihn sehr gern abholen. Dolly ließ sie ins Haus, führte sie aber nicht sofort ins Frühstückszimmer, sondern rief ihren Vater. Das gab Harold die Möglichkeit, seinen hellblauen Schreibblock zu verstecken, daher dachten die Ridges natürlich, er sitze die ganze Zeit vor sich hinbrütend in seinem Allerheiligsten.

«Sie müssen früher oder später wieder aus sich herausgehen, Harold», sagte Eileen mit leichtem Tadel. «Das sind Sie der Erinnerung an Myra schuldig.»

Harold nickte vage.

«Sie werden sagen, daß Sie ja Ihre Tochter haben, und das stimmt natürlich ...»

«Sie hat ihre eigenen Freunde», entgegnete Harold.

Mrs. Collins, Wendy Collins , Miss Finlay, Mrs. Leebridge. Die beiden Letztgenannten hatte Dolly nie besonders gemocht, und das war gut so, denn sie sah sie ohnehin nicht mehr. Die Adonai Spiritisten hatten Dolly aus ihrer Gemeinschaft ausgeschlossen.

«Ich konnte doch die Verantwortung für Sie nicht mehr übernehmen, nicht wahr?» sagte Mrs. Collins zu Dolly, als sie Wendy für einen Hosenanzug Maß nahm. «Sie könnten wieder einen Ihrer Anfälle bekommen, und wie sähe ich dann aus?»

«Ich hatte keinen Anfall.»

«Was immer es war, meine Liebe. So etwas kann der Tod eines Mediums sein. Mrs. Fitter war tagelang nicht auf dem Damm. Und alles nur deshalb, weil Sie einen Blick auf die junge Mrs. Yearman werfen durften.»

Dolly sagte nicht, daß es mehr gewesen war als ein Blick. Nur Pup hatte sie erzählt, daß Myras klappernde Schritte ihr an dem Abend den ganzen Weg und dann noch die Stufen zur Haustür gefolgt waren. Nur Pup wußte, daß sie jetzt Myra genauso flüstern hörte wie Edith. Ein oder zweimal hatte sie, mit Gänsehaut an den Armen gefühlt, daß Myras Finger den Haarvorhang von ihrer Wange hoben und über das Feuermal strichen.

Wendy kaufte das Chinesenmädchen mit dem schwarzen Zopf und der blauen Steppjacke. Sie wollte sie der kleinen Tochter einer Freundin schenken. Die Kleine hatte zwar erst im November Geburtstag, doch Wendy meinte, sie kaufe die Puppe lieber jetzt, da sie Dolly wohl kaum noch sehen werde, sobald der Hosenanzug fertig sei. Dolly blieb mit dem Ballettmädchen und dem Chinesenjungen allein zurück. Sie saßen auf dem Kaminsims und blickten starr durch das Zimmer auf Myras inzwischen eingegangenen Gummibaum und Myras Kalender vom letzten Jahr.

Pup zelebrierte das Ritual des Rosigen Kreuzes, um Myra zu vertreiben. Vor längerer Zeit hatte er Dolly gesagt, wenn man sich ernsthaft mit Geomantie beschäftige, müsse man damit rechnen, daß sich die unsichtbare Welt ins Alltagsleben dränge. Er hatte es ihr gesagt, und dann hatte sie es selbst in einem seiner Bücher gelesen. Das konnte die Form einer Reihe scheinbar zufälliger Ereignisse annehmen, konnte sich in Poltergeistaktivitäten niederschlagen oder einfach darin, daß man seltsame Dinge sah und hörte. Das Ritual des Rosigen Kreuzes schützte vor derlei Erscheinungen. Es schuf eine trennende Barriere zwischen dem Betroffenen und ihnen.

Als Dolly Pup von den Stimmen und den unsichtbaren Händen berichtete, erbot er sich, das Ritual zu zelebrieren. Er sagte ihr, sie müsse nur fest daran glauben, dann werde alles gut. Sie waren zusammen in den Tempel gegangen, Pup hatte mit einem Weihrauchstäbchen Kreuze und Kreise in die Luft gemalt und dann gesungen:

«Jungfrau, Isis, mächtige Mutter,
Skorpion, Apophis, Zerstörer,
Sol, Osiris, erschlagen und auferstanden,
Ee-ay-oo, el-ew-ex, lux, Licht,
Das Licht des Kreuzes,
Licht, steig zu uns herab!»

Wie Pup und das Buch versprochen hatten, verschwand Myra danach. Aber sie kam wieder, und Edith kam mit ihr. Dolly hätte Pup bitten können, das Ritual noch einmal zu vollziehen oder es sogar selbst versuchen können. Und eines Abends tat sie das auch, sang die Worte, die im Buch standen und machte mit einem Sandelholz-Räucherstäbchen die entsprechenden Zeichen. Aber kaum war sie fertig, fühlte sie, daß die beiden Frauen in den Tempel eingedrungen waren. Der Zitronenduft war so stark, daß er den des Sandelholzes verdrängte. Dolly hörte Myras helles, sprödes Lachen.

«Das ist Pups Sache, Liebes», sagte Edith. «Überlaß solche Dinge lieber ihm.»

Er war an diesem und den nächsten beiden Abenden nicht zu Hause, da er an einem Wochenendkurs in Herfordshire teilnahm. Dort lernte er das Infra-Hyposonic XH450 Textverarbeitungssystem zu bedienen. Der Hersteller wollte, daß Einzelhändler ebenso wie künftige Kunden sich mit den Schwierigkeiten ihrer Produkte vertraut machten. Der Kurs fand in einem Landhaus mit Namen «West Lawn» in der Nähe von Puckerdige statt. Pup war nicht der einzige Mann, aber der einzige unter Vierzig. Die meisten Mädchen waren jung und hübsch. Das Ganze sah eher nach dem Seminar einer Schule für Fotomodelle aus, als nach einem Kurs, in dem man lernte mit komplizierten elektronischen Büromaschinen umzugehen.

Von der ganz allgemeinen Anziehungskraft abgesehen, stellte Pup sofort eine besondere Seelenverwandtschaft zwischen sich und dem hübschesten Mädchen fest. Es hieß Caroline und wohnte in Islington, ungefähr eine Meile von der Manningtree Grove entfernt. Am Samstag lud er sie nach der Lektion und der Vorlesung über fortgeschrittene Techniken zu Hühnchen, Chips und ein paar Drinks in «The Green Man» ein.

«Hast du eine Freundin, Peter?»

«Sie hat sich eben mit einem anderen verlobt», antwortete Pup, was durchaus der Wahrheit entsprach. Suzanne, die von seinem Verhältnis mit Philippa und einer gelegentlichen Gespielin namens Terri erfahren hatte, hatte ihm erklärt, sie werde den Bruder einer der beiden Studentinnen heiraten. «Es war sehr traurig für mich», fuhr Pup fort, «aber so ist das Leben nun mal. Und ich werde es überleben.»

Im Kombi saß Caroline ganz dicht bei ihm. Sie habe eine Flasche

Wein im Zimmer, sagte sie, und wenn es ihm nichts ausmache, daß sie nicht gekühlt sei ...

«Die Traurigkeit ist nicht so schlimm», sagte sie. «Es ist die Enttäuschung, was mich immer so fertig macht. Sie ist so – nun ja, irgendwie erniedrigend.»

«Komm, laß mich mal», sagte Pup und nahm ihr den Korkenzieher aus der Hand. Er warf ihr einen seiner «jenseitigen» Blicke zu. «Darin habe ich keine Erfahrung, da ich bisher noch nie schwach geworden bin. Daher mögen zum Teil auch meine Schwierigkeiten mit Suzanne gekommen sein. Aber ich will dich nicht mit meinen Problemen langweilen. Zum Wohl.»

«Zum Wohl. Hast du das jetzt tatsächlich so gemeint, wie ich es verstanden habe?»

Pup nickte. «Ich wollte mich für das richtige Mädchen aufsparen, Caroline.» Er nahm ihre Hand. «Du wirst wahrscheinlich sagen, das sei ein verrückter Idealismus.»

«Es ist das Romantischste, das ich je gehört habe.»

Als er nach Hause kam, erfuhr er, daß der Immobilienmakler einen Käufer für Mrs. Brewers Wohnung gefunden hatte. Harold schien das Interesse verloren zu haben, und so hatte Pup die Angelegenheit unauffällig selbst in die Hand genommen. Einunddreißigtausend Pfund, zu bezahlen einen Monat nach Unterzeichnung des Kaufvertrags. Caroline hatte Pup erzählt, die Schwester ihrer Freundin sei Sekretärin eines Mannes, der geschäftsführender Direktor einer Firma war, die eben zwei Stockwerke in dem neuen Hochhausblock gemietet hatte. Die Firma war neu, war eben erst gegründet worden, und Caroline besorgte Pup nicht nur den Namen der Firma, sondern auch die private Telefonnummer des Direktors.

Mit dieser Sache und der Eröffnung der eigenen neuen Filiale hatte Pup beide Hände voll zu tun. Der Laden war vorher eine Metzgerei und Delikatessenhandlung gewesen und mußte daher völlig neu eingerichtet werden. Pup war sehr stolz, weil er es sich leisten konnte, eine höhere Miete zu bezahlen als Georgiou, der sein Vormieter gewesen war.

Es war höchste Zeit, daß er wieder einmal einen Abend mit seiner Schwester verbrachte. Er hätte es nett gefunden, irgendwohin auszugehen, ins Kino oder zum Essen, doch irgendwie schien Dolly für solche Unternehmungen ungeeignet. Dolly war nicht normal. Er hatte das inzwischen eingesehen und sich damit abgefunden, aber es machte ihm Sorgen. Es machte ihm Sorgen, daß sie so viel

Wein trank, Stimmen hörte und völlig isoliert lebte. Aber was konnte er dagegen tun? Er konnte nicht jeden Abend zu Hause bleiben, konnte ihr nicht den Wein wegschließen und auch keine Bekanntschaften durch ein Heiratsbüro verschaffen. Sie würde nie heiraten. Sie würde nie einen Job haben oder ein normales Leben führen, und ihm war klar, daß sie ihm ihr Leben lang zur Last fallen würde. Er durfte sie nie verlassen, durfte nicht einmal daran denken, getrennt von ihr zu wohnen.

Diese Gedanken bedrückten ihn, und als er nach Hause kam, war es ihm, als hätten sie ihm einen Schleier von den Augen gerissen, so daß er Dolly zum erstenmal seit Jahren sah, wie sie wirklich war: die Falten, die ihr Gesicht zu zeichnen begannen, besonders die tiefen Linien von den Nasenflügeln zum Kinn, den merkwürdig abwesenden Ausdruck in den Augen, die unstet wanderten und nicht mehr koordiniert waren, sondern zum Schielen neigten. Das große Feuermal war von einem grausam dunklen Rot. Pup merkte, wie sorgfältig sie sich für den Abend mit ihm angezogen hatte. Sie trug ein neues schwarzrot gestreiftes Kleid und dazu den Talisman an einem leuchtend roten Band. Ihm wurde das Herz schwer, wenn er daran dachte, daß ein Abend mit ihm ein Höhepunkt in ihrem Leben war.

Es war sinnlos, sie zu fragen, ob sie ausgehen wolle. Er aß sein Abendessen und bemühte sich, sie nicht merken zu lassen, daß er sie ansah, als sie die erste Flasche Wein leerte und gleich darauf die zweite öffnete. Es war unvermeidlich, daß sie schließlich im Tempel landeten. Er hatte ein sonderbares Würgen in der Kehle, ein Gefühl angewiderter Verlegenheit, als er sie fragte, ob er wieder ein Rosiges Kreuz-Austreibungsritual zelebrieren sollte. Ein paarmal hatte er bemerkt, daß sie zuhörte oder sich so stillverhielt und vor sich hinstarrte, wie er es manchmal bei Gingie beobachtete, wenn der Kater allein auf dem Zaun saß oder durch den Garten spazierte.

Dolly schüttelte den Kopf. Die Stimmen waren ihre einzige Gesellschaft, sie durften nicht vertrieben werden.

«Du solltest etwas für Vater tun», sagte sie. «Du solltest ein Ritual zelebrieren, das ihm Glück und Frieden bringt.» Noch während sie sprach, hörte sie Myra etwas flüstern. «Diese Woche hat er sich nur zwei Bücher aus der Bibliothek geholt.»

Pup war erleichtert. Noch hatte sie ihm nicht die Frage gestellt, ihm nicht die Bitte vorgelegt, vor der er sich so fürchtete. Vielleicht würde sie es auch nicht mehr tun, vielleicht verlor sie allmählich den Glauben an ihn, und er konnte den Tempel samt Inhalt allmählich in Vergessenheit geraten lassen. Doch nichts in Dollys Verhalten ließ diese Vermutung zu, als sie in den Tempel gingen und sie ihm, inzwischen mit der Materie besser vertraut als er, genau erklärte, welches Hexagramm-Ritual er vollziehen sollte.

Es war Hochsommer, und durch das offene Fenster sah man die alte Eisenbahnlinie in der Sonne liegen wie einen Ausschnitt aus einem alten Gemälde von Constable, der unerklärlicherweise von Häusern umgeben war. Die Schmetterlingssträucher hingen wie purpurne Schauer über dem Grün, das Pappellaub zitterte im Wind und zeigte seine silbrige Unterseite. Pup schloß das Fenster und nahm das goldene Gewand vom Haken an der Tür. Es blieb jedoch hängen, und am Halsausschnitt entstand ein langer Riß.

«Das macht nichts», sagte Dolly, «das ist nur die Blende. Ich repariere es dir morgen.»

«Danke, Liebes.»

Das lange, weitschweifige Ritual lief ab. Pup tat sein Bestes, Dolly glauben zu machen, er habe ein Sonnenhexagramm zelebriert. Er vergaß die Namen der überirdischen Dreiheit des Sephiroth, er vergaß die meisten Namen der Engel und der planetaren Geister. Das meiste von dem, was er intonierte, erfand er aus dem Stegreif. Dolly war hingerissen. Sie hatte vergessen, den Rest ihres Weins mitzubringen, und als Pup die Tasse hob und mit dem Zauberstab in der Luft herumwedelte, kam ihm der Gedanke, daß er Dolly wahrscheinlich von ihrer Sucht heilen könnte, wenn er jeden Abend mit ihr in den Tempel ginge.

Sie sah ihn verzückt an. Er machte eine Stunde oder noch länger seinen Hokuspokus und erinnerte sich im letzten Moment daran, die Geister, die er gerufen hatte, zu bitten, Harold ihren Segen zu spenden und ihn mit Reichtum zu überhäufen.

Pup legte die Waffen auf den Altar zurück. Er hatte sie schon mehrere Wochen nicht in der Hand gehabt, und genauso lange hatte er die Robe nicht getragen, und als er jetzt auf den Saum hinunterblickte, kam es ihm so vor, als sei sie eingelaufen. Es gab natürlich noch eine andere Möglichkeit ... Aber er war doch schon über Zwanzig?

Als Dolly, die Robe über dem Arm, hinunterging, um Kakao zu machen, schlüpfte er in das Schlafzimmer, das früher das seine gewesen und nach Myras Tod wieder das seine geworden war. Sehr schwach, aber doch noch erkennbar, sah er an der Wand die Meßskala, die er mit Fünfzehn dort eingezeichnet hatte. Er stellte sich mit den Fersen an die Wand und machte mit einem Bleistift einen neuen Strich. Er hatte recht gehabt, er war noch einmal drei Zentimeter gewachsen. Mit Zwanzig war er noch einmal gewachsen und maß jetzt einszweiundsiebzig. Pup lachte vor Freude auf – aber leise. Er lief hinunter. Dolly war in der Küche, stand am Herd und lauschte einer Stimme, die mit unsichtbaren Lippen zu ihr sprach. Um besser zu hören, hielt sie sich die Hand hinter das Ohr.

Als es am nächsten Tag klingelte, glaubte Dolly, es sei Wendy Collins, die zur Anprobe erschien, obwohl sie gesagt hatte, sie käme erst Freitag. Aber als sie mit dem Rücken zum Fenster dagesessen und ihre Nähgarne nach einem goldenen durchsucht hatte, mit dem sie Pups Robe richten konnte, hatte sie einen Wagen vorfahren gehört. Ein Blick aus dem Fenster sagte ihr, daß es nicht Wendys Auto war. Selbst wenn Wendy sich ein neues gekauft hätte, dann bestimmt kein so langes, teuer aussehendes grünes Sportmodell.

Es klingelte wieder. Dolly tat, was sie immer tat, wenn jemand an der Tür war und sie keinen Besucher erwartete. Sie zog sich den Haarvorhang vor das Gesicht, so daß es ungefähr zwei Drittel ihrer Augenbraue verdeckte und fast bis zum Nasenflügel reichte. Das war ihre einzige Vorbereitung, alles andere an ihr war ohne Fehl und Tadel, das wußte sie.

Das Mädchen, das auf der Schwelle stand, gehörte zu jenen weiblichen Wesen, die ihr von allen am unsympatischsten war, die sie nicht ausstehen konnte – auf den ersten Blick. Für das Gefühl schmerzlichen Grolls, das sie in ihr weckten, konnte sie niemand entschädigen. Sie hatte nichts gegen die Myras oder Wendys dieser Welt, auch nichts gegen Eileen Ridge mit ihrem Pferdegebiß und die vertrocknete Miss Finlay. Aber Mädchen wie dieses, das aussah, als gehöre es einer anderen, einer neuen, wunderschönen und absolut makellosen Spezies Mensch an, weckten in ihr den Wunsch, sich umzudrehen, die Augen zu schließen und sich irgendwo im Dunkeln zu verkriechen.

Die Stimme war nicht die eines Mädchens und auch nicht die einer Frau – es war die Stimme eines schüchternen Kindes, hoch und hell, aber nicht schrill. «Ich hoffe, ich störe nicht. Wir kennen uns noch nicht, glaube ich. Ich bin Yvonne Colefax.» Sie sah verlegen aus, und auch, was sie sagte, klang verlegen.

Dolly half ihr nicht. «Ja? Hat es etwas mit Myra zu tun?» Sie hatte festgestellt, daß die Besucherin ein ziemlich großes, flaches, in braunes Papier eingeschlagenes Papier unter dem Arm trug.

«Nun ja, nein, ich ... Ich meine, die arme Myra hat mir von

Ihnen erzählt. Eigentlich – ja, eigentlich suche ich eine Schneiderin.»

Dolly hatte eine ganze Reihe von Kundinnen verloren, seit sie nicht mehr zu den Spiritisten gehörte, und sagte sich, sie könne es sich nicht leisten, eine Kundin wegzuschicken, auch wenn sie sich am liebsten vor ihr versteckt hätte. «Kommen Sie herein», sagte sie.

Yvonne hatte bei Dollys Anblick Entsetzen empfunden. Sie war über jede Entstellung, jede Narbe tief betroffen. Das hatte sie von ihrem Vater, der mit zwei schönen Frauen verheiratet gewesen war. Er hatte sie gelehrt, sie müsse nur schön sein, mehr brauche sie nicht im Leben, und es sei unrecht und böse, etwas Häßliches anzusehen. Nicht, daß sie Dolly gegenüber so empfand, das war etwas, das sie längst tief in ihr Unterbewußtsein verdrängt hatte. Sie fühlte Ekel, Mitleid und wünschte, sie wäre nicht gekommen. Wie schrecklich mußte es sein, mit einer solchen Entstellung leben zu müssen. Einen Augenblick kam Yvonne ihre eigene mißliche Lage unbedeutend und ganz alltäglich vor. Aber nur einen Augenblick. Sie legte das Paket auf die Armlehne einer Polsterbank aus hellem Fichtenholz mit braun und weiß kariertem Überzug und sah sich dann in dem Zimmer um, in dem sie schon einmal gewesen war.

Dolly achtete sehr genau auf das, was andere Frauen trugen. Sie schätzte die Preise ziemlich genau und konnte mit einiger Sicherheit sagen, woher die Sachen kamen. In ihrem Milieu sah sie selten eine Frau oder ein Mädchen, die besser angezogen waren als sie. Heute trug sie ein Kleid aus einem blauen Leinen-Polyestergemisch mit Hohlsaumarbeit am Kragen und Taschen, blaue Sandalen und um den Hals ein lässig geknotetes, kleines blau, pink und grün gemustertes Tuch. Doch neben dieser Frau kam sie sich wie Aschenputtel vor. Das hatte nichts mit dem Feuermal zu tun, nichts mit diesem Makel, der sie isolierte. Neben Yvonne Colefax hätten die meisten Frauen unelegant, linkisch und derb gewirkt. Alles an ihr war ätherisch zart und zierlich. Sie war ein Geschöpf, das ein Windhauch umblasen konnte, ihre Haut glich chinesischem Porzellan, ihr Haar hatte die Farbe der Silberdistel, und ihr bronzefarbenes Seidenkleid umschmeichelte ihre vollendete Figur. Dolly fielen die Märchenbücher ihrer Kindheit ein und sie dachte: Wie eine Nymphe oder eine Elfe sieht sie aus.

In dem hellen Sonnenlicht, das durch die Wohnzimmerfenster strömte, musterten sie sich gegenseitig wachsam und zurückhaltend. Yvonne senkte als erste den Blick. Überstürzt begann sie zu erklären, Myra habe einmal erwähnt, Harolds Tochter sei Schneiderin, und nun habe ihr eine Freundin ein Stück Seide aus Hongkong mitgebracht, und als sie zufällig hier vorbeigekommen sei, sei ihr der Gedanke gekommen, sie könne ja ... Dollys Blick fiel auf den Verlobungsring mit einer ganzen Traube aus Brillanten an Yvonnes linker Hand. Sie machte sich über ihre Arbeit keine Illusionen. Sie war eine gute, durchschnittliche Schneiderin für die «kleine Frau von der Straße». Aber war sie gut genug für eine Frau, die ein Cacharel-Kleid trug und ihre Sandaletten bei Kurt Geiger kaufte? Yvonne öffnete das Paket und nahm eine Bahn ziemlich steifer Seide heraus. Sie war von leuchtendem Erbsengrün, einem Farbton, in dem neunundneunzig von hundert Frauen gräßlich ausgesehen hätten.

«Sie können diese Farbe tragen», gab Dolly widerwillig zu. Ihre Abneigung schwand allmählich. Das lag an der unbestreitbaren Tatsache, daß zwischen Yvonne und ihr Welten lagen, daß sie unendlich weit weg und verschieden war. Man konnte für sie nichts so durch und durch Menschliches wie Abneigung empfinden.

«Ja, vielleicht», entgegnete Yvonne ernst und konzentriert. Sie begann über Farben und Gewebe zu sprechen, über verschiedene Grüntöne und ob man Gold oder Silber dazu tragen sollte. Dolly sagte, zu dieser besonderen Farbe immer nur Gold. Und Granate, wenn man zufällig welche besaß. Ein ganz einfaches Hemdblusenkleid, sei Dolly nicht auch der Meinung. O doch, daran hatte Dolly auch schon gedacht. Die Unterhaltung machte ihr allmählich Spaß. Bisher hatte noch keine ihrer Kundinnen sich wirklich für Mode interessiert. Sie wollten einfach etwas haben, um sich zu bedecken oder um nicht zu frieren, nicht um «aufzufallen». Es durfte weder schmeicheln noch elegant sein, noch irgendwie aus dem Rahmen fallen. Seit Ediths Tod hatte Dolly niemanden mehr gehabt, mit dem sie über Mode reden konnte.

«Sie werden sich ein Schnittmuster besorgen müssen. Nehmen Sie eins von ‹Vogue›, es sind die besten.»

Aber Yvonne hatte noch nie etwas von Schnittmustern gehört. Sie hatte noch nie ein Kleid nähen lassen. Dolly machte die Schachtel mit den Schnittmustern auf, hatte jedoch wenig Hoffnung, etwas in Yvonnes Größe zu finden.

«Könnten Sie nicht selbst etwas entwerfen? Was ist das?»

Dolly drehte sich zu Yvonne um, die das goldene Gewand in die Höhe hielt, das über einem Sessel gehangen hatte.

«Das gehört meinem Bruder. Er ist ein» – Dolly zögerte. Sie wußte, daß es für den Uneingeweihten merkwürdig klang. Hatten

Aleister Crowley oder Israel Regardie Schwestern gehabt? – «ein Magier, ein Geomant.»

Yvonne sah weder belustigt noch mißtrauisch, ja, nicht einmal besonders überrascht aus. «Ich kenne Ihren Bruder, bin ihm hier und bei der Beerdigung der armen Myra begegnet. Er hat mit mir über meine Vergangenheit gesprochen – und er wußte alles, einfach alles, sogar in allen Einzelheiten. Ist das nicht erstaunlich?»

«Er ist ein Genie», erwiderte Dolly.

Sie schwiegen. Dolly begriff dieses Schweigen nicht, sie waren bisher doch gut miteinander ausgekommen. Sie sagte verlegen: «Ich glaube schon, daß ich das Schnittmuster selbst machen kann, wenn es ein ganz gerade geschnittenes Kleid werden soll. Ärmellos, nehme ich an. Und vielleicht doch nicht im Hemdblusenstil, sondern mit Rollkragen.»

«Ja, das wäre vielleicht nicht schlecht.» Das klang, als spreche ein siebenjähriges Kind. Und es schien keine «Masche», sondern echt zu sein. Myra hatte gesagt, Yvonne sei zum zweitenmal verheiratet, also war sie mindestens sieben- oder achtundzwanzig.

«Dann nehme ich Ihnen jetzt wohl am besten Maß, nicht wahr?» meinte Dolly. «Damit ich mir den Schnitt zeichnen und ihn auf dem Stoff feststecken kann.»

Sie schloß die Vorhänge gegen die Sonne und neugierige Blicke. Yvonne zog das Cacharel-Kleid aus, und zum Vorschein kamen lange, schlanke Glieder im Stil von *art nouveau* und Unterwäsche von Janet Reger. Zweiunddreißig – zweiundzwanzig – dreiunddreißig. Dolly maß noch nach Zoll, hatte sich noch nicht zum System der Zentimeter und Meter bekehren lassen.

Yvonne zog sich wieder an. Sie streichelte den Puppen die Wangen und lächelte ihnen zu, als seien es Kinder. Dann strich sie noch einmal über die goldene Robe. «Wie ein Zauberer», sagte sie. «Der wunderbare Zauberer von Oz.»

«Ja.»

«Wann soll ich zur ersten Anprobe kommen?»

Sie standen jetzt wieder in der Diele. «Heute haben wir Donnerstag ... Wie wäre es mit Montagnachmittag?» Dolly zögerte. Es drängte sie, etwas zu tun, von dem sie wußte, daß es gewagt, vielleicht sogar unbesonnen war, etwas, was sie bisher noch nie getan hatte. Jetzt schien es plötzlich lebenswichtig zu sein. Sie wußte, daß sie es tief bedauern würde, wenn sie Yvonne gehen ließ, ohne es zu tun. «Haben Sie einen Augenblick Zeit?» fragte sie. «Ich möchte Ihnen etwas zeigen.»

«Was ist dieses Etwas?»

«Es hat mit meinem Bruder zu tun.»

Sie stieg vor Yvonne die Treppe hinauf. «Arme Myra!» sagte Yvonne, als sie im ersten Stock anlangten. Dolly hörte Myras Schritte hinter der geschlossenen Schlafzimmertür, glaubte jedoch nicht, daß Yvonne sie auch vernahm. Myra erschien keinem anderen Menschen, nur Dolly allein. Sie öffnete die Tür zum Tempel und hatte die Befriedigung, daß Yvonne hinter ihr vor Überraschung leise aufschrie.

«Was ist das?»

«Der Tempel, in dem er seine Rituale zelebriert.» Dolly zeigte ihr die zu den Elementen gehörigen Waffen. «Er kann einfach alles.»

Yvonne nahm das Pentagramm in die Hand und hielt es behutsam zwischen Daumen und Zeigefinger. «Was meinen Sie mit ‹alles›?» Sie lispelte leicht, wenn sie aufgeregt war.

Es lag Dolly auf der Zunge, ihr zu sagen, wie Pup Myra getötet hatte, doch etwas hinderte sie daran. Schließlich hatte er selbst gesagt, es sei ungesetzlich, Menschen zu töten, und vielleicht war es ein strafbares Verbrechen, ein Messer in eine Stoffpuppe zu stechen. «Er kann es bewirken, daß Dinge geschehen», antwortete sie daher nur. «Es ist eine Wissenschaft, keine Hexerei oder ein Zauber, wie ihn die Medizinmänner betreiben – oder so. Er arbeitet genauso wissenschaftlich wie ein Arzt oder jemand in einem Labor.» In ihrer Begeisterung hatte sie vergessen, sich das Haar über das Gesicht zu ziehen, und das Feuermal war unbarmherzig dem hellen Licht des Nachmittags ausgesetzt. «Er kann wunderbare Dinge tun!» Dollys Stimme hob sich. «Er kann Wunder wirken.»

Yvonne sah ihr ins Gesicht, dann irrte ihr Blick schnell ab. Dolly wurde rot. Sie wußte, was die andere gedacht hatte.

«Man muß ihn bitten, es zu tun», sagte sie. «Er ist nicht Gott.»

Yvonne nickte. «Meine Vergangenheit kannte er haargenau, jede Einzelheit.»

«Gestern abend hat er ein ganz besonderes Ritual vollzogen, damit sich das Leben unseres Vaters zum Besseren wendet.»

«O ja, der arme Mann! Arme Myra!»

«Jetzt wird bald alles wieder gut für ihn, Sie werden sehen.»

Sie gingen hinunter, und Dolly öffnete die Haustür. Unerklärlicherweise wußte sie genau, daß Yvonne nicht gehen wollte. Sie wollte ihren Besuch ausdehnen, weil sie etwas sagen oder fragen wollte. Aber sie wußte nicht, wie sie es anstellen sollte. Und bei Dolly, die es nicht gewohnt war, lange mit Menschen zusammenzusein, die sie eben erst kennengelernt hatte – mit anderen übrigens auch nicht, Mrs. Collins und Wendy vielleicht ausgenommen –, begann sich die Anstrengung bemerkbar zu machen. Yvonne blieb zögernd auf der Schwelle stehen.

«Montag, haben Sie gesagt?»

«Am besten so gegen zwei Uhr nachmittags. Auf Wiedersehen.»

Kaum hatte Dolly die Tür geschlossen, bedauerte sie, Yvonne praktisch hinausgedrängt zu haben. Nicht, daß sie allein gewesen wäre. Myras Schritte kamen durch die Diele, und ihre Absätze klapperten, als sei der Boden nicht mit Teppich ausgelegt, und sie laufe noch über die alten Steinplatten. Dolly drängte sich seitlich an ihr vorbei und ging ins Frühstückszimmer, wo Harold das Straßenverzeichnis *London von A–Z* stehen hatte, zusammen mit den wenigen Büchern, die sein Eigentum waren.

«Alberner alter Narr», sagte Myras Stimme. «Man möchte meinen, er hätte Verstand genug, die Farbbüchsen der Müllabfuhr zu geben. Also, um ganz ehrlich zu sein, ich finde, du solltest es tun, Doreen.»

Dolly beachtete sie nicht. Sie suchte im Stichwortverzeichnis den Shelley Drive.

«Sie haben ein riesengroßes Haus», sagte Myra. «Georges Vater war ein berühmter Spezialist. Er hat George ein Vermögen hinterlassen. Sie haben eine Sauna im Haus und im Garten einen Swimmingpool.»

Myra folgte Dolly ins Wohnzimmer. Edith war schon da und wartete auf sie. Der Hauch von Ivoire, den Yvonne zurückgelassen hatte, ging völlig in einem starken Zitronengeruch unter.

«Du solltest die Seide auf ein Stück Flanell heften, bevor du anfängst zu schneiden», sagte Edith.

Myra lachte laut auf. «Also, ganz offen gesagt, finde ich es sehr sonderbar, daß sie zu Doreen kommt. Sie könnte sich den teuersten Modeschöpfer leisten.»

Dolly saß am Fenster und stichelte am Kragen der goldenen Robe. Die beiden sprachen nicht mehr mit ihr, doch sie hörte sie noch eine ganze Zeitlang leise lachen und im Zimmer umhergehen.

16

Um den Verkauf von Mrs. Brewers Wohnung zu feiern, ging Pup an dem Tag, an dem der Vertrag rechtskräftig wurde, mit Philippa zum Lunch ins «San Carlo» in der Highgate High Street. Danach nahmen sich beide den Nachmittag frei – was Pup sich nur sehr selten zuschulden kommen ließ. In Mrs. Brewers Wohnung zog eine Frau mit zwei halbwüchsigen Töchtern. Dolly saß am Fenster und sah den Möbelwagen ankommen. Es regnete, und die Männer mußten die Möbel mit Planen zudecken, bevor sie sie ausluden und zur Haustür trugen. Die neue Nachbarin war eine Frau von Vierzig, die sich noch immer so anzog, wie es in ihrer Jugend Mode gewesen war: langer Schlabberrock, abgetragene Stiefel, Folklorebluse und Schal – denn wie so viele, die der Beatles-Generation angehörten, war ihr nicht aufgefallen, daß der Stil sich geändert hatte. Sie stand im Regen, wurde naß und sah hilflos aus. Gleich darauf kam Mrs. Buxton unter einem Regenschirm auf sie zugewatschelt und brachte ihr auf einem Tablett eine Tasse Tee und einen Teller Biskuits.

Der Porsche, der am Randstein hielt, bespritzte ihre dicken Beine mit einem Schwall Schmutzwasser aus der Gosse. Mrs. Buxton sagte etwas zu der Fahrerin. Dolly hörte nicht, was es war, aber es machte ganz den Eindruck einer Grobheit, und als Yvonne ausstieg, sah sie nervös, ja, fast unglücklich aus, obwohl Mrs. Buxton mit Gingie unter dem Arm, in das Haus verschwunden war, in dem sie wohnte.

Yvonne erwähnte den Zwischenfall nicht. Heute trug sie einen Regenmantel, der allerdings sehr elegant war und eher wie ein Cocktailkleid aussah. Er war aus wasserdichter schwarzer Seide. Dazu gehörten ein schwarzer Lackledergürtel und schwarze Lacklederstiefel. Im feinen silbrig-goldenen Haar schimmerten ein paar Regentropfen. Yvonne rannte fast ins Haus.

«Was für ein gräßlicher Tag! Ich hasse Sommertage wie diesen, Sie nicht? Oh, das Kleid ist ja schon halb fertig! Es wird ja wunderschön.»

Yvonne schien heute unnatürlich und übertrieben fröhlich, sie wirkte fast hysterisch. Sie riß den Mantel herunter wie jemand, der es nach einem langen, heißen Tag nicht erwarten kann, ins Wasser zu kommen. Mit dem pink und schwarz gestreiften Kleid, das sie trug, ging sie genauso um. Dolly zog eben noch rechtzeitig die Vorhänge zu, sonst hätten die Möbelpacker Yvonnes Anblick in einem orchideenfarbenen BH und einem Bikinihöschen genießen können.

Das leuchtende Grün stand ihr gut. Ihr weißer Hals wuchs daraus hervor wie eine Blüte aus ihren Kelchblättern. Sie betrachtete sich in Ediths Trumeauspiegel.

«Jetzt können wir die Vorhänge wieder öffnen», sagte Dolly.

«Nein ...»

«Dann machen wir Licht, wenn Sie wollen.»

«Ich kann sehen, ich sehe gut genug.» Yvonne musterte ihr Spiegelbild. Irgend etwas in Dolly – oder vielleicht eine der beiden Stimmen – warnte sie vor drohenden Schwierigkeiten. Yvonne war so still, betrachtete sich selbst, doch ihre Augen hatten einen Ausdruck, als sehe sie nichts, als sei sie in Trance wie Mrs. Fitter. «Ich will kein Licht», sagte sie, und ihre Stimme klang noch kindlicher als sonst. «Es ist leichter, wenn es ein bißchen dunkel ist.» Sie drehte sich langsam um. «Darf ich das wieder ausziehen?»

«Lassen Sie mich. Passen Sie auf die Stecknadeln auf. Es gefällt Ihnen, nicht wahr? Sie sind damit glücklich.»

«Glücklich?» Yvonne lachte leicht auf. «O ja, es ist hübsch, es ist hübsch.» Sie zog das pink- und schwarzgestreifte Kleid an. «Wegen der Vorhänge – ich dachte, es sei so weniger peinlich. Haben Sie etwas dagegen?»

Wieder fühlte Dolly, daß ihr Schwierigkeiten bevorstanden. Ihr Unbehagen steigerte sich und wurde zu Furcht. Sie zuckte mit den Schultern und legte das grüne Kleid aus der Hand.

«Ich habe über das nachgedacht, was Sie mir über Ihren Bruder sagten», fuhr Yvonne atemlos und hastig fort. «Das ganze Wochenende habe ich darüber nachgedacht, daß Sie sagten, er könne alles. Sie sagten auch, es sei eine Wissenschaft, eine wissenschaftliche Sache und nicht wie – nun ja, Hellseherei oder Wunderheilungen und ähnliches.»

Ungeheure Erleichterung durchflutete Dolly. Wovor hatte sie sich gefürchtet? Hatte sie vielleicht geglaubt, es habe etwas mit ihrem Feuermal zu tun? Daß ihr Yvonne, wie damals Myra, einen Rat wegen ihrer Entstellung geben wollte? Aber sie wollte über Pup sprechen. Dolly liebte es, über Pup zu sprechen, davon konnte sie gar nicht genug bekommen.

«Ich habe schon alles versucht, wissen Sie?» sagte Yvonne. «Ich war sogar bei dieser Wahrsagerin. Ich habe mir mein Horoskop erstellen lassen. Ich war bei meinem Arzt und bei einem Psychiater. Ich habe mit einem Anwalt gesprochen, aber keiner tut etwas, um mir zu helfen. Nicht das geringste. Sie verstehen nicht. Eines

Nachts fühlte ich mich so schlecht, daß ich sogar die Telefonseelsorge angerufen habe. Darf ich Sie Doreen nennen?»

Dolly schüttelte den Kopf. Zu ihrem eigenen Erstaunen hörte sie sich sagen: «Dolly wäre mir lieber.»

«Gut, dann Dolly. Sie haben doch nichts dagegen, daß ich so mit Ihnen rede, nicht wahr, Dolly? Sie sind meine letzte Chance, wissen Sie das? Ihr Bruder ist meine letzte Chance. Ich finde ihn erstaunlich, wirklich, das tue ich. Mein Leben lang werde ich mich daran erinnern, wie er in meiner Vergangenheit blätterte wie in einem offenen Buch. Er war großartig. Sie haben also nichts dagegen, daß ich spreche, nicht wahr?»

Noch nie hatte jemand sich Dolly anvertraut. Das war etwas völlig Neues für sie. Was Pup ihr über die Versammlungen des «Ordens der Goldenen Dämmerung» berichtete, zählte nicht. In ihrem freundlosen Dasein hatte es nie einen vertraulichen Schwatz mit Freundinnen gegeben, kein Mann, der sie liebte, hatte ihr je sein Herz geöffnet, kein älterer Mensch hatte ihr geklagt, daß er sich von seinen Kindern vernachlässigt fühle und von seiner Rente kaum leben könne, kein Mädchen hatte ihr sexuelle Abenteuer gebeichtet.

Ihr Bruder genügte sich selbst, wie sie plötzlich mit einem heftigen Schmerz im Herzen feststellte, und hatte sich vielleicht seit jeher selbst genügt. Weil sie keine Erfahrung hatte, wußte sie auch nicht, daß sie jetzt eigentlich sagen sollte: «Reden Sie nur, wenn Ihnen danach zumute ist», und später als ständige Wiederholung: «Und weiter?» Daher schüttelte sie nur den Kopf, ohne zu ahnen, daß sich auf ihrem sonst so ausdruckslosen Gesicht ein fast ungläubiges Erstaunen malte.

«Nun ja», sagte Yvonne und sah zu den beiden Puppen – dem Ballettmädchen und dem Chinesenjungen – auf dem Kaminsims und dann zu der großen, alten schwarzgoldenen Nähmaschine hinüber. «Nun ja, es geht um George, meinen Mann. Er hat sich in jemand anders verliebt, und ich weiß nicht, was ich tun soll.»

Das war verwirrend. Und es überstieg Dollys Begreifen, wie jemand, der eine so schöne Frau hatte wie Yvonne, auch nur einen Moment lang an eine andere denken konnte. Intuitiv wußte sie jedoch, daß sie jetzt etwas antworten mußte.

«Sie muß», begann sie gehemmt, «ich meine, sie muß ganz ungewöhnlich sein, wenn sie noch schöner ist als Sie ...»

Ihr Stimme bebte, und das Blut schoß ihr ins Gesicht. Die Worte waren schrecklich schwer auszusprechen gewesen, sie hatte sie sich abringen müssen, doch jetzt war sie aus irgendeinem Grund froh, daß sie sie gesagt hatte. Impulsiv streckte Yvonne die Hand aus und legte sie auf Dollys Hand. «Sie sind nett, Sie sind wirklich lieb.» Sie unterbrach sich und warf Dolly dann einen Seitenblick zu. «Es ist keine ‹sie›.»

«Aber Sie sagten doch ...»

«Er hat mir erklärt, er habe sich in – in einen bildschönen Jungen verliebt.» Yvonne stöhnte leise auf und brach dann in Tränen aus.

Dolly kicherte nervös. Yvonne hatte sich die Tränen getrocknet und das Gesagte wiederholt, und Dolly hatte es die Sprache verschlagen.

Es war jetzt schon ziemlich dunkel im Zimmer, der Regen trommelte an die Fensterscheiben, und die Atmosphäre zwischen Yvonne und Dolly war gespannt. Edith hatte immer gesagt, eine solche Atmosphäre könne man mit dem Messer schneiden. Edith und Myra waren jetzt nicht hier, sie waren geflüchtet. Yvonne wandte Dolly das Gesicht zu, dem die Tränen nichts anhaben konnten. Auch ihre Augen, die sie mit einem Tüchlein betupfte, in das ein Y eingestickt war, waren vom Weinen weder gerötet noch verquollen.

«Ich weiß nicht, was Sie jetzt von mir hören wollen», sagte Dolly unbeholfen.

Ein Zucken zarter Schultern. «Was kann man dazu schon sagen?»

Dollys einzige Quelle der Erfahrung in solchen Dingen waren die «Trost-und-Rat-Seiten» der Illustrierten, ihr einziger Ratgeber die Journalisten, die ihr empfohlen hatten, auszugehen, Menschen kennenzulernen und ihr Geburtsmal zu vergessen. Doch sie verließ sich jetzt nicht ausschließlich auf sie.

«Es – es ist doch nicht so, als wollte er die Scheidung, um – um diese andere Person zu heiraten», sagte sie.

«Wenn er könnte, würde er es tun. Er sagt, Schwule sollten untereinander auch heiraten dürfen, er sagt, es gebe tatsächlich Priester, die bereit seien, sie zu trauen, und wenn er einen fände, der es tut, werde er Ashley Clare heiraten.»

«Das wäre aber doch nur eine Proforma-Ehe», erwiderte Dolly vage. Sie hatte den Ausdruck irgendwo gelesen. Yvonne sah sie voller Eifer an und nickte. Offenbar erwartete Yvonne viel von ihr, und Dolly fühlte auf einmal Erregung, fühlte, daß sie es genoß. Ihre Zurückhaltung und Verlegenheit waren verschwunden. Was sie da erlebte, war so neu, so anders. Sie mußte es irgendwie ausdehnen. Aber wie?

«Wollen Sie etwas trinken?» fragte sie unsicher, weil sie nicht wußte, ob diese Form der Einladung die richtige war.

«Tee, meinen Sie?»

Dolly schüttelte den Kopf. Bis zum Erscheinen, nein, treffender, bis zum Dahinscheiden von ihres Vaters zweiter Frau hatte Dolly nie die Möglichkeit gehabt, ihren Wein zu kühlen. Jetzt öffnete sie Myras großen Kühlschrank und holte eine Flasche «Blaue Nonne» heraus.

«Wie reizend! Was für eine reizende Idee! Sie sind sehr freundlich.» Yvonne klatschte beim Anblick des Tabletts mit der Weinflasche und Myras besten Gläsern buchstäblich in die Hände. «Das ist genau das, was ich brauche.»

Dolly nickte selig. Es war auch das, was sie brauchte. Sie hoben ihre Gläser nicht zum Toast. Yvonne fiel nichts ein, worauf sie trinken konnte, und Dolly war zu sehr daran gewöhnt, allein zu trinken, so daß ihr ein solcher Gedanke gar nicht kam.

«Wußten Sie schon, als Sie heirateten, daß er – schwul ist?» Dolly mußte förmlich Anlauf nehmen, um das Wort herauszubringen, das ihr bisher noch nie über die Lippen gekommen war.

«Ich hätte es wissen müssen. Er war fünfunddreißig und noch nie verheiratet gewesen. Das ist ein schlechtes Zeichen.» Diese Weisheit klang, mit Yvonnes Babystimme gesprochen, ziemlich seltsam. «Außerdem verhielt er sich mir gegenüber so – so altmodisch, so ganz ohne Fehl und Tadel. Echte Männer sind nicht so, nicht wahr?»

Dolly hatte kaum eine Ahnung davon, wie echte Männer waren oder nicht waren. Sie füllte die Gläser frisch.

«Ich hatte eben meinen ersten Mann verloren. Er starb an Leukämie, und er war erst zweiundzwanzig. Ich habe doch wirklich ein trauriges Leben, finden Sie nicht?»

Dolly nickte mitfühlend, obwohl es ihr ein herrlich ereignisreiches Leben zu sein schien. Yvonnes Augen füllten sich wieder mit Tränen.

«Ich war erst einundzwanzig. Als wir heirateten, waren wir noch richtige Kinder. Ich war völlig fertig, als er starb, und dann begegnete ich George. Er war sehr gut zu mir und sagte, er werde sich um mich kümmern. Und wissen Sie, Dolly, ich besaß keinen Penny, George aber hatte diese riesige Privatpraxis und außerdem noch das Vermögen, das sein Vater ihm hinterlassen hatte. George sagte, er kaufe mir ein Haus, und ich könne mir aussuchen, wo ich wohnen wolle. Zur Hochzeit schenkte er mir ein Auto.» Als Dollys Augen unwillkürlich zum Fenster mit den noch immer geschlossenen Vorhängen schweiften, sagte Yvonne rasch: «Oh, nicht dieses. Das ist schon mein drittes.»

«Er hat Sie geheiratet, weil er bei Ihnen Heilung zu finden hoffte», zitierte Dolly kühn ihre Briefkastentante.

«Das vermute ich auch. Aber es hat natürlich nie funktioniert.» Yvonne malte Schnörkel auf ihr beschlagenes Weinglas. «Ich wußte immer, daß irgend etwas nicht stimmte. Mit meinem ersten Mann hatte ich nämlich eine sehr leidenschaftliche Beziehung.»

Darüber wollte Dolly nichts hören. «Und was ist mit diesem Ashley?» lenkte sie ab.

«Ich habe ihn nie gesehen, ich weiß überhaupt nichts über ihn, nur daß er, wie George sagt, ein bildschöner Junge ist, den er in einem Schwulen-Club in Earl's Court kennengelernt hat. Der Club heißt ‹The Ganymede›.» Yvonne sprach immer schneller, ihre Stimme ratterte wie eine bergab rollende Spielzeugeisenbahn. «Außerdem hat George gesagt, daß er wahnsinnig in diesen Ashley verliebt ist. Er will mich tatsächlich verlassen, um mit ihm zusammenzuleben.» Ihre Stimme erhob sich zu melancholischem Wehklagen.

«Weinen Sie nicht», sagte Dolly verlegen. Sie streckte die Hand aus, wie sie es auch bei Pup getan hätte.

Yvonne umklammerte sie. Am liebsten hätte sie sich Dolly in die Arme geworfen, aber das Feuermal stieß sie ab. Es hatte auf die meisten Leute genau die von Dolly erwartete Wirkung. Aber Yvonne ließ ihre Hand nicht mehr los. «Deshalb – sehen Sie – Ihr Bruder ... Er ist so klug, und da dachte ich ...»

«Daß er etwas für Sie tun könnte?»

«Daß er dem ein Ende machen könnte.»

«Aber wollen Sie denn einen – solchen Ehemann?» fragte Dolly.

«Ich will mein Haus behalten. Ich will Mrs. George Colefax bleiben. Ich will nicht geschieden und einfach weggeworfen werden wegen eines – eines schönes Jungen. Ich möchte, daß Ihr Bruder der Sache ein Ende macht. Ich kann dafür bezahlen. Er ist so klug, er braucht mir nur seinen Preis zu nennen. Ich weiß, daß es nicht billig sein wird, Dolly, aber das ist mir egal. Ich bin so entsetzlich unglücklich.»

«Er läßt sich nicht bezahlen», antwortete Dolly fast verächtlich. Sie schenkte den letzten Wein ein. Es hatte aufgehört zu regnen. Sie zog den Vorhang ein paar Zentimeter zurück, und durch den Spalt drang ein wäßriger Sonnenstrahl ins Zimmer. «Sagen Sie mir, wie dieser Ashley aussieht. Könnten Sie ein Foto von ihm besorgen?»

Yvonne sagte, sie werde es versuchen. Sie werde sich von George ein Foto leihen oder ihm eins stehlen und es Dolly bringen. Der Wein hatte ihr die Hemmungen genommen, und sie erzählte Dolly, wo Ashley Clare wohnte, wie er seinen Lebensunterhalt verdiente und wie er aussah, wobei sie sich natürlich nur auf Georges begeisterte Schilderungen stützen konnte. Ein- oder zweimal nannte sie Dolly «Liebling». Es war ein ereignisreicher und aufregender, wenn auch ein sehr anstrengender Nachmittag gewesen, und als Dolly dem Porsche nachsah, der die Manningtree Grove hinaufröhrte, fühlte sie sich so nervös und überdreht, daß sie eine neue Flasche Wein öffnen mußte – eine volle Stunde bevor Pup nach Hause kam.

Er wollte den Abend zu Hause verbringen. Um sechs hatte er eine Verabredung mit dem Chef der Freundin von Carolines Schwester in dessen Haus in Finchley. Wahrscheinlich war er nicht weniger nervös als Dolly, wenn auch aus einem ganz anderen Grund. Vor Philippa ließ er sich seine Nervosität jedoch nicht anmerken und verließ ihre Wohnung erst fünf Minuten vor sechs.

Eine halbe Stunde später hatte er allen Grund zum Jubeln. Er fuhr mit dem Yearman- und Hodge-Kombi durch Hampstaed Garden und mußte sich zwingen, nicht unbesonnen loszurasen, denn das hätte er am liebsten getan. Die Sonne schien jetzt, und es sah aus, als habe es nie geregnet, doch dann wären die Rasen jetzt nicht so grün gewesen, hätten die Blumen nicht so kräftig geleuchtet und die Blätter im klaren, weichen Licht nicht so geglänzt. Die großen, schönen Häuser schienen ihn mit Wohlwollen zu betrachten.

Dolly war ein bißchen betrunken, als er nach Hause kam. Zwar war sie noch sicher auf den Beinen, doch ihre Sprache klang ein wenig verwischt. Pup warf einen Blick auf ihr gerötetes Gesicht, auf die leere Flasche der «Blauen Nonne» und die fast leere eines jugoslawischen Rieslings, doch er verkniff sich jede Bemerkung. Er wollte sie nicht gegen sich aufbringen, er wollte ihr erzählen, was er heute erreicht hatte. Er mußte es jemandem sagen. Harold würde nur zur Vorsicht mahnen. Philippa war noch weniger interessiert als Dolly, und Caroline war ein Vamp. Er hätte mit seinem Freund Dilip Raj darüber reden können, doch Dilip besuchte seine Großmutter in Kalkutta.

«Ich habe heute etwas Großartiges erlebt», sagte Pup, als er auf Dolly zuging, um sie zu küssen. Er mußte sich sehr beherrschen, um nicht durch das Zimmer zu hüpfen. «Ich habe eben mit einem Mann verhandelt, der uns einen Riesenauftrag gibt. Wir sollen seine neuen Büroräume mit allen Maschinen ausstatten: mit Textverarbeitungssystemen, elektronischen Schreibmaschinen, mit allem eben. Es ist ein Wahnsinnsauftrag. Und er hat ihn mir gegeben, Dolly.» Diesmal sagte er «mir» und nicht «uns», aber das fiel ihr natürlich nicht auf. «Ich komme mir vor wie im siebten Himmel, Dolly. Und ich sag dir was – ich trinke jetzt ein Glas Wein.»

Sie schenkte ihm ein und brachte ihm das Glas zu der weiß-braun karierten Polsterbank, auf der er saß. Pup trug den grauen Anzug mit dem rosa und grau gemusterten Hemd und eine schieferblaue Seidenkrawatte. Er zog die Jacke aus, nahm die Krawatte ab und blieb hemdsärmelig sitzen.

«Auf uns!» sagte er und hob sein Glas. «Auf den bleibenden Erfolg von Yearman und Hodge.»

Sie sah ihn an. Es war der Blick einer Mutter, deren Sohn ein reicher Lumpenhändler war, die ihn jedoch lieber als Professor gesehen hätte. «Ich habe gedacht, daß du diesen ganzen Kram Vater überlassen würdest.»

Es kam bei ihm selten vor, doch plötzlich packte ihn wütender Zorn. Er beherrschte sich aber. «Vater ist kein Geschäftsmann. Ich denke, ich bin es. Ich denke, ich habe das Glück, ein Flair fürs Geschäft zu haben.»

«Ich dachte, du hättest ein Flair für – du weißt, was ich dachte», entgegnete sie schnell und voller Wehmut.

Er ignorierte ihre Bemerkung, mehr konnte er nicht tun. «Komm», sagte er, «das muß gefeiert werden. Ich führe dich zum Abendessen aus.»

Sie schüttelte den Kopf. «Ich bin müde. Du weißt, daß ich nicht gern auswärts esse.» Er verstand, was sie meinte und war dagegen natürlich machtlos. «Außerdem habe ich dein Essen schon vorbereitet.»

Salami, gerollte Putenbrust in hauchdünnen Scheiben, Kohlsalat, Kartoffelflocken, Schweizer Schokoladekuchen, Büchsenpfirsiche und Eierkrem aus der Büchse. Er kam sich unloyal vor, doch er entwuchs allmählich der Vorliebe für solche Speisen, von denen ein Kind träumen mochte, wenn es sich ein Festessen ausmalte. Harold saß schon am Küchentisch, *Die Töchter von George III.* aufrecht stehend zwischen Teller und Milchkrug eingeklemmt.

«Hallo, Vater», sagte Pup, der Harold seit dem Morgen nicht gesehen hatte. «Einen guten Tag gehabt?»

«Gut? Also, ich weiß nicht so recht. Ich weiß nur, daß ich fix und fertig bin.»

Und diesmal stimmte es sogar. Heute nachmittag um fünf hatte er, in dem Raum hinter dem Laden auf dem Crouch Hill Broadway, auf einer neuen Olympia ES100s seinen Roman fertig getippt. *Die Töchter von George III.* las er mehr aus Gewohnheit und nicht, weil es notwendig gewesen wäre.

Dolly schenkte zwei Tassen Tee ein. Sie fühlte, daß es heute abend unklug gewesen wäre, Pup von Yvonne Colefax und ihren Schwierigkeiten zu erzählen. Sie hatte zuviel Wein getrunken und daher keinen Appetit, aber sie nahm sich ein Stück Brot, bestrich es mit Butter und belegte es mit dem aufgeschnittenen Putenfleisch. Es kam selten vor, daß Pup an zwei aufeinanderfolgenden Abenden zu Hause blieb. Sie begann fast zu zittern, wenn sie sich überlegte, ob das möglicherweise bedeutete, daß ihn der «Orden der Goldenen Dämmerung» nicht mehr interessierte oder langweilte.

Wie es dazu kam, daß Georgiou seinen Laden verlor, begriff Diarmit nie ganz. Nicht, daß der bis dahin so wortkarge Georgiou weiterhin geschwiegen hätte. Er redete den ganzen Tag darüber, brummte in seinem kehligen und harten Akzent über Hauswirte und Mietverträge und die Ungerechtigkeit, der man im Vereinigten Königreich auf Schritt und Tritt begegnete. Er versuchte auch, Diarmit alles zu erklären, und seine Stimme überschlug sich krächzend, wenn er über schwierige Worte stolperte.

«Diese Firma, die Schreibmaschinen verkauft, hat es auf meinen Laden abgesehen.» Georgiou warf den Kopf zurück und hob die Arme. «Gesagt hat mir das natürlich keiner, aber ich habe meine Quellen. Expansion heißt das Schlagwort, alle wollen expandieren, expandieren. So ist das heutzutage nun mal. Schreibmaschinen, Fotomaschinen, das mögen die Menschen heutzutage. Gutes Essen interessiert sie nicht, sie mögen es nicht einmal.»

Verwirrt und voller Unbehagen lächelte Diarmit ihn an.

«Wenn es also das ist, was die Leute mögen, sollen doch diese Schreibmaschinen- und Fotokopierermenschen die Miete bezahlen», sagte Georgiou. «Mir isses egal, ich setze mich zur Ruhe. Ich will mit dem ganzen Streß nix mehr zu tun haben.»

Und wieder mußte Diarmit von der Sozialhilfe leben. Er hatte unglaublich viel Zeit und wußte nichts damit anzufangen. Er schämte sich, daß er keine Arbeit hatte, und schämte sich vor allem vor den anderen Hausbewohnern. Sie mußten ja glauben, er sei ein zweiter Conal, genau so liederlich und arbeitsscheu. Bestimmt dachten sie auch, gleich und gleich geselle sich nun mal gern.

Notgedrungen verbrachte er jetzt sehr viel Zeit in seinem Zimmer. Wenn er ausging, dann höchstens für ungefähr eine Stunde. Er verbrachte die ganze Nacht und fast den ganzen Tag im Zimmer. Die Tatsache, daß Conals Sachen noch immer da waren und ihm Platz wegnahmen, begann ihn zu verdrießen. Er legte Conals Kleider und die Harrods-Tüte mit den Messern in der Mitte des Zimmers zu einem Stapel zusammen. Wenn er umherging, mußte er darübersteigen oder einen Bogen machen, doch er hatte das Gefühl, mit dieser Geste jedem, der ihn besuchte oder zu ihm hereinschaute, deutlich gemacht zu haben, daß die Sachen nicht ihm gehörten und nichts mit ihm zu tun hatten. Er trug auch Conals rote Sachen nicht mehr und kehrte zu den Drillichjeans zurück, die er angehabt hatte, als er hier eingezogen war.

Dann fiel ihm ein, daß die Sachen bei Conals Schwester Kathleen besser aufgehoben wären als bei ihm. Er packte alles in Zeitungspapier und verschloß das Paket mit Klebeband. Es war sehr mühsam, und er brauchte fast den ganzen Tag dazu. Am nächsten, einem heißen Augusttag, brachte er das Paket mit dem Zug von Crouch Hill nach Kilburn.

Ein Mann öffnete ihm. Er sagte, er sei Kathleens Mann, und Kathleen sei in der Arbeit.

«Da hat sie aber Glück – ich meine, sie ist gut dran, weil sie Arbeit hat», sagte Diarmit höflich. «Ich könnte auch eine brauchen.» Er erinnerte sich jetzt, daß er die Stimme des Mannes schon einmal gehört hatte. Damals hatte er für Conal hier angerufen, weil Conal sich vor dem Telefon fürchtete. «In dem Paket sind die Sachen ihres Bruders Conal, ich bin eigens mit dem Zug hergekommen, um sie ihr zu bringen. Mir sind sie im Weg. Soll sie das Zeug aufheben, bis Conal kommt.»

Der Mann sah Diarmit verständnislos an. «Sie hat keinen Bruder, der Conal heißt.»

Daher wehte also der Wind. Sie wollten überhaupt nichts mehr von Conal wissen, ihn völlig verleugnen. Diarmit konnte es ihnen nicht übelnehmen, blieb jedoch hartnäckig. «Der Familienname ist Moore, und das ist doch auch der Mädchenname Ihrer Frau.»

«Meine Frau ist eine geborene Bawne.»

Diarmit lachte. Er konnte nicht anders. Das war doch wirklich die Höhe! Nerven hatten die! Wollten sich um ihre Verantwortung drücken, indem sie sich als Mitglieder seiner Familie ausgaben. Bawne – in der Tat. Den Kopf zurückwerfend, lachte er humorlos und versuchte dem Mann das Paket in die Hand zu drücken, doch bevor er es tun konnte, wurde ihm die Tür vor der Nase zugeworfen.

Warum hatte sich der Mann sogar geweigert, zuzugeben, daß Conal sein Schwager war? Daß er und seine Frau mit Conal nichts zu tun haben wollten, konnte Diarmit sehr gut verstehen. Aber warum leugnete der andere die Verwandtschaft und nahm nicht einmal das Paket mit Conals Sachen an? Wahrscheinlich hatten sie erfahren, daß Conal zurückkam, und fürchteten sich davor, in seine Angelegenheiten hineingezogen zu werden.

Er kam wieder. Es war jetzt ein Jahr her, seit er das Mädchen ermordet und ihm den Kopf abgeschnitten hatte. Ein Jahr, seit man in den Zeitungen über ihn schrieb und ihn den «Henker» nannte. Er kam zurück, weil Gras über die Geschichte gewachsen war und er sich sicher fühlen konnte. Diarmit stieg die Treppe zu seinem Zimmer hinauf. Er machte das Paket wieder auf und legte die roten Sachen sorgfältig auf das Fußende des Bettes und über die Sessellehnen. Die Messer und das Hackmesser waren sauber, doch er wusch sie unter der Wasserleitung, trocknete sie ab und tat sie wieder in die Tüte. Conal kam zurück und konnte jeden Tag hier erscheinen ...

Der Brief steckte in einem braunen Umschlag, der an Miss Doreen Yearman adressiert war. Es war ein Brief, wie Dolly ihn noch nie bekommen hatte, denn er begann mit «Liebe Dolly» und schloß mit «Alles Liebe, Yvonne». In dem Umschlag steckte außerdem ein Foto, auf dem zwei Männer in einem Wohnzimmer zu sehen waren, die weit voneinander entfernt auf dem Samtsofa saßen. Es war eine Blitzlichtaufnahme, und die beiden hatten leere Gesichter und glänzende, starre Augen. George Colefax rauchte eine Zigarre, der andere Mann hatte die Hände mädchenhaft auf den Knien gefaltet. Ein hübscher Junge, vielleicht, aber das mußte schon ziemlich lange her sein. Sein schwarzes Haar, im Stil Byrons zurückgekämmt, war an den Schläfen schon silbergrau, und obwohl die Stirnfalten und die Tränensäcke durch das Blitzlicht verwischt worden waren, wußte man, daß sie vorhanden waren.

Dolly steckte Brief und Foto in ihre Handtasche, doch etwas drängte sie dazu, den Brief von Zeit zu Zeit herauszuholen und Anrede und Unterschrift immer wieder zu lesen: «Liebe Dolly» und «Alles Liebe, Yvonne.» Sie ging in die Holloway Road einkaufen und legte einen Teil des Wegs entlang der alten Eisenbahnlinie zurück. Es war ein warmer, dunstiger Tag, der gegen Mittag wohl sehr heiß werden würde, und das Gras war von den üppigen Blüten des Roten Heinrich rötlich überhaucht. Das Summen der Insekten schien manchmal sogar lauter als das dumpfe Dröhnen des Verkehrs.

Im Mistley Tunnel, in dem es ziemlich kühl und dunkel war, fiel Dolly ein, daß seit dem Mord des «Henkers» ein gutes Jahr vergangen sein mußte. An einem Mittwoch war es geschehen, einen Tag vor Myras Dinnerparty, bei der Pup Yvonne so mit einer genauen Schilderung ihres vergangenen Lebens in Erstaunen versetzt hatte. Sie selbst war nicht zu Hause gewesen, sondern hatte die erste Séance bei den Adonai Spritisten besucht. Daher konnte sie sich auch ganz genau an die Daten erinnern: Mittwoch 12. August, Donnerstag 13. August. Und heute war Mittwoch, der 11. August. Ein Jahr war es her, auf den Tag genau ein Jahr.

Dolly beschleunigte die Schritte und empfand eine gewisse Erleichterung, als sie das Ende des Tunnels erreichte und in die weiche, warme Helligkeit hinaustrat. Ein schwarzroter Falter flog dicht an ihrem Gesicht vorüber und ließ sich auf dem Blütenzweig eines Schmetterlingsstrauchs nieder. Dolly ging den Bahnsteig der alten Station entlang. Ihr entgegen – aber noch ein ganzes Stück entfernt – kam die Frau mit dem weißen Pyrenäischen Berghund. Gleichmütig trottete das Tier seines Wegs, als habe es vor einem Jahr hier weder eine Leiche noch einen abgetrennten menschlichen Kopf aufgespürt.

17

Der Mann auf dem Foto schien eine olivfarbene Haut zu haben, deshalb arbeitete Dolly den Körper der Puppe aus rauhem, ungebleichtem Leinen. Es war noch ein Stück von Ediths Kanevasstickerei übrig. Dolly stickte Ashley Clares Gesicht – die gewölbten schwarzen Brauen, die mandelförmigen Augen, den sinnlichen Mund. Sie nähte einen dichten Schopf schwarzen Haares auf seinem Kopf fest, nahm jedoch keine Wolle dazu, sondern Seide, und an den Schläfen zog sie ein paar feine Silberfäden durch das Schwarz. Fast durch Zufall schien sie den Gesichtsausdruck des Mannes eingefangen zu haben. Sie hatte das Gefühl, daß man ihn sofort erkennen mußte.

Auf dem Foto trug er Jeans aus Samtkord, ein am Hals offenes

Hemd und eine Reißverschlußjacke, doch Dolly wollte ihn förmlicher gekleidet sehen, so wie er wahrscheinlich täglich zur Arbeit ging, wie immer diese Arbeit aussehen mochte. Sie nähte ihm einen Anzug aus grauem Polyester, der von einem Rock übrig war, den sie für Wendy Collins gemacht hatte, ein Hemd aus einem Battisttaschentuch von Edith und eine rote Seidenkrawatte aus dem Futter ihres eigenen Samtmantels. Die Schuhe aus Pappdeckel bemalte sie mit chinesischem Lack, den sie bei Woolworth kaufte. Als er fertig war, war er der perfekte Mann schlechthin, die schönste Puppe, die sie je gearbeitet hatte.

Sogar Myra bewunderte ihn. Myra und Edith hatten ihr bei der Arbeit zugesehen.

«Ich muß schon sagen, Doreen, die Ähnlichkeit ist verblüffend. Ich habe ihn einmal gesehen, als er in die Praxis kam. Du hast ihn haargenau getroffen.»

«Ja, wirklich eine sehr hübsche Arbeit, Liebes, aber schielt er nicht ein bißchen?»

Myra und Edith sprachen nur selten miteinander, aber manchmal taten sie es doch. «Also, offen gestanden, Edith», meinte Myra, «er schielt wirklich ein bißchen.»

Dolly setzte ihn zwischen den Chinesenjungen und das Ballettmädchen auf den Kaminsims. Die Puppe zu nähen, hatte ihre ganze Zeit in Anspruch genommen, und sie hatte nichts mehr an dem grünen Kleid getan. Während sie dasaß und am Besatz von Ausschnitt und Armlöchern stichelte, klingelte es an der Haustür. Sie war sicher, daß es Yvonne war, die überraschend vorbeikam, doch es war nur eines der Mädchen von nebenan. Es hatte ein Paar Drilichjeans über dem Arm und sagte, seine Mutter habe von Mrs. Buxton erfahren, daß Dolly Schneiderin sei. Vielleicht könne sie die Zeit erübrigen, die Jeans um zehn Zentimeter zu kürzen. Das Mädchen sah die Puppe auf dem Sims und erklärte kichernd, sie sehe aus wie Robert de Niro. Dolly nahm die Jeans und sagte, das Kürzen koste vier Pfund, hoffentlich sei das recht? Sie merkte, daß das Mädchen sich bemühte, nicht auf ihre rechte Wange zu starren.

Seit sie den Brief bekommen hatte, dessen Anrede und Unterschrift sie noch immer häufig las, hatte Yvonne nichts mehr von sich hören lassen. Dolly hatte nie vorher erlebt, was es bedeutete, neben dem Telefon zu sitzen und darauf zu warten, daß es läutet, hatte sein Läuten noch nie förmlich herbeigesehnt. Sie steckte den Saum des grünen Seidenkleides ab und begann ihn mit feinen Stichen festzunähen.

«Sobald du das Kleid fertig hast, wird sie wie der Blitz verschwinden», sagte Myra. «Das ist dir doch klar, Doreen? Sie wird sich nicht mehr um dich kümmern. Und – ganz offen gesagt – warum sollte sie auch?»

«Die Seide hat einen sehr schwierigen Farbton», sagte Edith. «Zu Jadegrün findet man nur schwer die passenden Accessoires, und tragen kann das auch nicht jeder.»

«Ihr Vater war Akademiker, und ihr Mann ist es auch. Es ist im Grunde nur eine Frage der Klasse, zu der man gehört. Aber ist es das nicht immer?»

Pup kam zum Essen nach Hause. Er überlegte – und das beschäftigte ihn seit einiger Zeit sehr stark –, wie er seinen Vater dazu bringen konnte, sich aus dem Geschäft zurückzuziehen. Harold war in der Firma schon lange zu nichts mehr nütze gewesen, doch jetzt wurde er schlimmer als unnütz, er war Pup hinderlich wie eine eiserne Fußfessel. Er lungerte nur herum und antwortete den Kunden vage und ohne ein Wort von der Frage verstanden zu haben, wie jemand, der in einer vergessenen fremden Sprache angeredet worden war. Ständig schien er über das Xerox-Kopiergerät gebeugt dazustehen oder schleppte braune Pakete, die aussahen, als enthielten sie ein Ries Papier.

Pup fürchtete sich davor, Menschen zu verletzen und ihnen weh zu tun. Auf keinen Fall durfte Harold sich überflüssig vorkommen, man mußte ihm irgendwie suggerieren, daß er es war, der den Wunsch hatte zu gehen. «Zelebriere ein Pentagramm-Ritual», hätte Dolly ihm zweifellos geraten, doch er hatte allen Glauben an die Wirksamkeit der Geomantie verloren. Als er noch den Teufel umschmeichelt und mit ihm gehandelt hatte, damit er endlich wuchs, hatte er daran geglaubt – vielleicht aber waren die einsdreiundsiebzig ganz einfach in seinen Genen vorprogrammiert gewesen.

Das erste, was er sah, als er ins Wohnzimmer kam, war die Puppe. Er stieß einen Laut aus, der wie Erstaunen klang, in Wahrheit aber Bestürzung war. Jeder Beweis dafür, daß seine Schwester nicht wie andere Frauen war und immer wunderlicher wurde, erfüllte ihn mit bösen Ahnungen. Aber er sagte nichts. Dolly hatte schon ihre Flasche Wein angebrochen, und er fing an zu essen. Als er das letzte Mal zu Hause gegessen hatte, hatte er bei Büchsenzunge und aufgetauten Wurstsemmeln beiläufig erwähnt, er esse gern Meeresfrüchte, obwohl er wußte, daß seine Bemerkung nur dazu führen würde, daß er über Jahre hinweg zweimal wöchentlich vorgefertigten Krabbencocktail aufgetischt bekam. Der erste dieser Serie stand jetzt vor ihm, alle Zutaten «frisch» aus der Tiefkühltruhe, gekrönt von einer Haube Soße aus der Flasche.

Dolly freute sich, ihm etwas anderes vorgesetzt zu haben, etwas, das er besonders gern mochte. Es lenkte sie von Yvonne ab, wenn auch nur für eine Weile. Sie saßen wieder im Wohnzimmer, und sie hatte ihren Chianti Classico zu drei Vierteln ausgetrunken, als sie einen Entschluß faßte. Sie nahm den Telefonhörer auf, wählte und wollte sofort wieder auflegen, wenn George Colefax sich meldete.

«Hier bei Dr. Colefax», meldete sich jedoch Yvonnes Kleinmädchenstimme, und es klang, als sei sie die Sprechstundenhilfe.

«Hier spricht Dolly. Ihr Kleid ist fertig.»

«Dolly! Haben Sie meinen Brief bekommen? Ich habe Ihren Anruf schon früher erwartet.»

Also war sie es und nicht Yvonne, die einen Tadel verdiente, die sich falsch verhalten hatte. Sie seufzte so erleichtert auf, daß Pup von seiner Zeitung aufblickte.

«Würden Sie – würden Sie gern rüberkommen? Wollen Sie morgen kommen?»

Aber Yvonne entgegnete, Dolly solle doch lieber sie besuchen. Sie wolle sich für Dollys Gastfreundschaft revanchieren. Wie wäre es mit Montag oder Dienstag? Natürlich dachte sie nicht daran – Leute, die ein Auto haben, denken nie daran, dachte Dolly mit aufflackernder Gereiztheit –, wieviel Zeit es kostete, mit einem öffentlichen Verkehrsmittel aus der Manningtree Grove in die Bishop's Avenue zu kommen. Aber sie war für Yvonnes Einladung viel zu dankbar, um etwas einzuwenden.

«Wenn du willst, hole ich dich ab», sagte Pup. Sie hatte endlich eine Freundin, eine junge, passende, normale Freundin. Seine Erleichterung war groß. Er erinnerte sich an Yvonne Colefax, erinnerte sich an ihren Duft und an das, was er empfunden hatte, als sie ihren schmalen Oberschenkel ganz leicht an sein Bein gedrückt hatte. Und bei Myras Beerdigung ... Er wandte den Blick von der dunkelhäutigen, rotlippigen Puppe auf dem Kaminsims ab. «Frag sie, wann ich dich abholen soll.»

Noch vor ein paar Minuten innerlich verkrampft und verängstigt, setzte Dolly sich jetzt glücklich zu Pup auf die Polsterbank und erzählte ihm von der Liebesaffäre zwischen Ashley Clare und George Colefax.

«Und der ist mit der reizenden Yvonne verheiratet?»

«Wir müssen etwas dagegen tun.»

«Was denn?» fragte Pup zerstreut und wandte sich wieder seiner Zeitung zu.

Als er nach London gekommen war, hatte er sich Conals Führung anvertraut, und Conal hatte sich um ihn kümmern müssen. Nicht, daß er sich dabei besonders angestrengt hätte! Na ja, er hatte ihm ein Dach über dem Kopf gegeben, aber aus dem Job war nie etwas geworden. Ohne Zweifel hatte Conal ihn nur benutzt, um seine Ängste und Schrecken auf ihn abzuladen. Wie leicht hätte man ihn sogar verdächtigen können, das Mädchen ermordet und enthauptet zu haben, denn Conal war ganz ohne Hemmungen mit den blutigen Messern und den blutbefleckten Kleidern hierher zurückgekommen. Wenn Conal diesmal wiederkam und sie wieder zusammen waren, dann – das wußte Diarmit schon jetzt – würde er sich um den anderen kümmern müssen. Er fürchtete sich schon jetzt davor.

Die Harrods-Tüte mit den Messern und die Kleider lagen noch immer mitten auf dem Fußboden. Diarmit verfluchte sie, denn jedesmal, wenn er vom Bett zur Wasserleitung oder vom Schrank zum Fenster wollte, mußte er über sie hinwegsteigen, und zweimal war er schon gestolpert und der Länge nach hingefallen. In Jeans, einem grauen Hemd und grauen Pullover ging er zur Arbeitsvermittlung, aber sie hatten noch immer nichts für ihn. Er fürchtete sich davor, dem gewissenlosen Verbrecher Conal Moore gestehen zu müssen, daß er arbeitslos war und von der Sozialhilfe lebte.

Die beiden Hunde, der Dalmatiner und der Colliemischling wühlten in den Abfalltonnen auf dem Mount Pleasant Green, rissen die Hüllen von weggeworfenen Nahrungsmitteln und rannten durch das Gras wie zwei Schakale. Die alten Leute waren in das Seniorenheim eingezogen, und am Fenster des Gemeinschaftsraumes stand eine ungefähr siebzigjährige Frau und ordnete Blumen in eine Vase. Im Garten hatte man Rasen gesät und kleine immergrüne Bäume gepflanzt. Die Arbeiter waren schon lange fort. Das wird Conal Sorgen machen, dachte Diarmit. Er wird sich fragen, wo sie sind und wann sie kommen, um unser Haus abzureißen ... Er würde Angst davor haben, tagsüber zu Hause zu bleiben, und alles würde wieder von vorn anfangen.

Während Diarmit am Fenster saß und über den Anger in die Richtung blickte, in der die Crouch Hill Station lag – denn von dort mußte Conal kommen –, überlegte er, daß er nur wegzulaufen brauchte, um Conal aus dem Weg zu gehen. Er brauchte nur nach

Liverpool zurückzukehren. Aber das war nicht realistisch gedacht, denn er wußte, daß er sich vor der Verantwortung nicht drücken konnte. Außerdem hatte er keine Verwandten in Liverpool, sie waren alle tot, nur Conals Familie lebte dort. Er konnte natürlich zur alten Eisenbahnlinie hinuntergehen, Proviant mitnehmen und sich im Mistley Tunnel verstecken. Schlafen konnte er auf der alten Federmatratze. Aber was sollte er tun, wenn das schöne Wetter zu Ende ging und der Herbst kam? Nein, das war keine gute Lösung. Diarmit fröstelte, fand sich mit seinem bösen Geschick ab und wartete darauf, daß es von der Crouch Hill Station über den Anger kam.

Doch es ergab sich, daß Diarmit Conal nicht sah, als er dann tatsächlich kam. Er mußte sich nachts ins Zimmer geschlichen haben. Denn als Diarmit erwachte, war er da, trug dunkelrote Kleidung, nahm die Messer aus der Harrods-Tüte und untersuchte sie sorgfältig. Wahrscheinlich wollte er sich überzeugen, daß Diarmit sie während seiner Abwesenheit richtig gepflegt hatte. Conal, der Mörder, Conal, der Verbrecher, Conal, der Ausgestoßene. Der arbeitslose, freundlose, gehaßte, wahnsinnige Conal.

Weil er wußte, was geschehen würde, wenn er das Haus verließ, weil er nicht wagte, ins Freie zu gehen, aber Bewegung brauchte, begann er im Zimmer auf und ab zu marschieren. Hin und her stapfte er mit schweren Schritten durch den kleinen, unordentlichen Raum. Mit Schritten, die nach einer Weile müde wurden, doch er stapfte unverdrossen weiter.

Das Mädchen arbeitete den ersten Tag in dem Unisex-Salon in der Tottenham Lane, und Pup besuchte ihn ebenfalls zum erstenmal. Sie schlossen an Montagen um zwei, und er war ihr letzter Kunde. Er hatte auch das hübscheste Haar, das sie an diesem Vormittag zu waschen und zu schneiden hatte, blond und lockig, eigentlich kein Männer-, sondern viel eher Frauenhaar.

«Sie könnten mit Ihrem Haar alles anfangen», sagte die junge Friseuse.

«Was zum Beispiel? Soll ich mir was draus stricken? Oder es an einer Bohnenstange hochranken lassen?»

Sie kicherte. «Ich meine, Sie könnten jede Frisur tragen. Sie wissen doch, wie ich es meine.»

«Okay, dann hören Sie auf zu schneiden, und ich lasse mir Stopsellocken wachsen. Man hat mir vorhin gesagt, wie Sie heißen, aber ich hab's nicht richtig verstanden. Anthea?»

«Andrea. Ich setze Sie jetzt unter die Trockenhaube.»

«Einen Moment. Der Krach, den diese Dinger machen, bringt mich um. Hören Sie zu, Andrea: Ich weiß nicht, wie ich den Tag überleben soll, wenn Sie mir nicht versprechen, heute abend mit mir auszugehen.»

«Ich weiß ja nicht einmal, wie Sie heißen», antwortete Andrea.

«Sie brauchen nur zu fragen. Ich heiße Peter. Und Ihnen gefällt mein Haar. Das ist doch schon was für den Anfang. Wir könnten in die neue Disco auf dem Broadway gehen...»

Doch vorher mußte Pup noch Dolly abholen. Zwei Minuten nach sechs war er am Shelley Drive, und weil er tanzen ging, trug er seine engsten Jeans. Während er sich nach der Arbeit zu Hause rasch umgezogen hatte, war ihm der Gedanke gekommen, daß er um Dollys willen Yvonne Colefax eigentlich beeindrucken könnte, indem er ihr den unheimlichen Magier vorspielte. Dolly hatte ihm erzählt, daß sie mit Yvonne im Tempel gewesen war, und daß Yvonne noch von seinen hellseherischen Fähigkeiten schwärmte. Er zog daher zu den Jeans ein einfaches Sweatshirt aus schwarzem Samt an und hängte sich den Sonnentalisman an einer langen Schnur um den Hals – goldene Buchstaben auf schwarzlackiertem Metall. Er hatte ihn selbst gemacht, als er sechzehn gewesen war. In diesem Aufzug konnte er auch in die Disco gehen, er war genau richtig. Vielleicht war dieser Gedanke ganz typisch für die Haltung, die Pup jetzt gegen alles einnahm, was irgendwie mit der Ausübung magischer Künste zusammenhing.

Das Haus der Colefax' hatte weiße Mauern, ein grünes Dach und war im Hazienda-Stil erbaut. Außerdem hatte der Architekt sich von *art deco* und vom marokkanischen Stil beeinflussen lassen. Die Säulenvorhalle hatte eine gewisse Ähnlichkeit mit den Bauten des Andrea Palladio, einem zu Anfang des 16. Jahrhunderts in Vicenza geborenen und 1680 dort verstorbenen Baumeisters. Es war nicht das größte, aber eines der größeren Häuser, die am ruhigen, luxuriösen, baumbestandenen Shelley Drive lagen, und es hatte einen ungewöhnlich weitläufigen Park. Zur Straße zu prunkte er mit kunstvollen kleinen Steingärten, Zypressen, Kieswegen und geometrischen Blumenbeeten, während hinter dem Haus, am anderen Ende der Anlagen, eine rot gelackte chinesische Brücke durch das Grün der Bäume und Sträucher schimmerte – eine Brücke, die aussah, als stamme sie aus dem Sommerpalast in Peking. Die Rasen, so glatt und grün wie das jadefarbene Seidenkleid, das – wie Pup wußte – Dolly für Yvonne Colefax genäht hatte, mußten mindestens zweimal in der Woche gesprengt und geschnitten werden. Das besorgte offenbar der Rentner, der auch jetzt mit dem elektrischen Rasenmäher auf und ab ging. Yvonne kam die Stufen herunter, als sie die Reifen des Kombis über den Kies knirschen hörte.

«Ich freue mich, Sie wiederzusehen. Kommen Sie, trinken Sie einen Schluck mit uns. Wissen Sie eigentlich, daß ich Sie mir immer wie ein überirdisches Wesen vorstelle, eine Art Guru vielleicht?»

Pup lächelte. Sie gingen über eine riesige Fläche schimmernden Parketts, auf dem in gewollter Unordnung rosa und gelbe Kaschmirbrücken lagen, auf eine Terrasse, auf der Dolly in einem weißen Rattansessel saß. Auf dem weißen kunstgeschmiedeten Tisch stand eine leere Weinflasche und daneben eine zweite, die Dolly schnell leerte. Pup sagte, er hätte gern einen Sherry. Von der Terrasse aus sah man keine Häuser, nur Rasenflächen und Sträucher, von einem Waldgürtel umgeben, hinter dessen dichtem Laubwerk sich zweifellos andere verstreut liegende Paläste versteckten. Die chinesische Brücke spannte sich über einen kleinen Teich, in dem Fische schwammen, die genauso scharlachrot glänzten wie der Lack. Dolly sagte, der Swimmingpool liege dort drüben hinter der Hecke.

Yvonne brachte den Sherry und geröstete Erdnüsse in einer Schale. Sie setzte sich in die Gartenschaukel, und ihr dünner pinkfarbener Rock flatterte ein bißchen in die Höhe, so daß man ihre schlanken, jetzt von der Sonne leicht gebräunten Beine sah.

«Ich habe vor ein paar Tagen etwas in einer Illustrierten gelesen», sagte sie. «Es ging um die anomale Fähigkeit der Sinneswahrnehmung und um die Nutzbarmachung von Energie und Kräften, von denen wir nicht wissen, daß wir sie besitzen. Da stand unter anderem, wir würden es eines Tages als selbstverständlich ansehen, daß es solche Kräfte gibt, und Telepathie werde für uns nichts anderes sein als – als Elektrizität. Angeblich liegen neunzig Prozent unseres Gehirns brach, und dieses enorme Potential werde nie genutzt, sei aber unbestreitbar vorhanden. Das ist es doch, womit Sie sich beschäftigen, nicht wahr?»

Sie sprach, als habe sie um seinetwillen alles auswendig gelernt wie ein kleines Mädchen, das einem bewunderten Lehrer ein Gedicht aufsagt, von dem es kaum eine Zeile versteht. Pup war merkwürdig gerührt. Er nickte.

«Die Kraft Ihres Geistes könnte die Richtung der Gedanken und Gefühle eines anderen Menschen ändern?»

«So lautet die Theorie.»

Sie wandte sich ab. «Wenn Sie fort sind, werde ich ganz allein sein. Ich habe George seit dem Samstagmorgen nicht mehr gesehen und glaube nicht, daß er sich die Mühe machen wird, heute abend nach Hause zu kommen.»

«Ich könnte noch hierbleiben», sagte Dolly. «Mein Bruder hätte bestimmt nichts dagegen, mich später abzuholen, nicht wahr, Pup?»

«Pup?» sagte Yvonne.

«Ein Kosename», erklärte Pup gelassen. «Und leider habe ich etwas dagegen, später noch einmal herzukommen, Dolly. Ich habe eine Verabredung, ich gehe aus.»

Dolly sah zugleich enttäuscht und stolz aus. «Er geht zu dieser Vereinigung», wandte sie sich an Yvonne. «Es ist eine Art heiliger Orden wie die – nun ja, die Tempelritter oder Freimaurer, aber sie werden dort zu Jüngern des Okkultismus ausgebildet.»

Sie zitiert wörtlich aus irgendeinem Buch, dachte Pup, ließ sie aber bei dem Glauben, daß der Versammlungsraum der «Goldenen Dämmerung» heute abend sein Ziel war. Er trank den Sherry aus und stand auf.

Etwas über eine Stunde später drehte er sich mit Andrea unter den orangefarbenen, chromgrünen und purpurnen Lichterkaskaden der «Damaria Disco und Wein-Bar».

Sie sagte ihm nichts von dem kleinen Abenteuer, das sie am Nachmittag erlebt hatte. Dazu kannte sie ihn noch nicht gut genug. Sie war nach Hause gegangen – in das möblierte Zimmer, das sie am Mount Pleasant Green gemietet hatte – und hatte sich auf einen ruhigen Nachmittag gefreut, weil sie die Möbel ein bißchen nach ihrem Geschmack umstellen und ihre persönlichen Sachen auspakken wollte. Unterwegs hatte sie in einer Blumenhandlung drei kleine Zimmerpflanzen gekauft: einen Weihnachtskaktus, einen Kroton und einen Farn.

Sofort als sie ihr Zimmer betrat, hörte sie es. Ein dumpfes Rumpeln und Donnern direkt über ihr. Aber Lärm, der gewissermaßen von Gott kommt, also natürlich ist, läßt sich viel leichter ertragen als der, den Menschen absichtlich oder gedankenlos machen. Die Geräusche kamen aus dem ein Stockwerk höher und ebenfalls nach hinten hinaus gelegenen Zimmer. Wegen der Dachschräge gab es im obersten Stockwerk nur zwei Zimmer. Andrea ging zur Haustür hinunter und las unter dem obersten Klingelknopf den Namen «Diarmit Bawne». Die Hand, die ihn geschrieben hatte, schien nicht gut mit Tinte und Feder umgehen zu können.

Sie ertrug den Lärm länger als zwei Stunden. Doch angenommen, das ging die ganze Nacht so weiter? Dann würde sie wieder ausziehen müssen, nachdem sie eben erst eingezogen war. Es erforderte Mut, hinaufzugehen, aber sie riß sich zusammen und ging. Schüchtern klopfte sie an die Tür und mußte noch einmal klopfen, weil niemand kam.

Ein junger Mann öffnete ihr. Er war Mitte Zwanzig, wirkte jedoch wie ein Junge, ein unauffälliger Junge, weder groß noch klein, mit staubig aussehendem braunem Haar – daß das Haar schmutzig war, fiel ihr natürlich besonders auf – und Zügen, die grob aus Lehm geformt schienen. Graue Augen sahen sie merkwürdig starr an.

«Entschuldigen Sie bitte», sagte Andrea hastig, «aber würde es Ihnen etwas ausmachen, nicht die ganze Zeit auf und ab zu gehen? Sie laufen jetzt schon fast drei Stunden hin und her. Ich wohne unter Ihnen, und der Lärm ist wirklich nicht auszuhalten. Ich beschwere mich nur ungern, aber ich glaube nicht, daß ich das noch länger ertrage.»

Sie fragte sich, warum er sie wohl so sonderbar ansah. Nicht feindselig oder verärgert, nein, nicht so, aber beinahe so, als sei er überrascht, daß es sie gab und daß sie überhaupt sprechen konnte.

«Ich meine», sagte sie in ihrer Nervosität, «könnten Sie nicht spazierengehen, wenn Sie Bewegung brauchen? Oder» – sie hatte in einem Roman gelesen, daß jemand in einem Zimmer hin und her gelaufen war wie ein Löwe im Käfig – «oder haben Sie Kummer?»

«Ich kann nicht hinausgehen.» Er sprach heiser, mit einem starken, stark Speichel absondernden irischen Akzent. «Ich leide nämlich an einer Allergie, wissen Sie?»

Allergisch war er? Wogegen? Gegen die Luft? Das Licht? Sie hatte das Gefühl, nicht fragen zu dürfen. Das Fenster war geschlossen, und im Zimmer roch es dumpf, irgendwie süßlich und nach Schweiß. Die dunkelroten Sachen, die er trug, sahen aus, als seien sie noch nie gewaschen oder gereinigt worden.

«Nun ja, wenn Sie nur ein bißchen Rücksicht nehmen und nicht mehr so viel hin und her gehen würden», sagte sie verlegen, von den merkwürdig durchsichtigen Augen irritiert. «Können Sie gegen Ihre Allergie denn gar nichts tun?»

Er schüttelte den Kopf. «Da kann keiner was tun.»

Er tat ihr schrecklich leid. Sie dachte, es wäre vielleicht richtig, ihn einmal beim Namen zu nennen, bevor sie ging, doch sie wußte nicht, wie man seinen Vornamen aussprach. Es war merkwürdig, jemanden, der höchstens ein Jahr älter war als sie, so anzureden, aber was sollte sie tun? «Sie sind doch Mr. Bawne, nicht wahr?»

«Nein, der bin ich nicht.» Das klang schroff und böse, und Andrea wich einen Schritt zurück. «Conal ist mein Name. Conal Moore.»

18

Die Wohnung lag in einem Block am oberen Ende der East Heath Road. Es war einer jener Blocks in Hampstead, die von außen mehr nach einem georgianischen Landhaus aussehen. Ashley Clare wohnte in Nr. 24. Yvonne hatte Dolly erzählt, er arbeite im Westend und sei Designer, habe etwas mit Bühnenbildnerei zu tun. Daher wußte Dolly, daß sie, wenn sie ihn sehen wollte, schon sehr früh vor dem «Arrowsmith Court» Posten beziehen mußte.

Sie wurde hin- und hergerissen zwischen ihrem Verlangen, Ashley Clare zu sehen, und ihrem Pflichtbewußtsein gegen Pup, der erwartete, daß sie ihm das Frühstück machte. Sie stand sehr früh auf. Pups Schlafzimmertür war offen, das Bett unbenutzt. Dolly ängstigte sich jetzt nicht mehr halb zu Tode, daß er überfallen oder überfahren worden sein könnte, doch diese Ängste waren einer anderen gewichen.

Myras Absätze klapperten über den Flur, und Myras Stimme sagte: «.Du weißt sehr gut, daß er damals diese Freundin hatte, Doreen. Ich meine, daß sie nicht mehr hier ist, bedeutet doch nicht, daß er nie wieder eine Freundin haben wird, oder?»

Und Edith flüsterte Dolly ins Ohr: «Also ich hätte nichts dagegen, wenn er sich ein nettes, wohlerzogenes Mädchen suchen würde. Er wird schließlich eines Tages heiraten wollen.»

«Also, um ganz offen zu sein, Doreen, ein gutaussehender, gutverdienender Junge wie er lebt doch bestimmt nicht wie ein Mönch.»

Gequält hob Dolly die Hand und schlug nach den beiden, verscheuchte sie wie lästige Fliegen. Harold schnarchte laut, obwohl es schon heller Tag war. Dolly zog das blaukarierte Kleid mit dem einfarbig blauen Kragen, marineblaue Strumpfhosen und kremfarbene Sandalen an. Durch Yvonne wurde sie noch modebewußter. Man konnte doch gewiß dahin gelangen, daß man sich so gut anzog, so schick und elegant aussah, daß niemand mehr auf das Gesicht achtete. Oder fiel es nur um so mehr auf? Das Haar trug man jetzt auf dem Scheitel ganz glatt und kraus und breit an den Seiten. Angenommen, sie ließ sich diese Frisur machen, und zwar so, daß die Krause ihre Wangen verdeckte? Kopfschüttelnd betrachtete Dolly ihr Spiegelbild. Sie war noch nie bei einem Friseur gewesen. Die Mutter hatte ihr das Haar geschnitten, und seit Edith tot war, tat Dolly es selbst mit der Schneiderschere und einem Schermesser. Sie wußte, daß sie es nie wagen würde, wie Pup in einen Unisex-Salon zu gehen und ihren verunstalteten Kopf einem Stylisten anzuvertrauen.

Sie ging zur Bushaltestelle und nahm den 210er. Geheimnisvoll verschleiert lag Hampstead Heath im ersten Herbstnebel. Dolly war sich nicht ganz klar darüber, warum sie dort war oder was sie zu tun beabsichtigte. In der Hauptsache wollte sie sich natürlich Ashley Clare ansehen. Sie begann sich eine Zukunft auszumalen, in der George zu Yvonne zurückkehrte und sie und Pup die besten Freunde der Colefax' wurden. Sie würden die Abende gemeinsam verbringen, sich abwechselnd besuchen und Wein trinken. Vielleicht würden sie sogar zusammen verreisen. Dolly war seit ihrer Kinderzeit nicht mehr im Urlaub gewesen, damals fuhr die ganze Familie manchmal auf die Insel Wight oder nach Newquay. Sie glaubte, sie könnte einen Urlaub sogar genießen, wenn Pup und Yvonne sie gegen die Welt abschirmten und auch George da war, diese unbekannte Größe. George, der nicht nur Zahnarzt, sondern auch Arzt war und der vielleicht ...

Aber bis dahin hatte Pup bestimmt alles gelernt, was es auf dem Gebiet der magischen Wissenschaft zu lernen gab. Dann war er Meister. Vielleicht ging er noch manchmal zu den Treffen der «Goldenen Dämmerung» – einmal im Monat vielleicht –, aber die übrige Zeit würde er zu Hause bleiben und im Tempel arbeiten. Doch dann würde der Raum mehr Laboratorium als Tempel sein, ein Ort, an dem er für sie und ihre Freunde Träume wahrmachen konnte. Dolly berührte ihr Gesicht, von dem der Wind das Haar weggeweht hatte.

Sie stand jetzt vor dem «Arrowsmith Court» – so hieß der Block, in dem Ashley Clare wohnte. Die verglaste Eingangstür war offen, und ein paar Leute, die zur Arbeit gingen, kamen heraus. Ein Mann stieg in einen Wagen und fuhr die East Heath Road hinunter. Dolly sorgte sich, daß sie, obwohl es noch früh war, noch nicht ganz halb neun, Ashley Clare schon verpaßt hatte. Aber als es ihr allmählich peinlich wurde, vor dem Haus herumzulungern, als sie langsam das

Gefühl bekam, daß bald jemand von diesen Leuten, die es so eilig hatten, in die Stadt an ihre Arbeitsplätze zu kommen, auf sie zugehen und sie fragen würde, was sie hier mache – gerade als ihr diese Gedanken durch den Kopf flogen, schwang die Glastür auf, und der Mann, den sie von dem Foto her kannte, trat ins Freie.

Er sah älter aus. Doch das war zu erwarten gewesen. Blitzlichtaufnahmen verjüngten, während das helle Morgenlicht ehrlich war. Er war magerer, das Gesicht hager und ein bißchen verbraucht, und er trug einen förmlichen dunklen Anzug. Doch es war unzweifelhaft der Mann, den George Colefax einen «schönen Jungen» genannt hatte. Dolly ging hinter ihm her. Sie folgte ihm die Heath Street hinunter. Er trug eine Aktenmappe und über dem rechten Arm einen zusammengefalteten kremfarbenen Regenmantel.

Dolly war sicher, daß er zur U-Bahnstation Hampstead ging, und suchte sich die nötigen Münzen für den Fahrkartenautomaten heraus. Ashley Clare kam mit seiner Monatskarte durch die Sperre und stieg in den Lift. Dolly konnte sich gerade noch hineinquetschen, bevor die Türen zugingen. Ashley Clare nahm *The Times* – die ihm offenbar nach Hause zugestellt worden war – aus der Tasche seines Regenmantels, faltete sie so klein wie möglich und begann das Kreuzworträtsel zu lösen.

Sex hatte in Dollys Leben eine sehr kleine Rolle gespielt. Sie bemühte sich, in bezug auf sich selbst nie daran zu denken. Und sie schien nur wenige Leute gekannt zu haben, für die Sex wichtig war, obwohl es sie immer noch leicht schüttelte, wenn sie daran dachte, was damals zwischen Myra und dem Vater vorgegangen sein mußte. Daß Pup sich für Sex nicht interessierte, davon war sie überzeugt – hatte er ihr doch selbst in aller Unschuld gestanden, er sei noch Jungfrau. Daß diese Erklärung heute noch absolut der Wahrheit entsprechen, morgen aber schon falsch sein konnte, wäre Dolly nie in den Sinn gekommen. Sie hatte ihres Wissens auch noch nie einen Homosexuellen gekannt. Sie las nicht viel und hatte kaum Umgang mit anderen Menschen. Dennoch lebte sie, wenn auch ganz am Rand und im Schatten, in dieser Welt. Sie stellte sich den Homosexuellen als ein merkwürdiges geziertes Wesen mit parfümiertem Rasierwasser und Rouge im Gesicht vor, als einen Menschen, der einen nicht gerade, sondern nur von der Seite her ansehen konnte und Frauen grundsätzlich nur «meine Liebe» nannte. Ashley Clare, der zwar unleugbar gut aussah, unterschied sich nicht von einem normalen Mann, duftete nach gar nichts, und als er auf dem Bahnsteig einen Bekannten entdeckte, hob er nur kurz den Kopf und sagte lakonisch: «... Morgen.»

Der Zug kam, und Dolly stieg hinter Ashley Clare in ein Nichtraucher-Abteil. Ashley Clare setzte sich in Fahrtrichtung auf einen Fensterplatz, und Dolly ergatterte einen Sitz im rechten Winkel zu seinem und direkt hinter ihm. Am Belsize Park, der nächsten Station, füllte sich der Zug. Die Leute stürmten herein und standen eng gedrängt im Mittelgang. Man beachtete sich gegenseitig nicht. Daß man sich von ihr nach einem flüchtigen Blick hastig wieder abwenden würde, wußte Dolly. Das Feuermal brachte die Leute in Verlegenheit und weckte Schuldbewußtsein in ihnen, so daß niemand Dolly lange ansah.

Ashley Clares Kopf und ungefähr zehn Zentimeter von Schultern und Rücken ragten über die Lehne des Sitzes hinaus. Er schrieb mit Druckschrift die Lösungen in sein Rätsel. Dolly begann schwarze und silberne – aber hauptsächlich schwarze Haare vom Kragen seines Jacketts zu zupfen. Falls zufällig jemand beobachtete, was sie da tat, würde er annehmen, Ashley Clare sei ihr Mann. Man würde sie für ein Ehepaar halten, das es nicht geschafft hatte, nebeneinander zu sitzen, und man würde annehmen, daß sie ihn noch ein bißchen herausputzte, bevor sich ihre Wege für den Tag trennten, weil sie bei verschiedenen Firmen arbeiteten.

Er spürte nichts. Er zuckte nicht einmal mit den Schultern. Dolly sammelte acht Haare ein und steckte sie in ihre Geldbörse zwischen zwei Pfundnoten. Sie saßen in einem Bank-Zug, der in die City fuhr. Ashley Clare stieg in Camden Town aus, vermutlich wollte er zur Tottenham Court Road oder zum Leicester Square umsteigen. Dolly stieg ebenfalls aus, wechselte den Bahnsteig und wartete auf einen nach Norden gehenden Zug. Plötzlich fiel ihr ein, wie sie damals – genau an dieser Stelle oder nicht allzu weit weg – um ein Haar die Frau in Grün vor den Zug gestoßen hätte, weil sie sie für Myra hielt.

Doch da Pup allein mit Worten und mit Wasser wirken und vernichten konnte, hatte Dolly es zum Glück nicht mehr nötig, zu Gewalttätigkeiten zu greifen.

Harold saß am Küchentisch und konnte nicht essen. Die Speisen waren zwar nach seinem Geschmack, fertig verpackte Massenprodukte, wie Edith und in letzter Zeit Dolly sie ihm immer vorgesetzt hatten, aber er stocherte nur daran herum und starrte unglücklich vor sich hin.

Seit zwanzig Jahren hatte er keine Mahlzeit mehr gegessen, ohne gleichzeitig ein Buch zu lesen. Als die Kinder klein waren und Edith sich mit ihnen abgeben mußte, hatte er angefangen, bei Tisch zu lesen, und niemand hatte etwas dagegen eingewendet, offenbar bemerkte man es nicht einmal. Es war ihm zur Gewohnheit geworden. Jetzt konnte er nicht mehr lesen, seit er selbst schrieb oder geschrieben hatte, war er nur noch beschränkt oder überhaupt nicht mehr dazu imstande. Es kam ihm so vor, als habe sich die Bibliothek während der Monate, in denen er *Ihre Hoheit, meine Schwester* geschrieben hatte, einen ungewöhnlich großen Vorrat an königlichen, herzoglichen und aristokratischen Biographien angeschafft. Sie warteten verlockend auf ihn, und gleich nachdem er das Manuskript fertig getippt und abgeschickt hatte, war er in die Zentralbibliothek in Haringey gegangen und hatte sich ein wunderbares, sechshundert Seiten starkes Buch über das Leben der Königin Louise von Preußen ausgeliehen. Er konnte es nicht lesen. Der Druck tanzte vor seinen Augen, er merkte sich kaum ein Wort, ihm fehlten der Schwung und die Begeisterung. Der Stoff seines eigenen Romans, den er praktisch auswendig kannte, schob sich zwischen seine Augen und die Königin Louise, und er war gezwungen, das Buch in wachsender Panik beiseite zu legen.

Es machte ihn krank. Er hatte Schmerzen – Entzugserscheinungen –, Seitenstiche zum Beispiel, so daß er eine Zeitlang dachte, das sei der Beginn eines Herzanfalls und er möglicherweise tot umfallen würde wie Myras Mutter oder der bedauernswerte Ronald Ridge. Natürlich gab er nicht sofort auf. Er versuchte eine Biographie von Stanislaus II., die gesammelten Briefe der albanischen Königsfamilie und in Romanform geschriebene Memoiren der Madame de Montespan, aber mit keinem dieser Bücher konnte er etwas anfangen. Ebenso wie jemand, der in einer Schokoladenfabrik arbeitet, angeblich keine Süßigkeiten mehr essen kann, hatte ihn die Herstellung eines historischen Romans verdorben, so daß die fertigen Produkte anderer ihm jetzt widerwärtig waren. Es war so etwas wie eine Abschreckungstherapie gewesen.

«Du ißt ja gar nichts, Vater», sagte Dolly. «Wenn du die Pastete nicht willst, nimm dir doch ein Stück Battenburg-Kuchen. Komm schon, du mußt essen.»

Er schüttelte den Kopf. Er nahm ab, obwohl er ohnehin nie viel zum Zusetzen gehabt hatte. Am nächsten Tag war Ronald Ridges Beerdigung, zur selben Zeit am selben Ort und dem Aussehen des Himmels nach zu schließen, würde es wieder regnen.

«Hast du deine schwarze Krawatte?»

Harold nickte. Er trottete ins Frühstückszimmer hinüber und setzte sich in den Lehnsessel, in dem er – von Andenken an Myra umgeben und versunken in die romantische Vergangenheit – so viele glückliche Stunden verbracht hatte. Er starrte auf das Fensterviereck, den grauen Himmel dahinter und sah die ersten Regentropfen auf den Scheiben zerplatzen.

An diesem Tag hatte sich Pup mit spöttischer Besorgnis (wie Harold fand) eindringlicher als sonst nach seiner Gesundheit erkundigt und angedeutet, wenn auch nicht direkt ausgesprochen, daß er möglicherweise daran denken sollte, sich vorzeitig aus dem Geschäft zurückzuziehen. Er war wütend geworden. Schließlich war er erst fünfundfünfzig.

«Ich räume doch nicht meinen Platz für einen kleinen, naseweisen Grünschnabel wie dich.»

«Entschuldige», sagte Pup in seiner höflichen Art, «es tut mir leid. Das liegt natürlich ganz bei dir. Nur scheint dir die Sache keinen großen Spaß mehr zu machen.»

«Arbeit soll ja auch kein Spaß sein», antwortete Harold, dachte aber unwillkürlich an die Zeit zurück, in der er seinen Roman geschrieben hatte. Das hatte ihm Spaß gemacht, den größten, den er je gekannt hatte. Zorn packte ihn. «Du hast nichts als große Rosinen im Kopf und wirst das Geschäft ruinieren, das ich aufgebaut habe. Dabei bist du noch nicht mal einundzwanzig.»

Pup sagte nichts mehr. Er sah Harold nach, der mit schleppenden Schritten den Laden verließ, wie immer in letzter Zeit ohne ein Bibliotheksbuch unter dem Arm. Eines Tages wird es schon klappen, dachte er. Da er diesen Abend nicht zu Hause bei Dolly verbringen mußte, schloß er das Geschäft ab, stieg in den Kombi und fuhr zu Andrea. Sie mußte an den Samstagen arbeiten, hatte dafür aber am Donnerstag frei, da der Salon geschlossen hatte. Sie war von allen seinen Mädchen das häuslichste, verwendete eine fast übertriebene Sorgfalt auf ihren kleinen Haushalt und konnte kochen. Als sie herunterkam, um ihm zu öffnen, trug sie eine Schürze.

Auf halber Treppe blieb sie stehen und lauschte. Alles schien ruhig.

«Es macht mir Angst, wenn er dort oben hin und her läuft wie ein gefangener Löwe», sagte sie.

Das Zimmer war blitzsauber und warm, in einer Vase standen Blumen, Hyazinthenzwiebeln spitzten in einem Topf aus der Erde hervor, der Weihnachtskaktus setzte Knospen an. Andrea tat mit

Hilfe einer gestreiften Überdecke und mehreren Zierkissen ihr Bestes, damit das Bett nicht allzu aufdringlich nach einem Bett aussah. An diesem Abend stand sogar ein Tablett darauf. Sie hatte Pup auch nie erlaubt, sich ins Bett zu legen, die gestreifte Überdecke wurde nie entfernt, höchstens ein bißchen zerdrückt. Auf dem kleinen Herd dampfte Gemüse in einer Kasserolle, und im Rohr brutzelte etwas, das köstlich duftete.

«Ich habe zwei Hühnerpasteten gemacht, eine für uns und eine für den Jungen über mir.»

«Was für ein liebes Mädchen du doch bist!»

«Findest du das wirklich? Ich möchte einfach tun, soviel ich kann. Er ist wirklich bemitleidenswert.»

«Dann hole ich uns jetzt wohl am besten eine Flasche Wein.»

«Nicht nötig, habe ich schon besorgt. Ich habe ihn zum Kühlen ins Spülbecken gelegt.» Sie sah ihn strahlend an, die perfekte Managerin, die künftige Gattin, die aussichtsreichste Kandidatin im Wettrennen um den Verlobungsring. Sie kam zu ihm und setzte sich neben ihn auf das Bett. «Peter?»

«Ja?»

«Als ich den Jungen in der oberen Wohnung nach seinem Namen fragte, sagte er, daß er Conal Moore heißt. Aber das stimmt gar nicht, sein Name ist Di-ar-mit Bawne, ich habe die Leute aus dem Erdgeschoß gefragt. Ein Conal Moore hat früher hier gewohnt, aber er ist schon vor einer Ewigkeit weggezogen – im vergangenen Jahr, und dann kam dieser Junge. Findest du das nicht merkwürdig?»

«Das ganze Haus ist merkwürdig», antwortete Pup. «Es ist eine rauhe Gegend. Nicht unbedingt die beste für ein alleinstehendes Mädchen. Kannst du dir keine bessere Wohnung suchen?»

«Es ist ja nur vorübergehend.» Sie sah ihm tief in die Augen. «Glaubst du, ich sollte diesen Di-ar-mit fragen, warum er behauptet, jemand zu sein, der schon vor einem Jahr von hier weggezogen ist?»

«Ich finde, du solltest überhaupt nichts mit ihm zu tun haben. Ich finde, du solltest dich da heraushalten, Andrea. Es geht dich ja auch nichts an.»

«Ich habe irgendwo gelesen, daß kein Mensch eine Insel ist», erwiderte sie salbungsvoll.

«Ich schon», sagte Pup. «Ich bin eine jener ägäischen Inseln in Privatbesitz und sehr wählerisch, wer bei mir an Land kommen darf und wer nicht.»

«Ich denke nicht, daß ich verstehe, was du damit meinst.»

«Ich meine, du sollst dich von arbeitslosem irischem Gesindel fernhalten», sagte Pup.

Dolly nähte Yvonne einen Tweedrock. Sie wußte, daß es nur ein ganz gewöhnlicher Rock war, den Yvonne zum Einkaufen auf dem Markt oder zu leichter Gartenarbeit anziehen würde. Hätte er höheren Ansprüchen genügen sollen, wäre Yvonne zu Brown's oder zu Jaeger gegangen. Die Ashley Clare-Puppe saß mit gespreizten Beinen auf dem Kaminsims und sah zu, wie sie die Nähte auf der Nähmaschine herunterratterte. Nachdem sie den Reißverschluß eingenäht und das Gurtband festgesteckt hatte, konnte sie nichts mehr tun, bis Yvonne den Rock noch einmal probiert hatte. Sie nahm den Deckel von der Resteschachtel und betrachtete die Figur, die, in weißes Seidenpapier eingewickelt, zuoberst auf den Stoffresten lag.

Dolly hatte das Wachs von vier weißen Kerzen gebraucht, um sie zu formen. Sie nahm das Papier ab. Das Modellieren mit Wachs gehörte nicht gerade zu ihren Talenten, mit Nadel und Faden konnte sie besser umgehen, und im Vergleich mit der Puppe sah die Figur geradezu kläglich aus. Ein wurstförmiges Männchen, mit schmutzigen Fingerabdrücken übersät und einem Büschel gestohlener Haare auf dem Kugelkopf. Etwas Unangenehmes, ja, fast Obszönes ging von diesem Machwerk aus. Dolly fühlte es, obwohl sie nicht wußte, woher das kam. Schließlich handelte es sich nur um Wachs und um ein bißchen Staub, der irgendwie an ihre Hände geraten war. Außerdem um ein paar Haare, die sie einem Mann vom Jackettkragen gezupft hatte. Sie hätte die Figur gar nicht machen müssen, hätte Pup sich wegen der Puppe nicht so unzugänglich gezeigt. Er war gestern abend zu Hause gewesen, und sie hatte sich sehr sorgfältig darauf vorbereitet, ihn zu fragen, ob er nicht ... Während sie sich langsam und vorsichtig zu ihrer Frage vorarbeitete, merkte sie, daß sein Gesicht sich immer mehr verschloß, und am Ende hatte er schroff abgelehnt.

«Ich mache mich doch mit so was nicht zum Narren, Dolly.»

«Du hast dich doch auch nicht zum Narren gemacht, als du Myra getötet hast.»

«Zum tausendstenmal – ich habe Myra nicht getötet!»

«Aber natürlich hat er es getan, Doreen», sagte Myra Dolly ins Ohr. «Wir im Jenseits wissen alles, und ich kann dir versichern, daß gesunde Mädchen nicht tot umfallen, wenn sie sich eine ganz gewöhnliche Scheidenspülung machen.»

Dolly scheuchte sie weg. «Du willst mir doch nicht etwa sagen, daß du die Magie aufgibst?»

Er zuckte mit den Schultern. Dann sah er sie an. «Nein. Nein, natürlich nicht, nicht die weiße Magie. Aber ich gebe mich nicht damit ab, Menschen zu töten. Verstanden?»

Sie nähte der Wachspuppe eine Hose aus dem Tweed und ein Hemd aus einem Batistfetzchen. Sie brauchte nicht einmal eine ganze Stunde dazu. Eine lange Einsamkeit lag vor ihr. Sie würde den halben Abend, die ganze Nacht und den ganzen nächsten Tag dauern, bis Pub wieder zu Hause war. Jetzt wünschte sie sich beinahe, sie hätte auch heute getan, was sie in letzter Zeit immer getan hatte, wenn Pup nicht zu Hause war: sie war nach Hampstead gefahren und hatte Ashley Clare beobachtet.

Sie wußte kaum, warum sie es tat. Einfach nur, um etwas zu tun? Um ihre Einsamkeit zu brechen? Oder weil sie glaubte, es könnte irgendeinen Nutzen bringen? Seit jenem Morgen, an dem sie sich die Haare geholt hatte, hatte sie ihn zweimal den «Arrowsmith Court» verlassen und die Heath Street zur U-Bahnstation hinuntergehen sehen. Einmal hatte sie beobachtet, wie er abends um zwanzig vor sechs nach Hause kam, und einmal brachte er George Colefax mit. Da Colefax beinahe genauso angezogen war wie auf dem Foto, erkannte ihn Dolly sofort.

Danach stand Dolly noch lange vor dem Haus und wurde dadurch belohnt, daß sie das Licht angehen sah und George Colefax für einen Moment am Fenster erschien. Er zog die Vorhänge nicht zu. Mit einem Vergnügen am Schlüpfrigen und einem Voyeurismus, die ihr bisher fremd gewesen waren, stand Dolly da und wartete und hoffte darauf zu sehen, wie die beiden sich hinter dem Fenster im hellen Licht umarmten. Sie selbst wollte nicht einmal vom Hausmeister gesehen werden, doch Hampstead ist voller Bäume, voller dicht belaubter Sträucher und mit Kletterpflanzen überwucherter Mauern. Und ein Baum hing tief über die kleine Mauer, auf der sie saß, und auf der ihr nach einer Weile Myra und Edith Gesellschaft leisteten. Dolly in der Mitte, saßen sie friedlich zu dritt auf dem Mäuerchen.

«Man sollte doch glauben, eine Frau hätte Verstand genug, einen Mann mit solchen Neigungen nicht zu heiraten», sagte Myra. «Schließlich war sie schon vorher verheiratet und nicht unerfahren.»

«Als ich jung war, sprach man über solche Dinge nicht in der Öffentlichkeit», flüsterte Edith vertraulich. «Der Ausdruck ‹Homo› hatte keinerlei Bedeutung für mich. Ich weiß auch heute noch nicht, was die miteinander treiben. Und ich will es auch nicht wissen.»

«Also, ganz offen gesagt, es sind die Mütter, die daran schuld sind. Das habe ich in einem Artikel gelesen. Sie werden nicht so geboren.»

«Ja, ja, schiebt nur die Schuld auf die armen Eltern», sagte Edith. «Das ist ja heutzutage immer der Fall.»

George Colefax und Ashley Clare umarmten sich nicht und ließen sich auch nicht am Fenster sehen, aber sie kamen um sieben Uhr wieder aus dem Haus. George Colefax war noch genauso angezogen wie vorher, und Ashley trug jetzt einen braunen Pullover und eine Hose mit einem feinen khakifarbenen und weißen Karomuster. Vielleicht gingen sie zum Essen. Dolly folgte ihnen bis zum «Hollybush», doch hinein ging sie nicht. Sie war noch nie in einem Pub gewesen.

Am heutigen Morgen stand sie schon sehr früh vor Ashley Clares Haus. Was hatte es für einen Sinn, zu Hause zu bleiben? Pup war nicht da, und Harold aß nichts. Es war kalt und feucht, nicht klar, aber auch nicht neblig, einer jener Tage, an dem alles schmutzig aussah.

Ashley Clare verließ das Haus überhaupt nicht, aber George Colefax erschien, sehr lässig angezogen für einen Zahnarzt, fand Dolly. Er trug eine Art Anorak und Ashleys Karohose. Vielleicht war es aber auch seine Hose, und Ashley hatte sich sie gestern abend ausgeliehen, nicht George heute morgen. Es flößte Dolly ein Gefühl des Unbehagens ein. Nichts im Verhalten der beiden Männer hatte bisher auf ihre intime Beziehung schließen lassen, das aber war für Dolly der Beweis. Wie Schwestern oder ein heterosexuelles Liebespaar trug einer die Sachen des anderen. Arme Yvonne! Dolly war jetzt überzeugt, daß die Verbindung nur durch Ashley Clares Tod gelöst werden konnte.

Sie nahm den 210er Bus nach Highgate, ergänzte in dem Laden, in dem sie Stammkundin war, ihren Weinvorrat und ging an der alten Eisenbahnlinie entlang nach Hause. Die Blätter fielen, aber die Schmetterlingssträucher blühten noch. Ein Falter lag tot auf dem Pfad, die schillernden Flügel weit ausgebreitet. Dolly kletterte aus dem feuchten, grasüberwachsenen Graben und scheuchte Gingie vor sich her, der im hohen Gras und zwischen den kleinen Bäumen unsichtbare Dinge jagte.

Dolly legte die Puppe in die Schachtel zurück, nahm den Telefonhörer ab und wählte. Eine Männerstimme meldete sich, und sie legte auf. George kam manchmal nach Hause, einmal wöchentlich etwa, hatte Yvonne gesagt. Dolly hatte ihre tägliche Flasche St. Nicholas geleert und öffnete nach kurzem Zögern eine von jenen, die sie heute morgen gekauft hatte.

Ein wenig später holte sie sich ein paar von Pups Büchern aus dem Tempel. Sie hatte beschlossen, daß Pup für die Zeremonie der Vernichtung von Ashley Clare einen Gott beschwören mußte. Beschwörungen dieser Art, so stand es in allen Büchern, sollten nur von einem geübten und erfahrenen Magier angewendet werden – doch wer wäre geübter und erfahrener gewesen als Pup, nach dieser langen Zeit beim «Orden der Goldenen Dämmerung»?

Der Gott, den sie sich dazu aussuchte, war Anubis mit dem Kopf eines Schakals. Das Buch enthielt ein ellenlanges Götterverzeichnis. Sie hätte auch Enlil oder Marduk, Dagda oder Balder, Khol, Sin, Ruda, Wadd Apollo, Teteshapi oder unendlich viele andere auswählen können, doch von Anubis gab es eine Abbildung. Er war groß und dünn und erinnerte Dolly in gewisser Weise an Ashley Clare, und das Hundegesicht des Gottes glich dem des Hundes, der damals die Leiche des enthaupteten Mädchens gefunden hatte. Darüber hinaus aber war Anubis der Gott des Todes. Die alten Ägypter hatten ihn den Gott der Balsamierungshalle genannt. Er war es, der den Toten die Straßen ins Jenseits wies.

Dolly nahm die Bücher und den Rest des Weins mit ins Bett. Sie war schon so benommen, daß in ihrem Kopf alles zu verschwimmen schien, und als sie das Bild des hundeköpfigen Anubis betrachtete, bekam sie selbst Angst vor dem, was sie zu tun hatte. Doch es gab keinen anderen Weg. Pup kam um zwölf Uhr nach Hause. Sie hörte ihn umhergehen, obwohl er sich sehr bemühte, leise zu sein. Er schlich auf Zehenspitzen herum und schloß ganz vorsichtig die Türen, um sie oder Harold nicht zu wecken. Myra saß am Fußende von Dollys Bett und Edith unter der Deckenlampe. Sie nähte. Dolly sah die beiden nur undeutlich, doch wenn sie näher hinschauen wollte, waren sie verschwunden – nicht aber ihre Stimmen.

«Also, wenn ich ganz offen sein soll, Doreen, du wirst langsam zur Alkoholikerin, zur Weinsäuferin.»

«Sie muß irgendeinen Trost haben, das arme Ding, mit dieser Entstellung. Wir haben alles getan, was wir konnten, haben sie zu Spezialärzten gebracht. Da kann man nichts machen, war alles, was sie sagten.»

«Glaub doch ja nicht, daß ich dir die Schuld gebe, Edith», antwortete Myra. «Ich will damit nur sagen, daß wir alle unseren Kummer haben. Man muß eben lernen, damit zu leben.»

«Das ist wahr, das ist sehr, sehr wahr.»

Sie begannen miteinander zu reden, als sei Dolly gar nicht vorhanden.

«Raus mit euch!» schrie Dolly. «Verschwindet aus meinem Zimmer! Beide!»

Pup, der aus dem Badezimmer kam, hörte sie und starrte auf ihre Zimmertür. Es lief ihm so eiskalt das Rückgrat hinunter, als habe ihm jemand einen Eiswürfel unter den Kragen gesteckt. Aber er ging nicht zu Dolly hinein und klopfte auch nicht bei ihr an. Er redete sich ein, daß sie im Traum geschrien hatte.

19

Als Diarmit Bawne endlich weg war, fühlte sich Conal großartig. So drückte er es sich selbst gegenüber aus.

«Ich fühle mich großartig, Junge! Großartig!»

Diarmit hatte ihn beobachtet wie ein Schulmeister, ihn herumkommandiert und ihm gesagt, wie er sich benehmen und wie er sein solle. Aber am Ende war Conal ihm zu anstrengend geworden, und er hatte es nicht mehr ertragen, daß Conal sich weigerte, sich zu waschen, das Zimmer aufzuräumen oder zu einer geregelten Zeit ins Bett zu gehen. Außerdem war das Recht auf Conals Seite. In diesem Zimmer war er der Mieter, nicht Diarmit. Wenn er sagte, Diarmit solle sich zum Teufel scheren, dann mußte er es tun.

«Und nimm gefälligst deinen ganzen Kram mit!»

Das hatte Diarmit nicht getan. Daher hatte Conal eines Abends, als es schon so spät war, daß bestimmt niemand mehr kam, um das Haus abzureißen, alle Kleider genommen, die nicht dunkelrot waren, außerdem vier Teller, einiges Besteck, eine Teekanne und eine Tasse, und sie auf der gegenüberliegenden Seite des Angers in eine Mülltonne geworfen. Das wird für den Dalmatiner und den Collie eine Enttäuschung geben, wenn sie am Morgen die Tonne durchwühlen, dachte er und lachte. Er lachte auf dem ganzen Heimweg.

Und jetzt war Diarmit endgültig fort. Conal brauchte nicht mehr gewissenhaft und beständig, brauchte kein braver Bürger mehr zu sein. Diarmit hatte ihm ständig damit in den Ohren gelegen, daß er sich einen Job suchen sollte, und auch das konnte er jetzt vergessen. Er brauchte morgens nicht mehr früh aufzustehen und in die Kälte hinauszugehen, er brauchte sich keine Sorgen um Pflicht und Zukunft mehr zu machen. Er war Conal Moore, den die Polizei wegen Raub und Mord suchte.

An den Nachmittagen wurde es jetzt schon gegen vier Uhr dunkel. Sobald es dämmerig war, fühlte er sich sicher. Er ging aus und kaufte sich einen elektrischen Messerschleifer. In seinem Zimmer setzte er sich auf den Boden und schliff seine Messer mit dem Schleifapparat. Dann prüfte er die Schneiden an seiner linken Hand. Nach einer Weile waren die Kuppen seines Daumens und der Finger von einem Netzwerk feiner Schnitte durchzogen. Er wischte sich das Blut an den Hosen oder am Hemdzipfel ab, an denen man, weil sie dunkelrot waren, keine Spuren sah.

Ein- oder zweimal versuchte Diarmit zurückzukommen. Er klopfte nicht an die Tür und rief auch nichts, sondern kratzte mit den Fingernägeln am Linoleum vor der Tür. Daher wußte Conal auch, daß er es war. Wie eine Maus, wer sonst also konnte es sein?

Pup wußte sehr wenig über Anubis, er hatte von ihm gehört, mehr nicht. Aber er füllte die Wissenslücke. Er las alles über Beschwörungszeremonien nach, und ihm wurde klar, daß es hoffnungslos war zu versuchen, das ganze Zeug auswendig zu lernen. Hätte er zwei- oder dreimal wöchentlich tatsächlich geübt, hätte er den Text wahrscheinlich genauso aus dem Kopf hersagen können wie ein Geistlicher den Trauungsgottesdienst.

Dolly wünschte es sich zum Geburtstag. Er sollte einen Gott beschwören. Und wie, dachte Pup, wenn jemand – Dilip oder Andrea vielleicht – mich fragt, was ich meiner Schwester zum Geburtstag schenke, und ich antworten muß: einen Gott. Wenn er so darüber nachdachte, wurde ihm klar, wie schwer gestört Dolly inzwischen war. Sie mußte an Alkoholvergiftung leiden, obwohl er nicht genau wußte, was er darunter zu verstehen hatte. Er war in dieser Beziehung nicht sehr bewandert, denn ihm war eine Tasse Tee immer lieber als ein doppelter Scotch.

Er hatte Dolly gefragt, ob sie ausgehen wolle, ob sie sich einen Schmuck oder etwas zum Anziehen wünsche. Sie hatte bei der Gelegenheit das rot und grün bemalte Stückchen Blech getragen, das er gemacht hatte. Er zuckte regelmäßig innerlich zusammen, wenn er es an ihr sah. Sie hatte erwidert, sie wünsche sich nichts anderes als eine Zeremonie im Tempel. Er solle Anubis für sie beschwören.

Er war fest entschlossen, daß es das letzte Mal sein sollte. Danach würde er, ohne ihr etwas davon zu sagen, unauffällig den Tempel auflösen, so daß sie, wenn sie das nächste Mal hinaufging, nichts anderes vorfand als ein gewöhnliches, schäbiges, leeres Zimmer. Und seine Alibis? Ihm würde schon etwas einfallen. Vielleicht war es sogar an der Zeit, daß er ihr die Wahrheit sagte. Sollte sie doch das Beste daraus machen. Schlimmer als jetzt konnte es mit ihr kaum noch werden, oder?

Yvonne hatte Dolly eine Karte geschickt. Zufällig hatte sie erwähnt, daß sie demnächst Geburtstag habe, und Yvonne hatte sich daran erinnert und ihr eine Karte geschrieben. Außerdem bekam sie eine von Pup und eine mit der Unterschrift «Vater» – in Pups Handschrift. Dolly kaufte sich einen Kuchen und stellte ihn auf den Teetisch.

Sie hatte sich sehr sorgfältig angezogen. Niemand kam, und sie gingen auch nicht aus, trotzdem legte sie noch mehr Gewicht auf ihre Kleidung als sonst und trug ihren neuen pflaumenfarbenen Samtrock mit Jacke und eine pflaumen- und fliederfarbene Bluse. Bei den Frauen der Familie Yearman war es Tradition, daß sie sich Weihnachten und an ihren Geburtstagen besonders schön machten. Während Dolly sich anzog, hörte sie, wie Myra und Edith sich darüber unterhielten.

«Egal, wieviel ich zu tun hatte, und wenn ich bis zum Hals in Arbeit steckte, ich nahm mir immer die Zeit, hinaufzulaufen und mir etwas Hübsches anzuziehen.»

«Also, ganz offen zu dir gesagt, meine ich, daß das Leben für solche Mätzchen zu kurz ist.»

«Es war kurz für uns beide, nicht wahr, meine Liebe?» entgegnete Edith.

Pup blies den Staub von den zu den Elementen gehörigen Waffen. Die Tasse würde er heute am meisten benutzen. Er überlegte, zu welcher Sephirah des Lebensbaums Anubis gehörte. Na ja, sagen wir zur vierten, dachte er. Er zeichnete einen Kreis auf den Fußboden und in den Kreis ein vierseitiges magisches Zeichen. Vor das Fenster hängte er eine himmelblaue Stoffbahn, die Dolly ihm gegeben hatte. Auf dem Altar legte er die vier Vieren des Tarot aus, und nachdem er in die goldene Robe geschlüpft war, knotete er sich eine himmelblaue Schärpe um die Taille.

Während er diese Vorbereitungen traf, hatte er die ganze Zeit das

Gefühl, sich wie ein Verrückter zu benehmen. Er empfand das noch viel stärker als bisher, und es berührte ihn so stark, daß er hin und wieder innehielt und laut vor sich hinsagte: «Bist du wahnsinnig? Bist du jetzt total verrückt?»

Er war froh, daß er sich nicht sehen konnte, daß es im Tempel keinen Spiegel gab. Es war schlimm genug, Dolly vor Augen zu haben – das Gesicht gerötet, wie immer in letzter Zeit, die Augen blutunterlaufen, aber angezogen, als gehe sie auf eine Party. Er fragte sich, wie vielen Flaschen Wein sie jetzt wohl pro Woche den Garaus machte, und er fragte sich – wie so oft, wie praktisch täglich –, was er tun sollte. Sollte er es dem Vater sagen, den Vater um Hilfe bitten? Darüber konnte Pup nur lachen. Dolly hielt etwas in Seidenpapier Gewickeltes in der Hand, und er nahm an, es sei das Geschenk, das sie von ihm bekommen hatte. Es sähe ihr ähnlich, alles, was er ihr gegeben hatte, auf Schritt und Tritt mit sich herumzutragen, obwohl ihr die Hand von Fatima an einem Silberkettchen nicht besonders gefallen zu haben schien und er daran zweifelte, daß sie sie statt des Blechtalismans tragen würde.

Er zündete die zwei blauen Kerzen auf dem Altar an und füllte die Tasse mit dem Wein, den Dolly ihm in einem Glas gebracht hatte. Bevor er einen Gott beschwor, mußte der Magier den Tempel mit einem Austreibungsritual reinigen, und Pup hatte Dolly gesagt, das habe er bereits getan, obwohl das natürlich eine Lüge war. Er war einfach nicht mehr imstande, diesen Hokuspokus zu treiben, wenn er allein war.

Er wandte sich Dolly zu, die auf dem Boden auf einem Kissen saß und begann, die Tasse mit dem Wein in den Händen haltend, mit der Beschwörung. Die Worte, die er benutzte, hätten Crowley oder Abremalin, den Magier, geschockt, denn sie waren ein Mischmasch aus jeder Zauberformel, diabolischer Litanei und jedes Herbeirufungszitats, die Pup je in sein Bewußtsein aufgenommen hatte. Aus vergessenen Mythologien lieh er sich Namen und Titel, von denen die Welt längst nichts mehr weiß. Seine Sprache war die des Dr. Dee, die Sprache jakobinischer Hexerei.

«Ich beschwöre dich, du Ungeborener,
du Schrecklicher, der in der Leere hauset,
Anubis, Sohn des Nephtys'
von der Rasse des Asar-Un-Nefer, des wiedererweckten Osiris,
Jakalhäuptiger, sakraler Herr der Balsamierungshalle,
Anubis Osirides, Lucifug, Thanatopher,

der du schreitest in der Tiefe
und deiner Füße gewahr bist,
o Adonai, Gnomus, Salamander,
Zeuger des Lichts und erhabener Hüter der Moral ...»
Und so weiter.

Dolly sah zu und lauschte verzückt. Sie hatte vor Beginn der Zeremonie eine ganze Flasche Valpolicella getrunken. Ihr Kopf hämmerte, und sie litt an Atemnot und war aufs höchste angespannt. Sie wünschte jetzt, sie hätte nicht ganz so viel getrunken. Sie hatte Anubis aus dem Buch mit dem Titel *Interpretationen aus dem Buch der Toten* herausgesucht, weil er derjenige war, der die Seelen ins Jenseits geleitete, doch jetzt fragte sie sich, ob sie ihn nicht auch wegen seines wunderlichen Aussehens, wegen seines Hundekopfs gewählt hatte? Sie und dieser Gott hatten etwas gemeinsam, sie waren beide anders, hatten beide eine Verunstaltung, die sie nicht verbergen konnten.

Sie hob die Hand, um das Feuermal zu berühren, aber Myra war schneller und strich ihr über die Wange, bevor sie es konnte. Die beiden waren auch im Tempel und flüsterten miteinander. Aber was sie sagten, konnte sie nicht verstehen. Sie wurde an Mrs. Fitters Séancen erinnert. Dort hatte sie dasselbe empfunden wie hier – eine fast bedrohliche Erregung und Spannung. Pup stellte die Tasse auf den Altar zurück und zündete den Inhalt einer kleinen Schale an, die mit zerbrochenen Räucherstäbchen gefüllt war. Ein starker Geruch von brennendem Patschuli und Sandelholz stieg daraus auf. Pup blies eine Kerze aus. Die Schale schimmerte rot, und dünner Rauch schwebte zur Decke. In dem Raum mit den schwarzen Wänden war es jetzt ganz dunkel. Und zu diesem Dunkel kam noch das des Winterabends, der vor dem Fenster mit dem blauen Vorhang stand. Es war neun Uhr.

Die Kerze warf weiches Licht auf Pups goldenen Mantel, doch sein Gesicht lag im Schatten. Links neben dem Fenster konnte Dolly in der Ecke undeutlich die Gestalten von Myra und Edith ausmachen. Die weißen Gewänder glichen mit ihrem Faltenwurf jenen griechischer Statuen. Pup trat in den Kreidekreis und schloß ihn dort, wo er ihn betreten hatte, mit der Spitze des Zauberstabs. Er legte den Stab über seine Füße und hob die sanft leuchtende Schale hoch in die Luft.

Im Haus war es still. Die beiden Frauen hatten aufgehört zu flüstern. Sogar der Verkehr schien stehengeblieben zu sein, obwohl man ihn hier hinten an der alten Eisenbahnlinie nie besonders laut hörte.

«Ich beschwöre dich, Anubis, Sohn des Osiris oder möglicher Sohn des Ra, steige herab! Erscheine uns sofort, venite, venite, Luzifug! Steig herab und zeig dich uns in deiner unsterblichen Gestalt ...»

Absolute Stille, nur Pups Stimme war zu hören. Es war kalt im Tempel, beinahe so kalt wie in der Mount Pleasant Hall, als Edith ihnen erschienen war. Dollys Arme und Schultern waren mit Gänsehaut bedeckt.

«Erscheine, Osiris, Herr der Unterwelt, Führer der Seelen, Träger des Heroldstabs von Gott Merkur und des Palmenzweigs ...»

Dolly hatte zu zittern angefangen. «Pup ...»

Er hörte sie nicht. In diesem Stadium genoß er immer, was er tat, genoß er die Rolle, die er spielte. Man konnte verstehen, was diese alten Scharlatane des Okkulten allein den Namen und der archaischen Sprache abgewonnen hatten.

«Erhebe dich, erscheine, ich befehle es dir, fleischgewordener Anubis, Führer der Toten, Prinz des Grabes, fundador sepulcrorum, erscheine ...»

Die gelben Dämpfe, die aus dem viereckigen Inneren des Kreises aufstiegen, schwebten jetzt, dichter werdend, zur Decke und verbargen Pup vor Dollys Blicken, verbargen die Kerze und die Schale mit dem schwelenden Weihrauch. Es waren die ersten Schwaden dieses Rauchs gewesen, die Dolly bewogen hatten, nach Pup zu rufen. Doch er war jetzt in dickes, beißendes Gelb gehüllt, einen Nebel, der nach Feuer roch, und seine Worte verloren sich, als sei er weit von ihr entfernt.

Und jetzt formte sich eine Gestalt in dem dunklen Rauch, wurde größer, reichte schließlich bis an die Zimmerdecke, stand hochaufgerichtet da, und um ihren turmartigen Kopfputz schwebten gelbe Rauchringe. Der Körper war nackt und schimmerte, als sei er aus Bronze, und das Gesicht mit der spitzen Schnauze war das eines Hundes.

Dolly schrie so laut sie konnte. Sie schrie wie damals bei der Séance, als Myra erschienen war. Sie sprang auf, warf mit einer weit ausholenden Armbewegung die Kerze um, die auf dem Altar stand, und warf das kleine Wachsbildnis in das Viereck, dem Gott vor die Füße. Einen Herzschlag lang stand sie mit ausgebreiteten Armen da, dann brach sie ohnmächtig zusammen.

Pup fielen keine Namen, Beinamen und Titel mehr ein, und er

wollte die Zeremonie eben beenden, als Dolly schrie. Er kehrte ihr den Rücken zu, stellte die Räucherschale auf den Altar zurück und wollte im nächsten Moment zur Tür gehen, um das Licht einzuschalten. Als er den Schrei hörte, fuhr er herum, war jedoch nicht schnell genug, um sie aufzufangen.

Die Kerze war umgefallen und ausgegangen, hatte aber vorher noch in Brand gesteckt, was Dolly in der Hand gehalten hatte, etwas aus Stoff und Wachs, das auf dem hölzernen Fußboden lichterloh loderte. Pup machte Licht, nahm seinen Dolch, spießte den brennenden Gegenstand auf und deponierte ihn in der Räucherschale.

Dolly schlug die Augen auf. Pup fiel neben ihr auf die Knie.

«Bist du okay? Warum hast du das getan?»

Sie starrte ihn an, richtete sich auf und betrachtete das Ding, das noch immer brennend in der Schale lag.

«Hast du ihn gesehen?»

Ein kalter Finger schien über Pups Rückgrat zu streichen. «Ich habe nichts gesehen. Es war nichts da. Es tut mir leid, ich hätte das nicht tun dürfen, ich bin ein Idiot. Ich bin zu weit gegangen.»

Sie stand auf, warf scheue Blicke um sich. Das Licht verwandelte den Tempel wieder in ein kleines, schäbiges Zimmer mit unverständlich schwarzen Wänden und einem am Fenster befestigten blauen Lumpen.

«Wo ist er jetzt?»

«Komm hinunter», sagte Pup sanft. «Ich mache dir etwas Heißes zum Trinken. Geht es dir gut? Soll ich dich tragen? Ich wette, ich könnte es.»

Sie streckte die Hand aus und berührte die Schale. «Gut, das ist gut. Bist du sicher, daß er weg ist?»

Es war sinnlos, mit ihr zu streiten. «Er ist weg. Ich habe ihn gebannt. Er ist weg und kommt nicht wieder, du kannst dich darauf verlassen.»

Pup war fast hysterisch, so sehr widerte er sich selbst an. Er brachte Dolly hinaus und schlug die Tür zu. Unten kochte er Tee für sie beide, starken, indischen Tee. Die Tasse mit beiden Händen festhaltend, saß Dolly schweigend da und trank. Er dachte daran, wie alles angefangen hatte, an den Anfang ihrer Schwierigkeit, die jetzt viel mehr war als nur ein eigenbrötlerisches, ein wenig seltsames Verhalten. Das war es gewiß bei ihm gewesen, als er als Halbwüchsiger im Mistley Tunnel seine Seele dem Teufel verkaufte. Sie war damals normal gewesen – oder zumindest so normal, wie eine Frau mit einem solchen Ding im Gesicht sein konnte. Doch nachdem er sie mit dem Okkultismus bekannt gemacht hatte, hatte der schädliche Einfluß eingesetzt, das Übel an ihr zu nagen begonnen. War vielleicht das gemeint, wenn die Bücher von einer unsichtbaren Welt sprachen, die sich in die reale Welt eines praktizierenden Magiers oder Anhängers des Okkultismus, eines nach Magie Süchtigen drängte? Meinten die alten Schriftsteller das, wenn sie von Dämonen sprachen, die, einmal gerufen, sich nicht mehr bannen ließen? Meinten sie wirklich einen von der Realität losgelösten Verstand – Schizophrenie? In letzter Zeit schien Dolly ständig von unsichtbaren Gefährten begleitet zu werden. Sie sah Dinge und hörte Stimmen. Was hatte sie eben in diesem Zimmer gesehen?

Sie mußte zum Psychiater, mußte sich behandeln lassen. Er brachte sie in ihr Schlafzimmer. Während sie sich auszog, holte er aus dem Badezimmerschränkchen eine Schlaftablette aus einem Fläschchen, das Myra gehört hatte. Er setzte sich neben sie auf den Bettrand und hielt ihre Hand. Er mußte sich um das Geschäft kümmern, den großen Auftrag perfekt erledigen und einen vertrauenswürdigen Filialleiter für das neue Geschäft finden. Sobald er das alles erledigt hatte, wollte er sich auf die Suche nach einem tüchtigen Psychiater machen. Und bis dahin würde er sich um sie kümmern, er würde sie nicht zuviel allein lassen, abends häufiger zu Hause bleiben, und nie wieder wollte er mit dem Okkultismus etwas zu tun haben.

Das Seconal zwang Dolly mit Brachialgewalt zu einem schweren Achtstundenschlaf. Doch schon im Erwachen erinnerte sie sich wieder daran, wie vollständig das Wachsbildnis von Ashley Clare vom Feuer verzehrt worden war. Wenn sich während dieses Prozesses der Vernichtung der gefürchtete Gott herabgelassen hatte, ihr zu erscheinen, dann war das der Preis, den sie dafür bezahlen mußte. Es war auch ein Beweis für Pups ans Wunderbare grenzenden magischen Kräfte.

Am Nachmittag wollte Yvonne kommen – zum erstenmal, ohne einen handfesten Grund zu haben. Sie kam nur, um Dolly zu sehen. Diesmal war kein grünes Kleid anzuprobieren und kein Rocksaum hochzustecken. Dolly ging in den Tempel hinauf und nahm den blauen Vorhang vom Fenster ab. Sie hob die Kerze auf und stellte sie in den Halter zurück, sie nahm die Schale in die Hand und untersuchte ihren Inhalt. Der Tweed, die Baumwolle und die Haare waren völlig verbrannt, der Körper geschmolzen, und in der Schale lag nur noch ein grauer Wachsklumpen und darin eingebettet die Reste der Räucherstäbchen.

Die Puppe legte sie in die Resteschachtel. Yvonne sollte sie nicht sehen. Nachdem sie im Zimmer abgestaubt und eine Flasche Asti in den Kühlschrank gestellt hatte, ging sie hinauf und zog sich für Yvonne sehr sorgfältig an – das weiche Schneiderkostüm in blauem und grauem Karostoff, die fuchsienrote Bluse mit Stehkragen und Schleife, einen marineblauen Gürtel, gleichfarbige Pumps und graue Strumpfhosen. Sie trug das Haar länger denn je, weil Yvonnes Haar lang war. Sorgfältig zog sie es über drei Viertel des Feuermals und hielt es über dem Ohr mit einer pinkfarbenen Spange zusammen. Myra und Edith flüsterten in einer Ecke des Schlafzimmers miteinander. Es war, als hätten sie ein Geheimnis, denn sie unterbrachen sich immer wieder, sahen sie an, und manchmal kicherten sie. Sie hatte sie bisher noch nie kichern gehört.

Pup hatte die Absicht, früh nach Hause zu gehen. Er wollte jeden Abend zu Hause bleiben, bis er sicher war, daß es Dolly besserging. Um halb fünf schnitt Andrea ihm das Haar, fönte es trocken und zog ein Gesicht, als er sagte, er müsse nach Hause zu seiner Schwester. Er fuhr sie nach Mount Pleasant Gardens und sah zum erstenmal Diarmit Bawne, der aus dem Haus kam und die Stufen heruntertstieg. In der Hand trug er eine grüne Harrods-Tüte.

Als er zu Hause den Kombi abstellte, dachte er zuerst, Yvonne sei nicht gekommen. Vor dem Haus parkte kein grüner Porsche. Doch schon in der Diele schwebte ihm ein zarter Hauch von Moschus und Blüten entgegen. Seine Erleichterung war ungeheuer, irgendwie unverhältnismäßig groß. Doch er sagte sich, er wolle ja nur, daß Dollys Freundin hier war, wollte, daß sie eine Freundin hatte.

Sie saßen auf dem Sofa und tranken Asti. Yvonne natürlich an Dollys linker Seite. Heftiges Mitleid mit seiner Schwester überkam ihn, die in ihren selbstgeschneiderten Kleidern so unelegant, so hausbacken wirkte. Am schlimmsten war die alberne Bluse, die ihre allzu blühende Gesichtsfarbe noch betonte. Natürlich war es auch der Kontrast zu Yvonne, der alles schlimmer machte. Yvonne war so zart, eine Elfe, eine Najade in einem Kleid aus anschmiegsamer Wolle so hell wie Elfenbein, einer Malachithalskette und silbernen Reifen an den weißen Armen.

«Nymphe, Nymphe, was trägst du für Perlen?
Perlen aus grünem Glas, Kobold, warum starrst du sie an?
Gib sie mir. – Nein.»

Wieso erinnerte er sich an dieses Gedicht aus einer alten Schulanthologie? Er fragte sie, wie es ihr gehe, setzte sich und ließ sich ein Glas Wein einschenken.

«Mein Wagen ist beim Kundendienst, und ich bekomme ihn erst morgen wieder. Dolly hat gesagt, daß Sie so freundlich sein werden, mich nach Hause zu bringen. Aber das müssen Sie nicht, wirklich nicht. Ich kann ja ein Taxi rufen.»

«Selbstverständlich bringe ich Sie nach Hause.»

«Wir trinken noch eine Flasche Wein», sagte Dolly.

Sie sah den schnellen Blick nicht, den Pup und Yvonne wechselten. Pup zuckte mit den Schultern.

«Ich hätte lieber etwas zu essen.»

«Es steht alles für dich bereit, auf dem Küchentisch», antwortete Dolly ziemlich scharf. «Bekommst du dein Essen nicht immer pünktlich?»

Er holte sich ein Tablett ins Wohnzimmer: kalte Hühnerflügel, Hörnchen, Kartoffelflocken, saure Gürkchen, Zitronenquarkschnitten und Joghurt mit Ananasgeschmack. Yvonne nahm ein paar Kartoffelflocken, dann aß sie eine Quarkschnitte und den ganzen Joghurt. Dolly öffnete eine zweite Flasche Asti. Sie beeilte sich damit, denn seit einiger Zeit war sie nach Einbruch der Dunkelheit in der großen, alten Küche nicht gern allein.

Es war schon fast zehn, als Yvonne sagte, sie müsse jetzt wirklich aufbrechen. «George wollte übers Wochenende nach Hause kommen», wandte sie sich auf der Schwelle noch einmal an Dolly. «Dann hat er angerufen und gesagt, daß er's doch nicht schafft. Er muß sich um diesen Ashley kümmern.»

«Wieso muß er sich um ihn kümmern?»

«Ach, hab ich das nicht erwähnt? Er ist krank. Er hat sich einen mysteriösen Virus geholt und ist schwer krank.»

20

Venus – möglicherweise auch Psyche oder die schöne Helena – ruhte in schwellenden Kissen, nackt bis auf das obligatorische durchsichtige Fähnchen und betrachtete ihre Schönheit in einem goldgerahmten Handspiegel, während eine verrunzelte Alte, deren Gesicht einen scharfen Kontrast darstellte und außerdem für Sterbliche eine böse Ahnung ausdrückte, auf der anderen Seite des Bettes kauerte und in der ausgestreckten Hand ein Perlenhalsband hielt. Das Gemälde war groß und, abgesehen vom Fleisch der jungen Schönheit, in ziemlich dunklen Farben gehalten. Sein vergoldeter Rahmen wirkte auf der elfenbeinfarbenen Seide, mit der die Wände von Yvonnes Schlafzimmer tapeziert waren, ungeheuer dekorativ, fast prunkvoll.

«George hat es nie gemocht», sagte Yvonne.

«Nun ja, wie sollte er auch?» Pup setzte sich auf und strich ihr das Silberdistelhaar von der Stirn zurück. «Sie ist für den modernen Geschmack zu dick. Und sie ist nicht halb so schön wie du.»

«Seit mein erster Mann tot ist, hat mir niemand mehr gesagt, daß ich schön bin.»

«Wir müssen nicht über ihn reden, oder? Oder über George? Einer ist tot, der arme Kerl, und der andere behandelt dich schlecht, vergessen wir sie also, und reden wir über uns. Ich finde, wir sollten jetzt aufstehen, uns anziehen, und dann führe ich dich zum Dinner aus.»

Yvonne sah auf ihre mit Diamanten besetzte Armbanduhr, die auf dem Nachttisch lag, und schrie leise auf. «Oh, schau mal, wie spät es ist! Ist dir klar, daß wir sieben Stunden im Bett waren?»

«Und das an einem Sonntag.»

«Peter, ich möchte dir nur noch sagen, daß ich meinen zweiten Mann bisher noch nie betrogen habe – und den ersten natürlich schon gar nicht. Ich verspreche dir, die beiden nie wieder zu erwähnen, aber ich wollte, daß du das weißt. Ich meine, es gehört nicht zu meinen Gewohnheiten, herumzuschlafen. Es muß mir etwas bedeuten. Ich will nicht behaupten, daß ich mich schon in dich verliebte, als wir uns auf der Party der armen Myra kennenlernten. Was zurückblieb, war eher eine ungeheure Verwirrung der Gefühle. Und sie, verbunden mit deinen Kräften, Peter, den gottähnlichen Kräften eines Guru ...»

«Nenn mich bitte Pup», sagte er und stieg aus dem Bett. «Und ich habe bisher noch nie ein Mädchen darum gebeten.» Er begann sich anzuziehen. «Und vergiß bitte dieses Gott- und Guru-Zeug, es hat es nie gegeben und wird es nie geben. Es existiert nur in Dollys Kopf. Was sie auch sagen mag, ich kann nichts tun, um George und diesen Ashley zu trennen. Wozu sich außerdem die Mühe machen? Du brauchst George nicht mehr.»

Sie sah ihn zweifelnd an und lächelte dann.

George hatte seit vierzehn Tagen keine einzige Nacht zu Hause verbracht. Ashley Clare war ein starker Raucher, und der Virus hatte seine Lunge angegriffen. Das hatte Yvonne Dolly telefonisch mitgeteilt, als sie sich entschuldigte, daß sie nicht, wie versprochen, in die Manningtree Grove kam. Ashley lag im Bett, zu schwach, um sich zu bewegen, und sein Fieber stieg allabendlich so hoch, daß der Arzt davon sprach, ihn ins Krankenhaus einweisen zu lassen, damit die notwendigen Tests gemacht werden konnten. Die Zeit außerhalb seiner Sprechstunden verbrachte George ausschließlich an Ashleys Bett.

Dolly war nicht überrascht, doch es flößte ihr noch immer ehrfürchtige Scheu ein. Das hatte Pup bewirkt, obwohl er nicht einmal wußte, was er tat. Pup hatte den Gott beschworen, und der Gott hatte Ashley Clare in seinem Feuer verzehrt. Er sollte nicht so schnell sterben wie Myra, bei ihm würde es lange dauern, doch schließlich wartete auch auf ihn nur der Tod. Genauso wie sie gesagt hatten, Myra sei an einer Luftembolie gestorben, würde es bei ihm heißen, Todesursache sei ein Herzfehler oder eine Allergie gegen Antibiotika gewesen. Nur sie würde wissen, daß Pup ihn herbeigezaubert hatte.

Sie wartete ungeduldig auf Neuigkeiten, doch Yvonne kam nicht mehr und rief nicht mehr an. Dolly wußte genau, warum: sie war es müde zu warten, sie hatte kein richtiges Vertrauen zu Dolly oder Pup. Vielleicht dachte sie sogar, Dolly habe die Sache Pup gegenüber nie erwähnt, habe nie etwas getan. Anstatt daß George zu ihr zurückkam, hing er ihrer Meinung nach mehr an Ashley Clare denn je.

Nun, es war nur eine Frage der Zeit. Dolly vermißte Yvonne, konnte aber verstehen, was sie empfand – sie war enttäuscht, vielleicht sogar verbittert. Sobald Ashley Clare tot war, würde sie wiederkommen und sich dankbar erweisen. George würde zu ihr zurückkehren, und sie würden mit Pup und Dolly ewige Freundschaft schließen. Sie stellte sich vor, wie sie zu viert ausgingen, mit dem Porsche fuhren oder vielleicht mit Georges Mercedes. Sie würden Restaurants in Hampstead besuchen, und die Leute würden Pup und sie für ein Ehepaar halten. Dolly durchsuchte Ediths Sachen und fand ihren Ehering. Er paßte ihr so gut wie er der Mutter gepaßt hatte.

Als sie den Ring sah, sagte Edith zu Myra: «Ich freue mich, daß sie ihn trägt. Es hat mir irgendwie weh getan, daß sie meinen Ring nicht trug. Ich habe den Ehering meiner Mutter immer getragen, an der rechten Hand, natürlich.»

Dolly schob den Ring an den Finger der rechten Hand. Sie saß an der Maschine und steppte die langen Nähte an dem grünen Kordoverall, den sie für Yvonne arbeitete. Yvonne hatte ihn nicht in Auftrag gegeben, sie arbeitete ihn auf gut Glück, als Überraschung, doch sie wußte, daß Yvonne sich darüber freuen würde. Die beiden Stimmen flüsterten in der Ecke neben der Resteschachtel, flüsterten und flüsterten. Sie waren richtig gute Freundinnen geworden. Sie redeten nie mehr direkt mit Dolly.

«Ehrlich Edith, kein Mensch, der seine fünf Sinne beisammen hat, würde Dolly je für die Frau deines Sohnes halten.»

«Das weiß ich, meine Liebe.»

«Ihre Verunstaltung schließt so etwas ja von vornherein aus, wenn ich das so ehrlich sagen darf.»

Dolly bearbeitete wütend den Tritt der Nähmaschine, weil sie hoffte, sie mit dem lauten Geratter zum Schweigen zu bringen. Es regnete und war um halb fünf schon dunkel, denn die Wintersonnenwende stand kurz bevor. Die Naht war fertig, und Dolly mußte aufhören. Flüster, flüster ... Wie kam es nur, daß sie ihre Gedanken lesen konnten? Und ihre geheimsten Gedanken dazu?

«Peter ist natürlich sehr klug», sagte Myra vertraulich, «das garantiere ich dir. Es ist nicht unmöglich, daß er etwas für sie tun könnte.»

«Wir haben alles getan, was in unserer Macht stand, wir haben sie zu den besten Spezialisten gebracht. Sie schüttelten alle nur den Kopf und sagten, man könne nichts tun.»

«Die medizinische Wissenschaft ist hier vielleicht machtlos, aber das ist etwas ganz anderes. Warum bittet sie Peter nicht, ihr das Feuermal wegzuzaubern?»

Dolly sprang auf. Sie warf eine Zwirnsspule nach ihnen, und sie verschwanden. Was Myra gesagt hatte, ließ sie leicht zittern. Sie ging in die Küche und holte sich ihren Frascati aus dem Kühlschrank. Als sie Licht machen wollte, passierte nichts. Die Glühbirne war ausgebrannt. Die Küche wurde nur schwach von der Gaszündflamme über der Backröhre beleuchtet.

Er stand zwischen der Hintertür und dem Kühlschrank, groß und glänzend, sein Kopfschmuck reichte bis zur Decke, seine fellige Schnauze zuckte, und er fletschte die Zähne. Herr der Grabstätten, Anubis, der Schakalhäuptige, Merkurstab und Palmwedel in der Hand. Dolly schrie. Es war niemand da, der sie hörte. Sie schrie, schlug die Tür zu, floh ins Wohnzimmer, warf sich zu Boden und blieb schreiend und mit den Fäusten auf den Teppich einhämmernd liegen.

Hin und her gingen die schweren Schritte über ihnen. Es war unangenehm, man konnte ihnen nicht entrinnen, das ganze Zimmer bebte.

«Es macht mir Angst», sagte Andrea. «Ich bin schon ganz krank vor Angst.»

«Du mußt umziehen», antwortete Pup. «Was könntest du denn sonst tun? Du warst oben und hast ihn gebeten, damit aufzuhören. Und ich war oben. Ich würde ja alles tun, was du willst, aber ich weiß nicht, was ich dir vorschlagen soll.»

Andrea sah ihn an. Sie saßen auf ihrem hübschen Bett und aßen Eier Benedict, die sie mit großer Sorgfalt und Mühe für ihn zubereitet hatte.

«Wir könnten eins tun. Komm mit mir zu einem Arzt und sag ihm, daß der Junge, der über mir wohnt, den – nun ja, den Verstand verliert, und bitte den Arzt etwas zu unternehmen. Der Junge gehört in eine Nervenheilanstalt, er braucht eine Behandlung.»

«Ich glaube nicht, daß ich das tun könnte», sagte Pup bedächtig. Er war der Meinung, daß ihm die Schwierigkeiten genügten, die er zu Hause hatte. Er brauchte sich nicht noch fremde aufzuhalsen. «Es geht mich nichts an.»

«Wen geht es denn etwas an? Er ist ganz allein, er scheint keine Familie zu haben. Er ist verrückt, davon bin ich überzeugt, wirklich verrückt. Er glaubt, wenn er tagsüber das Haus verläßt, kommen Arbeiter und reißen es ab. Das hat er mir erzählt, das glaubt er tatsächlich. Und er sagt, daß er Conal Moore heißt. Drei Hausbewohner haben mir erzählt, daß Conal Moore ein großer, breiter blonder Bursche war, der vor anderthalb Jahren im Juli ausgezogen ist und nie wieder hier war.»

«Du willst, daß ich das einem Arzt erzähle? Was für einem Arzt übrigens?»

«Ich kenne hier keinen. Aber du mußt doch einen haben. Du mußt einen Hausarzt haben.»

«Heißt das, du willst, daß der arme Kerl – wie nennt man das? – zwangsweise in eine Nervenheilanstalt eingewiesen wird?»

«Es wäre das beste für ihn, Peter.»

«Geh du nur zu einem Arzt, wenn du mußt», sagte Peter, «aber zähle nicht auf mich. Ich an deiner Stelle würde mir allerdings eine andere Wohnung suchen. Es wäre einfacher.»

Sie sah ihn an, als wollte sie etwas sagen, wagte es jedoch nicht. Er zog eine Braue hoch, aber der Augenblick war vorüber, und sie schüttelte den Kopf. Sie nahm seinen und ihren Teller und verteilte eine *crème brûlée* darauf. Über ihnen marschierten die Schritte müde hin und her, auf den dreieinhalb Metern Fußboden immer hin und her.

Als Pup nach Hause kam, bat ihn Dolly, in der Küche eine neue Glühbirne einzuschrauben. Ihm fiel auf, daß sie erst hineinging, als das Licht wieder brannte. An diesem Abend roch sie nach Brandy, nicht nach Wein. Er erinnerte sich, daß im Wohnzimmerbüfett noch aus Myras Tagen etwas Brandy gewesen war.

Nächstenliebe beginnt zu Hause. Bevor er wegen Diarmit Bawne etwas unternahm, mußte er etwas für seine Schwester tun. Er beobachtete, wie sie ängstlich in die hell erleuchtete Küche schlich und sich großäugig umsah. Ohne an die Folgen zu denken, sagte er unbedacht: «Übrigens wurde George Colefax' Freund ins Royal Free Hospital eingeliefert.»

«Ins Krankenhaus?»

Pup nickte. «Er hat eine Stauungslunge. Er ist wirklich schwer krank.»

«Woher weißt du das?» fragte sie scharf.

Auf wen war sie eifersüchtig? Auf ihn oder Yvonne? «Ich hatte draußen eine Maschine zu warten», schwindelte er glatt, «und habe Yvonne zufällig getroffen.»

Ihre Augen und ihr kaum merklich zitternder Mund verrieten starkes Mißtrauen. Er merkte, daß sie ihn immer wieder ansah. Am nächsten Morgen kam sie beim Frühstück wieder auf das Thema zurück.

«Mehr weiß ich nicht», antwortete er mit einer Spur von Schärfe in seiner sonst so freundlichen Stimme. «Nur, daß er im Krankenhaus liegt und sie mit dem EKG nicht sehr glücklich sind. Angeblich hat er ein Geräusch am Herzen.»

Sie brummte etwas und starrte ihn so eindringlich an wie eine jener Mütter, die behaupten, an einem ganz besonderen Glanz in den Augen ihres Kindes zu erkennen, daß es lügt. Harold kam in seinem besten Anzug, aber ohne Krawatte an den Tisch. Er nahm eine Tasse Tee und tat sich ein paar trockene, raschelnde Cornflakes auf den Teller, machte jedoch zunächst keine Anstalten, sie zu essen. Der Anzug hing in Falten an seiner kleinen, jetzt abgezehrten Gestalt.

«Doch nicht schon wieder eine Beerdigung?» fragte Pup.

Harold schüttelte den Kopf. «Kannst du mir eine Krawatte leihen? Meine sehen alle nach nichts aus. Aber keine zu grell gemusterte bitte.»

Pup ging hinunter und brachte ihm drei Krawatten. Eine marineblaue mit winzigen Gänseblümchen, eine dunkelgraue mit winzigen rehbraunen und pinkfarbenen Vierecken und eine krem und silbern gestreifte mit einer braunen Zickzackleiste in der Mitte. Da sie Pup gehörten, waren alle aus reiner Seide. Harold wählte die dunkelgraue.

«Ich komme heute nicht ins Geschäft, ich muß nach London hinein.»

«Weihnachtseinkäufe machen?» fragte Pup.

Harold, der seit Wochen nicht mehr gelächelt hatte, brach jetzt in ein hohes, schrilles Gelächter aus. Er und Weihnachtseinkäufe machen – was für eine Idee!

«Also ich weiß nicht recht, ich weiß wirklich nicht.» Er schüttelte sich vor Vergnügen. Und als habe er sich durch das Lachen irgendwie abreagiert und von irgend etwas befreit, griff er nach der Zuckerschale, zuckerte die Cornflakes, schüttete Milch darüber und begann heißhungrig zu essen. Pup sagte nichts mehr. Ihm war klar, daß der Vater nichts sagen wollte, wohin oder warum er in die Stadt fuhr. Wahrscheinlich hatte es – was es auch sein mochte – mit dem maschinegeschriebenen Brief zu tun, der vor zwei Tagen gekommen war und der ihn, ebenfalls beim Frühstück in Aufregung und fast in eine kleine Panik versetzt hatte.

Als die beiden Männer fort waren, rief Dolly das Royal Free Hospital an. Es dauerte eine Zeitlang, bis man festgestellt hatte, auf welcher Abteilung Ashley Clare lag. Als sie mit der diensthabenden Oberschwester verbunden war, behauptete Dolly, sie sei die Schwester des Patienten.

«Keine Veränderung in seinem Befinden», sagte die Schwester. «Es geht ihm den Umständen entsprechend.»

Damit mußte Dolly sich zufriedengeben. Sie versuchte Yvonne anzurufen, erreichte sie jedoch nicht. Seit jenem Abend in der Küche hatte sie Anubis nicht mehr direkt gesehen, nicht mehr von Angesicht zu Angesicht, doch hin und wieder erhaschte sie aus den Augenwinkeln einen Blick auf ihn, sah seinen Kopfputz schimmern, die Schlangenhaut oder sein Hundegesicht, das ihr plötzlich aus einem dunklen Winkel entgegenstarrte. Sie konnte es ertragen, sie biß die Zähne zusammen und wappnete sich gegen die Angst. Anubis würde bleiben, bis seine Arbeit getan war. Sobald Ashley Clare tot ist, wird auch er verschwinden, dachte sie.

Sie nähte den grünen Kordoverall fertig. Ihr kam der Gedanke, für Yvonne eine Puppe zu arbeiten – eine Puppe, die in ihr weißgoldenes Schlafzimmer paßte, auf dem Bett sitzen und unter dem weiten Rock ein Nachthemd verstecken konnte. In dieser Nacht träumte sie zum erstenmal von Anubis. Er erfüllte seine Pflicht, indem er die Toten in die Unterwelt oder ins Jenseits geleitete. Edith und Myra, Ronald Ridge und Mrs. Brewer mit Fluffy auf dem Arm gingen hinter ihm her, doch ihnen voran, Seite an Seite mit dem Gott, schritt Ashley Clare. Und der Pfad, den sie entlanggingen und der in den Mistley Tunnel mündete, war die alte Eisenbahnlinie.

Pup kam gegen acht Uhr abends nach Hause. Er küßte sie auf die Wange, und sie roch, daß er nach Ivoire von Balmain duftete. Sie hörte Myra und Edith flüstern und wich von Pup zurück, als habe er statt eines französischen Parfüms einen ekelerregenden Gestank an sich. Er schien es nicht zu bemerken.

«Ich habe dir etwas Interessantes zu erzählen», sagte er.

Sie war sofort mißtrauisch. «Was denn?»

«Vater hat ein Buch geschrieben. Es ist ein historischer Roman, und er wird veröffentlicht. Deshalb ist er vor ein paar Tagen in die Stadt gefahren, er wollte zu seinem Verleger. Er hatte ihm geschrieben, daß ihm das Buch gefällt, daß zwar ein paar Änderungen notwendig sind, aber daß es gut ist. Vater soll sogar eine Fortsetzung schreiben, stell dir das vor! Er wird sich aus dem Geschäft zurückziehen und überläßt mir das Feld. Wie findest du das?»

«Oh», sagte Dolly, tief in Gedanken.

«Er ist natürlich im siebten Himmel. Ich habe ihn im Pub gelassen, er begießt das große Ereignis mit Eileen Ridge.»

«Er ist also glücklich und hat Erfolg», sagte sie in einem merkwürdig konzentrierten Ton. «Er hat bekommen, was er sich wünschte. Alles ist gut geworden.»

«Man könnte es so ausdrücken, ja.»

Sie schwieg. Er fühlte sich plötzlich entsetzlich unbehaglich, ohne zu wissen warum. Sie starrte ihn an, die Augen nicht ganz gleichgerichtet, so daß das linke etwas hinter ihm anzusehen schien. Er drehte sich sogar um, weil er wissen wollte, was da war. Sie hatte eine Puppe gemacht, die genau wie Yvonne aussah, mit beigeblondem Nylonhaar, ganz in bräutliches Weiß gekleidet. Warum? fragte er sich. Wozu?

Sie sagte: «Pup?»

«Ja, Liebes?»

«Könnten wir in den Tempel hinaufgehen?»

Er zuckte mit den Schultern. Er war müde und mußte über so

vieles nachdenken. Das Blut war ihr ins Gesicht geschossen, eine dunkle, häßliche Röte.

«Du kannst alles», sagte sie. «Das weiß ich jetzt. Du besitzt große Macht, größere Macht als ein Arzt, vielleicht bist du überhaupt der Mächtigste auf der ganzen Welt ... Also würdest du – wirst du ...» Sie hob die zitternde Hand an die Wange. «Wirst du mich davon befreien?»

Er war sprachlos. Ihre Hand blieb auf der Wange liegen und verdeckte das Feuermal.

«Du könntest ein Pentagramm-Ritual zelebrieren», sagte sie. «Oder eine Beschwörung. Du könntest es nach und nach machen, es muß ja gar nicht auf einmal sein, du könntest ...»

Er schrie sie an, ausgerechnet in dem Augenblick, in dem er eigentlich so liebevoll mit ihr umgehen müßte wie nie vorher. «Das kann ich nicht! Du weißt, daß ich das nicht kann!»

Sie nickte und sagte mit absoluter Überzeugung: «Du kannst alles.»

«Das kann ich nicht, Dolly! Hör mir zu.» Er kam zu ihr, setzte sich neben sie und nahm sie bei den Schultern. «Es tut mir leid, daß ich dich angeschrien habe, das hätte ich nicht tun dürfen. Aber ich kann dir dein Feuermal nicht wegnehmen, verstehst du mich? Ich kann nicht, es ist unmöglich.»

«Du meinst, du willst es nicht.»

«Nein, das meine ich nicht. Hör mir zu: Ich gäbe alles, was ich habe, ich gäbe Jahre meines Lebens dafür, wenn ich dich davon befreien könnte.» Er war überzeugt, die Wahrheit zu sprechen. «Ich würde alles, alles für dich tun, aber dich davon zu erlösen, liegt nicht in meiner Macht.»

Sie sagte langsam und schwer: «Du hast Myra getötet, du hast dafür gesorgt, daß du die Fahrprüfung bestehst, du hast Vater Glück und Erfolg gebracht, du hast dafür gesorgt, daß du das Geschäft allein führen kannst, warum also kannst du das nicht für mich tun?»

«Von all diesen Dingen habe ich kein einziges bewirkt, Dolly. Sie sind einfach passiert. Begreifst du das nicht? Daß Myra an dem Abend starb, war reiner Zufall. Die Führerscheinprüfung bestand ich, weil – weil ich eben fahren kann. Vater hat seinen Roman ganz allein geschrieben, oder? Wie könnte die Magie ihn zum Schriftsteller machen?»

«Ich verstehe nicht, was du damit sagen willst.»

Verzweifelt, ohne an die Folgen zu denken, fuhr er fort: «Es gibt keine Magie, Dolly. Es hat sie nie gegeben und wird sie nie geben. Die Autoren dieser Bücher waren alle Schwindler, Verrückte oder abergläubische Narren. Es ist alles Unsinn. Du kannst die Naturgesetze nicht mit Wasser, Weihrauch und idiotischen Worten außer Kraft setzen oder umkehren, du kannst damit nur Menschen täuschen. Wenn ich dich getäuscht habe, tut es mir leid, tut es mir entsetzlich leid, aber einmal mußt du es erfahren, warum also nicht sofort? Ich war nur ein Kind, das sich herausputzte und dir etwas vormachte, verstehst du?»

Sie verstand nicht. Zu seinem Entsetzen sah er Unglauben, Qual und Zorn in ihrem Gesicht.

«Warum hast du dann weitergemacht? Warum gehst du noch zu den Leuten von der ‹Goldenen Dämmerung?»

«Es war unrecht von mir», sagte er bitter. «Es war unrecht, und es tut mir entsetzlich leid. Aber ich tu's nie wieder, das kann ich dir versprechen. Ich werde dafür sorgen, daß ich es nie wieder tun kann.» Er sprang auf, verließ schnell das Zimmer und schloß die Tür hinter sich.

Dolly blieb ganz still sitzen. Sie sah sich in dem kleinen Spiegel, den Myra an die gegenüberliegende Wand gehängt hatte, und wandte das Gesicht ab. Pup lief die Treppe hinauf, und seine Schritte hallten leise durch das Haus. Die Haustür wurde geöffnet, wieder geschlossen, und sie hörte Harold durch die Diele ins Frühstückszimmer gehen.

«Er meint es nicht so», sagte Ediths Stimme. «In ein oder zwei Tagen wird er sich schon wieder beruhigen.»

Myra lachte. «Tatsache ist, daß er sich mit Yvonne Colefax trifft, er war bei ihr, war in ihrem Haus. Er riecht von Kopf bis Fuß nach ihrem Parfüm. Na ja, es ist nur natürlich, daß sie ihn Doreen vorzieht, nicht wahr? Das ist für jeden Vernünftigdenkenden nur logisch.»

«Er ist oben und schaut in seinen Büchern nach, was er für die arme Dolly tun kann.»

«Sobald dieser Ashley tot ist und George zu Yvonne zurückkommt, wird die Sache ganz automatisch im Sand verlaufen», sagte Myra. «George wird Peter nicht im Haus dulden, und Yvonne wird ihn auch nicht mehr haben wollen. Je früher das geschieht, um so besser für alle Beteiligten, meine ich.»

«Er ist oben, macht heiliges Wasser und studiert die hohe Magie», flüsterte Edith.

Um halb zehn griff Dolly nach dem Telefonhörer. Yvonne meldete sich nach dem vierten Läuten. Diesmal sagte sie nicht: «Hier bei Dr. Colefax», sondern rief nur schüchtern. «Hallo!»

«Hier ist Dolly.»

«O Dolly, wie geht es Ihnen?»

«Danke, gut. Ich habe eine Überraschung für Sie. Das heißt, eigentlich zwei Überraschungen. Etwas zum Anziehen und noch etwas anderes. Haben Sie Lust, sich die Sachen abzuholen?»

Yvonne antwortete nicht sofort. Ihre Stimme klang unnatürlich und verlegen.

«Ich habe im Moment eine Menge zu tun, Dolly.»

«Dann könnte ich ja zu Ihnen kommen.»

«Lassen wir's vorläufig, ja? Ich meine, es sei denn, Sie glauben, Ihr Bruder würde sie mir rasch mit dem Kombi vorbeibringen. Wissen Sie was, ich rufe Sie an.»

Dolly fror. Sie brauchte ein Glas Wein. Sobald sie aufgelegt hatte, würde sie ihren ganzen Mut zusammennehmen und sich auf den Flur und in die Küche wagen, um eine Flasche Wein zu holen. Aber zuerst . . .

«Wie geht es Ashley Clare? Ist er – ist er tot?»

«Tot?» wiederholte Yvonne schrill. «Nein, natürlich nicht. Es geht ihm viel besser. Weihnachten wird er aus dem Krankenhaus entlassen, und George fährt mit ihm für eine Woche nach Marokko, damit er sich richtig erholt.»

Dolly legte auf und verließ das Zimmer. Sie hörte jetzt keine Stimme, sah keine Gestalten in dunklen Winkeln. Es gab nur sie ganz allein, die in die Küche ging, um ihren Wein zu holen. Sie hatte Yvonne enttäuscht, und deshalb wollte Yvonne sie nie wiedersehen.

21

Das Mädchen unter ihm war Polizistin. Entweder das oder eine Spionin, die ihm die Baufirma auf den Hals geschickt hatte. Er wußte nicht sicher, welches von beiden, möglicherweise war sie auch beides, doch das war nicht besonders wichtig. Wichtig war nur, daß er nicht viel mit ihr zu tun hatte. Er durfte nie vergessen, daß er wegen Mord gesucht wurde, daß die Polizei ihn wegen Mord suchte. Doch wie die Dinge lagen, konnten sie ihm nichts anhängen.

Das Mädchen, das unter ihm wohnte, nannte ihn Diarmit und sprach den Namen falsch aus. Er vermutete, daß sie ihn so nannte, weil der Name Diarmit Bawne noch auf dem Klingelschild an der Haustür stand. Er hatte es absichtlich nicht geändert, denn die Polizei sollte nicht wissen, daß Conal Moore wieder da war. Daß das Mädchen ihn Diarmit nannte, war der Beweis dafür, daß es nicht Bescheid wußte. Es sagte, es heiße Andrea, und das war ganz offensichtlich ein erfundener Name, ein geradezu lachhafter Name.

«Gehen Sie manchmal zur alten Eisenbahnlinie hinunter?» hatte er sie gefragt.

Sie schüttelte den Kopf und sagte, sie habe nie davon gehört, sie wisse nicht einmal, daß es irgendwo eine alte Eisenbahnlinie gebe.

«Vor anderthalb Jahren wurde dort ein Mädchen ermordet», sagte er. «Seien Sie vorsichtig, der Mörder könnte wieder zuschlagen.»

«Ich gehe nicht hin», antwortete sie. «Ich habe Ihnen doch gesagt, ich weiß nicht mal, wo das ist.» Und er sah, daß er ihr einen Schrecken eingejagt hatte.

Er mußte jedoch darauf achten, ihr noch mehr aus dem Weg zu gehen, sich in keine Gespräche mit ihr einlassen, er könnte Dinge sagen, die gefährlich waren. Bevor er ihr von dem Mädchenmord erzählt hatte, hatte sie ihn zu überzeugen versucht, daß er keine Angst zu haben brauche, das Haus werde bestimmt nicht abgerissen. Als ob sie das wüßte! Manchmal dachte er, daß sie nicht ganz bei Trost war. Weihnachten, bevor sie für vier Tage irgendwohin fuhr, brachte sie ihm ein Stück kalten gebratenen Truthahn und vier Hackbratenpasteten. Er aß sie natürlich nicht, denn er wußte genau, daß sie eine Wahrheitsdroge enthielten und er ihr alles verraten würde, wenn er sie das nächste Mal sah. Er brachte sie spät abends auf den Anger und ließ sie für den Dalmatiner und den Collie liegen. Wahrheitsdrogen schadeten den Hunden nicht, die ohnehin nicht sprechen konnten.

Das neue Jahr war zwei Tage alt, als die Bauarbeiter wiederkamen und auf der Westseite des Angers eine Ladenreihe mit darüberliegenden Wohnungen abzureißen begannen. Die Läden waren seit Monaten mit Brettern verschlagen gewesen. Er war sehr erleichtert zu sehen, daß die Männer so beschäftigt waren, denn das bedeutete, daß sie hier noch nicht anfangen würden. Zum erstenmal seit Monaten ging er bei hellem Tageslicht aus, um die alte Eisenbahnlinie und den Mistley Tunnel aufzusuchen, den Ort von Conal Moores Verbrechen.

Als er nach Hause kam, traf er Andrea in der Halle. Sie hatte ihren Kollegen von der Polizei bei sich, diesen hellhaarigen Bullen, der einen als Firmenwagen einer Schreibmaschinenhandlung getarnten Kombi fuhr. Er blickte durch die beiden hindurch, ignorierte sie, sprach kein Wort, das war das einzige, was er tun konnte.

«Siehst du?» sagte Andrea. «Denkst du jetzt nicht auch, daß wir etwas tun sollten?»

«Er ist harmlos», erwiderte Pup. «Es geht dich nichts an.»

‹Dich› nicht ‹uns›. Sie bemerkte das sehr gut. Sie gingen hinauf, und Andrea schloß die Tür ihres Zimmers auf. Da sie gewußt hatte, daß Pup sie nach Hause begleiten würde, hatte sie alles blitzblank aufgeräumt, bevor sie am Morgen fortgegangen war. Das Aluminium ihres Abtropfbretts, das man durch ihren neuen Raumteiler aus Rohrgeflecht blitzen sah, glänzte wie ein Spiegel. Auf dem Kaffeetisch lag ein Bildband aus der Öffentlichen Bibliothek in Haringey. Es waren große, glänzende Drucke von Audubon-Kupferstichen. Der Band war bei der Abbildung eines kolumbianischen Kolibris aufgeschlagen. Pup fühlte sich unbehaglich, und er war traurig.

Sie kochte Kaffee. Über ihnen hatte das rastlose Hin und Her angefangen. «Ich denke immer noch, daß ich etwas tun sollte», sagte sie. Diesmal fiel ihm auch auf, daß sie «ich» gesagt hatte und nicht «wir». Sie sah ihn an. «Peter?»

«Ja?»

«Mr. Manfred eröffnet einen neuen Salon in St. Albans. Er sagt, wenn ich mich dorthin versetzen lasse, vermietet er mir auch eine Wohnung.»

Die Schritte von oben dröhnten. «Das könnte die Lösung sein», antwortete Pup.

«Oh», sagte sie, «genau das dachte ich auch ... Nun ja.»

Er wußte, was sie dachte. Daß er sie vielleicht bitten würde zu bleiben, daß er ihr sagen würde, sie könnten fest miteinander gehen, sich verloben.

«Es ginge nicht gut», sagte er weich. «Wirklich nicht. Wir hatten eine schöne Zeit, aber es ginge bestimmt nicht gut mit uns beiden.»

Sie warf einen Blick auf das Bett, auf dem die Kissen in perfekter Symmetrie angeordnet waren. «Ist es, weil – ich nicht ... Du weißt schon.»

«O nein.»

«Meine Mutter sagt, daß ein Junge einen hinterher nicht mehr will, wenn man es tut, aber meine Freundin im Salon meint, sie wollen einen nur, wenn man es tut. Woher weiß man, was richtig ist?»

«Es hätte nichts geändert. Wirklich nicht.»

Andrea schenkte Kaffee ein. «Ich sage Mr. Manfred morgen früh, daß ich nach St. Albans gehe. Es könnte schon sehr bald sein.»

«Es ist das beste, weißt du», sagte Pup. «Dann brauchst du den Lärm nicht mehr zu ertragen, und du mußt dich auch nicht um ihn kümmern.»

«Ich hätte es ohnehin nicht getan. Nicht allein.» Sie sah aus dem Fenster. Es schneite leicht, die Flocken schmolzen auf dem Glas und liefen daran herunter. Sie zog die Vorhänge zu. «Gibt es eine andere, Peter?»

«Ja», sagte er, «es gibt eine.» Er war es müde, Lügen zu erzählen, er wollte versuchen in Zukunft absolut aufrichtig zu sein.

Andrea sah ihn an, als warte sie darauf, daß er gehe, damit sie sich richtig ausweinen konnte. Was konnte er denn tun? Er hatte ihr nie etwas versprochen, ihr nie gesagt, daß er mehr für sie empfand, er war einfach ab und zu gern mit ihr zusammen gewesen, das war alles. Sie stand auf und sah ihn an. Sie war sehr blaß. Er umarmte sie, sagte Lebewohl, lief die Treppe hinunter und trat hinaus in den winterlichen Abend. Sie waren alle fort, Suzanne verheiratet, Philippa in Australien, Terri hatte einen neuen Freund. Caroline war nie mehr gewesen als ein mißlungener Versuch.

Treue kam ihm jetzt ungeheuer reizvoll vor. Er fragte sich, ob er sich noch irgendeinmal in ein Mädchen verlieben könnte, das nicht blond war, das keine Augen wie Aquamarine hatte und das mehr wog als siebenundneunzig Pfund. Er stieg in den Kombi, schaltete die Scheibenwischer ein und fuhr vorsichtig durch den Schneeregen in die Bishop's Avenue.

Dolly brauchte eine ganze Weile, um zu glauben, um zu begreifen. Wie ein gläubiger Krüppel war sie in ihr Lourdes gepilgert, und das Wunder, an das sie so felsenfest glaubte und das sich ereignen mußte, hatte sich nicht ereignet. Daß Dolly am Tag nach der Beschwörung des Gottes Anubis von Yvonne erfuhr, daß Ashley Clare erkrankt war, war für sie keine Überraschung gewesen. Sie hatte es erwartet, hatte es schon gewußt. Und später war ihr klar gewesen, daß er sterben würde, es war nur eine Frage der Zeit. Daß er genas, daß es ihm besser ging und er gesund werden würde, war nicht nur bestürzend – sie konnte es eine Zeitlang gar nicht glauben.

Sie konnte nicht glauben, daß Pup versagt hatte. Wenn die Beschwörung nicht geholfen hatte, dann nur, weil Pup nicht wußte, welchen Zweck sie hatte, und weil er von der Existenz der kleinen Wachspuppe nicht einmal etwas ahnte. Sie selbst war es, die etwas falsch gemacht hatte, es war ihre Schuld. Allmählich begann sie zu verstehen, daß die Beschwörung nichts genutzt hatte, daß Ashley tatsächlich wieder gesund wurde und daß das so war, weil *sie* alles verdorben hatte.

Yvonne hatte versprochen, anzurufen, und Dolly wartete beinahe stündlich auf diesen Anruf. Sie wollte das Haus nicht mehr verlassen, weil Yvonne ja inzwischen versuchen konnte, sie zu erreichen. Der grüne Kordoverall hing im Wohnzimmer an einem Bügel, und die blonde Puppe in dem durchsichtigen weißen Kleid saß zwischen dem Ballettmädchen und Ashley Clare auf dem Kaminsims.

Dilip Raj rief an und wollte Pup sprechen. Ein Mädchen, das sagte, es sei eine Freundin von Carolines Schwester rief an. Wendy Collins rief an. Sie sagte nicht, was sie wollte und fragte Dolly nur, wie es ihr gehe. Ein bißchen später suchte sie Dolly auf und benahm sich recht merkwürdig, als lausche sie und warte auf jemand, der nicht da war. Dolly fand, daß sie zugenommen hatte. Und noch nie hatte Wendy das Haar in so steifen Löckchen getragen. Es sah aus wie eine Perücke.

«Mir gefallen Ihre entzückenden Puppen», sagte sie. «Ich habe Puppen schon als winziges Dingelchen über alles geliebt. Nie habe ich mit etwas anderem gespielt, außer mit Puppen.»

«Ein Jammer, daß Sie keine Kinder haben», sagte Dolly.

Wendy warf den Kopf zurück. «Ich habe noch viel Zeit.» Sie zeigte auf den Kordoverall. «Würden Sie mir so etwas nähen?»

Zum erstenmal seit einer halben Ewigkeit war Dolly nach Lachen zumute. Doch es war nicht ihre Sache, einer Kundin zu sagen, was sie tragen konnte und was nicht.

«Wenn Sie wollen.»

Dolly hätte gern gewußt, warum Wendy gut fünf Minuten in der Diele herumstand, bevor sie ging. Das Telefon klingelte. Es war Christopher Theofanou, der Pup sprechen wollte. Jedesmal wenn das Telefon klingelte, aber wirklich jedesmal, glaubte Dolly, es sei Yvonne. Im Grunde war sie eigentlich nie überrascht, wenn sie es nicht war, sie wußte ja, warum Yvonne nicht anrief, warum sie nichts mehr mit ihr zu tun haben wollte. Sie erinnerte sich an den Hauch von Parfüm, den sie an Pup wahrgenommen hatte. Yvonne mochte ihn lieber als sie. Jetzt, da sie ihn persönlich kannte, hatte sie ihn wahrscheinlich selbst gebeten, die Freundschaft zwischen ihrem Mann und Ashley Clare zu beenden.

Vielleicht tut er es für sie, dachte Dolly. Nur für seine Schwester tut er nichts, die ihn wie eine Mutter liebt.

«Also, ganz offen gesagt», wandte Myra sich an Edith, «hat er Doreen natürlich nur verkohlt, als er behauptete, er glaube nicht an Magie. Natürlich glaubt er dran, sie ist sein Leben. Er geht doch noch immer zu seinen Versammlungen, oder?»

Edith antwortete etwas, das Dolly nicht verstand.

«Er ist jetzt bei der der ‹Goldenen Dämmerung›», sagte Myra. «Es wäre doch unvernünftig, wenn die vielen Jahre, die er studiert hat, vergeudet wären.»

Pup wollte nicht töten, das war das ganze Problem. Es hatte ihn furchtbar aufgeregt, daß er Myra getötet hatte, er wollte wirklich nur Weiße Magie betreiben. Nicht einmal, um Yvonne eine Freude zu machen, nicht einmal, um ihren Mann zu ihr zurückzubringen, wollte er Ashley Clare töten. Deshalb, dachte Dolly, ist Ashley Clare wahrscheinlich auch nicht gestorben. Pup wollte es nicht. Sie saß am Wohnzimmerfenster, das erste Glas aus der zweiten Flasche in der Hand. Es schneite leicht. Sie hörte, wie Harold das Haus verließ. Er ging unter den überhängenden, kahlen Ästen des großen Gingkobaums den Gehsteig entlang und blickte kein einziges Mal zu dem erleuchteten Fenster hinauf. Seit er Schriftsteller geworden war, hatte er es sich angewöhnt, einen braunen Tweedhut zu tragen.

Er war nie ein großer Trost für Dolly, doch wenn er ausging, fühlte sie sich noch verlassener. Wenn Ashley Clare nicht starb, würde sie Yvonne nie wiedersehen. Das wußte sie genau, war so huntertprozentig davon überzeugt wie von Pups Zaubereien. Dafür, daß sie ihr zuerst versprochen hatte, ihren Mann zu ihr zurückzubringen, und dann nicht Wort hielt, würde Yvonne sie in alle Ewigkeit hassen.

In der Nacht gab es Frost, und an den Dachrinnen der Häuser in der Manningtree Grove hingen Eiszapfen. Trotz der Kälte stand Dolly sehr früh auf, ging zum Archway und stieg in den 210er Bus. Sie trug ihren alten, dicken Wintermantel, eines der wenigen Kleidungsstücke, die sie sich nicht selbst genäht hatte, kniehohe Stiefel und ein Tuch um den Kopf. Sie stellte fest, daß sich manche Frauen die Kopftücher wie einen Yashmak vor das Gesicht gebunden hatten. Als Dolly an der Bushaltestelle wartete, tat sie dasselbe mit ihrem Kopftuch und kam sich dann vor wie alle anderen – nicht gezeichnet, nicht entstellt, kein Unikum, und mit hocherhobenem Kopf sah sie den anderen in die Augen.

Sie hoffte, es würde George Colefax sein, der den Arrowsmith Court verließ, und nicht Ashley Clare. Es interessierte sie nur, ob die beiden schon aus Marokko zurück waren. Ashley Clare war bestimmt noch Rekonvaleszent und würde an einem so eiskalten Morgen wie diesem kaum ins Freie gehen.

Dolly lief auf dem Gehsteig hin und her und rieb die Hände in den Wollhandschuhen aneinander. Leute befreiten Motorhauben und Autodächer vom Schnee. Auf den Zweigen der Bäume lag silbriger Rauhreif. Die tiefstehende Sonne hatte sich eben über den Horizont geschoben und erinnerte Dolly an den wunderschönen Morgen – vor vielen, vielen Jahren, wie es ihr jetzt schien –, an dem Pup und sie die alte Eisenbahnlinie entlanggingen, um bei Sonnenaufgang einen blühenden Haselzweig zu schneiden.

Durch die Doppelflügeltür des Hauses trat Ashley Clare auf die Straße. Dolly war überrascht. Er ging zur Arbeit, davon war sie überzeugt. So bald nach seiner Krankheit ging er wieder zur Arbeit, schritt rasch und energisch zur U-Bahnstation hinunter. Er trug einen weißen oder naturfarbenen, langen Schaffellmantel mit Gürtel, eine graue Pelzmütze und über Mund und Nase einen Schal, der genauso gebunden war wie der ihre. Sie ging ein Stückchen hinter ihm her, machte dann kehrt und ging zur Busstation. Es schien, daß er schon wieder ganz gesund war, viel besser erholt, als sie erwartet hatte. Sie war bedrückt und verängstigt. Sie hatte das Gefühl, sich von neuem begreiflich zu machen, daß der Zauber nicht wirkte.

Weil die Sonne herausgekommen und der Himmel blau war, ging Dolly von Highgate die alte Eisenbahnlinie entlang nach Hause. Ihre Schritte zerstörten den bis dahin unberührten, spurenlosen, makellos weißen Schneeteppich. Gingie, auf der Pirsch nach hungernden Vögeln, hob sich davon ab wie ein Klecks Marmelade von einem weißen Teller, und aus dem Mistley Tunnel kamen aus der anscheinend unerschöpflichen Matratze noch immer graue Federn geflogen. Dolly mußte die Stufen hinaufgehen. Die rutschige, schneebedeckte Böschung schaffte sie nicht.

Als sie das Haus betrat, glaubte sie eine Frauenstimme zu hören, doch war es weder die von Edith noch die von Myra. Die Tür des Frühstückszimmers war offen gewesen, als Dolly ging, jetzt war sie geschlossen. Eileen Ridge, dachte sie, und glaubte zu wissen, was sie gleich zu hören bekommen würde.

«Es ist ja nur, damit er ein bißchen Gesellschaft hat, nicht wahr?» sagte Edith.

«Also, ganz offen gesagt, war das meilenweit vorauszusehen», meinte Myra. «Und zwar von dem Tag an, an dem der arme Ronald beerdigt wurde.»

«Alles in allem genommen, hätte sie es schlechter treffen können», sagte Edith.

Dolly zögerte und öffnete die Tür. Myras Farben, Pinsel und Plastikplanen waren verschwunden. Die beiden saßen an dem Klapptisch und lasen ein Manuskript. Die Frau war Wendy Collins, und sie trug den Hosenanzug, den Dolly ihr genäht hatte.

«Hier ist Dolly endlich, Harry», sagte sie. «Endlich können wir ihr unsere große Neuigkeit mitteilen.»

Dolly regte sich bei weitem nicht mehr so auf wie damals wegen Myra. Was es für die Zukunft bedeutete, berührte sie nicht.

«Wenn Dolly etwas gegen den Strich gehen wird, dann das», sagte Myra, doch sie irrte sich. Es interessierte Dolly kaum.

Wäre Pup noch, was er früher einmal gewesen war, käme Yvonne wieder und wäre Dollys Freundin, nichts anderes war wichtig. Dolly hatte sogar das Gefühl, daß Edith und Myra dann endlich verschwinden und nie wiederkommen würden. Als sie den Wein, den sie gekauft hatte, in den Kühlschrank stellte, glaubte sie, der hundegesichtige Gott sehe durch das Fenster zu ihr herein, aber sie starrte ihn fest und mutig an, und er schmolz mit dem Schnee und den Eiszapfen dahin, die der Sonne nicht standhalten konnten.

Angenommen, sie versuchte den Zauber selbst? Bisher war sie zu bescheiden gewesen, um es zu wagen. Es war Pups Domäne gewesen, die Domäne des männlichen Magiers. Doch Frauen konnten genauso Jüngerinnen der Magie werden. Wenn man den rechten Glauben hatte und das Richtige tat, wenn man die Kreise und die Pentagramme richtig zeichnete, heiliges Wasser machte, die Worte fehlerlos auswendig lernte, dann ... Und sie besaß mediale Fähigkeiten, stand mit der unsichtbaren Welt irgendwie in Verbindung. Die Geister, die Mrs. Fitter für sie angerufen hatte, waren bei ihr geblieben, waren nicht wieder fortgegangen wie die der anderen. Der Gott, den sie gewählt hatte, war gekommen und geblieben, wartete wie ein böser Geist. Sie fühlte sich dem Okkulten verwandter und dem Jenseits stärker verbunden als Pup, der Geomant.

Sie würde aus den Büchern lernen, wie er gelernt hatte. Sie konnte im Tempel arbeiten, die Robe tragen und die zu den vier Elementen gehörigen Waffen tragen. Sie stieg die Treppe hinauf. Gegen zwei Uhr waren Harold und Wendy weggegangen und nicht wiedergekommen. Das Telefon hatte den ganzen Tag noch kein einziges Mal geklingelt. Es war vier Uhr nachmittags, noch nicht dunkel, und auch die Dämmerung ließ noch auf sich warten, doch draußen herrschte schon Zwielicht. Luft und Himmel waren dunkelblau, überall gingen die Lichter an, und auf den Straßen lag gelber Glanz, den der halb geschmolzene Schnee zurückwarf.

Am Fuß der obersten Treppe schaltete Dolly das Licht ein. Es erhellte nur einen begrenzten Bereich und drang nicht in die dunklen Winkel und Ecken. Dolly öffnete die Tür zum Tempel. Ein Gefühl der Schwäche übermannte sie, und sie stöhnte auf. Der Tempel war verschwunden, als hätte es ihn nie gegeben.

Übriggeblieben war nur ein schäbiges, kleines Zimmer. Die Wände waren weiß – oder fast weiß –, der Fußboden kahl, und in der Mitte des Zimmers stand ein wackeliger Kartentisch aus Bambus. Der ganze Raum begann zu schaukeln, während Dolly sich ungläubig umsah. Sie umklammerte die Türklinke, um nicht das Gleichgewicht zu verlieren, und in ihrem Kopf summte und dröhnte es. Einen Augenblick kam ihr der entsetzliche Gedanke, daß sie sich alles eingebildet hatte, das Vorhandensein des Tempels und all das, was in den letzten Jahren darin geschehen und bewirkt worden war. Dann knipste sie das Licht an.

Das vorhanglose Fenster wurde zu einem blauen Rechteck, in dem sich die Schatten schwarzer Zweige spiegelten. Dolly sah, was der Bambustisch war. Einst hatte er als Altar gedient, auf dem die Waffen der vier Elemente lagen. Jetzt waren die Waffen verschwunden, und die Robe hing nicht mehr am Haken hinter der Tür. Die *tattwas* waren von den Wänden verschwunden. Doch der Tempel hatte nicht nur in ihrer Einbildung existiert. Noch schimmerte das Schwarz durch die oberflächlich gestrichenen weißen Wände, und auf den Dielenbrettern sah man noch die angesengte Stelle, wo das Wachsbildnis in der Schale Feuer gefangen hatte.

Pup hatte das getan. Es war ihm ernst gewesen mit dem, was er sagte. An dem Abend, an dem er ihr erklärt hatte, Magie sei reiner Unsinn, hatte er es getan. Vielleicht auch an anderen Abenden, wenn sie geglaubt hatte, er sei nicht zu Hause oder er schlafe. Er hatte Myras Farben aus dem Frühstückszimmer genommen und das Schwarz der Wände überstrichen. Er hatte die Stoffverkleidung vom Altar entfernt und die Waffen weggenommen und vernichtet. Plötzlich fielen ihr die Bücher ein. Was hatte er mit den Büchern gemacht?

Sie lief von Zimmer zu Zimmer und suchte sie. Im zweiten Stock fand sie sie nicht. Sie ging in Pups Schlafzimmer hinunter und durchsuchte es. Ohne Gewissensbisse, ohne auf seine private Sphäre Rücksicht zu nehmen, riß sie Schranktüren auf, durchwühlte Schubladen, sah unter das Bett und sogar unter die Matratze.

Sie fand sie nicht. Sie waren nicht im Haus. Er hatte sie verbrannt oder verkauft. Sie trottete in die Küche hinunter und zu ihrem Wein. Sie öffnete die Flasche, schenkte sich das erste Glas ein. Ihre Hände zitterten. Was hätten ihr die Bücher denn noch genützt? Der Tempel war zerstört, und alles war sinnlos geworden.

Dolly begriff, daß die Zeit der Magie und die Zeit aller Wunder, die Magie bewirken konnte, vorüber waren.

22

Pup war sehr lieb und sehr freundlich zu ihr. Er kam jeden Abend nach Hause, wenn es auch manchmal sehr spät wurde. Sie hatte sich vorgenommen, ihn nicht zu fragen, wo er gewesen war, und sie hielt ihren Vorsatz. Sie sagte sich, daß er vielleicht noch immer zum «Orden der Goldenen Dämmerung» gehen mußte, um einen Kursus zu absolvieren oder etwas Ähnliches. Sie sah Harold nur selten, und Wendy hatte sie, seit dem Tag, an dem sie die beiden zusammen überraschte, überhaupt nicht mehr gesehen. Einmal hörte sie zufällig Mrs. Collins sagen: «Mit der armen Dolly ist es aber mächtig bergab gegangen, nicht wahr? Miss Finlay hat sie vor ein paar Tagen beim Einkaufen gesehen, und sie redete mit sich selbst.»

Und Wendy, die mit ihr in der Diele stand, antwortete lachend: «Sie schnappt langsam über, das ist das erste Zeichen.»

Pup erzählte Dolly, daß der Vater mit Wendy in eine Wohnung über dem neuen Laden ziehen wolle.

«Dann werden nur wir zwei noch hier wohnen?»

Er nickte. «Das ist richtig.»

Ein eigenes Haus, ein Haus für sie ganz allein. «Du könntest dir in einem der größeren Zimmer einen neuen Tempel einrichten. Du könntest ganz von vorn anfangen.»

«Nein, das kann ich nicht, Liebes. Ich werde nie wieder damit anfangen, das habe ich dir doch erklärt. Es ist Unsinn, Dolly, das wird dir jeder vernünftige Mensch sagen.»

Sie kannte keine vernünftigen Menschen. Sie kannte niemanden. «Hast du die Bücher verbrannt?»

«Ich habe den ganzen Schwung für ein Pfund einem Händler am Highgate Hill verkauft.»

«Was werden die Leute nur denken?» flüsterte Edith Myra drüben bei der Nähmaschine zu. «Es ist mir schrecklich peinlich.»

«Was werden die Leute nur von dir denken?» sagte Dolly. «All die Leute von der ‹Goldenen Dämmerung›.» Sie sprach den Namen mit einem Anflug von Bitterkeit aus. «Was wird Yvonne denken?»

«Ich werde es niemandem sagen», antwortete er leichthin. «Warum sollte ich?»

Also wußte Yvonne noch nichts. Yvonne wartete noch – erwartete, daß Dolly – oder Pup durch Dolly – ihr den Mann zurückbrachte, den sie liebte.

«Aufgeschob'ne Hoffnung macht das Herze krank», zitierte Edith.

Yvonnes Herz war krank und wund, deshalb hielt sie sich von Dolly fern und haßte sie wegen ihres Versagens. Dolly faßte einen Entschluß. Die Puppe wollte sie noch als Reserve behalten, doch den Overall wollte sie Yvonne mit Pup hinüberschicken, das hatte sie schließlich selbst vorgeschlagen. Sie kaufte dunkelgrünes Seidenpapier und Packpapier mit einem Muster aus Efeublättern, packte den Overall ein und ersuchte Pup, ihn zum Shelley Drive zu bringen.

«Falls du zufällig in die Gegend kommst», sagte sie, als sie ihn zum Abschied küßte.

«Ich glaube schon, daß es sich machen läßt», erwiderte er.

Er kam sehr spät nachts nach Hause, aber Dolly war noch wach und trank jugoslawischen Riesling. Yvonne hatte ihm ein Briefchen mitgegeben. «Dolly», begann es. Der Name nahm fast die ganze Breite des Papiers ein und war unterstrichen. «Der Overall ist super, paßt wie angegossen, und ich bin begeistert. Herzlichen Dank. Sie müssen mir sagen, was ich Ihnen dafür schulde, ich möchte wenigstens den Stoff bezahlen. Ihre Yvonne.»

Nichts darüber, wann sie sich wiedersehen und nichts darüber, daß sie sich mit Dolly in Verbindung setzen würde. Daß sie schrieb, sie wolle den Stoff bezahlen, tat weh. Hatte sie die Bezahlung vielleicht nur erwähnt, um Dolly daran zu erinnern, daß sie ihr damals angeboten hatte, für den wesentlich größeren Dienst zu bezahlen? Für einen Dienst, der nie geleistet worden war. Doch was Dolly am meisten schmerzte, waren Anfang und Ende des Briefes, eiskalt und herablassend. Diesmal hieß es weder «Liebe Dolly» noch «Alles Liebe, Yvonne.»

Wieder duftete Pup nach Ivoire. Sie wußte natürlich, daß er bei Yvonne gewesen war, sie hatte ihn schließlich darum gebeten, und selbstverständlich hatte er ihr die Hand gegeben, doch Dollys Phantasie und Vernunft wollten ihr einreden, daß die beiden sich heimlich miteinander angefreundet hatten. Yvonne hatte sich ohne ihren Mann einsam gefühlt und sich bis zu Georges Rückkehr Pup zugewandt ...

«Also, ganz offen gesagt, Edith», erklärte Myra mit denselben Worten, mit denen sie seinerzeit Dolly so erschreckt hatte, «also, ganz offen gesagt, ich kann nicht mal behaupten, es wäre nichts Ernstes, es sieht sehr ernst aus.»

Im Sommer, als das Thema zum erstenmal zur Sprache gekommen war, hatte Dolly die Welt um Yvonnes willen von Ashley Clare befreien wollen. Jetzt wollte sie es für sich. Sie erinnerte sich, daß Pup ihr erzählt hatte, Ashley Clare habe ein Geräusch auf dem Herzen gehabt, und daher arbeitete sie am nächsten Vormittag zwei lange Tapeziernadeln in die Herzgegend der Ashley Clare-Puppe ein. Sie tat es mit großer Sorgfalt und wissenschaftlicher Genauigkeit. Es schien ihr unmöglich, daß ein derart leidenschaftlicher Wille und so tief empfundene böse Absicht kein Ergebnis zeitigen sollten, und doch erreichte sie nichts. Weil sie Pup nicht zu fragen wagte und Yvonne nicht fragen konnte, fuhr sie mit dem Bus zum «Arrowsmith Court» und wartete stundenlang vergeblich vor dem Haus. Erst beim drittenmal bekam sie Ashley Clare zu sehen. Er trat um neun Uhr abends auf die Straße und stieg in George Colefax' Mercedes.

Auf der Rückfahrt erinnerte sich Dolly – möglicherweise weil die Frau, die hinter ihr saß, ihrem Begleiter erzählte, sie wohne in Camden Town –, an jene Minuten auf dem Bahnsteig, in denen sie die Hände gehoben hatte und bereit gewesen war, eine Frau vor den Zug zu stoßen und zu töten.

«Ich habe dieses Smaragdgrün sehr gern getragen», sagte Myra und setzte sich neben sie. Edith quetschte sich auch noch auf die Kante der Sitzbank.

«Ein schwieriger Farbton», antwortete Edith. «Es ist schwer, die richtigen Accessoires dazu zu finden, und nicht jeder kann ihn tragen.»

Dolly verscheuchte sie, doch als sie ausstieg, waren sie wieder da. «Ihr wißt auch nicht alles», sagte Dolly zu ihnen. «Ihr habt gesagt, daß Pup ein Magier ist, obwohl das gar nicht stimmte, und er hat den Tempel zerstört.» Sie schrie laut: «Ihr habt auch gesagt, Ashley Clare wird sterben!»

Ein Mann, der den Hügel herunterkam, sagte: «Nur immer mit der Ruhe, Herzchen. Spielst wohl ein bißchen Straßentheater, wie?»

Unter der Laterne sah er ihr Gesicht, ihre Wange und wandte sich verlegen ab. Er hielt sie für betrunken. Das Komische daran war, daß das seit langer, langer Zeit der erste Abend war, an dem sie keinen Tropfen getrunken hatte. Ihr Körper schrie nach Alkohol. Sie ging die Treppe zur Archway Bridge und zur Hornsey Lane hinauf. Auf der Brücke stand neben einem der gelbgestrichenen Laternenpfosten Anubis und zeigte mit seiner Hundeschnauze zum rauchig purpurnen Himmel. Dolly schaute weg, und als sie wieder hinsah, war er verschwunden, mit der Stahlkonstruktion verschmolzen. In der Manningtree Grove traf Dolly Miss Finlay, die von einer Versammlung der Adonai Spiritisten nach Hause huschte, doch sie tat, als habe sie den scheuen Gruß der älteren überhört. Abgewandten Gesichts ging sie weiter und schimpfte mit Myra, die sie ununterbrochen berührte und auf sie einflüsterte. Nachdem Dolly zu Hause das erste Glas Wein getrunken hatte, verschwanden Myra und Edith für einige Zeit.

«Ich ziehe aus», sagte die Polizistin, und er merkte sehr gut, daß sie ihn dabei hinterhältig ansah, um festzustellen, wie er es aufnahm. «Ich bin nur heraufgekommen, um mich zu verabschieden.»

Ob er ihr wohl glauben konnte? Diesen Leuten sollte man nie trauen.

«Ich ziehe nach St. Albans», fuhr sie fort, «in eine richtige Wohnung.»

Eine unwahrscheinliche Geschichte. «Und wer zieht hier ein?»

Sie sagte, das wisse sie nicht. Sie gehe in einer Stunde und habe eine Menge Sachen übrig, Lebensmittelkonserven, Marmelade, ein paar Kartoffeln, Putzmittel und ein Geschirrspülmittel. Wenn er wolle, könne er alles haben. Es wäre schade, alles wegzuwerfen, meinte sie.

«Sie können alles bei mir lassen», antwortete er und lächelte, um sie zu täuschen. Sie glaubten immer noch, ihn mit der Frage zum Sprechen bringen zu können. Wenn man sich die Konservenbüchsen näher ansah, sah man genau die winzigen Einstiche der Injektionsnadeln. Sogar die Kartoffeln hatten sie präpariert. Die hielten ihn wohl für einen Idioten, wenn sie glaubten, daß er diese Marmelade aß.

«Na schön, dann sag ich nur noch, leben Sie wohl und alles Gute, Diarmit.»

Das verdroß ihn und verriet ihm eine Menge. «Ich heiße Conal Moore, und ich wäre Ihnen dankbar, wenn Sie mich bei meinem Namen nennen wollten.»

Sie zuckte mit den Schultern. «Auf Wiedersehen.»

Als sie fort und es draußen dunkel geworden war, brachte er die Konserven, die Marmelade und die Kartoffeln auf den Anger und verteilte sie auf die drei Abfalltonnen. Während seiner Abwesenheit war jemand in seinem Zimmer gewesen und hatte es durchsucht, davon war er überzeugt. Die Harrods-Tüte mit den Messern lag ein Stück weiter vom Bett entfernt als vorher. Er roch das Mädchen förmlich. Vorsichtig schnüffelte er am Scheuerpulver, dann am Geschirrspülmittel und dann wieder am Scheuerpulver. Das brachte ihn zum Niesen. Er nieste zwanzigmal oder noch öfter, und die Nase begann ihm zu laufen. Jetzt versuchten sie ihn zu vergiften. Er öffnete das Fenster und hielt den Kopf in den frostigen Februarabend.

Nach einiger Zeit war sein Kopf wieder klarer, und er fing an zu verstehen, was sie wollten. Sie wollten ihn so weit bringen, daß er sagte, er sei Diarmit Bawne, denn Diarmit war ein Zeuge, der die ganze Wahrheit über Conal Moore aussagen konnte. Hatte er der Polizei nicht schon einmal geholfen? Dieser verantwortungsvolle, hart arbeitende Bürger hatte der Polizei geholfen, hatte sie in Conals Zimmer geholt, hatte mit den Beamten gesprochen und gebeten, mit ihm in Verbindung zu bleiben. Und das versuchten Sie mit Überredung und Drogen, schickten die Frau, die ihn entwaffnen sollte, aber sie hatten Pech. So leicht ließ er sich nicht übertölpeln. Niemand konnte ihn zwingen zu sagen, er sei jemand ganz anders. Aber er mußte fort von hier, hier war er in größter Gefahr.

Er mußte fort, bevor der neue Polizist unten einzog. Sorgfältig bestreute er die Harrods-Tüte, den Berg roter Kleidung, das Abtropfbrett und die Türklinke mit einer ganz dünnen, fast unsichtbaren Schicht Scheuerpulver. Dann löschte er das Licht und schlich, die Büchse mit dem Pulver und die Plastikflasche mit dem Spülmittel in der Hand, die Treppe hinunter. Er warf beides in eine Hausmülltonne, die im Seiteneingang stand. Auf dem Rückweg entfernte er vom Klingelschildchen an der Haustür das Stück, auf dem «Diarmit Bawne» stand. Darunter kam das alte mit dem Namen «Conal Moore» zum Vorschein.

Langsam stieg er wieder die Treppe hinauf, er wollte ihnen für ihre Durchsuchung genügend Zeit lassen. Doch als er ins Zimmer kam, stellte er fest, daß alles unberührt war und im Pulver keine Spuren zu sehen waren, wie frisch gefallener Schnee lag es da.

Pup und Yvonne standen auf der chinesischen Brücke und blickten auf die roten Fische im dunklen Wasser hinunter. Es war ein milder Tag, wie sie manchmal zu Beginn der Fastenzeit vorkommen, und es war der Vorabend von Pups einundzwanzigstem Geburtstag.

«Es sieht so aus», sagte Yvonne mit der Stimme, die nie erwachsen geworden war, «es sieht so aus, als werde er nicht mehr lange leben. Armer Ashley! Ich hätte nie gedacht, daß ich eines Tages ‹armer Ashley› sagen würde.»

«Was fehlt ihm eigentlich?»

«Er hat etwas am Herzen. Er kann nicht mehr arbeiten, er mußte seine Stellung aufgeben. George sagte, er kann jederzeit auf der Straße tot umfallen. Noch nie habe ich George so niedergeschlagen erlebt.»

«Und wenn er stirbt», sagte Pup leise, «kommt George hierher zurück? Für immer?»

«Ich weiß nicht, ich glaube schon. Gehen wir hinein, mir wird kalt.»

Pup legte den Arm um sie, und sie gingen ins Haus. Er liebte Yvonne sehr. Er war, was er noch nie gewesen war, krank vor Liebe. Er liebte natürlich zuerst und vor allem Yvonne, doch er liebte auch alles, wofür sie stand, und alles, was sie zu dem machte, was sie war – das Ivoire-Parfüm, die Kleider von Cacharel, die rote Lackbrücke, der Swimming-pool, Haus und Wagen und der Hauch von Reichtum, der sie umwehte. Denn waren Yvonne und diese Dinge nicht eins, untrennbar miteinander verschmolzen?

Sie saßen auf dem weißen Fellteppich vor dem Kaminfeuer, das Yvonnes Putzfrau angezündet hatte. Yvonnes Fingernägel waren perlfarben lackiert, und sie trug einen Perlring. Pup küßte ihre Hand und ihr Handgelenk.

«Ich liebe dich, ich möchte dich nicht an George verlieren.»

«Ashley kann noch jahrelang leben», antwortete Yvonne. «Ist es nicht komisch? Vor noch nicht allzu langer Zeit habe ich Dolly gebeten, sie solle dich überreden, die beiden zu trennen. Und jetzt möchte ich, daß sie so lange wie möglich zusammenbleiben. Hättest du es tun können?»

«Die beiden trennen? Selbstverständlich nicht. Yvonne?»

«Ja, Liebling?»

«Ich wünschte, du besuchtest Dolly noch ab und zu.»

«Es wäre ein bißchen peinlich, nicht wahr? Wegen uns beiden, dir und mir. Nach allem, was ich ihr über George erzählt habe. Und außerdem – du darfst mir das aber nicht übelnehmen.»

«Das werde ich bestimmt nicht, raus mit der Sprache.»

«Sie ist so seltsam. Ich fürchte mich vor ihr.»

«Sie ist harmlos», erwiderte Pup. «Sie liebt uns – damit meine ich uns beide – mehr als sonst jemand auf der Welt. Sie würde alles tun, um uns glücklich zu machen. Ruf sie wenigstens ab und zu an, ja? Um mir eine Freude zu machen.»

«Soll ich ihr von uns erzählen?»

Er sah ihr in die Augen. Es waren einzigartige Augen, sie erinnerten ihn an Edelsteine, große, ungeschliffene, feucht schimmernde Juwelen. «Es gibt nicht viel zu erzählen, nicht wahr? Nur daß ich dich liebe und du sagst, daß du mich liebst – und daß dein Mann zurückkommt.»

Nachdem sich Yvonne genau überlegt hatte, was sie sagen wollte, versuchte sie Dolly am nächsten Vormittag anzurufen. Aber Dolly war unterwegs, um Wein einzukaufen. Yvonne versuchte es am Abend noch einmal, als Dolly an der Nähmaschine saß und den Saum eines neuen Kleides festnähte, das sie für sich selbst arbeitete. Sie hörte das Telefon, ließ es jedoch klingeln. Sie dachte es sei Wendy Collins, die an dem Tag schon zweimal angerufen hatte. Yvonne gab auf und verschob den Anruf auf den nächsten Tag.

Sie hätte es nur rechtzeitig tun, sie hätte nur rechtzeitig mit Dolly sprechen können, wenn sie vor halb acht Uhr morgens angerufen hätte. Aber so früh telefoniert niemand.

Ruhig und gelassen saßen die Yvonne-Puppe und die Ashley Clare-Puppe nebeneinander auf dem Kaminsims. Dolly betrachtete sie mit einem Würgen in der Kehle. Was sie tun mußte, machte ihr Angst, und hätte es einen anderen Weg gegeben, hätte sie ihn eingeschlagen. Es gab keinen anderen Weg, sie hatte alles andere versucht, und nur diese eine Möglichkeit war ihr noch geblieben.

Es war ein blauer Morgen, hell und sehr windig. Sie packte sich warm ein und band sich das Kopftuch wieder so, daß es das halbe Gesicht verdeckte. Sie brauchte die Selbstsicherheit, die sie dadurch gewann. Myra und Edith wollten sie begleiten, da gab es kein Entrinnen. Myras grüne Erscheinung wartete in der Diele neben der Haustür auf sie, eine neblige Masse aus Smaragdgrün, und als Dolly mit ausgestreckten Händen auf sie zuging, um die Tür zu öffnen, fiel ihr jenes andere Mal ein, als ihre Hände sich nach etwas Grünem ausgestreckt hatten. Sie glaubte das entsetzte Gesicht vor sich zu sehen, die tief bestürzten Augen, die verrieten, daß die Frau begriffen hatte, was Dolly eben tun wollte – Augen, deren Ausdruck ein gutmütiges, freundliches Gesicht in eine Maske des Schreckens verwandelt hatten.

Der grüne Nebel löste sich auf, und eine Zeitlang war kein Flüstern zu hören. Dolly ging durch den heftigen Wind zur Bushaltestelle unter dem Archway. Es war natürlich mehr als wahrscheinlich, daß sie ihn nicht zu sehen bekam. Sie war ziemlich spät dran. Vielleicht sollte sie es auf morgen verschieben. Doch was hatte es für einen Sinn, es immer wieder zu verschieben, während Yvonnes Enttäuschung wuchs und ihr Haß gegen Dolly immer stärker wurde? Der Bus kam, und noch während er anhielt, überlegte Dolly, ob sie es nicht doch aufschieben und nach Hause gehen – ob sie nicht doch noch einen Tag oder sogar eine ganze Woche abwarten sollte? Aber sie stieg ein, löste beim Fahrer die Fahrkarte und suchte sich einen Platz auf der rechten Seite, damit sie mit der rechten Wange zur Scheibe sitzen konnte.

Edith und Myra waren mit Dolly eingestiegen und redeten verängstigt und gereizt miteinander. Der Bus fuhr die Hampstead Lane hinunter und schaukelte schon unter den überhängenden Bäumen von Kenwood entlang, als Dolly endlich verstehen konnte, was die beiden sagten. Sie wollten, daß sie es sein ließ. Sie sollte es sofort sein lassen und umkehren.

«Ich sitze im Bus, ich kann nicht umkehren», sagte sie zu ihnen.

Ein Mann, der vor Dolly saß, drehte sich um und schaute auf den leeren Platz neben ihr. Das war ihr peinlich, denn der Mann war nicht übersinnlich und hörte die beiden natürlich nicht. Sie legte die Hand auf den Mund. Als sie sich anzog, hatte sie Pups Talisman hervorgeholt und um den Hals und über das Kleid gehängt, das rostrot war und gut dazu paßte. Doch jetzt hatte sie das Bedürfnis, das tröstliche Metall hautnah zu spüren. Sie öffnete den obersten Knopf und schob den Talisman unter das Kleid. Das Flüstern hatte nicht aufgehört, war aber sehr schwach geworden. Egal, was alle über Magie sagten, egal, was Pup darüber sagte, niemand konnte Dolly die Überzeugung nehmen, daß der Talisman ihr Kraft verlieh und sie schützte.

Der Wind packte sie, als sie aus dem Bus stieg. Er packte einen Passagier nach dem anderen, riß sie praktisch vom Bus weg und trieb sie vor sich her. Geduckt, Hüte und Kopftücher festhaltend zerstoben sie in alle Richtungen. Eine Regatta winziger Wolken raste über den blauen Himmel. Zu Füßen der Anhöhen lag London wie in einer Schale, strahlend hell und funkelnd in der klaren Luft, die weder von Rauch noch von Nebel getrübt wurde.

Das letzte Mal hatte er pünktlich um halb neun das Haus verlassen und kurz nach halb neun an jenem Morgen, an dem sie ihm in der U-Bahn die Haare vom Kragen gezupft hatte. Jetzt war es fünf vor halb. Dolly hatte noch keine klare Vorstellung davon, was sie tun sollte, wenn sie ihn sah. Sie wußte nur eines sicher: Sie wollte ihm folgen und sich an ihn hängen, wenn nötig den ganzen Tag, sogar ihr ganzes Leben, bis sie getan hatte, was getan werden mußte. Was blieb ihr denn sonst noch übrig?

George Colefax' Mercedes stand auf dem Parkplatz, das erste Fahrzeug neben der Haustür. Ein Mädchen kam heraus, dann ein Paar, das trotz der Kälte gemächlich dahinschlenderte, und schließlich ein Mann in einem langen Schaffellmantel. Es war Ashley Clare. Er warf einen Blick in den Wagen, als er daran vorüberging. Er stellte den Mantelkragen auf und schob die Hände in die Taschen. Dolly sah sein Gesicht aus größerer Nähe und viel deutlicher als je zuvor. Ein dunkles, mageres Gesicht mit tiefen Falten von den Nasenflügeln zu den Mundwinkeln, das Gesicht eines Mannes im fortgeschrittenen mittleren Alter. Es war fahl und bleich, als pulsiere kein Blut unter der Haut, um ihm Farbe zu geben.

Er ging ungefähr einen Meter entfernt an Dolly vorbei. Sie ließ ihm einen kleinen Vorsprung, dann folgte sie ihm den Hügel hinunter, die steile, gewundene Heath Street hinunter, wo Mauern der hohen Häuser wie Wälle wirkten, die den engen Durchgang gegen den Wind abschirmten. Ashley Clare ging mit angezogenem Kopf und hängenden Schultern als tue ihm die Kälte weh. Dolly erwartete, daß er am Zeitungsstand an der U-Bahnstation Hampstead haltmachen und sich eine Zeitung kaufen würde, damit er das Kreuzworträtsel lösen könnte, doch er verschwand sofort in der Station, zeigte seine Dauerkarte vor und wandte sich nach links zum Lift. Kein Fahrkartenautomat funktionierte. Dolly mußte sich in die Schlange vor dem Schalter einreihen, um ihre Fahrkarte zu kaufen, doch Ashley Clare hatte den Lift auch nicht erreicht, die Tür hatte sich vorher geschlossen. Wahrscheinlich war der Lift, der dreißig Personen faßte, voll besetzt.

In der Station war es an diesem Morgen sehr voll. Anders als beim letztenmal drängten sich die Menschen aus irgendeinem Grund an den Schaltern, vor der Sperre und am Lift. Ashley Clare und Dolly waren unter den ersten, die sich in den Lift quetschen konnten, und Myra und Edith stiegen mit ihnen ein. Zwar sah Dolly weder das Grün noch roch sie den Zitronenduft, sie verstand auch nicht, was sie miteinander redeten, aber ihr Flüstern klang leidenschaftlich und erregt.

Im untersten Korridor blies der Wind genauso stark wie im Freien, war hier jedoch warm und roch metallisch. Die Menge schob sich durch den Korridor und über die Fußgängerbrücke, die über die Gleise führte, wie eine Rinderherde, die ausbrechen wollte. Ein- oder zweimal verlor Dolly den weißen Schaffellmantel aus den Augen, und als sie die Stufen hinuntergingen, war er ganz verschwunden.

Es war ein in nördliche Richtung nach Golders Green fahrender Zug, der den Wind verursachte. Dolly und die meisten anderen Leute bogen nach links zu den Zügen ab, die ins Zentrum von London fuhren. Einen Augenblick glaubte Dolly, die Frau mit dem hausbackenen Gesicht und dem braunen Mantel gesehen zu haben, die an jenem Abend in Camden Town beobachtet hatte, wie Dolly die Finger abbog, um zuzustoßen. Sie stand da und las ein Filmplakat. Dolly sah zu ihr hinüber. Die Frau drehte sich um, erwiderte ihren Blick und war natürlich nicht dieselbe, sah ihr nicht im geringsten ähnlich. Die Ähnlichkeit beschränkte sich auf den Mantel.

Dolly ging den Bahnsteig entlang und suchte Ashley Clare. Das letzte Mal hatte sie einen Fehler gemacht und um ein Haar die falsche Person aufs Korn genommen, was unter diesen Umständen nicht besonders wichtig gewesen war. Doch wie, wenn sie die Hände nicht zurückgezogen hätte? Wie, wenn sie zugestoßen hätte? Aber es gibt hier bestimmt keinen zweiten in einem Schaffellmantel, dachte sie, blickte auf und entdeckte ihn. Auch er hatte ein Filmplakat gelesen, und jetzt sah er sie an und musterte sie so eindringlich, daß sie sich einen Moment überlegte, ob Myra vielleicht George und George seinem Freund von der Stieftochter mit dem Feuermal erzählt oder ob Yvonne es George gegenüber erwähnt hatte ... Doch es war wahrscheinlicher, daß er mit der Arroganz der Gutaussehenden, Makellosen einfach das Feuermal selbst anstarrte. Sie erwiderte den Blick so bösartig und wild, haßte ihn jetzt mit einem persönlichen Haß, daß sein Blick abschweifte, er den Kopf wegwandte und, die Hände noch immer in den Taschen, an die Bahnsteigkante trat.

Wieder hatten sich die Wartenden dort zu kleinen Gruppen zusammengefunden, wo ihrer Meinung nach die Waggontüren sein würden. Anstatt dasselbe zu tun, stellte sich Ashley Clare zwischen zwei von diesen Gruppen und stand, den Kopf tief gesenkt, sehr dicht an der Kante. Doch aus dem Lift ergoß sich ein neuer Menschenstrom auf den Bahnsteig, und Ashley Clare wurde von einem Mann und einer Frau in die Mitte genommen. Dolly postierte sich hinter ihn. Sie betrachtete sein Haar über dem Kragen und fand, daß es grauer aussah als vorher. Edith und Myra schnatterten jetzt so lebhaft, es klang fast hysterisch.

Der Zug fuhr von links ein. Schon hatte der warme Wind eingesetzt. Hinter Dolly standen jetzt zwei Leute, die sehr groß zu sein schienen. Sie war überhaupt von lauter großen Menschen umringt. Der Mann zu ihrer Linken war mindestens einssiebenundachtzig, das Mädchen rechts von ihr hatte himmelhohe Absätze. Dolly kam sich klein, verborgen und eingeklemmt vor. Über ihrem Kopf hörte sie jemanden sagen, es sei irgendwo ein Defekt aufgetreten und ein Zug ausgefallen, deswegen herrsche jetzt so ein Gedränge. Eingeklemmt und – wie es ihr schien – weit überragt, bewegte sie die Hände. Die kremfarbenen Wollhandschuhe, die sie trug, hatten fast dieselbe Farbe wie das Schaffell. Ein dunkles Haar, ein Haar wie sie es auf dem Kopf des nutzlosen Wachsbildnisses angeklebt hatte, fiel auf den hellen gestrickten Handschuhrücken. Sie sah es an, und um sie herum dröhnte Myras und Ediths wahnwitziges Geschrei.

Der Zug kam aus dem Tunnel, und durch eine Lücke zwischen Schaffell und dem Tweed mit Fischgrätenmuster, den der große Mann trug, erhaschte Dolly einen Blick auf das Gesicht des Zugführers, ein junges, rosiges Gesicht. Aber bevor es noch aus ihrem Blickfeld verschwunden war, sah sie, wie der Mund sich öffnete und der Mann schrie, denn sie hatte zugestoßen.

Vielleicht hatte er geschrien, als er stürzte. Doch woher sollte sie das wissen, wenn aus der wie eine Welle zurückweichenden Menge ein Laut aufstieg, der eine Mischung aus Schreien, Stöhnen und gräßlichem Jammern war? Dolly schrie mit den anderen, und die Welle riß sie ebenfalls mit zurück. Eine unpersönliche, unmenschlich klingende Stimme ließ jede Bewegung erstarren, und für kurze Zeit wurde es ganz still.

«Es hat einen Unfall gegeben. Ich wiederhole, es hat einen Unfall gegeben. Behalten Sie bitte Ruhe, und geraten Sie nicht in Panik.»

Eine Frau neben Dolly, eine Fremde, begann zu weinen.

23

Der Mann, der unten eingezogen war, war ihm sofort verdächtig. Conal hatte ihn nur einmal von weitem gesehen, dunkles Haar, ein ausdrucksloses, unauffälliges Gesicht, Jeans. Er hatte auch die Stimme gehört, den falschen englischen Akzent, den man ihm beigebracht hatte, während er zum Polizeispitzel ausgebildet wurde. Konnte es Diarmit Bawne sein? Für Sekundenbruchteile riß der Nebel auf, und Conal wußte, daß er selbst Diarmit war und sein Geist und Verstand ihm das angetan hatten. Doch es dauerte nur einen Augenblick. Der Nebel schloß sich, und er war wieder Conal. Heute abend, dachte er, kommt der Mann von unten bestimmt herauf. Er wird an die Tür klopfen, sich mit irgendeinem ausländischen Namen vorstellen und Conal etwas zu essen anbieten oder ihn ersuchen, weniger Krach zu machen. Conal achtete sehr darauf, keinen Lärm zu machen, als Diarmit bis sieben Uhr nicht aufgetaucht war, verließ er das Haus.

Er zweifelte nicht daran, daß das Zimmer in seiner Abwesenheit durchsucht werden würde. Diarmit hatte einen Schlüssel und brauchte daher das Schloß nicht aufzubrechen wie die sogenannte Andrea. Diesmal hatte Conal kein Scheuerpulver ausgestreut. Was hatte das schon für einen Sinn? Er wußte, daß sie kommen und suchen würden, und er war müde, ihm war fast alles egal. Die Energie und die Fröhlichkeit, die für Conal Moore so typisch gewesen waren, waren verbraucht, und er hatte das Gefühl, so langsam, so beständig zu werden wie Diarmit und am Ende so *tot* zu sein wie er. Er durchstreifte die stillen Straßen, wußte nicht, was tun, wußte nicht, wohin – und fürchtete sich davor, in sein Zimmer zurückzugehen.

Aber schließlich mußte er zurück. Er glaubte fest daran, daß ihn dort ein Mann erwartete, der versuchen würde, ihn zur Aufgabe zu überreden. Zu einem Priester zu gehen und zu beichten, Kathleen alles zu erzählen und dann zur Polizei zu gehen. Aber es war schlimmer, und es war unheimlicher, denn das Zimmer war leer und roch nach Diarmit und dem Mädchen – nach ihrem Parfüm und Diarmits stinkenden Kleidern.

Sie hatten die Messer mitgenommen. Er sah die Harrods-Tüte nicht. In einem Anfall von Panik, die seine Kraft erneuerte, riß er Schranktüren und Schubladen auf, zerrte den Haufen roter Kleider auseinander, kroch unter das Bett, zerrte Papier und alte Tragtüten und endlich – endlich! – die richtige heraus. Dann schlief er vor Erschöpfung auf dem Bett ein.

Als er mitten in der Nacht aufwachte, erblickte er um sich herum ein Chaos. Sie hatten das Zimmer ohne die geringste Vorsicht durchsucht, ohne sich darum zu kümmern, ob er es merkte. Schubladen waren auf den Boden geworfen worden, ihr Inhalt verstreut, überall lagen Kleider herum und in der Mitte des Zimmers – vermutlich als Signal für ihn, daß sie jetzt alles wußten – auf einem Haufen alter Zeitungen und Plastiktragtaschen das Hackmesser und die beiden Messer.

Da begriff er, daß er das Zimmer verlassen und sich gegen sie verteidigen mußte. Sobald es Morgen war, mußte er von hier fort, sein Eigentum mitnehmen und sich einen Zufluchtsort suchen. Der elektrische Schleifapparat funktionierte fast völlig lautlos. Er saß mit gekreuzten Beinen auf dem Boden, schliff die Messer und prüfte die Schärfe an der linken Hand, bis die Fingerspitzen kreuz und quer zerschnitten und blutig waren. Wenn Diarmit das leise Geräusch hörte und heraufkam, war er für ihn bereit, aber Diarmit kam nicht.

In einem tranceähnlichen Zustand ging Dolly den steilen Hügel hinauf. Und fast zum erstenmal seit Myras Tod war sie von absoluter Stille umgeben. Myra und Edith hatten miteinander geflüstert, und es klang, als zwitscherten schrill zwei verängstigte Vögel, dann seufzten sie, stöhnten und waren fort. Dolly wußte, sie würde sie nie wieder hören, nie wieder den Zitronenduft ihrer Mutter riechen oder das Grün sehen, das Myra war. Sie waren fort und hatten sie in einer absoluten Stille zurückgelassen.

Sie merkte den Wind kaum. Der Bus kam, nachdem sie zwanzig Minuten gewartet hatte. Einen Augenblick bildete sie sich albernerweise ein, der Fahrer habe ein Hundegesicht. Sie schloß die Augen, öffnete sie wieder und sah einen braunen Mann, einen Inder mit einer Adlernase. Im Bus umgab sie geradezu tödliche Stille. Sie hob die Hand und betastete durch den Stoff ihres Kleides die Konturen des Talismans, und das machte alles leichter, brachte ihr ein bißchen Leben.

Sie brauchte sich auf dem Heimweg nicht zu beeilen. Und selbst wenn sie es gewollt hätte, sie hätte es nicht gekonnt. Yvonne würde die Nachricht kaum vor heute abend oder vielleicht sogar erst morgen erfahren. Wenn sie keine Zeitung las, mußte sie warten, bis George es ihr erzählte. Dolly stieg im Dorf Highgate aus dem Bus und ging langsam, vom Wind gebeutelt und gestoßen, den Hügel hinunter zur Holmesdale Road und von dort zur alten Eisenbahnlinie.

An Birken und Weiden hingen Frühlingskätzchen. Wenn der Sommer kam, würden Pup und sie allein in ihrem Haus leben und George und Yvonne in dem ihren wieder glücklich sein. Wenn sie bis morgen nichts von Yvonne gehört hatte, wollte sie Pup mit der blonden bräutlichen Puppe zu ihr schicken. Es war wunderbar friedlich ohne Myra und Edith. Wenn ich nach Hause komme, trinke ich eine Flasche Wein, und wenn es zehnmal noch zu früh ist, dachte Dolly. Mit Weintrinken konnte sie den Tag totschlagen, bis Yvonne anrief.

Sie berührte den Talisman. Federn flogen aus dem Rachen des Mistley Tunnels wie Schnee von einer Schneewehe. Dolly ging durch den Tunnel und auf der anderen Seite die Treppe hinauf.

Harold war zu Hause. Im Frühstücksraum klapperte die Schreibmaschine. Dolly machte in der Küche eine Flasche Burgunder auf und leerte das erste Glas auf einen Zug. Sie nahm die Flasche ins Wohnzimmer mit und begann stetig vor sich hin zu trinken. Es war ihr gleichgültig, wann sie leer sein würde. Im Kühlschrank standen noch mehrere Flaschen, und in den Weinhandlungen warteten noch unzählige darauf, daß sie kam und sie kaufte. Die Schreibmaschine klapperte unentwegt auf der anderen Seite der Diele. Sie vermißte Edith und Myra. Oft hatte sie sie gehaßt und versucht, sie zu vertreiben, doch nun, da sie ins Jenseits zurückgekehrt waren, wünschte sie sich ihre Stimmen zurück, um ihre Kommentare, zu dem was sie tat, ihre Ansichten zu hören.

Sie holte sich die nächste Flasche und zog den Korken heraus. Dann wurde ihr bewußt, daß sie, seit sie nach Hause gekommen war, unter Schüttelfrost litt. Das war seltsam, denn Ashley Clare war tot und sie so glücklich und mit ihrem Leben zufrieden wie nie zuvor.

Wendy Collins kam mit dem Wagen und holte Harold ab. Dolly malte sich die Zeit aus, in der sie und Pup endlich allein sein würden. Das Eßzimmer wollte sie in einen Tempel verwandeln, und Yvonne und George mußten sie oft besuchen. Die Gedanken summten in ihrem Kopf wie ein Bienenschwarm. Harold und Wendy gingen Arm in Arm den Gartenpfad hinunter und stiegen in Wendys Auto. Dolly dachte daran, schlafen zu gehen, sie hatte schon seit vielen Nächten nicht mehr gut geschlafen. Die Puppen auf dem Kaminsims schienen sie zu beobachten, ihre Augen folgten Dolly, drehten sich in den gepolsterten Stoffgesichtern.

Dolly setzte sich an die Nähmaschine, doch ihre Hände waren zu unsicher, um die Arbeit halten zu können. Sie hatte noch eine halbe Flasche Burgunder übrig und goß mit einer ungeschickten Bewegung etwas davon in ihr Glas, wobei sie mehrere Tropfen und eine kleine Lache auf Myras hellen Teppich schüttete. Die Puppen legten die Köpfe schief und starrten, Ashley Clare und Yvonne begannen die Köpfe zu schütteln und mit den gestickten Augen zu rollen. Dolly leerte das Glas, stand auf und hielt sich an den Möbeln fest, um durch das Zimmer zu kommen. In Myras Spiegel sah sie ihr Gesicht und das entstellende rote Feuermal, und als sie es aus trüben Augen betrachtete, erschien hinter ihr ein anderes Gesicht und schob seine Hundeschnauze über Dollys linke Schulter.

Sie schloß die Tür und drehte den Schlüssel herum, sperrte Anubis und die Puppen ein. Sie schaffte es nicht, aufrecht die Treppe hinaufzugehen und kroch von Stufe zu Stufe, kroch über den Korridor, kletterte ins Bett und schlief ein.

Die Weinflecke auf dem Teppich sahen wie Blutstropfen aus. Dolly rückte den Nähmaschinentisch etwa einen halben Meter zur Seite, um sie zu verstecken. Sie hatte zehn Stunden geschlafen, den Tag zur Nacht gemacht und fühlte sich – mit Aspirin aufgepäppelt – schwach, zittrig und irgendwie körperlos. Harold war noch immer fort oder wieder ausgegangen. Pup war weder nach Hause gekommen noch hatte er angerufen. Vielmehr, sie nahm an, daß er nicht angerufen hatte. Sie war für Geräusche, Veränderungen oder Unruhen in ihrer Umgebung tot gewesen.

Sie fühlte die Gegenwart des hundegesichtigen Gottes, doch sehen konnte sie ihn nicht. Sie ging im Haus umher, schaltete das Licht ein, wenn sie einen Raum betrat und wieder aus, wenn sie ihn verließ. Es war, als mache sie eine Bestandsaufnahme ihres bisherigen Lebens und halte Ausblick auf das neue, das vor ihr lag. Doch wohin sie auch ging, immer hörte oder fühlte sie durch eine leichte Vibration, daß irgendein Wesen hinter ihr hertappte. Wenn sie sich umdrehte, um nachzusehen, war nichts da. Seit zwei Tagen hatte sie nur ein paar Biskuits gegessen, doch sie hatte auch jetzt keinen Appetit. Sie holte eine Flasche Wein aus dem Kühlschrank, einen weißen Sauterne, zog den Korken heraus und trank direkt aus der Flasche. Ihr wurde schwindlig, und sie bekam weiche Knie, trank jedoch weiter.

Pup kam noch immer nicht. Früher hätte sie geglaubt, er sei bei der «Goldenen Dämmerung», aber das konnte sie jetzt kaum noch annehmen. Früher, vor den Zeiten der «Goldenen Dämmerung» hätte sie sich gesorgt, hätte geglaubt, er sei überfallen oder überfahren worden. Inzwischen war er zu groß, zu mächtig und zu selbstsicher geworden, so daß sie so etwas nicht mehr empfinden konnte.

Harold war wieder da. Sie hörte, wie Wendy sich von ihm verabschiedete und das Schmatzen ihrer Gutenachtküsse. Die Nacht war für Dolly zum Tag geworden. Sie wollte wachbleiben, im Wohnzimmer sitzen, ihre letzte Flasche Wein trinken und auf Pup warten.

Sehr früh am Morgen, am Samstagmorgen, begann Conal seine Sachen wegzubringen. Er brach auf, bevor es hell wurde. Eine Unmenge Zeug gehörte Diarmit Bawne: ein grauer Duffelcoat, ein Regenmantel, Jeans und helle Hemden, die gewaschen und gebügelt werden mußten. Da gab es Lebensmittelkonserven, Flaschen mit verschiedenen Soßen, eine bunte Decke, die aussah, als habe eine Frau sie aus Wolle gestrickt, ein Aschenbecher mit einem Kleeblatt. All das ließ Conal für den rechtmäßigen Besitzer zurück. An den Ort, an dem er ihre Belagerung überstehen und Widerstand leisten wollte, nahm er nur die roten Kleider, den Schleifapparat und die Harrods-Tüte mit den Messern und dem Hackmesser mit. Er ging durch den kalten, dunklen Morgen die lehmigen Stufen zum Bahnsteig der alten Station hinunter. Dreimal mußte er den Weg zurücklegen, ehe er endlich Conal Moores gesamte Habe abtransportiert hatte und im Zimmer nur noch Diarmit Bawnes Sachen lagen. Als er es das letzte Mal verließ, machte er die Tür weit auf und stellte eine Dose von Diarmits Suppenkonserven davor, damit sie nicht zufallen konnte. Diarmit hätte ihnen keine schriftliche Nachricht hinterlassen können, er konnte seinen Namen schreiben, und das war ungefähr alles. Conal konnte schreiben, er war ein gebildeter Mann, aber er wollte nicht. Wozu denn? Warum sollte er ihnen ihre Arbeit erleichtern?

Sie würden ohnehin erraten, wo er steckte. Wenn sie kamen, würde er für sie bereit sein. Die Morgendämmerung zog herauf, bald würde die Sonne aufgehen, schon zeigte sie sich in blaßgelben Streifen über den Graten steiler, schwarzer Dächer und den schwarz gefiederten Zweigen der Bäume. Conal schleppte sein Eigentum über den Bahnsteig in den Tunnel. Die Matratze war in den achtzehn Monaten geschrumpft, aber sie war noch immer eine Matratze. Man konnte sie noch immer seitlich hochstellen und eine Art halbrunden Windschutz oder eine Barriere daraus machen, hinter der man Stellung beziehen konnte. Er hatte eine Decke aus dem Bett und einen dunkelroten Anorak mitgebracht, den er aus dritter oder vierter Hand im «Mind shop» gekauft hatte. Messer und Hackmesser waren wichtig, sie waren seine Waffen. Ihr Anblick tröstete ihn und gab ihm mehr Sicherheit. Blank und scharf lagen sie sorgfältig ausgerichtet auf einem dicken Bündel feuchten Zeitungspapiers. Jeder Polizist und jede Polizistin, jeder Spitzel, die in seine Nähe kamen, sollten sich vorsehen, das war alles.

Conal Moore war immer ein tapferer Junge gewesen, ein Teufelskerl, ein wilder Bursche. Er setzte sich hinter die Barrikade auf einen Berg nasser Zeitungen, in die Decke gehüllt, für alles bereit.

Pup kam um neun Uhr morgens nach Hause. Dolly, die auf dem Wohnzimmersofa aufwachte, hörte ihn direkt hinaufgehen. Sie hatte eben noch Zeit, sich die Schuhe anzuziehen, sich mit den Fingern durch das Haar zu fahren und zu strecken, als er schon wieder heruntergerannt und zu ihr ins Zimmer kam.

Sie hoffte, daß sie eine Erklärung vermeiden konnte, sie hoffte, er werde einfach glauben, sie sei an diesem Samstagmorgen früher aufgestanden als sonst. Aber er sah sie nicht einmal an. Er sah die Puppen auf dem Kaminsims an.

«Glaubst du nicht, daß wir sie jetzt wegtun sollten?» fragte er sanft. «Nun, auf alle Fälle den Mann. Es wäre ziemlich, nun ja – geschmacklos.» Er zögerte. «Weißt du es?» Sie blieb still, sagte kein Wort. Er nahm die Puppen herunter. «Ich habe gestern ein paarmal versucht dich anzurufen.»

«Gestern war ich viel unterwegs», sagte sie gleichgültig und fügte betont sorglos hinzu: «Was soll ich wissen?»

«Hast du die Abendzeitung nicht gelesen?»

Sie schüttelte den Kopf und wartete darauf, daß er ihr die erfreuliche Neuigkeit mitteilte, die für sie keine Neuigkeit mehr war.

Er nahm den Deckel von der Resteschachtel und schob die Puppen hinein. Sie fand, daß er plötzlich älter aussah, viel älter als seine Jahre, und auf irgendeine angespannte Art zufrieden. Er mußte um Yvonnes willen glücklich sein, glücklich, daß sie ihren Mann wiederbekam.

«Es war ein ziemlicher Schock», sagte er. «Gestern morgen – nun ja, vor ziemlich genau vierundzwanzig Stunden ist George Colefax in Hampstead vor einen einfahrenden U-Bahnzug gestürzt.»

24

Als Pup wieder fort war, holte Dolly die Fotografie heraus, die Yvonne ihr geschickt hatte, und sah sie an. Aus irgendeinem Grund – weil George Colefax von Ashley Clare als einem schönen Jungen gesprochen hatte? – hatte sie den Zigarrenraucher für George und den schlankeren, hübscheren für Ashley Clare gehalten. Sie hatte sich geirrt, genauso geirrt wie an jenem Abend auf dem Bahnsteig in Camden Town. Nur war es damals nicht wichtig gewesen, war nichts geschehen, das nicht wiedergutzumachen gewesen wäre. Diesmal war es zu spät.

Yvonnes Mann war tot. Sie hatte ihn ermordet. Seit Pup es ihr gesagt hatte, war in ihrem Kopf ein Rauschen und ein Dröhnen, breitete sich dichter Nebel darin aus. Sie saß noch immer da, wo Pup sie verlassen hatte, ganz still, starrte vor sich hin und fürchtete, sich zu bewegen, denn jede Bewegung, die sie machte, konnte neues Unheil auf sie alle herabbeschwören.

Ihr kam der Gedanke, daß sie nie wieder einen Menschen sehen, nie wieder jemand zu ihr kommen und mit ihr sprechen würde. Heute morgen war nicht einmal von Harold etwas zu hören. Pup war gegangen, ohne zu sagen, wann er wiederkam. Yvonne haßte sie. Sie war für den Rest ihres Lebens dazu verurteilt, allein zu bleiben – oder allein, von einem einzigen Gefährten abgesehen, und sogar er hatte sie verlassen, seit sie, kurz bevor Pup hereingekommen war, den Schatten seines Hundekopfs an der Wand gesehen hatte.

Seit mehr als vierundzwanzig Stunden hatte sie jetzt die Sachen am Leib, die sie getragen hatte, als sie George Colefax tötete. Das rostrote Kleid war zerdrückt und roch nach Schweiß und Schmerz, wie ihr schien. Ohne aufzustehen und ohne die Vorhänge zu schließen, begann sie es aufzuknöpfen. Doch noch ehe sie bei der Taille war, hatte sie das Gefühl, daß etwas fehlte – daß etwas passiert war, schrecklicher als alles andere, daß sie etwas verloren hatte. Sie griff mit beiden Händen zum Hals, tastete über die Brüste, suchte ...

Der Talisman war fort.

Sie schrie auf, ein sinnloser Schrei, da niemand da war, der sie hörte, niemand, den sie herbeilocken konnte. Hatte das Entsetzliche nur geschehen können, weil der Talisman nicht mehr bei ihr war? Aber nein, da hatte sie ihn noch gehabt, hatte ihn auf der Haut gespürt. Wenn sie nicht alles verlieren und sich nicht selbst aufgeben wollte, mußte sie den Talisman finden, durfte sie nicht zulassen, daß er verloren war und ohne jemandem zu gehören, durch die Welt wanderte.

Fieberhaft begann sie das Haus zu durchsuchen.

«Ich nehme an», sagte Yvonne, klammerte sich fest an Pup und legte den Kopf an seine Schulter, «ich glaube, was dem armen George passiert ist, lag – wie es in den Zeitungen immer heißt – an einer kurzen geistigen Verwirrung. Der Polizeibeamte sagte mir, bei der Leichenschau werde man auf Tod durch Unfall befinden, aber ich denke, daß er es absichtlich getan hat. Was meinst du dazu?»

«Es ist eine merkwürdige Methode», antwortete Pup, «und der Ort kommt mir fast noch seltsamer vor.»

Yvonne fröstelte. «In einem Moment geistiger Verwirrung denkst du nicht an so was. Es ging schnell. Er hatte mir doch gesagt, er könne nicht ohne Ashley leben, und Ashley müsse wahrscheinlich noch in diesem Jahr sterben. Ich denke, er muß sehr niedergeschlagen gewesen sein, und als er auf diesem Bahnsteig stand, überkam ihn plötzlich Verzweiflung, und er sprang. Aber das brauchen wir ihnen bei der Leichenschau doch nicht zu sagen, nicht wahr?»

«Selbstverständlich nicht.»

«Armer George. Ich hatte ihn einmal sehr, sehr gern, weißt du? Ich bin wirklich ganz durcheinander. Es ist schrecklich, mit Fünfundzwanzig schon zweimal Witwe zu sein.»

«Siebenundzwanzig», korrigierte Pup sie freundlich. «Ich finde, wir beide sollten sehr schnell heiraten.»

«O ja, bitte», antwortete Yvonne und hob ihm die Lippen zum Kuß entgegen.

Pup küßte sie. Er konnte sich nicht vorstellen, warum sie nicht sehr glücklich werden sollten. Er wünschte sich eine große Familie. George hatte kein Testament gemacht, doch das hatte nichts zu sagen, da Yvonne seine einzige Erbin war. Über ihren geneigten blonden Kopf hinweg, betrachtete Pup, was er von dem Haus sehen konnte, das bald ihm gehören würde: die Ecke einer Kaschmirbrücke, einen Teil eines Chippendaleschränkchens, einen scharlachfarbenen Schimmer der chinesischen Brücke im grünen Park hinter dem Fenster. Irgendwann wollte er auch den Mercedes vom «Arrowsmith Court» hierherbringen, das hatte er Yvonne versprochen. Gar nicht so übel, dachte er, mit Einundzwanzig praktisch alles zu haben, was man sich wünscht, ein blühendes Geschäft, eine erfolgreiche Karriere, allem Anschein nach eine einnehmende äußere Erscheinung, eine schöne Frau und ein Haus in der Nähe der Bishop's Avenue, das eine Million wert war.

Dolly würde sagen, das habe er nur erreicht, weil er seine Seele dem Teufel verkauft hatte. Dann würde er wohl, wie der arme alte Faustus irgendeinen furchtbaren Preis dafür bezahlen müssen. Pup konnte sich keinen furchtbaren Preis vorstellen, den jemand von ihm eintreiben könnte, und er lachte laut auf, weil das alles ein so schrecklicher Unsinn war.

«Ich weiß», sagte Yvonne und schmiegte sich an ihn. «Ich bin auch glücklich. Sind wir nicht schrecklich?»

Trotz des Rauschens in ihrem Kopf und der dichten wallenden Nebel, hatte Dolly ein ungetrübtes Gedächtnis. Sie erinnerte sich, daß sie den Talisman noch getragen hatte, als sie die Station verließ, auch im Bus hatte sie ihn noch und als sie die Southwood Lane hinunterging, die Archway Road überquerte und zur alten Eisenbahnlinie hinaufstieg. Sie glaubte ihn auch noch gehabt zu haben, als sie in der Stanhope Road die Brücke passierte und ins Tal hinunterkam, doch daran erinnerte sie sich nicht mehr genau.

Es war ein milder Tag, der Himmel weiß, die Welt farblos. Dolly zog ihren Mantel an, und als sie zur Haustür kam, sah sie auf Myras biskuitfarbener Wand den Schatten von Anubis, und sein Gesicht war jetzt weder freundlich noch gleichgültig, sondern eine zähnefletschende Grimasse. Sie würde nicht hinsehen. Wahrscheinlich werde ich mich immer davor fürchten, mich umzusehen und hinter mich zu schauen, dachte sie. Im Freien, an der Luft war es besser. Sie schüttelte das Haar nach vorn, damit es ihr über die Wange fiel. Ein paar Leute waren unterwegs, um ihre Samstagseinkäufe zu erledigen, und auf den Schultern ihrer Mäntel oder Pullover saßen lauter Hundeköpfe. Wenn Dolly manchmal weg- und dann schnell wieder hinschaute, verwandelten sie sich wieder in Menschen, die sie feindselig anstarrten. Sie ging bis zur Brücke an der Stanhope Road zurück, denn vorher hatte sie den Talisman noch gehabt, davon war sie überzeugt.

Die alte Eisenbahnlinie lag völlig verlassen da, vielleicht weil der Boden so feucht war und es so naß von den Zweigen der Bäume tropfte. Wenn hier niemand entlanggegangen war – oder zumindest kein aufmerksamer Beobachter – seit sie den Weg benutzt hatte, lag der Talisman vielleicht noch irgendwo auf dem Boden. Sie ging langsam, hielt den Kopf gesenkt, knickte von einer Pappel eine lange, dünne Rute ab und stocherte damit im Gras herum. Mit einer solchen Rute, von einem Baum ganz in der Nähe abgeschnitten, hatte Pup so viele wunderbare magische Dinge zuwege gebracht. Der Talisman allein war aus dieser Zeit noch übrig, und sie mußte ihn finden.

Im breiteren Tal dauerte die Suche länger. Dolly wußte nicht mehr genau, wo sie am Tag vorher gegangen war. Im Gras würde man das grüne Metall nicht sehen, und der rote Teil war sehr klein. Sie schaute, den Kopf rhythmisch hin und her bewegend, von einer Seite zur anderen. Eine Feder, von einer leichten Brise getragen, flatterte zu Boden und blieb vor Dollys Füßen liegen. Und plötzlich erinnerte sie sich wieder, die Feder verhalf ihr dazu – plötzlich wußte sie, daß sie gestern morgen den Talisman noch auf ihrer Haut gespürt hatte, als sie den Mistley Tunnel betrat.

Also hatte sie den Talisman irgendwo zwischen dem Tunnel und ihrem Haus verloren. Es war ziemlich dunkel im Tunnel, doch hier wuchs kein Gras, der Boden war kahl, dunkel und feucht, das erleichterte die Suche. Eine Feder berührte leicht ihr Gesicht wie früher Myras Geisterfinger.

Jemand hatte die Matratze an der Längsseite hochkant gestellt. Dolly war nicht der Meinung, daß sie gestern schon so dagestanden hatte. Plötzlich glaubte sie, sich zu erinnern, daß sie genau an dieser Stelle das Gefühl gehabt hatte, etwas gleite an ihr hinunter. Hier mußte sich die Schnur des Talismans gelöst haben, hier mußte er durch ihr Kleid durchgerutscht sein, hier mußte sie ihn verloren haben. Im Zwielicht des Tunnels, Schlamm und Federn unter den Füßen, ging sie auf die Matratze zu, den Pappelzweig wie eine Wünschelrute in der Hand.

Und dann sah sie ihn, sah in dem düsteren Licht undeutlich seine

Gestalt, nicht den Hundekopf, nicht den schimmernden Körper, und in den Händen hielt er auch nicht Merkurstab und Palmenzweige, sondern zwei blitzende Messer, in denen sich das spärliche Licht fing, das im Tunnel herrschte.

Er hatte auf sie gewartet, hatte gewußt, daß sie kommen würde. Sie hatte gewußt, daß er früher oder später ihrer habhaft werden würde. Alles, was ihnen widerfahren war, hatte unausweichlich zu diesem Ende geführt; und als sie sich, die Messer zwischen sich, vereinten, stießen beide einen Angstschrei aus. Und die Schreie klangen, als sei es nur einer.

Nachwort

Shakespeare, sagt Ruth Rendell, sei der Autor, der sie am meisten beeinflußt habe. Dieser Einfluß hat unter den vielen anderen, die dem Kriminalroman in jüngerer Zeit zu neuen Inhalten und Formen verhelfen sollten, von allen das Beste bewirkt, was Literatur auszeichnet: Die Romane der Ruth Rendell haben Erkenntnisfunktion; ihr Gegenstand ist das Rätsel Mensch, ihre Gestaltung Ausdruck einer vom Zeitgeist unabhängigen Weltsicht.

«Der große Vorteil von Shakespeares Dramen ist, daß man gleich weiß, wer der Mörder ist», läßt Robert Crottet seinen Herrn Latour erklären, «deshalb kann man die Entwicklung der Handlung in allen psychologischen Nuancen verfolgen und bewundern, ohne daß der Geist durch eine ständige unbefriedigte Neugier beunruhigt wird.»* Alle Rendell-Romane haben diese vorzügliche Eigenschaft. Selbst dort, wo die Autorin Chief Inspector Wexford einschaltet und der Täter erst am Ende des Buches und der polizeilichen Ermittlungsarbeit entdeckt wird, stehen die Psychologie der beteiligten Personen, ihre Handlungen und Lebensweisen so sehr im Mittelpunkt, daß das bekannte Whodunit-Schema sich im Interesse des Whydunit fast gänzlich zu verflüchtigen scheint.

Die Spannung, die da von uns Besitz ergreift, liegt in den Charakteren, ihren Handlungen und deren Ursachen, den kleinen (scheinbaren) Zufälligkeiten und ihrer Verkettung, die einem Leben diese oder jene Wendung geben, und wo dies so konsequent aufgebaut und erzählt wird wie z. B. in «Urteil in Stein», erreichen Ruth Rendells Romane das Ausmaß der antiken Tragödie.

Auch «Der Pakt» weist alle Elemente des klassischen Dramas auf, eine organisch gewachsene Handlung etwa, die ein inneres Mitgehen ermöglicht; eine streng kausale und überzeugende Verknüpfung von Ereignissen und Personen, motiviert und einsichtig bis hin zur tragischen Notwendigkeit; Exposition, Peripetie, Katastrophe, und das gleich doppelt in zwei nebeneinanderlaufenden Handlungssträngen, die sich erst im letzten Akt zu einer letzten Katastrophe vereinigen. Die Anteilnahme, das Mitleid, die Erschütterung, die «Der

* Robert Crottet: Heute in vierzehn Tagen, Fischer Taschenbuch Verlag 1984

Pakt» in uns auslöst, ist sehr verwandt mit dem, was zu bewirken Ziel der klassischen Tragödie war.

Aber Ruth Rendell schreibt nicht für die Bühne. Sie erzählt, und sie erzählt mit einer Redlichkeit und Genauigkeit, wie sie nur selten ein Kriminalautor seinem Leser gegenüber beachtet hat. Da gibt es keine falschen Spuren, keine blinden Motive, keine unterschlagenen Informationen, da fügt sich statt dessen Detail an Detail, fortschreitend ergänzt und erweitert zu einem größeren Zusammenhang, da wird nichts vergessen, fallengelassen, übergangen, nichts bleibt unausgeführt oder erweist sich am Ende als bedeutungslos. Aber obwohl sie auf diese Weise ehrlich alle Teile des Puzzles liefert und keins unter der Hand zurückbehält, vermag Ruth Rendell doch immer wieder zu überraschen mit der Wendung, die die Dinge bei ihr nehmen, wenn sie die letzten Teilchen zusammenfügt. Ihre Plots sind die intelligentesten und kunstvollsten, die ich kenne. Dabei wirken sie niemals konstruiert. Die Dramaturgie ist so geschickt arrangiert und in Erzählung umgesetzt, daß sie wie alltägliche Wirklichkeit erscheint.

Es ist auch nicht die große weite Welt mit ihren exotischen Schauplätzen, die den Hintergrund der Verbrechen liefert. London oder die südenglische Kleinstadt Kingsmarkham sind die Orte, an denen Ruth Rendells Morde sich ereignen, nicht einmal Swinging London mit all den bizarren Erscheinungsformen einer Großstadt, sondern die abgegrenzten, gutbürgerlichen Wohnviertel, in denen so manches «schlafende Leben» (so der englische Originaltitel eines Romans) ein plötzliches Erwachen oder Ende findet, was oftmals dasselbe ist. «Die Frau war tot, aber, wie Wexford nur zu gut wußte, Tod durch Mord ist auf eine Art kein Ende, sondern ein Anfang ...»

Eine stillgelegte Eisenbahnlinie im Tal, ein Fußgängertunnel mit einer verrottenden Matratze, die dort seit Jahren herumliegt, und über dem Tal die alten Häuser von Manningtree Grove, zwischen denen bereits die Abbruchspezialisten am Werk sind, das ist im vorliegenden Buch etwa die Eingangsszenerie, mit der Ruth Rendell die Welt veranschaulicht, in der der ganz alltägliche Schrecken wohnt, zumeist inmitten einer ahnungslosen Nachbarschaft. In «Dämon hinter Spitzenstores» ist es eine einzige Hausgemeinschaft, in der das Drama sich entwickelt; in «The Secret House of Death» blicken die Nachbarn eine ganze Weile zu diesem verschlossenen Haus hinüber und spekulieren aus ihrer Sicht, was dort drinnen vor sich gehen mag, ehe sich endlich jemand, zu spät, entschließt, hineinzugehen; in «Mord ist des Rätsels Lösung» vergräbt Stanley eine Leiche in seinem Garten unter den Fenstern der angrenzenden Nachbarhäuser. Alles ist überschaubar in diesen Wohnvierteln, aber niemand will offenbar allzuviel sehen, was den bürgerlichen Rahmen sprengen könnte. Trotz der Nähe bleibt jeder mit sich und seinen Konflikten allein.

Rhoda Comfrey z. B. «Leben mit doppeltem Boden» ist vielen in Kingsmarkham seit ihrer Kindheit bekannt, doch als sie tot unter einer Hecke in der Nähe ihres Elternhauses aufgefunden wird, weiß niemand zu sagen, welchen Beruf sie eigentlich ausgeübt hat oder wie ihre Londoner Adresse war, und außer ihrer Leiche gibt es keinen sichtbaren Beweis, daß sie überhaupt existiert hat. In «Dämon hinter Spitzenstores» schreibt jemand eine Dissertation über die psychopathische Persönlichkeit und übersieht geflissentlich jedes Anzeichen dafür, daß er es bei dem Mieter, der direkt über ihm wohnt, mit einer solchen zu tun hat. So begnügt sich auch die Familie Coverdale «Urteil in Stein» mit allereinfachsten Erklärungen angesichts von Vorkommnissen, die das liebgewordene Bild der perfekt funktionierenden Haushaltsperle ins Wanken bringen könnten.

Niemand in diesen Wohn- und Lebensgemeinschaften möchte allzuviel vom anderen wissen oder von sich selbst preisgeben. Seelengeheimnisse werden bewahrt, Defekte verborgen, Obsessionen im Rahmen einer bürgerlichen Existenz sogar kontrolliert, soweit und solange es irgend möglich ist. Eunice Parchman, die Analphabetin «Urteil in Stein», wählt durchaus überlegt eine Stellung als Dienstbote, in der sie weitgehend davor bewahrt bleiben kann, mit ihrem Mangel in Konflikt mit der Welt zu geraten. Rhoda («Leben mit doppelten Boden») schafft sich eine zweite Identität, die ihrer Lebensweise in den Augen anderer Normalität verleiht. Der «Dämon» hat ein wohlfeiles Arrangement mit sich und der Welt getroffen, indem er sich zur Triebabfuhr eine Puppe im Keller hält, während er ansonsten ein mehr oder weniger unauffälliges und von bürgerlichen Tugenden geprägtes Leben führt. Der Pelzfetischist Bishop «Die Tote im falschen Grab» wartet stets, bis die Kinder schlafen und seine Frau das Haus verlassen hat, ehe er in der Abgeschiedenheit eines Zimmers seinen nackten Körper in die erregenden Pelze hüllt.

Was immer die Menschen umtreibt, es bewegt sich weitgehend zwischen Liebe und Tod. Diese schlichte Tatsache hat der Gattung Kriminalroman die Auswüchse der Kategorie Sex and Crime beschert. Bei Ruth Rendell dagegen erhält Sexualität den Stellenwert, den sie tatsächlich auch im Dasein des Menschen einnimmt. Verdrängt, unterdrückt, sublimiert, pervertiert – Eros ist unausweichlich, und der Mensch notwendig ein geschlechtliches und liebebedürftiges Wesen. Kein anderer Autor von Kriminalromanen hat dies bisher so deutlich und zugleich so undemonstrativ und so sensibel in Charaktere, Handlungen und Motive umgesetzt. Auch Homosexualität, die Annahme eines anderen Geschlechts, Hörigkeit, Promiskuität oder asexuelle Kindlichkeit bis ins Mannesalter werden feinfühlig-objektiv als Möglichkeiten menschlicher Existenz und zwischenmenschlicher Beziehungen thematisiert. Daß dies zu Katastrophen führt, liegt nicht unbedingt in der Natur der Sache, sondern in der Natur der Welt, wie Ruth Rendell sie sieht.

Selbst die Psychopathen erscheinen bei Ruth Rendell nicht als abartige und letztlich unbegreifliche Ungeheuer, werden aber auch nicht mit aufgesetzter Psychologie durchleuchtet und als Schau- und Studienobjekte vorgeführt. Sie erklären sich von selbst durch ihre Geschichte. So zwanghaft sie töten müssen, so zwingend menschlich sind sie und so tragisch notwendig zum Scheitern verurteilt.

Das extremste Beispiel für Ruth Rendells tragische Weltsicht ist wohl Diarmit im vorliegenden Roman: Ich töte, also bin ich. Mord als Lebensäußerung, als Existenzbeweis, als sozialer Kontakt in einer Welt, in der ein Mensch wie Diarmit zwangsläufig in die Isolation getrieben wird, obwohl oder weil er nicht mehr vom Leben verlangt als einen Job und ein wenig Beachtung von seinen Mitmenschen. Und Dolly oder Lena «See der Dunkelheit» und all die anderen Versponnenen, Verstörten, In-die-Welt-Geworfenen, auch sie versuchen doch nur auf ihre Weise, ihr Seelenheil zu finden und ein ganz bescheidenes privates Glück.

Glück oder Unglück ist es, was die Handlung, schicksalhaft und mit Notwendigkeit, für den Menschen in der antiken Tragödie bewirkt. Ruth Rendell hat die moderne Gattung Kriminalroman um die klassische Dimension des Tragischen erweitert, als Grundbegriff für das menschliche Dasein schlechthin.

Man mag eine andere Weltsicht haben und eine andere Vorstellung von Kriminalromanen, aber man muß schon mit Blindheit geschlagen sein, wenn man Ruth Rendell immer wieder als Erbin von Agatha Christie, Dorothy L. Sayers und anderen ehrwürdigen Krimidamen bezeichnet und nicht nur überzeugt ist, ihr damit gerecht zu werden, sondern auch noch höchstes Lob zu zollen. Bei allem Respekt, aber Shakespeare will mir als ein weitaus legitimerer Ahn erscheinen.

Helga Riedel

Durch das Tor zum Himmlischen Frieden

Deutsch von Edith Walter

Zu diesem Buch

Wexford blieb einen Augenblick am Fenster stehen und bemühte sich, in der vorbeifliegenden Dunkelheit etwas von der Landschaft zu entdecken. Er hörte Schritte hinter sich, die sich ihm aus der Richtung näherten, aus der er und die anderen gekommen waren. Als er sich umdrehte, erblickte er, nur noch ein paar Meter von ihm entfernt, die alte Frau mit den gebundenen Füßen.

Wexford schließt die Augen. Als er sie wieder öffnet, ist die alte Frau verschwunden.

Zuerst hat er sich auf die China-Reise gefreut, die er so unvermutet mit Hilfe seines Neffen antreten konnte. Als er die alte Frau das zweite Mal sieht, glaubte er noch an einen Zufall. Beim drittenmal ist er beunruhigt. Warum folgt ihm diese kleine alte Chinesin durch halb China? Was will sie ihm mitteilen? Aber ebenso plötzlich, wie sich auftaucht, verschwindet sie wieder. Als Wexford und die anderen Mitglieder der kleinen Reisegruppe mit einem Flußdampfer den Li-schei entlangschippern, wird die Stimmung der zauberhaften Landschaft jäh unterbrochen. Ein Mann ist über Bord. Ein junger Chinese namens Wong, der nicht schwimmen kann. Die Strömung ist stark, der Fluß voller Klippen.

Wexford ist geschockt, Wong hatte er schon früher gesehen und nun wieder auf dem Schiff entdeckt. Verfolgte der ihn auch?

«Ein Mann ist über Bord gegangen», sagte Mrs. Knighton, den Fotoapparat in den dicken roten Händen. «Er konnte nicht schwimmen.»

«Wissen Sie, wer es ist?»

Sie begann wieder zu knipsen und sagte gleichgültig: «Niemand von uns. Ein Chinese.»

Zurückgekehrt ins heimische England nach Kingsmarkham hat Chief Inspector Wexford gleich mit einem Mord zu tun: Die Tote ist Mrs. Adela Knighton aus seiner Reisegesellschaft.

Die Hauptpersonen

Adam Knighton Adela Knighton	ahnen nicht, daß sie auf ihrer China-Reise der Vergangenheit und dem Tod begegnen.
Milborough Ingram Pandora Ingram	sind auf Weltreise. Mutter und Tochter haben zwingende Gründe, diese Reise in London zu beenden.
Cyril Baumann Lilian Baumann Margery Baumann	sind Zaungäste einer Tragödie.
Mr. Purbank Mr. Vinald	treffen zufällig zusammen und geraten beide in Verdacht.
Roderick Knighton Colum Knighton Julian Knighton	trauern um ihre Mutter.
Jennifer Norris-Knighton Angus Norris	halten Mord für ein klassenspezifisches Ereignis.
Sung Lao Zhong T'chung Bei ling	sind von unbarmherziger Liebenswürdigkeit.
Hsia Yu-seng	will eine Nachricht übermitteln lassen und löst eine Katastrophe aus.
Henry Chipstead Silver Perry	sind zwei Verbrecher, die noch an Gangsterehre glauben.
Thomas Bingley	sieht beim Wildern einen Mörder.
Chief Inspector Reginald Wexford	ist ein nüchterner Mann und hat Halluzinationen.
Detective Inspector Burden	bedauert die Abschaffung der Todesstrafe.

Teil 1

I

Der vollständig erhaltene Leichnam der Frau, die man die Marquise von Tai nennt, lag etwa einen Meter tiefer auf der unteren Plattform in einem Glaskasten. Sie war, als sie vor etwas mehr als zweitausend Jahren starb, ungefahr fünfzig Jahre alt gewesen. Ein weißes Hemd bedeckte ihren dünnen fünfundsiebzig Pfund schweren Körper vom Hals bis zu den Oberschenkeln. Ihre Beine waren von einem fischähnlichen rötlichen Weiß und von Streifen entstellt, ihr rechter Arm durch einen schlecht verheilten Bruch ziemlich stark verkürzt. Ihr Gesicht war weiß, aufgedunsen, das Nasenbein eingedrückt, und aus dem offenen Mund quoll die Zunge heraus. Das ganze Gesicht war so qualvoll verzerrt, als sei sie erwürgt worden.

Das war jedoch nicht der Fall. Im broschierten Museumsführer stand, und Mr. Sung hatte es bestätigt, daß die Marquise an Tuberkulose und an einer Erkrankung der Gallenblase gelitten hatte. Kurz bevor sie an einem Herzanfall gestorben war, hatte sie hundertzwanzig Kerne der Wassermelone gegessen.

«Sie hatte Myokaldinfalkt, wissen Sie», sagte Mr. Sung, die Museumsbroschüre aus dem Gedächtnis zitierend, wie es seine Gewohnheit war. «Sie wal sehl klank, wissen Sie, schlechtes Helz, innen ganz schlimm. Wil wollen gehen.»

Sie schlenderten weiter, um durch eine zweite Öffnung die Innenorgane und die dura mater der Marquise zu betrachten, die in Flaschen mit Formaldehyd schwammen. Fragend blickte Mr. Sung seinem Begleiter ins Gesicht und hoffte vielleicht, dort Anzeichen von Übelkeit oder Bestürzung zu entdecken. Doch die Miene des anderen blieb genauso unergründlich wie die seine. Mr. Sung seufzte leicht auf.

«Wil wollen gehen.»

«Ich wünschte, Sie würden das nicht ununterbrochen sagen», meinte Wexford gereizt. «Darf ich Sie korrigieren? Es wäre nämlich viel besser, wenn Sie sagten: ‹Gehen wir› oder ‹Wir müssen weiter›.»

«Sie dülfen kolligielen», erwiderte Mr. Sung ernst. «Vielen Dank. Ich will gut splechen lelnen. Gehen wil? Wil müssen weitel.»

«Gut, dann gehen wir.»

«Antwolten Sie nicht, bitte. Ich übe nul. Gehen wil. Wil müssen weitel. Gut, ich habe velstanden. Kommen Sie, wil wollen gehen. Sind Sie beleit, zul Ausglabungsstätte zu fahlen? Jetzt dülfen Sie antwolten, bitte.»

Sie stiegen wieder in das Taxi. Zwischen Museum und Auto, die beide Klimaanlagen hatten, war die Luft so heiß wie ein Ofen, auf dem langsam eine Kasserolle schmurgelte. Der Fahrer brachte Wexford und Mr. Sung quer durch die Stadt zu den Ausgrabungen, wo Archäologen die Leichname der Marquise, ihres Gatten und ihres Sohnes entdeckt hatten. Außerdem Tonnachbildungen von Bediensteten, Lebensmittel und Artefakte, die die Reisenden auf ihrer Reise über das Grab hinaus begleiten sollten. Die anderen Leichen waren skelettiert, ihre Kleidung zu Staub zerfallen. Nur die Marquise, häßlich, grotesk, aus leeren Augenhöhlen starrend, hatte sich in ihrem gemalten Gewand, den zwanzig Schichten reiner Seide, in die sie gehüllt war, die wächsernen Züge des Lebens bewahrt.

Wexford und Mr. Sung blickten durch den Holzrost in den großen, tiefen rechteckigen Schacht des Grabes, und Mr. Sung zitierte beinahe wortwörtlich einen langen Abschnitt aus *Fodor's Führer durch die Volksrepublik China.* Er hatte ein ausgezeichnetes Gedächtnis und schien zu glauben, Wexford könne, da er die chinesischen Schriftzeichen nicht entziffern konnte, auch seine eigene Sprache nicht lesen. Es war sogar Wexfords Exemplar des *Fodor,* das Sung sich am Abend ganz einfach ausgeliehen hatte, aus dem er zitierte. Wexford hörte nicht zu. Er hätte viel darum gegeben, den schlitzäugigen Mr. Sung mit dem rosigen Babygesicht loswerden zu können. In jedem anderen Land hätte eine Bestechungssumme in Höhe eines Monatsgehalts ihn ohne weiteres von seinem Führer und Dolmetscher für immer befreit – und hier hätte ein Monatsgehalt sich durchaus im Rahmen von Wexfords finanziellen Möglichkeiten gehalten. Aber in China durfte nicht einmal Trinkgeld gegeben werden. Mr. Sung ließ sich nicht korrumpieren. Obwohl noch sehr jung, war er schon Parteimitglied. Seine Augen glänzten fanatisch, wenn er von den großen Staatsmännern sprach. Natürlich zählte auch Mao Tse-tung dazu, der aus Mr. Sungs Heimat, der Provinz Hunan, stammte. Manchmal fragte sich Wexford, ob er eines Tages – in zwanzig Jahren vielleicht, wenn er dann noch lebte – die *Times* aufschlagen und lesen würde, der neue Vorsitzende der Kommunistischen Partei Chinas sei ein gewisser Sung Lao Zhong, 47, aus Tschangscha. Das war durchaus möglich. Mr. Sung beendete seinen auswendig gelernten Vortrag, seufzte unter den Lasten seiner Pflicht, weigerte sich jedoch, sich ihr zu entziehen.

«Lichtig», sagte er. «Gehen wil? Wil besuchen jetzt Polzellanfablik und vol dem Abendessen Lehlelbildungsanstalt.»

«Nein, das tun wir nicht», widersprach Wexford. Ein Moskito biß ihn eben dicht über dem Sprungbein. Die Hitze war unerträglich. Wie die nur in seiner Phantasie existierende Kasserolle begann auch er allmählich zu schmurgeln. Zäher, dickflüssiger Schweiß lief ihm klebrig über den ganzen Körper. Das lag ebenso an der hohen Luftfeuchtigkeit wie an der Temperatur von siebenunddreißig Grad. «Nein, das tun wir nicht. Wir fahren ins Hotel, duschen und halten Siesta.»

«Wil haben dann abel keine Zeit mehl fül Polzellanfablik.»

«Da kann man nichts machen.»

«Es ist abel dlingend, daß Sie besuchen Lehlelbildungsanstalt, an del gloßel Volsitzendel Mao studielte.»

«Nicht heute», sagte Wexford. Die Eiseskälte im Auto ließ den Schweiß nicht mehr rieseln, sondern strömen. Er wischte sich das Gesicht ab.

«Sehl gut, ich hoffe, Sie welden nicht beleuen», sagte Mr. Sung. Wie jede Gefühlsaufwallung, richtete auch Entrüstung großes Unheil bei seiner Aussprache des Englischen an. «Ich fülchte, Sie welden bestimmt beleuen.» Seine Stimme klang auf unbestimmte Weise drohend. Sollte sein widerspenstiger Besucher noch mehr rebellieren, dachte Wexford, behauptet er vielleicht, derartige Unterlassungen seien ihm nicht gestattet. Wenn Lüxingshe, das Internationale Chinesische Reisebüro, dessen Vertreter Mr. Sung praktisch war, von Wexford verlangte, daß er Fabriken, Kindergärten, Hochschulen und Ölraffinerien besichtigte, dann würde er Fabriken, Kindergärten, Hochschulen und Ölraffinerien sehen, daran war nicht zu zweifeln.

Mr. Sung wandte sich ab und sah aus dem Fenster. Sein Gesicht drückte nur selten etwas anderes aus als unbarmherzige Liebenswürdigkeit. Sein Scheitel schwebte irgendwo in Wexfords Schulterhöhe, obwohl er für einen Südchinesen nicht gerade klein war. Er trug ein schneeweißes Baumwollhemd, sackartige olivgrüne Baumwollhosen und walnußbraune Plastiksandalen. Sein Vater, hatte er Wexford erzählt, gehörte dem Parteikader an, seine Mutter, seine Schwester und seine Frau waren Ärztinnen. Sie lebten alle zusammen in einer Zwei-Zimmer-Wohnung in einem der kasernenartigen grauen Betonblocks der Stadt. Zur Familie gehörte außerdem Mr. Sungs kleiner Sohn Tsu Ken, der noch ein Baby war.

Fußgänger und Radfahrer anhupend, die auf ihren Rädern einfach alles transportierten – angefangen bei zwei Ferkeln und einem

Huhn bis zu mehreren Kleinmöbeln –, schlängelte sich der Wagen durch düstere und freudlose Straßen zum *Xiangjiang Hotel.* Es gab in Tschangscha nicht mehr viele Gebäude, die vor der Revolution im Jahr 1949 erbaut worden waren: nur noch das Haus des Kuomintang-Generals mit dem geschwungenen grünen Dach in der Nähe des Hotels und die Ruine einer europäischen Kirche mit grauer Stuckfassade, über deren Ursprung niemand mehr etwas zu wissen schien. Mr. Sung stieg aus dem Wagen und begleitete Wexford in die Halle. Dort schüttelten sie sich die Hände. Ein zwangloseres Benehmen hätte der Chinese für eine Pflichtverletzung gehalten. Wexford war schon froh, daß er ihn daran hindern konnte, ihn mit dem Lift in die achte Etage zu bringen. Er stehe, bitte, um sieben Uhr wieder zur Verfügung, sagte Mr. Sung. Sie wollten dann gemeinsam ein Freilichtkino besuchen, in dem ein Film über die Geschichte der Revolution gezeigt wurde.

«O nein, besten Dank», erwiderte Wexford. «Zu viele Moskitos.»

«Sie nehmen jeden Fleitag Anti-Malaliapille, hoffe ich?»

«Trotzdem lasse ich mich nicht gern beißen.» Wexfords Sprungbein schien auf das Doppelte seiner normalen Größe angeschwollen. «Rätselhafterweise –» in einem der wenigen im Hotel vorhandenen Spiegel erhaschte er einen Blick auf sein schweißüberströmtes, sonnenverbranntes Gesicht, das man schon unter normalen Umständen nicht gutaussehend nennen konnte – «wirke ich auf *Anophelesmücken* besonders anziehend, doch ist diese Leidenschaft nicht gegenseitig.» Mr. Sung musterte ihn mit verständnisloser unbarmherziger Freundlichkeit. «Und ich habe keine Lust, im Freien zu sitzen und sie dazu einzuladen, mir das Blut auszusaugen wie Vampire.»

«Ich velstehe. Sehl gut. Sie gehen in das Hotel-Kino und sehen sich *‹Shanghai Gill›* und Challie Chaplin in *‹Del gloße Diktatol›* an. *‹Shanghai Gill›* sehl gutel chinesischel Film übel Baualbeitel. Ich sitze neben Ihnen, damit Sie die Stolly velstehen.»

«Möchten Sie denn nicht lieber zu Hause bei Ihrer Frau und bei Ihrem Baby bleiben?»

Mr. Sung lächelte rätselhaft. Er schüttelte Wexford noch einmal die Hand. «Ich tue meine Albeit, odel?»

Wexford lag auf dem eisenharten Bett, unter sich die dünne Steppdecke. Das Laken war aus einem unerfindlichen Grund ein blauweiß kariertes Tischtuch. Aus der japanischen Klimaanlage kam in unregelmäßigen Abständen ein Schwall kalter Luft, während vor dem Fenster das Haus des Generals und die braunen Pfannendächer von Tschangscha in der feuchten Hitze brieten. Er hatte sich mit dem Wasser aus der Thermosflasche, die zu den Annehmlichkeiten seines Zimmers gehörte, in einer mit Apfelblüten verzierten Kanne grünen Tee gebraut. Zu Abend essen mußte man hier um sechs – Frühstück gab es um sieben und Lunch um halb zwölf, was entsetzlich war –, aber bis dahin hatte er noch anderthalb Stunden Zeit. Er schaffte es einfach nicht, die Limonade und die Erdbeer- und Zimtbrause in sich hineinzuschütten, die man hier stündlich gegen den allzu großen Wasserverlust des Körpers trinken sollte. Er trank immer nur grünen Tee, den er sich selbst sehr stark zubereitete oder an einem Straßenstand für einen einzigen *fen* – ungefähr ein Drittel Penny – pro Glas kaufte.

Nach der zweiten Tasse Tee döste er ein, und dann war es auch schon Zeit zu duschen und zum Abendessen ein frisches Hemd anzuziehen. Später wollte er seiner Frau schreiben, jetzt hatte er keine Zeit. Hongkong, wo sie ihn erwartete, schien unendlich weit weg zu sein. Er ging in den Speisesaal hinunter. Dort hatte er einen Tisch und einen Ventilator für sich allein. Hinter einem Wandschirm aus Bambus saß die einzige im Augenblick anwesende ausländische Reisegruppe an einem großen runden Tisch. Es waren Italiener. Er setzte sich und bat die Bedienung, ihm eine Flasche Bier zu bringen.

Die Italiener kamen herein und begrüßten ihn. Die Bedienung schaltete den Ventilator ein, rückte den Wandschirm zurecht und begann Wexfords Essen aufzutragen. Es gab Huhn mit Bambussprossen in Ingwersoße, in Öl gebratene Erdnüsse, hellgrünen, fast rohen Spinat, gebratenen Kürbis und gebratenen Fisch.

Da er ursprünglich mit seinem Neffen Howard und mehreren Polizeibeamten gereist war, die alle einen viel höheren Rang hatten als er, hatte er im Koffer ein Eßbesteck mitgenommen, weil er befürchtete, daß man im *Peking Hotel* weder Gabel noch Löffel kannte. Wie grün er gewesen war! So grün wie der Tee. Das *Peking Hotel* war wie ein strenges, nüchternes *Ritz* mit einer Klimaanlage, die arktische Luft erzeugte, einer riesigen Ladenstraße und Vorhängen, die sich elektrisch öffnen und schließen ließen. Doch aus irgendeinem Grund hatte keiner von ihnen die Silberbestecke benutzt, die man ihnen brachte. Von Anfang an hatten sie alle wie die Chinesen gegessen, und inzwischen konnte er mit den Eßstäbchen so geschickt umgehen wie ein Würdenträger in der Verbotenen Stadt. Er brachte es sogar fertig, wie er jetzt entdeckte, mit den Stäbchen eine ölige Erdnuß aufzunehmen, so gut konnte er sie handhaben. Die Bedienung brachte ihm eine Schüssel mit Reis und die große grüne Flasche Tsingtao-Bier.

Ein Gefühl ungeheuren Wohlbehagens überkam ihn, als er zu essen begann. Obwohl er sich schon zwei Wochen in China aufhielt, konnte er noch nicht glauben, daß er, der einfache Dorfpolizist, hier in Cathaysia und über die Große Mauer gegangen war. Er hatte die Tatarenstadt gesehen, den Fuß in das Marmorboot im Sommerpalast gesetzt, die scharlachroten Säulen im Tempel des Himmels berührt und fuhr jetzt nach Süden, um so viele wunderbare Dinge zu sehen und so viele Freuden zu erleben, wie Lüxingshe ihm gestattete.

Als Chief Superintendent Howard Fortune von Scotland Yard, der Sohn von Wexfords verstorbener Schwester, bei einem Familientreffen zum erstenmal verlauten ließ, er habe die Absicht, im Sommer 1980 nach China zu reisen, hatte sein Onkel etwas empfunden, von dem er normalerweise nicht geplagt wurde – Neid. Natürlich würde Howard viel Zeit am Konferenztisch verbringen. Die Abteilung der chinesischen Regierung, die ihn eingeladen hatte, wollte sich über Methoden zur Vorbeugung und Aufklärung von Straftaten informieren. Darüber hinaus würde sie wohl dem liebsten Zeitvertreib aller Kommunisten huldigen und den Gästen stolz alle nationalen Institutionen und Errungenschaften zeigen – in Howards Fall vermutlich Polizeidienststellen, Gerichte, Gefängnisse. Trotzdem würden er und sein Team noch Zeit haben, den ehemaligen Kaiserpalast, in dem jetzt ein Museum untergebracht war, den Kohlenhügel und die Marco-Polo-Brücke zu besichtigen. Sein Leben lang hatte sich Wexford gewünscht, die Verbotene Stadt zu sehen, sich jedoch damit abgefunden, daß es ihm nie vergönnt sein würde. Aber er hatte nichts davon erwähnt und Howard gutmütig geneckt, indem er ihm sagte, er müsse unbedingt Seide, Jade und einen Stein der Großen Mauer als Souvenir mitbringen.

Eine Woche später hatte Howard angerufen und erklärt, er habe in Brighton zu tun und wolle auf der Rückfahrt seinen Onkel in Kingsmarkham besuchen. Er kam am Samstagabend gegen sechs, ein ungewöhnlich blasser Riese von einem Mann, der zwar völlig gesund war, es aber schon seit jeher fertiggebracht hatte, zwanzig Jahre älter auszusehen. Seine Schwiegereltern lebten in Hongkong, wo seine Frau ihn erwarten wollte. Was halte Tante Dora davon, Denise dort zwei oder drei Wochen Gesellschaft zu leisten?

«Reg auch?» hatte Dora rasch gefragt. Sie war es gewohnt, viele Stunden, manchmal sogar Tage von ihm allein gelassen zu werden. Doch nie wäre sie bereit gewesen zu verreisen und ihn allein zu lassen – solange sie nicht dazu gezwungen war.

«Das geht nicht», erwiderte Howard, den Kopf schüttelnd. «Er hat etwas anderes zu tun.»

Wexford dachte, er meine Kingsmarkham und warf ihm, eine Braue hochziehend, einen schrägen Blick zu, weil er fand, Howard habe sich recht merkwürdig ausgedrückt.

«Ich brauche ihn in Peking», ergänzte der Neffe.

Schweigen. Dann sagte Wexford: «Das meinst du doch nicht ernst, Howard, oder?»

«Natürlich meine ich es ernst. Ich habe freie Hand, mir mein eigenes Team auszusuchen, und du gehörst dazu, weil du bei weitem der beste Ermittlungsbeamte bist, den ich kenne. Und ich gebe dir rechtzeitig Bescheid, damit ihr euch Einzelvisa besorgen könnt. Die Gruppenvisa sind schrecklich lästig, wenn man sich allein ein bißchen im Land umsehen will. Was du bestimmt vorhast, wie ich dich kenne.»

Und das tat er jetzt, während Howard, der Amateurantiquar, hingerissen durch die gelb überdachten Pavillons von Peking schlenderte und die anderen Mitglieder des Teams über den Wolken und unter asiatischen Himmeln zu britischen Sorgen und britischen Verbrechen zurückjagten. Wexford nahm jetzt zwei Wochen seines Jahresurlaubs. Er war vor drei Tagen von Peking heruntergeflogen, und am Flughafen von Tschangscha hatte ihn Mr. Sung sofort unter seine Fittiche genommen. Den Flug würde er nie vergessen, auf dem die Stewardess ihm eine sehr seltsame Mahlzeit aus hartgekochten Eiern, Biskuitkuchen und wie Bonbons verpackten getrockneten Pflaumen serviert hatte. Er war der einzige Passagier weißer Rasse gewesen, und die anderen – Jungen und Mädchen in blauer Baumwolle, hohe koreanische Offiziere, sehr korrekt in ihren khakigrünen Uniformen – hatten sich mit Fächern aus goldbestickter schwarzer Seide gefächelt.

Ein diskretes Hüsteln riß Wexford aus seiner Nachdenklichkeit. Vor ihm stand Mr. Sung, der ihn zweifellos ins Kino führen wollte. Wexford forderte ihn auf, sich zu setzen und ein Bier zu trinken, doch das lehnte Mr. Sung ab. Er war Antialkoholiker. Den angebotenen Platz hingegen schlug er nicht aus und begann Wexford im gleichen Atemzug einen Vortrag über die höhere Bildung in China mit besonderem Hinweis auf das Pekinger Fremdspracheninstitut zu halten, das er seine *Alma mater* nannte. Habe Wexford während seines Aufenthalts die Universität besichtigt? Nein? Wie merkwürdig. Doch das werde er bestimmt bereuen, es werde ihm leid tun. Wexford trank zwei Tassen grünen Tee und aß vier Litschipflaumen und ein Stück Wassermelone.

«Passen Sie auf, daß Sie nicht schlucken die Kölnel wie die zweitausend Jahle alte Dame», sagte Mr. Sung, der einen recht eigenartigen Humor hatte.

Der *‹Große Diktator›* war chinesisch synchronisiert. Wexford hielt es genau zehn Minuten im Kino aus. Es kam ihm so vor, als seien alle Kinder von Tschangscha ebenfalls da, und sie lachten so viel und so laut, daß sie ihren Müttern fast vom Schoß fielen. Er entschuldigte sich bei Mr. Sung und sagte ihm – was sehr merkwürdig, aber die absolute Wahrheit war –, daß er fror. Die Klimaanlage jagte ihm eisige Luft über die linke Schulter und in den Hals. Er schlenderte auf die Straße hinaus, wo sich die Luft warm, pelzig und staubig anfühlte wie das Innere eines Muffs. Gegenüber war ein Laden, in dem Tee verkauft wurde. Wexford überlegte, daß er sich am Morgen frischen Tee kaufen wollte, da das Paket fast leer war, das vom Hotel gestellt wurde.

Er ging spazieren. Er hatte einen sehr guten Orientierungssinn, was wichtig war, da er die chinesischen Schriftzeichen auf den Straßenschildern nicht lesen konnte und sich wie ein Analphabet vorkam. Die Stadt war schlecht beleuchtet, ein Straßengewirr, exotisch und phantastisch, ohne den geringsten Anspruch auf Schönheit zu erheben. Auf einer breiten Hauptstraße spielten die Leute im Licht der Straßenlaternen auf dem Gehsteig Karten. Wexford machte kehrt und schlug den Weg zum Fluß ein. Menschenmengen drängten sich in den Straßen, freundliche Leute, zu höflich, um ihn anzustarren, aber die Kinder zeigten natürlich kichernd auf den blauäugigen Riesen. Zehn Uhr ist schon mitten in der Nacht, wenn man um sechs aufstehen muß. Wexford machte sich noch eine Tasse Tee, ging ins Bett, schlief ein und tauchte bald darauf in einen Traum, wie er ihn noch nie – oder zumindest seit Jahren nicht mehr – gehabt hatte.

Ein Alptraum. Er war in China, doch es war das China seiner Jugend, bevor die Kommunisten an die Macht kamen, bevor die Kulturrevolution die Tempel der Taoisten, die Tempel von Buddha und Konfuzius zerstörte und die Städte noch von unzähligen Pagoden eingefriedet wurden. Er war ein junger Mann, ein Chinese vielleicht sogar. Und er wußte, daß er auf der Flucht war – möglicherweise vor den nationalistischen Soldaten, vielleicht aber auch vor den Kommunisten oder den Japanern. Er ging barfuß und mit einem Packen auf dem Rücken außerhalb der Stadtmauern auf einem Pfad zum nördlichen Teil der Stadt.

Die steinerne Tür, die in den Hügel eingelassen war, stand ein wenig offen. Er ging hinein, als sei hier der Ort, an dem er Zuflucht für die Nacht finden konnte, und geriet in einen höhlenartigen

Gang, der bis ins Herz des Hügels zu führen schien. Es war kalt und die Luft stickig und modrig, und sie roch, wie es vor fast zweitausend Jahren zur Zeit der Han-Dynastie gerochen haben mochte. Er ging immer weiter, ohne Angst. Er fühlte sich höchstens ein bißchen unsicher. Der Gang war finster, und doch fiel es ihm nicht schwer, den Weg in das rechteckige Gemach mit den holzverkleideten Wänden zu finden, das von einer einzigen kleinen Öllampe aus grüner Bronze erleuchtet wurde.

Die Lampe brannte neben einem hölzernen Tisch oder einer Bank, und er hatte den Eindruck, daß dies das Bett war, auf dem er die Nacht verbringen sollte. Er ging darauf zu, hob die bemalte Seidendecke, mit der es zugedeckt war, und blickte auf die Marquise von Tai hinunter. Er hatte einen Sarkophag aufgedeckt, der in einer Gruft stand. Das Gesicht der Frau war qualvoll verzerrt, die Wangen aufgedunsen, die schwarzen Augen traten aus den Höhlen, und die Lippen waren so weit geöffnet, daß die zusammengeschrumpften Kiefer, die wenigen noch vorhandenen gelben Zähne und die geschwollene Zunge sichtbar waren. Er wich zurück und wollte sich entfernen, denn aus der dunklen Tiefe des Sarges stieg süßlicher Verwesungsgeruch. Aber als er das seidene Tuch in die Hand nahm, um das gräßliche tote Ding wieder zuzudecken, schien ein Schauer durch die merkwürdig streifigen Glieder zu gehen, und die Marquise erhob sich und legte ihm die eisigen Arme um den Hals.

Wexford befreite sich gewaltsam von seinem Traum und erwachte mit einem Schrei. Er setzte sich auf, knipste das Licht an und wurde sich der überlaut summenden Klimaanlage und seines dröhnenden Herzschlags bewußt. Was war er doch für ein Narr! Kam es daher, daß er im Kino gewesen war, lag es daran, daß er mit Ingwer gewürzten gebratenen Fisch gegessen hatte, oder war ganz einfach die Hitze an diesem Traum schuld, der direkt aus *‹Der Fluch des Mumiengrabes›* zu stammen schien. Schließlich war die Marquise nicht die erste Frauenleiche, die er gesehen hatte, und die meisten, zu denen er gerufen worden war, waren bei weitem nicht so gut erhalten gewesen. Er trank ein Glas Wasser und schaltete das Licht aus.

Am nächsten Tag sah er die Frau mit den gebundenen Füßen zum erstenmal.

2

Sie war nicht die erste Frau ihrer Art, der er begegnete. Die erste war ihm auf einer der Marmorbrücken entgegengekommen, die den Graben um das Tor des Himmlischen Friedens überspannen. Es war eine winzige alte Frau gewesen, zusammengeschrumpft, was für alte Chinesen typisch ist, mit schwarzer Jacke und Hose bekleidet. In einer Hand hatte sie einen Stock gehabt, mit der anderen den Arm ihrer Tochter oder Schwiegertochter festgehalten, denn sie konnte nur humpeln. Ihre Füße glichen Hufen, waren, als sie jung war, vielleicht zierliche Hufe gewesen, jetzt aber nur noch schlurrende Klumpfüße in rötlichen Strümpfen und schwarzen Pantoffeln, die einem fünfjährigen Kind gepaßt hätten.

Wexford war fasziniert und dann plötzlich angewidert gewesen. Die gebundenen Füße waren um das Jahr 500 Mode geworden, wenn er sich recht erinnerte, und die Kuomintang hatten die Sitte oder, besser gesagt, die Unsitte abgeschafft. Zuerst hatte man sie nur in Adelskreisen praktiziert, doch dann hatte die Mode sogar unter den Landbewohnern um sich gegriffen, so daß man in China kaum noch ein Mädchen mit nicht verkrüppelten Füßen gefunden hatte. Er hatte sich gefragt, wie alt die Frau sein mochte, die am Arm ihrer Tochter über die Marmorbrücke ging. Vielleicht nicht älter als 60. Man hatte mit dem Bandagieren der Füße, wobei die Zehen unter die Fußsohlen gebunden wurden, begonnen, wenn ein Mädchen noch im Babyalter und die Knochen biegsam waren. So groß war die Macht der Mode, daß kein Mann eine Frau mit normalen Füßen geheiratet hätte, eine Frau, die sich leicht und mühelos bewegen konnte. In den dreißiger Jahren dieses Jahrhunderts wurde die Sitte gesetzlich verboten, und Füße, die nicht unwiderruflich verkrüppelt waren, mußten aufgebunden werden. Faszination besiegte Abscheu, Mitleid und Widerwillen, und Wexford starrte die Frau an. Schließlich starrten alle auch ihn an.

Wie empfand eine solche Frau jetzt? Was fühlte sie? Selbstmitleid, Groll, Neid auf ihre freieren weiblichen Nachkommen und, schlimmer noch, auf ihre befreiten Altersgenossinnen? Wexford glaubte es nicht. Die menschliche Natur reagierte anders. Trotz aller Schmerzen, die sie gelitten hatte, obgleich sie in ihrer Bewegungsfreiheit stark eingeschränkt war und täglich von neuem litt, weil die Füße gesäubert und frisch bandagiert werden mußten, verachtete sie zweifellos die Mädchen, die auf großen, gesunden Füßen über die Brücke liefen, und stolperte mit einem geringschätzigen und arroganten Schnauben nur um so stolzer auf ihren winzigen, spitzen Mißbildungen einher.

Sie war die erste von etwa zehn solcher Frauen, die Wexford gesehen hatte. Sie waren der Grund gewesen, daß er sich die abgeknickten Füße der Marquise von Tai neugierig betrachtet hatte, obwohl er wußte, daß die Sitte erst Jahrhunderte nach ihrem Tod in Mode gekommen war. Als er sich den Traum am Morgen noch einmal vergegenwärtigte, kam er ihm lächerlich vor. Er hatte keine Alpträume, hatte nie welche gehabt und auch nicht die Absicht, jetzt damit anzufangen. Es mußte das Essen gewesen sein.

Das Frühstück war bei weitem das am wenigsten schmackhafte Essen, das er vorgesetzt bekam, und er musterte es resigniert. Getoastete Brötchen aus dunklem Brotteig, Zwieback, ranzige Butter, Pflaumenmarmelade, Schokoladekremkuchen und Kokosbiskuits. Tee wurde in einem Aluminiumkessel gebracht, und er trank zwei Tassen. Mr. Sung erschien, bevor er mit dem Essen fertig war.

Er hatte ein frisches blaßrotes Hemd an – er war einer der am saubersten aussehenden Menschen, denen Wexford je begegnet war –, und sein schwarzes Haar war noch feucht von der Morgenwäsche. Wie schaffte man es nur, einen solchen Eindruck zu machen, wenn man das Bad nicht nur mit vier oder fünf Mitgliedern der eigenen Familie, sondern mit allen Mietern eines Stockwerks teilte? Es war einfach bewundernswert. Wexford erinnerte sich voller Unbehagen daran, daß man sagte, die Menschen des Westens röchen für den Chinesen unangenehm, weil sie Molkereiprodukte aßen. Wenn das stimmt, müßte eigentlich mein Körpergeruch in letzter Zeit wesentlich besser geworden sein, dachte er und schob die fast flüssige grünliche Butter beiseite.

«Sie haben nichts dagegen, mit Bus-Leisegesellschaft zu fahlen?»

«Nein, durchaus nicht. Warum sollte ich?»

Als habe Wexford protestiert, anstatt sich einverstanden zu erklären, sagte Mr. Sung mit unterdrücktem Vorwurf: «Es ist nicht wiltschaftlich, den Bus fünfzig Kilometel fül einen Mann zu fahlen. Das gloße Velschwendung. Viel bessel ist, Sie kommen mit Gesellschaft, sehl nette Eulopäer und Amelikanel. Lichtig?»

Die sehr netten Europäer und Amerikaner marschierten gerade zum Bus, als Wexford aus dem Hotel kam. Sie sahen müde und ein bißchen aufgelöst aus und machten nicht den Eindruck, als wünschten sie sich nichts so sehnlich wie eine Fahrt durch die vor Hitze brodelnde chinesische Landschaft zu den Stätten, an denen Mao Tse-tung geboren und aufgewachsen war. Es blieb ihnen jedoch kaum eine andere Wahl. Ihr Führer, mit dem Mr. Sung sich auf mandarin unterhielt – womit vor allem in England und Amerika der Dialekt gemeint ist, der heute in Peking gesprochen wird –, schien noch unerbittlicher. Sie rauchten beide Mentholzigaretten und schwatzten unheimlich schnell drauflos, wobei der andere Führer genauso unnachgiebig, entschlossen, fröhlich und sauber wie Mr. Sung aussah. Außerdem war er ein bißchen größer, bißchen dünner, sein Englisch ein bißchen schlechter, und er wurde Wexford als Mr. Yu vorgestellt. Sie schüttelten sich die Hand. Als nächstes erfuhr Wexford, daß Mr. Yu ein ehemaliger Kommilitone von Mr. Sung war und ebenfalls die Alma mater für Fremdsprachen absolviert hatte.

Das Grünste von allem, was da wächst, ist Reis. Wexford blickte aus dem Fenster auf Reispflänzchen, halbreifen Reis und Reis, der bald geerntet werden konnte. Es war der absolute Inbegriff von Grün, vielleicht das vollkommene Grün des Aristoteles, dem jedes andere nacheifern müsse. Männer und Frauen im traditionellen chinesischblauen Baumwollanzug, den spitz zulaufenden Strohhut auf dem Kopf, arbeiteten mit schwerfälligen grauen Wasserbüffeln auf den Feldern. Um Mr. Sung und Mr. Yu von ihren begeisterten Vorträgen über Maos politische Karriere abzulenken, fragte Wexford, um was für Feldfrüchte es sich hier handle. Um Erdnüsse, Auberginen, Rizinuspflanzen, Manioksträucher, Wasserbrotwurzeln und Sojabohnen, erfuhr er. Wasserflächen – Teiche, Seen, Kanäle – waren in die ordentlich aussehende Landschaft hineingetupft und wirkten wie Edelsteine auf gemusterter Seide.

Nach einer Weile stand Mr. Yu auf ging nach vorn zum Fahrer und begann zu Nutz und Frommen der Touristen Zeitungsartikel in schlechtes Englisch zu übersetzen. Wexford überlegte eben, was mit einem Piratenstreik in Ungarn und Masern in Afghanistan gemeint sein konnte, als sich ein Mann neben ihn setzte, der zur Busgesellschaft gehörte.

«Haben Sie etwas dagegen?» fragte er.

Was konnte Wexford schon anderes sagen, als daß er nichts dagegen hatte.

«Ich heiße Lewis Fanning», sagte sein neuer Nachbar, ein kleiner Mann mit einem roten Gesicht voller Falten und einem dichten semmelblonden Schopf. «Ich dachte, ich muß mich entweder zu Ihnen setzen oder schreiend aus dem verdammten Bus springen. Schlimmer als diese Bande können Sie nicht sein, und es besteht immerhin die Möglichkeit, daß Sie besser sind.»

«Besten Dank.» Wexford stellte sich vor und fragte Fanning, ob er aus Mr. Yus Enthüllungen schlau geworden sei.

«Er meint Piloten und Raketen. Hätte ich gewußt, daß er diese Fahrt mitmacht, wäre ich im Hotel geblieben und hätte mich besoffen. Wie die Dinge liegen, glaube ich nicht, daß ich noch bei Verstand bin, wenn wir Kanton erreichen.»

Wexford fragte ihn, warum er die Reise überhaupt mitmache, wenn er sie so verabscheue.

«Lieber Gott im Himmel, das ist für mich kein Urlaub. Ich arbeite. Ich bin der Reiseleiter. Ich habe die Bande mit dem Zug hierhertransportiert. Wundert es Sie immer noch, daß ich langsam durchdrehe?»

«Mit dem Zug von wo?»

«Von Calais», sagte Fanning. Wexfords ungläubiges Staunen schien ihn aufzuheitern. «Sechsunddreißig Tage habe ich in Eisenbahnzügen gesessen, unter anderem im Transsibirien-Expreß. Zehn Irre durch Asien führen – wissen Sie, was das heißt? An der Berliner Mauer hätte ich eine davon fast verloren. Der Waggon wurde abgekoppelt, und sie blieb im anderen Zugteil sitzen. Sie sprang schreiend heraus und rannte die Gleise entlang. Eine ist Alkoholikerin, und eine kann die Männer nicht in Ruhe lassen. Meines Wissens hatte sie unterwegs vier in verschiedenen Schlafwagen.»

Wexford mußte unwillkürlich lachen. «Und wohin geht die Reise?»

«Nach Hongkong. Wir fahren morgen abend – über Kweilin. Ich schlafe in einem Abteil mit zwei Kerlen, die seit Irkutsk nicht miteinander reden.»

Auch Wexford wollte diesen Zug nehmen und teilte, soviel er wußte, sein Vierbett-Abteil nur mit Mr. Sung. Doch er zögerte, Lewis Fanning einzuladen, sich ihnen anzuschließen, und am Ende unterließ er es. Er hörte sich einen sehr eingehenden Bericht über die Neigungen der trunksüchtigen Touristin an, der darin gipfelte, daß sie – die täglich eine ganze Flasche Whisky trank – in Ulan Bator von vier Männern in den Zug zurückgetragen werden mußte. Der Bericht dauerte bis Shaoshan, wo sie Tee tranken, bevor sie den Hügel zum Bauernhof der Mao hinaufkletterten. Die Landschaft hatte hier das Frische, Funkelnde, das man an einem schönen Tag nach einem ausgiebigen Regen auch in England findet. Vor dem Haus erhoben Lotospflanzen die runden, sonnenschirmähnlichen Blätter, und in einem flachen Teich blühten rosa Lilien. Der Reis war von dem hellen, zarten Grün kaiserlicher Jade. Dennoch war die Hitze fast unerträglich. «39 Grad», sagte Mr. Yu. Wexford multiplizierte mit neun, teilte durch fünf und zählte 35 dazu und erhielt beängstigende 102 Grad Fahrenheit. Im Schatten wurde es plötzlich erschreckend kühl, aber sie hielten sich nicht oft im Schatten auf und als sie, die Köpfe mit Maoismen vollgestopft, den Hügel wieder hinuntergingen, mußten sie – noch vor dem Lunch – das Museum für Maoiana besichtigen.

Wexford gehörte zu jenen Engländern, die behaupten, ein heißes Getränk wirke viel kühlender und erfrischender als ein kaltes. Im Speisesaal des Hotels bestellte er sofort eine sehr große Kanne starken, heißen Tee. Mr. Sung und Mr. Yu saßen mit zwei einheimischen Fremdenführern zusammen. Die Reisegesellschaft wurde aus irgendeinem unerforschlichen chinesischen kulinarischen Grund hinter einen Wandschirm placiert, und Wexford fand sich wieder allein an einem Tisch.

Er ärgerte sich über sich selbst, weil ihm die Hitze so zusetzte. Fühlte er sich vielleicht so kaputt und völlig erschlagen, weil er aus einem nördlich gelegenen Land kam? Hinter ihm rührte ein Ventilator in der schweren, heißen Luft herum. Zwei Mädchen servierten ihm ein wahres Festessen – nicht weniger als sieben Platten. Hartgekochte Eier, die zerstoßen und dann gebraten worden waren, Lotosknospen, Schweinefleisch mit Ananas, Ente mit Rosenkohl, Pilzen und Bambusspitzen und Garnelen mit Erbsen und rohen geschnittenen Tomaten. Er bestellte noch mehr Tee. Von dem Augenblick an, in dem er die geschnitzten Eßstäbchen in die Hand nahm, begann er so stark zu schwitzen, daß sein Hemd und die Stuhllehne klatschnaß wurden.

Am anderen Ende des Raumes aßen die Führer getoastete dunkle Brötchen und hundert Jahre alte Eier und etwas, das wie eine Schlange aussah.

«Sie essen alles, was sich bewegt», hatte Lewis Fanning leise zu Wexford gesagt, als er den Speisesaal betreten hatte. «Sie essen auch Mäuse, wenn sie sie fangen.»

Die beiden Bedienungen – junge Mädchen – kicherten leise. Es klang wie Vogelgezwitscher bei Sonnenuntergang. Die Stimmen der Männer schwollen an und senkten sich im Rhythmus des merkwürdig rein und klar klingenden uralten Mandarin. Wexford fragte sich, wie die Europäer eigentlich dazu gekommen waren, Chinesen gelb zu nennen. Die Haut dieser vier war von einem fast durchsichtigen Elfenbein, die Wangen leicht gerötet, und sie hatten schmale braune Hände. Er wandte sich ab, zwang sich, nicht hinüberzustarren, und blickte statt dessen in den im Schatten liegenden Teil des Raumes, aus dem die Kellnerinnen kamen. Und plötzlich entdeckte er die alte Frau auf der Schwelle.

Sie sah ihn eindringlich an. Ihr Gesicht war blaß, sie hatte Pausbacken und Augen, die so dunkel waren wie Rosinen. Das Haar der Chinesen wird nur selten weiß und bleibt meist bis ins fortgeschrittene Alter kohlschwarz. Obwohl diese Frau schon sehr alt zu sein schien, war ihr Haar nur ganz leicht angegraut. Sie trug eine graue Jacke über schwarzen Hosen, und ihre gebundenen Füße in den grauen Strümpfen und den Kinderschuhen waren keilförmig. Sie stand sehr aufrecht da, stützte sich aber trotzdem auf einen Stock. Es sah so aus, als wolle sie ihn ansprechen, als wappne sie sich, den Mut zu finden und ihn anzusprechen. Ihr Blick war fast verwirrend. Aber das war lächerlich. Mit allergrößter Wahrscheinlichkeit sprach sie ohnehin nur Chinesisch. Noch einmal trafen sich ihre Blicke. Wexford legte die Stäbchen aus der Hand, wischte sich den Mund ab und stand auf. Er wollte zu Mr. Sung gehen und ihn bitten zu dolmetschen, so offensichtlich war es, daß sie mit ihm sprechen wollte.

Aber bevor er Mr. Sungs Tisch erreicht hatte, war die Frau verschwunden. Er schaute zurück, doch der Platz, an dem sie gestanden hatte, war leer. Ohne Zweifel hatte er sich nur eingebildet, daß sie etwas von ihm wollte. Schließlich, sagte er sich, bin ich nicht in Kingsmarkham, wo man ihn häufig konsultierte, über ihn murrte und ihn manchmal sogar um Hilfe anflehte.

Nach dem Lunch ging es wieder hinaus in die unbarmherzige Sonne, um die Schule zu besichtigen, die Mao besucht hatte, und in Ehrfurcht vor dem Teich zu verharren, in dem er geschwommen war. Auf dem Rückweg zum Bus hielt Wexford nach der alten Frau Ausschau. Er warf einen Blick in die dämmerige Hotelhalle, sah sie jedoch nirgends. Sehr wahrscheinlich hatte sie ihn aus demselben Grund angestarrt wie die Kinder. Mit seiner Größe, seiner Kleidung, der rötlichbraunen Haut und dem schütteren blonden Haar fiel er hier so auf, wie ein weißes Einhorn aufgefallen wäre, das die Straße entlanggaloppierte.

«Wil fahlen jetzt», sagte Mr. Sung, «zu Nummel eins Nolmalschule, zum Haus von gloßem Volsitzenden Mao am Teich zum Klalen Wassel.» Mit jugendlichem Schwung stieg er in den Bus.

Den letzten Tag seines Aufenthalts in Tschangscha verbrachte Wexford auf der Orangeninsel und in dem Museum, in dem die Artefakte aus den Grabmalen von Mawangdui ausgestellt waren. Dort lag, eine Nachbildung aus Wachs diesmal, die Marquise von Tai, ebenfalls hinter Glas, aber aus größerer Nähe zu betrachten. Wexford trank im Museumsladen einen halben Liter grünen Tee, kaufte für Dora ein bißchen Jade und für seine jüngere Tochter einen

Fächer aus Büffelknochen, die wie Elfenbein aussahen. Sheila, die fanatische Natur- und Tierschützerin, hätte Elfenbein abgelehnt. Außerdem erstand er für sie ein Bild mit Bambusstangen und Heuschrecken und dem Siegel des Malers in Rot und seiner kalligraphischen Unterschrift in Schwarz.

Die alten Häuser auf der Insel mit ihren von Mauern umfriedeten Gärten, den Blumen und Gemüsen und dem gemächlich strömenden Fluß hatten etwas Englisches an sich. Die Wände bestanden aus mit Lehm beworfenem Flechtwerk wie die der Cottages in Sewingbury. Doch hier duftete die Luft nach Ingwer, und die Cannalilien glühten in der dunstigen Hitze ziegelrot. In der Nähe der Stelle, an der einst Mao geschwommen war, badeten Jungen und Mädchen im Fluß. Mr. Sung nahm die Gelegenheit wahr, Wexford einen Vortrag über die politische Struktur Chinas zu halten, dem Wexford nicht zuhörte. Um sein Visum zu bekommen, hatte er in den Antrag seine Konfession und seine politische Einstellung eintragen müssen. Er hatte, nicht ohne Humor, die gängigsten eingetragen: Kirche von England und konservativ. Manchmal fragte er sich, ob diese reaktionären Angaben an seinen Führer weitergegeben worden waren. Er setzte sich in den Schatten und betrachtete bewundernd den Torbogen mit dem spitzen grünen Dach, der sich zart und wie eine Kostbarkeit vom silberblauen Himmel abhob.

Durch den Torbogen kam, diesmal auf einen Spazierstock mit einem Griff aus geschnitztem Büffelknochen gestützt, die alte Frau mit den gebundenen Füßen, die er in Shaoshan gesehen hatte. Wexford entfuhr ein Ausruf des Erstaunens. Mr. Sung unterbrach seinen Vortrag und fragte scharf: «Stimmt etwas nicht?»

«Nein. Es kommt mir nur ungewöhnlich vor. Die Frau dort drüben habe ich gestern in Shaoshan gesehen. Wie klein die Welt ist.»

«Klein?» fragte Mr. Sung. «China ist ein sehl gloßes Land. Walum soll Dame aus Shaoshan nicht nach Tschangscha kommen? Sie kommt, sie geht, wie es ihl gefällt, alle chinesischen Menschen sind flei. Lichtig? Ich sehe keine Dame. Wohin ist sie gegangen?»

Die Sonne schien Wexford in die Augen, und er mußte blinzeln. «Dort drüben am Tor. Eine kleine Frau in Schwarz mit gebundenen Füßen.»

Mr. Sung schüttelte heftig den Kopf. «Sehl schlechte feudale Sitte, nul sehl wenige haben jetzt noch Füße gebunden, alle tot.» Unter gröblicher Mißachtung der Wahrheit fügte er hinzu: «Können nicht gehen, müssen zu Hause bleiben.»

Die Frau war verschwunden. Durch den Torbogen zurück? Einen der gepflasterten Wege zwischen den Beeten mit Cannalilien entlang? Wexford beschloß, die Initiative zu ergreifen.

«Können wir gehen?»

Erstaunen malte sich auf Mr. Sungs glattem Gesicht. Wexford vermutete, daß es bisher kein anderer Tourist gewagt hatte, sich ihm nicht widerspruchslos zu unterwerfen.

«Okay, in Oldnung. Fahlen wil in den Yunlu-Palast.»

Als sie die Insel verließen, trafen sie die Reisegesellschaft unter der Führung von Mr. Yu. Lewis Fanning war nirgends zu sehen, und neben Mr. Yu ging, in eine ernste Unterhaltung mit ihm vertieft, der jüngere und besser aussehende der beiden Männer, die sich in der transsibirischen Eisenbahn gestritten hatten. Sein «Feind», ein großer, dicker Mann, bildete das Schlußlicht der Gruppe und warf nervöse und unglückliche Blicke um sich. Die Kleider der Frauen hatten während der sechsunddreißig Tage im Zug so gelitten, daß sie nie wieder gut aussehen würden. Entweder waren sie vom allzu häufigen Waschen ausgeblaßt und lappig oder schmutzig und zerdrückt, weil sie nie gewaschen worden waren.

Es war Wexford nicht schwergefallen, die Nymphomanin und die Alkoholikerin herauszufinden: übertrieben stark geschminkt die eine, unscheinbar und grau die andere. Außer diesen offensichtlich alleinreisenden vier Leuten gehörten noch eine alleinstehende recht betagte Dame und zwei ältere Ehepaare zu der Gruppe, von denen eines von einer Tochter mittleren Alters begleitet wurde. Alles in allem, dachte Wexford, scheinen sich die Jungen und die Schönen keine so langen Reisen durch Asien leisten zu können.

Beim Abendessen wurde ihr Tisch so eng mit Wandschirmen umstellt, daß er die Gruppe erst wieder zu Gesicht bekam, als sie in den Bus nach Zhuzhou stiegen, wo sie den Zug Shanghai – Kweilin nehmen wollten.

3

Es wäre schneller und einfacher gewesen zu fliegen. Fannings Gruppe mußte natürlich jede Etappe mit dem Zug fahren, aber Wexford hätte den Luftweg vorgezogen. Es ging jedoch nicht nach seinem, sondern nach dem vereinigten Willen von Lüxingshe und Mr. Sung.

Im Bus hatte er einen Doppelsitz für sich allein. Unauffällig beobachtete er seine Mitpassagiere. Zwei Tage im Hotel in Tschangscha hatten viel zu ihrer Wiederbelebung beigetragen, und sie sahen bei weitem nicht mehr so struppig aus, als seien sie verkehrt herum durch eine Hecke gezerrt worden.

Von den beiden Feinden hatte sich auch jeder einen Doppelsitz gesichert. Einer hinter dem Fahrer, der andere in der gleichen Sitzreihe wie Wexford auf der anderen Seite des Mittelgangs. Aus den Augenwinkeln las Wexford das Schildchen, das am Handkoffer des älteren Mannes hing. A. H. Purbank mit einer Adresse irgendwo in Essex. Purbank war etwa 45, mager und sah aus, als sei er nicht gesund. Er trug ausgebeulte Jeans und ein am Hals offenes hellgrünes Hemd. Sein flotterer Widersacher hatte ebenfalls Jeans an, aber es waren engsitzende, schicke, und dazu ein «Freundschafts»-T-Shirt. Er hatte sich auf dem Sitz umgedreht und unterhielt sich mit der Frau hinter ihm. Es war die nicht mehr junge Tochter eines der beiden Ehepaare. Nach einer Weile stand sie auf und setzte sich auf den Platz neben ihm.

Wie unangenehm muß es gewesen sein, die vielen, vielen Meilen von Irkutsk zum Baikalsee mit einem Mann zusammengepfercht zu sein, mit dem man nicht spricht, dachte Wexford mit einem zweiten Blick zu Purbank hinüber. Was für ein Streit mochte die beiden friedlich aussehenden Reisenden entzweit haben? Beide waren Engländer, beide stammten aus der Mittelklasse, waren vermutlich erfolgreich, hatten einen Hang zu Abenteuern und im Grunde sehr viel gemeinsam. Und doch hatten sie eine so bittere Auseinandersetzung gehabt, daß sie auf diesen ungeheuer weiten Strecken, die sie in Ostasien zurücklegten, kein Wort miteinander wechselten. In den Hotels mußten sie bei Tisch, wenn auch nicht zusammen, so doch nahe beieinander gesessen haben, vielleicht sogar in nebeneinanderliegenden Zimmern gewohnt. Jetzt würden sie ein Schlafwagenabteil teilen müssen, einen Raum mit anderthalb mal zweieinhalb Metern Platz für jeden. Sie würden daliegen und in der ratternden Dunkelheit acht bis neun Stunden lang dieselbe warme Luft atmen müssen. Es war grotesk.

Gehörte einer von ihnen – oder vielleicht alle beide – zu den vier Männern, mit denen, Fannings Behauptung nach, das hübsche, grell angemalte, alternde Geschöpf in der Pünktchenbluse und der weißen Hose während der Reise sexuelle Beziehungen gehabt hatte? Fanning neigte natürlich zu wilden Übertreibungen. Er konnte aber kaum gemeint haben, daß der Vater der Blonden, der jetzt mit dem weißen Baumwollhut über den Augen schlief, oder der ernste silberhaarige Mann mit der häßlichen Frau zu den Bettgenossen der Farbenprächtigen gehört hatten. Natürlich, überlegte

Wexford, hat er auch nicht gesagt, daß es sich um Mitglieder seiner Gruppe handelte, und im Transsibirien-Expreß hat es schließlich eine Menge anderer Männer gegeben.

Der strahlend blaue Himmel hatte sich bewölkt, und es hatte angefangen, leicht zu regnen. Der Regen hielt auch noch an, als sie auf den Bahnsteig kamen. Vor jeder Waggontür stand ein Mädchen in grauer Uniform mit dem roten Stern der Volksrepublik auf der Mütze. Wexford wurde in das Abteil geführt, in dem er die Nacht verbringen sollte. Zwar war es sauber, und die Kojen sahen sehr bequem aus, doch die Hitze war unerträglich. Das Thermometer an der Wand zeigte zwei Grad unter hundert – siebenunddreißig Grad Celsius an. Sobald der Zug abgefahren war, öffnete Wexford das Fenster und schaltete den Ventilator ein. Kaum merklich kühlere Luft kam durch das Fliegengitter herein.

Gleich nach der Abfahrt erschien Mr. Sung bei ihm. Wexford, der eine Thermosflasche entdeckt hatte und sich aus dem Vorrat, den er in Tschangscha erstanden hatte, eine Kanne Tee aufbrühte, bot ihm eine Tasse an, aber Mr. Sung lehnte ab. Wie überall, gab er sich auch hier den Anschein, als sei er sehr beschäftigt. Der Speisewagen öffne um acht, sagte er, und dann gebe es auch etwas zu trinken: Bier, Rotwein, Weißwein, Mao Tai und vielleicht sogar japanischen Whisky.

Wexford trank Tee und las in seinem *Fodor's*. Es dämmerte schon, wurde allmählich dunkel, und es war nicht mehr so unangenehm heiß, wenn auch durch das feinmaschige Fliegengitter Rußflocken hereinkamen. In Dunkelheit gehüllt, flog die Provinz Hunan an den Fenstern vorüber. Der Zug hatte inzwischen seine Reisegeschwindigkeit erreicht. Nach einer Weile ging Wexford auf den Korridor, um festzustellen, wo sich Toilette und Waschraum befanden.

Neben dem Waschraum, im ersten Abteil des Waggons, saßen vier Hongkong-Chinesen in Palm Beach-Hemden und weißen Hosen und spielten Karten. Die Tür des nächsten Abteils wurde geöffnet, als Wexford vorbeikam, und eine Stimme sagte: «Entschuldigen Sie. Darf ich wohl einen Augenblick Ihrer Zeit in Anspruch nehmen?»

Wexford zierte sich nicht lange und trat ein. Die beiden Frauen hatten seine Neugier geweckt, und er wollte sich ein eigenes und genaueres Urteil über sie bilden. Diejenige, die seiner Meinung nach die Alkoholikerin war, lag auf einer der unteren Kojen, hatte die Schuhe abgestreift und die geschwollenen Beine mit Hilfe von zwei Kissen hochgelegt. Sie lächelte Wexford matt an.

«Es ist furchtbar anstrengend, wenn man ständig versuchen

muß, sich diesen Chinesen verständlich zu machen», sagte die andere, «und dieser gräßliche Yu ist natürlich wieder mal verschwunden. Er verschwindet immer, wenn er gebraucht wird. Wahrscheinlich denkt er, daß er um so begehrter ist, je rarer er sich macht. Ach, ich bin übrigens Lois Knox, und das ist Hilda Avory. Ihren Namen kenne ich schon, ich habe ein bißchen an Ihrem Gepäck herumgeschnüffelt. Und jetzt bitte, bitte – glauben Sie, Sie könnten unseren Ventilator in Gang bringen?»

Die Eisenbahnangestellte, die ihn zu seinem Abteil geführt hatte, hatte ihm auch gezeigt, wie der Ventilator funktionierte, daher hatte er keine Schwierigkeiten, den Schalter zu finden, der unter der Tischplatte sehr gut versteckt war.

Lois Knox klatschte in die Hände wie ein kleines Mädchen.

«Und könnten Sie, da Sie so ein Tausendsassa sind, auch noch so lieb sein und uns zeigen, wie man das verdammte Radio abschaltet?»

Wexford hatte geglaubt, die kriegerische Musik, die ihn bei seinem Eintritt begrüßt hatte und die jetzt – vermutlich wegen irgendeiner politischen Rede – unterbrochen wurde, gefalle den beiden Frauen.

«Aber nein, wir finden sie abscheulich, nicht wahr, Hilda? Da unten sollte eigentlich ein Knopf sein, aber er ist abgebrochen und läßt sich nicht drehen. Wie sollen wir bei diesem Krach auch nur fünf Minuten schlafen können?» Lois Knox hatte strahlend meerblaue Augen, die eindringlich auf seinem Gesicht ruhten. Die Muskeln ihres Gesichts waren nicht mehr straff, das Kinn nicht mehr fest, aber mit den im Luftzug des Ventilators flatternden schwarzen Haaren wirkte sie irgendwie jung. Das Haar war gefärbt und wuchs an den Wurzeln rötlichbraun nach, da es seit fünf Wochen keinen Friseur mehr gesehen hatte.

«Sie reisen ganz allein, nicht wahr?» Sie wartete seine Bestätigung nicht ab. «Wir machen diese fürchterliche Zugreise mit, aber nie wieder, so wahr uns Gott helfe! Wie herrlich wäre es, zur Abwechslung einmal zu fliegen – oder nur ganz bescheiden mit dem Bus zu fahren, nicht wahr, Hilda?»

Hilda Avory antwortete nicht. Sie streckte die Hand nach ihrer Teetasse aus, trank und schüttelte sich dann. Sie sah verschwitzt aus, ihre Haut glänzte, das Haar klebte ihr auf der Stirn und das Kleid stellenweise an ihrem Körper, als habe sie draußen im Regen gestanden.

Wexford machte sich daran, die Schaltknöpfe des Radios zu untersuchen. «Ich könnte es in Ordnung bringen, wenn ich eine Zange hätte», sagte er.

«Wie wollen Sie diesem unergründlichen kleinen Yu erklären, was eine Zange ist? Wollen Sie eine Tasse Tee? Oder ein Glas *laoshan*?»

«Das ist Mineralwasser auf chinesisch», sagte Hilda Avory, die sich zum erstenmal zu Wort meldete. Sie hatte eine rauhe, unerwartet tiefe Stimme.

«Leider, leider haben wir nichts anderes. Hilda möchte nämlich nach und nach ‹trocken› werden, nicht wahr, Liebling? Es wäre deshalb sehr unklug, Alkohol hier zu haben. Die Versuchung wäre viel zu groß, wissen Sie?»

Was sollte er darauf sagen? Er nahm eine Tasse Tee an. Die Musik plärrte von neuem los, diesmal mit einer chinesischen Version von *Washington Post*.

«Was sollen wir nur tun?» rief Lois Knox und legte bittend die Hände zusammen. Die roten Nägel waren so lang wie die eines Manchu. «Morgen früh sind wir garantiert wahnsinnig.»

«Wie wäre es, wenn wir die Kabel durchschnitten?» sagte Wexford.

Die tiefe Stimme aus der anderen Koje sagte: «Das ist keine gute Idee. Ich habe von Leuten gehört, die das getan haben und hinterher den ganzen Zug neu verkabeln lassen mußten. Es hat sie Tausende von Yuan gekostet.»

«Ich will sehen, was ich tun kann», sagte Wexford. Er trank den Tee aus und ging dann auf die Suche nach einem Schaffner oder einem Zugbegleiter.

Der einzige, den er fand, war ein sehr junger Mann, der, den Kopf an die harte Wand gelehnt, in einem winzigen Kämmerchen neben dem Waschraum eingeschlafen war. Wexford ging durch den Verbindungsgang in den nächsten Waggon. Er begann am ganzen Körper zu schwitzen, und Schweißtropfen traten ihm auf Stirn und Oberlippe. Ohne kühlende Luftzufuhr der Ventilatoren war die Hitze noch immer unerträglich. Draußen sah man jetzt nur noch undurchdringliche Schwärze, und durch den oberen Teil der Fenster funkelten schwach ein paar Sterne herein. In einem Abteil mit Mr. Yu und einem anderen jungen Chinesen saß Mr. Sung. Sie waren in eine Landkarte des Flusses Li-schuei vertieft, die vor ihnen auf dem Tisch lag.

«Speisewagen öffnet elst um acht», sagte Mr. Sung, sobald er Wexford erblickte. Alle Führer schienen zu glauben, daß Besucher aus dem Westen den ganzen Tag essen und trinken mußten, um das Gleichgewicht nicht zu verlieren, und daß sich die Wünsche der Touristen daher nur um dreierlei drehen konnten: die nächste Mahlzeit, Tee oder Bier. «Ich hole Sie ab, sobald Speisewagen geöffnet.»

«Ich brauche eine Zange», sagte Wexford.

Mr. Sung, Mr. Yu und der dritte Mann sahen ihn verständnislos fragend an. Wexford fiel ein, daß er in Peking einen Dolmetscher gefragt hatte, wo er Aspirin kaufen könne, und in einen Laden geschickt worden war, der Eiskrem verkaufte.

«Stange?» sagte Mr. Sung endlich hoffnungsfroh.

«Wollen Sie Zigaletten?» erkundigte sich Mr. Yu. «Sie bekommen genug, wenn Lestaulantwagen öffnet.»

«Ich will keine Zigaretten, ich will eine Zange.» Wexford ahmte mit den Fingern das Zwicken einer Zange nach, tat, als wolle er einen Nagel aus der Wand ziehen. Mr. Sung beobachtete ihn freundlich. Mr. Yu starrte ihn an und lachte. Der dritte reichte ihm ein großes, zerlesenes Buch, das sich als englisch-chinesisches Wörterbuch herausstellte. Wexford zeigte auf das Wort Zange und das entsprechende chinesische Schriftzeichen. Alle drei lächelten und nickten. Mr. Sung ging den Korridor hinunter und kam mit einer jungen Zugbegleiterin zurück, die Wexford eine Pinzette überreichte.

Wexford gab auf. Es war Viertel vor acht, und er begann sich auf ein Bier zu freuen. Als er in seinen Waggon zurückging, traf er eine kleine ältere Frau aus Fannings Gruppe. Sie reiste in Begleitung eines Ehepaars, und Wexford nannte die drei bei sich das «Dreiecksverhältnis» – was ganz bestimmt nicht zutraf. Sie trug ein paar Teebeutel in der Hand.

«Guten Abend», sagte sie. «Das ist ein richtiges Abenteuer, nicht wahr?» Wexford wußte nicht, ob das ernst oder ironisch gemeint war und wurde noch unsicherer, als sie, den Kopf ein wenig auf die Seite neigend, fortfuhr: «Wir Engländer müssen zusammenhalten, das sage ich immer.»

Jetzt war ihm natürlich klar, daß sie sich über ihn lustig machte, obwohl die Bemerkung weder witzig noch besonders geistreich war. Sie bezog sich ganz unverkennbar auf seine kurze Bekanntschaft mit Lois Knox, die sie wahrscheinlich vom Korridor aus beobachtet hatte. Ihre Miene blieb sachlich ernst, ihre Lippen zuckten leicht. Sie war so klein und dünn wie eine Chinesin, und der dunkelblaue Hosenanzug, den sie trug, nahm ihr jeden weiblichen Reiz. Wie stand sie zu dem Mann, der, wie Fanning ihm gesagt hatte, Rechtsanwalt im Ruhestand war? War sie seine Schwester? Die Schwägerin? Die Busenfreundin seiner Frau oder die Witwe seines besten Freundes? Sie ging weiter, und Wexford stellte, bevor sie das nächste Abteil betrat, fest, daß sie keinen Ring trug.

In dem Kämmerchen neben dem Waschraum schlief der junge

Mann noch immer, und noch immer lehnte sein Kopf an der Wand. Jetzt erst bemerkte Wexford, daß auf dem Boden, neben den Füßen des Jungen, eine Wachstuchtasche mit Werkzeug lag. Er ging hinein, öffnete die Tasche und nahm eine Zange heraus.

Vor den Fenstern flogen ein paar Lichter vorbei. Sie fuhren durch ein Dorf oder eine kleine Stadt. Ganz flüchtig waren die Umrisse eines Berges zu sehen, dann hüllte die Dunkelheit sie wieder ein, und die Geschwindigkeit des Zuges nahm wieder zu. Wexford blieb in der Tür von Lois Knox' Abteil stehen. Das Radio spielte noch immer – Melodien aus *‹Schwanensee›*. Hilda Avory lag noch immer auf der unteren Koje, und am Ende, neben Hildas Füßen, saß Purbank. Er schien genau über das Thema zu dozieren, das Wexford nach China geführt hatte – die vorbeugende Verhinderung von Straftaten. Auf Lois' Gesicht malte sich der Ausdruck einer Frau, der von Kind an eingetrichtert worden war, daß man Männern immer und um jeden Preis schmeicheln mußte. Hilda hatte die Augen geschlossen, und ihre Züge wirkten leicht gespannt.

«Diese Kommunisten erklären immer hochtrabend, sie hätten das Verbrechen praktisch ausgerottet. Das klingt ja wunderschön, aber aus der Praxis wissen wir, daß es nicht wahr ist. Ich meine, wo hat man mir die Uhr, meine Diners Club-Karte und mein Geld geklaut? Nicht in Westeuropa, o nein! In der Union der Sozialistischen Sowjetrepubliken. Und das, wohlgemerkt, in einem Zug. Warum also sollte es hier wohl anders sein? Hier herrscht derselbe Mangel an materiellen Gütern – ein schlimmerer sogar, wenn möglich –, und deshalb können Sie drauf wetten, daß sie es nicht erwarten können, das Hab und Gut der reichen Kapitalisten in die kleinen heißen Finger zu bekommen. Und das bedeutet, Ihr Hab und Gut. Also lassen Sie nichts im Abteil, tragen Sie immer alles bei sich, und wenn Sie...»

Wexford hustete. Lois sah ihn und sprang, die Hände zusammenschlagend, auf. Während seiner Abwesenheit hatte sie mehr Lippenstift und Lidschatten aufgelegt und sich in ein tief ausgeschnittenes gelbes Kleid mit schwarzem Muster geworfen.

«O wie haben Sie mich erschreckt! Tony hat uns mit seinen Geschichten von Raub und Mord entsetzliche Angst eingejagt.»

Purbank stieß ein bellendes Macho-Lachen aus, das die «kleine Frau» beruhigen sollte. «Aber, aber, wann hatte ich denn von Mord gesprochen? Ich habe Mord nicht einmal erwähnt. Ich wollte Ihnen nur sagen, daß ich es nicht für ratsam halte, Wertsachen herumliegen zu lassen.»

«Und damit haben Sie ganz recht», sagte Wexford.

Er tastete unter dem Tisch herum, bekam den zerbrochenen Radioknopf mit der Zange zu fassen, drehte ihn gegen den Uhrzeigersinn, und die Musik verstummte.

«O Sie wunderbarer, wunderbarer Mann!» rief Lois. «Hören Sie doch, wie still es ist! Endlich Ruhe und Frieden! War er nicht herrlich, als er eben so selbstsicher und absolut männlich hereinkam? Sie wären dazu nicht fähig gewesen, Tony. Sie haben uns nur lang und breit erklärt, wir müßten den Krach die ganze Nacht ertragen und uns außerdem darauf gefaßt machen, beraubt zu werden.»

«Gib dem Mann eine Tasse Tee», murmelte Hilda in ihr Kissen.

«Von mir bekommt er alles, was er will.» Lois hielt Wexford die Teetasse entgegen und machte einen tiefen Kotau, wie ihn ihrer Meinung nach kaiserliche Konkubinen zu machen pflegten. «Wenn du nur nicht den ganzen Scotch ausgetrunken hättest, Hilda!»

Im nächsten Moment erschien Mr. Yu in der Tür und verkündete, der Speisewagen habe eben geöffnet, man möge ihm bitte folgen. Purbanks Warnung beherzigend, belud sich Lois mit ihrer Handtasche, dem Handkoffer und einem Kasten, der wie ein Schmuckkoffer aussah. Wexford trank den inzwischen lauwarmen Tee. Ihm war klar, daß er praktisch in der Falle saß und mit Purbank und den beiden Frauen an einem Tisch essen mußte. Er tröstete sich jedoch mit dem Gedanken, daß der Speisewagen bestimmt bald wieder schloß. Überall, wo Wexford bisher gewesen war, hatte es nach zehn Uhr kein Nachtleben mehr gegeben. Aber würde man in diesem stickigen Zug überhaupt schlafen können? Schon machte sich der Mangel an Schlaf bei ihm bemerkbar – weniger durch Müdigkeit als durch eine merkwürdige Leichtigkeit im Kopf und ein Gefühl der Unwirklichkeit.

Sie marschierten den Korridor entlang. Wexford ging als letzter, Lois war unmittelbar vor ihm. Der Junge in dem kleinen Dienstabteil schlief noch immer. Sein Kopf war inzwischen von der Wand abgerutscht, vornübergefallen und ruhte auf dem Tisch. Wexford schlüpfte zu dem Jungen hinein und verstaute die Zange wieder in der Werkzeugtasche. Lois hatte nicht gemerkt, daß er verschwunden war, und war weitergegangen. Wexford blieb einen Augenblick am Fenster stehen und bemühte sich, in der vorbeifliegenden Dunkelheit etwas von der Landschaft zu entdecken. Er hörte Schritte hinter sich, die sich ihm aus der Richtung näherten, aus der er und die anderen gekommen waren. Als er sich umdrehte, erblickte er, nur noch ein paar Meter von ihm entfernt, die alte Frau mit den gebundenen Füßen.

Diesmal ging sie ohne Stock. War sie ihm in den Zug gefolgt? Er schloß die Augen, öffnete sie wieder, und die alte Frau war nicht mehr da. War sie in einem Abteil verschwunden? Eine Hand mit langen roten Krallen legte sich ihm auf den Arm, und das Parfum von Lois Knox stieg ihm aufdringlich in die Nase.

«Reg? Kommen Sie doch, mein Lieber, wir dachten schon, wir hätten Sie verloren.»

Er ging hinter ihr her in den Speisewagen. Blaue Samtvorhänge, Spitzenstores und auf den Sitzen die dunklen Baumwollbezüge mit plissierten Volants, die man in ganz China in Warteräumen, Zügen, auf Flughäfen und sogar in Flugzeugen findet. Lois klopfte auf den Stuhl neben dem ihren, und es blieb Wexford nichts anderes übrig, als der Aufforderung Folge zu leisten. Auf dem Tisch standen eine Platte mit eingepackten Süßigkeiten, eine andere mit Biskuitscheiben, eine Weinflasche, die – laut Purbank – Schnaps und eine Schnapsflasche, die Wein enthielt. Beide hatten die Farbe eines Rieslings. Wexford bat den Ober um eine Flasche Bier. Purbank zündete sich eine Zigarre an und begann über die häufigen Einbruchdiebstähle in Essex zu sprechen.

Der Speisewagen war voll. Chinesische Reisende aßen Nudeln und Gemüse aus Tonschüsseln. Die Fremdenführer tranken Tee und flüsterten miteinander. Hinter Wexford saßen die beiden verheirateten Paare an einem Tisch, und der ältere der beiden Männer erklärte den anderen mit der hohen, munter gefühllosen Stimme, wie man sie oft bei Chirurgen findet, die uralte Kunst des Füßebindens. Die Frau des Anwalts stieß einen Laut des Abscheus und des Widerwillens aus, als er beschrieb, wie die Zehen langsam verkümmerten.

Das Bier kam. Es war warm und schmeckte süßlich. Wexford verzog das Gesicht und winkte dem Kellner, der mit einem Teekessel die Runde machte. Unter dem Tischtuch berührte Lois' Knie das seine. «Entschuldigen Sie mich», sagte er, stand auf und ging zu Mr. Sungs Tisch hinüber. «Sagen Sie mir bitte, wann Sie ins Bett wollen. Ich möchte nicht, daß Sie meinetwegen länger aufbleiben.»

Die Bemerkung war der Anlaß zu einem neuen, verwickelten Mißverständnis. Warum wollte Mr. Wexford ihn, Mr. Sung, ins Bett schicken? Er war nicht krank. Es war – mit Mr. Sungs Worten – noch nicht einundzwanzighundert Uhr. Wieder wurde das Wörterbuch zu Rate gezogen. Mr. Yu lächelte gütig und rauchte eine Zigarette. Schließlich kam es heraus, daß Mr. Sung nicht in Mr. Wexfords Abteil schlief und das auch nie beabsichtigt hatte. Er war mit Mr. Yu und dem dritten Mann, den er als Mr. Wong vorstellte, in einem Abteil untergebracht. Da der Zug nicht voll besetzt war, hatte Wexford sein Abteil für sich allein. Also marschierte er zu Fanning hinüber und bot ihm eine der freien Kojen an.

Aber Lewis Fanning lehnte auf eine Art ab, die für jemanden, der sich mit Charakterstudien befaßte, sehr aufschlußreich war.

«Guter Gott im Himmel!» rief er. «Ich könnte die zwei nicht allein lassen. Sie würden sich im Handumdrehen an die Gurgel fahren. Sie würden einander in Stücke reißen. Nein, ich bin Ihnen schrecklich dankbar, aber es geht leider nicht.»

Man merkte Fanning jedoch deutlich an, daß er die bevorstehende Nacht keineswegs fürchtete, sondern sich darauf freute, um später seine Erlebnisse, mit einem Maximum an Dramatik all jenen zu erzählen, die gewillt waren, ihm zuzuhören. Mr. Sung, Mr. Yu und Mr. Wong hatten angefangen Karten zu spielen. Der Chirurg zeichnete Mittelfußknochen vor und nach dem Binden auf eine Serviette. Wexford setzte sich wieder. Seine Teetasse war inzwischen frisch gefüllt worden. Hilda Avory hatte anscheinend beschlossen, mit dem «Trockenwerden» erst später anzufangen und trank langsam und stetig aus einem Glas, das sie mit großer Regelmäßigkeit aus der Weinflasche füllte, die – laut Purbank – den starken chinesischen Schnaps Mao Tai enthielt. Purbank erzählte Anekdoten von Diebstählen und Einbrüchen. Lois Knox preßte wieder das Knie an das von Wexford, und er fühlte ihre bloßen Zehen an seinem Fußknöchel. Offenbar hatte sie unter dem Tisch die Sandale abgestreift. Der Zug fuhr durch undurchdringliche Dunkelheit – eine Dunkelheit, die keine Abgrenzung zwischen Himmel und Erde zuließ und in der kein einziges Licht zu sehen war.

Die kleine Frau im blauen Hosenanzug betrat den Speisewagen und zögerte einen Augenblick, bevor sie auf den Tisch zuging, an dem die beiden Ehepaare saßen. Der Anwalt sprang auf und zog einen Stuhl für sie heraus. Und plötzlich begriff Wexford, daß sie es war, die er gesehen hatte. Sie war es gewesen, die im Korridor auf ihn zugekommen war, als er sich vom Fenster abwandte, sie, die in ihrem Abteil verschwunden war, als er die Augen geschlossen hatte. Auch sie war klein und dünn, auch sie trug eine dunkle Hose mit dunkler Jacke. Und obwohl ihre Füße gewiß nie gebunden gewesen waren, waren sie nicht viel größer als die eines Kindes, und sie trug auch die schwarzen chinesischen Pantoffeln, die man überall kaufen konnte. Wexford lachte innerlich herzlich über sich. Er mußte wirklich sehr müde und verwirrt sein, wenn er sich einbildete, die Chinesin, die er in Shaoshan und dann auf der Orangeninsel gesehen hatte, folge ihm mit dem Zug nach Kweilin. Er trank seinen Tee und ließ sich dann ein Glas Mao Tai einschenken. Wer weiß, vielleicht verhalf es ihm zu einem besseren Schlaf.

Hilda Avory erhob sich unsicher. «Ich glaube, ich könnte versuchen, ein bißchen zu schlafen», sagte sie mit zitternder Stimme. «Bitte bleib nicht zu lange, Lois. Du weckst mich, wenn du um Mitternacht hereinplatzt.»

«Liebling, ich platze nie», antwortete Lois und rutschte ein bißchen näher zu Wexford. «Seien Sie lieb, und helfen Sie ihr ein bißchen, Tony. Dieser verdammte Zug schaukelt so.»

Purbank zögerte, hin- und hergerissen zwischen dem Wunsch, Gentleman zu sein und dem Verlangen, eine zweite Flasche Lorbeerblütenwein zu bestellen, bevor der Speisewagen schloß. Aufmerksam geworden, hatte Fanning sich halb von seinem Platz erhoben, doch Wexford sah seine Chance und packte sie beim Schopf. «Darf ich?» fragte er, und Lois murrte verdrossen vor sich hin. Er lächelte ihr zu wie einem schwierigen Kind, das einem zum Glück nicht gehörte und das man vielleicht nie wiedersehen würde. Dann nahm er Hildas Arm und steuerte sie sicher zwischen den Tischen durch und hinaus in den Korridor.

Sie schwitzte stark deodorierten, nach einem französischen Parfum duftenden Schweiß, der ihr den Arm herunterlief und ihm den Hemdsärmel durchweichte. Vor dem Fenster tauchte ein mit Lichtpünktchen besetztes kastenförmiges Gebäude aus dem Dunkel auf und blieb zurück, als der Zug weiterstürmte. Wexford schob die Tür des Abteils neben dem seinen auf und half ihr hinein. Jemand hatte den Ventilator abgeschaltet, und die Luft war heiß und stickig und roch leicht nach Ruß. Wexford schaltete den Ventilator wieder ein. Das Thermometer zeigte 95 Grad Fahrenheit oder 35 Grad Celsius. Hilda fiel mit dem Gesicht nach unten auf die linke Koje und blieb so liegen. Wexford stand noch ein paar Sekunden unschlüssig da, fragte sich, ob er etwas für sie tun könne, und kam zu dem Schluß, daß er alles getan hatte. Er fuhr sich mit der Zunge über die trockenen Lippen. Der Mao Tai hatte ihn wieder durstig gemacht, und er ging in sein Abteil hinüber.

Auch hier war der Ventilator abgeschaltet. Wexford knipste ihn an und schlug das Laken auf der linken unteren Koje zurück. Seine Thermosflasche war frisch gefüllt, und auf dem Tisch lagen zwei Teebeutel. Er hatte Teebeutel noch nie gemocht, gab daher einen Löffel voll von seinem eigenen Silberblatt-Tee in die Tasse und goß das fast kochende Wasser darüber. Ein würzig-aromatischer Duft stieg von der Flüssigkeit auf, die ganz anders roch als der Tee aus dem Supermarkt zu Hause. Ein paar Minuten, während er den Tee trank, blickte er hinaus in die schimmernde sternenlose Schwärze, die am Fenster vorüberströmte, dann zog er das Rollo herunter.

Lois Knox und Purbank kamen jetzt zusammen den Korridor herunter. Er hörte ihre Stimmen, aber nicht, was sie sprachen. Dann sagte Purbank lauter: «Gute Nacht, die Damen.» Und seine Schritte entfernten sich.

Wexford wartete, bis der Korridor leer war und ging dann in den Waschraum. Die Toilette war frei, der Waschraum besetzt. Der Anwalt war ihm zuvorgekommen. In der Toilette war es heiß und roch widerlich nach Ammoniak. Der Zug ratterte und sang. Wexford wartete auf dem Korridor, blickte aus dem Fenster ins Nichts, sagte dem Doktor, der mit seiner Frau vorüberkam, gute Nacht und wartete darauf, daß der Anwalt das Bad räumte. Purbanks Feind und die Tochter des Doktors waren nicht im Speisewagen gewesen. Eine Ferienromanze? Die Badezimmertür wurde geöffnet, der Anwalt kam heraus, sagte ziemlich kurz angebunden: «Gute Nacht» und marschierte, sein dunkelbraunes Handtuch und den karierten Kulturbeutel unter den Arm geklemmt, davon.

Wexford wusch sich Hände und Gesicht, putzte sich die Zähne und bemühte sich, kein Wasser zu schlucken. Natürlich hätte er sich ein bißchen Wasser aus der Thermosflasche mitnehmen sollen.

Alle Abteiltüren waren geschlossen. Das Licht im Korridor war nicht sehr hell. Nicht zum erstenmal fragte sich Wexford, ob es wohl in ganz China eine einzige Hundert-Watt-Birne geben mochte. Er schob die Tür seines Abteils zurück.

Auf der rechten unteren Koje, auf dem Rücken, die von Streifen entstellten rötlichweißen Beine ausgestreckt, das kurze weiße Hemd ein wenig hochgeschoben, das Gesicht weiß und aufgedunsen, das Nasenbein eingedrückt, den Mund mit der hervorquellenden Zunge geöffnet, lag die Marquise von Tai.

4

Er schrie nicht, er stöhnte nicht einmal auf. Er schloß die Augen und ballte ganz fest die Hände. Ohne noch einmal das tote Ding anzusehen, das mumifizierte zweitausend Jahre alte Ding, machte er rasch kehrt und verließ das Abteil. Er wußte nicht, ob er die Tür hinter sich geschlossen hatte oder nicht.

Er ging den Korridor hinunter. Im Waschraum stand das Fenster offen, er beugte sich hinaus und atmete tief die kühlere Luft ein. Die Dunkelheit brauste an ihm vorüber. Niemand wußte besser als er, daß es dumm und gefährlich war, den Kopf aus dem Fenster zu stecken. Vor Jahren, als er noch jung gewesen war, hatte er an einer amtlichen Leichenschau teilgenommen, die wegen eines Mannes abgehalten wurde, der sich auch aus einem Zugfenster gebeugt hatte und geköpft worden war, als der Zug in einen Tunnel einfuhr. Er atmete tief, schloß wieder die Augen. Jeder Versuch, zusammenhängend zu denken, schlug fehl. Er würde in sein Abteil zurückgehen und etwas tun müssen.

Die Tür zum Waschraum wurde geöffnet, und jemand sagte: «Oh, entschuldigen Sie.» Es war der alte Doktor.

«Ich gehe schon», entgegnete Wexford.

Er hätte gern gewußt, ob sein Gesicht so kalkweiß war, wie es seinem Gefühl nach sein mußte. Dem Doktor schien nichts aufzufallen. Vor sich hinsummend, begann er sich die Hände zu waschen. Schnell ging Wexford zu seinem Abteil zurück, und da er blindlings vorwärtsstürmte, wäre er fast mit Lois Knox zusammengestoßen, die eben ihre Abteiltür öffnete. Sie trug ein kurzes, zerdrücktes weißes Negligé aus Stickereispitze, und ihr Gesicht wirkte irgendwie nackt, weil es nicht geschminkt war.

Er entschuldigte sich. Sie antwortete nicht und knallte die Tür zu. Er holte tief Atem, straffte sich, öffnete seine eigene Tür und warf einen Blick in die Koje. Sie war leer.

Wexford setzte sich. Er schloß die Augen, öffnete sie, schaute in die Koje – sie war noch immer leer. Er hätte jetzt dringend einen steifen Whisky oder auch nur einen Mao Tai gebraucht, war jedoch überzeugt, daß er um diese Zeit – es war schon nach elf – weder das eine noch das andere bekam, auch dann nicht, wenn er gewußt hätte, wie er den Zugbegleiter oder -betreuer herbeirufen konnte. Was ohnehin nicht der Fall war. Er streute Teeblätter in eine saubere Tasse und schüttete heißes Wasser darüber. An dem, was er gesehen hatte, gab es nichts zu rütteln und zu deuteln. Der Leichnam hatte hier gelegen. Derselbe Leichnam, den er durch die Öffnung im Fußboden des Museums in dem gläsernen Sarkophag gesehen hatte.

Haargenau derselbe war es gewesen – die Mumie mit dem verkürzten rechten Arm, dem offen gähnenden Mund und der herausquellenden Zunge. Er wußte, daß er sie gesehen hatte. Zaghaft zuerst und dann energischer, tastete er die gegenüberliegende Koje ab. Das Kissen war deutlich eingedrückt, das oberste Laken nicht mehr glatt. Jemand hatte dort gelegen, war dorthingelegt und während seiner Abwesenheit wieder weggebracht worden.

Er stellte fest, daß es keine Möglichkeit gab, das Abteil zu verschließen, doch es gelang ihm, mit Hilfe der *Peking Blue News* den Schnapper des Schlosses so zu präparieren, daß niemand die Tür von außen öffnen konnte. Er trank seinen Tee. Der Ventilator war über Nacht abgeschaltet worden, und obwohl Wexford das Fenster geöffnet hatte, war die Luft in dem kleinen Raum schwer und warm. Ein häßlicher Gedanke kam ihm, während er sich auszog. Er zog die metallene Leiter von der Wand herunter, stieg hinauf und überzeugte sich, daß in den beiden oberen Kojen niemand lag. Er hatte sich eben an eine besonders unerfreuliche Geschichte von F. Marion Crawford erinnert, in der ein Schiffspassagier in der oberen Koje seiner Kabine den Leichnam eines Ertrunkenen oder seinen Geist gefunden hatte.

Nachdem er noch eine zweite Tasse Tee getrunken hatte, löschte er das Licht. Lange, sehr lange warf er sich schlaflos von einer Seite auf die andere, und dann schlief er für eine knappe Stunde ein. Als er wieder aufwachte, war es erst drei, und er wußte, daß er in dieser Nacht kein Auge mehr zumachen würde.

Er richtete sich auf, knipste das Licht an und stellte sich eine Frage: War es möglich, daß das, was er in der Koje liegen gesehen hatte, Lois Knox gewesen war?

Wexford war ein bescheidener Mann und von seiner Anziehungskraft auf Frauen – wenn er überhaupt je daran dachte – nicht sehr überzeugt. Für seine Frau schien er auch nach dreißigjähriger Ehe noch unverändert attraktiv zu sein, und dafür war er zwar dankbar, es war jedoch kein Grund für Spekulationen. Ihm hatte es an weiblicher Bewunderung eigentlich nie gemangelt, doch er hatte sie nie ernst genommen. Und die Idee, Lois Knox ernst zu nehmen, wäre ihm überhaupt nie gekommen. Doch wenn er es recht überlegte, dann war für sie diese Reise eine Art Sextour – vorausgesetzt daß das, was Fanning über sie gesagt hatte, ganz oder teilweise stimmte. Wexford wußte sehr gut, daß eine solche Frau den von ihr ausgesuchten Partner nicht einmal attraktiv finden mußte. Es genügte, daß er ein Mann und verfügbar war, jemand, der ihr angeknacktes Ego aufrichtete, für einen Abend, vielleicht auch nur für eine Stunde, der sie aus ihrer panischen Angst erlöste, Alter und Tod ein paar Zentimeter weiter hinausschob.

Als er den Speisewagen verließ, hatte er ihr gedankenlos zugelächelt. Hatte sie dieses Lächeln für eine Einladung gehalten? Sie war im Korridor gewesen, als er aus dem Waschraum zurückkam, und sie hatte ein kurzes weißes Hemd oder einen kurzen weißen Morgenrock angehabt. Außerdem war sie ihm offensichtlich böse gewesen, hatte vor Wut gekocht. War sie es, die in der Koje gelegen und auf ihn gewartet hatte? Was mußte sie empfunden haben, als er zurückwich, entsetzt die Augen schloß und wortlos hinaustaumelte?

Wexford war sich klar darüber, daß sehr viele Leute das komisch gefunden hätten. Schließlich hatte diese Frau, die nicht mehr jung und nicht mehr attraktiv, aber immer noch so herausfordernd schamlos war wie eine junge Schönheit, nur bekommen, was sie verdiente. Gott sei Dank wußte sie wenigstens nicht, daß er sie irrtümlich für einen zweitausend Jahre alten, von Krankheit ausgemergelten Leichnam gehalten hatte, dessen innere Organe jetzt in Formaldehyd schwammen.

Aber traf das alles auch zu? Wieder schloß er die Augen und vergegenwärtigte sich, was er gesehen hatte. Die Marquise von Tai. Das Gesicht war nicht das von Lois – Gott bewahre ihn! Und der verkürzte rechte Arm? Die von tiefen Streifen durchzogenen Oberschenkel?

Vielleicht brauchte er in Zukunft eine Brille, die er ständig tragen mußte, nicht nur eine zum Lesen. Vielleicht verlor er den Verstand. Vorausgesetzt, man erkrankte an Schizophrenie – was durchaus möglich war, denn es gab so etwas wie eine spontan auftretende Schizophrenie, die Menschen mittleren Alters befiel –, dann hatte man wahrscheinlich Halluzinationen, ahnte jedoch nicht, daß es Halluzinationen waren und benahm sich, kurz gesagt, wie er sich benommen hatte. Sei kein Narr, sagte er sich. Schlaf endlich einmal. Kein Wunder, daß du Visionen hast, wenn du nie zum Schlafen kommst. Gegen Morgen döste er noch einmal ein, bis die Sonne aufging und der Ventilator sich einschaltete.

Am Morgen sehen die Dinge immer anders aus. Vielleicht finden wir diese Binsenweisheit so erstaunlich, weil sie eine so bemerkenswerte Wahrheit ist. Sie trifft immer zu. Alles Beängstigende, Erschreckende, Makabre, Monströse ist im nüchternen Morgenlicht wie weggeblasen. Das Licht, das Wexfords Abteil füllte, war nicht besonders kühl, hatte jedoch dieselbe reinigende Wirkung. Er war nicht verrückt, er sah noch sehr gut, und ganz bestimmt hätte er am Abend vorher nicht das große Glas Mao Tai trinken sollen.

Die Ereignisse bestätigten ihm auch bald, daß die Erscheinung in der unteren Koje wirklich Lois gewesen war. Im Speisewagen saß sie mit Hilda Avory, dem Anwalt, seiner Frau und der Freundin seiner Frau an einem Tisch. Alle blickten auf, als er kam, und wünschten ihm guten Morgen – nur Lois nicht. Sie hatte den anderen etwas aus ihrem Führer von Kweilin vorgelesen, unterbrach sich, schaute aus dem Fenster und las mit schwärmerischer Stimme und übertriebener Betonung erst weiter, als er schon vorbei war.

Wexford setzte sich Fanning gegenüber.

«Wie war Ihre Nacht? Wie ich sehe, haben die beiden sich nicht gegenseitig umgebracht.»

«Mr. Purbank und ich haben tief und fest geschlafen, vielen Dank», antwortete Fanning. «Mr. Vinald hat uns Gott sei Dank nicht mit seiner Anwesenheit beehrt. Ich vermute, daß er die freie Koje in Dr. Baumanns Abteil belegt hat, kann aber nicht behaupten, daß mich das Thema unbedingt fasziniert.»

«Unkonventionell», sagte Wexford.

«Ach, wissen Sie, ein paar Tage im Transsibirien-Expreß, und Sie vergessen die wichtigsten Grundsätze Ihrer guten Erziehung. Es gibt auf der ganzen Welt nichts Vergleichbares. Nicht, daß das auch auf die Baumanns und Mr. Vinald zuträfe. Daddy und Gordon haben brav oben, Mami und Margery hübsch unten geschlafen.»

Wexford warf einen Blick zu der plumpen blonden Frau hinüber, die neben ihrem Vater und Gordon Vinald gegenübersaß und die chinesische Variation eines spanischen Omelettes aß, die stets unter dem Sammelbegriff «Eier» auf der Speisekarte erschien und – egal, wo er gerade gewesen war – immer zum Frühstück serviert wurde. Miss Baumann war eine angenehme Erscheinung mit einem Gesicht, das ruhige Heiterkeit ausstrahlte, und sie machte nicht wie Lois Knox den Fehler, ihre füllige Figur in Hosen und T-Shirt zu zwängen. Dann fiel sein Blick auf Lois selbst. Ihr Haar war sorgfältig frisiert, ihr Gesicht recht passabel auf jugendlich geschminkt. Sie hatte nicht die geringste Ähnlichkeit mit der Marquise von Tai, und es wäre eine grausame Verunglimpfung gewesen, das auch nur anzudeuten. Ihre Blicke trafen sich, und sie wandte sich mit bewußter und wohlberechneter Geringschätzung ab.

«Hat Mrs. Knox sich schon auf ihre bewährte Manier an Sie herangemacht?» fragte Fanning unschuldsvoll.

«Guter Gott, nein», erwiderte Wexford.

«Es hat mich nur interessiert.»

Mr. Sung, Mr. Yu und Mr. Wong aßen Nudeln mit Reis und Gemüse. Purbank kam herein, und Wong stand sofort auf, um mit ihm zu sprechen. Was immer er sagte, es ließ Purbanks Gesicht plötzlich merkwürdig eckig aussehen, und einen Moment malte sich eine fast panische Angst darauf. Er ließ den Chinesen stehen und setzte sich allein an einen Tisch.

Wexford war erleichtert. Er hatte wieder einen Blick für das Verhalten der Menschen, er war wieder er selbst, hatte seine Gedanken von dem befreit, was am Ende doch kein «Leichnam in der Koje» gewesen war. Der Kellner kam mit dem Teekessel vorbei, und Wexford reichte ihm seine Tasse.

Wieder eine graue Hotelkaserne, so absolut phantasielos gebaut, daß Wexfords fester Überzeugung nach bei der Planung dieses Gebäudes kein richtiger Architekt die Hand im Spiel gehabt haben konnte. Aber als er in seinem Zimmer ans Fenster trat, ließ ihn der Ausblick alles von Menschen Geschaffene vergessen. Die Berge, die den Horizont bildeten, und vor diesem Horizont die lange Hügelkette, waren so phantastisch geformt, daß sie allem anderen ähnlich sahen, nur nicht den Karstformationen, als die sie im Führer bezeichnet wurden. Sie glichen Kegeln, Zypressen, großen Blätterpilzen. Sie erhoben sich, baumbewachsen, senkrecht aus der Ebene, die Wände kerzengerade, die Gipfel runde Kuppen. Das waren die Berge von den chinesischen Gemälden und Zeichnungen, von denen Wexford bisher geglaubt hatte, die Künstler hätten sie stilisiert. Bei ihrem Anblick konnte man die grauen Blocks vergessen, die überall in der Stadt in die Höhe geschossen waren und aussahen wie dieses Hotel, um nur noch diese unglaublich schönen Berge zu betrachten – sie und die kleinen rotbraunen Dächer, das Wasser, das sich überall in Teichen und Seen sammelte, und den Fluß Li-schuei, der sich wie flüssiges Silber durch die Landschaft schlängelte.

Es war für China ziemlich ungewöhnlich, daß man auf einer Eisenbahnreise vom einheimischen Führer begleitet wurde. Normalerweise hätte Mr. Sung sich auf dem Bahnhof von Tschangscha von Wexford verabschiedet, und ihn hätte in Kweilin ein anderer Führer erwartet. Es sah jedoch so aus, als wohne Mr. Sung in Kweilin und habe es nicht für unter seiner Würde gehalten, aus persönlichen Gründen an der richtigen Stelle ein bißchen nachzuhelfen, damit er die Reise mitmachen konnte. Mr. Yu und Mr. Wong waren auf dem Bahnhof von Kweilin verschwunden, und Fannings Gruppe befand sich jetzt unter der Obhut eines totenblassen, für einen Chinesen ungewöhnlich großen Mannes namens T'chung. Dieser neue Führer hatte seinen Touristen unbarmherzig eine Exkursion durch mehrere Höhlen verordnet.

Sie blieben nur zwei Tage in Kweilin, und die mußten zweifellos genutzt werden. Wexford gelang es, Mr. Sung geschickt zu entgehen und unter den Kassia-Zimtbäumen allein einen ruhigen Spaziergang durch die Stadt zu machen. Man konnte hier ebenso leicht wie in Peking von einem der unzähligen Fahrräder umgestoßen werden, die sich auf den Straßen drängten. Männer mit gebeugten Schultern und gespannten Muskeln zogen mit Betonblöcken beladene Karren, während Frauen, den Jochbalken mit an beiden Enden herunterhängenden und bis zum Rand gefüllten Körben über den Schultern, mit ihrem merkwürdigen Kulitrab vorüberjoggten. Unter den Kassiablättern flatterten grüne und schwarze Schmetterlinge umher. Wexford bezahlte ein paar Fen, um sich eine Ausstellung mit Bildern und mit dem Pinsel geschriebenen Blättern anzusehen und in einem Bonsaigarten spazierenzugehen. Er betrat einen der dunklen, nach Gewürzen duftenden Lebensmittelläden und kaufte grünen Tee. Er blieb eine Weile und sah sich das Warenangebot an: Krüge mit Süßigkeiten, getrocknete Meeresalgen in Bündeln, Fässer mit Reis, sauren Fisch, Ingwerwurzeln, Behälter mit Sojasoße und unzählige andere Dinge. Als er sich umdrehte, um sich die unter Glas ausgestellten Kuchen und Torten anzusehen, entdeckte er auf der gegenüberliegenden Seite des Ladens die alte Frau mit den gebundenen Füßen. Sie stützte sich auf ihren Stock und schaute kritisch in ein Reisfaß, wie er es vor kurzem auch getan hatte.

Er brauchte nur einen Sekundenbruchteil, um zu erkennen, daß es nicht dieselbe alte Frau war. Sie richtete sich auf, wandte den Kopf, und er sah ein Gesicht, das einer von hundert Runzeln durchzogenen braunen Nuß glich. Auf der winzigen Stubsnase saß eine Brille. Ihr Blick glitt gleichgültig über ihn hinweg, zumindest war darin nicht mehr als das kurze Aufblitzen einer natürlichen Neugier zu sehen. Dann begann sie mit einem schnellen Singsang auf die Verkäuferin einzureden, die ihr etwas zugerufen hatte. Läden wie diesen hat es in England vor 40 Jahren gegeben, dachte Wexford. Damals, als ich noch ein Kind war. Die Verkäuferinnen waren höflich, bedienten die Kunden geduldig, gaben sich Mühe, und der Kunde hatte immer recht. – Wie sich die Zeiten doch geändert hatten! Die alte Frau kaufte ihren Reis, zwei Stück Torte, einen Beutel geröstete Sojabohnen und verließ dann den Laden mit dem schwerfälligen Ponytrab, der einzigen Gangart, zu der man fähig ist, wenn man keine Zehen hat und der Spann wie ein U nach unten gebogen ist.

Beim Abendessen war Wexford froh, daß man ihm auch hier einen Fächer und einen sorgfältig abgeschirmten Einzeltisch gab. Hinter dem Schirm hörte er Lois Knox und Purbank über die unzähligen Meilen schimpfen, die sie in den Höhlen zu Fuß laufen mußten, und das nach dieser Eisenbahnfahrt. Der Kellner brachte ihm gebackenen Karpfen, Schweinefleisch und Auberginen in Ingwersoße, Glasnudeln mit Pilzen, ein paar Scheiben Entenfleisch, gekochte und in dünnen geschlagenen Eierteig getauchte und gebackene Eier. Der Tee war sehr stark und aromatisch. Als er mit dem Essen fertig war, ging er auf das Dach in die neue Bar, auf die das Hotel sehr stolz zu sein schien.

Es war offensichtlich, daß ihre Schöpfer nie eine westliche Bar zu Gesicht bekommen hatten. Vielleicht hatten sie von Bars gelesen oder kannten ein paar aus alten Filmen. Die Folge war eine Mischung aus einer Teestube in einem englischen Dorf und einem Saloon einer Cowboystadt in einem Western der dreißiger Jahre. Auf dem Betondach mit der Betonbrüstung standen lange, rohe Holztische und hölzerne Klappstühle. Lichtquellen waren an Drähten hängende elektrische Birnen und der Mond. An der Theke konnte man Feuerwerkskörper kaufen, und auf der entfernten, dunklen Seite des Daches ließen ein paar Chinesen Knallfrösche los.

Der Ausblick, den man von hier genoß, entschädigte jedoch für alles, was der Bar fehlen mochte. Der Himmel glänzte im Mondlicht, und über dem schimmernden Band des Flusses türmten sich die Berge wie schwarze Gewitterwolken. Als Wexford, ein Glas Kassia-Zimtwein neben sich auf der Brüstung, sich vorbeugte, um auf die Stadt hinunterzuschauen, begann ein Plattenspieler zu plärren, der auf einem Kartentischchen stand. Es war eine LP mit Weihnachtsmusik. Mit sirupartigen Stimmen begann ein Engelschor «Stille Nacht, heilige Nacht» zu singen, ging dann zu «Morgen kommt der Weihnachtsmann» über, und zum Schluß kam Bing Crosby mit seinem unnachahmlich gefühlvoll gesungenen «White Christmas». Es war hier noch heißer als in Tschangscha, stickig und feucht, die Bäume dicht belaubt, und über den Himmel segelte der helle Junimond. Als die Platte unerbittlich weiterspielte, begannen die Amerikaner am Tisch neben Wexford zu lachen. Der adrette, lächelnde Chinesenjunge, der die Platte aufgelegt hatte, strahlte sie dankbar an. Er hatte die ausländischen Touristen glücklich gemacht. Er wollte sie sogar noch glücklicher machen, indem er ihre Musik noch einmal spielte.

Als die «Stille Nacht», die bittere Kälte, Kirchenglocken und den Stern von Bethlehem heraufbeschwor, zum zweitenmal durch die heiße, stille Luft hallte, kam Lois Knox die Treppe herauf. Sie trat unter dem Betonbaldachin über dem Bartresen hervor auf das Dach und wurde von einem großen, beleibten Australier begleitet, mit dem Wexford im Lift zum Essen hinuntergefahren war. Sie hatte frisches Make-up aufgelegt, hatte es irgendwie geschafft, zum Hotelfriseur zu gehen, und sie trug ein frisch gebügeltes blaues Leinenkleid und hochhackige blaue Schuhe. Sie sah besser aus denn je, und der Australier schien völlig hingerissen von ihr. Wexford begriff, daß sie ihm verziehen hatte, sie konnte es sich jetzt leisten. Sie winkte und rief ihm zu: «Wir werden Sie in Ihrer Andacht nicht stören!» Der Australier nahm ihren Arm und führte sie auf den Teil des Daches, den weder Mond noch elektrisches Licht erreichten.

Wexford setzte sich allein an einen Tisch. Nach dem gestrigen Abend war es wahrscheinlich klug, wenn er nicht zuviel trank. Außerdem war der Kassia-Zimtwein widerlich süß. Kurz darauf kamen Gordon Vinald und Margery Baumann zusammen auf das Dach. Wexford unterhielt sich eine Weile mit ihnen und ging dann in sein Zimmer. Auf seinem Programm standen nur noch zwei Punkte: grüner Tee und Bett.

Als er am nächsten Morgen das Hotel verließ, kam es ihm so vor, als sei er in eine Dampfwolke geraten. Zwar war es erst Viertel vor acht, aber die Temperatur näherte sich schon 85 Grad Fahrenheit oder 29 Grad Celsius. Wexford fand es geradezu lächerlich, die wenigen hundert Meter bis zum Landesteg mit dem Bus zu fahren. Er ging zu Fuß und versuchte, die merkwürdige Leichtigkeit abzuschütteln, die er im Kopf fühlte, und sich von dem beklemmenden Eindruck zu befreien, daß alles unwirklich war, was um ihn herum geschah. Das Summen der Klimaanlage hatte ihn gegen zwei Uhr geweckt, und als er sie abgeschaltet hatte, war das Zimmer wieder so heiß geworden wie ein Ofen. Das Bett war außerdem das härteste, auf dem er je versucht hatte zu schlafen. Ein hölzernes Gestell, schmal wie ein Feldbett, mit einer dünn wattierten Auflage. Er hatte dagelegen, gelesen und sich bemüht, seinen schmerzenden Gliedern die Folterung zu erleichtern.

Seine Reiselektüre – einen englischen Klassiker, chinesische Gedichte und einen preisgekrönten modernen Roman – hatte er bis auf ein Buch ausgelesen, eine Anthologie mit dem Titel ‹*Meisterwerke des Übersinnlichen*›. Die erste Geschichte der Sammlung war ‹*Die obere Koje*›, und er war froh, daß er den Band nicht schon im Zug aufgeschlagen hatte.

Als er die von Kassia-Zimtbäumen gesäumte lange Allee hinunterging, kam er allmählich wieder zu sich, und die Nöte der Nacht fielen von ihm ab. Das Boot hatte schon angelegt, und die amerikanische Gruppe war bereits an Bord, ebenso die australischen Geschäftsleute. Als Wexford ihnen folgen wollte, hielt der Minibus am Straßenrand, und Mr. Sung sprang heraus. Unverkennbar verärgert und sehr anmaßend.

«Das ist sehl schlecht», sagte er vorwurfsvoll. «Sie dülfen nicht allein gehen. Walum walten Sie nicht auf den Bus, wie ich gesagt habe? Sie können nicht ohne Fahlkalte an Bold von Schiff gehen.»

Er reichte Wexford ein Stück bunter Pappe. Mr. T'chung sammelte Fannings Gruppe um sich, indem er mit den Armen winkte, als seien es an einem Mast befestigte Flügelsignale. Wexford nahm die entwertete Fahrkarte entgegen. Der Fluß Li-schuei und ihre Fahrtroute bis hinunter nach Yangshuo waren darauf eingezeichnet, außerdem ein paar chinesische Schriftzeichen in roter Tinte und das hochtrabende Wort «Schiffspapier». Das Boot selbst war recht hübsch, ein typisches Flußschiff mit einem Salon und einem Oberdeck, auf dem Liegestühle aufgestellt worden waren.

«Schöne Landschaft beginnt um halb elf», sagte Mr. Sung.

«Ist das keine schöne Landschaft?» fragte Wexford, als das Fallreep eingezogen wurde und sie ablegten. Der Fluß Li-schuei, breit und bronzefarben, schlängelte sich zwischen kegelförmigen Bergen aus der Stadt hinaus.

«Halb elf», sagte Mr. Sung, «dülfen Sie fotoglafielen.»

Wexford war es müde, ihm immer wieder zu erklären, daß er keinen Fotoapparat hatte. Es war unmöglich, Mr. Sung begreiflich zu machen, daß man ohne Fotoapparat frei war. Gordon Vinald, die Frau des Anwalts und ihre Freundin waren schon auf das Oberdeck geklettert, murmelten vor sich hin, legten neue Filme ein, mühten sich mit Teleobjektiven ab. Wexford setzte sich im Salon zu Margery Baumann und trank Tee, der eben serviert wurde. Manchmal bringt es eine Frau mittleren Alters fertig, so frisch auszusehen wie ein junges Mädchen, und so sah an diesem Morgen um halb neun auf dem Fluß Li-schuei Margery Baumann in einem blauweiß karierten Baumwollkleid und dem gepflegten, duftigen blonden Haar aus.

«Ich freue mich auf diesen Ausflug», sagte sie. «Er wird sehr schön. Und hinterher – nun, dann möchte ich so schnell wie möglich wieder nach Hause.»

«Aber Sie fahren doch nicht wieder mit dem Zug?»

«O nein, dem Himmel sei Dank!» Sie hatte ein hübsches, leichtes Lachen, und sie lachte sehr viel. Aber nicht aus Nervosität, dachte Wexford. «Wir fahren mit dem Zug nach Kanton, verlassen China mit dem Zug, und fliegen von Hongkong mit der braven alten Swissair zurück.»

«Hat Ihnen die Reise nicht gefallen?»

«Sie war in mancher Beziehung einfach wunderbar.» Einen Moment lang bekamen ihre Augen einen verträumten Ausdruck, als stürmten schöne, vielleicht sogar romantische Erinnerungen auf sie ein. Dann wurde sie wieder sachlich. «Aber ich habe genug, sechs Wochen sind wirklich zuviel. Außerdem werde ich zu Hause gebraucht. Ich bekomme schon ein schlechtes Gewissen.»

«Was sind Sie von Beruf, Miss Baumann?»

«Ich bin praktische Ärztin.» Er wußte nicht, warum ihn das so überraschte. Doktorskinder wurden oft ebenfalls Doktoren. Aber sie sah viel eher wie eine Frau aus, die ihr Leben ihren alten Eltern widmete. «Ich hatte seit drei Jahren keinen Urlaub gehabt – jedenfalls nicht mehr als ab und zu ein Wochenende. Also nahm ich mir einen Vertreter und den ganzen Urlaub, der mir zustand, auf einmal.»

«Praktizieren Sie in London?» Er durfte wirklich nicht so viel fragen, auch wenn es ihm durch seinen Beruf zur Gewohnheit geworden war. Sie schien es aber nicht übelzunehmen.

«Nein, in Guildford.»

«Tatsächlich? Da bin ich ja in Ihrer Nähe – in Kingsmarkham.»

«Da sind Ihnen die Knightons noch näher. Sie kommen aus einem Ort, der Sewingbury heißt.»

«Die Knightons?»

«Diese beiden», sagte Margery, da der Anwalt und seine Frau eben draußen vorübergingen. Lois Knox kam mit ihrem Australier in den Salon. Sie stellte ihn als Bruce vor. Wexford, dem es gelang, ernst zu bleiben, schüttelte ihm die Hand. Bruce begann sofort, laut über das Doppeldenken der Chinesen zu schimpfen, darüber, daß alles dem «Volk» gehörte – das Geld gehört dem Volk, das Hotel gehört dem Volk, die Schule gehört dem Volk –, aber die Leute selbst besitzen nichts. Er wandte sich angriffslustig an Mr. T'chung, der friedlich mit Mr. Sung Tee trank.

«Sie sagen, es sei Sklavenarbeit gewesen, die Grabstätten der Ming zu erbauen, habe ich recht? Also ist es unrecht, Männer zu zwingen, ein grandioses Grabmal für irgendeinen lausigen Kaiser zu errichten?»

«Selbstvelständlich ist es unlecht», antwortete Mr. T'chung.

«Aber es ist kein Unrecht, Männer ein verdammt großes Mausoleum für Mao Tse-tung auf dem Tien-an-men-Platz bauen zu lassen. Wo liegt da der Unterschied?»

Mr. T'chung sah ihn gelassen an. «Das», sagte er mit seiner leicht abgehackt klingenden Stimme, «ist eine Flage, die niemand beantwolten kann.»

Bruce warf die Arme in die Höhe und lachte bellend.

«Laßt doch die leidige Politik», sagte Lois.

Wexford ging an Deck. Die Freundin der Knightons und Hilda Avory saßen in Liegestühlen, und die eine trank Tee, die andere Mao Tai. «Jemand, der diesen Ausflug gestern gemacht hat, hat mir erzählt, daß das Boot mitten auf dem Fluß kaputtging», sagte Hilda mit ihrer rauhen Stimme. «Die Reparatur dauerte drei Stunden.»

«Dann ist die Wahrscheinlichkeit sehr hoch, daß es heute nicht passiert.»

«Das hat nichts mit Wahrscheinlichkeit zu tun, nur damit, ob man was davon versteht oder nicht. Aber ich tröste mich damit, daß es hier nicht ganz so schlimm ist wie in Rußland.»

Auf der einen Seite des Flusses schwammen Jungen – Wasserbüffel auf der anderen. Hoch über der Klippe kreisten zwei Vögel, die wie Adler aussahen. Wexford saß schweigend da, beobachtete das Leben auf dem Fluß, das an ihm vorüberzog, sah ein Dorf mit einer kleinen gewölbten Brücke, die über eine Bucht führte, einen Tempel mit blauem Dach, den die Kulturrevolution übersehen hatte, Männer, die mit Kormoranen fischten ... Er blieb in der Sonne sitzen, solange er die Hitze ertrug. Mrs. Knighton kam an Deck und fotografierte unermüdlich alles, was sie sah: Wasserbüffel, Kormorane, Bauern auf den Feldern, Boote mit viereckigen orangefarbenen Segeln und sogar ein Gebäude, das Wexford für eine Kläranlage hielt. Um halb elf ging er, fast durchgebraten, unter Deck. Aber was Mr. Sung prophezeit hatte, trat ein. Die Landschaft wurde plötzlich spektakulär, die Berge sahen aus wie phantastische Wolkengebilde, das Wasser war glasklar, hatte aber eine sehr starke Strömung.

Das Mittagessen wurde um halb zwölf serviert, der Lieblingszeit der Chinesen, und es war die fürchterlichste Mahlzeit, die Wexford bisher gegessen hatte. Der Hauptgang bestand ausschließlich aus jenen Organen und Innereien, die im Westen kein Mensch essen würde. Es amüsierte ihn, daß die chinesische Küche, die als eine der köstlichsten und raffiniertesten gilt, auch ihre dunklen Seiten hatte.

Als Wexford sich während des Essens ein bißchen umsah, entdeckte er plötzlich den Mann, der ihm im Zug als Mr. Wong vorgestellt worden war. Er war sehr überrascht. Doch vielleicht war es gar nicht Mr. Wong, vielleicht verwechselte er ihn mit jemand anderem. Aber er glaubte es eigentlich nicht. Zu behaupten, alle Chinesen sähen für europäische Augen gleich aus, war genauso falsch wie die weitverbreitete Meinung, alle Chinesen seien gelbhäutig. Nun, Mr. Wong hatte bestimmt einen ganz konkreten Grund dafür, daß er hier war, und dieser Grund war für das Internationale Chinesische Reisebüro Lüxingshe vermutlich kein Geheimnis.

Die schattigen Niedergänge des Schiffes waren gerade breit genug, daß man einen Stuhl hineinzwängen konnte. Dort saß Wexford verschlafen, während das Boot von Chaoping durch tiefes Wasser nach Huashan tuckerte, vorbei an treibenden Booten, auf denen ganze Familien lebten, vorbei an den Fischern mit den Kormoranen, zwischen den kuppelförmigen Bergen, auf denen Bäume wuchsen wie das Moos auf den Steinen. Gerade als er nicht schlafen wollte, schaffte er es nicht, sich wachzuhalten.

Lärm und Unruhe weckten ihn, und er merkte sofort, daß das Boot nicht mehr fuhr. Normalerweise wurde er sehr schnell wach, aber nach so vielen schlaflosen Nächten und in der feuchten Hitze, die so müde machte, kam er nur sehr langsam zu sich. Sein erster Gedanke war, daß Hilda Avory doch recht gehabt und das Boot wieder einen Defekt hatte. Aber der Maschinenraum war direkt hinter ihm, und als er sich umdrehte, sah Wexford, daß er leer war.

Dann entdeckte er die auf dem Wasser tanzenden Köpfe. Er stand auf und versuchte an die Reling zu kommen, aber schon nach ein paar Metern wurde er von den in den Gang drängenden Menschen aufgehalten. Im Salon war niemand mehr, und mindestens zwanzig oder dreißig Leute standen am Bug. Wexford machte kehrt und stieg auf das Oberdeck. Auch hier reckten die Leute die Hälse, aber man sah wenigstens den Fluß. Wexford entdeckte Mr. Sung, der völlig angekleidet in der Nähe des Bootes umherschwamm, und außer ihm noch die – wie ihm schien – gesamte Mannschaft. Und nicht nur die Mannschaft – Margery Baumann, Gordon Vinald, Tony Purbank, sie alle schwammen oder traten Wasser, suchten etwas. Suchten jemanden ...

Mrs. Knighton, den Fotoapparat in den dicken roten Händen, sagte zu Wexford: «Ein Mann ist über Bord gegangen. Er konnte nicht schwimmen, und sie können ihn nicht finden.»

«Wissen Sie, wer es ist?»

Sie begann zu knipsen und sagte gleichgültig: «Niemand von uns. Ein Chinese.»

5

Erst nach einer Stunde gaben sie die Suche auf. Vorher war jedoch noch ein Mitglied der Crew an Land gesetzt worden und zu Fuß zum nächsten, etwa vier bis fünf Meilen entfernten Ort aufgebrochen, um von dort aus zu telefonieren. Wexford sah der kleinen

Gestalt im blauen Hemd nach, die zwischen Fluß und Reisfeldern immer kleiner wurde, bis sie schließlich von üppigeren Blau- und Grüntönen verschluckt wurde.

Margery Baumann kam als erste wieder an Bord zurück. Sie trug einen einteiligen schwarzen Badeanzug. Sie gehört zu den Frauen, die einen solchen Ausflug nie antreten würden, ohne einen Badeanzug unter dem Kleid zu tragen, dachte Wexford. Sie sagte nichts, sondern ging in den Waschraum hinunter, um sich abzutrocknen und wieder anzuziehen. Purbank war der nächste, er fröstelte trotz der Hitze. Der einzige der Mannschaft, der an Bord geblieben war – ein noch junger Mann, obwohl älter als die anderen, die Wexfords Meinung nach alle aussahen wie achtzehn –, schien der Kapitän zu sein. Er half Purbank an Bord, versuchte ihm etwas in gebrochenem Englisch zu sagen, schaffte es jedoch nicht und hob die Hände.

Gordon Vinald schwamm noch zwischen den Riffen umher, die stellenweise bis dicht unter die Oberfläche des Wassers reichten. Aber als die Chinesen, einer nach dem anderen, die Suche aufgaben, kraulte auch er langsam zum Boot zurück und ließ sich heraufhelfen. Nachdem nicht mehr gesucht wurde, hatten sich die Leute wieder zerstreut und waren entweder auf das Oberdeck oder in den Salon gegangen. Der Fluß war leer, eine schimmernde türkisfarbene Fläche unter blaßblauem Himmel. Den Horizont bildeten die im Dunst schwebenden blauen Bergkuppen. Ein so schöner, sanft lächelnder Fluß. Ein Fluß, den Künstler seit zweitausend Jahren gemalt hatten und zweifellos noch weitere tausend Jahre malen würden. Unter seiner sich seidig kräuselnden Oberfläche hing in einem der Riffe, wie von riesigen Zähnen festgehalten, ein ertrunkener Leichnam, klein, dünn, weiß wie eine Wurzel.

«Was ist passiert?» wandte sich Wexford an Purbank. «Ich habe geschlafen.»

Purbank, der nichts am Leib hatte als eine blaue Unterhose und sich von der Sonne trocknen ließ, fuhr sich mit den Fingern durch das nasse Haar. «Das weiß keiner so recht. Ist das immer so, wenn jemand über Bord geht? Der Mann war hier oben, wo wir jetzt sind. Er muß allein gewesen sein und hockte wahrscheinlich auf den Fersen, wie sie's ja alle machen. Und dann verlor er irgendwie das Gleichgewicht. Konnte natürlich nicht schwimmen. Kapitän Ma hat jeden, der schwimmen kann, hinterhergeschickt, aber als ich ins Wasser sprang, war er schon nicht mehr zu sehen.»

«Wer war es?»

«Wer war was?»

«Der Mann, der ertrunken ist. Wer war er?»

«Das weiß der liebe Gott. Um die Wahrheit zu sagen, ich habe nicht einmal gefragt. Ich meine, wir haben ihn ohnehin nicht gekannt, oder? Es war ein Chinese.»

«Keiner von der Crew?»

«Keine Ahnung. Nach der Art und Weise, wie Sie einen ausfragen, könnte man Sie für einen Polizisten halten. Ich wette, davon kriegen wir noch genug, wenn uns erst mal die chinesischen Cops anfangen auszuquetschen, sobald wir in – wie heißt das Nest doch gleich? – in Yangshuo sind.»

Doch offenbar hatte Kapitän Ma nicht die Absicht, nach Yangshuo weiterzufahren. Hinter der nächsten Biegung, die der Fluß mache, gebe es ein Dorf mit einer Anlegestelle, und dorthin führen sie jetzt, sagte Mr. Sung zu Wexford. Die Maschinen begannen zu dröhnen, und das Boot setzte sich in Bewegung. Ein Bus werde die Reisegruppe abholen. Es sei am besten so, niemand brauche sich Sorgen zu machen, es handle sich um einen unglücklichen Zwischenfall. Mehr sei es nicht.

«Wissen Sie eigentlich, wer ertrunken ist?» fragte Wexford. «War es einer von der Crew?»

Mr. Sung zögerte. Er schien zu überlegen und sah dabei recht unglücklich aus. Wexford, der eine langjährige Erfahrung darin hatte, menschliche Reaktionen zu studieren, war der Meinung, daß das, was er in Mr. Sungs Gesicht sah, nicht so sehr Ausdruck der Trauer über den Tod eines Mitmenschen war, sondern eher Angst um die eigene Haut. Schließlich sagte er widerstrebend: «Sein Name wal Wong T'ien Shui.»

«Mr. Wong, den Sie mir im Zug vorgestellt haben?»

Mr. Sung nickte. Er blickte über die seitliche Reling auf die Riffe, von denen eins den Kiel des Bootes leicht angekratzt hatte. «Im Janual und Feblual ist es unmöglich, hiel zu navigielen», sagte er fröhlich.

Wexford zuckte mit den Schultern. Er ging in den Salon und trank zuerst eine und dann noch eine zweite Tasse grünen Tee. Das aromatische Getränk hatte fast die Wirkung von Alkohol und belebte ihn. Die Reisenden packten ihre Siebensachen zusammen – Tüten, Taschen, Regenmäntel, Regenschirme, Landkarten – und bereiteten sich auf die Landung vor.

«Was zum Teufel hatte Wong überhaupt auf diesem Ausflug zu tun?» erkundigte sich Fanning grollend bei Wexford. «Ich dachte, er sei Student? Ich dachte, er sei an seiner Universität in Tschangscha? Chinesen können nicht einfach im Land umherzigeunern und überall hinfahren. Sie sind nicht frei. Ich wette fünfzig Yuan, daß bald der Teufel los sein wird. Wegen dieser Sache werden ein paar Köpfe rollen. Gott sei Dank fahre ich mit meiner lieben kleinen Bande morgen nach Kanton.»

Sie gingen an Land. Auf einem kleinen Strand saß ein alter Mann mit einem dünnen Bart und einem noch dünneren Schnurrbart. Um den Alten herum spielten drei kleine Kinder im Sand. Außerdem bevölkerten Hunderte von Hennen und Enten und zwei weiße Ziegen den Strand. Der alte Mann betrachtete die Menschen aus dem Westen mit leidenschaftsloser, freundlicher Neugier. Er sagte etwas zu Kapitän Ma und nickte dann.

Das Dorf lag über ihnen auf einer Anhöhe. Es war jetzt die heißeste Zeit des Tages. Noch nie hatte Wexford die Sonne als Feind empfunden, etwas, vor dem man flüchten mußte, vor dem man sich fürchtete. Die Gruppe zog langsam die Straße hinauf, und vor ihnen tanzten Luftspiegelungen im grellen Licht. Der Boden war dick mit rötlichbraunem Staub bedeckt, der unter jedem Schritt hoch aufwirbelte. Staub hüllte alles ein – die Hütten, die den Weg säumten, die Mauern, das Gras, sogar die Arme und Beine der Kinder, von denen jedes an einer Handvoll pappigem Reis kaute und die Besucher anstarrte.

Auf dem Kamm des Hügels bauten ein halbes Dutzend Männer und ein Mädchen einen Wohnblock. Der Geruch von Fluß und Staub wich dem wesentlich angenehmeren von Sandelholz. Im Nebenhaus war ein Laden, in dem außer Fanning und Wexford sofort alle verschwanden. Am Ende des Dorfes stand ein großes Haus mit einem von einer Mauer umgebenen Hof – einst vielleicht sogar das Heim des einheimischen Kriegsherrn. Fanning hockte sich auf der Veranda vor dem Laden in orientalischer Manier auf die Fersen und zündete sich eine Zigarette an.

«Ich will Telefongespläch mit Yangshuo fühlen», erklärte Mr. Sung. «Dann kommt Bus bald.»

«Telefonielen welde ich», korrigierte Mr. T'chung ihn tadelnd und begann ihn in einem arroganten und einschüchternden Singsang zurechtzuweisen, wobei er ihm mit dem Finger vor der Nase herumfuchtelte. Bei der Wahl eines neuen großen Vorsitzenden hätte T'chung Bei ling wahrscheinlich größere Chancen als Sung Lao Zhong, dachte Wexford.

Um sich das Dorf ausgiebig anzusehen, war es zu heiß, trotzdem schlenderte Wexford durch eine oder zwei schmale Gäßchen. Kichernd liefen ein paar Kinder hinter ihm her. Als er zum Laden auf dem Marktplatz zurückkehrte, erblickte er im tiefen Schatten eines überhängenden Daches eine alte Frau. Er blieb stehen und musterte sie – von dem mit Grau durchsetzten schwarzen Haar über das aufgedunsene weiße Gesicht, das Gesicht der Marquise von Tai, bis hinunter zu den winzigen keilförmigen Füßen in den Kinderpantoffeln. Er ging auf sie zu und blieb, ungefähr einen Meter vor ihr, wieder stehen.

«Sie wollen mit mir sprechen?» sagte er ganz besonders deutlich.

Sie antwortete nicht. Er wiederholte seine Frage. Die Frau schien vor Scheu oder vor Angst zusammenzuschrumpfen. Auf der anderen Seite des Platzes rief Mr. T'chung: «Bus ist eingetloffen. Bitte kommen Sie schnell hinuntel zum Bus!»

Als Wexford sich wieder der alten Frau zuwandte, war sie verschwunden. Wohin? Ins Haus? Aber es war doch unmöglich, daß sie sich immer und überall in fremde Wohnungen retten konnte. Er öffnete die Tür und schaute hinein. Es war eine schmutzige, elende Hütte. Auf dem Fußboden saß ein Kind und stopfte sich Reis in den Mund, und in einer Ecke war ein kleines Schwein angepflockt. Keine alte Frau und keine zweite Tür, durch die sie hätte hinausgehen können. Fast hätte er einen Augenblick an das Übersinnliche geglaubt ...

Aufgeregt von ihren Einkäufen erzählend, gingen Fannings Gruppe und die Australier den Hügel hinunter zum Bus. Der ertrunkene Mr. Wong war im Moment vergessen.

Der Bus parkte am Strand, und der Wagen daneben war unverkennbar ein Polizeiauto. Die Polizei war an Bord und sprach mit Kapitän Ma. Ein Beamter ging auf Mr. T'chung zu und stellte ihm eine ganze Reihe von Fragen.

«Die Volkspolizei kommt heute abend in das Hotel», sagte Mr. T'chung.

All das hätte Wexford normalerweise sehr interessiert. Der Grund, warum es ihn gleichgültig ließ, war die alte Frau, die ihm, wie er zufällig gemerkt hatte, in einiger Entfernung den Hügel herunter gefolgt war. Wie Shelleys Reisender hatte er sich ein- oder zweimal umgedreht und hinter sich zwar nicht den Teufel, aber das alte, an seinem Stock dahinhumpelnde Geschöpf gesehen, das für ihn allmählich recht teuflische Züge annahm. Als er jetzt in den Bus einstieg, zwang er sich, sich noch einmal umzudrehen und nach hinten zu schauen. Sie war fort. Es gab keine Möglichkeit für sie zu verschwinden, aber sie war fort. Er sah nur funkelndes blaues Wasser, in dem sich die unbarmherzig grelle Sonne spiegelte.

Für die übrigen Passagiere war die Rückfahrt mit dem Bus nicht minder lohnend als die mit dem Boot, und zwar dank der herrlichen Landschaft, durch die sie kamen – üppig grüne Täler mit jungen Reisfeldern. Wexford dachte über die alte Frau nach, die er jetzt drei-, vielleicht viermal gesehen hatte. War sie ein Wesen aus Fleisch und Blut, das ihm, so unglaublich das scheinen mochte, quer durch China folgte? Oder war sie eine Halluzination, wie sie angeblich Schizophrene hatten?

Er saß neben Tony Purbank, der genauso schweigsam war wie er. Purbank war ebenfalls sehr hellhäutig und daher überempfindlich gegen Sonne. Doch er hatte sein Gesicht nicht so gut geschützt wie Wexford. Darüber hinaus hatte er noch eine große kahle Stelle auf dem Kopf. Kaum saß er in dem mit Klimaanlage ausgestatteten Bus, begannen seine Stirn und sein Kopf wie Feuer zu glühen. Er sprach kein Wort und sah aus, als leide er an einem leichten Hitzschlag. Auch Mr. Sung sagte auf der Rückfahrt kein einziges Wort. Auf den hinteren Sitzen, wo Lois Knox, Bruce und die Knightons saßen, wurde, wie Wexford hörte, ununterbrochen daran herumgerätselt, wieso Mr. Wong über Bord gefallen war.

Wexford erwartete, daß die alte Frau hinter ihm aus dem Bus ausstieg, aber sie war nicht da. Er fühlte eine geradezu lächerliche Erleichterung, ging sofort in sein Zimmer hinauf und brühte sich eine Tasse Tee auf. Er lag auf dem Bett, dachte über die Schizophrenie nach und überlegte, was er tun sollte, wenn die alte Chinesin bei ihm einzog, wenn sie nachts in sein Zimmer kam und sich in das andere Bett legte. Am wahrscheinlichsten war, daß es sie nie gegeben hatte. Er rief sich ihre früheren Begegnungen in Erinnerung. In Tschangscha hatte er das Taptap ihres Stocks gehört – und ihre Stimme, als sie mit ihrer Begleiterin sprach. Und wenn sein Gehirn schon Wahnbilder produzierte, die ihn verfolgen sollten, warum produzierte es dann ausgerechnet sie? Aus welchen Abgründen seiner Erfahrung, unbewußten Prozessen, ja, sogar Träumen beschwor sein Gehirn eine alte Chinesin herauf?

Wie immer fühlte er sich nach dem Tee wohler. Konnte er sich selbst davon überzeugen, daß er in dem Dorf am Fluß eine Fata Morgana gesehen, daß Licht und Hitze ihn genarrt hatten?

«Die Volkspolizei sagt, sie blaucht nicht mit Ihnen splechen», erklärte ihm Mr. Sung, der während des Abendessens an seinen Tisch kam. «Blaucht keinen Toulisten zu beflagen, nul die Schiffsmannschaft.» Er machte eine Pause und wählte seine nächsten Worte sehr sorgfältig. «Man hat gefunden Leiche von Wong T'ien Shui.»

«Armer Kerl», sagte Wexford. «Er kann doch höchstens zwanzig gewesen sein.»

«Ich weiß nicht wie alt», erwiderte Mr. Sung. «Sehl jung noch, ja. Die Leiche ist schlimm zelschnitten und – wie sagen Sie – geschlagen von den Felsen.»

«Zerschlagen?»

«Zelschlagen, ja. Vielen Dank. Viele böse Felsen im Fluß, so daß Kölpel ganz zelschnitten und zelschlagen ist.»

Wie gewöhnlich stand ein Wandschirm zwischen Wexfords Tisch und dem der Reisegruppe. Er hörte von drüben nur allgemeines Stimmengewirr. Das Mädchen kam mit der Teekanne vorbei, und er trank zwei Tassen. Der Tod von Wong T'ien Shui beunruhigte ihn jetzt auf merkwürdige Weise. Es war erst sieben Uhr, und die Sonne ging eben unter. Er verließ das Hotel und schlug den kleinen Dammweg ein, der zu der Insel in der Mitte des Sees führte. Merkwürdigerweise kam er nicht davon los, sich Wong als den kleinen Jungen vorzustellen, der er noch vor nicht allzulanger Zeit gewesen war, in den Kindergarten ging, von seiner Mutter abgeholt wurde, die das Haar zu Zöpfen geflochten trug und ihm in dem dunklen, würzig duftenden Lebensmittelladen einen Krapfen gekauft hatte. Er sah ihn vor sich, wie er einen Drachen fliegen ließ, der die Form eines Schmetterlings oder eines Drachens hatte, und dann zu seinen Großeltern heimlief. Es waren sentimentale Bilder, gewiß, aber es war auch ein sehr junges Leben gewesen, das so jäh beendet worden war.

Es hätte auf der Insel eigentlich sehr hübsch sein müssen, aber dazu war die Luft mit ihrem hohen Feuchtigkeitsgehalt zu schwer und zu stickig. Die wellenförmigen Berge sahen, in Dunst gehüllt, jetzt blau aus, und um ihn herum tummelten sich ganze Schwärme von Moskitos. Nachdem er zum zweitenmal gebissen worden war, kehrte er ins Hotel zurück. Malaria und Denguefieber waren inzwischen vermeidbar geworden, trotzdem konnte ein Arm oder Bein von einem Moskitostich anschwellen wie ein Ballon.

Auf dem Dach gab es keine Moskitos, es war zu hoch. Wexford wußte, daß er wegen seines Blutdrucks und ewig drohendem Übergewicht nicht trinken sollte, aber er mußte irgendwie dafür sorgen, daß er schlafen konnte. Er kaufte sich eine kleinere Flasche Kassia-Zimtwein. Die Baumanns, die Knightons und Gordon Vinald riefen ihn an ihren Tisch, eine Sekunde bevor man ihn an den anderen einlud, der wegen der Purbank-Vinald-Fehde natürlich mehrere Meter entfernt war und an dem Lois Knox, Hilda Avory und Purbank saßen. Von den Australiern, Fanning oder der Freundin von Mrs. Knighton war nichts zu sehen. Lois machte einen schlechtgelaunten und Hilda einen kranken Eindruck, und Wexford war erleichtert, daß er sich an die Devise «Wer zuerst kommt, mahlt zuerst» halten konnte.

Die Leute, zu denen er sich an den Tisch setzte, waren mit der liebsten Freizeitbeschäftigung aller Touristen beschäftigt: sie zeigten sich gegenseitig die Souvenirs, die sie im Lauf des Tages erstanden hatten. Als Gordon Vinald zu sprechen begann, flüsterte Mrs. Baumann Wexford zu, Vinald sei Antiquitätenhändler.

«Jade fühlt sich immer kalt an», sagte er. «Das ist für den Laien eines der zuverlässigsten Erkennungszeichen. Wenn der Gegenstand in einem warmen Zimmer kalt bleibt – oder auch nachdem man ihn längere Zeit an die Haut gehalten hat –, dann ist es durchaus möglich, daß es sich um Jade handelt.»

Er erzählte ihnen von Betrügereien, die mit Jade verübt wurden. Wie skrupellose Händler in Hongkong ein einziges echtes Stück Jade unter fünf Gegenstände aus Plastik, ein einziges echtes Stück Elfenbein unter fünf Gegenstände aus Plastik stellten. In China sei man vor Betrug ziemlich sicher. Die Chinesen hatten entweder zu hohe Prinzipien, um zu betrügen, oder waren zu naiv, um zu wissen, wie sie es anstellen sollten. Doch falls die Jade, die sie verkauften, nach China importiert worden war, waren sie vielleicht selbst betrogen worden. Wexford dachte an die kleinen Stücke, die er für Dora, Denise und für seine Töchter gekauft hatte. Waren sie kalt, wenn man sie anfaßte? Er wußte es nicht mehr. Er wandte sich mit einer Frage an Vinald.

«Sie haben doch das Zimmer neben mir, nicht wahr?» sagte Vinald. «Zweifellos wird man uns wie üblich mit den Hühnern ins Bett schicken. Warum kommen Sie nicht gegen halb zehn auf einen Sprung zu mir und zeigen mir die Sachen?»

Margery Baumann lachte. Sie nahm ein in Seidenpapier eingeschlagenes Päckchen aus der Tasche, und als sie es aufmachte, fiel ein halbes Dutzend kleine Tassen, Medaillons, ein Ring und ein Anhänger in Form einer Schildkröte heraus. Sie steckte sich den Ring an den Finger. Vinald prüfte jedes einzelne Stück und erklärte, alle seien echt. Eines davon in der Farbe sogar der kaiserlichen Jade sehr ähnlich, die bei den Herrschern so beliebt gewesen war. Dann nahm er plötzlich Margerys Hand, als seien sie allein, und legte sie an seine Wange. Ganz unverkennbar wollte er sich von der Echtheit des Ringes überzeugen, doch die Geste glich viel eher der eines Liebenden. Wexford sah Mrs. Baumann vergnügt lächeln, und Margery wurde rot.

Vinald ließ ihre Hand los. «Das ist ein echter Nephrit», sagte er.

«Du hast hervorragend eingekauft, Margery. Wenn du nicht Ärztin wärst, würde ich behaupten, du hast ein Flair für mein Geschäft.»

Sie sagte nichts, lachte nur wieder. Und doch hätte diese Bemerkung, in diesem Ton gesagt und nach einer solchen Geste, zu einem Heiratsantrag führen können. Ich wäre nicht überrascht, wenn die beiden morgen der Gruppe erklärten, sie hätten sich verlobt, dachte Wexford.

Er bot den anderen seinen Wein an. Die Biertrinker lehnten ab, aber Mrs. Baumann und Mrs. Knighton nahmen je ein Glas. Auf diese Weise würde seine Flasche nicht lange reichen. Er stand auf und ging an die Bar, um eine zweite zu holen. Vom Plattenspieler klang feierlich und getragen «Stille Nacht» herüber.

An der Bar stand, zusammen mit einer älteren Frau, das schönste Mädchen, das er gesehen hatte, seit er nach China gekommen war.

Das schönste Mädchen weißer Rasse natürlich. Chinesischen Schönheiten war er zu Dutzenden begegnet, doch er hatte den Eindruck gewonnen, daß Frauen, die so aussahen wie seine Tochter Sheila oder seine Nichte Denise, nicht daran interessiert waren, die Volksrepublik China zu besuchen.

Dieses Mädchen jedoch hätte auch im elegantesten Milieu die Blicke auf sich gezogen. Sie und die ältere Frau standen mit den drei australischen Geschäftsleuten am Tresen und unterhielten sich über das Thema, das an diesem Abend das ganze Hotel und vermutlich sogar die ganze Stadt Kweilin beschäftigte – dem Ertrinkungstod von Wong T'ien Shui. Wexford hörte das Mädchen sagen: «Mit diesem Boot ist immer irgend etwas los. Wenn ich an so etwas glaubte, würde ich sagen, es hat einen bösen Hausgötzen. Vielleicht haben sie es auf einer Werft gebaut, unter der ein Drachenauge war oder so.»

Sie lachte, und die Australier brüllten geradezu vor Lachen. Sie hat einen neuseeländischen Akzent, dachte Wexford.

«Willst du noch ein Glas chinesischen Rotwein, Pandora?» wandte sich die ältere Frau – ihre Mutter? – jetzt an sie. «Oder japanischen Whisky?»

Pandora überlegte. Sie war groß, ungewöhnlich schlank. Ihr Haar war so schwarz wie Lois Knox' rabenfarbene Tönung, aber bei Pandora war die Farbe natürlich Natur. Ihre schimmernde weiße Haut zeigte keine Spur von Make-up bis auf den smaragdgrünen Lidstrich. Sie hatte hellgrüne Augen und dichte rußschwarze Wimpern. Sie trug ein leuchtend grünes Kleid mit einem breiten schwarz-roten Gürtel und rote Sandalen. Nachdem sie sich für Whisky entschieden hatte, wandte sie sich ab und ging auf das Dach hinaus. Bruce griff nach einem Tablett und stellte Flaschen und Gläser darauf.

Wexford kaufte den Wein und kehrte zu seinem Tisch zurück. Einen Augenblick glaubte er die alte Frau mit den gebundenen Füßen an der Brüstung stehen zu sehen, aber als er zum zweitenmal hinsah, war es nur ein chinesischer Junge mit Feuerwerkskörpern in der Hand. An seinem Tisch diskutierte man noch immer über Wongs Tod. Dr. Baumann sagte, er verstehe nicht, wie man ertrinken könne, wenn so viele Unterwasserriffe da seien.

«Es hätte ihm doch möglich sein müssen, irgendwo Fuß zu fassen, sich festzuhalten...»

Mrs. Knighton meinte, wie dem auch sei, der Unglücksfall habe ihnen einen vielversprechenden Tag verdorben. Wexfords Aufmerksamkeit galt im Augenblick jedoch nicht dem Thema Wong, sondern Lois Knox, die Bruce mit einer Frau und zwei anderen Männern auf das Dach kommen und an dem Tisch Platz nehmen sah, an dem Pandora saß. Lois sprang auf, murmelte etwas und ging hastig zur Treppe. Purbank sagte leise etwas zu Hilda Avory, doch ihre Antwort kam sehr laut und war weithin zu hören.

«Natürlich macht es sie unglücklich. Was erwartet sie denn, wenn sie sich in ihrem Alter so aufführt?»

Knighton starrte vor sich hin. Er hatte sich an der allgemeinen Unterhaltung kaum beteiligt und zog sich jetzt völlig in sich selbst zurück. In seinen Augen war ein Ausdruck, als habe er eine transzendentale Vision oder habe eben einen Geist gesehen. Plötzlich wandte er ruckartig den Kopf zur Seite, und Wexford stellte fest, daß sein Gesicht geradezu verklärt schien. Wieso eigentlich?

Seine Frau zeigte Mrs. Baumann Familienfotos. «Wir haben vier Kinder, drei Söhne und eine Tochter, und vier geradezu anbetungswürdige Enkelchen. Ein fünftes ist unterwegs.»

Mrs. Baumann wollte eben die Antwort geben, die von ihr erwartet wurde, als Knighton zu sprechen begann. Er warf einen Blick auf die Landschaft, schaute zu den Sternen hinauf und sagte:

«An Bord ging ich, in die Ferne stand mein Sinn,
da hört ich vom Ufer her deinen Gesang,
und mit dem Fuß schlugst du den Takt dazu.
Unendlich tief ist der Teich der Pfirsichblüten,
doch tiefer noch war deine Liebe
in deinem Abschiedsgruß an mich.»

Die Baumanns machten schrecklich verlegene Gesichter. Vinald lächelte ausgesprochen einfältig. Mrs. Knighton sah ihre Freundin an, die Freundin erwiderte den Blick, und Mrs. Knighton verdrehte ganz leicht die Augen nach oben.

«Ein Werk von Li Po», sagte Knighton mit seiner kühlen und trockenen Alltagsstimme. «Er war der berühmteste chinesische Dichter des 18. Jahrhunderts.»

«Ich weiß nicht, wozu du Lust hast, Irene», sagte Mrs. Knighton, «aber ich glaube, ich gehe jetzt in mein Zimmer hinauf.»

«Hinunter», sagte die Freundin.

«Ich meine hinunter. Komm nicht zu spät», wandte sie sich an ihren Mann. «Du hast einen langen Tag hinter dir.» Sie setzte ein breites Lächeln auf, wie jemand, der ein Gesichtsmuskeltraining betreibt, und sagte energisch: «Gute Nacht, alle miteinander.»

Knighton stand mit der Miene eines Mannes auf, der einer höchst lästigen veralteten gesellschaftlichen Regel folgt. Aber als die beiden Frauen gegangen waren und die beiden älteren Baumanns ihre Siebensachen zusammenpackten und ebenfalls aufbrachen, setzte er sich nicht wieder hin, sondern schlenderte zum dunklen Teil des Daches hinüber, lehnte sich an die Brüstung und betrachtete die mondhelle Landschaft.

Wexford blieb als einziger zurück. Da er aber keine Lust hatte, für das Liebespaar den «Anstandswauwau» zu spielen, sagte er gute Nacht, ging in sein Zimmer hinunter und machte sich eine Tasse Tee. Die alte Frau mit den gebundenen Füßen war dorthin verschwunden, wohin Gespenster sich eben zurückziehen, wenn sie dienstfrei haben. Er machte es sich mit einem Buch von Edgar Allan Poe bequem und wartete darauf, daß er im Flur Vinalds Schritte hörte – falls er ihre Verabredung nicht vergessen hatte und man seine Schritte nur einen Stock tiefer hören konnte, wo Margerys Zimmer lag.

Doch schon nach einer knappen halben Stunde knipste Vinald in seinem Zimmer das Licht an. Das Klicken des Schalters war deutlich zu vernehmen. Wexford nahm seine Jadestücke und klopfte an die Tür des Antiquitätenhändlers.

6

Die Schätze, die über das ganze nüchterne chinesische Hotelzimmer verteilt worden waren, hatten es so verwandelt, daß es jetzt wie eine Ecke eines Museums in der Verbotenen Stadt aussah. Da gab es

Schüsseln aus der «gelben Familie», einer chinesischen Porzellangruppe aus der K'ang-Hsi-Periode, blauweiße Stücke, eine herrliche, hohe, perlfarbene Vase, bemalt mit Vögeln und einem Pfirsichbaum mit reifen Früchten, Lacktabletts, Kistchen mit Eßstäbchen aus Jade, Karneol und Speckstein, drei oder vier einfache, helle Gefäße von erlesener Form, zwei Deckelvasen aus geschnitzter Jade, und überall verstreut lagen noch kleine Gegenstände aus geschnitzter Jade herum, Schnupftabakdosen, Siegel und Parfumfläschchen aus Metall.

«Ich muß sagen, daß mir die großen, prächtigen Sachen am besten gefallen», erklärte Wexford. «Macht mich das zu einem unwissenden, unkritischen Banausen?»

Vinald lachte. «Nicht unbedingt. Diese Vase ist ein herrliches Stück. Daß ich sie gefunden habe, war ein unglaublicher Glücksfall. Es gibt ein Paar, das genauso aussieht und für die Kaiserinwitwe gearbeitet wurde.»

«Dann ist sie noch gar nicht so alt?» Soviel wußte Wexford immerhin.

«Nicht ganz hundert Jahre.» Vinald gab ihm seine Einkäufe zurück. «Ihre Jade ist in Ordnung. Offen gesagt wäre ich sehr überrascht, wenn sie es nicht wäre. Darf ich Ihnen eine Tasse Tee anbieten?» Nachdem er den Tee eingeschenkt hatte, begann er das Zimmer aufzuräumen. «Wir müssen morgen schon wieder weiter. Es wird eine richtige Reise mit der Kirche ums Kreuz, da es keine direkte Route von Kweilin nach Kanton gibt.» Er packte Gegenstände vom Schreibtisch in einen Handkoffer – einen Kugelschreiber, ein Stück rotes Siegelwachs, ein Notizbuch, das Hotelbriefpapier von der Schreibunterlage. Wexford war belustigt. Wie gern Menschen sich etwas aneigneten, für das sie nichts bezahlen mußten, sogar die wohlhabendsten. Da klaute doch dieser offensichtlich reiche Mann drei Bogen Briefpapier, obwohl er vermutlich, ohne mit der Wimper zu zucken, den gesamten in Kweilin vorhandenen Bestand an Schreibpapier hätte aufkaufen und kostenlos zurückgeben können, ohne den Verlust besonders zu spüren.

Vinald trank einen Schluck Tee. «Ich bin eigentlich nicht nach China gekommen, um Antiquitäten zu kaufen», sagte er. «Ich brauchte nur einen Urlaub – hatte ihn so nötig wie das tägliche Brot. Aber als ich herkam, hatte ich praktisch nur noch den Wunsch, Antiquitäten zu kaufen. Ich weiß, daß China über riesige versteckte Vorräte verfügt.»

Wexford zog fragend die Brauen hoch.

«O ja. Sie können sich bestimmt vorstellen, was in der Zeit geklaut wurde, die man hier die ‹Befreiung› nennt, oder? Von der Kulturrevolution ganz zu schweigen. Sie behaupten zwar, es sei alles durch die Hände der Regierung gegangen, aber die Wahrheit ist, daß sie's den rechtmäßigen Besitzern geklaut und sie außerdem ermordet haben, damit die Wahrheit nicht herauskam.»

«Die Wahrheit über China wird man nie erfahren», sagte Wexford. «Und das ist nicht neu, das war immer so.»

Vinald überging die Bemerkung mit einer Geste leichter Ungeduld. «Ich kann Ihnen eines sagen – wenn China alles auf die Welt losließe, was es noch an Antiquitäten besitzt, würden die Preise auf unserem Markt ins Bodenlose fallen.»

«Was Ihnen kaum passen würde, wie ich vermute.»

«Da haben Sie recht. Ich habe mir selbst zu einigen von niemand beachteten Kleinigkeiten verholfen.» Vinald holte Seidenpapier aus einer Schublade und begann die Gegenstände einzuschlagen, packte sie in Schachteln, von denen einige sogar mit Holzwolle gepolstert waren. «Sagen Sie mir», fuhr er plötzlich beinahe schroff fort, «finden Sie, daß es ein Unrecht ist, etwas für fünfzig Yuan – sagen wir fünfzehn Pfund – zu kaufen, obwohl Sie genau wissen, daß es mindestens 500 Pfund wert ist?»

«Wenn Sie mit ‹Unrecht› illegal meinen, kann ich nur sagen, daß es auf der ganzen Welt wohl keinen Ort gibt, wo das verboten und daher illegal wäre. Es ist moralisch natürlich nicht einwandfrei, man könnte sagen, daß naive Menschen auf diese Weise arglistig getäuscht werden. Warum? Haben Sie das oft gemacht?»

«Ein paarmal», antwortete Vinald. «Sie sind so unwissend, daß sie kaum einmal ahnen, was sie anbieten. Es mag an manchen Orten unethisch sein, hier trifft das meiner Meinung nach nicht zu. Es wäre geradezu lächerlich, sich einzubilden, unsereins könne die chinesische Regierung auf unfaire Weise übervorteilen, oder? Es ist ja nicht so, als versuche ein einzelner Mensch sich damit seinen Lebensunterhalt zu verdienen.»

«Und wie, wenn eine ganze Nation versuchte, sich ihren Lebensunterhalt zu verdienen?» Vinald sah Wexford verständnislos an, der das Thema daher fallen ließ und hinzufügte: «Ich beneide Sie nicht darum, daß Sie das ganze Zeug nach Hause schleppen müssen.»

«Das meiste hat in meinem Koffer Platz.» Vinald verpackte die blauweißen Schüsseln, eine Ikone, eine leuchtend weiße Schale. «Ich habe nur ein Minimum an Kleidung mitgenommen, weil ich wußte, daß der Koffer hier voll werden würde.»

«Befürchten Sie keine Schwierigkeiten mit dem Zoll?»

«Ich werde alles ganz ehrlich deklarieren. Solange Sie nichts aus

China ausführen wollen, das älter ist als 120 Jahre, ist alles in Ordnung.»

Wexford bedankte sich für das Gutachten und den Tee und verließ ihn, als er eben eine blau, rot und goldene Ikone einpackte. In seinem Zimmer stand in der Ecke neben der Klimaanlage die alte Frau mit den gebundenen Füßen. Als er sie anstarrte, verwandelte sie sich in den hölzernen Kleiderständer, über den er sein Jackett gehängt hatte.

Ihr Schatten flitzte über die Fensterjalousie. Er wußte jetzt, daß sie kein Mensch aus Fleisch und Blut war und er sie sich nur einbildete, weil mit seinen Augen oder mit seinem Geist etwas passiert war. In dem Buch mit den übersinnlichen Geschichten, das er gerade las, war eine von Somerset Maugham mit dem Titel *‹Das Ende der Flucht›*. Sie handelte von einem Mann, der im Fernen Osten einen moslemischen Indonesier aus dem nördlichen Sumatra irgendwie beleidigt hatte, und hinterher, gleichgültig wohin er floh, von diesem Indonesier oder seinem Geist oder Gespenst verfolgt wurde. Aber er, Wexford, hatte nie eine alte Chinesin beleidigt.

Das Zimmer war wieder leer, von ihr keine Spur mehr. Die Klimaanlage machte es fast zu kühl. Er ging ins Bett und zog sich die Steppdecke über den Kopf. Da er nicht schlafen konnte, stand er mitten in der Nacht auf und kochte Tee. Von der alten Frau war nichts zu sehen, aber er konnte trotzdem nicht schlafen. Und als gegen vier Uhr morgens das Summen der Klimaanlage von einem Prasseln und Rauschen übertönt wurde, war es mit der Nachtruhe ganz vorbei. Es regnete.

Als es allmählich hell wurde, stieg er aus dem Bett und schaute in den Regen. Er sah, daß ganze Fluten an die Fenster trommelten, aber das war auch alles. Der See, die Dächer der Stadt, die Berge, alles war in einem dichten Nebel versunken.

Es war geradezu lächerlich, sich ins Freie zu wagen, wenn man nicht unbedingt mußte. Fannings Gruppe mußte. Sie brach zur Weiterfahrt nach Kanton auf, das in Luftlinie etwa 200 Meilen entfernt war. Mit dem Zug brauchte man jedoch gut zwei Tage. Das große Gepäck war schon in der Hotelhalle aufgestapelt. In Gruppen zu zweien und zu dreien kamen sie mit dem Lift herunter, um auf Mr. T'chung und den Bus zu warten.

Wexford saß in einem Rattansessel und las Maughams Geschichte vom Geist des Indonesiers. Die Knightons kamen als erste. Sie waren in Begleitung ihrer Freundin, die wieder den blauen Anzug trug, der alten Frau mit den gebundenen Füßen aber überhaupt nicht ähnlich sah. Der Bus war draußen vorgefahren. Lois Knox verließ den Lift und hinter ihr Hilda Avory.

«Ich nehme an, wir müssen Lebwohl sagen», erklärte Lois mit einem so bedeutungsvollen Blick, als sei es zwischen Wexford und ihr zu einer sehr intimen Beziehung gekommen.

Wexford gab ihr, Hilda und schließlich Vinald die Hand. «Gute Reise», sagte er.

«Und Sie», sagte Vinald, «fliegen mit einer kleinen, hübschen Fokker Friendship weiter, nicht wahr? Das Glück müßten wir haben!»

Die Baumanns und Margery winkten ihm zu. Fanning stieg mit Mr. T'chung aus dem Lift. «Nun denn», flüsterte Fanning Wexford zu, «so helfe mir Gott! Aber eins weiß ich schon jetzt: ich fahre, wenn ich diesmal heil nach Hause komme, in Zukunft höchstens auf die Insel Wright und keinen Meter weiter.»

Unter den Schirmen, die ihre Reiseführer aufhielten, gingen sie zum Bus. Im letzten Moment schlossen sich ihnen noch die beiden Frauen aus Neuseeland an. Die schöne Pandora trug eine enge gelbe Hose und ein gelbes T-Shirt, und Wexford merkte, daß Lois ihr einen giftigen Blick zuwarf.

Der Regen verschluckte den Bus, als er, nach allen Seiten hohe Wasserfontänen versprühend, zum Bahnhof abfuhr. Wexford trank Tee, versuchte zu schlafen, las eine Geschichte von M. R. James über einen Mann, der vom Geist eines schwedischen Adligen verfolgt wurde, den er unabsichtlich aus seiner Gruft befreit hatte. Er las sie nicht zu Ende. Er hatte die alte Frau mit den gebundenen Füßen durch die Halle humpeln sehen, nachdem der Bus abgefahren war, und jetzt sah er sie die meiste Zeit am äußersten Rand seines Augenwinkels. Wenn er direkt hinschaute, verschwand sie, und wenn er sich abwandte, fühlte er unklar, daß sie gewissermaßen in den Kulissen seines Gesichtskreises war.

Es war sinnlos, sich deshalb Sorgen zu machen. Sobald er nach Hause kam, wollte er zu Dr. Crocker gehen, der ihn an einen Augenarzt, einen Facharzt für Allergien oder vielleicht auch an einen Psychiater überweisen mußte. Anstatt sich zu sorgen – oder vielmehr anstatt sich mehr zu sorgen, als unvermeidlich war –, begann er sich zu fragen, ob er vielleicht die örtliche Polizei aufsuchen sollte. Schließlich war er ursprünglich nach China gekommen, weil er Polizist und vom Ministerium des Innern ausdrücklich eingeladen worden war. Da er zur Zeit von Wongs tödlichem Unfall auf dem Boot gewesen war, sollte er die chinesischen Kollegen vielleicht davon unterrichten. Ziemlich niedergeschlagen überlegte er sich die Sache genauer. Er konnte nicht Chinesisch, und sie konnten wahrscheinlich kein Wort Englisch. Sollte er Mr. Sung als Dolmetscher hinzuziehen? Doch wie könnte er den Kollegen von Nutzen sein? Er hatte geschlafen, als der Unfall passierte.

Nein, er wollte nicht hingehen. Es würde so aussehen, als sei er ein Wichtigtuer, als wolle er überheblich auf seine größere Erfahrung pochen – auf die seine und die der Nation, der er angehörte. Außerdem konnte er nichts tun, ihnen nichts sagen und ihnen bestenfalls enthüllen, daß er auf dem ganzen Boot der unbrauchbarste Zeuge gewesen war.

Es regnete den ganzen Tag. Doch 24 Stunden später, als er schon glaubte, sein Flug werde wegen des schlechten Wetters abgesagt, klarte der Himmel auf, die Sonne kam wieder heraus, und die Berge hoben sich so scharf vom durchsichtigen Blau des Himmels ab, daß man jeden einzelnen Baum sehen konnte. Mr. Sung begleitete ihn im Taxi zum Flughafen.

«Ich möchte nul sagen», erklärte Mr. Sung feierlich, «daß es sehl gloße Fleude für mich wal, Ihl Fühlel zu sein. Ich wünsche Ihnen eine gute Leise und einen angenehmen Aufenthalt in Guangzhou.»

So, das wußte Wexford, nannten die Chinesen Kanton, oder – um es korrekter auszudrücken – die europäischen Kaufleute hatten den Namen der Stadt gewissermaßen zu Kanton verstümmelt, weil sie Guangzhou nicht aussprechen konnten.

«Übelmitteln Sie bitte Fleunden und Velwandten im Veleinigten Königleich meine besten Wünsche, und sagen Sie ihnen, daß sie in China willkommen sind. Fleunde sind in China immel willkommen.»

Das Flugzeug hatte keine Klimaanlage. Sobald sie abgehoben hatten, strömte Dampf in die Kabine, die keine Druckausgleichsanlage hatte, und die Passagiere fächelten sich mit bemalten Fächern, auf denen die Berge von Kweilin dargestellt waren. Wexford war der einzige Europäer an Bord. Er wußte, daß die Stewardess, die im Mittelgang mit einem Tablett hin und her ging und die Fächer und Süßigkeiten verteilte, nicht älter war als Anfang Zwanzig, doch für einen Augenblick hatte er sie als alte Frau mit gebundenen Füßen gesehen. Würde er ihr auch in Kanton begegnen? In Hongkong? Würde sie ihn nach England verfolgen – wie jener Indonesier den Mann aus Maughams Geschichte?

In Kanton wurde er von seinem neuen Führer Lo Nan Chiao erwartet. Mr. Lo schüttelte ihm die Hand, hieß ihn in Kwangchow willkommen und sagte, wenn es ihm recht sei, könnten sie sofort das Mausoleum der 72 Märtyrer besichtigen. Sein Gepäck werde inzwischen ins Hotel gebracht.

Die alte Frau mit den gebundenen Füßen wartete dort auf ihn. Er machte die Augen zu und öffnete sie wieder, und die Alte hatte sich in den uniformierten Angestellten zurückverwandelt, der die Karten abriß. Später tauchte sie aber unter dem Portal der Gedenkhalle für den großen Sun Yat-sen wieder auf und kam ihm auf der Brücke entgegen, die von der Insel Sha Mian auf das Festland führte. Fast war er schon überzeugt, daß er wahnsinnig war, aber Mr. Lo ging auf sie zu, unterhielt sich mit ihr und sagte hinterher zu Wexford, das sei eine Bekannte seiner Mutter gewesen.

Wexford schwitzte. Sie war nicht immer eine Bekannte von Mr. Los Mutter. Es war hier noch heißer als in Kweilin und die Luftfeuchtigkeit unerträglich. Als er sich Tee machen wollte, stellte er fest, daß das Wasser in der Thermosflasche nur lauwarm war, doch obwohl er wiederholt darum ersuchte, bekam er kein kochendes Wasser. Zum Dinner wurde jedoch ein neues *laoshan* serviert, das kälteste und beste Mineralwasser, das er bisher getrunken hatte. Zum größten Erstaunen der Kellnerin kaufte er ein Dutzend Flaschen. Wahrscheinlich mußte sie für das, was das Mineralwassser kostete, eine ganze Woche arbeiten und sah in einer solchen Ausgabe eine unvorstellbare Extravaganz. Das Essen war auch sehr gut und der Kaffee trinkbar.

Er döste in seinem Zimmer ein, und diesmal konnte das, was er erlebte, auch ein Traum gewesen sein und keine Halluzination. Er erfuhr es nie. Aber er hielt sich streng an die Tradition der Gespenstergeschichten. Er warf etwas. In beinahe allen Hotelzimmern der Welt hätte auf dem Nachttisch irgendein heiliges Buch gelegen, die Bibel, der Koran oder eine Sammlung des hinduistischen Weda. Hier mußte er sich mit seinem Exemplar der *‹Meisterwerke des Übersinnlichen›* begnügen. Die alte Frau verschwand. Wexford war überzeugt, er werde nicht schlafen können und machte sich auf eine weitere durchwachte Nacht gefaßt. Wider Erwarten schlief er jedoch tief und traumlos und erwachte erst, als um sechs Uhr morgens das Telefon klingelte.

«Guten Morgen», sagte eine Zwitscherstimme mit kantonesischem Tonfall. «Es ist Zeit, aufzustehen.»

Wexford fühlte sich viel besser. Die Sonne schien auf die grün bewaldeten Berge, die er von seinem Fenster aus sah. Frühstück und dann Aufbruch in die Porzellanfabrik. Laut Mr. Lo, der ihn natürlich begleitete, stammte das gesamte große, antike chinesische

Porzellan aus der Fabrik in Fushan und war von dort nach Europa exportiert worden. Gewiß war dort auch die Pfirsichblütenvase geformt, bemalt und glasiert worden, die Gordon Vinald erworben hatte.

Erst als er wieder zurück war und im Hotel *Bai Yun* beim Abendessen saß, fiel ihm ein, daß sich die alte Frau nicht mehr gezeigt hatte, seit sie in der Fabrik hinter einer Gruppe von Mädchen verschwunden war, welche Porzellanfigurinen modellierten. Sie tauchte an diesem Abend nicht in seinem Zimmer auf, behelligte ihn am nächsten Tag nicht im Tung-shang-Park und verdarb ihm nicht die Freude an der Schönheit des Orchideengartens.

Mr. Lo brachte Wexfords Ausreisevisum und das Lunchpaket für die Zugreise nach Kaulun. Sie fuhren zum Bahnhof, und die alte Frau war nicht da. Sie erwartete ihn auch nicht in seinem Abteil. Die Bezüge der Sitzbänke waren aus dunklem Baumwollstoff und hatten gefältelte Volants. Vor den Fenstern hingen Netzvorhänge und hellblaue Stores. Es gab einen batteriebetriebenen Fernseher, und auf dem Bildschirm erschien hin und wieder eine Ansagerin und dann wiederum Akrobaten, die durcheinanderwirbelten, als gälten die Gesetze der Schwerkraft nicht für sie.

Wexford konnte noch nicht glauben, daß die alte Frau verschwunden war und versuchte immer wieder, doch noch einen Blick auf sie zu erhaschen, indem er ganz schnell die Augen nach außen drehte. Aber damit handelte er sich nur furchtbare Kopfschmerzen ein. Die alte Frau sah er nicht mehr.

Er verließ China. Ruhig, ohne jeden Aufenthalt und ganz ohne Kontrollen passierte der Zug die Grenze und fuhr bei Sumchun in das Neue Territorium von Hongkong ein. Inzwischen war Wexford absolut sicher, daß er die alte Frau mit den gebundenen Füßen nie wiedersehen würde. Geist oder Halluzination – aus irgendeinem Grund war sie in Shaoshan zu ihm gekommen und hatte ihn – für ihn ebenso unerklärlich – in Kanton wieder verlassen. Er war müde, zitterte fast vor Erleichterung. Der Zug, in dem es kühl und luftig war, raste der Kronkolonie entgegen, zurück zu Luxus, Alltäglichkeit, einem «zu hohen» Lebensstandard, weichen Betten, Kapitalismus.

Dora erwartete ihn auf dem Bahnsteig des Kaulun-Bahnhofs. Sie hatte ihren Mann vermißt und vermutete, daß sie ihm ebenfalls gefehlt hatte. Aber schließlich waren sie schon mehr als 30 Jahre verheiratet, und deshalb war sie über die Heftigkeit seiner Umarmung doch ein wenig erstaunt.

Teil 2

7

Thatto Hall Farm steht ungefähr eine Meile außerhalb der kleinen Stadt Sewingbury in einer lieblichen Hügellandschaft. Die Hall selbst wurde schon vor vielen Jahren abgerissen, und das kleinere Haus, das 1965 von einem Londoner Ehepaar gekauft und zu einem Zweitwohnsitz umgebaut worden war, ist jetzt das einzig bewohnte in Thatto Vale. Das zunächstliegende Dorf ist Pauncely, eine Ansammlung kleiner Häuser und ein kleiner Meierhof, mit Sewingbury durch eine Landstraße zweiter Ordnung verbunden und einem Netz schmaler Fußwege, die nahe am Farmhaus vorüberführen.

Es ist ein langes, niedriges Ziegelgebäude, ungefähr hundertsechzig Jahre alt, und besteht aus sechs Zimmern, zwei Badezimmern, einem kleinen Wirtschaftsraum und einer Küche. Der Garten ist sehr liebevoll angelegt und das Haus gepflegt und fast luxuriös zu nennen. Im Oktober färbt sich der wilde Wein, der die halbe Fassade bedeckt, leuchtend rot, und in den runden Blumenbeeten inmitten der beiden Rasenflächen des Vorgartens blühen Heidekraut-Astern in den Farben Purpur, Rosa und Blau.

An einem Morgen im Oktober kam Mrs. Renie Thompson, die Aufwartefrau, um neun Uhr in Thatto Hall Farm an und fand ihre Arbeitgeberin tot auf dem Fußboden des Eßzimmers auf.

Wexford trat seinen Dienst eine halbe Stunde später an, und das war das erste, das man ihm berichtete. Name und Adresse kamen ihm bekannt vor.

«Wer ist die Tote?» fragte er Sergeant Martin.

«Eine Mrs. Knighton, Sir. Eine Mrs. Adela Knighton. Die Frau, die sie gefunden hat, sagt, sie sei erschossen worden.»

«Und Inspector Burden ist hingefahren und hat den Doktor und Murdoch mitgenommen, nicht wahr? Tja, dann müssen wir wohl hinterherfahren.»

Es war ein schöner Sommertag, leichter Morgendunst lag noch über der Landschaft. Noch fiel das Laub nicht von den Bäumen. Wo der Fußweg kurz vor dem Farmhaus in die Straße mündete, kletterte ein Mann über den Zauntritt. In der Hand trug er eine Jagdflinte und zwei tote Kaninchen über der Schulter. In einen goldenen Dunstschleier gehüllt lag Thatto Hall Farm vor ihnen. Rote und gelbe Flecke, bunt durcheinandergewürfelt auf dem gepflegten Rasen, stellten sich als Fallobst von mehreren Holzapfelbäumen heraus. Die Tür stand sperrangelweit offen, und Wexford ging ins Haus. Murdoch, der Beamte, der die Ermittlungen am Tatort leitete, war mit Dr. Crocker und der Leiche im Eßzimmer. Der Fingerabdruckspezialist Naughton war in der Halle beschäftigt. Am Küchentisch, Inspector Burden gegenüber, saß Renie Thompson und trank starken, heißen Tee. Sie war ungefähr so alt wie ihre Arbeitgeberin gewesen war, Mitte der Sechzig, schätzte Wexford, eine große, hagere Frau, die das braun getönte Haar in einem Netz und über Rock und Pullover eine malvenfarbene Kittelschürze trug.

«Wo ist Mr. Knighton?» fragte Wexford.

«Fragen Sie mich nicht.» Trotz des Schocks, den sie erlitten hatte, war Mrs. Thompson aufmüpfig und grob. «Ich komme jeweils montags, mittwochs und freitags Punkt neun, und seit ich ihn kenne, ist er heute zum erstenmal nicht hier. Ich war oben und habe nachgesehen. Ich meine, er hätte schließlich tot dort oben liegen können, was weiß denn ich. Sie haben zwei Einzelbetten, aber das seine ist unberührt. Das war noch nie der Fall, nicht seit ich hier arbeite, und das tu ich schon eine Ewigkeit.»

Wexford ging in den ersten Stock hinauf. Die Treppe war polierte Eiche, ohne Teppich, die Schlafzimmer hatten Teppichboden, und in der geräumigen Diele lagen blaue und silbergraue Brücken. Das Schlafzimmer der Knightons mit dem gemachten und dem ungemachten Bett war in verschiedenen Schattierungen von Rosa gehalten, von den drei anderen eines in Blau, eines in Grün und das dritte in Gold. Viktorianische Möbel, Chintzvorhänge, Aquarelle von Arthur Rackham in schmalen silbernen Rahmen, auf einer Konsole ein Strauß bunter Strohblumen in einer kostbaren Schale und in allen anderen Zimmern je ein Krug mit wohlriechenden Kräutern. Alles sehr gepflegt und geschmackvoll. Wexford schaute in alle Schränke und sogar unter die Betten. Er ging hinunter und warf einen Blick in das große, im selben konventionellen Stil eingerichtete Wohnzimmer. Nachdem er sich die Bäder angesehen hatte, ging er in den Wirtschaftsraum und stellte fest, daß im Fenster eine Scheibe fehlte. Knighton war weder tot noch lebendig im Haus.

Dr. Crocker kam aus dem Eßzimmer und sagte: «Der alte Tremlett ist unterwegs. Ich habe ihn zum Glück noch erreicht, ehe er ins Krankenhaus fuhr.»

«Stimmt es, daß sie erschossen wurde?»

«Durch den Hinterkopf. Der Mörder muß ihr die Mündung der Waffe aufgesetzt haben. Ihr ganzes Hinterhaupthaar ist versengt.»

«Er hat sie durch den Hinterkopf erschossen? Hat die Waffe auf dem Hinterkopf aufgesetzt und abgedrückt? Da muß man doch stutzig werden. Was denken Sie, Sergeant? Sie hörte ein Geräusch, kam herunter, um nachzusehen, er schlich sich hinter sie und schoß?»

«Vielleicht hörte sie Glas splittern, Sir. Dort drin fehlt ein Stück von der Scheibe.»

«Ja, aber es wurde herausgeschnitten. Sie können sich mit Mrs. Thompson zusammentun und feststellen, was für Wertgegenstände sie haben und im Haus aufbewahren.»

Wexford kniete nieder und betrachtete die Leiche. Sie war kalt und ließ sich nur schwer bewegen, die Leichenstarre hatte schon eingesetzt. In China war ihm Adela Knighton nicht besonders sympathisch gewesen, doch jetzt überwog das Mitleid in ihm. Sie bot einen traurigen Anblick, und es war keine Würde in ihrem Tod. Sie war eine unscheinbare, untersetzte, ziemlich aggressive und sehr nüchterne Person gewesen. Jetzt, im Tod, war sie nur noch ein armseliges Häufchen, und ihr Gesicht wirkte, als sei es aus halb geschmolzenem Wachs. Das krause, semmelblonde Haar war im Nacken und um das häßliche rote Loch, das die Kugel hinterlassen hatte, schwarz verbrannt. Sie trug ein teuer aussehendes Nachthemd aus einem dicken, glänzenden, pfirsichfarbenen Seidenstoff mit Spitzeneinsätzen und darüber einen Morgenmantel aus dunkelblauem Samt. An den Füßen hatte sie gesteppte schwarze Samtpantoffeln mit flachen Absätzen. An der linken Hand steckte ein Ehering aus ziseliertem Platin, der im Lauf der Jahre dadurch, daß er ständig getragen wurde, immer dünner geworden war.

«Es sieht nicht so aus, als sei sie heruntergekommen, weil sie besonders erschrocken oder beunruhigt war», sagte Wexford. «Sie hat ein Telefon am Bett, und die Leitung wurde nicht durchgeschnitten.»

Ein schwarzer Daimler fuhr knirschend auf der gekiesten Zufahrt vor. Sir Hilary Tremlett, der Pathologe, war eingetroffen. Wexford ging in den Waschraum neben der Halle. Er enthielt eine Toilette mit einem niedrigen Spülungskasten, einen Toilettentisch, in den ein kleines Becken integriert war, und einen runden Spiegel, der über dem Becken an der Wand hing. Das Fenster mußte hochgeschoben werden, wenn man es öffnen wollte, und war in vier etwa 40 Quadratzentimeter große Scheiben unterteilt. Eine dieser Scheiben war, wie schon erwähnt, herausgeschnitten worden.

Wexford kam zu dem Schluß, daß es für ihn unmöglich gewesen wäre, sich durch die entstandene Öffnung zu zwängen, aber er war ein großer, breiter Mann. Die meisten Frauen und jeder Mann von mittlerer Größe hätten durchschlüpfen können.

Draußen lag direkt unterhalb dieses Fensters ein Blumenbeet, in dem hellroter Mauerpfeffer blühte. Wexford wußte, daß er keine Fußabdrücke finden würde. Er ging hinaus, um nachzusehen, ob er recht hatte, und es waren tatsächlich keine da. Aber jemand hatte ihre Spuren unverkennbar getilgt, indem er Erde darüberschleuderte.

Mrs. Thompson erklärte Martin, die Knightons hätten ihres Wissens nie Geld im Haus aufbewahrt. Wie viele wohlhabende Leute hatte Mrs. Knighton oft kein Bargeld gehabt und sie mit einem Scheck bezahlt. Es fehlten weder Nippes noch Bilder, und es war auch nicht versucht worden, schwere Gegenstände wie Fernseher, Stereoanlage oder Küchenmaschinen zu entfernen.

«Es ist anzunehmen, daß sie Schmuck hatte.»

«O ja, das stimmt», sagte Martin auf eine Art und Weise, die erkennen ließ, daß er von sich aus daran nicht gedacht hätte. «Wie steht es mit Schmuck, Mrs. Thompson?»

«Ich habe sie immer nur vormittags gesehen, nicht wahr. Deshalb hat es keinen Sinn, mich zu fragen, was sie für Ringe hatte oder nicht hatte ...»

Wexford erinnerte sich, daß sie in China eine Platinuhr und einen Verlobungsring mit einem, wie er glaubte, eckig geschliffenen Stein getragen hatte. Er nannte Mrs. Thompson die beiden Stücke.

«Wenn Sie es sagen, wird es schon stimmen. Fragen Sie mich aber nicht, wo sie das Zeug aufbewahrt hat.»

«Gut, gut, wir fragen Sie schon nicht», antwortete Wexford gereizt, weil er sich über ihr schroffes, aufsässiges Benehmen ärgerte. «Da sind die Möglichkeiten schließlich begrenzt. Sie wird den Schmuck kaum in den Kühlschrank getan oder in den Kamin gehängt haben.»

Sir Hilary hatte die erste flüchtige Untersuchung beendet, und die Leiche konnte weggebracht werden. Naughton arbeitete noch immer mit pedantischer Sorgfalt an Tischen, Treppengeländer, Türrahmen. Der Doktor fragte schon im Gehen: «Hat sie allein hier gewohnt?»

«Es existiert ein Ehemann.»

«Und wo ist er?»

«Wenn ich das nur wüßte!»

Martin kam die Treppe herunter. «Ich habe weder im Schlafzimmer noch in einem der anderen Räume Schmuck oder eine Schmuckkassette gefunden, Sir.»

«In Ordnung.» Wexford wandte sich an Mrs. Thompson und sagte, weil ihm ein gelber Umschlag mit Fotos eingefallen war, der auf einem Hoteldach auf einem Tisch gelegen hatte: «Sie hatte Kinder. Wo wohnen sie?»

«Die Tochter in Sewingbury, das weiß ich. Keine Ahnung, wo die Söhne zu finden sind, wahrscheinlich alle irgendwo im Ausland. Vielleicht stehen ihre Telefonnummern in dem Buch.»

Auf dem Tischchen neben dem Telefon lag ein ledergebundenes privates Nummernverzeichnis. Wexford hatte die Telefonnummern seiner Töchter im Kopf. Er war heimlich und völlig zu Recht auf sein Gedächtnis sehr stolz, denn er wußte, daß es überdurchschnittlich gut war.

«Wie heißt die Tochter, seit sie verheiratet ist?»

«Keine Ahnung. Es hat mich auch nie interessiert, wozu auch. Jennifer heißt sie mit Vornamen. Mr. Knighton könnte es Ihnen sagen.»

«Ich zweifle nicht daran, daß er den Namen seiner eigenen Tochter kennt», antwortete Wexford. «Sie können jetzt nach Hause gehen, wenn Sie wollen, Mrs. Thompson. Aber ich nehme an, daß wir uns wiedersehen. Sie bekommen Bescheid.»

«Werde ich denn nicht nach Hause gefahren?»

«Wie bitte?»

«Ich finde, mich heimzufahren wäre wohl das wenigste, was einer von euch für mich tun kann. Schließlich habe ich gemeldet, daß ich sie gefunden habe, oder? Ich habe Ihnen bei Ihren Ermittlungen geholfen. Unter diesen Umständen ist es üblich, daß der Zeuge mit dem Wagen nach Hause gefahren wird.»

Wexford war belustigt. «Nicht bei uns Hinterwäldlern. Vielleicht beim Yard oder in Los Angeles. Sie haben zu viele Krimiserien im Fernsehen gesehen.»

Renie Thompson streckte die Nase in die Höhe und marschierte hinaus. Wexford mußte lachen.

«Sie wohnt in Pauncely», sagte Burden. «Glauben Sie nicht, daß sie es getan haben könnte?»

«Aber, aber! Sie könnte eine Beretta nicht von einem Flaschenöffner unterscheiden. Naughton, Murdoch, sind Sie fertig? Dann ab mit Ihnen! Martin, Sie suchen die Tochter der Knightons, sie wohnt in Sewingbury – und finden Sie auch die Söhne, wenn möglich. Ich möchte eine Von-Haus-zu-Haus-Befragung zwischen hier und Sewingbury und auf der anderen Seite durch das ganze Thatto bis nach Pauncely. Glücklicher- oder vielleicht auch unglücklicherweise gibt es da nicht viele Häuser.»

«Wonach fragen wir, Sir?»

«Nach allem, was den Leuten im Lauf der Nacht verdächtig vorgekommen ist, nach fremden Wagen, Fremden, die gestern oder heute nacht zu Fuß hier unterwegs waren. Oh, und wir suchen Knighton. Wir suchen Knighton sogar sehr dringend.»

Als die Männer gegangen waren, erzählte Wexford dem Inspector von China. Nicht über die Reise im allgemeinen, das hatte er widerstrebend schon vor Wochen getan, aber alles, woran er sich im Zusammenhang mit Adam und Adela Knighton erinnerte. Es war nicht viel. Merkwürdige Ironie des Schicksals war es wieder einmal, daß er sich viel mehr für die anderen Mitglieder der Gruppe interessiert hatte als für die Knightons und ihre Freundin. Vielleicht weil ihm die anderen gewissermaßen aufgedrängt worden waren, und als er verspätet die Knightons kennenlernte, wurde er gerade am schlimmsten von dieser Phantasie oder Halluzination – oder wie immer man es nennen wollte – geplagt, verfolgt und gehetzt. Mit den Frauen hatte er kaum ein Wort gewechselt, mit Knighton ... Was wußte er noch von ihm? Ein großer, magerer, weißhaariger Mann in den Sechzigern, der einmal sekundenlang so ausgesehen hatte, als habe er eine Vision gehabt, und dann ein merkwürdiges kleines chinesisches Gedicht zitierte. Jetzt, da er Burden all das erzählte – wobei er seine eigenen Visionen natürlich verschwieg –, konnte er aus dem reichen Schatz seiner Erinnerungen jeden Satz wiederholen, den Adam und Adela Knighton in seiner Gegenwart geäußert hatten.

«Vielleicht nützt es uns», meinte Burden nicht besonders ermutigend.

Wexford erwiderte völlig unzusammenhängend, doch Burden verstand natürlich, was er meinte: «Tja, ein Einbrecher war es nicht, oder? Sie ist nicht aufgestanden und hinuntergegangen, weil sie einen Einbrecher hörte. Ein Einbrecher hat sich nicht hinter sie geschlichen und hat ihr eine Pistole an den Hinterkopf gehalten. So war es nicht. Und wo, zum Teufel, ist Knighton?»

«Hat seine Frau umgebracht und ist mit der Freundin durchgebrannt. Nein, jetzt ernsthaft: es sieht so aus, als könnte es wirklich so gewesen sein. Ich meine nicht, daß er mit der Freundin durchgebrannt ist, nicht in diesem Alter. Aber sie könnten nachts in Streit geraten sein, dann hat er sie erschossen und ist auf und davon. Warum auch nicht? Es ist das wahrscheinlichste. Inzwischen kann er längst außer Landes sein, ist es wahrscheinlich auch. Leute wie er haben immer reiche und einflußreiche Freunde.»

«Man braucht weder reiche noch einflußreiche Freunde», entgegnete Wexford schroff. «Man braucht sich nur ein Flugticket zu kaufen. Mit einer American Express-Karte. Heutzutage ist alles so verdammt leicht. Nun schön, ich will gern zugeben, daß es möglich wäre, aber da sie ein Nachthemd anhat, hätte sich das Ganze doch wohl am ehesten oben im Schlafzimmer abgespielt. Und ich hätte es eigentlich von einem englischen Gentleman nicht erwartet, daß er irgend jemanden durch den Hinterkopf schießt – am allerwenigsten seine Frau.»

«Das würde Ihnen viel Kopfzerbrechen bereiten, nicht wahr?»

«Allerdings.»

Sie hielten sich im Wohnzimmer auf. Man hatte bei drei oder vier kleinen Räumen die Zwischenwände niedergerissen und so ein sehr geräumiges, fast zehn Meter langes Zimmer mit Verandatüren nach hinten hinaus erhalten. Die Flügelfenster auf der Frontseite blickten auf den gepflegten Rasen und die Zufahrt. Eine Standuhr begann besonders klangvoll elf Uhr zu schlagen. Wexford hörte noch ein anderes Geräusch. Er trat an ein Fenster und blickte hinaus. Ein Wagen kam die Zufahrt herauf, ein großer dunkelblauer Ford.

«Das ist eines der Taxis, die in Kingsmarkham auf dem Bahnhof stehen», sagte Burden.

«Ja.»

Der Wagen hielt. Ein Mann stieg aus dem Fond, bezahlte und nahm einen schwarzen Lederkoffer von der Größe einer Reisetasche wieder auf, den er für einen Moment auf dem Kies abgestellt hatte. Dann ging er auf die Haustür zu, und sie sahen ihn nicht mehr.

«Knighton», sagte Wexford.

Der Schlüssel drehte sich im Schloß. Die beiden Polizeibeamten standen reglos still, warteten. Die Haustür wurde geöffnet, geschlossen, man hörte Schritte in der Halle, und dann rief Knighton laut:

«Adela!»

8

Jetzt mußten sie sich bemerkbar machen. Wexford hustete, aber vielleicht hatte Knighton ihn nicht gehört, denn er zuckte vor Schreck heftig zusammen, als er die beiden Männer aus dem Wohnzimmer kommen sah.

«Was in aller Welt ...»

«Guten Morgen, Mr. Knighton», sagte Wexford. «Ja, wir kennen uns. Aus China. Wie ich sehe, erinnern Sie sich genauso an mich wie ich mich an Sie. Ich bin Chief Inspector Wexford von der Kriminalpolizei in Kingsmarkham. Das ist Inspector Burden.»

«Mr. Wexford, richtig. Ich erinnere mich, obwohl ich keine Ahnung hatte ... Was tun Sie in meinem Haus? Wurde eingebrochen? Wurde etwas geraubt? Was ist es?»

«Das wissen wir noch nicht genau. Aber es ist etwas sehr Schlimmes passiert. Sie müssen sehr gefaßt sein ...»

«Wo ist meine Frau?»

Wexford sagte es ihm. Knighton wurde totenblaß. Er ging ins Wohnzimmer und setzte sich so schwer, als gäben die Knie unter ihm nach.

«Geschossen?» sagte er. «Auf Adela – geschossen?»

«Es tut mir leid, Sir.»

«Ist jemand ins Haus eingedrungen, der dann auf sie geschossen hat? Ist sie – tot?»

«Ja. Es scheint tatsächlich so zu sein, daß sie von jemand erschossen wurde, der heute nacht gewaltsam in das Haus eingedrungen ist.»

Knighton fuhr sich mit der Hand über das Gesicht. «Und Sie – Sie sind Polizist in Kingsmarkham? Sie kamen her und fanden meine Frau tot auf?»

«Ihre Aufwartefrau hat uns verständigt.»

«Guter Gott! Gott im Himmel!»

Burden hatte sich inzwischen gesetzt, und Wexford folgte jetzt seinem Beispiel. Knightons Gesicht war noch immer kalkweiß, die Augen glasig. Er hatte einen schweren Schock. Wexford hätte schwören können, daß es Schock war. Ihm fiel jetzt auch etwas auf, das er in China nicht bemerkt hatte – wahrscheinlich war er so von seiner unglückseligen Gespensterfurcht vor der alten Frau mit den gebundenen Füßen besessen gewesen. Ihm fiel auf, wie ungewöhnlich gut Knighton aussah. Sogar jetzt, obwohl er ganz krank wirkte vor Schreck. Wie mußte er als junger Mann ausgesehen haben! Er hatte noch immer eine schmale, jungenhafte Figur, eine lässig aufrechte Haltung und klassische Züge, die jetzt im Alter ein wenig wie aus Marmor wirkten. Die Zeit hatte seine goldenen Locken in Silber verwandelt. Adela Knighton war im Gegensatz dazu sehr unscheinbar, sogar häßlich gewesen. Und an ihrer Häßlichkeit war nicht die Zeit schuld, sie war angeboren.

Das alles war möglicherweise völlig bedeutungslos. Wexford

stellte die üblichen und notwendigen Routinefragen, die ihm immer das Gefühl gaben, der Held einer Detektivgeschichte zu sein.

«Wo waren Sie heute nacht, Sir?»

«Wo ich war? Bei einem Freund in London. Warum fragen Sie?»

«Routine.»

«Guter Gott!» Knighton schien begriffen zu haben, und sein Mund verzog sich leicht vor Entsetzen. «Sie sagten doch, ein Einbrecher...»

«Wenn Sie uns nur sagen würden, wo Sie heute nacht waren, Sir, den Namen Ihres Freundes und so weiter, dann könnten wir diese für Sie sehr schmerzliche Befragung schnell hinter uns bringen.»

«Nun gut.» Knighton zögerte einen Sekundenbruchteil. «Ein alter Freund, Harry Lacey», sagte er, «gab in dem Club, dem wir beide angehören, ein Dinner. Es ist der Palimpsest in St. James. Er feierte sein fünfzigjähriges Anwaltsjubiläum – ein goldenes Jubiläum nennt man das wohl, nicht wahr? Ich war eingeladen. Bei derartigen Gelegenheiten übernachte ich in London, da ich nie wollte, daß meine Frau mich um ein Uhr nachts mit dem Wagen vom Bahnhof abholen mußte. Wie Sie wissen, bekommt man um diese Zeit kein Taxi, weil keine Nachtschichten gefahren werden.»

«Sie übernachteten im Club?»

«Nein, ich war bei einem Freund, der eine Wohnung in Hyde Park Gardens hat.»

Das Telefon klingelte. Knighton zuckte wieder heftig zusammen. Dann sah er Wexford an, als wolle er ihn fragen, ob er an den Apparat gehen dürfe. Wexford war überrascht, aber er nickte.

Knighton nannte mit leiser, fester Stimme seine Nummer. Und nur ein ganz ungewöhnlich empfindsamer Mensch hätte ihm angehört, daß er eben Witwer geworden war. Eine grausame Feststellung, dachte Wexford, aber nicht unberechtigt. Knighton hatte einen Schock, aber er war nicht unglücklich – das kam aber vielleicht später.

«O Jennifer...» Es war die Tochter. «Die Polizei hat es dir gesagt? Hast du schon mit Rod gesprochen? Ja, bitte komm!»

Er legte auf und fuhr sich wieder mit der Hand über die Stirn. «Mein Sohn, meine Tochter und mein Schwiegersohn werden bald hier sein.»

«Ich glaube, ich hatte in China einmal gehört, daß Sie vier Kinder haben.»

«Eine Tochter und drei Söhne. Einer ist in Amerika und einer in der Türkei.»

«Während wir auf Ihren Sohn und Mr. und Mrs. ...»

«Norris. Mein Schwiegersohn ist Anwalt bei Symonds, O'Brien und Ames in Kingsmarkham.»

«Während wir auf sie warten, können Sie mir ja den Namen Ihres Freundes aus Hyde Park Gardens und die Adresse von Mr. Henry Lacey nennen.»

Jennifer und Angus Norris trafen als erste ein. Sie war eine unscheinbare junge Frau, kurzbeinig, untersetzt und mit vielen Sommersprossen, und sie sah ihrer Mutter sehr ähnlich. Sie war etwa im siebenten Monat schwanger, und Wexford erinnerte sich, daß Adela Knighton von einem weiteren Enkelkind gesprochen hatte, das «unterwegs sei».

Jennifer Norris' Bruder Roderick kam bald darauf in einem gelben Triumph TR7 angebraust. Er mußte die ganze Strecke von London hierher gerast sein. Er war so groß und sah so gut aus wie sein Vater, wirkte jedoch tief bekümmert. Außerdem war er viel älter als seine Schwester. Ebenfalls Anwalt, wie Wexford folgerte. Das Gesetz war in der Familie Knighton stark vertreten, und doch war ihr etwas so Gesetzloses widerfahren. Den fixen kleinen Schwiegersohn – der nicht größer war als seine Frau und einen dichten Schopf krauser dunkler Haare hatte, allerdings auch schon eine kahle Stelle am Hinterkopf – hatte Wexford schon hin und wieder beim Amtsgericht und bei den Strafgerichten gesehen.

Die junge Mrs. Norris hatte ein Benehmen, dem Wexford schon früher bei verwöhnten Frauen der oberen Mittelschicht begegnet war. Sie nannte ihre Eltern «Daddy» und «Mami» und sprach von ihrer Familie wie von einem elitären Zirkel.

«Es ist so schrecklich, so etwas kann uns doch nicht passieren! Daddy war Strafverteidiger, und ich erinnere mich noch genau, daß Mami immer sagte, das bringe einem erst so recht zum Bewußtsein, wie viele Morde geschähen. Und Daddy beruhigte sie immer und sagte, sie brauche sich nicht zu sorgen, denn nur ein winziger Bruchteil dieser Morde träfen Leute wie uns, sie beschränkten sich fast ausschließlich auf die unteren Klassen. Und jetzt wurde die arme Mami... Das kommt mir so furchtbar unfair vor. Man führt ein anständiges Leben, bemüht sich, einen gewissen Standard aufrechtzuerhalten, und dann muß etwas so Gräßliches passieren.»

Zweifellos hätte sie den Mord verständlicher gefunden, wenn Renie Thompson das Opfer gewesen wäre. Hätte sie geschwiegen und sich nicht zu diesen Bemerkungen hinreißen lassen, hätte Wexford sie nicht gefragt, wo sie und ihr Mann in der vergangenen Nacht gewesen waren.

«Um welche Zeit handelt es sich?» fragte Norris. «Was bedeutet ‹Nacht›?» Er sprach in dem Stil, den er beim Kreuzverhör eines nervösen Zeugen anzuwenden pflegte. «Um welche Zeit hat sich das alles ereignet?»

«Bleiben wir im Moment ganz einfach bei ‹Nacht›, Mr. Norris.»

«Ich habe nur gefragt, weil ich am Abend zufällig mit meiner Frau ausgegangen war.»

Jennifer Norris stieß einen Laut aus, der unter den gegebenen Umständen bestimmt kein Lachen sein konnte, einem Lachen aber sehr nahe kam – einem humorlosen, grimmigen Lachen. Ihr Bruder sah sie kalt und herrisch an.

«Also wirklich, Angus, nennst du das tatsächlich ausgehen? Er meint, daß wir ein Stück den Fluß entlanggelaufen sind, einmal hin und einmal her, und anschließend bei Millers noch etwas getrunken haben, Rod. Darauf beschränkt sich zur Zeit nämlich unser gemeinsames ‹Ausgehen› ...»

Wexford hustete.

«Tja nun, Chief Inspector», begann Norris, der ziemlich rot geworden war, «wir sind bald zu Bett gegangen ...»

«Ach, Angus, laß es mich erzählen. Mein Arzt verschreibt mir ein leichtes Beruhigungsmittel, und die Folge ist, daß ich schlafe wie ein Klotz. In letzter Zeit haben wir auch das Telefon ausgehängt, falls die arme Mami also versucht haben sollte, uns anzurufen ...» Es war Wexford klar, daß ihr überhaupt nicht der Gedanke kam, sie oder ihr Mann könnten verdächtigt werden. Das war ein Mord, der mit einem Raub in Zusammenhang stand. Das war ein Verbrechen der «unteren Klassen». «Wir wohnen in der Springhill Lane», teilte sie Wexford unaufgefordert mit. «In einem der *alten* Häuser.» Das war eine Facette lokalen Snobismus, dem Wexford bisher ein- oder zweimal begegnet war. Leute, die im prestigebewußten Bezirk Sewingbury wohnten, hatten ihren Nachbarn etwas voraus, wenn sie eines der Häuser aus dem 17. Jahrhundert besaßen. Es gab davon vielleicht ein halbes Dutzend, und um sie herum und zwischen ihnen waren in den letzten zwanzig Jahren lauter neue Häuser aus der Erde geschossen.

«Mami kann nicht gehört haben, wie die Scheibe kaputtging. Sie hat ein Telefon am Bett, und selbst wenn sie uns nicht erreichen konnte, hätte sie versucht, die Polizei anzurufen. Ich meine, wie konnte sie hoffen, mit einem so brutalen Menschen fertig zu werden?»

«Er ist durch eine zerbrochene Fensterscheibe eingestiegen?» sagte Norris.

«Das ist nicht ganz korrekt, Mr. Norris. Sagen wir lieber, die Scheibe wurde nicht zerbrochen, sondern aus dem Rahmen geschnitten. Und was haben Sie heute nacht gemacht, Mr. Knighton?»

Roderick Knighton hatte eine rastlose Art. Er schaute häufig auf seine Armbanduhr. Er hatte bereits ein paarmal telefoniert und zwischendurch immer wieder erklärt, er wisse eigentlich nicht, was er hier solle, doch wenn er sich irgendwie nützlich machen könne, brauchten sein Vater, seine Schwester und der Chief Inspector ihn nur darum zu bitten. Er gähnte, sah wieder auf die Uhr und antwortete Wexford, er habe in der vergangenen Nacht kaum ein Auge zugetan. Er, seine Frau und das Au-pair-Mädchen hätten am Bett des jüngsten Kindes gesessen, da es krank sei.

«Mumps», sagte er. «Armes kleines Kerlchen.»

Jennifer Norris hatte die Beine hochgelegt. Ihr Mann stand mit nachdenklichem Gesicht an einem Fenster. Er schien besorgt oder verwirrt, vielleicht aber war er auch nur nervös, daß ein Mann in seiner Position – wie er sich zweifellos selbst nannte – in eine so scheußliche Sache geraten konnte. Bei Wexfords nächster Bemerkung drehte er sich langsam um und wechselte mit seiner Frau einen bestürzten, möglicherweise auch ungläubigen Blick.

«Ich wüßte gern, ob es uns weiterbringt, wenn wir ein Verzeichnis von Mrs. Knightons Schmucksachen machen.»

Für Knighton eine hoffnungslose Aufgabe. Er schien jetzt wie betäubt oder benommen, in seinem Gesicht war keine Spur von Farbe, und es wirkte völlig leblos. Er saß zusammengesunken in einem Lehnsessel, starrte immer nur auf einen Punkt und wurde ab und zu durch einen heftigen Schüttelfrost aus seiner Versunkenheit gerissen. Wexfords Vorschlag entlockte ihm nur ein vages Kopfschütteln. Roderick telefonierte wieder, wobei er in seine über die Sprechmuschel gewölbte Hand flüsterte.

«Fehlt denn überhaupt etwas von dem Schmuck?» fragte Norris mit seiner arroganten Gerichtssaalstimme.

«Es ist anzunehmen, da im Haus keiner zu finden ist», antwortete Wexford trocken. «Ich setzte voraus, daß Mrs. Knighton auch noch anderen Schmuck hatte außer ihrem Ehering.»

«Aber selbstverständlich», sagte Jennifer scharf. Wexford fragte sich, wie oft Norris wohl diesen bissigen, hochnäsigen Kommandoton ertragen mußte. «Es gab da ein goldenes Armband, das noch von meiner Großmutter stammte», sagte sie und fügte mit unglaublicher Pietätlosigkeit hinzu: «Die immer sagte, daß es eines Tages mir gehören werde.» Norris machte die Augen zu und zuckte zusammen. «Und natürlich ihre Perlen. Ein paar Ringe, ein paar Broschen, zwei Armbanduhren. Wir gehören nicht zu den Leuten, die sich wie Weihnachtsbäume behängen. Mami fand es gräßlich vulgär, sich die Ohren durchstechen zu lassen.»

«Ich wäre Ihnen sehr dankbar, wenn Sie Ihr Bestes versuchen und eine Liste machen würden, Mrs. Norris. Bestimmt hat Ihr Vater ihr im Lauf der Jahre eine ganze Menge Schmuck geschenkt?»

Knighton sagte nichts. Und plötzlich entdeckte Wexford an der kleinen roten Hand der Tochter den großen Diamantring im Baguetteschliff, den die Mutter in China getragen hatte.

«Ich glaube nicht, daß er ihr besonders viel geschenkt hat», sagte Jennifer Norris.

Dr. Moss, der Crockers Partner und Adam Knightons Hausarzt war, kam um eins und bot Knighton Schlaftabletten, Tranquilizer und ziemlich zurückhaltendes Mitgefühl an. Roderick sagte, er müsse fort, aber wenn er etwas tun könne, brauche man ihn nur anzurufen. Er hinterließ eine Reihe von Telefonnummern. Jennifer Norris sagte zu ihrem Mann, eigentlich könnten sie jetzt ihren Bruder in Washington anrufen. Dem Bruder in Ankara hatte sie, wie sie erwähnte, ein Telegramm geschickt.

Wexford fuhr ins Kommissariat zurück.

Die Von Haus-zu-Haus-Befragung hatte überhaupt nichts ergeben. Wexford hatte das auch nicht anders erwartet. Thatto Hall Farm lag zu isoliert. Sir Hilary Tremletts Bericht ein wenig vorgreifend, war Crocker zu dem Schluß gekommen, daß der Tod zwischen zwei und vier Uhr morgens eingetreten war. Es würde mindestens bis morgen dauern, bevor sie mehr erfuhren: den Typ der Mordwaffe, die genaue Todesursache, ob die Leiche noch andere Verletzungen aufwies...

«Es war kein Einbruch, nicht wahr?» sagte Burden. «Es war ein täppischer, halbherziger Versuch, es wie einen Einbruch aussehen zu lassen.»

Wexford nickte. «Wahrscheinlich war der Täter nicht einmal das, was Jennifer Norris einen ‹brutalen Kerl› nennt.»

«Knighton», meinte Burden vorsichtig, «ist alles andere als das.»

Wexford zog die Brauen hoch.

Burden setzte sich auf den einzigen Stuhl, der außer Wexfords Drehsessel vorhanden war. «Für einen Unschuldigen hat er sich ein großartiges Alibi zurechtgezimmert. Fährt nach London, diniert in St. James, übernachtet in Hyde Park Gardens. Er verbringt kaum einmal eine Nacht außer Haus, aber ausgerechnet in der Nacht, in der er nicht da ist, wird seine Frau ermordet. Hatten Sie, als Sie ihn in China kennenlernten, den Eindruck, daß er seine Frau gern hatte? Ich meine, war es eine glückliche Ehe?»

«Ehe ist eigentlich nichts als ein komisches zusammen Weiterwursteln, nicht wahr? Schwer zu sagen. Ich weiß es einfach nicht.»

«Das hilft uns natürlich enorm weiter. – Aber ich bin ja nur gekommen, um Sie zu fragen, ob Sie vielleicht Hunger haben? In die *Perle von Afrika*? Guter Gott, ich sehe es Ihrem Gesicht an, daß Sie wieder chinesisch essen wollen. Mit Riesenschritten naht der Tag, an dem ich keine Glasnudeln mehr sehen kann.»

«Ich kann's einfach nicht lassen, die Leute mit meiner virtuosen Handhabung der Eßstäbchen zu beeindrucken», sagte Wexford, als sie durch die Queen Street in den *Erhabenen Drachen* gingen. «Wissen Sie, Mike, ich wünschte, ich hätte mich in China mehr für die Knightons interessiert. Ich habe das Gefühl, es hätte sich gelohnt. Doch ich weiß nur noch, daß Knighton, mit dem ich an dem Abend am selben Tisch saß, plötzlich ein Gesicht machte, als habe er einen Geist gesehen. Oder vielleicht keinen Geist.» Er unterbrach sich und dachte nach. «Vielleicht den Heiligen Gral oder die Stadt Gottes oder Beatrice – wenn er Dante gewesen wäre.»

9

Die Kugel im Kopf der toten Frau war durch das Stirnbein am Austreten gehindert worden. Sie gehörte zu einer Walther PPK 9 mm. Sie war aus größtmöglicher Nähe abgeschossen worden, wobei der Lauf Kontakt mit dem Hinterkopf des Opfers gehabt hatte.

Sir Hilary Tremletts genauere Untersuchungen ermöglichten es, die Todeszeit präziser zu bestimmen. Er war der Meinung, daß Adela Knighton irgendwann zwischen 2 Uhr 15 und 3 Uhr 45 gestorben war. Das Opfer war eine normal gesunde Frau von ungefähr 65 Jahren gewesen, etwas übergewichtig, hatte mehrere Kinder geboren und sich mehreren chirurgischen Eingriffen unterzogen. Es handelte sich um eine Brust- und um eine Krampfadernoperation, man hatte ihr den Blinddarm und in den letzten vier oder fünf Jahren die Gebärmutter entfernt. Am linken Oberarm hatte sie einen leichten Bluterguß.

Die Fingerabdrücke in Thatto Hall Farm stammten von ihr, von Adam Knighton, Renie Thompson, Jennifer Norris und Angus Norris. Mrs. Norris hatte Wexford noch am Abend des Todestages ihrer Mutter eine Liste gebracht, auf der alle Schmuckstücke aufgeführt waren, die ihre Mutter ihrer Meinung nach besessen hatte. Doch inzwischen hatten Wexfords Beamte den Garten von Thatto Hall Farm gründlich durchgekämmt und in der Nähe des Einfahrtstores unter der Hecke einen grünen ledernen Schmuckkasten gefunden. Sein Inhalt kam auch zum Vorschein, er war willkürlich und mehr oder weniger achtlos in Blumenbeete, unter dieselbe Hecke und auf die Böschung verstreut worden, die das Grundstück zur Straße hin abgrenzte. Zwei Uhren, ein goldenes Armband, eine Perlenkette, zwei Ringe mit Diamanten und Rubinen in altmodischen Fassungen. Mrs. Norris identifizierte die Sachen als Eigentum ihrer Mutter und sagte Wexford, es fehle nichts.

Er sah jetzt im Hinblick auf die Ereignisse klar. Derjenige, der in den frühen Morgenstunden in Thatto Hall Farm eingedrungen war, hatte nicht stehlen wollen. Er hatte den Schmuckkasten nur genommen, um den Eindruck vorzutäuschen, daß es sich um Raub handelte. Später hatte er die Idee wieder fallen lassen, weil ihm klar wurde, daß sich ohnehin niemand täuschen lassen würde, und da er sich nicht mit diesem wenig wertvollen Schmuck belasten wollte, hatte er, als er aus dem Haus floh, ein Stück nach dem anderen weggeworfen.

Er hatte das Haus gekannt, er hatte von dem Fenster gewußt. Er hatte gewußt, daß Mrs. Knighton allein war. Er hatte die Glasscheibe herausgeschnitten und ordentlich an die Mauer des Hauses gelehnt. Er war leise eingestiegen, hinaufgegangen und hatte die Schlafende geweckt. Mit vorgehaltener Pistole zwang er sie, aufzustehen und vor ihm die Treppe hinunterzusteigen. Er drückte ihr die Waffe an den Hinterkopf und packte sie am Oberarm. Im Eßzimmer hatte er – weil sie sich weigerte, ihm etwas zu zeigen, etwas zu sagen, ihn irgendwohin zu führen, ihm etwas zu versprechen, zu verraten, zu geben? – abgedrückt, und sie war tot zu Boden gestürzt.

So war es, Wexfords Meinung nach, gewesen. Es war eine recht ordentliche Arbeitshypothese, auf der man aufbauen konnte.

«Knighton hat uns gesagt», dozierte Wexford, «er habe sein Haus am Dienstag um drei Uhr nachmittags verlassen, nachdem er auf dem Bahnhof von Kingsmarkham angerufen und ein Taxi bestellt hatte. Mit dem Zug um 3 Uhr 27 fuhr er ab. Er hat einen Wagen, einen Volvo Kombi, aber seine Frau wollte ihn benutzen, und wenn sie ihn zum Bahnhof gefahren hätte, wäre ihr dadurch zuviel Zeit verlorengegangen.»

«Wohin wollte sie?» fragte Burden. Sie saßen im Wagen und waren unterwegs nach London.

«Zum Einkaufen nach Myringham. Anscheinend hat sie das regelmäßig jeden Dienstag getan. Knighton kam gegen 4 Uhr 15 auf der Victoria Station an, fuhr von dort mit der U-Bahn nach Lancaster Gate und ging das kurze restliche Stück des Weges zur Wohnung eines Freundes zu Fuß. Der Freund ist ein gewisser Adrian Dobson-Flint und wohnt in Hyde Park Gardens. Dobson-Flint war ein wenig früher als üblich nach Hause gekommen, um ihn einzulassen.

Das Dinner im Palimpsest Club begann zwischen sieben und halb acht. Knighton und Dobson-Flint fuhren zehn vor sieben mit einem Taxi von Hyde Park Gardens ab, blieben bei gutem Essen und den übrigen Lustbarkeiten bis halb zwölf im Club und gingen dann zu Fuß nach Hause. Sie tranken noch etwas zusammen und lagen etwa eine halbe Stunde nach Mitternacht im Bett. Dobson-Flint mußte am nächsten Morgen um zehn in Old Bailey sein, also standen sie beide um acht auf. Dobson-Flint verließ seine Wohnung kurz nach neun und Knighton etwa zwanzig Minuten später. Er fuhr mit dem Zug um 9 Uhr 40 von der Victoria Station ab.»

«Sie haben ihn im Verdacht», sagte Burden.

«Eigentlich nicht. Nur weiß ich nicht, wen ich sonst verdächtigen könnte. Wahrscheinlich ist es auch noch zu früh. Sie hat übrigens ein Testament hinterlassen. Angus Norris hat mir unaufgefordert davon erzählt. Seine Firma hat das Testament aufgesetzt, und es liegt auch dort in Verwahrung. Adela Knighton war nicht unvermögend. Sie hatte von einer Tante ein paar tausend Pfund geerbt und dann noch ein paar von einem Onkel. Ihre Eltern hatten Grundbesitz, und außerdem ist sie Begünstigte eines Familientreuhandfonds. Alles in allem sind es 200000 Pfund, die sie zu gleichen Teilen ihren vier Kindern hinterließ.

Julian, der Sohn, der in Washington lebt, ist mit einer Amerikanerin verheiratet, der Tochter eines Millionärs. Roderick hat eine blühende Anwaltspraxis und seine Frau eine eigene Stellenvermittlung. Colum, der jüngste – er ist dreißig – ist Attaché an der britischen Botschaft in Ankara, und ob er es nun auf sein Erbe abgesehen hat oder nicht, Mittwoch früh um drei war er in der Türkei.

Ehrlich gesagt, habe ich Hemmungen, mir vorzustellen, daß eine Frau, die im siebenten Monat schwanger ist, ihre Mutter tötet. Außerdem hätte sie nicht durch das Fenster eindringen müssen. Außer Knighton selbst und Mrs. Thompson ist sie die einzige, die einen Schlüssel zum Haus hat. Sie wird natürlich gewußt haben, daß ihr Vater über Nacht wegbleiben wollte und ihre Mutter allein war.

Aber wo ist ihr Motiv? Die 50000 Pfund, die sie erbt? Norris ist zwar noch kein selbständiger Anwalt, aber er ist nicht dumm, und eines Tages trägt man ihm bestimmt eine Partnerschaft an. Sie wohnen in der Soringhill Lane, und das kann sich niemand leisten, der nicht genug Bares hat. Sie können wir für den Augenblick außer acht lassen. Julian und seine Frau waren in Washington, Colum, wie ich schon sagte, in Ankara, und Rodericks Alibi – falls er überhaupt eins braucht – wird von seiner Frau, dem Au-pair-Mädchen, seinem unglücklichen Hausarzt und zweifellos auch von seiner von Mumps geplagten Tochter bestätigt, wenn wir sie fragten.»

Adrian Dobson-Flint gehörte derselben Anwaltsfirma an wie früher Adam Knighton. Daher war es vermutlich der Tod von Knightons Frau – und vor allem dieser Tod –, den der Bürovorsteher Brownrigg zum Anlaß nahm, mit wahrer Leichenbittermiene herumzulaufen. Er empfing Wexford und Burden und führte sie in Dobson-Flints Zimmer.

Adam Knightons Freund war sieben oder acht Jahre jünger und ein Mann, der durch die weiße Perücke, die er bei Gericht trug, sehr gewinnen mußte, denn er war fast völlig kahl. Da sein Gesicht ganz faltenlos, rosig und jugendlich war, sah er ein bißchen so aus, als sei sein Kopf aus zwei nicht ganz zusammenpassenden Teilen zusammengesetzt. Sein Büro war absolut untypisch – weder staubig noch finster, noch lagen überall Bücher und Akten herum. Es war ein sachlicher Raum mit cremefarbenen Wänden, einem rehbraunen Spannteppich und Mahagonimöbeln. Er hatte ein Fenster, das auf einen kleinen, umfriedeten Garten hinausblickte und Sonne hereinließ.

«Wie kann ich Ihnen helfen, meine Herren?» fragte Dobson-Flint. Er hatte eine sehr angenehme Stimme, die einen sein doch recht ungewöhnliches Aussehen schnell vergessen ließ. Im Augenblick klang sie, den Umständen angemessen, gedämpft und bekümmert, und das Babygesicht verzog sich zu einem Ausdruck verdrossener Betrübnis.

«Ich muß schon sagen, das ist wirklich das Schockierendste und Entsetzlichste, das ich je gehört habe.»

Was hat er, wenn das wahr ist, ein rundes Vierteljahrhundert im Gerichtssaal gemacht? fragte sich Wexford und bat ihn dann, den Verlauf des Abends zu schildern, den er mit Adam Knighton gemeinsam verbracht hatte. Wenn es um Alibis, bestimmte Zeiten oder die Gründe ging, warum jemand an diesem oder jenem Ort gewesen sein sollte und nicht an einem anderen, war Dobson-Flint kaum zu schlagen, da kannte er sich aus. Und obwohl er über viele

Jahre hinweg seine Stimme fast jeden Tag öffentlich erhoben hatte, war er noch immer in ihren Klang verliebt. Er gestaltete seine Aussage zu einem glänzenden, melodisch klingenden Vortrag, sprach über die Dinnerparty, nannte das Datum, an dem er, Wochen vorher, die Einladung erhalten hatte, und die Zeit, um die Knighton in seiner Wohnung eingetroffen war. Er konnte auch noch genau angeben, wann sie zum Palimpsest Club aufgebrochen und wann sie dort angekommen waren. Bei allem, was er sagte, hatte seine Stimme einen belustigten und ironischen Unterton, als spiele er vor Gericht mit einem Zeugen Katz und Maus, und mit jedem Wort schien er unterschwellig zu fragen: «Sind Sie wirklich so beschränkt, daß Sie meinen alten Freund Adam Knighton des Mordes verdächtigen?»

Sein Kummer über den Tod der Frau seines Freundes war – sollte er ihn wirklich empfunden haben – jetzt vergessen. Seine blaßblauen Augen zwinkerten. Er lehnte sich in seinem Sessel zurück, kreuzte die Beine, legte eine Hand lässig auf die Armlehne und stützte das Kinn in die andere.

«Da es eine schöne klare Nacht war», sagte er, «beschlossen wir, auf dem Rückweg kein Taxi zu nehmen, wir gingen, kurz gesagt, zu Fuß. Wir standen genau zwei Minuten vor Mitternacht vor meiner Tür. Und jetzt, Chief Inspector, werden Sie mir die altehrwürdige Frage stellen, wieso ich so genau weiß, wie spät es war. Und meine Antwort wird lauten, daß Mr. Knighton, gerade als ich den Schlüssel ins Schloß steckte, mich darauf aufmerksam machte, daß es sich eigentlich sehen lassen könne, wenn zwei alte Knaben wie wir den Weg von St. James in die Bayswater Road in genau achtundzwanzig Minuten zurücklegten.»

Bei Leuten von Dobson-Flints Art spielte Wexford gern den schwerfälligen, tölpelhaften Polizisten. «Sie leben allein, Sir?» fragte er mit bleiern klingender Stimme.

«O ja, und zwar schon seit zwanzig Jahren, da meine Frau und ich seinerzeit beschlossen hatten, uns in aller Freundschaft zu trennen.»

Wexford erwiderte nichts auf diese abschweifende Bemerkung über das Eheleben des Anwalts. «Soll ich fortfahren?» fragte Dobson-Flint. «Mr. Knighton und ich genehmigten uns jeder noch ein Glas Chivas Regal Whisky und gingen gegen zwanzig nach zwölf ins Bett. Ich sage ‹gegen›, denn diesmal ließ Mr. Knighton die Zeit unerwähnt. Am Morgen stand ich ungefähr um Viertel vor acht auf, badete, gürtete meine Lenden und wollte Mr. Knighton eben mit einer Tasse chinesischen Tees wecken, als er völlig angekleidet aus seinem Zimmer kam und mir die löbliche Absicht verkündete, mit mir zu frühstücken. Wie es meine Gewohnheit ist, brach ich zehn nach neun auf, um mir mein Brot zu verdienen, und erklärte Mr. Knighton, er möge seinen Weg in Frieden und Freude gehen. Wie konnte ich auch ahnen, daß ihn statt dessen Tränen, Jammer und Zähneknirschen erwarteten?»

«Ja, Sir. Hat Mr. Knighton häufig bei Ihnen übernachtet?»

«Häufig ist ein höchst ungenaues Wort», antwortete Dobson-Flint in bester Gerichtssaalmanier. «Ein Mann kann sagen ‹ich reise häufig ins Ausland› und meint damit, daß er das Land drei- bis viermal jährlich verläßt. Er kann aber ebenso behaupten ‹ich gehe häufig ins Kino› und meint diesmal, er gehe zweimal in der Woche.» Er lächelte.

«Und welche von den beiden Definitionen träfe auf die Anzahl von Mr. Knightons Übernachtungen bei Ihnen zu?»

«Keine», antwortete Dobson-Flint triumphierend. «Wahrscheinlich wäre es zutreffend, wenn ich sagte, daß er, seit er sich vor drei Jahren aus der Praxis zurückzog und aufs Land übersiedelte, im Durchschnitt anderthalbmal pro Jahr bei mir übernachtet hat.»

Wexford stand auf. «Ich nehme an, daß Sie jetzt Mittagspause machen wollen, Sir?»

«Ja, wenn Sie mich bitte entschuldigen wollen, Chief Inspector.»

«So war es eigentlich nicht gemeint, Mr. Dobson-Flint. Ich meinte, daß wir die Stunde vielleicht dazu benutzen könnten, uns Ihre Wohnung anzusehen.»

«Wie denn? Ist das wirklich nötig?»

«Es ist sogar sehr wichtig», antwortete Wexford, der weiterhin den sturen Polizisten spielte. «Ich habe einen Wagen, es ist also wirklich keine allzugroße Unbequemlichkeit für Sie.»

Hyde Park Gardens ist eine kleine, ruhige Parallelstraße der Bayswater Road an der nördlichen Grenze des Hyde Park. Der östliche Teil der Straße ist älter, breiter und vornehmer. In diesem Teil befindet sich unter anderem die Botschaft von Sri Lanka, und die Legende erzählt, daß vom Haus des geheimnisvollen Herzogs von Portland – der stets nur schwarz verschleiert ging – ein unterirdischer Geheimgang zur Baker Street verläuft. Adrian Dobson-Flints Wohnung lag jedoch in der westlichen Hälfte der Straße. Wexford war vor Jahren schon einmal in diesem Block gewesen und hatte das Haus damals durch den Haupteingang betreten, war ein paar Stufen hinauf und durch eine Doppeltür gegangen, vorbei an der Portiersloge und die breite geschwungene Treppe hinauf. Er erwartete, daß sie jetzt denselben Weg nehmen würden, doch Dobson-Flint dirigierte das Taxi in die hinter Hyde Park Gardens verlaufende Hyde

Park Garden Mews und ging ihnen voran zu einer Wohnung, die hier hinten zwar im Erdgeschoß lag, an der Frontseite des Hauses jedoch wohl als Souterrainwohnung bezeichnet werden mußte. Wexford begriff natürlich sofort, daß nur die Mieter der Wohnungen mit Ausblick auf die Hyde Park Garden Mews kommen und gehen konnten, ohne von den Portiers des Hauses gesehen zu werden.

Als sie vor der Tür standen, fragte Wexford: «Wann ist Mr. Knighton Dienstag nachmittag hier angekommen?»

«Ich war um fünf zu Hause», antwortete Dobson-Flint. «Tja, sagen wir, daß er zehn Minuten später kam? Doch, das dürfte stimmen, es war zehn nach fünf.»

Sie gingen hinein. Von den beiden Schlafzimmern der Wohnung lag das für Gäste bestimmte näher an der Wohnungstür. Dobson-Flint hatte, als sie hereinkamen, seine Schlüssel in eine flache Schale fallen lassen, die auf einer Konsole stand und bereits einen Schlüsselbund und einen Autoschlüssel mit Anhänger enthielt.

«Haben Sie einen sehr festen Schlaf, Mr. Dobson-Flint?» fragte Burden.

«Da ich es geschafft habe, manchmal im schlimmsten Verkehrslärm von London zu schlafen, kann ich das wohl bejahen.»

In der Wohnung selbst gab es nichts Interessantes mehr zu sehen. «Ich vermute, Mr. und Mrs. Knighton haben eine glückliche Ehe geführt?» sagte Wexford.

Er erwartete keine offene Antwort und war nur neugierig, wie Dobson-Flint sich überhaupt äußern würde. Er erwiderte mit einer Art künstlich ungeduldiger Begeisterung:

«Es war eine wunderbare Ehe. Die beiden haben sich gegenseitig geradezu angebetet. Die Knightons waren wirklich das, was man allgemein eine harmonische Familie nennt. Bis diese gräßliche Tragödie sich ereignete, haben Mr. und Mrs. Knighton nur füreinander gelebt. Ich kann mir nicht vorstellen, daß einer von beiden je einen Blick für jemand anders gehabt hätte.»

Er lehnte Wexfords Angebot, ihn ins Büro zurückzubringen, ab, bestellte sich ein Taxi und ließ die beiden Polizeibeamten vor der Haustür stehen.

«Er trägt mir ein bißchen zu dick auf», sagte Wexford.

«Im Hinblick auf die Liebe zwischen den beiden Knightons, meinen Sie?»

«Das war eine seltsame Bemerkung. ‹Ich kann mir nicht vorstellen, daß einer von beiden je einen Blick für jemand anders gehabt hätte.› An so etwas denkt man doch eigentlich nicht, wenn man über das häusliche Glück zweier Sechzigjähriger spricht. Warum hat er es so besonders betont? Es ist ganz komisch, Mike, aber ich werde das Gefühl nicht los, daß alles, was in diesem Fall bisher passiert ist und vielleicht noch passieren wird, eigentlich Leuten angemessen wäre, die 30 Jahre jünger sind als die Knightons. Ich kann mir nicht helfen, meinem Gefühl nach war das ein Verbrechen aus Leidenschaft. Zugleich kann ich mir aber keinen Menschen vorstellen, der ungeeigneter wäre als diese Frau, Opfer einer Leidenschaft zu werden.»

«Und dieser aufgeblasene kahlköpfige Gockel hat dasselbe Gefühl?»

«Das sind rauhe Worte, Mike. Aber vielleicht, ja, ich denke, er hat es. Knighton hätte in der Nacht nach Sussex fahren, seine Frau erschießen und längst wieder zurück sein können, als Dobson-Flint anfing, in der Küche herumzuwirtschaften und Tee zu kochen.»

«Wie denn? Zwischen 0 Uhr 50 und 6 Uhr 40 fährt kein Zug.»

«Er muß nicht mit dem Zug gefahren sein. Ein Zug hätte ihm gar nichts genützt, da er keine Möglichkeit gehabt hätte, von Kingsmarkham nach Sewingbury zu kommen. Aber er hätte mit dem Wagen fahren können.»

«Wir wissen, daß er es nicht getan hat. Sein Wagen stand in der Garage von Thatto Hall Farm.»

«Hören Sie zu, Mike. Was hat er getan, nachdem er um 4 Uhr 15 auf der Victoria Station angekommen war? In Hyde Park Gardens ist er erst zehn nach fünf erschienen. 55 Minuten sind eine stolze Zeit für den Weg von der Victoria Station nach Hyde Park Gardens. Es ist durchaus möglich, daß er sich in der Zwischenzeit einen Wagen gemietet und ihn am nächsten Morgen zurückgebracht hat.

Er konnte den Wagen sogar schon telefonisch bestellt haben, holte ihn Viertel vor fünf ab, fuhr ihn hierher und ließ ihn an einer Parkuhr stehen. Ich hatte den Eindruck, daß es hier überall Parkuhren gibt, sie sind mir aufgefallen, als wir herfuhren. Da ab halb sieben gebührenfrei geparkt werden kann, brauchte er nur für anderthalb Stunden einzuwerfen. Nachdem Dobson-Flint ins Bett gegangen ist, verläßt er die Wohnung, nachdem er sich die Schlüssel von dem Zinnteller geholt hat, steigt in den Wagen und fährt nach Sewingbury – was um diese Zeit höchstens eine Stunde dauert. Er betritt das Haus ganz normal durch die Haustür, weckt Adela, erschießt sie und nimmt den Schmuckkasten mit. Dann schneidet er die Scheibe aus dem Toilettenfenster. Unterwegs zur Straße, wo er den Wagen abgestellt hat, entledigt er sich der Schmucksachen und des Kastens. Eine Stunde später ist er wieder in Hyde Park Gardens, und es ist erst halb vier. Wie klingt das?»

«Er ist ein großes Risiko eingegangen», sagte Burden. «Angenommen, Dobson-Flint wäre in sein Zimmer gegangen.»

«Nie! Können Sie sich das vorstellen? Bei diesen Leuten? Ihre Söhne könnten es tun, ja, aber diese beiden – niemals. Dobson-Flint hätte das Zimmer nur betreten, wenn Knighton laut geschrien hätte, und selbst dann hätte er gezögert.»

«Da fällt mir ein», sagte Burden, als sie in den Wagen stiegen, «sein Sohn wohnt in London. Warum konnte er nicht bei ihm übernachten?»

«Roderick Knighton wohnt mit seiner Familie in Mill Hill, ziemlich weit draußen. Zu weit draußen, wenn man auf öffentliche Verkehrsmittel und Taxis angewiesen ist. Das würde Knighton meiner Meinung nach sagen. Wenn er jedoch plante, in den frühen Morgenstunden seine Frau zu ermorden, könnte der wahre Grund natürlich der sein, daß die Bayswater Road viel näher bei Sussex liegt.»

Männer suchten in den Grasrändern der Wege, unter den Hecken, in den Feldern und auf den verschwiegensten Pfaden, ja, sogar im Kingsbrook, der durch das Thatto-Tal fließt, nach der Mordwaffe. Wexford hätte gern gewußt, ob die Pistole Knighton gehört hatte. Ein Rechtsanwalt im Ruhestand, ehemaliger Strafverteidiger, wußte vielleicht sehr genau, wie er sich eine Waffe beschaffen konnte. Die kleine Pistole hatte – das schloß man aus dem haarfeinen Kratzer auf der Kugel, die Adela Knighton getötet hatte – im Lauf einen winzigen, etwa stecknadelkopfgroßen Höcker, einen Fehler, der einer Warze ähnelte.

Es war ein unangenehm feuchtkalter Tag, kälter als sonst um diese Jahres- und dunkler als gewöhnlich um diese Tageszeit. Die umliegenden Hügel und Wälder waren in grauen Nebel gehüllt. Die Waffe konnte überall versteckt sein, ein winziges Metallstück in unzähligen Tonnen Erde, Laubmulden und Wasser. Oder sie lag gereinigt und poliert und in ein weiches Tuch eingeschlagen in einer Schublade. Wexford ging die Zufahrt von Thatto Hall Farm hinauf.

Julian Knighton und seine Frau Barbara waren am Morgen aus Amerika eingetroffen. Julian war ziemlich klein und untersetzt wie seine Mutter, hatte ein Mondgesicht wie seine Mutter und war vielleicht vierzig Jahre alt. Die Knightons hatten ganz offensichtlich zu jenen Paaren gehört, die wie die Königin gewissermaßen zwei Familien hatten. Das erste Paar, die beiden älteren Söhne, mußten schon ungefähr zehn und acht Jahre alt gewesen sein, als Jennifer geboren wurde. Und zwei oder drei Jahre später war noch ein Sohn gekommen, der noch immer abwesende Colum.

Adam Knighton sah krank aus, er schien schwer zu leiden. Von den Wangenknochen abwärts wirkte sein Gesicht wie ausgehöhlt. Wexford erinnerte sich, wie erstaunt er gewesen war, wie ungläubig er die Nachricht vom Tod seiner Frau aufgenommen hatte. Nur ein brillanter Schauspieler hätte das vortäuschen können. Er sah den Chief Inspector aus tief in den Höhlen liegenden, wie gehetzt wirkenden Augen an. Die schwangere Mrs. Norris ruhte in einem Sessel und hatte die Füße hochgelegt. Barbara Knighton trank etwas aus einem Glas, das wie geeister Tee oder stark verdünnter Whisky aussah. Ihr Mann präsentierte Wexford eine Theorie.

«Ich halte es für sehr wahrscheinlich, daß er erwartete, einen Safe zu finden, Chief Inspector. Mein Vater hatte ja wirklich einen im Haus, doch als die Einbrüche so zunahmen, ließ er ihn entfernen. Solange er da war, hätte jeder Eindringling vermutet, wir wollten etwas ganz besonders Wertvolles schützen.»

«Damals benutzten wir das Haus noch an Wochenenden als Zweitwohnung und lebten nicht ständig hier», sagte Adam Knighton. «Am Sonntagabend legte ich, bevor wir nach Hampstead zurückfuhren, unsere wenigen Wertgegenstände immer in den Safe. Kann er danach gesucht haben? Ist das überhaupt denkbar? Halten Sie es für möglich, daß meine Frau Opfer eines unglücklichen Zufalls wurde? Daß dieser Mann sie mit der Waffe bedrohte, weil sie ihm nicht sagen wollte, wo der Safe war, und daß die Waffe dann irrtümlich losging? Könnte man von dieser Theorie ausgehen?»

Der Mann war ein weithin bekannter brillanter Strafverteidiger gewesen. Angesichts eines solchen Unsinns war das schwer zu glauben. Wexford erinnerte sich, daß in der Presse häufig von ihm die Rede gewesen war. «Mr. Adam Knighton, Verteidiger von ...» «Mr. Adam Knightons meisterliches Plädoyer ...» Das harte Gesicht mit der Adlernase wirkte plötzlich weichlich und schwach. Hatte es in China wie das Gesicht eines edlen Raubvogels ausgesehen, schienen die Züge jetzt wie aus Wachs, das unter der Berührung einer warmen Hand ein wenig geschmolzen war. Die Muskeln um den Mund herum waren erschlafft. Wexford gelangte zu der Überzeugung, daß Knighton weinte, wenn er allein in seinem Schlafzimmer war und die Tür vor seinen mitfühlenden und rücksichtsvollen Kindern geschlossen hatte. Das Gesicht war das eines Mannes, der sich in Tränen verzehrte.

«Haben Sie je eine Pistole besessen, Sir?» wandte Wexford sich an Julian Knighton.

«Guter Gott, nein! Ganz gewiß nicht.»

Wexford sah Adam Knighton an.

«In der ersten Zeit, in der ich hierherkam und mich gewissermaßen als Landjunker fühlte, hatte ich ein Jagdgewehr. Ich habe es vor fünf Jahren verkauft.»

Jennifer Norris flüsterte mit ihrer Schwägerin. Beide sahen Wexford böse an.

«Wenn ich darf, würde ich mich gern noch einmal im Haus umsehen», sagte er.

«Ich dachte, mein Bruder habe Ihnen sehr deutlich klargemacht, daß der Safe nicht mehr hier ist», sagte Jennifer Norris im Ton einer Schloßherrin des 19. Jahrhunderts, die mit einem Verwalter sprach.

«Sehr deutlich, besten Dank», erwiderte Wexford und sah Adam Knighton an.

«Tun Sie nur das, was Sie für richtig halten, Chief Inspector.»

Wexford machte die Wohnzimmertür hinter sich zu und ging in das Schlafzimmer hinauf, in dem Adela Knighton in der Dienstagnacht allein geschlafen hatte und aus dem sie auf schreckliche Weise rausgeholt worden war. Seit er das letzte Mal hier oben gewesen war, hatte jemand das Bett gemacht. Die sorgfältige Durchsicht von Mrs. Knightons Kleidern ergab nicht das geringste. Die Kleider sowie die Handtaschen waren leer. Auf dem Fensterbrett standen zwischen den mit einem Rosenmuster bedruckten gerafften Vorhängen ein chinesischer Kerzenleuchter, eine Parfumschachtel und zwei Buchstützen. Die Bücher waren die einer Frau, die als Teenager aufgehört hatte zu lesen: zwei oder drei von Jeffery Farnols, *‹Kostbares Gift›*, *‹Die Ceschichte einer afrikanischen Farm›*, C. S. Lewis' *‹Bedingungsloses Christentum›* und Mrs. Gaskells *‹Cranford›*. Wexford suchte etwas, nach dem er sich unbewußt umgesehen hatte, als er vor zwei Tagen den Schreibtisch im Erdgeschoß durchsuchte.

Der Toilettentisch hatte nur eine Schublade. Er zog sie auf. Taschentücher, eine Schachtel mit Abschminktüchlein, ein Kärtchen mit Haarspangen, zwei unbenutzte Flanelltücher, eine Pappschachtel mit Watte. Auf den Nachtkästchen aus Mahagoni standen rosafarbene Porzellanlampen mit Tüllschirmen. In jedem Kästchen war ebenfalls eine Schublade. Die von Mrs. Knighton enthielt eine Schachtel Aspirin, noch zwei Taschentücher, ein altmodisches Maniküreug mit silbernen Griffen, Nasentropfen, eine Brille in einem Etui. In Adam Knightons Schublade fand Wexford eine Brille in einem Etui, zwei Kugelschreiber, einen Notizblock, ein Röhrchen mit Halspastillen und einen batteriebetriebenen Rasierapparat in einer Lederhülle. Unter den Schubläden befand sich jeweils ein Schränkchen mit schwarzen Samtpantoffeln und einem Fotoalbum aus braunem Leder auf Mrs. Knightons und einem Bücherstapel auf Adam Knightons Seite. Offenbar las er gern im Bett, und das war die Lektüre, die er sich für die vergangenen Wochen oder Monate, für den Augenblick und vermutlich noch für die nächste Zukunft zurechtgelegt hatte. Es war, wie Wexford fand, eine ungewöhnliche und gänzlich unerwartete Zusammenstellung.

‹*Die sterbliche Blume*› von Han Suyin und ein sprachwissenschaftliches Buch mit dem Titel ‹*Über die chinesische Sprache*›. Diese beiden waren keine Überraschung, der Mann war erst kürzlich in China gewesen. Die nächsten Titel waren ‹*Die Rückkehr des Eingeborenen*›, Elizabeth Barretts ‹*Sonette aus dem Portugiesischen*›, ‹*Brownings Liebesbriefe*› und ‹*Anna Karenina*›. Wexford blätterte interessiert in den Büchern, und das erste Wort, das ihm einfiel, war «romantisch». Mit Ausnahme des sprachwissenschaftlichen Buches schwelgten sie alle in Romantik und schienen ihm zu dem weißhaarigen, vertrockneten, unglücklichen alten Anwalt überhaupt nicht zu passen. Doch die Tatsache, daß sie hier waren und Knighton sie entweder schon gelesen hatte, gerade las oder die Absicht gehabt hatte, sie zu lesen, bewiesen das Gegenteil.

Er schlug die ‹*Sonette aus dem Portugiesischen*› auf. Zwischen zwei Seiten steckte ein Lesezeichen.

«Wenn du mich schon lieben mußt,
dann tu's nur um der Liebe willen,
aus keinem andern Grund...»

las Wexford.

Das Lesezeichen war eine Seite aus dem Notizblock, und darauf hatte Knighton in seiner stilisierten Rundschrift ein paar Verszeilen geschrieben. Nicht von Elizabeth Barrett noch das Gedicht, das er in Kweilin auf dem Hoteldach zitiert hatte, sondern ein Fragment, das ebenfalls unverkennbar chinesische Dichtkunst war:

«Töte nicht die Wildgänse aus dem Süden,
laß sie nordwärts fliegen.
Und wenn du tötest, dann triff ein Paar,
auf daß nichts die beiden trenne...»

Sehr merkwürdig, in der Tat. Natürlich konnte man annehmen, daß Knighton das nach dem Tod seiner Frau geschrieben hatte, nachdem sie wirklich erschossen worden und sie beide getrennt worden waren. Aber aus irgendeinem Grund glaubte Wexford nicht, daß es sich so verhielt. Diese Worte waren nicht erst nach dem Dienstag geschrieben worden. Das Papier war zerdrückt, so oft hatte man es schon in die Hand genommen und als Lesezeichen in den Band mit den Sonetten geschoben.

Und als Wexford auf den Flur trat und in das «grüne» Schlafzimmer hinüberblickte, sah er, daß dort das Bett aufgeschlagen war und auf einem Sessel ein brauner Flanellmorgenrock lag. Der Witwer war vorübergehend aus dem Schlafzimmer geflohen, das er mit seiner Frau geteilt hatte.

Sie waren noch im Wohnzimmer, alle vier. Jennifer Norris ruhte noch immer mit hochgelegten Beinen in ihrem Sessel. Sie und ihr Vater tranken Tee. Barbara Knighton arrangierte in einer Kupferschale die letzten Rosen dieses Sommers, Oktoberblüten der zweiten oder dritten Blüte. Sie wirkten ein bißchen blaß und erschöpft, diese Rosen, und sahen aus wie Papier.

«Ich wüßte nur noch eins gern, Mr. Knighton», sagte Wexford. «Was ist aus den Fotos geworden, die Sie und Mrs. Knighton in China gemacht haben?»

«Fotos?»

«Sie sind nicht in dem Album, das ich in Mrs. Knightons Nachtkästchen gefunden habe, obwohl die von ihren früheren Urlauben sehr ordentlich eingeklebt wurden.»

«Wahrscheinlich habt ihr diesmal nicht fotografiert, nicht wahr, Vater?»

Knighton zögerte. Vielleicht, dachte Wexford, klammert er sich an den Strohhalm, den Julian ihm reicht. Und um das zu verhindern, sagte er energisch:

«Ich glaube, es besteht wohl kaum ein Zweifel daran, daß Sie und Mrs. Knighton fotografiert haben, oder?»

Ihre Augen trafen sich. Wexford fragte sich, ob er den Gesichtsausdruck des Mannes richtig deutete. Oder bildete er sich nur ein, daß Knighton dachte, es hätte ihm auf seiner Ferienreise durch China nichts Schlimmeres passieren können, als ausgerechnet diesem Polizisten zu begegnen? «Wir haben ein paarmal fotografiert, ja», sagte er matt. «Wenn die Bilder etwas geworden sind – falls sie überhaupt entwickelt wurden –, müssen sie irgendwo im Haus herumliegen.»

Aber sie waren nirgends zu finden.

Wexford erwähnte sie nicht mehr. Er beschäftigte sich in Gedanken viel mit Adam Knighton, mit seinem wehmütigen Hang zur Romantik, dem lustlosen, zermürbten Aussehen, dem manchmal gehetzten Blick – und nicht zuletzt mit der Möglichkeit, daß dieser Mann, der Dichtkunst und große Liebesgeschichten liebte, seiner Frau eine Pistole an den Hinterkopf gehalten und eine Kugel ins Gehirn gejagt hatte.

Die amtliche Leichenschau fand am Montag morgen statt, die Beerdigung am nächsten Tag auf dem Friedhof Aller Heiligen in Sewingbury. Inzwischen hatte man auch festgestellt, daß kein Mann, auf den Adam Knightons Beschreibung zutraf, bei einer Londoner Mietwagenfirma einen Wagen gemietet hatte. Bei der Befragung waren alle Firmen im Umkreis von drei Meilen ab Adrian Dobson-Flints Wohnung berücksichtigt worden. Auch die Suche nach der Mordwaffe war ergebnislos verlaufen, und Wexford hatte sie abbrechen lassen.

Sewingbury hat ungefähr 4000 Einwohner, einen Golfplatz, ein Kloster, dem eine Mädchenschule angeschlossen ist, eine stillgelegte Mühle am Kingsbrook und einen riesigen Marktplatz, auf dem gewöhnlich ein Wagen neben dem anderen parkt. Die Kirche liegt halbwegs den Hügel hinunter, der zum Fluß und zum neuen Wehr führt. Wexfords Fahrer fuhr über die Springhill Lane, über die neue Brücke, am Flußufer entlang und vorbei an der Stelle, an der der Fußweg aus dem Thatto-Tal in die River Street mündet.

Die ganze Familie Knighton war versammelt. Adam, mager, düster, barhaupt, in einem taillierten schwarzen Mantel, Roderick in einem dunklen Anzug mit schwarzer Krawatte, seine Frau Caroline in einem engen schwarzen Hosenanzug und schwarzen, offenen Schuhen. Julian und seine Frau trugen helle Farben, er Grau, sie Grün, machten aber, vielleicht zum Ausgleich dafür, die traurigsten Gesichter. Der blonde junge Mann mit der Adlernase und das schlanke, dunkle, griechisch aussehende Mädchen mußten Colum und seine Frau sein. Nur Jennifer war nicht anwesend, wurde jedoch von ihrem Mann vertreten, der zu spät und zu Fuß gekommen war.

Als alles vorbei war, wollte Wexford, der in der letzten Reihe gesessen hatte, hinter der Familie die Kirche verlassen. Schon im Gehen, blickte er zufällig über die Schulter zurück. Durch den Mittelgang kam die ältere Frau auf ihn zu, die er ebenfalls in China kennengelernt hatte. Adela Knightons Freundin. Sie mußte auf einer der vorderen Bänke gesessen haben. Er hatte bis zu diesem Augenblick überhaupt nicht mehr an sie gedacht.

Er merkte ihr an, daß sie erstaunt war, ihn zu sehen, und sie starrte ihn an, wie er sie angestarrt haben mußte, als er sie für die

Frau mit den gebundenen Füßen hielt, die ihn verfolgte. Und dann wandte sie mit einem Ruck die Augen ab.

Wexford ging hinaus und wartete in der Vorhalle auf sie.

10

«Mein Name ist Irene Bell. Ich glaube nicht, daß wir einander in China vorgestellt wurden.»

«Chief Inspector Wexford von der Kriminalpolizei in Kingsmarkham. Guten Tag, Miss Bell.»

«Sie sind also Polizist und hier in der Gegend zu Hause. Was für ein unglaublicher Zufall! Das muß für den armen Adam noch ein zusätzlicher Schock gewesen sein. Er ist völlig fertig, nicht wahr? Das sind wir übrigens alle. Adela und ich sind zusammen in die Schule gegangen und kannten einander fast unser Leben lang. Ich glaube, wir waren ungefähr ein halbes Jahrhundert befreundet.»

«Das ist eine lange Zeit», sagte Wexford. «Könnten wir uns ein bißchen unterhalten, Miss Bell?»

«Jetzt, meinen Sie? Ich glaube schon. Ich fahre ohnehin nicht mit den anderen. Ich mag dieses Essen und Trinken nach Beerdigungen nicht. Die Leute wollen ja nicht pietätlos sein, aber nach einiger Zeit vergessen sie immer, warum sie zusammengekommen sind, einer fängt an zu lachen, und bevor man weiß, wie einem geschieht, ist das Ganze zu einer Party geworden. Ich nenne das sehr schlechten Geschmack.»

Wexford nickte zustimmend. Sie schien eine Frau mit Charakter zu sein. «Ich sorge dafür, daß Sie später nach Kingsmarkham gebracht werden, damit Sie Ihren Zug nicht versäumen. Eine Tasse Tee halten Sie aber nicht für pietätlos, oder?»

«Ich könnte eine Tasse starken, heißen Tee ganz gut brauchen», entgegnete Miss Bell.

Sie war klein und mager, hatte ein rundes Gesicht mit scharfen Zügen und dunkles, noch kaum ergrautes Haar mit einer sehr krausen Dauerwelle. Der blaue Hosenanzug wäre heute nicht angemessen und außerdem zu leicht gewesen, da es in der vergangenen Nacht den ersten Frost dieses Winters gegeben hatte und an schattigen Stellen noch immer ein bißchen weißer Reif lag. Sie trug einen dunkelgrauen Tweedanzug, eine beigefarbene Seidenbluse und schwarze Pumps mit halbhohen Absätzen.

Bis vor drei Jahren, erzählte sie Wexford, sei sie Leiterin eines Reisebüros in Swiss Cottage gewesen, und dort in der Nähe wohne sie auch. Über dieses Reisebüro hätten sie und die Knightons auch die Trans-Asienreise gebucht. Es war nicht die erste Reise, die sie zu dritt unternahmen. Sie sei mit ihnen in Ägypten und auch ein paarmal auf dem europäischen Festland gewesen. Da habe Adela wenigstens ein bißchen Gesellschaft gehabt, sagte sie. Eine Bemerkung, die Wexford sehr aufschlußreich fand.

In Kingsmarkham führte er sie in ein Café auf der Hauptstraße und bestellte Tee für zwei. Irene Bell weigerte sich, etwas zu essen, vielleicht wieder deshalb, weil sie es für unpassend hielt, sofort nach der Beerdigung der besten Freundin zu tafeln. Denn das war Mrs. Knighton für sie offenbar gewesen, eine liebe, treue Freundin, die ihr so nahegestanden hatte wie eine Schwester. Als Miss Bell das sagte, trat ein Ausdruck tiefer, bitterer Trauer in ihr herbes Gesicht. Sie war Jennifers Taufpatin, und die jungen Knightons nannten sie alle «Tante Irene». Sie stand der Familie sehr nahe, gehörte fast zu ihr – soweit man eben dazugehören konnte, wenn man nicht blutsverwandt war. Wexford ließ sie eine Weile von ihrer Freundschaft mit Adela Knighton erzählen, und ihm fiel auf, daß sie zwar alle Kinder der Knightons erwähnte und sogar die Namen ihrer Kinder kannte, aber mit keinem Wort auf Adam Knighton zu sprechen kam. Er unterbrach sie und kam auf das zurück, was sie im Wagen gesagt hatte.

«Sie meinten vorhin, wenn Sie zu dritt verreisten, habe Mrs. Knighton wenigstens ein bißchen Gesellschaft gehabt. Hat ihr denn die Gesellschaft ihres Mannes nicht genügt?»

Sie hob die Schultern und lächelte schwach.

«War die Ehe glücklich, Miss Bell?»

«Jemand hat einmal gesagt, eine Ehe sei nur so weit unglücklich, soweit das Leben selbst unglücklich sei.»

«Das ist ein Zitat von Samuel Johnson. Was sagen Sie dazu?»

«Im allgemeinen, Mr. Wexford, halte ich nicht viel davon. Sie dauert zu lange. Wenn man sie auf fünf Jahre beschränken könnte, wäre sie eine ausgezeichnete Institution. Wer erträgt schon 40 Jahre lang ständig denselben Menschen um sich? Morgens, mittags, abends, immer. Die Leute denken, eine alleinstehende Frau meines Alters habe nur deshalb nicht geheiratet, weil sie keine Chancen hatte. Das stimmt natürlich nicht.» Irene Bell lachte leise. Es war ein grimmiges Lachen, weder amüsiert noch fröhlich. «Ich sehe nicht besonders gut aus, war nie besonders hübsch, aber das sind die meisten verheirateten Frauen auch nicht. Wenn nur hübsche oder charmante Menschen heirateten, gäbe es eine Welt von Singles. Ich war es, die nie heiraten wollte. Ich teile nicht gern. Ich koche nicht gern und mag weder Hausarbeit noch Babies, noch Sex. O ja, mit dem Sex habe ich's versucht. Vor 40 Jahren habe ich's dreimal damit versucht, und diese dreimal waren meiner Meinung nach genug für ein ganzes Leben.

Aber das sind meine Ansichten. Das trifft auf die Ehe im allgemeinen zu. Im besonderen, denn danach haben Sie mich gefragt, glaube ich, daß die Knightons so glücklich waren wie die meisten Menschen. Sie hatte ihn sehr gern, die arme Adela. Sie traf ihre Wahl, und sie blieb dabei und war eine gute Frau. Niemand hätte eine bessere Frau haben können.»

Du magst ihn nicht, dachte Wexford. Oder ist die Sache vielschichtiger? Hast du ihn vielleicht einmal zu sehr gemocht?

«Sie hatten einander nie viel zu sagen. Das meine ich übrigens unter anderem damit, wenn ich sage, ich halte nicht viel von der Ehe. Wie sonst sollen wir uns verständigen, wenn alles getan ist? Wir haben nur Worte. Man hört jetzt einen Haufen Unsinn über die Sprache der Augen, die Sprache der Liebe, schweigendem Verstehen, die ganze Palette eben. Zwischen Adela und Adam gab es nichts dergleichen, das kann ich Ihnen sagen. Adela war nicht die Frau dazu. Und Adam – ein Mann, der Gedichte liest, kommt mir ohnehin immer merkwürdig vor.»

«Die meisten Gedichte wurden von Männern geschrieben.»

«Das ist etwas anderes», erwiderte Miss Bell. «Bringen Sie mich nicht durcheinander. Wenn Sie's genau wissen wollen, ich finde es unmännlich, ungesund und affektiert, wenn ein Mann – wie heißen die Dinger doch gleich? – Sonette liest.»

«Hat er sie betrogen?» fragte Wexford brüsk. «Hatte er Liebesaffären mit anderen Frauen?»

Sie war bestürzt. Sie war dabei gewesen, die Teetasse an die Lippen zu heben, jetzt hielt sie mitten in der Bewegung inne und stellte dann die Tasse langsam auf die Untertasse zurück. «Guter Gott, nein! Was für eine unglaubliche Idee! Er ist dreiundsechzig.»

«Er war es nicht immer. Und auf jeden Fall ist er ein sehr gut aussehender Mann mit – wie ich es nennen würde – einer starken Ausstrahlung und großer Anziehungskraft.» Wexford unterbrach sich. Wie intim sie miteinander geworden waren, wie offen sie miteinander sprachen, nach zehn Minuten beim Tee. Es kam ihm so vor, als gebe es in diesem Augenblick nichts, was sie einander nicht sagen konnten. Ein Jammer, daß sie nicht mehr zu sagen hatte. «Es gibt viele Männer von 63 Jahren», sagte er, «die entsetzt wären, wenn man ihnen sagte, sie müßten in Zukunft alle Gefühle aus ihrem Leben ausklammern.»

Sie stieß ein kurzes, gackerndes Lachen aus. «Der Tag kommt

auch bei Ihnen drohend näher, nicht wahr? Nein, Adam hatte keine Affären, das können Sie vergessen. Mit wem denn auch? Außer der Pfarrersfrau hat er nie eine andere als Adela zu Gesicht bekommen. Wenn Sie glauben, er habe die Ärmste erschossen, weil er eine andere hatte, dann müßte ich jetzt, wenn wir ‹heiß und kalt› spielten, eiskalt sagen. Adam würde nie mit einer Waffe auf jemanden zielen und noch weniger würde er sie abfeuern. Er gab das Taubenschießen auf, weil er sagte, es sei unethisch. Einmal wurde er von einer Wespe gestochen, die er aus dem Fenster tun wollte, um sie nicht töten zu müssen.» Sie lachte wieder und setzte dann klirrend ihre Tasse ab. «Ich wußte es», sagte sie. «Das wird langsam eine Party, ein Freudenfest, und das dulde ich nicht. Ich finde es geschmacklos. Es war sehr freundlich von Ihnen, mich zum Tee einzuladen, aber jetzt bringen Sie mich bitte zum Bahnhof.»

«Noch fünf Minuten, Miss Bell», bat Wexford, «dann bringe ich Sie hin, ich verspreche es Ihnen. Ich möchte Sie etwas über China fragen. Erinnern Sie sich noch an den Abend in Kweilin, an dem wir alle in dieser Bar auf dem Hoteldach saßen?»

Sie zog die Handschuhe an. «Wir hatten 90 Grad Fahrenheit – oder 32 Grad Celsius, wenn Ihnen das lieber ist –, und sie spielten Weihnachtslieder. Natürlich weiß ich das noch.»

«Mr. Knighton erschrak über irgend etwas. Er wurde weiß wie die Wand. Er muß etwas oder jemanden gesehen haben, und das hat ihm einen Schock versetzt. Haben Sie das bemerkt?»

«Nicht, daß ich wüßte.»

«Eine oder zwei Minuten später sagte Mrs. Knighton, sie wolle ins Bett, und Sie beide standen auf, um zu gehen.»

«Möglich, aber ich erinnere mich nicht.»

«Und er hat am nächsten Tag nichts erwähnt? Nicht Ihnen gegenüber und auch nicht Mrs. Knighton gegenüber – in Ihrer Anwesenheit natürlich? Ich meine, hat er vielleicht gesagt: ‹Gestern abend habe ich etwas auf dem Dach gesehen, worüber ich wirklich sehr erstaunt war›?»

«Nein, das hat er nicht. Warum fragen Sie nicht ihn?»

«Das werde ich. Sie haben sehr viel fotografiert. Mrs. Knighton auch. Hat sie Ihnen ihre Bilder gezeigt?»

«Vor Wochen schon», antwortete Irene Bell. «Sie kam nach London, und dann haben wir immer zusammen gegessen. Das taten wir auch diesmal, und dabei haben wir uns gegenseitig unsere Fotos gezeigt.»

«Was hat sie mit ihren gemacht?»

«Mitgenommen natürlich. Sie wollte sie in ihr Album einkleben.»

In seinem Büro im zweiten Stock des Kommissariats fand er Burden und Dr. Crocker vor, die sich über Pistolen unterhielten. Burden hatte sogar die Nachbildung einer Walther PPK 9 in der Hand, die man einem jungen Rowdy abgenommen hatte. Er hatte einen Popstar damit bedroht, der Kingsmarkham besuchte. Als der Fall abgeschlossen war, landete sie völlig unerklärlicherweise in Wexfords Schreibtischschublade, und dort hatte sie bis jetzt gelegen.

«Ich fühle mich mit einem Skalpell in der Hand wohler», sagte der Doktor. «War es ein hübsches Begräbnis, Reg? Ich frage mich, warum Leute, die nicht religiös sind, feierliche Beerdigungen veranstalten. Seit es das alte Gebetbuch mehr oder weniger nicht mehr gibt, sind Beerdigungen doch nur noch langweilige, peinliche, unbeholfene Ereignisse, ohne Würde und ohne Schönheit.»

«Aber man muß doch eine Beerdigung haben, oder?» sagte Burden.

«Wenn Sie glauben, es sei gesetzlich vorgeschrieben, dann irren Sie sich. Die Leute denken, sie müßten, aber sie müssen gar nicht. Sie können Ihrem Beerdigungsinstitut einfach den Auftrag geben, Sie ganz heimlich und leise zu verbrennen, wenn das Krematorium mal keinen Hochbetrieb hat. Da ist nichts dabei. Doch kosten wird es natürlich dasselbe. Rund 500 Piepen – ein paar Zerquetschte mehr oder weniger – müssen Sie heute schon auf den Tisch des Hauses blättern.»

Wexford, der zu allem geschwiegen hatte, setzte sich an den Schreibtisch, nahm die Nachbildung der Pistole, drehte sie langsam nach allen Seiten und sagte: «Er saß auf diesem Dach, trank Kassia-Zimtwein, und plötzlich sah er etwas, das ihn ungeheuer erstaunte. Es war absolut nichts Unangenehmes, eher das Gegenteil. Ich hätte sogar darauf gewettet, daß er etwas Wunderschönes sah. Aber was war es?»

«Ein hübsches Mädchen», sagte der Doktor.

«Ach was! Ein hübsches Mädchen würde man so nur ansehen, wenn man zwanzig Jahre Einzelhaft hinter sich hätte.»

«Einen alten Freund?» meinte Burden. «Jemanden, den er vielleicht vor Jahren vor Gericht verteidigt und von dem er geglaubt hatte, er werde ihn nie wiedersehen?»

«Dann wäre er wohl sofort aufgesprungen, wäre zu ihm gegangen und hätte mit ihm gesprochen. Warum stand er auf, lehnte sich über die Brüstung und begann ein chinesisches Gedicht zu zitieren?»

«Frag ihn doch.»

«Das werde ich, aber er wird mir nicht die Wahrheit sagen. Wir müssen übrigens unbedingt feststellen, wer alles wußte, daß er vergangenen Dienstag über Nacht ausbleiben wollte. Wir haben in dieser Richtung noch nicht besonders viel unternommen, aber ich lese es aus dem Kaffeesatz heraus, daß es eine ganze Menge Leute wußten. Jeder bei dieser goldenen Jubiläumsparty, zum Beispiel. Wahrscheinlich die meisten Bekannten der Knightons in Sewingbury. Freunde oder Verwandte, denen Mrs. Knighton vielleicht geschrieben oder mit denen sie telefoniert hat.»

«Sie meinen, es ist ein bißchen faul, weil es ausgerechnet in dieser Nacht passierte?» sagte der Doktor. «Genau meine Worte. Wir haben da einen Mann, der höchstens einmal im Jahr auswärts übernachtet, und prompt wird in dieser Nacht seine Frau ermordet.»

«Das zeigt uns auf jeden Fall, daß es eine geplante, vorsätzliche Tat war. Sie kann von den Leuten geplant worden sein, die wußten, daß er nicht da war, und Knighton kann es mit einem Komplicen, aber er kann es auch allein getan haben.»

«Wir befragen jeden Bewohner von Hyde Park Garden, ob er Knighton in der fraglichen Nacht gesehen hat», sagte Burden. Er zögerte und fuhr dann verlegen fort: «Sie halten das vielleicht für weit hergeholt ...»

«Ich bin derjenige, dem man immer vorwirft, daß ich mir meine Theorien aus den Fingern sauge», unterbrach ihn Wexford.

«Vielleicht ist das ansteckend. Vielleicht ist es, weil – nun ja, ich habe mehr gelesen als sonst.» Es war bekannt, daß Burdens kulturell interessierte Frau die Gewohnheit hatte, ihm Bücher zu empfehlen. Sie gehörte auch zu den verhältnismäßig selten vorkommenden Menschen, die sich gern vorlesen ließen, und hatte unerwarteterweise in ihrem Mann ein großes schauspielerisches Talent mit einer besonderen Begabung zum Vorlesen entdeckt. Burden war ein bißchen rot geworden. «Romane, wissen Sie. Ich muß zugeben, daß ich in letzter Zeit nur Romane gelesen habe.»

Wie aus der Pistole geschossen, zitierte Wexford Jane Austen.

«Nur Romane! Nur ein Werk, das in der erlesensten aller Sprachen der Welt die gründlichste Kenntnis der menschlichen Natur, die glücklichste Schilderung ihrer Vielschichtigkeit, die sprühendsten Ergüsse von Geist und Witz vermittelt.»

«Okay, er soll uns sagen, was ihm eingefallen ist», meinte Crokker ungeduldig.

«Es ist ja nur – na ja, also eigentlich klingt es wie etwas von Conan Doyle. Aber manchmal liest man etwas Ähnliches in der Zeitung ...» Als er merkte, daß Wexfords Blick vor Zorn stechend wurde, fuhr Burden hastig fort: «Man hört doch immer wieder von alten Knastbrüdern oder eigentlich von jedem Kriminellen, der verurteilt wurde, daß er es dem Richter heimzahlen werde. Das stimmt doch, oder? Und ich weiß, daß so etwas tatsächlich vorgekommen ist – zumindest versucht wurde. Möglicherweise haben wir es hier mit einem solchen Fall zu tun.»

«Knighton war kein Richter.»

«Nein, aber er war auch nicht immer Verteidiger, sondern in früheren Jahren auch Anklagevertreter. Jemand, dem ein Verbrechen vorgeworfen und der dann verurteilt wurde, hätte den Mann, der ihn anklagte, genauso hassen können wie den Richter. Vielleicht war er der Meinung, daß Knighton die Beweise gegen ihn auf eine Art präsentierte, die bei den Geschworenen einen wesentlich nachhaltigeren Eindruck hinterließ als die Rechtsbelehrung durch den Richter. Vielleicht wurde jemand, der auf einen Freispruch gehofft hatte, Knightons wegen verurteilt oder bekam eine doppelt so lange Haftstrafe aufgebrummt wie erwartet. Hätte so ein Mann nicht beschließen können, es Knighton heimzuzahlen, sobald er wieder draußen war? Und ich schätze, Knighton hat bei Dutzenden von Fällen die Anklage vertreten. Sein Name stand oft in der Zeitung.»

«Sie meinen, ein Krimineller habe Mrs. Knighton erschossen, um sich an ihrem Mann zu rächen?» fragte Wexford nicht uninteressiert. Die Idee gefiel ihm. «Das ist eine Möglichkeit, besonders wenn Knighton ihn, wie Sie sagten, für zehn Jahre hinter Gittern verschwinden ließ, anstatt für vier oder fünf. Aber hätte er dann nicht Knighton erschossen?»

«Es gibt viele verheiratete Männer, die das Leben ohne ihre Frau nicht lebenswert finden», sagte Burden. Er warf dem Doktor einen unbehaglichen Blick zu, als erwarte er, ausgelacht zu werden. «Ich weiß, daß es mir so ging, als Jean starb, und wenn das nicht allzu lächerlich klingt, möchte ich noch sagen, daß es mir jetzt bei Jenny genauso geht.» Die beiden anderen lachten nicht, aber Burden tat es auf eine übertrieben verlegene Weise.

«Knighton war auch sehr lange verheiratet», sagte Crocker. «Wollte man den Witzpostkarten und den Karikaturisten glauben, müßte man denken, die Zuneigung schwinde mit den Jahren. Aber das stimmt nicht. Die Gewohnheit langer Jahre, alles, was man miteinander geteilt hat, dieses merkwürdige Einssein – mein Gott! Sie hatten noch keine Chance, Mike, Sie sind zu jung. Sie wissen noch nicht einmal die Hälfte.»

Und genausowenig weiß es Irene Bell, dachte Wexford. Er zitierte:

«Töte nicht die Wildgänse aus dem Süden,
laß sie nordwärts fliegen.
Und wenn du tötest, dann triff ein Paar,
auf daß nichts die beiden trenne...»

«Woher haben Sie das, Reg?»

Wexford sagte es ihnen. «Ich habe die hiesige Bibliothekarin ersucht, es für mich aufzuspüren. Es ist ein chinesisches Gedicht aus einer Sammlung von T'ang-Versen aus dem 9. Jahrhundert. Der Dichter hieß Shen Hsun, und das Merkwürdige daran ist, daß er und seine Frau von einem Sklaven ermordet wurden.

Wir kommen immer wieder auf China zurück, nicht wahr? Ich habe das Gefühl, und ich hatte es schon kurz nach dem Mord, daß der Schlüssel zu diesem Fall in China liegt.»

«Sie können nicht gut noch einmal hinfahren», sagte der Doktor.

«Nein, aber ich kann zumindest mit den Leuten sprechen, mit denen Adela Knighton quer durch Asien gereist ist. Ich habe sie auch kennengelernt, vergessen Sie das nicht. Es gab da ein paar ziemlich merkwürdige Dinge...»

Er erzählte ihnen von den beiden Männern, die von Irkutsk bis Kweilin kein Wort miteinander gesprochen hatten, und von Wong, der ertrunken war. «Beide Knightons haben in China fotografiert, sie haben ständig ihre Kamera gezückt. Was ist mit den Fotos passiert? Warum sind sie nicht im Album oder liegen in Päckchen im Haus herum? Ich bin immer fester überzeugt, daß wir in China suchen und uns mit dem beschäftigen müssen, was dort passierte. Ich wünschte nur, ich hätte meine Augen besser offengehalten. Ich konnte natürlich nicht ahnen, was kam, aber normalerweise macht es mir Spaß, Menschen zu beobachten, um zu sehen, wie sie sich verhalten. Aber, verdammt noch mal, ich wurde viel zu sehr von dieser Frau mit den gebundenen Füßen in Anspruch genommen.»

Crocker sah ihn an. «Von was für einer Frau?»

Zögernd berichtete Wexford von seinem Erlebnis. Er hatte oft das Gefühl gehabt, er hätte es schon längst tun sollen, hatte es jedoch nie getan. Wenn die Symptome verschwinden, interessiert sich niemand mehr für die Ursache seiner Krankheit. Crocker, der nicht einmal gelächelt hatte, als Burden über die Ehe sprach, lachte jetzt schallend.

«Was haben Sie gelesen?»

«Okay, ich weiß ja. Ein Buch mit dem Titel *‹Meisterwerke des Übersinnlichen›*. Ich habe es nicht zu Ende gelesen.»

«Also für allen Tee in China wollte ich nicht Ihre Phantasie haben.»

«Klar, aber alle Halluzinationen sind Produkte der Phantasie. Das macht sie für denjenigen, der sie hat, nicht weniger real. Glauben Sie, es lag nur an dem Buch und am Schlafmangel?»

»Und daran, daß Sie zuviel Körperflüssigkeit verloren und diesen mörderischen Mao Tai tranken, von dem Sie eine Flasche mitgebracht haben.»

«Beunruhigt brauchen Sie erst zu sein, wenn Sie die Dame über die Kingsbrook-Brücke humpeln sehen», sagte Burden.

Wexford sah ihn ausdruckslos an. «Wir dürfen nicht vergessen, die Möglichkeit eines Racheaktes zu untersuchen», sagte er. «Und da habe ich eine schöne Fleißaufgabe für Sie: erkunden Sie die momentanen Lebensumstände eines jeden Gauners, gegen den Knighton vor Gericht als Vertreter der Anklage aufgetreten ist. Und zwar rückwirkend bis – sagen wir – fünfzehn Jahre vor seiner Pensionierung. Und damit wir nicht einseitig werden, auch die eines jeden Kriminellen, den er erfolglos verteidigt hat. Damit sollten Sie eine Weile zu tun haben.

Und ich will mich inzwischen um meine Reisegenossen aus China kümmern.»

11

Donaldson fuhr weiter, um einen Parkplatz zu suchen, und Wexford überquerte die Kensington Church Street. Über dem Schaufenster des Ladens, in den er wollte, stand in vergoldeten römischen Lettern nur der Name «Vinald». Im Schaufenster selbst stand in einsamer Pracht eine Vase. Es war keine von denen, die Vinald in China erworben hatte, sondern ein Gefäß von der Größe eines kleinen Mannes und aus matt schimmerndem, schwarzem Porzellan mit einem blutroten Drachen, der goldene Krallen hatte.

Im Laden selbst ging man über einen tiefen, weichen, schwarzen Teppich, der einem Katzenfell ähnelte. Sanftes Licht fiel aus vergoldeten Rokoko-Wandleuchten auf die ausgestellten Gegenstände, und eine einzige Punktleuchte bestrahlte ein Musikinstrument, das wie ein Spinett oder ein Klavizimbel aussah. Verschiedene Objekte waren im ganzen Raum verteilt: Wachsfrüchte unter einer Glasglocke, eine Porzellanuhr, auf deren rundem Zifferblatt Eros und Psyche abgebildet waren, ein hoher, schlanker Glaskrug und auf einer Konsole ein Buch mit Audubondrucken, das bei einem Bild mit grünen und gelben Vögeln aufgeschlagen war.

Wexford stellte sich bei der Geschäftsführerin vor und fragte nach Gordon Vinald. Doch leider war Mr. Vinald auf einer Auktion und wurde erst am Spätnachmittag zurückerwartet. Handle es sich um eine wichtige Angelegenheit? Wexford sagte ja und er komme wieder.

«Würde es Ihnen etwas nützen, mit Mrs. Vinald zu sprechen? Ich weiß, daß sie zu Hause ist. Sie hat mich vor ein paar Minuten angerufen.»

Als Wexford ihn das letzte Mal gesehen hatte, war Vinald bestimmt nicht verheiratet gewesen. «Ich wußte nicht, daß es eine Mrs. Vinald gibt.»

Sie lächelte wie manche Leute lächeln, die eine junge Ehe süß oder rührend finden. «Mr. und Mrs. Vinald sind erst seit einem Monat verheiratet. Soll ich sie anrufen? Ihr Haus ist gleich um die Ecke im Villenviertel.»

Er hatte es vorhergesehen. Vinald hatte Margery Baumann geheiratet.

«Mrs. Vinald sagt, Sie sollen gleich hinüberkommen, Mr. Wexford. Sie freut sich, Sie zu sehen.»

Das Villenviertel war tatsächlich nur um die Ecke. Der Garten von Nummer sechzehn mußte an die Rückseite des Hauses stoßen, in dem der Laden war. Es war ein viktorianisches Reihenhaus, an das man in Kingsmarkham keinen zweiten Blick verschwendet hätte, doch hier war es gut und gern eine halbe Million wert. Er wurde von einer jungen Schwarzen eingelassen, die ein Staubtuch in der Hand hielt. Sie stieß eine Tür auf und sagte gleichgültig: «Sie ist da drin.»

Das Zimmer war ein Museum, offenbar mit allem möbliert, was im Laden keinen Platz gefunden hatte. In der Mitte des chinesischen Teppichs saß eine sehr große, kräftige Tigerkatze mit einem sehr dichten Fell, die aufhörte, sich zu putzen und Wexford aus funkelnden Zirkonaugen anstarrte. Vor dem Marmorkamin, den weißen Arm lässig auf dem Sims ausgestreckt, stand die schöne schwarzhaarige Pandora.

Sie erkannte ihn nicht. Vermutlich hatte sie ihn seinerzeit überhaupt nicht bemerkt. Während ein Mann in Wexfords Alter eine solche Frau nie vergißt, ist er für sie praktisch nicht vorhanden, als sei er unsichtbar.

Ihr Haar war jetzt länger und zu einem Pagenkopf geschnitten. Sie sah aus wie eine ägyptische Königin. Ihr Mund war zinnoberrot, und sie hatte jadefarbenen Lidschatten aufgelegt. Wexford hatte das Gefühl, daß er ihr entweder schon früher einmal begegnet war – vor dem Zusammentreffen auf dem Hoteldach in Kweilin – oder daß sie irgendeiner berühmten Schönheit verblüffend ähnelte. An einen Filmstar aus seiner Jugend? Hedy Lamarr? Lupe Velez? Sie trug einen enganliegenden schwarzen Pullover aus Seidenjersey und einen schwarzrot gemusterten Samtrock. Sie hatte die schönsten Beine, die er je gesehen hatte – sie waren sogar schöner als die seiner Tochter Sheila. Das zu denken war zwar nicht sehr loyal, aber es war die Wahrheit.

«Ich denke, daß Sie hier sind, um über die verstorbene Mrs. Knighton zu sprechen. Habe ich recht?»

Er war überrascht und zog die Brauen hoch.

«Was sollte es sonst sein?» Ihr neuseeländischer Dialekt holte sie von ihrem Göttinnenthron herunter und stellte sie in die Reihen der Sterblichen. «Ich bin mit ihr nach Hongkong gereist – sogar bis nach England, wenn man den Flug dazurechnet. Wollen Sie sich setzen?»

Die Katze sprang – für ein Tier ihres Umfangs unglaublich anmutig – auf den Sessel, bevor er Platz nehmen konnte.

«Los, verschwinde, Selima.» Sie hob die Katze auf und ließ sie auf die Chaiselongue plumpsen. «Aus irgendeinem Grund, den aber nur mein Mann kennt, heißt sie ‹Schwermütige Selima›. Das stammt aus irgendeinem Gedicht.»

Wexford zitierte die entsprechende Verszeile, aber die junge Schönheit zuckte nur geringschätzig mit den Schultern.

«Ich habe nicht viel für Gedichte übrig», sagte sie, obwohl sie jeden Mann dazu inspirieren konnte, ihr ein Gedicht zu widmen. Doch mit einem Gefühl leichter Enttäuschung sah er, was sie meinte. Trotz ihrer Schönheit, trotz des Hollywood-Profils stand sie mit beiden Beinen fest auf der Erde, nüchtern, sachlich – berechnend? «Was kann ich für Sie tun, Mr. Wexford?»

«Ich weiß nicht, Mrs. Vinald, ich tappe ein bißchen im dunkeln. Die Zugreise quer durch Asien haben Sie nicht mitgemacht, nicht wahr?»

Sie schüttelte den Kopf. «Wir haben die Reisegruppe in einer Stadt namens Kweilin getroffen. Dort im Hotel habe ich auch meinen Mann kennengelernt. Ich war auf einer Weltreise. Wir sind von Auckland nach Djakarta, von dort nach Singapur und von Singapur nach Peking gefahren. Von Hongkong sollte es nach Bombay weitergehen, aber – nun ja – London schien mir plötzlich viel interessanter. Ich muß Ihnen aber sagen, daß ich meines Wissens mit Mrs. Knighton kein einziges Wort gewechselt habe. Ich kenne ihren

Namen nur, weil Gordon mir sagte, wer sie war, nachdem wir von dem Mord in der Zeitung gelesen hatten.»

Wexford fand, es sei an der Zeit, ihr zu sagen, daß auch er in China gewesen war. Sie war zuerst erstaunt und dann verwirrt. Hatte er Mrs. Knighton beobachtet, sie beschattet? Sie könne ihm da nicht folgen. Wie solle sie das verstehen? Und er hatte sie, Pandora Vinald, wirklich schon einmal gesehen? Es ist immer schwer zu begreifen, daß ein sehr schöner Mensch, besonders einer mit einem empfindsamen und freundlichen Gesicht, strohdumm ist. Pandora Vinald war – um es so mild wie möglich auszudrücken – nicht besonders intelligent. Bis auf ein sehr wesentliches Detail konnte sie Margery Baumann nicht das Wasser reichen.

«Haben Sie, seit Sie hier sind, jemand von der Reisegruppe getroffen?» fragte er.

«Nein. Gordon sagt, Ferienfreundschaften führen nie zu etwas, es sind totale Nieten.»

«Anders als Ferienromanzen, nicht wahr?»

Sie brauchte ein bißchen, ehe sie ihn verstand, aber dann brach sie in ein fröhliches Gelächter aus. Die Schwermütige Selima richtete sich auf und begann sich auf Katzenart mit Hingabe das Gesicht zu waschen, als habe eine innere Stimme ihr gesagt, sie habe einen entstellenden Schmutzfleck auf der Nase. «Eine Mrs. Knox hat uns ein Foto geschickt», sagte Pandora Vinald. «Ich meine, es war an Gordon adressiert. Auf dem Foto sind wir und eine Menge anderer Leute. Man sieht uns nicht sehr gut, es ist auch kein besonders gutes Foto. Gordon sagte, wir sollten uns nicht bedanken, das würde sie nur ermutigen. Aber ich dachte mir, das sei wirklich zu unhöflich, ich konnte mich so gut in ihre Lage versetzen, wie das sie kränken mußte.» Sie lächelte und setzte naiv hinzu: «Also habe ich ihr geschrieben, mich bei ihr bedankt und ihr gesagt, wie hübsch das Foto sei, obwohl das natürlich gar nicht stimmte. Und dann erwähnte ich noch, daß wir heiraten wollten.»

«Haben Sie noch ihre Adresse?»

Die Katze sprang von der Chaiselongue, stolzierte zur Tür und stieß ein schrilles, ungeduldiges Miau aus. Weil dieses Miau nicht sofort beachtet wurde, ließ sie ihm eine ganze Serie empörter Laute folgen, die fast wie ein Schrei klangen.

«Selima, du bist doch ein richtiges Biest! – Sie ist schrecklich verzogen. Gordons Ex-Frau hat ihr buchstäblich alles erlaubt. Sie durfte sich sogar an fast unbezahlbaren alten Stücken die Krallen schärfen, einfach schrecklich.» Sie öffnete die Tür, und die Katze ging so langsam hinaus, daß es einer Unverschämtheit gleichkam.

«Die Adresse, sagten Sie? Ich habe sogar alle Adressen. Das Reisebüro hat Gordon vor der Abreise eine Liste mit Namen und Anschriften aller Mitreisenden geschickt. Sie liegt hier im Schreibtisch. Nützt sie Ihnen etwas?»

Da standen sie alle in alphabetischer Reihenfolge:

«Mrs. H. Avory, Oswestry Place 19, Rosia Bay, Gibraltar

Dr. und Mrs. C. Baumann, Four Winds, Southwood Hill, Purley, Surrey

Dr. M. Baumann, Crestleigh Drive 2, Guildford, Surrey

Miss I. M. Bell, Wohnung 6, Meleager Court, Queen Charlotte Road, London NW3

Mr. L. Fanning (Reiseleiter), Kingsland House 105a, New King's Road, London SW6

Mr. und Mrs. A. D. Knighton, Thatto Hall Farm, Myringham Road, Sewingbury, Sussex

Mrs. L. Knox, Redvers Lodge 26, Redvers Road, Rosia Bay, Gibraltar

Mr. A. H. Purbank, Fairmead Farm Court 10, Disraeli Road, Buckhurst Hill, Essex

Mr. G. W. M. Vinald, Searle Villas 16, London W8»

Wexford bedankte sich bei Mrs. Vinald und verabschiedete sich. Draußen thronte auf einer der beiden Säulen, die das Einfahrtstor flankierten, Selima wie eine Sphinx. Unklugerweise streckte Wexford die Hand aus, um die Katze zu streicheln, und sie verpaßte ihm zwei blutige Kratzer.

In der Luxuswohnung hinter World's End fand er nur Lewis Fannings Frau vor, eine magere Person mit hennarotgefärbten Haaren, die an den Wurzeln grau waren. Sie war kurz angebunden und absolut uninteressiert. Ihr Mann war wieder unterwegs, in der Ägäis diesmal, und kam erst Ende des Monats zurück.

Durch Purley, wo die Baumanns wohnten, kam er auf der Heimfahrt, der Ort lag an der Straße nach Brighton. Bevor er nach Kingsmarkham zurückfuhr, wollte er aber noch einen Blick auf das Haus werfen, in dem die Knightons gewohnt hatten, bevor sie nach Sussex umzogen. Er gab Donaldson Anweisung, ihn nach Hampstead zu bringen.

Zwar kannte er London viel besser als Burden, doch in seinem Wissen klafften noch immer große Lücken. Als er einen Wegweiser zum Swiss Cottage sah, fiel ihm ein, daß Irene Bell gesagt hatte, sie wohne dort, obwohl die postalische Adresse auf Hampstead schließen ließ.

«Versuchen Sie mal, die Queen Charlotte Road zu finden.»

Donaldson, der, bevor er zur Polizei ging, in London Taxifahrer werden wollte, hatte die ganze Stadt mit dem Fahrrad erkundet, um Bescheid zu wissen, und wußte auch ohne Stadtplan, wie er fahren mußte. Meleager Court war ein Wohnblock, der nur aus roten Ziegelbalkonen inmitten von Platanen zusammengesetzt schien. Irene Bell sah sich selbst heute ähnlicher als bei der Beerdigung ihrer Freundin. Sie trug einen grauen Hausanzug und schien nicht überrascht, ihn zu sehen.

«Ich habe mir eben eine Kanne meines Lieblingsgiftes gebraut, Chief Inspector. Treten Sie ein. Achtung, Stufe! Nur ein echter Engländer ist imstande, um ein Uhr mittags Tee zu trinken, sage ich immer. Ich habe auch ein paar Sandwichs gemacht, oder haben Sie schon gegessen?»

«Ich wollte es bei meiner Tochter tun. Sie wohnt in Keats Grove, oben am Hügel, nur ist mir eben eingefallen, daß heute Dienstag ist und sie eine Matinee hat.»

«Sheila Wexford», sagte Miss Bell. «Und Sie sind also ihr Vater. Ich meine, abgesehen von allem anderen. *‹Schlampige Zeiten›* läuft noch immer, nicht wahr? Das Stück hat mir nicht besonders gut gefallen, aber sie war hervorragend. Es ist eine Freude, sie anzusehen.»

Wexford merkte, daß er Irene Bell sehr gern hatte. Er nahm dankend eine Tasse Tee und ein Schinkensandwich an. Vielleicht könne sie ihm sagen, wo die Knightons in Hampstead gewohnt hatten. Sie sagte es ihm, während sie ihm und sich zum zweitenmal Tee einschenkte.

«Ich hätte entgegenkommender sein müssen, als wir das letzte Mal miteinander sprachen», fuhr sie fort. «Aber ich war so aufgeregt, und es schien mir nicht richtig. Ich habe aber noch einiges zu sagen, wenn ich auch nicht weiß, ob es das ist, was Sie hören wollen.»

«Ich will alles hören.»

«Altes Zeug, Dinge, die vor Jahren passiert sind?» Sie runzelte die Stirn und dachte zurück. Dann sagte sie: «Ich möchte, daß Sie herausfinden, wer Adela getötet hat, und er soll seine gerechte Strafe bekommen. Nicht, daß das heutzutage besonders viel ist – fünf Jahre Gefängnis mit der Möglichkeit, an einer sogenannten Offenen Universität zu studieren und einen akademischen Titel zu erwerben. Hinterher wird man ihn in einem neuen Anzug und fünfzig Pfund aus der Armenkasse wieder auf die Menschheit loslassen.»

«Ganz so ist es nicht», sagte Wexford unwillkürlich lächelnd.

«Sie mußten heiraten, wissen Sie», sagte sie plötzlich.

«Wie bitte?»

«Adam und Adela. Ich nehme an, Sie wissen, was der Ausdruck bedeutet. Er war in meiner und in Ihrer Jugend gang und gäbe. Heute natürlich nicht mehr. Die Mädchen bekommen ihre Babies oder lassen die Schwangerschaft abbrechen, und soviel ich gehört habe, sind es heutzutage die Jungen, die die Mädchen anflehen, sie zu heiraten. Adela verliebte sich auf den ersten Blick in Adam. Seine Schwester war mit uns in die Schule gegangen und bat uns, bei ihrer Hochzeit die Brautjungfern zu machen, und so lernten wir Adam kennen. Wir waren alle vierundzwanzig, Adam drei Jahre jünger. Er studierte in Oxford. Nun, wie ich Ihnen schon unlängst erklärte, habe ich für Männer nicht besonders viel übrig, aber mit Adam war das wieder eine andere Sache, wie die jungen Leute sagen. Er sah nicht nur gut aus, er war schön. Man spricht immer von ‹groß, dunkel und gutaussehend›, aber meiner Meinung nach ist ein gutaussehender blonder Mann einfach unschlagbar. Das klingt kitschig, ich weiß, aber er sah aus wie ein Gott auf einem Gemälde.

Ich hatte Adela sehr, sehr gern. Aber sie wäre garantiert die erste gewesen, die mir zugestimmt hätte, wenn ich jetzt sage, daß sie nie besonders hübsch war. Sie kam aber aus einer sehr guten Familie. Den Aylhursts, wissen Sie. Sie sind ein jüngerer Zweig der Staffordshire Aylhursts, wirklich erstklassig.» Sie zögerte. Wexford, der sie nie für einen Snob gehalten hätte, war von so viel unverblümten Snobismus überrascht. Aber schließlich war sie Mrs. Knightons engste Freundin gewesen. «Gerald Aylhurst war ihr Vater. Er hatte in der Grafschaft Salop ein hohes Richteramt inne. Ich kann Ihnen nicht sagen, wieso Adam anfing, sich für sie zu interessieren. Ich weiß es nicht. Vielleicht fühlte er sich geschmeichelt, weil sie älter war als er – oder so. Ich habe Männer meiner Generation sagen hören, daß sie in ihrer Jugend unter einer schrecklichen sexuellen Frustration gelitten hätten – das kommt heute wohl nicht mehr vor, wie? –, vielleicht war es also das. Adela sagte nicht nein, obwohl Sie sich zweifellos daran erinnern, daß 1939 anständige Mädchen kaum einmal ein Ja über die Lippen brachten. Auf jeden Fall wurde sie schwanger, und damals gab es keine Auswege, Adam mußte sie heiraten. Ich glaube nicht, daß er je daran zweifelte, aber er sagte seiner Schwester, und seine Schwester erzählte es mir, daß er lieber sterben wollte. Als man ihm zum erstenmal klarmachte, daß es seine Pflicht war, Adela zu heiraten, beschloß er, sich umzubringen. Er sagte, er liebe eine andere, und wenn er Adela heiraten müsse, wolle er nicht mehr leben.»

«Wer war die andere?»

«Fragen Sie mich nicht. Sie brauchen mich auch nicht so anzusehen. Ich war es nicht. Ich bitte Sie, Adam Knighton hätte keinen zweiten Blick an mich verschwendet. Ich weiß nicht, wer es war, wahrscheinlich ein Mädchen aus Oxford, und das ist nach 40 Jahren wohl auch nicht mehr wichtig.»

Wexford pflichtete ihr bei. Es konnte nicht mehr wichtig sein. «Er hat sich nicht umgebracht, wie wir wissen», fuhr Irene Bell fort. «Die Aylhursts veranstalteten eine große weiße Hochzeit in ihrer Dorfkirche. Sehr geschmacklos, denn Adela war im vierten Monat, und man sah es schon. Adam ging nach Oxford zurück, schloß seine Examen mit Auszeichnung ab, und im September wurde Julian geboren.

Sie müssen sich recht gut verstanden haben, denn ein Jahr später, im November, bekam Adela Roderick. Das war 1941, und Adam mußte mit seinem Regiment irgendwohin in den Fernen Osten. Nach Burma, glaube ich. Er war vier Jahre weg. Als er zurückkam, machte er Karriere, wie wir wissen. Ich sah sie beide sehr oft. Ich bewohnte mit einem anderen Mädchen eine Wohnung in Maitland Park, und sie hatten ein Haus in einer Seitenstraße von Haverstock Hill, in der Nähe der Belzise Park Station. Er hatte eine merkwürdige Art, sie zu behandeln – mit einer Mischung aus Nachsicht, Gereiztheit und Geduld. Ich weiß nicht, ob ich mich klar genug ausdrücke. Heute würde man sagen, er hat sie ständig herabgesetzt. Einmal – sie hatten eben ihren ersten Fernseher gekauft – sagte er, er wolle sich ‹*Die Brüder Karamasow*› ansehen, und Adela fragte: ‹Kommt die Sendung aus dem Londoner Palladium, Liebling?› Nun ja, zufällig wußte ich, daß es irgend so ein berühmter russischer Roman war, obwohl ich ihn nie gelesen habe, aber ein solcher Irrtum kann schließlich jedem passieren. Der Name klingt doch, als wären es Akrobaten, oder? Adam rief die Jungen herein und sagte: ‹Kommt, und hört euch einmal an, was eure intellektuelle Mama eben gesagt hat.› Und als dann dieser Schwule anrief, dieser Dobson-Flint, erzählte er es brühwarm auch ihm.

Adela bekam noch zwei Kinder. Ich glaube, daß sie Adam dadurch an sich fesseln wollte. Ich weiß es nicht sicher, ich denke es mir einfach nur.»

«Meinen Sie, daß er anfing, sich anderweitig Zerstreuung zu suchen?»

«Ich weiß es nicht. Es kam jedenfalls so weit, daß er nie zu Hause war. Er müsse arbeiten, sagte er, und vielleicht stimmte das auch. Er habe auch viele gesellschaftliche Verpflichtungen, sagte er, obwohl Adela sich nie weigerte, Parties zu geben und er diesen Verpflichtungen auch zu Hause hätte nachkommen können. Sie war eine gute Ehefrau, wie ich schon sagte, sie liebte ihn, nahm jede nur erdenkliche Mühe auf sich. Außerdem hatte sie Jennifer und Colum, aber das schien auf Adam keinen besonderen Eindruck zu machen. Er schlief zu Hause – sie waren inzwischen in die Fitzjohn's Avenue umgezogen –, aber das war ungefähr alles. Das ging so – wie lange? Fünf Jahre? Jedenfalls hatte Adela nach Colums Geburt jahrelang nur insofern einen Ehemann, als ein Mann im zweiten Bett des gemeinsamen Schlafzimmers lag.

Und dann, ich erinnere mich noch sehr gut daran, es war Ende der fünfziger Jahre, kam er zurück. Er wohnte zu Hause, aß zu Hause, fing an, mit Adela auszugehen – er tat einfach alles. Es war, als habe er einen Schock erlebt und sei wieder zur Vernunft gekommen. Ich glaube, sie hat ihm gedroht, ihn zu verlassen und die Kinder mitzunehmen. Er liebte seine Kinder. Wie dem auch sei, er kam zurück, und er blieb. Danach waren sie ein wahres Musterehepaar, nur hatten sie sich nie viel zu sagen. Der ganze ‹alte Adam› war aus Adam herausgefahren, soviel ist jedenfalls sicher. Er langweilte sich zu Tode, aber er fügte sich. Und die arme alte Adela bemühte sich weiterhin, die gute, liebende Ehefrau zu sein, aber in die Ferien mußte ich mitfahren, denn es gibt Grenzen dafür, wie lange man einen Mann erträgt, der einen stundenlang anschweigt.

Du meine Güte», schloß Irene Bell, «wundern Sie sich wirklich noch, daß ich nicht viel von der Ehe halte, wenn das die Ehe war, die ich aus nächster Nähe beobachten konnte?»

Ein schönes Haus mit vielen Zimmern, aus rötlichem Stein in einem Stil erbaut, der für die Zeit König Edwards charakteristisch ist, mit Giebeln und rautenförmigen Fensterscheiben, wie sie die Menschen der damaligen Zeit liebten. Es stand rechts auf halber Höhe des großen Hügels vor Hampstead. Im Garten unzählige Rhododendronsträucher, ein Ilex und in der Mitte der ovalen Rasenfläche eine Schuppentanne. Als Wexford sich vom Wagen aus das Haus betrachtete, in dem die Knightons so traurig nebeneinander hergelebt hatten, trat ein in einen Burnus gehüllter Mann mit Hakennase aus der Haustür. Nur ein Araber konnte es sich heutzutage leisten, ein solches Haus zu kaufen und zu bewohnen.

«Die Ehe», murmelte Wexford vor sich hin, «ist ein verzweifeltes Unterfangen. Die Frösche bei Äsop waren ganz ungewöhnlich klug. Sie sehnten sich nach Wasser, sprangen aber nicht in den Brunnen, weil sie wußten, daß sie nicht mehr herauskonnten.»

Donaldson schwieg dazu. Aber irgendwann hinter Loring erklärte er, das Leben sei voller Überraschungen. Er habe immer geglaubt, der Chief Inspector komme mit Mrs. Wexford gut aus.

«Jetzt nach Purley, Sir?» fragte er wieder ein paar Minuten später.

«Zuerst nach Purley und dann nach Guildford.»

Aber diese Fahrt quer durch Surrey blieb ihm erspart. So überrascht er gewesen war, daß Margery Baumann ihm nicht bei Vinald geöffnet hatte, so überrascht war er, als sie es in Purley tat. Sie erkannte ihn sofort und war nicht weniger erstaunt, ihn zu sehen. Schließlich hatte sie nicht erwartet, daß ein Mann, den sie drei Monate vorher zufällig in China getroffen hatte, plötzlich vor der Tür ihrer Eltern stand.

Er sagte ihr, wer er war und was ihn hierhergeführt hatte. Margery Baumann hatte eine schnellere Auffassungsgabe als Pandora Vinald. Da sie freitags keine Abendsprechstunde halte, sagte sie, sei sie dann immer bei ihren Eltern anzutreffen. Inzwischen hatten sie die getäfelte Halle des ziemlich luxuriösen Hauses aus den dreißiger Jahren durchquert und betraten ein Wohnzimmer, in dem die Baumanns Tee tranken, wie man ihn in den dreißiger Jahren getrunken hatte. Gurkensandwichs, Brot, Butter, Erdbeermarmelade, Viktoria-Biskuits und Eierkremes. Dr. Baumann trug eine graue Flanellhose, ein weißes Hemd, die Krawatte seines Colleges und ein Sportjackett, seine Frau ein geblümtes Nachmittagskleid und Perlen. Sie hatte eine silberne Teekanne in der Hand und widmete sich der Zeremonie des Einschenkens. Es sah genauso aus wie das Szenenbild aus einer Salonkomödie. Wären der herbstliche Garten und der graue Himmel nicht gewesen, hätte man erwartet, jeden Augenblick einen jungen Mann in Flanell und mit einem Tennisschläger in der Hand durch die Verandatür eintreten zu sehen.

All das ging Wexford durch den Kopf, während Margery ihren Eltern erklärte, wer Mr. Wexford war, welchen Rang er bei der Polizei hatte und was ihn zu ihnen führte. Als Margery schloß, schienen sie kaum weniger verwirrt zu sein als vorher.

«Da Sie schon einmal hier sind, setzen Sie sich bitte und trinken Sie eine Tasse Tee mit uns», sagte Mrs. Baumann matt.

«Bestimmt will er auch ein Stück von deinem hervorragenden Kuchen, Lilian.» Dr. Baumann stand auf. «Ich hole ihm einen Teller. Ich kann zwar nicht behaupten, daß mir schon völlig klar ist, warum er hier ist, doch wäre er nicht der Mann, für den ich ihn halte, wenn ihm Mutters ausgezeichneter Kuchen nicht schmeckte.»

«Milch und Zucker, Mr. Wexford?»

«Was also wollten Sie uns sagen?» fragte Margery.

«Für den Anfang möchte ich von Ihnen alles erfahren, was Sie über die Knightons wissen. Besten Dank, das ist sehr freundlich von Ihnen.» Dr. Baumann war mit einem Kuchenteller und einer kleinen spitzenbesetzten Serviette zurückgekommen. Wexford, der mehr oder weniger immer auf Diät war, war gezwungen, ein großes Stück gelben Biskuitkuchens mit einer Marmeladefüllung anzunehmen. «Sie haben mit den Knightons die lange Bahnreise gemacht. Ich will alles wissen, woran Sie sich im Zusammenhang mit ihnen erinnern.»

«Aha», sagte Dr. Baumann, «das ist es also, was er will. Nun, meine Liebe? Nun, Margery? Ich wette, er wird überrascht sein, wenn er merkt, was für eine ausgezeichnete Beobachtungsgabe meine beiden Mädchen haben.» Er lachte einmal kurz auf. «Wie schmeckt der Kuchen?» wandte er sich dann an Wexford. Es war das erste Mal, daß er ihn direkt ansprach. Wexford hatte schon geglaubt, der Doktor habe es sich angewöhnt, in der dritten Person zu sprechen, weil er an Krankenbetten vor den Studenten dozieren mußte, die ihn bei der Visite begleiteten.

«Sehr gut. Könnten Sie mir jetzt sagen, was für einen Eindruck Sie von den Knightons hatten, Mrs. Baumann?»

Er hatte sie völlig durcheinandergebracht. «Ich hatte keine Eindrücke. Sie waren ganz einfach – nun ja, recht nette, durchschnittliche Menschen. Das haben wir doch immer gesagt, nicht wahr, Cyril? Damals, meine ich, wenn wir uns über die anderen Mitglieder unserer Gruppe unterhielten, wie man das eben so tut, Sie wissen schon. Ich sagte zu meinem Mann, die Knightons kämen mir sehr nett vor, und auch diese Miss Bell, die mit ihnen reiste, fände ich sehr nett. Mr. Knighton war früher Anwalt, ich erinnere mich, seinen Namen in der Zeitung gelesen zu haben. Ich hielt ihn für einen Mann, der über alles sehr gut informiert war.»

«Sie war Antisemitin», sagte Margery plötzlich.

Über Mrs. Baumanns Gesicht flog ein Schatten. Ihr Mann lächelte, ein bißchen zu breit, zu tolerant. Wexford hatte noch keine Sekunde daran gedacht, daß sie Juden sein könnten, aber sie waren es natürlich.

«So etwas ist immer sehr unangenehm», sagte Margery. «Es gefiel mir nicht, wenn sie diesen oder jenen mit ‹Judenbengel› titulierte und ihren Mann ‹alter Jud› nannte, wenn er für irgend etwas, was sie wollte, kein Geld ausgeben mochte. Meine Mutter hat ihre ganze Familie beim Holocaust verloren – ob Mrs. Knighton wohl einmal daran gedacht hat, was sie empfinden mußte?»

«Das war nicht das erste Mal, daß deine Mutter und ich mit so etwas konfrontiert wurden, und es wird wohl auch nicht das letzte Mal gewesen sein.» Baumann nahm die Hand seiner Frau. «Aber das will er nicht hören. Er möchte etwas über Drohungen, Erpressung und Mordversuche erfahren. Über Revolver, die nachts abgefeuert wurden und über Gift im Chop Suey.»

«Ich glaube kaum ...»

«Guter Gott, nein! Da gab es nichts dergleichen. Aber ich weiß, daß ihr Burschen immer etwas Handfestes haben wollt. Er glaubt, ich hätte nie einen Kriminalroman gelesen, Margery.»

Wexford unterdrückte einen Seufzer. Es hatte leicht zu regnen angefangen, und es dämmerte schon. Margery schaltete ein paar Wandlampen und eine Tischlampe mit Pergamentschirm ein, auf dem eine Galeone mit geblähten Segeln zu sehen war. «Uns ist an den Knightons wirklich nichts Ungewöhnliches aufgefallen, Mr. Wexford.»

«Dann will ich Sie etwas anderes fragen. Erinnern Sie sich an den Abend in Kweilin, an dem wir auf dem Hoteldach alle an einem Tisch saßen? Sie, ich, Mr. Vinald, die Knightons und Miss Bell. Knighton sah etwas, das ihn erstaunte, er machte ein Gesicht, als habe er einen ungeheuren, jedoch nicht unangenehmen Schock erlebt. Ich möchte gern wissen, was er da gesehen hat.»

Dr. Baumann lachte und schüttelte ein paarmal den Kopf, als habe er an Wexford eine höchst belustigende Eigenart entdeckt. An Wexford wohlgemerkt, nicht an Knighton, daran ließ er keinen Zweifel. Was für eine Frage? Was für eine Antwort konnte er da wohl erwarten?

«Mir ist nichts aufgefallen», sagte Mrs. Baumann gelassen.

Margery sah Baumann an. «Es war natürlich dieses bildhübsche Mädchen, das sich auf der Rückreise eng an Gordon Vinald anschloß. Pandora Sowieso. Sie kam aus Neuseeland. Sie kam aufs Dach, und die Männer haben sie alle angestarrt.» Ihre Stimme hatte, als sie Vinald erwähnte, vielleicht eine Spur verlegen, aber nicht schmerzlich geklungen. «Ich habe zufällig den Ausdruck auf Mr. Knightons Gesicht bemerkt. Er war nur verblüfft, plötzlich ein so auffallend – nun ja, schönes Mädchen zu sehen.»

«Ich habe sie nicht einmal bemerkt», sagte Dr. Baumann triumphierend.

«Das ist möglich, Dad, du bemerkst so etwas nie. Aber ich wette, jedes andere männliche Wesen hat sie gesehen. Ich weiß genau, was Mr. Wexford meint. Mir ist es genauso aufgefallen wie ihm. Ich vermute, Mr. Knighton ist für Schönheit sehr empfänglich, und er wurde in dieser Beziehung ja nicht unbedingt sehr verwöhnt – ich meine in unserer Gruppe. Das ist mir übrigens auch bei anderen Gruppenreisenden aufgefallen, sie sind alle uralt.»

«Aber Margery!» sagte ihre Mutter. «Eine junge Frau wie du. Also ich wüßte nicht, was an dieser Pandora so Besonderes dran gewesen wäre.»

«Sie ist jetzt Mrs. Vinald», sagte Wexford.

Mrs. Baumann sah mit einem schiefen Lächeln zu ihrer Tochter hinüber. «Sie sei ihm vom Herzen vergönnt», sagte sie «Ich habe den Mann nie gemocht, er war kein netter Mensch. Und ich bin überzeugt, er war nicht ehrlich. Meiner Meinung nach sind Antiquitätenhändler nie ganz ehrlich.»

«Aber Mutter, er war sehr liebenswürdig zu uns. Du weißt doch, wieviel Freude du an der kleinen Vase hast, und du hättest sie nie gekauft, wenn Gordon dir nicht gesagt hätte, daß sie viel mehr wert ist, als der Mann dafür verlangt hat. Und das stimmt auch. Mein Vater hat sie schätzen lassen, Mr. Wexford, und der Schätzer meinte, sie sei gut und gern 300 Pfund wert. Nicht schlecht, da Mutter nur zwanzig dafür bezahlt hat, oder?»

Sie holte einen blauweißen Krug von einem Kaffeetischchen und reichte ihn Wexford. Es war ihm unbegreiflich, wie jemand für so ein Ding 300 Pfund bezahlen konnte, ein weißliches, gesprenkeltes Stück dicker Keramik mit einem blauen Vogel und ein paar Schnörkeln. Auf dem Boden war ein kleiner roter Stempel.

«Sie wissen ja, daß man aus China nichts ausführen darf, das älter als 120 Jahre ist», sagte Margery. «Den roten Stempel drücken sie den Antiquitäten auf, damit man weiß, daß man das Stück gefahrlos erwerben kann.»

Wexford gab ihr die Vase zurück. «Wissen Sie zufällig, um was es bei dem Streit zwischen Mr. Vinald und Mr. Purbank ging? Es stimmt doch, daß sie seit Irkutsk nicht mehr miteinander sprachen?»

Jetzt war es Margery, die zu lachen begann. «Ja, das stimmt, aber ich habe keine Ahnung, warum sie Krach hatten. Gordon sagte nur, es sei ‹eine scheußliche Sache› und ließ es dabei bewenden.»

Wexford kehrte zurück unter die Fittiche einer anderen guten, fast schon betagten Ehe – seiner eigenen. Dora sah sich im Fernsehen einen alten britischen Film an, *‹Die Schneemotte›* mit Trevor Howard und Milborough Lang.

«Ob die Leute sich in 30 Jahren wohl Sheilas alte Filme ansehen werden?» sagte sie.

«Da sie nie einen gedreht hat», antwortete Wexford, «ist die Chance nicht sehr groß. Du willst doch nicht, daß sie nach Hollywood geht, oder?»

«Ich sähe es gern, wenn sie – neben ihrer Bühnenlaufbahn – auch einen oder zwei gute Filme machte. Da ist natürlich noch ihre alte Fernsehserie, aber die rechne ich nicht. Ich möchte – nun ja, ich möchte, daß ihre Schönheit der Nachwelt erhalten bleibt. In einer schönen Szenerie, einem feinsinnigen Film wie diesem. Was glaubst du denn, wie Milborough Lang heute aussieht? Sie muß jetzt schon fünfundfünfzig sein.»

Wexford tat immer sein Bestes, seine Frau aus diesen Stimmungen herauszuholen, in der sie um ihre verlorene Schönheit trauerte. Für ihn sah sie natürlich noch fast genauso aus wie damals, als er sie geheiratet hatte. Als der Nachspann über den Bildschirm lief, schaltete er den Apparat aus.

«Ich wünschte zu Gott, du wärst mit mir in Kweilin gewesen. Du hättest die Leute beobachtet. Du hättest dich nicht wie ich von – Halluzinationen ablenken lassen.»

Sie sah ihn mit leichter Besorgnis an. «Und ich wünschte, Reg, ich wüßte, was diese Halluzinationen wirklich waren.»

«Zu wenig Schlaf und Mao Tai.»

«Ach, komm schon! Du hast bestimmt nicht mehr als zwei Schluck von dem Zeug getrunken.»

Wexford zuckte mit den Schultern. «Du hättest mir vielleicht sagen können, warum ein Mann, der ein hübsches Mädchen über ein Dach gehen sieht, plötzlich ein Gesicht macht, als sei ihm die Jungfrau Maria erschienen.»

Das Telefon klingelte. Es war Burden.

«Der Bürovorsteher Brownrigg in Knightons ehemaliger Kanzlei hilft mir mehr als erwartet. Er ist ein pedantischer alter Knabe und hat die Akten aller Fälle aufgehoben, die Knighton während der letzten zwanzig Jahre bearbeitet hat. Ich rufe aber aus einem anderen Grund an. Und zwar hat ein Kerl namens Vinald seit dem Mittag schon dreimal versucht, Sie telefonisch zu erreichen. Ich gebe Ihnen seine Nummer.»

Wexford wählte, und Vinald kam selbst an den Apparat. «Das ist ja super, daß Sie anrufen, Chief Inspector! Ich habe schon ein paarmal bei Ihnen im Amt angerufen, seit meine Frau mir sagte, daß Sie bei uns waren.» Seine Stimme klang herzlich, gewinnend. Sie klang auch sehr nervös. «Ich wollte nur wissen, was Sie im einzelnen von mir wollten.»

«Jede Art von Hilfe, die Sie oder Ihre Frau mir im Fall der verstorbenen Mrs. Knighton geben können, Mr. Vinald, mehr nicht. Hintergrundmaterial über das Ehepaar, sozusagen.»

Einen Augenblick blieb es still in der Leitung. Dann räusperte sich Vinald. «Da steckt doch mehr dahinter, oder? Ich kann mir nicht vorstellen, daß das wirklich alles ist, wie?»

Wexford überlegte rasch. Er wollte mitspielen, wenn er auch völlig im dunkeln tappte. «Ich nehme an», sagte er, «Sie erinnern sich an den letzten Abend in Kweilin genausogut wie ich.»

«Ganz gewiß. Und mir ist klar, daß im Zusammenhang damit wirklich eine genauere Erklärung geboten scheint. Ich glaube, ich sollte da anfangen, als wir uns alle in der Bar auf dem Dach trafen ...»

«Mr. Vinald», sagte Wexford sehr nachdrücklich, «ich denke nicht, daß ich das am Telefon hören möchte. Ich komme morgen zu Ihnen. Punkt zwölf bin ich in Ihrem Laden.»

«Nun gut, wie Sie wollen. Ich werde da sein. Aber ich versichere Ihnen, daß es für die ganze Sache eine absolut simple und vernünftige Erklärung gibt.»

«Gute Nacht, Mr. Vinald», unterbrach ihn Wexford energisch. Viel besser, sich den Mann morgen vorzuknöpfen und sich seine Erklärung anzuhören, wenn er ihm gegenüberstand – oder -saß. Er genoß das Gefühl spannender Ungewißheit. Morgen würde er vielleicht – nein, sogar wahrscheinlich – von Vinald erfahren, was Knighton auf dem Dach so stark berührt hatte.

Aber das glaubte Wexford, wenn auch nicht in allen Einzelheiten, schon zu wissen. Knighton hatte Pandora Vinald gesehen. Es war natürlich nicht der Anblick irgendeines hübschen Mädchens, der diesen Ausdruck auf sein Gesicht gezaubert hatte. Die Leute, die ihm das gesagt hatten, hatten einfach nicht überlegt. Es war dieses und nur dieses hübsche Mädchen, und Knighton hatte nicht so verklärt dreingeschaut, weil er es zum erstenmal, sondern weil er es wiedersah, vielleicht nach einer Reihe von Jahren.

Ein Mädchen, das ihm einmal sehr viel bedeutet – das er geliebt hatte, war auf dieses Dach gekommen, und durch einen ganz unwahrscheinlichen Zufall war er dort gewesen. Er hatte aufgeblickt und hatte es gesehen, voller Freude, Erstaunen und Furcht.

Teil 3

12

Inspector Burden war ein konventioneller, konservativer Mann, der leidenschaftlich an Gesetz und Ordnung glaubte. Die geringste Verletzung dieser Grundsätze ärgerte ihn, und er verabscheute das Verbrechen. Das merkwürdige Verständnis für die Denkweise eines Kriminellen, das unglaubliche Einfühlungsvermögen in seine Handlungen, das manche Polizeibeamte in einem so hohen Maß haben, daß zwischen ihnen und ihrer und den Verbrechern und deren Moral kaum ein Unterschied besteht, war Burden unbekannt, ja, er verabscheute es sogar.

Er war gefühl- und mitleidlos. Als Verfechter eines Klischees, von dem er nicht wußte, daß es eins war, sagte er oft, er bewahre sich sein Mitleid für das Opfer des Übeltäters. Er glaubte an Strafe und Vergeltung und gehörte zu jener Mehrzahl der Polizeibeamten – zu der sich Wexford nicht zählte –, die für die Wiedereinführung der Todesstrafe eintrat. Daß die Franzosen, die vernünftig genug gewesen waren, die Guillotine so lange zu behalten, jetzt planten, sie abzuschaffen, ging über sein Verständnis.

Noch mehr jedoch als die jugendlichen Chaoten und Übeltäter verabscheute er Rückfalltäter. Das war ein Wort, das seine Frau ihn gelehrt hatte. Er hatte sie früher immer «alte Knastbrüder» genannt, aber es kam auf dasselbe heraus. Sein Pech, wie er zu Jenny sagte, bevor er das Haus verließ, daß er den heutigen und vielleicht sogar noch den nächsten Tag damit verbringen mußte, sie aufzuspüren. Und dabei werde ihm, wie er hinzufügte, nicht einmal die simple Befriedigung zuteil, die eine Hausfrau empfand, wenn sie Küchenschaben jagte, denn er durfte ihnen nichts tun, wenn er sie fand.

Er brachte Adam Knighton eine ganz unprofessionelle Abneigung entgegen, doch er mußte zuallererst ihn aufsuchen. Renie Thompson öffnete ihm und führte ihn ins Wohnzimmer, wo er leicht überrascht feststellte, daß sein Chef schon da war. Er saß Knighton gegenüber und befragte ihn über das Thema, von dem er zur Zeit besessen war. Knighton war in den vergangenen Tagen abgemagert, er trug Hauspantoffeln und eine dicke, graue Strickjacke um die Schultern. Er war ein alter Mann geworden, hatte Stil und Ausstrahlung verloren.

Wexford nickte Burden zu, aber Knighton machte eine Bewegung, als wolle er aufstehen.

«Bleiben Sie sitzen, Mr. Knighton», sagte Wexford. «Ich wäre Ihnen sehr verbunden, wenn Sie ein bißchen eingehender über meine Frage nachdenken würden.»

Knighton zuckte mit den Schultern. Er runzelte die Sitrn. «Ich habe Ihnen doch gesagt, daß ich mich nur noch an sehr wenig erinnere. Mein Gedächtnis hat unter den Ereignissen gelitten», fügte er bitter hinzu, wie jemand, der an eine schöne Zeit zurückdenkt, die nie wiederkehren kann. «Es war alles sehr schön, nicht wahr? Es war der schönste Ausblick, glaube ich, den ich je gesehen habe. Wenn ich auf diesem Dach ein erstauntes Gesicht gemacht habe, dann nur, weil mich die Schönheit der Landschaft zum Staunen brachte.» Ein geisterhaftes Lächeln irrte über sein Gesicht und verwandelte es in einen Totenkopf.

Wexford wandte sich mit einem Schulterzucken Burden zu. Er hatte sein Bestes versucht. Der Mann log natürlich, und zumindest der letzte Satz war äußerst zweideutig gewesen. Burden kam auf die Möglichkeit zu sprechen, daß der Mord von jemandem begangen worden war, der es dem ehemaligen Anklagevertreter «heimzahlen» wollte. Das Lächeln schien auf seinem Gesicht zu welken, er sah fast so aus, als falle er gleich in Ohnmacht. Er nahm von Burden die Liste entgegen, die Brownrigg zusammengestellt hatte.

Er brauchte ein paar Minuten, um sich zu fassen. Aber er gab sich Mühe, und als er sprach, klang seine Stimme fast normal.

«Ich sehe, daß Haywards Name hier aufgeführt ist. Gilbert oder ‹Gib› Hayward. Er hat mich bedroht, hat mich im Gerichtssaal tatsächlich bedroht. Die Geschworenen hatten ihn schuldig gesprochen, und er wartete auf sein Urteil. Als der Richter ihn fragte, ob er etwas zu sagen habe, begann er laute Drohungen gegen mich auszustoßen. Es klang wirklich ziemlich erschreckend, obwohl er natürlich nichts tun konnte.

Ich habe auch anonyme Briefe bekommen, aber die werden Ihnen nicht viel nützen, da sie anonym sind, nicht wahr?» Knighton plapperte weiter, fast außer sich, nur um etwas zu sagen, irgend etwas, egal was, nur um seine wahren Gefühle, seine tiefen Ängste nicht preisgeben zu müssen. Diesen Eindruck hatte jedenfalls Burden. «Oh, und da haben wir ja diesen anderen Kerl, einen gewissen Peter Kevin Smith. Ihn habe ich verteidigt. Er mußte für fünf Jahre ins Gefängnis, und am nächsten Tag kam seine Mutter zu mir, kam einfach ins Anwaltszimmer, bedenken Sie, und drohte mir, ihr Sohn werde mich erschießen, sobald er wieder frei sei.»

«Wenn Sie sich diese Namen ansehen, Sir, ist da vielleicht einer dabei, bei dem Sie denken – das Gefühl haben, ja, hier ist jemand, der sich nicht damit zufriedengeben würde, zu drohen?»

Knighton gab die Liste zurück, als halte er sie nicht gern in der Hand, als sei es ihm zuwider, sie in der Hand zu fühlen. «Sie haben alle nur gedroht, nie hat einer die Drohung ausgeführt. Ich kann mir nicht vorstellen, daß einer ausgerechnet meine – meine Frau getötet hätte. Und haben Menschen überhaupt ein so langes Gedächtnis?»

«Manche schon», sagte Wexford ziemlich rätselhaft und fügte hinzu: «Es hängt davon ab, woran sie sich erinnern wollen.»

Wie konnte man die Informationen nutzen, die ihm die Liste gab?

Die Leute, die Knighton erfolgreich verteidigt und die anderen, die er ohne Erfolg angeklagt hatte, konnte man von vornherein außer acht lassen. Es blieben trotzdem noch so viele, daß Burden sich sagte, er müsse rigoros vorgehen. Am besten war wohl, wenn er sie, den Gegebenheiten des jeweiligen Falles entsprechend, in Kategorien einteilte und vielleicht alle geringfügigen Straftaten ausklammerte. Er mußte sich auf Mörder, Totschläger und Täter beschränken, die Raubüberfälle unter Anwendung von Gewalt verübten und wegen schwerer Körperverletzung angeklagt worden waren. Konnte er voraussetzen, daß es keine Frau gewesen war? Durfte er dieses Wagnis eingehen? Für den Anfang bestimmt, dachte er. Er konnte sich einfach nicht vorstellen, daß eine Frau, die Adela Knighton nicht persönlich haßte, zu dieser Tat fähig gewesen wäre. Nein, eine Frau konnte sie nicht aus dem Bett geholt und sie gezwungen haben, hinunterzugehen, um sie dann kaltblütig zu erschießen. Eine Freundin von Knighton, die Grund gehabt hätte, Adela zu grollen, weil sie ihr im Weg war – das wäre etwas anderes gewesen. Aber Knighton hatte keine Freundin.

Sehr alt war der Mörder bestimmt auch nicht gewesen, höchstens in Knightons Alter. Ein älterer Mann hätte bestimmt nicht heraufklettern und sich durch das Fenster zwängen können, und Knighton war ein sehr schlanker, gut erhaltener Dreiundsechzigjähriger. Der Mörder mußte dünn und im sogenannten besten Alter gewesen sein. Burden hatte angefangen, sich eine eigene Liste zu machen. Zuoberst standen ‹Gib› Hayward und Peter Kevin Smith. Hayward war jetzt 52, Smith 64 Jahre alt. Vielleicht waren sie dick, vielleicht aber auch schon tot.

Hayward hatte in einem Pub im Londoner Westen im Streit einen Mann getötet, und Smith hatte, bevor er die Kasse eines Tabakladens ausraubte, der Besitzerin, einer alten Frau, einen so heftigen Schlag in den Magen versetzt, daß ihre Milz riß. Nachdem er Frauen, Männer über 65, Fälscher, Betrüger, Straßenräuber und Bankräuber – obwohl er nicht wußte, ob er sich das leisten konnte – von seiner persönlichen Liste gestrichen hatte, blieben immer noch sechzehn Namen übrig. Tatsächlich hatte es in Brownriggs Akten mehr Leute gegeben, die Grund hatten, Knighton dankbar zu sein. Er war einer jener Anwälte des Rechts gewesen, die von der Presse und hartgesottenen Verbrechern geliebt werden, spektakulär, skrupellos, geistvoll, rücksichtslos und spitzfindig.

Burden fuhr mit Wexford nach London. Dort trennten sich ihre Wege. Auf ‹Gib› Hayward, der in Brighton wohnte, hatte er Martin angesetzt, Peter Kevin Smith wollte er sich selbst vornehmen.

«Er lebt immer noch bei seiner Mutter, die zu ihm hält und ihn unterstützt», sagte er, als er sich von Wexford verabschiedete. Wexford behielt den Wagen, und Burden stieg in den Zug nach Mile End.

Die Schwermütige Selima saß diesmal im Schaufenster des Ladens. Nicht neben der großen Vase, sondern am Rand der blauen Plüschdraperie, die ihren Sockel verdeckte. Sie hatte sich genüßlich zusammengerollt und wirkte in groben Umrissen wie ein fetter lohfarbener Lehnsessel. Die Frau mit der großen Brille war nicht da. Hätte er ihn nicht zur verabredeten Zeit und in seiner natürlichen Umgebung gesehen, hätte Wexford Gordon Vinald nicht erkannt. In China hatte er immer Jeans getragen. In dem dunkelgrauen Anzug aus feinem Tweed, dem weißen Hemd und der grauen Krawatte mit dem silbernen Zickzackmuster in der Mitte sah er völlig anders aus. Er wirkte älter, intelligenter und viel verbindlicher.

«Setzen Sie sich, Chief Inspector. Es war sehr freundlich von Ihnen, zu mir zu kommen.»

Wexford fand diese Bemerkung seltsam, da es auch weniger intelligenten Köpfen klar sein mußte, daß die Pflicht und nicht Menschenfreundlichkeit ihn hergeführt hatte. Er suchte sich einen Stuhl aus, den er für ein Stück von Hepplewithe hielt, weil er einmal einen Mann verhaftete, der ein halbes Dutzend solcher Stühle gestohlen hatte. Vinald nahm ihm gegenüber auf den gelben Seidenkissen eines zweisitzigen Sofas Platz. Er beugte sich vertraulich vor und stürzte sich mit gedämpfter Stimme in – was? In die Antwort auf eine Frage, die nicht gestellt worden war? Einen Vortrag über Bilderstürmerei? Oder einfach eine Verteidigungsrede?

«Ich bin sicher, Sie werden mir zustimmen, Chief Inspector, daß China ganz ungewöhnlich weit entfernt und uns ziemlich fremd ist. Und wer weiß, wie lange die augenblicklichen Machthaber regieren? Was sind 30 Jahre? Vom Standpunkt des Historikers ein Nichts. Die nächste Bande, die an die Regierung gelangt, wird eine blutige Revolution anzetteln. Und was wird während eines neuen Aufstands geschehen? Genau dasselbe, das während der Kulturrevolution geschah. Die höchsten Autoritäten werden ganze Armeen von Sechzehnjährigen aufbieten und ihnen sagen, sie sollen alles Alte zerstören. Wissen Sie, daß früher jedes chinesische Dorf seinen eigenen taoistischen, buddhistischen oder konfuzianischen Tempel hatte? Und daß in vielen Dörfern sogar alle drei standen? Wo sind sie jetzt? Wir kennen die Antwort darauf. Zerstört. Dem Erdboden gleichgemacht, und die Stätten, wo sie standen, wurden mit dem Pflug bearbeitet wie einst im antiken Karthago. Wenn ich sentimentale Gemüter jammern höre, was wir doch während des Boxeraufstandes in China alles gestohlen hätten, dann danke ich Gott für diese Diebe. Gott sei Dank, daß wir den Thron der Kaiserinwitwe im Britischen Museum haben. Was hätten die Rotgardisten wohl damit angefangen?»

Wexford hatte keine Ahnung, worauf Vinald hinauswollte, aber der Mann war ganz offensichtlich sehr schuldbewußt. «Ja, was denn?» fragte er gleichmütig.

«Wiederum könnte nur ein romantischer Idealist behaupten, der Zweck heilige nie die Mittel. Der Zweck ist hier, der Welt unbezahlbare Kunstschätze zu erhalten. Und sie gehören nicht China, sondern sind unbestreitbar Eigentum der gesamten Menschheit. Sie sind unser Erbe, denn in der Kunst sind alle Menschen Brüder. Darum bleibe ich dabei, daß wir – ob auf geraden oder auf krummen Wegen – aus dem Land herausholen sollen, soviel wir können. Nicht, daß meine Wege krumm wären, durchaus nicht.» Obwohl Wexford genug Erfahrung hatte, um seine Verwirrung zu bemänteln, schien Vinald etwas davon zu spüren. «Und ich arbeite ja nur in einem sehr kleinen Maßstab», fuhr er, plötzlich sicherer geworden, fort. «Ich hätte nicht geglaubt, daß jemand es für der Mühe wert erachten könnte...»

«Wenn wir von der Polizei das, was Sie ‹in einem kleinen Maßstab arbeiten› nennen, nicht mehr für der Mühe wert erachteten, Mr. Vinald, dann bräche in unserem Land sehr bald die Anarchie aus, wie ich glaube.» Er würde der Sache, von der Vinald sprach, schon auf den Grund kommen, aber nicht jetzt. «Da Sie so offen mit mir reden, Mr. Vinald», sagte er, «bin ich überzeugt, daß Sie mir auch eine oder zwei Fragen beantworten werden.» Vinald sah jetzt wirklich sehr nervös aus. «Die Frage zum Beispiel, wo Sie in der Nacht des ersten Oktober waren.»

Es überraschte ihn, daß Vinald nicht zu überlegen brauchte. Doch es gab Menschen mit einem sehr guten Gedächtnis, Menschen, die einem blitzschnell und ganz genau sagen konnten, was sie an jedem einzelnen Abend der vergangenen vierzehn Tage getan hatten. Wexford gehörte selbst dazu.

«Ich war mit meiner Frau zu Hause. Sie wissen ja, daß ich gleich hier in der Nähe wohne. Die Mutter meiner Frau kam nach dem Abendessen zu uns und brachte einen Freund mit, einen Kameramann oder so. Sie blieben fast bis Mitternacht, und dann gingen meine Frau und ich ins Bett.»

Wexford erkundigte sich nach der Adresse seiner Schwiegermutter. Sie hatte eine Wohnung in der Cadogan Avenue.

«Ich weiß nicht, wo der Mann wohnt, den sie mitbrachte. Er heißt Phaidon. Denis Phaidon mit ph.»

Wexford stand auf, als wolle er gehen, und fragte dann mit vorgetäuschter Gleichgültigkeit: «Ach, übrigens, worüber haben Sie und Mr. Purbank sich eigentlich gestritten? Ich meine im Zug, auf der Fahrt nach Irkutsk.»

«Was?»

Geduldig wiederholte Wexford die Frage.

«Was kann das denn damit zu tun haben?»

«Womit, Mr. Vinald?»

«Mit der Tatsache, daß ich Antiquitäten gekauft habe», sagte Vinald leise, «oder mit dem Mord an Mrs. Knighton.»

«Das gehört einfach nur zu den kleinen Dingen, die wir für der Mühe wert erachten, uns um sie zu kümmern», erwiderte Wexford.

Vinald zuckte mit den Schultern. «Ich weiß es ohnehin nicht mehr. Es ist lange her, und ich habe mir Mühe gegeben, es zu vergessen. Und vergessen hab ich's. Dieser Mensch war einfach nur ein ganz mieses Stück.»

Katzen bewegen sich immer geräuschlos. Daß die Schwermütige Selima das Schaufenster verlassen hatte, merkte Wexford erst, als sie leise raschelnd an seinem Hosenbein vorüberstrich. Langsam stolzierte sie in die hinteren Regionen des Ladens, als gehöre er ihr und als sei außer ihr niemand da.

Die alte Frau kam selbst an die Tür und musterte Burden mit einem so verächtlichen Haß, daß er sofort wußte, sie würde ihrem Sohn jedes Alibi geben, und darum war sie schon von vornherein unglaubwürdig.

Zufällig brauchte niemand ein Alibi. Peter Kevin Smith war in den zehn Jahren nach seiner Entlassung aus dem Gefängnis viel zu fett geworden, um durch das Fenster schlüpfen zu können. Zum anderen trug er den rechten Arm im Gipsverband, und er war Rechtshänder. Er war auf die Straße gestürzt – betrunken, wie Burden vermutete – und hatte sich ihn gebrochen. Und um zu beweisen, daß der Unfall vor dem ersten Oktober passiert war, zeigte er Burden die Bescheinigung eines orthopädischen Krankenhauses vom 18. September.

Der nächste auf der Liste war Maurice Wills aus Southwark. Er schien vielversprechender als Smith, denn er war dünn, drahtig und in guter Kondition. Außerdem war er erst Anfang der Dreißig und vor etwa einem Jahr aus dem Gefängnis entlassen worden. Knighton hatte in diesem höchst merkwürdigen Fall die Anklage vertreten, bei dem Wills beschuldigt wurde, die Leiche einer Frau beseitigt zu haben, die einer seiner Bekannten erstochen hatte. Er hatte sie an einer Straßenbaustelle vergraben und galt daher natürlich als Mittäter bei dem Mord.

«Sie sollten Ihre Zeit nicht mit mir verschwenden», sagte er zu Burden, «sondern lieber feststellen, wen dieser Lump Knighton dafür bezahlt hat, daß er Mrs. Knighton um die Ecke bringt.»

«Ach, er hat jemanden dafür bezahlt?»

«Das ist doch nur natürlich, nicht wahr? Er würde das ebensowenig selber tun, wie er seine elektrischen Leitungen legen oder den Kundendienst bei seinem Rolls-Royce machen würde. Er würde einen Profi anheuern. Chipstead, zum Beispiel. Früher gehörte er zu Lees Bande, aber ich habe keine Ahnung, wo er jetzt steckt. Er kann genausogut schon gestorben sein, ich habe mit diesen Leuten nichts mehr zu tun. Ich habe ihn nur als Beispiel genannt. Du meine Güte, muß ich Ihnen beibringen, wie Sie Ihre Arbeit tun sollen?»

Wills hatte ein Alibi, das fast so gut war wie das von Smith – oder so gut sein würde, sobald es bestätigt worden war. Er hatte mit einem Mädchen, das er seine Braut nannte, eine Woche Urlaub in Minehead gemacht und war erst am dritten Oktober nach London zurückgekommen.

In London mußte Burden noch acht weitere Männer aufsuchen. Die anderen lebten im Norden Englands und wurden jeweils von der Ortspolizei vernommen. Von den acht Londonern hatte George Lake in einem Restaurant in Wandswort bis ein Uhr morgens seine silberne Hochzeit gefeiert. Mojinder Singh, ein Sikh aus Southall, war mit der ganzen riesigen Verwandtschaft seiner Frau zu Hause gewesen – mit seinen Schwiegereltern, zwei Schwagern und sechs Kindern. Norman Trimley und Brian Gage waren viel zu fett. Henri Rosse war zweiundsiebzig und verfiel sichtlich. George Catchpole hatte Nachtschicht gehabt, und Walter ‹Silver Perry› ...

«Silver soll Mr. Knighton etwas angetan haben?» rief Mrs. Perry, die er in einer Sozialwohnung im obersten Stockwerk des Bethnal Green Tower antraf. «Silver betet den Boden an, den Mr. Knighton betritt. Schließlich hat er ihm das Leben gerettet.»

Burden stöhnte beinahe laut auf. Ihm wurde klar, daß er die Listen vertauscht hatte. Das kommt nur davon, weil mir der ganze Auftrag so gegen den Strich geht, dachte er. Silver Perry hatte einen Nachtwächter niedergeschlagen und getötet, und zwar ein paar Jahre vor Abschaffung der Todesstrafe. Das glaubte zumindest die gesamte Presse, und das glaubte daher auch jeder Zeitungsleser im ganzen Land, aber Adam Knighton hatte ihn so geschickt verteidigt, daß er freigesprochen wurde. Burden erinnerte sich vage an die Geschichte des Mannes. Er hatte sie für viel Geld an *News of the World* verkauft. Und gerade als ihm der Fall wieder einfiel, schob Mrs. Perry ihm ein Sammelalbum in die Hand. Der erste Zeitungsausschnitt, eine halbe Seite, von der Zeit vergilbt. «Ich bin fest davon überzeugt, daß ich es Mr. Knighton zu verdanken habe, wenn ich in der Zelle nicht wahnsinnig geworden bin. Sogar mein Leben verdanke ich ihm ...» In diesem Ton ging es mehrere Fortsetzungen weiter. Diese Journalisten! Er gab der Frau das Album zurück, und dann kam Perry selbst herein.

Er war ein hochgewachsener Mann, der auf die Sechzig zuging. Sein Haar glich dem einer älteren Frau, die eben vom Friseur kam – frisch getönt, geschnitten und gelegt. Silvers Haar glänzte jedoch von Natur aus metallisch und war naturgewellt und hatte, wenn man dem Foto in *News of the World* glauben wollte, als er 33 Jahre war, schon genauso ausgesehen. Er warf Burden einen hoheitsvollen Blick zu und sagte: «Ich würde für Mr. Knighton mein Leben geben.»

«Tatsächlich?» entgegnete Burden prosaisch. «Und was sollte ihm das nützen?»

«Es hat mich sehr getroffen, als ich von seinem schweren Verlust erfahren habe», fuhr Silver fort, als habe Burden kein Wort gesagt. «Daß es ausgerechnet ihn treffen mußte, der ein, wie man überall hört, ein so ergebener Ehemann war ...»

Burden hatte bisher nichts dergleichen gehört. Er ging, und als der Lift nicht kam, bewältigte er alle achtzehn Stockwerke zu Fuß.

Jetzt war nur noch ein Mann übrig. Coney Newton, der auch in East End wohnte, hatte ein Mädchen vergewaltigt und hinterher durch Messerstiche verletzt, wenn auch nicht getötet. Fast ein Jahr später, als das Mädchen endlich gesund war, hatte Knighton versucht, es im Zeugenstand lächerlich zu machen. Doch die Geschworenen fielen nicht darauf herein, und Newton mußte für acht Jahre ins Gefängnis. Außer dem paranoiden Newton selbst konnte kein Mensch behaupten, Knighton habe nicht sein Bestes für ihn getan.

«Aber ich trag ihm nichts nach. Das hab ich auch zu Silver gesagt. Silver, sag ich, ich trag ihm nichts nach, und ich geb auch nicht dir die Schuld...»

«Silver?» fragte Burden.

«Silver Perry, das is'n Kumpel von mir. Seinetwegen wollt ich ja unbedingt Knighton haben. Ich hatte gelesen, was er in der Zeitung über ihn geschrieben hat, und da hab ich zu den Bullen gesagt: Gebt mir Knighton, dann kann mir nichts passieren. Ich hab nichts gegen ihn, aber ich hätte mir meinen Atem sparen können. Das ganze Theater, daß er den Geschworenen gesagt hat, das Mädchen hat's nicht anders gewollt, das hat er nicht gemacht, um mir zu helfen, das war nur Schau. Und die ganzen langen Wörter, die er benutzte, und daß er das Mädchen dazu brachte, daß es rot wurde und alle lachten, das war auch nur Schau. Was er tun sollte, und was ich ihm wieder und wieder gesagt hab, darauf hat er nicht gehört. Er hätte fest dabei bleiben müssen, daß ich nicht dort war. Das ist nämlich die Wahrheit, ich war gar nicht dort. Ich wollte nur, daß er ihnen nur die ganz einfache Tatsache einbleut: ich war nicht dort.»

«Und wahrscheinlich werden Sie auch genau das sagen, wenn ich Sie frage, wo Sie in der Nacht des ersten Oktober waren? Das war übrigens ein Dienstag.»

Coney Newton sah Burden aus zusammengekniffenen Augen an. Er war ein magerer, finsterer, grauhaariger Mann von ungefähr fünfzig Jahren, der ungewöhnlich große, vorstehende, graue Zähne hatte. Er war in jeder Beziehung ein häßlicher Kunde. «Auf jeden Fall war ich nirgends, wo ich nicht sein sollte, das steht mal fest», sagte er und begann umständlich zu erklären, daß er an dem Abend mit einem gewissen Rocky, dessen Nachnamen er nicht kannte, zuerst in einem Pub gewesen war, dann seine Schwester besucht und sich schließlich mit Silver in einem Club in der Nähe des Leicester Square getroffen hatte.

«Sie waren mit Silver Perry in einem Club?»

«Das hab ich doch grad gesagt.»

«Bis wann?»

«Vielleicht bis zwei», sagte Newton und sah Burden wieder aus zusammengekniffenen Augen eindringlich an.

Das mußte ebenso überprüft werden wie die Alibis von Lake, Singh und Catchpole. Der Club hieß «El Vido», wie Norton sagte, und habe um diese Zeit bestimmt geschlossen, aber Burden hatte noch ein bißchen Zeit, bis er sich mit Wexford traf. Er stieg in einen Bus und setzte sich auf das obere Deck, sein Lieblingsplatz, wenn er sich durch London schaukeln ließ.

Besser wäre es gewesen, wenn er zuerst bei Newton gewesen wäre, dann hätte er das Alibi bei Perry nachprüfen können. Perry würde wohl kaum die falsche Geschichte eines Mannes bestätigen, der die Absicht hatte, seinem Helden etwas anzutun. Trotzdem wollte Burden zuerst ins «El Vido».

Es war, wie erwartet, geschlossen. Seit das Pornographiegesetz strenger gehandhabt wurde, beschränkten sich die Fotos in dem schmalen Glaskasten neben dem Eingang auf Großaufnahmen schwellender Brüste, Hinterbacken, Münder und Flanken. Am Eingang selbst hing ein Schild aus Pappe, auf dem stand, daß es sich um einen streng privaten Club handle und nur Mitglieder Zutritt hätten. Darunter ein Plakat, das ein Rock-Konzert ankündigte. Es gab drei Klingeln, und Burden drückte auf die mittlere.

Nach einer Weile öffnete eine junge Schwarze in Samt-Kniehosen und einem roten T-Shirt die Tür. Sie sah Burden an und sagte, vor sechs sei hier nichts los und auch dann nur nach Voranmeldung. Dann jedoch schien sie zu begreifen, daß er in den Club wollte. Sie kicherte und sagte, Moggy öffne um acht. Burden machte kehrt, marschierte die Charing Cross Road hinauf und fragte sich, wie Wexford wohl weiterkam.

Purbank wollte ihm nicht sagen, um was es bei dem Streit gegangen war. Er sagte auch, er habe den Anlaß vergessen, blieb jedoch zurückhaltender als Vinald und sagte nicht, daß der Mann ein mieses Stück sei.

Seine Wohnung am Rand des Epping Forest lag in einem Wohnblock und hatte riesige Panoramafenster mit Blick auf die Baumwipfel. Purbank erwies sich als freiberuflich arbeitender Wirtschaftsprüfer. Er arbeitete in einem trübsinnigen Raum, der in den «unauffälligen» Farben Grauweiß, Graubraun und «Schlamm» eingerichtet war. Wexfords Besuch machte auch ihn unglaublich nervös, und als Wexford ihn fragte, ob er noch mit jemandem von der Reisegruppe in Verbindung sei oder ob jemand ihm Fotos zugeschickt habe, rief er so heftig: «Nein! Nein! Nein!» wie jemand, der fürchtete, körperlich angegriffen zu werden.

Doch über die Knightons schien er wirklich nichts zu wissen. Im Zug hatten sich die Alleinstehenden einander angeschlossen, die verheirateten Paare sich ein bißchen abgesondert, obwohl die Knightons und Irene Bell immer zu dritt aufgetreten waren. Auf dem Hoteldach in Kweilin hatte er angeblich nichts Ungewöhnliches bemerkt. Das einzige war die – wie er sie nannte – «alberne» Musik gewesen. Und in der Erinnerung daran stieß er ein nervöses, bellendes Lachen aus.

Die Möglichkeit, daß er Adela Knighton erschossen hat, ist absolut unwahrscheinlich, dachte Wexford, aber er war bestürzt, als Purbank ihm nicht sagen konnte, was er in der Nacht des ersten Oktober getan hatte. Er sei, erklärte er, allein zu Hause gewesen oder nehme das zumindest an, doch er erinnere sich nicht mehr. Doch er glaube zu wissen, daß er allein zu Hause gewesen war. An Besucher oder Telefonanrufe könne er sich auch nicht erinnern. Er schien ein Mann ohne Freunde zu sein, kein Einsiedler, sondern ein Mann, der durch sein teils langweiliges, teils taktloses Benehmen eventuelle Freunde vertrieben hatte.

Den Kopf voll von China, mit Erinnerungen an China und der Frage beschäftigt, wohin Adela Knightons Fotografien aus China verschwunden waren, durchquerte Wexford die Halle des Hauses und sah sich plötzlich einem Chinesen gegenüber. Unter anderen Umständen, sogar in Kingsmarkham, wo es wenigstens ein chinesisches Restaurant gab, hätte er dem Mann kaum einen zweiten Blick geschenkt. Hier aber starrte er ihn unwillkürlich an, wie die Chinesen in Tschangscha ihn angestarrt hatten.

«Guten Tag», sagte der Mann freundlich in einer Tonlage, die für Englisch ein bißchen zu hoch war. «Suchen Sie jemanden?»

Wexford faßte sich wieder. «Nein», sagte er. «Trotzdem – vielen Dank.»

Er war ziemlich groß für einen Chinesen, ungefähr vierzig und sah in dem dunklen Anzug mit der pflaumenfarbenen Krawatte wie ein Geschäftsmann aus. In der Hand trug er eine Diplomatentasche aus dunkelrotem Leder. Englisch sprach er mit einem leichten Akzent, aber fließend, und man merkte, daß es eine ihm geläufige Sprache war. «Scheußlicher Tag», sagte er. «Es wird schon richtig frisch.» Lächelnd wandte er sich ab und ging zum Lift.

Draußen warf Wexford einen Blick auf die Namensschildchen über den Klingeln. In Nummer 7 wohnten Y. S. und M. Hsia. Das mußte es sein. Und Purbank wohnte in Nummer 8. Selbstverständlich gab es keinen Grund, warum Purbank keinen chinesischen Nachbarn haben sollte. Es mußte Tausende von Immigranten aus Hongkong, Taiwan und Singapur in diesem Land geben. Sie wohnten hauptsächlich in Städten und Vorstädten, warum nicht auch in einer Wohnung in Buckhurst Hill. Und trotzdem war es merkwürdig. Es brachte ihn dazu, Purbank, den er schon als uninteressant abgetan hatte, mit anderen Augen zu sehen.

Er holte Burden an der verabredeten Stelle bei der London Bridge ab. Inzwischen regnete es stark, und der Inspector hatte seinen Regenschirm aufgespannt.

«Wir müssen einen Blick auf Knightons Bankkonto werfen», sagte Wexford, «um zu sehen, ob seit seiner Rückkehr aus China eine oder mehrere große Summen abgehoben wurden.»

«Können Sie sich vorstellen, daß dieser Mann einen professionellen Mörder anheuert?» fragte Burden düster.

«Der Wein, den er trinkt, ist aus Trauben gemacht. Andere Männer seiner Klasse und gesellschaftlichen Stellung haben Mörder gedungen – haben gemordet. Was immer er seiner Frau und seinen Kindern gesagt haben mag, Mord bleibt nicht auf die arbeitenden Klassen beschränkt. Und wissen Sie, Mike, es bekommt ihm schlecht, daß er das gesagt hat, es ist ein Charakterfehler, daß er es überhaupt sagen konnte, und es macht seine Schuld um so wahrscheinlicher. Ich kann Ihnen nicht beipflichten. Ich halte es für viel eher möglich, daß er jemand für die Tat gedungen, als daß er sie mit eigener Hand begangen hat.»

«Nun», sagte Burden unerwartet scharfsinnig, «das kann die Erklärung dafür sein, warum er sich so schämt, warum er sich selbst so sehr zu hassen scheint.»

13

Daß Wexford sich für die Vinalds mehr interessierte als für die anderen Mitglieder der Reisegruppe, kam daher, daß er allmählich selbst zu der Überzeugung kam, es müsse der Anblick der damals noch unverheirateten Pandora Vinald gewesen sein, der auf Knightons Gesicht diesen Ausdruck von Schreck und Verklärung hervorgerufen hatte. Irgendwo, irgendwie hatte er sie schon früher gesehen, und wenn man aus seiner Miene Schlüsse ziehen konnte, dann hatte er wesentlich mehr getan, als sie nur gesehen. Wexfords nächster Schritt mußte ihn in Jennifer Norris' «altes» Haus in der Springhill Lane führen.

An diesem Tag sah sie ihrer Mutter ähnlicher denn je. Sie hatte eine neue Dauerwelle, und ihr Gesicht glänzte wie eine frisch geprägte Münze. Er hatte erwartet, von einer Aufwartefrau oder der modernen Abart eines Dienstmädchens empfangen zu werden und sich dann, von üppigem Luxus umgeben, wiederzufinden. Daher war er sehr überrascht, als sie selbst an die Tür kam und ihn in ein spärlich möbliertes Zimmer führte. Sie forderte ihn nicht auf, sich zu setzen.

«Wohin sind Ihre Eltern früher auf Urlaub gefahren?»

«Meinen Sie, seit Daddy sich zurückgezogen hat?»

«Gehen Sie bitte fünf Jahre zurück, Mrs. Norris.» Wie alt war Pandora? Auf jeden Fall jünger als Jennifer. Vielleicht nicht älter als 24 Jahre.

Sie antwortete nicht direkt. Es war ihr unmöglich, eine Gelegenheit auszulassen, bei der sie mit dem Wohlstand und der sozialen Stellung ihrer Familie auftrumpfen konnte. «Mami hatte einen ‹Urlaubsfonds›, wie sie es nannte. Das war ihre Art, das Beste aus ihrem eigenen Geld zu machen. Sie wollte richtige Reisen machen, wissen Sie, nicht nur ein bißchen Wintersport im Januar und einen Mittelmeerstrand im Sommer. Das kann sich schließlich jeder leisten.» Der letzte Satz raubte Wexford buchstäblich den Atem. Aber er sagte nichts. «Also investierte Angus diesen Fonds für sie, und sie schöpfte daraus, wann immer sie Lust hatte, irgendwohin zu fahren, wo es – nun ja, wirklich super ist. Wie in China. Mami reiste leidenschaftlich gern.»

Wexford nickte. «Und wohin sind Ihre Eltern das erste Mal gefahren, nachdem dieser Fonds eingerichtet worden war?»

«Nach Ägypten, glaube ich. Es kann aber auch Thailand und Java gewesen sein. Irgendwann waren sie auch in Mexiko, aber ich weiß es nicht sicher. Und einmal fuhren sie nur nach Jugoslawien und Korfu.» Der Balkan war abgetan und wurde mit Bognor Regis in West Sussex auf eine Stufe gestellt. «Aber das ist wenigstens schon sechs Jahre her.»

Wexford übte sich in Geduld und fragte, ob die Eltern je in Neuseeland gewesen seien.

«Aber in Neuseeland macht man doch keine Ferien, oder?» Sie hatte wirklich einen engen Horizont. «Wir haben einen entfernten Vetter in Sydney oder vielleicht auch in Melbourne, und sie waren eine Zeitlang bei ihm, das weiß ich. Vielleicht einen Monat oder so.»

«Sie verbrachten einen Monat in Australien? Wann war das?»

«Vor vielen, vielen Jahren. Sechs oder sieben sind es her.»

Das stellte seine Theorie auf eine harte Probe. Er konnte sich nicht vorstellen, daß der sechsundfünfzigjährige Knighton schnell von Sydney nach Auckland hüpfte und sich dort in eine Siebzehnjährige verliebte. Und was wäre im Ernstfall daraus zu schließen? Daß das Mädchen ihn nach sieben Jahren noch immer liebte, ihn in China wiedersah und dann seine Frau erschoß, die es als Rivalin empfand?

«Die nächste Reise wollte Mami nach Indien und Nepal unternehmen», sagte Jennifer Norris. «Im Februar. Arme Mami.» Zum erstenmal sah Wexford Anzeichen eines echten Gefühls in ihrem Gesicht.

Als sie durch die Halle zur Haustür gingen, entdeckte Wexford etwas an den Wänden eines Raumes, der wie ein Arbeitszimmer eingerichtet war. Kaum war er wieder im Kommissariat, setzte er sich mit Sergeant Johnson von der uniformierten Polizei in Verbindung und bat ihn um Auskunft. Johnson wußte Bescheid.

«Er hat einen Waffenschein, Sir, schon seit Jahren. Hatte ihn schon lange vor seiner Ehe, als er noch seine Wohnung in der High Street hatte. Wir machen immer wieder Stichproben und überprüfen, ob er das tödliche Zeug hinter Schloß und Riegel hält. Was Sie an der Wand hängen sahen, waren hauptsächlich alte Vogelflinten, Feuersteinschloßgewehre und so weiter. Er hat moderne Waffen, ich habe ein Verzeichnis hier.»

«Eine Walther PPK ist nicht darunter?»

Johnson schüttelte den Kopf. «Er war der erste, den ich überprüfte, als zu Beginn des Falles Ihre Anweisung kam.»

Selbstverständlich.

In seinem Büro erwarteten Wexford mit der übrigen Post zwei Pakete. Eins war mit der Post gekommen, das andere, einen großen braunen Umschlag, hatte ihm der «Absender» unverschlossen eigenhändig auf den Tisch gelegt. Er schaute zuerst in das Päckchen. Es enthielt eine antiquarische Ausgabe der gesammelten Kurzgeschichten des viktorianischen Autors des Makabren, Sheridan Le Fanu, und ein von einem Rezeptblock abgerissenes Stück Papier, auf dem nur «Len» stand. Nichts sonst. Wexford fragte sich, was Dr. Crocker damit beabsichtigen mochte, da er aber bisher noch nie etwas von Le Fanu gelesen hatte, dachte er, daß er sich an seinem freien Samstagnachmittag und Sonntag damit die Zeit vertreiben konnte.

In dem anderen Paket, das mit der Post gekommen war, fand er nicht den geringsten Hinweis auf die Identität des Absenders. Wexford packte aus dem braunen Papier acht Falttaschen aus dünnem Karton aus, wie sie in Fotolabors benutzt werden. Auf jeder stand der Name «Knighton». Zweifellos enthielten sie die Fotos, die die Knightons in China geknipst hatten, und die ihm jetzt ein Unbekannter zuschickte. Sein Name auf der Hülle und die Adresse des Kommissariats waren in Druckbuchstaben geschrieben. Gestempelt war das Paket in London, Postamt Chingford, E. 4.

Sorgfältig betrachtete er die Fotografien, aber man brauchte kein Hellseher zu sein, um zu merken, daß drei oder vier fehlten. Die entsprechenden Negative waren ebenfalls verschwunden, die Filme an diesen Stellen durchgeschnitten. Das Verschwinden der Bilder war also nicht darauf zurückzuführen, daß sie «nichts geworden» waren. Aber was fehlte?

Die ersten sechs Umschläge enthielten ausschließlich Fotos aus Osteuropa und Rußland, darunter das Foto eines russischen Bahnhofs, das bestimmt beschlagnahmt worden wäre, hätte jemand davon gewußt. Demnach fehlten nur Bilder aus den beiden letzten Falttaschen – aus China. Wexford erkannte Tschangscha. Die Gruft der Marquise von Tai in Mawangdui, das Geburtshaus Maos in Shaoshan. Es gab mehrere Bilder der Kuppelberge in Kweilin, alle, wie es schien, vom Hoteldach fotografiert. Dann nichts mehr bis zu der Statue der fünf Ziegen in Kanton. Was war aus dem Ausflug auf dem Fluß Li-schuei geworden, dem spektakulärsten, den sie zwischen Peking und Hongkong unternommen hatten? Hatten die Knightons ihre Fotoapparate nicht mitgehabt? Wexford wußte, daß das nicht zutraf. Er erinnerte sich genau, daß Adela Knighton an Deck fotografiert hatte – die Kormoranfischer, die Dörfer, die Boote mit ihren viereckigen orangefarbenen Segeln. Jemand, der Absender dieses Pakets, hatte aus einem Wexford noch unbegreiflichen Grund die Bilder herausgenommen und zweifellos mit den Negativen vernichtet.

Knighton erhob keinen Widerspruch, als Wexford ihm sagte, sie müßten seine finanziellen Verhältnisse überprüfen. Ohne eine Miene zu verziehen, händigte er ihm seine letzten Bankauszüge aus, die man ihm einmal wöchentlich zuschickte. Als Wexford ihn fragte, warum er die Auszüge so häufig bekam, erklärte er, er habe vor einem Jahr einen Dauerauftrag vergessen und das Konto dadurch kurzfristig überzogen. Seit damals hielt die Bank ihn auf dem laufenden, indem sie ihm die Auszüge häufiger zuschickte. Bevor er in den Ruhestand getreten war, habe er ein eigenes Konto gehabt, doch das habe er aufgelöst. In den letzten Jahren hätten seine Frau und er nur noch ein gemeinsames Konto gebraucht, und von ihm stammten auch die Auszüge. Knighton rief seine Bank an und ermächtigte den Direktor, Wexford die Auskunft zu geben, daß sein Privatkonto vor drei Jahren aufgelöst worden war.

In den Auszügen des vergangenen Jahres ließ nichts darauf schließen, daß eine größere Summe abgehoben worden war, für die kein Beleg vorlag. Jeden Monat wurde eine erhebliche Summe auf das Konto überwiesen, eine Pension oder ein Ruhegeld, wie Wexford vermutete, und zwischendurch immer wieder größere Summen, wahrscheinlich Dividenden aus Investitionen, die Knighton oder seine Frau getätigt hatten. 4000 Pfund waren im April auf dem Konto eingegangen, ganz offensichtlich aus Mrs. Knightons Urlaubsfonds, und fast derselbe Betrag zwei Wochen später an das Reisebüro überwiesen worden. Es war offensichtlich, daß Knighton kein Geld ausgegeben hatte, um einen gedungenen Mörder zu entlohnen.

Es war natürlich nicht nachprüfbar, ob das tatsächlich sein einziges Konto war. Doch als Wexford das Haus, den Schreibtisch und die Schubladen durchsucht hatte, hatte er weder ein Scheckbuch noch Einzahlungsformulare, noch andere Unterlagen für ein anderes Konto gefunden.

«Ich möchte, daß Sie mich jetzt aufs Kommissariat begleiten, Mr. Knighton, damit wir uns dort in Ruhe unterhalten können», sagte Wexford. «Ich glaube, es wäre von Vorteil für Sie, wenn Sie, ich und mein Kollege, Inspector Burden, ein Gespräch zu dritt führen könnten.»

«Ich sehe nicht ein, warum Sie nicht hier mit mir reden können.»

«Vielleicht sehen Sie es nicht ein, aber ich weiß schon, warum. Wir können auf dem Kommissariat alle viel offener miteinander sprechen.»

«Sie meinen, Sie können mich dort leichter einschüchtern? Ich versichere Ihnen, daß ich schon ausreichend eingeschüchtert bin.» Knighton machte eine müde Kopfbewegung. «Ich weiß nicht, ob es Angst oder Schock ist – oder woran es liegt, aber ich scheine an einer Amnesie zu leiden, ähnlich der, die ein Irrenarzt unbewußtes Handeln nach einem epileptischen Anfall nennen würde. Ich bin wie betäubt, benommen.»

Wexford fiel auf, daß er zwar eine ganze Reihe von Gefühlen nannte, die ihn quälten, Schmerz oder Trauer aber nicht darunter waren.

«Wenn ich vernommen werden soll, brauche ich wohl einen Rechtsbeistand.» Es schien merkwürdig, daß jemand wie er das sagte, der selbst Jurist war. «Mein Rechtsberater sollte anwesend sein», wiederholte er.

«Ganz wie Sie wünschen, Sir», sagte Wexford liebenswürdiger, als ihm zumute war.

Es war ein merkwürdiges Gespräch. Und zwar deshalb, weil Knighton in gewissen Dingen unverblümt offen, in anderen wiederum fast dümmlich verschlossen war. Er hatte jedoch keinen Anwalt hinzugezogen. Vielleicht glaubte er, sich dank seiner lebenslangen Erfahrung selbst beraten zu können.

Sie benutzten ein Vernehmungszimmer, das nicht zu sehr einer Zelle ähnelte. Auf dem Boden lag ein Teppich. Die Stühle hatten zwar gerade Lehnen, aber gepolsterte Sitze. Knighton saß an einer Seite des Tisches, Wexford und Burden ihm gegenüber. Er sah krank aus, seine Augen wurden schnell zu dunklen Höhlen in seinem Gesicht, Reue schien ihn innerlich zu zerfressen und mit zusätzlichen Jahren zu belasten wie Krebs. Er sah aus, als habe er die Grenze seiner Kraft erreicht, oder als sei es für ihn fünf vor zwölf. Und doch war er noch fähig, einen jener penetranten Juristenwitze zu machen.

Im Vernehmungszimmer war es kalt. Die Zentralheizung wurde erst am ersten November eingeschaltet. Wexford ließ einen kleinen elektrischen Heizofen hereinbringen und entschuldigte sich bei Knighton für die Kälte und die übrigen kleinen Unannehmlichkeiten.

«De minimis non curat lex», sagte Knighton und grinste wie ein Totenschädel.

Das Gesetz mochte über Kleinigkeiten erhaben sein, Anwälte waren es nicht. Auf Wexfords ausdrücklichen Wunsch erging sich Knighton in ausführlichen Theorien, woher ein potentieller Mörder gewußt haben konnte, daß er in der Nacht des ersten Oktober nicht zu Hause sein würde. Noch einmal zählte er die Namen jener Leute auf, die von ihm erfahren hatten, daß er beabsichtige, nach London zu fahren – seine Frau, seine Tochter, Bekannte aus dem Dorf, sein Sohn Roderick. Selbstverständlich waren der Gastgeber des Abends und Dobson-Flint informiert gewesen. Wem diese Leute es erzählt hatten, ahnte er natürlich nicht. «Sie haben», sagte er plötzlich, «meine Kinder, Miss Bell und Adrian Dobson-Flint und noch einige andere gefragt, ob meine Ehe glücklich gewesen sei. Mich fragen Sie nicht.»

«Unter den gegebenen Umständen», entgegnete Burden, «haben wir es als selbstverständlich vorausgesetzt, daß Sie ja sagen würden.»

«Bei einer Morduntersuchung, Inspector, sollten Sie nie etwas als selbstverständlich voraussetzen. Meine Ehe war nicht glücklich. Sie war es nie. Seit Jahren war allgemein bekannt, daß ich mich mit meiner Frau nicht vertrug. Meine Frau empfand für mich, was viele Frauen für ihre Männer empfinden. Ich war ihr Besitz und ihr Beschützer, und sie hatte ein Recht auf mich – das Recht, mich ständig in ihrem Leben zu beanspruchen. Ich glaube nicht, daß sie je darüber nachgedacht hat, ob sie mich überhaupt liebte. Ich mochte sie nicht. Und im Lauf der Jahre wurde meine Abneigung immer größer.»

Das brachte Burden vorübergehend zum Schweigen. Wexford ließ sich nicht so leicht verblüffen.

«Möchten Sie vielleicht Ihre ursprüngliche Aussage ändern, Mr. Knighton?» fragte er gelassen.

«Ich habe nichts zu gestehen, falls es das ist, worauf Sie abzielen. Ich mochte meine Frau nicht, aber ich bedaure ihren Tod bitter. Alles, was ich habe, gäbe ich darum, wenn ich –» er zögerte, und Wexford glaubte, er werde sagen: «Wenn ich sie dadurch wieder zurückholen könnte», doch er schloß: «Wenn ich die Zeit bis vor dem ersten Oktober zurückdrehen könnte.»

«Sie waren ein Ehemann wider Willen», sagte Wexford. «Waren Sie Ihrer Frau treu?»

«Fünfundzwanzig Jahre lang war ich es. Vorher gab es jemanden, den ich heiraten wollte, aber es war unmöglich, und wir trennten uns. Ich mußte an meine Kinder denken.»

«Und wahrscheinlich auch an Ihre Karriere», warf Wexford ein.

Knighton zuckte zusammen, hob die Hand vor das Gesicht und machte eine vage Geste. «Und an meine Karriere, ja. Ich wäre gern Richter geworden. Leider hat sich mein Wunsch nicht erfüllt. Sagen wir, ich wußte, daß er sich auf keinen Fall erfüllen würde, wenn ich meine Frau und meine Kinder wegen einer jungen Schauspielerin verließ.»

Sie sprachen noch eine ganze Stunde mit ihm. Gates brachte Kaffee und einen Teller mit Schinken- und Käsesandwichs herein. Knighton trank Kaffee, lehnte es jedoch ab, etwas zu essen. Wexford fragte ihn, was er von Waffen verstehe. Knighton antwortete, er verstehe überhaupt nichts davon, und die Walther PPK kenne er nur aus Kriminalromanen und wisse, daß sie in den späteren James Bond-Büchern benutzt wurde und daß sie – um auf den Boden der Tatsachen zurückzukehren – die Dienstwaffe der Stockholmer Polizei war. Kurz vor fünf ließen sie ihn nach Hause gehen.

Am Montag ereigneten sich zwei bedeutsame Dinge. Zuerst platzte Gordon Vinalds Alibi. Mrs. Ingram und Denis Phaidon waren vernommen worden und hatten übereinstimmend ausgesagt, sie hätten zwar bei den Vinalds Kaffee und noch ein paar gehaltvollere

Sachen getrunken, doch sei das am Mittwoch, dem zweiten, und nicht am Dienstag, dem ersten Oktober, gewesen. Und Phaidon hatte in aller Unschuld die Sache für Vinald noch verschlimmert, indem er aussagte, sie hätten ursprünglich am Dienstag hingehen wollen, den Besuch aber verschoben, weil Pandora gesagt hatte, ihr Mann habe geschäftlich nach Birmingham fahren müssen.

Wexford las eben das Protokoll der Aussage, als Detective Constable Archbold, der mit Bennett und Loring in Sewingbury noch immer von Haus zu Haus ging und die Leute befragte, zu ihm kam und meldete, sie hätten möglicherweise endlich einen Zeugen gefunden. Thomas Bingley, einen alten Mann, der jetzt im Ruhestand lebte und früher landwirtschaftlicher Arbeiter gewesen war. Er hatte sich in dem Wald aufgehalten, durch den der Fußpfad von Sewingbury ins Thatto-Tal führte...

«Ein alter Mann?» unterbrach ihn Wexford. «Um halb drei Uhr morgens in einem Wald? Was, zum Teufel, hat er dort gemacht?»

«Nun, Sir, gewildert. Fasanen, wie es scheint. Deshalb hat es auch so lange gedauert, bis wir ihn fanden, er hielt sich versteckt. Seine Nichte hat uns den Tip gegeben, sie war der Meinung, wir sollten wissen, daß ihr Onkel um diese Jahreszeit oft dort draußen war. Anscheinend legt er Schlingen und holt sich in den frühen Morgenstunden seine Beute.»

«Und er war am ersten Oktober dort, ja? Ich finde, das schlägt dem Faß wirklich den Boden aus! Einem Jagdpächter noch an dem Tag die Fasanen zu stehlen, an dem die Jagdsaison beginnt.»

«Unverschämt», pflichtete Archbold ihm bei. «Worauf es ankommt, ist folgendes: Er sagt, er habe auf dem Weg einen Mann beobachtet. Es war eine klare Nacht, der Mond schien, und er sagt, ein großer Mann mit grauem oder weißem Haar sei sehr schnell in Richtung Sewingbury gegangen.»

«Und wahrscheinlich hatte er eine rauchende Pistole in der Hand», entgegnete Wexford.

Zufällig hatte er, dank dem anonymen Paket, Fotografien von ein paar Leuten, die möglicherweise verdächtig waren. Im Wohnzimmer von Bingleys unappetitlichem Cottage in der Nähe von Sewingbury Mill zeigte er dem alten Mann ein Bild von Knighton. Bingley betrachtete es, kratzte sich am Kopf und sagte, das könne der Mann sein, den er gesehen habe, obwohl er glaube, er sei nicht ganz so groß gewesen. Purbank, der im Gespräch mit Irene Bell auf dem Hoteldach in Kweilin aufgenommen worden war, schien eventuell in Frage zu kommen. Dann zögerte Bingley und zeigte mit dem kleinen Finger, einem schmutzigen Finger mit abgebrochenem Nagel, auf eine Gestalt im Hintergrund des Fotos. Auf einen Mann, dessen Haar unter einem Strohhut versteckt war. Auf Vinald.

«Der Kerl, den ich gesehen hab, war dem da sehr ähnlich.»

«Man kann nicht alles glauben, was ein Mensch wie dieser Bingley sagt», meinte Burden, als sie am Flußufer standen.

«Er hat sich auf seine Weise bemüht, uns einen Gefallen zu tun, falls wir ihn wegen Wilderei am Schlafittchen nehmen. Er gehört zu den Leuten, die glauben, wir haben sie nicht mehr lieb, wenn sie sagen, sie wüßten nichts.» Wexford betrachtete den kürzlich errichteten Betondamm, der im Volksmund schon das «Wehr» genannt wurde und der den Lauf des Kingsbrook jetzt regulierte. «Einzwängte» wäre passender, dachte Wexford. Es hatte ein heftiges Für und Wider gegeben, als es um den Bau des Dammes ging. Der Fluß, der noch vor drei Wochen zwischen schilfbewachsenen – leider häufig auch mit Unrat verschmutzten – Ufern geflossen war, wurde jetzt in einem symmetrischen Becken aufgefangen. Um das Becken herum lief eine geteerte Fläche mit Sitzbänken. Da man die Fläche eines Tages begrünen wollte, hatte man im Beton Löcher für Bäume ausgespart. Außerdem hatte die Brücke zur Springville Lane einen neuen Bogen aus Mauerwerk bekommen.

«Jetzt sieht es eigentlich gar nicht mehr so übel aus», sagte Wexford, und plötzlich sah er den Fluß Li-schuei vor sich, die phantastisch geformten Berge, den porzellanblauen Himmel, das sich kräuselnde Wasser – und Wong, der ertrunken war. «Purbank hat graues Haar», sagte er.

«Aber ich bitte Sie! Bei Sturm ist wohl jeder Hafen recht, wie?»

«Aber gar nicht. Purbank hat für die betreffende Nacht kein Alibi. Und er könnte ein Motiv haben.» Sie schlenderten zu ihrem Wagen zurück, den sie an der Stelle abgestellt hatten, an der der Fußweg aus dem Thatto-Tal auf die Straße stieß. «Von Knightons Fotografien fehlen drei oder vier und die Negative ebenfalls. Angenommen, es war Purbank, dem Adela Knighton ihre Fotos schickte. Der Stempel auf dem Paket, das mir zugeschickt wurde, ist Chingford. Und auf meinem Stadtplan von Groß-London liegt Chingford verdammt nahe bei Buckhurst Hill, wo Purbank wohnt. Angenommen, eins oder mehrere dieser Bilder zeigen Purbank in einer kompromittierenden Situation. Und wieder angenommen, Purbank wäre bereit, sehr viel zu tun, damit die Sache nicht bekannt wird.»

«Was für eine Sache?»

«Das eben weiß ich nicht. Ich habe die Fotos nicht gesehen. Aber Purbank könnte angenommen haben, Adela Knighton habe ihm die Bilder nicht aus Nettigkeit oder Interesse geschickt, sondern um ihn darüber zu informieren, was sie wußte. Und vielleicht hat sie genau das getan.»

«Was können wir da tun?»

«Nichts, im Augenblick. Zuerst müssen wir feststellen, warum Vinald gelogen und behauptet hat, er sei zu Hause gewesen und habe sich mit der lieben Frau und der lieben Schwiegermutter einen angesäuselt, obwohl er in Wirklichkeit in Birmingham war. Oder in Herstmonceux oder Mevagissey. Bei einem Lügner seines Formats weiß man das nie. Das wirklich Interessante an diesem Alibi war, daß es nicht nur ihn, sondern auch Pandora schützte. Und das tut es jetzt nicht mehr. Nichts und niemand tut es.»

Allem Anschein nach war Vinald nur in Birmingham gewesen, um sich mit einem südamerikanischen Porzellansammler zu treffen. Er hatte ein paar seiner chinesischen Neuerwerbungen mitgenommen und zwei Vasen, die er erst vor ganz kurzer Zeit gekauft hatte. Als er sagte, er sei am ersten Oktober zu Hause und am zweiten in Birmingham gewesen, habe er sich ganz einfach geirrt.

Vinald brachte das mit seiner üblichen Redegewandtheit vor, konnte seine unterschwellige Nervosität jedoch nicht verbergen. Er hatte Angst, und die Angst wurde größer. Wexford und Burden hatten ihn zu Hause aufgesucht, nicht im Geschäft, und während sie mit ihm sprachen, kam Pandora herein. Hatte er ihretwegen so große Angst?

Sie trug heute ein weißes Strickkleid mit einem bronzefarbenen Gürtel und ebensolchen Schuhen. Das glänzende schwarze Haar war nach der neuesten Mode glatt frisiert, mit Renaissancelöckchen an den Schläfen. Sie wirkte ruhig und überhaupt nicht nervös. Wexford war plötzlich sicher, daß er sich geirrt hatte, als er sie mit Knighton in Verbindung brachte. Wahrscheinlich hatten die beiden noch nie ein einziges Wort miteinander gewechselt.

«Dann waren Sie und Ihre Frau Dienstag abend also allein zu Hause?»

Sehr rasch und wie aus einem Munde sagten beide ja. Ihre Hast brachte sie dazu, abzubrechen und sich gegenseitig verlegen zuzulächeln. Pandora zuckte mit den Schultern, und ihre Augen wurden riesengroß.

«Ich muß jetzt darauf bestehen, daß Sie mir den Grund Ihrer Auseinandersetzung mit Mr. Purbank nennen.»

Vinald wartete einen Moment. Er lächelte stoisch und versuchte aus der gegebenen Situation das Beste zu machen.

«Wenn Sie's unbedingt wissen müssen! Er stichelte ununterbrochen, behauptete dauernd, die Reise sei für mich nichts weiter als ein einziger Einkaufsbummel.»

«Nun, und wenn schon! Was konnte er dagegen haben?»

«Er sagte, daß ich mich, wenn wir auf Ausflügen die Wahl zwischen zwei Möglichkeiten hätten, immer für diejenige entschied, wo ich Kunstgegenstände kaufen konnte, nie für Museen, schöne Aussichten oder ähnliches.»

«Das mag Sie natürlich geärgert haben, aber beleidigend war es nicht, oder?»

«Es war die Art, wie er es sagte, auf das Was kam es gar nicht so an. Es waren diese versteckten Andeutungen ...»

«Mr. Purbank behauptet, er habe die Ursache Ihres Streites vergessen.»

Damit, das war nicht zu verkennen, war Vinald höchst zufrieden. Er schob die Hand durch den Arm seiner Frau. «Er ist ein richtiger Miesling. Als er erklärte, er werde es unserem Führer sagen, daß ich die Ferien anderer für meine kommerziellen Unternehmungen mißbrauche, hatte ich wirklich genug. Ich schlug ihn nieder, und wir redeten kein Wort mehr miteinander.»

Wexford wußte, daß er log oder eine zumindest stark verwässerte Version der Wahrheit zum besten gab.

Die beiden Polizeibeamten verabschiedeten sich. Als sie die Stufen hinuntergingen, blieb Wexford stehen und streichelte der Schwermütigen Selima den Kopf, die in einer Schale mit welken Lobelien saß. Sie duldete seine Berührung, schüttelte sich dann angeekelt, sprang aus der Schale und lief dann in den Garten.

«Nicht alles ist rechtens, was dein schweifendes Auge verführt,
nicht alles, was unbedachte Herzen berührt ...» sagte Wexford.

«Was ist das?»

«Das Gedicht, aus dem die Katze ihren Namen hat. Kommen Sie, wir gehen ins V und A.»

Früher hätte Burden nicht genau gewußt, was Wexford meinte. Seine Frau hatte dafür gesorgt, daß das jetzt anders war. «Ins Victoria und Albert-Museum», sagte er zu Donaldson, dem London-Experten, und zu Wexford: «Was wollen wir eigentlich dort?»

«Wir sehen uns Chinas heiterste Kunst an», antwortete der «Chief».

An diesem Abend las er, als er müde, aber nicht sehr spät nach Hause kam, Le Fanus Vampirerzählung *‹Carmilla›* zu Ende und begann mit der nächsten Geschichte in der Sammlung: *‹Grüner Tee›*.

14

Er erzählte es weder Burden noch irgend jemand sonst. Er sagte es nur seiner Frau. Aufrecht im Bett sitzend, las er Le Fanu, und neben ihm war Dora in Charlotte Brontë vertieft. Als er mit der Geschichte fertig war, begann er zu lachen.

«Du meinst», sagte Dora, nachdem er ihr alles erklärt hatte, «daß dieser Mann ein Buch schrieb und sich, als er übermüdet war, mit grünem Tee wachhielt. Mit ungeheuren Mengen von grünem Tee, der wie ein Anregungsmittel wirkte?»

«Man kann ruhig sagen, er war ein ‹Kettentrinker›, wie es Kettenraucher gibt. Er konsumierte eine Tasse grünen Tee nach der anderen, und eines Tages begann er in der Zimmerecke ein affenähnliches Wesen zu sehen, das ihm furchtbare Angst einjagte. Dann sah er es auf der Straße, und es fuhr sogar im Omnibus mit ihm. Nun ja, und ich habe eben eine alte Frau mit gebundenen Füßen gesehen.»

«Ich nehme an, daß Len Crocker dir das Buch geschickt hat.»

«Natürlich war er es. Seiner Meinung nach ähnelten meine Halluzinationen geradezu frappierend denen von Herrn Pfarrer Jennings aus Le Fanus Geschichte. Ich habe ebenfalls ununterbrochen grünen Tee getrunken wie ein Süchtiger – mindestens sechs bis sieben Liter am Tag.»

Er lachte in der Erinnerung. Doch als er vor dem Einschlafen noch einmal darüber nachdachte, befriedigte ihn die Erklärung nicht völlig. Er war erleichtert, sie befreite ihn von peinigenden Selbstzweifeln, es war offensichtlich, daß er seine Visionen dem grünen Tee zu verdanken gehabt hatte – aber steckte wirklich nicht mehr dahinter? Ganz gewiß war es mehr gewesen, wenn er vielleicht auch nie erfahren würde, was.

Als er seinen Frühstückstee trank, hatte er ein ganz merkwürdiges Gefühl, obwohl es «Assam» von Twining's und keine Spur von Grün dabei war. Nach dem Frühstück suchte er zwischen seinen Büchern, fand die ‹*Meisterwerke des Übersinnlichen*› und stellte fest, daß die letzte Geschichte in der Anthologie ‹*Grüner Tee*› war. Hätte er das Buch nur zu Ende gelesen, hätte er auf dem Höhepunkt seiner Angst schon des Rätsels Lösung gekannt.

Jetzt mußte er sich vor allem überlegen, was er wegen der Aussage des alten Wilderers unternehmen sollte. Wegen Purbank und wegen der Fotos. Burden hatte mit den Berichten zu tun, die aus Middlesborough, Manchester und Newcastle eingingen und ohne

Ausnahme die auf seiner Liste stehenden Männer entlasteten. Es handelte sich dabei um Mord, Brandstiftung und schwere Körperverletzung, und in jedem Fall hatte Knighton die Anklage vertreten. In dem kleinen Cottage am «Wehr» in Sewingbury bemühte sich Wexford, aus Bingley eine befriedigendere Aussage herauszuholen. Aber der alte Mann zeigte wieder auf Vinald, als er ihm das Foto vorlegte, und erklärte seine Wahl damit, daß von allen Männern auf dem Bild Vinald dem am ähnlichsten war, den er gesehen hatte. Das einzige, das er ganz sicher wußte, war, daß er morgens gegen drei auf dem Waldweg einen Mann beobachtet hatte, der aus dem Thatto-Tal zurückgekommen war.

Wexford und Burden gingen zum Lunch in den *Erhabenen Drachen*. Frühlingsrollen, Rindfleisch mit Zwiebeln, Sojabohnensprossen, Wassernüsse, chinesische Pilze. Burden trank eine Kanne Jasmintee, doch Wexford hielt sich heimlich schaudernd an Perrier. Ungefähr fünf Minuten nachdem er ins Büro zurückgekommen war, rief die Telefonzentrale bei ihm an und meldete ihm, unten sei ein Mädchen, das ihn sprechen wolle. Eine Miss Elf.

«Eine Miss – wie?»

«Elf, Mr. Wexford, wie der Elf aus dem Zauberwald. Wie Gnome und Feen, verstehen Sie?»

Um ein Haar hätte er gefragt: «Ist sie hellgrün?», aber grün war im Augenblick für ihn ein schmutziges Wort. «Lassen Sie sie heraufbringen», sagte er und legte auf.

Sie kam von Loring eskortiert, der auf ein Nicken von Wexford das Büro wieder verließ. Sie war klein und blond, vielleicht einsfünfzig groß, und sie sah sehr jung aus. Vierzehn oder fünfzehn, war sein erster Eindruck. Sie hatte ein unschuldiges Babygesicht und große sanfte blaue Augen. Sie trug Jeans, ein rotes Sweat Shirt und eine rotweiße Trainingsjacke, dazu blauweiße Laufschuhe aus Segeltuch. Sie hatte keine Handtasche, und ihre Hände steckten in den Jackentaschen.

«Miss Elf?» sagte Wexford.

«Die bin ich.» Ihre Stimme paßte nicht ganz zu ihrer Erscheinung.

«Was kann ich für Sie tun?»

«Es handelt sich mehr um das, was ich für Sie tun kann. Ist es okay, wenn ich mich setze? Ich habe eine Information für Sie. Ein Freund von mir – nein, eigentlich eher ein Kunde – hat mir erzählt, daß die hiesige Polizei nach dem alten Kerl sucht, der am ersten Oktober nachts in der Gegend von H. P. G. rumlungerte. Ich hab's dem Kunden natürlich nicht gesagt, aber ich dachte mir: Geh lieber hin und sag's ihm, daß du's gesehen hast. Daß du ihn gesehen hast, mein ich.»

Es war alles sehr unklar. Miss Elf war Wexfords Schätzung nach zwei Jahre älter geworden, aber er war noch immer sehr verwirrt. «Sie wohnen Hyde Park Gardens oder Stanhope Terrace? Mit Ihren Eltern?»

Sie brach in lautes Gelächter aus. «Nein, nein. Ich sollte wohl lieber ganz von vorn anfangen. Ihnen sagen, wer ich bin und was ich bin und was ich um diese Zeit dort zu suchen habe. Okay?»

«Was sind Sie?» fragte Wexford langsam.

«Ich bin eine Hure», sagte Miss Elf.

Wexford hatte es fast vermutet. Er mochte es nicht, wenn Leute versuchten, ihn zu schockieren, und er fragte sich, wann sie je begreifen würden, daß man ihn nicht schockieren konnte. Seit 30 Jahren schon nicht mehr.

«Ich nehme an, Sie meinen, Sie seien Prostituierte, ein Callgirl?»

«Genau.»

«Dafür sehen Sie sehr jung aus.»

«Tja, das ist eben der springende Punkt. Daß ich so jung aussehe, meine ich. Das, könnte man sagen, hat mich ins Geschäft gebracht. Weil ich immer so jung aussehe. Ich hatte eine sehr selten gewordene Ware zu verkaufen, und der Markt war da. Die Männer, die Zwölfjährige bumsen wollen, sind nicht mit den Viktorianern ausgestorben, und als ich anfing, sah ich aus wie zwölf. Tatsächlich bin ich vierundzwanzig. Aber man kann mich immer noch für fünfzehn halten, meinen Sie nicht?»

Wexford nickte. «Heißen Sie wirklich Elf?» fragte er dann, er konnte einfach nicht widerstehen.

Ihr Lachen war laut und rauh, mit einem gewöhnlichen Unterton. «Wirklich und wahrhaftig. Ich bin eine geborene Elf, die einzige Tochter von Mr. und Mrs. Elf. Das war doch wirklich ein Glück, wie. Aber ich bestehe nicht darauf, daß man mich so nennt. Sie können Sharon zu mir sagen.»

Er beschloß, von diesem Angebot keinen Gebrauch zu machen. Seiner Meinung nach waren die meisten ihrer Kunden in seinem Alter, und er wußte genug über Prostituierte, um sich klar zu sein, daß sie ihn mit denselben Augen betrachten würde wie diese Männer, weil sie glaubte, er sei denselben Wünschen und perversen Begierden unterworfen – den Wünschen und Begierden nach zwölfjährigen Kindern. Er war etwas verärgert, und ihm war ein bißchen übel, doch dann sagte er sich, daß das, was jetzt vorging, zehntausendmal besser war als in der Zeit, in der man wirklich kleine Mädchen opferte.

«Kommen wir also zur Nacht des ersten Oktober», sagte er kalt.

Sharon Elf richtete die großen blauen Augen auf ihn. «Mein Kunde aus der Stanhope Terrace gehört zu meinen Stammkunden. Tatsächlich erinnert er mich sogar ein bißchen an Sie.» Sie merkte nicht, daß Wexford zusammenzuckte, und wenn sie es merkte, war es ihr gleichgültig. «Er rief mich an dem Abend gegen acht an und fragte mich, ob ich um Mitternacht zu ihm kommen könnte. Oder besser noch, wenn ich noch eine halbe Stunde später käme. Er habe Gäste zum Dinner, aber um halb eins seien bestimmt alle weg.»

«Wo wohnt dieser Kunde?»

«In H. P. G., in einem der Häuser, die praktisch verkehrt herumstehen – mit der Fassade an der Rückseite der Straße.»

«Hyde Park Gardens, ich verstehe.»

«Zufällig ging es sehr gut. Um elf hatte ich einen anderen Kunden, der oben in St. John's Wood wohnt. Ich ging dort ungefähr zwanzig nach Mitternacht weg, nahm mir ein Taxi und war zwanzig vor eins in der Stanhope Terrace. Ich weiß, Sie werden mich fragen, wieso ich mich so genau an die Zeit erinnere. Das liegt daran, daß ich ihn nicht in Verlegenheit bringen wollte, falls seine Gäste noch nicht gegangen waren. Ich sah also sehr oft auf meine Uhr, und daher weiß ich, daß ich gegen zwanzig vor eins dort war.

Im Haus meines Kunden brannte das Licht in der Halle und im Schlafzimmer, aber nicht im Salon, und da wußte ich, daß alles okay war. Als ich eben den Taxifahrer bezahlte, kam aus dem hinteren Eingang eines Hauses in H. P. G. dieser alte Kerl aus einer der ebenerdigen Wohnungen – das heißt, eigentlich liegen sie ja im Souterrain. Er überquerte die Straße und nahm mein Taxi.»

«Haben Sie zufällig gehört, wohin der Fahrer ihn bringen sollte?»

«Tut mit leid. Da kann ich Ihnen nicht helfen. Es interessierte mich nicht. Warum auch? Damals interessierte es mich jedenfalls nicht.»

«Und was wissen Sie jetzt genau?» fragte Wexford.

«Mein Kunde aus der Stanhope Terrace rief mich gestern an, und ich ging gegen zehn zu ihm. Er erzählte mir, daß die Bullen ihn ausgequetscht haben. Ich hatte ihn drei Wochen nicht mehr gesehen, wissen Sie, sonst hätte er es mir früher gesagt, schätze ich.»

Ob es nun Purbank oder ein anderer war, der ihm die Fotos geschickt hatte, Wexford hätte ihn segnen können. Sie kamen ihm jetzt wie gerufen. Es war ein Bild darunter, auf dem die ganze Reisegruppe auf dem Hoteldach in Kweilin zu sehen war. Nur Adela

Knighton fehlte, die fotografiert hatte. Ohne einen Augenblick zu zögern, zeigte Sharon Elf auf Knighton.

«Das ist er.»

«Sie sind ganz sicher, daß das der Mann ist, den Sie in der Nacht des ersten Oktober zwanzig vor eins in der Stanhope Terrace gesehen haben?»

«Hundertprozentig», erklärte sie fröhlich. «Ich habe ihn mir sehr gründlich angesehen. Er hat mir nämlich sehr gut gefallen.»

In Wexfords Kopf drehte sich alles. Beruhte die Sache auf Gegenseitigkeit? Suchten nicht nur die alten Männer Mädchen, die zu jung waren, um zu kritisieren und Ansprüche zu stellen? Suchten auch junge Mädchen einen Großvaterersatz? Er war jedenfalls froh, als Miss Elf ihn verließ, kam sich jedoch gleichzeitig wie ein Narr vor und fragte sich, wer ihm das Recht gab, sie und ihresgleichen zu verurteilen. Trotzdem öffnete er, als sie gegangen war, das Fenster, um frische Luft hereinzulassen. Vielleicht wollte er aber auch nur den Geruch von Gummisohlen und billiger Seife vertreiben. Seine Gedanken begannen sich mit dem zu beschäftigen, was er durch sie erfahren hatte. Da war Bingleys Aussage – und jetzt das. Er drückte auf den Knopf der Wechselsprechanlage und teilte dem Kästchen mit, man solle Inspector Burden bitten, zu ihm zu kommen, wenn er im Haus sei. Burden brachte einen Bericht über den letzten Mann auf seiner Liste mit, einem gewissen Dudley Preston, der wegen Totschlags und Trunkenheit am Steuer vor Gericht gestanden hatte. Knighton hatte ihn verteidigt, konnte ihn aber nicht vor einer dreijährigen Gefängnisstrafe bewahren.

«Wissen Sie, daß Ihr Fenster sperrangelweit offen ist? Sie haben den reinsten Eisschrank hier.»

«Schließen Sie es ruhig, wenn Sie wollen.» Wexford berichtete ihm von Sharon Elf und ihrer Aussage.

Burden verzog die Mundwinkel nach unten. Aber das, dachte Wexford, gilt mehr Sharon Elfs Beruf, als Knightons zerstörtem Alibi.

«Sie glauben ihr? Einer solchen Frau?»

«Manchmal reden Sie wie ein viktorianischer Büttel. Ich begreife nicht, warum ein Callgirl nicht so aufrichtig sein sollte wie andere Leute. Sie können es drehen und wenden, wie Sie wollen, es ist ein ehrlicher Beruf. Leistung und Bezahlung sind gleichwertig – ich meine, jeder bekommt, wofür er bezahlt. Sie hat Knighton auf einem Gruppenfoto erkannt, also muß ich ihr glauben.»

Burden zuckte mit den Schultern. «Wenn es stimmt, und das nehme ich an, sieht es für Knighton schlecht aus. Dann müßte er die

Wohnung aber sofort wieder verlassen haben, nachdem Dobson-Flint sich in sein Schlafzimmer zurückgezogen hatte. Wahrscheinlich wartete er ab, solange Dobson-Flint im Bad war, schlüpfte dann hinaus und nahm einen Schlüsselbund vom Tisch in der Diele. Da kein Zug mehr fuhr, ließ er sich mit dem Taxi zu der Stelle bringen, wo er den Mietwagen geparkt hatte. Wer weiß? Vielleicht hat er sich sogar in der Nähe der Victoria Station ein Auto gemietet und es dort stehenlassen. Er hätte es nach seiner Ankunft in London mieten und so viel in die Parkuhr werfen können, daß sie Viertel nach sechs ablief. Da man ab halb sieben gebührenfrei parken kann, hätte er sich wegen des Wagens nicht mehr den Kopf zerbrechen müssen. Das bedeutet wahrscheinlich, daß wir jetzt die Mietwagenfirmen um die Victoria Station herum abklappern müssen.

Wenn er zwanzig vor eins ein Taxi genommen hat, wäre er zehn vor eins bei der Victoria Station gewesen. Ich kenne mich in London zwar nicht besonders gut aus, aber sogar ich weiß, daß es um diese Nachtzeit nicht viel Verkehr gibt. Spätestens um eins hätte er im Wagen gesessen und wäre losgefahren. Die Strecke hätte er spielend in einer Stunde zurücklegen können, also war er – sagen wir – gegen zwei zu Hause.»

«Eine Viertelstunde brauchte er, um die Glasscheibe herauszuschneiden, vielleicht ein paar Minuten, um sich zu sammeln – ja, der Zeitplan stimmt ungefähr.»

«Er brauchte nicht durch das Fenster einzusteigen, er hatte einen Schlüssel.»

«Trotzdem mußte er die Scheibe herausschneiden.»

«Natürlich mußte er», sagte Burden. «Ich bin ein Idiot. Selbstverständlich hat er das getan. Und er hätte es sich nicht bis nach dem Mord aufgehoben. Da ist nur etwas, das mich stört – können Sie sich vorstellen, daß er sie aus dem Bett reißt, vor sich her die Treppe hinuntertreibt und ihr durch den Hinterkopf schießt.»

«Es gibt sehr viele Dinge, von denen ich mir nicht vorstellen kann, daß menschliche Wesen sie tun, und doch werden sie getan, Mike.»

«Also ich kann das nicht so ohne weiteres schlucken. Das kann man doch keiner Frau antun, mit der man seit über vierzig Jahren verheiratet ist. Doch nicht der eigenen Frau! Und Knighton ist doch keiner von den Kerlen, mit denen ich's jetzt zu tun hatte, oder? Man kann ihn doch gewiß einen zivilisierten Menschen nennen.»

«Hören Sie, Mike, es gibt unendlich viele Dinge, die mir auch nicht gefallen. Mir gefallen sie ganz und gar nicht, aber das sind Beweise. Sharon Elf hat beobachtet, daß Knighton zwanzig vor eins Dobson-Flints Wohnung verließ. Bingley sah um 3 Uhr herum einen Mann, der aus dem Thatto-Tal kam und nach Sewingbury ging. Und es war bestimmt nicht Vinald, den er sah. Adela Knighton starb zwischen 2 Uhr 15 und 3 Uhr 30. Die Zeitabläufe fügen sich gut ineinander. Wohin wollte er denn zwanzig vor eins mit dem Taxi, wenn nicht heimlich nach Sussex zurück, während sein Freund ihn schlafend im Bett glaubte? Wir müssen mit ihm sprechen, wir müssen ihn wieder herholen. Wir müssen feststellen, wo die Pistole jetzt ist.»

«Ich sehe kein Motiv.»

«Motive haben es manchmal an sich, daß sie sich verhältnismäßig spät herauskristallisieren. Nebenbei hat irgend jemand mal gesagt, jeder verheiratete Mann habe ein Mordmotiv.»

Als Wexford nach dem Telefon griff, klingelte es. Die Zentrale meldete ihm einen zweiten Besucher.

«Ein Mr. Shah möchte Sie sprechen, Sir.» Die Stimme wurde leiser. «Ein Chinese.»

«Der Name klingt nicht chinesisch.»

Sha? Shah? Ein Inder oder ein Tibeter? Wexford war einen Augenblick verwirrt. Dann wurde ihm plötzlich vor Aufregung die Kehle eng. Der Name wurde wohl mehr oder weniger wie Shah ausgesprochen, aber er lautete Hsia.

Der Besucher war Purbanks Nachbar aus Buckhurst Hill.

«Bleiben Sie bitte», sagte er zu Burden.

Der große Mann im dunklen Anzug, den Wexford in der Halle des Apartmenthauses getroffen hatte, betrat das Büro. Er trug auch heute einen dunklen Anzug in etwas anderer Schattierung und in der Hand den Diplomatenkoffer. Sein schwarzes Haar war so glatt, daß es aussah, als sei es auf den Kopf aufgemalt. Er hatte sanfte und intelligente Augen, und sein Gesicht wirkte freundlich, aber irgendwie teilnahmslos. Er reichte Wexford eine schmale blaßbraune Hand, an der er einen Ring aus Obsidian und Gold trug.

«Mein Kollege, Inspector Burden», sagte Wexford. «Mr. Hsia.»

Hsia deutete eine leichte Verbeugung an. «Sie sind Chief Inspector Wexford, nicht wahr? Ich hoffe, ich komme nicht ungelegen?»

«Aber keineswegs. Setzen Sie sich bitte. Ich glaube, wir könnten alle eine Tasse Tee vertragen, oder?» Wexford drückte auf den Summer.

Hsia setzte sich und legte die Arme starr und fast verkrampft auf die Seitenlehnen des Sessels. Dann hob er sie plötzlich, als beherrsche er eine besondere orientalische Entspannungstechnik, und ließ sie leicht und sehr ruhig auf die Knie sinken.

«Ich bin zu Ihnen gekommen, Chief Inspector, um Ihnen etwas zu sagen, was mein Freund und Nachbar Mr. Purbank nicht über sich bringt, Ihnen zu erzählen. Es mag so aussehen, als mißbrauche ich sein Vertrauen, aber wenn es mit dieser Heimlichtuerei so weitergeht, wird er am Ende noch krank. Er hat furchtbare Angst, daher muß ich Ihnen die ganze Wahrheit sagen, damit er Erleichterung findet.» Hsias Züge entspannten sich, und er lachte leise und reuevoll auf. «Sie werden, sobald Sie alles wissen, vermutlich der Ansicht sein, ich hätte das Geheimnis bewahren müssen, denn der Übeltäter bin ich. Darf ich jetzt beginnen?»

Wexford nickte. Der Tee kam, und Wexford sah nicht ohne Erstaunen, daß Hsia Milch und zwei Stück Zucker nahm.

«Ich heiße Hsia Yu-seng», fing er an. «Wo ich wohne, wissen Sie. Ich arbeite bei der Kaulun und Fuchow Bank in London.» Er machte eine Pause, und Wexford sagte sich, das Wort «arbeite bei» wahrscheinlich eine bescheidene Untertreibung war. «Die meisten Leute denken», fuhr Hsia fort, «daß ich aus Hongkong oder Taiwan stamme, aber dem ist nicht so. Ich bin in Shaoshan in der Volksrepublik China geboren – in demselben Ort wie der verstorbene große Vorsitzende Mao Tse-tung. Ich kam zehn Jahre vor der sogenannten Befreiung zur Welt.»

«Warum haben Sie China verlassen?» fragte Wexford.

Hsia hob die Teetasse an die Lippen und trank. «Darf ich?» sagte er und griff nach einem Garibaldibiskuit. «Ich habe», sagte er, «mit einunzwanzig Jahren ein Verbrechen begangen. Wäre ich damals gefaßt worden – und das war unvermeidlich, denn in China kann man so etwas nicht vertuschen –, hätte man mich hingerichtet.»

Wexford befeuchtete sich die trockenen Lippen. Natürlich brachte er die Todesstrafe mit Mord in Verbindung. «Was für ein Verbrechen?» fragte er.

«Ich habe jemanden vergewaltigt», sagte der sanfte, glatte Mr. Hsia und verzog die Lippen zu einem um Entschuldigung bittenden Lächeln.

15

Burden schien an seinem Tee zu ersticken. Er wischte sich mit einem frischen, weißen monogrammierten Taschentuch den Mund ab. «Entschuldigen Sie», sagte er.

«Sie haben jemanden vergewaltigt?»

«Ich und drei andere. Sie haben ja keine Ahnung, wie das war, das

Leben dort, die Entbehrungen, die Unterdrückung, die Tyrannei. Dieses Mädchen hat uns herausgefordert, hat uns absichtlich gereizt, ihr Blick, ihr Gang waren eine einzige Einladung. Und als es dann passiert, zuerst mit meinem Freund, dann mit mir, sie bekommt Angst und erzählt später ihrem Vater, der Parteimitglied war.» Mit der Anstrengung, die es ihn kostete, das alles zu erzählen, wurde auch Hsias Englisch schlechter, klang manchmal fast wie Pidgin. Er riß sich zusammen und lockerte die geballten Hände. «Auf diese Tat steht in China Todesstrafe. Damals und auch jetzt noch. Mein Onkel, Bruder von meiner Mutter, er war Lkw-Fahrer und fuhr jede Woche nach Kanton. Er versteckt mich in seinem Laster, und von Kanton flüchte ich in die Neuen Territorien. Ich berichte eine lange Geschichte so kurz wie möglich, aber so war es. Ich ging über die Grenze, durchquerte die Neuen Territorien und kam nach Hongkong. Englisch konnte ich ein bißchen, ich habe an der Universität von Tschangscha studiert, also ging ich einige Zeit später mit meiner Frau, die ich in Hongkong geheiratet habe, nach England. Ihr Vater ist Direktor der Kaulun und Fuchow Bank, wissen Sie. Und von da an ging alles sehr gut für mich.» Er lächelte abermals und neigte diesmal leicht den Kopf.

Wexford sah ihn an, sah das sanftmütige, pergamentfarbene Gesicht, die ruhigen Züge, die dazu geführt haben, daß chinesische Gesichter immer «unergründlich» oder «rätselhaft» genannt werden. Unvorstellbare Abenteuer, Schrecken, Nöte und Kämpfe waren zwischen den Zeilen dieser langen, drastisch abgekürzten Geschichte verborgen. Noch nie hatte Wexford einen Mann gesehen, der einem Mädchenschänder weniger glich als Hsia Yu-seng.

«Das ist alles gewiß sehr interessant», sagte der Chief, «aber was hat es mit Mr. Purbank zu tun?»

«Dazu komme ich noch», sagte Hsia und nickte. «Ich habe gesagt, alles geht für mich sehr gut, und das stimmt auch, abgesehen von einem Problem. Das ist meine Mutter. Mein Vater fiel bei den Kämpfen im Jahr 1949, und meine Mutter ist Witwe und lebt bei meinem Bruder und seiner Familie. Aber ich war ihr Lieblingssohn und war immer sehr traurig, daß ich ihr keine Nachricht geben kann. Ich hatte um ihretwillen immer Angst, ihr zu schreiben und darf es nicht wagen, einen Fuß in die Volksrepublik zu setzen. Oft schon habe ich überlegt, wie ich ihr Nachricht zukommen lassen könnte, mir fällt aber nichts anderes ein als das, was mein Schwiegervater schon getan hat. Er hat sie wissen lassen, daß ich lebe. Dann erzählt mein Nachbar Mr. Purbank eines Tages meiner Frau, daß er mit dem Zug nach China fährt.»

«Ich fange an zu verstehen», sagte Wexford. «Purbanks Reiseroute führte auch nach Shaoshan, und Sie haben ihn gebeten, Ihrer Mutter eine Nachricht zu überbringen.»

«Ich habe ihn gefragt, ob er einen Brief für meine Mutter mitnehmen würde. Durch meinen Schwiegervater hatte ich erfahren, daß die Frau meines Bruders Köchin im *Wu Jiang Hotel* ist, und da dachte ich mir, es kann Mr. Purbank, der nach dem Besuch von Maos Geburtshaus bestimmt dort essen würde, nicht besonders schwierig sein, nach der Köchin zu fragen, um ihre Kochkunst zu loben. Er sollte sie nach ihrem Namen fragen und ihr den Brief heimlich zustecken, wenn sie ‹Mrs. Hsia› sagte.

Aber alles geht schief, weil Mr. Purbank meinen Brief verlor, als ihm in Rußland ein paar Sachen aus den Koffern gestohlen wurden. Und das machte ihn sehr nervös, weil er den Auftrag unbedingt erfüllen wollte, aber nicht wußte, wie. Also bat er den Dolmetscher, er soll zur Köchin sagen, der Freund ihres Bruders sei hier. Das tut er auch, und meine Schwägerin läßt ganz aufgeregt meine Mutter holen, die jetzt schon älter als 70 Jahre ist.»

Und sie hat gebundene Füße, dachte Wexford. Also war es das erste Mal im *Wu Jiang Hotel* keine durch grünen Tee hervorgerufene Halluzination. Es war eine Frau aus Fleisch und Blut gewesen, die neben dem Wandschirm gestanden und auf Nachricht von ihrem Sohn gewartet hatte. «Fahren Sie fort», sagte er.

«Ja nun, und auf einmal bekam Mr. Purbank schreckliche Angst, denn egal, was er sagte, er mußte es vor dem Dolmetscher tun, dem offiziellen Reiseführer und Übersetzer von Lüxingshe. Er wußte, daß ich ein Verbrechen begangen hatte, und fürchtete, daß er und die ganze Reisegesellschaft aus China ausgewiesen werden könnten, wenn das bekannt wurde. Also ließ er meiner Mutter und meiner Schwägerin durch den Dolmetscher erklären, er habe sich geirrt, es sei ein Mißverständnis.

Aber damit gab sich meine Mutter nicht zufrieden. Ich denke, sie erriet, daß Mr. Purbank viel zu sagen hat, sich aber fürchtet zu sprechen. Als am nächsten Tag mein Kusin, der Sohn des Onkels, der mir das Leben gerettet hat, nach Tschangscha fährt, begleitet sie ihn, um Mr. Purbank zu suchen ...»

Da habe ich sie zum zweitenmal gesehen, dachte Wexford. Auf der Orangeninsel.

«... und sie findet ihn auch, aber sie können sich nicht verständigen, außer durch die Zeichensprache, und sie haben beide Angst, Mr. Purbank und meine arme Mutter. Dann trifft er, wie es das Schicksal will, auf einem Spaziergang durch Tschangscha einen

Studenten namens Wong, der zu ihm kommt und ihn bittet, mit ihm das Englische zu üben...» Hsia sprach jetzt nur noch in der Gegenwart, und Wexford erinnerte sich, daß er irgendwo gelesen hatte, Mandarin kenne keine Zeitformen. «Vielleicht geschieht das oft im heutigen China?» fragte Hsia.

«O ja, es ist oft der Fall.»

«Und da kommt Mr. Purbank die großartige Idee, diesen Wong zu bitten, er soll für ihn dolmetschen. Meine Mutter sitzt noch immer in der Halle des *Wu Jiang Hotels* und wartet. Mr. Purbank erzählt Wong alles über mich, daß ich in England lebe, bei der Kaulun und Fuchow Bank arbeitete, eine Frau habe und daß meine zwei Söhne in die Internatsschule gehen, und Wong sagt das meiner Mutter, die sehr glücklich ist und sehr glücklich weggeht, als mein Kusin sie abholt. Aber das ist für Mr. Purbank nicht das Ende der Geschichte.

Dieser Wong ist vielleicht selbst ein kriminelles Element, oder vielleicht ist es wahr, daß er nur aus der Volksrepublik China flüchten will. Um es wieder kurz zu machen: er folgt Purbank in den Zug nach Kweilin und bittet ihn, ihn aus China hinauszuschmuggeln. Außerdem, sagt Mr. Purbank, verlangt er dauernd Geld, wie wenn er Mr. Purbank drohen möchte, daß er ihn in große Schwierigkeiten bringt, wenn er ihm kein Geld gibt, weil Mr. Purbank etwas Unrechtes getan hat.»

«Sie meinen, dieser Wong hat Mr. Purbank erpreßt? Er verlangte von Purbank, daß er ihm Geld gab und ihn aus China hinausschmuggelte? Und wenn Purbank sich weigerte, wollte Wong ihn denunzieren, weil Sie durch ihn Verbindung mit Ihrer Mutter aufgenommen hatten?»

«So ungefähr ist es, ja. Mr. Purbank hatte jetzt schreckliche Angst, weil dieser Wong ihn überallhin verfolgte, und obwohl es natürlich schrecklich war, war er nicht besonders unglücklich, daß Wong auf dem Flußschiff den Unfall hatte und im Li-schuei ertrank.» Die ruhigen Züge verzogen sich zu einem nachdenklichen Lächeln. «Mr. Purbank dachte natürlich, seine Sorgen hätten jetzt ein Ende, bis er einige Zeit später von dieser Mrs. Knighton, die jemand erschossen hat, Fotografien vom Ausflug auf dem Fluß Li-schuei zugeschickt bekam. Auf den Fotos sieht man ihn im Gespräch mit Mr. Wong, und Mr. Purbank bekommt wieder sehr große Angst...»

«Haben Sie die Fotos gesehen, Mr. Hsia?»

«Nein, aber er hat mir von ihnen erzählt. Mrs. Knightons Mann hat irgendwie mit dem Recht zu tun, und Mr. Purbank denkt, angenommen, die Geschichte kommt heraus und löst einen internationalen Zwischenfall aus. Also verbrennt er die Fotos und die Negative und schickt den Rest an Sie, und dann wird er wieder nervös, weil Sie vielleicht denken, er hat Mrs. Knighton erschossen ...»

Wexford war nahe daran, laut herauszulachen. Doch etwas, was er wußte, Hsia offensichtlich nicht, hinderte ihn daran.

«Es war sehr klug von Ihnen, daß Sie zu mir gekommen sind», sagte er.

«Ich hielt es für das beste. Und jetzt will ich Ihnen sagen, wo Mr. Purbank in der Nacht des ersten Oktober bis nach Mitternacht war – mit meiner Frau und mir in unserer Wohnung.» Hsia stand auf, um zu gehen. Er reichte Wexford die Hand und fügte hinzu: «Ich fürchte, er hält es für wesentlich sicherer, wenn man ihn verdächtigt, Mrs. Knighton ermordet zu haben, als sich offiziell mit zwei politisch so gefährlichen Menschen wie uns abzugeben.»

Vom Fenster aus beobachtete Wexford, wie Hsia den Platz vor dem Kommissariat überquerte und in einen dunklen BMW neuester Bauart stieg. Merkwürdig, sich vorzustellen, daß dieser glatte Kapitalist der Sohn der alten Frau mit den hufähnlichen verkrüppelten Füßen war, der Vorbotin, die seine Halluzinationen ausgelöst hatte ...

«Glauben Sie das?» fragte Burden. «Können Sie wirklich glauben, daß Purbank tatsächlich diplomatische Schwierigkeiten auf höchster Ebene befürchtete, weil Fotos existieren, die ihn im Gespräch mit einem nicht regimetreuen Chinesen zeigten?»

«Hsia glaubt es.»

«Klar glaubt er es. Er ist in einem Land aufgewachsen, in dem ein politisches System an der Macht ist, das die Menschen unterdrückt wie vielleicht kein anderes auf der Welt.»

«Ich sage Ihnen jetzt ganz einfach, was ich denke», meinte Wexford. «Zwar werde ich es nie beweisen können, ich habe nichts, worauf ich mich stützen könnte – nur mein Gefühl. Aber ich bin fest überzeugt, daß Purbank Wong über Bord gestoßen hat. Er war beunruhigt, nervös, weil Wong ständig hinter ihm her war, und als er Wong vorn am Bug hocken sah, schlich er sich von hinten an ihn heran und gab ihm einen kräftigen Stoß, so daß er über Bord ging. Purbank wollte Wong nicht töten, nehme ich an, er wollte ihm nur einen ordentlichen Schreck einjagen und ihm auf seine konfuse Art zeigen, daß er sich nicht benutzen und nicht manipulieren ließ.

Als er wieder zu Hause war, vergaß er die ganze Geschichte ziemlich rasch, glaube ich. Wir alle kennen doch die alte Frage: wenn Sie sich mit einem ganz einfachen Heben der Hand eine Million verdienen und gleichzeitig einen Chinesen töten könnten – würden Sie es tun? Die weitverbreitete Meinung ist, daß nur wenige Menschen lange zögern würden. Vielleicht kam es Purbank ein bißchen so vor. Nachdem Wong ertrunken war, fragte ich Adela Knighton, was denn passiert sei, und sie antwortete gleichgültig, jemand sei ertrunken. ‹Keiner von uns›, sagte sie, ‹ein Chinese.› Purbank hatte die Hand gehoben und wenn schon kein Geld, so doch den Frieden zurückgewonnen, und es war zwölftausend Meilen weit weg geschehen, und außerdem gibt es sowieso zu viele Chinesen. Und dann bekam er plötzlich das Bild, auf dem er die Hand nach Wongs Rücken ausstreckte.»

Burden nickte. Das war durchaus plausibel. Verdächtige wurden entlastet, Unverdächtige hineingezogen. Die Vergewaltigung hatte ihn an Coney Newton erinnert und an das, was er Wexford über den El Video Club berichten mußte. Loring war am Abend vorher dort gewesen und hatte sich umgehört.

«Geschäftsführer ist ein gewisser Jimmy Moglander – ‹Moggy› für seine Freunde. Newton war dort. Er und drei oder vier andere blieben, bis das Lokal Mittwoch früh zumachte. Das Leben, das diese Halunken führen! Moglander und der Barmann erinnern sich beide, daß Newton da war. Damit ist jeder einzelne dieser alten Knastbrüder aus dem Schneider, die etwas gegen Knighton haben könnten.»

«Was machen wir mit Knighton?»

«Er läuft uns bis morgen früh bestimmt nicht weg, denke ich.»

«Da haben Sie recht.» Wexford rutschte mit dem Sessel ein Stück zurück und stand auf. «Ich gehe nach Hause, Mike. Wenn ich hierbleibe, taucht ganz gewiß jemand hier auf, der mir erzählt, er habe eine alte Frau mit gebundenen Füßen durch Knightons Klofenster klettern sehen. Knighton lassen wir bis morgen schmoren.»

Aber für Adam Knighton kam nie wieder ein Morgen. Es ist wie ein *déjà-vu,* dachte Wexford, oder als ließe man ein Band noch einmal ablaufen. Es war, als sehe man einen Film und bliebe hinterher noch einmal bei Werbung, Wochenschau und Vorfilm sitzen, um den Anfang des Hauptfilms noch einmal zu sehen. Aber das tat man gewöhnlich nur, wenn einem ein Film gefiel. Er hatte Wexford jedoch das erste Mal nicht gefallen, und das zweite Mal...

Der Vorspann war derselbe wie beim erstenmal und der einleitende Teil ebenfalls. Es begann damit, daß Renie Thompson um neun Uhr bei der Polizei anrief und gleich danach die Prozession nach Thatto Hall Farm aufbrach: Burden, der Fingerabdruckexperte, alle anderen Spezialisten, die am Tatort Ermittlungen durchführten, und Dr. Crocker. Die Sonne schien, und Tau glitzerte auf dem Gras, die Heidekraut-Astern waren stärker aufgeblüht, und Frost hatte die Blätter der Dahlien verbrannt. Falls die Sonne ein bißchen höher stand, weil die Uhren inzwischen zurückgestellt worden waren, hätte das nur ein Purist gemerkt. Bis zu diesem Punkt schien alles genauso wie beim erstenmal. Auf die einzige Abweichung stießen sie erst im Haus, denn diesmal war es Knighton, der tot auf dem Bett lag. Von eigener Hand gestorben.

«Zweimal innerhalb eines Monats», sagte Mrs. Thompson. «Da fängt man an zu überlegen, ob man noch einmal ein fremdes Haus betreten soll. Ich dachte, er wolle länger liegenbleiben, aber die Schlafzimmertür war nicht ganz zu, also klopfte ich leise an und steckte den Kopf durch den Spalt ...»

Seit Wexford das letzte Mal hiergewesen war, war Knighton wieder in das Zimmer umgezogen, das er mit seiner Frau geteilt hatte. Dort hatte er am Abend vorher die Kleider abgelegt, einen blauen Baumwollschlafanzug und einen braunen Morgenrock angezogen, sich auf das Bett gelegt und seinem Leben ein Ende gesetzt. Auf dem Nachttisch stand eine fast leere Cognacflasche, ein leeres Weinglas, kein Cognacschwenker, und daneben lag ein Kunststoffröhrchen, das fünfzig Kapseln Tuinal enthalten hatte.

«Das hat ihm sein Arzt wahrscheinlich gegen Schlaflosigkeit verschrieben.»

«Nicht ich, Gott sei Dank», sagte Crocker. «Ich hätte ihm Mogadon gegeben. Die einzige Möglichkeit, sich mit Mogadon umzubringen, wäre die, sich so viele in den Hals zu stopfen, daß man daran erstickt.»

Er drückte Knighton die starren blauen Augen zu. Auf dem Toilettentisch lagen zwei versiegelte Briefumschläge, die Adressen mit Knightons energischer, schöner Schrift geschrieben. Einer der beiden Briefe war für den Leichenbeschauer bestimmt.

«Wer ist Mrs. Ingram?» fragte Crocker.

«Das weiß der liebe Gott.» Wexford las die Adresse: Thain Court, Cadogan Avenue, London SW1. Und plötzlich fiel es ihm ein. «Ich glaube, sie ist die Schwiegermutter eines Antiquitätenhändlers, den ich zufällig kenne. Knighton hat den Brief zwar frankiert, aber ich überbringe ihn wohl am besten selbst.» Draußen knirschte der Kies unter dem Fenster, und Wexford sah hinaus. «Angus und Jennifer», sagte er und schob die Briefe in die Tasche.

Knightons gelblichweißes Gesicht erweckte den Anschein, als sei er schon so lange tot wie die Marquise von Tai. Es sah aus, als sei es aus Porzellan, aber aus einem Porzellan, das man vergessen hatte zu bemalen, bevor man es brannte.

«Armer Teufel», sagte Wexford, «er sah keinen Ausweg mehr.»

«Dann hat er sie doch getötet?»

«Das habe ich nicht gesagt», widersprach Wexford. «Ich habe das Gefühl, daß sein Problem moralischer Art und daß es sein Gewissen war, dem er nicht entrinnen konnte.» Sie verließen das Zimmer und schlossen die Tür hinter sich. «Ich habe mich noch gar nicht für das Buch bedankt, Crocker.»

«Ich weiß natürlich nicht, ob grüner Tee wirklich Halluzinationen hervorruft.»

«Ja und nein», antwortete Wexford geheimnisvoll.

Jennifer und ihr Mann standen in der Halle. Ihr Gesicht hatte denselben mürrischen Ausdruck wie immer. Als Wexford die Treppe hinunterging, hörte er noch den letzten Teil der Unterhaltung zwischen Jennifer und Mrs. Thompson. Was Jennifer sagte, lief darauf hinaus, daß sie keine Hilfe im Haus habe und überdies durch den Schock die Wehen früher einsetzen könnten. Angus Norris hingegen sah so geschockt und verzweifelt aus, als sei Knighton sein Vater gewesen.

«Das ist eine schlimme Sache, Mr. Norris», sagte Wexford. Es war ein Satz, den er bei solchen oder ähnlichen Gelegenheiten immer anwandte. Unverbindlich, aber er drückte trotzdem alles Erforderliche aus.

Norris nahm ihn wortwörtlich. «Eine schreckliche Sache, schrecklich», sagte er mit fast tragischem Eifer. Sein Gesicht war ziemlich blaß und faltig wie die Gesichter mancher Halbwüchsiger, die deshalb aber nicht älter aussehen. Er schaute sich nach seiner Frau um, vielleicht um sie zu trösten oder sich selbst trösten zu lassen. Aber Jennifer lag im Wohnzimmer in einem Sessel und hatte die Beine hochgelegt.

«Hat er – einen Abschiedsbrief hinterlassen?» fragte er mit ein wenig mehr Selbstbeherrschung als vorher. «Oder etwas in dieser Art, meine ich?»

«Etwas in dieser Art», antwortete Wexford trocken und ging hinter dem Doktor her aus dem Haus.

Auf der gekiesten Zufahrt hielt eben Roderick Knightons gelber TR7 neben dem schäbigen Citroën der Norris'. Der Anwalt stieg aus und stürmte ins Haus, wobei er die Haustür laut hinter sich zuknallte.

Die Briefe schienen Wexford ein Loch in die Tasche zu brennen. Er wäre berechtigt gewesen, den Umschlag mit der Adresse von Mrs. Ingram zu öffnen und den Inhalt zu lesen. Durch einen Selbstmord verwirkt ein Mensch sein Recht auf Privates und Persönliches, und dieser Selbstmord stand darüber hinaus noch in einem ganz engen Zusammenhang mit einem Mord, bei dem der Selbstmörder der Hauptverdächtige war. Mrs. Ingram – Pandora Vinalds Mutter. Aber wer war sie noch? Was war sie für Adam Knighton gewesen, daß er ihr auf dem Totenbett einen Brief geschrieben hatte?

Wexford wollte diesen Brief erst öffnen, nachdem er mit ihr telefoniert hatte. Er griff zum Hörer und wollte die Zentrale bitten, Mrs. Ingrams Nummer für ihn ausfindig zu machen, legte aber wieder auf. Die Frau, die auf dem Hoteldach in Kweilin mit Pandora zusammen war, war eine andere gewesen, eine viel ältere weißhaarige Frau. Sooft er auch über die Ereignisse in der Dach-Bar nachgedacht, sooft er sich die Menschen in Erinnerung gerufen hatte, diese Frau war nie aufgetaucht. Pandoras Schönheit hatte sie völlig in den Schatten gestellt, hatte sie ausgelöscht.

Für ihn vielleicht, fast für alle, die sie zusammen sahen, aber nicht für Knighton. Knighton, der mit seiner Frau am Tisch gesessen hatte, hatte sie gesehen, wie Dante Beatrice sah, und in diesem einen Augenblick hatten sein Leben und seine Hoffnungen sich umgestaltet. Doch anders als Dante sah er sie nicht zum erstenmal. Davon war Wexford überzeugt. Er war eine romantische Natur und hatte eine Schwäche für das Phänomen der Leidenschaft, hielt es aber für ausgeschlossen, daß ein Mann in Knightons Alter sich auf den ersten Blick in eine Frau wie Mrs. Ingram verliebte, die nicht viel jünger war als er.

Er mußte sie früher gekannt haben, vor vielen Jahren vielleicht. Während eines Verhörs hatte er gesagt, seine Karriere wäre zerstört gewesen, wenn «ich meine Frau und meine Kinder wegen einer jungen Schauspielerin verlassen hätte». Als die Knightons unter der Woche in Hampstead wohnten und das Wochenende regelmäßig in Sussex verbrachten, als Jennifer und Colum Babies gewesen waren und als Knighton mit seiner Redegewandtheit mindestens einen Mörder vor der Hinrichtung bewahrte – in dieser Zeit war Mrs. Ingram jung gewesen.

Interessant war, daß ihn Pandora, als er sie das erste Mal in London sah, an eine vor 30 Jahren berühmte Schönheit erinnert hatte. Er hatte an Hedy Lamarr oder Lupe Velez gedacht. «Du bist deiner Mutter Spiegelbild, und in dir lebt der ach so liebliche April ihrer Jugendblüte wieder auf...» Mrs. Ingram hat Freunde in der Welt des Films. Sie hatte einen Kameramann zu ihrer Tochter und ihrem Schwiegersohn mitgebracht.

«Wie mag Milborough Lang heute aussehen?» hatte Dora gefragt, als sie im Fernsehen *‹Die Schneemotte›* gezeigt hatten. «Sie muß jetzt fünfundfünfzig sein.»

Den Brief an den Leichenbeschauer, Dr. Neville Parkinson, lieferte Wexford selbst ab. Dann ging er in den *Erhabenen Drachen*, wo er mit Burden verabredet war.

«Daß Sie keinen Hunger haben, sieht Ihnen gar nicht ähnlich», sagte Burden.

Wexford pickte lustlos mit der Gabel im Essen herum. «Sie haben sich hier auf die westliche Küche spezialisiert», sagte er, «aber hauptsächlich aus der Region Sezuan. Man kocht dort noch besser als in der Provinz Huan, deren Küche wir meist vorgesetzt bekamen. Im Westen Chinas kocht man sehr scharf, ähnlich wie in Mexiko.»

Burden sah beeindruckt aus. «Haben Sie schon mal von einem Stück gehört, das *‹Der gute Mensch von Sezuan›* heißt? Ein gewisser Brecht hat es geschrieben. Die hiesige Dramatische Gesellschaft führt es Ende dieses Monats auf. Sie sollten es sich ansehen.»

«Ich nehme an, Ihre Frau spielt die Titelrolle?» Wexford sah es Burdens einfältiger Miene an, daß er richtig geraten hatte. Er tauchte die Eßstäbchen ein, um eine Gumboschote aufzunehmen, während ihn Burden, der sich resigniert eines Löffels bediente, wachsam beobachtete. Wexford bedachte die vielseitige Jenny Burden noch mit einem ganz leicht ironischen Lächeln. «Knighton war zu alt, um im trüben zu fischen», sagte er. «Er war zu alt, um eine Geliebte zu haben und seine Frau zu ermorden.»

«Was stand in dem Brief an Parkinson?»

«Er war sehr kurz. Wahrscheinlich weiß ich ihn noch auswendig. ‹Hiermit erkläre ich, daß ich am Morgen des 2. Oktober meine Frau Adela Knighton getötet habe, indem ich sie mit einer Walther PPK-Pistole erschoß. Ich ziehe die Konsequenz aus dieser Tat und werde mir, wenn Sie diesen Brief lesen, das Leben genommen haben.› Unterschrift. Das war alles.»

Burden schenkte sich ein Glas Mineralwasser ein. «Ich frage mich, wo er die Waffe her hatte, und was er hinterher damit gemacht hat.»

«Ich frage mich noch viel mehr. Offen gestanden, Mike, es sind diese Zweifel, die mich – nun ja, ich will nicht gerade aufregen sagen – aber immerhin beunruhigen.»

«Soll das heißen, daß Sie das für ein falsches Geständnis halten?»

Wexford antwortete nicht direkt. «Er wurde von Schuldbewußtsein verzehrt, nicht wahr? Um das zu merken, brauchte man kein großer Psychologe zu sein.» Er schob seinen Teller weg, zögerte einen Augenblick und bestellte dann beim Ober ein Kännchen grünen Tee. «Und er wünschte ganz bestimmt ihren Tod. Er schlich sich aus Dobson-Flints Wohnung und kam in der Nacht hierher. Er muß sie getötet haben. Warum sollte er es behaupten, wenn er es nicht getan hat? Das ist nicht das übliche falsche Geständnis, Mike. Der Mann hat Selbstmord begangen. Der eigentliche Sinn eines falschen Geständnisses ist es doch, Aufmerksamkeit zu erregen, und Hysteriker, die ein solches Geständnis ablegen, bringen sich nicht um die Früchte ihrer Tat, indem sie unmittelbar darauf Selbstmord begehen.»

«Ganz gewiß nicht», sagte Burden mit großer Entschiedenheit.

«Gehen wir. Ich muß Mrs. Ingram anrufen und fahre hinterher zu ihr.»

16

Die Mode war im Kreis gegangen, und ihre Kleidung war jener sehr ähnlich, die sie in ihren Filmen getragen hatte – ein kleines graues Flanellkostüm mit geradem Rock, eine perlgraue Seidenbluse mit hohem Plisseekragen, Nahtstrümpfe, hochhackige Schuhe. Ihre Figur schien unverändert. Doch schwarzes, seidiges Haar, wie sie es gehabt hatte, ist von allen Farbnuancen vielleicht am anfälligsten gegen die Zeit. Es war jetzt weißer als ihre Haut, und die Haut selbst von Fältchen durchzogen wie von hauchfeinem Spinngewebe.

Sein Anruf schien sie nicht überrascht zu haben. Warum auch? Seit Wochen schon mußte sie darauf gewartet haben, daß die Polizei zu ihr kam. Warum er gekommen war, das war natürlich etwas anderes. Sie begrüßte ihn mit ganz ironisch gefärbter Freundlichkeit.

Sie gingen ins Wohnzimmer. Die Wohnung lag in einem kleinen Apartmenthaus in einer der begehrtesten Wohngegenden der Welt, ein elegantes, fast luxuriöses Domizil, dem jedoch jede eigene Note fehlte. Das war auch nicht erstaunlich, da in diesem Haus nur kurzfristige Mietverträge abgeschlossen wurden und die Mieter häufig wechselten. Eine Flucht von Motelzininiern mit biskuitfarbenen Plüschteppichen auf den Fußböden, mit schokoladefarbenen Leinenvorhängen und Polstermöbeln, ein paar Wandbildern, die eine Mischung aus Samuel Palmer und Rowland Hilder waren, oder Montagen aus gehämmerten Blechbüchsen und Bambus. Sie hatte ein paar eigene Stücke hinzugefügt – zwei Aquarelle, eine rot-blau-goldene Ikone, eine oder zwei Vasen, die wahrscheinlich von Vinald stammten, und Blumen in Hülle und Fülle. Sie hatten Vasen und Schalen mit allem gefüllt, was der Oktober zu bieten hatte, mit Dahlien und Chrysanthemen, aber auch mit allem, was der Oktober nicht mehr bot, sie sich aber offensichtlich leisten konnte, mit Gladiolen, Rosen und Nelken.

Sie setzte sich auf das Sofa – die Knie geschlossen, den Körper ein bißchen schräg, den Kopf sehr hoch erhoben, eine ganz typische Milborough Lang-Haltung. Plötzlich wurde Wexford das Herz schwer. Sie tat ihm entsetzlich leid.

«Ich glaube», sagte er, «Sie haben Adam Knighton sehr gut gekannt?»

«Gekannt?» wiederholte sie, sofort hellhörig und furchtsam. «Was soll das heißen ‹ich habe ihn gekannt›? Ich kenne ihn, ja.»

So wie ihm jetzt mußte dem Mann zumute gewesen sein, der in der Stille der Nacht Priams Vorhang geöffnet hatte, und wie Priam ahnte sie schon, was geschehen war.

«Mrs. Ingram», sagte er, «ich habe das Wort gewissermaßen vorbereitend gebraucht. Ich habe eine traurige Nachricht für Sie. Ich glaube wenigstens, daß sie für Sie traurig ist.»

Sie saß sehr still und sah ihn nur an.

«Mr. Knighton ist tot.»

Ihre Lippen öffneten sich, sie preßte die Hände zusammen.

«Er wurde heute morgen tot aufgefunden», sagte Wexford.

«Wollen Sie damit sagen, daß er sich selbst getötet hat?»

«Leider ja.»

«Wie?» fragte sie leise.

«Brandy und eine Überdosis Schlaftabletten. Er hat einen Brief für den Leichenbeschauer und einen Brief für Sie hinterlassen. Ich habe Ihnen den Ihren mitgebracht.»

Sie streckte die dünne blaugeaderte Hand nach dem Brief aus. Am Mittelfinger steckte ein Ring mit mehreren Diamanten, die zusammen so groß waren wie eine Weintraube. Sie trug eine Diamantuhr und diamantene Ohrringe. Ihr Gesicht schien, seit sie von Knightons Tod wußte, um gut zehn Jahre gealtert.

«Es war sehr freundlich von Ihnen, daß Sie sich selbst herbemüht haben, um mir die Nachricht zu überbringen.» Sie stand langsam auf. Sie verabschiedete ihn, höflich, aber unmißverständlich.

«Sie wollen den Brief natürlich allein lesen», sagte er. «Doch ich fürchte, daß Sie ihn mir dann zeigen müssen.»

Sie drückte den Brief an die Brust und kreuzte die Hände darüber. Es war die typische Pose des Mädchens, das seinem Vater einen Liebesbrief nicht zeigen will. Mrs. Ingram war noch immer Schauspielerin.

«Ich muß ihn sehen, Mrs. Ingram. Er könnte uns über den Mord an Mrs. Knighton sehr wichtige Aufschlüsse geben. Ich muß den Brief lesen, und anschließend müssen wir beide miteinander sprechen.»

«Und wenn ich ihn nicht freiwillig herausgebe, was dann? Können Sie mich irgendwie dazu zwingen – durch eine Anordnung oder einen Haftbefehl oder etwas Ähnliches?»

Er nickte. «Ja, so ungefähr. Aber ich bin überzeugt, Sie zeigen ihn mir, ohne daß ich zu Zwangsmaßnahmen greifen muß, nicht wahr?»

«Ja.» Sie schob den Daumennagel unter die Klappe des Umschlags und begann ihn zu öffnen. «Sie entschuldigen doch, wenn ich hinausgehe, um ihn zu lesen?»

Er ging damit ein kleines Risiko ein, doch er brachte es nicht übers Herz, nein zu sagen. Während ihrer Abwesenheit stand die Verbindungstür zum Nebenzimmer offen, als habe sie seine heimliche Befürchtung erraten. Wexford dachte währenddessen über das nach, was Irene Bell ihm über Knightons Verhalten gegen seine Frau erzählt hatte. «Nach Colums Geburt hatte Adela nur insofern einen Ehemann, als im zweiten Bett ihres Schlafzimmers ein Mann schlief.» Colum Knighton war jetzt ungefähr dreißig. Es paßte. «Und dann kam Adam plötzlich zurück. Er wohnte zu Hause, aß zu Hause, er fing an mit Adela auszugehen – tat eben alles.» Was hatte sie sonst noch gesagt? «Es war, als habe er einen Schock erlebt und sei wieder zur Vernunft gekommen.» Was war passiert? Milborough Lang hatte ihn nach fünf Jahren verlassen und jemand anders geheiratet.

Sie kam zurück und reichte Wexford den Brief mit einer raschen, beinahe verächtlichen Geste. Zwar brannte eine Lampe, aber er ging zum Fenster und las im schwindenden Licht des Tages:

Mein Liebling, wenn Du diese Zeilen liest, bin ich schon tot. Ich habe davon geträumt, daß wir beide miteinander glücklich sein könnten, ich habe mich danach gesehnt, und eine kleine Weile schien es sogar im Bereich des Möglichen zu liegen. Ich glaubte, ich könnte mit allem leben, wenn nur wir beide einander endlich hätten, aber ich habe mich geirrt. Meine Liebe zu Dir ist das stärkste Gefühl, das ich je für einen Menschen empfunden habe, sie ist noch stärker als meine Liebe zu meinen Kindern. Ich habe Dich dreißig Jahre lang geliebt und Dein Bild immer in mir getragen.

Aber Reue ist stärker als Liebe. Als ich Adela tötete, kannte ich mich selbst nicht. Obwohl ich mein Leben lang mit dem Bösen in enger Verbindung gestanden habe, wußte ich nicht, wie heimtückisch es ist, wie es die Freude an allem zu zerstören vermag, sogar die Freude der Liebe. Nie hätte ich geglaubt, daß diese Tat, die ich beging, um endlich glücklich zu werden, mich statt dessen in eine Hölle aus Scham und Selbsthaß stieß, eine Hölle, in der ich Tag und Nacht lebe, in der ich jede Sekunde eines jeden Tages lebe.

Das ertrage ich nicht, und ich kann auch nicht verlangen, daß Du es mit mir teilst. Darum habe ich beschlossen, ein Ende zu machen. Vor fünfundzwanzig Jahren haben mich meine Kinder und mein Verantwortungsgefühl – und meine Feigheit zurückgehalten. Diesmal, glaube ich, werde ich den Mut haben. Vielleicht habe ich ihn auch nicht – vielleicht sollte ich lieber sagen, er fehlt mir. Denn ich habe nicht den Mut, so weiterzuleben wie jetzt.

Weißt Du noch, wie wir miteinander chinesische Gedichte lasen? Hier sind zwei Zeilen von Chang Chi.

«Jetzt gebe ich dir deine schimmernden Perlen zurück, und auf jeder glänzte eine Träne.
Wie groß ist mein Bedauern, daß ich dir nicht begegnete, als ich noch frei war.»

Gute Nacht, mein Liebling, und Gott segne Dich, Adam.

Sie hatte nicht geweint, als sie den Brief gelesen hatte, aber als sie Wexford beim Lesen beobachtete, stiegen ihr die Tränen in die Augen. Sie liefen ihr über die Wangen, doch sie schien es kaum zu merken.

«Setzen Sie sich bitte, Mrs. Ingram. Fühlen Sie sich imstande, jetzt darüber zu sprechen, oder möchten Sie lieber eine Weile warten?»

«Wir können es gleich hinter uns bringen.» Die Worte waren unfreundlicher als der Ton, in dem sie gesagt wurden. Sie setzte sich. «Ich möchte meinen Brief wiederhaben.»

«Später. Sie bekommen ihn, bevor ich gehe. Ich möchte jetzt von Ihnen die ganze Geschichte hören.»

Sie machte eine abwehrende Geste, schien zu erschrecken, schüttelte den Kopf. «Er hat sie nicht getötet, egal, was er sagt. Er kann sie nicht getötet haben.»

«Sie werden leider hinnehmen müssen, daß er es tun konnte und auch getan hat. Sie werden mir jetzt alles über sich und ihn erzählen. Es wird Ihnen guttun, und es wird auch mir nützen. Haben Sie denn sonst jemand, dem Sie es erzählen können? Einen einzigen Menschen, der interessiert genug ist, zuzuhören?»

«Nein», sagte sie.

Er war zweiunddreißig gewesen, sie fünfundzwanzig. Sie hatten sich auf einer Dinnerparty jenes Henry Lacey kennengelernt, bei dem Knighton am Abend vor dem Mord eingeladen gewesen war. Adela war auch dagewesen. Die junge Milborough Lang war über Nacht berühmt geworden, als ihr erster Film in die Kinos kam, die kuriose, fast geheimnisvolle Geschichte eines tauben Mädchens. *‹Die Schneemotte›*. Nach diesem Film hatte sie einen großen Bühnenerfolg mit der Petra in Ibsens *‹Ein Volksfeind›*. Wexford erinnerte sich, den Film gesehen zu haben, als er herauskam. Ebenso wie es vermutlich auch auf die Garbo zutraf, hatte Milborough Lang ihren Erfolg weniger ihren schauspielerischen Fähigkeiten zu verdanken als ihrer Schönheit, der Anmut ihrer Bewegungen und ihrem Gesichtsausdruck, der reiner schien als der gewöhnlicher Sterblicher. Milborough Lang war unbeschreiblich schön gewesen.

«Wir waren ein hübsches Paar», sagte sie, als habe sie seine Gedanken gelesen. «Isaak Dinesen behauptet, das Leben sei nichts anderes als ein Prozeß, der ausgelassene junge Hündchen in räudige alte Hunde verwandelt. Nur waren wir nie wirklich ein Paar. Adam hatte Adela, und er hatte vier Kinder. Colum war drei Monate alt, als wir uns kennenlernten. Adam sagte mir, Adela habe die beiden kleineren Kinder nur bekommen, um ihn an sich zu fesseln, und es funktionierte, er blieb bei ihr.

Wir sahen uns, sooft wir konnten. Technisch gesehen, lebte er noch mit Adela zusammen, er schlief unter ihrem Dach. Es war sehr grausam, er benahm sich abscheulich gegen sie, das weiß ich. Ich glaube, ich hatte ein viel schlechteres Gewissen als er.» Sie unterbrach sich und wischte sich mit den Fingern die trocknenden Tränen ab. «Wir bezahlten natürlich dafür. Wir wurden bestraft. Die Zeit, die wir miteinander verbringen konnten, hatte immer etwas Gehetztes, war ein Rennen gegen die Zeit. Er mußte zurück zur Arbeit, zum Gericht, zu Adela, und ich hatte ja auch meinen Beruf.

Ich bekam ein Angebot aus Hollywood, drehte dort einen ganz fürchterlichen Film, hielt es aber ohne Adam nicht aus.

Ich war diejenige, die unsere Beziehung abbrach. Wir hätten so nicht weitermachen können. Sie hatte fünf Jahre gedauert, aber Colum war erst fünf, und das hätte fünfzehn weitere Jahre mit Zeitnot, Heimlichkeit, Leidenschaft und einem verrückten Durcheinander bedeutet. Außerdem hatten wir nie die Chance gehabt, festzustellen, wie sich unsere Liebe im Alltag bewähren würde, es war eine Romanze.

Ich lernte Ryan Ingram kennen. Er wollte mich heiraten und mit mir nach Neuseeland gehen. Ich glaube, der arme, liebe Ryan sah sich als eine Art Fürst Rainier der Neuen Welt, der das geliebte Mädchen aus der bösen, wilden Welt des Films in ein Leben des Reichtums und des Friedens rettete. Ich scheine auf romantische Männer eine besondere Anziehungskraft auszuüben, nicht wahr? Jedenfalls heiratete ich ihn und ging mit ihm fort, und Adam und ich schrieben uns nicht und sahen uns nicht mehr – fünfundzwanzig Jahre lang, bis ich in China dieses Hoteldach betrat.»

Ryan Ingram war vor drei Jahren an einem Herzinfarkt gestorben. Ihre gemeinsame Tochter hatte mit neunzehn geheiratet, und ihre Ehe war sehr unglücklich geworden. Um Pandora von den Erinnerungen an diese Ehe und die unvermeidliche Scheidung abzulenken, hatten Mutter und Tochter eine Weltreise angetreten, die für beide in London zu Ende gewesen war – bei beiden wegen einer Liebesgeschichte.

«Adam erkannte mich sofort. Es muß wahr sein, daß Liebe blind macht, denn ich glaube, ich habe mich in diesen 25 Jahren mehr verändert als andere Menschen im gleichen Zeitraum. Natürlich erkannte ich ihn auch. Es war ein merkwürdiges Gefühl, ihn dort sitzen zu sehen, noch immer mit Adela.»

Sie stand auf, zog die Vorhänge zu und schloß den dunklen Spätnachmittag aus. Als sie die Lampe unter der Ikone anknipste, schimmerte das Gold der Einfassung und der Krone der Jungfrau Maria dunkel und geheimnisvoll im Licht. Wexford erinnerte sich plötzlich, daß er in einer Sonntagsbeilage einen illustrierten Artikel über Ikonen gelesen hatte, die, wenn sie so aussahen, aus der Nähe des Baikalsees stammten ... Milborough Ingram lächelte, ein bißchen traurig, ein bißchen kläglich, und fuhr fort:

«Adela ging zu Bett. Er kam an unseren Tisch und sagte, um den Schein zu wahren – oh, dieser ewige Schein, der gewahrt werden mußte! –: ‹Miss Lang, wir haben uns vor vielen Jahren in London im Haus von Henry Lacey kennengelernt. Wahrscheinlich erinnern Sie sich nicht mehr.› ‹Ich erinnere mich›, antwortete ich. Pandora unterhielt sich mit ein paar Australiern, ich glaube nicht, daß sie Adam überhaupt bemerkte. Die jungen Leute merken nie etwas, sie interessieren sich nicht für uns. Warum sollten sie auch? Er sagte mit nicht ganz fester Stimme: ‹Darf ich Sie zu einem Glas einladen?› Ich entschuldigte mich bei den anderen, und wir gingen ins Haus. Den Drink, zu dem er mich eingeladen hatte, habe ich nie bekommen. – Aber ich glaube, ich hätte jetzt gern einen. Sie auch?»

Wexford nickte. Sie holte Eis und goß Whisky darüber. Es waren große Gläser.

«Wir entdeckten einen Bankettsaal, einen großen, leeren, düsteren Raum, gingen hinein und redeten. Sie seien auch in diesem Hotel gewesen, sagte Adam. Ist das nicht merkwürdig? Wo waren Sie um diese Zeit?»

«Ihr Schwiegersohn hat mir seine Porzellansammlung gezeigt.»

Sie zog die zarten dunklen Brauen hoch. «Er fürchtet sich vor Ihnen zu Tode, denn er glaubt, Sie seien hinter ihm her, weil er einem Amerikaner etwas verkauft hat. Hat er recht?»

Wexford lächelte. «Ich denke, die Chinesen wären hinter ihm her, wenn sie es wüßten. China ist sehr weit weg.»

«Ja.» Ihre Stimme wurde wieder ernst. «China ist sehr weit weg. Adam hat mir einmal die Geschichte von dem chinesischen Mandarin erzählt, und daß die Menschen es sich nicht lange überlegen würden, einen chinesischen Mandarin zu töten, wenn sie dadurch zu einer Million Pfund kommen könnten. China ist so weit weg, so unvorstellbar weit weg, sogar heute noch. Wenn man ganz einfach nur ein Zeichen machen müßte, sagte Adam damals ...» Sie setzte sich wieder und sah Wexford an. «In China schien uns an jenem Abend alles ganz einfach. Adam konnte Adela verlassen. Die Zeit hatte uns den Weg geebnet, und wir konnten zusammensein.»

«Sie wollten es noch? Nach einem Vierteljahrhundert? Nach Ihrer Ehe?»

Sie zögerte mit der Antwort, trank einen Schluck Whisky. «Ich will ehrlich sein», sagte sie endlich, «ich empfand nicht mehr so wie früher. Wie konnte ein gewöhnlicher realistischer Mensch noch dasselbe empfinden? Adam war kein gewöhnlicher realistischer Mensch. Ich schmeichle mir nicht, wenn ich sage, daß er mich noch liebte wie damals, vielleicht sogar noch mehr.

Ich wollte ihn glücklich machen. Ich hätte gern wieder geheiratet, wäre gern mit ihm verheiratet gewesen. O ja, es hätte mir gefallen.»

«Und dann flogen Sie alle mit derselben Maschine nach England – er, Sie und Ihre Tochter. Haben Sie je mit Adela Knighton gesprochen?»

«Nein. Sie hatte mich ein einziges Mal gesehen, vor 30 Jahren bei einer Dinnerparty, und selbstverständlich hatte sie mich vergessen. Adam und ich sprachen erst wieder miteinander, als wir uns in London trafen. Pandora und Gordon verliebten sich sofort ineinander. Deshalb war es so leicht, direkt nach London zu fliegen. Pandora wollte es, sie wäre ohne mich gegangen, wenn ich Einspruch erhoben hätte. Hier angekommen, mietete ich mir diese Wohnung, und Adam besuchte mich. Er und Adela fuhren des öfteren zusammen nach London, sie kamen mit dem Zug, und sie ging einkaufen und besuchte eine Freundin in Primrose Hill, während er sich mit alten Freunden traf. Ich nahm die Stelle der alten Freunde ein.

Es war fast genauso wie vor 25 Jahren. Alles wiederholt sich im Leben, nicht wahr? Da saß ich in meiner Wohnung, und dort lebte Adam mit seiner Frau. Zeit und Uhr beherrschten uns wie früher. Ich wußte beinahe schon von Anfang an, daß er Adela nicht verlassen würde. Ich sprach mit ihm darüber, und er weinte – weinte wirklich und wahrhaftig, der arme Adam, es war schrecklich. Er könne sie nicht verlassen, sagte er, nicht nach 40 Jahren. Er konnte ihr und seinen Kindern so etwas nicht antun. Es war, als habe es das Vierteljahrhundert nie gegeben. Ich hatte geheiratet, ein Kind bekommen und lebte auf der anderen Seite der Welt, und er war Kronanwalt geworden, hatte sich aus dem Berufsleben zurückgezogen und war Großvater – aber alles war genauso wie damals. Es war unheimlich. Und doch liebte er mich, liebte mich mehr als ich ihn, armer Adam.

Und dann versuchte ich, die Sache zu beenden wie damals. Ich sagte, es sei hoffnungslos, so weiterzumachen, die Geschichte wiederhole sich, und da wir sie nicht umschreiben könnten, werde alles so bleiben. Ich sagte ihm, ich sei zu alt für eine solche Beziehung, und sobald der Mietvertrag für diese Wohnung abgelaufen sei, würde ich in mein Haus in Auckland zurückgehen.»

«Soll das heißen, Sie haben diese Drohung wie ein Damoklesschwert über ihm hängenlassen?»

Sie hob die Schultern, und auf ihren Lippen erschien der geisterhafte Abglanz des berühmten Milborough-Lang-Lächelns. «Er wußte, daß ich gehen würde, wenn alles beim alten blieb und er nichts tat, um die Dinge zu ändern, ja.»

Das Lächeln ärgerte Wexford. «Dann, Mrs. Ingram, kann man ruhig sagen, daß Sie für den Mord an Adela Knighton und auch für

Adam Knightons Tod in einem hohen Maß mitverantwortlich sind.»

Sie sprang auf, ihre Heiterkeit war verflogen. «Das ist nicht wahr!» schrie sie ihn an. «Adam hat sie nicht getötet. Ich habe Ihnen doch gesagt, daß er sie nicht getötet haben kann.»

«Er hat die Tat gestanden. Aber auch schon vor seinem Geständnis waren wir ziemlich sicher – alle Beweise, Indizien und andere Beweise wiesen auf ihn. Er hatte ein Motiv, die Gelegenheit, und er war dort.»

«Er war nicht dort», antwortete sie ruhiger. «Er war hier, bei mir.»

17

«Es klingt lächerlich», sagte sie. «Ein Mann von über 60 Jahren schleicht sich heimlich aus dem Haus seines Freundes und fährt mit einem Taxi quer durch London, um mit der Frau zusammenzusein, die er liebt – einer fünfundfünfzigjährigen Frau. Um die Nacht mit ihr zu verbringen und sich bei Tagesanbruch wieder zurückzuschleichen. Romeo und Julia im Ruhestand, überaltert gewissermaßen. Aber das gibt es wirklich, und es ist geschehen.»

Wexford glaubte ihr. Es war so offensichtlich wahr. «Wann ist er gekommen?»

Sie antwortete sofort. War es vielleicht die einzige Nacht gewesen, die sie zusammen verbracht hatten? «Ein paar Minuten nach eins.»

Knighton ist nicht der erste Mensch, der einen Mord gestanden hat, den er nicht beging, dachte Wexford. Und doch ...

«Bestimmt haben Sie ihn hinterher noch ein paarmal gesehen?»

«Wir haben sehr viel miteinander telefoniert. Gesehen habe ich ihn – dreimal? Viermal?»

«Er hat Ihnen gegenüber nie die geringste Andeutung gemacht, daß er seine Frau tötete?»

«Wie hätte er das tun können? Schließlich wußte ich, daß er zur fraglichen Zeit bei mir war. Ich sah, daß er unglücklich war, etwas schien ihn furchtbar zu quälen. Aber seine Frau war ermordet worden, und gleichgültig, was er für sie und für mich empfand, sie war seine Frau gewesen.» Milborough Ingram stützte den Arm auf und legte das Gesicht in die Hand. Ihre Stimme klang nicht mehr ganz fest. «Er sprach nie mehr davon, daß wir heiraten und zusammenbleiben würden. Er war anders geworden, hatte sich verändert. Ich dachte, er sei krank. Er brauche Ferien, sagte ich, und ich ginge mit ihm. Er starrte mich nur an, hielt meine Hand und sah mich an.» Sie griff nach ihrem Whiskyglas. «O Gott, ich darf nicht mehr trinken. Es hilft nichts, wenn ich mich betrinke. Seit ich achtzehn war, hat man mir dauernd gepredigt, ich dürfe nicht trinken, weil ich mir dadurch meine Figur und mein Gesicht verdürbe, und das schüttelt man nicht so leicht ab. Was macht es jetzt noch aus?»

Er stand auf. Sie war beherrscht, aber unter dieser Beherrschtheit lauerte Hysterie.

«Soll ich Ihre Tochter verständigen, damit sie zu Ihnen kommt?»

«Ich bin lieber allein. Wirklich.»

Er wandte die Augen von dem gramzerfurchten, einst so schönen Gesicht ab. Sie blieben an der Ikone hängen, und er erinnerte sich, wo er sie schon gesehen hatte – in Vinalds Hotelzimmer in Kweilin.

«Ich habe meinem Schwiegersohn 200 Pfund dafür bezahlt.»

Ihre Stimme klang rauh. «Das ist sie bestimmt wert», sagte er höflich.

«Zweifellos. Nur hat Pandora mir hinterher erzählt, er habe die Ikone gegen zwei Jeans eingetauscht, von denen eine ihm nicht einmal gehörte.»

Sie hatte aus der Verbitterung ihres Herzens gesprochen. Sie ließ ihren Zorn über die Ungerechtigkeit der Welt an Gordon Vinald aus. Aber schon schämte sie sich ihrer Schwatzhaftigkeit.

«Was macht es jetzt noch aus?» sagte sie abermals.

Wexford antwortete nicht. Er verabschiedete sich und ging hinunter, wo Donaldson mit dem Wagen wartete.

Der Bungalow in der Tabard Road in Kingsmarkham war ihm fast so vertraut wie sein eigenes Haus am anderen Ende der Stadt.

Dora Wexford hatte das Problem, die Frau eines Polizisten zu sein, dadurch bewältigt, daß sie es mit Geduld hinnahm. Jennifer Burden löste es auf positivere Weise, indem sie an den Abenden Kurse besuchte und Kurse gab, sich bei der Dramatischen Gesellschaft engagierte und Kammermusik spielte. Sie war an diesem Abend nicht zu Hause, bei einer Theaterprobe, sagte Burden. Er holte zwei Büchsen Bier aus dem Kühlschrank.

«Knighton war nicht verrückt», sagte Wexford. «Er hat sich nicht in einer Art von Wahn eingebildet, es getan zu haben. Er wußte, daß er die Pistole nicht in der Hand gehalten, abgedrückt und sie erschossen hatte. Er meinte, daß er moralisch für die Tat verantwortlich war, daß er jemanden angestiftet hatte, sie zu begehen.»

«Niemanden, den er dafür bezahlte. Wir wissen, daß er keine großen Summen ausgegeben hat.»

«Ich glaube nicht, daß es eine so direkte Sache war», meinte Wexford nachdenklich. «Ich denke, es war eher so, wie wenn man durch ein Nicken oder eine Geste mit der Hand den Mandarin tötet.»

«Ich kann Ihnen nicht folgen.» Burdens Gesicht hatte den beschränkten Ausdruck, den es seit seiner zweiten Heirat ab und zu annahm. Einmal hatte sich Wexford dadurch hinreißen lassen zu erklären, es erinnere ihn an Göring, der gesagt hatte, daß er sofort zur Waffe greife, wenn er das Wort Kultur höre. Manchmal wirkte der normalerweise sehr hellhörige Inspector verstockt und störrisch. «Ich habe keine Ahnung, was das alles zu bedeuten hat», sagte er.

«Ich kann Sie leider nicht erleuchten, und ich drücke mich nicht absichtlich unverständlich aus. Ich weiß selbst noch nicht mehr. Ich will Ihnen statt dessen von Vinald und Purbank erzählen. Ich weiß jetzt, um was es bei ihrem Streit ging. Vinald hat Purbank ein Paar Jeans geklaut, um sie gegen eine Ikone einzutauschen.»

«Was hat er getan?»

«Ich stelle mir vor, daß die Ikone einem Bauern im östlichsten Rußland gehörte. Russen sind ganz verrückt nach Drillichjeans, das habe ich wenigstens gehört. Wahrscheinlich hatte Vinald dort nicht viel Zeit, oder der Ikonenverkäufer war ungeduldig – das ist ja auch egal. Jedenfalls ging Vinald zum Zug zurück und holte ein Paar von seinen Jeans. Weil er selbst keine saubere mehr hatte oder sich von keiner mehr trennen wollte, nahm er auch eine von Purbank mit. Zweifellos hat er Purbank hinterher alles erklärt und ihm angeboten, die Jeans zu bezahlen, aber Purbank war empört und wollte nichts mehr mit ihm zu tun haben.»

Burden lachte. «Aber warum haben sie uns das nicht gesagt?»

«Vinald wollte es nicht, weil es ihn zum Gauner gestempelt hätte, und Purbank befürchtete, man könnte glauben, er sei ein Idiot. Es ist schon recht entwürdigend, wenn Ihnen jemand eine Hose klaut. Es ist fast so, wie wenn man sie Ihnen vom Leib zieht.»

«Ja, da können Sie recht haben», sagte Burden. «Schicken Sie die Katze weg, wenn Sie sie nicht haben wollen.»

Jennys Abessinierin, anmutig und geschmeidig und das ganze Gegenteil von der korpulenten Schwermütigen Selima, war Wexford auf die Knie gesprungen. Er streichelte ihr den glatten Rücken.

«Glauben Sie, daß Vinald ein Gauner ist?»

«Erinnern Sie sich, daß ich mich im Victoria and Albert Museum besonders eingehend mit dem Sung-Steingut befaßte? Celadon nennt man es. Weiß oder hellgrau oder hellgrün, ein Versuch, Jade zu imitieren, rund tausend Jahre alt. In Kweilin zeigte mir Vinald das Celadon-Steingut, das er gekauft hatte und vertraute dabei, mit

Recht, auf meine Unwissenheit. Er sagte mir, die Stücke seien hundert Jahre alt, und ich glaubte ihm natürlich. Er hatte unter anderem eine weiße Schale, ein unansehnliches Ding, und ich weiß noch, daß ich dachte, daß Dora so etwas im Haus nicht dulden würde. Man kann sich einfach nicht vorstellen, daß jemand dafür 10000 Pfund bezahlt, nicht wahr?»

«10000 Pfund? Für einen hundert Jahre alten weißen Pott?»

«Tja, er war eben nicht hundert Jahre alt, Mike. Eher achthundert. Ich sah ein Stück rotes Siegelwachs in Vinalds Zimmer liegen, aber es sagte mir nichts. Damals wußte ich allerdings auch noch nicht, daß jedes antike Stück, das man aus China ausführt, das rote Siegel der Regierung aufweisen muß. Vinald ergatterte unbezahlbare Stücke von Leuten, die nicht einmal ahnten, was sie da verkauften, bezahlte praktisch nichts dafür und versah sie selbst mit dem roten Stempel. Ganz besonders diese weiße Schale – die er am ersten Oktober selbst nach Birmingham brachte und dem Mittelsmann eines südamerikanischen Antiquitätenhändlers für 10000 Pfund verkaufte.»

«Und man kann ihm nichts anhaben?»

«Was sollte man ihm denn anhaben können? Ihn nach China ausliefern? Wissen Sie, was er antworten würde, wenn wir ihm sagten, was ich eben Ihnen erklärt habe? Daß er geglaubt habe, daß es eine Ching-Schale sei. Und dafür habe er einen angemessenen Preis entrichtet. Natürlich sei sie gestempelt. Er verstehe nicht, was wir meinten. Erst als er das Stück zu Hause gründlich untersuchte, habe er festgestellt, daß er für fünf Pfund eine Sung-Schale erworben habe.»

Die Katze, die Wexford noch immer streichelte, begann tief und rauh zu schnurren. Kopfschüttelnd holte Burden noch zwei Büchsen Bier, es fiel ihm nicht leicht, sich mit der Hinterhältigkeit und Unredlichkeit der Menschheit abzufinden. Wexford wechselte das Thema. «Als Sie sich auf die Suche nach den alten Knastbrüdern machten – Rückfalltäter nennt man das jetzt wohl –, hatten Sie zwei Listen, nicht wahr? Auf der einen standen die Namen der Männer, bei deren Verurteilung Knighton tatkräftig mithalf, und auf der anderen die Namen derer, für die er einen Freispruch oder ein mildes Urteil erreicht hatte?»

«Das ist richtig.»

«Was hatte die zweite Liste für einen Sinn?»

«Sie meinen die mit den Namen der Männer, die er erfolgreich verteidigt hatte?»

«Ich meine, was hatte es für einen Sinn, Namen von Leuten aufzulisten, die keinen Grund hatten, sich an ihm zu rächen?»

«Ich habe es eigentlich aus keinem besonderen Grund gemacht. Brownrigg und ich notierten uns einfach jeden Fall, mit dem Knighton irgendwie zu tun hatte, und der uns wichtig erschien. Ich schrieb die Knighton wohlgesinnten in die rechte Spalte, die anderen in die linke. Ich habe sie auch durcheinandergebracht, ich...»

Aber das wollte Wexford nicht hören. «Haben Sie die Listen noch?»

«Aber natürlich.»

Am nächsten Vormittag sah Wexford sich die Listen an.

«Dieser Coney Newton scheint mir in beiden Spalten zu stehen. Wofür hat man ihn eingesperrt?»

«Vergewaltigung und Mordversuch», sagte Burden. «Er steht auf beiden Listen, weil – nun ja, meiner Meinung nach hätte er Knighton dankbar sein müssen, weil er nur sieben Jahre bekam. Andererseits hätte er es ihm auch nachtragen können, daß er keinen Freispruch erzielte. Und komischerweise war er Knighton nicht böse, er fand nur, er habe sich als Verteidiger keine rechte Mühe gegeben. Jedenfalls hat er ein gutes Alibi für diese Nacht, und dieses Alibi ist Silver Perry.»

«Ist das nicht großartig, daß ein so aufrechter und gesetzestreuer Bürger wie Perry seine Aussage bestätigt?»

«Sie waren zusammen in einem Club», antwortete Burden leicht gekränkt. «Ich war in diesem Club. Es steht außer Frage...»

«Schon gut. Wer ist Henry Thomas Chipstead?»

«Er war früher mal Gangster in East End. Vor ungefähr zwanzig Jahren stand er wegen schwerer Körperverletzung vor Gericht, und Knighton erzielte einen Freispruch. Wills» – Burden zeigte mit dem Finger auf den Namen in der linken Spalte – «Wills meinte, daß Knighton vielleicht einen ‹Profi wie Chipstead› angeheuert habe. Das waren seine Worte, nicht die meinen. Er sagte, Chipstead habe zu Lees Bande gehört und sei vielleicht schon gestorben, er wisse jedenfalls nichts über ihn. Aber Chipstead ist nicht gestorben, sondern sehr lebendig, und er wohnt in Leytonstone. Doch er ist inzwischen über siebzig, und wir wissen ja, daß Knighton niemanden bezahlt hat.»

«Und was hat Wills zum Verfall unserer Gesellschaft beigetragen?»

Burden lächelte schief. «Er wurde wegen Begünstigung verurteilt. Er hat die Frau nicht selbst getötet, aber er war Mittäter. Er versteckte die Leiche nachts auf einer Straßenbaustelle. Aber ein

Arbeiter entdeckte sie, bevor sie die Straßendecke gossen... Was ist los?»

«Ich weiß, was er mit der Waffe gemacht hat», sagte Wexford bedächtig.

«Wer hat was damit gemacht?»

«Wer – das ist eine andere Frage. Ich meine, ich weiß, wohin unser Verbrecher die Waffe gebracht hat. Sie haben es mir eben gesagt. Was Sie über Wills und die Straßenbaustelle sagten, hat es mir verraten.»

«Tatsächlich?»

«Ins ‹Wehr›, Mike, in das neue ‹Wehr› bei Sewingbury Mill.»

Es war eine weithergeholte Vermutung. Burdens Meinung nach würde man «sie» nie dazu bringen, den ganzen neuen Damm – und alles was dazugehörte – zu demolieren, um eine Pistole zu finden. Es handle sich schließlich nicht um eine Leiche. Und am Ende, fügte er pessimistisch hinzu, sei die Waffe gar nicht da.

«Sobald ich die erforderliche Vollmacht habe», erwiderte Wexford, «werden ‹sie› mit dem Abreißen anfangen, und wenn es eine Stecknadel wäre, die ich suche, und ‹sie› deshalb die Landwirtschaftliche Hochschule in Sewingbury einreißen müßten.»

Colonel Charles Griswold, der Chief Constable von Middlesussex, empfand dasselbe Unbehagen wie Burden. Und vielleicht wäre es Wexford nie gelungen, die Vollmacht zu bekommen, hätte der Polier, der die Bauarbeiten beaufsichtigte, dem Chief Constable nicht gesagt, daß am 1. Oktober bei Arbeitsschluß bis auf das gepflasterte Stück alles fertig gewesen sei. An diesem Nachmittag habe nur noch dieser Teil offen dagelegen und das Fundament sei nicht abgedeckt gewesen.

«Nehmen wir einmal an, er hat einen Wagen auf dem Marktplatz stehenlassen», sagte Wexford, «ging zu Fuß ins Thatto-Tal und erreichte gegen zwei Thatto Hall Farm. Dort drang er entweder durch das Toilettenfenster ein oder schloß die Haustür ganz normal mit dem Schlüssel auf, nachdem er die Scheibe eingedrückt und alles so hergerichtet hatte, als sei er durch das Fenster eingestiegen. Er weckte Mrs. Knighton, zwang sie, nach unten zu gehen, erschoß sie, täuschte halbherzig einen Einbruch vor und ging auf dem Fußweg nach Sewingbury zurück. Dabei wurde er gegen drei Uhr von Bingley beobachtet. Da, wo der Weg in die Straße mündet, entdeckte er die Baustelle am ‹Wehr‹ und stellte fest, daß die Pflasterarbeiten noch nicht ganz abgeschlossen waren, und es dauerte bestimmt nur ein paar Minuten, die Pistole unter dem noch lockeren Fundament zu vergraben.»

Der Tag war kalt, und ein frostiger Wind wehte. Der Kingsbrook wälzte sich, von heftigen Regenfällen geschwollen, laut rauschend unter der Springhill Bridge durch und in den neuen Kanal. Dieselben Bauleute, die das ‹Wehr› gebaut hatten, kamen, um es teilweise wieder zu demolieren. Sobald sie das Pflaster aufgerissen hatten, sollten die Sergeants Martin und Archbold anfangen, nach der Pistole zu graben. Wexford warf einen Blick in die zur gleichen Zeit stattfindende Leichenschau für Adam Knighton. Die Familie war einzig und allein durch Angus Norris vertreten.

Wexford wußte, daß die Leichenschau nur vertagt werden konnte, bis konkretere Ergebnisse vorlagen, eine andere Möglichkeit gab es nicht. Dr. Parkinson las Knightons Geständnis vor und zitierte dann wortwörtlich, was Wexford gesagt hatte: daß Knighton seine Frau nicht mit eigener Hand getötet haben konnte. Wexford schlich sich aus dem Saal. Auf der gegenüberliegenden Seite des viereckigen Platzes, der Gericht und Polizeikommissariat trennte, erwartete ihn Donaldson am Steuer seines Wagens, und Burden saß im Fond. Ein heftiger Windstoß griff nach ihm und ließ seinen Schal wie einen Wimpel flattern.

«Am Fluß ist es heute ziemlich ungemütlich», sagte Burden und rieb sich die Hände.

Wexford machte eine bissige Bemerkung, die Burden nicht verstand oder nicht verstehen wollte, denn er erwiderte nichts darauf.

«Gibt es in Leytonstone ein Lokal, in dem man etwas Anständiges zu essen bekommt?» wandte Wexford sich an Donaldson.

Aber der «Experte» für London wußte es zu seinem eigenen Kummer nicht, in Leytonstone war er nie gewesen.

«Wir fahren zu Chipstead, nehme ich an», sagte Burden. «Henry Thomas Chipstead, Dogshall Road 55, Leytonstone. Er ist 73 und scheint sich nicht mehr als Killer betätigt zu haben, seit Knighton ihn vor 23 Jahren freibekam. Aber für den Anfang reicht es.»

«Ich wünschte, Sie würden mir erklären, was es mit diesem Mandarin auf sich hat, den man tötet, wenn man die Hand hebt», sagte Burden mürrisch.

Sie waren jetzt auf der Autobahn. Der Wind war so stark, daß der schwere Wagen schlingerte. Ab und zu klatschten kurze Regenschauer ihre schweren Tropfen an die Windschutzscheibe.

«Ich glaube», sagte Wexford, «daß Knighton vor vielen, vielen Jahren aus irgendeinem Grund mit einem professionellen Mörder in Kontakt kam. Wahrscheinlich verteidigte er ihn. Nach dem Prozeß kam der Mann wahrscheinlich zu ihm und sagte in etwa: ‹Wenn ich irgendwann mal etwas für Sie tun kann, Mr. Knighton, Sir, dann brauchen Sie nur ein Wort zu sagen, mir einen ganz leichten Rippenstoß zu geben – Sie wissen schon, was ich meine, und es wird ganz unauffällig erledigt. Bestimmt war Knighton damals ganz außer sich vor moralischer Entrüstung, aber später begann er darüber nachzudenken. Viel später erst, und als es ihm wirklich gelegen gekommen wäre, jemanden aus dem Weg zu räumen.

Das einzigartig Schöne daran war, daß es ihn keinen Penny kosten würde. Er würde sich mit dem alten Knastbruder nicht treffen, würde ihm keine drei oder vier Tausender in gebrauchten Einsern hinblättern oder ähnliche Dinge tun müssen. Er würde sich vielleicht sogar einbilden können, er habe die Tat überhaupt nicht angestiftet. Angenommen, er brauchte nicht mehr zu tun, als anzurufen und zu sagen: ‹Meine Frau ist in der Nacht vom ersten zum zweiten Oktober allein im Haus.› Angenommen, daß er nicht einmal so deutlich zu werden brauchte.

Aber das war vor der Tat...

Sobald der Mord geschehen war, waren bei einem Mann wie Knighton Reue und Schuldbewußtsein genauso groß, wie wenn er einen Mörder gedungen oder selbst geschossen hätte.»

«Die Schuld bleibt ja auch die gleiche», sagte Burden.

«Natürlich war er genauso schuldig, aber viele Menschen würden sich nicht so schuldig fühlen. Das ist die Analogie mit dem Mandarin. Ein Mensch unter Chinas wimmelnden Millionen ist genauso ein menschliches Wesen wie die eigene Frau, das eigene Kind, doch es kommt einem nicht so vor, weil er so unvorstellbar weit weg und für uns praktisch unsichtbar ist. Und wenn jemand nur einen Arm zu heben braucht... Ich halte es für möglich, daß Knighton nur die Hand zu heben oder etwas ähnlich Einfaches zu tun brauchte, um seine Frau loszuwerden und Milborough Ingram zu bekommen.»

Sie fuhren durch den Blackwall-Tunnel nach London hinein. Vom nördlichen Ende des Tunnels war es nach Leytonstone nicht mehr weit. Totes Laub von den Ausläufern des Eppington Forest wirbelte durch die Luft. Dogshall Road war eine lange gerade Straße, die mit einem Buckel über die Trasse einer unterirdisch verlaufenden Bahnlinie führte und in einer Mulde unter einer anderen hindurch. Die Gullies waren mit Blättern verstopft, die Bäume auf den Gehsteigen, dreimal so hoch wie die darunter kauernden Reihenhäuser, überließen ihre Blätter dem Wind. Es gab eine rote Backsteinkirche und einen Pfarrsaal aus Fertigbauteilen mit einem Asbestdach, doch nichts unterbrach die Eintönigkeit der langen viktorianischen Häuserreihen und der davor geparkten Wagen. Donaldson entdeckte ein Stück unterhalb von Nummer 17 eine Lücke und parkte ein.

«Ich will ja wirklich nicht anfangen zu moralisieren, das wäre auch fehl am Platz», sagte Wexford, «aber deutlicher kann es einem nicht vor Augen geführt werden, daß Verbrechen sich nicht bezahlt macht, finden Sie nicht? Chipstead hat seinen Lebensunterhalt hauptsächlich durch Schwerverbrechen bestritten. Ich will nicht sagen, ohne Erfolg, denn er brachte viel Leid über Menschen, er schadete der Gesellschaft, machte den Menschen angst, verschaffte der Polizei Arbeit und kostete den Steuerzahler eine Menge Geld. Aber Chipstead selbst hat nicht viel daran verdient, oder?»

Sie betrachteten, was die Verbrecherlaufbahn Chipstead eingebracht hatte: einen hundert Jahre alten braunen Backsteinwürfel mit zwei Metern Beton davor, auf dem eine Mülltonne und ein Kübel mit einer vertrockneten Geranie standen. An der Vorderseite des Hauses waren nur drei Fenster und alle Vorhänge noch geschlossen. Wexford stieg aus dem Wagen, und Burden folgte ihm.

Das Haus sah leer und unbewohnt aus, und Wexford, der energisch den Türklopfer betätigte, hatte kaum Hoffnung, daß jemand öffnen würde. Aber nach ein paar Minuten hörten sie eine Frauenstimme etwas rufen, und sie hörten Schritte auf der Treppe.

Die Tür ging auf, und vor ihnen stand Renie Thompson.

18

«Henry war mein Bruder», sagte sie.

Sie standen zu dritt in der Halle. Im ersten Stock brannte Licht, und man hörte Frauen flüstern.

«Er war?» sagte Wexford.

«Er ist tot, nicht wahr? Heißt das, Sie haben es nicht gewußt? Heute ist die Beerdigung. Als Sie klopften, dachte ich, daß es die Leute vom Beerdigungsinstitut sind.» Sie trug einen grauen Mantel und einen schwarzen Filzhut. Aufsässig musterte sie ihre mißtrauischen, zweifelnden Gesichter. «Sie möchten natürlich gern was draus machen, nicht wahr? Ich weiß es. Aber es steckt nichts dahinter.»

«Versorgen Sie uns mit dem Informationsmaterial, Mrs. Thompson, und die Entscheidung treffen dann wir.»

Eine Frau kam die Treppe herunter, unverkennbar eine weitere Schwester. Sie stand da, schaute, horchte, hielt sich am Geländer fest.

«Ich habe seit 1960 für Mrs. Knighton gearbeitet. Er und sie waren die besten Arbeitgeber, die man sich vorstellen kann. Henry sollte wegen einer Sache vor Gericht, die er nie getan hat, und ich sagte zu ihm, wenn du willst, wird dich Mr. Knighton verteidigen, und das hat er dann auch getan. Mr. Knighton war auf Henrys Seite, weil er mich kannte, und Henry wurde freigesprochen. Natürlich wurde er freigesprochen, weil er's ja nicht getan hatte.»

Die Frau auf der Treppe schnalzte mit der Zunge.

«Henry hat von Mr. Knighton unglaublich viel gehalten.»

«Du aber auch, Renie», sagte die Frau auf der Treppe.

«Ihre Familie stammt aus Sewingbury, nicht wahr?» fragte Burden. Sie nickten beide und sahen ihn wachsam an. «War Ihr Bruder krank, bevor er starb?»

Die dritte Schwester tauchte auf und knöpfte sich, während sie die Treppe herunterstieg, einen schwarzen Astrachanmantel zu.

«Er hat sechs Monate im Krankenhaus gelegen», sagte Renie Thompson. «Hatte es auf der Brust, wissen Sie, auf der Lunge, und dann griff es sein Rückgrat an.»

Der Türklopfer ratterte. Die Frau im Astrachanmantel öffnete, und der Wind wehte ein totes Blatt herein, das an ihrem Mantel hängenblieb. Vor der Tür standen, den Hut in der Hand, zwei Männer in Schwarz.

«In Ordnung», sagte Wexford, «wir wollen Sie im Augenblick nicht länger belästigen.»

Zwischen den anderen Wagen parkten jetzt zwei Daimler, der eine leer, in dem anderen der mit Blumen bedeckte Sarg mit der Leiche des toten Gangsters. Wexford und Burden gingen zu ihrem Auto. Donaldson sagte, über Funktelefon sei die Nachricht gekommen, daß die Waffe unter dem Pflaster am «Wehr» gefunden worden sei.

Wexford nickte. Er beobachtete Chipsteads Haus. Bisher war ihm gar nicht der Gedanke gekommen, daß außer den drei Schwestern noch andere Leute im Haus gewesen sein könnten. Zweifellos hatten sie schweigend hinter den verhängten Fenstern gesessen und darauf gewartet, Chipsteads Sarg auf den Friedhof oder ins Krematorium zu begleiten. Sie kamen jetzt den Weg herunter, ein älteres Paar, Arm in Arm, ein Junge von etwa achtzehn Jahren in einem geliehenen schwarzen Jackett, ein kleiner Mann mit rotem Haar, ein fetter Mann, der praktisch glatzköpfig war, ein hochgewachsener Mann mit silbernem Haar.

«Silver Perry», sagte Burden.

«Waren wohl ‹alte Kameraden›, oder?»

«Es würde mich nicht überraschen.»

Der Daimler nahm die Schwestern und das ältere Paar auf. Die anderen Trauergäste stiegen in einen alten dunkelblauen Ford Popular.

«Was glauben Sie, wohin sie fahren, Donaldson?» sagte Wexford.

«Zum Krematorium der City of London im Manor Park, Sir», antwortete Donaldson prompt. «Zwanzig Minuten hin, zwanzig Minuten Totengesänge, und ‹wir übergeben unseren lieben Bruder den Flammen›, zwanzig Minuten zurück.»

«Dann können wir jetzt essen gehen.»

Der Wind hatte sich gelegt, und es war sehr dunkel geworden, so dunkel, daß im Vorderzimmer des Hauses Dogshall Road 52 das Licht brannte. Der Junge war der erste, der ging. Er steckte jetzt von Kopf bis Fuß in Leder und trug einen Schutzhelm, stieg auf die Yamaha, die neben dem Ford Popular aufgebockt war, und raste mit dröhnendem Motor in Richtung der Brücke davon. Eine Weile später ging die Tür wieder auf, und Silver Perry verließ das Haus. Dem Anlaß entsprechend trug er einen dunklen Hut und einen dunklen taillierten Mantel. Im schwindenden Licht hatte er eine gewisse Ähnlichkeit mit Adam Knighton, wirkte aber eher wie eine schlechte, vergröberte Kopie. Er war nicht ganz so groß, und ihm fehlte die Ausstrahlung des Mannes, für den er, wie er erklärt hatte, alles tun und sogar sein Leben geben würde.

«Er hat tatsächlich diese Worte gebraucht?»

«Sie standen jedenfalls in einer Zeitung», sagte Burden. «Ich wollte es Ihnen erzählen, aber Sie unterbrachen mich, weil Ihnen die Idee mit der Pistole kam, wissen Sie noch? Man erinnert sich im Club El Video, daß Coney Newton bis drei Uhr da war, und Newton behauptet, Perry sei bei ihm gewesen, aber im Club sagte mir niemand, daß er Perry gesehen habe.»

Vor der Haustür küßte Perry Renie Thompson und entfernte sich dann rasch. Wexford glaubte, er werde in den Ford einsteigen, doch der gehörte offenbar nicht ihm, er war zu Fuß gekommen. Und zu Fuß ging er auch jetzt durch den grauen Nebelregen, der jetzt gleichmäßig fiel. Die Straßenlaternen waren eingeschaltet worden, orangefarbene Tropfen hingen in den kahlen Ästen der Bäume. Perry stellte den Kragen seines Mantels auf und ging, die Hände in den Manteltaschen, müde durch Regen und Kälte – wahrscheinlich zur U-Bahn-Station, eine Viertelmeile hügelaufwärts, an dem Straßenbuckel vorbei.

Langsam kroch der Wagen hinter ihm her. Ein Lieferwagen hinter ihnen hupte, aber Donaldson beachtete ihn nicht.

«Hier wird er über die Straße wollen», sagte Wexford. «Biegen Sie ab, und halten Sie an.»

Donaldson bog genau in dem Augenblick scharf ab, in dem auf der anderen Seite Perry an die Bordsteinkante trat, um die Straße zu überqueren. Die Flanke des Wagens ragte wie eine Mauer vor ihm auf. Als die Tür aufgerissen wurde, trat Silver Perry einen Schritt zurück. Wexford stieg aus.

«Sollen wir Sie mitnehmen, Silver?»

Wexford holte seinen Ausweis heraus, doch er hätte sich die Mühe sparen können. Perry gehörte zu jenen Männern, die einen Polizisten an einem FKK-Strand oder bei einem Kostümfest erkennen. Für ihn war es ein Kinderspiel, drei dieser Spezies in einer Londoner Vorstadt aufzuspüren, selbst wenn sie in einem Wagen saßen und obwohl es regnete. Trotzdem sah es für den Bruchteil einer Sekunde so aus, als wollte er weglaufen. In dieser Sekunde erschien auf seinem Gesicht ein Hoffnungsschimmer, flackerte Panik über seine Züge, und dann wurden beide von Vernunft unterdrückt. Er zuckte mit den Schultern und stieg in den Wagen. Regen tropfte von seinem glänzenden, glatt anliegenden Haar.

«Wissen Sie, wo die Cyril Street in Bethnal Green ist, Donaldson?» fragte Burden.

«Ich finde sie schon, Sir.»

«Eine Seitenstraße der Globe Road», sagte Perry.

«Oder sollen wir ihn gleich zu uns mitnehmen? Ihre Pistole wurde gefunden, Perry. Knarren tauchen am Ende immer wieder irgendwo auf.»

«Eine Knarre? Was für eine Knarre?» sagte Perry.

«Zuerst in die Cyril Street, glaube ich», entschied Wexford, «und dann können wir es uns ja noch überlegen. Sie haben sich bei der Beerdigung gut unterhalten, Silver, nicht wahr? Mein Gott, riechen Sie nach Sherry!»

«Sie halten sich wohl für sehr komisch. Ich bin nicht hingegangen, um mich zu unterhalten. Henry Chipstead und ich waren ein Leben lang miteinander befreundet.»

«Und wir wissen alle, wie gut Sie zu Ihren Freunden sind. Geben Ihr Leben für sie und so weiter. Oder nehmen anderen Leuten das Leben, einem guten Freund zu Gefallen.» Wexford sah dem Mann in die hellblauen, wäßrigen Augen, die enger beieinanderstanden und unsteter waren als die von Knighton. «Sie haben für die Nacht des ersten Oktober kein Alibi. Und Sie wurden in der Nähe von Thatto Hall Farm gesehen. Und zwar um drei Uhr morgens auf dem Weg, der aus dem Thatto-Tal nach Sewingbury führt.»

Silver Perry schwieg. Der Wagen schlängelte sich durch ein Netz von Einbahnstraßen aus den östlichen Vororten ins East End. Es regnete jetzt stark, und die Scheibenwischer liefen auf vollen Touren.

«Sie hatten Ihr Auto in Sewingbury auf dem Marktplatz abgestellt», sagte Burden. «Kennen Sie denn die Gegend so gut?»

Perry gab nichts zu. «Renie und ich – es kommt mir so vor, als wäre es hundert Jahre her», sagte er leise. «Ich meine, damals habe ich Renie recht gut gekannt.»

«Als Sie zurückkamen, entdeckten Sie die Baustelle und vergruben die Pistole, weil Sie wußten, daß die Pflasterarbeiten am nächsten Tag fortgeführt werden würden.»

Perry tippte Donaldson auf die Schulter. «Jetzt die zweite links, Sohn», sagte er.

«Ich nehme an, Knighton hat Ihnen etwas für Ihre Mühe gegeben», sagte Burden. «Ihnen zumindest die Auslagen für die Knarre ersetzt.»

Perry seufzte. «Meine Frau ist nicht da, sie ist bei ihrer Schwester. Ich möchte nicht, daß sie da hineingezogen wird.»

Ein hoher Turm mit einem unregelmäßigen Muster erleuchteter Rechtecke, seine nicht minder hohen Nachbarn, senkrecht übereinanderstehende Schlafplätze. Auf dem glänzenden schwarzen Asphalt standen jetzt ein paar hundert Autos, aber kein einziges welkes Blatt war zu sehen, weil es hier keine Bäume gab, die ihr Laub abwerfen konnten. Wexford schickte Donaldson in ein Café in der Globe Road, wo er eine Tasse Tee trinken sollte. Der Lift trug sie, wie ihnen vorkam, zehn Meilen in Perrys luftige Höhe, von der man einen Ausblick hatte, bei dem früheren Generationen der Atem gestockt hätte, der jetzt aber für Luftreisende und häufige Gäste in Restaurants auf Fernsehtürmen nichts Atemberaubendes mehr hat.

Es war niemand zu Hause. Die Wohnung war dunkel. Perry schaltete eine oder zwei Lampen ein und führte sie in ein Zimmer, das außer der Höhe nichts mit einem Penthouse gemein hatte.

«Ich will Ihnen alles erzählen», sagte er. «Jetzt brauche ich mir um Mr. Knighton keine Sorgen mehr zu machen. Nichts kann ihm mehr schaden, er ist tot.»

Die billige Sentimentalität dieser Leute! dachte Wexford. Wie typisch. Perry hatte einmal kaltblütig einen Mann erschossen, hatte seither mehrere schreckliche Gewalttaten verübt, ganz zu schweigen von Knightons Auftrag, seine Frau zu töten, aber er redete wie eine absolut unschuldige, leichtgläubige alte Frau.

«Sie aber», sagte Wexford, «weilen noch nicht im Jenseits bei den Seligen, und Ihnen kann noch eine Menge passieren.»

«Heißt das, daß Sie mich verhaften wollen?»

Wexford schüttelte den Kopf. «Noch nicht. Jetzt erzählen Sie uns erst mal, wie Sie Mr. Knighton kennenlernten.»

«Das ist jetzt 25 Jahre her. Nein, noch länger. Wenn er nicht gewesen wäre, hätten sie mich gehängt.» Perry sah Burden an. «Sie wissen, wie es war. Ich schrieb meine Geschichte für die Zeitung auf, und als sie gedruckt war, schnitt ich sie aus und schickte sie Mr. Knighton. Er hat nie geantwortet, natürlich nicht, ein Mann in seiner Position. Eines Abends wartete ich in Lincoln's Inn auf ihn, und wir kamen ins Gespräch.»

«Einfach so?» Wexford versuchte sich vorzustellen, wie dieser lichtscheue Ganove und Knighton sich trafen und «ins Gespräch kamen».

«Nicht einfach so», sagte Perry. «Ich habe ihn nicht belästigt, ich habe mich ihm nicht aufgedrängt. Ich sagte nur ganz ruhig, ich wollte ihm richtig danken. Ich sagte ihm auch, daß es auf der Welt nichts gibt, was ich nicht für ihn tun würde.»

Und plötzlich konnte Wexford es sich vorstellen. Knightons Integrität war bereits erschüttert, er wurde allmählich korrupt. Fünf Jahre lang war er Milborough Langs Geliebter gewesen, aber inzwischen wußte er, daß er auf dieser unsicheren Basis nicht weitermachen konnte. Sie würde ihn verlassen, und ihm blieb nur Adela. Es sei denn ...

«Mit dieser Phrasendrescherei haben Sie gemeint, daß Sie ihn von seiner Frau befreien würden, nicht wahr?»

Perry zuckte zusammen, Wexfords Ausdrucksweise war ihm doch zu kraß. «Er hat gewußt, was ich meinte. Er wußte es, und ich wußte es, wir brauchten es nicht auszusprechen. Ich wollte ihm helfen, alles zu bekommen, was er wollte, und er hat es gewußt.»

«Woher wußten Sie, was er wollte?» fragte Burden.

«Ich habe doch gesagt, ich wartete auf ihn. Ein paarmal, es dauerte seine Zeit, bevor ich ihn allein erwischte und wir miteinander reden konnten. Ich folgte ihm auch und sah, daß er sich mit diesem Mädchen traf. Schauspielerin war sie, weltberühmt.»

«Aber Knighton machte von Ihrem großzügigen Angebot keinen Gebrauch?»

«Er hatte eine Menge Skrupel, ja, die hatte Mr. Knighton», antwortete Perry mit einer Art weiser Ehrerbietung. «Nun ja, das muß man schließlich in seiner Position. Ich sagte ihm, ich würde nie vergessen, was er für mich getan hatte, und falls er sich einmal doch entschließen sollte – Sie wissen schon, wozu –, brauchte er mir nur Bescheid zu geben. Ich bin, sagte ich, jederzeit bereit. Ich würde mich ihm nicht aufdrängen, sagte ich außerdem. Ich wußte ja, daß ein Mann in seiner Position mit Leuten wie mir nicht gern gesehen wird, das kann man schließlich verstehen. Damals wohnte ich noch in Cambridge Heath, und als wir hierher umzogen, schickte ich ihm meine neue Adresse und meine Telefonnummer. Er antwortete nicht, natürlich nicht.» Perry blickte auf und sah Wexford direkt in die Augen. «Irgendwie störte es mich, ich dachte sehr oft daran, daß ich nie etwas für ihn getan, mich ihm nie richtig erkenntlich gezeigt hatte. Ich hatte ein schlechtes Gewissen.»

«Sie hatten – was?»

«Ich kenne genau wie andere Leute die Bedeutung des Wortes Dankbarkeit.»

«Nein, nicht wie andere Leute, Perry», sagte Wexford. «Ihre Art ist pathologisch.» Er schüttelte nachdenklich den Kopf. «Was sollte er eigentlich tun? Sollte er Sie anrufen und sagen, er habe es sich anders überlegt?»

«Ich habe Ihnen doch erklärt, daß es zwischen uns nie ausgesprochen wurde. Es war überhaupt nichts Greifbares, wir verstanden uns ganz einfach. Anrufen mußte er mich natürlich. Ich habe das arrangiert, ich wußte ja, daß er mich nie direkt darum bitten würde.» Perry begann auf seinem Stuhl herumzurutschen. Er hatte den schwarzen Mantel anbehalten, jetzt zog er ihn aus und warf ihn über die Armlehne eines Sessels. Hinter ihm funkelten die Lichter der Stadt wie eine Million gefallener Sterne. «Ich sagte zu ihm: ‹Wann immer Sie es wollen, Sie wissen schon, was, dann brauchen Sie mich nur anzurufen.› Er sagte kein Wort, und ich sah ihm in die Augen. ‹Sie brauchen es nicht auszusprechen›, sagte ich. ‹Wählen Sie nur meine Nummer, und wenn ich mich melde, sagen Sie nur ein Wort. Irgendeins, egal welches – nur kennen muß ich es›.» Schweißtropfen sammelten sich jetzt auf Perrys Stirn, dicht unter dem perückenähnlichen weißen Haaransatz. «Er antwortete mir nie direkt. Er sah mich nur an und begann mir eine Geschichte von einem chinesischen Mandarin zu erzählen, aber ich weiß jetzt nicht mehr, um was es dabei eigentlich ging. ‹Das ist es›, sagte ich, ‹Mandarin. Sie rufen mich an, und wenn ich mich melde, sagen Sie Mandarin, dann weiß ich Bescheid.› Das alles ist jetzt 25 Jahre her, beinahe 26. ‹Mandarin›, sagte ich, ‹wann immer Sie dieses eine Wort sagen, werde ich wissen – und dann tu ich es›.»

Was war damals in Knightons Kopf vorgegangen? Hatte er es auch schon damals für möglich gehalten? Oder war er einfach nur zum Schein darauf eingegangen, hatte Silver Perry ermutigt, um ihn endgültig loszuwerden? Wexford vermutete, daß sie in einem Pub oder sogar irgendwo auf einer Parkbank gesessen hatten. Und sie hatten sich nur dieses eine Mal getroffen, davon war er überzeugt. Perry voller Eifer, dankbar, glücklich, daß dieser «erhabene» Mann sich herabließ, sich mit ihm zu unterhalten, Knighton unaussprechlich geschockt, entsetzt und dennoch nicht abgeneigt. Heb die Hand, sprich das Wort aus, mehr brauchst du nicht zu tun, und sie wird sterben, damit du dir deinen Herzenswunsch erfüllen kannst. Was für ein bösartiger, gottloser Unsinn! Besser, sich selbst das Leben zu nehmen, um den Jammer nicht länger ertragen zu müssen, viel besser, als das in Erwägung zu ziehen, ja, als es sich anzuhören sogar. Aber «Mandarin» – ein einziges Wort...

«Doch eines Tages vor nicht allzulanger Zeit hat er angerufen und das Wort ausgesprochen», sagte Burden.

«Das war Anfang September. Das Telefon klingelte, ich hob ab, aber es blieb still, obwohl ich jemanden atmen hörte. Als ich schon auflegen wollte, weil ich glaubte, irgendein Witzbold sei dran, da sagte die Stimme das Wort. Stotterte ein bißchen und sprach ganz leise. Das Komische an der Sache ist, daß ich es vergessen hatte. Ich meine, ich hatte Mr. Knighton nie wiedergesehen, nie seine Stimme gehört. Ich erfuhr durch Renie hin und wieder etwas, aber ich hatte zum Beispiel lange nicht gewußt, daß er im Ruhestand war, ich wußte nicht, daß sie jetzt ständig in Sussex wohnten.

Die Stimme sagte das Wort. Ich hörte, daß es mit ‹Man› anfing, und dachte, jemand wollte mir etwas über einen ‹Manager› sagen, aber der Anrufer legte auf, bevor ich antworten konnte. Aber das Wort muß in meinem Unterbewußtsein etwas geweckt haben, weil es mir den ganzen Tag nicht aus dem Kopf ging. Und plötzlich erinnerte ich mich. Nach so vielen Jahren konnte ich Mr. Knighton endlich vergelten, was er für mich getan hatte, konnte ich mein Versprechen erfüllen.»

Wexford stand auf und wandte sich ab. «Mir wird übel, wenn ich Sie ansehe.» Er stellte sich ans Fenster und blickte auf das lurexbestickte London hinunter, sah ein hell beleuchtetes Flugzeug die Landebahn anfliegen und zwang sich, ruhig zu atmen, um seinen Zorn zu unterdrücken. «Fahren Sie fort», sagte er, «und ersparen Sie sich Ihre edlen Regungen.»

«Sie haben auf Grund dieses einzigen Wortes gehandelt – eines Wortes, das Sie nicht einmal richtig verstanden hatten?» warf Burden ein.

«Ich wußte es», sagte Silver. «Ich trieb mich in der Nähe seiner Kanzlei herum, aber er kam nie heraus, und dann sah ich, daß sein Name nicht mehr auf der Firmentafel stand. Ich fuhr nach Hampstead, wußte aber schon nach dem ersten Blick, daß in dem Haus nur noch verdammte Araber wohnen. Zweimal rief ich in Thatto Hall

Farm an, und er meldete sich das erste, sie das zweite Mal, aber das half mir nicht weiter.»

«Wieso sollte es Ihnen helfen?»

«Ich mußte schließlich ihren Tagesablauf kennen, nicht wahr? Ich mußte sie allein erwischen. Und dann sah ich ihn eines Tages, nachmittags, gegen vier. Er kam aus der Victoria Station. Es war Mittwoch, der erste Oktober. Er hatte eine kleine Reisetasche bei sich, und da wußte ich auch, daß er über Nacht wegbleiben wollte.»

«Was hatten Sie auf der Victoria Station zu tun?»

«Ich habe gearbeitet, das muß ich schließlich, oder? Ich muß mir meinen Lebensunterhalt verdienen. Ich fuhr ein Mini-Taxi und ließ einfach eine Fahrt sausen. Er hielt nach einem Taxi Ausschau, und ich dachte mir: Eigentlich könntest du ihn doch fahren. Aber ich wußte, daß er mit mir ganz bestimmt nicht gesehen werden wollte. Außerdem hatte ich eine bessere Idee. Sie kam mir, als ich die Reisetasche sah. Er wollte in London übernachten, und sie war allein. Ich rechnete damit, daß sie allein war. Ein paar Wochen vorher hatte ich den armen alten Henry im Krankenhaus besucht, und Renie war auch da und erzählte mir, daß die Tochter verheiratet ist und ein Kind erwartet. Also rechnete ich damit, daß die alte Frau allein war. Und ich sagte mir, wenn ich es tun wollte, sollte ich es gleich hinter mich bringen, am besten in dieser Nacht.»

Wexford glaubte, die Wohnungstür ins Schloß fallen zu hören. Jemand ging durch die Diele, und dann kam die Frau herein, die Burden angeschrien hatte. Wie ihr Mann erkannte sie einen Polizisten rein instinktiv, und sie warf Wexford einen Blick zu, mit dem andere Menschen Diebe oder Vagabunden bedenken. Wexford und Burden gingen in die Diele hinaus.

«Nehmen wir ihn mit und stellen ihn unter Anklage?»

Wexford zuckte mit den Schultern. «Da gibt es nichts anzuklagen. Ich bezweifle sogar, daß wir mit Verschwörung durchkommen würden.»

Als sie in das Zimmer zurückkamen, war die Frau verschwunden, und Silver Perry trank etwas, das wie Whisky aussah. Anscheinend bekam er ihn streng rationiert wie ein Medikament.

«Ich arbeitete bis Mitternacht. Ich hatte einen Freund gebeten – egal, wer das war, es ist jetzt nicht mehr wichtig –, im Notfall auszusagen, daß ich mit ihm im El Video Club war. Na ja, meine letzte Fahrt dauerte eine gute halbe Stunde länger, als ich gedacht hatte, und es war schon nach zwei, wahrscheinlich sogar schon zwanzig nach, ehe ich nach Sewingbury kam. Ich ließ mein Fahrzeug auf dem Marktplatz stehen und ging zu Fuß. Ich bin aufdem Fußweg zurückgekommen, habe aber auf dem Hinweg die Straße genommen, weil ich mich vielleicht nicht zurechtgefunden hätte, wenn der Mond untergegangen wäre.

Es war schon nach drei, als ich Thatto Hall Farm erreichte. Ich nahm meinen Glasschneider und schnitt aus dem Toilettenfenster eine Scheibe heraus. Dazu habe ich etwa zehn, vielleicht auch fünfzehn Minuten gebraucht. Im Haus war es nicht ganz dunkel, weil der Mond hereinschien. Ich zog die Schuhe aus und schlich die Treppe hinauf.

Alle Schlafzimmertüren standen offen, und ich ging in das große, das nach vorn heraus liegt, weil ich dachte, daß ich sie dort bestimmt finde. Es standen Ehebetten darin, und bei einem Bett waren die Laken zurückgeschlagen. Später bin ich noch einmal hinaufgegangen, habe ihren Schmuckkasten genommen und ihre Kinkerlitzchen im Garten verstreut, damit es aussah, als ob jemand eingebrochen wäre. Er war schließlich Amateur, nicht wahr, er wußte nicht, auf was es ankam. Aber vorher schaute ich noch in die anderen Zimmer, und als ich sie nicht finden konnte, ging ich wieder hinunter. Langsam fing ich an, mich zu fragen, was eigentlich los war.»

Perry leerte sein Glas und stellte mit einer schwerfälligen Bewegung das Glas ab.

«Sie lag auf dem Boden. Und sie war tot, sie war erschossen worden. Ich wußte sofort, daß Mr. Knighton mir zuvorgekommen war und es selbst getan hatte.»

19

Wexford hielt die Pistole in den Händen. Alles, was die Untersuchung der Waffe ergeben hatte, war in einem Bericht zusammengefaßt, der vor ihm auf dem Schreibtisch lag. Es war eine Walther PPK 9 mm, und etwa in der Mitte des Laufs war auf der Unterseite ein warzenähnlicher Fehler im Metall, der jede Kugel, die aus der Pistole abgeschossen wurde, mit einem haarfeinen Kratzer zeichnete. Burden sah über die Schulter zu Wexford hinüber und sagte: «Und womit wollte Perry es tun? Mit den bloßen Händen?»

«Das nehme ich an. Es sind Waffen, deren man sich nicht zu entledigen braucht. Eine merkwürdige Sache war das, nicht wahr? Perry war überzeugt, daß Knighton sie getötet hatte, weil er nicht wußte, daß sie erst gut elf Stunden nach Knightons Abreise nach London gestorben war. Er dachte, Knighton sei es müde geworden, darauf zu warten, daß er sein Versprechen erfüllte, und hat es deshalb selbst getan.» Wexford legte die Waffe auf den Tisch. «Ich habe für einen solchen Ganoven wie ihn wirklich nichts übrig, aber ich glaube ihm, wenn er mir sagt, daß er sich schämte, weil er Knighton im Stich gelassen hatte. Er glaubte, weil er seit Anfang September herumgetrödelt hatte, habe er Knighton dazu getrieben, es selbst zu tun. Und weil er dachte, Knighton habe die Sache nicht richtig angepackt, nahm er die Schmuckkassette und verstreute das Zeug im Garten, um einen Einbruch vorzutäuschen.»

Aber Perry hatte geglaubt, daß Knighton trotzdem sofort wegen des Mordes an seiner Frau verhaftet werden und der von ihm vorgetäuschte Einbruch und Raub nichts nützen würde. Er hatte sich wegen seines Zögerns verflucht, das seiner Meinung nach dazu geführt hatte, daß Knighton das Verbrechen beging. Als Knighton nichts passierte, schob er das ganz einfach auf die Unfähigkeit der Polizei. Und falls er je an Knightons Schuld gezweifelt hatte, wurden diese Zweifel durch seinen Selbstmord zerstreut.

«Und Knighton glaubte ganz gewiß, daß Perry sie getötet hatte», fuhr Wexford fort. «Als er am zweiten Oktober nach Hause kam und ich ihm sagte, seine Frau sei erschossen worden, war er sofort überzeugt, daß Perry der Täter war und er ihn zu dem Mord angestiftet hatte. Das ist die Erklärung für das merkwürdige Gefühl, das wir immer hatten, daß wir glaubten, er sei überrascht und doch nicht überrascht, schuldig und doch unschuldig. Ich frage mich, was Anfang September geschah, das ihn dazu trieb, Perry anzurufen? Wir werden es nie erfahren. Hatte Adela etwas von Milborough Ingram erfahren? Ihm gedroht oder ihn verspottet? Hat Mrs. Ingram begonnen davon zu sprechen, daß sie wieder nach Hause wollte? Oder wollte Adela wieder für längere Zeit verreisen – wir wissen, daß sie im Februar nach Indien und Nepal wollte –, und er hatte Angst, wieder von Milborough getrennt zu werden? Was immer es war, eine Versuchung, die ein Vierteljahrhundert alt war, lebte wieder in ihm auf, und diesmal erlag er ihr. Doch ich kann mir nicht vorstellen, daß er wirklich daran glaubte, Mike. Es muß ihm wie etwas völlig Phantastisches vorgekommen sein. Und bei jedem anderen als Silver Perry, der meiner Meinung nach nicht ganz bei Verstand ist, wäre es auch etwas Phantastisches gewesen.

Ich stelle mir vor, daß er eines Nachmittags Milborough Ingrams Wohnung verließ, um sich mit Adela zu treffen und mit ihr nach Hause zu fahren. Dann sah er irgendwo eine leere Telefonzelle und erinnerte sich an die Vergangenheit, erinnerte sich an ‹Mandarin›.

Natürlich war alles Unsinn, nichts würde geschehen, jetzt nicht mehr. ‹Mandarin› war alles, was er sagen mußte, dann wurde Adela ermordet, und sein Glück war gerettet. In seiner Phantasie, in seinen Träumen, nie und nimmer in Wirklichkeit. Trotzdem betrat er die Telefonzelle, wählte die Nummer, sagte das Wort. Sagte auf jeden Fall etwas, das ähnlich klang. Dann legte er auf, traf sich mit Adela und schalt sich zweifellos einen Idioten.»

Burden kam um den Schreibtisch herum und setzte sich.

«Aber er hat sich bestimmt gefragt, ob etwas passieren würde», sagte er stirnrunzelnd.

«Möglich. Doch es passierte nichts, oder? Drei oder vier Wochen vergingen, und nichts war geschehen. Er muß gedacht haben, Silver Perry habe sein Versprechen vergessen, habe ‹Mandarin› vergessen, sei alt geworden oder ehrlich – oder hatte es nie ernst gemeint. Aber als Adela getötet wurde, wußte er, wer es getan hatte und warum, nur – sein Glück war dadurch nicht gerettet. Es gab für ihn keine Freiheit, keine Zukunft, keine glückliche Erwartung. Es gab kein Glück, nur Reue. Denn er glaubte, Perry habe es getan, nachdem er das Wort gesagt hatte, obwohl das Wort nur ein undeutliches Flüstern nach fünfundzwanzig Jahren gewesen war.»

«Er hat sich völlig grundlos selbst getötet», sagte Burden. «Er hat sich getötet, weil er das Opfer einer Illusion war. Er hätte glücklich werden, hätte wieder heiraten können. Denn Silver Perry hatte nichts getan, und er selbst auch nicht.»

«Die Absicht war vorhanden, Mike», sagte Wexford nachdenklich. «Und bei ihm war es mehr als nur ein Wunsch, daß seine Frau sterben sollte, nicht wahr? Wie undeutlich auch immer, es war eine direkte Anstiftung, die er an einen dreckigen kleinen Ganoven und Mörder weitergegeben hatte. Nie hätte er sich so weit erniedrigen dürfen, mit einem solchen Menschen zu sprechen. Selbst wenn wir den Täter gefunden hätten, als Knighton noch lebte, wäre er die moralische Schuld nie losgeworden, nicht wahr? Sie hätte sein Gewissen belastet, er hätte sich selbst verabscheut, und all das hätte, wie ich annehme, die Gefühle vergiftet, die er der großen Liebe seines Lebens entgegenbrachte. Männer wie Knighton sollten keine Verbrechen begehen, auch nicht indirekt, und sie sollten sich in keine Verbrechen verwickeln lassen, von denen sie sich einbilden, sie hätten sie indirekt begangen.»

Burden sah auf seine Uhr. «Er müßte jetzt zu Hause sein», sagte er. «Es ist kurz nach zehn.» Als Wexford nicht antwortete, sagte er: «Ich meine den wirklichen Täter. Sie haben gesagt, Sie wollten nicht, daß er von zu Hause abgeholt wird.»

«Nicht unter den gegebenen Umständen, nein.» Wexford seufzte. «Es dürfte zwar keinen großen Unterschied machen, zwei Stunden höchstens. Ich habe nicht vor, lange mit ihm zu sprechen, wir brauchen kein Geständnis. Es ist alles glasklar. Ich hätte es von Anfang an sehen müssen, aber China war mir im Weg, versperrte mir die Sicht. China und was dort passierte, hat mich verwirrt. Und natürlich hatte China auch eine ganze Menge mit seinem Motiv zu tun, o ja.»

«Er hat», sagte Burden, «die Waffe ganz offiziell bei einem sehr respektablen Waffenhändler gekauft. *Warrington Waffen* heißt der Laden. Es war leicht. Und es erleichtert uns unsere Aufgabe.»

«Die Bücher, die er geführt oder vielmehr nicht geführt hat, sind auch erdrückendes Beweismaterial gegen ihn. Wir werden den ganzen Tag zu tun haben, um seine finanziellen Jongleurakte zu entwirren, Mike. Kommen Sie, holen wir uns diesen liebenswerten Zeitgenossen.»

Sie waren fertig. Es blieb ihnen bis zur Verhandlung des Sondergerichts am nächsten Morgen nichts mehr zu tun. Es war schon seit Stunden dunkel – ein richtiger Novemberabend mit Feuchtigkeit und Nebel. Wexford nahm seinen Mantel und schlüpfte hinein. «Ich brauche etwas zu trinken.»

«Gehen wir zu mir», sagte Burden.

Wexford war entsetzlich müde, so müde wie in jenen schlaflosen Nächten in China. In seinem Kopf schien alles in Bewegung, er schien voll von sich drängenden Gestalten, Ausreden, Lügen. Und doch konnte er nur an das denken und über das sprechen, was sie den ganzen Tag getan hatten. Und sie sprachen weiter darüber.

«Aber es war doch bestimmt Perry, den Bingley im Wald gesehen hat?» hatte Burden gefragt.

«Wie wäre das möglich? Durcheinander, wie Bingley war, bildete er sich ein, daß der Mann, den er gesehen hatte, aus dem Thatto-Tal gekommen war und nicht erst hinging. Außerdem ist Perry auf dem Hinweg über die Straße gegangen und hat erst auf dem Rückweg den Waldweg genommen. Und wenn Perry erst um drei bei Thatto Hall Farm ankam, eine Viertelstunde brauchte, um die Scheibe herauszuschneiden und weitere zehn Minuten das Haus durchsuchte, bevor er die Leiche fand, wäre er kaum vor vier an der Stelle vorbeigekommen, an der Bingley ihn sah. Und um diese Zeit hätte der Alte ihn gar nicht mehr sehen können, weil er da schon zu Hause war.»

Sie stiegen in Wexfords Wagen. Burdens Fahrzeug hatte Jenny genommen. Wexford fuhr langsam, weil er müde war.

«Aber Bingley hat einen grauhaarigen Mann gesehen», blieb Burden hartnäckig.

«Hat er das wirklich? Er kam hauptsächlich deshalb zu uns, weil seine Nichte ihm gesagt hatte, es sei seine Pflicht. Er hatte um drei Uhr morgens auf dem Waldweg einen Mann gesehen, der nach Sewingbury unterwegs war, und zwar genau am 2. Oktober. Aber er hatte Angst, zu uns zu kommen, weil er gewildert hatte. Also sagte er, um uns einen Gefallen zu tun, was wir seiner Ansicht nach gern hören möchten. Knighton ist groß und hat graues oder silbernes Haar. Bingley kennt Knighton entweder vom Sehen oder von einem Zeitungsfoto. Deshalb beschreibt er uns den Mann groß und silberhaarig. Doch als ich ihm das Gruppenfoto zeige, sieht die Sache anders aus. Er wird daran erinnert, wie der Mann im Wald tatsächlich ausgesehen hat. Von den Leuten auf dem Foto sucht er sich nicht Knighton heraus, der Silver Perry ähnlicher sieht als irgendein anderer aus der Gruppe. Er zeigt auf Gordon Vinald, der ihm nicht ähnlich, aber jünger, dunkelhaarig, nicht besonders groß und schlank ist.»

Burdens Bungalow war dunkel, nur das Außenlicht brannte. Wexford stieg aus dem Wagen und ging den Pfad entlang auf das Licht zu. Etwas Weiches, das aus den Schatten geschlichen kam, rieb sich an seinem Hosenbein. Er zuckte zusammen, denn er war müde und der Tag lang gewesen. Burden schloß die Haustür auf, und Wexford folgte ihm, mit der Katze auf dem Arm, ins Haus.

«Bingley konnte den Mann, der Adela Knighton getötet hatte, auf dem Foto natürlich nicht finden, weil er nicht auf dem Foto war. Also suchte er den Mann heraus, der ihm am ähnlichsten sah. Er zeigte auf den einzigen in der Gruppe, der jung, dunkelhaarig, nicht sehr groß und schlank war.»

Die Deckenleuchte im Wohnzimmer flammte auf, doch die Glühbirne in der Tischlampe flackerte nur und erlosch dann wieder. Das grelle Licht von der Decke ließ Wexford zusammenzucken, und er blinzelte. Burden knipste es wieder aus.

«Ich hole eine neue Birne. Muß nur überlegen, wo Jenny sie aufbewahrt. Und was dann? Scotch?»

«Eigentlich nicht», sagte Wexford wie Milborough Ingram vor ein paar Tagen, obwohl er mehr an seine Gesundheit als an sein Gesicht und an seine Figur dachte. «Aber ich nehme trotzdem einen.»

Er saß im Dunkeln, aus der Diele fiel schwaches Licht herein. Die Hintertür fiel krachend ins Schloß, als Burden in die Garage ging. Die Katze begann jene unheimlichen Dinge zu tun, die nun einmal

Katzenart sind, starrte ins Nichts, folgte dem Nichts mit den Blikken. Sie glitt von Wexfords Knien und setzte sich, bewegte ganz langsam den Schwanz hin und her, blickte unverwandt zur Tür, blickte ins Licht ...

Eine alte Chinesin mit gebundenen Füßen, in dunkler Hose und gesteppter Jacke, kam mit kleinen trippelnden Schritten aus dem Licht auf ihn zu, blieb auf der Schwelle stehen. Wexfords Herz hörte ganz einfach zu schlagen auf. Er hatte das Gefühl, daß es aufgehört hatte zu schlagen, und als es wieder begann, war das rhythmische Klopfen beinahe schmerzhaft.

«Warum sitzen Sie im Dunkeln?» fragte Jenny Burden. «Wo ist Mike?»

«Er ist hinausgegangen und sucht eine elektrische Birne», gelang es ihm mit völlig normaler Stimme zu sagen.

Sie verschwand in der Küche. Die Sandalen mit der hohen Holzsohle, die sie trug, veränderten ihren Gang, und es sah aus, als könne sie nur noch trippeln. Nach einer Weile kam sie mit einer Glühbirne zurück. Die Tischlampe leuchtete auf und zeigte ihm Burdens Frau, als Chinesin verkleidet, aber durchaus nicht alt, eine schwarze Perücke auf dem blonden Haar. Die Katze rieb sich an ihr, schlängelte sich zwischen ihren Fußknöcheln durch, drehte und wand sich.

«Der gute Mensch von Sezuan, wie ich vermute?» sagte er.

«Wir hatten Kostümprobe. Da es schon dunkel war, dachte ich, ich brauchte mich nicht umzuziehen und könnte gleich so nach Hause fahren.» Sie küßte Burden, der mit den Drinks hereinkam. «Entschuldigt mich bitte, ich zieh mir nur schnell etwas anderes an.»

«Mein Gott», sagte Burden, «ein Wunder, daß Sie nicht dachten, Sie hätten wieder Halluzinationen.»

Wexford sagte nichts. Mit ruhiger Hand nahm er seinen Whisky entgegen.

«Bingley hat also tatsächlich Angus Norris gesehen?» sagte Burden.

«Selbstverständlich. Nachdem er mit dem Schlüssel seiner Frau ins Haus eingedrungen war, seine Schwiegermutter geweckt, sie hinuntergebracht und erschossen hatte, machte er sich in aller Gemütsruhe durch den Wald auf den Heimweg. Und so kam es, daß Bingley ihn um drei Uhr sah.»

«Wahrscheinlich hat Norris Mrs. Knighton erzählt, seine Frau sei krank geworden, oder die Wehen hätten zu früh eingesetzt, und sie hätten sie telefonisch nicht erreichen können. Er schoß ihr in den

Hinterkopf, weil ein Gentleman beim Betreten eines Zimmers einer Dame immer den Vortritt läßt. Und seine Frau steht ganz kurz vor der Entbindung...»

«Ich hoffe», sagte Wexford, «daß ihr das Baby ein Trost sein wird. Mutter und Vater tot, und jetzt das. Norris war über Knightons Selbstmord tief erschüttert. Haben Sie sein Gesicht gesehen, als er es erfuhr? Das hatte er nicht erwartet. Ich wette, er glaubte Knighton einen Gefallen zu tun, wenn er Adela umbrachte. Ich glaube auch nicht, daß er es lange geplant hat. Als er nach London fuhr und bei *Warrington Waffen* die Pistole kaufte, dachte er noch nicht an Mord. Er kaufte sie, weil er Schußwaffen sammelt. Dann sagte ihm seine Frau – vielleicht sogar erst an dem bewußten ersten Oktober –, daß ihr Vater nach London fahre und dort übernachten wolle.

Jennifer schlief tief, sie hatte Beruhigungstabletten genommen. Sie hat nicht gemerkt, daß er eine Stunde lang weg war. Er muß verzweifelt gewesen sein. Er hatte eine Frau geheiratet, die erwartete, im selben Stil zu leben wie ihre Mutter, ihre älteren Brüder und deren Frauen, aber er konnte es sich nicht leisten. Er hatte nur sein Gehalt, und als Assistent bei Symonds, O'Brien und Ames verdiente er nicht gerade üppig. Ich stütze mich hier natürlich nur auf Vermutungen, doch es kann kaum anders gewesen sein. Meiner Meinung nach hat er für den Kauf des Hauses eine Hypothek aufgenommen, die weit über das hinausging, was er erübrigen konnte. Die Lebenshaltungskosten stiegen, die Hypothekenzinsen wurden teurer. Das Haus ist nicht einmal ausreichend möbliert. Wir haben uns heute immerhin genug Einblick in seine finanziellen Angelegenheiten verschafft, daß wir wissen, wie hoch er verschuldet war. Und jetzt war ein Baby unterwegs, was wahrscheinlich bedeutete, daß Jennifer ein Hausmädchen verlangen würde.

Er war halb verrückt vor Geldsorgen. Er nahm seine Pistole, ging nach Thatto Hall Farm und ermordete Jennifers Mutter. Er glaubte, wir würden denken, sie sei heruntergekommen und habe einen Fremden eingelassen. Norris, müssen Sie wissen, lebt in demselben Wahn wie die Familie seiner Frau. Er bildet sich ein, zu einer Elite zu gehören, die über jeden Verdacht erhaben ist.»

«Seine Firma war die Anwaltsfirma von Mrs. Knighton», sagte Burden. «Sie haben ihr Testament aufgesetzt, daher wußte er, daß seine Frau 50000 Pfund zu erwarten hatte.»

«Das war nur ein zusätzliches Motiv. Es war ein Bonus. Sein eigentliches Motiv war Mrs. Knightons Ferien-Fonds.»

«Wir haben nicht ein einziges Schriftstück gefunden, in dem er erwähnt wird, nicht den geringsten Hinweis darauf, daß er existiert.»

«Ich glaube, Norris war der Ansicht, es sei so am sichersten. Wahrscheinlich wollte er zum gegebenen Zeitpunkt ganz einfach leugnen, daß seine Schwiegermutter ihm je eine größere Summe anvertraut hatte, die er investieren sollte. Doch wenn er das getan hätte, hätte das den Bruch mit der Familie seiner Frau und den Verlust des Erbes bedeutet. Jedenfalls hatte er nicht den Mut. Er hatte nur Mut genug, sie zu töten.»

«Wahrscheinlich hat er sich selbst reichlich aus dem Fonds bedient und gehofft, die entnommene Summe durch irgendein Wunder wieder zurückzahlen zu können, bevor Adela eine sehr große Summe verlangte.»

Wexford nickte. «Schließlich hatte er erst im April 4000 Pfund für sie beschaffen müssen, damit sie nach China reisen konnte. Eine stolze Summe für einen einzigen Urlaub.»

«Aber das ist doch schon mehr als sechs Monate her. Warum hat er sie ausgerechnet jetzt getötet?»

«Weil sie wieder Geld wollte. Sie wollte im Februar nach Indien und Nepal reisen. Was hätte das für die beiden Knightons gekostet? Wenigstens so viel wie die Chinareise. Wahrscheinlich hatte er gar nicht mehr so viel übrig. Mit Jennifers Erbe hätte er seine Schulden bezahlen und das veruntreute Geld zurückgeben können. Alles wäre tadellos in Ordnung gewesen, wenn Knighton oder seine Schwäger Einsicht in sein Geschäftsgebaren verlangt hätten.»

«Merkwürdig, nicht wahr, daß ein Mann lieber einen Mord begeht, sich fünfzehn Jahre einsperren läßt, daß er lieber Frau und Kind verliert – denn das wird er, davon bin ich überzeugt –, als zu bekennen, daß er Geld verloren oder veruntreut hat.»

Wexford zuckte mit den Schultern. «Wir sind alle feige, jeder auf seine Art.» Er sah auf und lächelte. Jenny kam zurück und war wieder ganz sie selbst.

Die Grausamkeit der Raben

Deutsch von Edith Walter

Zu diesem Buch

An diesem Junimorgen hörte Shep auf kein Wort, ignorierte alle Befehle und grub mit wahrem Feuereifer an einer Stelle, die für seinen Herrn wie ein von Unkraut überwuchertes Beet aussah. Shep buddelte wie besessen. Fitzgerald brüllte, drohte ihm mit der Faust, bis er sah, was der Hund ausgegraben hatte. Da verstummte er. Es war ein menschlicher Fuß.

Die Identität des Toten ist bald geklärt: Es ist Rodney Williams, seit über zwei Monaten als vermißt gemeldet. Die Ehefrau, Joy Williams, hatte vor etlichen Wochen mit Chief Inspector Wexford gesprochen, um seinen Rat als Nachbar und Polizist zu bekommen. Ihr Mann sei von einer Tour – er ist Vertreter – nicht zurückgekommen, was sie denn nun machen soll. Abwarten, hatte Wexford gesagt, die meisten verschwundenen Ehemänner tauchen früher oder später wieder auf, weil das Leben zu Hause doch immer noch am billigsten ist. Bestimmt steckte eine Frau dahinter.

Damit trifft Wexford genau ins Schwarze, denn es meldet sich Wendy Williams bei ihm, um ihm mitzuteilen, daß sie erst durch die Zeitung vom Tod ihres seit Wochen verschwundenen Ehemannes erfahren habe. Beide ‹Ehefrauen› sind schockiert und entsetzt über die Erkenntnis, daß ihr fleißiger, wenn auch nicht immer braver Ehemann ein vollkommenes Doppelleben geführt hat, perfekt organisiert und ausgeführt.

Rodney Williams wurde erstochen. Besteht ein Zusammenhang zwischen seinem Tod und den Überfällen auf zwei andere Männer, die mit leichten Verletzungen und dem Schrecken davongekommen sind? Chief Inspector Wexford und Detective Inspector Burden haben kaum Spuren und noch weniger Hinweise, die Klärung in den rätselhaften Mordfall bringen können – bis ihnen eine junge Frau einen wichtigen Tip gibt. Sie ist Mitglied der feministischen Vereinigung ARRIA, deren radikales Programm so gar nicht in eine Kleinstadt wie Kingsmarkham paßt. Weder Wendy noch Joy Williams haben davon je gehört. Sagen sie. Und wie oft im Leben bringt der Zufall den Stein ins Rollen.

Die Hauptpersonen

Rodney Williams	führt zwei Leben und verliert (s)eines.
Joy Williams	vermißt ihren Mann hauptsächlich als Brötchenverdiener.
Wendy Williams	vermißt ihren Mann hauptsächlich als Prestigeobjekt.
Veronica Sarah Kevin	kennen sich und wissen doch nichts voneinander.
Edwina Klein und Caroline Peters	haben nicht nur Ideen, sie leben auch danach.
John und Hope Harmer	werden von den Ereignissen überrollt.
Paulette Harmer	geht dabei unter.
Detective Inspector Michael Burden	macht eine Veränderung durch, die er nie für möglich gehalten hätte.
Detective Chief Inspector Reginald Wexford	tritt erst auf der Stelle und läuft dann um sein Leben.

I

Sie wohnte in der Nachbarschaft. Dora kannte sie, und wenn sie sich auf der Straße trafen, wechselten sie ein paar Worte miteinander. Das letzte Mal war es allerdings nicht nur bei einem freundlichen Guten Tag geblieben.

«Ich habe versprochen, es dir zu erzählen», sagte Dora. «Oder es wenigstens zu erwähnen. Sie hatte wieder diesen seltsamen Gesichtsausdruck, der mir schon öfter an ihr aufgefallen ist. Ehrlich gesagt, war mir das Ganze sehr peinlich.»

«Und was hat sie nun gesagt?» fragte Wexford.

«‹Rod wird vermißt› oder ‹Rod ist verschwunden› – oder so ähnlich. Dann wollte sie wissen, ob ich es dir vielleicht sagen könnte. Sie weiß natürlich, wer du bist.»

Ein Detective Chief Inspector vergeudet seine Zeit nur ungern damit, sich die Klagen einer Frau anzuhören, deren Ehemann mit einer anderen durchgebrannt ist. Wexford war noch keine fünf Minuten bei Joy Williams, als für ihn bereits feststand, daß genau das passiert sein mußte. Aber sie war eine Nachbarin, wohnte praktisch «um die Ecke». Ich sollte froh sein, dachte er, daß es kein Fall zu sein scheint, in dem ich ermitteln muß.

Sein Haus und das der Williams waren zur gleichen Zeit gebaut worden, Mitte der dreißiger Jahre, als Kingsmarkham sich vom Dorf zur Kleinstadt entwickelt hatte. Von der Struktur her waren sie sich sehr ähnlich: drei Schlaf- und zwei Wohnzimmer, Bad und Toilette im Erdgeschoß. Aber sein Haus war ein gemütliches Zuhause, mit Liebe eingerichtet, und dies hier war ... Ja, was war es eigentlich? Ein Unterschlupf, der vor Regen schützte, vier Wände, in denen Menschen essen, schlafen und fernsehen konnten?

Joy Williams führte ihn in das vordere Zimmer, das sie Wohnraum nannte. Es enthielt nicht ein einziges Buch. Der viereckige Teppich wurde von senfgelben Kunststofffliesen eingerahmt. Die dreiteilige Sitzgarnitur hatte einen genarbten senfgelben Kunstlederbezug. Der Kamin aus dem Jahr 1935, der in Wexfords Haus längst durch einen aus Yorkstein gemauerten ersetzt worden war, wurde künstlich beheizt. Der elektrische Einsatz, eine Ungeheuerlichkeit aus Regency- und mittelalterlichem Stil, hatte vorn ein Gitter gegen Funkenflug, das aussah wie das Fallgatter einer Burg. Über dem Kamin hing ein Spiegel mit einem Rahmen aus grünem und gelbem Mattglas, für einen Liebhaber der Art Déco eine Augenweide. Wexford gefiel er nicht besonders. Das einzige Bild war eine Komposition aus buntem Silberpapier. Sie stellte zwei Katzen dar, die mit einem Wollknäuel spielten.

«Sie ist eine ziemlich farblose Person», hatte Dora gesagt. «Scheint sich für nichts zu interessieren und kommt mir oft irgendwie niedergeschlagen vor. Die zwanzig Jahre mit Rodney Williams haben ihr offenbar nicht besonders gutgetan.»

Joy. Der Name, hatte Dora fast entschuldigend hinzugefügt, der Name sei irreführend. Die Frau sei innerlich völlig ergraut, nicht nur ihr Haar. Sie mußte früher recht hübsche Züge gehabt haben, hatte sie vermutlich immer noch, nur waren sie hinter ihrer faltigen, aknenarbigen, rötlichgrauen, rauhen und verbrauchten Haut versteckt wie hinter einer häßlichen Maske. Sie mußte ungefähr fünfundvierzig sein, sah aber zehn Jahre älter aus. Bevor Wexford gekommen war, hatte sie ferngesehen. Der Apparat lief auch jetzt noch, aber ohne Ton. Es war das größte Fernsehgerät, das Wexford je gesehen hatte, auf jeden Fall in einer Privatwohnung. Er vermutete, daß Joy Williams einen großen Teil ihrer Zeit vor dem Bildschirm verbrachte und sich vielleicht unbehaglich fühlte, wenn er dunkel war.

Es gab keine einzige Sitzgelegenheit im Raum, die dem Fernseher nicht zugewandt war. Wexford setzte sich so ans Sofaende, daß er dem Gerät den Rücken kehrte. Joy Williams' Blick schweifte immer wieder zu den Eisläufern ab, die bei irgendeiner Meisterschaft im Rhythmus einer unhörbaren Musik über das Eis flogen. Sie saß auf der äußersten Kante ihres Sessels.

«Hat Ihnen Ihre Frau gesagt, was ich ...»

«Sie hat es erwähnt», unterbrach er sie, um ihr die Peinlichkeit zu ersparen, es noch einmal aussprechen zu müssen, denn um ihre Nase herum und auf ihren Wangen bildeten sich schon dunkelrote Flecken. «Sie hat gesagt, daß Ihr Mann vermißt wird.»

Joy Williams lachte. Es war ein Lachen, das er noch oft hören und sehr gut kennenlernen sollte – ein rauhes Gackern ohne Humor, ohne Heiterkeit, ohne Belustigung. Sie lachte, um Gefühle zu verbergen, oder weil sie Gefühle nicht anders ausdrücken konnte. Die

Hände, die auf ihren Knien lagen, ballten sich zur Faust. Sie trug einen sehr breiten, reich ziselierten Ehering aus Weißgold oder Platin und einen noch reicher verzierten Verlobungsring aus Platin oder Weißgold mit einem Brillantsplitter.

«Rodney mußte auf seine übliche Tour nach Ipswich, und ich habe ihn seither nicht wiedergesehen.»

«Ihr Mann ist Geschäftsreisender, soviel ich von Dora weiß.»

«Ja, bei Sevensmith Harding», antwortete sie. «Farben und Lacke.»

Das hätte sie gar nicht hinzufügen müssen. Von Sevensmith Harding bezogen vermutlich die meisten Einzelhändler für Baumaterialien und Raumausstattung in Südengland ihre Waren. *Sevenstar Matt- oder Seidenglanzfarbe* bedeckt wahrscheinlich eine Million Wände zwischen Dover und Land's End, dachte Wexford. Er und Dora hatten eben das zweite Schlafzimmer damit streichen lassen, und wenn er sich nicht sehr irrte, war die Farbe in Mrs. Williams' Diele die neueste Schattierung von *Sevenshine, nicht tropfend und hochglänzend – Weizengelb*.

«Er bereist ganz Suffolk», sagte sie, «das ist sein Gebiet.» Sie fing an, die Ringe am Finger hin und her zu schieben. «Er ist vergangenen Donnerstag losgefahren – ja, gestern vor einer Woche. Heute haben wir den Dreiundzwanzigsten – ja, es muß der Fünfzehnte gewesen sein. Er hat gesagt, er fahre nach Ipswich und übernachte dort, um am nächsten Morgen gleich anfangen zu können.»

«Wann ist er aufgebrochen?»

«Gegen Abend. Um sechs Uhr herum. Er war den ganzen Nachmittag zu Hause.»

Und genau hier kam Wexford der Gedanke, es müsse eine andere Frau im Spiel sein. Sogar durch den Dartford-Tunnel fuhr man von Kingsmarkham gut dreieinhalb Stunden nach Ipswich. Ein Handelsvertreter, der tatsächlich nach Suffolk wollte, wäre bestimmt schon um vier aufgebrochen, nicht erst um sechs.

«Wo hat er in Ipswich gewohnt? Vermutlich in einem Hotel?»

«In einem Motel außerhalb der Stadt, glaube ich.»

Sie sprach so lustlos, als wisse sie nicht viel über die Arbeit ihres Mannes und interessiere sich auch nicht dafür. Die Tür ging auf, ein Mädchen kam herein, blieb auf der Schwelle stehen und sagte: «Oh, Verzeihung!»

«Sara, wann ist Vater vorige Woche losgefahren?»

«Gegen sechs.»

Mrs. Williams nickte. «Das ist meine Tochter Sara», sagte sie und betonte den Namen auf der ersten Silbe.

«Sie haben doch auch einen Sohn?»

«Kevin. Er ist zwanzig. Studiert an der Universität in Keele.»

Das Mädchen stützte die Arme auf die Lehne des gelben Plastiksessels, in dem niemand saß, die Augen mehr oder weniger ausdruckslos auf die Mutter gerichtet. Wenn man allerdings genauer hinsah, waren sie eher feindselig als freundlich. Sie war sehr schlank, hell, mit dem Gesicht eines Malermodells aus der Renaissance, mit feinen Zügen, einer hohen Stirn und einem leicht verschlagenen Ausdruck. Sie hatte ungewöhnlich langes Haar, das ihr fast bis zur Taille reichte und so gewellt war, als werde es oft zu Zöpfen geflochten. Sie trug Jeans und ein T-Shirt mit einem aufgedruckten Raben und den Buchstaben ARRIA darüber.

Vom einzigen Tisch im Raum, ein Rattantisch mit Glasplatte, der hinter der Sofalehne fast verschwand, nahm sie eine Fotografie in einem verchromten Rahmen. Sie hielt sie Wexford hin und zeigte mit den Daumen auf den Kopf eines Mannes, der mit einem halbwüchsigen Jungen und dem Mädchen, das sie selbst vor fünf Jahren gewesen war, an einem Strand saß. Wexford nahm das Foto in die Hand. Der Mann war groß und breit, aber außer Form geraten und um die Taille herum sogar ziemlich fett. Er hatte eine riesige, gewölbte Stirn. Seine Züge wirkten, vielleicht weil sie von der kahlen Stirn beherrscht wurden, unbedeutend und irgendwie zusammengequetscht. Der Mund, ein lippenloser Schlitz, war für die Kamera zu einem Lächeln verzogen.

Wexford reichte Sara das Foto zurück. Sie stellte es wieder auf den Tisch, ihre Augen ruhten kurz mit einem seltsamen und leicht verächtlichen Ausdruck auf ihrer Mutter, dann ging sie hinaus. Wexford hörte sie die Treppe hinaufgehen.

«Wann haben Sie Ihren Mann zurückerwartet?»

«Sonntagabend wollte er wieder da sein. Als er nicht kam, habe ich mir nicht viel dabei gedacht. Ich war der Meinung, er sei einfach noch eine Nacht geblieben und komme Montag. Aber er kam nicht, und er hat auch nicht telefoniert.»

«Haben Sie denn nicht das Motel angerufen?»

Sie sah ihn an, als habe er ihr eine ungeheure, schwierige Aufgabe zugemutet, die ihre Fähigkeiten weit überstieg.

«Das würde ich nie tun. Es ist doch ein Ferngespräch. Außerdem habe ich die Nummer nicht.»

«Haben Sie irgend etwas unternommen?»

Wieder dieses trockene, humorlose, gackernde Lachen. «Was könnte ich denn unternehmen? Kevin war übers Wochenende zu Hause, ist aber am Sonntag nach Keele zurückgefahren.» Sie sprach, als könnte in einer solchen Angelegenheit nur ein Mann die Initiative ergreifen. «Ich weiß, daß ich verständigt worden wäre, wenn er einen Unfall gehabt hätte. Man hätte ihn schnell identifiziert. Er hat Scheckkarte und Scheckbuch bei sich, viele Sachen, in denen sein Name steht.»

«Und Sevensmith Harding haben Sie auch nicht angerufen?»

«Was hätte das wohl für einen Sinn gehabt? In der Firma hat er sich oft wochenlang nicht sehen lassen.»

«Und Sie haben seither nichts von ihm gehört? Seit – lassen Sie mich mal überlegen – seit acht Tagen haben Sie keinen Hinweis darauf, wo er sein könnte?»

«Das ist richtig. Aber eigentlich sind es nur fünf Tage. Während der ersten drei Tage habe ich ihn ja nicht zurückerwartet.»

Er mußte die Frage stellen. Schließlich hatte sie ihn gerufen. Als Nachbarn, dem sie sich anvertrauen konnte, gewiß, aber vor allem als Polizeibeamten. Nichts, was er bisher zu hören bekommen hatte, machte es seinem Gefühl nach erforderlich, Nachforschungen nach Rodney Williams einzuleiten. Wenn er Mrs. Williams betrachtete, das Haus, die Tochter, das ganze Drum und Dran, fragte er sich nur mit einer Gehässigkeit, die er nicht einmal Dora offen eingestanden hätte, wieso der Mann eigentlich so lange geblieben war. Er war mit oder zu einer anderen Frau durchgebrannt, und nur Feigheit hinderte ihn daran, den notwendigen Brief zu schreiben oder anzurufen, wie es neuerdings üblich war.

«Entschuldigen Sie, aber ist es möglich, daß Ihr Mann ...» Er suchte nach einer Wendung und rettete sich dann in die geheuchelt rücksichtsvolle, die er verabscheute. «Wäre es möglich, daß Ihr Mann mit einer anderen Frau befreundet ist? Kann er sich mit einer anderen getroffen haben?»

Sie warf ihm einen langen, kalten, ungerührten Blick zu. Was sie auch sagen mochte, Wexford wußte jetzt, daß der Gedanke ihr auch schon gekommen war. Vielleicht war es sogar mehr als nur ein flüchtiger Gedanke gewesen. Etwas in diesem Blick sagte ihm, daß sie zu den Frauen gehörte, die es sich fast zum Prinzip machen, nie etwas Unangenehmes zuzugeben.

Natürlich konnte er ihr auch unrecht tun. All das existierte ja nur in seiner Phantasie. «Es ist nur eine Möglichkeit», sagte er. «Tut mir leid, daß ich's überhaupt erwähnen mußte.»

«Ich weiß schließlich nicht, was er tut, wenn er Tag und Nacht unterwegs ist, nicht wahr? Seit wir verheiratet sind, war er genausooft auf Geschäftsreise wie zu Hause. Ich weiß nicht, wie viele Flittchen er gehabt hat, und ich würde auch nie fragen.»

Das Wort paßte irgendwie zu diesem Zimmer und zu Mrs. Williams grauer, in Kräuselkrepp gehüllter, ein bißchen unappetitlicher Ehrpusseligkeit. Erst jetzt fiel ihm auf beiden Schultern ihrer Bluse die dicke Schuppenschicht auf, die aussah wie darübergestäubtes Mehl. Er hatte ihr eine Lösung geboten, die für die meisten Frauen die am wenigsten akzeptable gewesen wäre. Aber sie, dachte er, wirkt erleichtert. Vermutete sie, ihr Mann könnte sich in etwas Ungesetzliches eingelassen haben, so daß etwas Unmoralisches immer noch die bessere Alternative gewesen wäre?

Du mißtraust allem und jedem, sagte er sich. Du Polizist!

«Glauben Sie, daß wir etwas unternehmen sollten?» Es war, von den rein rhetorischen abgesehen, die erste Frage, die sie ihm stellte.

«Wenn Sie damit meinen, ob Sie eine Vermißtenanzeige aufgeben und ihn von der Polizei suchen lassen sollen, dann lautet meine Antwort: nein, ganz gewiß nicht. Wahrscheinlich werden Sie in den nächsten Tagen von ihm hören. Ist das nicht der Fall, wenden Sie sich am besten an einen Anwalt oder an das für Sie zuständige Büro der Bürgerberatung. Aber auch das sollten Sie erst tun, nachdem Sie bei Sevensmith Harding waren. Die Wahrscheinlichkeit, daß Sie ihn durch die Firma finden, ist sehr groß.»

Sie bedankte sich nicht bei ihm, weil er gekommen war. Dabei war er noch nicht einmal zu Hause gewesen, sondern hatte auf dem Heimweg zu ihr hineingeschaut. Sie entschuldigte sich auch nicht, daß sie seine Zeit in Anspruch genommen hatte. Er blickte zurück und sah sie, die Haustürklinke in der Hand, auf der Schwelle stehen, eine sehr dünne, eckige Frau in einer rehbraunen Bluse und einem unmodernen dunkelgrünen Hosenanzug mit stark taillierter Jacke und überweitem Schlag. Ihr Vorgarten war in der Alverbury Road der einzige, in dem keine Frühlingsblumen blühten. Nicht eine einzige Narzisse hellte das Stückchen Rasen oder die dunkle Eibenhecke auf.

Es war ein wolkenverhangener Abend, noch ziemlich hell, aprilkühl. Dieses kleine wabenähnliche Viertel glich einem Obstgarten im Frühling. In allen Gärten üppige rosafarbene und weiße Blütenpracht und auf den Gehsteigen schon dicke Polster aus abgefallenen Blütenblättern. Auf dem Rasen von Wexfords Vorgarten dominierte eine große Trauerkirsche mit bonbonrosa Blüten.

Seine Frau saß in einem Lehnsessel, der fast im gleichen Winkel zum Kamin stand wie der, in dem Joy Williams gesessen hatte, in einem Raum, der so groß war und die gleichen Proportionen hatte wie der, aus dem er kam. Damit war aber auch jede Ähnlichkeit zu Ende. Das Kaminfeuer – ein echtes Holzfeuer! – brannte. Sie hatten einen kalten Winter hinter sich, und auch der Frühling war kalt und hatte sich verspätet. Noch immer bedrohten Nachtfröste die Blüten. Dora arbeitete an einer Patchworkdecke – einer Tagesdecke in Blau und Rot, in allen Schattierungen von Blau und Rot mit vielfältigem Muster. Der fertige Teil lag auf dem langen roten Samtrock ihres Hauskleids, das sie wegen der Kälte jetzt am Abend zu tragen pflegte. Ihr Haar war dunkel und üppig. Wexford hatte ihr einmal gesagt, sie müsse eine Zigeunerin sein, weil sie mit fast sechzig Jahren noch kein graues Haar hatte.

«Hast du Mike heute gesehen?»

Sie meinte Detective Inspector Burden. Wexford sagte nein, er sei in Myringham bei Gericht gewesen.

«Jenny war heute hier, um mir zu sagen, daß jetzt das Ergebnis der Amniozentese vorliegt. Das Baby ist gesund. Es ist ein Mädchen.»

«Was ist eine Amniozentese?»

«Eine vorgeburtliche Untersuchung. Sie durchstechen die Bauchwand und entnehmen der Gebärmutter etwas Fruchtwasser. Es enthält Zellen des Fötus, und die setzen sie wie eine Kultur an. Auf jeden Fall kommt es zu einer Zellteilung, und dann kann man feststellen, ob das Kind mongoloid wird oder an der sogenannten *Spina bifida* – einer angeborenen Mißbildung der Wirbelsäule leidet. Und ob es Junge oder Mädchen ist, sagen ihnen die Chromosomen, die sie auch im Fruchtwasser finden: XY oder XX.»

«Was du alles weißt! Woher hast du das?»

«Jenny hat es mir erzählt.» Dora stand auf und legte die Patchworkdecke auf den Sessel. «Eine Amniozentese kann übrigens erst ab der sechzehnten Schwangerschaftswoche gemacht werden, und es ist immer ein Risiko dabei. Man kann das Baby verlieren.»

Wexford ging ihr in die Küche nach. Noch mehr als sonst war er sich heute der Wärme und der Helligkeit seines Hauses bewußt. Ihm fiel ein, daß Joy Williams ihm nichts angeboten hatte, nicht einmal eine Tasse Tee. Dora hatte die Tür des Backrohrs geöffnet und begutachtete die Steak- und Nierenpastete, die fast fertig war.

«Möchtest du was trinken?»

«Warum nicht?» sagte Dora. «Feiern wir Jennys und Mikes gesundes Baby.»

«Ich bin überrascht, daß sie ein solches Risiko auf sich genommen hat», sagte er, als sie ihren Sherry und er seinen Scotch mit drei Teilen Wasser hatte. «Sie will dieses Kind doch unbedingt haben. Schließlich haben sie jahrelang darauf gewartet.»

«Sie ist einundvierzig, Reg. In diesem Alter ist das Risiko, ein mongoloides Kind zu bekommen, viel höher. Auf jeden Fall ist alles in Ordnung.»

«Soll ich dir von Mrs. Williams erzählen?»

«Die arme Joy», sagte Dora. «Sie war wirklich hübsch, als ich sie kennenlernte. Aber das ist natürlich auch schon achtzehn Jahre her. Ich nehme an, er ist mit einer anderen auf und davon. Habe ich recht?»

«Warum hast du sie mir auf den Hals gehetzt, wenn du das wußtest?»

Dora lachte. Sie hatte ein leises, warmes, ein bißchen kehliges Lachen. Sofort sagte sie jedoch, sie wisse, daß die Sache nicht zum Lachen sei. «Er ist ein schrecklicher Mensch. Du hast ihn nie kennengelernt, nicht wahr? Er wirkt irgendwie verschlossen, unaufrichtig. Ich war immer der Meinung, daß sich so wirklich nur jemand benimmt, der etwas zu verbergen hat.»

«Doch jetzt bist du nicht mehr so sicher.»

«Ich will dir jetzt etwas sagen, was ich mich seinerzeit einfach nicht zu sagen traute. Ich hatte Angst, du würdest gewalttätig.»

«Na klar», sagte er. «Ich war ja schon immer ein übler Schläger. Wovon redest du?»

«Er hat Sylvia belästigt.»

Es klang trotzig. In ihrem langen roten Kleid, das Sherryglas in der Hand, die Augen plötzlich groß und wachsam, sah sie erstaunlich jung aus.

«Und?» Seine älteste Tochter war dreißig, seit zwölf Jahren verheiratet und Mutter zweier hochgeschossener Jungen. «Sie ist eine attraktive Frau. Ich bin überzeugt, daß sie von allen möglichen Männern alle möglichen Anträge bekommt und es sehr gut versteht, sie abzuwimmeln.»

Dora warf ihm von der Seite her einen langen Blick zu. «Ich habe gesagt, ich hätte Angst gehabt, es dir zu erzählen. Sylvia war damals fünfzehn.»

Die gewalttätigen Gefühle, von denen sie gesprochen hatte, waren tatsächlich da. Nach so vielen Jahren! Seine fünfzehnjährige Tochter. Am liebsten hätte er losgebrüllt, doch er beherrschte sich. Er stampfte auch nicht mit den Füßen. Er trank einen Schluck und sagte kühl: «Und sie kam wie ein braves kleines Mädchen zu ihrer Mami gelaufen und hat ihr alles erzählt?»

«Lieb von ihr, nicht wahr?» entgegnete Dora leichthin. «Ich war gerührt. Aber meiner Meinung nach war sie starr vor Angst, Reg.»

«Hast du etwas unternommen?»

«O ja. Ich bin zu ihm gegangen und habe ihn über deinen Beruf aufgeklärt. Er wußte nicht, was du bist. Joy und er haben wohl nie viel miteinander geredet. Auf jeden Fall hat es genutzt. Er ließ sich kaum noch blicken, und Sylvia hat dort nie wieder den Babysitter gemacht. Joy habe ich nichts davon gesagt, doch ich denke, sie wußte auch so, was gespielt wurde, und machte sich keine Illusionen mehr über ihn. Auf jeden Fall hat sie ihn nicht mehr so angebetet wie früher.»

«‹Einst wurde auch ich angebetet›», zitierte Wexford.

«Und wirst es noch heute, Liebling. Du weißt, daß wir dich alle anbeten. Du hast dir ja auch nicht unsere Achtung verscherzt, indem du hinter kleinen Mädchen herläufst. Kann ich noch ein bißchen Sherry haben?»

«Den mußt du dir schon selber holen», antwortete Wexford und machte das Ofenrohr auf. «Immer nur trinken und klatschen! Ich möchte mein Abendessen.»

2

Das Unternehmen Sevensmith Harding war 1875 von Septimus Sevensmith gegründet worden, der sich Farbenhändler nannte. In seinem Laden auf der High Street von Myringham verkaufte er Farben und Zeichenmaterial für Kunstmaler. Farben für den Außenanstrich und die Innendekoration von Häusern kamen erst später hinzu. Eigentlich erst nach dem Ersten Weltkrieg, als Septimus' Enkelin einen Major John Harding heiratete, der bei Passchendaele ein Bein verloren hatte.

Der erste große Bauboom der achtziger und neunziger Jahre war vorüber, und der nächste stand kurz bevor. Major Harding machte sich ihn zunutze. Er begann in riesigen Mengen die Braun- und Grüntöne herzustellen, an denen die Herzen der Baumeister hingen, die im Süden Londons Reihen- und Doppelhäuser wie Pilze aus dem Boden schießen ließen. Wie Fühler streckten sich die neuen Siedlungen aus der Stadt aufs Land hinaus. Und gegen Ende des Jahrzehnts brachte Harding eine gewagte Nuance in Creme heraus.

Schon war die Firma in Sevensmith Harding umbenannt worden. Die Büros waren in der High Street von Myringham geblieben, aber die Produktion sollte bald aus dem Rückgebäude in einen Industriekomplex außerhalb der Stadt verlegt werden. Da sich niemand mehr mit dem Einzelhandel befaßte, wurde das ursprüngliche Geschäft aufgelöst.

Während der sechziger und frühen siebziger Jahre erlebte die Farbenindustrie in der ganzen Welt eine ständig wachsende Konjunktur. Man schätzt, daß es im Vereinigten Königreich fast fünfhundert Firmen gibt, die Farben herstellen, hohe Umsätze machen jedoch nur ein paar große Unternehmen. Vier von diesen großen Unternehmen beherrschen den Markt auf den Britischen Inseln, und zu ihnen gehört Sevensmith Harding.

Ihre Farben *Sevenstar Vinyl Seidenglanz* und *Sevenstar Vinyl matt, Sevenshine Firnis und Satin-Lack* werden heute in Harlow, Essex, erzeugt, und ihre Tapeten, Leisten und die farblich darauf abgestimmten Fliesen in Crawley, Sussex. Die Hauptverwaltung in der High Street in Myringham, gegenüber vom *Old Flag Hotel*, gleicht eher der Kanzlei eines sehr gediegenen Anwalts oder dem Geschäft eines sehr vornehmen Antiquitätenhändlers als den Büros von Farbenherstellern. Tatsächlich weist kaum etwas darauf hin, daß es Farbenhersteller sind. In den abgerundeten Erkerfenstern zu beiden Seiten der Tür werden keine Farbbüchsen oder Pappfiguren begeisterter Hausfrauen mit Pinseln in der Hand ausgestellt. Der Vorübergehende kann höchstens einen Blick auf eine *famille noir*-Vase mit getrockneten Gräsern in dem einen Fenster und einen Hepplewhitestuhl im anderen bewundern. Aber über der Tür findet man im Stil Georgs V. und auf poliertem Mahagoni das königliche Wappen und den Text: *Von Ihrer Majestät Königin Elizabeth und der Königinmutter bestellter königlicher Hoflieferant, Hersteller feinster Farben und Lacke*.

Der Präsident des Unternehmens, Jeremy Harding-Grey, teilte seine Zeit zwischen seinem Haus in Monte Carlo und seinem Haus in Nassau auf, und obwohl der geschäftsführende Direktor George Delahaye in Sussex lebte, wurde er in Myringham nur selten gesehen. Der stellvertretende geschäftsführende Direktor jedoch war ein bescheidenerer Mann und viel eher auf dem Niveau eines Durchschnittsmenschen. Wexford kannte ihn. Sie waren sich im Haus von Sylvias Schwiegervater begegnet, der Architekt war, und seither waren die Gardners einmal bei den Wexfords und die Wexfords einmal bei den Gardners zu Gast gewesen. Dennoch hatte Wexford nicht das Gefühl, mit Miles Gardner auf so gutem Fuß zu stehen, daß er ganz formlos bei Sevensmith Harding hineinplatzen und Miles zu einem Drink und einem Sandwich einladen konnte.

Vierzehn Tage waren verstrichen, seit er mit Joy Williams gesprochen hatte, und er hatte die Angelegenheit buchstäblich vergessen, hatte sie noch am selben Abend, bevor er zu Bett ging, aus seinen Gedanken verdrängt. Und wenn sie ihm zwischendurch wieder einfiel, sagte er sich, daß Mrs. Williams und ihr Anwalt entweder alles zur ihrer Zufriedenheit geregelt hatten oder Williams längst wieder zu Hause saß. Weil er, wie schon viele Männer vor ihm, festgestellt hatte, daß der häusliche Herd immer noch der sparsamste war.

Doch selbst wenn Williams noch nicht wieder aufgetaucht war, hatte Wexford keinen Anlaß, bei Sevensmith Harding Erkundigungen nach ihm einzuziehen. Das überließ er Joy Williams, das mußte sie schon selbst tun. Gleichgültig, wie abenteuerlich das Liebesleben eines Mannes sein mag, er muß zur Arbeit gehen und sich sein Brot verdienen. Außerdem verdiente Williams dieses

Brot in einer so bescheidenen Position, daß Miles Gardner kaum je von ihm gehört haben würde.

Wexford und Burden hatten bei verschiedenen Prozessen, die in Myringham verhandelt wurden, als Zeugen ausgesagt, und beide Kammern hatten sich bis nach dem Lunch vertagt. Burden mußte nach dem Essen wieder zu seinem Fall zurück – einer kniffligen Sache, bei der es um Hehlerei ging –, und er mußte bis zum bitteren Ende bleiben. Wexford hingegen brauchte nicht mehr aufs Gericht, er konnte nach Hause fahren. Auf dem Weg zum Hotel war Burden schweigsam und mürrisch, war es schon, seit sie das Gerichtsgebäude verlassen hatten. Wäre es nicht Burden gewesen, hätte Wexford gedacht, er sei so schlecht gelaunt, weil der Anwalt des mutmaßlichen Hehlers ihn wie einen Schuljungen heruntergeputzt hatte. Aber auf Burden machte so etwas keinen Eindruck. Eine solche Anwaltsschelte hatte er schon zu oft einstecken müssen, um sie noch ernst zu nehmen.

Es muß was anderes sein, dachte Wexford, etwas viel Persönlicheres. Und nachträglich fiel ihm auf, daß Burden schon seit längerer Zeit mürrisch und verdrießlich war. Das Problem schien ihn also schon seit Tagen, nein, sogar seit Wochen zu belasten. Zwar litt seine Arbeit nicht unter seiner Stimmung, sie wirkte sich jedoch sehr negativ auf seine Beziehungen zu seinen Mitmenschen aus.

Äußerlich war er unverändert, man merkte ihm weder Angst noch Sorge an. Er war zwar mager, aber das war er immer gewesen. Wexford wußte nicht, ob er einen neuen Anzug trug oder ob es der vom vergangenen Jahr war – frisch gereinigt und allabendlich mit dem elektrischen Hosenbügelgerät aufgebügelt, das ihm seine Frau zu Weihnachten geschenkt hatte. («So eins wie die Dinger, die man in schicken Hotels auf den Zimmern findet», hatte Burden stolz erklärt.) Burdens zweite Ehe war genauso glücklich wie seine erste. Aber fast jede Ehe, die Burden einging, würde glücklich sein. Er war der geborene Ehemann, der es fertigbrachte, sich seiner Frau unterzuordnen, ohne dabei eine lächerliche Figur abzugeben. Was ihn jetzt bedrückte, konnte nichts mit seiner Ehe zu tun haben. Seine Frau erwartete das langersehnte Kind – auf jeden Fall von ihr lang ersehnt. Burden hatte erwachsene Kinder aus erster Ehe, einen Sohn und eine Tochter. Wexford beschäftigte sich kurz mit einer Idee, die ihm gekommen war, verwarf sie jedoch sofort wieder, denn sie war absurd und paßte nicht zu Burden. Er fürchtete sich bestimmt nicht davor, mit Mitte Vierzig noch einmal Vater zu werden und wieder einen Säugling im Haus zu haben. Damit wurde er auf seine Art bestimmt fertig.

«Was ist los, Mike?» fragte Wexford, als das Schweigen allzu drückend wurde.

«Nichts.»

Die klassische Antwort. Einer jener Fälle, bei denen eine Erklärung genau das Gegenteil von dem bedeutet, was sie aussagt.

Wexford drängte nicht. Er ging weiter und sah sich in dem alten Marktflecken um, der sich in den letzten Jahren sehr verändert hatte. Man hatte zuerst ein riesiges Einkaufs- und später ein Kulturzentrum mit Theater, Kino und Konzertsaal gebaut. Vor drei Wochen hatte an der Universität das neue Semester begonnen, und in der Stadt wimmelte es von Studenten in Bluejeans. Doch hier, an diesem Ende der Stadt, wo man immer mehr Häuser unter Denkmalschutz stellte, war alles fast noch beim alten. Es war alles besser geworden, seit die Stadtverwaltung endlich aufgewacht war und begriffen hatte, daß Myringham schön war und der Kern erhalten werden sollte. Seither war viel gesäubert, aufgeräumt, gestrichen und gepflanzt worden.

Er warf einen Blick in die Erkerfenster von Sevensmith Harding, zuerst auf den Hepplewhite-Stuhl und dann auf die Vase. Hinter dem getrockneten Gras sah er eine junge Empfangsdame, die telefonierte. Dann überquerten er und Burden die Straße und betraten das *Old Flag*.

Wexford kannte das Hotel, er war schon ein- oder zweimal dagewesen. Es war tagsüber nie sehr voll. Die Leute gingen zum Lunch lieber in billigere Pubs, in denen es außerdem fröhlicher zuging. Auch Weinbars waren sehr beliebt. In der kleineren Salonbar, in der man auch essen konnte, waren mehrere Tische frei. Wexford ging auf einen zu, als er Miles Gardner entdeckte, der allein saß.

«Wollen Sie sich nicht zu mir setzen?»

«Sie sehen so aus, als warteten Sie auf jemand», sagte Wexford.

«Auf jede unterhaltsame Gesellschaft, die sich anbietet.» Gardner hatte eine warmherzige Art zu sprechen und drückte sich gewählt aus, was jedoch durchaus nicht gekünstelt wirkte. Wexford erinnerte sich, daß er das immer besonders sympathisch gefunden hatte. «Sie haben hier einen ausgezeichneten Garnelensalat», sagte

Miles Gardner. «Und wenn man es schafft, vor ein Uhr herzukommen, holen sie ein frisches Filetsteak vom Metzger.»

«Was geschieht um eins?»

«Der Metzger schließt. Er macht um zwei wieder auf, aber dann schließt das Restaurant. Das ist Myringham wie es leibt und lebt.»

Wexford lachte. Burden lachte nicht. Er saß mit jener Miene steifer Höflichkeit da, die sogar dem unsensibelsten Menschen begreiflich macht, daß man allein glücklicher – oder zumindest weniger unglücklich wäre. Wexford beschloß, ihn zu ignorieren. Gardner schien sich über ihre Gesellschaft zu freuen und begann, nachdem er eine Runde bestellt hatte, auf die ihm eigene leichte und elegante Art von dem neuen Haus zu erzählen, das er eben bezogen hatte und das von Sylvias Schwiegervater entworfen worden war. Es ist, dachte Wexford, eine wertvolle Gabe, wenn man mit Menschen, die man kaum oder nur oberflächlich kennt, sprechen kann wie mit alten Freunden, mit denen man regelmäßig zusammenkommt.

Gardner war ein kleiner, unauffälliger Mann, der nicht besonders vornehm wirkte. Sein Stil lag in seiner Stimme und in seinem Verhalten. Er hatte eine Frau, die viel größer war als er, und zwei gräßlich laute Töchter. Nachdem er von seinem neuen Haus und den Nöten eines Bauherrn erzählt hatte, kam er auf die Arbeit zu sprechen, auf den Arbeitsmangel und die Arbeitslosigkeit. Ein Thema, das bei Burden auf ein mildes Interesse stieß, so daß er sich sogar zu ein paar einsilbigen Bemerkungen aufraffte. Sevensmith Harding, sagte Gardner, habe alles getan, um im Harlower Werk Massenentlassungen zu vermeiden, und das sei auch gelungen. Man habe nur ein paar Angestellte und Arbeiter freigestellt, es habe jedoch für die betroffenen Männer und Frauen keine Härte bedeutet. Behauptete Gardner.

«Das glaube ich gern», sagte Burden.

Schon immer reaktionär, hatte er sich bis vor ein paar Jahren immer weiter und bis zur Unerträglichkeit nach rechts orientiert, bis Jenny gekommen war und ihn «umgedreht» hatte. Er hatte jetzt viel gemäßigtere Ansichten und begann auch nicht gleich, wie er es früher getan hätte, gegen Arbeitslosengeld, Sozialversicherung und die um sich greifende Arbeitsunlust oder Faulheit zu wettern. Vielleicht stimmte ihn aber auch nur seine eigene Niedergeschlagenheit so nachsichtig.

«Ich stelle fest, daß die Einstellung zur Arbeit sich verändert», sagte Gardner. «Einen Job zu haben und zu halten, hat heute einen ganz anderen Stellenwert als früher.» Er begann darüber zu dozieren, wo seiner Meinung nach die Ursachen dieser neuen sozialen Verhaltensweisen lagen, und er wußte viel Interessantes darüber zu sagen. Das fand zumindest Wexford. Burden, der den Garnelensalat viel zu hastig in sich hineinschlang, sah ständig auf die Uhr. Er wurde um zwei wieder im Gerichtssaal erwartet. Ich werde nicht traurig sein, wenn ich ihn eine Weile los bin, dachte Wexford.

«Damit», wandte er sich an Gardner, «wollen Sie doch eigentlich sagen, daß die Leute trotz drohender Arbeitslosigkeit und zu geringem Arbeitslosengeld die nagende Furcht vor dem Verlust ihrer Stellung verloren haben, von der sie in den dreißiger Jahren geradezu besessen waren?»

«Ja, und sie sind, wenigstens in den mittleren Schichten, auch nicht mehr bereit, ihr Leben lang auf Biegen oder Brechen an einem verhaßten Beruf festzuhalten, weil es nun einmal der Beruf ist, den sie mit zwanzig erlernt haben.»

«Und wie ist es zu dieser veränderten Haltung gekommen?»

«Das weiß ich nicht. Ich habe darüber nachgedacht, doch die Antworten, die ich gefunden habe, befriedigen mich nicht. Ich kann Ihnen aber sagen, daß mit der Angst um die Stellung und dem Respekt vor dem Arbeitgeber – nur weil er eben der Arbeitgeber ist –, leider auch der Stolz auf die Leistung und die Loyalität gegen eine Firma verlorengegangen sind. Mein Marketing-Manager ist ein typisches Beispiel dafür. Früher konnte man sich darauf verlassen, daß ein Mann in einer solchen Position auch ein verantwortungsbewußter Mensch war, jemand, der einen ganz bestimmt nie im Stich ließ. Er wäre stolz darauf und – ja, ich spreche es aus – dankbar gewesen, an der Stelle zu stehen, an der er stand, und das Wohlergehen seiner Firma hätte ihm ehrlich am Herzen gelegen.»

«Was hat er getan?» fragte Burden. «Hat er beschlossen, mitten im Strom die Schiffe – ich meine, den Beruf zu wechseln?»

Das klang hämisch, aber Gardner tat so, als habe er nichts gemerkt.

«Das nicht, soweit ich weiß», antwortete er ganz gelassen. «Er ist eines Tages einfach nicht mehr erschienen. Er hat eine dreimonatige Kündigungsfrist – oder sollte sie haben. Zuerst hat uns seine Frau angerufen und gesagt, er sei krank. Und dann kein Wort mehr, bis zu seinem Kündigungsbrief. Einem kurzen, fast schroffen Brief mit einem P. S. ...» Gardner sah aus, als müsse er sich rechtfertigen und fügte fast um Entschuldigung bittend hinzu: «Es war eine ziemlich unverschämte Bemerkung. Wegen seiner Altersrente, schrieb er, werde er sich mit unserer Buchhaltungsabteilung in Verbindung setzen.»

«War er lange bei Ihrer Firma?»

«Ich glaube, er ist sofort nach der Schule zu uns gekommen und war seit fünf Jahren Marketing-Manager.»

«In diesen schweren Zeiten werden Sie wenigstens keine Mühe haben, Ersatz zu finden.»

«Es bedeutet Beförderung für einen unserer besten Verkäufer. Es war schon seit jeher Firmenpolitik, einen von unseren Leuten nachrücken zu lassen. Aber in der Regel natürlich nur dann, wenn wir ein bißchen mehr Zeit haben.»

Burden stand auf und sagte, er müsse wieder aufs Gericht. Er schüttelte Gardner die Hand und hatte wenigstens den Anstand, etwas vor sich hinzumurmeln, das so ähnlich klang wie: «Hat mich gefreut, Sie kennenzulernen.»

«Darf ich Ihnen noch ein Bier bestellen?» sagte Wexford, nachdem Burden gegangen war, den Gardner – zu Wexfords größter Überraschung – einen netten Kerl nannte.

«Besten Dank, ja. Ich nehme nicht an, daß man uns hier vor halb drei hinauswerfen wird, oder?»

Das Bier kam, eine von hundertdreißig verschiedenen «echten» Ale-Sorten, die das *Old Flag* angeblich führte.

«Haben Sie vielleicht rein zufällig vor, meinen Nachbarn Rodney Williams zu befördern?» fragte Wexford.

Gardner sah ihn überrascht an.

«Rod Williams?»

«Ja. Er wohnt ganz in meiner Nähe, praktisch nur um die Ecke.»

«Rod Williams ist unser ehemaliger Marketing-Manager», sagte Gardner geduldig. «Der, von dem ich eben erzählt habe, daß er uns auf sehr unschöne Weise verlassen hat.»

«Williams?»

«Ja. Ich dachte, ich hätte Ihnen die Sache erklärt. Vielleicht habe ich den Namen nicht genannt.»

«Ich habe das deutliche Gefühl, daß hier jemand etwas mißverstanden hat», sagte Wexford.

«Sie, mein Lieber», antwortete Gardner lächelnd.

«Ja, es sieht ganz danach aus. Jemand hat mich falsch informiert. Soll ich also daraus schließen, daß Williams keiner Ihrer Firmenvertreter war und nicht den Bezirk Suffolk bereiste?»

«Das war er früher, und das hat er früher getan. Bis vor fünf Jahren. Dann mußte unser damaliger Marketing-Manager wegen eines Herzfehlers vorzeitig in den Ruhestand treten, und getreu unserer Firmenpolitik haben wir Rod Williams befördert.»

«Für seine Frau ist er immer noch Vertreter. Was bedeutet, daß er die Hälfte seiner Zeit immer noch in Suffolk verbringt.»

Gardner zog die Brauen hoch und lächelte schief. «Sein Privatleben geht mich nichts an.»

«Mich auch nicht.»

Gardner wechselte das Thema. Er fing an von seiner ältesten Tochter zu sprechen, die im Spätsommer heiraten wollte. Wexford trennte sich schließlich mit dem Versprechen, sich wieder zu melden, «Dora zu bitten, Pam anzurufen und etwas zu verabreden.» Auf der Heimfahrt nach Kingsmarkham dachte er eine Zeitlang über Rodney Williams nach. In seiner eigenen Ehe hatte er nie ein Alibi gebraucht. Er fragte sich, wie es sein mochte, wenn fünf Jahre lang ein feststehendes Alibi wesentlicher Bestandteil einer Ehe war? Undenkbar. Unvorstellbar. Er gab es auf, sich in eine solche Situation hineinzudenken, sie auf sich zu beziehen, und betrachtete sie nur noch mit Abstand.

Möglicherweise hatte Williams vor fünf Jahren ein Mädchen kennengelernt, mit dem er zusammensein wollte, ohne seine Ehe zu beenden. Dadurch, daß er seine Beförderung vor seiner Frau geheimhielt, hatte er die Möglichkeit dazu. Wahrscheinlich wohnte das Mädchen in Myringham. Während Joy Williams ihren Mann in einem Motel bei Ipswich vermutete, hielt er sich bei der anderen auf, lebte wahrscheinlich mit ihr zusammen und saß von neun bis fünf im Büro bei Sevensmith Harding in Myringham.

Es war eine jener Situationen, über die Männer sich amüsieren. Wexford gehörte nicht zu ihnen. Und es gab noch einen anderen Aspekt – einen, den nur wenige Männer komisch finden würden. Wenn Williams seiner Frau nichts von seiner Beförderung erzählt hatte, dann hatte er ihr wahrscheinlich auch verschwiegen, daß er jetzt wesentlich mehr verdiente. Trotzdem war das Rätsel gelöst. Williams hatte an die Firma geschrieben, Joy hatte angerufen und ihn entschuldigt. Und in der Alverbury Road gelang es Williams vielleicht auch noch jetzt, sich mit einem Rest von Täuschung und Lüge davor zu schützen, daß man ihm hinter die Schliche kam.

Es war neun Uhr abends, er saß noch immer im Büro und ging zum zehntenmal die Aussagen durch, die er gegen einen gewissen Francis Wingrave Adams gesammelt hatte, der wegen Betrugs angeklagt werden sollte. Wexford bezweifelte jedoch, daß es ihnen gelingen würde, lückenlose Beweise zu finden, und der Polizeianwalt war derselben Meinung wie er, obwohl sie beide wußten, daß Adams schuldig war. Beim letzten Schlag der Kirchenuhr – die von St. Peter klang genauso dumpf wie die von St. Mary Woolnoth – räumte er die Papiere auf und machte sich zu Fuß auf den Heimweg.

In letzter Zeit ging er immer zu Fuß ins Büro und nach Hause. Dr. Crocker hatte es ihm dringend empfohlen und darauf hingewiesen, daß es ja nicht einmal eine halbe Meile war.

«Dann lohnt es sich doch kaum», hatte Wexford erwidert.

«Zwei Meilen täglich könnten Ihnen das Leben um zehn Jahre verlängern.»

«Heißt das, daß ich dreißig Jahre länger leben kann, wenn ich jeden Tag sechs Meilen zu Fuß gehe?»

Auf diese Frage hatte der Doktor nicht geantwortet. Und Wexford, der so tat, als habe er für den ärztlichen Rat nur Spott und Hohn, befolgte ihn nun doch bis zu einem gewissen Grad. Manchmal ging er durch die Tabard Road, an Burdens Bungalow vorbei, manchmal durch die Alverbury Road, in der die Williams wohnten. Gelegentlich schlug er auch den längeren Weg über einen Wiesenpfad ein. Heute abend wollte er schnell noch bei Burden hineinschauen, um mit ihm ein letztes Mal über den Fall Adams zu sprechen.

Plötzlich hatte er das Gefühl, daß es über den Mann, der eine ältere Frau um 20000 Pfund betrogen hatte, eigentlich kaum noch etwas zu sagen gab. Er wollte auch gar nicht über ihn sprechen. Er wollte versuchen, aus Burden herauszubekommen, warum er so niedergeschlagen war.

Die Burdens lebten noch immer in dem Bungalow, den Burden kurz nach seiner ersten Heirat bezogen hatte. Der Garten sah nicht sonderlich gepflegt aus, und der Efeu, der sich an den Hausmauern emporranken wollte, war rücksichtslos zurückgeschnitten worden. Nur die Haustür veränderte sich von Zeit zu Zeit. Sie hatte schon alle Farben durchgespielt – Burden ersparte einem in dieser Hinsicht nichts –, aber Wexford hatte das Rosenrot am besten gefallen, Jetzt prangte sie in einem dunklen Grünblau – *Sevenshine Pfauenblau, orientalisch* vermutlich. Da der Abend allmählich hereinbrach, brannte die Außenleuchte, eine bleigefaßte sternförmige Laterne.

Jenny öffnete ihm. Sie war jetzt im fünften Monat, «und man sah es schon», wie die alten Weiber sagten. Sie trug keinen Schwangerschaftshänger, sondern ein Kleid mit weiten Ärmeln, viereckigem Ausschnitt und hoher Taille wie die Frau auf dem Vermeer-Gemälde *Der Brief*. Sie hatte sich das goldbraune Haar wachsen lassen, und es reichte ihr jetzt bis auf die Schultern. Trotzdem erschrak Wexford über ihr Aussehen. Sie wirkte mutlos und verhärmt.

Burden, der sich vor Jahren damit einverstanden erklärt hatte, Wexford nicht mehr «Sir» zu nennen, umging seither jede Anrede. Aber Jenny nannte ihn Reg. «Mike ist im Wohnzimmer, Reg», sagte sie und fügte auf eine für sie ganz und gar untypische Weise hinzu: «Ich wollte eben ins Bett gehen.»

Er fühlte sich genötigt zu sagen, es tue ihm leid, daß er so spät noch störe, obwohl es erst zwanzig nach neun war. Sie zuckte mit den Schultern und sagte, das mache doch nichts, und es klang, als sei ihr alles gleichgültig. Er folgte ihr in das Zimmer, in dem sich Burden aufhielt.

Er saß in der Mitte des dreisitzigen Sofas und las die Polizeizeitung. Wexford hätte erwartet, daß Jenny neben ihm gesessen hatte, doch das war nicht der Fall gewesen. Neben einem Sessel am anderen Ende des Zimmers lagen ein aufgeschlagenes Buch mit den Seiten nach unten und ein weißes Strickzeug, das so aussah, als werde nicht gerade mit Begeisterung daran gearbeitet. Auf dem Fensterbrett stand in einer gläsernen Vase welkender Goldlack in einer knappen Handbreit alten bräunlichen Wassers.

«Was zu trinken?» fragte Burden. «Es ist Bier da. Es ist doch Bier da, nicht wahr, Jenny?»

«Keine Ahnung. Ich rühr das Zeug nie an.»

Burden sagte nichts. Er ging in die Küche und kam mit zwei Büchsen Bier auf einem Tablett zurück. Seine erste Frau hätte gesagt, und auch Jenny hatte es noch vor kurzem getan, daß sie Gläser brauchten. Heute setzte sie sich nur matt nieder, hob Buch und Strickzeug auf, sah jedoch keins von beiden an und sagte: «Ihr könnt aus der Dose trinken, nicht wahr?»

Wexford begann sich unbehaglich zu fühlen. Eine starke, zornige Spannung schien in der Luft zu hängen wie Rauch, der ihm in die Luftröhre drang, so daß er glaubte, ersticken zu müssen. Er riß die Lasche von seiner Bierdose ab. Jenny hielt die Stricknadeln in der Faust und starrte die Wand an. Wexford hatte nicht die Absicht, in ihrer Gegenwart über Francis Wingrave Adams zu sprechen. Wenn sie früher etwas Ähnliches zu bereden gehabt hatten, waren sie immer in ein anderes Zimmer gegangen. Burden rührte sich jedoch nicht von der Stelle und runzelte leicht die Stirn, wie immer in letzter Zeit. Er riß mit einer heftigen, unachtsamen Bewegung seine Bierdose auf, sie schäumte über, und der Schaum landete auf dem Teppich.

Vor drei Monaten hatte Wexford erlebt, wie Jenny ihren Mann getröstet und sofort praktische Hilfe geleistet hatte, als er nicht nur einen Löffel voll Bier verschüttet hatte, sondern ein Schälchen mit Erdbeermousse auf den helleren und neueren Speisezimmerteppich fallen ließ. Sie hatte gelacht und gesagt, die «Aufräumungsarbeiten» solle er ruhig ihr überlassen. Jetzt stieß sie einen zornigen Schrei aus und sprang aus dem Sessel auf.

«Schon gut, schon gut», sagte Burden. «Ich bring das schon in Ordnung. Außerdem ist doch kaum was passiert. Ich hole ein Tuch.»

Sie brach in Tränen aus, schlug eine Hand vor das Gesicht und stürzte hinaus. Burden folgte ihr. Das heißt, Wexford hatte gedacht, Burden sei hinter ihr her gelaufen, doch er kam fast umgehend mit einem Putzlumpen zurück.

«Tut mir leid», sagte er, auf dem Boden kniend. «Es geht natürlich nicht um das Bier. Sie fährt wegen jeder Kleinigkeit aus der Haut. Achten Sie einfach nicht darauf.» Er sah mit ärgerlicher Miene auf. «Ich habe jedenfalls beschlossen, in Zukunft nicht mehr darauf zu achten.»

«Aber wenn es ihr nicht gutgeht, Mike ...»

«Es geht ihr ausgezeichnet.» Burden stand auf und ließ den Lumpen auf den gefliesten Kaminsockel fallen. «Ihre Schwangerschaft verläuft geradezu ideal und beschwerdefrei. Sie leidet nicht einmal unter Übelkeit. Wenn ich daran denke, was Jean durchgemacht hat...» Wexford traute seinen Ohren nicht. Ein Ehemann – und noch dazu ein Ehemann wie Burden – zog einen solchen Vergleich! Ihm schien auf einmal klarzuwerden, was er da gesagt hatte, und er wurde feuerrot. «Nein, es geht ihr wirklich bestens. Ehrlich. Sie sagt es ja selbst. Sie ist einfach nur neurotisch.»

Wexford hatte schon früher manchmal gedacht, daß fast die ganze Bevölkerung mit Tranquilizern ruhiggestellt oder gar in Nervenheilanstalten eingeliefert werden müßte, wenn tatsächlich alles neurotisch gewesen wäre, was Burden so bezeichnete. «Die Amniozentese war doch in Ordnung, oder?» sagte er. «Haben die Ärzte ihr vielleicht etwas gesagt, was sie beunruhigt?»

Burden zögerte. «Ja, das haben sie. Leider.» Er lachte auf. Es klang häßlich und unfroh. «Genau das haben sie getan. Sie haben ihr etwas gesagt, was sie beunruhigt. Damit haben Sie den Nagel auf den Kopf getroffen. Mich beunruhigt es nicht, und ich bin der Vater des Kindes. Aber sie macht sich schreckliche Sorgen, und ich bin derjenige, der darunter zu leiden hat.» Er setzte sich und sagte sehr laut, schrie es fast heraus: «Aber ich will nicht drüber reden! Ich habe schon zuviel gesagt und nicht die Absicht, noch mehr zu sagen! Ich habe das Gefühl, eine Formel zu lernen, um das Benehmen meiner Frau zu erklären, und mit dieser Formel jeden Besucher an der Haustür empfangen zu müssen.»

«Dazu brauchen Sie nichts zu lernen», antwortete Wexford gelassen, «das können Sie aus dem Stegreif, weil Sie ohnehin nur brüllen.»

Burden warf ihm einen finsteren Blick zu.

«Ich bin wegen Adams gekommen», sagte Wexford. «Oder nehmen Ihre häuslichen Probleme Sie so in Anspruch, daß Sie sich für unsere Angelegenheiten nicht mehr interessieren?»

«Ich habe Ihnen doch gesagt, daß ich einfach nicht mehr darauf achten werde», erwiderte Burden, und dann sprachen sie eine halbe Stunde lang über Adams, obwohl nicht viel dabei herauskam.

Als Wexford nach Hause kam, saß Dora im Bett und las. Während er sich auszog, berichtete er ihr, was er bei den Burdens erlebt hatte.

«Sie sind schon zu alt, um Babies zu bekommen», war ihr einziger Kommentar.

«Du meinst, sie handeln wider die Natur?»

«Du wirst überrascht sein, mein Junge, aber das meine ich wirklich. – Übrigens, Rodney Williams ist noch immer nicht aufgetaucht. Ich habe Joy getroffen, und sie hat noch kein Wort von ihm gehört.»

«Aber ich dachte, sie hätte bei Sevensmith Harding angerufen», warf Wexford ein.

«Du meinst, du hast ihr dazu geraten. Du hast ihr gesagt, sie soll dort anrufen und feststellen, ob die ihr was sagen können. Und das will sie jetzt auch tun.»

Das hatte Wexford nicht gemeint. Und er ging mit der festen Überzeugung zu Bett, daß er heute nicht zum letztenmal von der Affäre Williams gehört hatte.

3

Länger als zwei Wochen beobachtete er jetzt schon den dunkelblauen Ford Granada, der vor seinem Haus in der Arnold Road in Myringham parkte. Das erste Mal hatte er ihn kurz nach Ostern dort entdeckt. Aus seinen Vorderfenstern konnte Graham Gee ihn ebensowenig sehen wie aus dem Vorgarten, weil ihm dort die hohe Geißblatthecke die Sicht versperrte. Er sah ihn, wenn er selbst am Morgen aus seiner Garage fuhr und am Spätnachmittag um halb sechs nach Hause kam.

Zuerst – sagte er bei der Polizei aus – habe er gedacht, der Wagen könnte etwas mit dem Jungen von gegenüber zu tun haben, dem Teenager-Sohn der Leute, die den Bungalow bewohnten. Doch dann schien ihm das Auto für einen Jugendlichen zu gediegen. Nachdem er diese Theorie verworfen hatte, fragte er sich, ob der Wagen vielleicht einem Pendler gehörte, der die Arnold Road als ständigen Parkplatz benutzte. Zwar war es von hier noch ein gutes Stück zum Bahnhof Myringham-Süd – etwas mehr als eine Viertelmeile –, doch war es vermutlich die dem Bahnhof nächstgelegene Straße, in der nicht auf beiden Seiten Stoßstange an Stoßstange die Autos anderer Pendler parkten.

Für Graham Gee war der Ford Granada vor seiner Gartentür der Anfang vom Ende. Bald würden die Autos von hundert Bahnreisenden die Arnold Road verstopfen. Man mußte dem Übel wehren, solange noch Zeit war. Graham Gee brauchte nicht zu pendeln. Er war Wirtschaftsprüfer und arbeitete in Pomfret.

Die Arnold Road war das, was man eine «gehobene Wohngegend» nennt. Freistehende Häuser inmitten großer Gärten. Dort gab es keine zwielichtigen Elemente, und es gab keine Vergehen oder gar kriminelle Delikte – außer daß im vergangenen Herbst jemand aus Nachbars Vorgarten Dahlien gestohlen hatte. Graham Gee war daher ziemlich überrascht, als eines Morgens die Radkappen des blauen Ford Granada verschwunden waren. Vielleicht hatten sie aber auch schon immer gefehlt, das wußte er nicht so genau. Daß die Räder aber noch dran gewesen waren, das wußte er. Der Wagen hatte nicht immer auf Ziegelsteinen aufgebockt gestanden. Schmutzig, mit getrockneten Regentropfen gesprenkelt, hockte er jetzt unelegant auf seinen Ziegeln und sah aus, als gehöre er doch dem Teenager von gegenüber.

Graham Gee unternahm noch immer nichts, obwohl er jetzt wußte, daß das Auto immer da war, nicht morgens abgestellt und abends abgeholt wurde. Seit einer Woche war es fahruntüchtig, seiner Beweglichkeit beraubt. Erst als jemand die Heckscheibe zertrümmert hatte, hielt Graham Gee es für richtig, etwas zu tun.

Die Heckscheibe war zertrümmert, die vorderen Türen geöffnet und das Wageninnere ausgeschlachtet worden: das Radio herausgenommen, die Kopfstützen entfernt und aus dem Armaturenbrett etwas herausgebohrt worden – eine Uhr vermutlich. Obwohl der Kofferraum aufgebrochen war, hatten die Diebe sich nicht an der Schneeschaufel vergriffen, die darin lag. Gee rief die Polizei an.

Die Polizei brauchte nicht einmal die überregionale Zulassungsstelle in Swansea zu bemühen, um den Halter des Wagens zu ermitteln. Die Wagenpapiere lagen zusammen mit einer Straßenkarte von Südengland, einem Kugelschreiber und einer Sonnenbrille im Handschuhfach.

In den Zulassungspapieren eines Fahrzeugs stehen Name und Adresse des Halters, nicht des Eigentümers, was der Polizei die Arbeit ebenfalls erleichterte. Halter des blauen Ford Granada war ein gewisser Rodney John Williams, wohnhaft in Kingsmarkham, Alverbury Road 31.

Warum hatte Williams den Wagen in der Arnold Road abgestellt, wenn der Firmenparkplatz von Sevensmith Harding hinter dem Bürohaus in der High Street nur eine knappe Viertelmeile entfernt war? Der Parkplatz wurde nie abgeschlossen, es gab auch kein Tor, sondern nur eine Öffnung im Zaun und am Zaun eine kleine Tafel, auf der «Unbefugte» gebeten wurden, den Parkplatz nicht zu benutzen.

«Ich begreife das nicht», sagte Miles Gardner. «Offen gesagt, haben wir uns überlegt, ob wir den Wagen abschleppen lassen sollen, aber wir wissen nicht, wo Williams ist. Er hat das Fahrzeug in seinem Kündigungsbrief nicht erwähnt. Und wo immer er gewesen sein mag, als er kündigte, mit seiner Frau ist er nicht mehr zusammen, sonst hätten wir uns an sie gewandt. Er scheint sich buchstäblich in Luft aufgelöst zu haben. Ein bißchen viel, das Ganze, nicht wahr? Ich vermute, der Wagen sieht schlimm aus, wahrscheinlich ist nur noch das leere Gehäuse übrig.»

«Der Motor ist noch da», sagte Wexford.

Gardner verzog das Gesicht. Sie saßen in seinem zwar luxuriösen, aber ziemlich düsteren Büro, einem Raum, der vollständig mit Eiche getäfelt war. Die Ausstattung stammte aus der Zeit zwischen den beiden Weltkriegen, in der es Hartholz noch in Hülle und Fülle gab. Eure eigenen vier Wände streicht ihr nicht mit *Sevenstar matt*, dachte Wexford.

Es gab hier mehr gerahmte Fotografien als im Wohnzimmer eines älteren Ehepaars: auf Gardners Schreibtisch, gewissermaßen als Blickfang für ihn, wenn er von der Arbeit aufsah, ein großes Bild der langen Mrs. Gardner und ihrer drei Töchter, liebevoll aneinandergeschmiegt, mit verschlungenen Armen; an den Wänden verschiedene Männergruppen bei Jubiläen, anderen Feiern und Festen oder sportlichen Ereignissen der Firma. Unter anderem ein Foto von einem Kricketmatch. Der Schlagmann war ein hochgewachsener, schlaksiger Typ. Rodney Williams. Die hohe Stirn, die ein wenig hohlen Züge, die man vom Profil bestimmt noch deutlicher sah, der schmale Mund, zu einem Lachen verzogen, waren unverkennbar.

Gardner betrachtete ihn bekümmert.

«Damals war er viel jünger», sagte er. «Die Firma hatte seinerzeit ein erstklassiges Team.» Er machte eine Bewegung, als wolle er das Foto herunternehmen – zweifellos ärgerte er sich über den ewig grinsenden Williams –, doch dann überlegte er es sich anders. «Die ganze Sache ist sehr ungewöhnlich. Er hatte einen Autospleen, wissen Sie, gehörte zu den Männern, die nur ihre Autos im Kopf haben. Glauben Sie, daß ihm etwas zugestoßen ist?»

Die Wendung, mit der immer das Wort «Tod» umschrieben wurde ...

«Falls Sie an einen Unfall denken – ich weiß es nicht, aber ich glaube es nicht. Es geht doch vielmehr um das, was er im Schilde führte.»

Gardner sah ihn verständnislos an.

«Ich habe den Eindruck, daß er möglicherweise etwas getan hat, was er nicht sollte. Gaunereien meine ich. Entweder hat er sich gesagt, er habe genug herausgeholt – oder es ist etwas passiert, so daß er glauben mußte, man sei ihm auf die Schliche gekommen, und seine Entlarvung stehe unmittelbar bevor. Und wo hätte er die Bücher frisiert, wenn nicht hier? Haben Sie schon mal daran gedacht?»

«Er hätte keine Gelegenheit gehabt, unsere Bücher zu frisieren. Er hat sie ja gar nicht zu Gesicht bekommen. Soll ich unseren Chefbuchhalter heraufbitten? Rod Williams hätte höchstens seine Spesenabrechnungen fälschen können, und Ken Risby ist der Mann, der darüber am besten Bescheid weiß.»

Gardner telefonierte kurz über den Hausapparat. Während sie auf Risby warteten, sagte Wexford: «Gibt es hier nichts Kleines, Tragbares von beträchtlichem Wert, das er gestohlen haben könnte. Ist ihm vielleicht ein Scheck in die Hände geraten, auf dem er die Unterschrift fälschen konnte? Oder hatte er Gelegenheit zu anderen Fälschungen?»

Gardner schien ehrlich verwirrt. «Ich glaube nicht. Nein, ich bin sicher, daß nichts dergleichen vorgefallen ist. Ich meine, ich hätte es inzwischen erfahren. Guter Gott, der Mann ist seit mehr als drei Wochen verschwunden.» Er sprang auf. «Hier kommt Ken. Er wird es uns sagen.»

Aber Risby wußte auch nicht viel. Er war ein magerer blonder Mann in den Dreißigern, wirkte nervös und war über Wexfords Vermutung genauso schockiert wie Gardner. Man könnte glauben, die beiden leben in einer Welt, in der man noch nie etwas von Betrug gehört hat, in der jeder Geschäftsmann ein unbestechliches, harmloses Unschuldslamm ist, dachte Wexford.

«Seine Spesen waren manchmal ein bißchen hoch, aber das ist alles, das ist wirklich alles. Mit Firmengeldern hatte er nie zu tun. Wieso glauben Sie, daß er so etwas getan hat?»

«Überlegen Sie mal selbst. Betrachten Sie die Sache von Ihrer Warte aus. Fünf Jahre lang belügt dieser Mann seine Frau und verschweigt ihr, welche Stellung er in dieser Firma bekleidet. Wie hoch war übrigens sein Gehalt?»

«25 000 jährlich», sagte Gardner grollend.

Mehr als Wexford erwartet hatte. 5000 Pfund mehr. «Und auch das hat er ihr verschwiegen und sie belogen. Sie können darauf wetten, daß sie glaubt, er habe weniger als die Hälfte verdient. Eines Tages erzählt er ihr, er fahre nach Ipswich – eine Stadt, in die er bestimmt seit fünf Jahren keinen Fuß mehr gesetzt hat – und zieht ab. Den Firmenwagen läßt er auf der Straße stehen und verschwindet. Sie hören nur noch zweimal von ihm: Einmal telefoniert die Dame, mit der er im wahrsten Sinne des Wortes unter einer Decke steckt, mit Ihnen und entschuldigt ihn wegen Krankheit. Und dann bekommen Sie sein Kündigungsschreiben. Seither – Funkstille. Und Sie fragen mich, wieso ich auf den Gedanken komme, daß er sich etwas zuschulden kommen ließ? Erzählen Sie mir was über den Mann. Wenn er kein Fälscher oder Dieb war – zu welcher anderen Gaunerei war er fähig?»

Sie sahen ihn nur an. Da sie keine Phantasie hatten, wußten sie es nicht und wagten es nicht, Vermutungen auszusprechen. Wexford hatte eine reiche Phantasie und nur eine unklare Vorstellung vom Marketing.

«Könnte er nicht Ihre Farben zu überhöhten Preisen verkauft und die Differenz in die eigene Tasche gesteckt haben? Oder so was Ähnliches?»

Gardner, der ausgesehen hatte, als werde er nie wieder lächeln, brach in Gelächter aus.

«Er hatte nie etwas mit dem Direktverkauf zu tun, Reg. So funktioniert das nicht. Er hatte auch nie etwas mit Geld zu tun – in keiner Form.»

«Das klingt ja, als wäre er eine königliche Hoheit», sagte Wexford. «Ich würde Sie und Mr. Risby trotzdem bitten, daß Sie sich Ihre Bücher einmal ganz genau ansehen. Setzen Sie eine zusätzliche Bücherrevision an oder was man in solchen Fällen eben tut.»

«Das ist wirklich nicht nötig, überhaupt nicht nötig. Ich könnte auf der Stelle vor Gericht gehen und beschwören, daß es in meinen Büchern nicht die geringste Unregelmäßigkeit gibt.»

«Ich hoffe, daß wir in dieser Sache nie vor Gericht gehen müssen, aber verlassen Sie sich nicht darauf», sagte Wexford, und Risby machte dazu große Augen. «Und prüfen Sie bitte die Bücher.» Wexford wandte sich an Gardner: «Kann ich mal den Kündigungsbrief von Williams sehen?»

Gardner rief seine Sekretärin herein, sie sollte den Brief suchen. Wexford fiel auf, daß er sie Susan nannte, und sie, was noch erstaunlicher war, Miles zu ihm sagte. Der Brief war von einem ungeübten Schreiber auf der Maschine getippt worden.

Lieber Mr. Gardner,
mit diesem Schreiben möchte ich Sie davon in Kenntnis setzen, daß ich mein Arbeitsverhältnis bei Sevensmith Harding mit sofortiger Wirkung als beendet betrachte. Ich bedaure, daß ich Sie vor vollendete Tatsachen stellen muß, aber gewisse Umstände, die leider mächtiger sind als ich, zwingen mich dazu. Ich komme nicht mehr ins Büro und bitte Sie, sich nicht mit mir in Verbindung zu setzen.
Hochachtungsvoll,
Rodney J. Williams

P. S. Wegen der Rückerstattung der von mir entrichteten Beiträge zur Altersrente werde ich mich zu gegebener Zeit mit der Buchhaltungsabteilung in Verbindung setzen.

«Hier im Büro scheinen sich alle mit dem Vornamen anzureden», sagte Wexford, «aber Rodney Williams nannte Sie Mr. Gardner. Ist das zutreffend?»

«Nein, natürlich nicht. Auch er nannte mich Miles.»

«Aber nicht in diesem Brief.»

«Ich vermute, er war der Meinung, daß hier eine förmlichere Anrede angebracht sei.»

«Das ist natürlich möglich. Kommt es Ihnen nicht seltsam vor, daß ein Mann von einem Tag auf den anderen kündigt, obwohl seine Kündigungsfrist drei Monate beträgt? Und hätten Sie in einem solchen Fall nicht erwartet, daß er Ihnen, einfach aus Höflichkeit, eine nähere Erklärung gibt und sich nicht hinter der Floskel von den gewissen Umständen versteckt, die ‹leider mächtiger sind als er›?»

«Wollen Sie damit andeuten, daß vielleicht jemand anders den Brief geschrieben hat?»

Wexford umging die Antwort auf diese Frage. «Ich nehme den Brief mit, wenn ich darf», sagte er. «Wir werden ein paar Sachverständige auf die Unterschrift ansetzen. Könnten Sie mir ein Muster von Williams' Unterschrift überlassen, von dem wir genau wissen, daß es von ihm stammt?»

Auf der Karosserie und im Innenraum des Ford Granada hatte man neun verschiedene Fingerabdrucksätze gefunden. Darunter wahrscheinlich auch die Abdrücke derjenigen, die das Auto mit einem Selbstbedienungsladen verwechselt hatten. Die anderen gehörten bestimmt Williams, Joy, Sara, Kevin. Aber noch war es zu früh, sie alle zu bitten, sich die Fingerabdrücke abnehmen zu lassen, damit sie verglichen werden konnten. Von den gepolsterten Lehnen der Sitze hatte man eine Menge grauer und blonder Haare eingesammelt. Blut hatte man keins entdeckt, natürlich nicht. Überhaupt nichts Dramatisches. Dafür aber etwas Merkwürdiges. Auf dem Boden des Kofferraums waren neben der Schaufel ein paar Krümel gefunden worden, die aussahen wie Gips, die das Labor jedoch als Tetrion oder Sevensmith Hardings *Ritzenzu* identifiziert hatte.

Der Bericht über den Brief ließ ein paar Tage länger auf sich warten.

Er war auf einer mechanischen Reiseschreibmaschine, einer Remington 315, getippt worden. An der Spitze des großen A fehlte ein winziges Stück, und ein ähnlicher Mangel tauchte in der Oberlänge des kleinen t auf. Der Kopf des Kommas war leicht verschmiert. Die Unterschrift stammte nicht von Williams. Der Handschriftenexperte vertrat diesmal eine sehr kategorische Meinung, wozu diese Leute sich sonst kaum aufraffen können. Er konnte beinahe nicht fassen, daß irgend jemand auch nur einen Moment glauben konnte, Williams habe diesen Brief unterschrieben.

Als Joy Dora von ihrer Absicht erzählt hatte, bei Sevensmith Harding anzurufen, war sie gleichzeitig mit der Bitte herausgerückt, Dora solle ihr doch Wexford noch einmal «rüberschicken». Diesmal hatte Dora ziemlich scharf erwidert, ihr Mann sei kein Privatdetektiv, und Wexford war natürlich nicht gegangen. Doch Williams' Verschwinden war keine Privatangelegenheit mehr. Auf jeden Fall, dachte er, bin ich in der Alverbury Road nicht unwillkommen. Im Gegenteil, eher die Erfüllung eines Gebets. Er ging gegen acht Uhr abends hin.

Diesmal öffnete ihm Sara. Sie sagte kein Wort, schloß die Haustür hinter ihm, machte die Wohnzimmertür auf, ließ ihn stehen und ging in den ersten Stock hinauf.

Joy Williams saß vor dem Fernseher. Über den Bildschirm flimmerte einer dieser Wettbewerbe, bei denen Kandidatenteams lächerliche oder erniedrigende Aufgaben zu bewältigen haben. Männer in Frack und Zylinder versuchten über einer Masse, die wie Kartoffelbrei aussah, über ein Drahtseil zu gehen. Kurz bevor die Tür geöffnet wurde, hatte Wexford Joy Williams lachen gehört. Sie schaltete den Fernseher nicht aus, drehte nur den Ton leise. Er fand, daß sie nicht besonders erfreut schien, ihn zu sehen. Sie machte plötzlich ein verdrießliches Gesicht.

Ja, gab sie zu, sie hätten ein gemeinsames Bankkonto. Rod war so häufig unterwegs, daß es so am zweckmäßigsten sei. Wexford bat sie, ihm ein paar von den letzten Auszügen zu zeigen.

Sie zog die Schultern ein, schlang die Arme um ihren mageren Körper, legte die rechte Hand auf die linke Schulter und die Linke mit den häßlichen, auffallenden Ringen auf die rechte. Die Geste war ihr schon zur Gewohnheit geworden, und ein Psychiater hätte vermutlich gesagt, sie habe sie ursprünglich wohl angewandt, um sich gegen einen Angriff zu schützen. Sie trug die grüne Hose und eine Strickweste, mit ausgefallenen Haaren und Schuppen auf den Schultern.

«Wie oft bekommen Sie die Bankauszüge zugeschickt?»

«In letzter Zeit einmal monatlich.» Ihr Blick schweifte zu dem stummen Bildschirm hinüber, auf dem sich eine tumultartige Szene abspielte. Ein Kandidat war in den Kartoffelbrei gestürzt. «Es war irgendein Fehler vorgekommen, und Rod hat sich beschwert, deshalb haben sie die Auszüge dann einmal monatlich geschickt.»

Dr. Crocker hatte Wexford von einem Patientenbesuch erzählt, den er kürzlich bei einer Frau mit Bronchitis gemacht hatte. In ihrem Schlafzimmer war der Fernseher gelaufen, und alle sechs Kinder hatten davorgesessen. Als er die Frau untersuchen wollte, hatte sie ärgerlich protestiert, weil er verlangt hatte, daß der Fernseher ausgeschaltet wurde.

«Seither ziehe ich einfach den Stecker raus, ohne lange zu fragen», hatte der Doktor gesagt. «Wenn der Fernseher oder der Videorecorder läuft, mache ich keine langen Geschichten und ziehe den Stecker raus.»

Wexford hätte es jetzt auch gern getan. Und er hätte sich nicht davon abhalten lassen, hätte er nur den geringsten Beweis gehabt, daß ein echter Grund zur Beunruhigung vorlag. Merkwürdig fand er nur, wie unmißverständlich Joy ihm zu verstehen gab, daß er ihr lästig war, obwohl sie Dora keine Ruhe gelassen und immer wieder um seinen Besuch gebeten hatte.

«Darf ich die Bankauszüge sehen?»

Sie wandte sich ihm widerstrebend zu. «Okay, wenn Sie unbedingt wollen.» Er hatte so höflich gesprochen, als bitte er sie um einen Gefallen, und sie reagierte, als tue sie ihm wirklich einen.

Sie hatte die Auszüge schnell gefunden, denn sie wollte nicht mehr von dem Programm versäumen als unbedingt nötig. Während er sich in die Auszüge vertiefte, beugte sie sich vor und drehte den Ton etwas lauter, so daß Schreie, Ausrufe und Kommentare gerade noch zu hören waren. Er fragte sich, was sie wohl vom Fernseher ablenken konnte, welches Ereignis, welcher Schock. Und im nächsten Augenblick wußte er es. Das Telefon. Irgendwo im Haus begann das Telefon zu klingeln.

Sie sprang auf. «Das wird mein Sohn sein. Mein Sohn ruft mich jeden Donnerstagabend an.»

Wexford beschäftigte sich wieder mit den Bankauszügen. Auf jedem erschien regelmäßig Anfang des Monats eine Summe von 500 Pfund. Ein Gehaltsscheck, allem Anschein nach. Aber gegen diese Theorie hatte Wexford einiges einzuwenden. Williams hatte im Jahr 25000 Pfund verdient, und selbst wenn er hohe Abzüge gehabt hatte, konnte eine solche Summe unmöglich auf 500 Pfund im Monat schrumpfen. Zweitens wären die Beträge von Monat zu Monat verschieden gewesen, nicht immer dieselbe runde Summe. Drittens wäre das Geld jeden Monat am selben Tag eingegangen, mit geringfügigen Abweichungen, und nicht einmal am 1. und dann wieder am 8.

Was geschehen war, lag klar auf der Hand. Williams hatte irgendwo ein eigenes Konto, auf das die Firma sein Gehalt überwies. Und von diesem Konto ließ er allmonatlich 500 Pfund auf das gemeinsame Konto überweisen. Wenn das zutraf, und etwas anderes war kaum möglich, war es sinnlos, Joy zu fragen, ob ihr Mann seit seinem Verschwinden etwas von diesem gemeinsamen

Konto abgehoben hatte. Sevensmith Harding würden wohl keine Bedenken haben, ihm zu verraten, wo dieses andere Konto war. Das Problem würde der starrköpfige Bankdirektor sein, der sich weigerte, ihm Informationen über das Konto eines Kunden zu geben. Er sah sich noch einmal den Auszug vom April an. Am 2. April waren 500 Pfund eingezahlt worden. Einen Auszug für den laufenden Monat gab es noch nicht, da der Mai erst halb vorbei war.

Joy kam wieder herein und sah vergnügter und lebhafter und jünger aus, als er sie je gesehen hatte. Sie hatte mit ihrem Sohn gesprochen, mit ihrem Liebling.

«Ich bitte Sie, bei Ihrer Bank anzurufen und zu fragen, ob Anfang des Monats die üblichen 500 eingegangen sind. Würden Sie das tun?»

Sie nickte. Er forderte sie auf, ihm etwas über den letzten Nachmittag und Abend zu erzählen, den Williams zu Hause verbracht hatte. Nachmittags habe Rod den Rasen gemäht, sagte sie, und dann sei er mit ihr zum Einkaufen in den Tesco Discount gefahren. Sie habe keinen Führerschein.

«Als wir wieder zu Hause waren, haben wir eine Tasse Tee getrunken. Rod hat ein Sandwich gegessen. Er sagte, er werde irgendwo unterwegs essen. Dann ist er hinaufgegangen, hat seinen Koffer gepackt, und weg war er. Am Sonntag sei er wieder da, sagte er noch.» Sie lachte rauh auf. «Und seither kein Lebenszeichen mehr. Nach zweiundzwanzig Jahren.»

«Was haben Sie mit dem restlichen Abend angefangen?»

«Ich?»

«Ja. Was haben Sie gemacht? Sind Sie zu Hause geblieben? Oder ausgegangen? Hat Sie jemand besucht?»

«Ich bin mit dem Bus zu meiner Schwester gefahren. Sie wohnt in Pomfret. Ich habe eine Kleinigkeit gegessen, und dann bin ich zu meiner Schwester gefahren.»

«Sara war hier. Oben.» Joy zeigte zur Zimmerdecke. «Hat für ihr Abitur gebüffelt, nehme ich an.» Das klang geringschätzig, als sei ihr unverständlich, wie sich ihre Tochter mit so etwas abgeben konnte.

Etwas war falsch an ihrer Schilderung, so konnte der Abend nicht verlaufen sein, irgend etwas paßte nicht zusammen, aber Wexford kam einfach nicht dahinter, was es war.

«Ich möchte gern mit Sara sprechen», sagte er.

«Wenn es sein muß.»

Sie drehte sich in ihrem Sessel um und sah ihm voll ins Gesicht. Der Fernseher war für den Augenblick vergessen.

«Sie ist zwar in ihrem Schlafzimmer, aber Sie können ruhig hinaufgehen.» Wieder kam ihr schreckliches Lachen. «Sie hat bestimmt nichts dagegen. Eher das Gegenteil, wie ich sie kenne.»

4

Also hatte man die kleine Sara, die aussah wie eine Botticelli-Jungfrau, mit einem Jungen im Bett erwischt. Oder doch nicht im Bett, eher auf der gelben Plastikcouch oder auf den Rücksitzen eines Autos. Mit Töchtern hatte man es schwer. Man war aufgeklärt, fortschrittlich und tolerant, doch wenn es sich um die eigene Tochter handelte, sah plötzlich alles ganz anders aus. Das rechtfertigte jedoch kaum Joys herabsetzende Anspielungen. Während Wexford die Treppe hinaufstieg, sagte er sich, daß Mr. Williams ganz offensichtlich kein besonders sympathischer Zeitgenosse gewesen war, aber Mrs. Williams mochte er auch nicht. Allerdings kam es nicht darauf an, ob er für die beiden etwas übrig hatte oder nicht. Vielleicht war es verständlich, daß die Frau so war. Sie machte eine schwere Zeit durch. Sie, die eben ihren Mann verlor, mußte Bitterkeit gegen die Tochter empfinden, die auf rosaroten Wolken ging. Vielleicht hatte sie Sara und den Jungen erst kürzlich ertappt.

Wexford wußte, welches Schlafzimmer es war, denn durch die Tür drang Musik. Rockmusik, untermalt von monotonem Trommelschlag. Inzwischen mußte Sara seine Schritte auf der Treppe gehört haben. Er hatte absichtlich ein bißchen Lärm gemacht, was auf dem mit dünnem Nadelfilz belegten Linoleum nicht schwierig gewesen war. Er klopfte.

Sie rief nicht «Herein!» Sie öffnete selbst. Wexford achtete meist darauf, wie jemand auf ein Klopfen reagierte. Es war sehr aufschlußreich im Hinblick auf Charakter und die Motive, von denen ein Mensch sich leiten ließ. Die Frau, die «Herein» ruft, ist zum Beispiel viel offener, ungezwungener und umgänglicher als eine, die selbst die Tür öffnet. Letztere ist verschwiegen und zurückhaltend. Was hat sie in den etwa dreißig Sekunden, ehe sie öffnet, hastig in eine Schublade geworfen oder unter einer Zeitschrift versteckt.

Er sah auf den ersten Blick, daß Sara sich ihr Zimmer selbst ausgestaltet hatte. Das Anziehende, das es besaß, hatte nichts mit den Möbeln, dem Teppich und den Vorhängen zu tun, die ihre Eltern beigesteuert hatten. Das Schlafzimmer war winzig. Wexford hatte, als die Mädchen klein waren, ein paar Räume anbauen lassen, doch dieses Haus war noch genauso, wie es ursprünglich gewesen war. Es gab ein großes eheliches Schlafzimmer nach vorn hinaus, ein etwas kleineres mit Blick in den Garten – das hier wohl dem Sohn «zustand» – und eine kaum sechs Quadratmeter große Kammer für die Tochter. Sie hatte die Wände mit Postern tapeziert. Auf einem galoppierte ein rotes Pferd durch den Schnee – der Maler war ein Naiver der jugoslawischen Schule –, auf einem anderen prangte ein gitarrespielender magerer, nackter Schwarzer. Dazwischen hingen ein Tennisschläger und eine Strohpuppe und eine Collage aus Tarotkarten. Das eindrucksvollste Poster war vielleicht jenes, das gegenüber der Tür hing. Ein harpyenähnliches Wesen mit dem Kopf und den Brüsten einer Frau und dem Körper, den Schwingen und den Krallen eines Raben, das ein sich aufrollendes Band mit dem Aufdruck ARRIA – ein Kurzwort? – umklammerte. Wexford erinnerte sich an das T-Shirt, das Sara getragen hatte, als er sie zum erstenmal sah. Die Rabenfrau hatte das Gesicht einer Britannia oder Boadicea, eines jener edlen, schönen, furchtlosen, fanatischen Gesichter, bei deren Anblick man am liebsten die Messer wegschließen und nach Valium greifen möchte.

Bücherregale, die aussahen, als seien sie von Sara selbst gezimmert, darin die Taschenbuchausgabe einer Biographie von Sigmund Freud, außerdem Phyllis Großkurths *Havelock Ellis,* Erich Fromm, Robert D. Laing, Freud *Eine Kindheitserinnerung des Leonardo da Vinci,* Erin Pizzey und Jeff Shapiro über Inzest und Kindesmißbrauch, aber kein einziger Roman. Während ihr winziges Radio die Hintergrundmusik lieferte, hatte sie an einem Toilettentisch gesessen, der gleichzeitig als Schreibtisch diente, und für ein Examen geschwitzt. Unverkennbar Chemie. Das Lehrbuch mit den Formeln war aufgeschlagen.

«Wir bemühen uns, Ihren Vater zu finden, Sara», sagte Wexford. «Ich möchte nicht behaupten, daß er verschwunden ist, aber er hat sich sehr gut versteckt.»

Sie musterte ihn ernst und zurückhaltend. Sie hatte eine wunderschöne Haut, cremefarben, samtig, mit Sommersprossen wie Goldstaub auf der Nase. Als sie ihm die Tür öffnete, hatte sie einen grünen Filzstift in der Hand. Auf den Rücken der anderen Hand hatte sie sich eine grüne Schlange gemalt. Teenager hatten ihre Hände schon immer bemalt, sie hatten es getan, als er und als seine Töchter in diesem Alter gewesen waren, doch jetzt schien es ganz besonders in Mode gekommen zu sein. Hände, Arme und Körper mit roten, schwarzen und grünen Zeichnungen zu «verzieren», war «in». Sara hatte mit ihrem grünen Filzstift eine Schlange mit Pünktchen gemalt, nicht zusammengerollt, sondern lang und wellenförmig, die gespaltene Zunge herausgestreckt.

«Haben Sie sich überlegt, wo er sein könnte?»

Sie schüttelte den Kopf, steckte die Hülse auf den Filzstift und legte ihn weg.

«Wann waren Sie das letzte Mal mit Ihrem Vater zusammen? Waren Sie hier, als er ging?»

Sie zögerte, nickte dann. «Es war der zweite Schultag nach den Osterferien. Ich kam erst später nach Hause, weil ich in der Bibliothek zu tun hatte. Sie hatten ein Buch für mich, ein neues Buch, für das ich mich hatte vormerken lassen.» Sie nahm zwei Bücher vom Stapel und reichte ihm das nächste. Sie wollte beeindrucken, es war ein wissenschaftliches Buch. William Stern *Psychologie der frühen Kindheit.* Er interessierte sich nicht sonderlich für das Buch selbst, um so mehr aber für den Datumsstempel der Bibliothek. «Ich habe in der Bibliothek angerufen und um Fristverlängerung gebeten», sagte sie, als müsse sie sich verteidigen. «Es ist ein sehr schwieriges Buch, ich hab's nicht geschafft, es in drei Wochen zu lesen.» Endlich lächelte sie und verwandelte sich sofort in eine Schönheit. «Ich will damit nicht sagen, daß es für mich zu schwer ist, aber ich stehe vor dem Abitur, und das hat Vorrang.»

«Sie interessieren sich sehr für diese Dinge, nicht wahr?»

«Ich habe einen Studienplatz für Medizin bekommen», antwortete sie, «an der medizinischen Fakultät von St. Biddulph.» Dort hatte auch Crocker studiert, erinnerte sich Wexford. «Er ist mir natürlich sicher, hängt aber im Endeffekt von meinen Abiturnoten ab.» Sie sagte das so selbstsicher, als wisse sie schon jetzt, daß ihr Notendurchschnitt ausreichen werde. «Ich muß mindestens drei Zweien haben, aber eine Eins und zwei Zweien wären besser.»

Sie mußte sehr intelligent sein. Vor ein oder zwei Jahren hatte man eine Statistik veröffentlicht, aus der hervorging, daß viel zu viele junge Leute Medizin studierten und es Ende des 20. Jahrhunderts in Britannien vierzigtausend überzählige Ärzte geben würde. Die medizinischen Fakultäten waren daher angewiesen worden, ihre Anforderungen zu erhöhen und weniger Studenten aufzunehmen. Wenn Sara Williams daher schon einen Studienplatz an der sehr angesehenen Fakultät von St. Biddulph hatte ...

«Ihre Eltern müssen sehr stolz auf Sie sein.»

Der durchdringende Blick, den sie ihm zuwarf, sagte ihm, daß er etwas Dummes oder wenigstens höchst Unangebrachtes gesagt hatte.

«Wie ich sehe, kennen Sie meine Eltern nicht.»

«Wäre ihnen denn etwas anderes für Sie lieber?»

«Ich könnte Stenotypistin werden, nicht wahr? Oder Krankenschwester. Da bekäme ich schon während der Ausbildung ein Gehalt, nicht wahr?» Ihre Stimme war voller Verachtung und Zorn. «Aber sie können mich nicht halten. Außerdem bekomme ich Studienbeihilfe. Keine Ahnung, was ich in der guten alten Zeit getan hätte.»

Mit der «guten alten Zeit» meinte sie wohl die, in der er jung gewesen war und die Eltern für die Ausbildung ihrer Kinder aufkommen mußten. Wenn sie das nicht konnten, mußte man sich sein Studium eben selbst erarbeiten. Heutzutage lagen die Dinge anders. Ein Vater konnte kein Machtwort mehr sprechen, zumindest hatte es nicht mehr dieselbe Wirkung. Er konnte eigentlich nur noch zu- oder abraten.

«Also – wie war das, als Sie Ihren Vater zum letztenmal gesehen haben?» erinnerte er sie.

Ihr Zorn war verraucht. Sie war wieder sachlich, zählte Fakten auf. Manchmal jedoch klang es unverkennbar spöttisch, wenn sie von ihrem Vater sprach. Als sei er eine lächerliche Figur oder ein Organismus, den sie unter dem Mikroskop betrachtete.

«Als ich nach Hause kam, wollte er gerade gehen. Ich hörte ihn mit Mutter über die Route sprechen, die er nehmen wollte. Die A 26 nach Tonbridge, dann durch den Dartford-Tunnel auf die M 25 und schließlich über die A 12 nach Ipswich.»

«Warum hat er ihr die Route so genau erklärt? Hat sie sich dafür interessiert? Ich meine, war das nicht die Route, die er immer fuhr?»

«Ich habe Ihnen schon gesagt, Sie kennen meinen Vater nicht. Erstens ist ihm völlig gleichgültig, was andere interessiert. Vater spricht viel über Autos, über das Autofahren, über Straßen, über solche Dinge eben. Ich interessiere mich überhaupt nicht dafür, und doch redet er mit mir darüber. Das Auto ist für ihn ein Mensch, eine Frau, und es hat sogar einen Namen. Es heißt Greta. Greta, die Granadinerin.»

«Ihr Vater ging also, Ihre Mutter fuhr nach Pomfret, und Sie blieben zu Hause, um zu lernen?»

Bildete er sich das Zögern ein, das kurze Aufflackern in ihren Augen, das einem Warnsignal glich?

«Das stimmt. Ich gehe zur Zeit am Abend nicht weg. Dazu habe ich keine Zeit.» Sie lächelte wieder, doch diesmal wirkte es sehr gekünstelt. «Ich habe gehört, man hat seinen Wagen gefunden.»

«Ja, nachdem man die Räder abmontiert und das Radio gestohlen hatte.»

«Also waren Menschenfresser am Werk», sagte sie und lachte genau wie ihre Mutter. «Arme alte Greta!»

Dürfte er sich einmal im ganzen Haus umsehen? Vor allem in Williams' Papieren und Kleidungsstücken? Joy hatte nichts dagegen. Der Fernseher krakeelte durch den Fußboden, und Popmusik hämmerte durch die Wände. Im Buch der Regeln über menschliches Verhalten, das er genau im Kopf hatte, war eines der ersten Gesetze jenes über die Verteilung der Schlafzimmer. Die britische Mittelklasse bewohnte meist Häuser mit drei Schlafzimmern, einem großen, einem mittelgroßen und einem kleinen. In einer Familie, die aus Eltern, Sohn und Tochter bestand, bekam die Tochter stets das zweite Schlafzimmer und der Sohn das winzige, unabhängig davon, wer von den beiden der ältere war. Es war ein Aspekt im Leben – hätten die Feministinnen erklärt, wenn es ihnen aufgefallen wäre –, bei dem das weibliche Geschlecht gegen das männliche im Vorteil war. Vermutlich kam es daher, daß die Mädchen von Anfang an mehr ans Haus gebunden wurden, sich mehr auf häusliche Dinge konzentrierten und praktisch auf ihre vier Wände angewiesen waren. Was den Feministinnen wiederum nicht sehr recht wäre. In diesem Haushalt war es jedoch das Mädchen, das das kleinste Zimmer hatte, obwohl der Bruder jetzt meistens nicht da war. Selbstverständlich war es möglich, daß Sara selbst es so gewollt hatte. Doch irgendwie glaubte er es nicht.

Wexford öffnete die Tür des zweiten Schlafzimmers und warf einen Blick hinein. Ziemlich neue Schlafzimmermöbel aus Kiefernholz, zwei helle afghanische Teppiche, eine Tagesdecke mit Fransen, die unverkennbar von Mark und Spencer stammte. Er erkannte das Muster. Es sah so aus, als habe hier jemand mit wenig Geschmack und wenig Geld sein Bestes getan, um ein «hübsches» Zimmer daraus zu machen. Die einzige «persönliche Note», die der Bewohner beigesteuert hatte, war die Weltkarte, die er gegenüber vom Bett an die Wand gehängt hatte.

Das Elternschlafzimmer war so groß wie das der Wexfords und hatte dieselben Proportionen. Die Wände waren sogar in demselben Farbton gestrichen wie bei ihm, *Sevenstar Orangenblüte*. Hier endete aber auch jede Ähnlichkeit. Die Williams' schliefen in einem Doppelbett, von denen jedes schmaler war als die üblichen neunzig Zentimeter. Joy schlief in dem Bett am Fenster, das erkannte er an dem mit gesteppten pfirsichfarbenen Satin überzogenen muschelförmigen Kasten für das Nachthemd. Die übrige Einrichtung bestand aus einem Schrank, einem Toilettentisch, einem Hocker, einer Kommode und zwei Nachtschränkchen aus dunklem, rötlichem Holz mit Mattglanz und goldfarbenen Griffen. Außerdem gab es noch einen Einbauschrank.

Wexford schaute zuerst in die Schublade des Nachtschränkchens zwischen Williams' Bett und der Tür. Er fand ein leeres Etui für Manschettenknöpfe, einen Kamm, eine Tube antiseptische Hautcreme, eine unbenutzte Zahnbürste, ein Röhrchen Halspastillen, zwei Sicherheitsnadeln, mehrere Kragenversteifer aus Plastik, eine halbvolle Flasche Nasentropfen und ein leeres Pillenfläschchen. Auf dem Etikett stand: *Mandaret. Zweimal täglich eine Tablette. Rodney Williams.*

Im Schränkchen selbst lagen zwei Spionagethriller in Taschenbuchform, ein noch nicht benutzter Schreibblock, ein gültiger britischer Paß, ausgestellt auf den Namen Mr. R. J. Williams, ein sauberes Taschentuch mit dem eingestickten Buchstaben «R» und zwei elektrische Rasierapparate.

Im Schrank hingen Joys Kleider, eine Sammlung, von der ein ungewaschener, unsauberer Geruch ausging, vermischt mit einem Hauch Kampfer und irgendeinem Desinfektionsmittel. Rodney

Williams' Sachen waren im Einbauschrank. Ein Mantel, eine Schaffelljacke, ein Regenmantel aus Plastik, zwei hüftlange regendichte Jacken, ein schäbiges und ein neues Sportjackett, vier Anzüge, zwei sportliche Leinenhosen. Es waren lauter gute Sachen, von wesentlich besserer Qualität als die von Joy. Keine umfangreiche Garderobe, dachte Wexford, untersuchte das Futter von Mantel und Jakken und griff in die Taschen. Im Seitenteil lagen Unterwäsche und Schlafanzüge, und auf dem Schrankboden standen drei Paar Schuhe und ein Paar Sandalen. Für Kleidung hatte Rodney Williams das Geld, das ihm übriggeblieben war, bestimmt nicht ausgegeben. Es sei denn, er hatte mehr mitgenommen, als Joy und Sara wußten. Vielleicht hatte er im Lauf des Tages heimlich ein paar dicke Koffer in den Kofferraum seiner Greta geschmuggelt.

Das Eßzimmer wurde nur selten benutzt, das merkte man ihm an. In der Mitte stand ein heller, polierter Tisch mit vier hellen Stühlen, deren Sitzflächen mit Möbelplüsch bezogen waren. Eine Anrichte mit einer Capo da Monte-Schale darauf nahm eine ganze Wand ein, und gegenüber thronte ein Zylinderschreibtisch aus Mahagoni, wahrscheinlich ein ererbtes Stück und ganz gewiß das schönste im ganzen Haus. Ein bis zum Fußboden reichendes Flügelfenster mit Obergardinen aus senfgelbem Rips – offenbar der Lieblingsfarbe von Joy Williams – blickte auf den Hintergarten, etwa sechshundert Quadratmeter ungepflegten Rasens mit einem dichten Holzzaun rundherum. Zwei Apfelbäumchen mit in der Abenddämmerung blaß schimmernden Blüten hellten die Trostlosigkeit ein wenig auf. Es sah nicht so aus, als sei das Gras, inzwischen gut fünfzehn Zentimeter hoch, seit Williams' Verschwinden vor fünf Wochen noch einmal gemäht worden.

Der Schreibtisch war nicht abgeschlossen. Wexford schob den Rolladen hinauf. Die Fächer waren fast leer. Briefpapier ohne Kopf, Kuverts, ein Fläschchen Tinte in einer Schachtel, aus der es nie herausgenommen worden war und auch nie herausgenommen werden würde, eine Schachtel Reißzwecken, eine Glasflasche mit Klebstoff, eine Rolle Klebeband. In einer Schublade lagen lauter alte Weihnachtskarten, in der anderen eine quittierte Stromrechnung, ein Taschenrechner und ein zerbrochener Kugelschreiber.

Wexford schaute in die kleinen seitlichen Fächer, fand jedoch weder aufgebrauchte Scheckbücher noch andere, die noch Scheckformulare enthielten. Joy trug ihr Scheckbuch wahrscheinlich immer in der Handtasche mit. Er ging zu ihr zurück. Sie saß noch immer vor dem Fernseher. Über den Bildschirm flimmerte jetzt die Endlos-Serie *Startbahn,* in der seine Tochter Sheila die Hauptrolle der heldenhaften Stewardess spielte. Vielmehr in der vorigen Woche zum letztenmal gespielt hatte. Aber das war ein streng gehütetes Geheimnis und bisher nur ihrer Familie bekannt. Bisher hatte noch nicht einmal die Presse Wind davon bekommen, daß im Herbst eine Katastrophe die Karriere der Stewardess Charlotte Riley für immer beenden würde.

Joy Williams wußte es nicht. Falls sie wußte, daß Sheila seine Tochter war, ließ sie sich nichts anmerken. Es war ein merkwürdiges Gefühl, neben ihr zu stehen und mit ihr seiner Tochter zuzusehen, die sich bemühte, einen unleidlichen Passagier zu beschwichtigen. Dann tat er, was Dr. Crocker ihm empfohlen hatte, ging aber nicht ganz soweit, den Stecker herauszuziehen, sondern schaltete den Apparat nur aus. Joy sah blinzelnd zu ihm auf.

«Besitzt Ihr Mann eine Schreibmaschine, Mrs. Williams?»

«Eine Schreibmaschine? Nein.»

«Nimmt er noch *Mandaret*?»

Sie nickte und schaute zu dem leeren Bildschirm hinüber, als müsse er selbsttätig und ohne Strom wieder lebendig werden.

«Es ist ein Mittel gegen Bluthochdruck, nicht wahr?»

«Ja, er leidet seit zwei oder drei Jahren unter zu hohem Blutdruck.»

«Ich habe in seinem Nachtschränkchen eine leere Flasche gefunden und nehme an, er hat sich einen Tablettenvorrat mitgenommen?»

«Die Tabletten würde er nie vergessen. Er wollte nicht einmal einen Tag lang damit aussetzen. Er nahm immer eine nach dem Aufstehen und eine zum Tee.»

«Ich nehme doch an, daß er Gepäck mitgenommen hat? Einen Koffer? Etwas, wo er seine Sachen unterbringen konnte.»

Wieder nickte sie nur.

«Was hatte er an?»

«Wie bitte?»

«Was für einen Anzug hat er getragen, als er nach Ipswich aufbrach?»

Sie konnte sich nicht erinnern, das war ganz offensichtlich. Sie sah ihn verständnislos an – und sie wirkte gelangweilt. Wexford begriff in diesem Moment, daß sie ihren Mann nicht liebte, vielleicht schon seit Jahren nicht mehr. Ob er anwesend oder abwesend war, ließ sie völlig gleichgültig, für sie zählten nur der Status als verheiratete Frau und das Geld, das Williams nach Hause brachte. Oder waren ihre Gefühle komplizierter und vielschichtiger? Wahrscheinlich waren sie das. Das sind Gefühle immer. Was eine Frau für ihren Mann und ein Mann für seine Frau empfindet, läßt sich nicht einfach und klar analysieren.

Er fragte noch einmal nach der Kleidung.

«Irgendeine rehfarbene Hose», antwortete sie und verzog das Gesicht, so sehr mußte sie sich anstrengen, um sich zu erinnern. «Aus festem Köper mit Kordsamteffekt. Einen dunkelblauen Pullover. Hängt sein Regenmantel oben?»

«Einer aus Plastik, ja.»

«Nein, er hat einen guten Regenmantel. Fast neu. Den hat er wohl mitgenommen. Ich schätze, er hatte auch ein Jackett im Koffer. Wahrscheinlich die braune Wildlederjacke.»

«Hat er sich naß oder trocken rasiert?»

«Wie bitte?»

«Hat er einen Rasierapparat mit Rasiercreme und Wasser benutzt?»

«O ja, er kam mit den elektrischen nicht zurecht. Er hat es versucht, aber es klappte nie.»

Das erklärte den Remington und den Phillips im Nachtschränkchen. Joy starrte unglücklich auf den leeren grauen Bildschirm. Wexford hatte das Gefühl, es sei grausam, ihr den einzigen Trost zu nehmen – wie wenn man einen hungrigen Hund nicht an seine gefüllte Schüssel ließ. Er fragte sie nach Namen und Adresse ihrer Schwester und schaltete den Fernseher wieder ein. Sie sah ihn an, als halte sie ihn für total verrückt, aber sie sagte nichts, und ihre Augen kehrten wie magisch angezogen zum Bildschirm zurück. Dort war Sheila eben dabei, sich in einem Hotelzimmer in Hongkong für einen Abend mit dem Kapitän der Boing 747 umzuziehen.

Auf dem Heimweg dachte Wexford über Williams und über Geld nach. Was hatte der Mann mit dem ganzen Geld gemacht? Auch wenn man Steuern und andere Abzüge abrechnete und seinen knausrigen Beitrag zur Haushaltskasse berücksichtigte, mußten ihm im Jahr mindestens 12000 Pfund geblieben sein. Er hatte einen

Firmenwagen gefahren, das Geld also nicht für Autos ausgegeben. In seinem Paß, der sieben Jahre alt war, war eine einzige Reise nach Mallorca eingetragen. Er leistete sich also auch keine teuren Auslandsreisen. Natürlich mußte er noch seinen studierenden Sohn erhalten, der bei einem so gut verdienenden Vater kaum mit einer Studienbeihilfe rechnen konnte …

Und plötzlich wußte Wexford, was ihn seit einer Stunde im Unterbewußtsein beschäftigt hatte. Williams war am Donnerstagabend abgefahren. Und am Donnerstagabend rief Kevin Williams regelmäßig zu Hause an. Und an dem Donnerstag, an dem sein Vater verschwunden war, hatte er bestimmt zum erstenmal nach den Osterferien angerufen. Doch seine Mutter, die ihn ganz offensichtlich anbetete, nervös auf seine Anrufe wartete und stolz darauf war, daß er pünktlich jede Woche mit ihr telefonierte – ausgerechnet diese Mutter war an jenem Donnerstag ausgegangen, obwohl sie nichts Wichtigeres vorgehabt hatte als einen Besuch bei ihrer Schwester.

Wenn sie bei ihrer Schwester gewesen war …

Und wie war das mit Williams' Kleidung? Log Joy, wenn sie behauptete, er habe nur eine Jacke und einen Regenmantel mitgenommen? Oder wußte sie nicht, was er eingepackt hatte? Wexford konnte sich eigentlich nicht gut vorstellen, daß Williams sein Auto in der Arnold Road abgestellt und dann große, vollgestopfte Koffer eine Viertelmeile weit zum Bahnhof Myringham-Süd geschleppt hatte. Warum war er überhaupt nach Myringham gefahren, wenn er einen Zug nach London nehmen wollte? Kingsmarkham lag acht Meilen näher …

Eine Woche später tauchte Williams' Kleidung – oder zumindest ein Teil davon – wieder auf.

5

Eine einsame Landstraße verbindet Kingsmarkham mit Pomfret. Hat man die Forest Road hinter sich gelassen, sieht man nur noch auf den Abhängen der sanft ansteigenden Hügel ein paar einzelne Häuser, vom Cheriton Forest überragt. Der Wald wirkt ein bißchen dunkel und drohend – wie alle Nadelwälder. Am Horizont ragt ein

Obelisk auf, eine steinerne Nadel, die ein einheimischer Magnat vor etwa hundertfünfzig Jahren dort errichten ließ.

Fast das letzte Haus von Kingsmarkham ist die Polizeistation. Ihr gegenüber zweigt von der High Street die Cheriton Lane ab, die zum Tennis-Club führt. Etwa ein Dutzend weiterer schmaler Straßen bilden ein kleines abgeschlossenes Wohnviertel. Die Gärten der Häuser in der Forest Road grenzen an die Felder. Und zwischen dem Clubgelände und der Stadt gibt es wieder nur Felder, durch die diagonal ein Fußweg verläuft. Ungefähr zweihundert Meter hinter der Polizeistation in Richtung Pomfret steht die letzte Straßenlaterne, und dann gibt es nur noch eine einzelne an der Bus-Haltestelle.

Diese Haltestelle mit Wartehäuschen liegt ungefähr in der Mitte zwischen den beiden Städten. Das Wartehäuschen hatte man aufgestellt, weil dort keine Bäume sind, die vor Wind und Regen schützen können. Und an diesem Abend regnete es, wie schon seit Tagen, und es sah aus, als wehten graue Schleier über die Wiesen.

Der letzte Bus von Pomfret nach Kingsmarkham, der um zehn Uhr vierzig eintreffen sollte, verspätete sich um zehn Minuten. Er fuhr wegen des schlechten Wetters nicht allzu schnell, und unter seinen Reifen spritzte hoch das Wasser auf. Die Haltestelle mit dem Wartehäuschen wurde nicht nur bei Bedarf, sondern regelmäßig angefahren, also lenkte der Fahrer den Bus in die Parkbucht, hielt kurz, wollte aber sofort weiterfahren, da hier niemand wartete. Plötzlich schrie eine Frau auf, die in der ersten Reihe links saß. Der Fahrer, der schon Gas gegeben hatte, bremste wieder, und der Bus blieb ruckelnd stehen.

«Dort kriecht jemand auf dem Gehsteig herum!» rief die Frau.

An den Vorplatz des Wartehäuschens schlossen sich hier ein paar Meter Gehsteig an. Der Busfahrer stieg aus. Zwei oder drei Fahrgäste widersetzten sich seiner Anordnung, im Wagen zu bleiben – wer war er denn, daß er sie herumkommandieren durfte? –, und folgten ihm. Auf den Eindeckerbussen fuhr kein Schaffner mit. Es goß jetzt in Strömen, der Regen trommelte auf den Vorplatz, den Randstein und das triefende Bündel, das wimmernd und aus einer Brustwunde blutend, weiterkroch.

Der Busfahrer hatte zuerst geglaubt, es sei ein verletzter Hund. Aber die Frau hatte recht gehabt, es war ein Mann. Er kroch auf den Fahrer zu und rollte ihm dann vor die Füße.

Am nächsten Tag begann am anderen Ende von Kingsmarkham, auf der Forby-Seite, eine Firma namens Mid-Sussex Kanal- und Tiefbau einen Teich auszubaggern. «Green Pond Hall» hatte jahrelang leergestanden, doch im Januar hatte sich endlich ein Käufer gefunden, und im April wurde der Kaufvertrag unterschrieben. Zu dem Besitz gehörten ein Teich und ein Bach, in dem der neue Eigentümer Forellen züchten wollte.

Einen See nennt man eine Wasserfläche von mindestens einem Morgen. Für einen See war der Green Pond ein bißchen zu klein, aber er war ein sehr großer Teich. Er hatte kein stehendes Wasser, denn durch die Mitte floß der kleine, schnelle Bach, verschwand in einem Rohr, das unter einem Weg durchführte, kam auf der anderen Seite wieder rauschend und schäumend an die Oberfläche und mündete schließlich in den Kingsbrook. Trotzdem war der Teich flach und mit dem dicken grünen Schleim der Wasserpflanzen bedeckt. Er mußte gesäubert und sollte ausgehoben werden. Außerdem mußte man die Algen ausrotten, die – wie man bei der Mid-Sussex Kanal- und Tiefbau meinte – durch den Stickstoff so überhand genommen hatten, mit dem die benachbarten Wiesen gedüngt wurden. Im Grundnetz fand man nach der Säuberung des Teichs einen Einkaufskorb ohne Henkel, eine Anzahl Flaschen, Gläser und Glühlampen, einen Auspufftopf, Zweige und gehacktes Holz, Steine, darunter Feuersteine und Kreidebrocken, einen Gummistiefel, eine feuerfeste Kasserolle, abgestoßen und gesprungen, eine metallene Türklinke, ein Schloß, eine Schere und eine dunkle burgunderrote Reisetasche.

Die Tasche war mit grünem Schleim und feinkörnigem schwarzem Schlamm bedeckt, doch nachdem man die Schnallen und den Reißverschluß geöffnet hatte, stellte man fest, daß nur Wasser durch die Nähte gedrungen war. Die Sachen waren zwar klatschnaß, aber nicht verfärbt. Das Kleidungsstück, das zuoberst lag, war ein brauner Wildlederblouson.

Es war reines Glück, dachte Wexford, daß William Milvey, der Chef der Mid-Sussex Kanal- und Tiefbau, Geld in der Tasche gefunden hat. Zehn Fünfer, zusammengerollt und mit einem Gummiband zusammengehalten. Wären in der Tasche nur Kleidungsstücke gewesen, hätte er sie vermutlich zu dem anderen Unrat in die Grube geworfen, die eigens zu diesem Zweck ausgebaggert worden war. Geld, das hatte Wexford schon oft festgestellt, übte auf

Menschen eine geradezu elektrisierende Wirkung aus. So mancher, der sich für absolut ehrlich hält, behält zwar eine Fundsache, die mit Geld erstanden wurde, nie aber das Geld selbst. Als treffe die Wendung «der glückliche Finder» nur auf jemanden zu, der eine Sache findet, als sei Geld etwas Erhabenes, das ausschließlich dem zusteht, der es verdient hat.

Doch selbst dann hätte Wexford wahrscheinlich nie etwas von der Tasche gehört, hätte in der Brusttasche des Blousons nicht eine Organspenderkarte gesteckt, die mit R. J. Williams unterschrieben war.

William Milvey wußte, wer R. J. Williams war. Er wohnte in der Alverbury Road im übernächsten Haus.

Um das zu erfahren, brauchte Wexford ungefähr eine halbe Stunde. Er vernahm Milvey sehr gründlich. Hatte er die Tasche schon im Teich liegen sehen, bevor er sie im Netz entdeckte. O ja, er denke schon. Nun, da Wexford die Sache erwähne, glaube er sich zu erinnern, daß er am anderen Ufer, in der Nähe des Weges, einen rötlichbraunen Klumpen im Wasser liegen gesehen hatte. Nein, er hatte ihn nicht angefaßt und auch nicht versucht ihn herauszuholen. Das war mit dem Grundnetz geschehen.

Milvey war ein kleiner, untersetzter Mann mit den großen, schweren Händen eines Menschen, der sein Leben lang harte manuelle Arbeit verrichtet hat. Er mußte ungefähr fünfzig sein. Der Taschenfund schien ihn ungewöhnlich aufgeregt zu haben – zumindest hatte Wexford den Eindruck, daß er ungewöhnlich erregt war.

«50 Pfund», sagte er immer wieder, «und diese gute Jacke.»

«Haben Sie im Park von ‹Green Pond Hall› jemanden gesehen?»

«Sie meinen irgendeinen Typen, der irgendwas im Schilde führte?»

«Ich meinte, ob Sie überhaupt jemanden gesehen haben – egal wen.»

«Wir haben niemanden zu Gesicht bekommen und auch nichts gehört.»

Auf der Zufahrt, die von der Forby Road abzweigte, oder auf dem Pfad, der um das tiefer gelegene Ufer des Teichs führte, waren vielleicht Reifenspuren gewesen, nachdem der Dauerregen den Boden in Schlamm verwandelt hatte. Doch die großen, schweren Reifen des Baggers der Mid-Essex Kanal- und Tiefbau hatten alle anderen eventuell vorhandenen Spuren vernichtet.

Milvey konnte sich nicht erinnern, ob Reifenspuren dagewesen waren oder nicht. Sie holten den zweiten Mann herein und befragten ihn, doch auch er wußte es nicht mehr.

«50 Pfund», sagte Milvey, «und die gute Jacke. Einfach weggeschmissen.»

«Lassen Sie mir Ihre Adresse hier, Mr. Milvey. Ich muß wahrscheinlich noch einmal mit Ihnen reden. Privat- oder Geschäftsadresse, das ist mir egal.»

«Es ist ein und dieselbe. Ich arbeite schließlich von zu Hause aus, nicht wahr?» Er sagte das so, als habe er es für selbstverständlich gehalten, daß Wexford das wußte. Und im selben geduldigen Tonfall milden Erstaunens fügte er hinzu: «Kingsmarkham, Alverbury Road 27.»

«Heißt das, daß Sie Mr. Williams' übernächster Nachbar sind?»

Milveys Miene, obwohl offen und arglos, verriet leichtes Unbehagen. «Ich hab gedacht, das wissen Sie.»

«Nein, ich wußte es nicht.» Undeutlich erinnerte sich Wexford jetzt, daß er gelesen hatte, beim Stadtbauamt sei der Antrag eingegangen, im Garten von Alverbury Road 27 den Bau einer Garage oder vielmehr eines Hangars zu genehmigen, der so groß war, daß man einen Bagger darin unterbringen konnte. Da es sich um eine reine Wohngegend handelte, war der Antrag selbstverständlich abgelehnt worden. «Dann müssen Sie Mr. Williams doch kennen.»

«Wir grüßen uns», antwortete Milvey. «Meine Frau schwatzt ab und zu mit Mrs. Williams. Meine Tochter ist in derselben Klasse wie Sara.»

«Mr. Williams wird vermißt», sagte Wexford kurz. «Er ist seit einem Monat verschwunden – oder sogar noch länger.»

«Ach, tatsächlich?» Milvey sah nicht überrascht aus, sagte jedoch auch nicht, er habe es schon gewußt. «50 Pfund in Scheinen», sagte er, «und eine Jacke, die dreimal soviel wert ist.»

Wexford ließ ihn gehen.

«Das muß ein Zufall sein», sagte Burden.

«Wirklich, Mike? Dann wäre es aber schon ein verdammter Zufall, nicht wahr? Williams verschwindet, weil er etwas getan oder weil jemand ihm etwas angetan hat. Seine Reisetasche wird in einen

Teich geworfen, und wer findet sie? Ein Mann, der in derselben Straße im übernächsten Haus wohnt. Ich habe schon seit – warten Sie! – seit mindestens vierzig Jahren keinen John Buchan mehr gelesen. Aber ich erinnere mich, daß in einem seiner Bücher der Held eine Autopanne hat, und das Haus, in dem er um Hilfe bittet, ausgerechnet das Domizil des Chefs der Anarchisten ist. Ein wenig später stellt es sich heraus, daß der Mörder, der angeheuert wurde, um ihn zu erledigen, ein Einbrecher ist, den er vor kurzem vor Gericht erfolgreich verteidigte. Na ja, das sind Romane für Halbwüchsige, würde ich sagen. Aber was Sie Zufall nennen, kann man ohne weiteres mit diesen Geschichten vergleichen. Haben Sie schon einmal einen so unglaublichen Zufall erlebt?»

«Meine Großmütter hießen beide Mary Brown.»

«Nein, wirklich?» Wexford ließ sich vorübergehend ablenken. «Das haben Sie mir noch gar nicht erzählt. Und stammten sie auch aus derselben Gegend?»

«Die eine kam aus Sussex, die andere aus Herefordshire. Ich wette mit Ihnen, daß so etwas viel seltener vorkommt als die Sache mit der Tasche. Warum soll sie nicht zufällig von einem Nachbarn gefunden werden? Wäre sie vergraben gewesen oder hätte sie in einem hohlen Baum gesteckt, und Milvey hätte sie gefunden, wäre das etwas anderes gewesen. Aber die Tasche lag in einem Teich, und Milvey hat nun mal mit Teichen beruflich zu tun. Wenn Sie gründlich darüber nachdenken, werden Sie merken, daß der Zufall gar nicht so groß ist. Sobald die Tasche im Teich lag und Milvey den Auftrag bekam, ihn zu säubern und auszubaggern – was derjenige, der die Tasche hineingeworfen hatte, natürlich nicht wissen konnte –, mußte er sie zwangsläufig finden.»

Wexford wußte, daß mehr dahintersteckte. Er konnte die Angelegenheit nicht so leichthin abtun wie Burden. Milvey hatte sich ohnehin ein bißchen seltsam benommen, und Wexford war überzeugt, daß er ihm nicht alles gesagt hatte, was er wußte.

«Wie lange hat die Tasche Ihrer Meinung nach im Teich gelegen?»

Sie stand auf einer dicken Schicht Zeitungspapier zwischen ihnen auf dem Fußboden. Die Sachen, die Wexford schon genau untersucht hatte, waren wieder hineingepackt worden.

«Seit dem Abend, an dem er nach Ipswich wollte, nehme ich an. Vielleicht wurde sie auch erst am Tag danach hineingeworfen.»

Wexford war auch damit nicht einverstanden, behielt seine Einwände aber vorläufig für sich. Außer dem braunen Wildlederblouson enthielt die Tasche einen Regenmantel, einen modischen Burberry, die 50 Pfund, Zahnbürste, Zahncreme, einen Wegwerfrasierer, eingerollt in eine Unterhose, eine Flasche Eau de Cologne, Marke Monsieur Rochas, und ein Paar funkelnagelneue Socken, an denen noch das Preisschildchen hing. Die Unterhose war eine sehr jugendliche und modische von Homs, hellblau und weiß, die Sokken dunkelbraun, eine teure Marke aus reiner Seide.

Das waren genau die Sachen, die ein Mann einpacken würde, wenn er eine Nacht ausbleiben wollte, nicht aber drei. Und die Unterhose, das Cologne und die Socken schienen darauf hinzuweisen, daß es keine einsamen Nächte werden sollten. Oder hatte die Tasche noch andere Gegenstände enthalten, die herausgenommen worden waren? Dann war es gewiß nur geschehen, weil man verhindern wollte, daß der Eigentümer schnell identifiziert wurde. Aber warum steckte, wenn das der Fall war, die Organspenderkarte noch in der Tasche des Blousons? «Ich möchte nach meinem Tod einem anderen helfen weiterzuleben», verkündete sie etwas naiv in Scharlachrot und Weiß, und auf der Rückseite hatte R. J. Williams erklärt, er sei damit einverstanden, daß nach seinem Tod jeder Körperteil von ihm zur Behandlung anderer verwendet werden durfte. Unter diesem Text standen seine Unterschrift und das – nunmehr ein Jahr zurückliegende – Datum. Als nächste Verwandte war, wie nicht anders zu erwarten, Joy Williams angegeben. Außerdem noch die Telefonnummer in der Alverbury Road.

Die menschliche Natur war eine Anhäufung von Widersprüchlichkeiten, sie kannte kein Folgerichtigkeit, das wußte Wexford. Trotzdem wunderte es ihn, daß ein Ehemann und Vater mit voller Absicht und unglaublicher Rücksichtslosigkeit seine Frau über die Höhe seines Einkommens täuschen und gegen sie und seine Kinder den unerbittlichen Geizhals hervorkehren konnte, andererseits jedoch bereit war, seinen Körper für Transplantate zur Verfügung zu stellen. Doch das kostete ihn nichts, denn dann war er ja tot. War er jetzt schon tot?

«Wir werden anfangen müssen, ihn zu suchen. Ich meine, richtig suchen. Kämmen wir erst mal den Park von ‹Green Pond Hall› richtig durch.»

Burden war im Büro auf und ab gegangen. Er hatte es sich erst in letzter Zeit angewöhnt, und das ewige Hin und Her wirkte auf alle, die sich im selben Raum aufhielten, unglaublich anstrengend und ermüdend. Er hingegen schien kaum zu merken, was er tat. Zweimal war er schon am Fenster gewesen, zweimal an der Tür, hatte einmal eine Pause eingelegt und sich für ein paar Sekunden auf die Schreibtischkante gesetzt. Jetzt war er wieder am Fenster angekommen, blieb stehen, drehte sich um und sah Wexford gereizt und ungläubig an.

«Ihn suchen? Es liegt doch klar auf der Hand, daß er irgend etwas auf dem Kerbholz hat und abgehauen ist, um sich den Konsequenzen zu entziehen.»

«Na schön, Mike. Aber wenn das so ist – was hat er getan? Bei Sevensmith Harding nichts. Dort bescheinigt man ihm eine Weste von reinstem Weiß. Was könnte er sonst getan haben? Es ist natürlich möglich, daß er in einen Betrug verwickelt ist, der noch nicht entdeckt wurde, doch dagegen gibt es einen stichhaltigen Einwand. Er ist weg. Der einzige Grund für ihn zu verschwinden, wäre in diesem Fall doch nur die unmittelbar bevorstehende Aufdeckung des Betrugs gewesen. Warum ist sie dann nicht erfolgt?»

Burden zuckte mit den Schultern. «Wer weiß? Vielleicht hatte Williams einfach Glück.»

«Warum ist er nicht zurückgekommen? Warum kommt er nicht nach Hause, nachdem die Gefahr vorbei ist? Er hat das Land nicht verlassen, es sei denn, er hat einen falschen Paß. Und warum sollte er sich einen falschen Paß besorgen, wenn er einen eigenen hat und erst drei oder vier Tage nach seinem Verschwinden vermißt wird?»

«Es ist der älteste Trick der Welt, Kleidungsstücke an einem Flußufer liegenzulassen, wenn man verschwinden möchte. Haben Sie diese Möglichkeit schon in Betracht gezogen?»

«Sie verwechseln da ein bißchen was, Mike. Kein Mensch, der das vortäuschen will, was Sie meinen, packt seine Sachen in eine Reisetasche und wirft sie in einen Teich, der so flach ist, daß man sich, um Selbstmord zu begehen, im Wasser auf den Bauch legen und den Atem anhalten müßte. Außerdem hat die Tasche höchstens zwei Tage im Wasser gelegen. Hätte sie seit Williams Verschwinden dringelegen, hätten die Sachen schon angefangen zu faulen und würden fürchterlich stinken. Wir werden sie ins Labor hinüberschicken und abwarten, was sie dort dazu sagen. Aber was sie sagen werden, können wir mit eigenen Augen sehen und mit unseren eigenen Nasen riechen.

Williams ist tot. Seine Tasche sagt mir, daß er tot ist. Hätte er sie selbst in den Teich geworfen, damit wir glauben sollen, er sei tot, hätte er das sofort getan. Und der Inhalt sähe anders aus. Er hätte mehr Hinweise auf seine Identität zurückgelassen, zum Beispiel, und wir hätten weder Parfum noch hellblaue Unterhosen gefunden. Und das Geld wäre auch nicht drin gewesen, denke ich. Er hätte es gebraucht, er hätte jeden Penny gebraucht, dessen er habhaft werden konnte. Wir haben keinen Grund anzunehmen, daß er 50 Pfund entbehren konnte – denn was er auch getan haben mag, eine Bank hat er nicht ausgeraubt.

Er ist tot. Und weder Brief noch Telefonanruf sprechen dagegen, daß er, nachdem er Frau und Tochter verlassen hatte, vielleicht nur noch eine oder zwei Stunden lebte.»

Am nächsten Tag begann man den Park von «Green Pond Hall» zu durchsuchen. Das Gelände umfaßte acht Morgen, bestand zum Teil aus Wald, zum Teil aus einem völlig verwilderten von Unkraut überwucherten Landschaftsgarten, aus Stallungen und Koppeln und Weiden. Den Suchtrupp bildeten Sergeant Martin und drei Männer aus seiner Abteilung. Wexford fuhr selbst auch hinaus, um einen Blick auf den gesäuberten Teich und seine nähere Umgebung zu werfen. Es regnete noch immer. Es hatte gestern und vorgestern und mit Unterbrechungen drei Wochen lang geregnet. Die Wetterfrösche prophezeiten den niederschlagreichsten Mai seit man begonnen hatte, Aufzeichnungen über das Wetter zu machen. Der Weg war ein Morast und glich in Farbe und Beschaffenheit geschmolzener Schokolade, in die eine Riesengabel tiefe Furchen gezogen hatte. Es gab noch andere Möglichkeiten, zum Teich hinunterzukommen, doch nur, wenn man zu Fuß ging.

Um drei Uhr hatte Wexford einen Termin im Stowerton Royal Hospital. Colin Budd hatte über Nacht auf der Intensivstation gelegen. Am Morgen ging es ihm schon so gut, daß er in ein kleines Einzelzimmer auf der chirurgischen Männerstation verlegt werden konnte. Die fünf Messerstiche, die man ihm beigebracht hatte, waren nicht nur oberflächlicher Natur – einer war sogar sieben bis acht Zentimeter tief –, doch wie durch ein Wunder hatte keiner Herz oder Lunge verletzt.

Ein dicker weißer Verband bedeckte seine Brust, und darüber trug er eine weit offene gestreifte Schlafanzugjacke. Die Jacke hatte Übergröße, und Wexford schätzte Budds Brustumfang auf ungefähr fünfundachtzig Zentimeter. Budd war ein sehr magerer, knochiger, leichenblasser junger Mensch mit langem schwarzem Haar. Er schien genau zu wissen, was Wexford ihn fragen wollte, und nannte nervös Namen und Alter, gab als Beruf Automechaniker und eine Adresse in Kingsmarkham an. Er wohnte bei seinen Eltern.

«Erzählen Sie mir, was passiert ist.»

«Das Mädchen hat mir das Messer in die Brust gestoßen.»

«Aber Mr. Budd, Sie wissen genau, daß mir das nicht genügt. Ich will alle Einzelheiten hören, alles, woran Sie sich erinnern können. Zu allererst möchte ich wissen, wieso Sie ausgerechnet dort, wo Füchse und Hasen sich gute Nacht sagen, auf den Bus gewartet haben.»

Budd hatte eine nörgelnde Stimme, die immer leicht entrüstet klang. Er gehörte zu den Leuten, die glauben, die Welt schulde ihnen nicht nur ihren Lebensunterhalt, sondern auch ganz besondere Rücksicht.

«Das hat nichts damit zu tun», antwortete er.

«Das zu beurteilen, müssen Sie schon mir überlassen. Ich nehme nicht an, daß Sie dort etwas getan haben, dessen Sie sich schämen müßten. Und sollte das doch der Fall gewesen sein, bleibt es unter uns.»

«Ich weiß nicht, worauf Sie hinauswollen!»

«Sagen Sie mir ganz einfach, wo Sie gestern abend waren, Mr. Budd.»

«Ich habe Billard gespielt», antwortete Budd mürrisch.

Was für ein Idiot! Er sagte das so, als habe er es in einem der Häuschen am Hang mindestens mit der Frau eines Freundes getrieben.

«In einem Billard-Club?»

«Wir spielen immer am Dienstagabend. In Pomfret, in einem Hinterzimmer vom *White Horse*. Es war schon nach zehn, und ich rechnete damit, zu Fuß nach Hause gehen zu müssen.» Budd schob sich ein wenig nach links, zuckte zusammen und zog sich im Bett in die Höhe. «Dann regnete es immer stärker, und ich wurde durch und durch naß. Ich schaute auf meine Uhr und stellte fest, daß in zehn Minuten der Bus kommen mußte. Der Zehn-Uhr-Vierziger. Und ich hatte es nicht mehr weit bis zur Haltestelle.»

«Ein Automechaniker, der keinen eigenen Wagen hat?»

«Ich hatte einen kleinen Unfall. Mein Wagen ist in der Werkstatt und bekommt einen neuen Kotflügel. Ich bin höchstens fünfunddreißig gefahren, als die Frau plötzlich aus einer Seitenstraße einbiegt ...»

«Sie kamen also zur Bus-Haltestelle, zum Wartehäuschen», unterbrach ihn Wexford. «Was passierte dann?»

Budd sah ihn an, dann irrte sein Blick wieder ab. «Auf der Bank saß ein Mädchen. Ich setzte mich neben sie.»

Wexford kannte das Wartehäuschen. Es war ungefähr drei Meter lang, die Bank etwa einen halben Meter kürzer.

«Neben sie?» fragte er. «Oder ans andere Ende der Bank.»

«Neben sie. Ist das wichtig?»

Vielleicht, dachte Wexford.

Ob das nun richtig oder falsch ist, ob es sich auf das soziale Leben nun positiv oder negativ auswirkt, in England ist es jedenfalls üblich, daß ein Mann, der nichts im Schilde führt, sich auf einer Bank nie direkt neben eine Frau setzt, sondern so weit wie möglich von ihr abrückt. Eine Frau handelt wahrscheinlich genauso, wenn eine andere Frau oder ein Mann dort sitzt, und ein Mann hält auch Abstand, wenn vor ihm schon ein anderer Mann da war.

«Haben Sie das Mädchen gekannt? Haben Sie es schon früher mal gesehen?»

Budd schüttelte den Kopf.

«Haben Sie mit ihr gesprochen?»

«Ich habe nur gesagt, daß es regnet.»

Also das wußte sie ja wohl, dachte Wexford. Er warf Budd einen harten Blick zu.

«Ich habe gesagt», fuhr Budd fort, «es sei jammerschade, daß der Mai so verregnet ist, dadurch hätten wir einen längeren Winter, so ungefähr. Sie zog ein Messer aus der Tasche und stürzte sich auf mich.»

«Einfach so? Sie haben nichts anderes zu ihr gesagt?»

«Ich habe eben wiederholt, was ich sagte.»

«Sie war verrückt, nicht wahr? Ein Mädchen, das mit dem Messer auf Männer einsticht, weil sie eine ganz harmlose Bemerkung über das Wetter machen.»

«Ich habe nur noch gesagt, daß ich normalerweise mit meinem Auto unterwegs wäre und sie mitnehmen könnte.»

«Mit anderen Worten, Sie haben versucht, sie anzumachen?»

«Na gut, und wennschon? Ich habe sie nicht angefaßt. Ich habe nichts getan, habe sie nicht erschreckt. Ich habe nur gesagt, daß ich sie heimfahren könnte, wenn ich meinen Wagen hätte. Sie holte das Messer raus und stach vier- oder fünfmal zu. Ich schrie, und sie rannte weg.»

«Würden Sie sie wiedererkennen?»

«Darauf können Sie wetten.»

«Beschreiben Sie sie.»

Es kam nichts Brauchbares dabei heraus, wie Wexford vermutet hatte. Budd wußte nicht, ob sie groß oder klein, dick oder dünn war, weil er sie nur im Sitzen gesehen hatte. Er glaubte jedoch, sie habe einen Regenmantel angehabt. Einen dünnen, hellen Regenmantel. Sie hatte blondes Haar, das wußte er, obwohl sie einen Hut oder ein Kopftuch getragen hatte. Aber darunter hätten blonde Haarsträhnen herausgeschaut. Ihr Gesicht? Durchschnittlich, meinte er. Hübsch könnte man sie nicht nennen. Wexford fragte sich, was Budd dann an ihr so anziehend gefunden hatte? Einfach die Tatsachen, daß sie weiblich und jung gewesen war? Ungefähr zwanzig, sagte Budd. Na ja, möglicherweise auch fünf- oder sechsundzwanzig. Gedrängt, sich genauer zu äußern, sagte er, sie könne zwischen achtzehn und dreißig gewesen sein, er könne nicht gut schätzen, aber jung sei sie gewesen.

«Fällt Ihnen noch etwas anderes ein?»

Eine Schwester war hereingekommen und an der Tür stehengeblieben. Wexford wußte, was sie gleich sagen würde, er hätte den Text für sie schreiben können: «Jetzt ist es aber genug. Mr. Budd braucht Ruhe.» Sie trat ans Bett, nahm die Fieberkurve vom Haken und studierte sie mit begeisterter Konzentration.

«Sie hatte einen Sack bei sich. Den packte sie, bevor sie wegrannte.»

«Was für einen Sack?»

«Einen Plastiksack, wie die, die man in die Mülltonnen gibt. Einen schwarzen. Sie nahm ihn auf, warf sich ihn über die Schulter und rannte.»

«Jetzt haben Sie aber genug gefragt», sagte die Schwester, von Wexfords Konzept ein wenig abweichend.

Er stand auf. Budds Geschichte hatte ein ungewöhnliches Bild in ihm heraufbeschworen, eins, das Wexfords Phantasie beflügelte. Der dunkle, verregnete Abend, das blitzende Messer, das zustieß und immer wieder zustieß, das Mädchen, das, einen Sack über der Schulter, durch den Regen lief ... Es war wie die Illustration in einem Märchenbuch von Andrew Lang, schwer faßbar, unheimlich und wie aus einer anderen Welt.

6

Was hat Burden nur gemeint, als er sagte, bei der Amniozentese sei etwas ans Licht gekommen, das Jenny beunruhige? fragte sich Wexford grübelnd. Nachts war er ein- oder zweimal aufgewacht, und sein erster bewußter Gedanke war diese Frage gewesen. Auf der Fahrt nach Myringham sah er auf dem Gehsteig eine Frau mit einem mongoloiden Kind, und sofort war die Frage wieder da.

Mit Burden hatte er nicht darüber sprechen wollen. So etwas fragte man einen künftigen Vater nicht. Was für einen kleinen Defekt gab es, der dem Vater nichts, der Mutter aber sehr viel ausmachte? Das war grotesk, lächerlich, so etwas gab es nicht. Jeder Defekt wäre eine Tragödie. Taubheit, Schwerhörigkeit, ein Herzgeräusch, eine Hasenscharte oder deformierte Lippen – der Test hätte sie ohnehin nicht aufgezeigt. Ein zusätzliches Chromosom? Das war ein Gebiet, auf dem er völlig unwissend war. Er dachte an seine eigenen Kinder, vollkommen, immer gesund. Sie hatten ihm auch nie ernsthafte Schwierigkeiten gemacht. Ihm wurde warm ums Herz, wenn er an seine Mädchen dachte.

Dabei fiel ihm ein, daß er das Programmheft des Nationaltheaters für die Sommerspielzeit in der Tasche hatte. Sheila gehörte zum Ensemble und sollte in diesem Jahr zum erstenmal große Rollen spielen. Deshalb machte sie auch bei «Startbahn» nicht mehr mit. Er warf einen Blick auf seinen Fahrer, wollte etwas sagen, überlegte es sich jedoch und holte das Theaterprogramm heraus. Dora hatte ihn gebeten festzulegen, an welchen Tagen sie nach London fahren und sich die drei Produktionen ansehen sollten, in denen Sheila spielte. Aus naheliegenden Gründen mußte immer er es sein, der solche Entscheidungen traf.

Das neueste Stück von Stoppard, Ibsens *Klein Eyolf* und Shelleys *Die Cenci*. Wexford hatte schon von *Klein Eyolf* gehört, das Stück aber nie gesehen oder gelesen. Und was *Die Cenci* betraf, mußte er zu seiner Schande gestehen, daß ihm Shelley als Dramatiker bisher überhaupt kein Begriff gewesen war. Er hatte nicht einmal gewußt, daß es Dramen von Shelley gab. Doch hier stand es klipp und klar: *Percy Bysshe Shelley*, und das Stück wurde als Drama in fünf Akten bezeichnet. Wexford malte neben einen Freitag im Juli und zwei Samstage im August vorläufige Fragezeichen ins Programm, und im selben Augenblick hielt sein Fahrer Donaldson vor dem Bürogebäude von Sevensmith Harding.

Miles Gardner hatte nach Wexford Ausschau gehalten und kam mit einem Regenschirm herausgestürzt. Wexford kam sich vor wie ein königlicher Besuch. Sie platschten über den Gehsteig zur Haustür.

Der Hauptbuchhalter Kenneth Risby sagte Wexford, Rodney Williams' Gehalt sei auf sein Konto bei der Filiale der Anglican-Victorian Bank in Pomfret überwiesen worden. Von diesem Konto hatte er dann allmonatlich 500 Pfund auf das gemeinsame Konto überwiesen. Risby war seit fünfzehn Jahren bei der Firma, und er sagte, er könne sich nicht erinnern, daß sich in dieser Beziehung bei Williams je etwas geändert hätte – weder in jüngster Zeit noch damals, als er noch Firmenvertreter gewesen war. Sein Gehalt war immer nach Pomfret gegangen, nie nach Kingsmarkham.

«Wir haben nichts von ihm gehört», mischte sich Miles Gardner ein. «Was er auch mit dem PS. in seinem Brief gemeint haben mag, er hat sich mit unserer Buchhaltung nicht in Verbindung gesetzt.»

«Williams hat den Brief doch nicht geschrieben», erinnerte ihn Wexford.

Gardner nickte unglücklich.

«Als wir uns das erste Mal über diese Sache unterhielten», fuhr Wexford fort, «haben Sie mir erzählt, eine Frau, die sich als Mrs. Williams ausgab, habe angerufen und gesagt, ihr Mann sei krank und könne nicht kommen. War das vielleicht am Freitag, dem 16. April?»

«Ja, ich glaube, genau da war's.»

«Wer hat das Gespräch entgegengenommen?»

«Das muß eine von unseren Telefonistinnen gewesen sein. Sie arbeiten nur halbtags. Ich weiß heute wirklich nicht mehr, ob es Anna war oder Michelle. Als das Gespräch kam, war ich noch nicht hier. Es muß also vor halb zehn gewesen sein.»

«Williams hatte doch eine Sekretärin?»

«Christine Lomond. Er mußte sie mit unserem stellvertretenden Verkaufsdirektor teilen. Wollen Sie mit ihr sprechen?»

«Noch nicht. Heute vielleicht noch nicht. Ich brauche Anna oder Michelle. Aber welche von den beiden?»

«Michelle, nehme ich an», sagte Gardner. «Manchmal tauschen sie den Dienst, aber am Vormittag ist gewöhnlich Michelle hier.»

Sie war an jenem Freitag dagewesen und war auch heute hier. Michelle war ein sehr junges und sehr hübsches Mädchen mit einem auffallenden Make-up. Der Telefonzentrale, die nicht viel größer war als ein Schrank, hatte sie (oder Anna) ihren Stempel aufgeprägt. Da stand ein blauer Blumentopf mit einer Zinerarie, ein Stapel Zeitschriften und ein Strickzeug lagen herum und auf dem Tisch vor ihr, rasch mit dem Rücken nach oben aus der Hand gelegt, das Buch über die neueste Schlankheitsdiät.

Es war klar, daß Michelle das Telefongespräch schon gründlich durchgehechelt hatte. Vielleicht mit Anna oder mit Christine Lomond. Williams' Verschwinden war natürlich Bürogespräch gewesen.

«Ich komme kurz vor neun», sagte sie. «Um die Zeit geht es mit den Anrufen los. Aber das komische war, daß an dem Morgen kein einziges Gespräch hereinkam, bis Mrs. Williams zwanzig nach neun anrief.»

«Sie meinen, bis jemand anrief, der sich Mrs. Williams nannte?»

Michelle sah ihn an und schüttelte heftig den Kopf. «Es war Mrs. Williams. Sie sagte: ‹Hier spricht Joy Williams›.»

Wexford widersprach nicht.

«Was hat sie genau gesagt?»

«‹Mein Mann, Mr. Williams, kommt heute nicht.› Dann zögerte sie irgendwie und fügte hinzu: ‹Ich meine Mr. Rodney Williams, den Marketing-Manager.› Ich sagte, außer mir sei noch niemand da, und sie antwortete, das mache nichts, ich solle Christine nur ausrichten, daß er Grippe habe und nicht kommen könne.»

Wer es auch gewesen sein mochte, Joy war es nicht. Damals hatte sie noch gar nicht gewußt, daß ihr Mann Marketing-Manager war.

Wexford bedankte sich bei Michelle und wandte sich ab, in Gedanken schon bei den Schreibmaschinen der Firma, als ihm plötzlich etwas einfiel.

«Wieso sind Sie so sicher, daß die Frau, mit der Sie gesprochen haben, Mrs. Williams war?»

«Weil sie's war. Ich weiß es einfach.»

«Nein, lassen Sie mich korrigieren. Sie wissen, daß es eine Frau war, die behauptete, Mrs. Joy Williams zu sein. Sie hatte vorher noch nie hier angerufen, nicht wahr? Also konnten Sie auch ihre Stimme nicht wiedererkennen.»

«Vorher nicht, aber später hat sie noch mal angerufen.»

«Was meinen Sie mit später?»

«Ungefähr drei Wochen später.» Michelle sprach jetzt mit übertriebener Geduld, als habe sie einen geistig verwirrten oder sehr einfältigen Menschen vor sich. «Mrs. Joy Williams hat drei Wochen, nachdem ihr Mann die Firma verlassen hatte, noch einmal hier angerufen.»

Natürlich. Wexford erinnerte sich jetzt. Er selbst hatte Joy zu dem Anruf geraten.

«Ich habe sie mit Mr. Gardner verbunden», sagte Michelle. «Ich war ein bißchen verlegen, wenn ich ehrlich sein will. Aber ich weiß, es war dieselbe Stimme. Ich weiß es wirklich. Es war die Stimme der Frau, die an dem bewußten Freitagmorgen hier angerufen hatte. Es war Mrs. Williams.»

Das Mädchen wartete auf dem Grasstreifen, der den Verkehrskreisel vor Kingsmarkham seitlich begrenzt, und hielt ein Stück Pappe in die Höhe, auf dem in Druckbuchstaben MYRINGHAM stand. Die zweite Ausfahrt des Kreisels ist der Anfang der Umgehungsstraße von Kingsmarkham. Brian Wheatley hielt an der ersten Ausfahrt, die ins Stadtzentrum führt, das Mädchen stieg ein und setzte sich auf den Beifahrersitz. Aus einem ihm selbst unerklärlichen Grund – vielleicht weil er schon abgebogen war und es schwierig gewesen wäre, sich wieder in den Kreisverkehr einzufädeln – beschloß Wheatley, durch die Stadt zu fahren, anstatt über die Umgehungsstraße. Sie sollte der Verkehrsberuhigung in der Stadt dienen und den Verkehr um sie herumleiten und war daher meistens viel stärker befahren als die alte Route.

Wheatley kam aus London, wo er dreimal wöchentlich arbeitete, und wollte nach Hause. Es war gegen sechs Uhr abends und natürlich noch taghell. Wheatley war erst vor zwei Wochen nach Myringham umgezogen und kannte sich in den Seitenstraßen und Sackgassen noch nicht gut aus. Das Mädchen sprach kein Wort. Es hatte kein Gepäck bei sich, nur eine Umhängetasche. Wheatley fuhr über die High Street durch Kingsmarkham und wußte plötzlich nicht mehr, wo er war. Die zahlreichen Hinweisschilder verwirrten ihn nur noch mehr. Statt geradeaus weiterzufahren, bildete er sich auf einmal ein, er sei schon zu weit draußen und hätte bei einer etwa eine halbe Meile zurückliegenden Kreuzung links abbiegen müssen. Er hielt daher in der nächsten Parkbucht – an einer leider ziemlich abgelegenen Stelle, wie er selbst zugab – und wollte seine Straßenkarte zu Rate ziehen.

Das habe er, wie er sagte, dem Mädchen auch unmißverständlich klargemacht. Nachdem er den Motor abgestellt hatte, war er gezwungen, an seiner Beifahrerin vorbei zum Handschuhfach zu greifen, um die Karte herauszuholen. Sie schrie leise auf – ob vor Angst oder vor Zorn wußte er nicht –, und dann fühlte er einen heftigen Schmerz in der rechten Hand, einem Brennen ähnlicher als einem Schnitt.

Das Messer bekam er überhaupt nicht zu Gesicht. Das Mädchen sprang aus dem Wagen, knallte die Tür hinter sich zu und lief weg. Nicht die Straße entlang, sondern über einen Pfad zwischen einem Weizenfeld und einem Wald. Aus einer tiefen Wunde an Wheatleys Daumenballen strömte das Blut. Wheatley verband sie so gut er konnte mit dem Taschentuch, war aber so geschockt und fühlte sich so schwach, daß er erst nach ein paar Minuten weiterfahren konnte. Als es ihm besser ging, warf er einen Blick auf die Landkarte, stellte fest, daß er näher bei seinem Haus war, als er gedacht hatte, und kam nach einer knappen Viertelstunde dort an. Der Allgemeinarzt, zu dessen eingetragenen Patienten er seit einer Woche gehörte, hatte noch Sprechstunde. Wheatley ließ sich von seiner Frau zur Praxis fahren, und der Stich wurde genäht. Wheatley erzählte dem Arzt, er sei beim Fleischschneiden versehentlich an die Spitze des Fleischmessers geraten und habe sich gestochen. Ob der Arzt ihm glaubte oder nicht, war eine andere Sache. Er enthielt sich jeden Kommentars. Wheatley hatte ihm die Wahrheit sagen wollen, auch auf die Gefahr hin, daß die Polizei eingeschaltet werden mußte. Seine Frau hatte es ihm jedoch ausgeredet, weil die Polizei bestimmt vermuten würde, daß er das Mädchen belästigt habe.

Das war die Geschichte, die Wheatley drei Tage später Wexford erzählte. Seine Frau wußte nicht, daß er sich nun doch zu einer Anzeige entschlossen hatte. Er sei zur Polizei gegangen, erklärte er, weil es ihn immer mehr empörte, daß dieses Mädchen, dem er nichts getan, ja, mit dem er kaum gesprochen hatte – außer daß er ihm sagte, er müsse jetzt anhalten, um sich die Landkarte anzusehen –, ihn gewissermaßen aus heiterem Himmel mit dem Messer angreifen durfte und ungestraft davonkam.

«Können Sie sie beschreiben?»

Resigniert wartete Wexford auf eine genauso unnütze Beschreibung wie die, die Colin Budd geliefert hatte. Er sollte eine Überraschung erleben. Wheatley schien zwar in vielen Dingen ziemlich unbeholfen zu sein, er war jedoch ein ausgezeichneter Beobachter.

«Sie war ziemlich groß für eine Frau – einszweiundsiebzig bis einsfünfundsiebzig. Jung, achtzehn oder neunzehn. Braunes oder noch helleres Haar, schulterlang, Sonnenbrille, obwohl es nicht sonnig war, helle Haut. Mir fiel auf, daß sie sehr weiße Hände hatte. Jeans und eine Bluse, glaube ich, und eine Strickjacke. Die Tasche war dunkel, schwarz oder marineblau.»

«Hatten Sie den Eindruck, daß sie in Myringham wohnt? Daß sie nach Hause wollte?»

«Ich hatte überhaupt keinen Eindruck von ihr. Als sie einstieg, sagte sie danke. Nur dieses eine Wort ‹danke›, sonst nichts. Ich erklärte ihr, daß ich doch lieber durch die Stadt fahren wollte, als über die Umgehungsstraße. Sie antwortete nicht. Später sagte ich noch, ich müßte jetzt halten und einen Blick auf die Karte werfen. Sie antwortete wieder nicht. Aber als ich die Hand ausstreckte, um ins Handschuhfach zu greifen – ich habe sie dabei nicht berührt, das könnte ich beschwören –, schrie sie leise und ganz kurz auf. Mehr als ‹danke› und den Schrei habe ich von ihr nicht zu hören bekommen.»

Die Vermutung lag nahe, daß Budd von demselben Mädchen überfallen worden war. Doch konnte man in Budds Annäherungsversuch noch ein schwaches Motiv sehen, gab es bei Wheatley, wenn man ihm glauben wollte, nicht den geringsten Grund für einen so heimtückischen Überfall. Hatte das Mädchen vielleicht gedacht, Wheatley wolle gar nicht ins Handschuhfach greifen, sondern ihre linke Schulter packen oder ihr die Hand aufs Knie legen? Diese Angriffe hatten etwas Lächerliches an sich, und doch waren zwei Männer der Ansicht, sie seien bitter ernst zu nehmen. Beim nächstenmal konnte es einen Toten geben.

Oder gab es ihn vielleicht schon?

Der Filialleiter der Anglican-Victorian Bank in Pomfret sah Adolf Hitler zum Verwechseln ähnlich. Das lag nicht nur an dem kleinen bürstenähnlichen Schnurrbart und der dunklen Haarsträhne, die Mr. Skinner tief in die Stirn hing. Das Gesicht war dasselbe – ein recht angenehmes Gesicht mit einem großen Kinn, einer kräftigen Nase und kleinen Augen mit schweren Lidern. Aber das wäre ohne den Schnurrbart und die Haarsträhne nicht aufgefallen, daher mußte man einfach zu dem unerfreulichen Schluß kommen, daß Mr. Skinner die Ähnlichkeit absichtlich herausstrich. Wexfords Ansicht nach, konnte ein Bankdirektor Hitler nur aus einem einzigen Grund nachahmen: er wollte seine Kunden einschüchtern.

Er war jedoch herzlich, freundlich und charmant. All das, aber er war auch unerbittlich. Es kam gar nicht in Frage, daß er Wexford die Kontoblätter von Rodney Williams' Konten überließ, und er war auch nicht bereit, Wexford Aufschluß über diese Konten zu geben.

«Sagten Sie ‹Konten›, weil es mehrere gibt?» fragte Wexford.

«Ja. Mr. Williams hat zwei Girokonten bei uns – und damit habe ich wahrscheinlich schon mehr gesagt, als ich sollte.»

«Zwei Girokonten unter dem Namen Rodney Williams?»

Skinner stand auf, legte den Kopf leicht schief und sah aus wie Hitler, der in Hendaye auf den Zug mit Franco wartete. «Ich habe zwei Girokonten gesagt, Chief Inspector. Und dabei wollen wir es bewenden lassen, ja?»

Ein Gehaltskonto, dachte Wexford, als sein Wagen, mit Donaldson am Steuer, durch das Zentrum von Pomfret zur Ausfallstraße nach Kingsmarkham fuhr. Das andere – wofür? Der Haushalt in Kingsmarkham war von den 500 Pfund bestritten worden, die Williams allmonatlich vom Pomfret-Konto A auf das gemeinsame Kingsmarkham-Konto überwiesen hatte. Wozu dann das Konto B? Seine Frau hatte von der Existenz des Kontos A ohnehin keine Ahnung. Es hätte genügt, um vor ihr geheimzuhalten, über wieviel Geld Williams tatsächlich verfügte. Wozu brauchte er ein drittes Girokonto?

Sie suchten jetzt in dem zum Teil bewaldeten Gebiet zwischen

Kingsmarkham und Forby nach ihm. Doch hatte sich seit dem Taschenfund im Green Pond nichts mehr ergeben. Er ist tot, dachte Wexford. Er muß tot sein.

Burden hatte sich in Pomfret mit der Familie Harmer unterhalten, Joy Williams' Schwester, Schwager und Nichte. John Harmer war Apotheker und hatte ein Geschäft in der High Street.

«Sie bestätigen, daß Mrs. Williams an diesem Abend bei ihnen war», sagte Burden. «Aber ich würde ihrer Aussage keine allzu große Bedeutung beimessen. Sie lügen nicht absichtlich, sie können sich nicht erinnern. Es ist sieben Wochen her. Außerdem ist Mrs. Williams am Abend sehr oft bei ihnen. Eigentlich nur, um dann vor ihrem Fernseher zu sitzen, statt vor dem eigenen, nehme ich an. Wahrscheinlich fühlt sie sich einsam und sehnt sich nach Gesellschaft. Mrs. Harmer erklärt, ihre Schwester sei an jenem Abend ganz bestimmt dagewesen, ihr Mann meint, wenn seine Frau es sagt, muß es stimmen, und das Mädchen weiß es nicht. Man kann auch von einem Teenager nicht erwarten, daß er sich sehr dafür interessiert, wann seine Tante kommt.»

Wexford berichtete ihm, was er von der Telefonistin bei Sevensmith Harding erfahren hatte. «Natürlich kann sich das Mädchen irren, vielleicht redet es sich auch ein, es sei dieselbe Stimme gewesen, damit das Ganze noch ein bißchen dramatischer wird. Aber es ist durchaus möglich, daß die Frau, die bei Sevensmith Harding anrief, um Williams zu entschuldigen, und diejenige, die drei Wochen später mit Gardner telefonierte, um sich nach Williams' Verbleib zu erkundigen, ein und dieselbe war. Und wir wissen, daß der zweite Anruf von Joy Williams kam. Kurz nachdem ihr Mann verschwand, war Joy sehr erpicht darauf, mich hinzuzuziehen, später legte sich dieser Eifer, da verhielt sie sich eher ablehnend. Als ich das erste Mal mit ihr sprach, sagte sie nicht, daß sie an dem Abend ausgegangen war. Das erwähnte sie erst bei meinem zweiten Besuch. Joy betet ihren Sohn Kevin an. Die Tochter bedeutet ihr nichts, der Sohn alles. Was ist denn los, um Himmels willen?»

Burden war sehr blaß geworden, sein Gesicht wirkte seltsam angespannt, und seine Hände umklammerten die Armlehnen seines Sessels. «Sprechen Sie weiter.»

«Na schön. Also – ihr Sohn ruft jeden Donnerstag abend zu Hause an, und der bewußte Donnerstag war der erste nach den Ferien. Hätte eine Mutter, die so an ihrem Sohn hängt, nicht alles mögliche wissen wollen – Dinge, über die sich Mütter unter diesen Umständen eben den Kopf zerbrechen? Hatte er eine gute Reise gehabt? War sein Zimmer in Ordnung? Hatte er sich schon wieder eingewöhnt? Diese liebende Mutter aber wartet nicht auf seinen Anruf. Sie geht weg – nicht weil sie etwas Wichtiges vorhat, nicht zu irgendeiner Veranstaltung, die schon seit Monaten auf ihrem Programm steht, nein, sie geht zu ihrer Schwester, um dort fernzusehen. Was schließen Sie daraus?»

Burden, der seine unerklärliche Erregung inzwischen unterdrückt hatte, lachte gezwungen. «Sie reden wie Sherlock Holmes mit Dr. Watson.» Seit seiner zweiten Heirat las er ab und zu ein Buch, eine Veränderung an ihm, an die Wexford sich nicht gewöhnen konnte.

«Nein», antwortete er, «eher wie ein aufrechter Mann aus Sussex – einer Rasse, die unter einem schweigsamen Äußeren einen sehr gesunden Menschenverstand verbirgt.»

«Also schweigsam würde ich Sie nicht gerade nennen. War das ein Zitat von Sherlock Holmes?»

Wexford nickte. «Also, was denken Sie, Mike?» sagte er weniger geschraubt als vorher.

«Daß Joy Williams irgendwie mit ihrem Mann unter einer Decke steckt. Daß die beiden ein Komplott geschmiedet haben. Wenn Sie von mir wissen wollen, wieso und warum, bin ich überfragt, aber meiner Meinung nach soll alle Welt glauben, daß Williams tot ist. Er hat an dem Abend das Haus verlassen, und sie hat sich später irgendwo mit ihm getroffen. Was sie auch vorhatten, es durfte nicht im Haus geschehen, weil sie es vor ihrer Tochter ebenso geheimhalten mußten wie vor allen anderen Leuten. Am nächsten Morgen rief Joy Williams bei Sevensmith Harding an und entschuldigte ihren Mann mit Krankheit. Es ist natürlich Unsinn, wenn sie behauptet, sie habe nicht gewußt, daß er Marketing-Manager war und daß sie die Höhe seines Einkommens nicht gekannt habe. Als nächstes tippten er oder sie den Kündigungsbrief auf einer gemieteten Schreibmaschine. Wahrscheinlich war sie es, die nicht wußte, wie er Gardner anredete, und deshalb den Fehler machte, ‹Mr. Gardner› zu schreiben. Der verlassene Wagen, die weggeworfene Tasche gehörten zu einem Plan, der uns glauben machen sollte, daß Williams tot ist. Doch daß wir dem Fall immer mehr Aufmerksamkeit widmeten, erschreckte Joy, ihr wäre eine langsamere Gangart lieber gewesen. Daher ihre Zurückhaltung. Ich habe vorhin gesagt, ich kann mir nicht vorstellen, was das Ganze soll. Aber es könnte sich um Versicherungsbetrug handeln, nicht wahr?»

«Ohne Leiche, Mike? Ohne für den Tod mehr Beweise zu haben als eine weggeworfene Reisetasche? Und wenn Sie die Leute glauben machen wollen, Sie seien tot, gäbe es doch wahrhaftig ein gutes halbes Dutzend einfachere und überzeugendere Möglichkeiten, nicht wahr?»

«Dann sind Sie also meiner Meinung? Sie glauben nicht, daß er tot ist?»

«Ich weiß, daß er tot ist», sagte Wexford.

Am nächsten Tag stellte es sich heraus, daß er recht hatte.

Es sah wie ein Grab aus. Es hatte die Form eines Grabes, so klar umrissen, als sei es mit einer Steinplatte abgedeckt, obwohl das Edwin Fitzgerald zunächst gar nicht auffiel. Trotz seiner Form hätte er es als reine Kuriosität angesehen, als er vorüberkam, als Laune der Natur. Es war der Hund Shep, der seine Aufmerksamkeit darauf lenkte.

Edwin Fitzgerald war Polizeibeamter im Ruhestand, ein ehemaliger Hundeführer. Er wohnte in Pomfret und arbeitete halbtags als Wachmann in einer Fabrik in Stowerton. Der Hund Shep hatte, strenggenommen, keine Polizeiausbildung – als Drogenschnüffler zum Beispiel. Fitzgerald hatte ihn gekauft, nachdem sein letzter Hund gestorben war – ein wunderbarer Hund übrigens, intelligenter als jeder Mensch, ein Hund, der jedes Wort verstanden hatte. Shep konnte diesem Hund nicht das Wasser reichen und mußte es sich oft gefallen lassen, daß er mit ihm verglichen wurde, was immer zu Sheps Ungunsten ausfiel. Er verstand nicht jedes Wort, das Fitzgerald sagte, oder benahm sich zumindest so, als verstehe er es nicht.

An diesem Junimorgen, an dem es nicht regnete, dem ersten wirklich schönen Morgen in diesem Sommer, hörte Shep auf kein Wort, ignorierte alle Befehle, reagierte weder auf «hierher» noch auf «bei Fuß» und grub mit wahrem Feuereifer an einer Stelle, die für seinen Herrn wie ein von Unkraut überwuchertes Beet aussah. Shep buddelte wie besessen. Fitzgerald teilte ihm daher allen Ernstes mit, er sei ein Teufel, und Fitzgerald wisse nicht, was in ihn gefahren sei. Er brüllte sogar – was ein guter Hundeführer nie tun sollte –, und er drohte Shep mit der Faust, bis er sah, was der Hund ausgegraben hatte. Da verstummte er.

Es war ein menschlicher Fuß.

Fitzgerald war Polizist gewesen, und das hatte den doppelten Vorteil, daß er gelernt hatte, bei einer solchen Entdeckung nicht hysterisch zu werden und außerdem nichts anzufassen. Er nahm Shep an die Leine und zog ihn weg. Das dauerte eine Zeitlang, da Shep ein junger Deutscher Schäferhund war, der sich am liebsten noch stundenlang mit dem Ding beschäftigt hätte, das aus der Erde ragte.

Soweit Fitzgerald sehen konnte – nachdem es ihm gelungen war, den Hund wegzuziehen –, hing der Fuß noch an einem Bein und das Bein vermutlich an einem Körper. Er steckte in einem durchnäßten, schwärzlich verfärbten, schleimigen, mit Schlamm beschmierten Schuh, und am Knöchel klebte ein Stück verdreckten, durchweichten Stoffs, früher einmal der Aufschlag eines Hosenbeins. Shep hatte den Fuß aus einem merkwürdigen kleinen Rechteck ausgegraben. Es lag am Rand einer Wiese, auf der das Gras, kurz vor der Heuernte, so hoch stand, daß Shep darin verschwand, wenn er hineintauchte. Aber das Rechteck, das er entdeckt hatte – zwei Meter lang und nicht ganz einen Meter breit –, war dicht mit frischem Grün bepflanzt, als sei hier ein Gärtner am Werk gewesen. Es waren zwar lauter Unkrautpflanzen, aber so hübsch, daß man sie ruhig als Blumen bezeichnen konnte – rote Lichtnelken, Klee, Ehrenpreis –, und sie bedeckten das längliche Stückchen Boden so genau, als seien sie gesät worden.

Das Gras, das es umgab, war in Samen geschossen und trug leichte fedrige Samenköpfe in Braun, Beige und silbrigem Gold. Es war so hoch und so dicht, daß man das Rechteck nicht sah, wenn man auf dem Weg blieb. Um das Grab zu entdecken, war schon ein Hund nötig gewesen, der sich in die Wiese stürzte. Noch ein oder zwei sonnige Tage, dachte Fitzgerald, und der Farmer hätte das Heu geschnitten und selbstverständlich auch das Unkraut, ohne sich etwas dabei zu denken ... Shep war also doch ein guter Hund, auch wenn er nicht jedes Wort verstand, das Fitzgerald sagte.

Er ging den Weg zurück, schlug dann die Abzweigung nach Myfleet ein, lief den Hügel hinunter zu seinem Haus und rief die Polizei an.

7

Von der Pomfret Road schlängelt sich eine schmale Straße in die Hügel hinauf bis zum Waldrand. Der erlenblättrige Schneeball mit seinen cremefarbenen Blütenbüscheln bildet hier die Hecken, und darunter wächst, die Wiesen wie weiße Spitze einrahmend, der weißere, zartere Wiesenkerbel. Zu den Häusern – zu denen auch das von Edwin Fitzgerald gehörte – führen Fuß- und Karren- oder noch schmalere Heckenwege, aber die Straße sieht aus, als halte sie direkt auf den Obelisken zu.

Hier oben ist es wie im Flachland – ein baumloses Plateau, das sich bis zu dem Nadelwald im Osten erstreckt. An manchen Stellen tritt der Kreideboden hervor, auf dem üppiges Heidekraut blüht. Und alles überragt drohend der Obelisk, eine Nadel aus Granit mit einer viereckigen Spitze. Die Straße erreicht ihn jedoch nie. Eine Viertelmeile entfernt biegt sie scharf nach Osten ab und gabelt sich. Eine Abzweigung führt nach Myfleet, die andere nach Pomfret. Bald hat man die Heide hinter sich gelassen und geht wieder durch Wiesen. Die Leiche wurde in einer Wiese dicht am Überhang des Waldes gefunden, durch die diagonal ein Fußweg führt, eine Abkürzung nach Myfleet. Im Westen schien sich der Obelisk in den Himmel zu bohren und mit seiner Spitze die Wolkenfetzen aufzufangen.

Das Grab lag in einem Dreieck, das vom Wald, der Straße und dem Fußweg gebildet wurde, in einer leicht stumpfwinkligen Ecke der Wiese. Es war so nah beim Wald, daß die Luft harzig roch. Der Boden war leicht und sandig, mit Tannennadeln vermischt.

«Hier kann man leicht graben», sagte Wexford zu Burden. «Jeder, der nicht gerade altersschwach ist, könnte ein solches Grab in einer halben Stunde ausgehoben haben. Es tief genug zu graben, hätte ein bißchen länger gedauert.»

Sie sahen sich die nähere Umgebung der Fundstelle an, schätzten die Entfernung zur Straße und zum Fußweg ab, während Sir Hilary Tremlett, der Pathologe, mit dem Beamten, der als erster am Tatort gewesen war, der Exhumierung zusah, die mit größter Vorsicht bewerkstelligt werden mußte. Sir Hilary war ganz zufällig in Stowerton gewesen, als Fitzgerald angerufen hatte. Er hatte im Hospital eine Autopsie durchführen sollen. Es war noch nicht zehn Uhr, ein sonniger Morgen, der blaue Himmel mit unzähligen weißen

Wölkchen betupft. Aber alle Männer am Tatort, auch der kleine, plumpe adelige Pathologe, trugen Regenmäntel. Es hatte so viele Wochen tagtäglich geregnet, daß niemand es riskierte, ohne Regenmantel zu gehen. Man konnte kaum seinen Augen trauen.

«Durch den Regen ist das Unkraut so gewachsen», sagte Wexford. «Man sieht geradezu, was geschehen ist. Es ist ziemlich interessant. Überall hier wuchs Gras, dann wurde eine Grube ausgehoben und – das hineingelegt. Es wurde mit umgegrabener Erde zugedeckt, die Unkrautsamen und der Regen kamen, und was an dieser Stelle – und nur hier aus dem fruchtbaren Boden schoß, waren breitblättrige Pflanzen. Hätten wir einen trockenen Frühling gehabt, wäre hier mehr Gras und alles viel weniger grün gewesen.»

«Und der Boden härter. Wäre er nicht so weich gewesen, hätte der Hund wahrscheinlich nicht so hartnäckig weitergebuddelt.»

«Der Fehler war, daß das Grab nicht tief genug ausgehoben wurde. Man fragt sich unwillkürlich, warum er oder sie es nicht getan haben? Aus Faulheit? Zeitmangel? Zuwenig Licht? Die Regel, daß man ungefähr zwei Meter tief graben muß, ist schon richtig, weil solche – Dinge sich gern an die Oberfläche arbeiten.»

«Warum, wenn Ihre Theorie zutrifft», mischte sich Dr. Crocker ein, «muß man dann immer so tief graben, um antike Städte und Tempel und so weiter zu finden?»

«Fragen Sie nicht mich», antwortete Wexford. «Fragen Sie den Hund. Er ist hier der Archäologe. Wohlgemerkt, wir haben hier in Sussex keine Lava.»

Sie gingen ein bißchen näher an die Stelle heran, wo die Detectives Archbold und Bennett ihre knifflige Arbeit erledigten. Man sah schon, daß die Leiche des Mannes weder in eine Hülle eingeschlagen noch zugedeckt worden war, bevor man sie begrub. Die Erde hatte sie auch nicht verschmutzt, wic schwererer lehmiger Boden es möglicherweise getan hätte. Sie war verhältnismäßig sauber, durch und durch naß, hatte dunkle Flecke und verströmte den furchtbaren Geruch, den jeder der hier anwesenden Männer kannte, den süßlichen, fischigen, würgenden, gasähnlichen Gestank faulenden Fleisches. Ihn hatte der Hund gewittert, hatte ihn schön gefunden und wollte mehr davon.

«Ich habe mir schon oft gedacht», wandte sich Wexford an den Arzt, «daß wir mit Hunden nicht viel gemeinsam haben.»

«Das stimmt. In Augenblicken wie diesem begreifen wir, was wir schon immer vermutet haben, aber nie zugeben wollten – daß sie doch nicht fast menschlich sind.»

Das Gesicht war bleich, fleckig, aufgedunsen, die hellen Teile ähnelten in der Farbe einem Fischbauch. Wexford, durchaus nicht zimperlich und mit den Jahren abgehärtet, beschloß, das Gesicht erst wieder anzusehen, wenn er mußte. Die große, gewölbte Stirn, noch größer und gewölbter, weil das Haar ausgefallen war, sah aus wie ein großer gesprenkelter Stein oder eine krankhafte Geschwulst. Diese Stirn war es, die Wexford die Überzeugung eingab, daß der Tote Rodney Williams sein mußte. Er war natürlich in diesem Stadium nicht bereit, das offen zu erklären, doch wäre er sehr überrascht gewesen, wenn es sich nicht um Williams gehandelt hätte.

Sir Hilary war in die Hocke gegangen und beugte sich jetzt noch tiefer über die Leiche. Murdoch, der Beamte, der als erster am Tatort gewesen war, begann Entfernungen auszumessen und Berechnungen anzustellen. Er rief nach dem Fotografen, aber Sir Hilary hob abwehrend die Hand.

Wexford fragte sich, wie er den Gestank so dicht unter seinem Gesicht ertrug? Er schien das alles irgendwie zu genießen, die Leiche, die Atmosphäre, das Grauen, den Schmutz. Aber so waren Pathologen nun einmal, und das war gut. Wie schlimm für einen Pathologen, wenn er davor zurückscheute.

Die Leiche wurde einer langen und gründlichen Betrachtung unterzogen. Sir Hilary musterte sie aus nächster Nähe und von allen Seiten. Fast sah es so aus, als wolle er sie berühren, tat es aber dann doch nicht. Er hatte plumpe, stark gerötete, sehr saubere Hände. Er stand auf, nickte Murdoch und dem Fotografen zu, lächelte zu Wexford hinüber.

«Ich könnte nach dem Lunch ein bißchen dran herumstochern», sagte er. Er nannte seine Autopsien immer «herumstochern». «Habe heute nicht besonders viel zu tun. Irgendeine Ahnung, wer das sein könnte?»

«Ich glaube ja, Sir Hilary.»

«Da bin ich aber froh. Erspart uns eine Menge Scherereien. Wir wollen ihn ein bißchen hübsch machen, bevor seine Nächsten und Liebsten ihn zu sehen bekommen.»

Joy Williams, dachte Wexford. Nein, dem kann man sie wirklich nicht aussetzen. Er fühlte die Sonnenwärme weich und angenehm auf dem Gesicht, drehte sich um und blickte über die weiten Wiesen, die sich bis zur Pomfret Road erstreckten, grünes Gras, goldverbrämt, dazwischen dunkelgrüne Hecken, wie Gobelinbilder hineingewirkt, Schafe auf einem Hang. Doch er sah nur dieses Gesicht vor sich und eine Ehefrau, die es betrachtete. Dies furchtbare Antlitz löset mein Haar und läßt mein ruhig Herz an meine Rippen schlagen ...

Ihm fiel auf, daß der nächste feste Punkt auf der Hauptstraße die Bus-Haltestelle war, in der das Mädchen Colin Budd überfallen hatte. Hatte das etwas zu bedeuten? Die Landstraße, die im Abstand von wenigen Metern an der Begräbnisstätte vorüberführte, mündete genau gegenüber der Bus-Haltestelle in die Pomfret Road. Aber Budd war Wochen nach dem Tod dieses Mannes niedergestochen worden. Man konnte den Schwager bitten, den Toten zu identifizieren. John Sowieso, den Apotheker. John Harmer.

Er schien ein vernünftiger Mann zu sein. Fünf oder sechs Jahre jünger als Williams, gehörte er zu den Menschen, bei denen alles stimmte – ein adretter, gut gebauter, nicht sehr großer Mann mit regelmäßigen Zügen und kurzem krausen Haar. Er hatte die Apotheke geschlossen und die Drogerieabteilung in der Obhut seiner Frau zurückgelassen.

Er holte tief Luft und sah dann die Leiche an. Er betrachtete das Gesicht, die regelmäßigen Züge ausdruckslos in ihrer Beherrschtheit. Er zeigte keine Gefühle – er nicht –, weder Schock noch Ekel, noch Mitleid. Fast glaubte man die Stimme einer Mutter zu einem kleinen krausköpfigen Jungen sagen zu hören: «Sei ein Mann, John. Wein nicht. Sei ein Mann.»

Harmer erinnerte sich daran und war ein Mann. Aber er hätte mit Macduff sagen können, es sei nicht genug, nach außenhin ein Mann zu sein, er müsse es auch fühlen, denn sein Gesicht wurde immer blasser, nahm die gleiche grünlichweiße Farbe an wie das der Leiche. Sein Magen, nicht sein Wille, hatte ihn im Stich gelassen. Oder drohte ihn im Stich zu lassen. Er ging hinaus an die Luft, in den Sonnenschein, fort von dem faulenden Fleisch im Leichenhaus, roch den Duft des sommerlichen Mittags, und die Galle hörte auf, ihn zu würgen. Er nickte Wexford zu, nickte heftiger und länger als nötig.

«Ist es Ihr Schwager Rodney Williams?»

«Ja.»

«Sind Sie ganz sicher?»

«Ich bin sicher.»

Wexford hatte daran gedacht, ihn zu bitten, Joy Williams die traurige Nachricht zu überbringen, jedoch rasch erkannt, daß Harmer kein geeigneter, geschweige denn mitfühlender Bote wäre. Er mußte es selbst tun. Tief in Gedanken, ging er zu Fuß in die Alverbury Road. Bevor er den Autopsiebericht bekam und das Labor Williams' Kleidungsstücke untersucht hatte, konnte er nicht viel unternehmen. Voller Ekel rief er sich die blutigen Stoffetzen um die Wunden herum in Erinnerung. Er war jetzt froh, daß er den Wagen von den Laborleuten so gründlich hatte untersuchen lassen, und das zu einer Zeit, zu der alle noch glaubten, Williams habe sich etwas zuschulden kommen lassen und bei Nacht und Nebel aus dem Staub gemacht.

Diese gipsähnlichen Krümel im Kofferraum konnten ein wichtiger Beweis sein. Zunächst hatte er angenommen, sie hingen irgendwie mit Williams' Arbeit zusammen, hätten zu seinem Alltag gehört. Aber Gardner hatte ihm erklärt, Williams habe die Ware, die er verkaufte, nie in die Hände bekommen. Der Wahrheit näher kam wohl, daß die Krümel sich in den Falten der blutbefleckten Kleidungsstücke verfangen hatten und die Leiche im Kofferraum transportiert worden war.

Im Vorgarten von Alverbury Road 31 hatte jemand den winzigen Rasen gemäht und die Ligusterhecke beschnitten. Es sah aus, als sei beides mit derselben stumpfen Schere gemacht worden. Rodney Williams war in einer Beziehung sehr häuslich gewesen, er hatte seinen Garten tipptopp in Ordnung gehalten.

Sara öffnete Wexford die Tür. Er hatte nicht erwartet, daß sie zu Hause sein würde, und war ein wenig betroffen. Es wäre ihm lieber gewesen, mit ihrer Mutter allein zu sprechen. Das Schuljahr war zwar noch nicht zu Ende, aber da sie das Abitur hinter sich hatte, brauchte sie vielleicht nicht mehr in die Schule zu gehen.

Sie trug ein kurzärmeliges reinweißes T-Shirt ohne Aufdruck. Arme und Hände hatte sie mit Filzstift bemalt. Da war wieder die grüne Schlange, dann ein Schmetterling mit einem Babygesicht, eine Rabenfrau mit aufreizenden Brüsten und gebreiteten Schwingen. Sie wirkte irgendwie obszön auf diesen glatten, goldenen, kindlich gerundeten Armen.

«Ist Ihre Mutter zu Hause, Sara?»

Sie nickte. Hatte sein Tonfall ihr alles verraten? Sie warf ihm, als sie durch den kurzen Korridor zur Küche gingen, einen ängstlichen Seitenblick zu.

Joy Williams war ahnungslos. Auf dem Tisch, an dem sie saß, standen die Überbleibsel eines Lunchs für zwei. Sie blickte mit einem leicht unfreundlichen, fragenden Blick auf. Sie hatten Fischstäbchen mit gebackenen Bohnen gegessen – eine unglückliche Mischung, fand Wexford. Woraus die Mahlzeit bestanden hatte, ersah er aus den reichlichen Resten auf Saras Teller. Joy hatte eine Frauenzeitschrift gelesen, eines jener Presseerzeugnisse, in denen es von Histörchen über Adelige wimmelt und die aufgeschlossene, moderne Frau alles über feine Häkelarbeiten, Kosmetik, Liebe und gemütliche Teestunden lernen kann. Die Zeitschrift lehnte an einer Flasche Sojasoße. Wahrscheinlich eine rührende Aufmerksamkeit von Sara für ihre Mutter. Was tut eine Tochter in einer Situation wie dieser? Geht sie zu ihrer Mutter und legt den Arm um sie? Oder stellt sie sich zumindest hinter ihren Stuhl? Sara ging zum Spülbekken, kehrte ihnen den Rücken und schaute aus dem Fenster über der Spüle, betrachtete das Gras, den Zaun und die kümmerlichen kleinen Apfelbäumchen.

Wexford sagte Joy, man habe ihren Mann gefunden. Die Leiche ihres Mannes. Mehr als das konnte er ihr nicht sagen, er wußte nicht mehr. Saras Schultern zuckten. Joy Williams beugte sich über den Tisch und preßte die Hände auf den Mund. So blieb sie ein paar Minuten sitzen. Der Wasserkessel auf dem Herd begann zu pfeifen. Sara drehte sich um, stellte das Gas ab und sah ihre Mutter an. Sie verzog dabei den Mund, als habe sie Zahnweh.

«Wollen Sie eine Tasse Kaffee?» fragte Joy.

Wexford schüttelte den Kopf. Sara gab Pulverkaffee in zwei Tassen. Auf einer war ein großes «S», auf der anderen der Kopf des Prince of Wales. Joy nahm einen Löffel Zucker, überlegte kurz und nahm einen zweiten.

«Muß ich ihn – sehen?»

«Ihr Schwager hat ihn schon identifiziert.»

«John?»

«Haben Sie mehrere Schwäger, Mrs. Williams?»

«Rod hat einen Bruder in Bath. ‹Hatte› sollte ich wohl sagen. Ich meine, er ist noch am Leben, soviel ich weiß, und Rod nicht mehr.»

«O Mutter!» sagte Sara. «Um Himmels willen!»

«Halt du den Mund, du kleine Kuh!» schrie Joy Williams.

Sie sagte kein Wort mehr, sondern fuhr fort zu schreien, hämmerte mit den Fäusten auf den Tisch, so daß die Kaffeetasse hinunterhüpfte, auf dem Boden zerbrach und der Kaffee sich über die ganze Kokosmatte ergoß. Joy schrie, bis Sara ihr heftig ins Gesicht schlug – schon ganz Ärztin, ganz kühler Kopf bei einem Notfall. Wexford hütete sich davor, es selbst zu tun. Einmal hatte er einer hysterischen Frau eine Ohrfeige gegeben, und hinterher hatte man ihm mit einer Anzeige wegen Körperverletzung gedroht.

«Wer könnte sich ein bißchen um sie kümmern?» fragte er. Mrs. Milvey? Er dachte an Dora, verwarf den Gedanken aber sofort wieder.

«Sie hat keine Freundinnen. Ich nehme an, Tante Hope wird bald kommen.»

Mrs. Harmer. Natürlich. Hope und Joy – Hoffnung und Freude. Mein Gott, was für Namen, dachte er. Sara saß jetzt bei ihrer Mutter und hielt ihre Hand. Joy war erschöpft zurückgesunken, ihr Kopf hing über die Lehne des Küchenstuhls nach hinten, und sie weinte lautlos vor sich hin. Wexford spürte jedoch, daß Sara die Nähe ihrer Mutter nur mit Widerwillen ertrug, den sie mit ganzer Kraft zu unterdrücken suchte. Sie zitterte fast vor Widerwillen. Beide würden erst wieder frei atmen können, wenn sie nicht mehr unter einem Dach leben mußten. Sara konnte es kaum mehr erwarten, ihre Abiturnoten zu erfahren und die Bestätigung zu erhalten, daß sie in St. Biddulph angenommen war. Der Oktober und der Semesteranfang konnten nicht schnell genug für sie kommen.

«Ich bleibe bei Mutter», sagte sie, und in der Art, in der sie es sagte, lag ein gewisser Stoizismus. «Ich gebe ihr eine Tablette. Sie hat Valium im Haus. Ich gebe ihr zwei Valium und suche im Fernsehen ein hübsches Programm für sie aus.»

Das stets bereite Universalheilmittel.

Für den Lunch war es jetzt zu spät. Er würde mit Burden im Büro ein paar Bissen essen, sich aus der Kantine ein Sandwich bringen lassen. Er hatte versprochen, um halb drei mit der Presse zu reden. Nun ja, mit dem jungen Varney von der Lokalzeitung, der die überregionalen mit Nachrichten versorgte.

Auf dem Platz vor der Polizeistation stand ein Aufnahmewagen mit der Aufschrift *TV Süd*, und ein Kamerateam stieg eben aus.

«Sie waren oben am Wald und haben das Grab, Fitzgerald und den Hund gefilmt», sagte Burden. «Sie sollen der nächste sein.»

«Das ist gut. Dann kann ich das Spektakel zu einem Aufruf an die Leute benutzen, die Williams' Wagen irgendwo geparkt gesehen haben.» Wexford kam ein weniger erfreulicher Gedanke. «Sie werden mich doch nicht schminken wollen, oder?» Er war noch nie im Fernsehen gewesen.

Burden sah ihn sauertöpfisch an und zuckte mit geradzu beleidigender Gleichgültigkeit die Achseln.

«Es bedeutet schließlich nicht das Ende der Welt, wenn sie's tun, oder?»

Es gab keinen besseren Augenblick als diesen, auch wenn er in zehn Minuten seinen ersten Fernsehauftritt haben sollte.

«Was war das Ende Ihrer Welt, Mike? Was ist passiert?»

Burden wandte sofort den Blick ab. Er murmelte etwas, was Wexford nicht hören konnte, so daß er ihn bitten mußte, es zu wiederholen.

«Ich habe gesagt, ich sollte Ihnen wahrscheinlich wirklich erklären, was los ist.»

«Ja. Ich will es wissen.» Wexford sah Burden an und sah zum erstenmal, daß sich graue Haare unter seine blonden gemischt hatten. «Irgend etwas stimmt nicht mit dem Baby, nicht wahr?»

«Ganz recht.» Burdens Stimme klang sehr trocken. «Jennys – nicht meiner Meinung nach.» Er lachte bellend auf. «Es ist ein Mädchen.»

«Was?»

Wexfords Telefon klingelte. Er nahm ab. *TV Süd*, der *Kingsmarkham Courier* und noch zwei andere Reporter warteten unten auf ihn. Burden war schon gegangen und hatte ganz leise die Tür hinter sich geschlossen.

8

Sie deckte den Tisch mit dem Silber und den Gläsern, die sie zur Hochzeit geschenkt bekommen hatte. Die Spitzendecke hatte sie während ihres ersten Urlaubs nach der Hochzeitsreise in Venedig gekauft. Die Hausarbeit hatte ihr viel Freude gemacht, nachdem sie ihren Beruf als Lehrerin aufgegeben hatte, weil sie wußte, daß sie ein Baby erwartete. Es war natürlich das Neue, das sie so reizvoll fand – den ganzen Tag zu Hause zu sein und Haushalt zu spielen. Seither war sie gleichgültig geworden, war gegen alles gleichgültig geworden. Nur nicht gegen das Kind. Und das Kind haßte sie.

Manchmal, wenn sie den Staubsauger vor sich herschob oder aufräumte, liefen ihr die Tränen aus den Augen und die Wangen hinunter. Sie weinte, weil sie nicht glauben konnte, daß sie fähig war, das Kind zu hassen, das in ihr wuchs, obwohl sie sich so sehr nach einem Baby gesehnt hatte. Das hatte sie bei der zweiten Sitzung auch der Psychiaterin gesagt, die ihr praktisch schweigend zugehört hatte. Einmal hatte sie gefragt: «Warum sagen Sie das?», und einmal hatte sie Jenny aufgefordert, weiterzusprechen. Darüber hinaus hatte sie ihr nur aufmerksam zugehört.

Mike hatte ihr vorgeschlagen, zur Psychiaterin zu gehen. Weil er sonst für die Psychotherapie nur Hohn und Spott übrig hatte, war sie so überrascht gewesen, daß sie sich widerspruchslos fügte. Außerdem konnte sie wenigstens irgendwohin gehen, konnte etwas anderes unternehmen, als zu Hause zu sitzen, über die Zukunft, ihre Ehe und das unerwünschte Kind nachzugrübeln. Und natürlich zu weinen, wenn sie sich daran erinnerte, wie das Leben früher gewesen war, als die Tage zu kurz schienen, als sie den Sechstkläßlern in Haldon Finch Geschichte beibrachte, in einem Orchester Violine spielte und einen Kunstgeschichte-Kurs für Fortgeschrittene besuchte.

Jenny verachtete sich selbst, doch das änderte nichts. Sie fand ihr Selbstmitleid widerlich.

Das Geräusch eines Schlüssels, der sich im Schloß drehte – altehrwürdiges Liebesbarometer – ließ ihren Herzschlag nicht stocken, bewirkte gar nichts bei ihr, außer daß sie sich ein wenig vor dem Abend zu fürchten begann, der vor ihnen lag. Mike kam herein und küßte sie. Das hatte er noch nicht aufgegeben.

«Wie war's beim Gehirnklempner?»

Sie nahm ihm seine Ungeduld übel. Sie sollte gesund werden, damit das Leben so weitergehen konnte wie früher, das fühlte sie. «Was hast du erwartet? Ein Wunder nach zwei Sitzungen?»

Sie setzte sich. Sie fühlte sich dann ein wenig besser, weil man den Bauch nicht so sah. Und das Kind war still, Gott sei Dank, strampelte und trat nicht.

«Laß dir von ihm keine Medikamente geben.»

«Es ist eine Frau.»

Am liebsten hätte sie geschrien vor Lachen. Was für eine bittere Ironie! Sie war Lehrerin, diese andere Frau Psychotherapeutin, und Mikes Tochter Pat stand kurz vor ihrem Staatsexamen als Zahnärztin, und doch saß sie hier und benahm sich so unterwürfig wie eine völlig bedeutungslose Nebenfrau in einem Harem. Weil das Baby ein Mädchen war.

Er brachte ihr einen Drink. Orangensaft mit Perrier. Er trank Whisky, einen großen, und würde sich in ein paar Minuten einen zweiten einschenken. Vor kurzem noch hatte er keinen Alkohol gebraucht, wenn er nach Hause kam. Sie sah ihn an und wünschte, sie brächte es fertig, seinen Arm zu berühren oder seine Hand zu halten. Eine Apathie hinderte sie daran, die genauso stark war wie Energie.

«Mike», sagte sie – und sagte es zum hundertstenmal –, «ich kann nichts dafür. Ich wünschte, ich könnte etwas dagegen tun. Ich hab's versucht.»

«Das beteuerst du immer wieder. Ich verstehe es trotzdem nicht. Es übersteigt meinen Verstand.»

Sie schlug die Augen nieder und sagte leise: «Meinen auch, Mike.» Das Kind begann sich zu bewegen, flatternd zuerst, dann mit einem herzhaften Tritt gegen ihre unterste Rippe. Sie hatte plötzlich Sodbrennen. «Ich wünschte, ich hätte dieses Zeug nie machen lassen!» schrie sie auf. «Ich hätte es nie zulassen dürfen! Sie hätten es mir nicht sagen dürfen! Warum hab ich's nur zugelassen? Wenn ich nichts wüßte, wäre ich heute noch glücklich. Ich hätte das Baby bekommen, und es wäre mir egal gewesen, was es ist. Ich hätte mich über mein gesundes Baby gefreut. Ich wollte ja nicht unbedingt einen Sohn – oder vielmehr, ich wußte nicht, daß ich unbedingt einen wollte. Es war mir egal, was es ist, solange ich nichts wußte. Seit ich es weiß, kann ich's nicht ertragen. Ich kann das alles nicht durchstehen – nicht für ein Mädchen. Die Schwangerschaft, die Geburt, den Schmerz, die Arbeit, die Sorge, den Zwang, es ein Leben lang um mich zu haben – ich halte es nicht aus!»

Mike hörte das nicht zum erstenmal. Es kam ihm vor, als wiederhole sie es Abend für Abend. Das war es, was er zu erwarten hatte, wenn er nach Hause kam. Leicht variiert, abgeändert, mit abgewandelten Redewendungen, aber dem Sinn nach immer dasselbe. Sie sagte es immer wieder, sagte immer dasselbe, sagte es jeden Abend so oft und so lange, bis sie erschöpft war oder weinte oder völlig kaputt in ihrem Sessel zusammensank; oder bis sie, jeden Tag früher, ins Bett ging. Vergeblich hatte er sie gefragt, warum sie ein solches Vorurteil gegen Mädchen hatte, sie, eine engagierte Feministin? Sie unterstützte die Frauenbewegung, sagte, daß ihr die kleinen Töchter ihrer Freundinnen lieber seien als die kleinen Söhne, sie kam mit ihrer Stieftochter besser aus als mit ihrem Stiefsohn und erklärte, sie unterrichte lieber Mädchen als Jungen.

Sie wußte nicht, warum, sie wußte nur, daß es so war. Die lang ersehnte Schwangerschaft, die sie anfangs unendlich glücklich gemacht hatte, hatte sie in den Wahnsinn getrieben. Das schlimmste war, daß auch er allmählich anfing, das ungeborene Kind zu hassen, und wünschte, es wäre nie gezeugt worden.

In der Wein-Bar war es dunkel und kühl. Die höhlenähnlichen Keller waren bei der Sanierung eines alten Hauses in der Queen Street in Kingsmarkham entdeckt worden. Der Besitzer hatte der Versuchung widerstanden, Deckenbalken einzuziehen und mit Feuersteinschlössern und kupfernen Wärmepfannen eine falsche mittelalterliche Atmosphäre zu schaffen. Er hatte lediglich die niedrigen, breiten Mauerbögen weiß getüncht, den Boden gefliest und Tische und Stühle aus Fichtenholz mit dunklen Astlöchern hineingestellt.

Wexford und Burden gingen zweimal wöchentlich in den *Old Cellar* zum Lunch. Das Lokal hatte den großen Vorteil, an kalten Tagen warm und an heißen Tagen wie dem heutigen, kühl zu sein. Auf der Speisekarte stand Quiche mit Salat, geräucherte Makrele, Kohlsalat, Schweinepastete, Quiche, Quiche und noch einmal Quiche.

«Was haben sie in solchen Lokalen auf die Speisekarte geschrieben, bevor die Quiche in Mode kam? Ich meine, vor noch nicht allzu langer Zeit konnte ein Engländer doch noch offen zugeben, er habe das Wort ‹Quiche› noch nie gehört.»

«Aber gegessen hat er es schon immer», entgegnete Wexford. «Nur hat er Käse- und Zwiebelpastetchen dazu gesagt.»

Er hatte die Morgenzeitung mitgebracht. Der *Kingsmarkham Courier* war ein Wochenblatt und erschien erst freitags. Die überregionalen Tageszeitungen hatten über die Entdeckung von Rodney

Williams' Leiche nur eine einspaltige Notiz gebracht, ohne Einzelheiten oder Hintergrundinformationen, obwohl Wexford überzeugt war, daß Varney alles haarklein weitergegeben hatte. Der *Daily Telegraph* hatte lediglich berichtet, daß in einem flachen Grab die Leiche eines Mannes gefunden und später als die von Rodney Williams, Angestellter aus Kingsmarkham in Sussex, identifiziert worden war. Nichts über Joy, nichts über seine Kinder, nichts über seine Stellung bei Sevensmith Harding oder die Tatsache, daß er zwei Monate lang als vermißt gegolten hatte. Wexford war zwar im Fernsehen erschienen, aber nur in dem kurzen regionalen Teil nach den Nachrichten. Der Halbstundenfilm, den sie mit ihm gedreht hatten, war auf dürftige fünfundvierzig Sekunden zusammengeschnitten worden.

Die Leichen von Männern mittleren Alters hatten nicht den gleichen Nachrichtenwert wie die von Frauen und Kindern. Frauen gaben immer etwas her. Vielleicht würde es damit ein Ende haben, wenn sie eines Tages nicht nur ihre Rechte hatten, sondern wirklich gleichberechtigt waren. Eine interessante Überlegung, und eine, die ihn daran erinnerte ...

«Sie wollten mit mir über Ihre privaten Probleme sprechen, als wir unterbrochen wurden, Mike.»

«Es ist nicht so, daß sie im allgemeinen etwas gegen Mädchen hat», sagte Burden. «Sie ist schließlich Feministin. Ich meine, es handelt sich nicht um dieses dämliche ‹Ich muß einen Erben haben› oder ‹Jede Frau möchte einen Sohn haben, um sich selbst zu bestätigen›. Ich glaube sogar, daß sie insgeheim denkt, Frauen seien besser als Männer – klüger und flexibler und so weiter. Sie sagt, sie versteht es selber nicht. Sie sagt, vor dieser Untersuchung sei das Geschlecht des Kindes für sie kein Problem gewesen, aber als man ihr sagte, daß es ein Mädchen ist, war sie – nun ja, bestürzt. Am Anfang. Es wurde schlimmer. Und jetzt ist es nicht nur Bestürzung, es ist Haß.»

«Warum will sie kein Mädchen?» Wexford erinnerte sich an verschiedene Sprüche, die seine Tochter Sylvia, Mutter zweier Söhne, von sich gegeben hatte. «Ist sie der Meinung, daß Frauen in unserer Gesellschaft die zweite Geige spielen, und glaubt es daher nicht verantworten zu können, noch eine in die Welt zu setzen?» Um sich für seine unverblümte Bemerkung zu entschuldigen, fügte er hinzu: «Diese Meinung ist mir nämlich schon zu Ohren gekommen.»

«Sie weiß es nicht. Sie sagt, seit die Welt besteht, sind Söhne immer den Töchtern vorgezogen worden, und das hat sich inzwischen tief in das Gedächtnis der menschlichen Rasse eingebrannt, in das, wie sie es nennt, kollektive Unterbewußtsein.»

«So hat Jung es genannt.»

Burden zögerte, überging dann aber die Bemerkung. «Sie ist wahnsinnig, wissen Sie. Die Schwangerschaft hat sie um den Verstand gebracht. Sehen Sie mich bloß nicht so an. Mir ist es längst egal, ob man mich für unloyal hält oder nicht. Sie ist mir inzwischen überhaupt völlig gleichgültig geworden, wenn Sie's unbedingt wissen wollen. Wissen Sie, was sie sagt? Sie sagt, sie kann unmöglich – nun ja, etwa zwanzig Jahre mit jemandem zusammen leben, den sie schon haßt, bevor er geboren ist. Wie wird mein Leben aussehen, wenn das so weitergeht?»

«Auf das Risiko hin, ein uraltes Klischee zu äußern, möchte ich behaupten, daß sie anders empfinden wird, wenn das Baby erst mal da ist.»

«Ach, tatsächlich? Können Sie mir das garantieren? Sie wird es lieben, wenn man es ihr in die Arme legt? Wollen Sie hören, was sie noch so von sich gibt? Sie sagt, sie will das Kind nie sehen. Es soll sofort zur Adoption freigegeben werden, bevor einer von uns beiden es gesehen hat. Ich habe Ihnen doch gesagt, daß sie wahnsinnig ist.»

Wexford hatte das Gefühl, unbedingt etwas trinken zu müssen, aber er konnte nicht mitten am Tag zu Alkohol greifen, dazu hatte er zuviel zu tun. Burden trank auch nichts. Doch nach dem zu urteilen, wie er jetzt manchmal am Morgen aussah, hob er es sich auf, bis er nach Hause kam. Sie beglichen die Rechnung und kletterten die alten Stufen des *Old Cellar* hinauf. Draußen schien die Junisonne so grell, daß sie blinzeln mußten.

«Sie geht zu einer Psychiaterin. Die ist meine einzige Hoffnung. Ausgerechnet ich setze auf die Psychos! Wenn ich so etwas sage, frage ich mich manchmal wirklich, was aus mir geworden ist.»

Sir Hilary Tremletts Autopsiebericht war eingetroffen. Gerade als Burden ging, kam Dr. Crocker, um Wexford die unverständlichen Passagen zu erklären. Sie trafen sich in der Tür. Mürrisch und einsilbig schob Burden sich an Crocker vorbei. Der Doktor lachte.

«Mike hat eine komplizierte Schwangerschaft.»

Wexford dachte nicht daran, ihn über die Situation aufzuklären. Burden hatte den anderen Stuhl unter den Tisch geschoben, und Wexford stieß ihn mit der Schuhspitze wieder heraus.

«Sir Hilary schreibt hier, er habe in Williams' Magen und in anderen Organen dreihundertzwanzig Milligramm Cyclobarbital gefunden. Was ist Cyclobarbital?»

«Ein intermediär wirkendes Barbiturat – das heißt, daß es ungefähr acht Stunden wirkt, eine schlaffördernde Droge, ein Schlafmittel, wenn Sie so wollen. Der gebräuchliche Markenname ist Phanodorm, glaube ich. Die gebräuchliche Dosis sind zweihundert Milligramm. Aber dreihundertzwanzig würden ihn auch nicht umbringen. Ich nehme an, er hat zwei Tabletten zu je zweihundert Milligramm genommen.»

«Aber daran ist er doch nicht gestorben, nicht wahr? Er starb an den Stichwunden.»

Wexford blickte auf, weil der Doktor ihn eindringlich ansah. Sie dachten beide dasselbe. Sie dachten an Colin Budd und Brian Wheatley.

«Sein Tod wurde durch einen Stich herbeigeführt, der die Halsschlagader durchtrennte.»

«Ach! Tatsächlich? Da muß das Blut doch gesprudelt sein wie ein Springbrunnen.»

«Im Hals, in der Brust und im Rücken hatte er noch sieben weitere Stiche. Hier steht eine Menge über verschiedene Gewebearten.» Wexford reichte die Blätter über den Tisch und behielt nur eins. «Mich interessiert mehr, was Sir Hilary über Form und Größe des Messers schreibt. Ein großes Küchenmesser mit einer Dolchspitze scheint es gewesen zu sein.»

«Sir Hilarys Schätzung nach wurde Williams vor sieben oder acht Wochen getötet. Was meinen Sie? Hat er zwei Schlaftabletten genommen, und jemand hat ihm den Garaus gemacht, während er selig schlummerte? Sie sind der Meinung, daß er schon kurz nach sechs ermordet wurde, bald nachdem er das Haus verlassen hatte. Aber warum sollte er um diese Zeit Schlaftabletten nehmen?»

«Er könnte sie mit einem anderen Medikament verwechselt haben», sagte Wexford nachdenklich. «Mit Tabletten gegen zu hohen Blutdruck zum Beispiel. Er litt darunter.»

Während der Arzt las, griff Wexford nach dem Telefon und ließ sich mit Wheatleys Nummer verbinden. Wheatley hatte gesagt, er arbeite nur dreimal wöchentlich in London, es bestand daher die Möglichkeit, daß er zu Hause war. Er war da.

«Ich finde, Sie haben kein besonders überwältigendes Interesse für meinen Fall gezeigt», sagte er gekränkt.

Darauf wollte Wexford gar nicht eingehen. Außerdem stimmte es. Sie hatten sich wirklich nicht sonderlich für einen Mann interessiert, dem von einer Anhalterin der Daumen mit einem Messer angekratzt worden war. Doch seither hatte der Zwischenfall einen anderen Aspekt bekommen.

«Sie haben mir eine genaue Beschreibung des Mädchens gegeben, das Sie angegriffen hat, Mr. Wheatley», sagte er. «Die Tatsache, daß Sie ein so guter Beobachter sind, hat mich auf den Gedanken gebracht, daß Ihnen vielleicht noch mehr aufgefallen ist. Denken Sie bitte darüber nach, und versuchen Sie sich an alles zu erinnern, was passiert ist. Vor allem hätten wir gern noch nähere Informationen über das Aussehen des Mädchens, über ihre Stimme und so weiter. Wir kämen gern zu Ihnen. Geht das?»

Beschwichtigt antwortete Wheatley, er wolle gern darüber nachdenken und ihnen alles sagen, woran er sich erinnere. Und sie könnten gern irgendwann im Lauf des Abends kommen.

«Es kann nicht in einem Wagen passiert sein, Reg», sagte der Doktor. «Dazu war die Sache zu blutig.»

«Dann vielleicht im Freien?»

«Und hinterher hat man ihm den Hals mit einem geblümten Geschirrtuch von Marks & Spencer verbunden, wie?»

«Davon steht hier nichts drin.»

«Ich habe es zufällig gemerkt, als der arme Teufel exhumiert wurde. Zu Hause haben wir nämlich so ein Tuch.»

Das Telefon klingelte. «Mr. Wexford», sagte die Telefonistin, «hier ist eine Mrs. Williams, die gern mit jemandem über Mr. Rodney Williams sprechen möchte.»

Joy, dachte Wexford. Na schön.

«Mrs. Joy Williams?»

«Mrs. Wendy Williams.»

Die Schwägerin? Die Frau von Williams' Bruder aus Bath? Wenn du nicht weißt, was als nächstes passieren soll, rät Raymond Chandler seinen ebenfalls Kriminalromane schreibenden Kollegen, dann laß einen Mann mit einem Revolver auftreten. Kann es, dachte Wexford, in einem echten Mordfall eine wirkungsvollere

Überraschung geben als den Auftritt einer mysteriösen Frau aus Bath?

Er sah auf, als Burden wieder hereinkam. Burden hatte die Kleidungsstücke untersucht, die man an Williams' Leiche gefunden hatte – eine blaue Unterhose, sehr verschieden von der weißen Unterwäsche, die in der Alverbury Road im Schrank lag, braune Socken, eine rehfarbene Sporthose aus Köper, ein blau, braun und cremefarben gestreiftes Hemd und einen dunkelblauen Pullover von Yves St. Laurent. In der Gesäßtasche der Hose steckten ein Scheckbuch für eines der Konten bei der Anglican-Victorian Bank in Pomfret (R. W. Williams, Privatkonto), eine Brieftasche mit einem Fünfer, drei Ein-Pfund-Noten und zwei Kreditkarten, Visa und American Express, aber weder Auto- noch Hausschlüssel.

«Wahrscheinlich hing sein Hausschlüssel am selben Ring wie der Wagenschlüssel», sagte Burden. «Ich halte es jedenfalls so.»

«Auf jeden Fall können wir jetzt an das Bankkonto heran. Dr. Crocker hat gesagt, um Williams' Hals sei ein Geschirrtuch gewikkelt gewesen. Wahrscheinlich um das Blut zu stillen.»

«Er hatte zwei Geschirrtücher und von einem Bettuch abgerissene Streifen um den Hals», antwortete Burden. «Und das Blut hat sie völlig durchtränkt, bevor es anfing zu gerinnen.»

Es klopfte. Bennett kam mit einer jungen Frau herein, die ganz und gar nicht aussah wie eine biedere Ehefrau aus Bath.

«Mrs. Wendy Williams, Sir.»

Sie sah aus wie fünfundzwanzig. Ein hübsches Mädchen mit einem zarten, nervösen Gesicht und blonden Locken. Wexford forderte sie auf, sich zu setzen, nachdem der Doktor aufgesprungen war. Sie ließ sich in den Sessel sinken, umklammerte die Armlehnen und zuckte zusammen, als Crocker auf dem Weg zur Tür hinter ihr vorbeiging. Burden schloß die Tür hinter ihm und blieb dort stehen.

«Warum wollten Sie mich sprechen, Mrs. Williams?»

Sie antwortete nicht. Sie musterte ihn mit einem durchdringenden Blick und fuhr sich immer wieder mit der Zungenspitze über die Lippen.

«Ich nehme an, Sie sind Rodney Williams' Schwägerin? Oder irre ich mich?»

Sie rutschte mit dem ganzen Körper ein bißchen tiefer in den Sessel, ließ aber die Armlehnen nicht los. «Seine Schwägerin?

Wieso seine Schwägerin?» Sie wartete seine Antwort nicht ab. «Hören Sie, ich – ich weiß nicht, wie ich es sagen soll. Ich war so – ich habe fast den Verstand verloren.» Ihre Stimme wurde immer schriller, wie vor einem hysterischen Anfall. «Ich hab's in der Zeitung gelesen – da war so eine kleine Notiz, und ... Ist dieser – dieser Mann, der da gefunden wurde ... Ist das mein Mann?»

9

Er hatte nur selten Gelegenheit, jemandem etwas Erfreuliches zu sagen, und wollte schon antworten: «Nein, natürlich nicht. Die Leiche wurde identifiziert.» Wendy Williams hielt sich noch immer an den Armlehnen des Sessels fest und rieb mit den Fingerspitzen das Holz.

«Wie ist der vollständige Name Ihres Mannes, Mrs. Williams?»

«Rodney John Williams. Er ist achtundvierzig.» Sie sprach in kurzen, abgehackten Sätzen und wartete nicht, bis sie gefragt wurde. «Einsachtzig groß. Blond mit ein bißchen Grau drunter. Er ist Vertreter. In der Zeitung steht, daß er Vertreter ist.»

Burden starrte sie an, senkte dann den Blick. Sie schluckte und gab sich Mühe, gegen ihre Panik anzukämpfen, indem sie die Muskeln aufs äußerste anspannte.

«Könnten Sie – bitte ich habe ein Foto hier.»

Sie ließ die Armlehnen los, doch als sie ihre Handtasche öffnen wollte, gehorchten ihr die Hände zuerst nicht. Das Foto, das sie Wexford reichte, flatterte, so stark zitterte sie. Er betrachtete es ungläubig.

Es war Rodney Williams, die hohe, gewölbte Stirn, der schmale Mund zu einem breiten Lächeln verzogen. Das Foto, das Joy ihm gezeigt hatte, war älter gewesen. Dieses zeigte Williams in der Badehose – schlaffe, haarlose Brust, spindeldürre X-Beine – mit diesem Mädchen, das einen schwarzen Bikini trug, und einem zweiten Mädchen, auch im Bikini, aber nicht älter als zwölf Jahre. Wexfords Blick kehrte zu dem unverkennbaren Gesicht von Williams zurück, zu dem Kopf, dem man am liebsten eine Fransenperücke aufgesetzt hätte, um ihn dadurch zu verändern.

Sie wartete, beobachtete Wexford. Er nickte. Sie hob die zitternde Hand an die Brust, legte sie aufs Herz und erstarrte sekundenlang in dieser tragischen Pose. Dann fielen ihr die Lider zu, und sie sackte zur Seite.

Später sah er sich gezwungen, es für eine großartige schauspielerische Leistung zu halten, im Augenblick war er jedoch überzeugt, daß sie wirklich ohnmächtig geworden war. Burden nahm sie bei den Schultern und drückte ihr den Kopf auf die Knie. Wexford griff nach dem Telefon und bat, eine Polizeibeamtin heraufzuschicken, Polly Davies oder Marion Bayliss, welche gerade da war. «Außerdem brauche ich eine Kanne starken Tee. Und man soll die Zuckerdose nicht vergessen.»

Wendy Williams kam wieder zu sich, richtete sich auf und preßte das Gesicht in die Hände.

«Sie sind die Ehefrau von Rodney John Williams und wohnen in Pomfret in der Liskeard Avenue?»

Sie trank den Tee, ohne Zucker und sehr heiß, anfangs mit geschlossenen Augen. Als sie sie öffnete und ihn ansah, stellte er fest, daß sie sehr klar und tiefblau waren. Sie nickte langsam.

«Wie lange waren Sie verheiratet, Mrs. Williams?»

«Sechzehn Jahre. Im März haben wir unseren sechzehnten Hochzeitstag gefeiert.»

Er konnte es kaum glauben. Ihre Haut war so frisch und weich wie die eines jungen Mädchens, sie hatte so seidiges Haar wie ein Baby, und die Locken schienen natürlich zu sein. Sie merkte sein Erstaunen und war trotz ihres Schmerzes und ihrer Trauer geschmeichelt, es richtete sie ein wenig auf. Er sah ihr an, daß sie zu den Frauen gehörte, für die Komplimente, auch unausgesprochene, ein wahres Lebenselixier waren. Von ihnen zehrte sie. Ein schwaches, bebendes Lächeln umspielte ihren Mund. Er sah sich noch einmal das Foto an.

«Meine Tochter Veronica», sagte sie. «Ich habe sehr jung geheiratet. Mit sechzehn. Das Foto wurde vor drei oder vier Jahren aufgenommen.»

Er war also Bigamist gewesen, kein «Feld-Wald-und-Wiesen-Fremdgeher» mit einer Freundin in der Nachbarstadt, kein verheirateter Mann mit einer Reihe kostspieliger Geliebter, sondern ein braver, altmodischer, waschechter Bigamist. Wexford zweifelte nicht daran, daß Wendy Williams eine genauso gültige Heiratsurkunde hatte wie Joy, und wenn die ihre nicht rechtskräftig war, dann wußte sie es bestimmt nicht.

Deshalb also hatte er keine Kleidung zum Wechseln mitgenommen. Er hatte die Sachen in seinem zweiten Heim. Und mehr als das. Viel mehr. Wexford begriff jetzt den Sinn der beiden Bankkonten: eins, auf das sein Gehalt überwiesen wurde, und zwei gemeinsame, die er daraus versorgte, eins für jeden Haushalt – R. J. und J. Williams und R. J. und W. Williams. Er hatte sich nicht einmal einen neuen Namen zulegen müssen, um die zweite Ehe einzugehen – Williams gab es so viele, daß es nicht nötig war. Er war wie ein Moslem gewesen, der sich streng an das islamische Gesetz hält und dafür sorgt, daß jede seiner Frauen ein eigenes Haus hat. Der Unterschied war hier nur der, daß die beiden Frauen nichts voneinander wußten.

Daß Williams noch eine Ehefrau hatte, eine – wie man sie vielleicht nennen konnte – Hauptfrau, mußte die junge Frau erfahren. Und Joy durften sie auch nicht verschweigen, daß es eine zweite Familie Rodney Williams gab.

«Wann haben Sie Mr. Williams das letzte Mal gesehen?» fragte Wexford. Er nannte ihn bewußt nicht mehr «Ihren Mann», um allmählich auf das zuzusteuern, was er ihr zu sagen hatte.

«Ungefähr vor zwei Monaten. Kurz nach Ostern.»

Es war jetzt nicht der richtige Moment, um von ihr eine Erklärung für diese Lücke von acht Wochen zu verlangen. Er sagte ihr, er werde sie am Abend zu Hause aufsuchen. Polly Davies würde sich um sie kümmern und dafür sorgen, daß sie gut nach Hause käme.

Endlich hatte sich etwas ereignet, das Burden vorübergehend von seinen privaten Sorgen ablenkte. Sein Gesicht war so neugierig und lebhaft wie das eines kleinen Jungen.

«Was hat er Weihnachten gemacht?» sagte er. «Was Ostern? Wie hat er es mit dem Urlaub gehalten?»

«Das werden wir alles erfahren. Andere Bigamisten haben diese Probleme auch gelöst. Wahrscheinlich hatte er einen Strohmann.»

«Wozu denn das?»

«Nun ja, einen nicht existierenden Freund oder Verwandten, der ihn mit Alibis versorgt. Meiner Meinung nach war Williams' Strohmann eine alte Mutter.»

«Hatte er eine alte Mutter?»

«Das weiß der Himmel. Es wäre ihm aber durchaus zuzutrauen,

daß er eine erfunden hat. Sie wissen doch, daß es heißt, wenn es keine Mütter gäbe, müßte man sie erfinden, weil man sie braucht.»

Burden zuckte zusammen. «Glauben Sie, daß er an dem Abend, an dem er aus der Alverbury Road wegging, zu seiner zweiten Familie fuhr?»

«Ich denke, daß er die Absicht hatte, hinzufahren. Ob er je dort eintraf, ist etwas anderes.»

Von Williams' Familienverhältnissen fasziniert, fuhr Burden fort: «Während Joy glaubte, er fahre für Sevensmith Harding nach Ipswich, war er bei Wendy. Und wo war er Wendys Meinung nach, wenn er sich bei Joy aufhielt?»

«Ich glaube, sie wußte gar nicht, daß er bei Sevensmith Harding angestellt war. Wahrscheinlich hat er ihr über das, was er tat, lauter Lügenmärchen erzählt.»

«Man müßte doch annehmen, daß er manchmal ihre Namen verwechselt hat – ich meine, daß er Wendy Joy und Joy Wendy nannte.»

«Aus Ihnen spricht der unschuldige monogame Ehemann», erwiderte Wexford und verdrehte die Augen. «Was glauben Sie, wie das verheiratete Männer mit Freundinnen machen? Die Ehefrau und alle anderen werden einfach ‹Liebling› tituliert.»

Burden schüttelte den Kopf, als sei er überfordert, wenn er an so etwas auch nur denken sollte. «Glauben Sie, daß eine der beiden ihn getötet hat?»

«Und dann hat sie die Leiche zu dem Grab geschleppt und hineingelegt? Williams hat fast zwei Zentner gewogen – oder hundertneunzig Pfund oder fünfundneunzig Kilo oder wie immer das jetzt heißt.»

«Es könnte Wendy gewesen sein, die das erste Mal bei Sevensmith Harding angerufen hat.»

«Haben Sie den Eindruck, daß ihre Stimme wie die von Joy klingt?»

Burden mußte zugeben, daß das nicht der Fall war. Joys Stimme war monoton, akzentfrei. Wendys Stimme klang wie die eines kleinen Mädchens, sehr angenehm, und außerdem lispelte sie leicht. Wexford sprach noch über Stimmen, über die ziemlich unschöne, aber trotzdem einprägsame Stimme von Joy Williams, als das Telefon abermals klingelte.

«Noch eine junge Dame, die mich sprechen möchte», sagte er zu Burden, als er auflegte.

«Blaubarts dritte Frau?» Es war seit zwei Monaten der erste schwache Scherz, zu dem Burden sich hinreißen ließ.

Wexford nahm es erfreut zur Kenntnis. «Sagen wir, es ist ein Fan von mir, jemand, der mich im Fernsehen bewundert hat.»

«Hören Sie, wie wär's, wenn ich jetzt mit Martin zu Wheatley hinüberführe? Dann könnte ich Sie heute abend zu Wendy Williams begleiten.»

«Okay, und wir nehmen Marion mit.»

Das Mädchen kam mit überheblicher Selbstsicherheit herein. Sie war siebzehn oder achtzehn, hieß Eve Freeborn und sah aus, als spiele sie eine Schelmenrolle in einer mittelalterlichen Komödie. Sie trug Stretch-Jeans, ein kariertes Hemd und Riemchensandalen. Ihr Haar war kurzgeschoren und stellenweise purpurn eingefärbt.

Sie setzte sich mit weit gespreizten Beinen, stützte die Ellenbogen auf die Armlehnen und flocht die Finger beider Hände ineinander, um das Kinn hineinlegen zu können. Sie erzählte Wexford ihre Geschichte knapp, klar und deutlich. Eve ging noch in die Schule und war von dort aus direkt zu Wexford gekommen. Wahrscheinlich ist sie Vorsitzende des Debattier-Clubs, dachte er. Als sie die Hände nach außen drehte, entdeckte er an ihrem Handgelenk eine Filzstiftzeichnung – eine Frau mit einem Rabenkopf. Dann bewegte Eve den Arm, und der Ärmel schob sich wieder über die Zeichnung.

«Ich hielt es für meine Pflicht als Bürgerin, Sie aufzusuchen», sagte sie großspurig. «Und habe es nur so lange aufgeschoben, bis ich die Sache mit meinem Freund besprochen hatte. Er geht in dieselbe Schule wie ich – Haldon Finch. In einem gewissen Sinn ist er nämlich in die Sache verwickelt, wissen Sie. Wir haben uns nämlich geschworen, immer rückhaltlos offen und ehrlich zueinander zu sein.»

Wexford lächelte ihr ermutigend zu.

«Mein Freund wohnt in Myringham, in der Arnold Road. Es ist ein ebenerdiges Haus, Nummer dreiundvierzig.» Gegenüber von Graham Gee, der uns den Hinweis auf die arme alte Greta gegeben hat, dachte Wexford. «Seine Eltern wohnen auch da», fuhr Eve in einem Ton fort, der unmißverständlich besagte, es sei unglaublich gütig und großzügig von ihrem Freund, seinen Eltern zu gestatten, in ihrem eigenen Haus zu wohnen. «Die Sache ist die – und Sie werden sie vielleicht gar nicht für möglich halten, aber ich versichere Ihnen, es ist die reine Wahrheit –, daß es ihnen nicht recht ist, wenn ich bei ihm übernachte. Ich meine, das richtet sich nicht gegen mich persönlich, was ich noch verstehen könnte, wenn sie mich nicht leiden könnten. Sie dulden überhaupt kein Mädchen im Haus. Deshalb bleibt mir nichts anderes übrig, als zu ihm zu kommen, wenn er schon im Bett liegt, und zum Fenster hineinzuklettern.»

Wexford starrte sie nicht mit offenem Mund an. Er fühlte nur den inneren Zwang dazu, konnte jedoch nicht widerstehen zu fragen: «Warum kommt er nicht zu Ihnen?»

«Weil meine Schwester und ich ein gemeinsames Zimmer haben. Aber das hätte ich Ihnen schon noch gesagt. An dem Donnerstag, um den es geht, bin ich gegen zehn Uhr abends zu ihm gefahren. Es war nur eine einzige Parklücke frei, und die war sehr klein. Als ich zurücksetzte, stieß ich leicht gegen den Wagen hinter mir. Es gab nur eine ganz kleine Delle im Kotflügel des anderen Wagens, wirklich nur eine winzige Delle, er hätte keinen neuen Kotflügel gebraucht oder so. Aber ich fand, es sei meine Pflicht, die Sache auf mich zu nehmen und mich nicht zu drücken, daher ...»

«Einen Moment. Das war am Abend des 15. April?»

«Stimmt. Da hatte mein Freund nämlich Geburtstag.»

Da hat er ja ein reizendes Geschenk bekommen, dachte Wexford.

«Und welchen Wagen haben Sie beschädigt?»

«Ein dunkelblauer Ford Granada. Es war der Wagen, nach dem Sie im Fernsehen gefragt haben. Ich hatte einen Zettel mit Namen, Adresse und Telefonnummer hinter den Scheibenwischer gesteckt. Aber der Wind muß ihn weggeweht haben, oder er ist sonst irgendwie verlorengegangen, weil der Wagen noch lange dastand. Doch der Fahrer hat sich nie mit mir in Verbindung gesetzt.»

Um zehn Uhr abends. Greta, die Granadinerin, hatte um zehn Uhr also dort gestanden. Aber wie lange schon?

«Und wessen Wagen haben Sie gefahren, wenn ich fragen darf?»

«Ja, meinen eigenen natürlich», antwortete Eve erstaunt.

«Sie haben einen eigenen Wagen?»

«Technisch gesehen gehört er eigentlich meiner Mutter. Aber das kommt auf dasselbe raus.»

Das traf zweifellos zu. Sie waren schon unglaublich, diese jungen Leute! Und das Unglaublichste und Erstaunlichste an ihnen war, sie hatten keine Ahnung, daß frühere Generationen sich nicht so benommen hatten wie sie. Daß Leute alt, langweilig und ‹tranig› wurden, wußten sie natürlich; nicht aber, daß Halbwüchsige früher nicht miteinander geschlafen oder das Auto ihrer Eltern mit Beschlag belegt hatten. Und noch weniger durften sie über Nacht ausbleiben und ihr Haar in allen Regenbogenfarben färben.

Er bedankte sich für ihre Hilfe, und als sie aufstand, sah er wieder die kleine Zeichnung oder Tätowierung an ihrem Handgelenk. Ihm fiel ein, daß er keine Ahnung hatte, welche Schule Sara Williams besuchte. Und die ihm bisher noch unbekannte Größe Veronica Williams ...

«Kennen Sie ein Mädchen namens Sara Williams? Sie muß ungefähr in Ihrem Alter sein?»

Er war sicher, daß sie den Zusammenhang bisher noch nicht gesehen hatte, daß ihr erst jetzt der Gedanke kam, es könnte einen geben. «Wollen Sie damit sagen, daß Sara die Tochter des Mannes ist, der ermordet wurde?»

«Ja. Gehen Sie in dieselbe Schule?»

«Nein», antwortete sie zurückhaltend, «aber ich kenne Sara.»

Wheatley wohnte in einer neuen Siedlung auf der nach Myringham zu gelegenen Seite von Pomfret. Die Häuser waren, erinnerte sich Burden, von einer Gesellschaft gebaut worden, die so darauf erpicht gewesen war, sie zu verkaufen, daß sie den Interessenten eine Hypothek von hundert Prozent garantiert und die Zusage gegeben hatte, die Häuser nach zwei Jahren für den vollen Kaufpreis zurückzunehmen, wenn der Käufer unzufrieden war. Die Siedlung wirkte irgendwie unfertig und sogar in der Junisonne merkwürdig kalt. Wheatleys Frau öffnete Burden. Sie war schwanger. Ein Kind von etwa drei Jahren, ein Mädchen, stand hinter ihr und hielt sich an ihrem Rock fest. Burden stellte die fortgeschrittene Schwangerschaft und das Geschlecht des Kindes mit der gesteigerten Empfindsamkeit fest, die von seiner eigenen Situation herrührte. Vielleicht, dachte er dann, hatte die Schwangerschaft seiner Frau irgendeinen Einfluß auf Wheatleys Verhalten gegen das Mädchen, das er im Auto mitgenommen hat? Vielleicht ist er sexuell frustriert? Darüber wußte Burden genau Bescheid. Vielleicht war Wheatley auch nicht ganz ehrlich gewesen, als er behauptete, er habe sich gegen das Mädchen untadelig benommen. Möglicherweise fürchtete er, seine schwangere Frau könnte erfahren, daß er fähig war, einer anderen die Hand aufs Knie oder – was in diesem Fall wahrscheinlicher war – auf die Brust zu legen.

Das dritte Schlafzimmer dieses sehr kleinen Hauses war in ein Arbeitszimmer oder Büro für Wheatley umgewandelt worden. Er telefonierte gerade, legte aber auf, nachdem Burden und Martin eingetreten waren. Ja, ihm seien noch ein paar Kleinigkeiten eingefallen, und er sei sicher, ihnen eine noch genauere Beschreibung geben zu können. Darüber, was das Mädchen eventuell noch gesagt haben könnte, habe er nicht nachzudenken brauchen, weil es einfach nicht mehr gesprochen hatte. «Danke» und den leisen Aufschrei, mehr habe er von ihr nicht zu hören bekommen.

«Ich habe Ihnen schon gesagt, daß sie für ein Mädchen ziemlich groß war – einsvierundsiebzig oder einsfünfundsiebzig. Noch nicht zwanzig, da bin ich sicher. Sie hatte schulterlanges dunkelbraunes Haar und trug einen Pony. Ihre Haut war sehr hell und ihre Hände ungewöhnlich weiß. Ich erinnere mich an einen Ring, glaub ich. Es war kein Ehe- und auch kein Verlobungsring, sondern einer dieser unförmigen silbernen Ringe, die man heute trägt. Hübsch war sie nicht, überhaupt nicht hübsch.» War das eine Beschwichtigungsformel für seine Frau, die mit dem kleinen Mädchen auf dem Arm leise hereingekommen war? «Sonnenbrille, eine dunkle Umhängetasche aus Leder. Bluejeans und eine graue Strickjacke. Sie war dünn – richtig dürr, würde ich sagen.» Wieder eine Opfergabe auf dem Altar der Ehe. «Und unter der Strickjacke hatte sie ein T-Shirt an. Es war ein weißes T-Shirt mit einem verrückten Bild drauf – irgendeinem Vogel mit einem Frauenkopf.»

«Das haben Sie bei Ihrer ersten Aussage aber nicht erwähnt, Mr. Wheatley.»

«Ebensowenig wie den Ring und die Farbe ihrer Kleidung. Sie haben mich gebeten, darüber nachzudenken, und ich habe nachgedacht. Das sind die Dinge, die mir noch eingefallen sind. Sie können mir glauben oder nicht. Es war ein weißes T-Shirt mit einem Vogel drauf, der ein Frauengesicht hatte.»

«Das glaube ich nicht!»

Sie starrte Wexford an mit vor Entsetzen geöffneten Lippen und flatternden Lidern. Sie hob die Hände und befingerte ihren Hals.

«Ich glaube es nicht!» Jetzt klang ihre Stimme trotzig. «Ich werde es nicht glauben.» Dadurch, daß sie dieses eine Wort hinzufügte, bewies sie ihm, daß sie akzeptierte und begriff, daß er die Wahrheit sagte.

Polly Davies, die er mitgenommen hatte, saß wie eine brave Anstandsdame dabei, schweigend, aber sehr aufmerksam. Sie warf Wexford einen Blick zu, und er nickte.

«Es ist leider wahr, Mrs. Williams.»

«Ich – ich habe kein Recht auf diesen Namen, nicht wahr?»

«Aber selbstverständlich haben Sie ein Recht darauf. Ihr Name hängt doch nicht von einer Heiratsurkunde ab.» Wexford dachte an Eve Freeborn. Zwischen ihr und Wendy Williams lagen Welten, obwohl der Altersunterschied zwischen ihnen nur vierzehn Jahre betrug, nicht einmal eine ganze Generation. Wußte Eve überhaupt, daß es so etwas wie Heiratsurkunden gab?

«Mrs. Williams», sagte die energische Polly, «wir beide sollten jetzt eine Kanne Kaffee kochen. Wir hätten alle gern eine Tasse. Mr. Wexford muß Ihnen zwar noch ein paar Fragen stellen, aber soweit ich ihn kenne, möchte er, daß Sie vorher über den Schock hinwegkommen.»

Wendy Williams nickte und stand schwerfällig auf, als habe sie steife Knochen. Sie sah aus wie betäubt. Sie ging wie eine Schlafwandlerin, und jetzt hätte sie niemand mehr für ein fünfundzwanzigjähriges Mädchen gehalten.

Burden zuckte mit den Schultern, nachdem die Tür hinter den beiden Frauen zugefallen war, und versank in das für ihn neuerdings typische mürrische Schweigen. Wexford sah sich in dem Zimmer um, in dem sie saßen. Das Haus war neuer als das in Kingsmarkham, ein kleines «Stadthaus» mit integrierter Garage, vermutlich Ende der sechziger Jahre gebaut. Wendy war eine gründliche, peinlich saubere und vielleicht sogar fanatische Hausfrau. Wohnzimmer und Eßzimmer bildeten eine Einheit, und beide waren erst kürzlich frisch gestrichen worden – in leuchtendem Weiß mit einem Hauch von zartestem Rosa. War das eine Farbe aus Sevensmith Hardings *Eiscreme*-Serie? Der Teppich war tief erdbeerrot, ein paar Möbelstücke aus Mahagoni, ein paar aus weißem Rohr, die Kissen in verschiedenen Schattierungen von Rosa und Rot. Ein sehr geschmackvolles Zimmer und sehr weit entfernt von der Schäbigkeit, in der Joy lebte. Doch irgendwie wirkte es auch ungemütlich, als sei alles bis ins kleinste ausgeklügelt worden und dürfe keinen Zentimeter verrückt werden – die Hängekörbchen, kleinen Tische, das rote venezianische Glas, alles schien nur vorhanden zu sein, um zu wirken, nicht um gebraucht zu werden.

Wexford erinnerte sich, daß hier auch ein junges Mädchen wohnte. Dafür gab es nicht die geringsten Anzeichen. Aber was für Anzeichen erwartete er? Würde er sie überhaupt erkennen, wenn er sie sah? Auf dem Foto war Veronica Williams zwölf Jahre alt ...

«Meine Tochter ist jetzt sechzehn», sagte Wendy, als sie den Kaffee hereinbrachte. Ein leicht trotziger Unterton kam in ihre Stimme, als sie hinzufügte: «Vor drei Wochen war sie sechzehn.»

Sie senkte den Blick. Er rechnete ein bißchen nach, und ihm fiel ein, was sie über ihren Hochzeitstag im März gesagt hatte. Also hatte Williams drei Monate vor der Geburt des Kindes «geheiratet». Er hatte warten müssen, bis Wendy das gesetzlich vorgeschriebene heiratsfähige Alter erreicht hatte.

«Wo haben Sie geheiratet, Mrs. Williams?»

«Auf dem Standesamt in Myringham. Meine Mutter wollte eine kirchliche Trauung, aber – nun ja, aus offensichtlichen Gründen ...»

Wenn sie im sechsten Monat schwanger gewesen war, konnte Wexford sich nur einen einzigen offensichtlichen Grund vorstellen. Was für eine bodenlose Unverschämtheit von Williams, einem verheirateten Mann, das Kind, das sie damals ja noch gewesen war, nicht mehr als ein Dutzend Meilen von seinem Haus entfernt zu «heiraten»! Die Hochzeit mit Joy, hatte Dora Wexford erzählt, hatte in Kingsmarkham in St. Peter stattgefunden, und die Braut hatte weißen Satin getragen ...

Wendy Williams hielt ihm ein Papier unter die Nase. Es war ihr Trauschein.

Ausgestellt vom Standesamt des Bezirks Myringham. Rodney John Williams, zweiunddreißig. In gewissen Dingen war er wenigstens ehrlich gewesen. Obwohl er diese Angaben wohl kaum hatte verfälschen können. Eine Adresse in Bath, wahrscheinlich die seines Bruders, Beruf Handelsvertreter. Wendy Ann Rees, sechzehn, Pelham Street, Myringham, Verkäuferin. Trauzeugen waren Norman Rees und Brenda Rees gewesen, entweder die Eltern oder Bruder und Schwägerin.

Wexford reichte ihr das Dokument zurück. Sie sah es lange an und fuhr sich mit der Zungenspitze über die trockenen Lippen.

Einen Augenblick glaubte er, sie wolle den Trauschein zerreißen. Doch sie legte ihn in den Umschlag zurück und den Umschlag auf das niedrige weiße Kunststofftischchen, das dicht neben der Armlehne ihres Sessels stand.

Sie preßte die Knie zusammen, und faltete die Hände im Schoß. Sie hatte sehr schöne lange Beine mit schlanken Fesseln. Als sie aufs Revier gekommen war, hatte sie ein graues Flanellkostüm und eine weiße Bluse getragen. Er hatte das Gefühl, daß sie zu den Frauen gehörte, für die es wichtig war, immer richtig angezogen zu sein. Inzwischen hatte sie das Kostüm mit einem Baumwollkleid vertauscht. Sie war der Typ, der seine Sachen «aufhob», nicht in einem engen Rock herumsaß oder einen Fleck auf weißer Seide riskierte. Mit dem traurigen Ausdruck war auch die Jugend in ihr Gesicht zurückgekehrt.

«Mrs. Williams», sagte er, «Sie werden sicherlich nichts dagegen haben, mir zu sagen, wieso Sie sich nicht sorgten, als Ihr Mann wochenlang nicht nach Hause kam?»

Sie hatte etwas dagegen. Sie tat es ungern. Geduld und ganz einfaches ruhiges Warten führte bei ihr zum Erfolg. Hätte er die Geduld verloren, hätte er Wendy gedrängt, wäre sie widerspenstig geworden.

«Rodney und ich ...» Sie unterbrach sich. Sie nannte ihn immer «Rodney», wie Wexford feststellte, nie «Rod». «Wir – wir hatten gestritten. Nun ja, es war ein sehr ernster Streit. Das muß ein paar Tage nach Ostern gewesen sein. Rodney hatte die Osterfeiertage bei seiner Mutter in Bath verbracht. Weihnachten und Ostern war er immer bei ihr. Er war ein Einzelkind, wissen Sie, und sie ist seit vielen, vielen Jahren in einem Altenheim.»

Wexford vermied es sorgfältig, Burden anzusehen. Durch ihre Erklärung auf den Gedanken gebracht, fragte Wendy: «War sie ... Ich meine, weiß sie es schon?»

Ein wenig unklar antwortete Wexford, darum habe man sich gekümmert. «Bitte fahren Sie fort, Mrs. Williams.»

«Wir haben uns gestritten», sagte sie. «Es ging um etwas sehr Privates. Ich möchte es gern für mich behalten, wenn Sie nichts dagegen haben. Ich sagte zu ihm – nun ja, ich sagte, wenn er – wenn das nicht aufhöre, wenn er mir nicht hoch und heilig verspreche, daß er nie ... Nun ja, ich drohte ihm, mit Veronica wegzugehen und nie mehr zurückzukommen. Ich – ich habe ihn sogar geschlagen, so wütend war ich, so verzweifelt. Ich kann Ihnen gar nicht sagen, wie sehr. Er war natürlich auch zornig. Er leugnete selbstverständlich und erklärte, ich brauchte mir nicht die Mühe zu machen, ihn zu verlassen, weil er gehe. Er könne meine ewige Nörgelei sowieso nicht mehr ertragen.» Sie hob den Kopf und sah Wexford in die Augen. «Ich habe genörgelt, ich gebe es zu. Ich hab's nicht ausgehalten, ihn nie zu sehen. Immer war er weg. Wir haben nie miteinander Weihnachten gefeiert. Ich mußte immer zu meinen Eltern fahren. Wir haben kaum einmal Urlaub gemacht. Ich habe ihn gebeten ...» Ihre Stimme begann zu zittern, und Wexford sah, daß sie allmählich begriff. Sie begann zu verstehen, was der wahre Grund für seine häufige Abwesenheit war. «Jedenfalls», sagte sie und bemühte sich um Beherrschung, «beruhigten wir uns nach einer Weile. Er mußte wieder weg und wollte am Donnerstag zurück sein – am fünfzehnten. Ich war noch immer sehr verletzt und aufgeregt, aber ich verabschiedete mich von ihm und sagte, auf Wiedersehen am Donnerstag. Und er antwortete, vielleicht ja, vielleicht nein. Vielleicht komme er nie wieder. Sie sehen also, daß ich, als er nicht wiederkam, glauben mußte, er habe mich verlassen.»

Es war keine sehr überzeugende Erklärung. Wexford versuchte sich in ihre Lage zu versetzen. Er versuchte sich vorzustellen, was er empfunden hätte, wenn Dora, als sie noch viel jünger waren, nach einem Streit gesagt hätte, sie gehe zu ihrer Schwester und komme vielleicht nie mehr wieder. Wahrscheinlich war es tatsächlich so gewesen. So etwas passierte in einer Ehe, sogar in einer sehr guten. Aber wenn sie an dem bestimmten Tag nicht zurückgekommen wäre, ja, wenn sie sich nur zwei Stunden verspätet hätte, wäre er verrückt geworden vor Sorge. Selbstverständlich kam es sehr darauf an, wie ernst der Streit gewesen und um was es dabei gegangen war.

«Erzählen Sie mir, was am Donnerstag passiert ist.»

«Am Abend, meinen Sie?»

«Als er nicht nach Hause kam.»

«Ich war im Geschäft. Donnerstag haben wir immer länger geöffnet. Ach ja, das habe ich Ihnen wohl noch gar nicht gesagt. Ich bin Abteilungsleiterin bei Jickie. Bei Damenmoden.»

Er war überrascht, hatte es irgendwie für selbstverständlich gehalten, daß sie nicht arbeitete. «In Myringham?» fragte er. «Oder in der Filiale in Kingsmarkham?»

«Oh, in Kingsmarkham. Im Einkaufszentrum.»

Jickie war das größte Kaufhaus in Kingsmarkham und beanspruchte im Kingsbrooke-Einkaufszentrum am meisten Platz. Bestimmt hatte Rodney Williams sich gehütet, Joy zu begleiten, wenn sie sich an einem Samstagnachmittag einen Pullover oder eine Strumpfhose kaufen ging. Hatte er es riskiert, in der Einkaufszeit mit ihr Arm in Arm durch die High Street zu schlendern? Hatte er es riskiert, auf dem Parkplatz des Einkaufszentrums zu parken, wenn sein Sohn oder seine Tochter im Wagen saßen? Es war der reinste Hochseilakt gewesen, und zweifellos – denn das liegt in der Natur solcher Menschen – hatte er ihm Spaß gemacht; aber am Ende war er doch abgestürzt. War der Seiltanz der Grund? Oder gab es einen anderen?

«Wir haben am Donnerstag bis acht Uhr offen, doch vor neun komme ich nie weg, und ich brauche eine Viertelstunde bis nach Hause. Als ich hier ankam, war Veronica da, aber Rodney war nicht gekommen. Ich dachte, noch ist ja nicht aller Tage Abend, aber er kam nicht, und da wußte ich Bescheid. Oder glaubte Bescheid zu wissen. Ich dachte, er habe mich verlassen.»

«Und sie haben sich in all den Wochen nicht die geringsten Sorgen gemacht?» warf Burden ein. «Haben sich nicht gefragt, was aus Ihnen und Ihrer Tochter werden soll, wenn er nicht wiederkommt?»

«Finanziell komme ich auch ohne ihn zurecht. Ich habe immer gearbeitet, und jetzt verdiene ich recht gut.» Die sanfte, mädchenhafte Stimme klang jetzt sehr selbstbewußt. Unter dem zarten, rosigen Äußeren, den blonden Löckchen, dem Lispeln und der Scheu steckt möglicherweise ein stählerner Kern, dachte Wexford. «Dieses Haus ist zu neunzig Prozent mit Hypotheken belastet, und bis vor fünf Jahren konnte Rodney nur mit Mühe und Not für unseren Lebensunterhalt aufkommen. Dann wurde er befördert, und wir hatten es leichter, aber ich arbeitete weiter. Ich brauchte auch ein eigenes Leben. Er war so oft fort.»

«Er wurde befördert?» tastete Wexford sich vorsichtig weiter.

«Es ist eine ziemlich kleine Firma, und die Geschäfte sind in letzter Zeit nicht allzu gutgegangen – Badezimmerarmaturen und -möbel und so. Rodney wurde Verkaufsmanager für den Stadtbezirk.»

Polly Davies nahm das Tablett und trug es in die Küche. Ich

kann mir, dachte Wexford, Rodney Williams – oder vielmehr die Vorstellung, die ich von ihm habe – sehr gut in seinem anderen Heim vorstellen, aber es ist mir fast unmöglich, ihn mir in dieses Haus hineinzudenken: in einem der mit rosafarbenem Chintz überzogenen Armstühle an dem Eßtisch mit der polierten Glasplatte sitzend, zum Beispiel, vor sich eine Vase mit weißen und rosafarbenen Rosen. Er war ein großer, derber Mann, und hier war alles so zierlich und zart wie eine rosafarbene Muschel.

«Ich muß wissen, um was es bei Ihrem Streit ging, Mrs. Williams.»

«Das hat nicht das geringste mit Rodneys Tod zu tun», sagte sie mit plötzlich geziert und sehr hochmütig klingender Stimme.

«Woher wissen Sie das?»

Sie sah ihn an, als fühle sie sich von ihm ungerecht verfolgt.

«Wie könnte sein Tod etwas mit unserem Streit zu tun haben? Er wurde ermordet, weil er Anhalter mitgenommen hat. Die haben ihn umgebracht. Das passiert jeden Tag.»

«Das ist eine interessante Vermutung, mehr aber auch nicht, oder? Sie haben keinerlei Beweise dafür, aber es gibt eine Menge Beweise, die dagegen sprechen. Daß der Wagen nach Myringham zurückgebracht wurde, zum Beispiel. Jemand hat in der Firma Ihres Mannes angerufen und später einen Kündigungsbrief geschickt. Glauben Sie wirklich, irgendein mordgieriger Tramper hätte dieses Telefongespräch geführt?»

Sie saß steif da und hielt die Augen eigensinnig abgewandt. Polly kam wieder herein.

«Geht es Ihnen gut, Mrs. Williams?»

Ein Nicken. Ein tiefes Atemholen, ein Seufzen.

«Warum haben Sie gestritten?»

«Ich könnte mich weigern, es Ihnen zu sagen.»

«Sie könnten. Aber warum sollten Sie? Alles, was Sie uns sagen, wird streng vertraulich behandelt. Fragen Sie sich selbst, ob es so schrecklich sein kann, daß es uns noch nie zu Ohren gekommen ist? Und wenn Sie sich weiterhin so strikt weigern, könnten wir doch auch auf die Idee kommen, es handle sich um etwas viel Schlimmeres, als es tatsächlich der Fall war?»

Sie schwieg und machte ein Gesicht wie jemand, der erwartet, etwas Widerwärtiges und Schockierendes auf dem Bildschirm zu sehen. Fast flüsternd sagte sie: «Er hatte eine andere.»

«Wollen Sie damit sagen, daß Ihr Mann eine Freundin hatte, mit der er sich regelmäßig traf?»

«Mit der er sich regelmäßig traf?» wiederholte sie. «Die Wendung gefällt mir. Ja, er hatte eine Freundin, mit der er sich regelmäßig traf. So kann man es auch ausdrücken.»

«Wie würden Sie es nennen?»

«Oh, genauso wie Sie, es gefällt mir. Wie könnte man es sonst ausdrücken? Ziemlich grob, nehme ich an.» Ihre Zurückhaltung bekam winzige Risse, und Groll und Bitterkeit sickerten heraus. «Ich habe gedacht, er würde nie eine andere ansehen. Ich sehe jung aus, nicht wahr? Ich bin recht hübsch, und ich sehe jünger aus. Die Leute schätzen mich auf achtzehn. Was ist mit ihm los, daß er ... Ja, deshalb haben wir gestritten. Wegen eines Mädchens. Er sollte mir versprechen, daß so etwas nie wieder vorkommen würde.»

«Hat er sich geweigert?»

«Oh, er hat es versprochen. Ich habe ihm nicht geglaubt. Ich dachte, daß er bestimmt jede Gelegenheit ausnutzte. Das hielt ich nicht aus, unter diesen Umständen wollte ich ihn nicht. Ich war froh, als er nicht zurückkam. Verstehen Sie das denn nicht? Ich war froh!»

«Sie müssen mir den Namen des Mädchens sagen.»

«Ich weiß ihn nicht.» Das kam blitzschnell.

«Aber Mrs. Williams!»

«Ich weiß ihn nicht, er wollte ihn mir nicht sagen. Es war eben irgendein Mädchen. Wie es heißt, ist doch egal.»

Sie fand, sie habe schon zuviel gesagt. Wexford sah es ihr deutlich an. Ihr Blick verriet ihm, daß sie über ihre Schwatzhaftigkeit entsetzt war. Bevor er jedoch noch etwas sagen konnte, ging die Tür auf, und ein junges Mädchen kam herein. Kurz vorher hatte er unten ein Geräusch und Schritte auf der Treppe gehört – das Wohnzimmer lag im mittleren Stockwerk –, und jetzt stand plötzlich das Mädchen mitten unter ihnen.

Obwohl sie nicht so groß und ihr Haar kürzer war, fiel Wexford sofort ihre große Ähnlichkeit mit Sara Williams auf. Die beiden hätten Zwillinge sein können.

Ihr Haar war genauso hell, nicht lockig, aber auch nicht ganz glatt und knapp schulterlang. Braune Augen, leicht gewölbte Brauen, kleine, gerade Nase, zarte weiße Haut, mit Sommersprossen gesprenkelt. Rodney Williams' hohe, runde Stirn und kleiner, schmaler Mund. Doch sie trug keine Jeans, sondern ein Sommerkleid mit weißer Strumpfhose und weißen Sandalen. Von Wexfords, Burdens und Pollys Anblick überrascht, blieb sie verwirrt auf der Schwelle stehen.

Wendy Williams war bestürzt.

«Das ist meine Tochter Veronica», sagte sie erregt, und zu dem Mädchen: «Du bist aber früh zu Hause.»

«Nicht viel früher als sonst. Es ist nach neun.»

Sie hatte dieselbe Stimme wie ihre Mutter, weich, ein bißchen affektiert, aber ohne das Lispeln. Sie hatte mit Saras schroffer, eintöniger Stimme überhaupt keine Ähnlichkeit. Nachdem Wendy sich wieder gefaßt hatte, sagte sie zu Veronica: «Das sind Polizeibeamte. Sie bleiben nur ein paar Minuten. Wir haben Schwierigkeiten im Geschäft», log sie, ohne lange überlegen zu müssen. «Du hast doch nichts dagegen, uns eine Weile allein zu lassen, Liebling?»

«Ich will sowieso baden.»

Mit der Sorgfalt, die sie ihrer Mutter abgeschaut haben mochte, schloß Veronica die Tür und ging die Wendeltreppe hinauf, die die senkrechte Mittelachse dieses Hauses war.

«Ich weiß nicht, warum sie in letzter Zeit so gleichgültig und abweisend gegen mich ist. Seit einem Jahr ...»

«Sie haben es ihr nicht gesagt?» fragte Wexford.

«Ich habe sie noch nicht gesehen. Am Dienstag geht sie nach der Schule immer zu ihrer Freundin. Sagt sie wenigstens. Sie ist so verschlossen ...»

«In welche Schule geht sie, Mrs. Williams?»

«In die Gesamtschule Haldon Finch. Sobald Sie fort sind, spreche ich mit ihr über ihren Vater. Ich nehme an, ich muß ihr auch sagen, daß er ein Bigamist war und irgendwo eine zweite Frau sitzen hatte. Es wird nicht leicht sein. Ich weiß nicht, ob Sie das begreifen?»

Wenn Wexford jemanden vernahm, erlaubte er zwar gewisse Abschweifungen, ließ sich aber nie völlig ablenken. Die Befragten mußten früher oder später wieder dahin zurück, wo er sie haben wollte. Das war sehr hart für sie, denn oft glaubten sie schon, entkommen zu sein. Die Zügel waren gerissen, und die Freiheit war zum Greifen nah, doch die Hand griff unerbittlich zu und packte das abgerissene Ende.

«Wir haben uns über die Freundin Ihres Mannes unterhalten. Vielleicht wollte er an dem Abend, an dem er starb, zu ihr.»

«Ich weiß nicht mehr über sie, als ich Ihnen schon sagte.»

Aus ihrer Stimme klang jetzt deutlich Angst heraus. Viele hätten es Vorsicht oder Befürchtung genannt, aber es war echte Angst.

«Sie haben sie ein Mädchen genannt. Daraus schließe ich, daß es ein junges Mädchen ist.»

«Ein junges unverheiratetes Mädchen, ein sehr junges Mädchen, mehr weiß ich nicht.» Das wurde wie in Panik hervorgestoßen, hastig und abgehackt. «Ich hab Ihnen doch gesagt, ich weiß nicht mehr.»

Wexford erinnerte sich, daß Williams einmal sogar Sylvia belästigt hatte. Sie war damals fünfzehn gewesen. Hatte Wendy auf etwas Ähnliches angespielt, als sie so rührend gefragt hatte, ob sie nicht noch jung aussehe? Ob sie mit zweiunddreißig für seine achtundvierzig Jahre vielleicht nicht mehr jung genug gewesen war?

«Heißt das, noch jung genug, daß sie bei ihren Eltern lebt?»

Ein Nicken, schmerzlich und verwirrt.

«Was wissen Sie sonst noch von ihr, Mrs. Williams?»

«Nichts. Gar nichts. Glauben Sie, ich wollte, daß er mir von ihr erzählt?»

Das klang nicht unvernünftig. Zuerst hatte er geglaubt, sie lüge, als sie gesagt hatte, sie wisse den Namen des Mädchens nicht. Jetzt war er nicht mehr so sicher. Wie oft hatte er Leute schon sagen hören: «Wenn mein Mann – meine Frau – mir je untreu wäre, möchte ich das gar nicht wissen.» Und wenn sie es notgedrungen erfuhren: «Ich will nichts darüber hören.» Die Messer der Eifersucht wetzen sich an Einzelheiten.

Die Frage, die ihr, wie er wußte, am unangenehmsten sein würde, die er aber stellen mußte, hatte er sich bis zuletzt aufgespart.

«Woher wußten Sie überhaupt, was vorging? Wie haben Sie von ihrer Existenz erfahren?»

Er hatte sich geirrt. Es machte ihr nichts aus, daß er fragte. Es machte ihr nichts aus, weil sie mit einer Lüge antwortete. Mit einer Lüge, die sie sich seit einer halben Stunde, seit sie wußte, daß die Frage unvermeidlich war, im stillen immer wieder vorgesagt hatte.

«Ich habe einen anonymen Brief bekommen.»

Irgendwann würde er die Wahrheit erfahren. Doch das hatte Zeit.

«Und jetzt, Mrs. Williams, Ihre Tochter ...»

«Was ist mit ihr?» Das kam rasch und voller Abwehr.

«Ich möchte mit Veronica reden.»

«O nein. Das nicht. Bitte!»

«Nachdem Sie mit ihr gesprochen haben und sie einen oder zwei Tage Zeit hatte, über den Schock hinwegzukommen.»

«Aber warum?»

«Ihr Vater wurde ermordet. Er sollte hierherkommen, und sie war hier. Allein hier. Es ist doch möglich, daß er hier war, und sie die letzte ist, die ihn lebend gesehen hat.»

«Er war nicht hier. Das hätte sie mir gesagt.»

«Wir werden sehen, Mrs. Williams. Wir werden uns auch das Haus genau ansehen wollen, und ganz besonders interessieren uns die persönlichen Sachen Ihres Mannes.»

«Wir stoßen immer wieder auf diese jungen Mädchen», sagt Burden.

«Und auf Raben mit Frauengesichtern.»

«Das auch. Budd und Wheatley wurden von einem jungen Mädchen angegriffen. Sie sind beide nicht schwer verletzt, aber sie wurden angegriffen, und das mit einem Messer. Rodney Williams mochte junge Mädchen – ich meine, er scheint sie ganz besonders jung gemocht zu haben haben –, und er hatte eine sehr junge Freundin. Er wurde mit einem Messer getötet, wurde erstochen. Wheatley hat ausgesagt, das Mädchen, das ihn überfiel, habe ein T-Shirt mit einem Muster – einem Vogel mit dem Kopf einer Frau ...»

«Und Sara Williams», fuhr Wexford fort, «hat auch so ein T-Shirt. Außerdem hängt in ihrem Zimmer ein Poster mit dem gleichen Motiv.»

«Tatsächlich? Ist das kein Witz?»

«Nein. Es ist wahr. Und Eve Freeborn hat einen Raben mit dem Kopf einer Frau auf ihr linkes Handgelenk tätowiert oder gezeichnet. Seit die Sonne wieder scheint, Mike, und die Frauen sich nicht mehr in Jacken und Mäntel einpacken, habe ich in Kingsmarkham und Pomfret nicht weniger als fünf Mädchen in weißen T-Shirts mit demselben Emblem gesehen – einem Raben mit Frauenkopf. Was sagen Sie dazu?»

«Gütiger Gott, und ich dachte, wir kämen endlich ein bißchen weiter. Es kommt mir vor wie die Geschichte in *Ali Baba und die vierzig Räuber*, in der die Frau ihm sagt, daß er den richtigen Ölkrug erkennen wird, weil ein Kreuz draufgemalt ist, und als er hinkommt, hat jemand alle Ölkrüge mit Kreuzen bemalt.»

«Sie haben ja schon wieder gelesen. Oder waren sogar im Theater. Ich habe den Eindruck, daß diese Raben-Harpyie das Emblem oder Symbol einer Vereinigung oder eines Kults ist. Vielleicht sind es moderne Anarchisten oder falsche Freiheitskämpfer.»

«Tierschützer?» meinte Burden zweifelnd.

«Das wäre möglich. Vielleicht soll darauf hingewiesen werden, daß ein Tier – in diesem Fall der Vogel – die gleichen Gefühle und Rechte hat wie ein Mensch? Auf dem Poster in Saras Zimmer sind außer der Abbildung noch ein paar Buchstaben – ein Kurzwort, glaub ich a, r, r, i, a, Arria.»

«‹Aktion rettet Raben› und so weiter?»

«In der römischen Geschichte gibt es eine Frau namens Arria, wie ich mich dunkel erinnern kann. Ich will dem mal nachgehen. Wenn es um Tierschutz ginge, Mike, würden sich im Ernstfall die Aggressionen wahrscheinlich gegen Leute richten, die ihrer Meinung nach grausam zu Tieren sind – Farmer, die ihre Hühner in Legebatterien halten, oder Besitzer einer zur Fuchsjagd abgerichteten Hundemeute. Ich glaube nicht, daß Wheatley sich im Hintergarten angekettete Kälber hält, oder? Wir werden Sara fragen. Aber vorerst möchte ich ihr und Joy die Möglichkeit geben, über den Schock hinwegzukommen, daß Williams noch eine Ehefrau und noch eine Tochter hatte.»

«Haben Sie es ihnen gesagt?»

«Der finanzielle Aspekt scheint Joy am schwersten getroffen zu haben. Sie mußte auf so manches verzichten, damit er für seine zweite Familie sorgen konnte. Sie lachte nur bitter auf, als sie es erfuhr. Wenn meine Frau ein solches Lachen hätte, ginge es mir schrecklich auf die Nerven.»

«Wie kommt Martin mit seinen Ermittlungen wegen der Schreibmaschine weiter?»

Wexford zog den Bericht über den Schreibtisch zu sich heran. Williams' Kündigungsbrief war nicht auf einer Maschine von Sevensmith Harding geschrieben worden. In den Büros in Myringham gab es nur modernste elektronische Maschinen. Weder bei den einen noch bei den anderen Williams' wurde eine Schreibmaschine gefunden. Die Harmers besaßen eine. Sie stand bei ihnen zu Hause. Ihre Wohnung lag über der Apotheke und nahm zwei Stockwerke ein. Hope und Paulette, Joy Williams' Schwester und Nichte, benutzten sie beide. Es war eine kleine elektrische Olivetti.

«Den Brief hat seine neueste Flamme getippt», sagte Burden. «Sobald wir sie haben, haben wir auch die Schreibmaschine.»

«Wenn wir sie finden, wird die Schreibmaschine nicht mehr wichtig sein.»

Sergeant Martin war auch in Bath gewesen, von wo Rodney Williams allem Anschein nach stammte. In einer Siedlung ein paar Meilen außerhalb der Stadt besaß sein Bruder Howard ein Haus, das jenem sehr ähnelte, in dem Rodney mit seiner zweiten Frau gelebt hatte. Es war Howards Adresse, die in Wendys Trauschein eingetragen war.

Rodneys Eltern hatten auch in Bath gelebt, doch den Vater hatte er schon als Kind verloren, und seine Mutter war gestorben, als er siebenundzwanzig war. Daß seine Mutter tot war, hatte er kaltblütig und berechnend zu seinem Vorteil genutzt. Bestimmt hatte er Wendy weisgemacht, die alte Mrs. Williams mißbillige seine Heirat mit einem so jungen Mädchen und lehne es strikt ab, die Schwiegertochter kennenzulernen. Als pflichtgetreuer Sohn müsse er sie jedoch gelegentlich besuchen ...

Der Bruder schien ein offener und ehrlicher Mensch zu sein. Er habe mit Rodney kaum Kontakt gehabt, sagte er. Vor Jahren, fünfzehn oder sechzehn etwa, war ab und zu Post für Rodney an seine Adresse gekommen. Irrtümlich natürlich. Er hatte sie ganz einfach weitergeleitet. Mitteilungen des Standesamts in der Zeit, in der Rodney die zweite Ehe einging, dachte Wexford. Howard Williams war ebenfalls Handelsvertreter und hatte sich am 15. April geschäftlich in Irland aufgehalten.

Joy hatte ihn nicht vom Tod seines Bruders unterrichtet. Er hatte die Nachricht in der Zeitung gelesen und kühl und gleichgültig darauf reagiert.

Wendy Williams' Haus am Stadtrand von Pomfret war von der

Apotheke der Harmers nur eine Meile entfernt. Hatte es Rodney Williams beunruhigt, daß seine angeheirateten Verwandten so nahe wohnten? Hatte er das Haus dort nur gekauft, um Wendy zu beschwichtigen oder ihr einen Wunsch zu erfüllen? Oder war ein solches Risiko für ihn nur ein weiterer Nevenkitzel bei seinem Balanceakt auf dem Hochseil?

Zwischen der Siedlung und dem Stadtkern, der vor noch nicht allzu langer Zeit die ganze Stadt gewesen war, lagen die Sportstätten der Gesamtschule Haldon Finch, Spielfelder, Tennis-, Basketball-, Fußball- und Hockeyplätze, eine Aschenbahn. Die Haldon Finch-Schule, obwohl neu und ein Beispiel für moderne Erziehung mit ihren zweitausend Schülern und Schülerinnen, die in nicht weniger als sechs Gebäuden untergebracht waren, legte ebensogroßen Wert auf Sport und Spiel wie die alten Public Schools. Man konnte in zehn Fächern die besten Noten haben, wenn man eine sportliche Niete war, war man trotzdem ein Nichts.

Um halb sechs spielten zwölf Mädchen auf den Tennisplätzen an der Procter Road.

«Wahrscheinlich ein Match mit einer anderen Schule», sagte Burden. «Solche Spiele werden immer nach Schulschluß ausgetragen.»

Er und Wexford waren zu Veronica Williams unterwegs. Donaldson hatte eine Abkürzung oder – besser gesagt – eine weniger stark befahrene Straße genommen, und sie hatten sich inmitten der Schul-Sportplätze wiedergefunden.

«Kommen Sie, Mike», sagte Wexford, «schauen wir ein paar Minuten zu.»

Burden stieg, wenn auch leicht widerstrebend, aus. «Ich habe immer ein komisches Gefühl, wenn ich herumstehen und Mädchen beobachten soll», brummte er. «Ich meine, man fragt sich doch selber – oder sie fragen sich –, was das für ein Typ ist, der so was tut?»

«Was würden Sie denken, wenn Sie zwei Frauen mittleren Alters sehen, die jungen Männern beim Squash zusehen?»

Burden warf ihm einen Seitenblick zu.

«Na ja, nichts natürlich, oder? Ich würde sie für die Mutter der jungen Männer oder einfach für sportbegeisterte Frauen halten.»

«Genau. Sagt Ihnen das gar nichts? Sagt es Ihnen nicht zweierlei? Erstens, daß es trotz gegenteiliger Behauptungen der Feministinnen zwischen Männern und Frauen einen grundlegenden Unterschied in ihrer Einstellung zum Sex gibt. Und zweitens, daß Frauen

– wenn sie je auf den Gedanken kämen – mit gutem Recht behaupten könnten, daß sie uns in dieser Hinsicht überlegen sind.»

«Aber Sie müssen zugeben, daß auch das sich ändert. Denken Sie doch an die vielen Clubs im Norden, in denen Männer sich vor weiblichem Publikum ausziehen.»

«Ein Unterschied bleibt trotzdem. Männer gehen zu Strip-Shows, und das Wasser rinnt ihnen gewissermaßen im Mund zusammen, während sie stumm die Frauen angaffen.»

«Ist das bei Frauen anders?»

«Frauen lachen, allem Anschein nach», sagte Wexford.

Eine der Tennisspielerinnen war Eve Freeborn. Er erkannte sie an den purpurn eingefärbten Haarsträhnen. In den flachen weißen Tennisschuhen wirkte sie nicht so groß und nicht so langbeinig. Ihre Partnerin war ein mageres dunkelhäutiges Mädchen, ihre Gegnerinnen eine sehr kräftige Blondine und ebenfalls ein mageres dunkelhäutiges Mädchen, aber mit Brille. Die vier spielten auf dem Platz direkt an der Straße. Wexford übersah die beiden anderen Plätze und die anderen vier Paare noch gut genug, um festzustellen, daß Sara Williams nicht darunter war. Sara ging natürlich nicht in die Haldon Finch-Schule, das wäre sogar für Rodney Williams ein zu großes Risiko gewesen. Doch wenn es sich um ein Match handelte, mußten sechs Mädchen von einer anderen Schule kommen. Auf den drei Schiedsrichterstühlen saßen drei junge Frauen, die wie Sportlehrerinnen aussahen.

Er merkte sofort, daß keines der Mädchen besonders gut spielte. Waren die Leistungen allgemein schlechter geworden, seit er Sheila und Sylvia beim Tennis zugesehen hatte? Nein, daran lag es nicht. Es lag am Fernsehen. Woche für Woche sah man auf dem Bildschirm große internationale Matchs, ob sie nun hier oder in Amerika stattfanden, und das verdarb einem den Blick für das Echte, für das, was man vor seiner Haustür zu sehen bekam. Es war wirklich jammerschade. Man reagierte gereizt, weil der Ball so oft nicht getroffen wurde. Eve Freeborn hatte einen guten, harten Aufschlag. Sie wollte Asse servieren, doch kamen sie immer auf der falschen Seite der Linie an. Ihre Gegnerin, das Mädchen mit der Brille, war die schlechteste Spielerin von allen, mit langsamer Beinarbeit, weichem Aufschlag und der Manier, den Ball hoch in die Luft zu schlagen, so daß er für Eves zupackenden Schläger eine leichte Beute wurde.

«Zwei Spielbälle», sagte Burden, der sich mehr für das Spiel selbst interessierte.

Eve machte einen Doppelfehler. Ein Spielball war abgewehrt. Sie schlug noch einmal auf, und die Blonde schickte den Ball wie einen Pfeil die Seitenlinie entlang. Die Schiedsrichterin sagte Einstand an. Eve machte einen zweiten Doppelfehler.

«Vorteil Kingsmarkham!» rief die Schiedsrichterin.

Also spielte Haldon Finch gegen die Kingsmarkham High School, früher ein Gymnasium, jetzt eine Privatschule, an der man Schulgeld bezahlen mußte, weil sie nicht mehr staatlich gefördert wurde.

Kingsmarkham gewann den Satz. Man wechselte die Seiten. Die Mädchen blieben bei der Schiedsrichterin stehen, trockneten sich Gesichter und Arme ab, tranken Cola aus Dosen. Eve stand in Wexfords Nähe. Das kleine feuerfarbene Zeichen am Halsausschnitt ihres weißen T-Shirts, das er bisher nur als orangefarbenen Fleck gesehen hatte, entpuppte sich als Bouton. Er konnte ausgebreitete Flügel und die Buchstaben ARRIA darauf ausmachen. Eve sah ihn nicht oder wollte ihn nicht ansehen. Vielleicht erkannte sie ihn auch außerhalb seines Büros und in Hemdsärmeln nicht. Er kniff die Augen zusammen, um das Abzeichen besser zu sehen. Die Schiedsrichterin stieg von ihrem hohen Sitz und kam an den Zaun. Sie war eine untersetzte, muskulöse junge Frau mit einem bitterbösen Gesicht und blitzenden Augen.

«Wünschen Sie etwas Besonderes?» fragte sie mit eisiger Stimme.

Wexford überlegte sich alle möglichen Antworten, zweideutige, herausfordernde, sogar leicht lüsterne. Er war Polizeibeamter. Aber Burden kam ihm mit der klassischen Antwort des ertappten Voyeurs zuvor:

«Wir haben nur zugeschaut.»

«Wie wär's, wenn Sie sich jetzt eine andere Beschäftigung suchten?»

«Kommen Sie, Mike», sagte Wexford.

Sie gingen rasch zum Wagen. Die Sportlehrerin sah ihnen finster nach.

«Nennt man sie auch jetzt noch so?»

«Wie meinen Sie das? Ob man sie noch Sportlehrerin nennt?»

Burden schwieg einen Augenblick, dann fügte er, das Gesicht

verziehend, hinzu: «Ich werde es Ihnen sagen, sobald meine neue Tochter elf ist. Wenn sie je zur Welt kommt. Wenn sie je elf wird. Wenn sie und ich zusammen sind, falls sie es wird.»

«So schlimm kann es doch nicht sein.»

«Wirklich nicht? Nein, vielleicht nicht. Vielleicht werde ich mit ihr zusammensein und nicht mit Jenny.»

Es mußte um Burden sehr schlecht stehen, wenn er sich vor Donaldson zu einem solchen Ausbruch hinreißen ließ. Selbstverständlich würde Donaldson kein Wort darüber verlieren. Aber er hörte es und würde nachdenklich werden. Wexford sagte nichts. Burdens Gesicht verschloß sich, sein Blick wurde stumpf, er spitzte die Lippen, und die steile Falte über der Nase, die sich nie mehr ganz glättete, wurde noch tiefer. Der Wagen fuhr an. Wexford blickte sich um und sah Eve zum Sprung ansetzen und den besten Volley des ganzen Matchs schlagen.

«Veronica sollte jetzt eigentlich für ihre Schule Tennis spielen», sagte Wendy Williams, «aber sie ist natürlich viel zu aufgeregt dazu. Sie war heute nicht im Unterricht, und ich mußte mir freinehmen. Ich mußte ihr sagen, daß ihr Vater eine zweite Frau und noch zwei Kinder hatte. Ihr zu sagen, daß er tot ist, war schon schlimm genug.»

Die zweite Mrs. Williams, die er ursprünglich für sanft und lieb gehalten hatte, hatte – wie er jetzt feststellte – auch andere Eigenschaften. Unter anderem die ziemlich unangenehme, die Schuld an jedem Mißgeschick, das ihr widerfuhr, jedem zufällig Anwesenden in die Schuhe zu schieben.

«Ich habe ihr alles erzählt, und zuerst wollte sie kein Wort sagen, aber dann war sie schrecklich verzweifelt.» Die sanfte, kindliche Stimme klang zaghaft. Die Augen wurden groß und feucht wie bei einem Kind, das Reklame für Seife macht. Wexford kam der ketzerische Gedanke, daß sie dieses Verhalten geradezu kultiviert hatte, weil Williams hinter kleinen Mädchen hergewesen war. «Sie werden vorsichtig mit ihr umgehen, nicht wahr? Sie werden nicht vergessen, daß sie erst sechzehn ist? Und sie hat ja nicht einfach nur ihren Vater verloren, es ist viel, viel schlimmer.»

Hier wurde er natürlich nicht in das Schlafzimmer des Mädchens geschickt. Veronica würde herunterkommen, und Wendy würde dabeisein. Wahrscheinlich war Veronica die Tennisspielerin gewesen, für die das dunkelhäutige Mädchen ohne Brille eingesprungen war. Während Wexford noch darüber nachdachte, kam Veronica herein, schüchtern und zögernd, das Gesicht noch immer wie erstarrt. Sie hatte geweint, doch das war schon lange her. Ihre Augen waren trocken, die Lider blaß, aber verquollen. Trotzdem hatte sie sich für diese Begegnung sehr sorgfältig angezogen, ebenso wie ihre Mutter. Derlei Dinge, die andere Männer gar nicht bemerkt hätten, fielen Wexford immer auf. Wendy trug ein schwarzes Baumwollkleid mit weiten Ärmeln, das ein bißchen zu schick war, um wie ein Trauerkleid zu wirken. Veronica hatte einen rosa Faltenrock, ein rosa Sweat-Shirt mit einem goldenen «V» und weißrosa Turnschuhe an. Wahrscheinlich kaufte Wendy ihre Garderobe bei Jickie zu Großhandelspreisen.

«Das sind Chief Inspector Wexford und Inspector Burden, Liebling. Sie möchten dir ein paar Fragen stellen. Keine schweren oder komplizierten Fragen. Sie wissen, daß du einen bösen Schock hinter dir hast. Und ich bleibe die ganze Zeit hier.»

Um Himmels willen, dachte Wexford, sie ist schließlich nicht mehr zehn. Der stumpfe, starre Blick des Mädchens machte ihn nervös.

«Das mit deinem Vater tut mir leid, Veronica», begann er. «Ich weiß, daß du jetzt sehr unglücklich bist und am liebsten in Ruhe gelassen werden willst. Aber deine Mutter hat dir ja erzählt, was passiert ist. Dein Vater ist nicht einfach gestorben. Er wurde ermordet. Und wir müssen herausfinden, wer ihn getötet hat, nicht wahr?»

Ein ihm schon längst vertrauter Zweifel überkam ihn. Mußten sie das wirklich? *Cui bono?* Wen stellte es zufrieden, wer wurde gerächt, wieder zum Leben erweckt? Aber er war Polizist und durfte so nicht denken. Sein Tonfall verriet natürlich nichts von diesen Gedanken. Er sah Veronica an. Was mochte wohl während der Wochen, in denen ihr Vater vermißt worden war, in ihrem Kopf vorgegangen sein? Hatte sie wie ihre Mutter geglaubt, er sei bei einer anderen Frau? Oder hatte sie seine Abwesenheit hingenommen wie alle anderen, wenn er angeblich für seine Firma verreist war oder in Bath den pflichtgetreuen Sohn spielte? Veronica sah Wexford nicht mehr an, sondern blickte zu Boden. Ihr Kopf hing herunter, als sei er zu schwer für den schmalen Hals.

«Können Sie sich noch an den 15. April erinnern?» fragte er. «Es war ein Donnerstag. Ihre Mutter erwartete, daß Ihr Vater am

Abend nach Hause kam, mußte selbst aber länger arbeiten. Doch Sie waren hier, nicht wahr?»

Das «Ja» kam sehr leise. Er hätte es vielleicht gar nicht gehört, wenn sie nicht gleichzeitig genickt hätte.

«Was haben Sie gemacht? Wann sind Sie aus der Schule gekommen? Um vier?» Auch er redete mit ihr, als sei sie zehn, aber etwas an ihrer Haltung, der gesenkte Kopf, die gekreuzten Füße, die geballt auf dem Schoß liegenden Hände, schienen es herauszufordern. Wieder das Nicken, und um nicken zu können, hatte sie den Kopf vorher ein wenig gehoben. «Und wie ging's weiter? Um welche Zeit haben Sie Ihren Vater erwartet?»

Sie murmelte vor sich hin, das wisse sie nicht.

«Wir wußten nie, wann er kam», warf Wendy ein. «Wir wußten es nie. Jede Zeit war möglich.»

«Und ist er gekommen?» fragte Wexford.

«Natürlich nicht. Das habe ich Ihnen doch schon gesagt.»

«Bitte, Mrs. Williams, lassen Sie Veronica antworten.»

Veronica war scheu, nervös, vielleicht auch unglücklich. Den Schock hatte sie jedenfalls noch nicht überwunden. Plötzlich riß sie sich zusammen, als habe sie begriffen, daß es keinen Ausweg gab. Sie mußte sprechen, also brachte sie es am besten schnell hinter sich.

Saras braune Augen sahen Wexford an, und Saras Lippen zitterten leicht.

«Ich hab Tee getrunken. Na ja, eigentlich Cola und dazu etwas gegessen, was Mami mir im Kühlschrank bereitgestellt hatte.» Obwohl Wendy so jung war, gehörte sie zu den Frauen, die ihre Kinder mit ihrer Fürsorge ersticken und sogar soweit gehen, einer Sechzehnjährigen die Mahlzeiten vorzubereiten, als sei sie behindert. «Ich hatte eine Freundin eingeladen – als Sie das erste Mal hier waren, war ich gerade bei ihr –, aber sie rief an und sagte, sie könne nicht kommen. Wenn ich Lust hätte, könnte ich ja bei ihr vorbeischauen.»

«Aber Sie wollten auf Ihren Vater warten?»

Sie war keine Sara, keine Eve Freeborn. Sie wandte den Kopf und sah hilfesuchend ihre Mutter an. Und die Mutter sprang ihr natürlich bei, wie immer.

«Veronica brauchte nicht auf ihren Vater zu warten. Ich habe Ihnen doch gesagt, daß wir eigentlich gar nicht mehr mit ihm rechneten.»

«‹Wir›, Mrs. Williams?»

«Nun ja, was Veronica dachte, weiß ich wirklich nicht. Ich hatte ihr gegenüber noch nichts von einer möglichen Trennung erwähnt. Ich wartete ab, wollte sehen, wie es weiterging. Entscheidend ist, daß Veronica nicht auf ihn zu warten brauchte und auch nicht gewartet hätte – sie hat schließlich ein eigenes Leben.»

Was hatte sie sagen wollen, bevor sie sich unterbrach und diese ungewöhnliche Erklärung über die nicht vorhandene Unabhängigkeit des kleinen, scheuen Wesens abgab?

«Dann sind Sie also weggegangen?»

«Ja, zu meiner Freundin. Aber ich bin nicht lange geblieben. Wir haben Platten gehört, und dann habe ich ihr vorgeschlagen, irgendwohin Kaffee trinken zu gehen. Sie konnte nicht, mußte auf ihren kleinen Bruder aufpassen. Er ist erst zwei. Deshalb war sie auch nicht zu mir gekommen.»

«Da sind Sie wieder nach Hause gegangen, ja? Um wieviel Uhr, ungefähr?»

«Ich bin nicht gleich nach Hause gegangen, ich war noch im Café, allein, im *Castor*. Zu Hause war ich dann gegen neun, und Mami kam etwa zehn Minuten später.»

«Sie müssen enttäuscht gewesen sein, weil Ihr Vater nicht da war.»

«Ich weiß nicht», sagte Veronica. «Ich habe nicht darüber nachgedacht. Es macht mir nichts aus, allein zu sein. Im Gegenteil, es gefällt mir sogar.» Eine erstaunliche Feststellung, zumal sie nicht danach gefragt worden war.

«Du meine Güte!» Wendy war nicht gewillt, das unwidersprochen zu lassen. «Du bist nie allein, wenn ich es verhindern kann. Du brauchst nicht so zu reden, als wärst du ein armes vernachlässigtes Kind.»

Wexford erkundigte sich nach dem Namen der Freundin. Sie hieß Nicola Tennyson und wohnte näher zur Innenstadt. Wendy hatte nichts dagegen, daß Wexford und Burden sich im Haus umsahen und Rodney Williams' Sachen durchsuchten. Wexford hatte das Gefühl, daß sie es so bereitwillig erlaubte, weil sie wollte, daß sie sahen, wie sauber und elegant das Haus und was für eine gute Hausfrau sie war.

Und hier fanden sie dann auch Williams' restliche Kleidung und machten die interessante Entdeckung, daß seine besseren und modischeren Sachen ausschließlich dieser Familie vorbehalten geblieben waren. In dem mit Goldleisten verzierten weißen Einbauschrank hingen Jeans, Western-Hemden, ein Drillichanzug und ein zweiter aus einem modernen steingrauen Leinenmischgewebe. Auf dem Bodenbrett standen zwei Paar Halbstiefel und ein Paar beigefarbene Mokassins aus Ziegenleder. Die Unterwäsche paßte zu einem viel jüngeren Mann als zu dem Teilzeit-Bewohner des Hauses Alverbury Road 31.

«Er bestand aus zwei völlig verschiedenen Persönlichkeiten», sagte Wexford.

«Vielleicht sogar aus dreien.»

«Wir werden sehen. Auf jeden Fall waren es zwei: die eine ein Mann in mittleren Jahren, gesetzt, vielleicht gelangweilt, mit einer Familie, die ihm nicht allzuviel bedeutete, weil sie ihm selbstverständlich geworden war; die andere jugendlich, ziemlich unternehmungslustig – werfen Sie doch mal einen Blick auf die Unterhosen –, nimmt es noch leicht mit seiner jungen Frau auf und führt in dieser kleinen Hutschachtel von Haus ein recht flottes Leben.»

Wexford sah sich im Zimmer um und verglich es mit der Alverbury Road. Auf den Betten lagen Steppdecken, die Fenster hatten Jalousien, auf dem Sitz eines weißen Rohrsessels türmten sich grüne, blaue und weiße Seidenkissen. Und das Bett hatte Übergröße.

«Wahrscheinlich hat er es den ‹Spielplatz› genannt, sagte Burden, das Gesicht verziehend.

«Früher mal», entgegnete Wexford.

In diesem Haus hatte Williams keinen Schreibtisch gehabt, nur eine Schublade in der mit Gold verzierten weißen Kunststoffkommode. Das war Wendys Haus gewesen, daran gab es keinen Zweifel, das Allerheiligste, ausschließlich ihr Herrschaftsbereich. So mädchenhaft, zart und sanft sie auch sein mochte, sie hatte dieses Haus zu dem ihren gemacht, feminin und ausschließlich für sie bestimmt. Rodney Williams war hier immer nur geduldet gewesen, das fühlte Wexford, und ob er bleiben durfte oder gehen mußte, hing von seinem Wohlverhalten ab. Und dennoch hatte er sich von Anfang an nicht sehr gut benommen. Da waren die vielen Reisen gewesen, die «Mutter», die langen Spannen der Abwesenheit. Also hatte sich Wendy mit Blumen, Farben und Seidenkissen ein Heim geschaffen, in dem ihm nur hier und da ein Eckchen zugestanden wurde, als habe sie sich unbewußt – Wexford war überzeugt, daß es unbewußt geschehen war – auf den Tag vorbereitet, an dem sie mit ihrer Tochter allein sein würde. Wexford schaute in die Schublade, doch sie sagte ihm wenig. Wie nicht anders erwartet, enthielt sie nur Papiere.

Das einzig Überraschende war Williams' Führerschein mit der Adresse Alverbury Road.

«Daß er den so rumliegen ließ, war ein ziemliches Risiko», sagte Burden.

«Sein ganzes Leben bestand aus Risiken, er ist sie ununterbrochen eingegangen. Er balancierte gern auf dem Hochseil. Außerdem lesen mißtrauische Ehefrauen Briefe und nicht den Führerschein.»

In der Schublade lagen außerdem noch Rechnungen, Kupons von Kreditkartenschecks, Unterlagen für ein allmonatlich abzurechnendes American Express-Konto. Auf welche Adresse war es ausgestellt? Auf diese hier, ja. Irgendwie paßte es. Visa und Access waren Konten für den braven Bürger, der kosmopolitischere American Express stand dem Playboy besser zu Gesicht. Zweifellos war es Wendy, die die fälligen Rechnungen vom gemeinsamen Konto bezahlte. In der Schublade fanden sich jedenfalls keine, nur eine Zahlungsaufforderung für eine fällige Rate, ein Leasing-Vertrag für ein Fernsehgerät, ein Kostenvoranschlag der Baufirma Godwin and Sculp aus Pomfret mit dem Datum vom 30. März für das Wohnzimmer, das frisch gestrichen werden sollte, und eine Rechnung (mit dem Stempel «Bezahlt») von derselben Firma für den Einbau eines neuen Wasserbehälters im Bad. Darunter lag Rodneys Scheckbuch für das gemeinsame Konto und eine kleine, noch halbvolle Flasche mit Tabletten. Auf dem Etikett stand «Mandaret».

Im selben, dem obersten Stock des Hauses, gab es noch zwei Schlaf- und ein Badezimmer. Veronicas Zimmer war tadellos aufgeräumt, mit einer Menge Schnickschnack und in dem Stil eingerichtet, den einschlägige Zeitschriften in Wendys Kindheit unter Überschriften wie «Ein Traumschlafzimmer für Ihre Tochter» propagiert hatten. Wahrscheinlich hat die arme Wendy als Kind nie ein Traumschlafzimmer gehabt, dachte Wexford. Ihre Jugend hatte wohl mehr Ähnlichkeit mit der von Sara. Hier gab es keine Poster, kein selbstgebasteltes Mobile, aber auch keine Bücher. Das Zimmer gehörte zu einem Mädchen, das nur «sinnend» auf der Fensterbank saß und weiße Söckchen trug.

Die Wendeltreppe, eine gräßlich unbequeme und gefährliche neue Erfindung für alle, die nicht wendig und geschmeidig waren wie Katzen, ging durch die Mitte des Hauses wie eine Riesenschraube durch eine Presse. Im Erdgeschoß gab es eine Duschkabine, eine separate Toilette, und die dritte Tür auf dieser Seite führte in die angebaute Garage. Am Ende des Flurs lag ein Raum, der die ganze Breite des Hauses einnahm. Von dort gelangte man durch eine Terrassentür in einen Patio und den Garten, der ungefähr so groß war wie ein Speisezimmertisch. Das Zimmer, das sich als Eß- oder Arbeitszimmer für Rodney Williams angeboten hätte – wäre ihm eins gestattet gewesen –, diente ausschließlich Wendys Interessen. Eine Nähmaschine und ein Strickapparat standen darin, ein Bügelbrett mit einem Trocken- und einem Dampfbügeleisen, und überall hingen Kleider, ordentlich in Plastikhüllen gepackt, damit sie nicht einstaubten.

Mutter und Tochter saßen immer noch im Wohnzimmer an dem Tisch mit der Glasplatte. Wendy hatte eine Näharbeit in der Hand, ein Taschentuch oder eine Serviette, an der sie mit großer Sorgfalt stichelte. Den kleinen Finger hielt sie abgespreizt, was beim Teetrinken heutzutage als vulgär galt. Veronica knabberte Erdnüsse aus einer Folienpackung. Natürlich trockene, da die anderen Fettflecke machen konnten. Beide glichen zu straff gespannten Federn und konnten es nicht erwarten, daß die Polizisten endlich gingen und sie allein ließen.

«Haben Sie schon von einer Vereinigung oder einem Club namens ARRIA gehört?» wandte sich Wexford an Veronica.

Die Feder sprang nicht. Veronica erschrak nicht. Sie nickte nur. Sie knüllte die leere Erdnußpackung nicht zusammen, sondern strich sie glatt und fing sie an zu falten, zuerst in die Hälfte, dann in Viertel.

«In der Schule?»

Sie blickte auf. «Ein paar Mädchen in der Sechsten und Siebenten gehören dazu.»

«Aber Sie nicht?»

«Man muß über sechzehn sein.»

«Warum Mädchen?» fragte Wexford. «Haldon Finch ist eine gemischte Schule. Warum gehören keine Jungen zu ARRIA?»

Sie war im Grunde ein ganz normaler Teenager. Unter dem spröden Äußeren, der Scheu, dem kleinen Mädchen an Mamis Rockzipfel, gehörte sie zu ihnen. In dem Blick, den sie ihm zuwarf, lag die ganze Verachtung für die an Schwachsinn grenzende Verständnislosigkeit, die für die Erwachsenen so typisch war.

«Nun, es ist eine Frauenvereinigung, verstehen Sie? Sie ist nur für Frauen. Es sind – wie nennt man sie? – Feministinnen. Militante Feministinnen.»

«Dann will ich nur hoffen, daß du dich von ihnen fernhältst, Veronica», sagte Wendy sehr rasch und für sie ungewöhnlich scharf. «Ich hoffe, du hast nichts damit zu tun. Wenn es etwas gibt, was ich von ganzem Herzen verabscheue, dann ist es die Frauenbewegung. Emanzipation! Ich bin emanzipiert, und was hab ich davon? Ich hoffe nur, du wirst klüger sein als ich und dir einen Mann aussuchen, der dich wirklich erhalten kann, der für dich sorgt, einen netten, anständigen Mann, der dich liebt und schätzt.» Ihre Lippen zitterten vor Erregung. Sie legte die Näharbeit aus der Hand. «Ich war für Rodney nicht fraulich genug», sagte sie, als sei das Mädchen nicht anwesend. «Ich war ihm nicht mädchenhaft genug. Ich bin zu hart, zu unabhängig und – und zu erwachsen geworden, das weiß ich.» Sie strengte sich geradezu heldenhaft an, die Tränen zurückzuhalten, und sie gewann den Kampf mit sich selbst. Auch die Stimme versagte ihr nicht. «Vergiß das ja nicht, Veronica, wenn du einmal an der Reihe bist zu heiraten.»

Sergeant Martin bearbeitete die Beschwerde, obwohl er, wie er Wexford erklärte, kaum etwas hatte, worauf er sich stützen konnte. Auch war bisher noch nichts passiert.

«Eine gewisse Ms. Caroline Peters, Lehrerin für Leibesübungen an der Gesamtschule Haldon Finch», sagte Martin. «Miz nicht Miss, wohlgemerkt. Sie wurde richtig pampig, als ich sie Miss nannte, Sir. Sie behauptet, zwei Männer hätten sich während eines Tennisturniers der Mädchen am Zaun herumgedrückt. Haben sich angeblich sehr verdächtig benommen, sagt sie. Sie seien mit einem Wagen gekommen und eigens ausgestiegen, um zuzusehen. Hinterher hat sie die Schülerinnen gefragt, ob die eine oder die andere die Männer vielleicht gekannt habe, doch sie hätten alle verneint.»

Danke, Miss Freeborn, dachte Wexford.

«Lassen Sie die Sache auf sich beruhen, Martin. Vergessen Sie sie. Wir haben Wichtigeres zu tun.»

«Ich soll mich überhaupt nicht mehr darum kümmern, Sir?»

«Ich nehme es Ihnen ab.» Er würde der Frau schreiben und ihr alles erklären. Vielleicht rief er sie auch an. Sie hatte ein Recht darauf. Sie war eine gute, gewissenhafte Lehrerin, die verantwortungsbewußt handelte. Er durfte nicht über sie lachen – oder erst später, mit Burden.

Sein Besuch in der Liskeard Avenue hatte ihm ausreichend zu denken gegeben. Und über etwas hatte er sich gewundert, und dieses Etwas war weder eine Information noch war es der zündende Funke einer Idee, sondern etwas absolut Negatives.

War es nicht ungewöhnlich, daß sich Wendy, obwohl er sie schon zweimal besucht und lange Gespräche mit ihr geführt hatte, überhaupt nicht für Rodneys zweite Familie zu interessieren schien? Nicht ein einziges Mal hatte sie sich nach der Ehefrau erkundigt, die sie zwar ausgestochen, deren Stelle sie jedoch nicht eingenommen hatte, und auch nach den Kindern hatte sie nie gefragt, die schließlich Halbgeschwister ihrer Veronica waren. War ihre Eifersucht auf diese Familie vielleicht zu groß? Oder hatte sie einen Grund, der mit seiner Ermittlung zusammenhing?

11

Kevin Williams sah seiner Mutter ähnlicher als seinem Vater. Ihn hätte man nicht für Veronicas Halbbruder gehalten. Das genetische Erbe, das bei Sara und Veronica ein so deutliches Merkmal war, hatte ihn übersprungen. Er hatte eine schmale Stirn und einen niedrigen Haaransatz. Von Natur aus war er sachlich, lässig, gleichgültig.

Wexford, der Martin bei sich hatte, war mitten in eine Familienkonferenz hineingeplatzt, wie ihm schien. Ausnahmsweise lief der Fernseher einmal nicht. Mit geradezu überschwenglichem Stolz stellte Joy Williams nur ihren Sohn vor. Wexford blieb es überlassen zu erraten, daß die Frau und das Mädchen, die nebeneinander auf dem gelben Sofa saßen, Hope Harmer und ihre Tochter Paulette sein mußten.

Mrs. Harmer, obwohl rundlicher, hellhaariger und gepflegter als ihre Schwester, sah Joy trotzdem so ähnlich, daß man an ihrer Identität nicht zweifeln konnte. Sie war eine hübsche Frau, die auch in dieser Krise noch Lebensfreude ausstrahlte. Das Mädchen war – um mit Wexfords Enkelsöhnen zu sprechen – «eine richtige Wucht». Paulette war so schön, daß Sara und Veronica neben ihr zu durchschnittlich hübschen jungen Mädchen verblaßten. Sie erinnerte Wexford an ein Gemälde, das er einmal gesehen hatte – an Rosettis Porträt der Mrs. William Morris. Paulette war dunkelhaarig, und ihr Gesicht hatte den gleichen dunklen Schimmer wie das auf dem Bild, ihre Züge waren genauso ebenmäßig, und ihre großen dunklen Augen leuchteten genauso seelenvoll. Als er sie fragte, ob sie Paulette sei, hob sie die träumerischen dunkelgrauen Augen, nickte und wandte dann ihre Aufmerksamkeit wieder der Zeitschrift zu, die sie betrachtete und in der es anscheinend nur Frisuren zu sehen gab.

Kevins Trimester war am Tag vorher zu Ende gegangen, und er war sofort nach Hause gekommen. Aber nicht, um zu bleiben, wie er Wexford erklärte, als sie in dem kahlen Eßzimmer allein waren. Er sei es seiner Mutter schuldig, ihr ein paar Tage beizustehen, aber dann wollte er, wie schon seit einem Monat geplant, einen Freund in Cornwall besuchen und später nach Frankreich zum Camping fahren. Er schien erstaunt, als Wexford sich nach der Adresse des Freundes erkundigte.

«Es wäre uns lieber, wenn Sie das Land jetzt nicht verließen.»

«Sie können mich nicht hier festhalten. Ich habe mit dem Tod meines Vaters nichts zu tun.»

«Erzählen Sie mir, wie Sie am Donnerstag, dem 15. April, den Abend verbracht haben.»

«Ist er da gestorben?» Seine Lässigkeit war mürrischer Verdrossenheit gewichen. Jetzt war er seiner Mutter noch ähnlicher.

«Ich stelle hier die Fragen, Kevin.»

Das wurde nicht unfreundlich gesagt, aber trotzdem sah der Junge ihn an, als habe noch nie jemand in diesem Ton mit ihm gesprochen. Er legte die niedrige Stirn in Falten und verzog gekränkt den Mund.

«Ich habe nur gefragt. Er war mein Vater.»

Das wurde mit gekünstelter und schlecht gespielter Gefühlsduselei gesagt, und Wexford begriff plötzlich, daß es auch in diesem Haus keinen einzigen Menschen gab, dem Rodney Williams etwas bedeutete. Er schien sich die Zuneigung der Menschen immer schnell verscherzt zu haben. Auf diesem Gebiet hatte er jedenfalls seinen verdienten Lohn bekommen.

«Was war an dem Abend los? Was haben Sie gemacht?»

«Zu Hause angerufen, nehme ich an», antwortete Kevin, zu seiner alten Lässigkeit zurückkehrend. «Ich rufe jeden Donnerstag zu Hause an, sonst dreht meine Mutter durch.»

«Telefonieren Sie vom College aus?»

«Nein, die Telefone sind meistens kaputt, und es ist ein ganz schöner Stress, ein freies zu finden.» Kevin schien beschlossen zu haben, Wexfords Fragen, wenn auch widerwillig, über sich ergehen zu lassen. «Ich telefoniere von außerhalb. Das heißt, wir sind immer zu zweit oder zu dritt. Wir gehen in ein Pub. Ich rufe zu Hause an, und Mutter übernimmt die Kosten.»

«Sie werden sich vielleicht besser an diesen Donnerstag erinnern, wenn ich Ihnen sage, daß es der erste nach den Osterferien war.

Der Junge überlegte anscheinend konzentriert. Wexford bezweifelte nicht, daß er von Anfang an genau gewußt hatte, um welchen Donnerstag es ging.

«Ja, ich erinnere mich. Ich rief gegen acht oder halb neun zu Hause an – die präzise Minute werden Sie ja nicht wissen wollen, oder? Mutter war nicht zu Hause. Ich habe mit Sara gesprochen.»

«Waren Sie nicht überrascht, daß Ihre Mutter nicht zu Hause war, wenn Sie anriefen?»

«Ja, es war ungewöhnlich. Sie bildet sich ein, daß die Sonne aus meinem Arsch heraus scheint, aber das haben Sie sicher selbst bemerkt.» Er zuckte übertrieben mit den Schultern. «Ungewöhnlich, ja», sagte er. «Doch es ist schon vorgekommen.»

Noch entrüsteter reagierte Kevin, als Wexford ihn nach den Namen der Kommilitonen fragte, mit denen er im Pub gewesen war. Aber es war nichts als heiße Luft, reine Widerspenstigkeit. Nach einem kurzen Protest nannte Kevin die Namen.

«Wie sind Sie mit Ihrem Vater ausgekommen?»

«Zwischen uns herrschte Funkstille. Wir haben nicht miteinander geredet. Die übliche Situation, nicht wahr?»

«Und wie war das bei Ihrem Vater und Sara?»

«Lassen Sie gefälligst meine Schwester aus dem Spiel!» antwortete Kevin scharf.

Es war unglaublich. Es war genau die Antwort, die ein Junge in Kevins Alter vor hundert Jahren gegeben hätte – wenn man der Literatur glauben wollte.

Wexford bemühte sich, nicht zu lachen. «Gut», sagte er, «lassen wir sie vorläufig aus dem Spiel.»

Als er ins Wohnzimmer kam, fragten Joy und ihre Schwester Sergeant Martin auf Herz und Seele nach Wendy aus. Die Mädchen waren nicht mehr da. Martin antwortete einsilbig und machte ein erleichtertes Gesicht, als Wexford erschien. Joy unterbrach sich sofort, als sie sah, daß er allein war. «Wo ist mein Sohn?» fragte sie so heftig, als habe Wexford ihn bereits festgenommen und in einen Polizeiwagen gesperrt.

Wexford und Burden warteten im Büro des geschäftsführenden Direktors auf Miles Gardner. Wexford hatte ihn nicht mehr gesprochen, seit Rodney Williams tot aufgefunden worden war. Das getäfelte Büro war trotz des strahlend hellen Tages ein bißchen düster und schattig. Auf dem Fensterbrett stand ein kupferner Krug mit Lupinen. Wexford nahm das Foto von Gardners Familie vom Schreibtisch und betrachtete es zweifelnd.

«Ich glaube, ich bin gegen heranwachsende Mädchen überempfindlich geworden», sagte er. «Ich sehe überall welche.»

«Erinnern Sie sich nur an das, was die Sportlehrerin gesagt hat.»

«Ich glaube nicht, daß ich in dieser Beziehung gefährdet bin, obwohl es wirklich hübsche Dinger sind, mit denen wir's zu tun haben. Fast könnte man Williams' Standpunkt verstehen.»

«Er war nichts anderes als ein schmutziger alter Lustmolch», sagte Burden, der ganz vergaß, daß Williams nur drei Jahre älter gewesen war als er.

«Das ist der zweite Frühling, die ewige Hitze in alten Knochen.»

Gardner kam herein und entschuldigte sich, weil er sie warten lassen mußte. Er begann ein paar unaufrichtig klingende Sätze des Bedauerns über Williams' Ableben zu murmeln. Wexford ließ sie eine Weile über sich ergehen und unterbrach ihn dann.

«Wenn Sie Zeit haben, könnten wir zum Lunch ins *Old Flag* gehen», sagte er.

Gardner hatte leider keine Zeit. «Ich habe meiner Tochter versprochen, sie zum Lunch auszuführen, meiner jüngsten, Jane. Sie hat schulfrei bekommen, weil sie zu einer Besprechung an der hiesigen Uni muß. Sie ist ziemlich nervös und hat natürlich Angst, also habe ich sie mit dem Versprechen bestochen, ganz schick mit ihr essen zu gehen.»

Die University of the South war in Myringham. Schon wieder eine Achtzehnjährige ...

«Sie müßten Jane eigentlich nehmen», sagte Gardner und fügte mit einer Art stolzen Bedauerns hinzu: «Das ist für die nächsten drei Jahre das Aus für unsere Ferien im Ausland.»

Wexford sagte, er wolle mit Christine Lomond sprechen, und zwar am liebsten in Williams' ehemaligem Büro. Gardner selbst brachte ihn in dem kleinen, langsamen Lift nach oben. In dem Büro standen zwei Schreibtische und zwei Schreibmaschinen, eine Sierra 3400 und eine Olympia ES 100. Aber die Maschinen waren «sauber». Das Mädchen, das hereinkam, trug ein geranienrotes Kostüm, eine dunkelgrüne Baumwollbluse, um den Hals eine Kette mit einem grünen rautenförmigen Anhänger aus Glas und am linken Handgelenk eine Armbanduhr mit einem rotgrünen Band. Das Haar hatte sie sich stellenweise, wie seine Tochter Sylvia es nannte, «mit Glanzlichtern aufhellen» lassen. Er glaubte ihr allerdings nicht so recht und dachte, sie halte ihn zum Narren. Christine Lomonds Fingernägel waren in dem leuchtenden Karminrot lackiert, das Sevensmith Harding als seine neueste Farbnuance für Haustüren propagierte. Die Finger huschten wie rote Käfer über die Aktenordner. Wie Kartoffelkäfer, behauptete Burden später, der Nagellack verabscheute.

Wexford hatte sie gebeten, ihm ein paar Briefe oder andere Schriftstücke herauszusuchen, die Williams selbst getippt hatte. Berichte, Schätzungen, ja sogar Notizen, die er vielleicht ins Büro mitgebracht hatte. Sie sagte, sie sei sicher, daß er derartige Notizen mit der Hand geschrieben haben würde, förderte auch zwei oder drei handgeschriebene zutage und dann noch mehrere, die ihrer Meinung nach wahrscheinlich auf der Olympia getippt worden waren, jedoch mit einem anderen Typenrad, so daß sie ein anderes Schriftbild hatten. Wexford war sehr interessiert, denn es kam ihm so vor, als sei in der Spitze des großen A ein winziger Fehler.

Das Experiment brachte ihm nichts ein außer der Erkenntnis, wie wenig er über Schreibmaschinen oder zumindest über die Fortschritte wußte, die in der Technologie der Schreibmaschinen inzwischen gemacht worden waren. Die weißen Finger mit den roten Nägeln legten im Handumdrehen einen frischen Bogen Papier in die Maschine, schalteten sie ein, schalteten sie aus, nahmen das Typenrad heraus, setzten ein anderes ein und tippten mit Windgeschwindigkeit eine genaue Kopie von Williams' Verkaufsprognose für die ersten drei Monate des Jahres.

«Wir müssen das Typenrad erneuern, es schreibt nicht mehr ganz gleichmäßig», sagte sie, nahm das beschädigte Rad heraus und warf es in den Papierkorb.

«Wo wohnen Sie, Miss Lomond?»

«Hier. In Myringham. Warum?» Sie wirkte ein bißchen schroff, es war ein Benehmen, das oft «energisch» genannt wurde.

«Haben Sie Mr. Williams gemocht?»

Sie schwieg. Sie schien beleidigt, hatte vielleicht nichts anderes erwartet als eine Untersuchung von Papieren und Schreibmaschinen. Wie alt mochte sie sein? Sechs- oder siebenundzwanzig? Sie konnte aber auch viel jünger sein. Das starke Make-up und die kunstvolle Frisur machten sie älter.

«Nun, Miss Lomond?»

«Ja, ich habe ihn gemocht. Ganz einfach gemocht. Ich habe nicht darüber nachgedacht, ob ich ihn mag oder nicht.»

«Versuchen Sie sich bitte an den Abend des fünfzehnten April zu erinnern. Was haben Sie damals gemacht?»

«Also das weiß ich heute wirklich nicht mehr, da verlangen Sie zuviel.»

Christine Lomonds Lider flatterten. Sie hatte glitzernden meerblauen Lidschatten aufgetragen.

«Versuchen Sie den Abend gewissermaßen einzukreisen, indem Sie überlegen, was Sie am nächsten Tag getan haben», sagte Burden. «Das war der Vormittag, an dem jemand anrief und sagte, Mr. Williams sei krank und käme nicht ins Büro. Hilft Ihnen das?»

«Ich glaube, ich war zu Hause. Allein.»

Das klang nicht abwehrend, schuldbewußt oder verängstigt, sondern eher mürrisch, als hätten ihre Kleidung, die Frisur und das Make-up ihre Wirkung verfehlt.

«Leben Sie mit jemandem zusammen oder allein?»

Das war gewiß eine sehr harmlose Frage. Doch Christine Lomond wurde so aggressiv, daß man den Eindruck hatte, sie wäre Wexford am liebsten mit ihren roten Krallen ins Gesicht gefahren.

«Ich lebe mit niemandem zusammen, und ich war zu Hause und habe ferngesehen.»

Noch ein Fernseh-Fan. Was hatten sie nur früher getan, bevor die Braunsche Röhre die Welt erobert hatte? Er sollte sich eigentlich noch an die Alibis erinnern, die man ihm aufgetischt hatte, als es noch kein Fernsehen gab, aber er konnte es nicht. Ich habe gelesen, genäht, Regale aufgestellt, geangelt, habe Radio gehört, war spazieren, im Pub, im Kino? Vielleicht.

Nur höchst unwillig gab Christine Lomond ihnen ihre Adresse. Sie gab zu, eine Schreibmaschine zu besitzen, eine alte Smith Corona, jedoch keine Reiseschreibmaschine, und sie behauptete, sie stehe im Haus ihrer Eltern in Tonbridge, und sie habe sie nie in ihr Einzimmerapartment nach Myringham mitgebracht.

Als sie in den Empfang hinunterkamen, überraschten sie ein junges Mädchen beim Ausziehen. So kam es dem erstaunten Wexford wenigstens vor. Es unterhielt sich mit der Telefonistin – heute hatte Anna Dienst –, und es war eben dabei, sich ein Baumwollkleid über den Kopf zu ziehen. Lange schlanke Beine in weißen Strumpfhosen, hellblaue Pumps mit gedrechselten Absätzen und ja, ein bis knapp über die Knie reichender Rock, der hinaufgerutscht war und erst zum Vorschein kam, als das Mädchen ihn herunterstreifte, nachdem es das andere Kleidungsstück, offenbar eine Matrosenbluse, ausgezogen hatte. Unter der Bluse trug das Mädchen ein weißes T-Shirt.

Das Mädchen kehrte Wexford den Rücken zu. Es schleuderte die hellblauen Pumps von den Füßen, so daß der eine quer durch den Raum flog und ein Beobachter keinen Augenblick daran zweifeln konnte, wie froh das Mädchen war, die verhaßte Verkleidung loszuwerden.

«Jane», sagte Anna warnend, «hinter dir sind zwei . . .»

Das Mädchen fuhr herum. Auf das Vorderteil des T-Shirts waren die Buchstaben ARRIA aufgedruckt.

Was Wexford an dem Haus in der Down Road, Kingsmarkham, zuerst auffiel, war die Tatsache, daß hier bestimmt jeder sein eigenes Zimmer hatte. Daß man es mit jemand teilte, kam gar nicht in Frage. Es war ein sehr großes Gebäude im edwardianischen Stil mit Zinnen und Türmchen und vielen Balkonen. Die meisten dieser Häuser waren in Mietwohnungen unterteilt worden, dieses jedoch nicht. Eine einzige Familie bewohnte es und die (mindestens) acht Schlafzimmer. Und doch hatte Eve Freeborn ihm gesagt, sie müsse bei ihrem Freund in Myringham übernachten, und er könne nicht zu ihr kommen, weil sie mit ihrer Schwester in einem Zimmer schlafe. Vielleicht hatte sie auch keine Schwester. Das würde er bald erfahren.

Im ersten Moment glaubte er, das Mädchen, das ihm die Tür öffnete, sei Eve. Daß es grüne Haare hatte, hatte gar nichts zu bedeuten. Heutzutage wechselten sie ihre Haarfarbe so schnell wie früher den Lippenstift. Auf den zweiten Blick sah er, daß sie nicht einmal eineiige Zwillinge sein konnten. Zweieiige Zwillinge, ja, mit dem gleichen Körperbau und den gleichen Augen. Das war alles. Welche Haarfarbe sie ursprünglich gehabt hatten, wußte nur der Himmel. Wahrscheinlich hatten sie es selbst schon vergessen.

Im Haus roch es schwach nach Marihuana. Ein unverkennbarer Geruch, wie Holzrauch mit einem süßlichen Cologne vermischt.

«Eve?» wiederholte Eves Schwester ungläubig. «Sie wollen mit Eve sprechen?»

«Ist das so schwierig?»

«Ich weiß wirklich nicht ...»

Er hatte ihr seinen Polizeiausweis gezeigt. Schließlich war sie ein junges Mädchen, und es war Abend. Sie sollte keinen Mann ins Haus lassen, der sich nicht ausgewiesen hatte. Aber sie starrte die Karte an, als sei sie ein Haftbefehl für sie oder Eve. Er wurde ungeduldig.

«Soll ich vielleicht einen Fragebogen ausfüllen oder jemanden mitbringen, der für mich bürgt?»

«O nein! Kommen Sie rein. Tut mir leid. Es ist nur, daß ...»

Sie hatte eine aufreizende Art, ihre Sätze nicht zu Ende zu sprechen. Er folgte ihr in die Halle, die so dunkel getäfelt war wie die Büros bei Sevensmith Harding, und eine breite, elegant geschwungene Treppe hinauf, die in eine Galerie mündete. Der Marihuanageruch war hier schwächer, aber immer noch vorhanden. Was ihn an diesem Haus am meisten überraschte, war die Atmosphäre der sechziger Jahre, die hier vorherrschte. An der Wand hing – allerdings unter Glas und gerahmt – ein Poster von John Lennon, der an einem weißen Flügel saß. Auf einem Beistelltischchen stand eine Vase mit getrockneten Gräsern und schäbigen Pfauenfedern. Und nicht zufällig dort vergessen, sondern als Schmuck gedacht, hing da ein altmodisches rotes Seidenkleid mit gestickten goldenen Applikationen. An Rot und Gold hatte nicht nur der Zahn der Zeit genagt, auch die Motten hatten es zerfressen.

«Sind Ihre Eltern zu Hause?» fragte Wexford.

«Sie haben eine Wohnung in London und halten sich die meiste Zeit dort auf.»

Unmöglich zu sagen, ob sie es ihnen übelnahm oder froh darüber war. Die Eltern sind wahrscheinlich selbst kaum älter als vierzig, die Mutter eher noch jünger, dachte er.

«Sie warten am besten hier», sagte Eves Zwillingsschwester. «Ich will nur nachsehen, ob ...»

Die Türen zu allen Schlafzimmern standen offen. Allerdings waren sie nicht wie konventionelle Schlafzimmer eingerichtet. Sie glichen eher Wohnschlafzimmern mit Sesseln, Tischen, Sitzkissen und einer Couch oder einem Diwan mit lässig darübergebreiteter indischer Decke. An den Wänden hingen Poster und waren bunte Ansichtskarten kreuz und quer angepinnt. Wexford setzte sich in einen Schaukelstuhl mit rot, schwarz und weiß lackierten Kufen und einem schmutzigen Spitzenschleier über der Lehne und begann zu überlegen, wie er sich dieses merkwürdige Haus erklären sollte.

Plötzlich begriff er. Nicht die Mädchen lebten in der Vergangenheit, nicht sie waren altmodisch oder lebten absichtlich einen Anachronismus. Die Eltern waren in den sechziger Jahren jung gewesen, hatten sich wahrscheinlich von der neuen begeisternden Freiheit mitreißen lassen und konnten sich nie mehr vom Geist, dem Geschmack und den Sitten jener Zeit befreien. Nicht die Mädchen, die Eltern rauchten Marihuana. Dagegen würde er etwas unternehmen müssen ...

Wie lange wollte sie ihn eigentlich warten lassen?

Er stand auf und trat auf den Flur. Es war kein Mensch zu sehen. Doch von irgendwoher hörte er weibliche Stimmen – Stimmen, die jedoch nicht sorglos und vergnügt klangen, auch nicht murmelten, sondern laut und sehr ernst miteinander sprachen. Eine Treppe führte ins Dachgeschoß, aber die Stimmen kamen nicht von dort oben.

Wexford hörte lautes Gelächter und vereinzelt Applaus. Er ging den Geräuschen nach, kam auf einen kleineren, viereckigen Treppenabsatz. An die Decke hatte jemand, der zwar etwas vom Malen verstand, aber eine völlig ungeübte Hand hatte, eine Himmelskarte gepinselt. Ein Amateurastrologe, der die Kunstakademie besucht hat, dachte Wexford und mußte unwillkürlich wieder an die sechziger Jahre denken. Während er noch überlegte, ob es klug war, in ein Zimmer voller Frauen hineinzuplatzen, ging die Tür auf und zwei Mädchen kamen heraus. Sie blieben auf der Schwelle stehen und musterten ihn erstaunt. Die eine kannte er nicht, die andere war Caroline Peters, die Lehrerin für Leibeserziehung.

Bevor jemand etwas sagen konnte, kam Eve Freeborn aus dem Zimmer und schob die beiden, die ihr den Weg verstellten, mit der Schulter beiseite. Sie trug wieder ihre knallengen Jeans, die Schuhe mit den zwölf Zentimeter hohen Absätzen, aber diesmal mit einer purpurroten Satinbluse, die farblich auf ihr Haar abgestimmt war. Caroline Peters hingegen war wie ein Junge angezogen – oder wie die Jungen sich angezogen hatten, bevor die Punkmode aufkam: Jeans, braune Lederjacke, halbhohe Stiefel, kein Make-up, das Haar ganz kurzgeschoren.

«Entschuldigen Sie», sagte Eve. «Haben Sie lange gewartet?»

«Sie haben uns viertausend Jahre warten lassen», mischte sich Caroline Peter gehässig und rachsüchtig ein.

Sie hatte ihn erkannt und war unangenehm berührt. Oder sah sie in ihm nicht den Polizisten, sondern vor allem den Mann? Wexford war bisher noch nie einer jener militanten Feministinnen begegnet, die für einen totalen Separatismus der Frauen eintreten. Und auf einmal dämmerte es ihm.

«Hab ich vielleicht zufällig eine Versammlung von ARRIA gestört?»

«Sie ist zu Ende», sagte Eve. «Sie ist eben zu Ende gegangen.»

«Wir hätten keine Störung geduldet.»

Wexford sah Caroline Peters an. «Bitte gehen Sie noch nicht. Ich möchte auch mit Ihnen sprechen.»

Sie hob die Schultern und ging ins Zimmer zurück. Eve zeigte mit der Hand lässig auf das andere Mädchen, einen hübschen Rotschopf mit scharfen Zügen.

«Das ist Nicky.»

Im Zimmer, einem weiteren und größeren Wohnschlafzimmer, hingen von der Decke und an den Wänden gestreifte Tagesdecken, so daß das Ganze einem Beduinenzelt nicht unähnlich war. Ungefähr ein halbes Dutzend Mädchen standen herum, und einige bereiteten sich darauf vor zu gehen. Sara Williams und ihre Kusine Paulette waren da. Sie unterhielten sich mit Jane Gardner, und alle drei trugen ARRIA-T-Shirts. Ein farbiges Mädchen, schlank und elegant wie ein Modell, saß mit gekreuzten Beinen auf einem Sitzkissen.

«Ich weiß nicht mehr, wie man ihn nennt», sagte Eve zu den anderen, «aber er ist Polizist.» Sie zeigte der Reihe nach auf die Mädchen: «Jane, Sara, Paulette, Donella, Helen, Elaine. Meine Schwester Amy haben Sie ja schon kennengelernt.»

Caroline Peters schob die Hände in die Taschen ihrer Lederjacke.

«Was wollen Sie?»

«Ich möchte mehr über ARRIA erfahren – für den Anfang.»

«Für den Anfang – ich und eine gleichgesinnte Frau haben ARRIA gegründet. Sie studiert jetzt Philologie und klassisch-antike Literatur in Oxford.» Caroline Peters unterbrach sich und fuhr nach ein paar Sekunden fort: «*Arria Paeta* war eine Römerin, die Frau von *Caecina Paetus*. Selbstverständlich mußte sie seinen Namen annehmen.» Wexford begriff, daß sie zu jenen Fanatikerinnen gehörte, die nie auf einen Seitenhieb verzichteten. «Das antike Rom ist für die Unterdrückung und Ausbeutung der Frauen berühmt und berüchtigt.» Da sie Lehrerin war, wartete sie auf einen Einwurf von Wexford.

Er kam auch – vielleicht zu ihrer größten Überraschung. «Kaiser Claudius», sagte Wexford, der seine Hausaufgaben gemacht hatte, «befahl Paetus, Selbstmord zu begehen, aber er war zu feige. Also nahm seine Frau das Schwert, stieß es sich ins Herz und sagte: ‹Sieh, Paetus, es tut nicht weh ...›»

«Sie haben Graves gelesen!»

«Nein. Smiths klassisches Wörterbuch.» Das Mädchen namens Nicky lachte. «Aber ich weiß nicht, was die Buchstaben auf den T-Shirts bedeuten.»

«*Action for the Radical Reform of Intersexual Attitudes* – Aktion für die radikale Reform intersexueller Verhaltensweisen.»

«Wie schön, daß das Akronym nicht anonym ist und sich auf einen richtigen Namen bezieht. Oder ist es eine bewußte Verschleierung?»

«Vielleicht.»

«Wie viele Schulen sind beteiligt?»

«Kingsmarkham High», antwortete diesmal Eve, «Haldon Finch, St. Catherine ...»

Aber Caroline Peters unterbrach sie.

«Ich unterrichte an der Gesamtschule Haldon Finch. ARRIA wurde vor etwas mehr als einem Jahr in St. Catherine gegründet. Wir haben als Mitglieder nur Frauen über sechzehn aufgenommen, tatsächlich also nur Schülerinnen der sechsten und siebenten Klasse. Ich bin sehr froh, sagen zu können, daß wir sofort großen Anklang gefunden haben – wie könnte es bei einer Organisation auch anders sein, die ausschließlich für Frauen gegründet wurde und in der Männer nichts zu sagen haben?»

Sie sah Wexford mit einem Blick kalten Widerwillens an, bei dem er sich alles andere als wohl fühlte. Er gehörte keiner Minderheit an, man konnte ihn in keiner Beziehung einer Minderheit zuordnen. Doch sie brachte es fertig, daß er sich so vorkam und daß es sich außerdem um eine unterdrückte Minderheit handeln mußte.

«Da wir über eine sehr gut funktionierende Propagandamaschine verfügen, verbreitete sich die erfreuliche Neuigkeit schnell in den anderen Schulen der Umgebung, und bald hatten wir beachtliche Zellen im Pomfret College und der Kingsmarkham High School.»

Die erfreuliche Neuigkeit, dachte Wexford, eine Art ‹Evangelium›, nicht mehr und nicht weniger.

«Wir haben jetzt schon über fünfhundert Miglieder», fügte sie hinzu.

Er war mehr als überrascht und hätte fast durch die Zähne gepfiffen vor Staunen. Wie viele siebzehn- und achtzehnjährige Mädchen gab es wohl in der näheren Umgebung. Kaum mehr als zweitausend Schülerinnen und Berufstätige zusammengenommen. Das bedeutete, daß fünfundzwanzig Prozent zu ARRIA gehörten. Du meine Güte, sie konnten ja fast eine Revolution anzetteln.

«Na schön. Sie haben Abzeichen, Sie haben T-Shirts mit dem Aufdruck ARRIA, sie treffen sich regelmäßig, aber was tun Sie?»

«Wir pflegen so wenig Kontakt mit Männern wie nur möglich», antwortete Caroline Peters bereitwillig. «Außerdem bekämpfen wir Männer mit geistigen und physischen Mitteln.»

Bei diesem Satz spitzte Wexford die Ohren. Sie trug keine Handtasche, aber ihre Kleidung hatte Taschen. Die meisten anderen Mädchen hatten Handtaschen. Er hatte jedoch keinen Durchsuchungsbefehl und auch keine Polizeibeamtin dabei, die die Untersuchung vornehmen konnte.

«Wir haben eine Konstitution und ein Manifest», sagte sie. «Ich nehme an, daß hier irgendwo eine Kopie rumliegt, und ich hab nichts dagegen, daß Sie sie mitnehmen. Seid ihr Frauen alle damit einverstanden?» Beistimmendes Gemurmel wurde laut, und ein paar Stimen klangen unüberhörbar belustigt. «Ich muß Sie jedoch darauf aufmerksam machen, daß es nicht unser Ziel ist, den Männern gleichberechtigt zu sein. Wir wollen weder einen Waffenstillstand noch einen Kompromiß mit ihnen schließen, noch jene wenig zufriedenstellende Entspannung erreichen, wie sie während vergangener Revolutionen zwischen Proletariat und Bourgeoisie zustande gekommen ist. Wie Marx in einem anderen Zusammenhang sagt: ‹Philosophen haben versucht die Welt zu erklären. Wichtiger ist es jedoch, sie zu verändern.› Guten Abend, allerseits.» Sie verließ den Raum und schloß die Tür so leise hinter sich, daß es fast unheilverkündend wirkte.

Stille. Donella, das schwarze Mädchen, verdrehte die Augen und rollte schlehbraune Pupillen.

«Mit physischen Mitteln hat sie nur Selbstverteidigung und so gemeint», sagte Eve. «Wenn man Mitglied wird, ist es Pflicht, einen Kurs in Selbstverteidigung zu belegen, Karate, Judo oder Tai Chi, egal was.»

«Ich denke», sagte Donella, «die meisten finden es einfach super, daß so viel Sport betrieben wird. Er hat, meiner Meinung nach, die größte Anziehungskraft.»

«Euch wird ja nicht entgangen sein, daß wir jetzt dreimal soviel Abendkurse in den Kampfsportarten im Programm haben wie früher», sagte Nicky. «Bei uns gibt es eben eine Wechselbeziehung zwischen Angebot und Nachfrage. So arbeitet ARRIA.»

Das hatte nicht aggressiv geklungen, nur stolz. Sie hob rasch den Arm und ließ ihn mit unglaublicher Wucht heruntersausen. Wexford, ein kräftiger, über einsachtzig großer Mann, war erleichtert, daß dieser Schlag nicht ihm galt. Was sie über Judo- und Karatekurse sagte, traf zu, er selbst hatte schon zu Burden gesagt, er sei froh, daß die Frauen endlich etwas unternahmen, um sich gegen Überfälle und Vergewaltigung zu schützen, die in den letzten Jahren so überhand genommen hatten.

«In Ordnung», sagte er. «Die Kurse dienen der Selbstverteidigung. Wie steht es mit der Aggression? Ich darf wohl annehmen, daß keine von Ihnen zugeben wird, eine Angriffswaffe bei sich zu haben?»

Natürlich gab es niemand zu. Sie sahen auch nicht erschrocken oder schuldbewußt aus. Nur in einem oder zwei Gesichtern glaubte er eine gewisse erhöhte Wachsamkeit zu entdecken.

«Ich gebe Ihnen eine Kopie unserer Satzungen», sagte Eve. «Es stehen keine Geheimnisse drin. Jeder, Frauen und Männer, sollen erfahren, was wir tun. Haben Sie Töchter?»

«Sie sind viel älter als Sie.»

Sie musterte ihn abschätzend, aber nicht unfreundlich. «Nun ja, das ist nur natürlich, nicht wahr? Aber für ARRIA ist man nie zu alt.»

Die Satzung war getippt und fotokopiert. Die Spitzen der großen As und die Oberlängen der kleinen ts waren unbeschädigt. Er steckte das Papier in die Tasche, um es in Ruhe zu lesen. Ihm fiel auf, daß Sara Williams jede seiner Bewegungen beobachtete. Das große blonde Mädchen namens Helen war bei dem Tennisturnier Eves Partnerin gewesen.

«Wenn jetzt wirklich alle gehen wollen», wandte er sich an Eve, «würde ich gern fünf Minuten mit Ihnen allein sprechen.»

Daß er nicht mehr so leichthin und munter, sondern im strengen und sachlichen Polizistenton sprach, schien sie aufzurütteln. Sie fuhr sich mit den Fingern durch den purpurroten Schopf.

«Okay, wenn Sie wollen. Alle sollen verschwinden, richtig?» Sie kicherte, und es klang wie ein Schluckauf. «Nach Hause mit euch, Frauen.»

«Tja, ich denke, ich werde einfach –» sagte Amy und ging langsam und unschlüssig zur Tür.

Sie verabschiedeten sich alle in der allen jungen Mädchen eigenen Art, ob sie nun Feministinnen oder reaktionär sind. Helen und Donella umarmten sich fest, begannen zu kichern, ließen den Kopf jeweils auf die Schulter der anderen fallen. Sara legte die Arme um sich selbst und bewegte sich mit angedeuteten Tanzschritten zur Tür. Jane warf sich ihre Tasche, in der ein dickes Bündel der ARRIA-Satzungen steckte, so schwerfällig über die Schulter, als wiege sie eine Tonne, und verzog gequält das Gesicht. Nicky war in einen Traum versunken und ging umher wie mondsüchtig, blieb weder noch einmal stehen noch sagte sie etwas und hob, als sie durch die Tür verschwand, nur einmal die Hand zum Abschied.

«Sie haben mir ganz schöne Lügen aufgetischt», sagte Wexford, als er mit Eve allein war.

«Das ist nicht wahr!»

«Warum haben Sie mir erzählt, Ihr Freund könne nicht zu Ihnen kommen, weil Sie mit Ihrer Schwester ein gemeinsames Zimmer haben? Das ist ein riesiges Haus, und ich weiß inzwischen, daß Ihre Eltern nur sehr selten hier sind. Aber Sie haben mir gesagt, er könne nicht zu Ihnen kommen, weil Sie zuwenig Platz und keine Gelegenheit haben, mit ihm allein zu sein.»

«Na ja», sagte sie, einen durchtriebenen Ausdruck in den Augen, «das kann ich erklären. Sie finden die Antwort in unseren Satzungen, Paragraph vier.»

Er holte das Blatt mit den Satzungen aus der Tasche. Hier war er, der Paragraph vier. «Frauen» – es hieß nie ARRIA-Mitglieder, wie er feststellte, sondern immer «Frauen», als gehörte die gesamte weibliche Weltbevölkerung der Vereinigung an – «Frauen meiden die Gesellschaft von Männern, wo immer es möglich ist, aber sollte ihre Anwesenheit aus sexuellen, biologischen, geschäftlichen oder beruflichen Gründen erforderlich sein, ist es ratsam und wünschenswert, daß die Frauen die Männer aufsuchen. Es soll den Männern nicht gestattet sein, zu den Frauen zu kommen.»

«Aber warum denn nicht?»

«Caroline und Edwina – das ist die Philologiestudentin, die jetzt in Oxford ist – sagen, das rieche zu sehr nach dem Sultan, der seinen Harem besucht. Man muß es nur richtig durchdenken, wissen Sie. Sobald Sie das getan haben, werden Sie schon merken, was gemeint ist.»

«Deshalb sind Sie also zu Ihrem Freund in die Arnold Road gefahren? Seine Anwesenheit war aus sexuellen oder sogar biologischen Gründen erforderlich?»

«Ja, sind das denn nicht die üblichen Gründe? Gibt es denn auch noch andere?»

«Man kann es anders ausdrücken. Auf ästhetischere Weise, meine ich. Zivilisierter vielleicht.»

«Oh, zivilisierter. Der Mensch hat die Zivilisation geschaffen, und sie taugt nicht viel, oder? Eine Großtat war es jedenfalls nicht.»

Er beließ es dabei. «Haben Sie gewußt, daß Sara Williams die Tochter des Mannes ist, der ermordet wurde und dessen Wagen Sie in der Arnold Road gesehen haben?»

«Damals nicht. Ich weiß es jetzt. Hören Sie, ich kenne sie nur durch ARRIA, und ihren Vater kannte ich überhaupt nicht. Für meine Begriffe hätte sie genausogut keinen Vater haben können.»

Das ließ er gelten. «Miss Peters hat mir nicht viel über Ihre Vereinigung gesagt. Nur, daß es sich um eine Bewegung handelt, die sich wie ein Waldbrand ausbreitet und schon alle Schulen in der Umgebung erreicht hat. Wie verhält es sich mit der – wie soll ich es nennen? – internen Organisation? Wie wird man Mitglied? Zahlen

Sie eine Aufnahmegebühr? Gibt es Rituale wie bei den Freimaurern, zum Beispiel?»

«Wir brauchen kein Geld», antwortete Eve, «also gibt es keine Beiträge. Woher sollten sie es auch nehmen? Der größte Teil unserer Mitglieder geht noch in die Schule. Sie müßten sich das Geld von ihren Vätern geben lassen, und das kommt nicht in Frage. Siehe Paragraph sechs und Abhängigkeit. Die einzigen Unkosten, die wir haben, sind die Fotokopien. Aber auch die kriegen wir umsonst, weil Nicky sie nachts auf der Xerox ihres Vaters macht.»

Er hütete sich, sie auf die versteckte Ironie der Sache aufmerksam zu machen. «Kann jeder beitreten?»

«Jede Frau, die älter als sechzehn und nicht verheiratet ist. Eine verheiratete Frau hat offensichtlich schon kapituliert. Außerdem könnte sie sich nicht an die Regeln unserer Satzung halten.»

«Dann kommt ARRIA für meine Töchter nicht in Frage.»

Sie ignorierte seinen Einwurf. «Ich bin Gründungsmitglied. Am Anfang gab es auch bei uns allerlei Brimborium. Edwina wollte verschiedene Riten und Zeremonien einführen, eine Art Weihe oder Feuertaufe, wenn Sie sich darunter was vorstellen können.»

«Wie sollte die aussehen?»

Er war unglaublich neugierig. Hoffentlich kam sie nicht allzubald dahinter, daß sie unnötigerweise zuviel Zeit an einen Mann verschwendete. Schweigend und nachdenklich überlegte sie sich die Antwort auf seine letzte Frage. Sie war nicht hübsch. Aber vielleicht war das heutzutage nicht mehr wichtig, da Schönheit nicht mehr geschätzt wurde. Sie hatte ein fliehendes Kinn, eine lange Nase und wulstige Lippen, aber eine zarte, cremefarbene Haut. Ihre Stirn war so voller Falten, daß sie wie zerknittert wirkte. Zerfurcht waren die Gesichter älterer Menschen.

«Ein paar von den anderen fanden ihre Ideen gut», sagte sie schließlich. «Sie ist nämlich eine radikale Feministin. Sie meinte zum Beispiel, wir könnten uns bei unserer Revolution nicht auf Marx und seine Prinzipien stützen, weil Marx ein Mann war. Sie sagte, Sexualität sei Politik, und um wirklich frei zu sein, müßten alle Frauen Lesbierinnen werden. Jedes heterosexuelle Verhalten sei Kollaboration mit dem Feind. Nicht einmal Caroline Peters ist je so weit gegangen.»

«Sie wollten mir von den Weihen, von den Aufnahmeriten erzählen.»

Eve schien nur sehr ungern auf das Thema einzugehen. «Sie haben deshalb wirklich und wahrhaftig eine Splittergruppe gebildet», sagte sie. «Sara – die, deren Vater man umgebracht hat – gehörte dazu. Und Nicky Anerley ebenfalls. Sie hatten zum Beispiel etwas dagegen, zusammen mit Männern unterrichtet zu werden. Schulen und Colleges sollten von Frauen geleitet, und nur Lehrerinnen sollten eingestellt werden. Es wäre natürlich das Beste, das Ideal, wenn Sie verstehen, was ich meine, aber es ist ein bißchen phantastisch.»

«Vor allem deshalb, weil Frauen ja erst seit wenigen Jahren zu bestimmten Colleges zugelassen werden, besonders in Oxford.»

«Darum geht es nicht. Denn dann dürfte kein Mann mehr dort studieren. Edwina und die übrigen, die an gemischten Schulen waren, wollten solange streiken, bis sie erreicht hatten, daß keine Jungen mehr aufgenommen wurden. Aber Caroline wollte davon nichts wissen. Wahrscheinlich hatte sie Angst, ihren Job zu verlieren.»

«Und das hat ARRIA gespalten?»

«Na ja, zum Teil. Das war im Sommer und Herbst des vergangenen Jahres. Die Auseinandersetzungen sind mehr oder weniger eingeschlafen, als Edwina im Oktober nach Oxford ging und die anderen nach und nach wieder zu uns stießen. Aber was soll's, ich kann es Ihnen ruhig sagen. Es waren ohnehin nur Phantastereien. Edwina hatte verlangt, daß jede Frau einen Mann töten sollte, um zu beweisen, daß sie eine echte Feministin ist.» Eve warf ihm einen wachsamen Blick zu. «Das bedeutet nicht, daß jede Frau, die Mitglied bei ARRIA werden will, einen Mann umbringen muß. Die Grundidee war die, daß sich drei oder vier zusammentun sollten, und ...»

«Aber das ist nicht die eigentliche Aufnahmezeremonie, nicht wahr? Ein paar davon kann ich Ihnen schildern, wenn Sie wollen.»

12

Mit undurchdringlichem Gesicht las Jenny Burden das Manifest von ARRIA. Sie war jetzt über das Stadium hinaus, trotz ihrer Schwangerschaft noch hübsch aussehen zu wollen. Ihr Zustand ließ sich nicht länger verbergen, und er bekam Jenny nicht. Obwohl sie immer viel jünger ausgesehen hatte, schien sie jetzt zu alt, um noch ein Baby zu bekommen. Ihr Gesicht war zwar nicht faltig geworden, hatte jedoch seine Festigkeit verloren. Die Augen waren tief eingesunken, das Kinn war schlaff. Da sie jetzt nichts mehr auf den Schoß legen konnte, hielt sie die dünnen Blätter des Manifests gegen ein Buch, das sie aufgeschlagen auf dem Tisch aufstützte.

Wexford sah Burdens zufriedenem Gesicht an, daß er sich freute, weil seine Frau sich wenigstens ein bißchen bemühte, die Apathie abzuschütteln, die nach jedem Besuch beim Psychotherapeuten immer schlimmer zu werden schien. Sie revoltierte nicht mehr, ihr Haß auf das Kind war nicht mehr so heftig, sie hatte resigniert. Sie wartete in hoffnungsloser Passivität. Als Wexford gekommen war, hatte sie ihm die Hand gegeben, das Gesicht gehoben, sich die Wange küssen lassen und sich mit tonloser Stimme nach Dora und den Mädchen erkundigt. Und er hatte gedacht: Vielleicht dreht sie nach der Geburt des Babys ganz durch, flieht in eine schizophrene Welt und muß für den Rest ihres Lebens in eine Heilanstalt. Sie wäre nicht die erste, der so etwas passiert.

Jetzt aber las sie die ARRIA-Satzungen und zwar sorgfältig Wort für Wort. Wexford wollte in ihrer Anwesenheit nicht über den Fall Williams reden, und das wußte Burden. Plötzlich fing Jenny an laut zu lesen.

«Regel sechs. ‹Von gewissen seltenen Ausnahmen abgesehen, soll keine Frau finanziell von einem Mann abhängig sein.› – Dann werden die Ausnahmen angeführt. Regel sieben. ‹Alle Frauen sollen sich in einer Kampfsportart ausbilden lassen oder einen Kurs in Selbstverteidigung absolvieren.› Regel acht. ‹Alle Frauen sollen eine erlaubte Waffe zur Selbstverteidigung mitführen, z. B. Ammoniak-Spray, Nadel, Taschenmesser, Pfefferstreuer, etc.› Regel neun. ‹Kein Mitglied darf heiraten, sich gut bürgerlich verloben oder mit einem Mann in einem gemeinsamen Haushalt leben.› Regel zehn . . . Wollt ihr auch Regel zehn hören?»

«Oh, ich hab sie gelesen», sagte Wexford. «Sie ist reine Ketzerei.»

Jenny erkannte das Zitat nicht. «Sie müssen natürlich so denken, das ist klar. Vielleicht hätte ich diese Statuten lesen sollen, bevor ich dich kennenlernte, Mike.»

Burden zuckte zwar heftig zusammen, aber er steckte den Schlag ein.

«Damals gab's ARRIA noch nicht. Ich habe erst Anfang des Jahres davon gehört, kurz bevor ich meine Arbeit aufgab. Ich wollte mir schon immer eins von diesen Manifesten beschaffen, aber sie wollten nicht einmal mit mir darüber reden. Ich war ja verheiratet.»

«Was für ein Glück, daß ich eins ergattert habe», gab Wexford zu.

Burden gab sich große Mühe, den Schmerz zu unterdrücken, den Jenny ihm zugefügt hatte. «Ich möchte Regel zehn hören.»

«Na schön. Regel zehn. ‹Frauen, die Kinder haben wollen, sollen den künftigen Vater nach seiner körperlichen Beschaffenheit, seinem Gesundheitszustand, nach Größe etc. sorgfältig auswählen und dafür sorgen, daß die Zeugung sich bei einer Vergewaltigung oder unter Bedingungen vollzieht, die einer Vergewaltigung nahekommen.›»

«Unter was für Bedingungen? Was, zum Teufel, ist damit gemeint?»

«Margaret Mead schreibt», sagte Wexford, «daß die Männer der Arapesh, eines Papuastamms, sich genauso davor fürchten, von Frauen vergewaltigt zu werden, wie in allen anderen Kulturen die Frauen vor der Gewalttätigkeit der Männer zittern.»

«Also, ich denk, mich tritt ein Pferd», sagte Burden, und damit meinte er, wie Wexford wußte, daß er ihn liebend gern nach dem Ablauf von Mechanismen und Techniken gefragt hätte, aber seine Hemmungen nicht überwinden konnte. «Die große Schwäche dieses Manifests ist, daß es hauptsächlich von Lesbierinnen wie Edwina Klein und Caroline Peters verfaßt wurde. Es scheint mir jene Frauen ganz außer acht zu lassen, die Männer wirklich lieben, und das ist garantiert die überwältigende Mehrzahl.»

Jenny sah ihren Mann kalt an. «In den Erläuterungen, die auf die Regeln folgen, heißt es, die Autorinnen wüßten sehr wohl, daß Frauen für Männer Zuneigung empfinden können und sogar etwas – ich zitiere wörtlich –, ‹was man mit sexueller Liebe bezeichnet›, aber um der Sache willen muß man bereit sein, auch einiges zu opfern. Schon früher haben Frauen auf die sogenannte Liebe verzichtet und wurden reichlich dafür entschädigt. Ich lese weiter: ‹Was hat das, was sich so großspurig Liebe nennt, eigentlich für positive Seiten, wenn eine Frau das, was sie ihr bringt, gegen ihre Begleitumstände abwägt; zum Beispiel gegen rücksichtslose Ausbeutung, pornographische Erniedrigung, das Verbot, einen Beruf oder eine eingeschränkte Berufstätigkeit auszuüben, Vergewaltigung, Vater-Tochter-Inzest und die noch immer vorhandene doppelte Moral.›»

«All das scheint mir auf unser Leben kaum zuzutreffen», sagte Burden.

Jenny hatte Tränen in den Augen, die verdächtig glänzten. «Revolutionäre gehen immer ins Extrem», erwiderte sie. «Denk an den Terror von 1793, sieh dir den Stalinismus an. Sind sie nicht extrem genug, schließen sie einen Kompromiß mit dem Liberalismus, lösen ihre Prinzipien sich bald in Rauch auf, und übrig bleibt ein Status quo. Ist nicht genau das mit der großen Frauenbewegung passiert?»

Die beiden Männer sahen sie mit wechselndem Ausdruck an, sie schwankten zwischen Zweifeln und Bestürzung. Burden war ziemlich blaß geworden.

«Wenn diese Mädchen», fuhr Jenny fort, «nur einen Bruchteil von dem erreichen, was sie sich vorgenommen haben, wenn sie den Menschen auch nur annähernd begreiflich machen können, daß auf dieser Welt mit zweierlei Maß gemessen wird und was es mit der ungerechten Benachteiligung der Frau auf sich hat, vielleicht – vielleicht werde ich es nicht mehr so schlimm finden, daß meine Tochter geboren wird.»

Diesmal brach sie nicht in Tränen aus. «Ich weiß, ihr wollt miteinander reden, ich lasse euch allein.» Sie wandte sich zu ihrem Mann um, küßte ihn auf die Stirn und ging schwerfällig zur Tür. Sie strahlte weder Würde aus noch wirkte sie schön, weil das Kind, das sie so schwerfällig machte, unerwünscht war ... Burden streckte einen Finger aus und berührte das ARRIA-Manifest wie jemand, der sich überwindet, etwas anzufassen, gegen das er Widerwillen empfindet.

«Ich habe das Gefühl, daß davon eine Bedrohung ausgeht, die sich gegen mich richtet. Ich fürchte mich davor.»

«Gut, daß Sie aufrichtig genug sind, es zuzugeben.»

«Glauben Sie, daß es mit dieser Forderung, einen Mann zu töten, wirklich etwas auf sich hat?»

Anfangs hatte er es geglaubt. Es war ihm wie eine einleuchtende Lösung vorgekommen und für ganz kurze Zeit wie die einzig mögliche. An diesem Punkt hatte sich seine ganze Haltung gegen Eve verändert. Er hatte unbeschwert mit ihr getanzt, dann war die Musik plötzlich verstummt, und er hatte zugepackt. Es war ein treffender Vergleich. Natürlich hatte er sie mit seinen raschen, barschen Fragen erschreckt.

«Aber niemand hat oder hätte es je getan. Es war reine Phantasterei – wie Gruppensex oder so. Wie eine Orgie. Man denkt darüber nach, wie es wäre, man phantasiert sich was zusammen, aber man tut es nicht.»

«Sehr viele tun es.»

«Okay, okay, das war kein sehr guter Vergleich. Ich will damit nur sagen, daß Phantasie nicht zur Wirklichkeit wird. Die beiden vertragen sich nicht.»

«Tatsächlich nicht? Es gibt doch Menschen, die Phantasie und Wirklichkeit nicht auseinanderhalten können. Nennt man sie nicht Psychopathen?»

Eve war inzwischen klargeworden, daß sie zuviel gesagt hatte. Deshalb hatte sie auch geradezu verzweifelt darauf bestanden, daß es ausschließlich Edwina Kleins Idee gewesen war. Sie habe nicht einmal bei der Splittergruppe Unterstützung gefunden. Nächster Punkt waren die Messer gewesen. Er hatte sie gefragt, was unter «erlaubte Waffen» zu verstehen war. Gehörten auch Messer in diese Kategorie. Keine richtigen Messer, hatte sie geantwortet und ihn mit großen runden Augen angesehen wie ein Kind, das sich vor etwas fürchtet, das es nicht versteht.

«Es ist sehr verlockend», sagte er zu Burden, «sich vorzustellen, daß sich eine Gruppe dieser ARRIA-Mädchen den armen alten Williams schnappte wie einst die thrakischen Mänaden Orpheus, den sie ja dann am Strand von Lesbos zerrissen.»

Burden sah ihn verwirrt an. «Trinken wir ein Bier zusammen?» fragte er.

«Eine gute Idee.»

«‹Das Malz macht Gottes unerforschliche Wege dem Mann viel besser begreiflich, als Milton es kann.›»

«Wie recht Sie haben», sagte Burden mit viel Gefühl.

Er ging hinaus und kam mit zwei Büchsen und zwei Bierkrügen auf einem Tablett zurück. Armer Kerl, dachte Wexford, er hat genug. Wie merkwürdig, daß ausgerechnet das Leben von Mike Burden, der ein so durchschnittlicher, phantasieloser, absolut verläßlicher Mensch war, so dramatisch verlief. Der Prototyp des Mannes, den Kafka beschrieben hatte – des Mannes, den das Leben immer wieder aufspürte und dem es sich ekstatisch zu Füßen warf, obwohl er sich einsperrte, versteckte, den Kopf einzog. Wexfords privater Frieden hingegen blieb ungestört. Gott sei Dank!

«Trotzdem», sagte er, «werden wir eine Menge zu tun haben,

wenn wir alle ARRIA-Mitglieder einzeln überprüfen wollen. Angeblich sind es fünfhundert, vergessen Sie das nicht.»

«Das Mädchen, das Budd niedergestochen hat, ist vielleicht nicht dasselbe, das Wheatley mit dem Messer angriff, und dieses Mädchen wiederum muß nicht unbedingt auch Rodney Williams ermordet haben. Andererseits könnte es sich aber genausogut immer um dieselbe Täterin handeln.»

«Stimmt», pflichtete Wexford ihm bei. «Aber wir wollen nicht schon jetzt von ‹dem Mädchen› reden, das Williams ermordet hat. Kein Mädchen allein hätte die Leiche in den Wagen tragen, dann wieder herausholen und begraben können.»

«Wie ich die Sache sehe, müssen wir aber so denken. Einerseits haben wir die radikalen Feministinnen, von denen wir (a) wissen, daß sie es zumindest in Betracht gezogen haben, einen Mann zu töten, und (b), daß ihre eigenen Regeln sie dazu verpflichten, Angriffswaffen zu tragen. Wir wissen auch, daß Budd möglicherweise und Wheatley ganz bestimmt von ARRIA-Mitgliedern mit dem Messer verletzt wurde. Außerdem haben wir erfahren, daß Williams, seine bekannten Gelüste befriedigend, eine sehr junge Freundin hatte. Ist diese Freundin vielleicht Mitglied bei ARRIA?»

«Was immer in den ARRIA-Satzungen stehen mag», entgegnete Wexford, «wir wissen, daß einige Mitglieder das andere Geschlecht nicht ganz abgeschrieben haben. Eve zum Beispiel, die nachts bei ihrem Freund durch das Fenster klettert. Sie hat das große Opfer nicht gebracht, die Männer nicht aufgegeben. Und wenn Sie einen Mann töten wollen, gibt es kaum eine bessere Möglichkeit, als ihn in eine – wie die ARRIA-Leute es ausdrücken würden – libido-emotionale Beziehung zu verstricken, mit anderen Worten in eine Liebesaffäre.»

Burden trank sein Bier aus. Im Nebenzimmer hatte Jenny eine Platte aufgelegt, Ravels *Pavane für eine tote Infantin.*

«Wer hat das über Malz und Milton gesagt?» fragte Burden.

«Housman. Sein Leben wurde durch eine unerwiderte Liebe zerstört.»

«Ach! Tatsächlich? Warum Raben?»

«Im ARRIA-Emblem, meinen Sie? Es sind Raubvögel, oder? Nein, ich glaube doch nicht. Vielleicht weil sie so rauhe Töne von sich geben? Ich weiß es wirklich nicht, Mike. Jedenfalls sind sie nicht sanft und gehorsam. Sie haben gewissermaßen die Grausamkeit auf ihr Panier geschrieben. Die Grausamkeit der Raben. Sehr passend, finden Sie nicht? In ihrer Haltung gegen die Männer ganz bestimmt. Sie picken nicht mit den Schnäbeln nach uns, sondern stechen gleich mit dem Messer zu.»

«Natürlich nur, wenn sie provoziert werden.»

«Das stimmt. Budd hat selbst zugegeben, daß er das Mädchen belästigen wollte, das ihn angegriffen hat. Vielleicht war er unverschämter, als er uns gesagt hat. Wheatley behauptet zwar, er sei dem Mädchen nicht zu nahe getreten, aber ich glaube ihm nicht so recht. Sie haben versucht, die Mädchen anzumachen, und die Mädchen stachen zu. Da fragt man sich allmählich, was Williams getan hat, nicht wahr?»

Auf dem Heimweg überlegte Wexford, welche Folgen sich aus seinem Besuch im Haus der Freeborns ergaben und was er jetzt zu tun hatte. Sergeant Martin und Detective Bennett hatten dem Haus einen zweiten Besuch abgestattet, und heute vormittag hatte Charles Freeborn, der Vater von Eve und Amy, in Kingsmarkham vor Gericht gestanden, angeklagt, weil er erstens selbst im Besitz von Cannabis gewesen war und weil er zweitens geduldet hatte, daß in seinem Haus Cannabis geraucht wurde. Bennett, der das Zeug bei einer Suche entdeckte, die ihn sehr stark an ein Katz-und-Maus-Spiel erinnerte, hatte den großen, verwilderten Garten methodisch abgesucht. Er hatte im Treibhaus begonnen und war dem sich wie närrisch schlängelnden Pfad durch ein Dickicht aus unbeschnittenen staubigen Sträuchern gefolgt. Der Pfad zog sich kreuz und quer durch den ganzen Garten, wand sich zwischen gespenstischen Blumenbeeten hindurch, wo ein paar schwächliche kultivierte Pflanzen ihre Köpfe durch verfilzte Matten aus Winden, Kriechholunder und Disteln steckten. Eine Pforte am Ende des Gartens führte auf einen Weg, der eine Abkürzung zur High Street war. Bennett hatte sich schon gefragt, ob er eine Meise hatte, weil er sich steif und fest einbildete, der *Cannabis sativa*, der viel Sonne und Platz braucht, könnte hier gedeihen, als er plötzlich vor dem einzigen gepflegten Beet in dem etwa einen halben Morgen großen Grundstück stand.

Er war schon fast wieder beim Haus angelangt, die beengenden, schattenspendenden Bäume lagen hinter ihm. Mitten im zottigen Gras war ein ordentlich mit Steinen eingefaßtes Rechteck ausgespart, der Boden gründlich gegossen und sauber gejätet. Martin hatte erklärt, bei den jungen Pflanzen handele es sich um Tomatensämlinge, aber Bennett wußte es besser. Der Indische Hanf braucht unbedingt Infrarot-Bestrahlung, wenn er die charakteristische halluzinogene Wirkung erzielen soll, und diese Pflanzen badeten darin, denn dieses Beet war die einzige Stelle im Garten, auf die den ganzen Tag ununterbrochen die Sonne herunterschien.

Nicht zum erstenmal grübelte Wexford darüber nach, ob es eigentlich noch moralisch war, sich unter dem Vorwand, etwas nachprüfen und ein paar Fragen stellen zu wollen, Zutritt zu einem Haus zu verschaffen, durch Zufall auf eine verbotene Droge zu stoßen und sofort gerichtlich gegen den Missetäter vorzugehen. Gegen seinen abwesenden Gastgeber, sozusagen. Selbstverständlich hatte er richtig gehandelt. Er war Polizist, und das hatte Vorrang. Das mußte immer Vorrang haben, sonst gäbe es bald ein Chaos ...

Als Ende Juli die Schulferien begannen, hatten Wexfords Männer ungefähr die Hälfte aller ARRIA-Mitglieder gründlich überprüft. Am schwierigsten war es, sie aufzuspüren, da Caroline Peters behauptete, es gebe kein Mitgliederverzeichnis. Wozu auch, da keine Aufnahmegebühr und keine Beiträge zu entrichten waren und Datum und Ort einer Zusammenkunft jeweils mündlich weitergegeben wurden?

Paulette Harmer, Williams' Nichte, Abiturientin wie Sara Williams, war völlig entlastet. Als Budd und Wheatley mit Messern attackiert worden waren, war sie mit ihrem Freund zusammengewesen, mit dem sie sich Weihnachten verloben wollte – was sie wahrscheinlich die Mitgliedschaft bei ARRIA kosten würde. Und den Abend des 15. April hatte sie mit ihren Eltern und ihrer Tante Joy zu Hause verbracht. Eve Freeborn war, bevor sie zu ihrem Freund in die Arnold Road fuhr, mit ihren Eltern und ihrer Schwester zu Hause gewesen. Dasselbe Alibi galt auch für Amy. Für die Zeit der Überfälle auf Wheatley und Budd hatten beide kein Alibi. Ebensowenig wie Caroline Peters, die am Abend des 15. in London an einer Versammlung teilgenommen hatte. Die rothaarige Nicky stellte sich als Nicola Anerley und nicht als die Nicola Tennyson heraus, mit der Victoria Williams befreundet war. Sie war am 15. April auf einer Party gewesen. Helen Blake hatte ihren achtzehnten Geburtstag gefeiert. Zwölf weitere ARRIA-Mitglieder, die auch bei ihr gewesen waren, konnte Wexford von der Liste der Mordverdächtigen streichen.

Die Vernehmung von Jane Gardner führte er selbst durch. Sie war im richtigen Alter, hübsch und lebhaft, ein aktives Mitglied bei ARRIA. Er war es seiner fast freundschaftlichen Beziehung zu ihrem Vater schuldig, selbst hinzugehen und nicht etwa Bennett oder Archbold zu schicken.

Miles war zu Hause, war offenbar eigens zu Hause geblieben. Er war entrüstet und hatte die Absicht, tief beleidigt zu sein. Er und seine große Frau saßen im Wohnzimmer – Wände in *Sevenstar Chinesisch Gelb*, schwarzer Teppich, gelbes Porzellan. Wexford wurde von der als Stubenmädchen verkleideten Putzfrau hineingeführt. Die Gardners sprachen mit ihm in dem entgeisterten Tonfall von Eltern, die einen Schulleiter fragen, warum er ihre Tochter von der Schule verweisen will. Pamela Gardner sagte «Mr. Wexford» zu ihm, obwohl sie ihn früher «Reg» genannt hatte. Da sie keine Möglichkeit hatte, die Putzfrau anders als durch lautes Schreien herbeizurufen, ging sie Jane selbst holen.

«Das ist doch absolut überflüssig», sagte Gardner hart.

Wexford antwortete, es sei reine Routine, und kam sich wie ein Cop in einem uralten Detektivroman von Cyril Hare vor.

Jane kam lächelnd und völlig ungezwungen herein. Dann mußte er die Eltern bitten, das Zimmer zu verlassen. Sie gingen, aber nur widerwillig. Pamela Gardner tat anfangs, als verstehe sie nicht, was er meinte. Dann begriff sie, sah ihn ungläubig an und ging schließlich unter Protest. Sie nahm den Arm ihres Mannes, als sei ihr Heim in seinen Grundfesten erschüttert worden.

«Haben Sie einen Studienplatz bekommen?» erkundigte sich Wexford bei Jane, sobald sie allein waren.

«O ja, vielen Dank. Wir sind uns schon begegnet, nicht wahr? In Dads Büro? Eigentlich habe ich ja nicht daran geglaubt. Ich hatte mich sogar schon in London zu einem Sekretärinnenkurs angemeldet. Meine Schule hat keinen wirtschaftlichen Zweig.»

Wexford sah wieder das Mädchen vor sich, das ganz unbekümmert seine Kleidung wechselte, obwohl man es von der Straße aus dabei beobachten konnte. In «Dads Büro». Und als Jane sich umgedreht und ihn erblickt hatte, hatte sie keine Miene verzogen.

«Haben Sie Rodney Williams gekannt, Jane?»

«Ja, ich hab ihn auch im Büro getroffen. Dad hat uns miteinander bekannt gemacht. Er hatte viel Charme, wissen Sie?» Sie lächelte in der Erinnerung, es sah ein bißchen traurig aus. «Er gab einem das Gefühl, daß man der einzige Mensch auf der Welt sei, mit dem es sich zu reden lohne.»

Sie war, wie Wexford bei sich feststellte, bisher der einzige Mensch, der Williams ein gutes Wort gönnte. Doch sie verdarb diesen Eindruck gleich wieder ein wenig.

«Ich nehme an, so hat er alle jungen Mädchen behandelt.»

War sie eine begeisterte ARRIA-Anhängerin? Hatte sie zur Splittergruppe gehört? Trug sie eine Waffe bei sich? Wo war sie gewesen, als Budd niedergestochen wurde? Wo, als Wheatley verletzt und wo, als Williams ermordet wurde? Auf die beiden ersten Fragen antwortete sie mit ja. Auf die dritte, vierte und fünfte mit großen Augen, entrüstet, ganz gesetzestreue Bürgerin, mit nein. Am 15. April hatte sie ein Kind gehütet, als Budd überfallen worden war, hatte sie ihre jungverheiratete Schwester besucht. Sie konnte sich nicht erinnern, was sie an dem Abend gemacht hatte, als Wheatley mit dem Messer angegriffen wurde. Ohne darauf einzugehen, überraschte Wexford sie mit einer scheinbar völlig unzusammenhängenden Frage: «Welche Schulen in der Umgebung haben einen Wirtschaftszweig?»

«Haldon Finch, und in Sewingbury kann man in der Prima Wirtschaft belegen.» Sie sah Wexford ernst an. «Dad regt sich furchtbar auf, daß Sie mich verdächtigen.»

«Aber davon ist doch keine Rede. Das ist reine Routine.»

«Nun ...» Plötzlich war sie die brave Tochter, pflichtbewußt, fügsam, gehorsam. «Er und Mami sind strikt dagegen, daß sie mir die Fingerabdrücke abnehmen.»

«Sie» bezog sich vermutlich auf die Mid-Sussex Constabulary, oder glaubte sie, er sei mit Stempelkissen und dem übrigen Zubehör bewaffnet hier aufgetaucht? Die Putzfrau führte ihn hinaus. Sie hatte die Schürze abgelegt und trug jetzt einen todschicken Overall. Miles und Pamela zeigten sich nicht. Donaldson fuhr Wexford nach Kingsmarkham und setzte ihn vor seinem Haus ab. Dora telefonierte, schon zum Ausgehen angezogen, mit Sylvia.

Er strich ganz nah an ihr vorbei und küßte sie auf die Wange. Sie erwiderte den Kuß, sagte, lautlos die Lippen bewegend, er solle sich beeilen, und unterhielt sich weiter mit Sylvia. Er ging hinauf, warf sich in den Anzug, den er seinen «besten» nannte – grau wie die anderen, aber nicht so alt und nicht ganz so schäbig. Sobald er pensioniert war, wollte er nie wieder einen Anzug anziehen, nicht einmal ins Theater.

Im Zug erzählte er Dora von den Gardners und fügte hinzu, er habe das Gefühl, daß man sie wohl zu keiner Gartenparty mehr einladen werde. Dora sagte, das mache doch nichts, oder? Ihr sei es jedenfalls egal. Und auch er solle sich deshalb keine grauen Haare wachsen lassen, sondern sich entspannen, ganz besonders heute abend.

«Ich wünschte, ich hätte das Stück gelesen.»

«Du hattest keine Zeit.»

«Für Dinge, die man gern tut, findet man immer Zeit.»

Er ahnte leider nicht einmal, um was es bei *Die Cenci* ging, kannte weder Handlung noch Geschichte des Stücks, wußte nur, daß es lange Zeit auf englischen Bühnen nicht gespielt werden durfte. Als Dora und er in Italien Urlaub gemacht hatten, hatten sie in der Galleria Nazionale in Rom Guido Renis Porträt der Beatrice Cenci gesehen, doch er hätte es nicht mit dem Stück in Verbindung gebracht, wenn Sheila nicht gesagt hätte, es werde auf die Programme gedruckt. Er hätte sich dazu überwinden sollen, das Stück oder Alberto Moravias *Beatrice Cenci* zu lesen, einen Roman, der vielleicht unterhaltsamer gewesen wäre.

Am Anfang sah es so aus, als sei das Stück überhaupt nicht unterhaltsam. Shelley, dachte Wexford, obwohl ihm klar war, daß er sich keine Kritik erlauben durfte, war nun einmal kein Shakespeare. Und hinkte er, als er dieses Drama in fünf Akten in Blankversen schrieb, seiner Zeit nicht zweihundert Jahre hinterher? Dann trat Sheila auf, weiß und grau gekleidet, mit einem Käppchen auf dem blonden Haar. Sie sah dem Porträt nicht ähnlich, doch Wexford wurde von einem so übermächtigen Stolz auf sie erfaßt, daß er alles vergaß, sogar das Stück. Sie hatte ein ungewöhnliches Talent, das nicht nur ihm, sondern auch der Kritik aufgefallen war. Sie brachte Klarheit in verschachtelte und durch Umschreibungen unverständliche Texte, so daß ihr Auftritt alles Dunkle und Geheimnisvolle aufzuhellen schien. So war es auch jetzt, und so blieb es ... Er sah und verstand. Die Fabel und der Sinn des Stückes begannen sich vor ihm zu entfalten, und Shelleys Stil wirkte auf ihn nicht mehr wie ein Anachronismus.

Dora war weniger davon angetan.

«Es steckte mehr dahinter, als ich sehe, das weiß ich», flüsterte sie ihm zu, als sie in der Pause ein Glas Wein tranken. «Sie ertragen einfach die Grausamkeit des Alten nicht mehr, oder? Ich meine, warum ist Sheila hereingestürzt und hat geschrien, ihre Augen seien voller Blut?»

«Ihr Vater hat sie vergewaltigt.» Im nächsten Moment wurde Wexford bewußt, was er da gesagt hatte. «Graf Cenci hat seine Tochter Beatrice vergewaltigt», korrigierte er sich.

«Oh, ich verstehe. Jetzt verstehe ich natürlich. Das ist nicht sehr klar herausgearbeitet, nicht wahr?»

«Ich glaube, Shelley durfte nicht deutlicher werden. Meiner Meinung nach war das Stück wegen des Inzest-Themas so lange verboten.»

Während sie darauf warteten, daß sich der Vorhang zum vierten Akt hob, las Wexford den Essay, den ein berühmter Historiker für das Programm geschrieben hatte. Beatrice, ihre Stiefmutter und ihr Bruder waren hingerichtet worden, weil sie Graf Cenci ermordet hatten. Das war eine historische Tatsache. Es hatte sich wirklich zugetragen. Guido Reni hatte Beatrice gemalt, als sie im Gefängnis war. Später hatte man sie gefoltert, um ihr ein Geständnis abzupressen.

Es war, stellte er bei sich fest, kein Stück, das man gern noch einmal sehen, lesen oder aus dem man zitieren wollte. Als es zu Ende war, gingen sie wie immer hinter die Bühne. Sheila trug jetzt zwar Jeans und Pullover, aber ihr Gesicht war noch immer hinter der Maske aus schimmernder weißer Farbe verborgen, und das Haar hatte sie noch wie für die Hinrichtung hochgesteckt, als sie gerufen hatte:

«... hier, Mutter, binde
den Gürtel mir ... Mein Gott,
wir sind ganz bereit. Gut, 's ist alles gut.»

Auf der Heimfahrt schlief Dora im Zug ein, und Wexfords Gedanken beschäftigten sich mit etwas sehr Prosaischem – mit Schreibmaschinen.

Das Kreis-Schulamt hatte den Hausmeister der Gesamtschule Haldon Finch telefonisch von ihrem Besuch verständigt, und er führte sie jetzt herum. Wexford hatte vor vielen Jahren schon einmal in der Schule zu tun gehabt, als der Kern noch die alte öffentliche High

School gewesen war. Inzwischen gehörten die benachbarten Gebäude einer ehemaligen Klinik mit Rehabilitations-Zentrum dazu. Auch mehrere Neubauten gab es: eine riesige Festhalle, einen großen Komplex aus Glas, Beton und Schiefer, in dem Klassenzimmer, Musikzimmer und Konzertsaal untergebracht waren, und ein Sport-Zentrum, einen Rundbau mit goldfarbenem Dach, in dem sich grell die Sonne spiegelte.

«Das erinnert mich an ein Bild des Goldenen Tempels von Amritsar, das ich mal gesehen habe», sagte Wexford zu Burden.

Der Wirtschaftszweig der Schule war jedoch in keinem neuen Trakt untergebracht. Er war in die drei hintersten Klassenzimmer im obersten Stockwerk des alten High School-Gebäudes verbannt worden, als habe sich die Schulbehörde die Behauptung eines Ministers zu Herzen genommen, der kürzlich erklärt hatte, Kurzschrift und Maschineschreiben gehörten nicht zur Allgemeinbildung und sollten in Schulen nicht unterrichtet werden. Wexford folgte Mike Burden und dem Hausmeister eine bemerkenswerte – und bemerkenswert schäbige – Art Déco-Treppe hinauf und dann durch einen breiten Flur mit gewölbter Decke. Der Hausmeister sperrte die Tür auf, die zu den Klassenräumen des Wirtschaftszweigs führte. Es war eine Doppeltür, ebenfalls Art Déco, mit verschlungenen Ornamenten und Blättern in grünem Schmiedeeisen auf den Mattglasscheiben. Die alte High School war 1930 gebaut worden, und die Klassenzimmer sahen aus, als seien sie seither höchstens einmal frisch gestrichen worden. Sie waren schäbig, grün und cremefarben, mit dem Blick auf Dachfirste und einen schachtähnlichen Hinterhof voller Mülltonnen.

Die Schreibmaschinen standen im allerletzten Raum. Wexford fragte sich, was er eigentlich erwartet hatte? Modernste Textverarbeitungsmaschinen? Offenbar wurden hier die staatlichen Geldmittel hauptsächlich für wissenschaftliche Fächer und Sport verwendet. Außerdem würde ARRIA seinen Mitgliedern wohl kaum Sekretärinnenkurse empfehlen. Es gab hier nicht eine einzige elektrische Schreibmaschine, und ein paar sahen älter aus als das Haus. Burden, der zwischen den Tischen hin und her ging, hatte ein Stück Papier in der Hand, wahrscheinlich mit dem fehlerhaften Schriftbild der Maschine, nach der sie suchten. Wexford kannte es auswendig. Die Spitze des großen A und die Oberlänge des kleinen t waren gespalten, das Komma hatte nur eine Unterlänge.

Als er die erste Remington 315s entdeckte, durchrieselte ihn leichte Erregung.

«Können Sie tippen?»

«Genug, um das zu überprüfen», antwortete Burden und beeindruckte Wexford sehr, als er an die Arbeit ging und alle zehn Finger benutzte.

Bei der ersten waren das A, das t und das Komma in Ordnung. Burden spannte sein Papier in die Walze der zweiten Maschine ein. Das große A war nicht ganz in Ordnung, aber das B, C, D und fast alle anderen Großbuchstaben ebenfalls nicht. Die Oberlängen der Kleinbuchstaben und die Kommas schienen in Ordnung zu sein. Er probierte die dritte Maschine aus, und der Hausmeister sah mit der faszinierten Miene eines Menschen zu, der erwartet, daß sich das Lackmuspapier nicht rot, sondern in allen Regenbogenfarben verfärbt. Die Schreibmaschine schien aber ohne Mängel und produzierte die bisher beste Abschrift. Jetzt war nur noch eine übrig. Burden spannte das Papier ein, doch tippte er diesmal nicht *Jetzt ist es Aber An der Zeit, daß Alle guten Männer der Partei zu Hilfe eilen*, sondern *Aber tausend Tage sind vor Deinem Angesicht wie ein Abend.* Wäre Wexford Freudianer gewesen, hätte er jetzt wissen wollen, warum Burden auf einmal ein Bibelzitat tippte. Vielleicht nur, um den Hausmeister zu verblüffen. Doch egal, warum er es getan hatte, es war nicht die Maschine, auf der Rodney Williams' Kündigungsbrief geschrieben worden war.

«Das wär's dann.»

«Zeigen Sie meine vier Schriftproben trotzdem den Sachverständigen. Wir könnten uns irren.»

«Wir irren uns nicht. Sind das alle Schreibmaschinen, die der Schule gehören?»

«Abgesehen von denen, die beim Kundendienst sind, um gewartet zu werden.»

«Damit rückt er jetzt erst raus», sagte Wexford.

«In den Sommerferien sind immer ein paar beim Kundendienst. Aber nie alle. Das wird im Rotationsverfahren gemacht.»

«Wissen Sie, wie viele es sind, und wohin sie gebracht werden?»

Diese Fragen konnte der Hausmeister nicht beantworten. Aber wahrscheinlich waren es jeweils nicht mehr als fünf. Den Namen der Kundendienst-Firma hatte er nie gehört und hatte auch keinen Lieferwagen mit Firmenaufdruck gesehen, der sie abholte.

«Wir müssen dankbar sein, daß wir wenigstens nur eine mechanische Reiseschreibmaschine suchen», sagte Wexford, als sie die Schule verließen. «Und keine moderne mit Kugelkopf oder Typenrad.»

«Womit bitte?»

«Sagen wir mit einer Schriftart, die sich nicht auswechseln läßt, sonst hätte unser Verbrecher sie herausgenommen und weggeworfen.»

Das Schuljahr mochte zu Ende sein, aber Sport wurde immer noch getrieben. Ein halbes Dutzend Jungen in Shorts und T-Shirts zogen um das größte Spielfeld ihre Runden auf der Aschenbahn, und auf den Tennisplätzen wurden ein Doppel und ein Einzel gespielt. Die Schiedsrichterstühle waren nicht besetzt, aber Caroline Peters war als Trainerin da, und als sie näher zum Zaun kamen, stellte Wexford fest, daß das, was er für das Einzel gehalten hatte, eine Trainerstunde war. Die Schülerin war Veronica Williams.

Das Doppel bestritten Eve und Amy Freeborn mit Helen Blake und einem Mädchen, das Wexford noch nie gesehen hatte. Es gab in dieser Ecke von Sussex tatsächlich noch Siebzehn- oder Achtzehnjährige, die ihm bisher nicht über den Weg gelaufen waren? Er bildete sich nämlich ein, er kenne inzwischen alle vom Sehen und kenne die Namen der meisten. Er und Burden stellten sich an den Drahtzaun und sahen zu wie schon einmal. Caroline Peters machte zwar ein finsteres Gesicht, sagte jedoch nichts. Sie wußte ja jetzt, wer sie waren.

Es war nicht zu übersehen, daß Veronica die anderen Spielerinnen schon weit überflügelt hatte, obwohl sie zwei Jahre jünger war. Sie war die beste Tennisspielerin, die Wexford je auf einem heimischen Platz gesehen hatte. Diesmal schien der Unterschied zwischen dem, was er auf dem Bildschirm zu sehen bekam und dieser Life-Vorstellung nicht so groß. Sie war eine starke, wendige und schnelle Spielerin mit einer genauen Rückhand und mächtigen Schmetterbällen. Als Caroline Peters sie aufschlagen ließ, war ihr Aufschlag so hart wie der von Eve, doch die Bälle kamen immer zu kurz.

Das Doppel wechselte die Seiten. Eve schaute zu Wexford hinüber und wandte dann betont das Gesicht ab. Loyalität gegen ihren Vater, der ihm die Anklage wegen Drogenbesitzes zu verdanken hatte, vermutete Wexford. So etwas war ihm in letzter Zeit häufig passiert.

Polizistenschicksal. Veronica retournierte Caroline Peters' Lob mit einem diagonalem Schlag, den die Lehrerin nicht erreichte. Es ist wirklich mysteriös, woher Menschen ihre Talente haben, dachte Wexford. Man konnte sich nicht vorstellen, daß die zimperliche Wendy Sport trieb oder auch nur eine halbe Meile zu Fuß ging. Und Rodney Williams war seit Jahren nicht mehr in Form gewesen. Trieb die andere Familie Williams Sport? In Saras Zimmer hatte an der Wand ein Tennisschläger gehangen, fiel ihm ein. Doch wahrscheinlich konnte jedes junge, gesunde Mädchen es so weit bringen wie Veronica Williams. Sie war schon sechzehn. Über Schulturniere konnte auch sie nicht mehr hinauskommen. Um mit Tennis Karriere zu machen, war sie schon zu alt.

Das Mädchen, dessen Gesicht und Namen er nicht kannte, fabrizierte einen Doppelfehler. Beim nächsten war der Satz verloren. Sie machte noch einen und schleuderte ihr Racket so wütend zu Boden, wie sie es im Fernsehen einigen Wimbledon-Stars abgeschaut hatte. Wexford und Burden gingen zum Wagen zurück.

«Haben wir schon den Bericht über die Fingerabdrücke, die in Williams' Wagen gefunden wurden?» fragte Burden.

«Sie konnten ungefähr sechzig Abdrücke sichern», antwortete Wexford. «Sie stammen von neun Leuten. Aber die meisten hat ein einziger Mann hinterlassen, und die Spezialisten haben sich darauf geeinigt, daß sie mit an Sicherheit grenzender Wahrscheinlichkeit Williams gehören.»

«Nachdem er neun Wochen in der Erde gelegen hatte, konnten sie ihm wohl keine Abdrücke mehr abnehmen?» sagte Burden.

«Genau. Sie haben die Abdrücke aus dem Wagen mit denen in seinem Schlafzimmer – vielmehr in seinen Schlafzimmern verglichen. Die anderen Abdrücke stammen von zwei unbekannten Männern, möglicherweise denjenigen, die damit angefangen hatten, Greta auszuschlachten, von Joy, Wendy, Sara, Veronica und zwei weiteren Frauen oder Mädchen, die Freundinnen der Ehefrauen oder Töchter sein können – oder auch nicht. Das Steuer wurde abgewischt.»

«Wie kaum anders zu erwarten», sagte Burden.

Nicola Tennyson, Veronicas Freundin, fand es «riesig», sich die Fingerabdrücke abnehmen zu lassen. An den 15. April konnte sie sich allerdings nicht mehr besonders gut erinnern. Sie war nur sicher, daß sie an diesem Abend auf ihren Bruder aufpassen mußte und Veronica vorbeigekommen war. Wann, wußte sie allerdings nicht mehr. Veronica und sie besuchten sich sehr oft, sagte sie.

Ein Satz der bis dahin nicht identifizierten Fingerabdrücke in Greta stammte von ihr.

13

Wheatley sagte, die Frau, die ihn mit dem Messer verletzt hatte, sei überdurchschnittlich groß gewesen. Budd erklärte, er habe ihre Größe nicht abschätzen können, da er sie nur im Sitzen gesehen habe. Das entsprach nicht ganz der Wahrheit. Er hatte sie mit dem Sack über der Schulter weglaufen sehen. Der Sack und das blonde Haar waren das einzige, woran er sich genau erinnerte. Das Mädchen, das Wheatley überfallen hatte, hatte braunes oder irgendwie helles Haar gehabt. Ungefähr achtzehn oder neunzehn. Budd schätzte seine Angreiferin auf zwanzig. Eigentlich konnte sie alles zwischen achtzehn und dreißig gewesen sein.

In beiden Fällen stammten die Verletzungen von großen Federmessern. Es mußte jedoch nicht unbedingt dasselbe gewesen sein. Und auch nicht unbedingt dieselbe Frau. Wexford hätte gern gewußt, was in dem Sack gewesen war. Er glaubte nicht, daß Budd den Sack erfunden hatte. Dazu hatte er nicht genug Phantasie. Den Sack hatte es bestimmt gegeben, einen Müllsack aus Plastik. Warum hatte sie ihn bei sich gehabt?

Es hatte in Strömen gegossen. Diese Plastiksäcke waren wasserdicht. Was hatte nicht naß werden sollen? Die Bus-Haltestelle lag dem Fundort von Rodney Williams' Leiche am nächsten. Doch an dem Abend, an dem Budd überfallen wurde, war Williams schon sechs Wochen tot. Wendy Williams war nicht besonders groß, aber sie war blond, und sie sah viel jünger aus als sie war. Budd könnte sie sehr leicht für Anfang der Zwanzig gehalten haben.

Sie hatte vierzehn Tage Urlaub genommen. Die sie wohl hauptsächlich auf der Polizeistation von Kingsmarkham verbringen wird, dachte Wexford. Veronica saß in dem himbeereisfarbenen Wohnzimmer an dem Tisch mit der Glasplatte und blätterte in der *Vogue*. Er fand, daß sie wie ein Teenager in einem französischen Film aus den sechziger Jahren aussah. Zwar hatte er nicht viele französische Filme aus den sechziger Jahren gesehen, doch sie machte ganz einfach diesen Eindruck, sah aus wie aus dem Ei gepellt mit dem ordentlich geschnittenen, frisch gewaschenen Pagenkopf. Die Kleidung – gelber Latzrock, gestärkte weiße Bluse, schmale Krawatte, weiße Söckchen, himmelblaue Sandalen – war ein bißchen zu kindlich für sie. Ihr Gesichtsausdruck setzte sich zusammen aus 99 Prozent Unschuld und einem Prozent Berechnung.

«Ich habe Sie vor ein paar Tagen Tennis spielen gesehen.»

«Ich hab Sie auch gesehen.»

Warum plötzlich diese wachsame Miene, der Schatten des Unbehagens auf den naiven Zügen?

«Sie sind sehr gut.»

Das wußte sie schon, das brauchte man ihr nicht zu sagen. Ein höfliches Lächeln und dann zurück zur *Vogue*. Wendy Williams kam die Wendeltreppe herunter. Sie ging langsam und gab ihm ausreichend Gelegenheit, ihre wohlgeformten Beine in der hauchdünnen Strumpfhose bis hinauf zu einem cremefarbenen Spitzensaum zu betrachten, der ab und zu aufblitzte. Er hatte keine voyeuristischen Anwandlungen und sah nicht hin, stellte jedoch fest, daß sie ihren Rock festhielt, als ob er sie anstarrte.

Sie hatte sich herausgeputzt. Heutzutage machte sich eine Frau nur zu besonderen Gelegenheiten die Mühe, außer sie tat es zum Vergnügen. Das war allgemein so, nicht nur ARRIA-Doktrin. In den ‹Laden› der Bullen ging man in Jeans und dem Hemd, das man zu Hause trug. Doch das hatte sich noch nicht bis zu Wendy Williams herumgesprochen und würde sich vielleicht nie zu ihr herumsprechen. Wahrscheinlich besaß sie gar keine Jeans. Und Veronica hatte bestenfalls Marken-Jeans mit dem Etikett von Vidal Sassoon oder Gloria Vanderbilt auf der Gesäßtasche. Wendy trug ein hübsches Baumwollkleid, das bestimmt oft gebügelt werden mußte, einen breiten schwarzen Ledergürtel, der ihre mädchenhafte Taille betonte, und rote Schuhe mit Keilabsatz.

Im Wagen breitete sich der Duft ihres Parfums aus. *White Linen* von Estée Lauder, dachte Wexford, der eine feine Nase hatte. Er beschloß, sie in sein Büro mitzunehmen und nicht mit ihr in ein Verhörzimmer zu gehen.

«Sie haben mir noch nicht viel über diese Freundin Ihres Mannes erzählt, Mrs. Williams», sagte er, als sie dort waren.

«Ich habe Ihnen alles gesagt, was ich weiß. Ich habe Ihnen gesagt, daß es ein sehr junges Mädchen war, und mehr weiß ich nicht.»

«Das glaube ich nicht», erwiderte er. «Da ist bestimmt noch mehr, versuchen Sie sich zu erinnern.»

Ihr Gesicht verschloß sich, ihre Miene wurde abweisend. Warum? Warum wollte sie ihm die Identität jenes Mädchens nicht preisgeben?

«Ich wünschte, ich hätte das Mädchen nie erwähnt.» Das klang gereizt. Der Ton einer Mutter, deren Kind quengelnd die Erfüllung eines Versprechens fordert.

«Sie haben gesagt, Sie hätten einen anonymen Brief bekommen.»

Sie zögerte, öffnete den Mund, um mit einer Erklärung anzufangen. Er schnitt ihr das Wort ab.

«Sie haben ihn aber nicht aufgehoben. Sie haben ihn verbrannt.»

«Woher wissen Sie das?»

«Ich will Ihnen jetzt sagen, was ich weiß, Mrs. Williams. Erstens: Nur in Büchern verbrennen die Leute anonyme Briefe. Im Leben ärgern sie sich vielleicht darüber, fühlen sich vielleicht sogar abgestoßen, aber sie verbrennen sie nicht. Einmal schon deshalb, weil die meisten Leute kein Feuer mehr haben. Wo würden Sie zum Beispiel etwas verbrennen?»

Sie sagte nichts. Ein mürrischer, niedergeschlagener Ausdruck machte sie fast häßlich.

«Leute, die anonyme Briefe bekommen, sehen sie möglicherweise nicht gern an. Gewöhnlich verstauen sie sie in einer Schublade, für den Fall, daß wir sie sehen wollen. Oder sie werfen sie in den Müll. Sie haben irgendwo gelesen, daß ‹man› anonyme Briefe verbrennt, nicht wahr? Wahrscheinlich in einem Detektivroman. Die Wahrheit ist, daß Sie nie einen bekommen haben.»

«Na schön, ich habe keinen bekommen.»

«Hat Ihnen nie jemand gesagt, daß Sie die Polizei nicht anlügen dürfen?»

Wexford hatte nicht schroff gesprochen, sondern im Gegenteil fast neckend. Aber Spott, und wenn er auch so mild war, vertrug sie am wenigsten. Sie wurde rot und preßte eigensinnig die Lippen zusammen.

«Ich habe nicht gelogen. Es gab ein Mädchen.» Vielleicht sah sie, daß er im Moment nichts sagen würde. «Es war schon pervers, wie er hinter jungen Mädchen her war, und es hat mein Leben zerstört.» Ihre Stimme hob sich, klang gereizt und klagend. «Als wir uns kennenlernten, glaubte ich, daß er mich liebe. Ich glaubte, er liebe mich, doch jetzt weiß ich, daß er mich nur wollte, weil ich jung war. Und als Veronica unterwegs war, mußte er mich heiraten. Na ja, heiraten. Es ist einfach zu heiraten, nicht wahr? Man kann es immer wieder tun.

Ich habe nie richtig gelebt, ich hatte keine Jugend. Wissen Sie was? Ich bin zweiunddreißig und wurde noch nie von einem Mann in ein gutes Restaurant zum Essen eingeladen. Ich war noch nie im Ausland. Ich hatte noch nie etwas anderes anzuziehen als die Sachen, die ich verbilligt bei Jickie bekomme. Ich hatte nicht einmal einen Verlobungsring.»

Wexford fragte sie, wie sie von der Existenz des Mädchens erfahren hatte. Genau in diesem Moment kam Marion mit einem Tablett herein. Darauf Kaffee, drei nicht sehr appetitlich aussehende Käsesandwichs und drei Cremebiskuits. Wendy musterte die Sandwichs und schüttelte dann vornehm schaudernd den Kopf.

Wexford wiederholte die Frage.

«Rodney hat es mir gebeichtet.»

«Einfach so? Aus heiterem Himmel? Sie waren völlig ahnungslos, aber er gestand Ihnen, daß er eine junge Freundin habe?»

«Das habe ich Ihnen doch gesagt.»

«Warum hat er gebeichtet? Wollte er Sie wegen dieses Mädchens verlassen? Was er Ihrer Meinung nach ja auch getan hatte.»

Auf diese Frage lachte sie wie jemand, der um ein Geheimnis wußte, das nie jemand erraten könnte. Wexford blieb hartnäckig, und sie sah ihn ärgerlich an und antwortete, das habe sie ihm schon gesagt. Sie aß nichts. Er aß ein Sandwich und ließ alles andere für Marion stehen, die einen herzhaften Appetit hatte. Hinterher, dachte er, wird Wendy Williams den Leuten wahrscheinlich erzählen, wir hätten sie stundenlang festgehalten und ihr keinen Bissen zu essen oder zu trinken gegeben.

Er fragte sie wieder nach dem 15. April. Nach dem Abend des 15. April. Wann hatte sie bei Jickie Schluß gemacht und war nach Hause gefahren? Wann war sie in Pomfret gewesen? Das gesamte Personal von Jickie war von Martin, Bennett und Archbold vernommen worden. Niemand wußte etwas. Warum sollte man sich auch an diesen besonderen Abend erinnern? Eines der Mädchen, das in der Abteilung für Damenmoden an der Kasse saß, hatte ausgesagt, wenn Mrs. Williams tatsächlich nicht vor neun gegangen sei, sei das sehr spät für sie gewesen. Am Donnerstag ging sie gewöhnlich kurz nach acht, manchmal sogar schon um halb acht.

Wendy behauptete weiterhin steif und fest, sie sei erst um neun gegangen. Sie blieb dabei. Er bohrte nicht weiter. Er müsse sie noch etwas fragen, sagte er. Sei sie vielleicht mit einem anderen Mann befreundet, da ihr Mann sie doch immer vernachlässigt und sie seit zwei Monaten geglaubt habe, er habe sie verlassen?

«Es wäre nur normal und natürlich. Sie sind noch eine sehr junge Frau. Und Sie haben selbst gesagt, daß Sie das Gefühl haben, man habe Ihnen Ihr Leben und Ihre Jugend gestohlen.»

«Wollen Sie damit andeuten, ich – könnte ein Verhältnis haben?»

«Es wäre doch nur verständlich.»

«Wie ekelhaft! Das wäre wirklich unmoralisch. Ich muß schließlich an meine Tochter denken. Und ich muß Veronica ein Beispiel geben. Nur weil Rodney sich so scheußlich benahm, ist das für mich noch lange kein Grund, das gleiche zu tun. Ich war ihm immer absolut treu, lassen Sie sich das gesagt sein. Ich habe nie einen anderen angesehen, der Gedanke wäre mir gar nicht gekommen.»

Wexford kannte sie und ihre Proteste allmählich. Er sagte kein Wort, dachte sich jedoch um so mehr. Es war jetzt Nachmittag und Burden fing jetzt damit an, ihren gemeinsamen Plan in die Tat umzusetzen. Natürlich war es möglich, daß er nicht funktionierte – doch was würde er aufzeigen oder beweisen, wenn er gelang? Wexford wußte nicht einmal, ob er erwartete, daß er gelang.

Inzwischen fragte er Wendy nach ihrem Leben aus, nach ihren Gefühlen, ihren Reaktionen. Noch immer hatte sie kein Wort über die zweite Familie Williams verloren. Sie war bereit zu akzeptieren, daß Rodney Williams eine bigamistische Ehe mit ihr eingegangen war, ignorierte jedoch die Existenz seiner ersten gesetzlichen Ehefrau. Er hätte erwartet, daß ihre Neugier stärker wäre als alles andere. Oder war sie über derart menschliche Schwächen erhaben? Das war natürlich möglich.

«Mrs. Joy Williams», sagte er mit voller Absicht, «hat einen Sohn und eine Tochter. Ihre Tochter und Veronica sehen sich sehr ähnlich. Was empfinden Sie, wenn Sie an diese Menschen denken?» Ihm war klar, daß er sich wie ein Psychotherapeut anhörte, obwohl ein Polizist bei einer Vernehmung kaum etwas anderes war. Dennoch korrigierte er sich leicht. «Interessiert es Sie denn nicht, etwas über sie zu erfahren?»

«Nein.» Sie errötete wieder, machte wieder ihr eigensinniges Gesicht. «Warum denn? Sie bedeuten mir nichts. Sie können Rodney nicht viel bedeutet haben.»

«Wieso denn das?»

Ihre kleine, beredte Geste sollte andeuten, daß die Antwort klar auf der Hand läge. Wexford sagte, es sei genug für heute, und er lasse sie jetzt mit einem Wagen nach Hause bringen. Sie fuhren mit dem Lift hinunter, und es klappte vorzüglich, denn als der Lift hielt und die Tür sich öffnete, kam ihnen Burden mit Joy Williams entgegen. Einzig und allein um stehenbleiben zu können, tat Wexford so, als habe er etwas mit Burden zu besprechen. Joy starrte Wendy unverhohlen an, und Wendy betrachtete die gegenüberliegende Wand, als sei sie das faszinierendste Beispiel von Innendekoration seit der Entdeckung der Höhlenmalereien von Trois-Frères.

Die beiden Frauen stellten einen rührenden und geradezu grotesken Gegensatz dar. Er war fast zu auffallend, um echt zu sein. Sie glichen einem Cartoon für ein altmodisches Inserat: die Ehefrau, die weder Gesichtscreme, Bohnerwachs, Deodorant und Suppenwürfel verwendet, und die Ehefrau, die sich dieser Errungenschaften bedient. Joy hatte eine Strickjacke über ein Baumwollkleid gezogen, dessen Saum zur Hälfte abgetrennt war und herunterhing. Ihre Schuhe sahen merkwürdigerweise alle wie Hauspantoffeln aus, obwohl sie es nicht waren. Wendy schwankte leicht auf ihren hohen Absätzen, reckte den Hals und setzte ihre reizendste Miene auf. Eine Wolke von *White Linen* schien Wexford plötzlich einzuhüllen. Vielleicht weil Wendy schwitzte. Die größte Ironie des Ganzen war, daß der Mann, um den es ging, sie beide verschmäht hatte.

Burden und Joy stiegen in den Lift. Die Tür schloß sich.

«Wissen Sie, wer die Frau war?»

«Welche Frau?» sagte Wendy.

«Ich meine nicht Detective Bayliss. Ich spreche von der Frau, die eben mit Inspector Burden in den Lift gestiegen ist.»

Sie zog die Brauen hoch, zuckte mit den Schultern.

«Das war Mrs. Joy Williams.»

«Seine Frau?»

«Ja», sagte Wexford.

«Sie sieht aus wie sechzig.»

Oben befragte Burden Joy nach dem Telefonanruf und dem Kündigungsbrief. Warum war sie am Abend des 15. April ausgegangen, anstatt zu Hause zu bleiben und auf den Anruf ihres Sohnes zu warten?

«Ich kann ihm nicht immer auf Abruf zur Verfügung stehen», antwortete sie mit großer Bitterkeit. «Ihm ist es egal, ob ich da bin oder nicht. Er ist wie sein Vater – gleichgültig, lieblos. Ich habe alles für ihn getan, habe den Boden angebetet, über den er ging. Aber ich hätte mir die Mühe ersparen können. Wissen Sie, wo er jetzt ist? In Cornwall. Auf Urlaub. So viel bedeutet es ihm, daß seine Mutter jetzt Witwe ist.»

Das konnte durchaus die Wahrheit sein. Es war durchaus möglich, daß sie endlich begriffen hatte, wohin eine solche Affenliebe führte. Ein Streit, dachte Burden, am Tag bevor Kevin zur Universität zurückfuhr. Er konnte sich vorstellen, was gesagt worden war: «Na schön, warte nur, bis du das nächstemal etwas von mir willst. Ruf ruhig an, mein Junge, aber rechne nicht damit, daß ich zu Hause bin ...» Doch hatte es seither keinerlei Anzeichen dafür gegeben, daß die Anbetung im Schwinden war.

«Wissen Sie, wer die Frau in Begleitung des Chief Inspectors war?»

«Ich kann es mir denken.» Das grelle, klirrende Lachen. «Billiges kleines Flittchen. Er hatte nun mal einen schlechten Geschmack.»

Er fragte sie, ob Sara einen Freund hätte. Unglaublicherweise sagte sie, das wisse sie nicht. Es war ihr offensichtlich wirklich gleichgültig. Haß trat in ihre Augen, als der Name der Tochter erwähnt wurde.

«Und das nach allem, was ich für sie getan habe», sagte Joy, als habe ihre Unterhaltung sich um die Wohltaten gedreht, die sie ihrer Tochter hatte zuteil werden lassen, und um die Undankbarkeit des Mädchens. Burden ließ sie nach Hause fahren. Er hatte das Gefühl, er habe gegen eine Mauer aus Stein angeredet, die höchstens einen oder zwei Zentimeter von seinem Gesicht entfernt war.

Carol Milvey war nicht Mitglied bei ARRIA, aber sie war achtzehn und wohnte nur zwei Häuser von Joy Williams entfernt. Und es war ihr Vater gewesen, der Chef der Mid-Sussex Kanal- und Tiefbau, der Rodney Williams' Reisetasche aus dem Green Pond gefischt hatte – ein Zufall, der bis heute noch nicht geklärt worden war. Sergeant Martin sprach mit ihr. Es war eine kurze Vernehmung, denn Carol Milvey hatte am 15. April mit Mandelentzündung im Bett gelegen und zwei Tage in der Schule gefehlt.

Weitere zehn Mitglieder von ARRIA hatten für den 15. April und für den Tag, an dem Brian Wheatley in die Hand gestochen worden war, ein ausreichendes Alibi. Es war jetzt Anfang August, und die Reisezeit begann. Natürlich fuhren auch ARRIA-Mitglieder auf Urlaub. Die Anerlys hielten sich mit ihrer Tochter, der rothaarigen Nicola, seit Ferienbeginn in Frankreich auf und wurden nicht vor dem 12. August zurückerwartet. Am selben Tag begann man auch bei der Pomfret Office Equipment Ltd nach zwei Wochen Firmenferien wieder zu arbeiten. Wenn die Schreibmaschinen, die in Haldon Finch fehlten, irgendwo in der Nachbarschaft gewartet wurden, konnte es nur bei der Pomfret Office Equipment sein. Keine andere Firma, die Schreibmachinen wartete und reparierte, wußte etwas vom Verbleib der bewußten Remingtons.

Der Wirtschaftszweig des Sixth Form Colleges in Sewingbury war überprüft worden. Dort arbeiteten die Schülerinnen an Mikrocomputern, vier Textverarbeitungsmaschinen und die zehn Schreibmaschinen waren modernste vollelektronische Geräte. Die High School in Kingsmarkham besaß nur eine einzige Schreibmaschine, und sie stand im Büro der Schulsekretärin.

Kevin Williams kam aus Cornwall zurück und fuhr mit sechs gleichgesinnten Studenten auf die Kanalinseln zum Camping. Die Harmers und Paulettes Freund reisten für eine Woche nach Nord Wales und überließen die Apotheke einem indischen Apotheker und seiner Frau, die beide hochqualifiziert, aber stellungslos waren. Sara blieb zu Hause, wo sie zweifellos auf ihr Abiturzeugnis wartete, das sie in der zweiten oder dritten Augustwoche bekommen sollte.

«Ich frage mich wirklich, ob es überhaupt noch so etwas wie ein Abitur geben wird, wenn unser Baby heranwächst», sagte Burden. Er erwähnte das Kind jetzt häufiger, gereizt und verlegen, oder so, als sei seine bevorstehende Geburt schon eine feststehende Tatsache und seine Zukunft mehr oder weniger gesichert. «Wenn sie anfängt zu studieren, bin ich ein alter Mann. In den Sechzigern jedenfalls und pensioniert. Können Sie sich noch an die vielen Formulare erinnern, die man ausfüllen muß? An die Bestätigung des Arbeitgebers über die Höhe Ihres Einkommens und den anderen Kram? Na ja, bis dahin erledigt bestimmt alles der Computer, ein ‹Apricot› des 21. Jahrhunderts.»

«Oder ein ‹Apple›», warf Wexford ein. «Warum nennen Computer-Konstrukteure ihre Produkte eigentlich immer nach Obstsorten? Dafür gibt es bestimmt eine verblüffende Freudsche Erklärung.» Ein gelangweilter Ausdruck ließ Burdens Gesicht erstarren. «Da wir über verblüffende Erklärungen sprechen», fuhr Wexford hastig fort. «Ist Ihnen klar, daß dieser Fall einen Aspekt hat, an den wir bisher kaum gedacht haben? Das Motiv. Das Motiv ist bisher noch kaum zur Sprache gekommen.»

Burden sah aus, als wolle er sagen, die Polizei brauche sich nicht um das Motiv zu kümmern, da Verbrecher sich oft auf Motive beriefen, die dünn und unglaubwürdig waren. Doch er sagte es nicht, sondern fragte zögernd: «Gehen wir nicht davon aus, daß der Mord an Williams das war, was man bei ARRIA Selbstverteidigung nennt?»

«Da gibt es nur eine Schwierigkeit: wenn wir voraussetzen – und das tun wir ja –, daß die Frau oder das Mädchen, das bei Sevensmith Harding anrief und später den Kündigungsbrief schrieb, Williams' Freundin war, hätte es sich doch wohl kaum gegen ihn verteidigen müssen. Budd und Wheatley wurden angegriffen, weil sie die Mädchen belästigten, sexuelle Annäherungsversuche machten. Aber diesem Mädchen, seiner Freundin, waren Williams' Annäherungsversuche doch bestimmt recht?»

«Das hängt möglicherweise davon ab, wie sie ausfielen», wandte Burden in seiner prüden Art ein.

«Meinen Sie damit, daß er sadistisch veranlagt gewesen sein könnte? Oder vielleicht ein Nachthemd von ihr anziehen wollte? Wir haben keine Beweise, daß Williams irgendwie abartig war. Und vergessen Sie nicht etwas? Es sieht so aus, als handle es sich um einen geplanten Mord. Williams wurde mit einem Schlafmittel betäubt und erst dann erstochen. Ich sehe keine Möglichkeit, mir die Theorie zu eigen zu machen, daß Williams seiner Freundin eines schönen Tages vorschlägt, gewagte Sexspiele auszuprobieren, und sie am nächsten Tag hingeht, seine Blutdruck-Tabletten gegen ein Schlafmittel austauscht und ihm, sobald er schläft, ein französisches Küchenmesser achtmal in den Leib stößt.»

«Was für ein Motiv hätten Sie vorzuschlagen?»

«Überhaupt keins. Seine Freundin hätte ihn bestimmt nicht umgebracht, um ihn loszuwerden, sie brauchte ihn ja nur zu seiner Frau, beziehungsweise zu seinen Frauen zurückschicken. Zwar hätte ein Mädchen allein ihn töten, aber es hätte sich der Leiche nicht allein entledigen können. Ein Mädchen mit einem eifersüchtigen Mann oder Freund? ARRIA-Mitglieder haben keine Ehemänner. ARRIA-Mitglieder dürfen sich auch nicht so weit mit einem Mann einlassen, daß eine Dreiecksgeschichte und eine Eifersuchtstragödie daraus entstehen könnte. Aber ist sie ein ARRIA-Mitglied? Existiert sie überhaupt?»

«Wenn man nur im Buch des Schicksals lesen könnte», sagte Burden, ohne zu merken, daß er zitierte und gar nicht mehr an den Fall Williams dachte.

«Wenn man das könnte», erwiderte Wexford, «würde auch der glücklichste junge Mensch, der sähe, was ihm bevorsteht, das Buch zuklappen, sich zurücklehnen und sterben.»

Er fuhr nach Hause, holte Dora ab, und sie sahen sich im Olivier-Theater Sheila in *Der kleine Eyolf* an.

14

Bei Pomfret Office Equipment Ltd wurde am 12. August um neun Uhr dreißig die Arbeit wiederaufgenommen. Es war ein Ladengeschäft mit einem großen Lagerraum dahinter. Die Firma war ein Familienbetrieb und wurde von Vater und Sohn geleitet. Edgar Ovington, der Vater, bestätigte, daß die Schreibmaschinen der Gesamtschule Haldon Finch in seinem Betrieb gewartet und repariert wurden. Und zwar gewöhnlich während der langen Sommerferien. Sein Sohn hatte die Haldon Finch-Maschinen am 26. Juli abgeholt, einen Tag vor Ferienbeginn.

Wexford und Burden folgten ihm in den Lagerraum. Er war voller Schreibmaschinen, mechanischen, elektrischen, elektronischen. Reihenweise standen sie in langen Regalen, und an jeder war ein Anhänger befestigt. Ovington zeigte ihnen die Haldon Finch-Maschinen, drei auf dem unteren, zwei auf dem oberen Bord. Auf den Anhängern stand «H. Finch». Drei Reiseschreibmaschinen Remington 315, zwei Adler Gabrielle 5000. Burden erklärte Ovington kurz, warum sie nach einer bestimmten Schreibmaschine suchten und welche Besonderheiten sie hatte. Er bat um ein Blatt Papier. Ovington öffnete eine Packung siebziggrammiges weißes und zog zwei Blatt heraus.

Ein Fehler in der Spitze des großen A, in der Oberlänge des kleinen t und der Kopf des Kommas verschmiert. Burden legte einen Bogen in die erste Maschine ein und tippte ein paar Zeilen von «O Gott, nimm Alle Angst von mir». Es war das einzige Kirchenlied, das er auswendig konnte. Keine Mängel. Und auch die zweite Maschine war in Ordnung.

«Haben Sie vielleicht bei einer dieser Maschinen Typenhebel ausgetauscht?» fragte Wexford.

«Ich habe sie bisher noch nicht einmal angefaßt», antwortete Ovington.

Burden spannte den Bogen in die dritte Maschine. Hier war das Schriftbild noch klarer als bei den beiden anderen. Sie war offensichtlich nur zur Reparatur gegeben worden, weil zwei Typenhebel hängenblieben.

«Waren das die einzigen Maschinen, die Ihr Sohn aus der Gesamtschule mitbrachte?»

«Die einzigen. Ich kennzeichne sie sofort, wenn sie hereinkommen, damit es ja keine Verwechslungen gibt.»

«Ja, ich verstehe. Es ist also nicht möglich, daß eine Maschine irrtümlich einem Privatkunden zurückgebracht worden sein kann?»

«Ich würde sie wohl kaum einem Privatkunden geben, wenn auf dem Anhänger Haldon Finch steht, oder?» sagte Ovington sauertöpfisch. Er war ein strenger, empfindlicher, mißtrauischer Mensch, der ständig befürchtete, man könnte seine Fähigkeiten oder seine Tüchtigkeit anzweifeln. Burdens Bitte, noch die eine oder die andere Remington ausprobieren zu dürfen, die zwischen den ungefähr zweihundert vorhandenen Maschinen bestimmt zu finden war, stieß bei Ovington auf Widerspruch, und sie wären vermutlich viel zu lange aufgehalten worden, wäre nicht James Ovington, der Sohn, aufgetaucht, verbindlich lächelnd und entgegenkommend. Er war ein großer, kräftiger Mann mit beim Lächeln vorstehenden Zähnen und einem völlig kahlen Kopf.

«Sehen Sie sich ruhig um, probieren Sie jede Maschine aus, die Sie wollen.» Die großen weißen Zähne schimmerten, als sich seine Lippen spannten. «Soll ich Ihnen von jeder Maschine, die wir hier haben, eine Schriftprobe machen lassen?» Er meinte es ernst, es war kein Spott dahinter.

«Das machen wir schon selber», antwortete Burden. «Und wir interessieren uns nur für die Remingtons 315.»

Neben den dreien, die er schon ausprobiert hatte, standen noch zwei im Regal. «Allmächtig ist Dein Arm Allein», tippte Burden, und «Du wehrest All unsren Feinden». Die Maschine war in Ordnung. «Allabendlich im Abendrot, und dann wieder vor tau und tag, sah man das Altbekannte Boot ...» Keine Mängel.

«Besten Dank für Ihre Hilfe», sagte Wexford.

James Ovington erklärte, es sei ihm ein Vergnügen gewesen, und lächelte so breit, daß ihm die Zähne aus dem Mund zu fallen drohten.

«Wahrscheinlich liegt die Maschine irgendwo im Graben oder in einem Teich», sagte Burden.

«Im Green Pond jedenfalls nicht, sonst hätte Milvey sie gefunden.» Wieder wurde Wexford an den bisher noch ungeklärten Zufall erinnert. Das Bindeglied zwischen Milvey und Rodney Williams war jedoch nicht Carol Milvey, denn sie hatte Mandelentzündung gehabt, als Williams starb. Was also war es? Es mußte ein Bindeglied geben. Wexford weigerte sich, ganz einfach zu glauben, daß Milvey die Reisetasche seines Nachbarn rein zufällig im Green Pond entdeckt hatte.

Und der Zufall wurde noch unglaubhafter, war mit Vernunft überhaupt nicht mehr zu erklären, verirrte sich ins Magische und Phantastische, als Milvey am nächsten Tag anrief. Zwar hatte er nicht die Schreibmaschine, aber ein langes französisches Küchenmesser in einem kleinen Zierteich im Park von Green Pond Hall gefunden.

Die drei Teiche im alten Wassergarten, der jetzt völlig verwildert war, waren durch die Quellbäche aus dem Cheriton Forest mit Schlamm, Schlick und feinem Sand gefüllt worden. Wexfords Männer hatten sie gesäubert, als sie den Park durchsuchten, doch inzwischen gab es neue Ablagerungen. Der künftige Forellenzüchter hatte sich noch einmal an die Mid-Sussex Kanal- und Tiefbau gewandt und die Firma beauftragt, eine Lösung für das Problem der Vermurung durch angeschwemmten Schlamm und Sand zu finden.

War das Messer in den Teich geworfen worden, nachdem die

Polizei den Park durchsucht hatte? Oder war es weiter oben in einem Bachbett versteckt gewesen und heruntergespült worden? Es war ein großes Messer mit einem fünfzehn Zentimeter langen elfenbeinfarbenen Plastikgriff und einer dreiundzwanzig Zentimeter langen Klinge. Es hatte eine scharfe und bösartig aussehende Spitze. Am Griff hatte sich in den Vertiefungen um die Nieten herum grauer Schlamm angesammelt, aber nirgends gab es auch nur eine Spur von Rost. Wexford ließ das Messer ans forensische Institut – Abteilung Chemie – nach Stowerton schicken. Die Verbindung zu Milvey war ihm immer noch ein Rätsel. Milvey saß ihm an seinem Schreibtisch gegenüber, und er wußte nicht, was er ihn als nächstes fragen sollte. Ihm kam die abenteuerliche Idee, Milvey und Joy Williams könnten ein Verhältnis miteinander haben. Aber sie war zu abenteuerlich – nicht der fette, langweilige Milvey und die schlampige Joy mit ihren abgerissenen Rocksäumen. Und warum sollte Milvey ihm die Tatwaffe präsentieren, wenn er etwas mit Williams' Tod zu tun hätte?

Ihm blieb nichts anderes übrig, als zu sagen: «Sie sehen doch ein, Mr. Milvey, daß die Situation und Ihre Position sehr verwirrend sind. Der Mann, der nur zwei Häuser von Ihnen entfernt wohnt, wird ermordet. Sie finden zuerst die Tasche, die er bei sich hatte, als er verschwand, und dann ein Messer, das wahrscheinlich die Mordwaffe ist.»

«Irgend jemand», sagte Milvey, der nicht zu verstehen schien, worauf Wexford hinauswollte, «mußte die Sachen früher oder später finden.»

«Kingsmarkham hat ungefähr achtundsiebzigtausend Einwohner.»

Milvey starrte ihn dumm und stur wie ein Ochse an. Endlich sagte er grob: «Wenn ich das nächstemal etwas finde, das der Polizei bei ihren Ermittlungen helfen könnte, halte ich den Mund.»

Während im Labor des forensischen Instituts das Messer untersucht und mit den Abmessungen von Williams' Stichwunden verglichen wurde, stellte Sergeant Martin mit Bennett und Archbold Ermittlungen über seine Herkunft an. Sie verfügten schließlich über eine Liste mit neununddreiig Läden und Warenhäusern, in denen ähnliche Messer verkauft wurden. Aber nur Jickie führte französische Küchenmesser von dieser Marke.

«Wendy Williams mag zwar dort arbeiten», sagte Wexford,

«aber alle kaufen dort ein. Wir. Ihr. Martin fragt das Personal in der Abteilung für Haushaltswaren, ob jemand kürzlich ein französisches Küchenmesser gekauft hat. Sie wissen, wie weit uns das bringen wird. Außerdem führen sie diese Dinger seit fünf Jahren. Wir haben keinen Anlaß zu glauben, das Messer sei eigens für den Mord an Williams gekauft worden. Wahrscheinlicher ist, daß es nicht so war.»

«Ja», sagte Burden, «wir sind noch keinen Schritt weitergekommen.»

«Sie sind zu kleingläubig. Kommen Sie mit, verbringen wir einen Nachmittag bei den Schreibmaschinen. Ich habe da eine Idee, die ich gern überprüfen möchte.»

Ovington sen. war allein im Laden. Zuerst versuchte er, sie unter dem Vorwand abzuwimmeln, er habe zuviel zu tun. Wexford machte ihn freundlich darauf aufmerksam, dadurch könnte er den gewiß falschen Eindruck erwecken, er wolle die Polizei bei ihren Ermittlungen behindern. Ovington brummte leise etwas vor sich hin und führte sie noch einmal in den Lagerraum hinter dem Laden.

Zwischen den Regalreihen hindurchgehend, betrachtete Wexford prüfend die Schildchen, die an den Maschinen hingen.

«Kennzeichnen Sie die Maschinen immer auf diese Weise?»

«Was stimmt nicht damit?»

«Ich habe nicht gesagt, daß etwas damit nicht stimmt. Ich finde nur, daß die Beschriftung nicht sehr klar ist. Was bedeutet zum Beispiel das ‹P. und L.› hier?» Er zeigte auf die Schildchen zweier Smith Coronas SX 440.

«Poster und Lamb im Industriegebiet», antwortete Ovington mürrisch. Er meinte das Industriegebiet in Stowerton.

«Und TML?»

«Tube Manipulators Limited.»

«Und Sie wissen ganz genau, was diese Buchstaben – ich könnte auch Codes sagen – bedeuten? Wenn die Maschinen zurückgebracht werden, ist kein Irrtum möglich? Sie wissen, daß ‹P und L› Porter und Lamb heißt und nicht Payne und Lovell, die Metallwarenhandlung in der High Street hier?»

«Payne und Lovell gehören nicht zu unseren Kunden», sagte Ovington erstaunt.

«Ich glaube, Sie haben sehr gut verstanden, was ich meine. Bei diesem System der Etikettierung können sich sehr leicht Fehler einschleichen. Ich komme jetzt zum Wesentlichen. Es ist meiner Meinung nach wohl mehr schlecht als recht, die Maschinen der Gesamtschule Haldon Finch mit ‹H. Finch› zu kennzeichnen.»

«Es erfüllt seinen Zweck.»

«Angenommen, Sie hätten einen Kunden namens Henry Finch. Wie könnten Sie es verhindern, daß seine Maschine mit einer von Haldon Finch verwechselt wird?»

«Wir haben keinen Kunden, der Henry Finch heißt, deshalb können wir auch nichts verwechseln.»

«Haben Sie andere Kunden, die Finch heißen?» fragte Burden scharf.

«Möglich.»

Es war die merkwürdige Antwort oder eine Version dieser Antwort, die Wexford schon so oft bei Gericht von Zeugen gehört hatte, die sich zu keinem klaren Ja entschließen konnten. «Möglich, daß ich es getan, gesehen, gehört habe ...» Ovington in seinem ölfleckigen alten Anzug, dem Hemd mit dem offenen Kragen, preßte das Kinn an den Hals, spitzte die Lippen, und sein unsteter Blick wirkte schuldbewußt, mißtrauisch und widerspenstig, weil er Wexfords und Burdens Argwohn fühlte.

«Prüfen Sie es bitte nach.»

«Wir haben keinen Henry. Ganz bestimmt nicht. Eine Dame. Überhaupt kein H.»

«Sie vergeuden meine Zeit, Mr. Ovington.»

Darüber freute er sich, verschlagen und boshaft. «Wir haben vor einiger Zeit eine Remington für sie repariert. Aber keine 315er.» Schließlich kratzte er sich am Kopf. «Ich könnte im Buch nachschauen.»

«Das könnte es sein», sagte Wexford zu Burden, als sie einen Moment allein waren. «Sie hätten die Maschinen verwechseln und die falsche zurückbringen können.»

«Wäre ihr das nicht aufgefallen?»

«Vielleicht tippt sie nicht regelmäßig, hat die Maschine vielleicht noch gar nicht benutzt, seit sie von der Reparatur zurück ist.»

Er sah sich die Schildchen der Schreibmaschinen im unteren Regal links der Reihe nach an. P und L, E und Ten, (was konnte das heißen?), TML, HBSS, H. Finch, J. St G, M. Br ... Ovington kam mit einem Geschäftsbuch zurück.

«Miss J. Finch, Bodmin Road 22, Pomfret. Sie hat die Maschine am sechsundzwanzigsten Juli selbst abgeholt.» Er knallte das Buch zu, als habe er eben zu seiner größten Zufriedenheit etwas bewiesen oder einen Verdacht zerstreut.

Am 26. Juli. An dem Tag waren die Haldon Finch-Maschinen abgeholt und hierhergebracht worden. Hat das etwas zu bedeuten, dachte Wexford, oder bin ich auf dem Holzweg? Saß die Freundin mit ihrer Schreibmaschine vielleicht artig in London oder Brighton?

Weder er noch Burden wußten, wo die Bodmin Road war.

«Wissen Sie was?» sagte Burden. «Wendy Williams wohnt in der Liskeard Road, und Liskeard ist ein Ort in Cornwall. Bodmin ist eine Kreisstadt in Cornwall. Vielleicht ist die Straße gleich um die Ecke.»

«Das prüfen wir nach, sobald wir zurück sind.»

Es war gleich um die Ecke. Liskeard Road, Falmouth Road, Truro Road, und die Bodmin Road, die quer verlief, verband sie alle.

«Sie war praktisch Williams' Nachbarin», sagte Burden beinahe aufgeregt. «Und ARRIA-Mitglied, darauf könnte ich wetten. Hier – sie steht in der Wählerliste. Finch, Joan B.»

«Moment, Moment, Mike! Sagen wir – oder nehmen wir vielleicht an –, daß sie irrtümlich eine Haldon Finch-Schreibmaschine abgeholt hat? Oder nehmen wir an, sie hat ihre eigene Schreibmaschine, und es ist die, die wir suchen? Dann hätten wir sie nicht durch logische Folgerungen gefunden, sondern wären durch puren Zufall darauf gestoßen.»

«Ist das nicht egal?» sagte Burden einfach.

Bodmin Road 22 war ein kleines, ausschließlich Wohnzwecken dienendes Haus mit vier Wohneinheiten. Laut Klingelknopf wohnte J. B. Finch im ersten Stock. Sie war jedoch weder am Nachmittag zu Hause noch als sie es um sieben und acht Uhr wieder versuchten. Wexford war seit etwa einer Stunde daheim, als ein Anruf kam, daß ein vierter Mann mit einem Messer angegriffen worden war. Diesmal war die Stichverletzung im Oberarm. Die Wunde war nicht schwer, aber der Blutverlust erheblich.

Der Fall unterschied sich von den anderen dadurch, daß zwei Polizisten, die auf einem Rastplatz an der Umgehungsstraße von Kingsmarkham in ihrem Streifenwagen saßen, seine Schreie gehört hatten. Als sie das Opfer des Überfalls fanden, lag es halb auf einem öffentlichen Fußweg und blutete aus einer Wunde in Schulternähe. Noch während sie sich über den Mann beugten, tauchte unter den Bäumen des Wäldchens auf der Nordseite des Wegs ein junges Mädchen auf. Sie erklärte, sie heiße Edwina Klein und reichte den Polizisten ein Federmesser, von dem sie das meiste Blut abgewischt hatte.

15

ARRIA erwartete eine Show. Die Mitglieder erschienen in Kompaniestärke im Amtsgericht von Kingsmarkham. Wexford hatte den kleinen holzgetäfelten Zuschauerraum noch nie so überfüllt gesehen. Caroline Peters und Sara Williams waren da, die rothaarige Nicola Anerley, Jane Gardner und die Freeborn-Zwillinge, Helen Blake und Donella, das schwarze Mädchen, die Tennisspielerin mit Brille und die Tennisspielerin ohne Brille.

Es sollte natürlich ein Präzedenzfall werden, das hatte Wexford schon vermutet, ehe er mit Edwina Klein gesprochen hatte. Sie hatte nicht direkt den Lockvogel gespielt. Was ist das für eine Welt, wenn man eine Frau, die in der Abenddämmerung allein über einen Feldweg geht, so nennen durfte. Die Wahrheit jedoch war, daß Edwina Klein, seit sie Ende Juni aus Oxford zurückgekommen war, Abend für Abend dort spazierenging und erwartete, überfallen zu werden. Sie war offen und ehrlich zu Wexford gewesen, hatte nichts verheimlicht und zum Beispiel auch zugegeben, daß sie Wheatley angegriffen hatte, als sie übers Wochenende nach Hause gekommen war. Wexford hatte daher auch nichts dagegen gehabt, sie gegen Kaution zu entlassen. Sie hatte versprochen, wieder ganz offen mit ihm zu sprechen, und er hatte ihr geglaubt, mit einer «Vertrauensseligkeit», bei der sich dem Chief Constable die Haare gesträubt hätten.

Zusammen mit Caroline Peters Gründungsmitglied von ARRIA, war Edwina Klein, mager, mittelgroß und hochintelligent, eine Pionierin und Märtyrerin. Sie war von Kopf bis Fuß schwarz angezogen: schwarze Hose, schwarzer Rollkragenpulli, das Haar ganz von einem schwarzen Tuch bedeckt. Ein weiblicher Rabe, die einzige Farbe, die man an ihr sah, war die winzige ARRIA-Anstecknadel, die sie unterhalb der linken Schulter trug.

Was erwarteten die Mädchen im Zuschauerraum? Wahrscheinlich

eine Art Jeanne d'Arc-Prozeß, dachte Wexford. Keine von ihnen wußte, wie es auf einem Polizeigericht zuging, und alle sahen ungläubig drein, als nach fünf Minuten alles vorüber war und Edwinas Fall an das Krongericht verwiesen wurde. Die Anklage lautete auf Körperverletzung. Edwina wurde gegen Kaution auf freien Fuß gesetzt. Sie mußte selbst tausend Pfund als Sicherheit hinterlegen, und mit der gleichen Summe bürgte ihre Großtante für sie, eine ältere Frau, die zwar nicht alt genug war, um Suffragette gewesen zu sein, aber so aussah, als bereue sie es, diese Chance verpaßt zu haben.

Unter empört klingendem Gemurmel verließ der ARRIA-Trupp den Saal. Helen Blake und Amy Freeborn hoben wieder das orangenfarbene Banner mit der Rabenfrau, dem vor der Verhandlung «Saalverbot» erteilt worden war. Die anderen stellten sich hinter ihnen auf, und was bisher eine Gruppe gewesen war, wurde zu einer Marschformation. Hinter dem Banner her marschierten sie über den Hof der Polizeistation hinaus auf die High Street und sangen: «We shall overcome, we shall overcome some day ...»

Joan Finch war mindestens fünfundsechzig Jahre alt. Wexford war nicht überrascht. Es mußte noch ein paar Frauen unter Fünfzig geben, die Joan hießen, aber auch schon vor fünfzig Jahren kam der Name Joan aus der Mode. Burden hatte so sehr darauf gebaut, daß sie das Mädchen war, nach dem sie suchten.

Sie führte sie in den kleinen, dumpfen Raum, der ursprünglich wohl nichts anderes gewesen war als eine Kofferkammer, in dem sie aber jetzt arbeitete, und zeigte ihnen die Schreibmaschine. Es war eine große mechanische Remington, die wenigstens so alt war wie sie. Heutzutage würden die Finger zurückzucken vor diesem Dikkicht eiserner Tasten, die nur mit großer Muskelkraft bewegt werden konnten.

Wie Ovington ihnen gesagt hatte, hatte sie die Maschine am 26. Juli von der Firma Pomfret Office Equipment abgeholt, und es handelte sich zweifellos um ihre Maschine. Sie hatte schon ihrer Mutter gehört und schien ebenso ein Familienerbstück wie eine Uhr oder ein Stück Porzellan.

Für Wexford und Burden war nur wichtig, daß es keine Reiseschreibmaschine Remington 315 war. Das schien Miss Finch unbegreiflich. Sie setzte sich an die Maschine und tippte schnell eine halbe Seite über Männer herunter, die eine Party retteten. Die Ovingtons hatten hervorragend gearbeitet. Die Maschine wies nicht den kleinsten Mangel und nicht die geringste Unregelmäßigkeit auf.

Wexford und Burden gingen zum Lunch in die zwei Häuser entfernte kleine Wein-Bar mit dem bogenförmigen Erker. An einem Ecktisch saß Pamela Gardner mit einer Freundin. Sie sah voller Verachtung durch Wexford hindurch. Ihre Tochter war am Vormittag an ihm vorbeimarschiert, hatte aus voller Kehle und viel lauter als alle anderen gesungen und ihm fröhlich zugewinkt, als seien sie alte Freunde. Edwina Klein wollte um halb drei zu ihm ins Büro kommen, um mit ihm zu sprechen. Das Gericht hatte es ihr zwar nicht zur Auflage gemacht, doch er war sicher, daß sie ihr Versprechen halten würde. «Nur noch drei Wochen», sagte Burden. Er sprach über sein und Jennys Baby. «Sie sagen, daß es pünktlich kommt. Aber wissen können sie das natürlich nicht.»

«Sie wissen viel mehr nicht, als sie je zugeben.»

Burden stocherte in seiner Quiche herum. «Am Anfang hatte sie Sodbrennen, jetzt hab ich es.» Er war blaß, sah gelbsüchtig aus.

«Wollen mal sehen, ob die Harmers nicht ein Mittel zur besseren Verdauung für Sie haben.»

Der präraffaelitische Kopf von Paulette wurde hinter dem Schaufenster der Apotheke sichtbar. Sie half offensichtlich ihrem Vater. Hope Harmer bediente Burden. Es schien ihr unangenehm, daß Wexford und Burden in ihr Geschäft kamen, weil sie sich möglicherweise nicht klarmachte, daß auch Polizisten ein Privatleben hatten und gegen Krankheit genauso anfällig waren wie andere Menschen.

«Hatten Sie schöne Ferien?» erkundigte sich Wexford.

«O ja, vielen Dank, es war sehr hübsch. Sehr ruhig», fügte sie hinzu, wie Leute das gern tun, wenn sie erzählen, wie sie das Weihnachtsfest verbracht haben. Als ob Fröhlichkeit und ein bißchen Betrieb ihre Respektabilität beeinträchtigten. «Alles Schöne muß einmal zu Ende gehen, nicht wahr? Wir hätten noch eine Woche bleiben können, aber meine Tochter erwartet ihr Abiturzeugnis. Es muß jetzt bald soweit sein.»

Dann saß Sara Williams wohl wie auf Kohlen ... «Noch eine zukünftige Ärztin in der Familie?»

«Nein, nein. Paulette hofft, in die Fußstapfen ihres Vaters zu treten.»

Sie lächelte strahlend, versöhnlich, und begleitete sie, ganz altmodische Geschäftsfrau, zur Tür. Wexford kam kurz vor halb drei ins Büro zurück. Edwina Klein wartete schon auf ihn, und er war erleichtert, obwohl er fest daran geglaubt hatte, daß sie Wort halten werde. Neben ihr, im zweiten Besucherstuhl, saß ihre Tante, die als Anstandsdame mitgekommen war.

Wexford war überrascht. Er hatte in Edwina die Verkörperung von Unabhängigkeit und unerschütterlichem Selbstvertrauen gesehen.

«Ich bin zufällig nicht nur Tante, sondern auch Anwältin.»

«Nun gut», sagte Wexford, «aber das soll kein Verhör werden. Ich möchte mich mit Ihrer Nichte nur über verschiedene Aspekte dieses Falls unterhalten.»

«Das sagen sie alle», antwortete die Tante, die Pearl Kaufmann hieß. Äußerlich ähnelte sie der alternden Virginia Woolf, war groß, dünn, hatte ein langes Gesicht, eine lange Nase und volle Lippen. Sie trug ein halblanges marineblaues Seidenkleid und plumpe weiße Sandalen, die ihre Füße sehr groß aussehen ließen.

Edwina trug noch immer Schwarz, hatte jedoch den Rollkragenpulli mit einem ärmellosen schwarzen T-Shirt vertauscht, das der Tageshitze besser angepaßt war. Die ARRIA-Nadel fehlte natürlich nicht, und eine dunkle Sonnenbrille verwandelte Edwinas Gesicht in eine ausdruckslose Maske.

«Er hat mich behandelt, als wäre ich eine Prostituierte, genauso», hatte sie über Wheatley gesagt, als sie zum erstenmal mit Wexford gesprochen hatte. Damals hatte die schwarze Brille ihre Augen nicht verdeckt. Eifer, Ernst und die Begeisterungsfähigkeit der Jugend hatten in ihnen geglänzt. «Natürlich finde ich nichts dabei, wenn ein Mädchen Prostituierte ist. Es ist ganz in Ordnung, es ist gut und schön, wenn man auf so was steht. Es ist nur diese unglaubliche Art, mit der die Männer voraussetzen ...»

«Nur ein paar Männer.»

«Sehr viele. Er hat nicht einmal mit mir gesprochen. Ich habe versucht, mich mit ihm zu unterhalten. Ich fragte ihn, wo er arbeitete und wo er wohnte. Als ich ihn fragte, wo er wohnte, lachte er nur ganz seltsam auf, als hätte ich etwas Unanständiges gesagt.»

«Warum haben Sie sich von ihm mitnehmen lassen? Um genau die Situation herauszufordern, die dann entstand?»

«Aber nein, wirklich nicht. Damals nicht. Ich gebe zu, daß es gestern abend so war, aber bei dem Autofahrer war es ganz anders.

Ich war per Anhalter von London nach Kingsmarkham gefahren, aber der Typ konnte mich nicht weiter mitnehmen.» Sie schien zu überlegen. «Was im Auto passiert ist, hat mich erst auf den Gedanken gebracht, im Wald spazierenzugehen und abzuwarten, was kommt.»

«Erzählen Sie mir bitte, was im Wagen passiert ist, ja?»

«Er fuhr auf einen Rastplatz. Plötzlich konnte er auch reden. ‹Komm, gehen wir in den Wald›, sagte er. Ich wußte nicht, was er meinte. Ich wußte es wirklich nicht. Wissen Sie, was er dachte? Er dachte, ich wollte vorher bezahlt werden. ‹Reichen zehn Pfund?› fragte er. Und dann faßte er mich an.» Edwina Klein legte die rechte Hand auf ihre linke Brust. «Genauso hat er mich angefaßt. Als wär's ein Wasserhahn oder ein Schalter. Er versuchte nicht, den Arm um mich zu legen oder mich zu küssen oder so. Er wollte nur bezahlen und dann sozusagen den Strom einschalten. Ich holte mein Messer raus und stach ihn in die Hand.»

Als sie das erstemal mit ihm gesprochen hatte, war die Tante nicht dabeigewesen, und die schwarzen Scheiben hatten ihrem Gesicht nicht jeden Ausdruck genommen. Sie wirkte jetzt matter, längst nicht mehr so aufmüpfig. Möglicherweise hatte ihr die Gerichtsverhandlung den Schneid abgekauft. Sie wartete fast unterwürfig darauf, daß er mit der Vernehmung begänne.

Miss Kaufmann betrachtete mit geheucheltem Interesse die Landkarte, die an der Wand hing.

«Haben Sie schon andere Männer mit dem Messer angegriffen?» fragte er unvermittelt, obwohl er wußte, daß gegen die Bemerkung Einspruch erhoben werden würde.

Edwina schüttelte den Kopf.

«Wir wollen über das Ungehörige dieser Frage hinwegsehen, Mr. Wexford.» Es paßte zum Benehmen und der Erscheinung der Tante, daß sie sich dieser veralteten Wendung bediente. In einem zeitgemäßen Stil fügte sie hinzu: «Wir wollen vergessen, daß Sie das gesagt haben.»

«Wie Sie wünschen», entgegnete Wexford. «Wenn die Polizei *agents provocateurs*, sozusagen Lockvögel, einsetzt – zum Beispiel eine Polizeibeamtin in ein Kino setzt, in dem wiederholt Frauen belästigt wurden –, steigt die Öffentlichkeit auf die Barrikaden und ganz besonders Leute mit Ihrer Überzeugung. Ein Aufschrei geht durch alle Schichten, wenn ein junger Polizist gezielt eine von

Homosexuellen frequentierte öffentliche Toilette aufsucht. Mit anderen Worten, es ist unrecht, wenn Polizisten so etwas im Interesse der Justiz und zum Schutz des Bürgers tun, aber es ist recht und billig, wenn es um Ihre Prinzipien geht. Es gibt für das, was Sie getan haben, eine ziemlich eindeutige, nicht sehr schmeichelhafte Bezeichnung, nicht wahr?»

Er war zu sanft, zu ritterlich mit ihr umgegangen, das merkte er sofort.

«Scharfmacherin», sagte sie matt. Die Tante zuckte nicht mit der Wimper. «Aber das stimmt nicht, so habe ich mich nicht benommen. Ich bin nur in einem Wald spazierengegangen, mehr habe ich nicht getan. Ich war nicht herausfordernd angezogen.» Verachtung schlich sich jetzt in ihre Stimme, und sie hob den Kopf. «Das würde ich nie tun. Ich hatte Jeans und eine Jacke an. Ich schminke mich nicht. Niemals. Das einzig Provozierende, das ich getan habe, war, daß ich als Frau dort spazierenging.»

«Ich glaube», warf Miss Kaufmann trocken ein, «meine Nichte will damit sagen, daß es nicht möglich ist, sich als Frau ungestraft an bestimmten Orten aufzuhalten. Nur das wollte sie beweisen, und sie hat es bewiesen.»

Er ließ es dabei. Er widersprach nicht mehr, denn er wußte, daß die beiden Frauen recht hatten. Es war eine jener Situationen, in denen ein Polizeibeamter weiß, daß die Argumente der Gegenpartei stichhaltiger sind als die seinen, der aber trotzdem an den seinen festhalten muß. Daß alle Frauen, die nachts allein unterwegs sein wollten, einen Lehrgang in Selbstverteidigung absolvierten, schien ihm die beste Lösung. Die Alternative war, daß sich die Natur der Männer änderte, und das würde vielleicht innerhalb von Jahrhunderten geschehen, aber nicht in Jahren und auch nicht in Jahrzehnten. Er kritzelte geschäftig sinnloses Zeug auf ein Blatt Papier, um eine halbe Minute zu überbrücken und die beiden für eine Weile zum Schweigen zu bringen. Endlich hob er den Kopf und sah Edwina Klein an. Aus irgendwelchem Grund, vielleicht, weil er keine Brille trug, nahm sie die schwarzen Gläser ab. Sofort sah sie wieder ernst und sehr jung aus.

«Ich glaube, Sie kennen die Familie Williams, Miss Klein», sagte er.

Sie war darauf vorbereitet. Von irgendwoher wußte sie, daß das der eigentliche Grund war, warum sie Wexford jetzt gegenübersaß.

«Welche Familie Williams? Es gibt doch zwei, oder?»

«Es gibt in der Umgebung möglicherweise ein paar hundert», erwiderte er scharf. «Es ist ein häufig vorkommender Name. Ich spreche von den Williams', die in Kingsmarkham in der Alverbury Road wohnen. Die Tochter heißt Sara. Sie war heute vormittag im Gerichtssaal.»

Edwina nickte. «Wir sind in dieselbe Schule gegangen. Sara ist ein Jahr jünger als ich.»

«Kannten Sie Rodney Williams? Den Mann, der ermordet wurde?»

Sie antwortete sehr schnell. Miss Kaufmann blickte auf, als wolle sie sie warnen. «Ihn und Mrs. Williams, ja. Sara und ich waren zusammen im Ballettunterricht.» Sie lächelte. «Ob Sie's nun glauben oder nicht.» Miss Kaufmann verdrehte die Augen, als könne sie es kaum glauben. «Sie haben Sara abgeholt, manchmal beide, manchmal nur sie und manchmal nur er. Ich erinnere mich an ihn, weil er der einzige Vater war, der kam. Manchmal saß er während des ganzen Unterrichts da und sah zu.»

... hat heranwachsende Mädchen beobachtet, die in kleinen Tutus herumhüpfen, dachte Wexford. Oder sind es heutzutage ärmellose Trikots?

«Sie haben mich gefragt, welche Familie ich meine», sagte er.

«Veronica Williams kenne ich nur flüchtig.» Edwina zuckte mit den Schultern. «Sie sieht Sara unheimlich ähnlich.»

Plötzlich fühlte er eine starke innere Spannung. Vielleicht war sie ein Bindeglied zwischen den beiden Familien. Sie war bisher die einzige, die beide Familien kannte – oder die zugab, daß sie sie kannte.

«Dann wußten Sie also, daß sie Halbschwestern sind? Daß beide die Töchter von Rodney Williams sind?»

«Nein. O nein. Ich glaube, ich dachte – na ja, eigentlich habe ich überhaupt nicht darüber nachgedacht. Ich weiß es nicht, ehrlich. Vielleicht habe ich sie für Kusinen gehalten?»

«Wann haben Sie Rodney Williams zum letztenmal gesehen?»

«Das ist schon Jahre her.» Sie wurde nervös und ängstlich. Das hatte nichts zu bedeuten. Es bewies nur, daß ihr allmählich klar wurde, welche Rolle ihr hier zugedacht war, daß man ein noch viel schwereres Geschütz gegen sie auffuhr, auf das sie nicht vorbereitet gewesen war. «Ich habe ihn seit Jahren nicht mehr gesehen.»

Kein dramatischer Ausbruch, keine Nervenkrise und auch kein Zögern. «Sie war meine Gegnerin beim Tennis. Als ich noch in der Schule war.»

«Sie ist drei Jahre jünger als Sie.»

«Okay. Klar. Sie war so was wie ein Wunderkind. Noch nicht mal vierzehn und gehörte schon zu den sechs besten Spielerinnen von Haldon Finch.»

Das klang alles vernünftig, mehr als plausibel. Edwina war an dem Abend, an dem Rodney Williams starb, in Oxford gewesen, war eine Woche vor Semesterbeginn hinaufgefahren. Das hatte sie Wexford schon am Abend vorher gesagt und ihm auch ernsthaft und mit genauen Einzelheiten erklärt, wo und bei wem er ihre Angaben nachprüfen könne. Bennett war im Moment in Oxford und prüfte sie nach, doch Wexford war überzeugt, daß Edwina nicht gelogen hatte.

«Sie kennen beide Familien», sagte er jetzt, «aber Sie haben nicht gewußt, daß sie – sozusagen – eine Familie sind? Sie wußten nicht, daß Rodney Williams nicht nur Saras und Kevins, sondern auch Veronicas Vater war?»

«Kevin? Von ihm habe ich noch nie gehört.»

«Saras älterer Bruder.» Er beschloß, ihr gegenüber ganz offen zu sein. Miss Kaufmann saß da und beobachtete ihn, den Mund säuerlich verzogen. «Die beiden Familien wußten nichts voneinander. Die Familie in Pomfret ahnte nichts von der Existenz der Familie in Kingsmarkham und umgekehrt. Sie haben erst einige Zeit nach Rodney Williams' Tod voneinander erfahren. Wenn Sie beide kannten, müssen Sie also gewußt haben, daß Rodney Williams Bigamist war oder zumindest ein verheirateter Mann mit zwei Haushalten. Und wenn Sie es wußten – woher wußten Sie es?»

«Ich habe es nicht gewußt.»

Das kühle Nein enttäuschte ihn. Er hatte geglaubt, dicht vor einem Durchbruch zu stehen. Doch sie schwächte ihr kompromißloses Nein ab.

«Ich habe es nicht gewußt. Ich sagte, sie sähen sich ähnlich, das war mir aufgefallen. Ich erinnere mich, einmal zu meiner Tante gesagt zu haben, sie müßten Kusinen sein.» Edwina sah Miss Kaufmann an, und die Tante nickte schnell und ungeduldig. «Ich kenne beide nicht sehr gut», fuhr Edwina fort. «Das dürfen Sie nicht vergessen. Und mit Veronica habe ich nie mehr als ein paar Worte gesprochen. Und Mrs. Williams – die richtige, meine ich – habe ich hin und wieder gesehen, aber sie erinnerte sich nicht mehr an mich oder so. Und für die andere war ich eine x-beliebige Kundin.»

Er hatte keine weiteren Fragen an sie. Sie hatte Brian Wheatley und Peter John Hyde, der im Wald zudringlich geworden war, mit dem Messer angegriffen und verletzt, aber mit dem Mord an Williams hatte sie nichts zu tun, davon war Wexford überzeugt. Hätte eine Frau ihn getötet, hätte sie eine zweite zu Hilfe holen müssen.

«Das wäre alles, vielen Dank, Miss Klein.»

Sie stand auf und ging langsam und anmutig zur Tür. Sie hielt sich sehr aufrecht, hatte den Kopf aber leicht gesenkt. Tante und Nichte hatten dieselbe Figur, denselben Gang, obwohl fünfzig Jahre sie trennten. Was sollte aus Edwina Klein jetzt werden? Daß sie für schuldig erklärt und verurteilt werden würde, war unvermeidlich. Würde ihr College sie wieder aufnehmen? Oder hatte sie sich ihre ganze Zukunft zerstört? Hatte sie sie um einer von vornherein verlorenen Sache willen aufs Spiel gesetzt? An der Tür, kurz bevor er sie für sie öffnete, sagte sie noch: «Da ist noch etwas. Sie haben gesagt, die Williams' aus Pomfret und die Williams' aus Kingsmarkham hätten nichts voneinander gewußt. Das möchte ich richtigstellen – es stimmt nämlich nicht.»

Wieder stieg Erregung in ihm auf, seine Kehle war plötzlich ganz trocken. «Wie meinen Sie das?»

«Wie ich es sage. Sie wußten voneinander.»

Er nahm die Hand von der Klinke und lehnte sich an die Tür, als wolle er Edwina nicht hinauslassen. Doch Edwina Klein blieb bereitwillig stehen. Sie sah leicht verblüfft, die Tante gelangweilt und geduldig aus.

«Woher wissen Sie das?»

«Weil ich sie zusammen gesehen habe.»

Erleichterung überrieselte Wexford wie Schweiß. Angenehme Kühle breitete sich in ihm aus, und sein Kopf schien ganz leicht zu sein. Ihr war jetzt bewußt, daß sie ihm, ohne es zu ahnen, etwas Wichtiges mitgeteilt hatte, und ihr Gesicht, das dem seinen sehr nah war, nahm einen lebhaften und fragenden Ausdruck an.

«Wen haben Sie zusammen gesehen?» fragte er.

«Die beiden Frauen. Sie saßen im *Precinct Café* in Kingsmarkham und tranken zusammen Kaffee.

«Wann? Wissen Sie noch, wann das war?»

Wenn es erst eine Woche, ja, wenn es auch einen Monat her war, hatte es nichts zu bedeuten.

«Letzte Weihnachten, glaube ich. Es muß Weihnachten oder Ostern gewesen sein, weil ich ja zu Hause war. Das einzige Wochenende, das ich hier war, war das, an dem Wheatley mich mitnahm.» Edwina sprach den Namen Wheatley mit unendlicher Verachtung aus. «Es war aber nicht an jenem Wochenende, und es war auch nicht zu Ostern. Das weiß ich sicher, weil noch Schnee lag.»

«Geschneit», half Miss Kaufmann bereitwillig, weil ihre Nichte jetzt nicht mehr direkt bedroht war, «hat es in der ersten Januarwoche.»

«Dann muß es in der ersten Januarwoche gewesen sein», sagte Edwina.

Sie lächelte, als sei auch sie froh, daß sie endlich helfen konnte. Wexford wußte, daß sie nicht gelogen hatte.

16

Als Wexford in der Alverbury Road 31 die Gartentür öffnete, kam ihm der Postbote mit einem Briefpäckchen in der Hand entgegen. Keiner der Briefe, die von einem Gummiband zusammengehalten wurden, schien für Nummer 29 bestimmt. Das nächste Haus, das er aufsuchte, war das der Milveys, zwei Nummern weiter. Während Wexford ihn beobachtete, wurde ihm plötzlich klar, wie Milvey in den Fall verwickelt worden war. Es war kein Zufall, es war alles ganz einfach und logisch, nur hatte er den Karren vor das Pferd gespannt ...

Wexford klingelte. Im selben Moment schlug es von St. Peter her neun Uhr. Sara öffnete ihm, und zwar so schnell, daß sie direkt hinter der Tür gestanden haben mußte. Sie hatte ein Blatt Papier in der Hand.

«Zwei Einser und eine Zwei», sagte sie und lächelte zufrieden.

Sie hatte das so gesagt, als sei er nur gekommen, um ihre Abiturnoten zu erfahren. Bevor sie die Tür zumachte, mußte sie draußen das Polizeiauto mit Donaldson am Steuer und Marion Bayliss im Fond gesehen haben.

«Herzlichen Glückwunsch», sagte Wexford. «Wo ist Ihre Mutter?»

Sie antwortete nicht. Vielleicht hatte sie die Frage auch nicht gehört, so uninteressiert war sie.

«In St. Biddulph haben sie mir gesagt, daß sie mich auch mit drei Zweiern oder zwei Zweiern und einer Eins nehmen, aber so ist es natürlich viel besser.»

In den Augen des Mädchens brannte leidenschaftliche Erregung, eine fast krankhafte Erregung, die um so bestürzender war, weil Sara sich dennoch so eisern beherrschte, und er hatte sie als Botticelli-Mädchen gesehen, mit sanftem Gesicht, heiter und unschuldig wie ein Frühling ...

«Ich muß gleich meine Kusine Paulette anrufen und fragen, wie sie's geschafft hat.»

Um ein bißchen überheblich zu frohlocken? Oder um nett zu sein? Joy Williams kam aus der Küche, so ordentlich angezogen, wie er sie bisher noch nie gesehen hatte. Er hatte es ihr nicht gesagt, doch vielleicht hatte sie es erraten, daß sie Wendy Williams wiedersehen sollte. Oder Wendy hatte es ihr am Abend vorher selbst gesagt? Er war darauf vorbereitet. Hoffentlich war ihnen klar, daß er inzwischen erfahren hatte, wie lange sie sich schon wirklich kannten. Joy trug Rock und Bluse, beides sauber und adrett. Sie hatte sich das Haar gewaschen und sich die Lippen geschminkt. Aber der Lippenstift war verschmiert, wie so oft bei Frauen, die nur selten Make-up auftragen und achtlos damit umgehen. Wahrscheinlich putzt sie sich immer heraus, wenn sie sich mit Wendy trifft, dachte Wexford. Auch wenn der Haß auf Williams sie einte, waren sie doch Rivalinnen. Außerdem bedeutete eine Allianz zwischen ihnen nicht unbedingt, daß sie sich auch mochten ...

Er hörte Sara telefonieren. «Hast du's auch bekommen? Nun?»

Wenn sie später als Ärztin bei ihren Patienten auch diesen herablassend prahlerischen Ton anschlug, würde sie sich nicht sehr beliebt machen. Eine harte, neurotische kleine Streberin, dachte er, ohne den kleinsten Funken Sorge um ihre Mutter, die im Verdacht steht, ihren Vater ermordet zu haben.

«Aber das ist doch nicht schlecht?» sagte sie gerade. «Es ist ja nicht so, daß du unbedingt Einsen oder auch nur Zweien brauchst.»

Gönnerhaft. Ein bißchen hochmütig. Der Apotheker war natürlich der Arzt der Armen und Verzagten. Ich bitte den Apotheker, daß er mir was für meinen Hals gibt. Oder für den Kopf, den Rükken, die Blasenentzündung, die Blutungen. Er führte Joy hinaus und schloß die Haustür hinter ihnen.

Sergeant Martin und Polly Davies brachten Wendy herein. Am Abend war sie in Tränen ausgebrochen, so hatte sie sich darüber geärgert, daß sie einen Arbeitstag versäumen sollte. Doch der Gedanke, daß sie sich weigern konnte zu kommen – daß die Polizei bisher nur Fragen stellen und überreden konnte –, schien ihr ebensowenig gekommen zu sein wie Joy. Sie waren nicht mit Tanten gesegnet, die Juristinnen waren. Die erste Ehefrau – die Sultana Valideh – saß schon im Verhörzimmer, als Wendy hereingeführt wurde. Sie hielt das ausdruckslose Gesicht abgewandt, und die dunkelbraunen Tieraugen blickten starr an Wendy vorbei zum Fenster.

Wendy trug ein bunt bedrucktes Kittelkleid, am Ausschnitt und an den Ärmeln mit Rüschen verziert. Sie hatte eine weiße Strumpfhose und weiße Schuhe an. Im Beisein von Sergeant Martin und Polly – berichtete Polly später Wexford – hatte Wendy ihre Tochter Veronica in die Arme genommen und innig an sich gedrückt. Und wieder hatte es eine Tränenflut gegeben. Veronica hatte sehr betroffen ausgesehen. Aber Wendy hatte sie fest an sich gepreßt und ihr das Haar gestreichelt, fast als rechne sie damit, Veronica nie wiederzusehen. Und Polly, die gern historische Liebesromane las, sagte, genauso sei es gewesen, bevor Marie Antoinette den Henkerskarren bestieg.

«Lebt wohl, meine Kinder, auf ewig lebet wohl. Ich gehe zu eurem Vater!»

Jetzt erinnerte nur noch Wendys verquollenes und gerötetes Gesicht an diesen Auftritt. Sie warf Wexford einen herzzerreißenden Blick zu. Sie hätte es vorgezogen, von Burden verhört zu werden, von dem sie glaubte, er habe mehr Mitgefühl als der ältere, harte, bitter ironische Mann. Doch Burden war nicht da. Er war in der Alverbury Road und unterhielt sich mit Mrs. Milvey.

«Welche von Ihnen hat zuerst herausgefunden, daß es noch eine zweite Mrs. Rodney Williams gab?» fragte Wexford, sich scheinbar an beide wendend.

«Ich verstehe nicht, was Sie meinen», antwortete Wendy, und ihre Stimme klang noch reizbarer als sonst.

«Ich will mich anders ausdrücken. Wann haben Sie festgestellt, daß Rodney Williams eine Ehefrau hatte? Und wann haben Sie, Mrs. Williams, erfahren, daß Ihr Mann noch einmal ‹geheiratet› hatte.» Er hatte das letzte Partizip Perfekt absichtlich sehr deutlich in Anführungen gesetzt. «Nun?» sagte er. «Ich weiß, daß Sie nicht aufrichtig zu mir waren. Ich weiß, daß Sie sich schon länger kennen. Die Frage ist nur – seit wann?»

«Ich hatte keine Ahnung, daß sie existierte, bis Sie es mir sagten.» Joy sprach auf die ihre eigene müde, leblose Art. «Als Sie mir sagten, mein Mann sei – zu allem anderen – auch noch ein Bigamist.»

«Zu welchem ‹anderen›, Mrs. Williams?»

«Zu seiner Lüge über seinen Job, zum Beispiel.»

Wendy murmelte etwas vor sich hin.

«Tut mir leid, Mrs. Williams, das habe ich nicht verstanden.»

«Ich habe gesagt, ‹und den anderen Frauen›. Ich meine, daß alles andere seine ständigen Weibergeschichten waren.»

«Er hatte nie Weibergeschichten», widersprach Joy. Sie reagierte auf Wendys Herausforderung, wandte sich aber nicht an sie, sondern an Wexford. «Er hatte *sie*, aber andere hat es nie gegeben.»

«Lassen wir ihr doch ihren Kinderglauben», sagte Wendy in die leere Luft, hob die Schultern und lächelte ganz schwach.

«Wann haben Sie sich kennengelernt, Mrs. Williams?» Wexford fand es allmählich ein bißchen peinlich, daß sie beide denselben Namen trugen. Er stand auf, kam um den Tisch herum und wandte sich direkt an Wendy. «Sie dürfen sie nicht so nennen!» platzte Joy heraus. «Sie hat kein Recht, diesen Namen zu tragen! Sie ist Miss Sowieso, wie seit ihrer Geburt. Nennen Sie sie gefälligst auch so.»

«Manieren wie ein Fischweib», sagte Wendy. «Sie ist schrecklich gewöhnlich. Kein Wunder, daß er zu mir gekommen ist.»

«Mieses kleines Miststück! Sehen Sie sich sie doch an, angezogen wie ein kleines Mädchen!»

Das ist eine einstudierte Szene, dachte Wexford. Anders kann's gar nicht sein. Sie spielen mir was vor, ob sie's nun geprobt haben oder nicht. Er rief beide Frauen in aller Ruhe zur Ordnung.

William Milvey war an diesem Tag zu Hause, wo er auch sein Büro hatte, und wartete auf einen Steuerprüfer, für den er Burden zunächst hielt. Daher redeten sie ein paar Minuten lang aneinander vorbei, was für Zuhörer höchst belustigend, für die Beteiligten aber ebenso frustrierend ist.

Zuhörerin war in diesem Fall Mrs. Milvey, eine grobknochige Frau, die oft und gern lachte. Über das Mißverständnis zwischen den beiden Männern wollte sie sich geradezu ausschütten vor Lachen. Doch Burdens Schwierigkeiten waren schnell bereinigt, danach ging alles ganz glatt und hatte sich genauso abgespielt wie Wexford vermutet hatte.

«Meine Frau ist ebenfalls Direktorin unserer Firma, genau wie ich», sagte Milvey großspurig. «Und selbstverständlich kennt sie das Geschäft in- und auswendig und weiß auch immer, was ich gerade tue.»

«Ich muß immer wissen, wo er gerade ist, falls Anrufe kommen», sagte Mrs. Milvey, die nicht so hochtrabend redete wie ihr Mann. «Der fünfzehnte April? Ich sehe mal im Buch nach, soll ich, Bill?»

In dem Moment erschien der Finanzbeamte, ein Mann Anfang Zwanzig, mit einem Aktenkoffer in der Hand. Milvey trennte sich nur widerstrebend vom Schauplatz der interessanteren – und vielleicht auch weniger alarmierenden – Untersuchung, aber er mußte gehen. Er führte den Mann vom Finanzamt in sein Büro und schloß die Tür. Mrs. Milvey lächelte Burden freundlich zu.

«Von Ostern bis Ende April haben sie in der Gegend von Myringham gearbeitet», sagte sie, nachdem sie im Terminbuch nachgesehen hatte. «Mit dem Green Pond haben sie erst einen Monat später angefangen.»

«Sind Sie sicher?»

«Ganz sicher. Da gibt es nicht den geringsten Zweifel. Hier steht es schwarz auf weiß. Green Pond. Einunddreißigster Mai. Außerdem fällt mir jetzt alles wieder ein. Bill hatte für Ende Mai einen großen Auftrag – sollte drüben in Sewingbury einen Teich trockenlegen, aber der Mann stornierte im letzten Moment. Glücklicherweise hatte jemand dem Forellenmenschen in Green Pond Hall unseren Namen genannt, er rief an und fragte, ob Bill den Teich säubern und ausbaggern könnte. Na ja, und da Bill zufällig frei war, weil der andere abgesagt hatte, sagte er, klar, ich fange am nächsten Montag an. Der Forellenzüchter muß ganz schön gestaunt haben.»

Die Bürotür ging auf, und Milvey streckte die Hand nach dem Terminbuch aus. Seine Frau gab es ihm.

«Haben Sie mit jemandem darüber gesprochen?»

«Wahrscheinlich. Es war ja kein Geheimnis und alles streng korrekt. Man erzählt den Leuten doch ganz gern mal eine Neuigkeit, nicht wahr? Und jetzt möchten Sie wissen, ob ich mit meiner Nachbarin Mrs. Williams darüber gesprochen habe, oder?»

«Nun, und haben Sie?»

«Ich hatte damals natürlich keine Ahnung, was mit ihrem Mann los war, das müssen Sie bedenken. Wir trafen uns, als ich einkaufen ging. Bill fuhr eben den Lieferwagen raus, und ich sagte in etwa: ‹Montag fängt er in Green Pond Hall an. Der neue Besitzer will Forellen züchten, haben Sie das gewußt?› So was ähnliches war's jedenfalls.»

«Aber Sie haben ihr zuverlässig gesagt, daß Ihr Mann am Montag, dem einunddreißigsten Mai, anfangen wollte, den Teich zu säubern?»

«Ich bin gar nicht auf die Idee gekommen, daß ich damit Schaden anrichten könnte.»

Hatte sie Schaden angerichtet? Wexfords Vermutung war falsch gewesen. Seinen Überlegungen zufolge hätte Mrs. Milvey Joy erzählen müssen, der Teich sei entweder schon gesäubert oder solle in ein paar Monaten gesäubert werden. Was Mrs. Milvey tatsächlich gesagt hatte, änderte alles, machte es aber nicht verständlicher. Hätte Joy die Reisetasche ihres Mannes, die sie in den Green Pond geworfen hatte, nicht am Wochenende wieder herausgeholt, nachdem sie erfahren hatte, daß die Arbeiten dort schon am nächsten Montag beginnen sollten? Die zweite Möglichkeit war, daß sie die Tasche ursprünglich woanders versteckt und erst in den Green Pond geworfen hatte, *als sie wußte, daß Milvey ihn schon in den nächsten Tagen in Angriff nehmen wollte*. Aber warum sollte sie etwas so Absurdes tun?

Die Ahnung hatte Wexford getrogen. Burden war jetzt drauf und dran, die zweite Möglichkeit zu testen. Soweit er es übersehen konnte, waren sie, trotz Edwina Kleins Aussage, der Lösung des Falles keinen Schritt näher gekommen. Nächste Woche nahm er wahrscheinlich schon Vaterschaftsurlaub ...

Der kahlköpfige James Ovington, der Sohn, war allein im Laden. Er lächelte so breit und freundlich wie immer. Burden fiel jedoch eine neue Eigenheit an ihm auf: er rieb sich ständig nervös die Hände. Der störrische Vater, der sie immer wieder bei ihrer Arbeit behindern wollte, war nicht in der Nähe.

«Wie kann ich Ihnen helfen? Was kann ich für Sie tun?»

«Sie haben hier eine bestimmte Methode, Ihre Maschinen zu kennzeichnen», sagte Burden. «Es ist kein Code, eher eine Art Kurzschrift. Als wir das letztemal hier waren, ist mir eine Maschine mit der Bezeichnung ‹E. Ten› aufgefallen. Ich wüßte gern, was diese Abkürzung zu bedeuten hat. Es war natürlich keine Remington 315, sonst hätten wir uns daraufgestürzt. Meine Frage ist so etwas wie ein Schuß ins Dunkle, und ich weiß nicht, ob ich mich sehr klar ausgedrückt habe.»

«Mir ist jedenfalls klar, daß Sie wissen wollen, was ‹E. Ten› bedeutet, und die Antwort darauf ist kinderleicht.»

«Eric Tennyson», sagte Ovington. «‹E. Ten› hat nichts anderes zu bedeuten als Eric Tennyson.»

Ein zweiter Glückstreffer. «Wissen Sie zufällig, ob er eine Tochter namens Nicola hat?»

«Doch, ich weiß es. Seine Tochter heißt Nicola.»

Die Freundin von Veronica Williams, ihr Heim das Haus, in dem sich Veronica regelmäßig am Dienstag nach der Schule aufhielt. Aber die Schreibmaschine mit dem Anhäger ‹E. Ten› war keine Remington 315. Es sei denn ...

«Eine Olivetti», sagte Ovington. «Sie haben noch eine Maschine, aber ich weiß nicht genau, welches Fabrikat, Mrs. Tennyson erledigt Schreibarbeiten für Leute, ich meine, es ist ihr Beruf.» Ovington sah wieder aus, als fühle er sich nicht wohl in seiner Haut. «Ich glaube, ich sollte es Ihnen sagen.» Das klang, als wolle er etwas beichten, das ihn schon lange schwer belastete. «Es sind meine Freunde. Ich hätte es Ihnen schon sagen müssen, als Sie das letztemal hier waren.»

«Aber warum sollten Sie nicht mit ihnen befreundet sein, Mr. Ovington?»

«Nun ja, weil sie auch Freunde von Mrs. Williams sind. Ich meine die Mrs. Williams, deren Mann ermordet wurde. Seinetwegen führen Sie doch die Ermittlungen durch. Ich will sagen, daß ich sie dort kennengelernt habe, bei den Tennysons.»

«Was wollen Sie mir wirklich sagen, Mr. Ovington?»

Er lächelte wieder, angestrengt diesmal, und die unnatürlich gespannten Muskeln verwandelten sein Gesicht in eine Grimasse. Er rieb sich fest die Hände und verschränkte sie dann im Rücken, um die Geste nicht zu wiederholen. Der gelbliche Lichtschein der flachen Deckenleuchten im Lager fiel auf seinen haarlosen Kopf. Warum verglich man die Köpfe völlig kahler Männer eigentlich mit Eiern? Ovingtons Kopf ähnelte am ehesten einem blankpolierten Kieselstein.

«Noch einmal – was wollen Sie mir wirklich sagen, Mr. Ovington?»

«Ich habe mich mit ihr angefreundet. Mit Mrs. Williams. Es war nichts Unrechtes dabei, das meine ich nicht. Ich lernte sie bei Eric kennen, und wir tranken hin und wieder ein Glas zusammen, gingen spazieren und so. Als es so aussah, als sei ihr Mann nun doch – ich meine, als es so aussah, als sei er für immer gegangen, da habe ich gehofft, es könnte etwas Ernsteres daraus werden.» Er sprach abgehackt, stotternd, unfähig, die Situation zu meistern, in die er sich gebracht hatte. «Es war nichts Unrechtes dabei, das möchte ich noch einmal betonen.»

Burden ließ sich von dem flüchtigen Gedanken ablenken, daß Wendy Williams sich von kahlköpfigen Männern angezogen fühlen mußte. Zuerst Rodney Williams mit seiner übertrieben hohen Stirn, die blank war wie ein Apfel, und dann dieser Kieselkopf.

«Aber ich dachte mir», fuhr Ovington ernsthaft fort, «daß es unrecht von mir wäre – unloyal, wissen Sie –, die Beziehung zu diesem kritischen Zeitpunkt zu verleugnen. So als verließe ich beim ersten Hahnenschrei das sinkende Schiff. Wenn Sie verstehen, was ich meine.»

Burden verstand es annähernd. Diese herrliche Metapher hätte Wexford diebischen Spaß gemacht, dachte Burden. Und jetzt zu den Tennysons. Eine halbe Stunde später erreichte er ihr Haus an dem gegen Haldon Finch zu gelegenen Ende von Pomfret. Mrs. Tennyson teilte ihm mit, ihre Tochter sei beim Camping in Schottland und komme erst am Monatsletzten zurück. Aber vielleicht könne sie ihm helfen?

Ihr Mann hatte die reparierte und gewartete Olivetti vor drei Tagen vom Pomfret Office Equipment abgeholt. Ja, sie habe noch eine kleine Reiseschreibmaschine, die sie benutzte, während die andere einmal im Jahr gründlich überholt werde. Sie zeigte sie Burden: eine Remington 315.

Burden spannte das Blatt Papier ein, das sie ihm gab. «tausend Jahre sind vor Deinem Angesicht wie ein Abend, der vergangen ist ...» Ein Fehler in der Spitze des großen A, in der Oberlänge des kleinen t, der obere Teil des Kommas verschmiert ...

«Ich habe sie bei Gott noch nie gesehen, bis Sie uns hier zusammenbrachten.»

Das war Wendy.

Joy schwieg.

«Ich unterstelle, daß Sie beide sich schon lange kennen. Meiner Meinung nach war es so: Mrs. Joy Williams kaufte eines Tages bei Jickie etwas ein, Sie kamen ins Gespräch und stellten fest, daß Sie mit demselben Mann verheiratet waren. Das war vor etwa einem Jahr. Seither standen Sie miteinander in Verbindung.»

Joy stieß ihr kaltes, rasselndes Lachen aus, das dem Gackern eines Federwilds glich.

«Warum sollte ich es wohl abstreiten, wenn ich schon früher über sie Bescheid gewußt hätte?» fragte Wendy.

Joy antwortete. Sie wandte sich nicht direkt an Wendy, das hatte sie bisher nur getan, um sie zu beschimpfen, aber sie traf die erste Feststellung, die sich nicht feindselig gegen die andere Mrs. Williams richtete.

«Wenn Sie und ich uns schon früher gekannt hätten, hätten wir seiner Meinung nach Rod ermorden können.»

«Ich hätte wahrscheinlich viel eher sie umgebracht», sagte Wendy arrogant. Sie schaute hinunter und entdeckte eine Laufmasche in ihrer weißen Strumpfhose. Wie ein Tausendfüßler kroch sie an der Außenseite ihres rechten Beins hinauf. Joy sah sie auch. Sie heftete den Blick auf die langsam höher gleitende Masche und verzog den Mund fast zu einem Lächeln.

«Jemand», sagte Wexford und sah dabei Joy an, «hat am Freitag, dem 16. April, bei Sevensmith Harding angerufen und gesagt, Rodney Williams sei krank und könne nicht zur Arbeit kommen. Das Mädchen, das den Anruf entgegengenommen hat, ist ziemlich sicher, daß es Ihre Stimme war, Mrs. Williams.»

«Sie kennt meine Stimme nicht. Wie sollte sie auch, wer sie auch sein mag? Ihnen scheint entfallen zu sein, daß ich nicht wußte, daß Rod dort arbeitete.»

Die Tür ging auf, und Burden streckte den Kopf herein. Wendy leckte sich die Fingerspitze und betupfte die Laufmasche, doch es half nichts, die Masche lief plötzlich ein ganzes Stück weiter nach oben. Vielleicht löste das bei Joy rasselndes Gelächter aus. Wexford stand auf, ging aus dem Zimmer und ließ die beiden Frauen mit den beiden Kriminalbeamtinnen allein.

Burden hatte seine Schriftproben ins Labor des gerichtsmedizinischen Instituts geschickt. Er gab Wexford einen zusammenfassenden Bericht über seine Unterhaltung mit Mrs. Tennyson. Sie hatte den Kündigungsbrief nicht geschrieben, und es hatte sie auch niemand darum gebeten. Wendy Williams kannte sie seit Jahren, ihre Bekanntschaft mit Rodney war jedoch nur sehr oberflächlich gewesen. Ihre Töchter waren im selben Alter, gingen zusammen in die Schule, und eine war die «beste Freundin» der anderen.

«Könnte Wendy den Brief getippt haben?» fragte Wexford. «Ich meine, hatte sie Zugang zu dieser Maschine? Wenn es sich um einen vorbedachten Mord handelte, und es sieht mir ganz danach aus, könnte sie den Brief Tage, ja, schon Wochen vorher getippt haben.»

«Mrs. Tennyson zieht sich in ein Zimmer zurück, das sie als Büro benutzt, und tippt dort drei bis vier Stunden täglich. In der Regel benutzt sie die Olivetti, und die Remington wird nicht einmal dort aufbewahrt. Sie steht gewöhnlich in einem Schrank in der Diele, außer ihr Mann oder ihre Tochter brauchen sie. Nicola tippt ihre Schulaufsätze darauf. Das ist an der Gesamtschule Haldon Finch offenbar erlaubt. Kaum zu glauben!»

«Ich finde das recht vernünftig», sagte Wexford. «Außerdem praktisch und völlig harmlos. War Wendy jemals allein in diesem Haus?»

«Anfang April kam sie einmal Veronica abholen. Es war schon dunkel oder spät, oder sie war einfach zufällig in der Nähe gewesen. Die beiden Mädchen waren noch nicht zu Hause, und Mrs. Tennyson mußte noch etwas fertigtippen. Sie hat Wendy fast zehn Minuten allein gelassen, sagt sie, bis sie ihre Arbeit abgeschlossen hatte.»

«Wendy hätte wissen müssen, wo die Maschine aufbewahrt wird. Sie hätte Papier gebraucht. Aber ich finde trotzdem, daß wir der Antwort auf die Frage, wie und wo der Brief getippt wurde, ein gutes Stück näher gekommen sind. Und jetzt wieder zurück zu unserer Schreibmaschine. Was wäre günstiger, als eine zu benutzen, die normalerweise in einem Schrank steht? Es war pures Glück, daß wir von ihr erfahren haben.» Er hörte aufmerksam zu, während Burden ihm von Ovington berichtete. «Ist das ein Motiv, Mike? Wir kommen immer wieder darauf zurück, daß ein Motiv fehlt. Aber wenn Wendy Ovington heiraten wollte ...»

«Wen wollte Joy heiraten?»

«Ja, okay, ich verstehe, was Sie meinen. Wenn sie es getan haben, dann nur gemeinsam, und Joy hätte wohl kaum geholfen, Rodney zu ermorden, damit Wendy jemand anders heiraten konnte.» Wexford trommelte mit der Faust gegen seine Stirn. «Ich bin ein Narr! Da gibt es kein Motiv. Wenn Wendy über Joy Bescheid wußte, war ihr auch klar, daß sie mit Rodney nicht verheiratet war und jemand anders heiraten konnte, ohne mit dem Gesetz in Konflikt zu kommen ... Was ist mit dem Messer? Wir werden nie schlüssig beweisen können, daß es die Tatwaffe war. Es könnte Joy oder Wendy gehört haben.»

«Wendy arbeitet bei Jickie, und die führen solche Messer.»

«Wendy arbeitet dort, aber alle Welt kauft dort ein.» Wexford überlegte einen Augenblick. «Bei dem Zeug, das wir in Rodney Williams' Schlafzimmer in der Liskeard Road gefunden haben, war ein Kostenvoranschlag eines Malers und Dekorateurs, der Wendys Wohnzimmer malen sollte. Und als wir das erstemal dort waren, muß das Zimmer tatsächlich erst kurz vorher renoviert worden sein. Von dieser Firma? Von einer anderen? Von Wendy selbst? Ich finde, daß wir uns darum kümmern sollten. Sie nicht auch?»

Burden sah ihn an. Sie dachten beide daran, daß Rodney Williams erstochen worden war. Ein Stich hatte die Halsschlagader zerfetzt. «O ja, das finde ich auch», sagte er.

Der Tag war sehr warm und stickig, ein drückender, schwüler, fast sonnenloser Tag, wie man sie nur Ende August kennt. In den wenigen Minuten, die sich Wexford und Burden in Wexfords Büro aufgehalten hatten, bei geöffneten Fenstern und ganz leicht in einem kaum merklichen Luftzug schwankenden Jalousien, hatte Wexford die Jacke ausgezogen. Jetzt schlüpfte er wieder hinein und ging hinunter in das Verhörzimmer, in dem die beiden Frauen auf ihn warteten.

17

Am nächsten Tag prangte auf den Titelseiten der meisten überregionalen Zeitungen ein Foto von Joy und Wendy, als sie gemeinsam die Polizeistation von Kingsmarkham verließen. Den sensationeller aufgemachten Blättern gelang es, den Eindruck zu erwecken, daß sie nicht aus dem Gebäude kamen, sondern hineingingen; was die Leser natürlich zu der Spekulation anregen sollte, ob die beiden Frauen vielleicht sogar festgenommen worden waren. Joy hielt sich die Hand vor das Gesicht und Wendy blickte mitleiderregend in die Kameras, eine verzweifelte und verlorene Seele im Kittelkleid eines kleinen Mädchens. Die Laufmasche in ihrer Strumpfhose war grausam deutlich zu sehen. Burden stand in der Nähe, kühl, ziemlich abweisend, in einem neueren Anzug.

«Du siehst jung und sehr gut aus», sagte Jenny beim Frühstück. «Aber viel zu dünn.» Sie rutschte mit ihrem ungeheuren Gewicht auf ihrem Stuhl herum und schob ihn zurück.

«Das macht der Kummer.»

«Wahrscheinlich hast du recht, armer Mike.» Sie hob die Arme und legte sie um ihn. Das konnte sie jetzt nur noch im Sitzen. Er hielt sie fest und dachte: Vielleicht wird noch alles gut, vielleicht stehen wir das durch.

Es war noch nicht neun Uhr, und er trat in einen Morgen hinaus, der alles andere als frisch war. Wieder war es bedeckt, stickig und schwül. Der Himmel war eintönig fahlgrau, die Sonne eine weiße Scheibe, die durch das Grau schien. Solche Tage, dachte er, kennt man nur in England. Fünfzig von ihrer Art nennt man bei uns Sommer.

Wie viele Baufirmen, Maler und Dekorateure gab es in Pomfret? In Kingsmarkham? Und dabei mußte man nicht nur richtige Firmen, sondern Einmann-Betriebe berücksichtigen und auch die Leute, die in ihrer Freizeit schwarz arbeiteten. Wenn er Glück hatte, hatten die Williams' die Arbeit von der Firma ausführen lassen, von der der Kostenvoranschlag stammte.

Er ging nicht gleich in die Polizeistation und war daher nicht anwesend, als Hope Harmer anrief und sagte, ihre Tochter sei verschwunden. Sie sei die ganze Nacht nicht zu Hause gewesen und auch am Morgen nicht erschienen.

John Harmer war in seiner Apotheke, und das Geschäft lief wie sonst auch. Wenn Kunden kein Rezept vorlegten, das erst zubereitet werden mußte, sondern in der Drogerieabteilung Seife oder einen Einweg-Rasierer erstehen wollten, kam Harmer heraus und bediente sie. Er wollte nicht wahrhaben, daß seiner Tochter etwas passiert sein konnte. Sie war eine erwachsene Frau und wußte sich zu wehren, das bewiesen ihre Erfolge beim Judo. Wahrscheinlich hatte ihre Abwesenheit etwas mit diesem Emanzen-Unsinn zu tun.

Paulettes Mutter bediente auch wie sonst im Laden, aber vielleicht nur unter dem Druck ihres Mannes. Sie hatte vom Geschäft aus telefoniert. Was wahrscheinlich den Schlußpunkt unter eine heftige eheliche Szene gesetzt hat, dachte Wexford. Hope Harmer war in einem erbärmlichen Zustand. Sie war eine Frau, der es nur bekam, wenn sie glücklich war. Sie war leicht zufriedenzustellen, und wenn sie zufrieden war, blühte sie auf. Angst hatte bei ihr dieselbe Wirkung wie bei einem Tier, ihr Gesicht fiel ein, ihre Züge erstarrten, ihr glänzendes Haar wurde stumpf, und ihre freundlich blickenden Augen wurden matt und ausdruckslos.

Wexford war mit Martin gekommen, und die beiden waren gewissermaßen Starbesetzung, was für eine einfache Vermißtenanzeige ungewöhnlich war – aber man mußte eben den besonderen Umständen gerecht werden.

«Mein Mann meint, ich konnte ja nichts anderes erwarten, wenn ich sie dauernd mit ihrem Freund ausgehen lasse und ihr auch erlaube, bei ihm zu übernachten. Aber so machen's heutzutage doch alle, und man kann nicht gegen den Strom schwimmen. Außerdem sind sie verlobt, und ich sage immer, wenn man sich wirklich liebt ...»

Sie redete, nur um etwas zu sagen, stockte aber immer wieder und rang die Hände.

«War Paulette gestern abend mit ihrem Verlobten unterwegs?»

«Nein, er ist in Birmingham. Er mußte geschäftlich nach Birmingham.»

Nicht zum erstenmal wunderte sich Wexford darüber, wie unlogisch das menschliche Denken sein kann.

«Aber sie ist trotzdem ausgegangen? Wohin?»

«Das weiß ich nicht. Sie hat es mir nicht gesagt. Es war gegen sieben, als sie ging.»

«Und Sie wollten nicht wissen, wohin sie ging?» frage Martin.

«Ob ich's nicht wissen wollte? Natürlich wollte ich das. Wenn es nach mir ginge, wüßte ich immer, wo sie ist – jede Minute, jeden Tag und jede Nacht. Ich wollte damit nur sagen, daß ich sie nicht gefragt habe. Ich habe mich gezwungen, es nicht zu tun. Als sie jünger war, sagte ihr Vater immer: Ich will wissen, wohin du gehst und mit wem du zusammen bist, aber wenn du erst mal achtzehn und nach dem Gesetz erwachsen bist, kannst du tun und lassen, was du willst. Tja, und jetzt ist sie achtzehn und hat natürlich nicht vergessen, was ihr Vater gesagt hat, und er ebensowenig, und er verbietet mir, sie zu fragen. Außerdem würde mir Paulette sowieso nicht antworten.»

Die bedauernswerte Frau stand zwischen Mann und Tochter und wurde zweifellos von beiden tyrannisiert. Oder war sie froh gewesen, daß man es ihr abgenommen hatte, Entscheidungen zu treffen und Entschlüsse zu fassen?

«Erzählen Sie mir, was später passierte? Sie sind natürlich nicht aufgeblieben, um auf sie zu warten?»

«Ich wollte schon. Weil ich ja wußte, daß Richard in Birmingham ist. Aber John sagte, er dulde nicht, daß ich mich in eine Hysterie reinsteigere. Er nahm eine Schlaftablette und überredete mich, auch eine zu nehmen.»

Wahrscheinlich nahm man bei Harmers bei jeder Gelegenheit Beruhigungsmittel, da sie ja unbegrenzt zur Verfügung standen.

«Heute morgen habe ich – na ja, ich hatte ihre Schlafzimmertür offen gelassen, damit ... Ich meine, wenn sie morgens zu ist, weiß ich, daß sie nach Hause gekommen ist. Ich mußte mich zwingen, meine Tür aufzumachen und nachzusehen. Ihre Tür stand noch offen – es war ein solcher Schock, daß ich ... Ich schaute natürlich hinein, es war ja möglich, daß sie nach Hause gekommen war und die Tür nicht geschlossen hatte. Aber das war nicht der Fall. John war noch nicht beunruhigt. Ich schaffte es einfach nicht, ihm begreiflich zu machen, daß Paulette nicht bei Richard sein konnte, da er doch in Birmingham war ...»

Mrs. Harmer brach in Tränen aus. Anstatt den Kopf auf die Arme zu legen, lehnte sie sich zurück, ließ den Kopf nach hinten hängen und jammerte und weinte. Martin holte John Harmer aus dem Laden, der einen verärgerten und gequälten Eindruck machte. Als er seine Frau weinen hörte, legte er die Hände auf die Ohren. Zwar wurden die Geräusche dadurch nicht gedämpft, doch er gab durch diese Geste zu verstehen, daß es ihn anwiderte, wie sie sich aufführte.

«Sie soll ein Valium nehmen», sagte er. «Das wird ihr helfen, sich zusammenzureißen.»

«Sie sollte lieber nach Hause gehen, Mr. Harmer», entgegnete Wexford. «Und Sie sollten sie begleiten. Vergessen Sie mal für kurze Zeit ihren Laden.»

Godwin und Sculp hatten die Malerarbeiten bei Wendy Williams nicht durchgeführt, wußten jedoch, wer es getan hatte – ein Mann, der früher bei ihnen angestellt gewesen war, sich dann selbständig gemacht hatte und seine alte Firma, wie Burden erfuhr, bei jeder Gelegenheit unterbot. Leslie Kitman aufzutreiben, war nicht so einfach. Er war nicht verheiratet, und seine Mutter wußte nicht genau, wo ihr Sohn war. Sie gab Burden fünf Adressen und meinte, unter einer werde er ihren Sohn wohl finden: es waren eine Farm zwischen Pomfret und Myfleet, ein Mietshaus in der Queen Street, Kingsmarkham, ein Cottage in Pomfret und zwei Häuser in der neuen Siedlung außerhalb von Stowerton. Kitman war in keinem dieser Häuser, aber im zweiten Haus in Stowerton sagte man Burden, wenn er Glück habe, treffe er Kitman in der – Liskeard Avenue.

Und dort fand ihn Burden auch, auf der höchsten Sprosse einer Leiter, drei Häuser von Wendy Williams entfernt. Das Haus glich dem von Wendy, grauer Stein, weiße Verschalung auf der Wetterseite, Panoramafenster. Kitman strich einen Fensterrahmen im obersten Stock. Als Burden, am Fuß der Leiter stehend, hinaufrief, wer er war, antwortete Kitman sofort mit einer ganzen Litanei von Gründen, wieso er die Autosteuer noch nicht bezahlt hatte. Burden hatte den Wagen gar nicht bemerkt und noch weniger, daß die Steuerplakette Ende Juni hätte erneuert werden müssen. Nach einiger Zeit begriff Kitman jedoch und kletterte schnell die Leiter herunter, in der Hand einen triefenden Pinsel, mit dem er den Rasen weiß sprenkelte.

Als Wendy Williams am Abend vorher völlig erledigt von der Polizei zurückgekommen war, hatte sie sich im Bett verkrochen und war nicht mehr aufgestanden. Veronica hatte ihr Tee und Butterbrote ans Bett gebracht. Etwas anderes schien ihr Magen nicht zu vertragen, wenn sie sich aufregte. Joy Williams war mit ihrer Tochter ebenfalls zu Hause gewesen. Zumindest hatten sie sich in demselben Haus aufgehalten. Sara in ihrem Zimmer, wie üblich, Joy vor dem Fernseher. Zwischendurch nahm sie immer wieder einen Anlauf, das Antragsformular für Saras Studienbeihilfe fertig auszufüllen. Kevin hatte, obwohl es Donnerstag war, nicht angerufen. Diesen Gefallen tat er seiner Mutter nur, wenn er im College war, aber nicht, wenn er sich während der Ferien irgendwo herumtrieb.

Das waren die Alibis, die Wexfords Hauptverdächtige beibrachten. Richard Cobb kam am Nachmittag aus Birmingham zurück und schilderte Wexford bis ins kleinste, was er am Abend vorher getan hatte. Wexford fand es offensichtlich zufriedenstellend. Die Polizei in Birmingham würde Cobbs Angaben trotzdem überprüfen. Um sechs Uhr war Paulette noch immer nicht zu Hause, und Wexford wußte, daß sie nie wieder nach Hause kommen würde, er fühlte es im tiefsten Innern.

Der Tag war schwül und wolkenverhangen. Seit Stunden schon hatte ferner Donner gegrollt, Wind war aufgekommen, ein trockener, heftiger Wind, der aber ohne Einfluß auf die Temperatur blieb. Es blieb trotzdem heiß und stickig. Wexford und Burden saßen im Büro des Chief Inspectors. Noch wurde offiziell nicht nach Paulette gesucht. Wo sollte man auch suchen?

«Meiner Meinung nach», sagte Wexford, «hat Paulette Harmer das Phanodorm besorgt, mit dem Rodney Williams betäubt wurde. Sie konnte es, es war für sie mit keinerlei Schwierigkeiten verbunden. Jetzt frage ich mich, ob sie vielleicht die Nerven verloren und jemandem – nun ja, natürlich Joy – erklärt hat, sie werde gestehen, bevor man sie überführe.»

«Es gibt natürlich auch noch eine andere Möglichkeit ...» Burden beendete den Satz nicht.

Wexford schaute geistesabwesend aus dem Fenster. Es war längst Feierabend, aber er hatte keine Lust, nach Hause zu gehen. Das Wetter, die Atmosphäre, die späte Stunde schienen auf etwas zu warten. Der Donner war natürlich schon an sich eine Drohung, ein Zeichen aufziehenden Gewitters, schien jedoch auch eine emotionale Gefahr zu enthalten, als braue sich eine Tragödie zusammen.

«Erzählen Sie mir von Kitman», sagte Wexford. «Alle Einzelheiten.» Burden hatte ihm seine Unterhaltung mit dem Maler schon in groben Umrissen wiedergegeben.

«Er hat am vierzehnten April bei Wendy angefangen. Das Zimmer war tapeziert, sagte er, und er mußte zuerst die Tapeten abreißen. Er brauchte zwei Tage dazu, und als er am Fünfzehnten Feierabend machte, war er noch nicht ganz fertig.»

«Er hätte Sevensmith Hardings *Sevenstarker* benutzen sollen», warf Wexford ein und zitierte: «‹Die saubere, schnelle und glatte Methode, alte Tapeten zu lösen.›»

«Vielleicht hat er das Zeug ja benutzt. Er sagt, die Möbel hätten alle noch an Ort und Stelle gestanden, aber er habe seine eigenen Tücher zum Zudecken mitgebracht. Als er am nächsten Morgen – am Freitag, dem Sechzehnten – wiederkam, waren ein paar Möbel abgedeckt, und die Tücher lagen zusammengefaltet daneben. Doch so war es meiner Meinung nach auch am Morgen des Fünfzehnten und an anderen Morgen. Wendy und Veronica hielten sich ja noch ziemlich viel in diesem Zimmer auf.»

«Ist ihm am Freitagmorgen noch etwas aufgefallen?»

«Ein Fleck an der Wand wäre nach unserem Herzen, nicht wahr? Ein großer Blutfleck. Und die Abdecktüchter voller Blut. Aber es war nichts da, und wenn doch, kann er sich nicht mehr daran erinnern, oder er hat es nicht bemerkt. Sie dürfen nicht vergessen, daß die Wände sowieso verschmiert und fleckig waren. Und am Sechzehnten bekam das Zimmer den ersten Anstrich, und damit war ohnehin alles verdeckt, was eventuell vorhanden war. Etwas ist ihm allerdings aufgefallen, und ich habe ihn nicht danach gefragt. Er ist ganz von selbst damit herausgerückt. Anscheinend hat es ihn seither immer wieder beschäftigt. Eines der Tücher gehörte nämlich nicht ihm.»

«*Was*?»

«Ja. Ich dachte mir schon, daß Sie dabei aufhorchen werden. Er hat ein paar alte Tüchter, die er immer mitnimmt, um Möbel oder Fußböden damit zuzudecken. Es sind Bettlaken, zwei Vorhänge und eine gestickte Überdecke aus dünnem Musselin. Angeblich waren, als er am Fünfzehnten mit der Arbeit Schluß machte, alle Möbel und ein Teil des Teppichs mit seinen Tüchern zugedeckt. Es waren übrigen sechs. Als er am nächsten Morgen wiederkam, lagen drei Tücher zusammengefaltet auf dem Boden. Er dachte sich nicht viel dabei, stellte jedoch fest, daß eins seiner Tücher durch ein anderes ersetzt worden war. Es war neuer als die seinen und viel besser erhalten.»

«Hat er Wendy danach gefragt?»

«Er sagt ja. Am Samstag. Sie behauptete, sie wisse nichts davon. Und ihm war es schließlich egal. Er hatte seine sechs Tücher, und damit war für ihn alles in Ordnung. Man geht nicht zur Polizei, weil einem jemand ein altes Laken weggenommen und ein anderes dafür hingelegt hat. Aber irgendwie habe es ihn beschäftigt, sagt er. Es hat immer wieder in ihm gebohrt, wie er es ausdrückt.»

Wexford nickte. «Die von einem Bettlaken abgerissenen Streifen um Williams' Hals. Die Krümel im Kofferraum.»

«Holen wir uns die beiden Frauen wieder?»

«Aber selbstverständlich.»

Es war Freitag. Der letzte im Monat. Am letzten Freitag im Monat trifft sich ARRIA, dachte Wexford. Nein, am letzten Donnerstag. Gestern vor zwei Monaten war er zu den Freeborns gegangen und hatte eine Versammlung gestört.

Er griff zum Telefon und sprach mit John Harmer. Paulettes Vater hatte jetzt auch Angst, war nicht mehr gelassen und überheblich. Seine Frau schlafe, sagte er. Wahrscheinlich mit einer hohen Dosis Valium, dachte Wexford.

«Es wimmelt bei uns von Polizisten», sagte Harmer.

«Ich weiß», antwortete Wexford trocken. Er fand, daß Harmer sich nicht besonders glücklich ausdrückte, wenn er über die Suchaktion sprach, die Wexford in der engeren Umgebung des Hauses durchführen ließ. Er hörte Harmer am anderen Ende der Leitung laut atmen. Seine Stimme hatte rauh und unsicher geklungen.

«Leider kann ich Ihnen nicht sagen, es gebe keinen Anlaß zu ernster Sorge, Mr. Harmer. Es tut mir sehr leid. Ich denke, Sie sollten auf eine sehr schlimme Nachricht gefaßt sein. Aber sagen Sie Ihrer Frau vorläufig lieber nichts.»

«Sie nehmen doch nicht an, daß ich sie wecken und ihr sagen werde, ihr einziges Kind sei tot, oder?»

Wexford verabschiedete sich höflich und legte auf. Harmers Grobheit bereitete ihm sogar eine gewisse Genugtuung. Sie war unter diesen Umständen mehr als entschuldbar und bewies zumindest, daß Harmer als Ehemann nicht so gefühllos war, wie er geglaubt hatte. Morgen früh sollte die Suche nach Paulette ausgeweitet werden. Bis dahin wußte er vielleicht schon ungefähr, in welche Richtung und wie weit.

Ein paar Regentropfen schlugen gegen die Fenster und sahen aus wie kleine Bläschen im Glas. In der Gegend von Myringham krachte und grollte der Donner. Martin und Marion Bayliss brachten die beiden Damen Williams, und Wexford ging ins Verhörzimmer hinunter, um sie sich vorzunehmen. Wendy in ihrem Kostüm von Jickie, das Haar frisch gelegt – in der Friseurabteilung von Jikkie –, war in Tränen aufgelöst und tupfte mit einem rosafarbenen Papiertaschentuch an ihren Augen herum. Joy hatte noch nie so heruntergekommen ausgesehen: zerrissene Sandalen an den bloßen Füßen, in einem zerdrückten Baumwollkleid, das von oben bis unten geknöpft war und an dem ein Knopf fehlte, ein Tuch um den Kopf gebunden. Sie sah wie eine Frau aus einem jener Flüchtlingsströme aus, wie sie in der neueren Geschichte so oft quer durch Europa zogen. Ihr Gesicht war grau und wirkte verzerrt.

Burden kam herein und setzte sich neben Wexford. Im Zimmer war es so dunkel geworden, daß sie Licht machen mußten. Aber es regnete noch nicht richtig. Als sich niemand die Mühe gab, Wendy zu trösten, und ihr auch niemand eine Tasse Tee anbot, hörte sie auf zu weinen. Mit bockiger Miene holte sie die Packung Papiertaschentücher aus der Handtasche und legte sie demonstrativ vor sich auf den Tisch.

«War Paulette Harmer das Mädchen, mit dem sich Ihr Mann getroffen hat?»

Wexford richtete die Frage an beide Frauen. Es war eine peinliche Situation. Er hatte das Gefühl, Bigamie wie etwas ganz Legales zu behandeln. Joy begann trocken zu gackern, noch verächtlicher als sonst. Wendy sagte, sie habe noch nie von einer Paulette Harmer gehört und wisse nicht, wer das sei.

«Wer war dann seine Freundin?»

«Er hatte keine», antwortete Joy. «Er hatte kein junges Mädchen.» Sie nickte zu Wendy hinüber. «Außer Sie zählen sie zu den jungen Mädchen. Ich würde sie jedenfalls nicht so nennen.»

Wendy schnüffelte und zog ein Taschentuch aus der Packung.

«Nun, Mrs. Williams», sagte Wexford zu ihr.

«Ich habe Ihnen doch schon gesagt, ich weiß es nicht.»

«Im Gegenteil. Sie haben gesagt, es gebe eins. Von diesem sehr jungen Mädchen, das hier in der Nähe bei seinen Eltern wohnt, haben Sie nie gehört? Es existiert nicht?»

Wendy sah Joy an. Ihre Blicke trafen sich. Zum erstenmal hatte Wexford das Gefühl, daß es zwischen ihnen ein geheimes Einverständnis gab. Dann wandte sich Wendy ruckartig ab und schüttelte heftig den Kopf.

«Rodney Williams hatte es auf junge Mädchen abgesehen», sagte Wexford. «Sie selbst sind ein Beispiel dafür, Mrs. Williams. Wie alt waren Sie, als Sie sich kennenlernten? Fünfzehn? Haben Sie deshalb jetzt diese junge Freundin erfunden? Weil Sie wußten, daß das in seiner Natur lag?»

«Ich habe sie nicht erfunden.»

Er merkte plötzlich, daß mit Joy eine Veränderung vorging. Sie zitterte vor Erregung. Ihre Hände umklammerten die Tischkante. Regen trommelte an die Fenster. Burden stand auf und schloß das Oberlicht. Joy beugte sich vor.

«Hat Sara mit Ihnen gesprochen?» fragte sie.

Es lag ihm auf der Zunge zu sagen, daß er hier die Fragen stelle. Aber er sprach es nicht aus. Er tastete sich vorsichtig weiter. «Möglich.»

«Das kleine Miststück!»

Wieso fühlte er, daß die beiden Frauen etwas Gemeinsames besaßen, und dieses Gemeinsame war nicht der tote Mann. Der Regen war jetzt zu einem laut prasselnden Wolkenbruch geworden. Sie haben voneinander gewußt, dachte er. Die Klein hat nicht gelogen. Sie waren miteinander verschworen und sind es jetzt wieder, sie spielen nicht mehr Theater ... Er wandte sich zu Joy um, und es war, als löse sein langsam näherkommender unnachgiebiger Blick eine Explosion aus.

«Na gut, ich sag's Ihnen, wenn Sie's unbedingt wissen wollen.» Ihre Stimme klang heiser. «Er war nicht hinter jungen Mädchen her – nicht hinter x-beliebigen jungen Mädchen. Sondern hinter seiner eigenen Tochter.»

18

So etwas gab es, es war nicht einmal ungewöhnlich. In letzter Zeit war es ein beliebtes Thema für populärwissenschaftliche soziologische Taschenbücher. Doch Wexford wäre nie auf den Gedanken gekommen, daß Vater-Tochter-Inzest bei diesem Fall ein auslösender Faktor sein könnte. Hinterher sollte er sich fragen, warum er nicht daran gedacht hatte, da er seinen Verstand kannte und wußte, wie er arbeitete. Doch jetzt, in diesem Verhörzimmer, mit den beiden Frauen, die ihm am Tisch gegenübersaßen, erinnerte er sich nur an *Die Cenci* und Beatrice und an seine Tochter, die in der Rolle der Beatrice auf die Bühne stürzte und schrie: «O Welt! O Leben! O Tag des Jammers!»

Da hätte er es begreifen müssen. Wendy hatte das Gesicht in den Händen verborgen. Joy hatte die Lippen zwischen die Zähne gezogen und starrte ihn an. Aus ihrem Mundwinkel kroch ein kleines Speichelbläschen. Sie streckte die Hand nach Wendys Papiertaschentüchern aus, zögernd, vorsichtig. Sie beobachtete Wendy wie ein alter Hund, der sich der Futterschüssel nähert, aber nicht weiß, was der junge Hund tun wird. Wendy nahm die Hände herunter. Sie sagte nichts. Sie gab den Papiertaschentüchern einen kleinen Schubs, daß sie in Joys Richtung rutschten. Burden saß mit dem üblichen Ausdruck eisiger Verachtung im versteinerten Gesicht da.

Wexford formte in Gedanken eine Frage, doch bevor er sie aussprechen konnte, sagte Joy:

«Sie ist zu mir gekommen und hat es mir gesagt. Ihrer eigenen Mutter! Seiner Frau! Sie sagte, er sei mitten in der Nacht in ihrem Zimmer erschienen. Er könne einfach nicht warm werden, hat er angeblich geklagt. Er konnte angeblich nie mehr warm werden, seit wir in getrennten Betten schliefen. Das hat er ihr gesagt. Und auch, daß sie ihn wärmen könnte. Warum hat sie nicht geschrien? Warum ist sie nicht weggelaufen? Er kam zu ihr ins Bett und hat es mit ihr getan. Ich werde das Wort nicht wiederholen, das sie benutzte, sie benutzen es alle – dafür. Es passierte, während ich schlief. Ich habe geschlafen, und er hat das mit seiner eigenen Tochter getan.»

Sie lachte. Es klang noch trockener als sonst und rasselte noch stärker, aber es war ein Lachen. Sie sah Wendy an und richtete das Lachen an sie. Und, dachte Wexford, sie mag mit ihr unter einer Decke gesteckt, sie mag es ihr schon längst anvertraut haben, «von Frau zu Frau», aber sie genießt es, es jetzt zu erzählen – in unserer Gegenwart, eine öffentliche, triumphierende Rache, mit der sie Williams bloßstellen kann.

Wie der Therapeut, mit dem Wexford sich verglichen hatte, wollte er sie reden lassen, ohne sie zu unterbrechen oder durch Fragen abzulenken. Wenn sie nur redete! Die Pause dauerte an. Wendy wandte den Blick ab und dem Fenster zu, vor dem der Regen dicht wie ein Vorhang fiel und einem das merkwürdige Gefühl gab, eingeschlossen zu sein. Sie bohrte sich die Finger so fest ins Gesicht, daß sie rote Druckspuren hinterließen. Ohne Aufforderung fuhr Joy fort:

«Sie hat gewartet, bis er zur Arbeit gegangen war, dann hat sie es mir erzählt. Ich bügelte ihr gerade eine Bluse für die Schule.» So ist zur Kränkung noch die Erniedrigung gekommen, wollte sie damit sagen. Daß der Vater die Tochter verführt hatte, wäre für die Mutter weniger kränkend und beleidigend gewesen, wenn sie eins von Kevins Hemden gebügelt hätte, als sie davon erfuhr. «Sie ist richtig rausgeplatzt damit. Sie dachte gar nicht daran, taktvoll zu sein, es mir rücksichtsvoll beizubringen. Er war ja nur mein Mann. Es war ja nur mein Mann, von dessen Untreue sie mir erzählte.» Wieder dieses Lachen, doch diesmal klang es wie ein Gespenst seiner selbst. «Ich wollte es nicht hören. Ich sagte zu ihr, erzähl mir nichts, ich will es nicht hören. Ich hielt mir die Ohren zu.»

Eine abwehrende Geste, die in der Familie Harmer-Williams üblich zu sein scheint, dachte Wexford. Er nickte Joy zu, weil er das Gefühl hatte, ihr irgendein Zeichen geben zu müssen.

«Ich hielt mir die Ohren zu», wiederholte sie. «Da fing sie an zu schreien. Ob es mir egal sei? Ob ich nicht außer mir sei? Natürlich bin ich aufgeregt, sagte ich. Keine Mutter bekommt gern zu hören, daß ihre Tochter so eine ist, nicht wahr? Ich sagte zu ihr: Erzähl das herum, und du reißt die ganze Familie auseinander. Dein Vater muß ins Gefängnis, und was werden die Leute von mir denken? Was soll Kevin seinen Freunden im College erzählen?»

«Wie haben Sie das gemeint, Mrs. Williams, als Sie sagten, Ihre Tochter sei ‹so eine›?» mischte Burden sich ein.

«Das ist doch wohl offensichtlich. Ich will nicht behaupten, daß er nicht schwach war.» Ein Blick zu Wendy hinüber, und dann die Augen flink wieder abgewandt. «Daß er das war, wissen wir alle. Aber er hätte das nie getan, ohne ...»

Sie unterbrach sich und sah Wexford an. Er erinnerte sich, daß Joy ihn vor seinem ersten Gespräch mit Sara mit den Worten «Gehen Sie ruhig hinauf, sie wird nichts dagegen haben. Eher das Gegenteil» zu ihrer Tochter ins Schlafzimmer geschickt hatte.

«Ohne Ermutigung?» sagte er.

Sie nickte ungeduldig. «Sie legte den Arm um ihn, um seine Aufmerksamkeit auf sich zu ziehen. Schließlich war sie nicht mehr zehn. Das habe ich ihr auch gesagt. ‹Du bist nicht mehr zehn› hab ich ihr gesagt. ‹Setzt dich auf seine Knie – was hast du denn erwartet? Aber jetzt halte gefälligst den Mund, das ist das Wenigste, was du tun kannst›, hab ich gesagt. ‹Denk zur Abwechslung auch mal an meine Gefühle.›»

«Und wann war das?»

«Vor Weihnachten. Das weiß ich genau, weil ich ihr noch sagte, sie habe sich eine feine Zeit ausgesucht. Schließlich wollten wir Weihnachten alle zusammensein.»

Wendy, die bisher ein ziemlich gleichgültiges Gesicht gemacht hatte, zuckte leicht zusammen. War ihr endlich klargeworden, wo und mit wem Rodney Williams immer Weihnachten gefeiert hatte? Nicht lange danach, erinnerte sich Wexford, wahrscheinlich in der ersten Januarwoche, hatte Edwina Klein die beiden Frauen im Kaffeehaus gesehen.

«Haben Sie es jemandem erzählt?» fragte Burden.

«Natürlich nicht. Wie hätte ich so etwas herausposaunen können?»

Er wandte sich an Wendy. «Wann haben Sie es von ihr erfahren? Oder sollte ich besser sagen: Wann hat sie Sie gewarnt?»

Wendy war über das, was Joy berichtet hatte, weder schockiert noch überrascht gewesen. Aber sie schüttelte den Kopf. «Sie hat mir nie was gesagt.»

«Aber Wendy!» Wexford hatte das Namensproblem endlich gelöst. «Joy ist irgendwie dahintergekommen, daß Sie existieren, und ist zu Ihnen gegangen, um Ihnen zu sagen, was Rodney für ein Mensch war. Und um Ihnen zu sagen, Sie sollten auf Ihre Tochter aufpassen.»

«Wie käme ich dazu?» rief Joy schrill und gackerte. «Was geht sie mich an?»

«Wendy», fuhr Wexford freundlicher fort, «wollen Sie uns wirklich weismachen, Sie hätten das von Rodney und seiner Tochter Sara nicht gewußt? Wollen Sie uns einreden, was Sie eben gehört haben, sei Ihnen ganz neu? Wenn ich Ihnen erklärt hätte, daß es regne, hätten sie nicht weniger überrascht aussehen können. Joy kam zu Ihnen ins Kaufhaus und sagte Ihnen, wer sie war, hab ich nicht recht? Und zwar eine Woche vor Weihnachten, meiner Schätzung nach. Woher sie wußte, wer Sie sind? Sie hatte Veronica auf der

Straße gesehen, und die Ähnlichkeit mit Sara war ihr aufgefallen. Man kann sie ja wirklich nicht übersehen ...»

Jetzt waren sie überrascht, beide, daran bestand kein Zweifel. Dann war seine Theorie also falsch. Nun, das machte nichts. Es hatte andere Möglichkeiten gegeben: Joy konnte Rodney gefolgt sein, ihn mit Wendy gesehen haben, eine Unzahl von Möglichkeiten.

«Sie lernten sich bei Jickie kennen und trafen sich nach Weihnachten wieder. Bestimmt hat es viele solcher Treffen gegeben.»

Die Augen voller Tränen, sprang Wendy auf und packte eine Handvoll Papiertaschentücher.

«Ich möchte allein mit Ihnen sprechen. Nur Sie und ich ganz allein!»

«Aber selbstverständlich», sagte Wexford.

Er stand auf. Burden wartete nicht, bis er den Raum verlassen hatte, sondern begann sofort mit der Befragung von Joy. Wann war ihr zum erstenmal der Verdacht gekommen, daß Rodney ein zweites Zuhause hatte? Hatte sie ihn je danach gefragt? Über diese Vermutung lachte Joy gerade, als Wexford die Tür hinter sich zumachte. Er ging mit Wendy in sein Büro hinauf. Der Regen hatte nachgelassen, rann, rieselte, tropfte nur noch die frischgewaschenen glänzenden Scheiben hinunter. Die Dämmerung war noch nicht hereingebrochen, und der Himmel war fast durchsichtig grau, denn hinter den Wolken schien die Sonne. Wendy taumelte leicht, als sie den Raum betrat. Wexford hielt es jedoch für unklug, sie anzufassen, auch wenn er sie nur festhalten wollte. Sie griff nach dem Türrahmen und warf Wexford einen jammervollen Blick zu.

In den Sessel, den er ihr zurechtrückte, setzte sie sich so vorsichtig, als glaube sie, plötzlich zerbrechlich geworden zu sein. Sie hatte sich in eine Rekonvaleszentin verwandelt, die zögernd ihre Fühler in die Welt streckt.

«Was wollen Sie mir sagen, Wendy?» Er hatte es jetzt endgültig aufgegeben, eine der beiden Mrs. Williams zu nennen.

Sie flüsterte die Antwort, spielte weiterhin die Kranke, eine gebrochene Frau, die Schultern hochgezogen, mit blassem Gesicht.

«Dasselbe wie sie.»

«Tut mir leid, Wendy, da müssen Sie sich schon ein bißchen deutlicher ausdrücken.»

«Es war bei uns genauso. So wie sie es gesagt hat. Oder – es hätte so sein können. Ich meine, er hätte es getan, aber er ist vorher verschwunden und ließ sich ermorden.»

Wexford ging ein Licht auf. «Sie meinen Rodney machte auch bei Veronica Annäherungsversuche? Ich habe doch richtig verstanden, daß es nur Versuche waren?»

Sie nickte. Die Tränen strömten ihr jetzt aus den Augen. Die Papiertaschentücher, die sie sich vorhielt, saugten sich voll.

«War das, bevor Joy Sie warnte, oder hinterher?»

Ein Schulterzucken, dann begann sie am ganzen Körper zu zittern. Das Make-up wurde von den Tränen abgewaschen, und Wendy zeigte Wexford ein junges, nacktes und verzweifeltes Gesicht.

«Hat er Veronica ein bißchen mehr Aufmerksamkeit gezeigt, als unsere Gesellschaft dem Vater einer halbwüchsigen Tochter zubilligt? Hat sie es Ihnen erzählt, oder ist es Ihnen selbst aufgefallen? Hat er sie geküßt und ihr gesagt, es sei schön, mit ihr allein zu sein, viel schöner, wenn Sie nicht im Weg wären?»

Sie sprang auf. «Ja!» schrie sie. «Ja, ja, ja!»

«Daher haben Sie Ihrer Tochter am fünfzehnten April auch geraten, abends nicht zu Hause zu bleiben, obwohl Sie nicht recht daran glaubten, daß Rodney zurückkommen würde? Sie sagten ihr, sie dürfe es nicht riskieren, mit ihm allein zu sein. Und sie sollte erst wiederkommen, wenn Sie zu Hause wären?»

Schuld lastete jetzt schwer auf ihrem Gesicht, verdrängte die Empörung. Er hatte das Gefühl, daß sie gleich gestehen würde.

«Oder haben Sie Veronica weggeschickt, damit Sie mit Rodney allein sein konnten? Sie und Joy?»

Die Luft war glasklar, der Regen hatte aufgehört, der Himmel schimmerte in zweierlei Blau, einem reinen dunklen Azur und dem rauchigen Blau der sich türmenden Wolken. Neun Uhr, und es wurde allmählich dunkel. Das Regenwasser bildete durchsichtige Pfützen, in denen sich der Himmel spiegelte. Die Luft war ungewöhnlich kühl, beinahe ein bißchen schneidend. Vor morgen früh würde es wieder regnen. Wexford erkannte es an der kristallenen Klarheit der Luft und an ihrem Geruch. Er verließ die Polizeistation zu Fuß und ging immer weiter, um den beengten vier Wänden zu entkommen, der Dumpfheit, den Millionen ausgesprochener Worte, der Last der Lügen . . .

Wenn jemand früher ein Alibi gebraucht hatte, hatte er gesagt, er sei spazieren gewesen – heute zitierte man das Fernsehen. Sie wüßten nicht, wo sie gewesen seien, eben ganz einfach spazieren. Er hatte ihnen nicht geglaubt. Jeder wußte, wo er spazierenging. Aber heute, dachte er, wüßte ich wahrscheinlich auch nicht, wo ich überall war. Er ging, wenn auch nicht langsam, so doch ziellos dahin, marschierte durch die frische, kalte Luft, um in Ruhe über das nachdenken zu können, was vorgegangen war.

Nichts, was er erfahren hatte, hatte auch nur die geringste Beweiskraft. Er hatte sich erfolglos abgezappelt. Er hatte die beiden Frauen ausgequetscht, hatte ihnen die Daumenschrauben angesetzt, sie durch die Mangel gedreht, es war nichts dabei herausgekommen. Joy hatte gelacht, und Wendy hatte geweint. Er hatte sich immer wieder selbst vorgesagt: Edwina Klein hat die beiden zusammen gesehen. Warum sollte sie lügen? Warum sollte sie so etwas erfinden? Endlich hatte er die beiden nach Hause geschickt. Wendy war einem Zusammenbruch nahe gewesen – oder hatte es gekonnt vorgetäuscht.

Es sei alles klar, behauptete Burden, der ganze Fall sei klar. Endlich hatte sich ein Motiv herauskristallisiert. Joy hatte aus Bitterkeit und Eifersucht und Wendy aus Angst getötet, weil sie fürchtete, Rodney könnte sich ihrer Tochter genauso bedienen, wie er sich Saras bedient hatte. Das Verb war unter diesen Umständen vielleicht ein bißchen unglücklich gewählt, aber nicht ganz unpassend ... Ein Komplott, das man kurz nach Weihnachten zu schmieden anfing, über dem man bis zum Frühling brütete, und das im April endlich reif war.

Mord in einem Zimmer, das am nächsten Morgen frisch gestrichen wurde. Als das Blut gestillt werden mußte, griff man blindlings nach Kitmans Laken und merkte erst zu spät, was man da benutzt hatte.

So mußte es geschehen sein, eine andere Möglichkeit gab es nicht. Vielleicht hatten sie nicht die Absicht gehabt, ihn zu töten, hatten ihm nur gemeinsam gegenübertreten, ihn bedrohen und ihm Angst einjagen wollen. Aber das französische Küchenmesser war zufällig bei der Hand gewesen, hatte vielleicht auf dem Tisch gelegen. Das erklärte natürlich nicht die Dosis Phanodorm, die Williams geschluckt hatte. Das Messer, das Milvey gefunden hatte? Die Maße der Klinge hatten den Abmessungen der Verletzungen entsprochen. Aber das würden Tausende ...

Wexford ging unter tropfenden Limonenbäumen die Down Road entlang. Vielleicht war ihm im Unterbewußtsein längst klar gewesen, daß er hierher wollte. Die großen alten Häuser, Häuser, die mit Fug und Recht Gebäude genannt werden konnten, schienen sich heute abend unter tropfnasses, lebloses dunkles Laubwerk zu ducken. Aus Gräsern, Blättern und im Regen gebadeten Blumenbeeten stieg ein schwerer, grüner Geruch. Irgendwo in der Nähe heulte ein verwöhnter kleiner Hund, den man am Abend alleingelassen hatte, seinen ganzen Jammer in die Dunkelheit. Wexford öffnete die Gartentür des Freebornschen Hauses. Es brannte Licht. Eins im oberen Stockwerk, eins im Erdgeschoß. Die Müllabfuhr war am Morgen dagewesen, lange bevor es angefangen hatte zu regnen, und die Männer hatten den Müll, der reichlich aus den Tonnen herausgefallen war, einfach liegenlassen. Das war so üblich bei Häusern, in denen sie kein üppiges Trinkgeld bekamen. Ein durchweichtes Blatt Papier, das der Regen auf den Kies geklebt hatte, trug das ARRIA-Emblem und war eng bedruckt, doch es war zu dunkel, um die Schrift lesen zu können.

Die Zwillinge kamen beide an die Tür. Er lobte sie wegen ihrer Vorsicht. Sie waren wieder allein im Haus, sich selbst überlassen, die überdrehten Eltern bei irgendeinem Treffen für Hippie-Veteranen. Heute abend hatten beide Mädchen hellblaues Haar und pinkfarbenen Lidschatten, sonst waren ihre fast identischen Gesichter ungeschminkt. Und ebenso identisch wie ihre Gesichter war die Bestürzung, die sich bei Wexfords Anblick darauf malte.

«Wollen Sie reinkommen?» fragte Eve.

«Ja, bitte.» Im Haus roch es nicht mehr nach Marihuana. Das wenigstens hatte er erreicht – ein zweifelhafter Erfolg. Die Mädchen schienen nicht zu wissen, wohin sie mit ihm gehen sollten. Sie blieben in der Halle stehen.

«Gestern abend war ein ARRIA-Treffen», sagte Wexford. «Wo hat es stattgefunden? Hier?»

«Sie werden meistens hier abgehalten», antwortete Amy.

«Also auch gestern abend?»

«Ja.»

Er öffnete eine Tür und schaltete das Licht ein. Vor ihm lag ein riesiger Wohnraum mit bunten Sitzkissen auf einem Parkettboden, der seit mindestens zwanzig Jahren keine Politur mehr gesehen hatte, einem Diwan, über den etwas geworfen worden war, das aus

Peru zu stammen schien; der einzige Sessel war ein Korbmöbel, das von der Decke hing wie eine Schaukel. Eine Glastür ohne Vorhänge mit Blick auf einen scheinbar undurchdringlichen Wald.

Wexford setzte sich in den hängenden Sessel und unterdrückte seinen Schreck, als das Ding sofort hin und her zu schwingen begann.

«Wer war alles hier?»

Amy und Eve wechselten einen Blick, sahen dann Wexford an.

«Die üblichen», antwortete Amy und fügte beiläufig hinzu: «Es sind immer dieselben, die aufkreuzen.»

Sie nickte bei jedem Namen, den er aufzählte: «Caroline Peters? Nicola Anerley? Jane Gardner? Paulette Harmer?» Eve nickte. Sie nickte genauso wie bei allen anderen Namen. «Edwina Klein?»

In seiner Stimme mußte eine Spur von Zweifel gewesen sein.

«Ja, Edwina war hier. Wieso denn nicht?»

«Tja, warum eigentlich nicht? Und warum Sara Williams nicht?»

«Sara ist nicht gekommen», sagte Amy. «Sie mußte bei ihrer Mutter bleiben.»

Also war John Harmers Vermutung, das Verschwinden seiner Tochter müsse etwas mit diesem Emanzen-Unsinn zu tun haben, gar nicht so abwegig.

«Wann war die Versammlung zu Ende?»

«Gegen zehn», antwortete Amy. «Ja, so ungefähr gegen zehn.»

Wenn ihre Schwester auch unversöhnlich blieb, Amy hatte Wexford verziehen, hatte ihr abweisendes Benehmen völlig abgelegt. «Jemand hat mir heute erzählt, Paulette sei die ganze Nacht nicht nach Hause gekommen, und ...» Sie ließ den Satz in der Luft hängen.

«Das hast du mir gar nicht gesagt», warf Eve scharf ein.

«Hab's vergessen.» Amy sah wieder Wexford an. «Sie kam ein bißchen zu spät, sagte aber nicht, warum. Edwina brachte ihre Tante mit. Sie wollte nicht beitreten, nur mal sehen, was vorgeht. Obwohl sie gut zu uns passen würde, sie war schließlich nie verheiratet. Es hat uns gutgetan, einen alten Menschen zu sehen, der Prinzipien hatte und sich daran hielt.»

«Ich habe einen guten Kampf gekämpft», zitierte Wexford sehr frei. «Ich bin ein sauberes Rennen gefahren. Ich habe die Treue bewahrt.»

«Das stimmt. Genau das ist es. Woher wissen Sie das?»

Er antwortete nicht. Den authentischen Wortlaut kannten sie nicht, er war für sie genauso verloren wie für die Generation vor ihnen, ein verstaubter theologischer Wälzer, in jeder Beziehung ein geschlossenes Buch, eine abgetane Sache.

«War Paulette allein, als sie von hier wegging?»

«Die Versammlung war oben.» Eve kühl und unnachgiebig, aber sie hatte gesprochen. «Wir haben die anderen nicht hinausbegleitet. Sie finden schließlich allein raus. Paulette ging mit Edwina und ihrer Tante.»

«Sie mögen das Haus miteinander verlassen haben, aber weggefahren sind sie nicht zusammen», sagte Amy. «Ich hab aus dem Fenster geschaut und hab gesehen, wie Edwina und ihre Tante in das Auto der Tante einstiegen. Paulette war nicht dabei.»

«Was ist dort draußen?» fragte Wexford plötzlich und zeigte auf die hohen Fenster, hinter denen man nur eine dichte Laubmasse sah.

«Das Treibhaus.»

Amy öffnete die Tür, ließ beide Flügel weit aufschwingen und griff nach einem Schalter. Unkonventionell waren die Freeborns zwar, aber nicht feige. Das alte Treibhaus hatte ein gewölbtes Dach und die oberen farbigen Glasfenster in Rot und Grün ein Tulpenmuster im Stil der *Art Nouveau*. Es war voll dunkelgrüner, blättriger Pflanzen, von denen mehrere subtropisch aussahen, viel Wasser brauchten und es auch bekamen. Das im Winter zu heizen, muß ein Vermögen kosten, dachte Wexford, kam näher, betrat das Treibhaus und entdeckte ein oder zwei Orchideen, die samtenen, malvenfarbenen Trompeten einer *Brunfelsia*.

Ohne daß er darum bitten mußte, überflutete Eve den Garten mit Licht. Ein Druck auf einen anderen Schalter ließ eine Bogenlampe auf dem Treibhausdach aufleuchten und eine zweite in den Zweigen einer riesigen Stechpalme. Das Flutlicht war an den sogenannten Garten verschwendet. Er war eine Wildnis, das Gras nicht gemäht, überall wilde Rosensträucher, dornige Brombeerranken, hin und wieder ein hundertjähriger Baum. Und er war riesig, einer jener Gärten, von denen ihre Besitzer mit Recht sagen konnten, sie schützten vor neugierigen Blicken. Sträucher, die um diese Zeit undurchdringlich schwarz aussahen, bildeten die unregelmäßige Begrenzung.

«Im Garten sind wir eigentlich fast nie», sagte Amy. «Höchstens als Abkürzung zur High Street. Und wenn's geregnet hat und der Boden aufgeweicht ist ...» Wieder ein Satz, der unbeendet blieb. «Dad ist ganz scharf auf das Treibhaus», fuhr sie vage fort. «Er zieht die Pflanzen selbst.»

Ja, dachte Wexford, den *Cannabis Sativa*, aber kaum hier drin. Dazu brauchte man infrarotes Licht, und zwar eine ganze Menge. Er öffnete die Tür zum Garten, eine Glastür aus schmalen grünen und weißen Scheiben. In der kalten Luft hing die Feuchtigkeit bevorstehenden Regens. Wexford entdeckte einen Pfad im Gras, Stücke eines geborstenen Pflasters führten durch etwas, das früher Rasen, jetzt aber nur noch nasses Heu war. Die Mädchen begleiteten ihn nicht. Eve schlang die Arme um den Körper, um sich gegen die Kälte zu schützen. Amy hauchte auf die Scheibe und begann mit dem Finger einen Raben mit dem Gesicht einer Frau zu zeichnen. Wexford ging den Pfad entlang. Das Licht der hohen Gartenlampe reichte nur etwa zehn Meter weit. Wexford holte seine Taschenlampe heraus und knipste sie an.

Das ist der Weg zur hinteren Pforte, dachte er. Ihn mußte Amy gemeint haben, als sie von einer Abkürzung zur High Street sprach. Zuerst schlängelte er sich durch ein Dickicht aus dunklen Sträuchern, Lorbeer und Rhododendren, die vor Nässe glänzten und tropften. Er hatte das Gefühl, durch einen Friedhof zu gehen. Friedhöfe sahen so aus, oft vernachlässigt, mit Schmucksträuchern bewachsen, mit düsteren Bäumen, blumenlos wie dieser Garten, aber anders als dieser Garten voller Grabsteine.

Plötzlich stand er am Zaun und bei der Pforte. Fast wäre er dagegengeprallt. Sie war eine Lücke in der unbeschnittenen Hecke, die parallel mit dem Holzzaun verlief. Von hier aus sah man undeutlich die Rückseiten anderer großer Häuser, zwei davon mit gelben Rechtecken auf schwarzem Grund – erleuchteten Fenstern. Das Licht reichte nicht bis hierher, und der Mond war noch nicht aufgegangen. Der Pfad schlängelte sich durch den ganzen Garten, beschrieb eine elliptische Kurve und führte rechter Hand wieder zurück. Hier wuchs Bambus, der größte Teil halb abgestorben, eine Masse kahler Stämme. Dann verfing sich etwas Stacheliges in Wexfords Regenmantel. Er zog und hörte etwas reißen. Die Lampe anknipsen und nachsehen, was passiert ist ...

Lenk den Lichtstrahl in die Mitte dieses Rondells aus Heckenrosen, Ranken mit bösartigen Dornen – auf einen ausgestreckten Arm, ein mit Erde zugeschüttetes Gesicht, ein Emblem und eine

Abkürzung, Rot auf weißem Baumwollstoff – ARRIA und die Rabenfrau.

Der Garten hatte noch viel mehr mit einem Friedhof gemeinsam als Wexford vermutet hatte.

19

Der zuständige Beamte, Dr. Crocker. Sir Hilary Tremlett, den man aus dem Bett geholt hatte und der einen Kamelhaarmantel über der Schlafanzugjacke und einer grauen Leinenhose trug. Burden, so adrett und kühl wie am Vormittag. Und der Regen, der so heftig war wie bei einem Sommergewitter. Sie waren gezwungen, über der Leiche eine Art Zelt zu errichten.

Sie war erwürgt worden. Mit einer Schnur oder einem Strick, möglicherweise. Das sah Wexford selbst, ohne daß er Dr. Crocker oder Sir Hilary fragen mußte. Die Blitze des Fotografen blendeten ihn, und er mußte blinzeln. Er sah die Tote nicht mehr an. Ihr Anblick machte ihn krank, aber es war keine körperliche Übelkeit, darüber war er hinaus. Kein Pharmaziestudium mehr, keine Heirat mit Richard Cobb, nie würde ihre fremdartige Schönheit sich zu voller Reife entfalten.

Er sorgte sich um die Mädchen, um Eve und Amy, die allein im Haus waren, während ein gleichaltriges junges Mädchen tot im Garten lag. Marion Bayliss hatte versucht, sich mit den Eltern der Zwillinge in Verbindung zu setzen, konnte sie aber unter keiner Telefonnummer erreichen, die ihr die Mädchen gegeben hatten. Von den Nachbarn wurden die Freeborns gemieden. Die Leute, die direkt neben ihnen wohnten, sprachen nicht einmal mit ihnen. Eve fiel Caroline Peters ein, und sie war es auch, die schließlich ins Haus kam und über Nacht blieb. Wexford kroch gegen drei Uhr morgens ins Bett. Dora hatte ihm einen Zettel hingelegt, den er zwar las, aber nicht mehr in sich aufnahm: *Ein Mr. Ovington ruft dauernd hier an und möchte Dich sprechen.* Dora schlief tief und sah im Schlaf sehr jung aus. Er streckte sich neben ihr aus. Das letzte, woran er sich erinnerte, war, daß er ihr die Hand auf ihre noch immer schlanke Taille gelegt hatte.

«Sie ist ungefähr seit vierundzwanzig Stunden tot», sagte Crocker. «Und das entspricht genau Ihrer Vermutung, nicht wahr?»

Wenn man nicht genug Schlaf bekommt, dachte Wexford, fühlt man sich eigentlich eher schwach als müde. Aber vielleicht war das dasselbe? «Womit wurde sie erdrosselt?» fragte er. «Mit Draht? Einer Schnur? Einem Elektrokabel?»

«Weil man sie überall kaufen kann und weil sie praktisch unzerreißbar ist, tippe ich auf eine Nylonschnur, wie man sie zum Aufhängen von Bildern verwendet. Und wo waren Ihre Verdächtigen» – Crocker warf einen Blick auf seine Uhr – «vor sechsunddreißig Stunden?»

«Mit ihren Töchtern zu Hause – sagen sie.»

Wexford vertiefte sich in die Aussage, die Burden von Leslie Kitman, dem Maler, aufgenommen hatte. Sie enthielt eine sehr genaue Beschreibung des verschwundenen Lakens. Was jetzt natürlich nichts mehr einbrachte. Es war vier Monate her, seit dieses Laken, in einem Plastiksack versteckt, von der Müllabfuhr mitgenommen worden war. Und das Messer mit allergrößter Wahrscheinlichkeit ebenfalls. Irgendwie konnte er an Milveys Messer nicht recht glauben. Daß bei Milvey zweimal der Zufall im Spiel gewesen sein sollte, war Wexford einfach des Guten zuviel ...

Die Wände waren fleckig und voller Löcher gewesen, hatte Kitman ausgesagt. Er konnte sich nicht erinnern, ob die Flecke am Morgen des 16. April anders ausgesehen hatten als die am Nachmittag des 15. April. Er hatte Risse und Sprünge mit Spachtelmasse verschmiert, die weiße Stellen hinterließ, sobald sie trocken war. Am 16. und am Vormittag des 17. April hatte er die Rauhfasertapete geklebt und am nächsten Montag angefangen darüberzustreichen.

Sollte sich Wexford die beiden Frauen noch einmal vornehmen? Eine von ihnen hatte vorgestern abend das Mädchen getötet. Um es daran zu hindern, sie durch das Phanodorm zu überführen? Nur eine von beiden oder beide? Joy konnte ohne Schwierigkeiten von Sara erfahren haben, wo sie Paulette finden konnte und daß sie die Abkürzung zur Hauptstraße nehmen würde, um den Bus nach Pomfret zu erreichen.

Burden kam zu spät. Aber auch er war seit gestern morgen auf den Beinen gewesen und sogar noch später ins Bett gekommen als Wexford. Nach Mitternacht wach sein, dachte Wexford, heißt beizeiten wach sein. Er hatte den Spruch immer gemocht, nur wußte man heutzutage nicht mehr, was «beizeiten» bedeutete, und dadurch ging der Witz verloren. Als er ans Zubettgehen dachte, fiel ihm Doras Zettel ein, und er wollte eben nach dem Telefon greifen und Ovington anrufen, als Burden hereinkam.

Er sah nicht müde aus, nur zehn Jahre älter und vierzehn Pfund leichter – besser gesagt dünner. Er trug den steingrauen Anzug mit einem Ton-in-Ton-Hemd und dazu eine rostbraune Krawatte mit schmalen schokoladebraunen Streifen. Sieht aus, als gehe er zu einer Hochzeit, dachte Wexford. Fehlt nur noch die Nelke im Knopfloch.

«Bei Jenny haben die Wehen eingesetzt», sagte er. «Ich habe sie heute morgen um acht in die Klinik gebracht. Es wird sich vorläufig noch nicht viel tun, aber sie wollten sie sofort dort haben.»

«Dann beginnt ab sofort Ihr Urlaub.»

«Vielen Dank. Ich habe gehofft, daß Sie das sagen würden. Die Babies suchen sich auch wirklich die unmöglichsten Zeiten aus. Hätte sie nicht noch eine Woche warten können? Sie soll übrigens Mary heißen.»

«Nach Ihrer Großmutter, nehme ich an?»

Aber Burden hatte vergessen, daß er Wexford erzählt hatte, seine beiden Großmütter hätten Mary Brown geheißen. «Wissen Sie, daß ich daran nie gedacht habe? Dann vielleicht Mary Brown Burden?»

«Vergessen Sie's», antwortete Wexford. «Das klingt nach einer amerikanischen Erweckungspredigerin. Ich höre von Ihnen, nicht wahr, Mike?»

Wenn Wexford Glück hatte, ließ ihm der Pathologe im Lauf des Tages den Obduktionsbefund von Paulette Harmer zukommen, und vielleich hörte er auch etwas aus dem Labor des gerichtsmedizinischen Instituts über die Mordwaffe. Er schickte Martin zu einem Friedensrichter, um ihn zu beschwören, einen Durchsuchungsbefehl für Williams' Wohnung in der Liskeard Avenue herauszurükken. In dieser Hinsicht dürfte es eigentlich keine Schwierigkeiten geben, dachte er. In der Zwischenzeit ließ er sich in das andere Williams-Haus fahren. Ihm war nicht danach, zu Fuß zu gehen, egal, was Crocker ihm empfahl.

Sara mähte das Gras im Vorgarten mit einem kleinen elektrischen Rasenmäher, der eigentlich nur zum Trimmen der Kanten gedacht war. Als Wexford aus dem Wagen stieg, winselte der Motor auf und stand still. Sara, feuerrot vor Zorn, stellte das kleine Maschinchen auf den Kopf und zerrte wütend an einem Kabel. Dabei wiederholte sie zischend immer wieder das eine Wort, das ihre Mutter so verabscheute, mit dem sie jedoch ihren Vater bezeichnete, nachdem er sich an ihr vergangen hatte.

«Ficker, Ficker, verdammter Ficker!»

«Wenn Sie das tun, solange der Strom noch eingeschaltet ist», sagte Wexford, «wird Ihnen das Ding eines Tages die Hand abschneiden.»

Sie beruhigte sich so schnell, als habe er ihr ein Kompliment gemacht.

«Ich weiß. Ich hab mir geschworen, den Strom immer abzuschalten, bevor ich dran herummurkse. Aber diese verdammten Dinger funktionieren nie lange.» Sie zog den Stecker aus der Dose, als tue sie es ihm zuliebe, und lächelte. Heute trug sie ein ARRIA T-Shirt, das gleiche, das die tote Paulette angehabt hatte. «Das ist in diesem Sommer schon die vierte von diesen Spulen, die ihren Geist aufgibt. Wollen Sie zu meiner Mutter?»

Bisher konnte sie noch nichts von Paulette wissen. Er erinnerte sich, wie überheblich und gönnerhaft sie mit ihrer Kusine am Telefon gesprochen hatte, und konnte sich nicht vorstellen, daß es sie sehr treffen würde. Es würde ihr auch ziemlich egal sein, wenn ihre Mutter wegen des Mordes verhaftet werden würde. Vielleicht war es aber für Inzest-Opfer ganz natürlich, gegen alles ziemlich gleichgültig zu sein. Mitleid wallte in ihm auf.

«Ich möchte zuerst mit Ihnen sprechen.»

In der Garage, in der jetzt kein Wagen mehr stand, waren Werkzeuge und stark abgenutzte Gartenmöbel untergebracht. Sara bot Wexford einen Liegestuhl an. Sie selbst setzte sich auf eine umgedrehte Öltonne und fuhr fort, an der widerspenstigen Spule herumzubasteln, die aussah, als werde sie genauso enden wie ihre Vorgängerinnen, von denen drei auf einem Regalbrett neben einem Dutzend nur zur Hälfte aufgebrauchter Büchsen mit «Sevenstar»-Farben lagen.

Wexford nahm an, daß sie die Spule zum Vorwand nahm, ihn nicht ansehen zu müssen, während er mit ihr über ihren Vater sprach.

Als er den Inzest zum erstenmal erwähnte, sehr taktvoll auf das zu sprechen kam, was ihre Mutter ihm erzählt hatte, wurde sie nicht rot, sondern immer blasser. Ihre ohnehin sehr helle Haut wurde milchweiß. Und dann merkte er, daß sich der feine goldne Flaum an ihren Unterarmen aufrichtete.

Er fragte sie ganz vorsichtig, wann es zum erstenmal passiert war. Sie hielt den Kopf gesenkt und versuchte mit der rechten Hand die Spule zu drehen, während sie mit dem linken Daumen und Zeigefinger an der glatten roten Schnur zerrte.

«Im November», sagte sie und bestätigte ihn damit in seiner Meinung. «Am fünften November.» Sie blickte auf und senkte rasch wieder den Kopf. «Es ist nur zweimal vorgekommen, dafür habe ich gesorgt.»

«Haben Sie ihm gedroht?»

Sie zögerte. «Nur mit der Polizei.»

«Warum haben Sie's nicht Ihrem Bruder erzählt? Oder haben Sie's getan? Ich habe das Gefühl, daß Sie und Ihr Bruder sich sehr nahestehen.»

«Ja, wir stehen uns sehr nahe. Trotz allem.» Sie erklärte dieses «trotz allem» nicht näher, doch Wexford glaubte es ohnehin zu wissen. «Ich konnte es ihm nicht sagen.» Das klang, als spreche ein ganz anderes Mädchen. «Ich habe mich geschämt.»

Und ihre Mutter haßt sie. Hat sie es ihr deshalb mit Wonne unter die Nase gerieben? Sie zerrte noch einmal, und die Schnur kam endlich durch, viel zuviel, meterweise lose aufgerollte scharlachrote Litze.

Kevin war am Vormittag unerwartet zurückgekommen. Er mußte sehr unbequem und primitiv gereist sein, denn er lag erschöpft, abgekämpft, schmutzig und ungepflegt auf dem gelben Sofa, die in Stiefeln steckenden Füße auf einer Seitenlehne. Joy hatte ein paar Erfrischungen für Kevin in den Händen, als sie auf Wexfords Klopfen öffnete, ein Tablett mit Sandwichs, Kaffee und etwas in einem Becher, Eiskrem oder Joghurt. Wexford machte die Wohnzimmertür zu und schob Joy in die Küche. Sie war genauso angezogen wie am Tag vorher, sogar das Kopftuch hatte sie sich wieder umgebunden. Um schnell in den Supermarkt zu laufen und etwas für Kevins leibliches Wohl zu besorgen? Sie sah jedenfalls so aus, als habe sie in den Kleidern geschlafen. Er sagte ihr ohne Schonung, daß Paulette gefunden worden war, doch sie wußte es schon. John Harmer hatte sie angerufen, als Sara im Garten war. Das war jedenfalls die Erklärung, die sie Wexford gab. Er sagte ihr, er erwarte sie und Wendy später in der Polizeistation. Er werde einen Wagen schicken.

«Und wer soll für das Abendessen meines Sohnes sorgen?»

«Geben Sie ihm einen Büchsenöffner», sagte Wexford. «Ich bringe ihm gern bei, wie man ihn benutzt.»

Die Ironie entging ihr. Sie sagte, nun ja, ausnahmsweise könne Kevin ja etwas aus der Dose essen. Zumindest schlug sie nicht vor, daß seine Schwester für ihn kochen solle, was – wenn man die Dinge von dieser Seite betrachtete – ein Fortschritt war.

Wexfords nächste Station war die Liskeard Road in Pomfret. Martin hatte den Durchsuchungsbefehl bekommen und war mit Archbold und zwei uniformierten Polizisten, PC Palmer und PC Allison, Kingsmarkhams einzigem schwarzen Polizisten, schon dort. Die völlig verheulte Wendy versuchte sie zu überzeugen, daß es nicht nötig sei, im Wohnzimmer die Rauhfasertapete von den Wänden zu reißen.

An dem Glastisch saß Veronica. Sie hatte offensichtlich am Saum eines weißen Kleides gearbeitet, hatte die Nadel jedoch aus der Hand und das Kleid auf den Tisch gelegt, als die Polizisten kamen. Wexford dachte an das Mädchen in dem Kindervers, das auf einem Kissen saß und an einer feinen Naht stichelte, während es Erdbeeren mit Zucker und Sahne aß. Es mußte ihr Kleid mit dem Muster aus Walderdbeeren und grünen Blättern auf cremefarbenem Grund sein, das ihn an das Kinderlied erinnert hatte. Sie trug wieder eine Strumpfhose, dunkelblau diesmal, und weiße Pumps. Was diese Mädchen einander so ähnlich machte, war unter anderem, daß ihre Gesichter nie verrieten, was sie empfanden. Es waren die leicht melancholischen, ein wenig selbstgefälligen, fast immer teilnahmslosen Gesichter florentinischer Madonnen.

Wexfords Tochter Sylvia hatte eine Katze, die lautlos miaute, nur die Schnauze aufriß, aber keinen Ton hören ließ. Als Veronica «hallo» sagte, mußte er an diese Katze denken, es war ein Gruß für jemanden, der von den Lippen ablesen konnte, nicht einmal ein Flüstern wurde hörbar. Wendy wiederholte ihre beschwörenden Bitten, als er hereinkam, diesmal ausschließlich für ihn bestimmt.

«Tut mir leid, Wendy. Ich verstehe Sie natürlich, aber wir lassen das Zimmer für Sie herrichten.» Oder für jemand anders, dachte er, sagte es aber wohlweislich nicht laut. «Und wir machen ganz bestimmt so wenig Unordnung wie möglich.»

Und sie hatten auch wirklich die Absicht, Sevensmith Hardings *Sevenstarker* zu verwenden, vier große Dosen mit Etiketten, die mit roter Kursivschrift verkündeten, nichts löse Tapeten so schnell, zuverlässig und sauber. Wexford hoffte im stillen, daß es keine allzugroße Übertreibung war.

«Aber wozu?» fragte Wendy immer wieder, sammelte merkwürdigerweise jedoch Nippes und andere Zierstücke ein und stellte sie in einen Wandschrank.

«Tut mir leid, aber ich bin nicht befugt, es Ihnen zu sagen», erwiderte Wexford, zu einer jener Antworten Zuflucht nehmend, die Beamte stets auf Lager haben. «Aber wir haben viel Zeit. Räumen Sie das Zimmer ruhig selbst aus, wenn Sie wollen.»

Schweigend nahm Veronica ihre Näharbeit wieder auf. Sie fädelte neu ein und steckte sich einen rosa Fingerhut an den Zeigefinger.

«Sie näht den Saum ihres Tenniskleides. Heute nachmittag spielt sie im Club-Finale der Frauen.» Der tragische Ton in Wendys Stimme wurde nur durch den Stolz gemildert, mit dem sie das Wort «Club» leicht betonte.

Wahrscheinlich im Tennis-Club Kingsmarkham oder sogar im Mid-Sussex County-Club. «Wir wollen sie nicht daran hindern», sagte Wexford.

«Aber sie wird sich aufregen.» Sie zog ihn durch die schon offen stehende Tür in die Küche. «Sie werden doch nichts zu ihr sagen – ich meine, Sie wissen schon, was? Sie werden sie doch nicht nach Einzelheiten fragen?»

«Ich bin kein Sozialarbeiter», antwortete Wexford.

«Aber es ist ja nichts passiert. Ich habe dafür gesorgt, daß nichts passiert ist.»

Es war Wexford unmöglich, in Rodney Williams, bisher nur Lügner und Betrüger, kein menschliches Ungeheuer zu sehen. Eine Tochter zu mißbrauchen, war schon abscheulich genug, aber es gleich darauf bei ihrer jüngeren Halbschwester zu versuchen ...

«Sie hätten natürlich nie an dergleichen gedacht, wenn Joy Sie nicht gewarnt hätte.»

«Wie oft soll ich Ihnen noch sagen, daß ich die Frau nie gesehen habe, bis Sie – uns miteinander bekannt machten.»

«Sie haben mir noch nicht gesagt, woher Sie wußten, daß Rodney sich Veronica sexuell genähert hatte. Er hat es Ihnen wohl kaum gebeichtet, aber Sie wußten es. Veronica war das sehr junge Mädchen, das ‹zu Hause bei seiner Familie lebt›, mit dem Sie uns ganz schön an der Nase herumgeführt haben, nicht wahr?» Wexford schloß die Küchentür und lehnte sich dagegen.

Wendy nickte, ohne ihn anzusehen.

«Woher haben Sie's gewußt, Wendy? Haben Sie etwas beobachtet? Ist Ihnen etwas an seinem Verhalten aufgefallen, wenn er glaubte, Sie sähen nicht hin? War das bevor oder nachdem Joy Sie warnte?»

«Ich habe nichts gemerkt», erwiderte sie kaum verständlich. «Veronica hat es mir erzählt.»

«Veronica? Das unschuldige Kind dort drüben, das man eher für zwölf halten könnte und nicht für sechzehn? Dieses Kind, das Sie so sorgfältig gegen die schädlichen Einflüsse des Lebens abgeschirmt haben? Dieses Kind soll die liebevollen Küsse, Umarmungen und Komplimente seines Vaters für sexuelle Annäherungsversuche gehalten haben?»

Ein Nicken. Wiederholtes heftiges Nicken.

«Und trotzdem sagen Sie, es ‹sei ja nichts passiert›. Damit meinen Sie – wenn ich Sie richtig interpretiere –, daß es nur zu einem Kuß, einer Berührung, einem Kompliment gekommen ist. Aber Veronica hat darin einen – einen inzestuösen Annäherungsversuch gesehen?»

Wendys Antwort war für sie charakteristisch. Sie brach in Tränen aus. Wexford schob ihr einen Stuhl hin, damit sie sich setzen konnte, und suchte eine Packung Papiertaschentücher, die in diesem Haus nie schwer zu finden waren. Er ging ins Wohnzimmer zurück, in dem der Teppich jetzt mit Tüchern abgedeckt und aus dem Veronica verschwunden war. Allison war dabei, *Sevenstarker* an die Wände zu klatschen und zu verstreichen, während Palmer schon mit einem Stahlwerkzeug die Tapeten abkratzte. Die Ahnung, daß etwas ganz Bestimmtes unter der Tapete war, war wahrscheinlich verrückt, aber davon abgesehen, war es durchaus möglich, daß man bei einer Laboranalyse der alten Farbe Spuren von Rodneys Blut entdeckte. Oder auch nicht. Auf jeden Fall bedeutete es Arbeit für Leslie Kitman. Er konnte nächste Woche wiederkommen und das Zimmer auf Kosten der Mid-Sussex Constabulary wieder herrichten.

Es hatte wieder zu regnen angefangen. Das war wohl das Aus für Veronicas Tennismatch am Nachmittag, denn weder der Tennis-Club Kingsmarkham noch der Mid-Sussex County in Myringham hatte eine Halle. Wexford, der wieder im Büro saß, obwohl es Samstag war, warf einen Blick auf die Uhr. Halb eins. Vor drei Stunden war Burden hier gewesen und hatte ihm gesagt, daß bei Jenny die Wehen eingesetzt hatten und die Geburt seiner Tochter unmittelbar bevorstand. Trotzdem war es noch zu früh, schließlich durfte man von einer Erstgebärenden in Jennys Alter nicht zuviel erwarten.

Irgend etwas bohrte im Hintergrund seines Bewußtseins, etwas, was Wendy gesagt hatte. Im Zusammenhang mit dem Tennismatch, wie er sich einbildete. Aber sie hatte nichts anderes darüber gesagt, als daß Veronica heute nachmittag spielen werde. Warum hatte er das merkwürdige Gefühl, daß in dem, was sie gesagt hatte, die Lösung des ganzen Falles lag? Er hatte, wenn es um Kleinigkeiten ging, oft solche Gefühle, kurz bevor ein Fall eine entscheidende Wendung nahm. Und immer erwies sich die «Kleinigkeit» als etwas ungeheuer Wichtiges, und seine Ahnung trog ihn selten. Die Schwierigkeit war nur, daß er nicht wußte, was es für eine Ahnung war.

Seine Leute waren entweder dabei, Wendys Wohnzimmer auseinanderzunehmen oder – und zwar weitaus die meisten – gingen auf der Suche nach brauchbaren Zeugen in der Down Road von Haus zu Haus und verhörten alle Mädchen, die bei der ARRIA-Versammlung gewesen waren.

Wexford fühlte sich einsam und verlassen. Dora war nach London gefahren und übernachtete bei Sheila in Hampstead. Robin, sein ältester Enkel, wurde heute neun Jahre alt. Die Geburtstagsparty begann in drei Stunden. Crocker spielte am Samstag von früh bis abends Golf. Wexford hätte gern geschlafen, aber tagsüber schlief er nur schwer ein. Was, zum Teufel, hatte Wendy gesagt? Was war es nur? Tremlett schnipselte wahrscheinlich noch immer an der Leiche des armen Mädchens herum ... Paulette hatte Joy das Phanodorm besorgt und gedroht, das nicht länger für sich zu behalten. Nun ja, gedroht nicht gerade, aber sie hatte Joy gewarnt und darauf vorbereitet, daß sie aussagen würde, daß sie Angst hatte, noch länger zu schweigen. Joy hatte Rodney das Phanodorm untergeschoben, es gegen seine Blutdrucktabletten eingetauscht, und die

Tat auszuführen, kostete sie nicht mehr Zeit als eine Fahrt nach Pomfret.

Fahr ihm mit dem Bus zu Wendy nach. Wenn du dort eintriffst, schläft er. Du siehst ihn an, und dir fällt wieder ein, was er dir durch deine Tochter angetan hat. Außerdem ist er mit einer zweiten Frau verheiratet, wie ein Scheich. Und die zweite Ehefrau ist auf deiner Seite, obwohl du sie haßt. Nachdem du ihr die Augen geöffnet und ihr gesagt hast, was er für Begierden hat, ist ihre Tochter in Gefahr. Warum soll er je wieder aufwachen dürfen? Sollten Spuren zurückbleiben, macht das nichts. Die andere hat gesagt, das Zimmer wird morgen sowieso frisch tapeziert und gestrichen. Und wenn du die Leiche lange genug versteckst ...

Morgen früh ruf im Büro an, sag, er ist krank, aber verstell deine Stimme ein bißchen. Die andere wird den Kündigungsbrief tippen, sie kommt unauffällig an eine Schreibmaschine ran, die Freunden von ihr gehört und die man nie aufspüren wird. Dann steckt ihr beide in der Sache drin, du und sie, die beiden Ehefrauen von Rodney Williams, in guten und in schlechten Zeiten, bis der Tod euch scheidet. Die Schlaftabletten hast zwar du ihm gegeben, aber erstochen hat sie ihn. Gemeinsam habt ihr seine Leiche diese halsbrecherische Wendeltreppe hinunter – und durch den Flur in die angebaute Garage getragen. Habt ihn samt seiner Reisetasche in den Kofferraum gezwängt. Gefahren ist sie, weil du's ja nie gelernt hast. Dafür hast du das Grab fast allein ausgehoben. Dir hat es nicht soviel ausgemacht wie ihr, dir die Hände mit Erde zu beschmutzen. Zwei Ehefrauen, die die Tat gemeinschaftlich begangen haben, und was Mord vereint hat, soll der Mensch nicht trennen ...

Wexford war Joy gewissermaßen unter die Haut gekrochen und hätte seinen inneren Monolog beinahe mit einem ihrer fürchterlichen Lacher beendet. Burden würde wahrscheinlich vor dem Abend nicht anrufen, und dann würde er es bei ihm zu Hause versuchen. Wexford fuhr zum *Old Cellar*, aß eine Scheibe Quiche, Broccoli mit Pilzen, trank ein kleines Glas Frascati – schließlich war heute Samstag, wenn es auch nichts zu feiern gab –, und dann zurück in die Siedlung, in der die Straßen nach kornischen Städten benannt waren – Bodmin, Truro, Redruth, Liskeard. Kalt und grau regnete es stetig vor sich hin. Es war das gleiche Wetter wie zwischen Rodney Williams' Verschwinden und der Auffindung seiner Leiche.

In Wendys Wohnzimmer hatten seine Leute ziemliche Fortschritte gemacht. Von drei Wänden war die Tapete schlecht und recht abgelöst. Wexford hätte es allerdings nicht mit «glatt, zuverlässig und sauber» bezeichnet, aber es war nicht übel. Martin hatte jemanden vom gerichtsmedizinischen Institut herbeizitiert. Ein zottiges weibliches Wesen in einem Marine-Overall, das trotzdem den Eindruck machte, als verstehe es sein Fach, kratzte mit peinlicher Sorgfalt bräunlich gefärbten Putz von den Wänden.

Wendy saß im Erdgeschoß in ihrem Arbeitsraum, in dem sie nähte, bügelte und noch alles mögliche tat, und trennte Schnittmuster aus Zeitschriften heraus. Veronica saß bei ihr. Jungfer Rührmichnichtan auf einem samtenen Sitzkissen. Das Turnier fiel heute aus, wie Wexford vorhergesehen hatte. Er erinnerte sich plötzlich, daß er Joy angedroht hatte, ihr «später» einen Wagen zu schicken, und daß er damit eine Krise um Kevins Abendessen ausgelöst hatte. Wie es jetzt aussah, würde es wohl viel später werden ... Oder morgen. Oder von nun an jeden Tag bis in alle Ewigkeit. Nein, so durfte er nicht denken.

Wendy hatte sich umgezogen und trug jetzt ein Leinenkostüm. Vielleicht hatte sie ihre Tochter auf den Tennisplatz begleiten und dem Spiel zusehen wollen, denn Veronica war in Tenniskleidung, als hoffe sie noch bis zum letzten Augenblick, daß das Turnier nicht abgesagt würde. Sie trug einen plissierten Minirock – wer hätte sie sich auch in Shorts vorstellen können? – und ein Oberteil, das fast zu elegant war, um als T-Shirt bezeichnet zu werden.

«Ich nehme an, sie verschieben es auf Montagabend», sagte Wendy mit hoher, zornig klingender Stimme, «und das heißt, daß höchstens halb so viele Zuschauer da sein werden.»

Die Sachverständige vom Gerichtsmedizinischen kam mit ihrem Köfferchen voller Proben die Wendeltreppe herunter. Den Kratzer hatte sie noch in der Hand.

«Ich glaube, mir wird schlecht», flüsterte Veronica.

Mit übertriebener Fürsorge sprang ihre Mutter auf und führte sie hastig in das Bad im Erdgeschoß.

Wexford ging wieder hinauf. Archbold war gegangen, die Sachverständige war auch nicht mehr da. Martin trank Tee aus einer Thermosflasche und die anderen beiden Cola aus der Dose, während sie darauf warteten, daß *Sevenstarker* auf der vierten Wand selbsttätig seine Arbeit erledigte. Wexford hatte eine Anwandlung von Niedergeschlagenheit. Der Raum, vorher ein Heiligtum in Muschelrosa, war jetzt ein einziges Chaos. Ein Schlachtfeld, nannte es Martin, doch Wexfords Meinung nach war Schlachthaus der passendere Ausdruck, denn dazu war es mißbraucht worden, davon war er überzeugt, und deshalb hatte er es jetzt auch auseinandernehmen lassen. Angenommen, er irrte sich? Angenommen, Rodney Williams war ganz woanders ermordet worden?

Zu spät.

Wenn die Polizei verlor, war das Kitmans Vorteil. Man mußte das Handwerk schließlich fördern, wo man konnte.

«Geben Sie mir mal so ein Ding», sagte er zu Martin und zeigte auf die Schaber. Die weißen Stellen zwischen den braunen waren diejenigen, die Wendy selbst verspachtelt hatte, bevor Kitman mit dem Tapezieren begann.

Wexford bemühte sich vergeblich, mit dem Schaber kam er gegen die weiße Spachtelmasse nicht an.

«Soll ich's mal versuchen, Sir?» Allison holte ein Werkzeug heraus, das Wexford für einen Hartmeißel hielt.

«In Ordnung, versuchen Sie's.»

Es wurde Allisons großer Tag. Er hatte sich noch nie besonders hervorgetan, seit er vor zwei Jahren bei der Polizei eingetreten war. Manchmal dachten er und seine Frau, daß man ihn nur genommen hatte, weil er schwarz und nicht weil er tüchtig oder besonders tauglich war. Sie waren Rassesnobs, aber im umgekehrten Sinn. Wochenlang hatten sich alle fast überschlagen, um ihn freundlicher, höflicher und rücksichtsvoller zu behandeln als, zum Beispiel, einen millionenschweren Großvater auf dem Sterbebett. Das hatte nach einiger Zeit nachgelassen. Er fühlte sich in Kingsmarkham auch ein bißchen einsam, wo nur seine Frau, seine Kinder und noch zwei westindische Familien dieselbe Hautfarbe hatten wie er. Doch heute wurde er für alles entschädigt. Heute geschah, was ihn in seinen eigenen Augen zum Hüter des Gesetzes machte.

«Sir, ich glaube, ich hab was gefunden –» begann er.

Wexford war wie der Blitz an seiner Seite. Vor seinen Augen grub Allison tiefer und dankte seinem guten Stern, daß er daran gedacht hatte, Handschuhe anzuziehen. Der Gegenstand steckte, in Zeitungspapier eingepackt, in dem Spalt und war eingegipst worden. Allison kratzte und grub und brach Gips- und Mörtelstücke heraus, legte dann die Hand um den Gegenstand, sah Wexford an, und Wexford nickte.

Das Messer fiel nicht heraus. Es wurde so ehrfürchtig ausgepackt wie ein Kristallglas. Blitzsauber und poliert, daß es wie ein langes Prisma an einem Kronleuchter glänzte, lag es auf seiner Verpackung.

20

Wexford behielt sie den ganzen Sonntag bei sich, und am Montag berichteten die Morgenzeitungen, eine Verhaftung stehe unmittelbar bevor. Wexford wollte jedoch beide Frauen überführen, nicht nur eine, nicht nur Wendy, sondern auch Joy. Selbstverständlich wurde Wendy des Mordes an Rodney Williams beschuldigt. Die Klinge des Messers, das in der Wand ihres Wohnzimmers eingegipst gewesen war, paßte ihren Abmessungen nach genau in die Wunden der Leiche, und das Messer selbst war in einen Teil der *Daily-Mail* vom 15. April eingepackt gewesen. Wexford wollte aber auch Joy, aber zwischen Joy und dem Verbrechen schien es keinerlei Verbindung zu geben. Die einzigen Beweise, die er hatte, war eine Zeugin, die behauptete, die beiden Frauen zusammen gesehen zu haben, und eine Stimme am Telefon, die wahrscheinlich die ihre gewesen war.

Außerdem hatte Joy ein Alibi. Wendy hatte keins. Den ganzen Tag häuften sich die Indizien für Wendys Täterschaft. Bis Ovington kam. Das heißt, bis zu Ovingtons zweitem Besuch.

Am späten Samstagabend rief Burden an. Wexford war allein zu Hause und saß bei einem Abendessen aus allerlei Resten. Jennys Wehen waren kein falscher Alarm gewesen, hatten im Lauf des Tages aber wieder nachgelassen. Sie behielten sie jedoch im Krankenhaus und überlegten, ob sie die Geburt nicht einleiten sollten.

«Sie wollten doch, daß sie sich noch eine Woche Zeit läßt», sagte Wexford mürrisch. «Also kommen Sie gefälligst wieder zum Dienst.»

Am nächsten Morgen rief Wexford zuallererst Ovington an. Ob Sonntag oder nicht war ihm völlig egal. Als Ovington auf der Polizeistation eintraf, waren Wexford, Sergeant Martin und Polly Davies schon wieder mit Joy und Wendy – der verrückten Flüchtlingsfrau und der zerbrochenen Puppe – im Verhörzimmer. Es war sehr merkwürdig, aber sie hatten sich einander angenähert. Im Aussehen. Der Übergang war irgendwie fließend geworden, und Wexford dachte an Kiplings Fabel vom Igel und der Schildkröte, die sich vereinten, um zu einem Gürteltier zu werden. So weit waren Joy und Wendy nicht gegangen, aber Angst und Qual hatten bei der jüngeren ihre Spuren hinterlassen, und die ältere hatte sich ein bißchen schicker zurechtgemacht, vielleicht weil ihr Sohn wieder da war. Das Kopftuch war auf alle Fälle verschwunden, und sie hatte ordentliche Schuhe an. Wendys Make-up stammte noch von gestern und war verwischt, und die Schultern ihres schwarzen Baumwollkleides waren mit Haaren übersät. Daß sie eine lange Laufmasche hatte, störte sie heute überhaupt nicht.

Wexford ging hinaus, um mit Ovington zu sprechen. Wie gewöhnlich lächelnd, hätte er mit seiner geradezu absurd schmeichlerischen Art nicht einmal den Gutgläubigsten überzeugen können, geschweige denn einen dickköpfigen Polizisten.

«Sie war am fünfzehnten April bei Ihnen?» sagte Wexford. «Sie war nach der Arbeit auf einen Drink in Ihrer Wohnung? Warum hat sie das denn mit keinem Wort erwähnt?»

«Weil niemand wissen soll, daß wir uns schon getroffen haben, als ihr Mann noch am Leben war.»

Das paßte zu Wendy. Das Image einer tugendhaften Ehefrau wollte Wendy ganz bestimmt aufrecht erhalten. Das bewies noch nicht, daß Ovington die Wahrheit sagte. Er versuchte es eben, ein netter, dummer Mensch mit einem falschen Pflichtgefühl.

Zerstreut bedankte sich Wexford dafür, daß er seine Zeit geopfert hatte. Als er zu den beiden Ehefrauen zurückging, kam ihm plötzlich die Idee, daß es nicht unbedingt Joy und Wendy gewesen sein mußten. Die Paarung konnte auch Wendy und Ovington heißen. Aber wer hatte dann bei Sevensmith Harding angerufen?

Wendy weinte. Sie sagte, ihr sei kalt. Es stimmte, daß es für diese Jahreszeit sehr kalt geworden war, doch darauf hätte sie vorbereitet sein sollen, hätte ihre Eitelkeit opfern und einen Mantel mitbringen müssen. Wexford dachte an die vielen Orte in aller Welt, wo die Polizei Wendy ruhig weiterfrieren ließe, die Temperatur, wenn möglich, noch gesenkt, eine leichte Unterkühlung gern in Kauf genommen würde. Man konnte es nicht Folter nennen, wenn man jemanden dazu brachte zu gestehen, indem man ihn frieren ließ ...

«Holen Sie ihr was zum Anziehen», wandte er sich an Polly.

Er ging mit ihnen noch einmal den Inzest durch und bekam wieder nur Geschichten mit riesigen Löchern zu hören. Joy hätte nie geglaubt, daß Rodney so etwas tun konnte, und blieb bei ihrer Behauptung, Sara müsse ihn dazu verführt haben. Sie behauptete auch, Sara hätte ihn ins Gefängnis gebracht, hätte er auch nur ein Wort verlauten lassen. Wendy sagte jetzt, Veronica habe ihr erzählt, Rodney komme neuerdings abends in ihr Schlafzimmer, um ihr einen Gutenachtkuß zu geben, und es sei «nicht angenehm». Genauso, erklärte Joy und vergaß völlig, was sie eben ausgesagt hatte, habe es bei Sara angefangen. Polly brachte eine unförmige Strickjacke, die aussah, als stamme sie aus Urgroßmutters Zeiten und obendrein aus einem Ramschladen. Der Himmel mochte wissen, wo sie das Ding her hatte! Wendy schlüpfte mit offensichtlichem Widerwillen hinein.

Zum Lunch bekamen sie Sandwichs, teils mit Corned Beef, teils mit Eiern und Kresse belegt. Nicht unbedingt ein Sonntagsessen. Um diese Zeit war Wexford den fünfzehnten April mit ihnen durchgegangen und kam zum vergangenen Donnerstagabend. Wendy hatte zwar ihren Mantel, nicht aber ihren Karton mit Papiertaschentüchern vergessen, pfirsichfarbenen diesmal. Sie saß da und schnüffelte immer gleich eine ganze Handvoll.

Kurz vor drei brach Joy endlich zusammen. Sie brach in haltloses Schluchzen aus, wiegte sich auf ihrem Stuhl vor und zurück, heulte und hämmerte mit den Fäusten auf den Tisch. Wexford unterbrach die Vernehmung und ließ eine Tasse Tee holen. Er ging mit Wendy in das Verhörzimmer nebenan und fragte sie nach Ovington. Zu seiner größten Überraschung gab sie zu, daß sie sich am fünfzehnten April von Viertel nach sieben bis ungefähr Viertel nach neun in Ovingtons Wohnung aufgehalten hatte. Warum sie das nicht schon früher gesagt hatte? Sie nannte denselben Grund wie Ovington. Das haben die beiden miteinander ausgeheckt, dachte Wexford.

«Ich hab mir gedacht, Ihnen kann ich's ja ruhig sagen», erklärte sie mit einem Selbstbewußtsein, das ihn beinahe aus der Fassung brachte. «Ich hab bisher nur deshalb geschwiegen, weil Sie alle einem Menschen ja alles zutrauen. Aber inzwischen ist schon so viel Schmutz ans Licht gezerrt worden, daß meine harmlose Freundschaft kaum noch zählt.»

Aber was zählte schon im Vergleich mit einem Messer in der Wand?

Am Spätnachmittag tauchte Burden auf. Er sah aus, als sei er hundert Jahre alt.

«Um Himmels willen», sagte Wexford, «das war doch nicht ernst gemeint!»

Es stellte sich jedoch heraus, daß Burden nicht wußte, was er sonst mit seiner Zeit anfangen sollte. Er begann mit Joy, bemühte sich, ihr Alibi zu knacken. Aber der Tee hatte bei ihr Wunder gewirkt, und sie blieb bei ihrer Geschichte. Sie hatte bei den Harmers ferngesehen. Punktum. Und nach einer halben Stunde ungefähr hatte sie die schlaue Idee, die ihr schon vor Tagen hätte kommen können. Sie brauchte überhaupt nichts zu sagen, wenn sie nicht wollte. Niemand hatte bisher irgendeine Anklage gegen sie erhoben.

Unglücklicherweise war zu dieser Zeit Wendy wieder im Zimmer und hörte, was sie sagte.

Durch die Tränen lächelte sie Joy freundschaftlich zu. «Gute Idee. Dann sag ich auch nichts mehr. Schade, daß mir das nicht früher eingefallen ist.»

Joy sagte nur noch einen einzigen Satz: «Es ist mir eingefallen, nicht Ihnen.»

Im Schweigen vereint, sahen sie Wexford an. Warum sollte er nicht beide anklagen? Wegen Mordes an Rodney Williams, und wenn er es nicht schaffte, sie zu überführen, wegen Mordes an Paulette Harmer. Morgen vormittag Verhandlung vor dem Special Count, Anordnung der U-Haft... Archbold kam herein und sagte, drei Leute wollten Wexford sprechen. Er ließ die beiden schweigenden Frauen bei Burden und Martin und fuhr mit dem Lift hinunter.

In der Halle saß James Ovington mit seinem wortkargen Vater und einer älteren Frau, die er als seine Mutter vorstellte. Aus irgendeinem Grund war Wexford nie der Gedanke gekommen, Ovington père könnte verheiratet sein. Er sah wie eine Wachspuppe aus. Heute mehr denn je, seine Haut war frischer, seine Wangen röter, sein Lächeln blitzender.

«Meine Eltern möchten Ihnen etwas sagen.»

So konnte man es auch ausdrücken. Sie sahen beide nicht so aus, als hätten sie einen anderen Wunsch, als kehrt zu machen und wieder nach Hause zu gehen. Wexford bat sie, ihn in sein Büro im ersten Stock zu begleiten, aber Mrs. Ovington erwiderte, nein, lieber nicht, besten Dank, als sei es etwas Unanständiges, in männlicher Begleitung nach oben zu gehen. Sie einigten sich auf ein Verhörzimmer. Mrs. Ovington sah sich geringschätzig um, als finde sie es nicht besonders gemütlich.

«Also, Vater», sagte James Ovington, «was wolltest du dem Chief Inspector erzählen?»

Allem Anschein nach nichts.

«Du warst doch bereit, herzukommen und es ihm zu erzählen?»

«Nicht bereit», antwortete Ovington sen. «Wenn es sein muß, dann muß es sein. Das habe ich gesagt.»

«Hat es etwas mit Mrs. Wendy Williams zu tun?» ermunterte ihn Wexford.

Sehr bedächtig und unwirsch sagte Ovington: «Ich habe sie gesehen.»

«Wir haben sie beide gesehen», ergänzte Mrs. Ovington, die plötzlich mutig geworden war.

Wexford kam zu dem Schluß, daß hier nur Geduld half. «Sie haben sie also gesehen. Gut. Wann war das?»

James öffnete den Mund, um etwas zu sagen, war jedoch klug genug, ihn wieder zuzumachen. Sein Vater überlegte und meinte schließlich: «Sie hat ein Auto. Sie hat vor dem Laden im Parkverbot geparkt. Aber nach halb sechs ist es erlaubt. Wir haben sie nicht hineingehen sehen.»

Er schwieg, und das Schweigen dauerte an. Wexford mußte wieder drängen.

«Wo hineingehen?»

«In die Wohnung meines Sohnes, natürlich. Wovon ist denn sonst die Rede? Er wohnt in der untersten Wohnung und wir in der obersten.»

«Im vierten Stock», warf seine Frau ein. «Die Alten können sich ja ruhig anstrengen, so ist es nun mal.»

«Wir haben sie aber gesehen, als sie rauskam», sagte Ovington. «Ich hab aus'm Fenster geschaut. Ungefähr gegen Viertel nach neun. Sie ist gestolpert und beinah hingefallen. Na ja, mit den Absätzen! Dadurch hat auch Mutter sie zu sehen bekommen. Komm her, Mutter, hab ich gesagt, sieh dir das an! Mit den Absätzen macht sie's nicht lange.»

«Das war am fünfzehnten April», mischte sich James ein, der sich nicht mehr zurückhalten konnte.

«Das Datum weiß ich nicht.» Sein Vater schüttelte den Kopf. «Aber es war der erste Donnerstag nach Ostern.»

An diesem Abend ging Wexford früh ins Bett und schlief neun Stunden. Er verbot es sich, an die beiden Frauen zu denken – an Joy, gegen die es keine Beweise gab, und an Wendy, die die Ovingtons entlastet hatten. Er hatte die beiden nach Hause geschickt und sie darauf vorbereitet, daß er sie Montag früh sehr wahrscheinlich wieder holen lassen würde. Der alte Ovington hatte nicht gelogen, doch seine Geschichte schloß dennoch nicht aus, daß Joy in Wendys Haus den Mord begangen und Wendy sich später mit ihr getroffen hatte, um ihr bei der Beseitigung der Leiche, der Kleider und des Wagens zu helfen.

Am nächsten Morgen erwachte er mit klarem Kopf und ganz ruhig. Sofort fiel ihm ein, was es war, das Wendy zu ihm gesagt hatte, als sie ihm erzählte, daß Veronica ein Finale im Tenniseinzel bestreiten sollte. Die Bemerkung war deshalb so bedeutsam, weil sie ihn an etwas Bestimmtes erinnert hatte, und auch das fiel ihm jetzt ein, und aus unzähligen Einzelheiten formte sich ganz allmählich und ohne Schwierigkeiten ein Ganzes. Er hatte das Gefühl, sich an eine Safekombination erinnert zu haben und jetzt eine Zahl nach der anderen einzustellen, bis die Tür langsam aufschwang.

«Was war ich doch für ein Idiot!» sagte er laut vor sich hin.

«Ach, wirklich, Liebling?»

«Wenn ich früher dahintergekommen wäre, hätte das arme Mädchen vielleicht nicht sterben müssen.»

«Ach, komm schon», sagte Dora, «du bist nicht der liebe Gott.»

Das Telefon klingelte, als er das Haus verließ. Es war Burden, aber Wexford war nicht mehr zu erreichen, also sprach Dora mit ihm.

Als Wexford ins Büro kam, erwartete ihn der Obduktionsbericht, den Sir Hilary Tremlett eilig herübergeschickt hatte. Wexford las ihn, und Crocker schaute ihm dabei über die Schulter.

Paulette war mit einer sehr dünnen und sehr festen Schnur erdrosselt worden. In der tiefen Kerbe, die um den Hals des Opfers lief, hatte Tremlette rote Verfärbungen entdeckt.

«Die Nylonschnur von der Spule eines elektrischen Rasenkantenschneiders.»

Crocker sah ihn an. «Eine ziemlich ausgefallene Vermutung.»

«Das glaube ich nicht. In Joy Williams' Garage liegen drei solcher Spulen, und wenn ich mich nicht irre, ist eine leer.»

«Fahren Sie hin, um das zu überprüfen?»

«Im Moment nicht. Später vielleicht. Ist es Ihrer Meinung nach ein Vergehen, ein Kind aufzufordern, gegen die engste Familie auszusagen?»

«Wie es in totalitären Systemen passiert, meinen Sie? Oder wie es meiner Vermutung nach passiert. Extremisten glauben immer, daß der Zweck die Mittel heiligt. Es kommt auch drauf an, was Sie mit ‹engster Familie› meinen. Ich finde es schon ein bißchen hart, wenn es um Vater oder Mutter geht. Da bleiben einem die Worte im Hals stecken.»

«Einen Mann zu betäuben, zu erstechen und das Messer in einer Wand einzugipsen, ist auch nicht grade vom Feinsten. Da bleibt mir auch einiges im Hals stecken.» Wexford griff nach dem Telefonhörer, legte aber wieder auf. «Ich muß die beiden Frauen verhaften», sagte er, «und wie die Dinge liegen, wird es mir nie gelingen, die Anklage gegen sie aufrechtzuerhalten. Wann fängt die Schule wieder an?»

Crocker schien über diesen scheinbaren Gedankensprung ein wenig verblüfft. «Die staatlichen Schulen – die älteren Kinder, meine ich – irgendwann in dieser Woche.»

«Dann tu ich's am besten heute, wenn ich sie allein erwischen will, ohne ihre Mutter.» Wexford griff wieder nach dem Telefonhörer und bat diesmal um ein Amt. Es klingelte so lange, daß er schon glaubte, sie sei nicht zu Hause. Dann antwortete endlich Veronica Williams' leise, ziemlich hohe Stimme, indem sie ihre vollständige zehnstellige Telefonnummer nannte. «Veronica?» sagte Wexford. «Hier spricht Chief Inspector Wexford vom CID Kingsmarkham.»

«O hallo, ja.» Hatte sie Angst oder meldete sie sich immer so vorsichtig und ein bißchen atemlos am Telefon?

«Ich habe nur eine oder zwei Fragen an Sie, Veronica. Wann beginnt heute abend Ihr Tennismatch, und wo findet es statt?»

«Im Tennis-Club Kingsmarkham», antwortete sie. «Um sechs.» Und dann hatte sie doch den Mut zu fragen: «Warum?»

Wexford war ein zu alter Fuchs, um das zu beantworten. «Nach dem Spiel möchte ich mit Ihnen sprechen. Nicht mit Ihnen und Ihrer Mutter, nur mit Ihnen allein. In Ordnung? Ich glaube, Sie haben mir eine Menge zu erzählen, oder?»

Die Stille wurde so lastend, daß er fürchtete, er sei zu weit gegangen. Aber nein. Und es kam besser, als er gehofft hatte.

«Ich habe Ihnen etwas zu sagen. Es gibt da ein paar Dinge, die ich Ihnen sagen muß.»

Wexford glaubte ein Aufschluchzen zu hören, doch möglicherweise hatte sie sich auch nur geräuspert.

«In Ordnung. Dann kommen Sie, sobald das Spiel zu Ende ist, direkt hierher. Wissen Sie, wo das ist?» Er beschrieb ihr den Weg. «Vom Club ungefähr zehn Minuten zu Fuß. Ich lasse Sie später mit einem Wagen nach Hause bringen.»

«Ich muß es meiner Mutter sagen.»

«Aber selbstverständlich. Sagen Sie es, wem Sie wollen.»

Klang das übereifrig? «Aber sagen Sie Ihrer Mutter auch unmißverständlich, daß ich Sie allein sehen möchte.»

Als er den Hörer auflegte, wurde ihm bewußt, was für eine Ungeheuerlichkeit er plante. War sie überhaupt zu rechtfertigen? Veronica war sechzehn und hatte entscheidende Informationen für ihn. Das andere Mädchen, das etwas genauso Wichtiges gewußt hatte, war erdrosselt worden, ehe es mit ihm sprechen konnte. Schickte er Veronica auch in den Tod? Würde sie so sterben wie Paulette Harmer? Wäre Burden hiergewesen, hätte er alles mit ihm besprochen, gegenüber dem Arzt war er zurückhaltender.

«Dann fahren Sie also nicht hin?» fragte Crocker, den Wexfords Miene ebenso verwirrte wie das rätselhafte Telefongespräch.

«Das darf ich auf keinen Fall.»

Später, als der Doktor gegangen war, dachte Wexford: Hoffentlich habe ich die Nerven, das durchzustehen. Ein Jammer, daß es noch Stunden dauert, bis es soweit ist. Daß das Spiel am Abend stattfand, hatte jedoch auch einen Vorteil – hinterher würde es bald dunkel werden ... Vorteil! Jetzt ruft sie bestimmt ihre Mutter bei Jickie an, um es ihr zu sagen, dachte er, und sie irgendwie zu überreden, sie nicht zu begleiten. Er mußte das Mädchen heute den ganzen Tag auf Schritt und Tritt beobachten lassen.

Das Telefon klingelte.

Er hob ab, und die Telefonistin verkündete, sie habe eine Miss Veronica Williams für ihn in der Leitung. Ganz schön hochnäsig, die Kleine, sich selbst «Miss» zu nennen!

«Ich könnte jetzt zu Ihnen kommen», sagte die kindliche Stimme. «Das wäre vielleicht einfacher. Dann brauchte Mami sich nicht aufzuregen. Ich meine, dann müßte ich ihr nicht sagen, daß sie mich nicht begleiten darf.»

Er riß sich zusammen, verhärtete sein Herz. «Ich habe zuviel zu tun und kann erst heute abend mit Ihnen sprechen, Veronica. Und ich will, daß Sie's Ihrer Mutter sagen. Bitte! Sagen Sie's ihr gleich.»

Wenn sie noch einmal anruft, dachte er, gebe ich nach und lasse sie gleich herkommen ... Dann konnte er es nicht mehr durchstehen. Würde sie Martin wiedererkennen? Archbold? Palmer? An Allison konnte sie sich ganz bestimmt erinnern. Aber was machte es schon aus, wenn sie sie erkannte? Er selbst würde ja auch dort sein. Auf keinen Fall ließ er sie im Halbdunkel die zehn Minuten vom Club durch eine Seitengasse der Pomfret Road zur Polizeistation gehen. Und ganz besonders dann nicht, wenn sie seine Anweisungen befolgte und den Fußweg nahm, der durch anderthalb Felder führte.

Wieder klingelte das Telefon. Jetzt ist es soweit, dachte er. Ich kann's nicht durchstehen. Ich fahre zu ihr, hole mir ihre Aussage, und das muß mir Beweis genug sein ... Er nahm ab.

«Inspector Burden, Mr. Wexford.»

Burdens Stimme klang merkwürdig, als sei es gar nicht die seine.

«Es ist alles vorüber. Mutter und Kind geht es gut. Jenny hatte heute morgen um neun einen Kaiserschnitt.»

«Herzlichen Glückwunsch. Das ist großartig, Mike. Grüßen Sie Jenny ganz herzlich von mir, und sagen Sie mir bitte, wie schwer Mary bei der Geburt war, damit ich es Dora berichten kann.»

«Acht Pfund und zweihundertfünfundfünfzig Gramm, doch das Baby wird nicht Mary heißen. Wir ändern aber nur einen einzigen Buchstaben im Namen.»

Wexford hatte keine Lust zum Rätselraten. Jenny hat ihn bestimmt gegen seine Überzeugung zu irgendeinem Modenamen überredet, dachte er.

«Und zwar wird aus Mary – Mark», sagte Burden. «Wir sehen uns später. Ein dreifaches Hurra inzwischen!»

21

Auf diesem Fußpfad war schon einmal eine Frau ermordet aufgefunden worden. Daran mochten jetzt alle denken, sogar Palmer und Archbold, der damals wahrscheinlich noch in die Schule gegangen war. Wie Veronica Williams jetzt. Hatte sie je von dem Mord gehört? Sprachen die Leute heute noch darüber?

Die Frau hatte in der Forest Road gewohnt, der letzten Straße, die postalisch noch zu Kingsmarkham gehörte. Gleich dahinter beginnt das zu Pomfret gehörende Gebiet, offenes, unbebautes Land, das sich in einer Richtung bis Pomfret und in der anderen fast bis zur Polizeistation Kingsmarkham erstreckt. Der Tennis-Club liegt jedoch nicht in der Forest Road, sondern in der Cheriton Lane, die mehr oder weniger parallel mit ihr verläuft. Kleinere von Hecken umfriedete Wiesen liegen auf den paar Morgen Land zwischen Tennis-Club und Stadt, und der Fußweg zieht sich an einer dieser Hekken entlang. An einer Stelle umrundet er ein kleines Wäldchen. Ungefähr fünfzig Meter nördlich der Polizeistation mündet er auf der gegenüberliegenden Straßenseite in die High Street.

Wexford beorderte Martin und Palmer mit einem Wagen in die Cherington Lane, er selbst und Archbold wollten im Wäldchen warten, Loring sollte sich beim Match unter die Zuschauer mischen, Bennett Veronica von der High Street entgegengehen und Allison ihr in entsprechender Entfernung folgen.

«Ein Schwarzer sieht für sie bestimmt aus wie der andere, Sir», hatte Allison erklärt. «Das ist in einer Großstadt vielleicht anders, hier draußen trifft es aber zu.»

«Erzählen Sie mir bloß nicht, daß Inspector Burden und ich in Ihren Augen gleich aussehen.»

«Natürlich nicht, Sir, aber das liegt am Alter.»

Das war überdeutlich, dachte Wexford, jetzt weiß ich wieder, wo ich stehe. Burden war bei ihm im Büro, saß neben ihm, wollte unbedingt bei der Besprechung dabeisein, bei der es um den Schutz von Veronica Williams ging. «Sie können wohl auch nicht länger als fünf Minuten ohne uns auskommen», hatte Wexford gebrummt. Doch wenigstens hatte Burden ein bißchen frischen Wind in diesen flauen Nachmittag gebracht.

«Ich begreife nicht, wie ihnen bei der Geschlechtsbestimmung ein solcher Fehler unterlaufen konnte. Ich versteh, weiß Gott, nicht viel davon, aber wenn der Mann XY- und die Frau XX-Chromosomen hat, dann ändert sich das nie, man behält doch das gleiche Geschlechts-Chromosomen-Paar vom Embryo bis ins hohe Alter.»

«Nein, nein, verändert hat sich da nichts. Es ist so: Bei einer Amniozentese werden dem Fruchtwasser Zellen entnommen, aber ungefähr in einem von zehntausend Fällen entnimmt man irrtümlich nicht Zellen des Kindes, sondern Zellen der Mutter. Es gibt eben überall Fehler, und manchmal merken die Ärzte den Irrtum überhaupt nicht, weil das Kind ja tatsächlich ein Mädchen sein kann ... Ich glaube, in diesem Fall wird jemand dafür gradestehen müssen.»

«Der Irrtum hat so viel sinnloses Leid verursacht.»

«Leid, ja», erwiderte Burden, «aber ob es tatsächlich so sinnlos war? Jenny sagt, sie hat dadurch sehr viel über sich selbst erfahren. Sie hat zum Beispiel begriffen, daß sie keine geborene Feministin ist und den Feminismus nicht mehr von einem so emotionalen Standpunkt, sondern objektiver und logischer betrachten muß. Wir wußten beide nicht, wie viele tief in uns verwurzelte altmodische Vorurteile wir hatten. Weil ich nämlich auch so empfand, müssen Sie wissen, ich wollte auch einen Sohn, obwohl ich es nie gesagt habe. Wir haben gelernt, wieviel man noch voreinander verbirgt, obwohl man glaubt, ganz offen und ehrlich zu sein. All das war nicht weit entfernt von einer – wie nennt es Jenny? – gesteuerten Konfrontations-Therapie.»

Es fiel Wexford schwer, ernst zu bleiben. «Wenn ihr nur jetzt, da ihr euren Sohn habt, nicht plötzlich auf die Idee kommt, daß euch eine Tochter doch lieber gewesen wäre.» Er sagte «ihr», aber er meinte Jenny, die er für eine jener Frauen hielt, für die das Unerreichbare immer den größeren Reiz haben würde.

«Selbstverständlich nicht!» rief Burden und machte ein sehr ärgerliches Gesicht. «Schließlich ist es, wie Jenny sagt, doch wirklich egal, solange das Kind gesund ist und alle Finger und Zehen hat.»

Das war ein Klischee, dem Wexford nichts entgegenzusetzen hatte. Hatte Burden, nun da er hier war, vielleicht Lust, Veronica auch zu bewachen? Keine besonders große, antwortete Burden, er müsse ins Krankenhaus zurück. Es sieht nach Regen aus, dachte

Wexford. Wenn es regnete, würde das Match abgesagt, und Veronica würde wahrscheinlich in Pomfret den Bus nehmen, um zu ihm zu kommen.

Aber gegen halb sechs klarte der Himmel auf. Wexford hätte gern gewußt, was die beiden Frauen dachten. Wie hatten sie wohl darauf reagiert, daß sie den ganzen Tag in Ruhe gelassen wurden? Wenn das Spiel nicht glatt mit zwei Sätzen gewonnen wurde, kam Veronica wohl kaum vor sieben Uhr aus dem Club weg. Ob er sich in der Zwischenzeit Kevin Williams vornehmen und sehen sollte, was er aus ihm herausholen konnte? Aber er wollte eigentlich gar nichts aus ihm herausholen. Er wußte es schon. Warum sah er sich nicht ganz einfach das Spiel an?

Wexford war bisher nicht auf den Gedanken gekommen, sich – oder sonst jemand – zu fragen, ob die Turniere des Tennis-Clubs Kingsmarkham vor Zuschauern stattfanden. Das fiel ihm erst ein, als er das Clubhaus betrat. Aber ein munterer älterer Mann, der wie ein pensionierter Offizier der Air Force wirkte, empfing ihn mit offenen Armen. Sie liebten Zuschauer. Wenn es nur mehr davon gäbe! Es feuere die Spieler unglaublich an.

Wexford hatte Martin und Palmer, die in diskreter Entfernung vom Eingang im Wagen saßen, längst bemerkt. Falls Veronica ihn jetzt sah, was beinahe unvermeidlich war, war es am besten, wenn er ging. Dann würde sie ihm später bestimmt nachkommen. Wichtig war, daß sie keine Chance hatte, hier mit ihm zu sprechen. Deshalb ab in die Bar, denn dorthin würde sich eine sechzehnjährige Turnierteilnehmerin gewiß nicht verirren. Der Sekretär, der sah, welche Richtung er einschlug, trabte hinter ihm her und erklärte ihm, als Nicht-Mitglied dürfe er sich leider keinen Drink bestellen, doch wenn er sich zu einem Glas einladen ließe ... Wexford nahm die Einladung an.

Die Bar war halbkreisförmig und hatte ein hohes nach außen gewölbtes Fenster mit Blick auf drei der neun Hartplätze, über die der Club verfügte. Wexford trank ein kleines Glas Lager, denn wie in den meisten Clubs dieser Art gab es weder Faßbier noch «echtes Ale». Der Sekretär beklagte mit monoton klingender Stimme das schlechte Benehmen einiger internationaler Tennisstars in der Öffentlichkeit, erwähnte dann, was für eine herbe Enttäuschung der Regen am Samstag für den Club gewesen sei, weil das Finale im

Einzel abgesagt werden mußte. Am Samstag wären viel mehr Zuschauer gekommen, sagte er traurig. Es waren wirklich und wahrhaftig neun Leute dagewesen – er hatte sie gezählt –, und mußten wieder weggeschickt werden. Natürlich konnte man kaum erwarten, daß sie heute wiederkamen. Wexford hatte den Eindruck, daß der Sekretär über jeden Zuschauer, der auftauchte, so glücklich gewesen wäre, daß er ihn auch zu einem Drink eingeladen hätte.

Es wurde sechs Uhr und dann zehn Minuten nach sechs. Sie kommt nicht, dachte Wexford. Dann erschien ein Schiedsrichter und kletterte auf seinen hohen Stuhl. Fünf Segeltuchsessel und eine Holzbank waren für eventuell auftauchende Zuschauer zurechtgestellt worden. Es sah so aus, als blieben sie leer, aber nach einer Weile kamen zwei ältere Frauen in weißen Strickjacken über weißen Tenniskleidern und setzten sich. Zur gleichen Zeit tauchte Loring auf dem Verbindungsweg auf, der von den ein wenig abseits liegenden sechs Plätzen zum Center Court führte. Nach guter englischer Sitte saßen die beiden Frauen in den Segeltuchsesseln auf der äußersten linken Seite der Sitzreihe, und Loring ließ sich am äußersten rechten Ende der Bank nieder. So klug hätte auch Colin Budd sein müssen.

Veronica und ein größeres, älteres und kräftigeres Mädchen betraten den Platz.

«Also dann wollen wir mal rausgehen und sie ein bißchen moralisch unterstützen», sagte der Sekretär und rieb sich die Hände.

Es war bestimmt kalt. Wind war aufgekommen und zerrte an Veronicas kurzem plissierten Tennisröckchen. Im klassischen Stil begannen die Mädchen sich einzuspielen.

«Ich glaube nicht, daß ich hinausgehe», sagte Wexford. «Haben Sie was dagegen, wenn ich von hier drinnen zuschaue?»

Der Sekretär war schrecklich enttäuscht. Er sah Wexford mit einem Blick gekränkten Vorwurfs an.

«Sie dürfen sich aber keine Drinks bestellen, das wissen Sie, nicht wahr? Und Sie dürfen ihm nichts servieren, Priscilla.»

Loring hatte den Jackenkragen hochgeklappt und rauchte eine Zigarette. Der Sekretär kam heraus und lief zu den beiden Frauen, setzte sich neben sie. Das Einspielen, bei dem Veronica klar die bessere gewesen war, war zu Ende, und das Match begann.

Der Tag war so trüb gewesen, daß es bald dämmern würde. Wexfordnfragte sich, ob es wohl lange genug hell bleiben würde oder ob das Spiel abgebrochen werden mußte? Veronica, die den Aufschlag gewonnen hatte, gewann das erste Spiel zu Null, hatte es jedoch nicht mehr so leicht, als ihre Gegnerin aufschlug.

«Sie können ruhig etwas trinken, wenn Sie wollen», sagte Priscilla. «Ich mache das immer so: spendiere dem Gast einen Drink, und wenn ich das nächste Mal von einem Mitglied zu einem Glas eingeladen werde, bezahlt er eigentlich das Ihre. Ich bin nämlich Abstinenzlerin, aber das brauchen die hier ja nicht zu wissen.»

Wexford lachte. «Lieber nicht, aber trotzdem besten Dank.»

«Wie Sie wollen.» Sie kam zu ihm herüber und stellte sich neben ihn, um zuzusehen.

Es stand drei zu drei im ersten Satz. Es sah aus, als werde er ewig dauern. Und dann war er ganz schnell zu Ende. Veronica gewann ihre beiden Aufschlagspiele und nahm ihrer Gegnerin den noch verbliebenen Aufschlag ab.

«Die Kleine ist 'ne Wucht», sagte Priscilla. «Stark wie ein Pferd, mit Armen, die so schnell zuschlagen können wie Peitschenschnüre.»

Es war zwanzig vor sieben, und die Dämmerung brach herein. Veronica hatte die beiden ersten Spiele im zweiten Satz gewonnen, aber das andere Mädchen kämpfte wie eine Löwin. Vielleicht hatte sie noch nie gegen Veronica gespielt. Sie hatte bis jetzt gebraucht, um Veronicas Schwäche herauszufinden, aber endlich hatte sie sie entdeckt. Veronica konnte lange, schnelle Diagonalschläge auf ihre Vorhand schlecht retournieren, während die Rückhand ihr keine Schwierigkeiten bereitete. Mit einem halben Dutzend dieser Vorhandschläge gewann ihre Gegnerin das nächste, das übernächste und die nächsten beiden Spiele, bis es vier zu zwei für sie stand. Das Licht hatte sich bläulich verfärbt, doch die weißen Linien auf dem Platz waren noch deutlich zu sehen, schienen das Zwielicht zu reflektieren.

Und plötzlich war es, als habe Veronica den Trick entdeckt, wie sie mit diesen hart und diagonal geschlagenen Bällen fertig werden konnte. Oder als sei ihr von irgendwo eine Inspiration zugeflogen. Gewiß lag es nicht daran, daß sie ihn entdeckt oder Loring erkannt hatte, der ihr schließlich nie vorher begegnet war. Aber eine neue Kraft beflügelte sie, eine Virtuosität, die sie sich eben erst erworben zu haben schien. So wie jetzt hatte sie noch nie gespielt, davon war Wexford überzeugt. Für eine kurze Viertelstunde spielte sie, als stehe sie auf dem Center Court in Wimbledon und sei nicht durch einen glücklichen Zufall, sondern durch ihr Können dorthin gelangt.

Ihre Gegnerin war ihr nicht gewachsen. In dieser Viertelstunde gewann sie nur vier Punkte. Veronica gewann den Satz sechs zu vier, und das bedeutete für sie den Sieg. Sie warf den Tennisschläger in die Luft, fing ihn wieder auf, lief ans Netz und schüttelte ihrer Gegnerin die Hand. Wexford sagte Priscilla gute Nacht und verließ den Club auf dem Weg, auf dem er ihn betreten hatte, beobachtete jedoch vorher noch, wie die Spielerinnen in dem Pavillon verschwanden, in dem die Umkleidekabinen waren. Loring saß noch immer auf der Bank.

Allison entdeckte er dort, wo der Fußweg in die Felder mündete. Er lag sehr still in dem hohen Gras an der Hecke und wurde fast völlig davon verdeckt. Wexford sah ihn, ließ es sich aber nicht anmerken. Er war ziemlich sicher, daß Veronica an ihm vorbeigehen würde, ohne ihn zu sehen. Der Weg verlief parallel mit der Hecke und schlängelte sich dann um das Wäldchen herum.

Noch immer herrschte jene falsche Dämmerung, die zwischen Licht und Dunkelheit zu schweben schien. Wäre es viel dunkler gewesen, hätte kein ängstliches junges Mädchen es gewagt, diesen Weg einzuschlagen. Aber Veronica Williams war kein ängstliches junges Mädchen, obwohl sie diesen Eindruck machte.

Die Luft war noch feucht und das Gras naß. Wexford ging im Schatten der hohen Hecke den Pfad entlang, überzeugt, daß derjenige, der es auf Veronica abgesehen hatte, im Wäldchen auf sie lauerte. Damit ja nichts versäumt wurde, war Archbold schon seit halb sechs auf seinem Posten. Wexford konnte jetzt nicht mehr zu ihm, wie es ursprünglich geplant war. Das Risiko, daß er gesehen wurde, war zu groß. Tatsächlich hatte er dadurch, daß er sich das Match angesehen hatte, ihren ganzen Plan aufs Spiel gesetzt. Vor ihm breitete ein Ahornbaum, der die Hecke unterbrach, weit seine Äste aus, deren unterste fast den Boden berührten. Er hob sie auf, lehnte sich an den Baumstamm und wartete.

Inzwischen war es halb acht geworden, und er fragte sich, ob sie überhaupt noch kam. Obwohl die Club-Mitglieder nur sehr spärlich vorhanden gewesen waren, hatten sie sich vielleicht doch entschlossen, Veronica im Clubhaus zu feiern. Aber wohl kaum mit Alkohol. Und sie hätte sich bestimmt davor gedrückt, weil sie genauso dringend mit ihm sprechen wollte wie er mit ihr. Dann fiel ihm ein, daß sie ja ganz die Tochter ihrer Mutter war. Gewiß brauchte sie länger als andere Mädchen, um sich umzuziehen und zu frisieren. Vielleicht duschte sie auch. Wendy gehörte zu den Frauen, die noch einen Sterbenden aus dem Bett zerren, um die Laken zu wechseln, bevor der Arzt kommt.

Wexford stand in der zunehmenden Dämmerung unter seinem Baum. Leichter Nebel zog auf. Hin und wieder hörte man in der Ferne auf der Straße von Kingsmarkham nach Pomfret ein schweres Fahrzeug. Nichts sonst. In dieser Jahreszeit und um diese Stunde sang kein Vogel mehr. Hinter sich konnte er den Weg nur etwa zehn und vor sich vielleicht fünfzig Meter weit überschauen, und er kam ihm wie der unbelebteste Fußweg vor, den er je gesehen hatte. Allison würde Rheuma bekommen, wenn er noch lange auf dem nassen Boden liegen mußte und die Kälte ihm in die Knochen kroch. Archbold war, in seine Steppjacke gewickelt, vermutlich eingeschlafen ...

Sie tauchte ganz plötzlich auf. Doch wie hätte sie wohl sonst erscheinen sollen, da sie völlig lautlos und sehr schnell ging? Sie sah aber nicht so aus, als fürchte sie sich. Wexford sah ihr Gesicht einen Augenblick lang ganz deutlich. Es war völlig arglos. Arglos und vertrauensvoll. Sie wußte nicht, daß sie etwas zu fürchten hatte. Konnte man ihre Halbschwester Sara mit einer florentinischen Madonna vergleichen, war sie ein Page der Medici, das kleine Gesicht ernst und traurig, eingerahmt von goldbraunem Haar, das sie halblang und mit einem Pony trug. Sie hatte rosafarbene Baumwoll-Jeans, von der Mutter erstklassig gebügelt, ihre weißrosa Laufschuhe, einen puderblau- und weißgestreiften Anorak und darunter einen weißen Angorapullover an. Den Tennisschläger hatte sie in einem blauen Futteral. Das alles nahm Wexford mit einem Blick wahr, als sie an ihm vorüberkam.

Er wagte nicht, sein Versteck zu verlassen. Es war ja möglich, daß sie sich umschaute. Statt dessen kroch er durch die Hecke und kauerte sich auf der anderen Seite ins Feld. Es war ein abgeerntetes Weizen- oder Gerstenfeld, und die Stoppeln wirkten grau in diesem Licht. Er lief etwa anderthalb Meter über dem Fußweg an der Hecke entlang. Sehr weit vorn sah er jetzt gerade noch ihren Scheitel im Rhythmus ihrer Schritte wippen. Sie hatte jetzt die Ecke des Wäldchens erreicht.

Ein Stacheldrahtverhau versperrte Wexford plötzlich den Weg. Die einzelnen Drähte waren so eng miteinander verschlungen, daß er nicht durchkriechen, und der oberste Draht so hoch, daß er ihn nicht ohne fürchterliche Folgen für seine Hose übersteigen konnte. Er konnte nur kehrtmachen, wieder durch die Hecke kriechen und über die Böschung auf den Weg zurückklettern. Veronica war zu weit weg, auch wenn sie sich umdrehte, konnte sie ihn nicht sehen. Er sprang hinunter, folgte dem Weg um die nächste Biegung, sah Veronica aber überhaupt nicht mehr, obwohl das ganze Wäldchen vor ihm lag.

Das Herz schlug ihm jetzt ganz hoch im Hals. Wenn sie ihrem Widersacher begegnet und in den Wald gegangen, wenn Archbold tatsächlich eingeschlafen war ... Wexford verließ den Weg und stürmte in den Wald. Hier war es dunkler und trockener, und den Boden bedeckten Millionen von Tannen- und Lärchennadeln. Er rannte zwischen den Bäumen durch und prallte mit Archbold zusammen.

«Es ist niemand hier, Sir. Ich habe seit drei Stunden keine Menschenseele zu Gesicht bekommen.»

«Außer ihr», sagte Wexford außer Atem.

«Sie ist eben vorbeigegangen, allein, in Richtung High Street.»

Er kam auf der Kingsmarkham-Seite aus dem Wald heraus, Archbold dicht hinter ihm. Veronica war nirgends zu sehen. Die Hecken waren zu hoch, das Laubwerk zu dicht. Und dann vergaß Wexford alle Vorsicht und die Mörderjagd und rannte auf dem Weg hinter Veronica her, hatte Angst um sie und um sich selbst. Noch vor ein paar Minuten hatte er den Himmel angefleht, daß Bennett nicht plötzlich von Kingsham her auftauchte und alles verdarb. Jetzt hoffte er, daß er käme.

Vor ihnen lag noch ein flaches Feld, das der Weg diagonal durchschnitt. Dann verlief er im rechten Winkel zu dem Feld, parallel mit einer Hecke bis an die Straße. Keine Spur von Bennett. Weil er Veronica gesehen hatte? Oder ihren Angreifer? Konnte er das überhaupt im schnell schwindenden Licht? Die Wiese war grau, die Hecken schwarz, und die Luft so undurchsichtig wie eine vom Himmel gefallene Wolke. Durch den Nebel sah man nur die Scheinwerfer eines oder zweier Autos auf der Pomfret Road, und dahinter ein unregelmäßiges Bündel blasser Lichter, vermutlich die der Polizeistation.

Veronica war wie vom Erdboden verschwunden, die Wiese leer. Am entgegengesetzten Ende, dort wo der Weg auf die Hecke stieß, war eine kaum wahrnehmbare Bewegung auszumachen. Veronica hatte die Diagonale hinter sich und vor sich die letzten hundert Meter. Das noch vorhandene Licht fing sich in ihrer hellen Kleidung, so daß sie wie ein Nachtschmetterling schimmerte, der an dem dunklen Laub vorüberflatterte.

Wexford und Archbold nahmen nicht die Diagonale. Sie wollten es nicht riskieren, gesehen zu werden. Sie liefen dicht neben der Hecke her, obwohl es dort keinen Weg gab. Archbold, der erst dreißig war, überholte Wexford, der seinerseits das Gefühl hatte, noch nie so gerannt zu sein. Die ganze Zeit sah er vor sich den hellen Schmetterling, der auf den Zauntritt zuhielt, über den man auf den breiten seitlichen Rasenstreifen der Pomfret Road gelangte.

Veronica erreichte ihn nie. Das Flattern hörte auf, und auf einmal war jemand bei ihr, am Ende des Feldes, wo die abgestorbenen Ulmen standen, um deren Wurzeln sich ein fast undurchdringliches Dickicht aus Unterholz, Dornengestrüpp und wilden Klematis gebildet hatte. Etwas oder Jemand war aus diesem Dickicht auf Veronica zugetreten und hatte sich ihr in den Weg gestellt. Wexford glaubte einen Schrei zu hören, war jedoch nicht sicher. Es war kein Angstschrei, sondern eher ein Ausruf der Überraschung gewesen. Er raste um die Ecke, lief wie um sein Leben, glaubte, das Herz müsse ihm im nächsten Augenblick zerspringen, rannte wie kein Mann von fast sechzig Jahren rennen sollte.

Und Archbold kam nur ganz knapp vor ihm an. Es war seltsam, daß das Messer auch jetzt noch glänzen konnte, obwohl es schon fast finster war. Wexford sah es aufblitzen, und dann fiel es zu Boden. Archbold hielt Veronica fest, die das Gesicht an seine Brust drückte und sich an seine Jacke klammerte. Wexford ging selbst auf die andere zu. Sie unternahm keinen Versuch wegzulaufen. Sie schlang die Hände ineinander und ließ den Kopf hängen, so daß er ihr Gesicht nicht sehen konnte.

In diesem Augenblick materialisierte sich Bennett sozusagen aus der Dunkelheit, und da blickte Sara Williams wie benommen mit einem Ausdruck leichter Überraschung auf.

«Nehmt sie beide mit», sagte Wexford. «Sie werden des gemeinschaftlichen vorsätzlichen Mordes an Rodney Williams beschuldigt.»

22

«Sie waren es, die sich kannten, nicht ihre Mütter», sagte Wexford. «Edwina Klein hat es mir gesagt, aber ich habe sie mißverstanden. ‹Die beiden Frauen haben sich gekannt›, sagte sie. ‹Ich habe sie zusammen gesehen.› Ich dachte, sie meine Joy und Wendy. Joy und Wendy waren Frauen, Sara und Veronica hingegen Mädchen. Nur daß für ein militant feministisches Gründungsmitglied von ARRIA alle weiblichen Wesen Frauen sind. Genauso wie für die Organisatoren von Sportveranstaltungen. Es ist ein Damen-Einzel, selbst wenn beide Spielerinnen erst fünfzehn sind.»

Burden und der Doktor sagten nichts. Sie saßen alle im Haus des Strohwitwers Burden, tranken den Pulverkaffee des Strohwitwers Burden. Es war alles zu Ende. Beide Mädchen waren hinreichend verdächtig, um vor Gericht gestellt zu werden. Vor ein normales Gericht die eine, vor ein Jugendgericht die andere. Hinterher war Wexford der Presse in die Hände gefallen. Flink und geschmeidig wie die SAS war ein Kamerateam aus seinem Kombi gesprungen, und wieder würde er im Fernsehen zu besichtigen sein. Und dabei aussehen wie hundert, dachte er, nachdem er sich die halbe Nacht um die Ohren geschlagen und mit Sara Williams gesprochen hatte. Die Leute würden den Sender mit Telefonanrufen bombardieren und seinen Rücktritt aus Altersgründen fordern.

«Sie lernten sich natürlich bei einem Tennisturnier kennen. Als ich das zweite Mal mit Sara sprach, entdeckte ich einen Tennisschläger in ihrem Zimmer. Sie spielte nicht annähernd so gut wie Veronica, gehörte nicht zu den ersten oder zweiten Sechs der High School. Sie schaffte es grade noch, als Ersatzspielerin ins Team zu kommen. Doch eines Tages mußte sie einspringen, und ihre Gegnerin war Veronica. Was dann passierte? Ich weiß es nicht, und sie hat es mir nicht gesagt. Ich vermute, daß eins von den anderen Mädchen eine Bemerkung über die Ähnlichkeit zwischen ihnen fallenließ und fragte, ob sie Kusinen seien, da sie denselben Familiennamen hatten. Natürlich reizte das die eine oder die andere der beiden, weiterzuforschen – wahrscheinlich Sara. Und danach war die Sache nicht mehr schwierig, oder? ‹Schau mal, ich hab ein Foto, das sind meine Eltern . . .›»

«So was kann einem jungen Menschen schon zusetzen, nicht wahr?» sagte der Doktor.

«Ja, aber es ist auch ziemlich aufregend.»

«Das ist ein recht oberflächlicher Standpunkt», meinte Burden. «Fast würde ich ihn gefühllos nennen. Die beiden Mädchen waren einsam, Veronica verhätschelt und behütet, Sara vernachlässigt, ungeliebt. Mußte es für sie nicht erschütternd und zugleich ungeheuer tröstlich sein, plötzlich eine Schwester zu finden?»

Die Empfindsamkeit, die Burden erst verhältnismäßig spät im Leben entwickelt hatte, weckte in Wexford stets eine Art nachsichtiger Belustigung. Sie galt so häufig den falschen Dingen. Sie ähnelte in gewisser Weise jenen guten Vorsätzen, mit denen der Weg zur Hölle gepflastert ist.

Er wählte seine Worte mit großer Vorsicht. Es waren starke Worte, die jedoch nur zögernd ausgesprochen wurden.

«Sara Williams hat keine normalen Empfindungen – Zuneigung, Liebe, Einsamkeit, das fühlt sie nicht und kann es nicht nachvollziehen. Ich glaube, man kann sie ruhig als Psychopathin bezeichnen. Sie will Aufmerksamkeit erregen und beeindrucken. Ich könnte mir vorstellen, daß sie von ihrer Halbschwester hauptsächlich Bewunderung empfing. Sara ist hochintelligent. Auf geistigem Gebiet ist sie Veronica weit überlegen. Sie ist eine starke, amoralische, gefühllose Solipsistin, ein Mensch, der nur das eigene Ich mit seinen Bewußtseinsinhalten als Wirklichkeit gelten läßt, und sie hat einen furchtbaren Charakter.»

Crocker zog die Brauen hoch. «Sie sprechen von einer Achtzehnjährigen, die von ihrem eigenen Vater mißbraucht wurde.»

Wexford antwortete nicht. Er dachte an das, was Sara im Verhörzimmer zu ihm gesagt hatte. Marion Bayliss hatte an einem Ende des Tisches gesessen, Martin und er selbst ihr gegenüber, und Sara Williams hatte am Kopfende präsidiert und mit hoch erhobenem Kopf ihre Gefühle und ihre Handlungen geschildert. Sie hatte gar nicht daran gedacht, sich zu verteidigen.

«Meine Schwester», hatte sie gesagt, «sieht so aus wie ich. Ich hatte das Gefühl, sie sei ein anderer Aspekt meiner selbst, der schwächere, hübsche, weibliche Teil von mir, wenn Sie so wollen. Ich wollte diesen Teil endgültig loswerden.»

«Warum haben Sie Ihren Eltern nicht erzählt, daß Sie Veronica kennengelernt hatten?»

«Warum sollte ich?»

Bei ihren Antworten blieb einem die Luft weg.

«Es wäre nur natürlich gewesen, wenn Sie Ihren Vater mit dem konfrontiert hätten, was Sie entdeckt hatten.»

Sie war auf ihre Weise aufrichtig. «Es hat mir gefallen, ein Geheimnis zu haben. Es hat mir Spaß gemacht, etwas zu wissen, von dem er glaubte, ich wisse es nicht.»

«Weil Sie ihn dadurch in der Hand hatten?»

«Vielleicht», antwortete sie gleichgültig. Es langweilte sie, wenn sich das Gespräch nicht ausschließlich um sie drehte.

War es das, womit sie ihm gedroht hatte, als es um den Inzest ging? Hatte sie sich ihn damit vom Leib gehalten – im wahrsten Sinn des Wortes?

«Sie haben auch Veronica dazu gebracht, ihrer Mutter nichts zu sagen?»

«Sie hat getan, was ich von ihr verlangte.»

Sie sagte das so wie ein Hundetrainer, der von einem besonders gehorsamen Tier sprach. Für den Trainer ist dieser Gehorsam etwas Selbstverständliches, eine so starke Wirkung geht von seiner Persönlichkeit und seiner Technik aus, so undenkbar ist für ihn eine andere Reaktion. Um das zu verstehen, hätten Crocker und Burden das Mädchen sehen und hören müssen, dachte Wexford. Er konnte nicht einmal versuchen, es ihnen zu vermitteln. «Sara und Veronica trafen sich oft», fuhr er fort. «Sara begleitete Veronica sogar nach Hause, wenn Wendy im Geschäft war. Veronica schwärmte für ihre Schwester, eiferte ihr nach, hätte ihr in allem gehorcht.»

«Hätte?»

«Hat. Psychiater nennen das, was die beiden überkam, *folie à deux*, eine Art Wahnsinn, der von zwei Menschen nur Besitz ergreift, wenn sie zusammen sind und sich gegenseitig beeinflussen. Und immer gibt es in solchen Konstellationen einen, der sich leicht gängeln läßt, und einen, der dominiert.» Wexford schweifte kurz ab. «Wenn ich zurückblicke, kann ich mich nicht daran erinnern, daß Sara Williams je einen Satz zu mir gesagt hätte, der nicht mit ‹ich› anfing oder von ihr selbst handelte.»

Er fuhr mit seinem Bericht fort: «Daß es jetzt eine Verbindung zwischen den beiden Williams-Haushalten gab, führte dazu, daß die Mädchen Informationen austauschten. So hatte Sara zum Beispiel geglaubt, ihr Vater sei bei Sevensmith Harding Firmenvertreter für den Bezirk Ipswich. Und Veronica dachte, ihr Vater sei Verkäufer bei einer Firma für Badezimmereinrichtungen. Sie unternahmen die nötigen Schritte, um die Wahrheit herauszufinden, und das ist ihnen auch gelungen. Schon vor über einem Jahr haben sie festgestellt, was Rodney beruflich wirklich machte, was für eine Stellung er bekleidete, und nachdem Sara ein bißchen recherchiert hatte, wußten sie auch, was ein Marketing Manager im Durchschnitt verdiente.

Sara warnte Veronica vor den sexuellen Neigungen ihres Vaters. Deshalb fürchtete Wendy, er könnte versuchen, ihre Tochter zu mißbrauchen. Nicht, weil sie selbst etwas beobachtet hatte oder Veronica aus einem Kuß und einer Umarmung entsprechende Schlüsse zog, sondern weil Sara ihr sagte, was sie zu erwarten hatte, und Veronica es weitergab, ohne zu verraten, woher sie es wußte. Wie dem auch sei, Sara machte aus Veronica ein völlig verängstigtes Mädchen. Ein völlig verwirrtes und unsicheres Mädchen. Versetzen Sie sich einmal in ihre Lage. Zuerst entdeckt sie, daß ihr Vater eine zweite – die gesetzliche – Ehefrau und erwachsene Kinder hat. Das bedeutet, daß er mit ihrer Mutter nicht verheiratet sein kann und sie daher illegitim ist. Also muß er ein Lügner und Betrüger sein. Er hat sogar eine andere Stellung als die, die er angibt. Und das Schlimmste von allem – er hat seine andere Tochter mißbraucht und hat mit ihr bestimmt dasselbe vor. Kein Wunder, daß sie Angst hatte.

Daß sie Wendy von ihrer Furcht vor einem sexuellen Übergriff ihres Vaters erzählt hatte, führte nur zu Schwierigkeiten zwischen ihren Eltern. Hat Wendy Rodney beschuldigt, und hat er es heftig geleugnet? Da können wir fast sicher sein. Der Streit war jedenfalls so schlimm, daß Wendy glaubte, Rodney werde sie verlassen, sie fürchtete aber auch, daß Veronica dann erst recht in Gefahr sein würde. Wir sehen also, warum sie nicht wollte, daß Veronica am Abend des fünfzehnten April zu Hause blieb. Wenn Rodney doch wieder zurückkam, würde sie mit ihrem Vater allein sein – und zwar zum erstenmal, seit die Sache aufgedeckt worden war.

Aber Veronica hatte jetzt außer ihrer Mutter noch eine andere Freundin und Vertraute. Sie hatte Sara. Und Sara rechtfertigte das Vertrauen, das sie in sie setzte. Sara hatte eine gute Idee, wie man Rodneys Aufmerksamkeit von seiner Tochter – und nicht nur von ihr, sondern eigentlich von allem – ablenken konnte. ‹Vertausch seine Blutdruck- mit Schlaftabletten.› Doch das konnte man nur einmal und im äußersten Notfall tun.

So unwissend auch ihre Mütter sein mochten, Sara und Veronica wußten am fünfzehnten April sehr genau, daß Rodney von der Alverbury Road schnurstracks in die Liskeard Avenue fahren würde. Also tauschte Sara die Tabletten selbst aus, die beiden letzten, die das Fläschchen enthielt. Vergessen Sie nicht, daß wir in der Alverbury Road ein leeres und in der Liskeard Avenue ein halbvolles Fläschchen *Mandaret* gefunden haben. Rodney nahm also seine zwei Mandaret, wie er glaubte, und ließ die leere Packung in seinem Schlafzimmer liegen. Dann fuhr er nach Pomfret. Bestimmt wurde er schon unterwegs schläfrig.»

«Das waren die Phanodormtabletten, die Paulette Harmer besorgt hatte?» fragte der Doktor.

«Ich nehme an, sie hat sie besorgt. Es kommt mir am plausibelsten vor. Aber Paulette mußte nicht sterben, weil sie ein Schlafmittel weitergegeben hatte, obwohl das verboten war. Sie starb, weil die Ereignisse eine Wendung nahmen, die dazu führte, daß sie ihre Gedanken auf den fünfzehnten April konzentrierte, und sie erinnerte sich, wie es wirklich gewesen war. Sie erinnerte sich, daß ihre Mutter an diesem Abend mit Tante Joy telefoniert und erwähnt hatte, sie freue sich, daß Kevin sich an der Uni schon wieder so gut eingewöhnt habe. Und das wollte sie uns sagen, weil sie aus der Zeitung, aus dem Fernsehen und von ihren Eltern wußte, wie stark der Verdacht gegen ihre Tante war. Sie wußte ganz genau, daß ihre Tante an jenem Abend zu Hause gewesen war – um Kevins Anruf um acht Uhr und den ihrer Mutter um Viertel vor neun entgegenzunehmen.»

Das Mädchen hätte Blumen streuen oder in einer Muschelschale den Meereswogen entsteigen sollen. Das Gesicht war weich, unschuldig und ein wenig verschlossen. Obwohl ein winziges selbstzufriedenes Lächeln die Lippen umspielte. Das Haar war von der hohen Stirn straff zurückgekämmt, doch ein paar Strähnchen hatten sich gelöst und lagen wie goldene Ranken auf der weißen Haut.

«Veronica rief mich an. Sie sagte nur, er sei eingeschlafen, wie ich es ihr prophezeit hätte. Ich sagte, ich käme hinüber.»

Wexford hatte sie nur unterbrochen, um zu fragen, warum.

«Nun ja, weil ich es für richtig hielt. Eine solche Chance würde sich mir nie wieder bieten, nicht wahr?»

Er beherrschte sich und fragte nicht, was sie damit meine. Ihre Augen schienen größer zu werden, ihr Gesicht wurde ausdrucksloser.

«Ich sah ihn dort schlafen und dachte, daß jetzt ich Macht über ihn hatte. Ich dachte an die Macht, die er über mich besaß. Ich wurde wütend, wirklich wütend.»

«Und Veronica?»

«An Veronica habe ich nicht gedacht. Ich nehme an, sie war da. Na ja, ich weiß, daß sie da war. Ich sagte zu ihr: ‹Wir könnten ihn umbringen, und damit hätte alles ein Ende.› Ich sagte ihr, sie solle mir ein Messer holen. Ich hab's nicht ernst gemeint, habe nur herumphantasiert. Ich war wütend, und ich war erregt – irgendwie *high*, wie nach einem Drink.»

Folie à deux. War Veronica auch erregt gewesen? Von diesem Mädchen würde er kaum etwas über die Gefühle eines anderen Menschen erfahren.

«Ich nahm ihr das Messer aus der Hand und entfernte die Scheide aus Pappe, in der es steckte. Ich ging zu meinem Vater, der auf dem Sofa lag, und fing an rumzuspielen, fuchtelte mit dem Messer in der Luft herum und tat so, als stieße ich es in ihn hinein. Ich merkte, daß er sehr tief schlief. Ich brachte Veronica zum Lachen mit meiner Pantomime, von der er überhaupt nichts merkte. Ich erinnere mich nicht mehr, warum ich eigentlich aufhörte zu spielen. Ich war so erregt und *high*, daß ich's nicht mehr weiß. Aber so ist es passiert. Eben noch war es Phantasie, und im nächsten Moment war es Wirklichkeit.»

Sie sah über den Tisch hinweg zuerst Marion und dann Martin an. Es war, als fordere sie die ungeteilte Aufmerksamkeit ihres Publikums. Dann schaute sie Wexford mit einem festen Blick in die Augen.

«Ich hob das Messer und stieß es ihm in den Hals, ganz fest, mit beiden Händen. Davon wurde er wach und ächzte oder stöhnte oder so. Also stieß ich noch ein paarmal zu, damit das Blut nicht mehr so herumspritzte. Ich will Ärztin werden, daher wußte ich, daß er aufhören würde zu bluten, wenn er tot war ...»

So abgehärtet Wexford auch war, er brauchte ein paar Sekunden, um Worte zu finden.

«Hat Veronica auch zugestochen?»

«Ich habe ihr das Messer gegeben und gesagt, jetzt mal los. Die

Halswunde war sehr groß, und sie stieß das Messer hinein. Dann lief sie weg und übergab sich.»

«Total verrückt», sagte Burden. «Übergeschnappt.»

«Vielleicht. Ich bin nicht sicher. Wir wollen jetzt nicht anfangen, Psychosen zu definieren.»

«Wie ging's weiter?» fragte der Doktor.

«Das Zimmer war zum größten Teil mit alten Laken abgedeckt. Rodney hatte schon halb schlafend das Haus betreten, sich die Treppe hinaufgeschleppt und auf das Sofa fallen lassen, das auf einer Seite ebenfalls mit einem Laken zugedeckt war. Zufällig an dem Ende, an dem sein Kopf lag. Dieses Tuch, das Leslie Kitman gehörte, fing das meiste Blut auf. Etwas spritzte auch auf die Wand, von der am selben Tag die alte Tapete abgelöst worden war. Sara packte Rodneys Kopf in das Laken und wusch die Wand ab. Veronica hatte sich inzwischen erholt und ordnete sich Sara völlig unter. Sie wusch das Messer ab und hatte dann die Idee, es in die Wand einzugipsen. Damit handelten sie zum erstenmal mit wohlüberlegter Raffinesse. Es geschah noch ein paarmal. In den Wänden waren Risse und Sprünge, die verspachtelt werden mußten, und in der Garage fanden sie ein Paket Spachtelmasse. Außerdem stand dort Rodneys Wagen, den Sara fahren konnte. Sie rollten das Laken zusammen und verbanden Rodney den Hals mit einem der Geschirrtücher, die Wendy bei Marks and Spencer gekauft hatte. Nachdem sie das Zimmer gesäubert hatten, trugen sie Rodney die Wendeltreppe hinunter und durch die Verbindungstür, die aus der Diele direkt in die angebaute Garage führt. Dann legten sie ihn in den Kofferraum seiner Greta aus Granada. Das in Zeitungspapier eingepackte Laken warfen sie in die Mülltonne. Und zwar gegen halb acht.»

«Wie», sagte Burden, «ist es dann möglich, daß Kevin, der um acht Uhr in der Alverbury Road anrief, mit seiner Schwester sprach?»

«Er hat nicht mit ihr gesprochen, sondern mit seiner Mutter. Und selbstverständlich wußten er und Joy sehr genau, daß sie miteinander telefoniert hatten. Sie haben nur gelogen, um Sara zu schützen. Oh, ich weiß, Joy liebt Sara nicht besonders, aber sie ist schließlich ihre Tochter. Sobald sie anfing ernsthaft darüber nachzudenken, wurde ihr bald klar, daß Sara etwas mit Rodneys Verschwinden zu tun haben konnte. Zuerst war sie ehrlich überzeugt, daß er sie verlassen hatte, und bat mich deshalb um Rat. Aber dann änderte sich alles. Ich glaube auch zu wissen, warum. Auf meinen Rat hin rief sie bei Sevensmith Harding an und erfuhr dort, daß *sie* am Freitag, dem 16. April, mit der Firma telefoniert und Rodney wegen Krankheit entschuldigt hatte. Zweifellos glaubte Joy zuerst an einen Irrtum, aber sie behaupteten steif und fest, es sei dieselbe Stimme, ganz sicher. Und Joy wußte, daß Saras Stimme der ihren sehr ähnlich war.

Joy glaubte auch zu wissen, was Sara wegen des Inzests für ihren Vater empfand, das dürfen Sie nicht vergessen. Sie erinnerte sich außerdem, daß Sara am Abend des 15. April nicht zu Hause gewesen war. Also erzählte sie uns und brachte Kevin dazu, das zu bestätigen – was nicht weiter schwierig war, da er der Polizei mißtraut und an seiner Schwester hängt –, daß sie an diesem Abend nicht zu Hause gewesen war und Sara den Anruf entgegengenommen hatte. Handelte sie im Einverständnis mit Sara? Ich bezweifle es. Mutter und Tochter redeten kaum miteinander. Ich vermute, daß Joy sagte, es sei vielleicht klüger, die Sache so zu arrangieren, und Sara stimmte wahrscheinlich mit einem Nicken zu und sagte ja.»

«Sie zeichnen da das Bild einer mütterlichen Frau, die sich selbst opfert», sagte der Doktor, «und das stimmt einfach mit Ihrer bisherigen Meinung von Joy Williams nicht überein. Ihre Geschichte kommt mir vor wie das alte Märchen von der Pelikanmutter, die sich das Fleisch aus der eigenen Brust riß, um ihre Brut zu füttern – und gehört ebenso ins Reich der Fabel.»

«Nein. Joy war ganz zu Recht überzeugt, sie gehe kein allzugroßes Risiko ein. Sie hielt es für ausgeschlossen, daß wir die falsche Person verhaften könnten. Ihr Vertrauen muß während der letzten Tage auf eine harte Probe gestellt worden sein.»

Burden, dem immer wohler zumute war, wenn er sich auf belastende Einzelheiten und Indizien stützen konnte, sagte ungeduldig: «Die beiden Mädchen fuhren Williams' Leiche also in den Cheriton Forest hinauf und gruben ihm mit seiner eigenen Schneeschaufel das Grab?»

«Ein flaches Grab, denn nachdem sie ihn getötet hatten, wollte Sara, daß die Leiche bald gefunden wurde. Es sollten höchstens zwei Wochen vergehen, bis dahin würden, wie sie richtig vermutete, alle Spuren verwischt sein. Es kam jedoch nicht so, wie sie wollte, und es dauerte zwei Monate, bis man den Toten fand.

Eins ging mir ständig im Kopf herum, und zwar das, was ich bei mir den ‹Milvey-Zufall› nannte, der den Fall so unglaublich komplizierte. Inzwischen ist auch das ganz klar. Es gab keinen Zufall. Sara und Veronica versteckten Rodneys Reisetasche – wahrscheinlich im Wald – und hofften, daß sie in den nächsten Tagen gefunden würde. Aber das traf nicht ein. Dann sagte Mrs. Milvey eines Tages zu Joy, daß Milvey am nächsten Tag den Teich im Park von Green Pond Hall säubern und ausbaggern würde, und Sara hörte es zufällig. Sie holte die Tasche und warf sie rechtzeitig genug in den Teich, daß Milvey sie am nächsten Tag finden mußte.»

«Aber warum wollte sie, daß die Leiche entdeckt wurde? Das konnte ihr doch egal sein.»

«Dazu komme ich später.»

«Ich begreife nicht, warum sie sich die Mühe machte, Sevensmith Harding anzurufen und einen Brief zu fälschen, um die Entdeckung hinauszuzögern, und dann alles tat, um sie zu beschleunigen. Das heißt – ich nehme an, daß es Sara war, die bei der Firma anrief. Ihre Stimme ist der ihrer Mutter wirklich zum Verwechseln ähnlich.»

«Sie hat angerufen, und Veronica hat den Brief getippt. Im Haus ihrer Freundin Nicola Tennyson, auf der Schreibmaschine von Nicolas Mutter.»

«Sie begruben die Leiche, versteckten die Reisetasche, und Sara fuhr Veronica nach Pomfret zurück, damit sie vor Wendy zu Hause war. Das war gegen neun. Wendy, die Ovington besucht hatte, mit dem sie ein bißchen flirtete, kam erst um halb zehn. Sara fuhr nach Myringham und ließ den Wagen in der Arnold Road stehen, wo Eve Freeborn ihm kaum eine halbe Stunde später eine Delle verpaßte, als sie einparkte. Wäre Sara ein bißchen später und Eve ein bißchen früher drangewesen, hätten sich die beiden ARRIA-Mitglieder getroffen, was unsere Arbeit wesentlich erleichtert hätte. Aber als Eve kam, saß Sara schon im Bus und fuhr nach Hause.

Am nächsten Morgen schloß sie sich, bevor sie in die Schule ging, im Wohnzimmer ein und rief bei Sevensmith Harding an. Sie hatte Glück, daß um diese Zeit schon jemand in der Firma war, um das Gespräch entgegenzunehmen, aber da sie in die Schule mußte, war sic ja gezwungen, so früh zu telefonieren. Und damit, denke ich, wären alle näheren Umstände des Mordes an Rodney Williams geklärt.»

Burden nahm das Tablett auf. «Noch jemand Kaffee?» fragte er.

Nein, keinen Kaffee mehr, antwortete Wexford. Es sei fast Zeit für ein Bier, nicht wahr? Der Doktor sah ihn mit mißbilligend gerunzelter Stirn an, und er wandte absichtlich den Kopf ab, blickte hinaus in Burdens freundlichen, jetzt wieder gepflegten Garten, in dem die Blumenrabatten wie Kleiderchintz und der Rasen wie ein Stückchen grüner Flanell aussahen. Jennys gelbe Chrysanthemen leuchteten in der Sonne so grell, daß man sie kaum ansehen konnte. Burden öffnete die Terrassentür.

«Das traurige an der Geschichte ist», sagte Crocker, «daß ein Medizinstudium für Sara Williams praktisch unmöglich geworden ist.»

Burden sah ihn an. «Aber St. Biddulph wird sich doch an einer solchen Kleinigkeit wie Vatermord nicht stoßen», sagte er sarkastisch.

«Sie halten es also nicht für gerechtfertigt – nicht für mehr als gerechtfertigt, wenn ein Mädchen seinen Vater tötet, nachdem er es mißbraucht hat und darauf aus ist, der jüngeren Halbschwester dasselbe anzutun? Sie glauben nicht, daß Richter und Geschworene ihr mildernde Umstände zubilligen werden?»

«O doch, ich glaube schon.» Es war Wexford, der an Burdens Statt antwortete.

«Das ist nur gerecht, sie wird also nicht für ein paar Jahre hinter Gittern verschwinden, oder? Sie wird zwar nie die zweifelhafte Ehre haben, Ärztin zu sein wie Ihr hier anwesender untertänigster Diener, aber es wird auch keine übliche Strafe geben?»

«Dessen wäre ich mir nicht allzu sicher.»

«Weil sie den Mord geplant und die Spuren verwischt hat, meinen Sie?»

«Sie hat ihre Kusine Paulette Harmer getötet», sagte Burden.

«Das hat sie tatsächlich, doch das habe ich nicht gemeint. Denn sehen Sie, Rodney Williams hat mit seiner älteren Tochter nie Inzest begangen. Er hat sich auch seiner jüngeren Tochter nie auf diese Weise genähert. Ich bezweifle sehr, daß er überhaupt je versucht hat, jemanden sexuell zu mißbrauchen – und das meine ich im weitesten Sinn des Wortes.»

23

Crocker hatte sofort verstanden, und Wexford überließ ihm die Erklärung. Der Doktor begann in groben Umrissen Freuds «Verführungs-Theorie» zu erklären, wie in dem berühmten Papier von 1896 dargelegt.

«Dreizehn Patientinnen von Freud behaupteten, von ihren Vätern verführt worden zu sein. Freud glaubte ihnen und baute auf ihren Aussagen eine Theorie auf, verwarf sie jedoch später wieder, weil ihm klar wurde, daß er zu leichtgläubig gewesen war. Statt dessen kam er zu dem Schluß, daß kleine Mädchen dazu neigen, sich einzubilden, ihr Vater habe mit ihnen geschlafen. Von da an hatten kindliche Phantasien für ihn große Bedeutung und waren später die Grundlage für seine nicht beweisbare These vom Ödipuskomplex.»

«Soll das heißen, daß Sara sich die ganze Sache nur ausgedacht hat?» fragte Burden. «Aber sie ist doch gewiß kein kleines Mädchen mehr.»

«Auch Freuds Patientinnen waren keine kleinen Mädchen mehr, als sie zu ihm kamen.»

«Ich denke», sagte Wexford, «Sara hatte die üblichen Phantasien einer Tochter über ihren Vater. Als sie älter wurde, las sie Freud. Sie las auch Bücher über Inzest – sie stehen alle in ihrem Schlafzimmer. In der ARRIA-Satzung wird auch der Inzest zwischen Vater und Tochter erwähnt. Hat sie diesen Passus auch gelesen, oder hat sie ihn sogar geschrieben? Auf jeden Fall war sie in ihrer Vorstellung viel enger mit ihrem Vater verbunden als er mit ihr.»

«Woher wollen Sie wissen, daß er sie nicht tatsächlich verführt hat? Männer begehen Inzest mit ihren Töchtern. Ich meine, woher wollte Freud wissen, ob unter seinen dreizehn Patientinnen nicht doch eine war, die nicht phantasiert, sondern die Wahrheit gesagt hatte?»

«Das kann ich nicht beantworten», sagte Wexford. «Aber ich kann Ihnen verbindlich sagen, daß Sara nie von ihrem Vater mißbraucht wurde. Sie gehört nicht zu den Mädchen, denen so etwas passiert. Sie ist weder unwissend noch dumm, weder verschüchtert noch abhängig. Diese Verführung oder scheinbare Verführung folgt dem klassischen Beispiel, wie es in den Büchern steht. Das Mädchen wehrt sich nicht, kämpft und schreit nicht. Es will kein

Aufsehen. Bei der ersten Gelegenheit erzählt es der Mutter, was geschehen ist, und die Mutter reagiert mit Zorn, Vorwürfen und der Beschuldigung, die Tochter habe sich gegen den Vater allzu herausfordernd verhalten. Joy, wie wir wissen, paßt hervorragend zu diesem klassischen Beispiel. Aber Sara? Hätte Sara, ein leitendes ARRIA-Mitglied, eine überzeugte Feministin, sich nicht gewehrt und geschrien, wenn es wirklich geschehen wäre? Sie war mit dem Messer sehr schnell bei der Hand, wie wir wissen. Und sie ist die letzte, die es stört, zu Hause oder sonstwo Aufsehen zu erregen und alles durcheinanderzubringen. Und Sara – ihrer Mutter was erzählen? Nie und nimmer. Die beiden haben seit Jahren nicht mehr richtig miteinander gesprochen. Sara verachtet ihre Mutter. Wenn sie es jemandem erzählt hätte, dann ihrem Bruder Kevin. Nein, es hat keinen Inzest gegeben. Denn wenn es ihn gegeben hätte, hätte sie ihn verschwiegen, um ein Druckmittel gegen ihren Vater in der Hand zu haben, und wäre damit nicht zu Joy gelaufen.

Es war natürlich Sara, die Colin Budd überfallen hat. Wie Sie sich erinnern werden, passierte das am Abend, bevor Milvey anfing, den Green Pond auszubaggern. Sara holte nach Einbruch der Dunkelheit die Tasche aus ihrem bisherigen Versteck im Wald und steckte sie in einen Plastiksack. Als Budd daherkam, wartete sie auf den Bus, der sie ans andere Ende von Kingsmarkham bringen sollte, zur Forby Road in die Nähe von Green Pond Hall. Daß Budd sich für sie interessierte, kam ihr höchst ungelegen. Außerdem hatte sie sich dazu erzogen, immer Ausschau nach ‹sexistischen Annäherungen› zu halten. Sie war ausschließlich in eigener Sache unterwegs, und dieser Mann behandelte sie so, als sei sie ausschließlich als Lustobjekt auf dieser Welt. Ganz bestimmt verlor sie auch ein bißchen die Nerven. Sie stach mit einem Federmesser zu.»

«Wenn alles nur Phantasie war», sagte Burden, der sich wieder der Analyse von Saras Charakter zuwandte, «warum hat sie dann Veronica gewarnt? Warum die jüngere vor etwas warnen, das nie passieren würde?»

«Sie denken, eine solche Phantasterei sei nur was ‹Ausgedachtes›, so daß derjenige, der phantasiert, nicht daran glaubt?»

«Und glaubt er daran? Hat Sara sich eingeredet, es sei wirlich passiert?»

«Ja und nein. Sie hat zugegeben, daß nie etwas geschehen ist.

Andererseits wäre ich nicht überrascht, wenn sie morgen erklärte, es sei doch so gewesen, und auch fest daran glaubte. Dieses Geheimnis weitergeben zu können, dieses schreckliche und abstoßende Geheimnis, muß ihr einen noch größeren Einfluß auf Veronica verschafft haben. Es hat ihre Macht verstärkt. Sehen Sie, Veronica hatte große Angst vor ihr, sie bewunderte sie fast ehrfürchtig, aber die ganze Sache ging ihr schon vor dem Mord an Rodney auf die Nerven.»

Wexford hatte Wendy holen lassen, und sie war ausnahmsweise ruhig und vernünftig. Seiner Meinung nach war die Atmosphäre in seinem Büro angenehmer als in den kahlen Verhörzimmern. Marion und Polly saßen nebeneinander und Veronica ein wenig abseits – bis Wexford hereinkam. Jungfer Rührmichnichtan und der finstere Riese, der neben ihr Platz nahm. Nur konnte sie nicht weglaufen. Es würde sehr lange dauern, bis Veronica Williams wieder vor etwas weglaufen konnte.

Sie war sehr blaß. Seit Wexford sie zum erstenmal gesehen hatte, war ihr Haar ungefähr fünf Zentimeter gewachsen, und sie trug es jetzt ungefähr fünfzehn Zentimeter länger als auf dem Strandfoto. Hatte sie es wachsen lassen, um ihrem Idol und Vorbild Sara nachzueifern? Er hatte sie gefragt, wann sie ihre Halbschwester kennengelernt hatte.

«Im September.» Sie sprach so leise, daß er sie bitten mußte, die Antwort zu wiederholen. «Im September – vor einem Jahr», sagte sie.

«Und wie oft haben Sie sich seither getroffen? Einmal wöchentlich? Öfter?»

Sehr leise: «Öfter.»

Sie gab zu, daß sie ständig miteinander telefoniert hatten. Manchmal war es wie ein Spiel. Sara rief an und sagte, sie sei in fünf Minuten in der Liskeard Avenue, oder sie rief Sara an und sagte, wenn Sara vorsichtig sei und sich nicht sehen ließe, könne sie Rodney und Wendy beobachten, die ihr – Veronica – beim Tennis zuschauten.

«Aber plötzlich war es kein Spiel mehr, nicht wahr? Am 15. April hörte es auf ein Spiel zu sein.»

Sie nickte, und ein Schaudern ging durch ihren Körper wie ein Krampf. «Warum hast du immer alles getan, was sie sagte?» fragte Wendy. «Warum hast du ihr alles erzählt?»

Wie konnte Veronica ihr das beantworten?

«Du hast ihr gesagt, du wolltest zu mir kommen und gestehen, welche Rolle du bei dem Ganzen gespielt hast, nicht wahr?» fragte Wexford sehr sanft.

Veronica sah Wendy an. «Ich dachte, Sie wollten meine Mutter verhaften.»

Ein winziger Triumph blitzte in Wendys traurigen Augen auf. Unter diesen unglaublichen Umständen wurden ihr all die Jahre ergebener Mutterliebe gelohnt ...

Wexford erwachte aus seinen Gedanken, als Burden ein Tablett mit drei Büchsen Bier und allen möglichen Happen hereinbrachte, von denen er sich hauptsächlich ernährte, während Jenny nicht da war.

«Aufwachen!»

«Entschuldigung.»

«Hören Sie, wenn's keinen Inzest gegeben hatte und auch keiner zu befürchten war, wenn Veronica nicht in Gefahr war – was war dann das Motiv für den Mord an Rodney? Von Anfang an hat uns in diesem Fall ein handfestes Motiv gefehlt. Oder wollen Sie sagen, ein Psychopath brauche kein Motiv – oder zumindest kein Motiv, das ein normaler Mensch versteht?»

«Ich habe Ihnen gesagt, daß Saras Verhalten auf vielen Überlegungen beruht, die Außenstehenden zum Teil völlig unbegreiflich vorkommen müssen. Daß sie die Leiche ursprünglich versteckte, zum Beispiel, und später geradezu erpicht war, daß sie bald gefunden wurde. Ich habe Ihnen auch klargemacht – und bin damit bei Ihnen allen nur auf Mißbilligung gestoßen, wie ich glaube –, daß ich mit Sara kein besonderes Mitleid habe. Und zwar deshalb, weil es für das, was sie getan hat, nicht die geringste Rechtfertigung gibt.

Sie hatte ein Motiv, und das war so berechnend und kaltblütig wie das einer jeden Giftmörderin, die einen alten Erbonkel wegen seines Geldes um die Ecke bringt.»

«Aber Rodney hatte doch kein Geld zu vererben», wandte Burden ein.

«Auf den ersten Blick vielleicht nicht, obwohl der Bankdirektor mir gezeigt hat, was für eine Summe auf dem Konto steht, von dem er den monatlichen Unterhalt auf die beiden ehelichen Konten überwies. Es ist jedenfalls so viel, daß er Rodney empfahl, das

Geld zu investieren. Sara hat ihn jedoch nicht ermordet, um ihn zu beerben, und trotzdem war Geld das Motiv.»

«Aber kein Bargeld, nehme ich an», sagte der Doktor.

Wexford wandte sich an Burden. «Sie haben das Thema erst vor kurzem angeschnitten, Mike. Als Sie glaubten, Sie bekämen eine Tochter – und auch das ist relevant. Sie haben gesagt, daß sie später mal mit einer staatlichen Studienbeihilfe an einer Universität studieren sollte. Wissen Sie's noch?»

«Ich glaube. Aber ich begreife nicht, wo da die Relevanz liegt.»

«Sara will Ärztin werden», entgegnete Wexford. «Das heißt, sie wollte Ärztin werden, sollte ich wohl sagen. Und obwohl es immer schwieriger wird, einen Studienplatz zu bekommen, wußte sie, daß sie die Fähigkeiten hatte, einen zu ergattern. Ihre Eltern rieten ihr jedoch davon ab. Und in diesem Stadium muß das für sie wie ein klassischer Fall von elterlichem Widerstand gegen ihren Berufswunsch ausgesehen haben, der daher rührte, daß sie eine Tochter und kein Sohn, eben ‹nur› eine Frau war. Bei Joy verhielt es sich vermutlich tatsächlich so. Ihr wäre es nicht recht gewesen, hätte Sara mehr Erfolg und schließlich einen gesellschaftlich höherstehenden Beruf gehabt als Kevin.

Anfangs kümmerte sich Sara nicht um den Widerstand der Eltern. Ich spreche natürlich von der Zeit vor etwa einem Jahr. Sara erinnerte sich, daß der Vater, nachdem ihr Bruder den Studienplatz in Keele ergattert hatte, vom Bezirksschulamt das Antragsformular für Studienbeihilfe zugeschickt bekam. Damals interessierte sie sich kaum dafür. Und ganz gewiß hat sie das ausgefüllte Formular nicht gesehen. Aber sie wußte, je höher das elterliche Einkommen, um so geringer die Beihilfe. Dem großen Fragebogen lag noch ein kleineres Formular bei, auf dem der Arbeitgeber des Vaters eine Erklärung über das Bruttogehalt, Überstundenentgelt, über Bonus, Dividende, steuerpflichtige Nebeneinnahmen und Abzüge abgeben mußte. Sie erinnern sich bestimmt noch an das Formular, Mike, das Sie seinerzeit an die Mid-Sussex Constabulary schickten, als Sie um Studienbeihilfe für John und Pat ansuchten?»

Burden nickte. «Allmählich dämmert's bei mir.»

«Vor zwölf Monaten lernte Sara dann Veronica kennen. Als der Schock über diese Begegnung langsam abklang, als das Vorhandensein dieser zweiten Familie viele Ungereimtheiten im Leben ihres Vaters erklärte, begann Sara die nackte Realität zu überschauen. Ihr Vater mochte behaupten, er wolle aus ästhetischen Gründen nicht, daß seine Tochter Medizin studiere, er wolle es nicht, weil es sich nicht schickte oder weil sie ja doch heiraten werde und das Geld dann hinausgeworfen wäre, und so weiter und so weiter. Das alles mochte er anführen, aber der eigentliche Grund war ein ganz anderer. Als Sara feststellte, daß er sowohl ihre als auch Veronicas Mutter über seine Stellung und sein Einkommen belogen hatte, unternahm sie Schritte, um festzustellen, was er eigentlich tat und wieviel er verdiente. Als sie es wußte, begriff sie. Wenn er das Antragsformular ausfüllte, würde er wahrheitsgemäß angeben müssen, daß er im Jahr nicht 10000 Pfund, sondern zweieinhalbmal soviel verdiente, und er hätte keine Möglichkeit, die Behörden so zu täuschen wie ihre Mutter, da er die Bestätigung von Sevensmith Harding beibringen mußte.

Wenn nun das elterliche Einkommen zehntausend Pfund pro Jahr beträgt, müssen laut offizieller Tabelle die Eltern ungefähr 470 Pfund zum Studium beisteuern, verdienen Vater oder Mutter oder beide hingegen 25000 Pfund, müssen sie etwa 2000 Pfund selbst aufbringen. Rodney hatte zwei Haushalte und zwei Familien, er bezahlte schon für Kevin in Keele einen hohen Betrag – vergessen Sie nicht, daß er der Bewilligungs-Behörde die Wahrheit über sein Einkommen sagen mußte, egal, was er seinen Frauen erzählen mochte. Als Sara das alles wußte, war ihr klar, woher der Wind wehte. Für sie würde er nie und nimmer 2000 Pfund im Jahr ausgeben. Und als sie ihn ohne Umschweife fragte, ob er das Formular für sie ausfüllen würde, sobald man es ihm zuschickte, antwortete er, das käme gar nicht in Frage. Sie habe gar nicht das Zeug dazu, Ärztin zu werden, und er tue ihr nur etwas Gutes, wenn er sie nicht dazu ermutige.»

«Ein richtig mieser Typ», sagte Crocker.

Wexford zuckte mit den Schultern. «Der Fehler liegt bei uns, wenn wir die Eltern-Kind-Beziehung in einem falschen Licht sehen. Wir betrügen uns selbst, indem wir uns einreden, daß alle Eltern ihre Kinder lieben und das Beste für sie wollen.»

«Hätte Sara auf dem zuständigen Amt mit einem verständnisvollen Beamten gesprochen, hätte sich für ihr Problem bestimmt eine Lösung gefunden. Gewiß hätte man Rodney irgendwie umgehen können, oder? Es muß doch zahlreiche Fälle geben, in denen Eltern ihren Kindern das Studium nicht gestatten wollen und sich deshalb weigern, das Antragsformular auszufüllen.»

«Wahrscheinlich. Aber Sara ist erst achtzehn. Und bedenken Sie doch: hätte sie getan, was Sie vorschlagen, hätte sie preisgeben müssen, daß ihr Vater ein Lügner und Betrüger, daß er Bigamist war und ihre Mutter hintergangen hatte. Und wie lange hätte das alles gedauert? Es hätte vielleicht bedeutet, daß sie ein Jahr warten mußte? Was wurde dann aus ihrem Platz in St. Biddulph, einer Universität, an der Studienplätze so rar sind wie Goldstaub, an der es eine ellenlange Warteliste für Studienbewerber gibt, die alle darauf brennen, angenommen zu werden? Sie entschloß sich daher, es zuerst mit Überredung zu versuchen und, wenn das nichts nützte, den Vater eiskalt zu erpressen.»

«Sie hat ihm gedroht, Joy die Wahrheit zu sagen und Veronica zu überreden, ihrer Mutter die Augen zu öffnen, wenn er nicht bereit war, das Formular auszufüllen?»

«Sie hatte die Absicht, es zu tun. Sie hatte aber noch ein bißchen Zeit, da sie ja noch nicht einmal wußte, wie ihre Abiturnoten ausgefallen waren. Das Antragsformular kam bestimmt nicht vor Juli. Und sie hatte auch noch den Inzest als Druckmittel. Den hatte es natürlich nie gegeben, aber Joy glaubte daran, und Veronica hatte eine Todesangst davor. Wenn alles andere schiefging, konnte Sara auch noch zu dieser Waffe greifen, um Rodney wirksam zu erpressen. Deshalb war sie auch so glücklich, als sie sah, welche Wirkung sie mit ihren Warnungen bei Veronica erzielte. Veronica begann sich vor jedem Zeichen der Zuneigung ihres Vaters zu fürchten. Sie wollte nicht mehr mit ihm allein sein, und wenn das unumgänglich war, wollte sie ihn gewissermaßen ‹handlungsunfähig› sehen. Sara besorgte das Phanodorm und jagte Veronica nur noch größere Angst ein, weil sie sich zu einem so ernsten Schritt entschloß.

Um wieviel einfacher war es doch, ihn zu töten! Da lag er nun und schlief, der potentielle Zerstörer ihrer Zukunft. Töte ihn jetzt, in diesem Zimmer, das bald sauber und makellos sein, in dem keine Spur des gewaltsamen Todes zurückbleiben wird. Befrei die Welt von ihm, nutz die Gelegenheit! Vielleicht ist es sogar eine Heldentat. Hatten sie es in den ARRIA-Statuten nicht fast zur Bedingung gemacht, daß man, um Mitglied zu werden, einen Mann töten mußte? Veronica wird dir helfen, weil sie ihn jetzt auch haßt und eine tödliche Angst vor ihm hat ...

Aber angenommen, die Leiche wird nie gefunden? Angenommen, die Wochen vergehen, der Juli kommt – der August – und mit ihnen das Antragsformular, und du kannst in die entsprechende Rubrik, in der es heißt: *Falls Vater verstorben, bitte angeben*, nichts hineinschreiben, weil außer Veronica und dir niemand weiß, daß er tot ist? Du hast dein Abitur gemacht, und die Zeit vergeht – der Augenblick ist gekommen, in dem du dafür sorgen mußt, daß die Leiche möglichst schnell entdeckt wird.»

«Man könnte sagen», warf Crocker ein, «daß es vorsätzlicher Mord war, der aus einem Impuls heraus begangen wurde.»

«Das könnte man. Denn weil Sara eine so vielschichtige Persönlichkeit ist, war es auch ein vielschichtiger Mord. Ein Ritualmord – vergessen Sie nicht, daß sie Veronica aufforderte, ebenfalls zuzustechen. Ein Rachemord – Sara hatte sich selbst so halb und halb und Veronica ganz überzeugt, daß der Inzest Tatsache war und keine Phantasterei. Als Sara Rodney erstach, war sie eine Frau aus einem klassischen Mythos, war sie Beatrice Cenci. Es war ein experimenteller Mord, eine Art Vivisektion, begangen von Sara, der Wissenschaftlerin, die sehen wollte, ob so etwas möglich war, ob man es tun konnte. Es war ein Mord aus Abscheu und Enttäuschung. Rodney, den sie einmal angebetet hatte, hatte sich als schmutziger Bigamist erwiesen, der eine zweite Tochter hatte, ein Ebenbild ihrer selbst, das er mehr liebte, als er je sie geliebt hatte. Aber vor allem, trotz all dieser anderen Faktoren, war es ein Mord, mit dem sie sich einen Vorteil verschaffen, den sie beging, weil sie um jeden Preis ihr Ziel erreichen wollte. Alles in allem ist sie wohl nicht der Mensch, den ich mir als Hausarzt wünsche, und noch viel weniger angenehm wäre es mir, mich und die Meinen von ihr operieren zu lassen. Vielleicht hatte Rodney also doch recht, wenn er ihr sagte, sie eigne sich nicht für den Arztberuf. Wer weiß? Vielleicht war es nicht nur der Geiz, der aus ihm sprach, war er doch nicht ganz der miese Typ, für den Sie ihn halten. Vielleicht ahnte er im Charakter dieser Tochter, ohne sich dessen je bewußt zu werden, abnormale Züge, zerstörerische Züge, auf die er anspielte, als er ihr sagte, sie habe nicht das Zeug dazu, Ärztin zu werden.»

Wexford stand auf.

«Machen wir Schluß für heute», sagte er. «Mich zieht es zu Heim und Herd und der Frau meines Herzens.»

Burden begann das Zimmer aufzuräumen und stellte Gläser und Teller auf dem Tablett zusammen. «Und morgen kommt die Frau meines Herzens wieder nach Hause.» Er wirkte froh, zufrieden und hoffnungsvoll, als sei sein Glück nicht fünf Monate lang ernsthaft gefährdet gewesen. «Eine ihrer ehemaligen Schülerinnen von Haldon Finch hat sie und das Baby besucht. Ein ARRIA-Mitglied. Sie hat Jenny gesagt, das Rabensymbol bedeute, daß die Frauen jetzt den ganzen Unrat aufräumen, den die Männer in der Welt zurückgelassen haben. Wir hatten da so einige Zweifel.»

«Ach ja!» Wexford blieb in der Tür stehen. «Fast hätte ich etwas vergessen. Williams' junge Freundin ...»

Sie sahen ihn an. «Williams hatte keine junge Freundin», sagte Burden.

«Und ob er die hatte. Sie hatte nichts mit seinem Tod, nichts mit diesem Fall zu tun, also ging es uns kaum etwas an. Aber ein Mann wie Williams – es lag in seiner Natur, es war unvermeidlich. Seine beiden Frauen wußten es, sie fühlten es. Wahrscheinlich hatte er immer eine junge Freundin, eine ganze Reihe, immer schön eine nach der anderen.

Von der letzten stammten die Fingerabdrücke im Wagen, die wir keinem Familienmitglied zuordnen konnten. Kein Wunder, daß sie sich sträubte, als wir sie ihr abnehmen wollten. Sie haben sich natürlich bei Sevensmith Harding kennengelernt. Im Büro.»

«Jane Gardner ...»

«Mit ihr war er am fünfzehnten April in Myringham verabredet. Zuerst wollte er ihr beim Babysitten Gesellschaft leisten, dann die Nacht mit ihr im Cheriton Forest Hotel verbringen. Warum hätte er denn sonst eine Reisetasche mitgenommen, die nur eine Garnitur Unterwäsche zum Wechseln, Zahnbürste und Zahncreme enthielt? Aber die Schlaftabletten fingen an zu wirken, als er durch Pomfret fuhr, und anstatt sich mit Jane zu treffen, schaffte er es gerade noch bis in sein Haus. Sie dachte, er habe sie sitzenlassen. Und als er verschwand, glaubte sie, er sei mit einer anderen durchgebrannt. Ich habe heute vormittag mit ihr gesprochen, und sie hat alles zugegeben. Da wir die Täterin verhaftet hatten, brauchte sie ja nicht mehr zu schweigen.»

«Wie sind Sie ausgerechnet auf sie gekommen?»

«Ich weiß nicht. Ich hab's wohl erraten. Als ich mit ihr redete, war sie die einzige, die für Rodney Williams ein gutes Wort hatte.»

Wexford verließ das Haus und schloß Burdens pfauenblaue Haustür hinter sich.

Ruth Rendell

«Mich fasziniert jedesmal wieder, wie leise–harmonisch die Romane von **Ruth Rendell** beginnen, wie verständlich und normal die ersten Schritte sind, mit denen die Figuren ins Verhängnis laufen. Ruth Rendells liebevoll–ironisch geschilderte Vorstadtidyllen sind mit einer unterschwelligen Spannung gefüllt, die atemlos macht.»
Hansjörg Martin

Eine Auswahl der thriller von Ruth Rendell:

Dämon hinter Spitzenstores
(thriller 2677)
Ausgezeichnet mit dem Gold Dagger 1975, dem begehrtesten internationalen Krimi–Preis.

Der Pakt
(thriller 2709)
Pup ist sechzehn und möchte seine Stiefmutter loswerden. Aus dem Spiel mit der Schwarzen Magie wird tödlicher Ernst...

Flucht ist kein Entkommen
(thriller 2712)
«... ein sanfter, trauriger Thriller. Mit einer Pointe wie ein Feuerwerk.»
Frankfurter Rundschau

Die Grausamkeit der Raben
(thriller 2934)
«... wieder ein Psychothriller der Sonderklasse.»
Cosmopolitan

Der Kuß der Schlange
(thriller 2934)

Die Masken der Mütter
(thriller 2723)
Ausgezeichnet mit dem Silver Dagger 1984.

3017/3

rororo thriller

Durch Gewalt und List
(thriller 2989)

Den Wolf auf die Schlachtbank
(thriller 2996)

Mord ist des Rätsels Lösung
(thriller 2899)

In blinder Panik
(thriller 2798)
«Ruth Rendell hat sich mit diesem Krimi selbst übertroffen: die Meisterin der Spannung ist nie spannender zu lesen gewesen.»
Frankfurter Rundschau

Die Tote im falschen Grab
(thriller 2874)

Mancher Traum hat kein Erwachen
(thriller 2879)

Der Herr des Moores
(thriller 3047)

«Ruth Rendell – die beste Kriminalschriftstellerin in Großbritanien.»
Observer Magazine

Linda Barnes

«Carlotta Carlyle ist eine großartige Bereicherung der schnell wachsenden Gruppe intelligenter, witziger, verführerischer, tougher, aber dennoch verwundbarer Privatdetektivinnen ...»
The Times

Carlotta steigt ein
(thriller 2917)
Carlotta Carlyle, Privatdetektivin, Ex–Cop und Hin–und–wieder–Taxifahrerin, bekommt von der alten Dame Margaret Devens den Auftrag deren spurlos verschwundenen Bruder zu suchen...
«Linda Barnes' Stil gefällt mir ungemein gut: klar, straff und aufregend.»
Tony Hillermann

Carlotta fängt Schlangen
(thriller 2959)
Zwei Fälle halten Carlotta in Atem: in Fall 1 sucht sie im Auftrag ihres kürzlich suspendierten Freundes Mooney eine Entlastungszeugin. Hauptmerkmale: Wasserstoff–Blondine, attraktive Nutte, Schlangen–Tätowierung. Fall 2 beschert ihr eine halbwüchsige Ausreißerin, Tochter aus gutem Hause und Schülerin der ebenso teuren wie angesehenen Emmerson–Privatschule. In beiden Fällen führen die Spuren in Bostons üblen Rotlichtbezirk.

Früchte der Gier *Ein Michael Spraggue-Roman*
(thriller 3029)
Michael Spraggue, Schauspieler und Detektiv (auch wenn seine Lizenz schon abgelaufen ist) bekommt es in seinem ersten Fall mit gleich drei Kofferraum–Leichen zu tun.

rororo thriller

Marathon des Todes
(thriller 3040)
Jemand will die Wahl von Senator Donagher verhindern und Spraggue einen Mord...

Blut will Blut
(thriller 3064)
Wer goß Blut in den Bloody Mary, wer enthauptete Puppen und Fledermäuse? Und wer legte den toten Raben ins Büro des Theaterdirektor? Michael Spraggue wird wieder einmal gefordert.

Im Wunderlich Verlag ist erschienen:

Carlotta jagt den Coyoten
Roman
288 Seiten. Gebunden

Carlotta spielt den Blues
Roman
288 Seiten. Gebunden

rororo thriller wird herausgegeben von Bernd Jost. Ein Gesamtverzeichnis der Reihe finden Sie in der *Rowohlt Revue*. Jedes Vierteljahr neu. Kostenlos in Ihrer Buchhandlung.

Barbara M. Gill

«Bestechende Logik, gekonnte Dialoge und atemberaubende Handlungen.»
Saarbrücker Zeitung

Nocturno für eine Hexe
(thriller 2926)
«Das ist eine Fahrstuhlfahrt in den Abgrund. Angetrieben von Mißverständnissen, gekränkter Eitelkeit und Haß. Ausgelöst durch ein Mädchen, das auf geheimnisvolle Weise der Frau auf einem alten Foto gleicht ... ein Thriller, der einen frösteln läßt.»
Frankfurter Rundschau

Seminar für Mord
(thriller 2775)

Herzchen
(thriller 2818)
Die kleine Zanny ist ein reizendes Mädchen mit blauen Augen und blonden Locken. Aber Zanny kann es nicht ertragen, wenn ihr jemand etwas wegnimmt ...

Die Zeit danach
(thriller 2968)
Maeve Barclay ist an ihrem siebenundzwanzigsten Geburtstag aus der Haft entlassen worden. Die Rückkehr in ihr Haus ist ein ebensolcher Kulturschock wie das Gefängnis, das unauslöschliche Spuren bei ihr hinterlassen hat. Ihr Mann, erfolgreicher Börsenmakler, möchte dieses dunkle Kapitel so schnell wie möglich vergessen, doch die Vergangenheit holt Maeve immer wieder ein ...

Der zwölfte Geschworene
(thriller 2738)

rororo thriller

Die Rapunzel-Morde
(thriller 3046)
Der tödlich verunglückte Bradshaw hat durch seinen Bericht wesentlich zur Überführung des fünffachen Frauenmörders Hixon beigetragen. Aber Hixon gesteht nur vier Morde, den fünften habe er nicht begangen. Seltsamerweise ist genau bei dieser Toten Bradshaws Bericht unpräzise. Chief Inspector Maybridge ahnt bald, daß er vor einem bizarren Mordfall steht.

Blind in den Tod
(thriller 3053)

rororo thriller wird herausgegeben von Bernd Jost. Ein Gesamtverzeichnis der Reihe finden Sie in der *Rowohlt Revue*. Jedes Vierteljahr neu. Kostenlos in Ihrer Buchhandlung.

3006/3

Paula Goslling

«Es sieht so aus, als seien zur Zeit die besten Krimi–Autoren weiblichen Geschlechts. **Paula Gosling** zu versäumen wäre ein Fehler für Krimi–Fans.»
Frankfurter Rundschau

Ein echtes Gaunerstück
(thriller 2939)
Wahrscheinlich hätte die schöne Ariadne noch ein paar fröhliche Jahre vor sich gehabt, mit einem Mann, der sie anbetete und einer liebevollen Stieftochter – wenn sie nicht im unpassenden Moment gelacht hätte...
«Ein spannender und amüsanter Krimi für Strandkorbtage.»
Frankfurter Rundschau

Tod auf dem Campus
(thriller 2858)
Professor Aiken Adamson war ein gehässiges, hinterhältiges Ekel. So hat Lieutenant Stryker beim Motiv ein Dutzend Verdächtiger, beim Alibi aber keine – zunächst jedenfalls...
«Bildung schützt vor Dummheit nicht – zum Vorteil des Lesers, der in genußvoller Spannung gehalten wird, wenn Selbstüberschätzung die Wissenschaftler zu verhängnisvollen Begegnungen mit dem Täter führt, wenn überraschend akademische Fassaden bröckeln und aus der wütenden Gegnerschaft zwischen dem Polizisten und einer Verdächtigen eine Liebesgeschichte entsteht.»
FAZ

rororo thriller

Alpträume
(thriller 3070)
Ein Autounfall raubt Tess Leland nicht nur den Ehemann: Wohnungseinbrüche folgen und anonyme Telefonanrufe, sodaß schließlich auch die Polizei nicht mehr an einen simplen Autounfall glaubt.

Der Polizistenkiller
(thriller 2971)
In Grantham versetzt eine Mordserie Polizisten in Panik. Drei Kollegen sind schon tot, aus dem Hinterhalt erschossen. Den ersten Tip gibt kein Informant, sondern der Polizeicomputer...

Blut auf den Steinen
(thriller 2826)
Wychford ist ein kleines verträumtes Städtchen am Ufer des Flusses Purle – bis grausame Frauenmorde die Idylle zerstören.

3007/3

Crime Ladies

«Es liegt in der Tradition des Kriminalromans, daß Frauen bessere Morde erfinden. Aber warum? Diese Frage kann einen wirklich um den Schlaf bringen!»
Milena Moser in «Annabelle»

Patricia Highsmith
Venedig kann sehr kalt sein
(thriller 2202)
Peggy liegt eines Morgens tot in der Badewanne. Niemand zweifelt, daß sie sich selbst die Schlagader aufgeschnitten hat. Nur für den Vater ist klar: der Ehemann muß schuldig sein...
«Unter den Großen der Kriminalliteratur ist Patricia Highsmith die edelste.»
Die Zeit

Nancy Livingston
Ihr Auftritt, Mr. Pringle!
(thriller 2904)
Pringle vermißt eine Leiche
(thriller 3035)
«Wer treffenden, sarkastischen, teils tief eingeschwärzten Humor und exzentrische Milieus schätzt, komm mit Privatdetektiv G.D.H. Pringle, einem pensionierten Steuerbeamten, der die Kunst liebt, ganz auf seine Kosten.»
Westdeutscher Rundfunk

Anne D. LeClaire
Die Ehre der Väter
(thriller 2902)
Herr, leite mich in Deiner Gerechtigkeit
(thriller 2783)
Peter Thorpe zieht an die Küste von Maine und hat zum erstenmal in seinem Leben den Eindruck ehrlichen, rechtschaffenden Menschen zu begegnen. Hier gibt es keine Lügner, Diebe, Mörder. Oder doch?

rororo thriller

Jen Green (Hg.)
Morgen bring ich ihn um! *Ladies in Crime I - Stories*
(thriller 2962)
Diese Anthologie von sechzehn Kriminalgeschichten von Amanda Cross über Sarah Paretsky bis Barbara Wilson zeigt in Stil und Humor die breite schriftstellerische Palette der Autorinnen.

Jutta Schwarz (Hg.)
Je eher, desto Tot *Ladies in Crime II - Stories*
(thriller 3027)

Irene Rodrian
Strandgrab
(thriller 3014)
Eine Anzeige verführt so manches Rentnerpaar, die Ersparnisse in ein traumhaftes Wohnprojekt im sonnigen Süden zu investieren. Sie können ja nicht ahnen, daß sie nicht nur ihr Geld verlieren, sondern auch ihr Leben aufs Spiel setzen...
Tod in St. Pauli *Kriminalroman*
(thriller 3052)
Schlaf, Bübchen, schlaf
(thriller 2935)

3022/3

Serientäter

Robert Brack
Die siebte Hölle
(thriller 2941)
Oldtimer bringen's besser als Bücher, meint der bankrotte Buchhändler Jercy Pacula, und überführt zwei Limousinen nach Lissabon...
Schwere Kaliber
(thriller 2967)
Psychofieber
(thriller 3058)

Frank Göhre
Schnelles Geld
(thriller 3048)
Der erste, seit Jahren vergriffene Kriminalroman von Frank Göhre, der mit mehreren Literaturpreisen ausgezeichnet wurde und als Kinofilm Beachtung fand. Neu bearbeitet und wesentlich erweitert.
Der Tod des Samurai
(thriller 2832)
Ein Thriller über organisiertes Verbrechen in Hamburg.
Der Tanz des Skorpions
(thriller 3025)
Letzte Station vor Einbruch der Dunkelheit
(thriller 2795)
Der Schrei des Schmetterlings
(thriller 2759)

Daniel Pennac
Wenn nette alte Damen schießen...
In Belleville, dem Kreuzberg von Paris, schneidet ein erbarmungsloser Killer armseligen Rentnern die Kehlen durch. Angst macht sich breit, gefolgt von einer kräftigen Paranoia. Ausgezeichnet mit dem «Prix Mystère de la critique».
(thriller 2921)
Königin Zabos Sündenbock
(thriller 3003)

rororo thriller

30 Jahre thriller Jubiläums-Lesebuch
(thriller 3030)
Dieser Jubiläumsband präsentiert einen opulenten Querschnitt durch die Geschichte der rororo thriller- Reihe und bietet literarischen Nervenkitzel pur. Die Palette internationaler Autoren gleicht einem Who is Who der Kriminalliteratur.

Pacio Ignacio Taibo II
Der melancholische Detektiv *Drei Fälle für Héctor Belascoarán Shayne*
(thriller 3039)
Der Boxer Angel, Freund von Detektiv Héctor Belascoarán, wird beim Training im Ring von einem Unbekannten erschossen. Mögliches Motiv: eine alte Rivalität um eine Frau... Taibo liefert nicht nur ungewöhnliche Stories, sondern ein dichtes Bild von Mexiko, seiner Atmosphäre, seinen Problemen und seiner Faszination.
Das bizarre Leben
(thriller 2940)
Comeback für einen Toten
(thriller 3019)

3024/4a

Serientäter

Larry Beinhart
Priester waschen weißer
(thriller 3043)
Tony Cassella schlüpft in die Rolle eines irischen Priesters um den Tod von Wendy Tavetian und einem Japaner aufzuklären.
Zahltag für Cassella
(thriller 2932)
Bei Privat Eye Tony Cassella steht eine Steuerprüfung an. Genau in dem Augenblick, als er genügend Beweismaterial gegen den Justizminister persönlich zusammen hat...

K. C. Constantine
Ein unbeschriebenes Blatt
Ein Fall für Mario Balzic
(thriller 2776)
«Constantine ist ein wunderbarer Autor. Lang lebe Polizeichef Balzic!»
New York Times
Blues für Mario Balzic
(thriller 3002)
Schwere Zeiten für Mario Balzic: ein Mord geschieht, seine Mutter wurde mit einem Schlaganfall ins Krankenhaus eingeliefert und seine Frau hat wenig Verständnis für sein Pflichtbewußtsein.

William Krasner
Opfer einer Razzia
(thriller 3001)
Organisiertes Verbrechen + illegales Glücksspiel = Unmoral & Prostitution - Charley Hagen, Partner von Detective Captain Sam Brige, zieht wieder einmal voreilige Schlüsse.
Die letzte Tat des Mr. Goodman
(thriller 2937)

Jean-Bernard Pouy
Sprengsatz aus der Vergangenheit
(thriller 3021)
Der Schlüssel zur Affäre
(thriller 2977)

rororo thriller

Schwarze Beute
Stories von berühmten Autoren und neuen Talenten finden sich in den thriller-Magazinen und immer wieder – Shock, Thrill and Fun.
thriller–Magazin 5
Herausgegeben von Norbert Klugmann und Peter Mathews
(thriller 2969)
thriller–Magazin 6
Herausgegeben von Janwillem van de Wetering
(thriller 3000)
thriller-Magazin 8
Herausgegeben von Maj Sjöwall
(thriller 3093)

Die Reihe *rororo thriller* wird herausgegeben von Bernd Jost. Ein Gesamtverzeichnis aller lieferbaren Titel finden Sie in der *Rowohlt Revue*. Jedes Vierteljahr neu. Kostenlos in Ihrer Buchhandlung.

3024/4b